Jean-Claude Marguerite

Le Vaisseau ardent

Denoël

Né en Normandie en 1955, Jean-Claude Marguerite habite en Île-de-France. Il enseigne la P.A.O. à l'université Paris-III et travaille dans l'édition comme graphiste et responsable technique. *Le Vaisseau ardent*, écrit sur une période de dix-huit ans et paru aux Éditions Denoël, est son premier roman, un projet unique dans la littérature française contemporaine qui a été coup de cœur du *Point* en 2010.

aux enfants des rues,
aux enfants perdus

et à Constanze, qui m'a accompagné
dans cette Grande Aventure
à Paul, pour qui je l'ai commencée
à Miriam et Raquel, pour qui je me suis
« hâté » de l'achever

LIVRE PREMIER

LE PIRATE SANS NOM

PROLOGUE

L'île du Chaos noir

Tout n'a pas été dit au sujet du *Manuscrit de l'île Éléphantine*. La presse a surtout mis l'accent sur l'exploit technologique et l'opiniâtreté des chercheurs qui ont finalement réussi à déchiffrer la langue prépharaonique, mais au détriment de son réel contenu. L'Égypte ancienne flatte l'imaginaire du grand public, et la simple évocation de la première crue d'un fleuve qui ne s'appelle pas encore le Nil a satisfait l'appétit du plus grand nombre. Pourtant, qu'avons-nous appris du lac creusé au sein d'un désert nomade et de la cataracte qui puise ses eaux au cœur du monde ? Pourquoi, comment les choses se sont-elles produites ? Les scribes eux-mêmes se sont laissé éblouir par ces événements qui vaudront à leur pays gloire et prospérité, et ne se sont pas davantage interrogés. Les grands prêtres, jadis, se réservaient jalousement maints ouvrages, escomptant de secrètes révélations pour le maintien de leurs privilèges ; aujourd'hui, l'élite universitaire se garde l'exclusivité d'un texte dont elle fait mystère. Et se chamaille, à huis clos, quant à son interprétation. Conte ou témoignage ? Plus subtilement : quelle part attribuer aux faits et, *a contrario*, à l'allégorie ?

Le manuscrit relate à la manière d'un récit épique la prise de l'île du Chaos noir, qui précéda l'île Éléphantine. Il se réclame ouvertement de deux légendes, qu'il considère et aborde comme telles ; cependant, alors que son issue accrédite leur fondement, une mise en garde apparaît clairement et nous alerte : tout n'est peut-être pas avéré. La question du tri – que nous faut-il accepter, refuser, traduire ? – exige son lot d'expertises, et ainsi sa compréhension relève d'un code qui la réserve aux seuls initiés. Ou bien devons-nous le lire – mieux : l'entendre – comme étant en soi une légende, qui appelle la lumière d'autres légendes, pour délivrer au plus grand nombre un secret qui conteste les bases de l'Histoire, de *notre* histoire. N'est-il pas temps que chacun accède à ce texte et se forge son opinion ?

Est-ce possible ? N'est-ce qu'un mythe ? Qu'est-ce qui est important ?

Ne vous laissez pas aveugler, car si désormais la décision de divulguer ces documents vous revient, Peter, c'est que j'ai échoué. Mais tandis que je m'apprête donc à commettre l'irréparable, les doutes qui m'assaillent me tournent vers vous. Vous êtes un homme d'action – allez-vous construire ou détruire ? Peut-être convient-il de s'abstenir de tout choix. Je vous en prie, hésitez…

La première légende interdisait de s'approcher de l'île du Chaos noir, que cernait un lac d'où se déversait un fleuve moribond. Quand on la découvrait depuis le cours d'eau, ou bien en venant par les déserts du Sud, sa silhouette figurait la gueule menaçante d'un dragon ténébreux ; pour qui arrivait d'ailleurs, le spectacle se révélait tout différent, mais pas moins troublant. De l'ouest, on ne distinguait qu'une sorte de tour massive au dôme fortement anguleux, qui pointait vers les cieux comme deux mains aux doigts joints. De l'est, son contour rappelait certaines forêts des Anciens, aux formes torturées et indéchiffrables, bien que ses arbres fussent luisants et noirs comme des obsidiennes.

Lorsque, attiré par les plus gros poissons qui

trouvaient refuge près de ses berges, un pêcheur s'en rapprochait plus qu'il ne le devait, l'île vomissait des crocodiles par dizaines. Jamais ces gardiens monstrueux ne traversaient le lac, ils regagnaient leur sanctuaire et n'en sortaient pas. Si par aventure un tronc dérivait sur le fleuve jusqu'à l'aborder, il ne restait pas prisonnier de l'île : elle le repoussait. Chacun savait qu'il fallait se garder de toucher cet arbre, car il était entièrement recouvert de scorpions qui semblaient morts, mais qui ne l'étaient pas... Le jour, l'île s'estompait dans une brume lunaire, opalescente et glacée, malgré le soleil aveuglant. Mais dès que l'astre de feu entamait son lent déclin, des milans noirs affluaient vers elle et s'y perchaient en grand nombre, silencieux. Ils s'envolaient aux premières lueurs et disparaissaient sans un bruit – et sans que nul n'ait jamais réussi à déterminer où ils se rendaient. Par les nuits les plus froides, des lumières incandescentes prenaient leur place parmi les arbres, ou les monolithes, et elles dansaient jusqu'à l'aube.

La seconde légende rapportait que cette oasis n'était pas une île, mais l'œuvre des Anciens. Aux temps où le ciel crachait des pierres embrasées et où le fleuve Océan avait recouvert la Terre pour la protéger de cette furie incendiaire, de leurs mains ils avaient édifié cette forme stupéfiante, l'arche. L'île du Chaos noir n'était que le vestige de la nef gigantesque construite par l'homme pour son salut. Quand les eaux s'étaient finalement retirées, le vaisseau avait bien dû s'échouer ; sa proue s'était fichée dans le sable d'un désert sans fin, là où les nomades aux visages durs et clairs rencontraient leurs frères à la peau noire. Les Anciens, pas moins orgueilleux et inconséquents que nos contemporains, avaient ainsi abandonné au sable le vaisseau qui les avait sauvés, attribuant leur survie à leur propre génie – ne venaient-ils pas de prouver leur invincibilité face au désordre de la nature issu de la colère divine ?

L'ébène pétrifiée de l'arche ne redoutait ni la morsure du soleil ni l'éclat du gel. Le feu courait sur ses mâts chaque nuit, tandis que chaque jour s'évaporait de sa coque la mémoire du Déluge… L'île du Chaos noir conservait intacte la trace d'une apocalypse inachevée, elle domptait également son ultime menace : la libération des flots. La proue archaïque occultait une brèche redoutable.

Le jeune scribe, habile, qui tira ces légendes de l'oubli, fut attaché au service de l'ancêtre du tout premier pharaon. Leur transcription avait troublé le monarque, elles faisaient écho au songe prémonitoire qui l'obsédait depuis sa prime enfance. Il lui confia ce rêve étrange et terrifiant, sans rien lui en cacher, et lui ordonna de le fixer à jamais, car dorénavant il se consacrait tout entier à son avènement.

« À l'âge d'apprendre à me battre, je me vois, comme si j'étais perché dans un arbre ou bien emporté par un bas nuage, quittant le palais où je vivais jusque-là en compagnie de femmes ; or, je peine à me reconnaître. Ce n'est pas un jeune garçon qui va, mais un vieillard, faible et esseulé, et qui semble égaré. Mon regard désappointé se détourne de ce sinistre spectacle qui me laisse comme hébété, quand mes yeux sont attirés par la ronde joyeuse de dix enfants nus, qui s'éloignent tout en chantant. Intrigué, je les contemple et j'envie leur humeur. Je m'interroge sur ce qui les attire et je peine à découvrir la mystérieuse vision qui les fascine : une barque enflammée, au brasier fantastique, mais dont le bois regorge d'eau. Ce vaisseau ardent m'étonne et me subjugue. Les dix, soudain, se mettent à crier, tandis que le vieillard sénile se dirige résolument vers eux, mais les néglige, les dépasse, et dédaigne leur avertissement, car c'est pour le prévenir d'un danger qu'ils s'agitent. Voici qu'il s'approche de la nef incendiée dont les enfants échouent à lui interdire l'accès, et, ne craignant pas les flammes, il touche de ses mains le bois qui ne se consume pas. Aussitôt, dans un grand éclat, il recouvre la vigueur et la brillance de sa jeunesse ! Bien qu'enfant, je sens dans la nuit cette puissance m'envahir également, vivre et grandir en moi dans une mesure telle que, réalisant que je rêve, je sais qu'à mon réveil tout mon être en portera à jamais la marque. Alors, m'élevant dans la fournaise, je triomphe de l'épreuve, non plus comme un enfant, non pas comme un vieillard, mais en dieu, immortel et bienveillant, qui prodigue prospérité et gloire à ma terre d'Égypte ! »

Pour les nombreux prêtres qui l'assistaient, cette vision s'apparentait évidemment au passage rituel de la vie au pays des morts. Ce voyage s'entamait, entre jour et nuit, par la traversée du fleuve des origines, et s'effectuait dans une barque couverte comme un tombeau. En atteignant l'autre rive, l'esprit se trouvait délivré de son enveloppe de chair ; mais jusqu'au dernier moment, l'esprit livrait bataille.

Le jeune prince, prenant appui sur leurs commentaires, avait décrypté tout autrement son rêve. Selon lui, le « fleuve des origines » devait être déchiffré comme « l'origine du fleuve » ; « entre jour et nuit » comme « entre blanc et noir », c'est-à-dire à la frontière des deux races qui peuplent aujourd'hui la Haute-Égypte et la Basse-Nubie. Si le monarque savait qu'aucun bois d'aucune barque ne pouvait offrir jouvence et immortalité à aucun homme, les légendes de l'île du Chaos noir évoquaient cependant un navire qui réalisait l'alliance du bois, de l'eau et du feu. Son embrasement farouche attestait qu'elle était bien l'arche du Déluge, le vaisseau que toutes les religions célèbrent, la nef des origines venue des étoiles – sa coque renfermait l'eau du fleuve Océan, ses mâts le feu issu du ciel, le vaisseau tout entier emprisonnait à jamais la violence de leur combat primitif dans le mariage du bois et de la roche. Si l'arche avait sauvé l'humanité, que ne ferait-elle pas alors pour un roi qui l'emprunterait pour son ultime traversée ? Telle était son interprétation, et nul n'osait plus la contester.

Dès qu'il prit connaissance des antiques légendes de l'île du Chaos noir, il ordonna de libérer l'arche.

Tandis que de grands chasseurs noirs armés de lances et de couteaux livraient nus une lutte sans merci aux gardiens de l'île, plus de mille esclaves du peuple nomade furent donc amenés de l'actuelle Louxor. À leur arrivée, déjà au moins deux cents dépouilles de crocodiles séchaient sur les pierres érodées des berges, mais il en venait toujours malgré cette sinistre mise en garde. La moitié des esclaves entreprit aussitôt de creuser dans la roche quatre-vingt-dix-neuf marches pour atteindre le niveau du lac, pendant que les autres abattaient, ébranchaient et charroyaient les fûts de tous les arbres qui poussaient en grand nombre sur les rivages. Sans attendre l'éradication des dangereux reptiles, ils enfoncèrent les premiers pilots destinés à soutenir le pont qui s'élancerait de l'escalier royal jusqu'à l'île du Chaos noir. L'ouvrage était ambitieux : cette passerelle devait être assez large pour autoriser dix hommes à marcher de front ; chacun espérait qu'au terme de sa construction il ne resterait plus aucun crocodile à craindre.

Tel ne fut pas le cas. Mais lorsque le pont fut à portée d'homme de l'île du Chaos noir, ses gardiens s'enfuirent sans plus opposer la moindre résistance aux chasseurs, qui les poursuivirent. Les bêtes se dirigèrent vers leur sanctuaire et plongèrent à l'approche de ses berges pour disparaître au fond des eaux. Devant ce spectacle insolite, les travaux furent interrompus. Pendant toute une journée, aucun des farouches reptiles ne refit surface. Le grand architecte du roi ordonna de lancer le dernier tronçon pour atteindre l'île interdite.

Alors, l'île gronda. Le vrombissement ne cessa de croître jusqu'à l'assourdissement – impossible de bouger. Nappée de sa brume diaphane, l'île bougea – elle ne se déplaça pas, elle s'anima d'un manège d'ombres. Comme façonnée par une main invisible souveraine, une tornade singulière de nuées s'éleva jusqu'à s'unir aux nuages qui s'amassaient à l'aplomb du lac. Tous découvrirent avec effroi que l'île du Chaos noir suintait soudainement des myriades de scorpions aux carapaces brillantes et aux aiguillons dressés. Des milans, aux ailes effilées, s'assemblèrent en bandes serrées, tournoyant dans les airs tourmentés sans jamais chercher à se poser, obscurcissant le ciel jusqu'à la pénombre. Les abords de l'île furent fouettés d'écume aux reflets de bronze des crocodiles revenus, ils se chevauchèrent afin d'ériger un rempart de gueules furieuses.

Le grand architecte jubila – son roi serait satisfait, sa prémonition prendrait vie. Il ordonna à la garnison de forcer les esclaves à pénétrer dans l'île.

Ceux qui furent poussés par le glaive impitoyable des soldats égyptiens poussèrent ceux qui venaient d'achever le pont ; de cette avant-garde malheureuse, beaucoup tombèrent à l'eau ; certains préférèrent plonger avant d'être bousculés. Au moins cinquante esclaves furent noyés ou déchiquetés avant que le premier homme tentât sa chance du côté du grouillement des scorpions. Sur son cadavre, un autre se lança ; les morts couvraient l'avancée quand des torches enflammées furent enfin apportées pour frayer un passage.

Un vent soudainement issu des entrailles de l'île moucha les premiers flambeaux ; d'autres esclaves porteurs de torches furent dépêchés, en plus grand nombre. Lorsque la lumière des hommes contesta l'obscurité de l'île, le souffle sembla d'abord décroître, puis il se mit à tourner et à tourbillonner jusqu'à réunir ces brandons en une éclatante flambée qu'il aspira goulûment. L'île du Chaos noir s'incendia, instantanément, tout entière, grillant hommes et scorpions ; les eaux qui l'entouraient gelèrent, emprisonnant chasseurs et gardiens ; les milans en feu tombèrent à leur tour et les flammes de la fournaise s'élevèrent pour lécher le ciel. Mais le pont de bois ne s'embrasa pas.

De loin, cet incendie sans fin dessinait la proue menaçante d'une arche gigantesque.

Le monarque se réjouit de cette description, que lui avait fait parvenir son grand architecte. Les prêtres qui l'assistaient échouèrent à expliquer le mystère du Vaisseau ardent, mais ils redoutaient la colère de leur souverain bien davantage que celle des dieux offensés. Aussi, ils ne s'opposèrent pas à sa décision de se mettre en marche afin d'atteindre la source du fleuve avant le premier crépuscule du solstice d'hiver, quarante-neuf jours plus tard.

À son arrivée, l'île brûlait encore, et pourtant elle semblait indemne. Gueule monstrueuse, mirador pyramidal ou forêt pétrifiée, elle figurait toujours dans la transparence capricieuse des flammes une ombre redoutable. Sur l'insistance de son conseil, des esclaves furent jetés dans la fournaise, de différentes manières, dans l'espoir d'un miracle qui ne survint pas. Le roi n'en fut pas étonné ; dans son rêve, il pénétrait seul dans la nef enflammée, le feu le transmuait alors.

Lors du solstice se déroula une cérémonie considérable, dont la démesure présageait les fastes et la suffisance d'une civilisation naissante. Dans des felouques, des hommes par centaines martelaient des tambours dont le bois provenait des rives du lac et les peaux tendues des gardiens ancestraux de l'île. En plus grand nombre encore, et réparties tout autour de l'eau, se tenaient des femmes, entièrement revêtues de noir et coiffées des plumes des sombres rapaces, qui se relayaient pour émettre ce qui ne formait plus un chant, mais un cri unique, une vibration stridente destinée à atteindre les cieux. Les soldats de toute une armée, dont les oreilles étaient percées par des figurines d'or qui représentaient des scorpions menaçants, brandissaient silencieusement leurs glaives au-dessus de leur tête. D'immenses brasiers éclairaient une foule sans fin que traversait une double rangée d'éléphants. Dans cette allée recouverte de fleurs de papyrus s'avançait le monarque qui allait donner vie à la prémonition, dès que le soleil se laisserait absorber par les dunes lointaines.

Seul, il s'engagea sur le pont ; les prêtres ordonnèrent le silence et tous demeurèrent immobiles – excepté dix enfants nus, premiers fils des plus hauts dignitaires du royaume, qui l'entourèrent d'une ronde qui se voulait joyeuse. Puis, conformément au rêve, à l'approche des flammes, leurs rires se transformèrent. Le souverain franchit alors majestueusement les derniers mètres qui le séparaient de l'île interdite au moment précis où les néants engouffraient le désert malgré les foyers innombrables. Les dix enfants hurlèrent tandis que le roi touchait enfin l'arche dont la silhouette incendiée tentait de se détacher de l'île du Chaos noir.

Du moins, on le suppose.

Ce récit a été expressément rédigé à la demande d'un monarque dont l'Histoire n'a pas retenu le nom, par un scribe d'origine nomade et donc esclave. Or, la mission délicate qui lui avait été confiée consistait à décrire la cérémonie en parfaite conformité avec la prémonition, mais avant son avènement. Nous ignorons tout de la réalité de tels faits. Ce que nous savons, de manière certaine, réside en bien peu de chose : l'île du Chaos noir a disparu, non seulement physiquement, mais encore de toutes les chroniques. L'époque de cette néantisation correspond à la toute première crue du Nil – à la même période remonte la découverte des mines d'or, sous les dunes du désert, qui firent la richesse de la Nubie. Or, près de l'actuelle île Éléphantine, à l'endroit où les recherches les plus pertinentes situent l'île du Chaos noir, se trouve un îlot sans nom dont les pierres érodées figurent très fidèlement une tortue se tenant à fleur d'eau, symbole d'éternité. Une croyance locale évoque la métamorphose d'un saint homme dont les larmes provoquent les crues bienfaitrices du Nil, le grand fleuve qui assure prospérité et gloire à l'Égypte.

Quant au Vaisseau ardent, les historiens n'en savent pas davantage et considèrent qu'il n'existe – et ne subsiste – que dans la légende.

Du moins, ils le supposent…

Car la Légende Nomade, dont je vous livre l'unique transcription, que j'ai volée, elle aussi, rapporte de cette cérémonie une version différente, plus précise et non moins troublante.

I

La grotte aux trésors

1

L'Ivrogne était tombé à la manière d'un tabouret de bar. Les jambes trop longues et si maigres du vieil homme avaient oscillé nerveusement jusqu'à retrouver une illusion d'équilibre, mais ses pieds s'étaient immobilisés trop tôt et le corps, emporté par une lourdeur soudaine, avait basculé d'un coup. S'il avait été vraiment saoul, il se serait affalé sans dommage; se voyant tomber, ses muscles s'étaient raidis. La tête, qui saignait déjà, avait cogné contre les planches du ponton d'accostage. L'Ivrogne avait roulé sur lui-même, presque entièrement. Les genoux débordant au-dessus de l'eau, un instant il s'était redressé comme pour pointer son regard au-delà de la jetée, là où, par intermittence, le phare désignait un fragment d'océan décoloré; puis ses jambes, tout à coup trop lourdes, avaient achevé sa destinée, l'avaient entraîné les pieds en avant. Son corps s'était enfoncé comme un cadavre jeté par-dessus bord, glissant tout droit et assez silencieusement. Avant qu'il ne fût absorbé par l'eau noire du port, ses mains s'étaient refermées sur sa poitrine.

Anton s'était précipité, mais il s'était retenu de sauter. C'était une nuit sans lune; l'avant-veille, la lampe du réverbère le plus proche avait été brisée, du premier coup. En cette froide fin d'octobre, l'eau devait être glaciale, elle le saisirait, elle ne lui accorderait aucune chance. Et puis, le vieil homme pouvait peser deux fois plus que lui, peut-être davantage… Inutile de se chercher d'autre excuse pour justifier sa réserve. Il s'était dit néanmoins que l'Ivrogne n'était qu'un menteur, un escroc, et qu'il les aurait probablement trahis. Pour une nouvelle bouteille, il aurait livré n'importe quel secret. Non, s'était-il repris, pas n'importe quel secret. Même pas pour une caisse entière. Anton avait fermé les yeux, impuissant, et revu l'Ivrogne disparaître à tout jamais, les avant-bras croisés sur le cœur, posture qui évoquait une image de sarcophage.

Il réalisa alors qu'il plongeait à sa suite.

Jak mit en branle sa masse en maudissant d'un soupir la stupidité de son copain. Surtout, il mesurait à quel point les choses étaient devenues dangereuses, du moins si cela venait à se savoir. Qui s'inquiéterait de l'absence de l'Ivrogne ? Personne ! Mais pour Anton ? Le temps de se pencher au-dessus de l'eau et Jak décida qu'il valait mieux attendre qu'Anton remonte de lui-même à la surface plutôt que de se lancer à sa recherche. D'ailleurs, il ne savait pas nager – ça, il faudrait le dire en premier, et encore et encore le répéter et insister jusqu'à ce que l'on s'avise de le laisser en paix. Non, ce n'était pas sa faute, on ne pouvait pas le punir pour ça. Il ne savait pas nager. Ce n'était pas sa faute.

Cette fulgurante évidence ne lui fut que d'un bref réconfort. Aussitôt, une foule d'autres questions le gifla comme une tourmente de grêle. Devait-il attendre ? Combien de temps ? À moins qu'il faille s'en aller dès maintenant ? Et puis, comment être sûr, tout à fait certain, que personne, absolument personne, n'allait passer par là ? Ou bien n'était déjà passé, ou ne les avait vus, ou ne le verrait dans une seconde ? Ou encore ne le croiserait quand il rentrerait et s'en souviendrait par la suite : « Je l'ai vu, lui, Jakova, qui revenait en douce, au petit matin, tout seul… » ?

Jak s'allongea sur le quai, vaincu par l'afflux d'incertitudes, tendant machinalement une main désemparée vers la chape noirâtre qui renfermait toutes les réponses, et ses lèvres dessinèrent un petit « oh » très net mais qui demeura inaudible : Anton venait de s'agripper à son bras.

Son ami grelottait. Ses habits dégoulinaient. Jak le regardait, sans songer à lui passer sa veste. Anton ne ressemblait pas à Anton – ou alors à un Anton en vieillard précoce. La morsure de l'eau fripait son visage livide qui frissonnait, lui arrachant des tics désordonnés. Mais de tout ça, Anton se fichait bien. Tout en retirant de sous sa chemise un papier plié, il soupira : « C'est tout ce que j'ai pu sauver… C'est… c'est sorti de sa poche. »

Anton était-il devenu fou ? Le voilà qui se souciait de ce buvard sans valeur, même pas un vrai parchemin, juste un vieux papier dont l'encre au rabais coulait plus vite qu'il ne pouvait lire ! Par-dessus son épaule, Jak crut apercevoir trois gros points qui, s'ils avaient été tous reliés, auraient formé une pyramide approximative. Le trait qui en soulignait la base s'estompait déjà : peut-être n'était-ce qu'un triangle dupliqué par les plis successifs de la feuille mouillée… Quelques chiffres ondulaient ici et là, évoquant autant la houle d'un océan que les dunes d'un désert. Par endroits, des mots tracés d'une écriture de toute façon irrémédiablement illisible accompagnaient ces méandres.

Devenu fou…

Son copain venait de s'agenouiller, sans un mot, les poings serrés, tourné vers le phare, après s'être collé le papier à travers le visage, recouvrant son front, ses yeux, sa bouche…

Fou.

Jak songea, finalement, à lui couvrir les épaules avec sa veste, parce qu'un mauvais rhume contracté de la sorte pouvait se transformer en pneumonie, ou pire, et alors ce seraient des questions à risques, du genre à éviter. Il attendit un moment qu'Anton dît ou fît quelque chose, mais il ne se passait rien, son copain ne sortait pas de sa torpeur. Ce n'était pas trop grave, Jak connaissait les consignes par cœur, elles lui revenaient maintenant qu'ils étaient de nouveau ensemble. D'habitude, ils ne s'attardaient pas plus que nécessaire sur les quais et rentraient chez eux, mais jamais deux nuits par le même chemin. Parfois, ils empruntaient les ruelles mal éclairées, d'autres fois ils longeaient les magasins comme de simples promeneurs. Surtout, ils ne devaient pas donner l'impression de fuir – Anton le lui serinait toujours, ça les rendrait suspects. Mais Anton ne se levait pas, Anton ne faisait rien. Aussi, Jak se décida : il devait soulever son copain, le mettre debout et le forcer à marcher. Il se doutait bien qu'il allait se buter, se débattre, s'agiter, qu'il n'accepterait pas de partir comme ça. Il se campa donc solidement sur ses jambes et exerça une traction lente et régulière, puissante. Anton était plus petit, plus frêle, ce serait facile. De fait, il n'opposa aucune résistance. À la surprise de Jak, il accompagna même le mouvement et se redressa, lui faisant perdre un peu de son assise. N'ayant pas desserré ses poings, sans un mot Anton lui décocha alors un gauche au menton et lui enfonça un direct du droit dans l'estomac.

« Ben quoi, faut rentrer… », marmonna Jak qui ne s'était pas rendu compte du coup au ventre – mais il se tenait la mâchoire et l'actionnait de gauche à droite comme pour vérifier qu'il pourrait engouffrer son petit déjeuner du lendemain.

« Y a école demain ! » supplia-t-il tout en réalisant qu'Anton venait de lui résister, physiquement, pour la première fois.

Du pied, Anton poussa à la baille la caisse de bouteilles qu'ils avaient apportée avec eux. Il ne tenta pas de la regarder disparaître, il chiffonnait tout au fond de sa poche le papier devenu inutile qui avait failli le perdre.

D'un coup de menton, Anton désigna la rue qui menait au centre-ville et Jak se mit en route en pensant que c'était une bonne idée. À la place du marché, ils pourraient se séparer après s'être assurés que personne ne les suivait. Dans un quart d'heure, ils seraient au lit, comme s'ils n'en étaient jamais sortis.

2

Cette nuit lointaine sur le quai a décidé de son existence. Décidé ? Oui, probablement. Car depuis, les mensonges du vieil historien – affabulations, élucubrations et autres divagations éthyliques – pimentent ses souvenirs et modèlent ses plans. L'Ivrogne parvenait à rendre ses histoires si convaincantes que même sa raison, pourtant prudente, n'a su le dissuader de préserver une sorte d'espoir : « Et si c'était vrai ? » L'argument demeure évidemment indéfendable, fût-il abordé sous la simple logique spéculative, mais le doute insinué ne réclame nulle prise tangible pour subsister. « Et si c'était vrai ? » Cette question, il l'a toujours perçue comme une nostalgie confuse, étroitement associée à ce que le mot « trésor » éveille instantanément en chaque enfant et qui ne signifie plus grand-chose une fois adulte. Sauf pour lui.

Incorrigible imaginaire…

Ainsi est-il devenu le « commandant Petrack ».

Depuis combien d'années ne l'a-t-on pas appelé autrement ?

Renversant la tête sur le cuir de l'épais dossier de son vieux fauteuil rouge, il respire profondément, les yeux fermés, puis se redresse, rouvre ses paupières et prononce mentalement son prénom : « *Anton* ». Alors, le fameux explorateur, l'aventurier médiatisé, généreux mécène et grand découvreur, se revoit aussitôt, enfant, le nez plongé dans son livre favori, qu'il ne cessait de relire en secret. La couverture élimée, rouge sale et rugueuse, reposait sur ses deux jambes nues, incroyablement fines, décharnées, et courtes, bien trop courtes pour son âge – il le savait et en souffrait, il n'y pouvait rien. L'*Histoire mondiale de la piraterie*, illustrée de vingt planches originales gravées sur bois, pesait plus de deux kilos et demi ; ses jambes croisées luttaient pour maintenir la juste inclinaison.

Le commandant sent son torse se balancer en avant, comme il le faisait alors sous la tension de la lecture, grognant ou gémissant une berceuse dénuée de paroles et rythmée par les seules fins de lignes, hochant en cadence la tête en signe d'approbation – ou rituel d'appropriation. Plus tard, bien des années après, il adoptera sciemment cette technique de concentration, qui l'aide à organiser sa pensée, tout en parvenant à limiter le mouvement à d'imperceptibles oscillations du chef.

Quel âge avait-il quand ce livre comptait tellement dans sa vie, sa toute jeune vie ? Ils venaient de découvrir l'autre cave ; Jak a emménagé en cinquante-neuf : Anton avait donc dix ans. Il avait été conçu en plein conflit avec le Kominform mais, bien que membres du Parti communiste yougoslave, ses parents n'avaient nullement pris part aux événements. Des magazines affirmaient le contraire ; il déniait l'information en jouant le modeste ; chacun en concluait ce qu'il voulait... – on ne fabrique pas une légende sans mystère.

Non, ils ne disaient pas la cave, à cette époque. Comment l'appelaient-ils ? La cachette ? Le repaire ? La caverne ?

La visite impromptue de la jeune femme vient de tout changer – comme si soudain, alors que vous marchez à travers une ville depuis si longtemps que vous pensez vous être égaré, vous retournant à nouveau en quête d'un indice quelconque, vous réalisez que ça y est, que vous êtes arrivé, que vous avez atteint l'endroit tant attendu, celui-là même qui, dans votre jeunesse, vous a incité à *partir*…

Ainsi, un demi-siècle plus tard, dans son bureau cossu de Portland, Maine, le commandant laisse sa tête s'agiter verticalement. Trois ou quatre ballottements suffisent pour retrouver et ouvrir le bon compartiment de sa mémoire. La *grotte*… Oui, bien sûr, ils disaient : « la grotte aux trésors ».

Tout avait commencé avec le nouveau. En pénétrant dans la classe, en compagnie du directeur qui devait se tenir encore plus droit que d'habitude pour le dépasser d'une courte tête, la nouvelle recrue avait provoqué le silence – sa masse en aurait imposé à des écoliers âgés de trois à quatre années de plus. « Choisis-toi une place », lui avait dit le maître d'une voix accueillante. Il en restait une au premier rang, mais s'il la vit, le nouveau ne considéra pas une seconde qu'elle pouvait le concerner. Ses yeux portèrent au plus profond de la classe, dans l'angle diamétralement opposé, près d'une haute fenêtre qui donnait sur les arbres. En hiver, on pouvait apercevoir l'Adriatique, sans être jamais tout à fait certain de distinguer le ciel de la mer.

Anton y occupait seul la dernière table. Il appréciait cette mise à l'écart, de nombreux rangs masquaient ses erreurs. À l'écrit ou au tableau, ce n'était pas difficile de passer pour un élève moyen, mais dans l'enthousiasme d'une nouvelle leçon, il se trahissait souvent. Même s'il allait rarement jusqu'à lever la main, son coude esquissait trop volontiers le geste.

« Jakova », lui dit le nouveau sans desserrer les dents ni même le regarder, mais en prenant toute la place à côté de lui. Une montagne, pensa-t-il – une montagne avec de petits yeux fuyants, tel un dieu de l'Olympe inquiet, descendu parmi les hommes, qui ne sont que des nains malins, des diablotins hystériques… Anton refoula cette distraction qui l'entraînait encore vers *l'autre côté des choses*, cette dimension méconnue et familière qu'il n'explorait qu'en solitaire et qui le *débordait* encore trop souvent. Il se ravisa pour en déduire que Jak et lui allaient s'entendre : ils étaient voisins de banc ; ils s'aideraient mutuellement. Plus aucun enfant n'oserait l'attaquer…

Depuis toujours, Anton attribuait à sa petite taille et à sa stature malingre l'origine de tous ses tourments. C'est un fait que ni enfants ni adultes ne croyaient à son âge : tous lui accordaient une bonne année de moins qu'en réalité, et il en soupçonnait beaucoup de lui en retrancher deux. En classe, il se retrouvait parmi de faux grands qui le traitaient comme un gamin – alors que son intelligence, dévoilée, lui aurait assuré la place de premier. C'était une faiblesse contre laquelle il ne pouvait rien, sinon masquer toutes ses singularités, gommer chaque saillie distinctive de son caractère. Car si, non content d'être le plus chétif – la proie désignée –, il avait laissé ses véritables facultés – sa supériorité – le signaler à la vindicte, que serait-il advenu de lui dans cette jungle régie par les poings ? Faux crétin et vraie victime, il se taisait, encaissait en silence, acceptait son sort sans même une plainte. Il ne pleurait pas, ne criait pas, ne dénonçait pas. Qui aurait redouté de s'en prendre à lui ?

Pour survivre, il devait disparaître, devenir *invisible*. Sa lâcheté l'écœurait. Que pouvait-il tenter d'autre ? Cette tactique l'avait conduit à cultiver jusqu'à la vanité sa capacité à se faire oublier, à se fondre aux autres, à être neutre et fade, absent. Sa couardise ne lui apparaissait alors plus si méprisable, puisqu'elle avait révélé et discipliné ce pouvoir, cette presque magie, le secret de l'invisibilité…

L'arrivée du nouveau allait changer tout cela. Jak redoublait, ce n'était visiblement pas la première fois. Ses parents s'installaient en ville, il n'avait donc pas encore d'amis. L'aider, le guider, telles étaient les clés de sa protection.

« Bien sûr… Voyez-vous ça ! » Hélas, le maître n'était pas dupe et le directeur acquiesçait comme s'il venait de gagner un bon point. « Allez, au premier rang. Tout de suite. Laisse donc M. Anton s'adonner à ses flâneries lunaires, et viens par ici que je t'aie à l'œil. Là-bas, tu es beaucoup trop loin pour que je te voie, ou alors… pas encore assez gros… »

Jak n'avait pas hésité une seconde : il avait mêlé son rire à celui des autres. En extirpant sa masse de la tubulure étriquée du banc soudé à la table, il en avait tant rajouté que les cancres notoires, qui s'alignaient au pied de l'estrade et qui pouffaient avec le maître, commençaient à s'interpeller du coude en désignant ce colosse bonhomme. Anton réalisa ainsi qu'il n'était pas le seul à envisager le bénéfice à retirer de la camaraderie du nouveau.

Chaque matin, c'était rapidement devenu un rituel, une dizaine d'élèves se pressaient désormais autour du nouveau devant les grilles de l'école. Jak faisait le pitre, se mettait en scène ou parodiait les dernières péripéties de ses parents, exagérant ses pantomimes, répétant plusieurs fois celles qui plaisaient, s'essayant de temps en temps aux calembours. L'histoire du rhum volé lui servait le plus souvent de prétexte, il la commentait comme un feuilleton radiophonique. Son public l'encourageait au ridicule, échangeant des œillades quand il accédait à leur attente, incapable de ne pas aller trop loin. Jak pérorait, radieux. Anton l'observait, *invisible*.

Souvent, Anton souhaitait intervenir, puis y renonçait – Jak ne s'était présenté à lui que le premier jour, et il ne semblait plus s'en souvenir, il l'ignorait.

Les parents de Jak venaient d'acquérir un restaurant qui se trouvait à égale distance du port et de la place du marché, mais légèrement à l'écart du trajet que l'on empruntait généralement pour rejoindre l'un ou l'autre. Sans s'y bousculer, la clientèle ne manquait pas, peut-être en raison de la discrétion relative offerte par cet emplacement et des prix raisonnables qui en découlaient. Grâce au relief des collines, les fenêtres de l'établissement donnaient sur l'Adriatique, atout que les nouveaux propriétaires estimaient pouvoir mieux exploiter que leurs prédécesseurs. Ce dénivelé permettait également de disposer d'une grande cave, susceptible d'accueillir en quantité et au meilleur coût toutes sortes de réserves, avantage appréciable sur la concurrence située au niveau de la mer. Cette possibilité avait été négligée jusqu'alors, comme en témoignait la mauvaise organisation de la cave. Mais, en déblayant les tonneaux empilés qui en tapissaient le fond, ils avaient découvert que ce désordre occultait une porte basse, et que celle-ci menait à une seconde cave, plus petite. Immédiatement baptisée la « petite cave », elle abritait trois hautes et larges barriques, hissées sur de courts trépieds. Occupant plus de la moitié de la pièce, elles ressemblaient davantage à des cuves de brasserie qu'à des fûts d'une cave à vin conventionnelle, mais elles contenaient, en abondance, un alcool exotique, du rhum, hélas un rhum des plus exécrables.

La petite cave avait-elle été dissimulée en raison de l'origine frauduleuse de la marchandise qui s'y trouvait stockée – une vraie fortune – ou par dépit ? Délaisser une telle quantité d'eau-de-vie à si fort potentiel n'était pas envisageable et le restaurateur avait cherché de quelle manière la sauver. En ajoutant de l'alcool pur, en s'inspirant des spiritueux traditionnels, en laissant macérer quelques plantes amères, ou du gui, ou de la caroube, ou du génépi, ou de la prune, voire un peu de tout cela, il avait fini par obtenir quelque chose d'âcre et de coriace, sorte de tord-boyaux aux relents de rhum, qu'il avait présenté à sa clientèle sous différentes appellations pittoresques, et dont elle s'était vite lassée. En fait, personne n'en avait accepté une seconde fois… Cet échec avait chagriné l'aubergiste : que pouvait-il faire ? Sacrifier un tel trésor pour récupérer l'usage de ces immenses citernes ? Brader ses prix au risque de gâcher sa réputation naissante ? Ou bien adopter la philosophie de son prédécesseur, en abandonnant purement et simplement l'eau-de-vie trafiquée, là où elle se trouvait et en l'état, renonçant du coup au rhum, aux cuves et même à la petite cave ? De temps à autre, ce bénéfice qui lui échappait le tourmentait assez pour le conduire à tester le vieillissement de ses mélanges, sans jamais parvenir à en tirer un nouvel espoir.

Ce fut à l'occasion d'une de ces inspections, devenues routinières, qu'il remarqua que le niveau de la cuve centrale baissait plus vite que de raison. Il sonda à plusieurs reprises les trois barriques, mais seule celle-ci se vidait, sonnant plus creux à chaque visite. Pas de beaucoup, mais assez pour l'inquiéter. L'aubergiste vérifia qu'elle ne souffrait d'aucune fuite, il s'assura qu'aucun client n'avait commandé de sa mixture ces derniers jours, il inspecta robinet et couvercle – et dut se rendre à l'évidence : quelqu'un sirotait l'infâme tord-boyaux à son insu.

Quelque temps, les deux époux se suspectèrent mutuellement, mais leur surveillance réciproque ne modifia en rien ces disparitions discrètes et quotidiennes.

Pour atteindre le fût, il fallait à ce mystérieux voleur franchir quatre portes bien gardées. D'abord celle de l'entrée du restaurant, toujours surveillée par l'un ou l'autre ; ensuite celle de la cuisine, verrouillée quand la pièce n'était pas occupée ; puis celle de la grande cave, dont l'unique clé était cachée derrière une réserve à farine ; et, enfin, celle de la petite cave, la seule à être démunie de serrure. Impossible d'opérer de jour sans se faire immédiatement remarquer. La chambre parentale donnant au-dessus de la cave principale, dont elle n'était séparée que par un simple plancher aux lames mal jointes, toute intrusion nocturne était vouée à l'échec.

Qui les délestait ? Qui ingurgitait ce rhum ? Et surtout : comment s'y prenait-il, presque chaque jour, pour atteindre la barrique et ne laisser aucune trace de son passage ? Jak répétait quotidiennement ces questions et surenchérissait sur l'obsession de ses parents. La dernière en date remontait à une semaine : ils avaient percé le couvercle de la barrique pour y installer une jauge, confiant à leur fils unique le soin de descendre le matin relever son niveau. Par jeu, l'enfant attisait volontiers leur agacement en exagérant le préjudice des prélèvements ; puis il s'empressait de rejoindre la grille de l'école pour épater les autres.

Un matin, tandis qu'il venait de s'infiltrer parmi les adulateurs du fils de l'aubergiste, Anton s'était soudainement écrié : « J'ai trouvé ! »

L'exclamation lui avait totalement échappé. Et elle représentait bien imparfaitement ses pensées – lesquelles, à son habitude, fusaient dans tous les sens. Ainsi, en cet instant, il jouait une fois de plus avec l'idée que les dieux de l'Olympe avaient lâché ce rejeton balourd et vantard parmi les homoncules et, lui ayant dissimulé le secret de sa nature divine, ils se raillaient de ses vains efforts pour séduire ceux qu'il pouvait vaincre. Il songeait par ailleurs que, par un retournement singulier, en se moquant de ses parents, Jak faisait rire de lui. Il réfléchissait aussi au fait que ce costaud n'usait pas de son meilleur argument pour s'imposer, ses poings, et s'en étonnait, et s'interrogeait aussi sur les raisons de cette retenue – encore qu'il pût s'agir d'un calcul, encore que cela fût peu probable. Quelque part, Anton relevait également que tout les opposait, tant sur le plan physique que dans leur volonté de s'exhiber ou de se cacher, et que ces différences les rapprochaient finalement. Mais, parallèlement, une autre partie de son cerveau élaborait une théorie plaisante, relative à un voleur, particulièrement audacieux et habile, qui s'introduisait chaque jour dans l'auberge, sous un déguisement différent et parfaitement réussi, et qui dérobait, à la barbe de ses parents, juste un peu de ce mauvais rhum, moins pour le profit que pour l'exploit et ses délicieux frissons…

3

Un. Ayant crié, Anton venait de révéler sa présence. Les autres, étonnés de le découvrir parmi eux, ne l'oublieraient pas de sitôt.

Deux. Le sourire annoncé sur la commissure des lèvres de certains, simple esquisse frémissante pour le moment, présageait l'espoir partagé d'assister à une démonstration édifiante : le nouveau n'avait toujours pas usé ses poings sur le tendre visage du petit Anton, une négligence à réparer au plus vite…

Trois. Ayant parlé, il ne pouvait s'esquiver.

Quatre. Que dire ?

« J'ai résolu l'énigme. »

Cinq. Comment avouer publiquement l'enfantillage du cambrioleur rocambolesque qui venait de le trahir ? Il se sentait davantage disposé à inventer une formule pour remonter le temps.

Cinq bis. Comment s'y prenait-il pour se retrouver si régulièrement dans cette situation ? Par étourderie, par précipitation, par enthousiasme, à un moment ou à un autre, inévitablement sa fantaisie l'emportait, mettant à nu les inventions de son esprit, son immaturité, son infantilisme. Pas une résolution, pas une promesse n'y résistait, il finissait toujours par se laisser *déborder* par ses embardées délirantes…

Cinq ter. Jak allait le corriger. Il avait un peu froid. Il ne voulait pas s'y résoudre.

« Voilà. »

Six. Gagner du temps, d'accord : bonne idée. Il devait continuer à parler – mais la ronde accusatrice de sa logique analysait sa faiblesse et, tant qu'il n'aurait pas déroulé l'idée jusqu'à sa fin, il demeurerait incapable d'ajouter autre chose qu'une cacophonie d'onomatopées.

Sept. Jak commençait à sourire. Et son incroyable masse à dodeliner.

Huit et ainsi de suite : l'invisibilité n'est qu'un palliatif, pas un remède ; chaque ruse découvre une faille nouvelle ; impossible de s'en sortir seul ; la solution n'est pas dans le repli, mais dans l'ouverture, dans l'ailleurs…

Neuf. Jak était-il cet ailleurs ?

« Qui pourrait sérieusement envisager un cambrioleur duper ainsi tes parents, jour après jour ? Ça ne tient pas debout ! Ils le reconnaîtraient, depuis le temps, forcément. Et même si ce truand maquillait chaque fois son visage et endossait mille accoutrements, ce serait encore impossible ! Cela fait trop longtemps que tes parents surveillent l'accès à la cave. Si rusé, intrépide et talentueux puisse-t-on l'imaginer, un tel voleur ne passerait pas.

— Ben oui, c'est impossible », acquiesça Jak en haussant mollement les épaules.

Dix. Ce scénario fautif écarté, Anton se félicita d'avoir marqué des points – Jak était passé de la silhouette du poids lourd à celle du balourd. Ce répit, il pouvait peut-être le mettre à profit pour pousser plus loin son avantage, en convoquant sa fantaisie pour égrener conjectures et solutions, en procédant par élimination. Au pire, il laisserait l'impression d'avoir vraiment essayé de l'aider…

« Et tes parents ont déjà pensé chacun que c'était l'autre qui buvait en cachette, enchaîna-t-il, c'est bien ce que tu as dit ?

— C'était drôle… Ils s'épiaient et se disputaient à tout bout de champ pour savoir où l'autre était passé, combien de temps il lui fallait pour aller chercher des patates à la cave ou pour…

— Ça, l'interrompit Anton, ça ne marche que si un seul boit en cachette. Mais les deux?

— Les deux?

— Oui! Cela expliquerait l'ampleur du prélèvement. Et tu le dis toi-même: ton père comme ta mère ont d'excellentes raisons de se rendre seuls à la cave, plusieurs fois par jour. Par contre, imagine que l'un rapporte la preuve que l'autre en fait autant: en l'accusant, en l'obligeant à arrêter, il se condamnerait à arrêter, lui aussi.

— Tu veux dire qu'ils n'ont pas intérêt à…

— Exactement! Cependant… Cependant, hélas, si l'idée est séduisante, et encore plus amusante, c'est vrai, elle n'est pas vraisemblable. Je suis désolé, mais ils sont hors de cause, dans tous les cas, et selon le même principe: si un voleur en surprend un autre lui brûler la politesse, il ne prévient pas la milice. Il se tait, il attend et se sert une fois la place libre… Tes parents ne sont pas dans le coup.

— Ah… Mais, ça, on le savait déjà.»

Anton se contenta d'approuver de la tête, et Jak sembla s'en satisfaire. D'autres idées s'annonçaient, il devait juste faire le tri, ne garder que les hypothèses les plus plausibles, domestiquer ses débordements…

«Tes parents emploient un cuisinier, une serveuse?

— Non. Un jour, sûrement. Là, c'est encore tôt. C'est cher, une auberge.»

Anton hocha la tête et s'essaya à une moue comme lorsque le maître méditait un exemple.

«Alors, si le voleur ne vient pas de dehors, si ce n'est ni l'un ni l'autre de tes parents…

— C'est ça qu'on cherche…

— Mais la réponse est évidente: un jour ou l'autre, ils finiront par penser que c'est toi!

— Non! Je suis bien trop jeune…

— Toi! Non, pas toi… Moi, je fais jeune. Je suis petit, pas assez de muscle, si pâle qu'on me demande tout le temps si je ne couve pas un rhume. Mais pas toi… Regarde-nous : on a presque le même âge, mais tout le monde te donne trois ans de plus ! Au fait, à quel âge as-tu bu ton premier fond de verre, tu sais, en cachette, au restaurant, quand tu débarrassais une table ?

— Euh, il y a trois ou quatre ans…

— Tu vois ! Tu crois sérieusement que tes parents ne se sont jamais doutés de rien ?

— Peut-être, mais…

— Avec ta stature, tu pourrais avaler un verre de rhum sans broncher ! Tu le sais, non ?

— Oui. Enfin, peut-être… Mais…

— Et tu les crois aveugles, tes parents ? Tellement attendris par leur tout joli chéri-chéri qu'ils ne le soupçonneront jamais de leur voler un peu d'argent dans la caisse, ou des gâteaux de la réserve ?

— C'est pas ça, mais…

— Ni boire un tout petit verre ? De temps en temps. Quel mal y aurait-il, finalement ? Il est invendable ce rhum. Où est le préjudice ? Et puis, est-ce vraiment du vol ? Après tout, tu es leur fils, c'est un peu comme si tu étais aussi propriétaire de l'auberge, tu ne crois pas ? Tu l'as bien goûté, non ?

— Juste une fois !

— Tu vois : tu viens de me l'avouer en deux minutes. Combien leur en faudra-t-il, le jour où ils oseront te soupçonner ? Ils le tiennent déjà, leur coupable.

— Oh… »

La lèvre ramenée en accent circonflexe à s'en chatouiller le nez, Jak mordillait son index tout en se balançant longuement sur ses jambes.

« Nous devons trouver ce qui se passe… C'est ta seule chance, Jakova. »

Anton avait hésité à ajouter le prénom à son avertissement, surtout assorti d'un « nous » aussi grandiloquent, mais cela avait marché. Les yeux de Jak s'étaient rétrécis au fur et à mesure de l'énoncé de la menace, puis ils s'étaient rouverts, ronds, attentifs, déjà reconnaissants.

« En plus, si c'est toi qui déniches le coupable, tes parents seront fiers de toi… »

Anton ménagea une courte pause, puis ajouta enfin : « Tu mériterais même une récompense pour ça…

— Ils pourraient me donner une pièce. Enfin, peut-être pas… Mais, peut-être oui. »

Anton s'était abstenu d'ajouter quoi que ce soit, laissant à Jak le soin de réaliser quel indispensable allié il pouvait devenir. Quant à lui, il savait qu'il avait trouvé son protecteur. Ses ennuis s'achevaient.

Le commandant se souvient distinctement de la sensation de soulagement qui avait accompagné ce moment. Par la suite, plus aucun écolier n'avait osé l'importuner, même en l'absence de Jak, dont on redoutait les représailles. Cette immunité restait donc liée à l'amitié reconnaissante de Jak et ne résultait pas de la disparition de sa propre lâcheté, mais elle devait cependant l'aider à ne plus se considérer en victime – il équilibrerait désormais sa faiblesse par son intelligence. Tout un processus s'était enclenché ce jour-là, pour un rien, sans tralala ni en se référant à une savante théorie, mais, paradoxalement, juste en riposte d'une bêtise infantile. Il n'avait rien décidé, uniquement réagi, acceptant, sans le savoir encore, de simplement grandir.

« Grandir… », répète-t-il.

Grandir s'était imposé sous cette forme particulière : la faculté d'inventer des stratégies de compensation. À dix ans… Une adaptabilité fondée sur l'analyse, qui le façonnerait dès lors et sans discontinuer. Don ou malédiction ? Les autres sont-ils si différents ? « *C'est ce qui m'a fait…* » Ce soir, ses ordres donnés, le commandant Petrack savoure le souvenir de cet enchaînement, un vieux rhum ambré à la main, calé dans un impressionnant fauteuil en cuir rouge.

Anton n'avait pas pleinement goûté sa première victoire. S'il s'était découvert bon comédien, il devait se reconnaître piètre détective – bien qu'il affrontât l'énigme de la chambre close, dont d'innombrables variantes hantaient déjà davantage de romans policiers qu'il ne pourrait jamais en lire… Cependant, pour sceller le pacte qu'il venait de signer avec son nouvel allié, ne devait-il pas résoudre cette histoire insensée ? Quelles étaient ses chances, alors que Jak et ses parents avaient échoué ? D'autant que rien ne contredisait sérieusement l'hypothèse qui plaçait Jak en tête de la liste des suspects. Trop chercher ne reviendrait-il pas à accabler son protecteur ? Cette perspective l'amena à considérer que son véritable objectif ne consistait plus désormais à élucider cette affaire, mais seulement à disculper Jak.

« Tu as bien dit que la porte de la petite cave est la seule à ne pas fermer à clé ?

— C'est exact.

— Demain, je t'apporte un cadenas. On le posera ensemble, sans rien dire encore à tes parents. Et on verra bien ce qui arrivera. Si les prélèvements s'arrêtent, c'est que le voleur passait par là.

— Tu crois que ça marchera ?

— Tu as une meilleure idée ? »

Deux jours passèrent sans que la barrique subît aucun prélèvement. Anton redoutait que l'échec de sa démonstration, ou simplement sa lenteur, conduisît le fils de l'aubergiste à le mépriser ; au contraire, Jak recherchait sa compagnie et partageait, sinon ses inquiétudes, du moins la nervosité confuse qu'elles alimentaient. Le troisième matin, deux litres manquaient enfin… Jak n'en semblait pas tellement satisfait.

« On saura jamais qui c'est, se désola-t-il.

— Tu penses à la récompense ?

— La pièce ? J'aimerais bien… Tu les connais pas, mes vieux… Ça, ils en parleront, mais pour ce qui est de lâcher…

— Alors, victoire ! T'es pénard…

— Comment ça ?

— Si tes parents te soupçonnent, on leur refait le coup du cadenas, dont ils gardent toutes les clés. Et toi, tu es mignon tranquille tout beau comme un nouveau-né !

— C'est vrai, ça… Je suis pénard… T'es un vrai pote, mon pote. »

« Mon pote… » Ce revirement dépassait toutes les ambitions d'Anton : il avait manigancé pour un garde du corps, Jak se voulait son ami.

L'énigme demeurait entière, et renoncer à la résoudre lui coûtait, mais Jak n'en parlait plus, sinon pour briller dans la cour de récréation, comme avant – sauf qu'Anton se tenait maintenant à ses côtés et ne se cachait plus.

4

Anton entreprit de cultiver l'amitié de Jak en le raccompagnant après l'école jusqu'au restaurant. Pour ne pas se séparer aussitôt, ils traînaient ensemble dans la ruelle qui contournait l'établissement, paressaient près de la margelle du puits où l'on venait encore puiser de l'eau. De temps à autre, contre une pièce ou deux, certains voisins, surtout de vieilles gens, confiaient à Jak la tâche ingrate de tourner la manivelle pour remonter de quoi remplir deux grands seaux – vingt-sept tours, avait-il compté, pour chaque voyage du petit récipient cabossé qui brinquebalait au bout de sa longue corde rêche, et il fallait le faire quatre fois pour mériter salaire. Le gain était ridicule, mais il représentait son unique argent de poche.

Anton ne lui était d'aucun secours dans cette tâche de forçat, mais il inventa un jeu du caillou plus amusant que ceux que pratiquait Jak jusqu'alors. Anton lançait des galets, qu'il allait chercher parfois à la plage, en oblique dans le puits, comptant le nombre de ricochets jusqu'au plongeon final. À condition de choisir une pierre suffisamment ronde, de l'envoyer selon un angle assez aigu et avec force (tout résidait, en fait, dans le mouvement du poignet, mais cette astuce ménageait à Anton un certain avantage sur

Jak qui n'employait que ses muscles), il pouvait atteindre trois, voire quatre rebonds sonores.

Jusqu'au jour où, après une ou deux semaines de jeu, sa pierre n'émit aucun son. Rien. Ou peut-être un petit bruit mat, mais comment en être sûr ? Ils s'attendaient à tout autre chose et n'avaient prêté l'oreille que pour dénombrer les ricochets. En tout cas, aucun rebond ne s'était produit, pas même l'inévitable « plouf » qui marquait trop vite la fin du jeu. La pierre n'était donc pas tombée – elle était restée prisonnière du puits. Ils se penchèrent tous deux pour en scruter le fond, en vain.

« Attache-moi ! » ordonna Anton. Jak n'hésita pas une seconde, libérant le vieux seau pour ficeler son camarade d'un seul tour au niveau de la ceinture. Anton s'accrocha des deux mains à la corde et Jak le fit descendre.

« Là ! cria-t-il après dix-huit tours de manivelle.

— Quoi ?

— Une porte d'un côté et un tunnel de l'autre ! Remonte-moi ! »

Jak le hissa tout en le questionnant et continua de l'interroger tandis qu'Anton, toujours prisonnier de la corde qui lui cisaillait les aisselles, pendouillait au centre du puits.

« Il nous faut une torche, décida Anton, pour voir jusqu'où ça va. J'ai balancé une caillasse par l'entrée du tunnel, elle a bien fait dix ou quinze mètres !

— Il est grand, le trou ?

— Assez pour s'y tenir debout. Toi comme moi, précisa-t-il.

— Et de l'autre côté, t'as vu une porte ?

— Sûr qu'elle donne chez toi !

— La petite cave ne va pas si loin ! Et elle n'a qu'une entrée. Regarde où s'arrête le mur, lui dit-il en montrant d'une main le restaurant.

— Sors-moi plutôt de là, on mesurera plus tard... »

Effectivement, du puits au bâtiment ils comptèrent sept pas – cinq mètres au moins, estimèrent-ils.

« Il doit y avoir une autre pièce, ou une sorte de couloir, présuma Anton. Quelqu'un passe par le tunnel – j'ai vu une grosse planche, assez longue et solide pour faire une passerelle par-dessus le trou. Il la glisse à travers le puits et regagne la petite cave pour piquer le rhum. Il y a une porte secrète…

— Une porte invisible !

— Pour nous, oui. Parce que nous ne savons pas qu'elle existe. Ou plutôt, parce que nous savons qu'elle ne peut pas exister ! Il faut retourner dans la cave et faire le chemin à l'envers !

— Demain matin. Quand mes parents seront au marché.

— On a école, demain !

— Et alors ? »

La repartie de Jak laissa Anton interloqué : lui-même n'avait encore jamais séché l'école et il n'envisageait pas une telle décision arrêtée dans l'instant, sans la moindre tergiversation. Jak ne se posait pas ce genre de problème.

« Et pourquoi demain ? ne put s'empêcher de demander Anton.

— Qu'est-ce qu'ils vont dire, mes parents, si on ne trouve rien ? Et puis, reprit-il après un instant, on ne sait pas ce qu'on va trouver. »

Anton ne comprenait rien à ce raisonnement ; si Jak avait quelque chose en tête, pourquoi ne pas le lui dire tout de suite, tout simplement ?

« Si on ne trouve rien, insista Jak, ils vont m'engueuler après : t'emmener fouiner comme ça, partout, chez nous… »

Sur ce point, Jak avait évidemment raison : ses parents ne manifestaient aucune sympathie à l'égard d'Anton, bien que ses propres parents ne le traitassent pas vraiment autrement… Et puis, ignorant tout du battage que leur fils en faisait chaque matin, ils préféraient le tenir à l'écart de leur eau-de-vie d'origine douteuse,

« Mais si on trouve ? Écoute, Jak, avec cet indice, on va trouver !

— Et si ça rate ?

— La porte existe ! Il y a forcément quelque chose…

— S'il y a quelque chose, rien ne presse pour leur dire.

— Mais si tu empêches le voleur de revenir, tenta encore Anton, ils vont être fiers de toi ! Peut-être même te la donner, ta récompense !

— Non. »

Non, pas de récompense, ou : non, il ne faut rien dire à mes parents ? Anton estimait leur complicité trop récente pour l'autoriser à l'interroger davantage, bien qu'il lui brûlât de prolonger l'aventure que représentait la découverte de passages secrets au fond d'un puits – qui sait où ce tunnel conduisait, vers quelles cachettes, quels repaires de pirates… Et puis, Jak faisait une drôle de tête, et il dansait sur ses pieds. Ses lèvres bougonnaient un monologue inaudible pendant que ses yeux, mi-clos, slalomaient tout autour de lui. Cette attitude valorisait sa carrure, peut-être parce que son visage adoptait des expressions de menace : il balançait la tête sur un côté, par à-coups, comme un boxeur. Sa force semblait décuplée, prête à exploser, avec ou sans raison. Cependant, Anton ressentait moins cette puissance que la vulnérabilité de son nouvel ami. Jak s'énervait tout seul contre une idée – un souvenir, une crainte ? – et se renfrognait, inaccessible et dangereux, incroyablement fragile…

Pourquoi avait-il dit non ? Non à quelle perspective ?

N'importe quelle contrariété pouvait-elle le plonger dans cet état ? La bonne question à se poser ne devenait-elle pas : qu'est-ce qui pourrait alors le retenir ?

« Je reviens demain, se décida Anton. Dis-moi à quelle heure je dois être là.

— Je sais pas, moi ! Quand ils seront au marché !

— D'accord, je guetterai. À demain. Ils ne sauront rien. »

Anton ne demanda pas son reste, il s'empressa de mettre de la distance entre lui et son ami, en veillant toutefois à ne pas lui donner l'impression qu'il fuyait. L'essentiel, c'était que Jak ne le considérât pas comme un pleutre, qu'il sût qu'il s'éloignait pour respecter son désir de solitude. Oui, il penserait qu'Anton s'était montré sensible et compréhensif : Jak devait résorber sa crise en s'isolant et Anton l'avait ressenti et exaucé... Il avait agi en ami, pas en pleutre.

Après quelques pas, il concluait que son attachement à Jak stigmatisait l'étendue de sa propre fragilité – plus besoin de cultiver l'*invisibilité* depuis qu'il se cachait dans l'ombre de son protecteur... Inutile de se voiler la face : il demeurait un faible. Était-il ce qu'il convient d'appeler un lâche ?

Le commandant soupire au souvenir de cette question, torture alors si familière. Il pardonne volontiers au petit Anton d'user de toutes sortes de stratagèmes pour éviter de se battre, conscient, aujourd'hui, des capacités conceptuelles que ces feintes répétées ont aiguisées ; mais l'accepterait-il de son propre enfant ?

« Je n'ai pas d'enfant », se surprend-il à se répondre à haute voix. Aussitôt, il analyse ce qui conduit les pères à encourager leurs fils à résister, à faire front, à riposter, et non à biaiser et esquiver, à leur faire l'éloge de la stratégie prudente qu'eux-mêmes s'empressent d'adopter une fois adultes ; et il pense à son père dont il a vainement attendu l'appui – un père comme tous les autres l'aurait incité à encaisser les coups et à les rendre. En aurait-il été changé ?

5

Le lendemain, Jak l'attendait sur le seuil du restaurant. Il semblait avoir tout oublié de sa crise, ou bien cela ne comptait pas pour lui. Anton n'y fit pas allusion. En grandes enjambées, ils traversèrent la vaste salle à manger dont les volets demeureraient clos jusqu'au retour du couple ; puis la cuisine déserte aux fortes odeurs d'épices, de pain vieux et de graisses cuites ; ils descendirent enfin les marches de la grande cave, se gardant de refermer la porte derrière eux afin de laisser pénétrer un peu plus de lumière que ne prétendait en assurer l'ampoule nue qui pendait au milieu de la pièce. Puis, ils franchirent la porte basse de la petite cave, plongée dans une obscurité totale. Jak dénicha à tâtons la torche électrique posée sur la première marche, déclarant qu'ils ne pouvaient maintenir cette porte ouverte en raison des rats. Anton se réjouit que son ami n'ait pas fait tomber la lampe douze marches plus bas, il n'apprécierait pas de se lancer à sa recherche dans ce bric-à-brac sans rien distinguer…

Quelques jours plus tôt, ils avaient déjà exploré secrètement la petite cave, pour ce qu'il avait appelé « les besoins de l'enquête », juste une fois et sans trop s'appesantir. Comme il pouvait s'en douter, la pièce, tout en longueur, ne comportait qu'une seule et unique issue, juchée au sommet de cet escalier de meunier, lequel s'adossait contre la paroi où se trouvaient les tonneaux. Ils avaient alors rapidement examiné le robinet de la barrique, qui ne présentait aucune trace d'usage récent : qu'avait-il besoin d'apprendre de plus à ce moment-là ?

Maintenant, Anton savait qu'une ouverture secrète débouchait nécessairement sur cette cave et il lui fallait découvrir un passage que ni Jak ni ses parents n'avaient jamais soupçonné. Hélas, les trois barriques s'appuyaient justement contre le mur qui donnait vers le puits, et un nouvel examen confirma l'évidence : il n'y avait de place pour aucune porte ou fenêtre.

À regret, il admit qu'il devait donc se diriger précisément là où personne ne s'aventurait volontiers, vers le côté le plus improbable, dans le recoin le moins engageant de cette sinistre cave, vers le mur du fond.

Ce territoire dessinait un îlot aveugle : un enchevêtrement exigu de caisses et de tonnelets, de sacs déchirés et de vieilles casseroles, de pots ébréchés et d'autres choses sans plus d'identité, tout cela formait une forêt hostile où des rats obèses disputaient chaque parcelle à des araignées centenaires. Anton s'en approcha autant qu'il le jugea utile, estimant la lumière incertaine de la petite torche bien suffisante pour ne pas avancer davantage.

Le capharnaüm ne présentait aucune faille évidente – si quelqu'un avait traversé cette zone infecte pour atteindre la réserve de rhum, régulièrement et depuis des semaines, il aurait nécessairement laissé une empreinte visible dans la crasse moisie et terreuse qui recouvrait le sol. Celui-ci ne témoignait d'aucun passage – ils échangèrent un regard, à la fois déçu et soulagé.

Ils délaissèrent les rats inquiets et les araignées maussades pour se tourner vers le mur qui faisait face aux barriques. Trois rangées de planches, qui paraissaient plus épaisses en raison de la couche de poussière qui s'y entassait, le parcouraient sur toute sa longueur, jonchées de tant d'ustensiles et de caisses que cet amas doublait littéralement l'épaisseur du mur, de bas en haut. Comment ménager une porte secrète dans une cloison barrée par trois étagères aussi surchargées ?

« Mais que je suis bête ! » s'exclama Anton.

Il fit demi-tour et contempla les barriques.

« Le puits est bien de ce côté-ci, non ?

— Oui. Enfin, je crois. »

Anton fit un pas en arrière pour examiner le mur dans son ensemble.

« Regarde, Jak. Ici, l'escalier touche le mur, alors que, dans la grande cave, il débouche au centre.

— C'est pour ça qu'on l'appelle la petite cave.

— Mais elle pourrait être aussi grande que l'autre, non ? Qu'est-ce qui l'en empêche ? Ce mur n'a pas toujours existé... Cette cave est en longueur, ce n'est pas logique, elle devrait avoir la même forme que l'autre... Et puis, il y a la porte qui donne dans le puits. Il y a une autre cave ou un passage, entre ce mur et le puits ! On a compté sept pas hier, du puits au restaurant. Attends, je vais voir ! »

Anton remonta en courant la volée de marches. Aussitôt rendu dans la grande cave, il compta le nombre de pas qui séparaient la porte du mur le plus proche du puits.

« Six pas ! cria-t-il en redescendant sans perdre une seconde. Six de plus ! La cave d'origine a été coupée pile en deux... Il y a bien une pièce secrète de l'autre côté du mur... Mais pas de porte pour la rejoindre...

— Comment y faisaient, alors ? Ça sert à rien si...

— Au contraire ! Pas de porte, pas de risque d'être découvert. C'est malin, très malin : ce ne sont pas les premiers propriétaires de la maison qui l'ont fait construire, cette pièce n'était pas pour eux.

— Elle était pour qui ?

— Il faudrait le demander aux terrassiers de l'époque... Passe-moi la torche. »

Tout en exposant ses déductions, Anton s'était couché sur le dos et faufilé entre les pieds de la barrique incriminée jusqu'à glisser sa tête de l'autre côté du tonneau.

« Là ! J'ai trouvé. Il y a un tuyau, un bête tuyau d'arrosage ! À travers le mur… »

Jak colla son visage contre la pierre du mur et se mit à rire.

« Il n'a pas besoin de porte : il a creusé un trou ! s'esclaffa-t-il.

— Et il peut boire tant qu'il veut, quand bon lui semble ! Si ça se trouve, il y est en ce moment même, installé dans un fauteuil ! Mieux qu'au bistrot !

— Je veux voir ça ! »

Jak ne plaisantait pas. Il força le passage entre les deux barriques, jaugea les pierres comme pour palper la croupe d'un cheval, puis, quasiment sans élan, il attaqua le mur.

« T'as vu ! Un coup d'épaule et on casse le mur ! »

Une pierre avait bougé. Jak se jeta de nouveau contre le mur.

« C'est la preuve que ça ne devait faire qu'une seule cave à l'origine. La paroi est trop fragile pour servir au soutènement… »

Anton sortit de sous la barrique tandis que Jak poursuivait son effort.

Plusieurs pierres tombèrent avant qu'Anton n'intervienne pour modérer son ardeur.

« Attends, pas si vite. Ça sert à quoi de tout casser ? »

Jak s'interrompit aussitôt, docile.

« Tu as raison. »

Les yeux à demi fermés, il considéra longuement la cloison et le trou qu'il avait commencé à percer.

« Je vais trop vite, parfois », s'excusa-t-il en souriant gauchement.

Anton l'observa alors comme s'il le voyait pour la première fois, peut-être à la manière dont un adulte le percevait. Sa stature ne l'intimidait plus, ni son âge ni rien. Ce n'était plus qu'un gros garçon qui se tenait devant lui, l'air repentant, prêt à pleurnicher un « C'est pas ma faute » qu'on adopte mécaniquement face au maître qui vient de vous surprendre avec un pique-cul dans la main. Un gros garçon qui casse un mur à coups d'épaule, qui remonte son copain au bout d'une corde sans s'arrêter de jacasser, dont les parents possèdent une troisième cave si secrète qu'ils l'ignorent eux-mêmes. Et qui lui avait *obéi*.

« Je vais réparer. »

Jak se mit en devoir de replacer les quelques pierres qu'il avait fait tomber quand Anton l'interrompit pour regarder à travers ce qui restait de l'ouverture, mais le salpêtre qui formait l'essentiel de la cloison n'avait libéré qu'un trou minuscule. Trop petit, en tout cas, pour permettre d'y coller un œil et d'éclairer l'autre pièce avec la torche. Le mur n'avait pas livré son secret. Jak rebouchait déjà le trou tandis qu'Anton résistait maintenant à l'envie de l'encourager à l'agrandir.

6

« Faut pas que ça se voie, marmonna Jak.

— Ce ne serait pas si grave, voulut le rassurer Anton.

— Ben, si.

— Pourquoi ?

— Pour nous. »

Anton haussa les épaules. Jak remit rapidement tout en place, après avoir masqué les éclats de pierre en les frottant contre la terre battue. Le trou ne se remarquait que si on connaissait son existence et son emplacement. Satisfait, Jak contempla son ouvrage.

« J'aimerais bien aller de l'autre côté, confia-t-il enfin.

— Moi aussi…

— Tu crois qu'ils me donneront une pièce ? »

« *Et à moi ?* » Est-ce qu'Anton ne méritait pas une récompense, tout autant que Jak ? Davantage, même ! Mais c'était sa part de marché, si injuste que cela lui apparût alors, il l'avait accepté – et proposé… N'empêche, c'était lui qui avait tout fait, non ?

« Ils seront fiers de toi. Mais, pour la pièce, ça, je ne sais pas…

— Ils vont dire que j'y ai mis du temps, oui… Et puis, ils vont trouver ça normal que je nettoie tout pour agrandir leur cave. »

Anton n'avait pas prévu cet aspect des choses. Bien

sûr, des parents ne pouvaient pas penser autrement. La résolution de ce mystère – qu'il regardait comme un exploit véritable – n'était pour eux qu'un problème de réglé : plus de vol. Quant à la découverte d'une pièce secrète – qu'il vivait comme une aventure, encore riche de promesses –, eux la considéreraient avec ce pragmatisme déconcertant des parents : une porte à maçonner et une corvée de ménage qui ne pourrait pas attendre.

« C'est pour ça que tu ne voulais pas qu'on cherche, hier ? »

D'un seul coup, la crise de la veille s'expliquait. Jak n'avait fait que reproduire à une plus grande échelle le trouble qui l'emportait parfois à l'école, quand le maître l'interrogeait et qu'il n'avait pas appris sa leçon – soudainement en proie à une panique, comme si tout s'embrouillait et se bousculait dans sa tête : souvenirs de moments semblables, des punitions qui s'ensuivaient, bribes de cours se succédant, de n'importe quelle matière, de n'importe quelle année, disputes de ses parents qui le traitaient d'idiot, les jeux qui le distrayaient pendant la classe, et puis l'envie de partir, d'être très loin, ou de revenir en arrière et de bien faire ses devoirs… Jak cédait sous la pression de trop de pensées, Jak n'était pas idiot, comprit Anton, il était juste désordonné.

Anton, lui, n'était pas comme ça.

Ils garderaient le secret de cette découverte pour eux.

« On va vendre le rhum ! C'est ça, mon idée. Rien dire aux parents, faire peur au voleur et prendre sa place… On va vendre le rhum aux pêcheurs. »

Anton ne s'attendait vraiment pas à ça : Jak partageait la bosse du commerce de ses parents au point de ne se révolter qu'à l'idée d'un bénéfice qui lui échappait ?

« On va le vendre pas cher, c'est pas la peine, ça nous coûte rien, dans des petites flasques, qui sont faciles à cacher dans une poche. Les pêcheurs ont beaucoup de poches. Des grandes, des petites. Plein. Et je sais où en récupérer d'autres ; il va falloir les laver, elles sont vieilles, les bouchons sont morts. Oui, depuis le temps, les bouchons sont morts. Ça se trouve, les bouchons, après tout, non ? Mais il n'y en a pas beaucoup, alors, je me suis dit qu'on pourrait les récupérer après, les flacons. Tu vois, on ne va pas leur faire payer une consigne pour du si mauvais rhum, non ? Mais on leur prête le flacon, juste au départ, en douce, quand le patron il ne regarde pas par là, et puis, au retour, avant les femmes, on les récupère. Ça, les femmes, elles ne veulent pas qu'ils boivent en mer. Comme si ça les empêchait ! Ça ne fait pas de mal, au contraire, ça fouette le sang, pour tirer les filets. Et puis on risque rien, mes parents crieront encore contre le voleur, j'irai chaque matin relever le niveau et remplir trois ou quatre flasques. Pas plus, sinon, ça n'ira pas. Et nous on aura bien plus qu'une pièce. Tu verras, Anton, ça va marcher. J'en suis sûr.

— Et on se garde la cachette pour nous. Ça sera notre grotte aux trésors ! »

Quelle bourde ! « Notre grotte aux trésors », et puis quoi encore ? Jak l'associait à son commerce, et lui répondait comme un gamin ! « Notre grotte aux trésors » : comment se montrer plus minable ?

Ses poumons s'étreignirent comme une serpillière, son front se liquéfia et se vida de son sang ; ses tempes martelaient : imbécile, imbécile, imbécile…

Jak devait penser qu'il n'était qu'un gosse, un gosse de la pire espèce : un de ces morveux qui jouent au grand, incapables de tenir leur rôle dix minutes ! Ah, il pouvait se moquer des pensées tout en désordre de Jak, il ne valait pas mieux ! Ses poussées puériles le submergeaient avec la régularité et l'efficacité de la marée… Il devait grandir, se concentrer sur sa vraie faiblesse et ne plus jamais se laisser aller.

Belle promesse…

Le commandant frissonne, s'ébroue ; puis un sourire vient se graver sur une seule joue.

« Oui ! Quelle bonne idée ! On viendra s'y cacher... Faut casser le mur ! »

Jak était aussi gosse que lui... Et il n'en éprouvait aucune honte...

« Pas n'importe comment, ni n'importe où. Personne ne doit le trouver », ordonna Anton, soulagé de la nouvelle et infinie étendue de leur complicité. « Il faut creuser du côté du fond, là où c'est... le plus répugnant.

— Tu es sûr ?

— Qui viendra y regarder de près ? Tes parents ?

— Sûrement pas. Ma mère ne veut plus y mettre les pieds, à cause des rats. Et je peux dire à mon père que je m'occupe de remonter des trucs, quand y a besoin... N'aime pas trop les rats non plus...

— On creuse là-bas. On mettra devant le trou deux cageots qu'on attachera l'un sur l'autre, avec une poignée pour les tirer contre le mur. Et puis, on installe une porte, à cause des rats.

— Y en a peut-être, des rats, de l'autre côté.

— Tant pis pour eux, on les chassera !

— Ouais, on les chassera ! »

Le pacte était lié. Ensemble, désormais, rien n'était plus impossible : *il suffit de le vouloir vraiment*... Le commandant Petrack se cale plus confortablement dans son fauteuil : quelle étape importante, décisive, avait-il franchie ce jour-là. Tout était possible, alors, dans l'ingénuité de ses dix ans. Mais ne venait-il pas de passer du *comme si* de tous les jeux au *je le fais* qui transforme la soif d'imaginaire en actes concrets et palpables, les désirs en vraie vie ?

Il suffit de le vouloir vraiment : cette belle résolution, qu'il se redit encore, assez régulièrement, commençait par vaincre cette peur viscérale envers les hôtes indésirables qui s'étaient approprié le secteur qu'ils convoitaient. Ils se lancèrent donc dans un chahut qui devait les effrayer et qui dégénéra en fou rire. Les rats snobèrent leurs défis et se contentèrent de s'éloigner raisonnablement du raffut. Les araignées, indifférentes à cette pagaille, esquivèrent pour la plupart leurs coups de pied, aussi brutaux que malhabiles. Du moins, un espace relativement tranquille finit par être libéré. Jak se mit aussitôt à l'ouvrage, creusant un passage assez étroit dans le mur pour l'interdire à tout adulte, tandis qu'Anton ficelait deux caisses ensemble pour l'occulter.

Une fois l'accès dégagé, il leur fallut bien se résoudre à le franchir. Grâce à un charivari des plus enragés, toute la communauté des rats de l'autre côté était depuis longtemps prévenue – il ne restait plus qu'à espérer que les rongeurs clandestins eussent choisi de ne pas défendre leur territoire.

Jak tendit la torche à Anton. Par ce simple geste, il reconnaissait son autorité – mais, à cet instant, Anton ne savoura pas vraiment cet honneur. Il saisit la lampe et l'enfonça le premier dans le trou en l'agitant dans tous les sens. Aucune vermine sourdingue ne pouvait plus ignorer leur arrivée. Rien ne bougea. Il passa la tête.

La salle était sombre et sa lumière anémique. Assez loin, un rai malingre hachurait le contour de la porte qui donnait sur le puits. Il s'engagea davantage, s'armant de tout son courage ou, plus probablement, convoquant la volonté opiniâtre des caprices de son enfance.

Effectivement, la pièce s'étendait sur au moins cinq pas. Sa construction remontait visiblement à celle de la maison, mais aucun accès n'avait été aménagé vers la petite cave mitoyenne. Cette réserve ne pouvait donc que servir à emmagasiner des marchandises frauduleuses, indépendamment de l'activité de l'auberge – des trafiquants cheminaient par un tunnel et traversaient un puits pour l'atteindre. Son sol soigneusement pavé – les caves étaient en terre battue – s'expliquait pour la même raison : il fallait entreposer les denrées à l'abri des rats comme de l'humidité. Ils avaient trouvé l'antre de contrebandiers. Un antre vide, absolument vide…

Ce qui se révéla quelque peu décevant.

Seul le tuyau pendouillait de ce côté, que fermait un simple bouchon. Pas un robinet, pas un verre, ni une bouteille ni rien pour s'installer boire tranquillement – pliant de plage ou vulgaire paillasse. Rien. Le voleur avait-il déménagé toutes ses affaires ou se contentait-il de prélever le rhum pour le revendre comme Jak projetait de le faire ?

« J'ai eu tellement peur des rats que je n'ai plus pensé qu'on aurait pu se retrouver nez à nez avec une bande de voleurs ! »

Jak acquiesça.

« Pourtant, quelqu'un venait, poursuivit Anton. Il aurait pu être ici.

— Il pourrait revenir, admit Jak qui laissa sa crainte poindre dans sa voix.

— Je ne le pense pas… Après tout, il a déguerpi : c'est lui qui a eu peur. Pas nous… Il a fui.

— Qui c'est ?

— Un soûlard, un voisin ? Peu importe. Il a déjà déménagé ses affaires et il ne tient certainement pas à ce qu'on le reconnaisse. Il ne reviendra plus.

— On va voir ?

— On va voir ! »

7

Ils tirèrent la porte qui donnait sur le puits, elle n'offrit aucune résistance. Ses gonds se révélaient huilés, absolument silencieux, et le simple loquet en parfait état. Mais, en face, l'entrée du tunnel qu'Anton avait découvert la veille, ce passage avait été muré, entièrement.

« Il a vraiment eu peur, se réjouit Jak.

— Il a dû me voir, hier.

— T'as raison : il ne veut pas qu'on sache qui c'est… Qu'il le garde, son secret !

— On est chez nous, maintenant. Il ne compte pas revenir.

— La grotte aux trésors…

— La porte n'est pas prévue pour fermer de l'intérieur : il suffit de lui mettre le cadenas. Personne ne viendra nous chercher ici.

— On pourra entreposer des choses, tellement de choses… C'est nous, les contrebandiers, maintenant.

— Nous sommes les pirates !

— Oui ! Des pirates ! Et personne ne nous soupçonnera jamais… Toi qui fais si petit, moi qui n'ai pas l'air trop malin : ils verront de quoi on est capables ! »

C'était la première fois qu'Anton ne se fâchait pas à l'évocation de son retard de croissance. Leur différence les avait effectivement rapprochés, ses stratagèmes d'alliance avaient consolidé leur union. Tant qu'ils se battraient contre les autres, ils se battraient ensemble.

« Il faudra se montrer prudent. Si on prélève plus de rhum que d'habitude, tes parents finiront par prévenir les miliciens. Peut-être le feront-ils, d'ailleurs, si ça continue trop longtemps…

— Tu crois ?

— Les miliciens ne se déplaceront pas pour rien. Ils bousculeront tout, ils finiront bien par trouver le tuyau derrière la barrique, ou notre porte. Il ne faut pas courir le risque qu'ils viennent. Même, il faudrait enlever le tuyau maintenant, et reboucher le trou comme il faut.

— Comment on va faire alors ? On arrête ? On ne vend plus de rhum ? »

Anton apprécia que Jak s'en remît à lui, prêt à abandonner son propre projet.

« On continue… Pour l'instant. Mais nous en prendrons progressivement de moins en moins, et moins souvent. Comme ça, tes parents ne vont plus trop s'inquiéter, et puis ils finiront par ne plus y penser. Il faut tout faire lentement, sans se presser, si lentement que ça paraîtra naturel… Le voleur se faisait remarquer parce qu'il ne se servait que dans un seul fût ; nous, nous en prendrons dans les trois. Si peu que ça ne se verra pas… Le soir, pour que les odeurs se dissipent d'ici le matin. Ensuite, on entrepose ça dans la grotte aux trésors, et on le ressort par le seau ! Tout le monde est habitué à te trouver là-haut, à jouer au caillou en attendant de tirer l'eau pour une pièce. Qui s'étonnera de te voir remonter des seaux pour t'amuser ?

— T'es un vrai pirate !

— On installera une vraie porte pour aller dans la petite cave. Elle devra fermer à clé, dans les deux sens. Faudra trouver une serrure. On mettra de l'huile pour les gonds et une torche de ce côté, avec une réserve de piles. Et de quoi s'asseoir et lire.

— Lire ?

— Ben oui, dans ma grotte aux trésors, je veux lire des histoires de pirates.

— T'en as ?

— Plein.

— On mettra du chocolat. Et des gâteaux, dans une boîte.

— Deux boîtes ! Une pour toi, une pour moi. Mais avant, on attachera les deux cageots à la porte, pour qu'ils se rabattent tout seuls. Avec une bâche ou une toile de sac à la traîne, pour cacher la trace de l'ouverture dans la terre. Et des trucs devant, qu'il faudra enjamber ou replacer, on verra.

— On commence ?

— On commence… »

Anton avait ainsi aménagé un véritable antre – la « grotte aux trésors », aime à répéter le commandant – dans une cave clandestine, où il lisait l'*Histoire mondiale de la piraterie* à la lumière du puits ou d'une ampoule faiblarde.

Mais, avant de pouvoir profiter des lieux, ils avaient beaucoup travaillé, honorant chacune des dispositions de leur plan. La porte fut réalisée en premier, ce qui ne constitua pas une mince affaire ; puis, leurs réserves personnelles regroupées ; enfin, autant pour justifier leur présence à tous les deux dans la petite cave que pour dissimuler les traces de leurs fréquents passages par la porte secrète, ils massacrèrent une bonne dizaine de rats. Assez pour créer un désordre apte à dissuader le père de Jak de tout aménagement de la petite cave, pas assez afin d'en interdire définitivement l'entrée à sa mère.

Durant les deux semaines qu'exigèrent ces préparatifs, ils mirent parallèlement à exécution le projet de Jak, parvenant à prélever assez de rhum dans chacune des trois barriques pour remplir presque trois caisses de flasques et flacons disparates, récipients qu'il avait fallu dénicher, rapatrier, laver et… reboucher.

Ils furent enfin prêts pour se rendre au port et vendre leur rhum.

Au retour, ils ne savaient plus quoi penser.

Trois marins d'un même bateau s'étaient moqués d'eux ouvertement, riant encore après leur départ; deux autres s'étaient fâchés, menaçant d'aller trouver leurs pères s'ils les revoyaient traficoter dans les parages; un seul leur avait demandé s'ils n'avaient pas école; deux, enfin, avaient goûté le rhum. Ils n'avaient rien vendu.

Par contre, ils avaient mérité ensemble deux pièces simplement en courant d'un bateau au départ jusqu'au magasin d'accastillage pour en rapporter des ustensiles dont Jak peinait à retenir le nom...

Penauds, ils ne tardèrent pas à comprendre qu'ils n'avaient ni l'âge ni la marchandise pour se lancer dans ce commerce. Mais ils avaient gagné de l'argent, empoché plutôt facilement s'ils tenaient compte du labeur effectué pour le rhum. Ce n'était pas une si mauvaise idée...

Le commandant Petrack se triture la lèvre inférieure en songeant à ce brusque revirement. L'accueil des marins avait vite refroidi ses velléités premières, sans trop de regret quant au rhum – c'était l'idée de Jak, pas la sienne, bien qu'il ait apprécié d'en prendre les rênes. Non, ce qui l'avait chagriné, et même fâché, c'était de détourner la grotte aux trésors de sa vocation première. Certes, rien ne valait de s'y installer, des chocolats à portée de main, la torche calée sur son épaule, le dos appuyé près de la porte entrouverte sur le puits, un sac en toile de jute en coussin sous les fesses, avec un livre ouvert sur ses jambes... Mais si rien ne valait ce confort, c'était uniquement parce que leur plan avait échoué.

Qu'est-ce qu'une « grotte aux trésors » sans butin ? Une gaminerie. Autant lire les aventures de Tarzan dans une cabane au haut d'un arbre, ou des histoires de cow-boys à l'abri dans une tente derrière un écran de framboisiers au fin fond d'un jardin ! Après avoir cru posséder un trésor véritable – un bien que lui et Jak avaient effectivement volé et qu'ils pensaient monnayer –, son repaire secret relevait désormais de l'enfantillage.

L'accueil des pêcheurs l'avait spolié de son rêve – de son dû.

Et les marins n'avaient pas eu tort de rire de lui, puisqu'il n'était qu'un enfant – et qu'un enfant, ça joue au pirate, mais ce n'est pas, ce n'est jamais un pirate. Des larmes lui étaient montées aux yeux. Un enfant. Pas de trésor. Pas un vrai pirate.

D'autres se seraient résignés. Jak pestait, mais dans le fond il s'apprêtait déjà à tout abandonner. Pas Anton. L'idée demeurait bonne, le plan parfait, l'exécution irréprochable. Seul leur âge avait été mis en cause par le regard des autres. Ils devaient juste attendre leur heure.

Et il ne se contenterait pas d'attendre.

8

Très vite, un petit groupe de pêcheurs s'habitua à embaucher les deux jeunes garçons pour exécuter quelques courses à leur place : rapporter du tabac, prévenir une femme d'un empêchement, aller dans un magasin ou un entrepôt. En quelques semaines, il n'était plus un pêcheur dans le port qui n'avait recours à leurs services. Contre une pièce ou deux, ils couraient, rusaient, marchandaient, mentaient à un capitaine sur la raison du retard d'un matelot ou bien avertissaient une fiancée d'un nouveau rendez-vous. On les appelait indistinctement « le gamin », pour l'un comme pour l'autre, « les gamins », ensemble ; on riait sans méchanceté de leur antagonisme : le petit et le gros, le faible et le balaise, le malin et la brute… Très vite, personne ne sut plus s'en passer ni comment on s'arrangeait avant.

De plus en plus gourmand en temps, et lucratif, cet emploi détourna progressivement Anton de son amertume. Après quelques semaines, tous deux partageaient le sentiment d'appartenir au monde des vrais marins, eux qui ignoraient tout de la mer. Pour autant, le commandant s'amuse à ce souvenir et le glisse parfois dans la conversation. Si jusqu'à cet âge la piraterie avait hanté ses rêves de garçon, il avait dû attendre cette expérience pour réaliser qu'il vivait dans une ville portuaire – comme si la mer ne constituait qu'un décor accessoire des aventures que lui offraient ses livres.

Leurs gains, ils les dépensaient chacun selon son caractère : Jak en friandises et Anton en lectures, répartition qui autorisait de nombreux échanges. La grotte aux trésors renfermait des livres par dizaines et du chocolat par plaquettes, aucun des deux enfants n'en rapportant jamais chez lui de peur de se les faire confisquer avant de subir un interrogatoire en règle quant à l'origine de cette soudaine fortune. Tel un soldat qui partage ses souvenirs avec un compagnon d'armes, Anton excellait à relater ses lectures, aventures maritimes ou sièges de cités fabuleuses. Une aubaine pour Jak, qui n'avait qu'à écouter. Anton ne lui donnait jamais l'impression de lire, mais de raconter, à la manière de ces narrateurs des pièces radiophoniques du samedi, tenant seul tous les rôles, cinquante-deux épisodes durant.

Ni leur travail ni leurs lectures n'en faisaient cependant des marins ; ils vivaient en bord de mer, en gens de rivage, frontaliers peu curieux de l'autre monde… La plage, les quais, les bateaux, les marins qui accostaient, les magasins de souvenirs ou d'équipements, les mouettes qui braillaient, cette frange entre terre et eau leur suffisait amplement. L'appel du grand large survint presque accidentellement. Pour une fois, un patron pêcheur ne les appela pas par l'inévitable : « Hé, les gamins ! », mais les interpella d'un : « Mousses ? » Le titre qui n'était probablement qu'un sobriquet lui mérita immédiatement toute leur considération. « Ça vous dirait d'embarquer pour la demi-journée ? »

Monter à bord, prendre la mer ; sécher les cours et *partir*… Bien sûr, le navire ne s'écarterait guère du port et il serait de retour avant le soir. Le patron pêcheur manquait de bras pour remonter ses casiers, voilà tout – mais il les avait remarqués et il leur confiait un vrai travail, un travail d'hommes. Ils seraient même payés, comme les autres marins.

Moins cher, parce que mousses; mais payés en qualité d'apprentis. Ils allaient « naviguer », et, avant même de poser un pied sur le pont, cette soudaine perspective s'imposa comme une illumination.

Les deux enfants se tenaient à la proue, le visage offert aux embruns, silencieux, le regard sur l'horizon hérissé de voiles dansantes. Des goélands se chamaillaient dans le sillage d'un chalutier qui rentrait au port, indifférents aux civilités assourdissantes des deux navires; le moteur haletait une psalmodie enivrante aux relents de gazole; de vrais marins fumaient à leur côté. Le rivage tanguait, soudainement improbable (est-ce vraiment là que nous vivons? cette route accolée à la colline est-elle bien celle que nous empruntons pour rejoindre l'autre village? sommes-nous des étrangers de passage?)... Des marins. Des pirates. Anton savait qu'il faisait *comme si*, mais ce n'était pas grave: il suffisait d'y croire et c'était vrai...

Après un trop bref voyage, ils s'arrêtèrent sans couper les moteurs. Chaque homme de l'équipage avait déjà pris sa place et se tenait prêt. Jak gardait un œil sur les navires qui rôdaient au loin: personne ne devait connaître l'emplacement exact du butin. À son commandement, ils lancèrent des crochets solidement noués à de longs filins. La manœuvre n'était pas facile, exigeant une adresse peu commune, et ils devaient se hâter. Les hommes, triés sur le volet, exécutaient les ordres avec diligence et habileté. Les prises gisaient impunément à quelques mètres seulement de fond, mais parmi les récifs. Seul un capitaine à la fois audacieux et expérimenté pouvait diriger ce genre d'expédition, en se jouant des écueils comme des garde-côtes. Anton éprouvait une satisfaction toute naturelle, mais il n'était pas de ces capitaines qui s'attardent sur une manœuvre délicate et parfaitement réussie. Les marins remontaient enfin les premières caisses et il surveillait le transbordement avec confiance. Soudain, un maladroit laissa choir l'une d'elles à ses pieds. Dix merveilleux écus d'or s'en échappèrent, et des coupes aux reflets vermeils, et des colliers d'émeraude qui serpentèrent sur sa cheville nue – crabes immondes, coquillages dégoulinants, homards aux pinces difformes. Anton était un capitaine sévère, mais juste : jamais il ne ferait fouetter un mousse pour une simple maladresse ! Rien à voir avec ce quartier-maître qui le bousculait en le traitant de bon à rien ! Le patron cria plus fort encore et Anton dut se baisser avec répugnance pour tout ramasser. Était-ce sa faute s'il était petit, et ses bras maigres et courts ? Bien sûr qu'il faisait attention à ce qu'il faisait ! Et, non, il ne rêvait pas. Pas la peine d'en rajouter. Assez ! Assez ! Entre deux mouvements, lestes et sûrs, Jak, pour qui ces casiers semblaient vides tant il les maniait avec facilité, lui adressa un clin d'œil complice, qui ne l'aida en rien ; puis Anton regarda le large, que Jak lui désignait du menton, un sourire en coin. Un voilier croisait leur route, un vrai. Avec deux mâts et plein de voiles déployées… Un yacht magnifique, qui filait si vite qu'il les dépassa bientôt… Anton reconnut aussitôt ce navire : c'était *son* navire, son propre vaisseau, celui qu'il commandait avant la mutinerie qui lui valait de s'être enrôlé sur ce rafiot de misère manœuvré par un prétentieux doublé d'un imbécile. Ils devaient lever l'ancre, immédiatement, hisser les voiles, toutes, grimper au mât de misaine. Le patron pêcheur le rappela à l'ordre, aboyant qu'il ne le payerait pas à ne rien faire : s'il continuait à rêvasser, il pourrait bien lui compter le prix de la balade ! Un marin qui fumait à ses côtés tout à l'heure le prit de vitesse pour vider le casier qu'il s'apprêtait à attraper. Sur l'autre bateau, une caricature capitaliste en costume blanc et à casquette d'amiral le nargua d'un signe condescendant. Voleur ! Une femme élégante s'abîmait dans la contemplation de cet imposteur qui s'échinait à saluer d'une main le moindre camarade pêcheur, tout en arborant dans l'autre un cigare aussi énorme qu'une queue de langouste. Le marin qui s'était précipité sur son casier le bouscula, exprès. La brute puait le tabac et le vomi. La poiscaille. Et de lui piquer son tour, et de l'empêcher de surveiller son navire. « Gamin ! » le harcela le patron. « Ce rafiot pue ! » voilà ce qu'Anton cria, dans sa tête. Ou qu'il cria vraiment. Comment s'en souvenir, si longtemps après ? « Allez, allez, allez, allez, allez ! » rugissait l'autre si fort qu'il couvrait jusqu'au tintamarre poussif du diesel. « Alors, ça vient, oui ? » Il avait appuyé ses ordres d'un regard de chien – le commandant ressent ce coup à l'estomac qu'il avait encaissé sans un mot, et l'envie d'être mort qui l'accompagnait, et aussi l'envie de tuer. Alors, Anton se retira du monde, il devint *invisible*. D'abord, il s'écarta des casiers, se dégageant du groupe. En regagnant la proue, il ferma ses oreilles au flot d'insultes du pêcheur. Que les autres rient de sa mine boudeuse, qu'ils lui inventent des larmes s'ils tenaient à l'humilier ! Que lui importait ! Anton *décrochait* pour rejoindre son propre vaisseau à coups de sabre dans les costumes immaculés des usurpateurs et de ses vils complices qui braillaient des « pitié, pitié, pitié, pitié, pitié » plus forts que le bruit des canons. Que pouvaient-ils comprendre, eux ? Vermine, vermine ! Pêcheurs et plaisanciers ne méritent pas le titre de marins, le grand large ne leur appartient pas. Caboter n'est pas vivre une aventure, ça ne leur ouvre aucun droit, ni sur l'océan ni sur lui. Anton commanderait un vrai navire – *ce* navire – et chacun l'envierait et le respecterait. Le craindrait. Et si jamais quelqu'un venait lui baver au visage que ce n'était qu'une rêverie puérile de lâche, qu'il ose le dire au commandant Petrack, et il verrait !

Jak avait touché ses gages, Anton avait regagné le ponton sans commentaire et sans un sou.

« Je déteste les pêcheurs. Tous les pêcheurs.

— T'as vu combien j'ai gagné ?

— Tu ne crois pas qu'on vaut mieux que ça ?

— Mieux que quoi ?

— Mieux que puer le poisson. Et le mazout.

— De toute façon, c'est des imbéciles.

— Je n'ai pas besoin que tu me plaignes ! se récria Anton.

— Je pensais au rhum, parce qu'ils n'en ont pas voulu.

— Ça les rangerait plutôt du côté des gens intelligents, non ?

— Ben justement, non, répondit Jak en lui rendant un sourire complice.

— Comment ça, non ? Il ne vaut rien, ton rhum !

— Qu'est-ce que tu en sais ? Tu y as déjà goûté ?

— Bien sûr que non !

— Voilà l'erreur. Et c'est aujourd'hui qu'on va y remédier. »

9

La décision de Jak fut sans appel, ou bien Anton céda après de longues tergiversations – le commandant ne se souvient que de l'âpre morsure de l'infâme tord-boyaux. Ils ne durent pas en boire tant que cela, mais ils ressortirent de la grotte aux trésors à la nuit tombée et, plutôt que de rejoindre leurs lits, ils prolongèrent cette journée particulière par une escapade jusqu'au front de mer. Cette fois, ils délaissèrent les bateaux de pêche pour rôder ensemble sur les quais du nouveau port de plaisance.

Cette concession au tourisme international alimentait toutes les discussions, invariablement polluées d'un discours politique – autonomie nationale, impérialisme américain, hégémonie soviétique. Ses frères se chamaillaient sur l'avenir que cette ouverture réservait au pays, son père refusait tout net la polémique et se bornait à constater l'afflux des devises étrangères. De fait, en doublant de taille, le port avait révélé que la mer n'était pas vouée aux seuls barques, chalutiers et cargos. Anton ne se souvenait pas qu'il en fût jamais autrement, mais les chantiers se multipliaient et les plaisanciers occupaient de plus en plus de mouillages.

Avec les années, sa perception ne devait guère changer : au clair de lune, un port de plaisance semble une salle d'opéra. Tout y devient ombre et reflet, retenue et réverbération, sur fond d'horizon peint. Tandis que les fanions et les hampes des cohortes indolentes de figurants combattent l'ankylose de l'attente, l'orchestre disséminé ajuste ses instruments : rythmique claire des gréements et des cordages, registre grave de l'eau qui bat coques et appontements, piccolo perlé de l'écume qui succombe. Les travées des quais désertés sillonnent un théâtre endormi ; au loin, par intermittence, un spot aveuglant claironne l'ouverture des portes.

Anton et Jak jouirent de ce spectacle nouveau, émerveillés. Ce soir, tous les vaisseaux leur appartenaient.

La goélette plus que tout autre. Celle de cet après-midi. Toutes voiles amenées, elle dépassait encore, et de loin, tous les voiliers accostés. Ils s'en approchèrent trois fois.

La première, pour la mesurer : pas moins de soixante-quinze pas. Entre cinquante et cinquante-cinq mètres. Le plus grand voilier de l'histoire du port ?

La deuxième, ils comparèrent le bois noble du pont, les bronzes étincelants de l'accastillage, les canapés incurvés en cuir rouge qui se faisaient face sur la dunette, la roue, plus haute qu'Anton… Ce navire était unique. « *Mon* navire. »

La troisième fois, avant de rentrer, ils demeurèrent un long moment, silencieux, captifs, malgré la fraîcheur de la nuit. Jak dansa un peu d'un pied sur l'autre, mais Anton n'y prêta pas attention, subjugué par la décoration récente qui ornait la proue. Leurs nageoires entrelacées, les mains jointes et croisées, deux sirènes formaient une ronde. Peintes à la manière des figures des cartes d'un tarot marseillais, l'une, aux cheveux d'or, arborait un visage amène, tandis que la seconde, d'une chevelure argentée, affichait un sourire mélancolique. Les traits, amples, larges et noirs, rehaussés de teintes vives – aplats bleu roi, vert bronze, rouge sang, chair orangé –, accentuaient leurs expressions opposées et, même si l'artiste s'était évertué à leur attribuer le même âge, l'une semblait encore une enfant, la seconde déjà si vieille… Au centre du cercle se profilait sur un triangle incomplet une tortue noire à l'œil rond.

« On monte ? »

Anton avait bien entendu. Jak proposait de monter sur le bateau. En pleine nuit. Instinctivement, Anton regarda aux alentours. Bien sûr, il n'y avait personne.

Après tout, c'était son voilier, on le lui avait volé, en reprendre possession n'était pas un droit, mais un devoir.

« On monte », acquiesça-t-il en pensant un « À l'abordage ! » qu'il n'osa pas partager à voix haute.

Ils ôtèrent leurs chaussures. Les tenant à la main, ils enjambèrent le garde-corps et, cachés derrière le canot à l'intérieur duquel, luxe ultime, se retrouvaient gravées les deux sirènes, ils attendirent avant de faire un pas de plus. Puis ils traversèrent le pont, toujours lentement. Qui dormait à bord ? L'homme à la casquette et la femme, peut-être aussi l'équipage. Anton décida malgré ses craintes d'aller jusqu'à la roue et l'empoigna. Il était le capitaine. Maître à bord, il n'avait rien d'un lâche. Il exultait. Jak, lui, dressait son soulier au-dessus de sa tête pour le laisser retomber brutalement contre la serrure d'un petit coffre dans la dunette. Le loquet de laiton résista au deuxième choc.

Jak entreprit alors de sonner le tocsin à coups de chaussure, passé minuit, au beau milieu du port de plaisance.

« Arrête ! T'es fou ?

— Faut un trophée. »

Cette fois, Jak n'obéit pas. Insouciant, inaccessible. Il s'évertuait à défoncer le cadenas avec méthode. Anton allait protester, et puis il se reprit. Un trophée… N'avaient-ils pas perdu leur temps depuis qu'ils avaient tenté de vendre du rhum ? Il y avait mieux, beaucoup mieux à faire que de servir de larbins à des pêcheurs qui vous traitent de « gamins » dans votre dos. Et des choses plus subtiles que l'acharnement avec lequel Jak ameutait un équipage qui se réveillait enfin !

« Filons ! J'ai le trophée ! Viens ! »

Anton détala sans attendre sa réponse, ni même s'assurer qu'il l'avait entendu. Jak se sentit obligé de le suivre – Anton en avait retenu qu'en cas d'urgence cette méthode fonctionnait. Il fit bien : un premier marin à la coiffure ébouriffée poussait le panneau de l'écoutille. Les deux garçons coururent aussi vite qu'ils purent, évitant de se précipiter en direction de la ville où les lampadaires traçaient une allée de lumière, mais vers une zone d'ombre où ils s'arrêtèrent immédiatement pour surveiller leurs arrières. Sur le pont, deux hommes, puis quatre cherchèrent à comprendre l'origine de ce remue-ménage. Un chien errant, un voleur ? Ils ne constatèrent aucun dégât, il ne manquait rien. Ils scrutèrent alentour, puis finirent par abandonner.

« Alors ?

— Tiens.

— Quoi ? Ça ? Un fanion ! C'est tout ?

— J'ai bien pensé à la roue, mais, comme un idiot, je n'avais pas emporté de tournevis.

— Encore un coup, ou deux, et le coffre était à nous !

— Oui… Juste un coup ou deux. On reviendra, et cette fois… »

Anton n'acheva pas sa phrase, chiffonnant le bout de tissu arraché sans cesser de regarder *son* bateau.

Le commandant relève les yeux. Devant lui, juste contre son bureau, un cadre plutôt anonyme exhibe un fanion blanc, marqué d'une tortue noire traversant une pyramide, légèrement déchiré à sa base, sans aucune inscription. Quand on l'interroge sur l'origine de cet objet, qui détonne dans sa collection, il répond d'un air entendu qu'il s'agit du tout premier pavillon pirate. La toile s'avère manifestement trop récente pour accréditer sa version, aussi ajoute-t-il qu'il était le tout premier… de son florilège, afin que chacun se gausse de l'anecdote et entérine sa réputation d'excentrique.

Personne n'imagine que ce mécène désinvolte, explorateur intrépide et collectionneur avisé désigne explicitement son premier acte de piraterie.

Sur l'insistance d'Anton, au cours de cette dernière semaine d'été, les deux garçons poursuivirent leurs activités coutumières en prenant soin de n'en rien modifier. Ensuite, ils commencèrent à évoquer leur fascination naissante pour les voiliers et les yachts auprès de quelques pêcheurs qui conduisaient parfois des plaisanciers dans des coins de pêche qu'ils leur réservaient. Si peu d'autochtones possédaient un bateau consacré aux sports nautiques, les touristes en transit ou désormais familiers des côtes adriatiques rivalisaient en nombre avec les dignitaires communistes des États voisins. Ils ne tardèrent pas à obtenir une première recommandation dans l'autre port.

Les corvées n'étaient pas de même nature. Ces marins amateurs, camarades ou anciens esclavagistes préféraient nettement chiner eux-mêmes dans les gréements et accastillages des boutiques portuaires et leur laisser des tâches aussi divertissantes que laver, récurer, frotter, gratter, poncer, lustrer, polir…

À compter de ce jour, ils partagèrent leur temps libre entre le port de plaisance et le port de pêche, corvéables à merci. Toujours souriants, se montrant aussi dévoués que débrouillards, ils proposaient une main-d'œuvre enthousiaste et bon marché. Ils ne cachaient à personne leur espoir d'embarquer vraiment, précisant cependant qu'à défaut de rejoindre un équipage ils se contenteraient de contourner le phare – ce qui ne leur fut accordé qu'à deux ou trois reprises. Si ce rêve affiché éveillait une sympathie spontanée auprès de certains marins qui revoyaient dans ces jeunes visages leur propre portrait, le plus souvent, la mine opportunément désolée, les plaisanciers refusaient cette monnaie d'échange, allégeaient leur bourse d'une obole symbolique et promettaient vaguement de les emmener une prochaine fois...

Pour cette raison, on ne les appelait pas les « gamins », de ce côté-ci, mais les « moussaillons ». Cette promotion ne leur fut pas longtemps agréable.

Les tâches qui leur étaient confiées demandaient plus d'obstination que d'adresse et s'éternisaient par demi-journées entières. Pour échapper à cette pesanteur, Anton racontait à nouveau toutes les histoires qu'il avait lues, négligeant les rebondissements rocambolesques dont il étayait ses premières lectures dans la grotte aux trésors, pour émailler ces récits d'une multitude de détails géographiques et de considérations techniques. Jak acquiesçait, appréciant ces histoires savantes. Quelquefois, plus pour s'amuser à pousser son ami à la faute que par une réelle curiosité, il lui posait des litanies de questions sur ses digressions encyclopédiques – Anton s'expliquait à chaque fois, visiblement ravi de saisir l'occasion d'approfondir le sujet. Convaincu par son assurance et ses assertions, Jak n'avait jamais tenté d'en vérifier la véracité.

De fait, Anton n'inventait rien. Ces corvées occupaient ses mains, ces récits mobilisaient son esprit, qui ne prétendait pas vagabonder comme à l'école, où l'imaginaire représentait la seule échappatoire à l'ennui mortel des cours. Sa mémoire s'ouvrait, sans retenue, et son attention véritable consistait à la domestiquer, à la forger, à canaliser son flot. Il établissait des liens entre les connaissances qu'il avait emmagasinées, selon un pragmatisme qui ne cessait de s'affiner, avec cette gourmandise insatiable qui caractérise les enfants ayant découvert un nouveau jeu. Il progressait rapidement. Il jouait avec sa mémoire et sa logique comme d'autres à son âge exercent leurs muscles en rivalisant d'audace acrobatique ou en pédalant de plus en plus vite les mains derrière la tête. Tout lui servait, son éclectisme trouvait enfin sa raison. Même ses cours participaient à l'édification de sa passion, mais par fragments choisis : la chronologie de l'Histoire mondiale, la géométrie, l'astronomie, tout ce qui avait rapport au climat et aux phénomènes volcaniques, tout ce qui avait trait aux langues mortes, la leçon de chimie où il était expliqué comment le mercure fixe l'or... Ses lectures personnelles avaient adopté elles aussi d'autres directions. L'une se voulait essentiellement pratique : manuel de serrurerie, précis de mécanique des diesels maritimes, fiches descriptives des bateaux à travers les âges, jusqu'à un *Tout démonter... et remonter, par l'image* ; l'autre, résolument historique, explorait aussi bien les comptes rendus des naufrages que l'étude des échanges commerciaux au fil des siècles ou des peuples conquérants, les témoignages des capitaines au long cours empruntant les grandes voies marchandes ou des pèlerins traversant des contrées inconnues... Ni bande dessinée ni roman ne figuraient plus à son programme.

Le seul inconvénient que Jak pouvait reprocher à la passion de son ami, c'était qu'il rapportait toutes ses lectures dans la grotte aux trésors. En plus de tout le reste. Anton ne faisait rien à moitié et, à force d'accumuler, ils commençaient à sérieusement manquer de place. Il faudrait qu'ils se décident – c'est-à-dire qu'Anton l'autorise – à refourguer tout ce bric-à-brac.

« Pas question de faire deux fois la même erreur, lui répétait inlassablement Anton. Nous sommes trop jeunes, bien trop jeunes pour être pris au sérieux. Et puis, si tu m'avais écouté, tu saurais déjà que les pirates amassent sans compter ! »

Jak finissait toujours par l'admettre : Anton n'avait pas tort. Et puis, c'était le plan.

En revenant de leur première visite à la goélette, l'idée d'Anton avait immédiatement convaincu Jak. D'ailleurs, ce n'était pas sorcier à comprendre : sa propre initiative n'avait rien donné et il avait failli les faire repérer. Aller à l'instinct, foncer sans préméditation, c'était courir de gros risques pour des pacotilles... Que contenait ce coffre ? Certainement rien de valeur que ses propriétaires abandonneraient, si imprudemment, chaque nuit sur le pont.

« Tu as vu comme l'homme à la casquette était habillé ? lui avait demandé Anton.

— Comme un Américain !

— Comme une vedette de cinéma, oui. Des riches, des vrais... Tu as vu la femme qui le regardait saluer tous les marins comme s'ils étaient ses amis ?

— Pas trop.

— Moi, si. Elle portait des tas de bijoux. Des bagues, plusieurs à chaque main, avec des pierres ; des bracelets, dorés et argentés ; un collier avec beaucoup de perles, deux rangées. Tout ça sur un bateau, en entrant au port... Elle en a dix fois plus dans un tiroir !

— Tu crois ?

— Des boucles d'oreilles aussi, un porte-cigarettes en or incrusté de diamants, un poudrier en nacre et mille choses encore, probablement.

— Ouais, t'en sais rien, quoi.

— Non, je n'en sais rien. Pas tant que je n'y serai pas allé voir.

— Dans le bateau ?

— Quoi, t'as peur ? Toi qui appelais l'équipage à grands coups de chaussure juste pour qu'il nous surprenne en train de rater notre premier cambriolage !

— Et comment tu vas faire, toi qui es si malin ?

— Je vais me faire inviter.

— Tu crois qu'ils vont t'inviter à monter à bord, comme ça, parce que t'es beau gosse !

— T'as raison. Je ne suis pas si beau gosse que ça... Je leur demanderai juste de me confier les clés. »

C'était tellement idiot que Jak n'avait plus posé de questions.

« Ne changeons rien à nos habitudes, s'était contenté d'ajouter Anton. Retrouvons-nous demain à l'entrée du port. »

10

Quelques jours après son premier trophée, sans rien sembler lui demander, Anton avait réussi à amener un pêcheur à les recommander à un ami plaisancier. Ce dernier s'apprêtait à recevoir la visite de sa future belle-famille, et il manquait de temps pour redonner fière allure à son cotre. Anton et Jak s'étaient retrouvés recrutés pour briquer plus de huit mètres de sloop, soit deux journées entières balais et brosses à la main. Ils n'avaient pas achevé cette tâche que deux autres plaisanciers réclamaient leurs services. Et comme ces moussaillons démontraient sérieux et entrain, leur réputation leur valut avant un mois d'aller et venir partout dans le port, d'avoir visité l'intérieur de presque chaque bateau, d'intervenir quotidiennement sur l'un ou plusieurs d'entre eux.

Lorsqu'ils nettoyaient les cabines, ils réunissaient les piécettes égarées en piles sur la table ; quand ils rangeaient le petit matériel, jamais une manille n'y faisait défaut. Hormis leur insistance à prendre la mer sur chaque voilier qui les embauchait, ils se montraient d'un commerce des plus agréables. « De bons petits gars, nos moussaillons », entendirent-ils dire.

Cette réflexion avait agi comme un déclic.

Anton avait alors enclenché la phase deux de son plan.

Pour son onzième anniversaire, il avait reçu pour tout cadeau un instrument magnifique : un couteau de l'armée suisse dont la pointe d'une des lames, la plus longue, avait été brisée. Deux tournevis, dont un cruciforme, une paire de ciseaux, une lime, une scie très aiguisée et un poinçon de pêche complétaient la lame courte et résistante. Jak l'avait trouvé au restaurant sur le siège d'un convive distrait et ne l'avait pas signalé à ses parents. Ils l'essayèrent le soir même.

Amarré au quai occupé par des plaisanciers locaux, où personne ne dormait donc jamais, le bateau du jeune marié constituait une proie facile. Après deux semaines d'entraînement dans la grotte aux trésors et muni de son nouveau couteau, Anton n'éprouva aucune difficulté pour crocheter le cadenas qui fermait la barre du capot. Ils pénétrèrent dans la cabine, laissèrent ouverts quelques tiroirs, dérangèrent papiers et cartes, renversèrent sans bruit quelques ustensiles de cuisine. Enfin, Anton s'empara du compas, dans son habitacle de cuivre, pièce d'antiquité décorative qui faisait la fierté de leur premier client de ce côté du port. Ils prirent également une longue-vue de moindre valeur et une miniature du cotre en bronze comme on en trouve dans les vitrines cadenassées des marchands de souvenirs des bords de mer. Ils ne touchèrent pas à la réserve de monnaie dissimulée sous une lame du plancher qui crissait, bien qu'ils ne fussent pas certains que leur victime connût son montant au centime près.

En sortant du bateau, ils accrochèrent le sac étanche qui contenait leur larcin à une corde qui pendait de l'autre côté du ponton d'accostage, puis le glissèrent en douceur dans l'eau. Sans se parler, ils rentrèrent dormir chez eux.

Trois nuits plus tard, le compas trônait dans la grotte aux trésors, les autres pièces ayant été abandonnées plus loin, dans la vase du port.

Cette opération fut la première d'une série qui dura plusieurs mois. Les bateaux de pêche ne présentaient guère d'intérêt : qu'y voler, hormis des équipements de navigation ? Harceler l'outil de travail de ces marins entraînait des risques à éviter, le négliger réduisait le champ d'action au port de plaisance – c'est-à-dire quelques quais seulement, plus faciles à surveiller que tout un port. Aussi s'en prenaient-ils parfois aux pêcheurs, mais en visant leurs effets personnels, mettant ainsi davantage en cause la négligence de certains que défiant la solidarité d'une corporation.

Ils abordaient les navires de plaisance à intervalles irréguliers et selon différentes techniques d'effraction, afin de laisser entendre le plus longtemps possible que ces vols étaient commis par divers malfrats opérant au coup par coup. Ce luxe de précautions allait bien à la nature calculatrice d'Anton, qui excellait à brouiller les pistes. Ainsi n'hésitait-il pas, en quittant un navire, à fracturer une serrure dont il possédait un double de clé ; ou à « oublier » un appareil photo de valeur (mais, s'il ne pouvait l'arborer en ville, qu'en aurait-il fait ?) dans un tiroir. Pourtant, sous ces différentes parures, sa méthode demeurait rigoureusement identique : visiter le bateau sous la conduite de son propriétaire, y travailler ou non, le délaisser au moins plusieurs jours (quitte à attendre qu'un voilier refasse escale, rien ne les pressait), puis revenir.

Son *invisibilité* représentait un avantage inappréciable : des deux « moussaillons », Anton se montrait le plus discret. Jovial et spontané, Jak, dont la corpulence s'étoffait des confiseries qu'il engloutissait à longueur de journée, entamait la conversation avec n'importe qui, à n'importe quel propos et sans jamais rien dire de mémorable. Anton, le petit, l'effacé, le timide, se montrait adroit, mais pas trop, plutôt poli, peu loquace, presque sauvage. On finissait toujours par l'oublier, comme s'il disparaissait – de fait, il s'éclipsait souvent tandis que Jak effectuait la corvée pour deux. Anton avait alors le champ libre pour compléter l'inventaire des lieux.

Avec les plaisanciers étrangers, la barrière des langues ne constituait pas un problème réel. En quelques gestes, ils déchiffraient ce qu'on attendait d'eux. Les échanges s'en trouvaient limités et la complexité des tâches réduite : ils pouvaient ainsi se consacrer à leur véritable objectif. Il aurait certes apprécié de surprendre quelques informations complémentaires – nature des biens cachés, projets pour le soir, date de départ... –, surtout en feignant de ne pas en saisir un traître mot... Mais combien de langues maîtriser pour parvenir au sommet de cet art ? Trop...

À cette époque, se souvient non sans malice le commandant Petrack, son poids l'autorisait à traverser un parquet sans le faire crisser... Mais il peut également remercier la tyrannie de ses frères aînés dont il partageait alors la chambre : ils n'auraient jamais toléré d'être réveillés parce qu'il était pris d'un besoin pressant au milieu de la nuit.

N'a-t-il jamais bénéficié de l'attention généralement dévolue au benjamin ? De leur part, non. Ses parents ne valaient pas mieux, mais, contrairement à eux, il ne s'était guère fait d'illusions. Partis depuis déjà longtemps en apprentissage, ses frères ne revenaient que pour se chamailler avec lui ou le traiter comme un larbin ou comme un fardeau, selon l'humeur ou la nécessité. Il les écoutait, faisant celui qui dort, se vanter de leurs exploits et de leurs conquêtes, au point qu'il se demandait s'il leur restait du temps pour apprendre un métier. Ils mentaient, bien sûr. Lui aussi, d'une certaine manière, mais en ne disant rien, en les laissant croire qu'il était bien l'avorton qu'ils avaient toujours vu.

Personne, ni frères ni parents, ne savait rien de lui : plusieurs nuits par semaine, Anton le petit rêveur vivait de grandes aventures tout à fait réelles – la milice le recherchait.

Pas trop activement, fort heureusement… Le commandant sourit à cette évocation : sa tête mise à prix ! Il en avait retiré une telle fierté… toute empreinte de ses jeux et de ses lectures.

Quelle fabuleuse entreprise c'était, à chaque fois !

Choisir la proie. Se décider pour cette nuit, continuer les corvées sur d'autres bateaux, surtout jamais celui convoité, s'arranger cependant pour passer non loin, mais pas trop près, dans la journée, et rentrer chez soi ; rejoindre Jak, tard dans la nuit, vérifier que tout était en place, se regarder et répéter le serment de la grotte aux trésors – *Il suffit de le vouloir vraiment !* –, partir ; se fondre aux quais, progresser silencieux et invisible, déjouer l'attention de la capitainerie, des gardiens, des méfiants, des insomniaques et des amoureux ; enjamber les bastingages subrepticement, crocheter le capot, se faufiler sans lumière et contourner la table sans heurter de lit ; retrouver l'emplacement de chaque chose, prévoir les désordres ; dévisser, démonter, forcer ; retourner sur le pont sans faire tanguer le vaisseau, sortir sous les étoiles et ne pas crier sa rage de vainqueur, se retenir de courir, avancer avec lenteur, chargé de sa prise ; se cacher un peu plus loin, attendre et guetter le moindre signe, se terrer, attendre, ne se relever nonchalamment que sûr et certain de n'être ni suivi ni surveillé ; lorsque l'appontement débouchait assez près d'une ruelle sombre, emporter le sac, sinon, quand trop de lampadaires illuminaient le secteur pour pouvoir en casser toutes les lampes à la fronde, glisser le sac dans l'eau et revenir plus tard, la même nuit ou bien une autre ; filer par les chemins de traverse, puis marcher tranquillement dans la rue, rejoindre le puits jamais deux fois de suite par le même chemin, attacher le sac à la corde laissée dans le seau, descendre le sac, nouer d'un nœud de drisse la corde qui se détacherait d'un coup sec ; se séparer, rentrer dans son lit, dormir ou ne pas dormir ; attendre l'école…

Toutes ces précautions décuplaient le plaisir, Jak en était conscient. La première fois, son acte irréfléchi l'avait comblé, mais par ignorance. Maintenant, il savait, pour l'avoir éprouvé dans sa chair, quel merveilleux frisson s'emparait de lui dès le matin et s'amplifiait jusqu'au petit jour suivant...

Et puis, il y avait cette récompense discrète, cette gourmandise à savourer sans modération, ce plaisir à voir, à toucher et à sentir : la grotte aux trésors. Entre les livres d'Anton et les trois caisses intactes de flasques de rhum (les réserves de confiseries de Jak disparaissant aussi vite qu'ils les reconstituaient), le repaire des contrebandiers débordait désormais de radios, de sextants et de compas, de tableaux et de cartes anciennes, de jumelles et de longues-vues, de bibelots, de coffrets à bijoux, de joailleries de toutes natures et d'une boîte à chaussures presque remplie de portefeuilles, de billets et de monnaies, dont un bel échantillon de pièces et de coupures étrangères.

Ils devaient arrêter. Au moins, marquer une pause. « Amasser sans compter » ne pouvait se poursuivre éternellement. La grotte était pleine ; dehors, on se mobilisait. Le moindre soupçon à l'encontre de l'un d'eux, et leur sort était scellé.

Les vols se firent donc plus rares, moins audacieux – mais ils ne cessèrent pas.

11

« “Cette fois, c’en est trop. Si les miliciens ne font rien, faudra s’organiser nous-mêmes.”

— Qui a dit ça ?

— Je n’ai pas pu voir, j’étais à la cuisine, de corvée de pluches. Mais ils étaient plusieurs à parler, il y en avait même deux ou trois à la porte.

— Ce n’est pas la première fois que des pêcheurs menacent de jouer les gros bras, répondit Anton en haussant les épaules.

— Pas que des pêcheurs, poursuivit Jak. Des boutiquiers étaient là, à une autre table, et ils ont dit : “Si vous faites quelque chose, on est avec vous. C’est mauvais pour les affaires, tout ça.”

— Faire quoi ? Créer une patrouille ?

— Non, aller aux miliciens, je crois.

— Que les miliciens viennent donc, qu’est-ce qu’ils peuvent faire ? Des rondes ? Ce ne serait pas la première fois. Installer des gardes ? Mais pour combien de temps ? Les vols ne sont plus assez importants pour les retenir plusieurs nuits de suite.

— T’es sûr ?

— En tout cas, je préfère les miliciens à des marins qui s’installent en vigies dans des bateaux. Ils pourraient veiller longtemps et se montrer plus féroces…

— Justement, un milicien a dit qu’ils n’avaient pas

le droit de faire ça eux-mêmes. Mais qu'on leur en voudrait pas non plus.

— Les miliciens étaient là ?

— Non, sont passés plus tard, juste pour voir mes parents. Ils cherchent un étranger qui viendrait par là un peu trop régulièrement, justement quand il y a des vols. À mon avis, ils font ça dans tous les restaurants.

— Ça devient plus sérieux, s'ils passent le mot aux autres : "Allez-y, tapez-leur dessus, on vous couvre, honnêtes gens !" Tu parles... "Faites le boulot à notre place", oui !

— Ils n'ont pas dit ça.

— Mais c'est à ça que ça revient, non ? Ils disent que c'est interdit, comme ça personne ne peut leur faire de reproche, ils avaient bien prévenu tout le monde. Mais ils glissent aussitôt qu'on ne leur cherchera pas d'ennui, alors les autres savent qu'ils peuvent y aller. Et s'ils n'y avaient pas pensé eux-mêmes, l'idée est lancée ! D'ici deux ou trois nuits, il y aura des marins de planqués dans certains bateaux.

— Tu crois ?

— Avec des gaffes dans les mains... Et d'autres, pas loin, prêts à venir à la rescousse.

— Qu'est-ce qu'on fait, alors ?

— Ce soir... rien. Je suis encore malade.

— Même pas pour une promenade au port ? »

Anton se redressa dans son lit. Pourquoi Jak insistait-il ? Depuis quatre jours qu'il était alité, il ne s'était levé qu'une fois, il y a deux nuits. Ce n'avait pas été facile avec la fièvre, mais comment rêver meilleur alibi ? Anton ne s'était pas risqué à un gros coup, ils s'étaient contentés de « visiter » le bateau du pêcheur qui leur avait donné le goût du large. La prise s'était montrée aussi bonne qu'inattendue : le portefeuille du patron, dans un placard protégé par un simple cadenas ! De quoi le mettre en rogne – et Anton ne doutait pas que son influence sur les autres pêcheurs expliquât en partie les propos que Jak venait de lui rapporter –, d'autant plus qu'il contenait une lettre dont les deux garçons riaient encore : sa maîtresse l'appelait « mon Petit-Loup »...

« Pas ce soir, pour rien au monde ! surenchérit Anton. Et je garde le lit encore deux jours, ordre du médecin...

— Depuis quand un pirate obéit-il aux ordres d'un docteur ? »

Jak jubilait, laissant Anton s'interroger tandis qu'il examinait sa chambre, du moins la part qui lui revenait – à côté, la grotte aux trésors semblait un palace. Les lits vides de ses frères encombraient les trois quarts de la pièce. Anton ne disposait que d'un cosy sommaire, fait d'un lit d'enfant (il n'avait pas encore amorcé sa croissance, mais ses pieds débordaient) et d'une étagère fixée au mur, sans un seul livre, juste occupée par ses affaires de classe et quelques vêtements. Jak bénéficiait d'une chambre entière, puisque fils unique, et plus grande que celle-ci.

« Et qu'est-ce qui attirerait un mourant jusqu'à un port qu'il connaît les yeux fermés ? »

Anton ne mentait pas : ses frères, qui dormaient tard le dimanche matin, lui avaient imposé de jouer sans bruit et volets fermés. Ces automatismes lui étaient revenus quand il avait eu besoin de regagner la grotte aux trésors sans réveiller les restaurateurs. Jak n'y parvenait toujours pas, il devait se munir de la torche électrique dont il réduisait le faisceau lumineux en plaquant ses doigts sur la lentille.

« Un mourant se traînerait jusqu'au port pour ouvrir les yeux !

— Quelle pitié ! Faire languir de la sorte un homme à l'article de la mort...

— Pas n'importe quel homme, un pirate !

— Un pirate ? L'affaire est sérieuse, Tavernier de malheur, causons !

— Non, Capitaine. Lève-toi !

— Sache que mon corps ne reçoit pas d'ordre ; ni de moi ni de personne, d'ailleurs. C'est lui qui ordonne à ma mère d'appeler le médecin pour qu'il lui ordonne à son tour que nous restions au lit, mon corps et moi, voilà tout.

— C'est vrai que tu n'es plus que l'ombre de toi-même depuis que tu as perdu *ton* navire.

— *Mon* navire ?

— *Ton* navire.

— Il est là ?

— Il t'attend. »

Bien sûr, il n'y avait pas pire moment. Des marins allaient monter la garde, d'une nuit à l'autre. Et peut-être dès celle-ci... Ce genre de décision peut être longuement médité, mais une fois l'idée acceptée... Pour ne pas être en reste, les miliciens passeraient plusieurs fois dans la nuit, certaines fois ouvertement, pour que tout le monde le sache, d'autres fois avec plus de discrétion. L'équipage de la goélette – combien étaient-ils ? six, huit ? sans compter les propriétaires et leurs éventuels invités – aura été averti par les autorités portuaires et ne dormirait que d'un œil. Bref, d'un côté, rondes, sentinelles et des hommes sur leur garde, de l'autre, un malade – non, un convalescent – et son second, fidèle compagnon, toujours deux pas derrière... Mais la vengeance ne souffre pas la lâcheté : il devait y aller.

Il suffit de le vouloir vraiment...

« Juste un œil, alors.

— Oui, Capitaine. Et même les deux, si tu veux, du moment que tu tiens ta promesse.

— Quelle promesse ?

— Les clés. Ils doivent te donner les clés. C'est ce que tu as dit.

— Ah, oui, les clés... Alors, un œil cette nuit, un œil demain...

— Et la nuit d'après...

— ... les yeux fermés ! »

Jak n'avait pas tort. Trop attendre compromettrait leurs chances, tandis que son statut d'écolier malade méritait d'être dignement exploité. Il décida donc qu'ils se présenteraient dès le lendemain à l'homme à la casquette, forts d'une recommandation facile à dénicher : quel plaisancier ne comprendrait que son rêve d'embarquer sur un si beau voilier abrégeât sa convalescence ? À bord, mais une fois la clé en poche, il se donnerait en spectacle, lui, l'invisible, et l'on serait obligé de le raccompagner chez sa mère, pour le mettre au lit. Formidable alibi... À condition, toutefois, de choisir le bon public – des marins d'ici, mais pas un pêcheur qui risquerait de partir à la prochaine marée avant d'ébruiter sa défaillance.

Leur excursion nocturne ne les conduisit pas au port, mais tout près, sur la terrasse blanchie à la chaux du magasin de souvenirs désaffecté qui surplombait la rade. La boutique avait déménagé depuis longtemps de l'autre côté, vers les nouveaux quartiers, juste en front de mer. Mais d'ici, à l'abri derrière les balustrades ventrues, ils pouvaient s'installer confortablement et balayer du regard toutes les installations portuaires entre les deux jetées.

Leurs jumelles, prévues pour un usage maritime, grossissaient trop, leur interdisant toute vue d'ensemble, et se montraient d'autant moins lumineuses. Ils se promirent d'en voler d'autres, mieux adaptées. Ils pouvaient presque examiner chaque vaisseau ou les porches et entrées des échoppes les plus lointaines, mais devaient observer à l'œil nu les quais et ruelles qui se répartissaient de part et d'autre de la large promenade qui joignait les deux ports.

Une heure de surveillance leur apprit qu'aucune sentinelle ne veillait sur les bateaux, mais ne les renseigna guère sur la fréquence des rondes de la milice. Anton devait rentrer, même s'il était peu probable que sa mère s'inquiétât, au beau milieu de la nuit, de la qualité de son sommeil, d'autant qu'il devait lui paraître bien silencieux... Quant à Jak, s'il ne dormait pas assez, son visage et son humeur en porteraient la trace éloquente le lendemain. Or, demain, ils devraient sembler vaillants à l'embauche.

Anton rapporta ses jumelles sur le navire aux sirènes enlacées – *sa* goélette. Sortie des chantiers de Southampton en 1904, restaurée après guerre ; coque acier de sept mètres quatre-vingt-dix de large, d'une longueur hors tout de cinquante et un mètres et demi pour quarante-deux mètres et quarante centimètres à la flottaison. Et quelque deux mille deux cent soixante mètres carrés de voiles… Lors de la restauration, l'architecte avait ordonné de démonter le rouf et les claires-voies afin d'enlever le revêtement initial, en pin jaune, et de le remplacer par un composite de contreplaqué marine et de teck ; les membrures de chênes avaient également été changées. Des winches en bronze, tous frappés des deux sirènes, s'étaient substitués aux originaux. Les emménagements intérieurs privilégiaient jusqu'à l'outrance l'acajou, le cuir et le bronze dans la cabine du propriétaire, assez vaste pour accueillir un lit double à bâbord faisant face à un grand canapé ; au centre de ce véritable appartement trônait une cheminée en fonte ; la cuvette des toilettes en porcelaine sur métal repoussé avait été complétée par un lavabo qui figurait un temple antique curieusement niché dans un paysage de bocage anglais. Et elle avait été rebaptisée *Nathalie*, un prénom français probablement en relation avec les origines du fondateur ou de l'un des principaux actionnaires de la société américaine qui s'en était portée acquéreur.

Anton avait trouvé dans une revue nautique un descriptif détaillé et illustré, accompagné d'un trop rapide historique, sur l'architecte qui l'avait remise en état. Une photo de la cabine montrait, de dos, la femme de la première visite du *Nathalie*, le visage réfléchi dans un miroir précieux alors qu'elle se maquillait. Son expression, à la fois et très étrangement grave et rêveuse, l'avait touché, bien qu'elle soit très vieille.

12

Pour se faire présenter à l'amiral américain, Anton porta son choix sur un bijoutier obséquieux, qui ne fréquentait son petit yacht à moteur que le dimanche, lors d'un pique-nique rituel, et qui ne s'aventurait pas une fois l'an en cabotage. Celui-ci l'écouta avec patience et bienveillance, puis promit d'intervenir : après tout, il pouvait également tirer profit de ce contact et, en sa qualité de vice-président de la commission portuaire, il était en droit de se considérer tout désigné pour souhaiter la bienvenue à un hôte de cette importance. Recommander le service des deux « moussaillons », à la fin évidente de leur autoriser de caresser le vain espoir d'une virée sur la goélette, quoi qu'ils en disent, constituerait du reste une excellente entrée en matière. Madame aurait peut-être plaisir à visiter son magasin…

L'homme en blanc les salua d'un geste de la main bien avant qu'il devînt manifeste qu'ils venaient s'adresser à lui. Une manie. Quelle faiblesse dissimulait-elle ? Ce terrien avait-il conscience que, malgré son déguisement, son voilier et ses dollars, il ne serait jamais un marin ? Quelle considération escomptait-il de la part de ce plaisancier dominical et de ces quelques pêcheurs bolcheviques ?

Anton l'observait, il voulait connaître celui qui possédait *son* navire. Cette nuit, il lui volerait quelques broutilles ; mais plus tard, c'était décidé, il lui reprendrait le *Nathalie*, d'une manière ou d'une autre. Et il rebaptiserait plus dignement la goélette ! En attendant, ce complexe inciterait l'étranger à accepter l'offre du bijoutier.

Il avait vu juste : les sept membres de l'équipage suffisaient amplement pour l'entretien du voilier, mais l'homme en blanc ne refusa pas la main-d'œuvre proposée. Il ajusta sa casquette d'amiral le temps de leur assigner une tâche : laver le pont et aider à ranger les réserves que le cuistot partait faire en ville. Voilà, ils étaient sur place et pourraient aller et venir à leur guise, se perdre éventuellement dans les cabines.

La femme qui accompagnait le faux pacha n'était pas celle de l'an passé. Beaucoup plus jeune, excessivement maniérée et recouverte d'or et de diamants, étonnamment autoritaire. Avait-elle repris les habitudes de la précédente ? Il faudrait le vérifier... Visiblement, elle s'ennuyait déjà. Elle approuva rapidement l'invitation à peine sous-entendue du commerçant qui n'en revenait pas d'ouvrir les portes de sa boutique à une authentique gravure de mode ; mais il n'eut pas tourné les talons pour lui montrer le chemin qu'elle levait les yeux au ciel.

Avant que l'homme en blanc n'allumât un nouveau cigare, les enfants avaient trouvé seaux et serpillières. Ils se lancèrent immédiatement dans le lavage d'un pont déjà impeccable, prenant soin de s'éloigner assez des adultes pour qu'ils s'en aillent sans davantage se soucier d'eux.

Quelques minutes plus tard, un matelot vint leur parler, probablement pour leur délivrer une recommandation quelconque, mais il les surprit tellement absorbés par leur tâche qu'il sourit et regagna son poste sans rien dire. Jak fit un clin d'œil à Anton. Ils poursuivirent leur corvée jusqu'à l'arrivée de la camionnette de l'épicerie fine de la ville. Le cuisinier en descendit sans manifester d'empressement pour emporter tous les cartons qui devaient rejoindre le navire. Il s'appuya contre l'arrière de la voiture, sortit un paquet de cigarettes et en alluma une avec le détachement d'une publicité de cow-boy. C'était le moment qu'ils guettaient. Ils se précipitèrent.

Leur ferveur ne trompait personne : ils se berçaient d'illusions s'ils pensaient gagner au mérite une promenade à bord de la goélette. En attendant, ils redoublèrent d'efforts et se montrèrent des plus utiles. Le cuisinier, qui leur désigna les gros cartons de provisions destinées à la réserve, les précéda pour accéder aux placards où tout devait être calé.

Les enfants se passèrent les affaires, les rangèrent d'instinct à leur place. Le cuistot les regarda en tenant sa cigarette dans son dos. Pour lui éviter de disperser les cendres par terre, Anton ferma la porte à clé et, après avoir vaincu une quinte de toux, lui tendit le trousseau. Un instant, l'homme hésita à lui abandonner la charge d'ouvrir et de refermer les placards, puis se ravisa. Il écrasa son mégot dans un cendrier de poche doré et reprit possession des clés.

Les derniers cartons, bien plus légers, concernaient des articles pour la salle de bains du pacha : de petits savons parfumés d'une fabrique réputée dans la région. Le cuisinier permit aux deux enfants d'admirer le luxe de la cabine de l'amiral, mais pas d'y pénétrer, afin d'épargner un tapis aussi moelleux qu'un gazon. Après avoir ôté ses chaussures, il se chargea lui-même de disposer les savonnettes dans le placard qui leur était réservé, laissant les moussaillons sur le seuil de la porte.

À son retour, Jak ne parvint pas à réprimer son émerveillement et se lança dans un discours incompréhensible, tournoyant tout autour du cuisinier qui peinait à se rechausser. Anton, de plus en plus pâle, tenta de les interrompre d'un geste. Ni Jak ni le cuistot n'eurent le temps de s'interroger sur ce qu'il voulait dire que le garçon virevoltait, foulait l'épais tapis, retrouvait l'angle de la photo, revenait sur ses pas et, chancelant, se raccrochait de justesse à la porte avant de s'évanouir.

Le bijoutier arriva bientôt et fut heureux de ne pas être contraint de reconduire le malade chez lui – d'ailleurs, il n'avait pas la moindre idée du quartier où il pouvait loger, la sympathie que lui inspirait son dévouement n'allait pas jusque-là. Jak venait d'avoir un éclair de génie en réclamant de profiter de la camionnette de l'épicerie : le détour serait suffisant pour obliger le livreur à expliquer son retard, ainsi, avant demain, toute la ville saurait qu'Anton était malade au point de nécessiter une ambulance.

Le mot « ambulance » plut à l'épicier, qui le répéta effectivement.

De retour dans sa chambre, Anton vida ses poches. Il avait réussi à prendre trois empreintes de clés dans de petites boîtes de cire tendre, dont celle de la cabine de l'amiral et celle du capot qui la desservait. La troisième menait à la cabine de l'équipage. Il lui faudrait pas mal de travail sur son étau pour tenir sa promesse, mais ils devaient agir cette nuit.

Tandis qu'à coups de lime précis il finissait d'adapter le profil de la dernière clé, Anton expliqua de nouveau son plan à Jak. Dans la journée, ils avaient entendu dire que la milice patrouillerait dorénavant plus souvent, toutes les deux heures, mais il leur avait été impossible d'en savoir plus, notamment si cette mesure commençait cette nuit ou une autre. Ils attendraient donc le passage des miliciens sur la terrasse du magasin de souvenirs et devraient opérer en moins d'une heure afin de se donner une marge de sécurité et d'anticiper l'irrégularité des rondes.

L'approche ne présentait pas de difficulté. De la boutique au quai, il n'y avait qu'un lampadaire, dont ils avaient brisé la lampe la veille. L'ampoule n'avait pas été remplacée. Il faudrait enfermer les sept matelots et le cuisinier endormis dans leur cabine, en laissant la clé dans la serrure pour les empêcher d'ouvrir de l'intérieur (penser à la reprendre au moment du départ). Ouvrir la cabine de l'amiral. À cette heure, le couple dormirait. Ce ne serait pas la première fois qu'ils pénétreraient dans une chambre occupée : pas de lumière, pas de bruit ; marcher lentement, décomposer ses gestes ; attention aux bras, au parquet pas entièrement recouvert du moelleux tapis. Sous le hublot, le placard. Deuxième tiroir – sur la photo, béant légèrement, il permettait de voir négligemment l'opulence des Américains. Anton passerait devant et irait directement crocheter celui-ci sans se soucier d'aucun autre. Jak attendrait à la porte, presque close : les bruits du dehors ne devaient pas en franchir le seuil. Ouvrir le tiroir, s'emparer du coffret à bijoux, refermer le tiroir, ressortir aussitôt. Ne rien prendre d'autre. « Tu as bien entendu, Jakova ? Rien d'autre, pas cette fois. » Jak répéta le plan, jusqu'au dernier détail : la boîte serait abandonnée fermée dans un sac sous l'appontement même du voilier, ils ne devaient pas courir de risques inutiles. Ils avaient repéré l'endroit en lavant le pont, de sorte à être masqués par le canot ; si un matelot sortait à ce moment, il ne verrait que les deux enfants, comme s'ils étaient revenus admirer le *Nathalie*, et pas de trace du coffret. Nouvelle répétition du plan. Ils renouvelèrent le serment des pirates. *Il suffit de le vouloir vraiment !* Ils étaient prêts.

Les plans d'Anton se montraient toujours infaillibles, et Jak tout autant imprévisible.

Le coffret pesait des tonnes, comme le cendrier à l'effigie de la goélette qui déformait la poche de Jak. Anton haussa les épaules et Jak lui remit son trophée, un incorrigible sourire aux lèvres – chaque fois, il devait voler quelque chose de sa propre initiative. En arrimant l'ensemble au ponton, Anton laissa les trois clés glisser silencieusement dans l'eau. Ils restèrent ensuite tous deux quelques minutes immobiles.

Le port dormait dans sa symphonie répétitive que nul bruissement automobile ne perturbait. Ils avaient le temps de rejoindre la terrasse du magasin, de passer le toit attenant de la boutique de vêtements, de redescendre dans la cour du petit immeuble dont le mur d'enceinte s'éboulait du fait d'un arbre bicentenaire.

Ils le savaient, ils ne commettraient plus de vols avant le printemps, la grotte aux trésors regorgeait déjà de trop de preuves. Ces bijoux s'ajouteraient à la longue liste de ce qu'ils devraient refourguer à un receleur, quand ils en connaîtraient un de confiance et auraient l'âge de le faire, selon la leçon qu'ils avaient tirée de leur première aventure sur le port. Rien ne les pressait cette fois, le temps jouait même en leur faveur : qui se souviendrait de ces bijoux dans cinq ans ?

Cinq années…

Anton et Jak peinaient à partir. Ils ne retourneraient sur les quais dans les prochains mois qu'en tant que « gamins » et « moussaillons », plus jamais la nuit en pirates…

Ce n'était pas vraiment un adieu, ne serait-ce que parce qu'il faudrait bien revenir d'ici quelques jours pour reprendre le coffret – ce qu'ils pourraient faire de jour sous couvert de mille et un prétextes, ce ne serait pas une première –, mais quitter les pontons leur pesait.

Ils se regardèrent et s'autorisèrent en même temps un soupir d'adieu provisoire.

En écho, un troisième soupir les stoppa net dans leur départ.

13

Anton savait parfaitement comment réagir.

Jak connaissait également son rôle.

Depuis plusieurs mois qu'ils écumaient la flottille de deux ports, ils n'avaient jamais été inquiétés ni sur le fait ni même à proximité d'une effraction. Plusieurs fois, ils avaient croisé des marins ou des promeneurs, mais qui aurait fait attention à deux enfants en balade, qui plus est aux « gamins » ? À leur âge, la passion pour les voiliers justifiait tous les abus : leur présence à une heure aussi avancée de la nuit n'avait rien de réellement surprenant.

Après avoir envisagé bien des scénarios, Anton avait opté pour une stratégie unique, simple, efficace. Surpris hors du bateau et sans objet volé sur eux, ou bien découverts dans un cockpit au capot fracturé et en train d'arracher la radio à grands coups de chaussure, ils étaient innocents. Telle était la règle de base : l'innocence. Si aucune preuve ne pouvait étayer un soupçon, ils compatiraient : tout le monde peut se tromper, vous avez raison d'être méfiant, avec tous ces vols on ne peut plus se fier à personne, etc. Dans tous les autres cas, quand des preuves indéniables les accableraient, alors il leur faudrait nier. Tout nier, et avec véhémence. Hurler, se débattre, trépigner, pleurer si nécessaire : mais que tout le monde sache qu'ils étaient innocents.

Innocents.

Le point fort de cette stratégie, testée et répétée par l'un comme l'autre, chez eux et en classe, c'est qu'elle sème inévitablement le doute ; elle agit à la manière d'une rumeur. Certains y adhèrent sans réserve et d'autres la refusent tout aussi catégoriquement, mais la plupart, l'immense majorité des gens n'ose plus se prononcer. Et pour renforcer cet effet, pour saper l'autorité des réfractaires, ils se présenteraient humblement pour les deux amoureux de la mer et des bateaux qu'ils étaient, l'un chétif et l'autre un peu simplet… Deux braves garçons qui rendaient de multiples services aux travailleurs de la mer, des gars du pays que les capitalistes étrangers exploitaient honteusement lors de leur croisière sur l'Adriatique… Des boucs émissaires désignés, soumis à tellement de tentations, mais honnêtes – les témoignages afflueraient en leur faveur : qui n'avaient-ils pas aidé ou dépanné dans les deux ports ?

Cependant, le troisième soupir l'avait désarçonné, mais Anton s'était aussitôt ravisé.

Quelqu'un était là.

Les avait-il vus, impossible d'en juger. Les avait-il vus sortir de la goélette ou placer le sac sous l'appontement, impossible de le savoir.

Ils devaient attendre que l'autre se manifestât. Cela, tous les deux le comprirent et ils ne bougèrent pas. Jak, selon son caractère, fronçait les sourcils et serrait les poings. Anton ne tenta pas d'étudier le léger frisson qui faisait trembloter la mâchoire de son impétueux compère, il en connaissait le sens : Jak était prêt à bondir sur l'inconnu, oubliant tout de leur plan, exposant leur culpabilité aussi sûrement que s'il signait des aveux, réduisant à néant toutes les chances de la stratégie de l'innocence.

Cette réaction, Anton l'avait prévue.

Mais, au moment de l'accomplir, Anton douta. Le geste n'allait pas marcher. Malgré sa simplicité extrême, il lui sembla soudain trop cérémonial. Il l'avait si patiemment imaginé et tant de fois répété, s'obligeant à le réserver pour l'occasion ultime, comme une indispensable et unique parade, qu'il refusait de croire posséder une telle emprise sur Jak.

Pourtant, dès que le corps lourd de Jak se mit en branle en direction du soupir, il marqua une pause avant de dépasser son jeune ami, comme s'il guettait son assentiment muet. Il suffisait donc à Anton de tendre le bras et de poser sa main sur son épaule, fermement mais sans brusquerie. Un rite d'apaisement, ni plus ni moins, entre la marque d'autorité et le geste affectueux.

Jak avait-il frissonné ?

Anton pressa légèrement sa paume, conformément au scénario qu'il avait réglé.

Jak s'immobilisa – obéissant.

Anton tressauta à son tour. À ce simple contact, deux images venaient de surgir et de défiler, avant de disparaître tout aussi inopinément. D'abord, Anton avait revu son père qui se penchait vers lui afin de l'aider à se relever d'une chute de vélo, remplaçant le mot qu'il ne prononcerait pas par une brève accentuation de la pression de ses doigts. La représentation s'était effacée immédiatement, substituée par une autre, beaucoup plus probable : son chien s'apprêtait à sauter à la gorge de ses ennemis à la sortie de l'école et Anton contenait toute sa fureur dans la paume de sa main posée sur sa tête. Mais il n'avait jamais possédé un tel molosse – ni aucun vélo. L'avait-il rêvé ?

Un nouveau soupir se fit entendre.

Cette fois, Anton localisa la source du souffle approximativement vers le canot. Un homme en vigie ? Non : pourquoi attendre qu'ils n'aient plus le sac pour intervenir ? Ou bien était-ce un marin qui serait rentré au bateau après une virée dans les bars de la ville ? Ils l'auraient vu avant… Et que ferait-il depuis tout ce temps derrière cette barque ?

Il y eut un autre bruit. Enfin, plutôt un rot. Qui

venait très distinctement du canot. De l'intérieur du canot. Un énorme rot. Jak pouffa et Anton força l'étreinte de sa main. Jak refréna à peine ses gloussements. De l'intérieur ? Un rot ?

Une bouteille sortit alors de la barque, le goulot pointé en avant, deux mains cerclées à sa base, prolongées de deux longs bras tendus ; puis la tête d'un vieil homme termina ce redressement spectaculaire. Au cinéma, on montrait les vampires se lever ainsi dans leur cercueil, sans prendre appui ; lui semblait tiré par sa bouteille. Un ivrogne.

L'Ivrogne, corrige le commandant en inclinant la tête en direction du cendrier aux sirènes.

Assis, l'homme respira à plusieurs reprises, bruyamment, une expression d'une grande dignité placardée sur la figure. Le regard droit sur l'horizon, il rota à nouveau.

« Silence, matelots ! Ne pas réveiller le bienfaiteur qui dort. »

Jak s'arrêta de rire et Anton se demanda s'il devisait avec eux ou s'il délirait tout seul. Il ne les regardait toujours pas. Il conférait peut-être avec des chimères, mais ces paroles pouvaient tout aussi bien leur être destinées.

Et quel en était le sens ? Il n'avait pas dit « moussaillons », mais « matelots », ce qui ne faisait guère de différence, tout compte fait. Les connaissait-il ou s'adressait-il à n'importe quel matelot, considérant qu'en ces lieux et à cette heure il ne pouvait que s'agir de marins ? Quant au bienfaiteur, de qui parlait-il ? Et le bienfaiteur de qui, à propos ? Est-ce que certains malfrats n'employaient pas cyniquement ce terme pour qualifier leur victime ? D'autres conjectures se pressaient dans sa tête, mais il fut à nouveau interrompu.

« Ne vous a-t-on jamais appris à quitter un canot sans le faire tanguer ! » gronda l'ivrogne.

L'allusion ne relevait plus de la coïncidence. En sortant du bateau, ils avaient dû faire gîter le canot où le poivrot se trouvait, ce qui expliquait sa confusion.

Que savait-il ? Qu'avait-il vu exactement ?

Jak jugea la situation tout autrement : ses poings s'étaient desserrés et la main posée sur son épaule n'exerçait plus aucune sorte d'effet. Il se leva. Le soûlard le regarda.

Plan B, se dit Anton, reprendre l'initiative.

« Bonsoir, monsieur », s'appliqua-t-il à prononcer poliment, calmement, mais pas trop fort.

Jak comprit-il le message ? Peut-être : à son tour, il salua le vieil homme de la tête. Et il se tut, ce qui était essentiel.

Le regard s'était détourné vers Anton, puis avait plongé sous ses pieds, comme s'il sondait l'appontement, précisément là où la corde était attachée.

Que savait-il ? Qu'avait-il vu ? Probablement rien, puisque allongé dans le canot. Non, bien sûr... Il les avait simplement entendus, le tangage l'ayant sorti de sa torpeur éthylique... Il ne savait rien, tout au plus se hasarderait-il dans quelques présomptions. Mais qui écouterait les conjectures d'un ivrogne ?

Maintenant qu'il lui faisait face, Anton étudia ce visage. Pas une figure de marin burinée par l'alcool, plutôt une tête d'instituteur. Ou de prêtre, lui confierait Jak plus tard. Impossible de distinguer la couleur de ses yeux, ils semblaient gris – étaient-ils verts ou bleus ? Singulièrement clairs, en tout cas. De longs sourcils en bataille ; cheveux d'un gris tumultueux ; oreilles interminables, aux poils foisonnants. Sur tout le visage, des rides, des cernes, des plis partout.

Anton interrompit son inspection, alpagué par une question si évidente qu'il s'étonnait de ne pas se l'être posée plus tôt : que faisait cet homme dans le canot de la goélette ? Trop préoccupé par ce qu'il pouvait savoir d'eux, Anton n'avait analysé les mots « le bienfaiteur qui dort » qu'à sens unique. En quoi le propriétaire du voilier constituait-il un bienfaiteur pour cet ivrogne ?

Saoul, le vieil homme s'était-il assoupi dans la première barque venue et rendait-il ainsi hommage à son bienfaiteur anonyme et involontaire ? Cette explication semblait la plus probable. Cet après-midi, ni lui ni Jak n'avaient entendu parler d'un tel personnage à bord du *Nathalie*.

Inutile de paniquer : ils avaient affaire à un simple ivrogne dont la rencontre n'était qu'une fâcheuse coïncidence. Anton avait prévu le cas : il devait instiller l'idée qu'ils n'étaient que deux enfants qui peinent à dormir tant ils rêvent d'embarquer sur un si beau vaisseau. Pour cela, il devait tourner un compliment admiratif à propos de la goélette, en associant le vieil homme à son enthousiasme de la manière la plus ingénue possible. Il trouvait ses premiers mots quand le poivrot tomba à la renverse dans le canot.

Anton se redressa, Jak était déjà penché sur l'ivrogne.

« Il s'est rendormi ! Ah, la trouille !

— Tais-toi.

— J'ai cru qu'il nous avait...

— Mais tais-toi donc ! »

Anton prit son ami par le bras et pensa le tirer vers lui, mais Jak n'accepterait pas de se laisser conduire après qu'il lui avait ordonné sèchement de se taire. Anton se contenta donc de partir. Comme prévu, Jak lui emboîta le pas, avec un retard suffisant pour démontrer qu'il agissait de son propre chef.

Ils n'avaient pas fait dix mètres que le vieil homme leur adressa un « Pirates du soir, bonsoir ! » tonitruant.

Anton tressaillit. Toutes ses certitudes s'écroulèrent d'un coup. Le poivrot savait tout. Il ne donnait pas l'alerte. Il ne les poursuivait pas. Anton ne comprenait ni comment ni pourquoi, mais il n'avait plus le moindre doute ni la moindre illusion à ce propos : l'ivrogne savait.

Ne pas presser le pas. Ne pas se retourner. Garder la tête en place même si elle lui semblait subitement prisonnière de deux blocs de glace en étau. Respirer, calmer Jak...

Par bonheur, Jak marchait à l'unisson. En tout cas, il ne s'écartait pas de la route et ne changeait plus son allure.

Anton se répéta qu'il s'en allait, qu'il rentrait chez lui, comme prévu. Il ne fuyait pas. Il n'était pas un lâche, il se tenait au plan. Il était un excellent comédien. Il ne fuyait pas.

14

« Il faut tout arrêter. Ne pas retourner à la grotte aux trésors. Je regagne mon lit, comme le grand malade que je suis. Toi, tu ne fréquentes pas les quais sans moi, tu aides tes parents ; voilà, tu es un fils modèle, un exemple pour moi... Nous sommes des anges, pas des pirates. Des anges.

— T'as peur d'un ivrogne ?

— Quel ivrogne ? Tu l'as vu boire, peut-être ?

— J'ai vu la bouteille !

— Et tu l'as entendu roter, tout comme moi. Mais je ne l'ai pas vu boire et je n'ai pas senti son haleine. Alors, je ne sais pas s'il était saoul ou non. Ni qui il est, et c'est ça qu'il faut découvrir.

— Et comment, si on ne va plus au port ?

— Je ne sais pas. »

Oui, Anton l'ignorait. Il se croyait fort et malin – ô combien ! –, celui qui a tout prévu, tout envisagé, celui à qui rien n'échappe jamais – mais il s'était mépris. Son inconséquence lui donnait le vertige – et sa lâcheté... Sempiternel ping-pong : il venait de prendre la fuite parce qu'il n'avait pas su anticiper, et encore moins réagir. Et si aucune solution ne surgissait dans son esprit, c'est qu'il ne parvenait à se concentrer que sur l'urgence de se mettre à l'abri – et de se trouver des excuses, et de se composer une allure de dignité... Il se haïssait.

Le commandant Petrack étire sa nuque, tord son cou, frotte le bas de son visage, masse sommairement ses épaules. Cet épisode le touche, mais son analyse demeure incomplète. Il dissèque sans peine le sentiment d'insécurité qui l'avait envahi, révélant son désir et son impuissance à maintenir le monde en équilibre, son incapacité à le façonner à sa manière, cette ambition démesurée qui a trempé son caractère. Mais ce qui lui échappe, inexorablement, c'est la violence crue des émotions…

Comment pleinement revivre, dans sa chair, le séisme de tels événements, éprouver l'onde de choc qui l'avait emporté, tressaillir aux idées qui se bousculaient, s'en approcher au point de s'y noyer encore… Ces souvenirs familiers, ressassés, qu'il visualise couchés et ordonnés devant lui, comme une phrase mille fois récitée, ne forment qu'une succession de mots dont il maîtrise le vocabulaire et la syntaxe, mais dont l'essence poétique, jadis si puissamment déterminante, le fuit. Comment les relier à sa propre enfance ?

Est-ce cela, grandir ? Devenir étranger à soi-même, un autre si proche ?

Les deux moussaillons parvinrent à tenir une semaine entière sans se présenter à nouveau au port pour y reprendre du service. Cette convalescence prolongée constituait une réponse sans surprise au malaise d'Anton et ils s'efforcèrent de paraître calmes et patients.

Le *Nathalie* était reparti deux jours après leur visite, à la date prévue. Une simple brève dans la presse locale signalait une effraction à bord, sans autre détail. Mesure diplomatique ? Les autorités ne souhaitaient certainement pas ébruiter qu'un Américain en transit, grand capitaine d'industrie, s'était fait cambrioler par quelques bolcheviques… Par contre, le journaliste avait agrémenté son entrefilet d'une photo où l'homme en blanc posait en essayant de mimer un sourire spontané. La jeune femme à ses côtés exhibait insolemment un collier à trois rangs de perles… Anton se souvenait du poids du coffret, qui pendait encore dans l'eau salée, et regrettait amèrement de ne pas s'être autorisé à l'ouvrir. Ce collier, la femme le gardait peut-être dans sa table de chevet ? Toujours sur le cliché, derrière elle, légèrement de dos, négligemment assis dans le canapé rouge, figurait également le poivrot du canot, qui regardait ailleurs, droit devant…

À quel titre occupait-il cette place privilégiée ?

Décidément, les questions ne faisaient pas défaut. Personne n'évoquait la disparition des bijoux, la femme s'en parait comme s'il n'en manquait pas un seul, le poivrot-roteur s'avérait l'hôte du *Nathalie*…

Avec une longanimité qu'il s'ignorait, Anton essuya l'humour des marins avec dédain, tandis que Jak se tordait de rire avec eux. À quelques variantes près, chacun se complaisait à lui rappeler que c'était parce qu'il était tombé dans les pommes que c'était un épicier qui l'avait conduit en ambulance. Si cette blague à répétition démontrait qu'il n'était soupçonné de rien, elle l'énervait au plus haut point, surtout passé sa douzième édition. Mais il devait faire bonne figure, comme s'il l'entendait pour la première fois et en goûtait toute la drôlerie… C'était une comédie difficile pour lui, quasi impossible à jouer. Quand il souriait, ses lèvres ne s'incurvaient pas davantage que l'horizon sur l'océan par temps calme, et ses yeux avaient tendance à s'affaisser – du moins, les rares photos prises de lui à cette époque le montraient ainsi, alors que, dans ses souvenirs, il souriait vraiment, « à pleines dents ». Pas étonnant qu'il n'ait jamais attiré la sympathie à l'école…

Trois jours passèrent avant que les dernières allusions à son évanouissement et son transport d'urgence disparussent des conversations, l'ultime étant due à « Petit-Loup », qui lui demanda de lui rapporter un kilo de pommes en revenant du magasin d'accastillage.

« Le plus dur, admit-il, ce n'était pas d'écouter cet imbécile se marrer tout seul, mais de m'empêcher de lui servir son petit nom d'amour !

— Faudrait couler sa barque !

— La sienne et toutes les autres, oui !

— Tu crois qu'on peut y retourner ? demanda Jak.

— Plus personne ne fait attention à nous, sauf pour nous refiler une corvée mal payée. On revient cette nuit.

— La corde semble intacte.

— Oui. Je la surveille aussi. »

Bien après minuit, ils repêchèrent le sac immergé sous l'appontement. Attendre d'être parvenus par des chemins détournés jusqu'à la grotte aux trésors pour le forcer ne représenta pas une mince épreuve. Un instant encore, ils contemplèrent la boîte à bijoux. C'était un petit coffre ancien, bombé, probablement une pièce d'antiquité, décoré de plaques de cuivre gravées de fresques fleuries d'un style alambiqué. Sur la face avant, juste au-dessous d'une serrure aux seules vertus décoratives, un rectangle de bois plus clair signalait qu'une plaque ornementale manquait et n'avait pas été remplacée. Ils avaient le souffle court. « On y va ? » s'impatienta Jak. « On y va », répondit Anton. Bien des fois, Anton avait encouragé son ami à mariner de la sorte, en lui démontrant combien patienter amplifiait le plaisir ; cette fois, tel ne fut pas le cas. Absolument pas.

En tout et pour tout, le coffret ne contenait qu'un cendrier.

Pas n'importe lequel, celui que Jak avait volé et que le tourbillon d'événements avait chassé de leur mémoire.

Sinon, rien. Pas un bijou.

Anton se souvenait parfaitement du poids de la boîte la nuit du vol, elle était loin d'être vide. Il revoyait ses gestes, rapides et précis, lorsqu'il l'avait disposée dans le sac en compagnie du cendrier. Aucune alchimie n'expliquait cette évaporation : quelqu'un avait repêché le sac avant eux, quelqu'un avait vidé le coffret pour y substituer le cendrier, quelqu'un avait tout remis en place dans leur sac – excepté le butin.

« On s'est fait avoir ! jura Jak.

— Oui. On s'est fait doubler. Par cet ivrogne !

— Ce supposé ivrogne, lui fit remarquer Jak sans la moindre malice.

— Il était le seul à pouvoir connaître notre cachette. Il a fait semblant de rien et, juste après notre départ, il a tout récupéré.

— Il a pris notre butin !

— Oui, mais pour le remettre à sa place.

— T'es sûr ? Il l'a peut-être gardé pour lui...

— Si les bijoux avaient effectivement disparu, on le saurait. La presse n'en aurait peut-être pas été informée aussitôt, mais dans le port, tout se sait... Le *Nathalie* est reparti, il n'y a pas plus de milice qu'avant, rien n'a changé... La seule raison, c'est qu'il a remis les bijoux dans le tiroir, mais sans le coffret.

— C'est un dingue.

— T'imagines la tête de l'homme en blanc ? Sa commode forcée et pas une pierre qui manque. Par contre, les voleurs ont pris les étuis... Qui va enquêter sur la disparition d'une boîte vide ?

— C'était quand même plus simple de nous dénoncer, ou alors de tout remettre en place. Coffre et cendrier compris !

— Oui, tu as bien raison, Tavernier.

— Pourquoi rapporter le coffret dans le sac ? Il est fou...

— Fou... Ou alors, il n'est pas fou. C'est-à-dire qu'il agit dans un but bien précis. Quand on a pris le sac, son poids était dû au cendrier. Le mettre à l'intérieur du coffret nous a fait croire qu'il contenait toujours les bijoux.

— Et alors ?

— Alors, on y a cru. On a cru qu'on avait gagné. Jusqu'au bout, jusqu'à la dernière minute. Il nous a fait un pied de nez.

— Pas drôle, son tour.

— Non, et justement.

— Il veut nous faire peur ?

— Ou nous mettre en garde. Cette substitution est une sorte de message : je vous ai vus, j'aurais pu vous faire arrêter, mais je ne l'ai pas fait.

— Tant mieux qu'il soit parti.

— Il devait croire que nous reviendrions chercher le sac beaucoup plus vite... J'aurais aimé en savoir plus sur cet ivrogne.

— Ce supposé...

— Ouais, ouais, ce supposé ivrogne... À propos, sur la photo il semblait bien dégrisé le lendemain...

— Ou alors, il récupère vite, le vieux. Plus vite que ton père...

— Même pas drôle, Tavernier...

— Mes respects, Capitaine.

— Repos... Maigre butin. Le coffre ne vaut pas son poids de bûches et le cendrier ne se divise pas.

— Pas grave, puisqu'il faut s'en débarrasser.

— S'en débarrasser ?

— C'est la seule preuve qu'il a contre nous, Capitaine. Avec, il nous tient. »

Le raisonnement de Jak n'était pas bête. Jusqu'à présent, ils s'étaient attachés à ne dérober que des objets dont l'identification resterait incertaine. Si un portefeuille arborait des initiales dorées, ils le jetaient. S'ils ne parvenaient pas à effacer le numéro de série d'une radio, ils s'en défaisaient. Ainsi, si la grotte aux trésors venait à être découverte, la tâche des enquêteurs ne se trouverait pas pour autant achevée, loin de là. Mais si on tombait sur un indice aussi clairement signé que ce cendrier, à l'effigie caractéristique, tout leur système s'écroulerait. Ce trophée ne devait pas rejoindre leur cachette, il constituait une preuve trop évidente.

« On pourrait dire qu'on l'a trouvé… »

Anton réfuta de la tête sa propre mauvaise excuse. Hélas, Jak avait raison. Ce cendrier ne leur avait pas été abandonné pour rien. Dans le but de faire du poids ? Ce n'était pas sûr. Mais il était évident qu'il leur fallait s'en défaire, et au plus vite.

« Je le garde. Ce n'est pas une preuve, c'est un défi. »

Quel défi ? Anton avait dit n'importe quoi. Le cendrier les compromettait, il n'y avait rien d'autre à savoir. Mais il ne pouvait s'y résoudre. Même si l'initiative de son vol revenait à Jak, c'était tout ce qui restait à Anton de *son* navire. Il n'allait pas s'en séparer, inutile d'en reparler.

Beaucoup plus tard, le commandant se demanderait si l'Ivrogne, qui goûtait les énigmes autant que les paradoxes, ne le lui avait pas adressé, finalement, à cette seule fin.

15

Ils l'avaient déjà décidé avant leur visite au *Nathalie*, mais l'avertissement du cendrier ne leur en laissait plus le choix : les « voleurs du port », c'était fini. Au moins pour cette année. Désormais, ils devraient s'en tenir scrupuleusement à l'identité de leur alibi, être vraiment et n'être seulement que ce couple d'enfants dévoués, tantôt « moussaillons » tantôt « gamins », que chacun se plaisait à saluer dans les deux ports. Cette démonstration appuyée de bonne volonté renforçait leur notoriété, et multipliait d'autant les occasions d'apprécier d'autres yachts et de nouveaux voiliers. Ainsi était-ce au moment où tout devenait plus facile que jamais qu'ils s'imposaient de demeurer honnêtes.

Mais le pire se nichait ailleurs : rien n'avait changé. L'interruption soudaine de toute cette série de cambriolages était passée inaperçue, noyée dans l'insipidité des mille tracas du quotidien. Pas un article dans le journal, pas un commentaire parmi les marins. Même au restaurant, personne n'abordait plus la question, ne serait-ce que pour s'en réjouir… Comme si rien ne s'était jamais vraiment produit, ni arrêté. Voici quelques jours encore, les pêcheurs affichaient leur volonté de s'organiser en patrouille, ils l'avaient oubliée. Maintenant, ils avaient mieux à faire, plus important à penser.

Sa tête avait-elle été réellement mise à prix ? Anton s'interrogeait, et bien qu'il l'ait effectivement entendu dire, il commençait à se demander s'il n'avait pas surtout écouté ce qu'il avait envie d'entendre…

« Peut-être que c'est trop tôt, Capitaine, que personne ne veut en parler de peur que ça revienne…

— Je ne sais pas… Tous les étrangers n'ont pas porté plainte, bien des pêcheurs auraient eu honte d'avouer s'être laissé avoir à leur tour, comme un nanti… Il n'y a que nous à connaître le compte exact, mais quand même. Ils disaient qu'ils allaient s'organiser, non ?

— Oh, avec eux… Ma mère, elle le dit toujours, des pêcheurs : "Des hommes, rien que des hommes." Tu vois le genre… "Des gars qui s'ennuient à terre, ces hommes-là, des grincheux et tout, forts en gueule, alors faut bien qu'ils s'occupent", qu'elle dit aussi. À l'auberge, faut y être pour le croire, autour d'un verre, t'en vois se créer des unions sacrées, t'en entends des serments à tout jamais, houla. Et puis, le ciel se dégage, et ils se tirent tous, vite fait, pour hisser les voiles. "La marée, tu vois, c'est plus fort que tout", qu'elle dit aussi.

— Tavernier, tu es un sage.

— Pas moi, mes vieux…

— Quand même…

— Bah, la milice patrouille encore !

— Oui, tu as raison, Tavernier, la milice patrouille encore… C'est son boulot, aussi.

— Alors, on recommence ?

— Non… Ce silence pourrait aussi être un piège… Ou vite le devenir. Tant qu'on ne saura pas ce que sont devenus les bijoux, on ne bouge pas.

— Et l'embrouille du cendrier, Capitaine.

— Oui, l'embrouille du cendrier…

— C'était plus rigolo avant. »

Anton regarda son ami et haussa les épaules. Ils s'ennuyaient. Il fallait en arriver là pour s'apercevoir que depuis un peu plus d'un an ce mot était sorti de leur vocabulaire. Désormais, les corvées du port se révélaient pleinement n'être que des corvées. Disparue l'exaltation de la comédie audacieuse, oubliées les promesses d'aventure ! Comment faisaient-ils jusque-là pour supporter ces gens, pour tolérer leurs ordres, pour accepter ces tâches ? Leur adhésion nécessaire au monde vertueux leur pesait, à présent tout leur semblait vain.

Rompre avec des mois de connivence et de complot, mais aussi d'habitudes, leur avait en outre posé un problème inattendu : qu'allaient-ils faire de leurs soirées ? Pas un instant ils n'envisagèrent de se séparer.

En attendant la tombée de la nuit, qui venait assez vite en ce début d'automne, ils se retrouvaient volontiers sur l'ancienne digue. Assis à l'extrémité de la promenade, Anton lisait à haute voix ; Jak l'écoutait, achevant avec méthode sa boîte de biscuits. Anton commentait ses lectures avec ferveur et Jak acquiesçait quand ils embarquaient tous deux à la poursuite de l'Atlantide ou de l'or perdu des Mayas. D'autres fois, ils se joignaient aux badauds qui rêvaient autour du port de plaisance et déambulaient le sourire aux lèvres, se touchant du coude ou se pinçant lorsqu'ils évoquaient tacitement leurs exploits passés. Jamais ils ne retournèrent à la grotte aux trésors, par prudence ou, mais cela ils ne se l'avouèrent pas, pour éviter toute tentation. Ces heures de pure oisiveté constituèrent une expérience nouvelle, pour l'un comme pour l'autre – chaque soir, le plaisir d'être ensemble guidait leurs pas vers les quais.

Plusieurs fois, d'abord devant de beaux bâtiments, puis plus souvent face à toutes sortes de navires, ils abordaient l'idée de prendre la mer « pour de bon », de trouver un engagement sur un bateau. Peu à peu, cette envie se résuma à un seul mot : *partir*. Partir ensemble, mais partir.

Le commandant Petrack ferme les yeux et tente de retrouver l'intensité du mot, en le visualisant ou en l'articulant intérieurement, mais en vain. *Partir*, il en a pleinement conscience depuis longtemps, était un mot grave qui exprimait qu'il devait cesser de jouer, qu'il quittait déjà l'enfance. Le terme renfermait à la fois leur malaise et un espoir, dont ils ne sondaient ni l'ampleur ni les origines. Sa force leur suffisait, ils ne le prononçaient que rarement, et s'abstenaient de tout commentaire. D'ailleurs, à l'époque, tous deux le craignaient, comme si en parler davantage risquait de les engager dans une aventure sans retour – ils abandonneraient plus que parents et camarades, ils délaisseraient plus que des lieux familiers, des repères par dizaines : ils savaient qu'ils ne reviendraient pas. Ou alors, s'ils devaient finalement revenir, ils ne seraient plus les mêmes. Tout serait différent, absolument méconnaissable.

Un soir, Anton s'arrêta bien avant d'atteindre les quais, le regard braqué sur le large.

« Bientôt, se contenta-t-il de dire après un long moment.

— Bientôt… », finit par approuver Jak.

Ils restèrent immobiles. Cette perspective sur la mer en valait une autre, ils auraient pu s'installer là jusqu'à la nuit tombée, ou bien bifurquer vers l'un des ports, ou encore choisir les boutiques…

« Les rats sont revenus, Tavernier.

— Où ça, les rats ?

— Là-bas.

— Où ?

— Chez nous… Ils pullulent, ils assaillent notre repaire, ils sabotent nos prises !

— Ça fait pas si longtemps…

— Comment savoir ?

— Mais, on doit pas…

— Je sais, Tavernier. Je sais… Tels étaient mes ordres. Et tel est le privilège d'un capitaine, non ? En voici de nouveaux : sus aux rats !

— Sérieux ?

— Sérieux… Ou pas. On passe juste voir si rien n'a bougé. »

Rien n'avait changé – sinon leur regard. Après seulement deux ou trois semaines d'absence, la grotte aux trésors ressemblait davantage à la réserve d'une quincaillerie qu'à l'antre de pirates. Ils aspiraient à autre chose, ils découvraient des enfantillages. Pourquoi avoir amassé sans compter ? Pour faire *comme si* ?

Anton ne laissa rien transparaître, mais il s'accusa aussitôt de s'être fourvoyé dans une de ses comédies habituelles, la plus savamment imaginée de toutes probablement, un compromis judicieux entre fantaisie et réalité… Pourtant, son attrait pour la piraterie ne devait rien aux romans, mais tout aux livres d'histoire : les pirates avaient existé, c'est-à-dire que des hommes, parvenus à l'âge adulte, l'étaient effectivement devenus. Ce n'était donc pas un jeu !

Mais combien d'années devrait-il attendre avant de pouvoir se présenter devant un receleur ? Combien d'années à simplement grandir – lui qui, déjà, faisait si jeune…

Il fallait que quelque chose se passe. Que quelque chose arrive, que quelque chose change.

Partir ? Ne pas rester les bras croisés jusqu'à ce que les amarres se coupent d'elles-mêmes, mais trancher dans le vif. Agir, pas imaginer. *Partir ?*

C'était un sentiment vaguement douloureux, diffus, qui rendait toute chose insatisfaisante : Anton ne se sentait pas encore prêt, pas assez grand.

Ne serait-il jamais capable de renoncer à jouer ?

Cependant, il était devenu le voleur du port. Son butin n'était pas une fiction. Il n'était pas si petit que ça.

Encore que… Ce butin, il l'entreposait dans une cachette qu'il appelait « la grotte aux trésors ».

Où s'arrêtait le jeu ?

Reprendre les vols ne mènerait à rien. *Partir*, il le devinait à présent, ne résoudrait rien.

Attendre de grandir serait pire.

Que désirait-il ?

Jak rompit cette dérive silencieuse à la mélancolie contagieuse en dégageant sans ménagement une caisse enfouie sous une couche de livres : le rhum, leur rhum…

« T'en veux ?

— De ça ?

— Pourquoi pas ?

— Tu veux te saouler ? rétorqua Anton qui se retint d'ajouter "comme un homme".

— Pas ici ! Allons vomir sur les quais, comme tout marin digne de ce nom !

— On est si bas que ça ?

— Et encore, pour nous, c'est du luxe.

— Merci du compliment, Tavernier ! En fait, je crois que tu veux revoir les yachts qui viennent d'arriver, c'est ça ?

— Juste le temps d'une flasque, Capitaine…

— Tu as raison, nous n'avons plus que ça à faire : boire…

— De toute façon, avec cette lune, on y voit comme en plein jour. Impossible de travailler.

— Nous ne "travaillons" plus. »

Jak ne prêta pas attention à cette précision, s'engageant déjà dans la petite cave, en enfonçant ostensiblement un flacon dans sa poche.

Sur le quai où deux yachts étaient accostés depuis la veille, ils débouchèrent la flasque et avalèrent chacun une rasade qui les fit tousser. La deuxième fit cracher Anton et rougir Jak. La troisième, rapide, passa mieux. À la quatrième, la bouteille était à demi vidée. Si dès la première gorgée l'amertume mordante du breuvage avait déstabilisé leur humeur morose, la dernière acheva de les plonger dans une béatitude joyeuse, malgré les récriminations de leurs estomacs.

16

« Tavernier, tu ne tiens pas la bouteille !

— À qui la faute, Capitaine ? “Faut plus toucher au rhum ! Faut plus y toucher, qu'j'te dis !” Gnagnagna. Pas descendre à la grotte aux trésors, pas piquer de bibine, pas se servir de rien de tout notre butin que c'est quand même chez moi qu'on y planque…

— Jak ! tenta une nouvelle fois Anton pour raisonner son ami.

— Jak ? Tavernier ! C'est comme ça que j'm'appelle. Jak, c'est pour les corvées – et l'école ! Misère, l'école. Le pire de tout. C'est pas humain. Le cul coincé à pleine journée pour rien comprendre, et l'autre qui t'cause comme à un gros idiot de gosse. Putain ! Faut que ça se sache, Capitaine ! On n'est pas des moins que rien, faut leur montrer. Et puis, ajouta Jak à l'adresse de toutes les embarcations des deux ports, à eux aussi faut leur dire : ni gamins ni moussaillons. Pirates ! Pirates !

— Mais tais-toi donc.

— Oui, Capitaine ! fit-il en tentant un garde-à-vous précaire. Et pourquoi que moi je suis pas capitaine, d'abord ?

— Un tavernier sert, un capitaine commande.

— Et alors ? Tu sais mieux commander qu'un autre ?

— Ça, je n'en sais rien, et puis je m'en fiche, lui répondit Anton en commençant à s'éloigner du quai.

Par contre, je suis sûr d'une chose : je ne sais pas plus obéir que tu ne sais boire... Fais pas cette tête, ce n'est pas une question de choix, c'est juste comme ça. Allez, suis-moi, on va finir ailleurs.

— Si j'veux.

— Tu ne veux pas qu'on finisse la bouteille ?

— Jamais je n'ai dit ça !

— Et il y a encore un seul bateau que tu n'aies pas vu par ici ?

— Je les connais tous ! Par cœur, même. Et pas que du dehors, si tu vois c'que j'veux dire...

— Alors, on va voir ailleurs. »

Jak lui emboîta le pas.

Anton se concentra pour marcher avec une certaine dignité, ce qui l'obligeait à aller lentement. Lorsqu'ils eurent achevé d'ingurgiter la flasque, il salua l'exploit qu'il tenait pour impossible – quand Jak exhiba une seconde bouteille qu'il avait cachée dans une autre poche. Il la déboucha aussitôt, la goûta et la lui tendit. Comment refuser ? La répugnante mixture produisait un étonnant effet d'accoutumance ; l'arrière-goût qu'elle abandonnait, entre brûlure et amertume, réclamait une nouvelle gorgée qui l'apaisait immédiatement. Par contre, le breuvage ne les conduisait pas à rire bêtement de tout, ce qui se révélait quelque peu décevant. Anton avait essayé d'entraîner Jak à la chansonnette, mais sans réelle conviction : « Une autre fois, promis ! Et toi ? — Je n'en connais pas. » Après cet échange, ils s'étaient tus, d'humeur à mirer leurs pieds.

Son expérience de l'alcool se limitait à l'observation, jusqu'à ce soir. Ses frères se chamaillaient et vomissaient bruyamment en rentrant de leur tournée dominicale des bistrots ; son père restait assis pendant des lustres, le dos rigide et un coude en appui sur la table de la cuisine, les yeux égarés – et mieux valait ne pas l'amener à parler, car il pouvait aussi bien s'écrouler qu'exploser. Jak, parvenu à la mesure d'une flasque d'alcool, de cet alcool du moins, oscillait entre des périodes de sombre mutisme et des épisodes de volubiles confidences. Après une dernière rasade, Anton assembla les idées que ce constat laissait échapper : à défaut de le faire taire, il devait vraiment éloigner son compère des quais. Si quelqu'un devait surprendre ses élucubrations, autant qu'elles ne tombent que dans des oreilles étrangères aux choses du port.

Certes, si d'un pied Jak suivait fidèlement son ami, de l'autre, il retournait inlassablement vers les mouillages. Autant feindre de le satisfaire : Anton prit la direction familière de la vieille digue, là où ils se retrouvaient pour lire, à l'écart des luxueuses constructions destinées à séduire les plaisanciers en provenance d'Italie. Les rares pêcheurs qui honoraient encore ces lieux n'avaient rien à y faire de nuit, ils pourraient donc y achever leurs libations sans redouter autre chose qu'un réveil aux douleurs inédites.

Avant de l'atteindre, tout absorbé par ce simple effort, Anton tarda à prendre conscience du chant, grave et mélodieux, dont ils se rapprochaient. Il s'arrêta pour scruter les alentours, mais la voix ne pouvait provenir que de l'eau – il craignit d'être plus ivre qu'il ne l'estimait.

Le secteur ne bénéficiait guère des effets de modernisation du reste du port, et la lampe de l'unique lampadaire n'avait pas été remplacée depuis qu'ils s'étaient exercés à la fronde, voici une quinzaine de jours.

Ils reprirent leur marche engourdie vers la source musicale. La voix, clairement masculine, fredonnait doucement. Ils commençaient à distinguer les paroles. Dans quelle langue l'homme s'exprimait-il ? Au moins, il ne s'agissait pas d'un pêcheur ni d'un autochtone susceptible de les dénoncer : si Jak se laissait encore aller à dégoiser à propos de tous les marins volés et à voler, le chanteur aurait bien peu de chances de comprendre ses propos.

Pourquoi ne faisait-il donc pas demi-tour? Pour satisfaire sa curiosité, parce que son ébriété dissociait la réflexion de l'action? Les mesures s'achevaient sur des sonorités semblables, selon des rythmes réguliers et simples, conférant une grande quiétude à cette mélopée. Une comptine? Anton sentait croître en lui un malaise qui ne devait rien à la boisson.

Le commandant Petrack essaie de s'en souvenir: à l'aide de quelles comptines sa mère le berçait-elle? Plusieurs ritournelles lui reviennent en mémoire, encore qu'il doute de leur origine. Mais quels sont les mots magiques de sa prime enfance, répétés avec tendresse contre le sein maternel, chaud et moelleux, ces formules intimes qui par-delà les décennies gardent leurs vertus secrètes d'apaisement et de sérénité? L'exercice se révèle cruel: il se découvre se balançant en marmonnant une suite de « Hum » inintelligible... Ses frères, eux, se sont montrés capables de tels souvenirs; lui jamais. Peut-être faut-il devenir père à son tour pour renouer avec cette part enfouie de soi?

Prenant conscience de la digression, le commandant retourne vers Anton, vers le port, vers la nuit.

Anton avançait en plissant les yeux afin de discerner la cachette de l'étranger, mais le phare qui balayait la rade ne dénonçait que quelques esquifs délaissés. Ils s'aventurèrent sur le dernier ponton aux planches mal jointes, avant la digue. Au premier gémissement du bois, le chant cessa. Un petit canot, le plus éloigné, se mit à tanguer, puis il se stabilisa. Deux mains s'agrippèrent au plat-bord et une silhouette percluse se redressa laborieusement, puis se leva, entraînant dangereusement la barque à donner de la bande. L'homme attendit stoïquement son rétablissement pour tendre une jambe toute raide jusqu'au ponton et, une fois l'embarcation à nouveau en mouvement, il ramena son autre jambe d'un geste mécanique hasardeux. Le corps s'immobilisa une nouvelle fois dans un aplomb très provisoire.

Anton le reconnut avant Jak. Comment aurait-il

pu s'en douter ? Ce n'était pas le chant qui avait provoqué son embarras, ni la langue étrangère, mais les intonations de la voix. L'hôte du *Nathalie*... La goélette l'avait donc laissé là...

Les pensées se pressaient soudain toutes ensemble dans le même coin de son crâne. Parmi elles, certaines méritaient d'être mûrement appréciées, mais d'autres se démenaient n'importe comment, chahutaient, gesticulaient, braillaient. Difficile de ne pas crier avec elles « Voleur ! Voleur ! », mais l'homme était visiblement encore plus ivre que lui. L'envoyer roucouler ses vocalises au pays des sirènes, alors ? Comme ça, directement, à la Jak : sans réfléchir... Après tout, personne au port n'avait signalé la présence d'un personnage aussi singulier, probablement passait-il ses journées à cuver son vin dans le fond d'une vieille barque : qui le saurait ? Mais les bijoux ? Il faudrait le cuisiner avant.

Jak bougea enfin, assumant seul de rester campé sur ses pieds.

« Hé ! l'Ivrogne ! » l'interpella-t-il sèchement en brandissant la flasque en direction du poivrot.

L'Ivrogne se tourna d'un bloc vers l'insolent qui le menaçait ; le mouvement le déstabilisa au point de l'obliger à enchaîner trois pas précipités pour éviter de chuter.

Un long moment, ils se toisèrent tous les deux ; le bras de Jak tremblait de rage, les jambes de l'homme peinaient pitoyablement à le maintenir en équilibre. Ce face-à-face fournit un exutoire approprié à toutes les frustrations d'Anton :

« Mon trésor ! »

Il avait parlé d'une voix trop haut perchée, une plainte capricieuse plus qu'un cri résolu. Et puis, ce mot... Il enchaîna pour effacer sa ridiculité :

« Qu'as-tu fait des bijoux ? Ils étaient à moi. À nous, se reprit-il. C'était quoi, ta combine ? T'as mis des faux à la place ? Ou alors, t'as gardé les plus moches en leur rendant les plus chers ? Quoi ? Allez, parle !

— Ouais, reprit Jak en écho. Qu'en as-tu fait ? Nos bijoux... »

L'Ivrogne ne répondit rien, les dévisageant comme deux parfaits inconnus. Ou bien il regardait dans le vide. Comment savoir ? Sa silhouette se découpait par intervalles dans le rai du phare, indolente.

« Trop saoul pour se rendre compte de ce qui l'attend... Ou il ne se souvient même plus de nous, ajouta Jak en baissant son projectile.

— Non... »

Accepter sa défaite n'est jamais facile, quelles qu'en soient la nature et les conséquences, mais découvrir que vous avez été battu par un ivrogne, un vrai, et qu'il vous a si vite oublié, cela relève d'une mesquinerie dégradante...

« L'Ivrogne... », se décida-t-il à reprendre, en adoptant ce sobriquet qui condensait tout le mépris que lui inspirait le personnage, misérable et haïssable. Mais Anton n'ajouta rien : les mots, après ses pensées, s'accumulaient comme l'eau d'un lac contre un barrage, et lui qui avait dix mille fois répété le discours qu'il tiendrait à son voleur ne parvenait pas à articuler le moindre grief. Et puis, ce furent des mots enfantins qui rompirent la digue :

« Tu as pris mon butin, pauvre fou ! Tu ne sais donc pas le sort que les pirates réservent aux traîtres... »

L'absence de réaction à cette niaiserie lamentable tenait peut-être au fait que l'Ivrogne n'avait pas compris ce qu'il venait de dire. Cet espoir s'effaça aussitôt, Anton se souvenant qu'il leur avait déjà parlé dans leur langue, sans faute ni le moindre accent. Ce vieil homme était probablement un guide, voire un interprète, ce qui expliquait pourquoi il n'avait pas poursuivi la croisière à bord du *Nathalie*.

L'Ivrogne braqua ses yeux sur Anton et, sans se retourner, balança sa bouteille loin derrière lui, jusque de l'autre côté de la digue, à au moins quinze mètres de là.

« Traître, butin ? Pirate, dis-tu ? Quelle ingratitude

pour qui garde tant de secrets… Et comment désigner un pirate qui n'emporte pas son butin, mais qui au contraire l'abandonne purement et simplement sans avoir même daigné songer à prendre l'élémentaire précaution d'occire tout témoin de l'abordage ?

— C'était à moi !

— "À moi !" Le rhum que je bois est à moi, comment pourrait-il en être autrement ? Celui que je n'ai pas encore bu, à qui appartient-il ? Pense bien à cela… Et aussi, à qui appartiennent les coquillages de la plage ? À personne, à tout le monde. Si j'en prélève quelques-uns et que je les garde pour en faire, disons, un joli collier ; alors, oui : ils sont à moi. Sans équivoque. Mais si je les délaisse, si je retourne chez moi les mains vides, puis-je encore en revendiquer la propriété ? À qui sont-ils, alors : à tout le monde, à personne. Coquillages ou cailloux, quelle différence ?

— C'est stupide.

— Les regrets d'un imprudent ne font pas des autres des criminels : ses erreurs ne regardent que lui. »

L'Ivrogne ne niait rien, il n'avouait pas non plus.

Quoi ? Anton, un imprudent ? Lui, faire des erreurs ?

Loin de l'avoir dégrisé, cette confrontation impromptue révélait une faille dans son caractère qu'il ne soupçonnait pas jusque-là : son corps frissonnait, ses poings se serraient – ce n'était plus sa part puérile qui le menaçait de nouveau, mais un noyau ardent de colère qui l'embarquait dans une mutinerie brutale. Ainsi, il pouvait devenir comme Jak, impulsif et susceptible ? Exactement comme Jak.

Il devait réagir, se reprendre, ne pas se laisser déborder par… par le désordre.

« Tu es saoul, tu n'es rien qu'un homme saoul !

— À peine terminée ma première bouteille ? Tu me déçois, Morne-mer. »

17

« Morne-mer ? répéta phonétiquement Anton.

— Qu'est-ce que ça veut dire ? s'inquiéta Jak.

— C'est du français, Tempête.

— Pourquoi Tempête ?

— Quoi ? Point de mystère avec un caractère de ta trempe. Tu m'as désigné d'un sobriquet plutôt cruel et néanmoins fondé. Soit, c'est de tradition. Voilà pour toi : tempête tu es, Tempête tu seras.

— Mais "Morne-mer" ? insista Anton.

— À consonances égales, j'aurais pu jouer avec morte mer, mais tu vaux plus que cela. Je laisse à ta curiosité le soin des dictionnaires, encore que... C'est un mot composé de mon cru, tu le décortiqueras tout à loisir, je n'en doute pas, selon l'humeur et la fantaisie. »

Incapable de traduire son nouveau surnom, Anton devinait cependant que l'Ivrogne ne l'avait pas choisi par hasard, et que même la part de mystère dont il l'entourait était intentionnelle. Or, si, cette nuit, l'Ivrogne n'était pas aussi saoul qu'il y paraissait, l'était-il lors de leur première rencontre ?

D'ailleurs, il ne titubait plus. Tout au contraire, ces présentations faites, il venait d'esquisser quelques pas de danse tout en lorgnant la flasque de Jak.

Le surnom de Tempête n'était pas davantage fortuit, il était plutôt bien trouvé. Et plus méchant qu'à première vue, comme toute caricature. Ces sobriquets ne semblaient pas improvisés : l'Ivrogne les avait-il observés ?

Son couplet moralisateur n'était pas infondé, le vieil homme avait mis à nu sa faillibilité. En l'occurrence, son erreur avait consisté à s'en tenir à son plan, se révélant imprudent par excès de prudence. Les circonstances exigeaient d'ignorer la règle de conduite longuement mûrie qu'il avait lui-même instituée, et qui leur avait réussi jusqu'à présent. L'ampleur du vol n'était pas en cause, mais lui-même, ou du moins son attachement à *son* navire. Alors, pourquoi retourner sa fureur contre cet inconnu perspicace ? Lequel, du reste, insistait sur le fait qu'il n'avait pas trahi leur secret.

« Qui êtes-vous ? » lui demanda Anton.

Le commandant Petrack réalise seulement qu'il était passé du tutoiement au vouvoiement à ce moment précis, accordant au vieil homme cet indice lumineux sur l'ascendant qu'il venait d'acquérir en lui offrant cette énigme : Morne-mer.

De fait, il avait épuisé dans l'année qui suivit tous les dictionnaires parvenus à sa portée. La bibliothèque proposait un antique vocabulaire bilingue, de format réduit, du français vers l'anglais, et non l'inverse. À défaut d'une traduction directe, il devait jongler d'un dictionnaire à l'autre afin d'établir des équivalences précaires. Ces tâtonnements étaient grandement dus à son ignorance quant à l'orthographe du ou des mots qu'il tentait de reconstituer. N'ayant jamais osé l'avouer à l'Ivrogne, il devait interroger ceux qu'il pensait maîtriser le français, ou une langue intermédiaire, maîtres, érudits ou plaisanciers de passage. Mais, à force de chercher le bon accent, il éprouvait de plus en plus de difficultés à énoncer correctement cette succession sonore que l'Ivrogne avait prononcée. Cet épisode avait compté dans sa volonté de devenir polyglotte, talent secondaire qui s'était révélé plus d'une fois décisif dans sa carrière.

Sans l'allusion à morte mer, Anton se serait perdu dans l'homonymie proposée par le second terme; un psychologue de renom lui confierait beaucoup plus tard qu'il ne fallait pas négliger qu'en français la « mer » évoquait la « mère », et que toute expression jouant sur cette confusion faisait sens. Le commandant Petrack s'était félicité de ne pas avoir révélé l'origine de sa question; dans le secret de son bureau, il avait réexaminé toutes les nouvelles combinaisons offertes.

La clé, il en avait eu la certitude très tôt, tenait à l'adjectif et non au substantif dont « morne » altérait le sens. Les synonymes ne manquaient pas, chacun doué d'une nuance riche en réflexion. Le plus fréquemment, l'adjectif signifiait: triste, sombre, voire taciturne, éteint. Ainsi l'Ivrogne le voyait-il comme une mer triste, une morte mer. Que devait-il en conclure?

Jak était la tempête et lui le calme plat? Pourquoi les qualifier l'un et l'autre d'états diamétralement opposés? Encore que Tempête relevait du ciel, tandis que Morne-mer désignait les flots.

Des flots trop paisibles, cependant, éteints. De quoi rasséréner les armateurs, les bourgeois grimés en plaisanciers et les épouses inquiètes des pêcheurs toujours partis trop loin, certes, de quoi enrager tout vrai marin. Embarquer sur une mer d'huile n'est pas naviguer, tout au plus est-ce voyager. En quoi ce surnom le concernait-il?

Bien sûr, il pouvait se rassurer d'une analogie plus flatteuse: aucun marin ne se fie à une mer d'huile, parce que cela ne dure pas. Le sobriquet signifiait-il qu'il cachait son jeu? Comment le nier? L'Ivrogne le savait dès la première nuit. Pourtant, Anton s'enorgueillissait de son *invisibilité,* cette aptitude à ne rien présenter de remarquable et à inspirer confiance. Le commandant Petrack ne désigne évidemment plus ainsi cette faculté, mais il l'emploie sans relâche, la cultive et la chérit – usant tout autant de son contraire, avec quelle rare maîtrise ! Mais Anton n'était pas d'un caractère triste ; le fait qu'il n'ait jamais su sourire ne suffisait pas à expliquer le choix du terme.

D'autres fois, Anton poussait plus loin, ou autrement, le raisonnement : Morne-mer pouvait vouloir dire qu'on ne devait pas le réduire à ce qu'il semblait être. Que l'innocence qu'il revendiquait ne constituait qu'un leurre, minutieusement rodé. Qu'il n'était pas une mer dénuée de saveur comme de péril, mais la houle sauvage que déchaîne la tempête. Son *opposé*... L'opposé d'une mer *vide* de toute menace, de toute remarque, de toute singularité...

Anton, le ténébreux ? L'imprévisible ? Cet Anton que l'alcool révélait apte au désordre ?

Le surnom, quel que fût l'angle sous lequel il l'examinait, le ramenait à Tempête, comme un caractère déterminant.

« Qui t'es ? » réitéra Jak, sans déroger, lui, au tutoiement.

L'Ivrogne, les yeux rétrécis jusqu'à ne plus figurer que deux fentes, toisait le fils d'aubergiste, ou bien tentait d'entrer en relation avec la flasque que celui-ci cachait assez maladroitement derrière lui après l'en avoir menacé. Le vieil homme arrondit les lèvres pour s'apprêter à répondre, mais, après un bref haussement d'épaules, il bondit vers eux. Juste d'un pas. Puis, il s'immobilisa, un genou en flexion, l'autre jambe en extension, un bras derrière le dos, l'autre brandissant son index en attaque comme s'il les défiait à l'escrime – pourquoi certains adultes s'évertuaient-ils à singer les jeux qu'eux-mêmes avaient délaissés depuis plus d'un an ?

« Je suis un fils de la flibuste, déclama-t-il, bien que je ne sois pas un Frère de la côte !

— Un Frère de la côte ? s'étonna Anton.

— Un forban, un boucanier, un corsaire ! Un gueux des mers ou bien encore un gentilhomme de fortune, comment faut-il le dire ? Un pirate, sacrebleu.

— Mais, monsieur…

— À l'heure où tous les malfrats sont gris, point de "monsieur" entre nous ! Pour répondre à ta question et vous édifier, matelots, je préciserais que je suis un Malouin de pure souche et, pour anticiper ta remarque qui démontre que tu n'es point sot à défaut d'être suffisamment savant, Morne-mer, je préciserais encore qu'un Malouin est un originaire de Saint-Malo, France. Oui, matelots. Mes ancêtres avaient pour nom Jean Bart et Robert Surcouf ! Et ne me dites pas que vous ignorez qui sont mes illustres aïeux, car à l'instant, toi, Morne-mer, je te fends la tête d'un coup de cuiller à pot, et quant à toi, Tempête, je te transperce de part en part et te jette aux requins ! »

Sur ces mots, maniant une rapière imaginaire, l'Ivrogne prolongea son attaque grotesque de deux pas.

« Vous êtes français ? Des corsaires ?

— Des requins… N'importe quoi ! »

L'Ivrogne se redressa et s'approcha encore. Plutôt grand et incroyablement décharné, ses yeux d'un bleu-gris-vert trop clair brillaient comme des phares sur la peau outrageusement ridée d'un visage marqué par le soleil et les embruns.

« J'ai soif, lâcha-t-il en s'humectant les lèvres.

— On ne boit pas avec les ivrognes, répliqua Jak.

— Ne te laisse pas guider par l'apparence des choses, poursuivit l'Ivrogne en ne s'adressant qu'à Anton, comme ton ami qui ne voit en moi qu'un ivrogne. Pire : l'Ivrogne ! L'archétype, le modèle, la figure emblématique du genre ! Tempête qui ne voit pas de requin, et pour qui, alors, c'est sûr : il n'y en a pas ! Es-tu comme lui ?

— Mais il n'y a jamais eu de requin par ici ! s'emporta Jak.

— Et moi je suis un ivrogne…

— Qui êtes-vous, alors ? » lui répondit Anton, sans

savoir s'il venait en aide à son ami ou s'il acceptait que l'Ivrogne préfère ne s'adresser qu'à lui.

« Qui je suis ? Un déchiffreur.

— Ça ne veut rien dire ! glapit Jak.

— Tout comme à quai je suis l'Ivrogne, sur la goélette j'étais le Déchiffreur. Un spécialiste, un expert, l'homme qui sait… Je lis les cartes !

— Quelles cartes ?

— Les cartes que les étudiants facétieux imaginent, les cartes que les professeurs improbables n'enseignent jamais, les cartes qui font spéculer les éditeurs, les cartes qui rendent les historiens solitaires !

— Mais quelles cartes ?

— Les cartes qu'on n'imprime pas, Morne-mer, celles dont il n'existe aucune copie : les cartes au trésor…

— Tu te fiches de nous ? C'est ça ? intervint Jak. Tu nous racontes n'importe quoi, parce qu'on est des enfants.

— Tous les enfants n'apprécient pas autant les coquillages que toi, Morne-mer… Et les plus sages dorment déjà depuis longtemps, ils ne s'enivrent pas en si piètre compagnie… À moins… À moins de partager certains secrets avec un inconnu pour le moins inattendu.

— Mais le *Nathalie* vous a abandonné là. Si vous aviez tellement de valeur…

— Ah, Morne-mer, tu penses trop vite. Qui te dit qu'ils m'ont abandonné : pourquoi ne les aurais-je pas, moi, abandonnés ?

— Ils sont riches.

— Mais j'étais à bout de cartes, ce qui est un paradoxe peu enviable pour un joueur de poker.

— Je ne comprends pas… Vous parliez de cartes au trésor.

— Comment être plus clair la gorge sèche ? Voyons…

— *Des* cartes ? insista Anton, réalisant soudain l'emploi du pluriel.

— Ai-je une hallucination, suis-je en manque de rhum ? Tu parles comme mon éditeur. Incrédule, mais déjà près d'appareiller ! Je te parle des cartes perdues, Morne-mer, celles des trésors oubliés.

— Votre éditeur ? Vous, vous avez déjà écrit un livre ? s'empressa de demander Anton.

— Un livre ? Plusieurs, des coffres entiers…

— Des livres sur quoi ?

— Sur quoi ? Mais n'écoutes-tu donc pas ? Des livres sur le seul sujet qui compte, bien sûr, les pirates, et leurs bonnes œuvres… »

Déchiffreur, écrivain, pirates et descendant de pirates… Anton parvint, mais de justesse, à étouffer son emballement. Le temps d'une profonde respiration, il ordonna ses idées, accentua sa concentration en plissant le front, prépara sa prochaine question – mais ce fut presque en criant qu'il s'exclama : « J'ai lu dix fois l'*Histoire mondiale de la piraterie* ! »

18

Et voilà que ça recommençait ! Ce n'était plus une faiblesse honteuse, mais bien une tare rédhibitoire. Lui qui envisageait si solennellement de *partir*, de rompre toutes attaches pour se lancer à corps perdu dans la vraie vie, la vie adulte, voilà qu'il claironnait qu'il dévorait les histoires de pirates comme n'importe quel gamin !

Gamin qu'il était, de fait, puisqu'il ne parvenait pas à refréner une déclaration aussi puérile.

« La grande édition, celle qui est illustrée ?

— Oui ! » répondit-il encore trop vite, trop fort, trop haut.

« C'est un ouvrage collectif, auquel j'ai effectivement collaboré. C'est vieux, à l'époque j'étais encore étudiant… Je ne devais participer à l'origine qu'à sa correction, bien que ce ne soit pas un banal travail que de vérifier l'authenticité de la moindre date, de tous ces noms et des itinéraires indiqués en tant de langues et dialectes. Et, finalement, je me suis retrouvé à en rédiger deux chapitres… Mais le titre est trompeur, et c'est fort regrettable. Cet ouvrage traite essentiellement de la piraterie dans les eaux du Nouveau Monde, à l'âge d'or des Caraïbes, et de ses ramifications tardives, comme s'il n'en existait pas d'autre. »

D'autre ? D'autres pirates, d'autres histoires, d'autres mondes…

L'Ivrogne, encore étudiant, corrigeait des historiens reconnus – publiés – comme s'il était leur maître…

En moins d'une minute, Anton venait de transformer un parfait inconnu en héros parfait. Sa crédulité l'exaspérait – il devait se ressaisir, cesser d'attendre un miracle, la rencontre qui bouleverserait toute son existence. Il était en train de parler à un ivrogne, un ivrogne qui se targuait de détenir le secret de la cachette de nombreux trésors, un ivrogne débarqué du *Nathalie*, un ivrogne probablement sans le sou puisque dormant dans un canot – pire : l'Ivrogne…

Alors, pourquoi se morigéner pour refouler cette impétueuse envie : écouter.

« Ma vie, matelots, je l'ai tout entière consacrée à mes aïeux, ces aventuriers sans attache. Piètre héritier, en vérité ! N'est-ce point le propre de l'enfance que de toucher les frontières d'un monde enchanteur à la première évocation des mots : pirate, île au trésor, vaisseau fantôme… Un pays puissant et impalpable, et néanmoins indéniable, un univers qui se ferme bientôt à tout adulte, définitivement… Mais ces souvenirs s'inscrivent dans l'histoire familiale, ils furent nôtres, de tradition, à défaut de se manifester dans nos gènes. Certes, nous nous régalions des exploits de ceux de notre lignée, avec respect et déférence, mais au coin du feu et en dégustant de petits gâteaux au beurre. Parfois, nous buvions même de l'eau-de-vie – non pas du rhum, remarquez bien, mais une douce liqueur de griotte. Mon père était notaire. »

L'Ivrogne cligna des yeux, se tourna un instant en direction du phare, puis, après avoir esquissé un demi-sourire, il reprit :

« Dans le secret de mon âme, je me suis décidé très tôt : je me lancerais à la poursuite de mes ancêtres… Poursuivre n'est pas suivre : je n'envisageais ni de prendre la mer ni de désobéir à mon père. Je cédais au contraire à toutes ses exigences et je lui concédais facilement de me résoudre à un métier stable, fait d'écriture et de lecture, là où mes adversaires ne seraient guère redoutables : je promettais de devenir professeur d'histoire… Du haut de ma chaire, je taillerais donc en pièces d'illustres conquérants et menacerais des pires sévices toute une armée de têtes blondes… C'était cela ou bien j'entrais au music-hall – j'étais formidablement doué pour les claquettes, vous savez ? Un jour, ou plutôt une nuit, je pourrai vous faire une démonstration, si vous y tenez… Enfin… Je ne pense pas avoir évité le notariat grâce à cet argument, ni même avoir jamais été pris au sérieux : mon père ne l'a pas considéré comme un ultimatum véritable, plutôt comme une passade, une foucade, rien de plus. Lâchement, je l'ai laissé croire… Cela m'arrangeait bien, finalement, d'atteindre mon but sans avoir à combattre…

« Mais peut-être ai-je eu tort, car la route que je m'étais choisie était longue et si mortellement ennuyeuse… Ah, j'étais loin de mes modèles, si loin ! Imaginez-vous, matelots, ce qu'est le quotidien d'un étudiant en histoire ? Combien d'années de patience lui sont nécessaires avant d'aborder pour la première fois le seul sujet qui lui tienne à cœur ? L'intérêt qu'il faut feindre pour les autres thèmes ? Les railleries qu'il essuie de la part de ses camarades si jamais il avoue sa détermination ?

« Étrange objet de fascination pour un étudiant si brillant, apprécié tant par ses pairs que par ses maîtres ! Le sang noir des pirates flottait haut dans mon estime, cependant… Cependant, matelots, je refusais de m'abandonner à leur exemple : leur sens absolu de la liberté me terrorisait. Je ne parle pas des flibustiers d'opérette, mais de ceux qui ont largué les amarres et tourné le dos à l'humanité. Mes ancêtres n'en étaient que de pâles copies, puisque prudemment corsaires, il faut bien le reconnaître. »

Les deux garçons échangèrent un regard. Jak dévisageait son ami, à deux doigts de le supplier de rentrer – des poivrots discourant, tous les soirs de sa chambre il en subissait le brouhaha. Anton détourna la tête, au profit de l'Ivrogne : il voulait en savoir plus. Le tord-boyaux qu'il avait ingurgité l'empêchait d'analyser ce que cet intérêt signifiait réellement ; au contraire, il l'invitait à passer à ce vieil homme le relais de sa conscience. Anton savourait pleinement cet instant où quelqu'un, enfin, lui parlait sérieusement des pirates – quelqu'un d'autorisé, à défaut d'être proche, un historien qui écrivait de ces livres qu'il ne pouvait lire qu'en cachette, dont son préféré…

« Devenir pirate, dans la réalité crue, déclama le vieil homme qui tenait un de ses lecteurs, n'avez-vous jamais songé, matelots, à ce que cela implique vraiment ? Il ne s'agit pas d'embarquer pour une longue croisière sur un flamboyant trois-mâts, mais de se condamner au ban de la société. Devenir pirate, c'est être seul, à tout jamais, c'est entrer en guerre contre le monde entier. Hors du navire, il n'y a plus ni amis ni famille, mais le gibet, sinon la torture. Quant à ses compagnons, qu'attendre d'eux ? Leur fidélité repose sur bien peu de chose, hormis des causes communes et éphémères : survivre sur un bateau volé, qui a souffert de trop de combats, et naviguer semaine après semaine sans apercevoir la terre au bout de l'horizon. Quel repos espérer ? Quel avenir envisager ? Comment tromper sa faim, la solitude, l'absence de ceux qu'on aimait et qu'on a quittés pour toujours ? La piraterie est une épouse dont on ne divorce pas. Et qui ne vous donnera jamais d'enfant.

« Les tavernes ! s'exclama-t-il en écartant les bras et en inclinant légèrement la tête vers Jak. Voilà le seul refuge des pirates : du rhum en compagnie d'autres pirates venus boire du rhum – tous bientôt ivres, tous racontant des histoires extraordinaires, tous en même temps, toutes vécues, aucune jamais vraiment entendue ni crue. Et des femmes, des prostituées qui vous cueillent quand vous êtes ivre et qui volent l'or que le tavernier vous aura laissé ! Je hais les tavernes. Quelques jours de fête, et vous voici de nouveau seul, sans plus aucune possession. Ni aucun espoir. Il s'agit d'embarquer vite, à nouveau, encore et toujours, de peur d'être trahi et capturé. Le pirate est un paria. Un aventurier ? Comme vous et moi, matelots, dans ses rêves d'homme libre qui croit trouver plus de liberté encore, alors qu'il s'interdit à tout jamais d'être autre chose qu'un pirate. Un misérable, oui. Avec panache, parfois, peut-être. Et peu ou beaucoup de barbarie, aussi, par inclination personnelle ou effet de réciprocité. Un homme seul, toujours. Estropié, souvent ; riche, jamais. Une figure de légende, quoi ! si puissante que même le plus paisible des honnêtes pères se prend à envier sa superbe, sa révolte et sa tragique solitude.

« Ne suis-je pas devenu comme eux, finalement ? Ivrogne, à mon tour… Avec pour tout public deux matelots, pas un de plus. Deux apprentis pirates qui rêvent plus qu'ils ne m'écoutent et qui me narguent avec du rhum qu'ils ne me tendent pas encore pour me voler quelque secret… Un homme seul, sans nulle part où s'arrêter. Un homme vieux… Sans aucune famille. Un vieil homme qui se prétend déchiffreur et que personne ne croit… Voilà ma récompense, Morne-mer ; mon triste sort, Tempête. Moi, ce professeur vertueux, cet auteur appliqué et discipliné qui a croisé l'aventure à peine sorti de l'enfance… »

L'Ivrogne se tut, l'expression figée sur sa dernière parole, comme lorsque le film se bloque au cinéma alors que le projectionniste palabre avec l'ouvreuse.

« Quelle aventure ? finit par hasarder Anton.

— Hein ? La grande, l'unique. L'aventure véritable, celle de toute une vie… Ah, matelots, je mentirais si je prétendais qu'elle m'a cueilli tandis qu'avec hauteur je me réclamais de mes fameux ancêtres. Non, elle s'est imposée à ma règle et à mon crayon alors que j'étais cet étudiant modèle, impatient et drôle, oui, mais si scrupuleux... Scrupuleux ! Une qualité de fils de notaire, vous ne trouvez pas ? C'est à mon zèle que je dois la première pièce de mon mystère, le Pirate Sans Nom. Car, comme n'importe quel laborieux clerc, je devenais peu à peu un épluche-grimoire méritoire... Mon père avait vu juste... J'en avais conscience et cela m'effrayait. Quelle terrible révélation pour un fils rebelle de découvrir que la clé de ses rêves commence par le repentir ; je l'aurais accepté, j'aurais eu l'audace de poursuivre cette piste, aujourd'hui j'aurais retrouvé le vaisseau fantôme... Mais me voilà, renié et ruiné, et pas même ivre. Du rhum, matelots... Un récit pour une bouteille, la chasse-partie est équitable, non ? Ah, mon sang n'est plus celui de Surcouf. Trop de générations, à terre, ont gâché la noblesse des mers... Je n'ai pas l'aplomb de voler ce que je bois. Payez-moi... Offrez-moi à boire pour une histoire ! Vous êtes riches, je le sais. Et curieux, ça se voit. Vous êtes jeunes, vous avez tant à apprendre. Je peux être votre professeur : plus rien ne s'offre à moi. Payez-moi.

— C'est quoi, cette histoire ? Un pirate sans nom ! Tu bois trop, l'Ivrogne ! lui assena Jak.

— Certes non ! Jamais, jamais je ne laisserai dire que je bois trop ! Je parle trop, ça, c'est vrai. Et même que trop parler assèche ma gorge si cruellement que c'est charité que de me donner à boire, Tempête. Voilà qui est dit.

— C'est ça que tu veux ? lui répondit-il en brandissant le flacon aux trois quarts vide.

— Et pourquoi pas ?

— Voilà pour toi ! »

Le flacon explosa en heurtant le quai.

L'Ivrogne lorgnait misérablement sur les éclats de verre qui baignaient dans le mauvais rhum. Étaient-ce des larmes qui faisaient battre ses paupières ? Ses épaules s'étaient affaissées. Jamais Anton ne le verrait autant mériter son surnom. Allait-il se mettre à genoux devant ce gâchis pour pleurnicher ?

« J'ai soif, ânonna piteusement l'Ivrogne.

— Nous reviendrons demain », décida Anton, convaincu qu'il ne leur raconterait plus rien cette nuit et que Jak ne tolérerait pas de s'attarder davantage.

« Chasse-partie ! » lui répondit l'Ivrogne soudainement revigoré. Et, sur ces mots, il se redressa, le regard pétillant, en sortant une bouteille de rhum de sa poche.

« Au Pirate Sans Nom ! » lança-t-il jusqu'aux étoiles dans un enthousiasme théâtral. Puis, il esquissa quelques pas de danse avant de leur faire la révérence.

« Il t'a eu.

— Jamais.

— Si. Tu vas revenir demain et lui donner du rhum.

— Et alors ?

— Alors, il te racontera une histoire sans fin. Du moins, tant que durera notre réserve de rhum.

— Tu lui vois un meilleur usage à notre rhum ?

— Je ne lui vois aucun usage.

— Moi, ce que je redoute, c'est qu'il ne dise plus rien quand il en aura bu une gorgée !

— C'est possible.

— C'est probable.

— C'est un menteur. »

II

Le Pavillon blanc

1

« Aidez-moi… »

L'enfant fuyait. Ses galoches neuves dérapaient sur les pavés lessivés par la pluie. Les autres ne glissaient pas. Et ils étaient trois.

« Aidez-moi… »

Indigne et pitoyable, il pleurnichait. Pas trop, pour économiser son souffle.

Cette fois, il n'y échapperait pas. Les trois frères avaient attendu la fin de l'école pour le prendre en chasse deux rues plus loin.

Courir, voilà tout ce qu'il devait faire. Courir, garder l'équilibre, respirer. Ne pas se perdre, non plus, dans l'entrelacs de venelles.

Et gagner du temps.

Gagner du temps ? Pour quoi faire ? Il devrait se battre : maintenant ou à peine plus tard, quelle importance ?

Même s'il avait déjà essuyé dix mille empoignades, bousculades et escarmouches, il ne s'était jamais vraiment bagarré. Cette fois, ce ne serait pas pareil. Trois frères s'étaient ligués contre lui. Il n'avait aucune chance.

Il devait rallier les remparts.

« Aidez-moi… »

Répondraient-ils à son appel s'il persistait à fuir et à geindre ? Ils n'écouteraient pas une mauviette, eux qui embarquaient à douze ans et briguaient un commandement bien avant d'en avoir dix-huit. Pleurer ne l'aiderait en rien. Comment s'arrêter ?

« Aidez-moi... »

Cet appel secret n'exigeait rien en retour, du moins selon l'enseignement initial de sa mère. Deux mots à ne prononcer que les yeux fermés et les mains jointes, à genoux si possible, dans une Disposition de Componction Sincère. Ils signifiaient alors : « Je suis Votre serviteur. »

Pas ici.

S'il bifurquait maintenant, neuf chances sur dix qu'il la rattraperait sur le chemin de l'église – aller ou retour, il ne saurait le dire. Sa mère, originaire de Granville, s'échinait à en remontrer à n'importe quelle Bretonne pure souche sur le plan de la bigoterie. « Tu n'es pas obligée... », protestait son père. « Dieu le veut ! » ripostait sa mère. Elle tentait parfois aussi son : « Il ferait un bon prêtre. » Son père répliquait pour la énième fois de son : « Et qui va me succéder ? »

En l'apercevant, les autres s'arrêteraient aussitôt. Mais, demain, ils l'attendraient ailleurs. Pire : en les apercevant, elle qui possédait ce pouvoir terrifiant de lire dans ses pensées, elle saisirait l'occasion pour lui imposer la pratique du Remède d'Infaillibilité Absolutoire : « Marche vers eux et pardonne-leur ! »

Pas moins.

Sur les bancs du catéchisme, la théorie touchait le grandiose : le curé leur montrait des images pieuses, soigneusement colorées, avec des lions et des panthères dans des arènes immenses, avec des Romains brandissant des glaives scintillants et de jeunes saintes entravées. Les trois frères snobaient l'histoire religieuse, ils n'avaient aucune pratique.

Les remparts. *Gagner du temps.*

Cette fois, cet expédient ne lui semblait pas exclusivement dicté par la peur.

Un escalier se présenterait bientôt. Il était encore

possible d'opter pour l'Étude. « Monsieur votre père est très occupé », lui expliquerait le premier clerc avec sa gentillesse obtuse. Suivrait la litanie des remarques paternelles : « Tes devoirs sont faits ? » « Ta mère sait où tu es ? » « Ne mélange pas mes papiers ! » « Ne touche à rien ! » « Attends, j'ai du travail... » Cette fois, ses cheveux mouillés déclencheraient également une Dissertation Méthodologique sur la Causalité, raccrochant, dans un Déluge de Raison Édifiante, négligence à pneumonie. Après, eh bien, après son père n'aurait plus une seconde à lui accorder...

L'escalier, les remparts. Vite.

« Aidez-moi... »

Mesure à quatre temps : trois noires, un silence. Grimper les marches en scandant ces mots avait stoppé ses dernières larmes. Il y était.

Ni prêtre ni notaire. Pirate.

Et s'ils lui demandaient des comptes ? Lui qui venait de reprocher à son père et à sa mère de ne jamais l'écouter, que leur répondrait-il à eux, ses aïeux ?

Tout. Il leur dirait absolument tout. « J'ai besoin de vous. Aidez-moi... J'ai peur. Je ne sais pas me battre. Je vais avoir mal. Très mal... »

Derrière lui, six galoches usées attaquaient les marches.

« *Tu n'as donc aucune qualité ?* »

C'était une chose que de les appeler à l'aide, une autre d'en recevoir une réponse. D'autant que celle-ci n'émanait d'aucune voix réelle. Et puis, cette voix avait quelque chose de vraiment bizarre (comme des accents d'un chœur monacal de hautes-contre).

« *Tu cours vite... Tu as remarqué comment tu les sèmes ? Non, non. Ce n'est pas la peur qui te fait courir si vite. Tu le sais : tu gagnes du temps... "Pourquoi ?" Mais comment le saurions-nous ? C'est* ta *décision,* ton *choix.* »

Il s'était retourné pour voir. Les trois frères avaient perdu du terrain. Si les zigzags des ruelles ne les freinaient pas, les larges marches des escaliers des remparts les essoufflaient. Surtout le plus grand.

« Aidez-moi… »

Ses aïeux ne le traitaient pas de mauviette (c'était déjà ça), mais ils ne lui prodiguaient aucun conseil pour autant. Et lui ne voyait rien d'autre à faire qu'enchaîner les escaliers. Or, il ne pourrait pas fuir éternellement…

« *Non, pas éternellement. Chaque chose vient en son temps.* »

Ils parlaient tous en même temps et ne disaient pas tous exactement la même chose (au moins l'un d'eux avait dit : « *Non, pas en son temps. Chaque chose vient éternellement* »). Il ne les savait pas non plus si nombreux. Ni si pondérés, pour des pirates (cette fois, ils étaient contraints de hurler à tue-tête pour couvrir les rixes d'une taverne).

Dévaler les marches battues par les embruns et la pluie n'était pas difficile, il suffisait d'accepter la glissade pour ne pas tomber. C'était son jeu. Depuis qu'il savait poser un pied devant l'autre, il courait dans tous les sens sur les épais remparts granitiques de la cité corsaire. À l'intérieur se blottissait tout Saint-Malo, sa maison, l'Étude, l'église, l'école ; au-delà s'étendait l'Aventure Sans Fin – lui se tenait sur la frange, les remparts délimitaient son royaume. Ici, les autres ne pouvaient rien.

En était-il si sûr ? Ne devait-il pas en douter aujourd'hui ?

Gagner du temps ?

« *Tu es malin. Souviens-toi…* »

L'encouragement n'enflait pas ses muscles. Pourquoi ne se décidaient-ils pas à habiter ses poings, à lui apprendre à se battre ?

Pas de réponse.

Après le cinquième escalier, les frères étaient toujours trois derrière lui. Le plus jeune en tête, de peu. Celui qui le talonnait était probablement le plus redoutable – il attrapait les rats pour les balancer dans les robes des bonnes sœurs. Le grand, bien que loin derrière, ne se défilait pas.

Cette disposition ne lui était pas étrangère, comme un souvenir relié à l'école – ce qui n'avait rien d'étonnant, puisqu'ils lui avaient promis cette correction en entrant en classe ce matin.

Non, c'était plus ancien. Il y a trois ou quatre semaines. En cours d'histoire.

Sa matière favorite. Sur les murs de la classe, il y avait ces deux larges panneaux, des cartes peintes avec des indigènes, des épices, des vaisseaux, des flèches rouges et noires qui signalaient de grandes conquêtes, des taches pastel pour montrer la vastitude d'un empire et des pointillés en tous genres pour illustrer ses frontières successives. Le maître d'école parlait en plein cours de meurtres, de décapitations, d'enlèvements de vierges, de guerres et de famines, de rois barbares et d'armées glorieuses. À cheval, en bateau ou à dos d'éléphant, des hommes défiaient le monde entier. Comparées à l'Aventure Sans Fin, ces leçons n'étaient bien sûr que des anecdotes, mais il pouvait les rapporter à la maison et mériter, parfois, un lapidaire « C'est bien ».

Horace et les Curiaces. Horace avait défendu la Rome des origines en feignant de fuir afin d'affronter un à un les trois Curiaces, après qu'ensemble ils eurent tué ses deux frères.

C'était ça, sa ruse à lui ? Gagner trois combats (de suite) plutôt qu'un seul ? Ses tout petits poings en étaient incapables…

« *Tu n'es pas obligé de te battre pour vaincre. Tu n'es pas ! De te battre pour vaincre. Pour vaincre. De te battre. Pas obligé. Vaincre.* »

Les voix entonnaient un canon ! Filles et garçons – une chorale d'enfants impubères… C'était bien le moment !

Ses aïeux se fichaient de lui. Personne ne l'aimait. Son père, sa mère ne pensaient qu'à eux. Le maître d'école ne le laissait jamais finir ses histoires. Le curé qui l'entendait en confession lui donnait tant de *Pater* et tant d'*Ave* sans jamais varier sa pénitence, quoi qu'il inventât pour savoir s'il l'écoutait ou s'il dormait ! Il rentrerait blessé et crotté, et ça serait sa faute. « Pardonne ! » « Bats-toi ! » « Ne te bats pas ! » « As-tu de la fierté ? » « T'as vu dans quel état tu rentres ? Non mais. Mais t'as vu dans quel état tu rentres ? » Son père, sa mère ne pensaient qu'à eux. Personne ne l'aimait. Les voix se fichaient de lui. Les trois frères allaient le tuer.

Autant en finir maintenant.

Il s'était retourné pour se remettre à courir, mais en sens inverse, et en hurlant : « Aaaaaaaaaaaah ! » Le premier des trois s'était arrêté net en haut de l'escalier le temps de regarder sa proie fondre sur lui. Il avait reculé d'un pas et raté la marche. Dans sa chute, il avait dévalé dans les jambes de son frère et s'était cogné le front. L'autre avait bondi en arrière pour l'éviter, ses pieds s'étaient emberlificotés et son dos avait heurté l'angle d'une marche. Il avait glissé lentement avant de retrouver son souffle. Arrivant juste après, le troisième frère n'avait rien vu de tout cela, découvrant ses deux cadets à terre tandis que d'une voix suraiguë leur adversaire les insultait du haut des remparts et menaçait de venir les achever. L'aîné avait jugé plus opportun de chercher de l'aide sans attendre.

« *Estoc* », avaient-ils entonné dans un écho d'abordage, rapières et canonnade.

Ainsi, il avait gagné. Sans combattre. Ses aïeux à ses côtés.

« C'est la première fois que je raconte cette histoire…

— La première fois ? s'étonna Anton.

— Vaincre les trois frères me valut de ne plus jamais avoir à me battre à l'école. Ni depuis d'ailleurs, poursuivit l'Ivrogne, bien qu'il me soit arrivé d'être rossé alors que j'étais inconscient… Ce soir-là, je déclarai à mes parents que j'avais choisi mon métier – ni prêtre ni notaire. Et, cette fois, je renonçais aussi à me faire pirate. Tu comprends, ma force n'était pas venue de mes poings, mais de ma tête… J'annonçai solennellement que je serais historien… Ils ne m'ont pas cru, bien sûr. Je n'avais pas dix ans…

— Le pirate sans nom, c'était donc votre grand-père ?

— Je ne suis pas si vieux, voyons, Morne-mer ! Cette décision, je m'y suis accroché, pas seulement contre les miens, mais surtout contre moi-même. Sans cette détermination, je n'aurais jamais quitté mes remparts, ni l'Aventure Sans Fin… Et donc pas découvert le Pirate Sans Nom et son dernier vaisseau ! Car il fallait réunir d'étranges qualités pour y parvenir ! À l'origine, vois-tu, le Pirate Sans Nom n'était qu'une farce d'étudiant… »

2

Né peu après le siècle, l'Ivrogne débarquait à la gare Montparnasse au début des Années folles. Si son âge l'avait exempté de toute participation à la Grande Guerre, celle qui se prévalait d'être la der des ders, il l'invitait à se fondre au bouillonnement festif des jeunes artistes étrangers qui envahissaient le quartier dévolu aux Bretons de Paris. Quelques rues lui suffisaient, la Sorbonne demeurait une destination lointaine.

Après plusieurs semaines, la curiosité le poussait à s'approcher des grilles du jardin du Luxembourg, à l'abri desquelles de belles élégantes s'égrenaient au long des allées ombragées, prétendait-on. Mais ce furent les plaques émaillées de deux rues voisines qu'il remarquait : elles portaient les noms de Jean-Bart et de Duguay-Trouin, lui rappelant que l'aventure ne se vit pas dans les tavernes. Ses compatriotes, Malouins et corsaires, ne partageaient pas cette insigne reconnaissance nationale pour leur bien boire ou leur beau parler. Le jour même, il s'était rendu à l'université.

Une fois franchies les portes de l'honorable institution, il avait hésité. Il s'était préparé à l'austérité scolastique des lieux comme aux bousculades écolières à la sortie des amphithéâtres, pas à la perspective subitement oppressante d'y consacrer tant d'années.

« Aidez-moi… »

Un pirate ne renonce à rien.

Affabulation ?

Les heures innombrables à scruter l'Aventure Sans Fin en compagnie de ses aïeux souverains avaient forgé la certitude familière et confortable d'un atavisme rebelle. Pourtant, l'odeur encrée de l'étude paternelle, l'épaisseur des tapis du petit salon, ses beaux habits qu'il devait tenir propres l'inclinaient à douter descendre de tels aventuriers. Le sang de ses ancêtres coulait-il dans ses veines ou seulement dans ses rêves ? Lui cachait-on quelque terrible mystère quant à ses parents véritables ? Enfant, les embruns venus du grand large fouettaient son visage, il aurait aimé avoir la force de caractère de ne pas plisser les yeux.

Son père se flattait volontiers de ses racines encanaillées, mais l'empreinte de son ascendance s'arrêtait là : il demeurait notaire. Les anecdotes sur « nos ancêtres… » ponctuaient les dîners mondains du premier jeudi du mois ou s'infiltraient, les dimanches d'hiver, entre les marrons qui éclataient dans une poêle enfournée dans la cheminée et le large verre de cidre frais que son père lui servait. Il fallait remonter à au moins deux générations pour trouver un grand-oncle épisodiquement contrebandier, à la saison des pommes, et pour quelques litres d'une gnole dont le dernier tonnelet était aujourd'hui encore jalousement dissimulé, au fond de la cave.

Avant lui, personne n'avait jamais songé s'interroger sur cette généalogie. En sa qualité de futur historien, il entendait du moins en confirmer les fondements. « Mais pour quoi faire ? Je le tiens de mon grand-père qui le tenait du sien… », s'insurgeait son père, par ailleurs rationaliste obsessionnel. « Être sincère n'est pas être lucide », rétorquait-il avec la grandiloquence de ses quinze ans. Et le notaire de poursuivre, invariablement : « Ton esprit contestataire prouve bien que nous remontons aux pires des pirates… Ou alors, c'est par ta mère… »

Comment discuter, dans ces conditions ?

Mais il venait de dire : « Aidez-moi… » Ce n'était pas qu'une manière de réfléchir, ou si ça l'était quelque peu, il devait admettre qu'il s'adressait à une entité pas tout à fait abstraite ou imaginaire. Depuis la correction des trois frères, ses aïeux représentaient plus qu'un recours, au sens religieux du terme, et beaucoup plus qu'une simple astuce. Prononcer ces mots, fût-ce machinalement, participait d'autre chose. Il s'inscrivait ainsi dans une lignée, il adhérait à leur ascendance, il en sollicitait même l'influence… À bien y réfléchir, cette légende familiale avait pesé dans la formation du caractère de chacun – son père l'avait rejetée (tout en s'en flattant), lui l'avait épousée (tout en en doutant). Cette *légende familiale*… La stricte vérité factuelle demeurait étrangère à son pouvoir, qui relevait de l'intime. Elle était le levain d'un clan, le ciment d'une famille, un mythe fondateur. Un mythe qui l'avait conduit aux portes de la Sorbonne – devait-il mettre en cause le rôle de l'Histoire, ou du moins l'objectif de l'historien ?

Au seuil de l'université parisienne, une question existentielle lui brûlait les lèvres : qu'est-ce qui est important ?

Un pirate ne renonce à rien.

À *rien*… C'est-à-dire qu'il devait choyer cette légende *et* revendiquer le titre d'historien ? Devenir un étudiant exemplaire *et* affirmer son appartenance à la légende noire ? Être lui-même – pleinement, exclusivement ?

Y compris la fantaisie ? Jusqu'à l'outrance ?

Ici ? À la Sorbonne ?

Soit.

Sa nudité drapée d'un pavillon noir à tête de mort, il s'était présenté le lendemain à son premier cours. L'ovation estudiantine qui avait salué sa prestation lui avait assuré une popularité à jamais établie. Certains professeurs avaient protesté avec véhémence, d'autres s'étaient souvenus des charivaris libérateurs de leurs jeunes années – tous l'avaient sondé sans la moindre faveur. Avant la fin du premier semestre, ses frasques et son érudition lui méritaient le surnom de Bouffon-savant. Cette réputation ne se démentirait pas. Il n'avait pas encore soutenu sa thèse que deux universités, dont celle-ci, lui parlaient d'une chaire à pourvoir. Envisageait-il de transformer le bureau des admissions en taverne jamaïquaine ou de déménager une tortue marine du Jardin d'acclimatation aux fontaines de la place de l'auguste université, toute une foule de premières années – qu'il régalait de cours accoutré en gentilhomme de fortune, costume authentique et extravagant – lui prêtait assistance. Bien après son départ, le souvenir de sa première apparition perdurerait comme la conséquence d'un pari fou ou d'une provocation gratuite – bien qu'il n'en fût rien, mais peu lui importait qu'on se méprît. Il entendait simplement signifier qui il était, d'où il venait et ce qu'il deviendrait.

Cette détermination n'était pas le seul enseignement qu'il avait retiré de sa prise de conscience : si ce qu'il croyait dépassait ce qu'il savait, il se devait d'en rendre compte en sa qualité d'historien. La question soulevée par son sujet de thèse de fin d'études se révélait donc aussi peu académique que sa formulation provocatrice, mais l'ensemble demeurait envisageable : « Faits historiques, effet légendaire ». Certains s'étaient arrêtés au jeu de mots – l'humour, dans le champ universitaire, et probablement au-delà, leur semblant hautement suspect –, d'autres à son aspect trop philosophique, voire ouvertement polémique – selon eux, le savoir, science exacte, n'a cure de s'encombrer du débattre, pure gymnastique verbeuse –, les plus influents avaient applaudi au défi du jeune historien. Ceux-là s'étaient déjà beaucoup engagés sur le principe, notamment en suivant l'exemple de son directeur de thèse, quand le Bouffon-savant les avait informés qu'il illustrerait son propos en comparant les actes de la piraterie tropicale aux récits et chants des traditions orales des Antilles s'y rapportant.

L'époque n'était guère favorable au sujet. Disserter sur les pirates ou les légendes s'apparentait aux divagations surréalistes qui ne méritaient pas de s'ébruiter au-delà des cafés du boulevard du Montparnasse… Venant du Bouffon-savant, cette thèse annonçait quelque scandale drolatique, peu conforme à la tenue du diplôme.

Peu après, une rumeur avait prétendu qu'il la dédierait – nommément – à ses glorieux ancêtres…

Son directeur de thèse l'avait prévenu qu'il devrait faire preuve d'une rigueur exemplaire et très proprement étayer son discours. Ce dont il doutait, non pas qu'il ne crût pas en son élève, mais il savait que peu d'historiens s'étaient donné la peine d'étudier ce qui s'était réellement passé dans les Caraïbes. Hormis quelques témoignages d'époque, dont certains peu crédibles, rien n'avait été encore réuni de manière scientifique. Or, comment confronter un siècle de légende et d'histoire en l'absence d'un inventaire factuel exhaustif? La matière première manquait, cruellement.

Paradoxalement, du côté des traditions orales des Caraïbes, elle abondait… Quelques années plus tôt, un anthropologue avait consciencieusement défriché le terrain en vue de publier un essai sur la mémoire de l'esclavage. Beaucoup de contes et de chants d'esclaves singent impitoyablement le parler maniéré et les ballets ridiculement minaudiers de leurs maîtres, dont les mœurs et pratiques datent d'une autre époque – pire, d'un autre monde. Les flibustiers ne tiennent pas une place primordiale dans ces traditions, mais ils y figurent. Tout négrier arraisonné en mer donne lieu à cent récits et variantes. Même à leur retour vers l'Europe, alors qu'ils regorgent de cargaisons précieuses à destination des familles et seigneurs de leurs maîtres, les prises de ces navires sont vivement célébrées. D'une manière générale, tout ce qui nuit au Blanc est volontiers rapporté et rappelé. Il arrive aussi que des esclaves en fuite, les « marrons », rejoignent boucaniers et flibustiers, les « noirs ». Les Frères de la côte forment, entre mer et littoral, la première communauté des Antilles sans souci de discrimination raciale.

Bouffon par nature, savant par persévérance, mais également rusé, par hérédité élective, l'Ivrogne ne s'était pas lancé sans assurer ses arrières. Dès son entrée à l'université, il avait préparé son exploit, collectant une somme phénoménale de données que personne n'avait songé à rapprocher avant lui, piochant sans vergogne parmi les travaux et recherches de ses collègues économistes, géographes et même historiens. C'était beaucoup, ce n'était pas suffisant. Il s'employa donc à réunir, parfois à établir, toutes sortes d'informations qui confirmeraient ou infirmeraient les assertions relatives aux actes de piraterie : le relevé systématique des registres des armateurs se livrant au commerce triangulaire – Europe, Afrique, tropiques et retour –, l'étude des annales militaires antillaises, l'analyse du trafic portuaire des Caraïbes ou encore la carte chronologique des cyclones... Avant d'entrer en dernière année, il se trouvait en mesure d'évoquer tout navire qui avait croisé ces eaux, qu'il ait été arraisonné ou non. Il pouvait en préciser : date, type, capitaine, cargaison, origine, destination, escales... Le moment venu, le Bouffon-savant saurait recouvrer tout ce prestige que quelques mauvais coucheurs avaient trop vite prétendu ternir.

Aussi, lorsqu'il accepta d'être nommé coordinateur officiel de l'*Histoire mondiale de la piraterie*, son directeur de thèse l'associa immédiatement à cette entreprise : le sujet ne le tentait pas lui-même au point de lui consacrer trop de temps. Outre toute la correction de cette œuvre collective, il revenait à l'étudiant de rédiger intégralement deux chapitres – le tout, à titre officieux, seul l'éditeur étant dans la confidence, pour des considérations pratiques.

Renoncer de figurer parmi ces noms vénérés ne constituait pas une banale concession. Le procédé se révélait cependant d'usage courant à l'université et, comme son père le répétait trop souvent : « On ne refuse pas un service à l'homme dont on attend tout. » De fait, son professeur ne manquait pas d'influence, il avait conscience de lui devoir beaucoup et il ne doutait pas que le contrarier puisse se révéler funeste. Après tout, ses aïeux étaient corsaires, c'est-à-dire mandatés par le roi, et non véritablement pirates… Il serait donc nègre, à son tour, il corrigerait et écrirait, il ne signerait pas et personne n'en saurait jamais rien.

Par association d'idées, sous prétexte du plaisir potache de céder à une bonne farce, ou délibérément pour compenser la frustration de ne jamais pouvoir revendiquer son premier travail éditorial, il avait été tenté de sortir le Pirate Sans Nom de l'anonymat – justement.

3

Le Bouffon-savant puisait dans ce relevé préparatoire, travail considérable, les bases d'une discipline nécessaire. Après une journée de cours ou une soirée de poker, il se laissait absorber par cette tâche mécanique sans le moindre état d'âme. Confronter les informations, consigner ses déductions ne réclamaient qu'une part infime de son attention ; tandis que ses méninges trituraient les faits, ses pensées s'abîmaient dans l'horizon de l'Aventure Sans Fin. À l'équipage, chacun à son poste, d'effectuer son lot de labeur ; à lui, en sa qualité de capitaine, d'ordonner à la manœuvre. Il pointait sa longue-vue sur le large et débusquait les voiles d'un galion ventripotent – il ne le lâcherait pas jusqu'à avoir épinglé la dernière page de son livre de bord à ses propres chroniques. À chacun son trophée !

À force de compulser les cartes et de consulter les calendriers, il voguait de conserve avec les flibustiers qui cabotent et croisent dans les Caraïbes, véritable labyrinthe d'îles et de presqu'îles, de chenaux et d'isthmes. S'y cacher, que ce soit pour fuir ou pour surprendre, leur est d'autant plus aisé qu'aucune grande puissance ne gendarme ce terrain de chasse plus vaste que la Méditerranée. Entre Cuba et la Jamaïque, la Barbade et Hispaniola, les terres sont paradisiaques, les eaux sont chaudes. Les pirates ont trouvé leur mer d'exil…

Et pourtant, cette mer est maudite pour qui s'y mesure à la voile. Les tropiques ne souffrent le joug que d'une seule reine, la tempête – les cyclones ne sont pas rares, ils s'enchaînent et paraissent ne devoir jamais cesser. Les alizés imposent ainsi aux Espagnols d'emprunter cette route pour retourner vers l'Ancien Monde. Leurs galions, ralentis par leurs cargaisons d'or et d'émeraude provenant du Pérou et du Mexique, constituent alors des proies faciles. Si, par beau temps, et bons vents, ils filent à huit nœuds quand ils mettent les voiles vers le Nouveau Continent, ils ne peuvent revenir vers l'Europe qu'à seulement quatre nœuds dans les meilleures conditions. Aussi ne tardent-ils pas à former des convois dissuasifs, pouvant réunir jusqu'à cent voiles, mais les autans jouent toujours en leur défaveur et s'évertuent à disloquer ces inestimables ensembles pour isoler quelques lourds galions. Petits, agiles, rapides, les sloops et les brigantins des pavillons noirs ne se privent pas de traquer les égarés…

Après deux années, le Bouffon-savant pouvait assigner à l'immense majorité des vaisseaux disparus le nom d'un ouragan ou d'un pirate, mais il demeurait encore en présence d'un beau lot de navires marchands jamais parvenus à destination. Que sont-ils devenus ? Des données manquent. Certains armateurs ne consignent pas tout, des capitaineries ont brûlé avec toutes leurs archives. Les conditions sanitaires qui déciment la plupart des négriers expliquent des épidémies qui laissent des embarcations errer au gré des vents ; des mutineries, assez rares, ne sont pas toujours déclarées comme telles ; des détournements de marchandises peuvent être attribués à des avaries, pour gruger qui l'armateur, qui l'assureur… Sans compter les faits de guerre des grandes nations européennes. Notamment les Pays-Bas, en guerre contre l'Espagne. Non contents d'avoir inspiré le terme flibustier, les Hollandais pourvoient volontiers les pirates, sans distinction, en toutes sortes de ravitaillement, armes et munitions comprises – quand ils ne leur prêtent pas main-forte…

Comment combler ces vides ? Après avoir suivi les galions, le Bouffon-savant avait reconstitué l'itinéraire des forbans, un par un. La matière première restait la même donc, mais cette subtile variation de l'angle d'approche l'aidait à réduire considérablement la proportion des inconnues. Cependant, il en subsistait toujours. Il pouvait pondérer son relevé en attribuant à chaque perte un coefficient de probabilité. Divers croisements d'informations aboutissaient généralement à préciser ces causes. Mais après une nouvelle année de compilation raisonnée, un assez grand nombre de disparitions non expliquées demeurait.

Il y avait quelque chose de désolant et d'irritant à laisser cette colonne vierge dans son tableau. Toutes ces cases blanches le pressaient de les noircir, sans attendre. Cette urgence signifiait qu'il devait se précipiter dans une bibliothèque sise à l'autre bout de Paris afin d'y dépouiller rageusement des liasses et des liasses d'archives poussiéreuses. La besogne n'évoquait guère l'Aventure Sans Fin, elle était seulement nécessaire. L'exigence d'exhaustivité l'imposait – cependant, plus il avançait, plus il réalisait la folie de son entreprise. Que devait-il faire ? Sa thèse en réclamait-elle vraiment autant ?

Sa thèse, non. Mais lui se voulait irréprochable et… respecté. Cette quête relevait donc de la filiation notariale, qui entendait compenser la revendication de son inclination à l'extravagance par une démonstration exemplaire de son mérite.

Un pirate ne renonce à rien.

Autant par dérision que par raison, il s'était finalement décidé à inscrire dans cette colonne – bien qu'à titre provisoire, c'est-à-dire au crayon à papier – les initiales P.S.N., pour « Pirate Sans Nom ».

Par sa répétition, cette astuce sans conséquence, dont la stricte vocation se limitait à répondre à une obligation pratique de classification, lui était devenue si familière qu'il s'était amusé à faire figurer le Pirate Sans Nom dans la galerie des portraits de ses aïeux.

« Quoi encore ?

— Comment voulez-vous que j'arrive à tout faire ? Je dois peaufiner mon relevé préparatoire ; pour ma thèse, je m'escrime déjà à comparer légendes et faits ; et, pour vous, je corrige les chapitres de vos éminents collègues, lesquels entre parenthèses prennent leur travail si peu sérieusement qu'ils se contentent de copier sans même toujours vérifier l'authenticité de leurs sources. Et vous voudriez qu'en plus je rédige ces deux chapitres ?

— C'est tout ? Retranche deux pokers la semaine et trois sorties galantes, et tu auras le temps de dormir !

— J'ai limité mes sorties à un strip-poker par semaine…

— Un de moins et tu me fais une introduction générale.

— Non !

— On parie ? »

Des remparts à sa thèse, devenir l'historien de ses ancêtres, tous pirates confondus, n'avait pas été si facile, poussant loin son exigence rigoriste. Cependant, la thématique suspecte et sans éclat qu'il revendiquait gagnait peu à peu en actualité. Il avait eu raison avant les autres, les éditeurs commençaient à se pencher sur la question. Seulement, au terme d'une improbable partie, alors qu'il se voyait réunir enfin la main de son triomphe, au moment même où il allait les abattre, voilà qu'on lui retranchait jusqu'à la dernière de ses cartes ! – au théâtre de marionnettes du jardin du Luxembourg, on l'eût tenu au rôle de l'accessoiriste, lui qui était Guignol.

Dans un tripot, sa servilité l'aurait effrayé. Il se

serait retiré de la table de poker, ou bien, un verre de rhum à la main, il aurait à nouveau battu son jeu – « On me vole ma gloire ? Égratignures ! » Avec les cartes, il ne se prenait pas au sérieux ; il savait que si d'autres pouvaient mieux tricher que lui, il les retrouverait toujours – une de ces nuits, la partie reprendrait ; c'était un Jeu Sans Fin. Mais, devant son directeur de thèse, il bougonnait une politesse et… s'exécutait. Ils n'en étaient dupes ni l'un ni l'autre, son acharnement à devenir « respectable » le spoliait du meilleur de lui-même : sa fantaisie. Ah, certes, il lui restait ces bouffonneries qui en épataient quelques-uns et qui en agaçaient tant d'autres, mais… le cœur n'y était plus, érodé, limé, grippé. En quelques années, l'université l'avait changé ; il avait appris à faire la part des choses. Et s'il donnait encore volontiers la charge, sabre au clair, dans les galeries douillettement ombragées de la Sorbonne, il ne se trompait pas d'heure : son public potache était là pour l'acclamer. Il se sentait seul.

« Aidez-moi… »

Pas de réponse.

Ses aïeux ne se reconnaissaient pas en lui. Passe qu'il pleurât quand il avait dix ans et que trois frères le pistaient, mais à plus du double et pour si peu… Son père se serait insurgé du « si peu », lui qui se montrait incroyablement prompt à s'enflammer pour l'honneur, même quand il ne s'agit que d'un peu d'orgueil… Mais, des pirates…

« Aidez-moi… »

Rien.

Il était seul.

Loin des siens. Si loin…

Et puis, presque timidement, le Pirate Sans Nom avait levé le doigt. « *Moi, peut-être…* — Impossible ! Tu n'as jamais existé ! — *Pourtant, tu me parles…* — Exact. Mais tu restes un pur produit de mon imagination. — *Et eux ?* (Le Pirate Sans Nom désigna du menton la galerie des ancêtres.) — Eux, ce sont mes aïeux. (Le Pirate Sans Nom hocha la tête avec circonspection tout en arrondissant les lèvres.) — *Et moi, ta création, je suis donc ton enfant… Nous sommes tous de la même famille.* (Le Pirate Sans Nom se réjouissait de se trouver en si bonne compagnie ; dans une taverne, il aurait offert une tournée générale.) — Que manigances-tu ? — *Je veux juste t'aider… Papa.* — Dieu m'en garde ! — *De mon aide ?* (Le Pirate Sans Nom affichait une expression de vierge offusquée.) — Non, d'avoir jamais le moindre enfant. — *Alors, tu acceptes mon aide ?* (Le Pirate Sans Nom ouvrait pieusement les mains.) — Je n'ai pas dit ça. — *Tu n'as pas non plus dit que tu n'en voulais pas.* (Le Pirate Sans Nom esquissa un geste de réprimande, façon instituteur, mais se ravisa juste à temps.) — Et que pourrais-tu pour moi ? Tu es bien trop vieux… Selon mes livres, ta carrière couvre plus d'un siècle ! — *Je ne suis pas si vieux qu'on le dit…* — Admettons. Mais tu n'es absolument pas crédible : ta présence est signalée dans plusieurs endroits en même temps. C'est impossible ! — *Ça, c'est ma légende,* (le Pirate Sans Nom lui fit signe d'approcher et lui susurra) *un truc pour me faire croire insaisissable. Qui perdrait son temps à courir après moi ? Cent ans, ça se mérite.* — Tu es malin. — *Je suis ton œuvre. Fie-toi à moi.* — Sérieux ? — *Je peux t'aider.* (Le Pirate Sans Nom avait l'air de le vouloir vraiment.) — M'aider… Et qu'exigeras-tu en échange ? — *Rien d'autre que le plan.* — Quel plan ? — *Le plan.* (Le Pirate Sans Nom afficha un sourire résolument sardonique.) — Quoi, tu veux dire que… — *Tu m'as imaginé, fais-moi exister.* »

Nul besoin d'être grand clerc pour comprendre le plan. Glisser un personnage fictif au sein de ce panthéon raisonné constituerait un canular d'anthologie… Construite avec subtilité, la supercherie autoriserait le Pirate Sans Nom à entrer dans l'Histoire – sinon la vraie, du moins l'officielle. Et qui viendrait l'en déloger ?

En tant que correcteur, le Bouffon-savant serait le dernier lecteur avant impression de cet ouvrage collectif conçu pour faire référence. Les seuls spécialistes susceptibles d'éventer l'imposture se trouvaient être les signataires de ce livre : qui la relèverait ? Lequel d'entre eux courrait le risque de se discréditer ? Son directeur de thèse, censément artisan de cette *Histoire mondiale de la piraterie* ? Non. Ni lui ni aucun autre. Ils se tairaient, tous. Ils auraient trop à perdre…

Et si jamais quelque historien de second rang prétendait s'emparer du personnage pour briller, les coauteurs de « son » *Histoire* se chamailleraient vite pour en revendiquer la découverte – pas question pour eux de se laisser voler le devant de la scène…

L'idée ne manquait pas de charme… Et, pour peu qu'il s'y prît correctement, il ne risquait pas grand-chose… Cependant, il hésitait. La perspective de placer sa carrière balbutiante sous le signe d'une mystification aussi insidieuse flattait son orgueil avec trop d'insistance pour ne pas alarmer son éthique. Quoi ! Tout ce cirque pour une basse vengeance ? Pour tout autre motif – une authentique plaisanterie, par exemple –, il eût accepté n'importe quelle machination. Mais là, non. Non.

4

Au moment de s'endormir, chaque nuit, le thésard scrupuleux devait bien relâcher son attention. Quand elle ne s'égarait pas en charmante compagnie, sa pensée débarquait joyeusement sur les rivages familiers de l'Aventure Sans Fin ; le cancre libéré prenait enfin sa revanche et peaufinait le plan.

Pour exister, le Pirate Sans Nom devait se débarrasser de ses caractéristiques les plus irréalistes : difficile de prétendre à la crédibilité en alliant pareille longévité au don d'ubiquité... Mais selon quels critères opérer ? Son anonymat tiendrait en partie au fait qu'aucun historien ne se serait mis sérieusement sur sa piste ; son personnage ne pouvait donc pas appartenir aux grandes nations pourvoyeuses du drapeau noir, puisque les plus étudiées. Pour les mêmes raisons, il ne devait pas avoir croisé la route de figures trop illustres, ou bien parce qu'il vivait à une autre époque, ou bien parce qu'elles naviguaient dans d'autres latitudes... Ces paramètres en tête, l'étudiant explorait, dans de savoureuses et interminables rêveries, les eaux des Caraïbes, depuis l'arrivée des premiers flibustiers jusqu'au départ des derniers.

Cependant, une telle rigueur de raisonnement ne rivalisait guère avec les règles de l'Aventure Sans Fin – règles qui n'existaient pas explicitement, mais qui supposaient néanmoins le respect d'un principe immuable, essentiel et très personnel : la galerie des aïeux. L'entorse au mécanisme astreignant de sa machination ne pouvait hélas céder à la tentation d'en faire un Malouin pure souche. Pour satisfaire au sursaut de chauvinisme familial, la subtilité du stratagème pouvait par contre s'accommoder d'une terre d'élection de l'autre côté de l'Atlantique. En se juchant sur les remparts de Saint-Malo, le Bouffon-savant pouvait très distinctement apercevoir le relief caractéristique de l'île de la Tortue. L'historien approuvait ce choix et doctement en estimait déjà les incidences ; le cancre se réjouissait de sa trouvaille, ravi de paresser en compagnie du paisible chélonien.

Tandis que les Anglais optent pour Port-Royal et la Jamaïque, dans les mers du Sud les Français adoptent d'abord Hispaniola, aujourd'hui Saint-Domingue et Haïti, avant d'en être chassés par les Espagnols en 1630. Boucaniers et flibustiers se réfugient non loin, à une journée de mer, sur une île dont la forme étirée évoque le profil d'une tortue endormie, *Tortuga*. Protégés par des montagnes inaccessibles au nord, les pirates mouillent dans le golfe méridional aux grandes plages cernées de récifs. Ils y prospèrent en toute tranquillité, guettant le passage des galions qui, au retour de La Havane, longent les Bahamas toutes proches. Leur repaire sert également d'entrepôt au trafic de tabac et de cuir d'Hispaniola. Ils s'y approvisionnent encore en poudre et vivres, quand ils n'y déposent pas leur butin pour vite retourner courser l'Espagnol. De tels atouts éveillent la convoitise des Anglais, qui sont repoussés. Car, bien qu'officiellement elle demeure rattachée au domaine français de la Grande Antille, l'île de la Tortue garde un statut à part : pas de taxes, pas de tutelle et une liberté totale de trafiquer… jusqu'en 1670, lorsque le jeu des alliances de l'Ancien Monde modifie à nouveau l'équilibre du Nouveau. En cet hiver du siècle, la piraterie des Caraïbes entame ainsi son lent déclin : l'ère du sloop à voile triangulaire se cachant dans les eaux vierges à l'affût d'un opulent Espagnol s'achève. Les règles de conduite qui distinguent les Frères de la côte des vauriens de toujours s'estompent, les pirates des mers chaudes redeviennent de simples pirates ; la matière romanesque est épuisée.

N'était-ce pas le moment idéal pour un capitaine atypique et anonyme de s'extirper de l'encrier ? La question avait porté le Bouffon-savant à l'insomnie. La réponse s'imposait d'elle-même, si évidente... Dans une période charnière, tout est possible.

Pour assurer la sécurité de la *vuelta*, la liaison maritime à destination de l'Espagne, les galions se regroupent donc en véritables convois armés. L'appétit des forbans n'en décroît pas pour autant, ils finissent par riposter en s'inspirant du modèle défensif espagnol : ils se réunissent et forment à leur tour des flottes redoutables. Si, jusque-là, l'or relève malgré tout du prétexte, désormais ils l'envisagent à l'égal de leurs ennemis. Au point non seulement de concentrer leurs forces, mais aussi de déserter leurs navires pour aller chercher l'or là où les Espagnols le cachent en attendant de le transporter en Europe, à l'abri dans leurs forteresses. Que peuvent ces garnisons contre l'audace et la détermination de deux ou trois mille pirates lancés dans des raids terrestres ?

S'ils songeaient à fonder un empire loin des puissances du Vieux Continent, qui viendrait leur disputer la place ? Mais tel n'est pas leur propos. Voltaire a bien stigmatisé la situation : les gentilshommes de fortune restent des aventuriers, ils ne se rêvent ni en pionniers ni en conquérants.

Tandis que les Caraïbes perdent de leur charme, l'océan Indien et Madagascar attirent de plus en plus les voiles des forbans. Si certains naviguent de l'un à l'autre de ces deux paradis noirs, la population flibustière des Caraïbes ne cesse de chuter. Le siècle n'est pas achevé que, de milliers, ils ne s'y comptent plus qu'en centaines.

Bien. Le Pirate Sans Nom pouvait demeurer fidèle à *Tortuga,* précisément au moment où les autres pirates perdaient leur identité. Avec discrétion et discernement, il recruterait des hommes prêts à tout pour poursuivre l'aventure ; avec audace ou ménagement, il imposerait ses propres règles. Oui, l'époque lui était propice... Le Bouffon-savant recouvrait le sommeil.

Pas trop longtemps.

Il restait suffisamment de P.S.N. dans la marge de son relevé pour donner corps à son invention pendant cette période. Par ailleurs, ses collègues historiens délaissaient volontiers les tout derniers pirates des Caraïbes, les abandonnant à leur triste destin, disparaître, et se préoccupaient davantage du renouveau de la piraterie dans l'océan Indien. Tout convergeait donc pour justifier à la fois l'existence et l'anonymat de son personnage, à une exception près : jamais les Frères de la côte n'auraient accepté un tel capitaine.

Contrairement aux corsaires malouins, cette confrérie refuse toute hiérarchie. Le capitaine est un homme dont l'autorité naturelle et la compétence sont requises en cas de crise : tempête et abordage. Pour cette responsabilité, à laquelle il n'accède que par élection, il reçoit double part. Jamais une piastre de plus, et parfois moins. S'il vient à faire défaut, il doit s'attendre à périr ou, ce qui n'est guère plus généreux, à être abandonné sur une île déserte, sans vivre. Être capitaine d'un équipage de flibustiers ne signifie pas grand-chose, la plupart du temps. Toutes les décisions importantes à bord du navire – par exemple, la destination de la course – se prennent à main levée ; et au conseil, chaque matelot bénéficie d'une voix.

Comment accaparer le pouvoir sans jamais révéler

son nom, quand tout ou partie des hommes migre d'un vaisseau à l'autre ou si le mandat de capitaine reste tributaire d'un vote ? Ces conditions confirmaient non seulement la nécessité de situer le Pirate Sans Nom à un moment critique où les valeurs et les repères des flibustiers cédaient de toutes parts, mais également à concentrer ses exploits sur une poignée d'années. Ce pirate ne pouvait exister qu'à condition d'exercer sur ses hommes une autorité despotique – aucun d'entre eux ne saurait le quitter en conservant la faculté du moindre témoignage…

« Quel monstre ! » s'était indigné l'étudiant, réalisant aussitôt sa méprise. Il demeurait que ce P.S.N. ne se résumait plus exclusivement à un délire d'historien en mal de reconnaissance, il relevait tout autant d'une construction avant tout cohérente. Or, si l'époque n'est pas tendre avec les pirates, eux ne le sont ni par nature ni par nécessité. Les Espagnols, par exemple, en fervents catholiques, ne supportent pas d'entendre les blasphèmes des flibustiers huguenots suppliciés : ils leur attachent donc la langue à un anneau de fer qu'ils portent au rouge, procédé des plus efficaces. De leur côté, les forbans arrachent le cœur battant d'un capitaine pour le donner à manger à ses propres hommes, ou lient tous les prisonniers aux gréements afin de s'exercer au lancer de couteau sur cible vivante. Certains cultivent à dessein la peur panique du pavillon noir, rivalisant de barbarie pour que les navires, pourtant dotés de plus de canons que l'équipage assaillant ne compte d'âmes, capitulent sans combattre… Malgré tout, la conscience du Bouffon-savant s'accommodait mal d'un « Ce n'est pas moi qui le veux, ce sont les circonstances qui l'exigent » – peut-être moins parce que le Pirate Sans Nom était sa création que parce qu'il prétendait s'inscrire dans la perspective de la galerie de ses aïeux.

Son personnage échappait à ses motivations premières – goût du sang, folie des représailles, cruauté tactique –, son inhumanité se fondait sur la nécessité d'éviter toute réputation, de demeurer anonyme – un pirate sans légende. Il ne s'autorisait pas à abandonner un seul rescapé derrière lui. Son mot d'ordre devait être : pas de trace, pas de survivant. Cela valait pour les captifs – officier ou matelot, homme ou femme, enfant ou vieillard. Cela valait pour les siens : pas de désertion, pas de blessé laissé en arrière – quant à celui qui était capturé, il ne devait pas s'attendre à être délivré, mais détruit, lui et toute la garnison qui aurait pu l'entendre…

Comment justifier, sinon, qu'aucune archive ne mentionnât d'éléments permettant de l'identifier ?

Cette exigence conduisait le Bouffon-savant à dessiner le portrait d'un individu – hélas ! – aux antipodes de son imaginaire. Pas de survivant… Si ses congénères pouvaient être qualifiés de barbares, que devenait-il, lui ? Un démon, un fléau… une mécanique sanguinaire et méthodique. Le Bouffon-savant hésitait encore à abandonner son idée, se souvenant du dialogue espiègle qui l'avait inspirée. Mais, après trois nuits blanches, sa réflexion avait penché en faveur de l'Aventure Sans Fin, un univers où aucun pirate ne rebuterait Stevenson. Le Pirate Sans Nom n'existerait pas.

« *Mais le plan ?* (Le Pirate Sans Nom ne comprenait absolument pas le raisonnement de l'étudiant.) — Il n'y a plus de plan. — *À cause de ça !* — "Ça", comme tu dis, ce n'est pas rien. Tu es un monstre. — *C'est ma légende.* (Le Pirate Sans Nom prenait un air chagrin.) — Tu ne m'auras pas. Cette histoire ne m'amuse plus. — *Le "pire des pirates", ça sonnait pourtant bien.* — Non. — *Souvent, le pire cache le meilleur.* (Le Pirate Sans Nom retrouvait un peu trop vite de sa gouaille.) — Que veux-tu dire ? — *Stevenson, justement !* — Quoi, Stevenson ? L'auteur de *L'Île au trésor* ? — *Stevenson ! L'auteur de* L'Étrange Cas du docteur Jekyll et de M. Hyde. — C'est tout le contraire : le meilleur cache le pire. — *C'est vrai.* (Le

Pirate Sans Nom hochait la tête comme s'il venait d'intégrer une grande vérité du monde.) *Tu es le meilleur, Papa.* — Un mot de plus et tu es mort. — *Ah... Et pour combien de temps ?* »

5

Tandis que les pirates, rebelles absolus, s'engagent dans un processus sans retour, le Bouffon-savant avait accepté, lui, de faire *la part des choses* : « La retraite d'un professeur d'université n'est pas à négliger… », entendait-il son père lui répéter pour la dix millième fois. Résolu à épouser une profession qui lui ménageait l'aventure par procuration, il s'était ainsi appliqué à achever sa thèse, décidant de ne rien inventer, de ne pas tricher avec l'authenticité des faits, de la déposer en heure et en temps – et de la défendre avec compétence et originalité. Cet engagement vertueux ne lui plaisait guère, mais il lui assurait un apaisement plus nécessaire qu'il ne l'avait supposé. Son imagination débridée l'avait emmené trop loin, il soupçonnait la part indigne de son âme d'y jouir de tant de liberté qu'elle supplantait l'autre, qui lui semblait, sinon respectable, du moins plus familière. Pour autant, il s'était à nouveau accordé trois nuits de poker la semaine – en assumant ouvertement cette dualité, il espérait s'en tirer sans les dommages rencontrés par le docteur de Stevenson.

Son directeur de thèse ayant appris sa rechute au poker, il lui avait aussitôt confié la rédaction de l'Introduction générale à partir de quelques notes vite griffonnées – tous les paris sont bons à gagner.

L'étudiant n'avait rien dit, ayant accepté les règles de ce jeu-là. Mais, au moment de soumettre quelques exergues à ressortir dès les premières pages de l'*Histoire mondiale de la piraterie*, il avait essuyé un bel échec. Le Bouffon-savant souhaitait illustrer par ces citations l'essence de sa propre fascination pour la gent noire. Il avait pensé à Bellamy, le pirate des Antilles, qui proclamait avec panache : « Je suis un prince libre et j'ai autant d'autorité pour faire la guerre au monde entier que si j'avais cent vaisseaux sur la mer ou cent mille hommes en campagne, voilà ce que me dit ma conscience », ou ce philosophe français dont il peinait à retrouver le nom et qui avait déclaré, quelque part : « Le pirate meurt comme il a vécu, sans rédemption. » Mais son directeur lui avait imposé Voltaire – qui constituait un second choix honorable – et Defoe – sans savoir dans quel traquenard à contretemps il venait de glisser le pied.

Le Bouffon-savant n'avait rien dit. Que pouvait-il rétorquer ? L'*Histoire mondiale de la piraterie* serait l'œuvre de son signataire, jamais la sienne. Au poker subsiste toujours l'espoir de récupérer sa mise, mais délaisser l'Aventure Sans Fin au profit de la Sorbonne ne ménageait pas une telle illusion. Se plier aux règles était d'autant moins facile que, en rejetant les conséquences de sa fantaisie, il redoutait perdre plus qu'il ne l'avait envisagé : il devenait chaque jour davantage notaire. Il reniait ses aïeux.

C'était alors que le Pirate Sans Nom s'était mis à girouetter de nouveau pour attirer son attention, redoublant de pitreries grotesques qui détonnaient étrangement avec le personnage qu'il était censé incarner.

« Non, lui répondit-il. — *Même pas par jeu ?* (Le Pirate Sans Nom avait gonflé le torse, relevé la tête, croisé les bras et affiché une moue dédaigneuse, juché sur un tabouret.) — L'Aventure Sans Fin relève de l'enfance, ce n'est plus de mon âge ! — *À ton âge, j'étais capitaine. Pour de vrai !* (Tout en gardant la pose, le Pirate Sans Nom pouffait derrière un mouchoir de dentelle déchiré.) — Non. »

Mais la question méritait d'être posée. Peut-être s'était-il trompé de théâtre, en n'envisageant qu'une mystification. Un tel personnage pouvait exister en tant que fiction affichée, voire n'être qu'une invention dont il serait l'unique témoin, une sorte de jeu personnel, juste dans sa tête.

Aussitôt, par jeu, donc simplement pour s'amuser, pas plus, il s'était mis à chercher dans son vivier de vaisseaux disparus une série réaliste, fondée sur une suite d'événements avérés, sans jamais rien inventer ni seulement faciliter, qui pourrait relever de sa création. Cette fois, sa farce ne quitterait pas le secret de ses rêves éveillés, et cette garantie l'autoriserait à pousser l'idée aussi loin que possible. Cette ultime démarche lui confirmerait si l'Histoire réservait à sa créature une place quelconque.

Et il avait trouvé.

À la frontière des deux siècles, sur trois petites années, se succédait toute une vague de disparitions inexpliquées de navires marchands. En contrôlant la chronologie des faits et en tenant compte des distances, des vents et des tempêtes, pour celles recensées, ces P.S.N. décrivaient un itinéraire tout à fait plausible pour un sloop muni de nombreux focs gréés sur un long beaupré.

Plusieurs détails gâchaient cependant cette heureuse pioche. D'abord, en reprenant cet itinéraire et en se concédant de la marge, le nombre de bateaux ayant malencontreusement croisé sa route atteignait un record. Car si un Dieppois comme Pierre Legrand se retire fortune faite dès son premier abordage – après avoir percé sa coque afin de motiver ses hommes à passer à l'action –, ou si un Robert Welshman en arraisonne quelque quatre cents, la plupart des pirates patientent d'interminables semaines avant d'apercevoir les voiles d'un galion accessible.

Or, ce parcours accordait au Pirate Sans Nom plus de cent prises. Soit trois abordages par mois, en moyenne.

Ensuite, et par deux fois, il s'en était pris à des vaisseaux au pavillon noir… Cette pratique n'est guère d'usage, sauf parfois entre Anglais et Français – chez certains d'entre eux sévit encore un chauvinisme aussi étonnamment viscéral que simpliste. Mais, en l'occurrence, tel n'était pas le cas. Le premier pirate attaqué était français, le second anglais ; aucune xénophobie ni vieille querelle n'avait présidé à leur choix. Par contre, l'un comme l'autre venaient de piller un de ces galions qui tentaient leur chance en solitaire. Cette coïncidence ne pouvait être fortuite – tous deux, son relevé était formel sur ce point, avaient mouillé à l'île de la Tortue peu avant… Ce détail avait de quoi intriguer, mais, pour l'heure, l'étudiant se préoccupait de l'avidité sans bornes de son pirate.

Son taux de réussite nuisait à sa crédibilité : comment une telle carrière aurait-elle pu échapper à l'attention de ses contemporains ? À diverses occasions, les disparitions s'enchaînaient en quelques jours et à faible distance. Si les intempéries en étaient à l'origine, cela aurait été écrit. Et si elles ne l'étaient pas, comment ne pas subodorer le facteur le plus fréquent, l'acte de piraterie ? Il faudrait tailler dans ce tableau, ne garder que le meilleur… Ou le plus plausible.

Par contre, son relevé attestait qu'au terme de ces trois années – ce chiffre ne devait rien au hasard – le nombre de P.S.N. chutait brutalement. S'il avait été capturé, lui ou un seul survivant de son équipage, un registre signalerait son nom ou ce qui en aurait tenu lieu. Mais nul ne savait rien – et pour cause. Le Pirate Sans Nom avait donc disparu à son tour. Pas lors d'une attaque ni par trahison, car le fait apparaîtrait nécessairement quelque part. Il avait coulé, corps et biens.

Ainsi, touché au faîte de sa gloire naissante, le Pirate Sans Nom périssait vaincu par plus fort que lui, emporté avec tous ses hommes dans une tempête des plus violentes ! Seuls les éléments pouvaient avoir eu raison de lui : quelle meilleure fin pour entrer dans la légende ? Et quels éléments ! Les chroniques attestaient qu'à cette même période une série mémorable d'ouragans avait sévi sous les tropiques. Là où la civilisation avait échoué, la nature elle-même avait dû intervenir…

En sa qualité d'étudiant, il avait été tenté de refuser de juger l'homme pour ne retenir que les faits – les grandes figures de l'Histoire ne s'illustrent guère par leurs qualités morales. Mais pouvait-il réellement négliger la perversion de sa création pour n'estimer que ses exploits ?

« Non, non et non ! » avait-il réagi.

Cette nuit-là, il s'était réveillé en sursaut, pantelant d'angoisse : « Le Pirate Sans Nom ne doit pas entrer en collision avec ta thèse ! » lui admonestait son père, grimé en boucanier estropié d'un œil, d'un bras et d'une jambe. En « collision » ou en « collusion » ? Le terme, martelé clairement dans son cauchemar, sombrait dans le flou du réveil et lui-même restait incapable d'en discerner le sens.

Le conseil était sage, prudent et avisé – hélas. Un message typiquement paternel auquel il ne savait se dérober. Il avait beau se promettre à chaque fois de ne pas le suivre, il ne pouvait s'empêcher de le considérer et d'en tirer quelque profit.

Oui, l'*Histoire mondiale de la piraterie*, tout comme son divertissement juvénile, couvrait la période et les latitudes de sa docte thèse.

Oui, l'itinéraire retenu pour conter les exploits du Pirate Sans Nom croisait de très près quelque légende orale qu'il tenait pour importante.

Oui, Papa, confondre ou prêter à laisser confondre les deux constituerait une erreur, un aveu, une grosse bêtise.

Je serai sage…

En bon fils agacé de l'être, le Bouffon-savant avait accepté l'idée de faire encore davantage *la part des choses*. Son amusement ne devait aucunement empiéter sur sa thèse. Cela signifiait qu'il lui fallait retrancher toute une série de faits qui se trouvaient vantés dans certaines chansons, alors qu'elles s'accordaient si bien avec la route du Pirate Sans Nom.

Avec une moindre conviction, il avait éliminé à nouveau certaines proies, au petit bonheur la chance, et lui avait attribué quelques échecs, jusqu'à l'abordage peu glorieux d'un galion qui venait juste d'être dépossédé de sa cargaison – il ne devait pas en faire un surhomme.

La morale était-elle sauve ?

Amputé de la moitié de ses prises, le Pirate Sans Nom en ressortait étrangement grandi. Malgré ces retraits, son navire demeurait insaisissable, ses attaques foudroyantes, son palmarès impressionnant – mais pas impossible. Pire encore, il semblait que, systématiquement, ce capitaine relevait les défis les plus improbables et, chance ou intelligence, il s'en sortait avec le plus grand bonheur. Cet anonyme rivalisait ainsi avec les noms les plus connus de la piraterie.

Sauf qu'il n'existait pas.

Que lui manquait-il pour exister ?

« *Je sais, je sais ! Tel que tu m'as fait, je ne suis rien ! Pas d'âme, pas de virilité : une marionnette, le guignol de ton enfance que tu n'as jamais eu !* (Le Pirate Sans Nom fulminait et il n'avait pas tort.) — Tu n'es pas digne d'exister ! — *Tu m'as forgé de ta science et de ta colère, tu ne peux me renier ! Tu me parles…* (Le Pirate Sans Nom écarta les mains et essaya un sourire navré avant d'en trouver un autre plus implorant, et releva un sourcil qui refusait de se maintenir si haut perché.) — Ça n'a rien à voir, tu n'existes que comme exutoire. Tu n'entreras jamais dans l'Histoire ! — *Qui Te Parle D'Histoire Majuscule ?* (Le Pirate Sans Nom pestait comme si le terme tenait du blasphème.) — Que veux-tu alors ? — *Mais, que tu m'aimes...* — Impossible, et doublement : je ne puis t'aimer, tu ne peux le vouloir. — *Alors, ne m'aime pas, mais ne m'oublie pas. J'existe... là.* (Le Pirate Sans Nom disparut au moment où il désignait son front d'une main et son cœur d'un crochet qu'il n'arborait pas la seconde d'avant.) »

Un instant – rien qu'un bref instant qui n'engageait à rien –, l'étudiant méritoire avait envisagé le scandale : alors qu'un avatar du Pirate Sans Nom, du moins une fois affublé d'un nom crédible, franchissait les dignes portes de l'Histoire, la supercherie venait à être découverte. Adieu la carrière d'universitaire austère qu'ambitionnait pour lui sa famille... Bien menée, cette plaisanterie de potache – ce canular parfait élevé au rang de chef-d'œuvre – pouvait prétendre à un certain succès et déboucher sur la profession hautement enviable de fantaisiste de cabaret. Ou de romancier.

« *Oui ! Oui !* (Le Pirate Sans Nom battait des mains et dansait la gigue sur la table d'une taverne.) — Non. »

Le nom importait-il vraiment ? Il lui fallait davantage une personnalité, des traits de caractère, quelques détails physiques. L'imagination devait s'ancrer sur des données palpables, courir et s'emballer sur ces repères insignifiants mais indispensables : jeune ou vieux, grand ou petit, une ou deux jambes ?

Le Pirate Sans Nom sera donc jeune, presque un adolescent encore, effronté et intrépide. Cela justifie tout à la fois son audace, sa chance insolente et le fait qu'il apparaît du jour au lendemain. Grand, bien sûr, mais pas trop. Et, pour la même raison, il a conservé l'usage de ses deux jambes : son apparence l'aide à errer dans les tavernes de l'île de la Tortue sans se faire remarquer et encore moins reconnaître. Car ce jeune homme tient à l'anonymat, ce qui le distingue des autres pirates. Il n'étale ni sa gloire ni sa richesse dans les ports, au contraire il évite la société autant qu'il le peut. Il n'a rien de particulier – « Tout le contraire de ce jean-foutre qui s'agite dans ma tête ! »

Justement... Les pirates, contrairement à l'idée répandue par Stevenson, n'amassent pas l'or sans compter, mais le dépensent. L'or leur brûle les doigts, ils dilapident leur butin en quelques nuits d'orgie généreusement partagée. Peut-on imaginer un instant le Pirate Sans Nom accorder un tel loisir à ses hommes ? Ce n'est pas un capitaine élu, sa part ne se résume pas au double de celle de n'importe quel matelot... Ce pirate cache son trésor – probablement celui de son équipage avec. Se fait-il des illusions sur ses chances de survivre à pareil train d'aventures ? Certes non. Alors, s'il ne thésaurise pas en vue de couler une douce retraite, l'or n'est qu'un étalon à sa rage.

D'où vient cette colère ? Cette détermination inhumaine, ce sens corrompu de la confrérie noire, ce besoin compulsif de prendre, cet anonymat paranoïaque, cette assuétude assassine ?

Ces dernières questions avaient ébranlé l'étudiant. Se les poserait-il s'il ne commençait pas à croire sérieusement à sa propre fable ?

Ce n'était pas ce qu'il désirait. Absolument pas.

Mais si c'était vrai ?

Durant toute une nuit fiévreuse, il avait relu ses notes en privilégiant un raisonnement bien différent de celui qu'il avait adopté après tant de tergiversations. Comme pour les contes de la tradition orale, il avait d'abord examiné les faits qui établiraient que ce personnage ne pouvait être qu'une aberration folklorique, et il fut incapable d'étayer cette théorie. Alors, il avait posé le postulat que ce pirate avait bel et bien existé et, tenant le rôle de l'avocat du diable, s'était lancé dans la démonstration de l'impossibilité de sa réalité. Sans davantage de résultats. L'énigme le dépassait, il redoutait d'avoir imaginé juste.

L'*Histoire mondiale de la piraterie* était donc demeurée vierge de toute allusion à l'histrion de ses dialogues imaginaires. Mais, au moment de présenter sa thèse savante, le Bouffon-savant s'était interrogé à propos de son titre, qui pouvait s'inverser, passant de *Faits historiques, effet légendaire* à *Faits légendaires, effets historiques*... Le Pirate Sans Nom sévissait-il déjà sur les remparts de Saint-Malo, singeant ce que l'enfant au désespoir avait pris pour la galerie de ses aïeux ?

6

« Mes notes sont ainsi allées s'intercaler dans un classeur destiné aux brouillons et aux cours, où se retrouvaient déjà quelques poèmes oubliés et diverses considérations philosophiques ; classeur qui rejoindrait bientôt toute une caisse de devoirs scolaires, d'opuscules chargés de remarques et une collection complète de carnets de notes ; caisse dont le couvercle serait cloué avant d'aller se terrer dans une cave pour le seul divertissement de quelques bataillons d'araignées incrédules qui y dresseraient des embuscades redoutables… »

Du moins, tel fut le destin de cette biographie inachevée que l'Ivrogne révéla aux enfants le lendemain de leur première rencontre. Sur le chemin qui les conduisait au port, Jak n'en avait pas démordu ce soir-là, l'Ivrogne était un menteur – en plus d'un voleur. Anton, qui partageait cette crainte, redoutait surtout qu'ils ne soient accueillis par de nouvelles pirouettes et quelque défilade. Le vieil homme tiendrait-il sa promesse d'histoires de pirates et de vaisseau fantôme ?

Assis sur une caisse retournée, l'Ivrogne s'était contenté de les saluer d'une main sans quitter l'horizon de ses yeux tristes. Dans l'autre, il jouait avec une bouteille d'un litre de rhum blanc des Antilles, déjà à moitié bue. Tous trois étaient demeurés longtemps silencieux, les enfants les pieds ballants au-dessus de l'eau, leurs trois regards perdus au-delà du phare, chacun s'abîmant dans d'intimes pensées. Parfois, l'homme portait le goulot à ses lèvres. Il n'avalait que de petites gorgées, qu'il accompagnait d'une brève onomatopée, « Hum », qui disait tout et rien, à laquelle les deux amis finissaient par répondre malgré eux.

Quand il ouvrit la bouche pour parler, Anton commençait à ressentir la fraîcheur de la nuit sur ses jambes nues.

« Le Pirate Sans Nom..., débuta l'Ivrogne en laissant traîner ce dernier mot jusqu'à ce que la lumière du phare le touche à nouveau. À l'origine, vois-tu, le Pirate Sans Nom n'était qu'une farce d'étudiant... »

« Vous avez abandonné..., s'indigna Anton à la fin du récit.

— Non, il se moque de nous, l'interrompit un Jak boudeur.

— Vous l'aviez presque prouvé.

— Prouvé ? Certes, non. Presque, peut-être. Quant à l'envie d'y croire, par contre...

— Mais il a existé, non ?

— N'est-ce pas le destin des vrais héros romanesques que de survivre dans notre tête une fois leurs aventures soldées ? Morne-mer, demande-toi plutôt à partir de quel moment de mon récit tu as voulu y croire... Et rends-moi justice, rends hommage à la perspicacité de ma jeunesse. J'avais vu juste ! L'énumération des hauts faits du Pirate Sans Nom n'a pas de quoi marquer l'imaginaire ; ce n'est, finalement, qu'une statue de plus au panthéon fabuleux de la piraterie mondiale. Ce qui n'est pas mal ; mais combien sont-ils à s'y disputer une place qui, de toute façon, ne les sauvera pas durablement de l'oubli ? Mais décrire sa cruauté, déplorer son abjection et la détailler... Et que dire du rejet de mes propres déductions, de l'étalage de ma scrupuleuse honnêteté… Vois à quelle vitesse nous balayons les faits pour leur préférer l'impalpable extravagance de nos délires personnels… Voilà pourquoi, et comment, le Pirate Sans Nom est immortel… », conclut l'Ivrogne, l'œil malicieux, déchiffrant sur le visage des deux garçons combien ils voulaient y croire.

Sur ce, le vieil homme ingurgita une très longue rasade de rhum, puis il joua avec sa bouteille, toujours collée à ses lèvres, en la tapotant comme s'il tenait une flûte. Deux doigts de sa main droite, l'index et le majeur, se pliaient plus difficilement que les autres, Anton ne le remarqua qu'au moment où le vieil homme écarta le goulot pour déclarer que sa bouteille serait bientôt vide.

« Personne ne t'aurait jamais cru, de toute façon, l'Ivrogne, voilà pourquoi tu n'as pas écrit son histoire, glapit Jak. Le Pirate Sans Nom n'a jamais existé !

— Quoi, tu pensais vraiment qu'un capitaine se serait appelé le "Pirate Sans Nom" ? Mais enfin, Tempête, imagine-le un instant : "Bonjour, tavernier ! Je suis le Pirate Sans Nom et j'ai réservé une table. — Oui, messire pirate, et à quel nom dites-vous l'avoir réservée ?" Le Pirate Sans Nom ne souffrait pas le ridicule : il l'aurait pourfendu, lui, tout fils d'aubergiste qu'il était – plus le cuistot, les deux servantes et toute la clientèle… Pourquoi risquer un tel carnage ?

— Mais puisqu'il n'existait pas… C'est peut-être facile de tromper des enfants, mais pas des savants, pas des historiens ! C'est pas possible, affirma Jak d'un ton définitif.

— Parce que tu n'es pas historien, justement. T'es-tu jamais demandé qui faisait l'Histoire ? Les rois, les chevaliers, les généraux – les pirates ? Voilà ce que rumine ta cervelle emmaillotée. Eh bien, sache que tu te trompes, Tempête. Ceux qui écrivent l'Histoire, ce sont les historiens. Personne d'autre ! Les grands noms de l'Histoire n'existent que par la plume de leurs biographes. Voilà la vérité. Et j'ai encore soif.

— Il t'en reste.

— Tempête, mon ami, je n'écrirais pas une ligne sur toi !

— Assez ! Arrêtez de vous chamailler, intervint Anton. Vous nous menez en bateau, l'Ivrogne. Quel est le rapport entre le Pirate Sans Nom et les biographes ?

— Aucun, Morne-mer ! Justement, aucun... Parce qu'aucun historien ne lui a jamais consacré la moindre ligne. Pas même moi, songes-y ! Et remarque que je vous en parle fort généreusement, mais non sans prudence. Car que savez-vous de lui, sinon qu'il n'a pas existé...

— Mais...

— Oh, je sais tout ce qu'il y a à savoir à son sujet, par le détail. Je possède la carte de son périple dans les Caraïbes, les dates de ses principales prises comme la liste exhaustive de leurs cargaisons... Et pourtant, pourtant, je n'ai jamais rien publié à son propos ! Or si moi j'ai agi ainsi...

— ... D'autres aussi, poursuivit Anton. D'autres historiens ont pu taire son existence...

— Mais puisqu'il n'a pas existé ! s'enflamma Jak.

— Peut-être qu'il n'a pas existé parce qu'on ne voulait pas qu'on le sache, lui rétorqua Anton.

— Pour quoi faire ? »

Le trésor, bien sûr. Quand l'Ivrogne avait évoqué cette caractéristique du Pirate Sans Nom, Anton avait d'abord tiqué. Pour lui, tous les pirates, sans exception, amassaient sans compter et le vieil historien venait de faire éclater cette certitude en quelques mots d'une désarmante logique. La grotte aux trésors ne se justifiait que par l'imaginaire de Stevenson, tandis que les vrais forbans dépensaient tout et tout de suite. Il s'était donc trompé, laissé abuser par des récits romanesques... Sur le coup, il s'était senti chuter d'une nouvelle marche dans l'enfantillage, comme on se réveille la nuit, les tempes glacées, le ventre contracté, tombant dans le vide. Sauf que le

Pirate Sans Nom n'était pas un pirate ordinaire – son trésor, son incommensurable trésor, demeurait intègre : il n'en avait pas dépoché une piastre.

« Tu peux voir l'historien comme une sorte de professeur malingre qui ne vit que dans la poussière des livres, mais tous ne sont pas ainsi. Quand j'avais ton âge et que je cédais à la pression familiale, je ne renonçais à devenir marin, pour ainsi me faire pirate, qu'en comprenant qu'un historien n'en diffère pas tant que ça. Certes, nombre de mes ancêtres partaient à l'aventure sachant à peine lire une carte et se tenaient longtemps à l'affût, dans l'espoir d'une bonne prise… Mais d'autres étudiaient les courses des navires marchands et les empruntaient à bon escient. Je ne dis pas que l'historien dédaigne les rencontres fortuites, mais que c'est surtout un chasseur tenace et patient. Ou obstinément besogneux, si tu préfères. Ses proies, il les suit mille après mille, taverne après taverne, à des dizaines et des dizaines d'années de distance. Rien ne lui échappe, rien ne le presse. Il finit par tout apprendre, dans le moindre détail. Non, non, Tempête, tout cela n'est pas que folie… Tous les historiens ne visent pas qu'à converser doctement ou à divertir les jeunes esprits ; il en est qui s'intéressent aux pirates pour une bonne raison. Laquelle, Morne-mer ?

— Les trésors…

— Tu réponds comme à l'école, maintenant ? se récria Jak.

— Les trésors… J'ai trop longtemps partagé cet enthousiasme, Morne-mer. Avec l'âge, la promesse perd de sa superbe. La plupart des historiens ambitionnent de devenir qui un auteur reconnu, qui un professeur respecté. D'autres hésitent juste entre la gloire et le fric. Peu importe, la réussite se mesure toujours en fonction des autres, comme à l'école : je cours le plus vite, je suis premier accessit de ma classe, gnagnagna… Tout cela est fort honorable et ce n'est pas très méchant. Quelques-uns deviennent également chasseurs de trésors, par vocation ou par opportunité. Si personne, si aucun de mes honorables confrères n'a jamais signalé l'ombre d'un indice menant à la piste d'un Pirate Sans Nom, cela ne signifie pas que personne, qu'aucun de mes confrères si honorables n'a jamais rien trouvé…

— Il l'aura gardé pour lui ! En se réservant le secret d'un tel pirate, il reste le seul à le chercher.

— Qui sait ? Tout est là, Morne-mer : l'absence de preuve ne prouve rien.

— Mais puisqu'il n'a jamais existé, à la fin…

— Tu n'aurais jamais douté de son existence, Tempête, si je ne l'avais pas annoncée en avant-propos : "Une farce d'étudiant" – et si je ne l'avais pas astucieusement rappelée par la suite. Voilà tout ce que tu as retenu. L'ai-je dit pour te rendre sceptique ? Ou pour aiguiser l'attention de Morne-mer ?

— Si tu cherchais vraiment son trésor, tu ne nous en parlerais pas.

— À mon âge, parler donne soif. »

Sur ces mots, l'Ivrogne tourna son regard vers la poche où Anton dissimulait la flasque. Jak agita vigoureusement la tête en signe de refus. Anton retint juste à temps sa main qui s'apprêtait à sortir le rhum. Pourquoi l'Ivrogne le flattait-il si ostensiblement tout en boudant Jak ? Il repoussa le flacon tout au fond de sa poche, choisissant d'épauler son ami, et fit mine de ne pas remarquer l'expression désenchantée de l'Ivrogne qui n'avait rien perdu de son geste.

7

« Vous en rêviez déjà, reprit le vieil homme sans aménité, n'est-ce pas ? Le Pirate Sans Nom… Quelle histoire, quelle épopée… Un trésor perdu, un capitaine fantastique, un mystère à travers les siècles… Et la réponse à toutes vos questions contre une simple bouteille… Mais qu'imaginiez-vous ? Que connaissez-vous des pirates ? Vous avez les crânes farcis de belles images de héros tout en couleurs et vous pensez que se jucher de nuit sur le pont d'un navire amarré vaut un abordage ! Ah, matelots aussi dépourvus de sagesse que de compassion, si vous saviez…

— Si on savait quoi ? s'impatienta Jak.

— Ce que c'est qu'être un pirate… Ce que cela signifie, réellement. J'ai vu votre sourire niais, l'autre soir, quand je déclamais qu'entrer en piraterie, c'est être seul ! Seul contre tous, seul contre le monde entier. Pauvres enfants, l'existence d'un pirate n'a rien d'enviable. Sa vie est exécrable.

— C'est être libre ! s'exclama Anton. Sans personne pour vous commander.

— Cinématographe et bande dessinée ! Quel mirage qu'une liberté comme celle-ci qui vous interdit de revenir sur votre choix ! Autant chasseur que proie, s'emporta le vieil historien. Quel est le sort le plus estimable, selon vous, celui du bourreau ou de la victime ? Imaginez-vous les deux à la fois, et à jamais, sans espoir de fuite autre que la mort ? Certes non, ce n'est pas une vie d'homme, pas même une vie de bête… Devenir moins qu'une bête, voilà ce que signifie d'entrer en guerre contre le monde. En reniant la société et en se laissant prendre en chasse par elle, les pirates se délestent de leur nature humaine… Rejetez vos idées romanesques ! Vous voulez la vérité ? La voilà : la réalité est brutale et entière. Être pirate, c'est perdre sa famille, ses proches, ses amis, ses voisins. Tout homme armé cherchera à vous ôter la vie pour gagner l'or qu'il vous suppose avoir ; tout homme non armé cherchera à vous trahir pour une récompense dérisoire ou sous prétexte de vengeance d'un lointain cousin. À qui se fier ? À ses amis ? Mais quels amis ? Des compagnons d'orgie, de carnage… Non, Morne-mer, ne secoue pas ainsi la tête. Pirate, tu n'as pas plus d'amis que de famille. Flibustier ou favorite d'une nuit, tous et toutes veilleront à t'extirper tes secrets avant de te planter un poignard à travers le cœur. À moins que tu ne sois déjà tombé si bas que tu espionneras l'ancien camarade à qui tu auras juré fidélité éternelle.

— Je ne serai jamais comme ça, se récria Anton.

— Et comment serais-tu ? Comment te considérerais-tu, toi-même ? Qu'est-ce que la piraterie, telle qu'elle a toujours été, telle qu'elle sera toujours, sinon un refus d'humanité ?

— Quand on est riche, on a tous les amis qu'on veut.

— Que sais-tu de la fortune des pirates, Tempête ? Moi, je peux t'en parler. J'ai été leur comptable posthume. Les galions ne débordent pas tous de coffres bombés de pièces d'or ou de pierres précieuses à destination des forbans de passage ! Le butin d'un pirate, c'est quoi ? Ce que transportent les navires marchands. Et ceux-là transportent quoi ? Des poteries, des épices, des robes de rombières, des sacs de graines ou du tabac… Des denrées périssables ou encombrantes, à négocier au plus vite, dans un port où on n'y regardera pas de trop près, au dixième de leur valeur… Fameux butin, en effet ! Heureux le pirate qui une fois l'an trouve la nourriture utile pour la prochaine course, plus heureux encore celui qui trouve une sacoche d'or, mais plus malin l'aubergiste qui, contre trois nuits d'orgie empochera une année de pillages…

— Certains galions transportaient des soieries, des pierres précieuses, de l'ivoire sculpté, des objets d'églises qui valaient des fortunes, des meubles rares destinés aux palais des gouverneurs ! énuméra Anton.

— Et ceux-là étaient les mieux protégés. Les belles prises qui gagnent les faveurs des annales des Caraïbes, sur plus d'un siècle, je les compte sur les doigts de mes mains. Pour combien de milliers de forbans ? Et les mers du Sud ne sont pas tout, loin de là ! Ne tombez pas dans l'imagerie populaire. La réalité est moins reluisante et terriblement plus triviale. Songez-y, les vieux pirates sont rares. Si vos chances de survivre cinq ans n'étaient pas d'une sur dix, vous empresseriez-vous de stocker votre magot ? Encore heureux le pirate qui à vingt-cinq ans en possède un…

« Lorsque vous vous battez contre l'océan qui se déchaîne, contre un ciel qui menace à tout moment de virer à la tempête, contre des étoiles que vous ne reconnaissez pas à chaque fois, contre un bateau trop ancien, usé, abîmé, ses voiles déchirées qu'il faut toujours recoudre ; quand vous évitez les navires de guerre qui vous cherchent, de plus en plus nombreux, de la même manière que vous devez éviter ces ports où le gibet qui vous est promis serait une fin plus enviable que les sévices qui vous attendent dans d'autres ; alors, matelots, tandis que vous vous préparez à l'abordage pour risquer une nouvelle fois vos vies déjà estropiées, estimez-vous avoir vraiment le loisir d'entreposer trois pierres qui brillent dans l'espoir qu'un boutiquier vous en donnera de quoi boire jusqu'à l'oubli du dégoût que vous inspire votre misérable existence ?

« Certes non. Mieux vaut vite tout boire que regarder en face l'irréversible déchéance, croyez-moi. Et encore... La perte du respect que le pirate s'inspire lui-même n'est rien en comparaison de la perte de toute compassion. Cessez de ne lire que ce que vous souhaitez lire, sacrebleu ! Ouvrez vos livres, suivez du bout du doigt chaque ligne ! C'est écrit, là, sous vos yeux... Quelle pitié peut-il éprouver envers son semblable, lui qui n'est plus qu'un sous-homme ? L'agonie de l'autre indiffère le barbare, quand elle ne le fait pas jubiler ou qu'elle ne lui suggère pas de l'offrir en spectacle. Car la tentation est grande, profonde, puissante, de s'ériger en maître du destin quand la douleur éprouvée par l'autre n'éveille plus aucune souffrance d'aucune sorte en soi. Barbares, les pirates ? Et si cette cruauté n'était pas là pour exorciser les meurtrissures sans nom promises à votre propre carcasse ? Car, matelots ignorants, les atrocités qu'infligent les pirates ne sont pas étrangères aux tortures sadiques qu'ils subissent eux-mêmes, et pas seulement en retour. Combien servent de cobayes à des bourreaux inventifs ? Pensez au sort que la justice réserve aux forbans. Les procès relèvent de la comédie. La peine capitale est jouée d'avance. Oui, c'est vrai : bien heureux sont les pirates qui connaissent la mort rapide du gibet. Le corps de ceux-là est ensuite enduit de goudron et pendu sous la ligne de la marée haute, où il est abandonné longtemps à titre d'exemple et d'avertissement. Combien d'autres reçoivent des sévices indignes de la moindre civilisation, et justement perpétués au nom de celle-ci, devant un peuple qui en redemande... Comment un gueux pourrait-il prôner plus de clémence que ses juges ? Ah ! il s'agit là d'une histoire sans fin et il est bien inutile de chercher qui a commencé ou qui le premier s'est vengé de l'autre... À une époque où l'esclavage relève d'un banal commerce, quel prix attacher à la vie et à la souffrance ? »

Anton n'en croyait pas ses oreilles. Pourquoi l'Ivrogne avait-il délaissé ses pitreries estudiantines pour adopter ce ton professoral ? Que devait penser Jak à présent ? Anton s'était engagé à tester l'Ivrogne, afin de savoir si ses histoires valaient la peine d'être entendues. Et qu'est-ce qu'il avait obtenu ? Quelques mots sur le Pirate Sans Nom, juste le temps de les mettre en haleine, presque assez pour convaincre Jak, et voilà que le vieil homme enterrait son sujet pour les sermonner. « Une tête de prêtre », devait dire Jak. Oui, une voix à lire le catéchisme. Parce que, derrière ces généralités, il s'agissait bien d'une leçon.

Jak roula des yeux avant de faire mine de tomber raide mort d'ennui. Anton se crut obligé de lui rendre sa grimace, en enfonçant son index dans le fond de sa gorge. Le temps de contenir le fou rire annoncé de son ami et Anton devait trouver le moyen de remettre l'Ivrogne dans la bonne voie. Sinon, adieu les histoires…

« Mais pas le Pirate Sans Nom ! s'exclama-t-il. Il est au-dessus de ça. Il est riche, immensément riche.

— C'est un tueur.

— Oui, mais pas un sadique.

— Parce qu'il tue quand il l'estime nécessaire ? Parce qu'il se contente d'éliminer ceux qu'il croise ? Songes-y, Morne-mer, il s'en prend aussi bien à ses adversaires qu'à des innocents. Les blessés, les prisonniers, les simples témoins, personne n'y échappe… Pour lui, assassiner n'est pas un acte moral.

— Pas assassiner : *exécuter*.

— Ce n'est pas un soldat ! Pas même un de ces guerriers qui découvrent le goût du sang pendant les combats et ne savent plus faire ensuite la part des choses.

— Il ne le fait pas pour rien, insista Anton. Il cachait son nom… »

Anton ne poursuivit pas sa pensée. Le nom n'était

pas grand-chose en soi, pas assez en tout cas pour justifier un tel acharnement. Mais, sans cet indice, qui se serait douté de l'ampleur de sa fortune ? Cette précaution ignoble avait protégé le secret de son trésor...

« ... aucune excuse, poursuivait l'Ivrogne, pas même celle de l'exaltation : il ne se voit pas comme l'instrument fanatique d'un dessein qui dépasse la compréhension humaine. Non, l'analyse des actes que je lui trouvais conclut qu'il agissait sans état d'âme, c'est-à-dire sans haine ni plaisir. Le Pirate Sans Nom est un enragé.

— C'est un fou.

— J'y ai songé, Tempête, j'y ai songé... Cela m'arrangerait bien, du reste. Pour reprendre des thèses à la mode, nous pourrions convenir d'une enfance où l'indifférence coupable de ses proches le condamne tôt à une extrême solitude. Peut-être même est-il soudain confronté à l'absolue nécessité de se débrouiller seul. Un gosse des rues, un orphelin, qui dispute sa pitance à d'autres, pourquoi pas même à des chiens ! Par la suite, il n'exécute pas seulement une sorte de vengeance, volontaire ou non, mais il répète à une autre échelle ce que la vie lui a montré. Dans ce cas, je parlerais d'un homme blessé qui n'a pas conscience de la mesure de ses actes. Cette déviance morale ne limite pas son intelligence, mais lui procure une audace qu'aucune conscience ne dompte et que son passé décuple... Il déroge au code de la confrérie noire, il vole même les pirates...

— C'est vrai qu'il vole les autres pirates, lui aussi », reprit Jak en se redressant et en tournant un visage plein de rage vers l'Ivrogne. « Pas étonnant qu'il soit né de ton imagination ! »

Anton serra les poings. Il était à un cheveu de relancer l'Ivrogne dans son histoire du trésor du Pirate Sans Nom, et c'était le moment que Jak avait choisi pour le brusquer. Le visage du vieil homme se renfrogna.

« Certes, le Pirate Sans Nom est né de mon imagination. Et son trésor m'importe peu, aujourd'hui. Bien qu'il soit impossible de cerner un homme sans se pencher sur la quête qui s'est confondue à son destin… Mais je suis vieux et, pour moi, le seul trésor perdu qui vaille est celui de l'enfance. Le Pirate Sans Nom m'inspire de la compassion, et sa rage me terrorise pour cette raison. Je pourrais le comprendre, il est tellement humain…

— Je croyais que c'étaient tous des bêtes !

— Des sous-hommes, Tempête. Juste des sous-hommes. Le Pirate Sans Nom aurait pu être un idéaliste, ne le vois-tu pas ? Ah, si tu le connaissais aussi bien que moi… Lui-même l'ignore alors, il n'a toujours pas trouvé son vrai chemin… Le Pirate Sans Nom est si différent… Pas un sous-homme, Mornemer, non, lui n'est pas un sous-homme, mais, à sa manière, le dernier des hommes. »

8

L'Ivrogne se tut. Ses mains avaient repris le goulot et l'avaient collé à ses lèvres. Il laissa lentement le rhum glisser dans sa bouche, sans provoquer le moindre remous, se contentant de redresser imperceptiblement la flasque jusqu'à ce que son cul se retrouvât dressé si haut qu'il devint évident qu'elle était vide depuis un moment déjà. La bouteille reposait maintenant entre ses jambes, ses mains enserrant toujours son col.

Quelle conscience avait-il encore de la présence des deux enfants ?

Était-ce vraiment le même individu qui les avait démasqués sans les dénoncer, voici quelques jours seulement ? Celui qui, ayant découvert leur cachette, récupérait les bijoux pour abandonner dans leur sac le cendrier aux sirènes jumelles ?

Le vieil homme ressemblait bien peu au personnage fantasque qui s'était donné en spectacle la veille au soir ; en ce moment, il méritait amplement le surnom dont l'avait affublé Jak. Difficile de réaliser que, l'instant d'avant, cette épave dissertait à propos de la déchéance humaine… et les chapitrait à la manière dont un professeur se décharge au plus vite des avertissements d'usage avant d'entrer dans le vif de son sujet.

Escomptait-il les dissuader d'épouser davantage

la cause des pirates, eux qu'il savait déjà voleurs ? Pouvait-il ignorer que son argumentaire sur la solitude et la cruauté ne pouvait que séduire un jeune garçon pour qui la fiction et les frissons d'horreur sont délicieux ? Ou entendait-il sonder de la sorte leur détermination à l'écouter ? À le croire. À le suivre...

« Du rhum si vous achevez votre histoire, reprit Anton.

— J'ai tout dit, bougonna-t-il.

— Mais le trésor ! »

Anton refusait de laisser l'Ivrogne les planter là et il ignora l'agacement visible de Jak dont la susceptibilité menaçait encore de tout gâcher.

« Vous avez abandonné cette année-là parce qu'il y avait le diplôme, mais ensuite ? C'était il y a très, très longtemps, vous n'avez pas passé toutes ces années sans rien faire !

— Et que voulais-tu que je fasse, Morne-mer ? Que je me lance à la recherche du trésor ?

— Vous l'avez fait ?

— Comme ça paraît simple ! Des mots ! Voilà tout, ce ne sont que des mots ! "Je pars à la recherche du trésor !" La belle affaire... Mais quelle piste suivre ? Quelles îles fouiller ? Si jamais cette farce se révélait fondée, l'histoire du Pirate Sans Nom ne s'articulerait ni sur une légende ni sur aucun indice concret, mais sur notre incapacité à déterminer la cause de la disparition d'une succession de navires. Présomptions et déductions ! Rien de plus. La cohérence du portrait que j'en ai tiré ne vaut pas une carte qui indiquerait par où commencer. L'archipel où croisait son vaisseau compte tellement d'îles et d'îlots que seules les photos aériennes permettront un jour d'en connaître le nombre exact ! Et puis, quoi, tu imagines le travail ? As-tu seulement déjà retourné un potager, Morne-mer ? Un simple potager. Jusqu'à quelle profondeur creuser ? Et où déterrer un trésor si bien caché ? Ces îles se comptent par centaines, la plupart recouvrent une surface dix fois supérieure à celle de cette ville…

— Vous avez essayé ! triompha Anton.

— J'y ai songé, c'est vrai ! Et pourquoi pas ? La perspective de réécrire l'Histoire est une habile séduction, la facétie qui l'a déclenchée déjà un improbable souvenir. Quelle ironie ! Quelle misère, aussi, cette question qui m'obsède sans répit : suis-je un découvreur ? Ou seulement l'auteur d'un canular qui a perverti mon esprit ? Comment le savoir ? Ah, Morne-mer, cette plaisanterie est une malédiction qui m'obsède bouteille après bouteille… J'étais promis à un brillant avenir : premier de ma promotion, déjà un éditeur dans la poche. Dans les amphithéâtres, j'étais quelqu'un. Deux universités me courtisaient… J'avais gagné : j'allais m'adonner à ma passion, avec le confort d'être payé et considéré pour cela ! À moi les pirates ! Et que suis-je devenu, Morne-mer… L'Ivrogne ! Aussi seul qu'un pirate en fuite qui radote son unique histoire bar après bar, et que personne n'écoute… Il me faut savoir, Morne-mer, coûte que coûte, il faut que je sache. »

Sur ces paroles, l'Ivrogne reprit sa respiration, ouvrit grande la bouche, puis il la referma sur un claquement sec. Ensuite, rien. Deux ou trois fois, il s'humecta les lèvres d'un rapide coup de langue avant de retomber dans une espèce de torpeur, les yeux réduits à deux fentes humides.

Anton redouta que le vieil homme choisît de ne plus piper mot – ou bien oubliât tout bonnement leur présence. Devait-il lui tendre la flasque promise pour le relancer dans son histoire ? Le tord-boyaux risquait de le fâcher – et s'il ne leur disait plus rien, plus jamais ?

L'Ivrogne secoua la tête comme un chien s'ébroue et les considéra, l'un après l'autre, d'un œil rieur. Avait-il soudainement décidé de changer de tactique ? Venait-il de se souvenir d'une anecdote plaisante qui les amènerait à lui donner enfin à boire ?

Ses changements d'humeur et de mine constituaient en soi un mystère.

« Mon diplôme en poche, l'*Histoire mondiale de la piraterie* sur le point de paraître, j'estimais que j'avais droit à quelques vacances ! Mon père m'offrait de rentrer à la maison et de mettre à profit mon temps disponible pour l'aider à son étude, moyennant une sorte de salaire modeste, tandis que ma mère évoquait déjà nos promenades dominicales et les cueillettes de mûres qui donneraient naissance à une invasion de pots de confitures. J'invoquais alors d'autres projets pour échapper aux leurs et me précipitais chez mon éditeur. Mon travail sur la tradition orale des Caraïbes ne pouvait-il pas déboucher sur un livre ? Avant que je me lance dans la description de ce que j'avais imaginé en hâte, mon éditeur trancha : il m'accordait une avance sur un recueil des légendes des Caraïbes, accompagnées chacune d'une note historique sans concession, issue de mon mémoire, et, puisés dans ma seule imagination, de longs commentaires "pittoresques et anecdotiques", ce sont ses propres termes, destinés à entériner ces histoires sous l'apparence d'une Histoire possible. Comment refuser, n'était-ce pas ma spécialité avouée ? Son avance emporta ma décision, elle représentait le prix d'un aller pour les Caraïbes, pas moins ! Convaincre ma famille de m'offrir le billet retour fut une vaine entreprise : ma mère avait beaucoup misé sur les confitures et mon père déjà promis un congé à son premier clerc... Néanmoins, je réunissais mes économies et y ajoutais au dernier moment quelques coupures que mon père me donna en cachette de ma mère, et plusieurs autres que ma mère me glissa sans le dire à mon père. Et je partis...

« Quel choc, matelots, que nager dans l'eau turquoise où mouillaient les vaisseaux pirates ! Je tombais amoureux de ces îles et de cette vie sans bibliothèque ni chemise. Je ne me levais que pour plonger en compagnie de raies gigantesques et de requins prudents. Je ne sortais de l'eau que pour m'échouer dans un bar à me noyer de rhum. Quelle vie ! Et quel rhum… Je m'adonnais aux cartes au point de devenir une légende locale, Qui-perd-gagne, le jeune freluquet toujours ivre qui se laissait plumer jusqu'à l'avant-dernière mise, la dernière lui revenant invariablement. Combien de fois ai-je amassé en quelques nuits bien plus qu'il m'en fallait pour revenir la tête haute ? Cela semblait si facile… Sous peu, j'étais devenu une sorte de personnage avec qui les hommes venaient se mesurer aux cartes, et dont les femmes… Ah, matelots, ces vacances m'ont pris trois années avant que je découvre qu'il était temps de me mettre au travail.

— Au travail ?

— Oui, à mon livre ! Curieux comme un historien peut oublier jusqu'à l'existence des livres… Oh, je mentirais si j'affirmais que je passais ces années sans scrupule vis-à-vis de l'éditeur qui m'avait prêté tant d'argent, et mille fois je jurais que, cette nuit – croix de bois, croix de fer –, je garderais de quoi le rembourser… Mais… À quoi bon ? Je pouvais tenir ma promesse quand je voulais, collecter quelques variantes aux légendes que je connaissais déjà, écrire ces lignes nécessaires pour légitimer l'ensemble, et puis le tour était joué. Le lendemain, en m'éveillant, je ne pensais qu'à plonger nu dans l'océan, et, là, j'oubliais tout… De sacrées vacances, oui… Combien de temps auraient-elles encore duré si la légende n'était pas venue à moi ? Encore que, si j'avais été moins joueur, je ne me serais jamais réveillé de ce rêve facile. »

L'Ivrogne se tut encore, un très long moment, et puisque aucun des deux enfants ne venait à son secours, il lança un « J'ai soif… » aux accents de S.O.S.

Anton hésita. Comment réagirait-il à cette gnole infâme ? Pourquoi courir le risque de le décevoir maintenant ? Quelle inconséquence…

« Qu'est-ce que ça veut dire : "Si la légende n'était pas venue à moi" ? se contenta-t-il de demander.

— Tu es sans pitié, Morne-mer... Une si belle histoire ! Et qui est à peine commencée...

— Ce... Enfin, je... Vous savez, ce rhum ne vaut pas grand-chose. C'est pire que ça. Faut pas...

— Mais tu en as bu, l'autre soir, non ? Et toi aussi, Tempête, n'est-ce pas ? Alors !

— Eh bien, de l'avis de tous, c'est... Ce n'est... qu'un tord-boyaux. Moins que ça, encore, peut-être...

— Donne ! J'ai goûté à tous les rhums qui existent sur terre et sur mer, et tous ne méritaient pas un verre. Donne, te dis-je ! »

Le commandant sourit au souvenir du chiffonnement incroyable de la tête de l'Ivrogne dont les yeux avaient subitement ruisselé... Involontairement, tout comme Jak, il l'avait observé ingurgiter la mixture tout en grimaçant, la respiration suspendue. L'Ivrogne n'écarta la flasque de sa bouche qu'à moitié vide, le regard plus malicieux que la veille, si jamais telle chose fut possible. Après un rot triomphal, il contempla la dive bouteille à bout de bras et retrouva la parole.

« Enfin, du rhum ! Ou presque. Plutôt fort. Du genre qui racle une tranchée brûlante au fond de la gorge. J'aime ça ! Pas un de ces avatars industriels à boire à petites lapées dans un bar chic à onze heures du soir. Bravo, matelots ! Vous me conterez son histoire quand j'aurai fini la mienne, et il me faudra plus d'une flasque pour y parvenir. D'ailleurs, si je devais me permettre une suggestion, et si nous y rajoutions une pincée de poudre à mousquet ? C'était l'usage, jadis, à la Tortue. Ça vous coupe le souffle, et puis, c'est l'extase... »

Il toussa à plusieurs reprises.

« Fort. »

Il se racla la gorge et finit par reprendre.

« Où en étais-je ? "Si la légende n'était pas venue à moi", dis-tu, Morne-mer le bien nommé. Ah, il serait plus sage, pour nous tous, d'en rester là aujourd'hui. Il est tard et je n'ai rien dit encore qui vaille vraiment la peine d'être retenu. Ne devrais-je pas approfondir l'examen de ce… de ce breuvage rare ? Mais j'avais soif et vous m'avez donné à boire. Aussi, pour vous, encore ces quelques mots. La légende, donc, puisqu'il s'agit de ça, la légende est venue à moi une nuit de poker et sous la forme d'un manuscrit. J'avais affaire à trois touristes éméchés, des Américains en baguenaude, passablement lassés de tout, riches d'un voilier somptueux, des capitaines d'industrie, si vous voyez ce que je veux dire… »

Anton pensa aussitôt au *Nathalie* et à son commandant d'opérette.

« L'un d'eux portait un curieux surnom, Blackjack, ce qui en dit beaucoup sur son inclination pour le casino et tout autant de l'ampleur de son compte en banque. »

Pas un surnom, rectifie le commandant Petrack en se calant plus confortablement dans son vieux fauteuil rouge. Sur ce point, l'Ivrogne s'était trompé, et lourdement. Blackjack était bel et bien son nom de famille. Petrack le sait depuis sa rencontre avec son petit-fils, Jack Blackjack, alias Double-Jack, qu'il aime asticoter en l'affublant du diminutif de DJ. À chacun d'imaginer les raisons du sobriquet – le plus souvent, la répétition du prénom dans le patronyme –, mais la vérité est tout autre. Lors de leur première entrevue, Petrack a cru reconnaître son ami d'enfance dans la silhouette massive de l'inconnu… Un Jak non édulcoré, son pendant véritablement adulte et redoutable. Énorme, trapu, colérique, ce Jack n'a pas été gâché par l'éducation de parents bistrotiers ; c'est un rebelle, un gangster, un pirate. Et son associé.

« Non, se corrige-t-il, mon ancien associé. »

Le commandant s'étire et sourit en fermant les yeux. Des souvenirs qui s'annoncent, ceux qui concernent les figures des cartes à jouer le touchent cette nuit comme jamais. Il se penche sur le côté pour deviner si le matin approche. La fenêtre qui donne sur le large se confond à la pénombre. Sur le bureau trône le porte-documents qu'elle a laissé et qu'il évite de regarder, mais d'où dépassent les dossiers dont la jeune femme a soigneusement écrit le contenu – un livret d'opéra, une fantaisie théâtrale, *Le Manuscrit de l'île Éléphantine*… Il soupire et se détend. Encore quelques heures à tenir avant de *partir*.

9

« Au poker, poursuivit l'Ivrogne, ma tactique infaillible consistait à disparaître, à m'effacer. Après un ou deux tours où j'affirmais vaniteusement ma chance aux cartes, je tombais dans un mutisme boudeur, les doigts sur la bouteille plus que la tête au jeu. Je relançais ou me couchais, au hasard des mains. D'autres méritaient vite l'attention des vrais joueurs, me laissant libre de les observer et d'attendre mon heure, et il était de ceux-ci : Blackjack perdait en grand seigneur, peu à peu mais invariablement. Ses acolytes l'ont dépossédé d'une rare épaisseur de billets verts, un tas si trapu qu'il ne parvenait pas à l'enrouler… Partagions-nous la même ruse ? Quand il a engagé sa part de bateau, j'ai cru à une mise en scène. Aussi, je suis rentré dans son jeu : j'ai abattu mes cartes. Un autre a tout raflé. Blackjack lui a décoché un regard torve, un instant, juste un bref instant. Alors, il a joué sa montre, que j'ai empochée. Puis sa chevalière, une horreur, que j'ai également gagnée. Une heure plus tard, ce riche touriste en chapeau de paille et chemise verte avait récupéré son vaisseau, et moi ses billets – une remontée qui nous satisfaisait l'un comme l'autre. Nous aurions pu nous en tenir là, je n'avais rien à faire d'un quart de voilier et il ne prêtait aucune attention à une simple poignée de dollars. C'est alors qu'il m'a parlé d'un manuscrit.

« La belle affaire ! Depuis trois longues années, je vivais sans lire, réconcilié avec mes ancêtres et sans l'obligation de m'en justifier auprès de ceux qui m'avaient voulu ou connu brillant étudiant parisien… Par tous les corsaires, Qui-perd-gagne avait noyé le Bouffon-savant dans une mer de rhum antillais ! "Ce n'est pas un manuscrit ordinaire, a-t-il repris pour m'appâter, ce n'est même pas un manuscrit entier. Quelques dizaines de pages, tout au plus, qui semblent arrachées à ces registres qu'on utilisait jadis pour les journaux de bord. C'est écrit en vieil anglais, dans un style qui évoque le gentleman, encore que le contenu annonce une belle canaille."

— Un pirate ? demanda Anton.

— Des pirates qui savaient lire, il n'y en avait guère. Quant à écrire… C'était là un trait de distinction qui affirmait l'autorité d'un capitaine, mais peu parmi eux auraient été capables de rédiger plus qu'une lettre ou les quelques lignes exigées pour la tenue d'un livre de bord, ce dont ils se passaient fort bien. "C'est vieux, a-t-il continué, au moins deux siècles, mais je ne saurais l'affirmer. Cet extrait annonce une autobiographie des plus volumineuses, mais il manque malheureusement les toutes premières pages, celles où l'auteur se présente en général. — Vous ne savez pas qui l'a écrit ? — Comment le saurais-je ? Quand on tient son journal, on écrit à la première personne, on ne se nomme pas à tout bout de phrase. Et dans ces pages, il ne parle que de son enfance. — La belle affaire !" répliquais-je mollement. En guise de tout commentaire, je manifestais la plus grande circonspection quant à l'authenticité de la pièce – dans l'espoir de l'acculer à m'en apprendre davantage. Je pensais également à toutes les fois où, pour renflouer ma bourse, j'avais confectionné moi-même de ces antiquailles à destination de touristes avides et peu érudits: les cartes au trésor se vendent bien, et cher parfois!

« Blackjack attira mon attention sur la probabilité que notre anonyme auteur fût un flibustier: je lui rétorquais tout net que les forbans avaient mieux à faire qu'à écrire leur propre histoire. Pour quoi – et surtout pour qui – l'auraient-ils fait? Les pirates n'ont pas d'enfant, et s'ils possèdent jamais une descendance, celle-ci est bien accidentelle et non reconnue. Quant à prétendre à la gloire posthume qu'une autobiographie publiée évoque, peu leur en chaut. Demain demeure pour eux une destination lointaine. Quitte à survivre dans les esprits sans profit immédiat, ils préfèrent une légende joliment ficelée, un de ces contes qui se confient autour d'un bon feu et de quelques chères bouteilles – j'étais bien placé pour le savoir! Non, j'imaginais mal un gueux des mers échoué dans une île quelconque et, désireux de tromper l'ennui au soir de sa vie, baignant négligemment sa plume dans un encrier noir tout en contemplant le soleil s'éteindre dans les eaux vierges des tropiques, se dire: "Il était une fois, moi..."

« Blackjack a insisté et j'ai accepté d'y jeter un œil: qu'avais-je à risquer? En fait, je cédais à un vieux réflexe que je croyais disparu... Un manuscrit inédit... Une histoire méconnue de pirate... L'occasion d'en apprendre davantage sur la genèse d'un forban... L'universitaire ne se terrait pas si loin, toute la production de canne à sucre des Antilles n'aurait certainement pas suffi à le délaver... Au retour du Bouffon-savant, le touriste m'a assommé sur les circonstances de son acquisition: je n'y ai pas prêté la moindre attention, hélas. Je ne sais même plus s'il l'avait achetée ou gagnée! J'étais subjugué par ce document, Morne-mer...

« L'écriture était fine et habile, régulière. Elle incitait à voir un homme posé, paisible. Son récit commençait aussitôt, autant que je pus en juger, par quelques lignes dans une langue qui évoquait l'allemand ou le néerlandais, un dialecte local, frontalier probablement. Ensuite, c'était de l'anglais, ni ampoulé ni argotique, assez simple sans être scolaire. J'imaginais mal l'individu en pirate, mais le peu que je lisais dans ces quelques minutes où j'étais censé compulser les pages comme un curieux, et non en expert, relatait une enfance cruelle qui s'acharnait à tremper un caractère peu banal. La même histoire écrite par un autre n'aurait pas éveillé mon attention, mais le recul, l'analyse froide et précise que cet homme faisait de sa jeunesse me troublait. Les dernières lignes de cette trentaine de pages si denses comportaient un nom, ou plutôt un sobriquet, que je déchiffrais. *Geisvatter*, une construction linguistique qui devait signifier père et fantôme tout à la fois. N'est-ce pas étrange ? J'ai déclaré ce manuscrit sans intérêt et l'ai rejeté vers lui.

— Vous avez refusé l'enjeu ?

— Blackjack en fut moins surpris que toi, Mornemer. J'aurais dû m'en inquiéter.

— Mais…

— Au poker, mentir ne compte pas. Ce qui est important, c'est que l'autre ne sache jamais ce que tu penses. Mon rejet a dû lui paraître trop théâtral, mais il n'a pas insisté.

— Et c'est tout ?

— Non. Il a augmenté la mise, en quelque sorte…

— Et…

— Il tenait sur ses genoux la serviette de cuir bordeaux d'où il avait sorti ces pages. En la posant sur la table, juste devant lui, je m'attendais à ce qu'il y rangeât ce fragment d'autobiographie. Et puis, comme il ne bougeait plus ses mains, appuyées de part et d'autre du porte-documents, j'ai réalisé que le manuscrit se trouvait dessous, sous la sacoche… Il voulait donc me montrer autre chose et ne se pressait pas pour forcer mon attention. Son visage demeurait impavide et je l'ai jugé pour la première fois… dangereux. Peu d'individus arborent ce genre de traits adipeux, empâtés et, pour tout dire, bon enfant. Rien de pervers dans ses yeux, qu'il n'avait ni étroits ni globuleux ; pas de couperose ou de lèvre trop fine ou trop grasse. Moins gros, il eût fait un homme aimable ; la barbe l'eût métamorphosé ; sans, il restait discret. Si discret, et faible, complexé… Pour le poker, jauger ses adversaires – ou partenaires, s'ils y tiennent – se révèle indispensable. Je le pensais inoffensif, prêt à perdre pour mériter la sympathie. Je me trompais. Il ne cherchait pas la sympathie, il endormait ma défiance.

« J'allais me resservir en rhum quand ses mains se sont ébranlées sans hâte. Avec d'infinies précautions, probablement inutiles, elles ont exhaussé un nouvel extrait du manuscrit. Quelques pages seulement, une dizaine peut-être, mais encore attachées à ce qui devait être les pages de garde du livre. Les toutes dernières ? "Il y a ceci, encore, que vous devriez considérer, jeune homme, m'a-t-il dit, avant de vous décider." Il ne m'a pas tendu le paquet de feuilles et s'est contenté de le parcourir lui-même, très rapidement… Toujours cette écriture, ferme et décidée, précise. Deux grands dessins à la plume – une île vue du large et un navire échoué, m'a-t-il semblé –, d'une facture nerveuse, très surchargés, presque entièrement noirs. Je le maudissais de tourner les pages si vite, ces illustrations méritaient de s'y attarder ! Il le savait, bien sûr… "Alors ? m'a-t-il demandé. Jouons dans l'ordre, voulez-vous ? Les premières pages en premier, le reste…" Sans achever sa phrase, il a retourné l'avant-dernière page, caressé la signature du revers de la main, puis l'a recouverte de la page de garde, vierge. "J'accepte", ai-je déclaré.

« Tu vois, Morne-mer, le destin restera toujours imprévisible, et probablement à jamais obscur. Ma thèse en poche, je m'octroyais trois années sabbatiques sans plus me soucier du livre que je devais écrire dans les Caraïbes, et voilà que soudain je redevenais historien à cause d'une partie de cartes…

— Mais quel était ce nom ?

— Il n'y avait pas de nom, Morne-mer, il n'y avait pas de nom…

— Mais vous disiez que vous aviez déchiffré sa signature !

— Pas déchiffrée, vue. C'était un dessin. Le dessin d'un pavillon. Pas n'importe lequel, pas un de ces pavillons réunis en planches dans l'*Histoire mondiale de la piraterie*… Non. Ce pavillon n'était enregistré nulle part. Sauf dans mes archives. Le Pavillon blanc… Le vrai, le seul…

— J'ai cru que c'était le journal du Pirate Sans Nom…

— Je te l'ai dit, Morne-mer, farce d'étudiant et tout ça… Mais le Pavillon blanc… Pour ma thèse, je disposais d'un matériel considérable. C'est indispensable pour étayer le raisonnement ou procéder à des évaluations statistiques. Malgré tout, je n'ai pas eu l'occasion de rendre public plus du dixième de mes travaux, alors que certains récits méritaient un traité à part entière… Même étudiant, un historien ne cesse d'être confronté à des choix redoutables. Enfin. Il se trouve que les histoires qui se rapportent au Pavillon blanc diffèrent beaucoup des autres et que cela aurait suffi ou bien à les écarter ou bien à y consacrer cette thèse. J'ai choisi de ne rien dire. Ce sont, après tout, des légendes, des contes et des chansons, des choses qui se racontent et se façonnent, vouées à l'oubli si rien de remarquable ne s'en détache, et qui évoluent plus vite que ne grandit un arbre… Que croire ? Le Pavillon blanc est un mythe que les esclaves vénèrent et ses exploits sont ceux d'un libérateur qui a donné naissance à de nombreuses chroniques… Trop nombreuses, puisqu'elles évoquent plusieurs capitaines, plusieurs équipages et plusieurs vaisseaux. Mais toujours le même pavillon, Morne-mer, vois-tu cela, un crâne sur fond blanc, dont une orbite est traversée par une jambe de bois… Pas fréquent. Tous les négriers qu'il arraisonne le sont dans les mêmes eaux et à la même époque. Le Pavillon blanc semble bien réel, ses descriptions fantaisistes ! Ses qualités, en tant que pirate, restent quant à elles plus sommaires et, pour tout dire, moins glorieuses. J'avais réussi à trouver des mentions assez floues signalant ce drapeau s'affairant à tout autre chose que la libération des prisonniers des convois d'ébène. Hélas, ces témoignages ne le gratifiaient pas d'une exceptionnelle réussite... Ah ! la bouteille est vide, je vais pouvoir dormir. Bref. Blackjack détenait dans sa serviette les clés d'un mystère qui m'était étrangement familier. Comment résister ? Je devais posséder ce manuscrit, d'une manière ou d'une autre. Il le fallait. Il me le fallait... Voilà. Il est tard, soudain. Je suis fatigué... Le reste... demain ? Adieu, matelots !

— Mais... Non...

— Vous n'entendez rien ? L'heure a sonné, l'heure où les ivrognes sans besogne vont se coucher.

— Et le Pirate Sans Nom ? »

L'Ivrogne avait déjà recollé le goulot du flacon vide à ses lèvres, les yeux clos, dans l'espoir de quelque goutte cachée ou bien pour s'abandonner aux horizons évoqués, outre les mers, outre les années.

Anton le regarda, au désespoir, au supplice. Jak pencha sa tête sur le côté et tira la langue en fermant ses paupières. « Tu crois ? » lui demanda Anton. Jak acquiesça. Il avait l'habitude des poivrots et celui-là ne détonnait guère.

À regret, les deux garçons commencèrent à s'éloigner.

Quand ils furent presque hors de portée de voix, l'Ivrogne tonitrua : « Le seul rapport qui existe entre le Pirate Sans Nom et le Pavillon blanc, c'est qu'aucun n'appartient à l'Histoire. L'un est né de son vide, l'autre de son opposé : ignorance et imaginaire... Encore ceci : quand j'ai écarté de la carrière du Pirate Sans Nom certaines prises trop improbables que l'on retrouvait dans les légendes orales des Caraïbes, celles-ci se rapportaient toutes, absolument toutes, au Pavillon blanc. Et puis, surtout : n'oubliez pas, demain, ce rhum extraordinaire ; je sens que, cette nuit, je vais connaître à nouveau des rêves de jeune homme... »

10

« Le seul rapport qui existe entre le Pirate Sans Nom et le Pavillon blanc, c'est qu'aucun n'appartient à l'Histoire. L'un est né de son vide, l'autre de son opposé : ignorance et imaginaire... » Ces mots se sont gravés dans sa mémoire. *Vide et opposé*... Se peut-il que la vérité surgisse de la négation du savoir et de la raison ? Ou, plus précisément, en marge de ceux-ci ?

Anton avait ressenti intimement que ces mots renfermaient un message, un message crypté qui lui était spécifiquement adressé, un message dont, un jour, le code lui apparaîtrait comme une soudaine évidence et dont la compréhension transformerait son existence. Au moment où ses propres initiatives l'abandonnaient dans une impasse (attendre – simplement attendre – d'avoir l'âge de *partir*), ils lui offraient un dérivatif salutaire, conforme à ses inclinations, à son intelligence gourmande, à son imagination dévorante. Depuis, ils l'avaient guidé, l'amenant à devenir cet aventurier excentrique qui s'était engagé sur la piste humiliante du non-savoir, de la non-raison.

Cependant, le fait de posséder le sens de la formule ne faisait pas de l'Ivrogne un prophète. Combien de fois Anton avait-il rejeté l'influence maligne du vieil homme – et l'espoir redoutable qui s'échappait des divagations de ce raté ? *Vide et opposé*... Ces mots, dans cette bouche, ces deux terribles mots signaient une succession d'échecs, une suite misérable de tentatives avortées pour se démarquer de la routine, une déchéance inexorable entachée d'une oisiveté pathologique. Des paroles d'impuissance. Si la réussite d'une vie pouvait être représentée par l'achèvement d'un puzzle, alors dans sa jeunesse l'Ivrogne avait patiemment réuni toutes les pièces nécessaires à son grand œuvre, pour les balancer en l'air dans l'attente insensée qu'en retombant au sol les pièces s'imbriquent de sorte à composer le tableau final…

Vide et opposé… Seuls ces deux mots s'associaient durablement – qu'Anton, ou le commandant Petrack, les apprivoise ou qu'il les combatte, ils résidaient dans son esprit, en compagnie de l'Ivrogne, autour d'une idée immuable, flamme perpétuelle et inexplicable, le trésor du Pirate Sans Nom.

Pas un instant Anton n'avait douté venir à bout de ce mystère – le vieil homme lui abandonnait la carte et la clé pour résoudre l'énigme. *Partir* serait donc cela, en découdre avec cet incroyable capitaine. À onze ans (son adversaire n'était pas si vieux lorsqu'il avait commencé sa carrière), Anton avait réalisé que seule compterait la patience. Mort, le pirate ne pouvait pas déplacer son or ni rien changer à ce qui était advenu. En multipliant les combinaisons, lui ne pouvait que parvenir à remonter sa piste jusqu'à l'ultime cachette.

Le rêve du radeau signifiait peut-être cela. Quand Anton pensait au trésor et laissait ses pensées divaguer, sans tenter ni de les orienter ni de les retenir, l'image qui naissait à l'évocation du *vide et opposé* était celle d'un défi insensé : *aller là où nul ne se rend*. Pour quoi faire ? Sinon pour *trouver ce que personne ne cherche*.

Un demi-siècle plus tard, ou presque, en cette nuit de mémoire, l'appel de ces mots garde toute sa puissance impérieuse. Et sa frustration demeure, elle aussi, entière. Car le commandant Petrack ne songe toujours qu'au trésor – l'unique trésor que l'Ivrogne a désigné. Le reste, tout le reste n'est que leurre et mise en scène : mécène, aventurier, explorateur – on l'appelle le Sherlock Holmes des mers ! –, peu importent les qualificatifs des magazines. Tant d'années à guetter le moment, à répéter ce rêve sans fin, où le radeau ne signale aucune direction, n'étant que mouvement…

« Rien ne s'oublie, tout revient, d'une façon ou d'une autre ; nos troubles les moins avouables se contentent de changer d'apparence et peuvent surgir au prochain coin de rue sans que nous le remarquions. C'est peut-être déjà fait : certains souvenirs nous accompagnent toute notre vie sans que nous le sachions d'aucune manière… », lui avait expliqué un psychanalyste de ses amis pour le convaincre d'élucider son cauchemar récurrent. « Mais ils sont là, et ils nous manipulent, sans la moindre équivoque possible ! » avait-il ajouté avec un enthousiasme étrange. Petrack avait poliment décliné son invitation, estimant alors en avoir suffisamment appris pour se débrouiller par lui-même.

Mais le rêve n'a pas disparu et lui laisse à chaque réveil un goût amer de frustration : jamais le songe ne s'achève. Pas une fois, en presque cinquante années, Petrack n'est allé jusqu'au bout – et qu'aucun psy endimanché n'arrondisse ses lèvres pour lui susurrer qu'il refuse d'affronter la fin !

Tout était lent, peut-être immuable. Les premières années, un homme seul dérivait sur un radeau, sans voile ni gouvernail, inexorablement attiré par une tempête encore lointaine. Voilà tout. Plus tard, une tache pâle était apparue à l'horizon, nimbée d'une brume vacillante. Avec le temps, ce halo de lumière capricieuse pouvait avoir très légèrement grossi – à moins qu'inconsciemment il ait tenté de s'en rapprocher pour l'identifier enfin. Enfant, le marin se tenait de dos ; puis, parvenu à l'âge adulte, il avait discerné son visage, dont les traits évoquaient tant l'exaltation que la terreur. Peu à peu, cette figure lui avait semblé familière, se révélant finalement assez proche de son père, sans pourtant être son père. Le psychanalyste se serait empressé d'expliquer cette représentation onirique par une projection d'Anton à l'âge de l'Ivrogne ! De fait, et maintenant depuis quelques années, Petrack était passé du statut de spectateur à celui d'acteur au sein de son rêve. Et, s'étant reconnu comme l'homme du radeau, il avait réalisé que ses traits déformés ne devaient rien ni à la fascination ni à la peur, pas même à l'empreinte de la face tourmentée de l'Ivrogne, mais seulement au froid de ces eaux noires. Son attention s'était focalisée alors sur la tache claire dont il s'était si peu rapproché en tant d'années, et il distinguait de mieux en mieux, depuis quelques semaines à peine, une tornade qui la contournait sans cesse. En son cœur, discrètement, parfois il surprenait un éclat rutilant. Telle est l'ultime évolution du rêve qui obsède ses nuits.

Par contre, ce qui n'a jamais changé, c'est son réveil, brutal et cruel. La monstruosité du cauchemar ne réside pas dans les images ou la structure répétitive du songe, mais dans son interruption, qui le prive systématiquement de sa conclusion. Vers quoi dérive-t-il ? Et pourquoi, chaque fois qu'il ouvre les yeux, répète-t-il mentalement *vide et opposé* ? En quoi ces mots peuvent-ils l'aider ? Sa foi s'en trouve ranimée, son obsession ravivée, mais c'est tout. Il ne s'en dégage jamais rien d'autre, rien de concret, de palpable, d'utile. Ce rêve le hante depuis un demi-siècle, il infléchit son existence tout entière – il a toujours redouté que ce soit en vain.

Le commandant n'a jamais réussi à dater précisément l'apparition du rêve. Deux nuits se disputent ce triste privilège. S'il remonte à celle de la mort de l'Ivrogne, le songe doit être – nécessairement – analysé à la lumière du mot « culpabilité », bien qu'il lui en répugne. Puisque l'illumination promise lui est invariablement refusée, la raison plaide ainsi en faveur de cette hypothèse. Sa perception est contraire, il lui semble que le rêve est survenu avant, dès qu'il s'est entiché de ces deux mots. Dans ce cas, le commandant n'a rien à craindre d'aller jusqu'au terme du songe. Pourquoi cette conclusion ne lui est-elle toujours pas accordée ?

La raison contre l'instinct, encore ? Dans un débat sans fin le laissant sans réponse ? *Vide et opposé* – ce qui a fait d'Anton le commandant Petrack ? Qu'importe ! Cette nuit – dans ce bureau tout à son image, libéré de Double-Jack, la mémoire en éveil, bénéficiant d'une réputation bienveillante, unique détenteur de secrets dont il est capable de mesurer la « convergence », et relancé sur la piste du Pirate Sans Nom par une jeune historienne qui croit tout ignorer de l'Ivrogne –, Petrack ne peut réfuter la sensation que les pièces du puzzle, jetées par un fol étudiant quatre générations plus tôt, retombent enfin.

Le commandant sourit, mais ses lèvres se figent et sa poitrine tremble : le moment est venu, ses consignes transmises. Demain, dans quelques heures maintenant, Anton Petrack va *partir*.

11

Attendre la suite du récit de cette partie de cartes ne fut pas une mince épreuve. L'Ivrogne avait tenu les deux garçons jusqu'à une heure avancée de la nuit, ils manquaient de sommeil, l'un comme l'autre, et ne pensaient pas à autre chose. S'endormir sur l'énigme philosophique du *vide et opposé* qui l'obnubilerait bientôt n'avait pas détourné Anton de sa pensée : ces mots préfiguraient une séduisante collusion entre l'invention du Pirate Sans Nom et les légendes du Pavillon blanc. Si tel était le cas, il était donc question d'un trésor incommensurable.

Était-ce le cas ? L'Ivrogne affabulait-il ?

« Dépêche-toi, le pressa Jak.

— N'empêche. Réussir autant d'exploits sans jamais se faire repérer ! Invisible, quoi ! Et il était très jeune. C'est une tempête qui a stoppé son palmarès.

— Marche plus vite, t'avances plus quand tu parles.

— Toujours en mer, poursuivait Anton, il n'a pas eu le temps de dépenser son butin. Quel trésor ça doit être ! Tu l'imagines, toi, partager son or avec quelqu'un d'autre ? Les pirates n'ont plus de famille, qu'il a dit. Ni parent ni enfant. Donc, pas d'héritier !

— Magne…

— Il a plusieurs cachettes. Forcément. Des tas.

— T'oublies pas qu'on est des enfants respectables, maintenant, Capitaine ?

— Quoi, Tavernier ?

— Avant, on filait en douce, sans faire de bruit. Là, t'arrêtes pas de tout répéter. Tout le long du chemin, comme si ça suffisait pas de l'entendre, lui ! Moi, encore, ça passe… Tu disais qu'on devait pas se faire remarquer, surtout qu'on rentre de plus en plus tard…

— Un capitaine sait quand il doit se taire et quand il peut tarder.

— Un tavernier sait quand les ivrognes en disent trop…

— Je ne bois pas !

— Ben, y a son haleine… Des fois, ça suffit… »

Anton haussa les épaules. Heureusement, ils débouchaient sur les quais et ils se taisaient toujours à leur approche, réflexe du temps où ils étaient les voleurs du port – il y a quelques semaines encore… L'Ivrogne les attendait et les salua de loin, si visiblement pressé de reprendre son histoire qu'il en arracha un soupir de résignation à Jak, qui glissa à Anton : « Tu paries qu'il commence sans réclamer à boire ? »

Le vieil homme lui donna immédiatement raison.

« Là-bas, dit-il les yeux pétillants, j'étais mieux qu'un roi ! Mais asseyez-vous donc. Personne n'attendait rien de moi, je ne demandais rien à personne. Je me défendais plutôt bien aux cartes. La chance de l'insouciante jeunesse ne me trahissait pas et je n'avais pas à tricher si souvent. Qu'espérer de mieux ? Certes, je n'étudiais pas l'histoire de mes aïeux, pris moi-même en sandwich dans les rayonnages poussiéreux des sombres universités, mais, sans devoir manier le sabre, je vivais dans leurs îles paradisiaques, sous leur soleil resplendissant, aussi heureux qu'ils espéraient l'être un jour… Et libre, quant à moi et contrairement à eux ! Libre de rentrer et d'être bien accueilli. Qu'avais-je à redouter à ce propos : tout au plus un sermon ? Les semaines, les mois, plusieurs années ont passé sans que je me lasse de mes journées – à l'époque, pas une fois je n'ai songé à les dénombrer. Rends-toi compte, Morne-mer, j'étais ravi et comblé… Et je le savais ! Je le savais pertinemment… J'étais plus satisfait qu'aucun pirate, je ne craignais personne ! Peut-être quelques maris jaloux, oui. Mais bon… Juste de quoi apprécier ce qu'est la vie, sans charges, ni travail, ni menaces. Tu comprends ? Tu as sommeil, alors tu dors. Tu as faim, alors tu manges. C'est tout. Tu n'as même plus besoin de penser pour être heureux. Et cela, jusqu'au jour où un olibrius t'exhibe un manuscrit et que, tout à trac, tu n'es plus le même. Un autre sommeillait en toi, qui te reprend le gouvernail… Tu sais ce que je me suis dit, Morne-mer ?

— Non.

— Passe-moi à boire. Je me suis dit : "Je le veux." J'avais relevé plusieurs fois cette devise dans le premier fragment du manuscrit, ce gamin s'annonçait doué d'une détermination peu commune… Il fallait que je gagne, il me fallait absolument ce document. Tu vois ? Je n'étais déjà plus le même. Dis-moi : sais-tu jouer au poker ? Je veux dire, Morne-mer, si tu le sais vraiment…

— Pas du tout… »

Anton évita le regard de Jak et sortit de sa poche la première des deux flasques de rhum.

« Dommage… Ce soir-là, je n'en doute pas, ce fut un beau spectacle. Les autres joueurs voulaient profiter de notre rivalité pour nous affaiblir. Blackjack et moi avions trop en commun pour leur accorder une chance, nous nous sommes tacitement alliés pour les éliminer tous, les uns après les autres. Ensuite, alors là oui, la vraie partie a commencé… »

Tout en parlant, l'Ivrogne agitait la bouteille qu'il maintenait par le goulot. Anton s'installa plus confortablement. Jak affichait le sourire méfiant de son père, quand il essuyait les verres au bout de son comptoir et que des clients racontaient des choses à des filles.

« Une seule main. Nous connaissions nos cartes et nous ne les regardions plus. Il y avait lui et il y avait moi. Plus rien d'autre. Nous devions avoir les têtes ridicules des cow-boys qui s'affrontent dans un duel sans merci tourné en vingt-cinq prises… J'ai parlé le premier, pour demander à changer une seule carte. Il a fait de même, exactement, un siècle ou deux plus tard. Juste à mi-chemin, au centre de la table, mais légèrement décalé vers nous, il avait posé le manuscrit, de sorte que je puisse lire et relire la première page. C'était une feinte. Il espérait que je m'empresserais de l'apprendre par cœur, pour au moins sauver ça… Agir ainsi, c'était admettre que j'acceptais l'idée de perdre. Je la réfutais. Je la refoulais obstinément. Et ce n'était pas facile, crois-moi ! Cette belle écriture m'appelait… Tu pourrais me dire, Morne-mer, que c'était parfaitement idiot de résister à ce moment-là. Les jeux étaient faits. Nous avions chacun nos cinq cartes sur la table, nous en connaissions quatre. Ni l'un ni l'autre n'avions retourné la dernière entrée. Nous ne pouvions ni intimider ni divertir l'autre dans l'espoir de le pousser à la faute ou à trahir sa main. Mais nous n'avons pas cédé, comme deux gosses qui jouent à qui baissera les yeux le dernier… Nous aimions ça, je crois. C'est du moins ce que je pensais.

— Et alors ? demanda Anton après avoir attendu longtemps.

— J'étais aveugle. Aveuglé, plutôt.

— Vous avez perdu ?

— Dame contre roi. Cette dernière carte nous départageait. Et j'avais rentré le roi. Je me croyais le roi ! Le manuscrit était à moi.

— C'est fantastique !

— Je pataugeais dans cet enthousiasme ! Je n'ai jeté qu'un bref coup d'œil au touriste en chemise verte. M'emparer de ma mise m'importait bien autrement ! Cependant, son image s'était incrustée dans ma tête. Tout en caressant le manuscrit, je la revoyais, sans parvenir à en retirer toute la satisfaction promise. Il n'avait pas cillé. Ses lèvres n'avaient pas bougé. Il avait gardé ce même regard tendu. Rien n'avait changé, pour lui. La partie ne faisait que commencer, voilà ce que j'ai deviné alors, matelots. Pour lui, le véritable enjeu n'était pas ce bout de manuscrit. En dépit de toute sa valeur... »

Il déboucha enfin le flacon, rendit hommage au phare et en vida la moitié comme du petit-lait.

« Le véritable enjeu, c'était l'autre manuscrit ? le relança Anton.

— Exactement ! C'est exactement ce que je me suis dit... J'étais aveuglé, t'ai-je dit, tout comme toi, Morne-mer... Je ne voyais que ce que j'avais envie de voir. Sur le coup, je me suis dit qu'il avait perdu sciemment, qu'il avait peut-être changé une meilleure carte d'en l'espoir d'en tirer une mauvaise. Pourquoi, sinon pour me pousser à cette nouvelle manche ? Je demeurais incapable de poursuivre mon raisonnement plus loin. Ces pages me brûlaient les doigts. Pas un instant, Morne-mer, je ne me suis posé la bonne question...

— Quelle question ? s'impatienta Jak.

— Et moi, qu'ai-je à perdre ? Son tas de billets lourd comme une brique ? Sa chevalière hideuse ? Cette luxueuse prothèse horlogère où la marée dicte l'heure du déjeuner ? Ma joie se révélait contagieuse, les joueurs que nous avions écartés de concert fêtaient ma victoire – ils attendaient le moment où je prononcerais les mots magiques : "Tournée générale !" "Vous me devez une revanche", me coupa-t-il, impassible. "Et pourquoi cela ? J'ai gagné assez, ce soir, et je m'en tiendrai là !" lui ai-je menti. N'imagine pas un instant que je savais ce que je disais, j'improvisais ma défense. Le sentiment vague qu'il me manipulait m'incitait à devenir réellement imprévisible, à ne me tenir à aucune logique ; j'entendais tirer chacune de mes réponses comme s'enchaînent les numéros d'une loterie. La suffisance de ce touriste apathique, de ce quinquagénaire ventru me flouait de mon plaisir. J'ai reposé le manuscrit, je ne l'ai plus touché. Je me souvenais enfin que j'étais Qui-perd-gagne et je me suis lancé : "Les cartes, c'est comme le rhum : je jongle avec jusqu'aux frissons du vertige, jamais au-delà. Demain, je veux plonger en me sachant riche, assez riche du moins pour me saouler le soir ! — Je ne propose rien d'autre, jeune homme. Je mise les autres pages. Qu'avez-vous à risquer ? Tout ou rien... Réservez votre réponse, laissez passer la nuit, et même profitez de toute la journée qui s'annonce pour barboter à votre aise. Je serai là, demain, pour vous, à la même heure. Juste pour vous. Venez ou ne venez pas. Je ne vous proposerai qu'un seul échange. Le gagnant garde les deux manuscrits, l'autre ne perd que le sien. Apportez vos propres cartes, si vous voulez..." Vingt-quatre heures de réflexion, c'était toute une journée pour étudier ce manuscrit et en évaluer l'intérêt véritable.

— Pas évident. Ce manuscrit était plus gros que l'autre, le remettre si vite en jeu...

— Certes... Mais qui se soucie de l'enfance d'un pirate ? Les progrès de la psychologie moderne permettaient de l'imaginer sans trop de marge d'erreur. Cette lecture sanctionnerait le degré de pertinence des hypothèses en vogue, mais ce n'était pas ma discipline. Par contre, le récit des derniers jours d'un capitaine aussi mystérieux, d'un pirate si différent des autres... D'un homme qui sait probablement qu'il n'a plus rien à perdre et personne à qui confier ses secrets – sinon pourquoi se donner la peine d'écrire... Je feuilletais ces pages que je venais de gagner, mes yeux incapables d'en déchiffrer les lignes, je les voyais comme des dessins ivres que vomissait un buvard hoquetant. Quand j'ai relevé la tête pour accepter le défi, Blackjack avait disparu. Il ne s'était pas risqué à attendre ma réponse, il s'était éclipsé... Pourquoi cette mise en scène ? Vingt-quatre heures, me suis-je répété, il me reste vingt-quatre heures... »

Anton acquiesça : les dernières pages présentaient mille fois plus d'intérêt que les premières – qui se préoccupait, effectivement, de la genèse d'un flibustier ? Sans ce document, l'Ivrogne – ou le Bouffon-savant, ou Qui-perd-gagne, quel que soit son nom d'alors – ne pouvait pas établir de lien entre le Pirate Sans Nom et le Pavillon blanc. Il se demandait également si les illustrations renfermaient des indices sur ses cachettes, si le texte évoquait de récentes escales ou des mentions utiles à propos de l'île sur laquelle le pirate écrivait ses Mémoires.

« J'ai lu et relu ce manuscrit, si bien que...

— Avez-vous appris quelque chose ? le coupa Anton.

— Quelque chose ? Oh, oui, bien sûr. Cet enfant...

— Sur le trésor ! Sur l'identité du Pirate Sans Nom ! Sur le mystère du Pavillon blanc : était-ce un seul capitaine ou une demi-douzaine ? C'est ça que je veux savoir !

— Dans ces pages ? Non. Pas de preuve directe de ma théorie, sinon que je lisais une histoire fondée sur la trame que j'avais inventée pour lui. J'en avais perdu la notion de l'heure, je n'ai plongé que tard, une fois bien affamé. Moi qui chaque matin partais pêcher mon petit déjeuner, je m'apercevais dans l'eau que je n'avais pas pris mon harpon...

— On s'en fiche, gronda Jak.

— Non, gémit l'Ivrogne. Non... Je venais de changer mes habitudes, c'est important ça, pour la suite de mon histoire. En sortant de l'eau, je n'ai pas ri de moi. Pour la première fois, j'ai acheté du poisson à un pêcheur. Acheté... J'ai jugé aussitôt toute recette dix mille fois trop longue à faire, je ne me suis pas accordé le temps de cuisiner mes provisions. J'ai donc sauté mon repas. J'ai agi comme si j'étais à Paris, dans une bibliothèque ou à mon bureau, persuadé d'avoir tellement mieux à faire que manger ou pisser : je devais jouer et gagner, le soir même...

— Et vous avez gagné ? s'impatienta Anton.

— Ah, matelot... Morne-mer, j'avais si peur de perdre, j'avais tellement hâte de gagner... Cette première lecture attestait d'une personnalité singulière ; plus j'y songeais et plus il devenait évident qu'un tel individu méritait l'hommage des légendes, et bien davantage encore ! Quelle force de caractère, quelle volonté lucide... Cette jeunesse, rude, brutale, inique, cette jeunesse annonçait l'idéaliste que j'avais entrevu. Morne-mer, j'avais à portée de main la preuve irréfutable que mon pirate dépassait tous les autres, que mon pirate avait bel et bien existé ! À portée de ma main...

— Et...

— Et j'ai joué comme il convient de jouer, c'est-à-dire sobre et reposé.

— Et ?

— Nous avons tout misé sur une seule passe, sans possibilité de changer nos cartes. C'était un jeu neuf, que j'avais moi-même apporté. Elle regardait ailleurs...

— "Elle" ? Qui ça ? Vous avez perdu ?

— Oui, hélas, oui, j'ai perdu ! Comprends bien, Morne-mer... Je m'étais perdu moi-même. Je n'étais plus ivre, tu comprends, ma bonne étoile ne pouvait pas me reconnaître... Elle me cherchait sur le chemin de la plage, sans doute, affalé ou dégobillant, ou bien dansant de manière obscène dans quelque bouge... Mais certainement pas propre et frais, tel un touriste tout rose au sortir de sa douche. Elle ne m'a pas reconnu... »

12

L'Ivrogne acheva sa dose de rhum d'une traite et balança la bouteille dans le rai du phare.

« Avant de jouer, j'avais eu la présence d'esprit – j'étais si sobre – de consulter le document, prétextant d'en vérifier l'authenticité. Blackjack s'était volontiers prêté à ma requête, sachant que si je commençais à parcourir ce texte, ma détermination s'en trouverait décuplée. Et ma peur de perdre tout autant… Je n'avais pu que le feuilleter succinctement, à nouveau, ne lisant à la volée que quelques passages et tentant surtout de graver dans ma mémoire les deux dessins qui l'illustraient. Blackjack était pressé de jouer… Et de gagner, donc. »

Le regard de l'Ivrogne se figea une fois de plus sur le phare, interrompant net son récit, sans qu'il soit possible à Anton de déterminer si cette hébétude prenait sa source dans le rhum ou dans le souvenir de cette partie. Il hésitait à sortir la seconde flasque.

« Quelque chose n'allait pas…, finit par reprendre l'Ivrogne. Blackjack avait récupéré son bien et l'avait enfourné sans respect dans son porte-documents. Puis, il a reposé celui-ci devant lui et il s'est tu. Je manquais de repartie. Qui-perd-gagne aurait su quoi dire, lui… "Match nul…" Voilà tout ce qui m'est venu à l'esprit. Il ne m'a pas entendu, ou fait comme si. "Je vous ai accordé une revanche, ai-je insisté, vous me devez la belle." Silence. Il n'a pas desserré les lèvres ni n'a secoué la tête. Juste un haussement de sourcils. Était-ce si saugrenu ? J'étais désemparé : il m'avait manœuvré pour m'amener à ce moment précis. Il devait accepter de relever ce défi, sinon rien n'avait plus de sens ! Et il ne bougeait pas. Qu'attendait-il ? Que je fixe l'enjeu ?

— Mais c'est lui qui avait les manuscrits.

— Et je n'avais rien à lui offrir, Morne-mer. Je ne possédais rien ! Tout ce que j'avais apporté avec moi ou gagné depuis, j'avais tout converti en rhum... Que pouvais-je aligner sur la table qui mérite sa mise ? Je tentais de réfléchir, mais je n'en avais toujours pas la moindre idée alors qu'il faisait danser ses fesses sur son siège. Il allait se lever, partir. Je devais trouver, là, maintenant. C'est alors que j'ai entendu ma bouche énoncer une suite de mots dont je n'ai perçu la portée qu'une fois l'affaire conclue. Je venais de promettre une carte. Mais quelle carte ? La carte de l'île. De quelle île ? Celle qui figurait dans le manuscrit... »

S'il s'en tient à la description de l'Ivrogne, le commandant voit Blackjack comme une masse tout en mollesse, à l'opposé de la puissance rugissante de son petit-fils – et ancien associé. Leurs caractères ne diffèrent guère : Jack Blackjack et son aïeul partagent assurément la même aptitude à manipuler et à trahir. D'un rictus, le commandant salue l'habile manœuvre en trois temps perpétuée par l'ancêtre de Jack : appâter, ferrer, cueillir.

L'Ivrogne avait-il été vendu par son éditeur, désireux de monnayer cet investissement qui tardait tant à se rentabiliser ? Ou par son maître d'université, dans l'espoir de le sauver de la lie ? Ou bien par quelque touriste cocufié ? Blackjack ne s'était pas engagé dans ce poker avec une simple figure locale. Le Bouffon-savant transparaissait assez sous Quiperd-gagne pour définir lui-même sa contribution. Blackjack lui extorquait son unique richesse : sa connaissance exclusive des mers des Caraïbes et de l'histoire de chacun de ses pirates, son intelligence pour la flibusterie, sa capacité à jongler avec les faits et les dires de tous pour reconstruire l'itinéraire d'un seul. Blackjack voulait ce qu'Anton voulait : le trésor. Et seul ce jeune historien pouvait l'y conduire.

Anton exhiba la seconde flasque et la tendit à l'Ivrogne.

« Qui-perd-gagne n'aurait jamais agi de la sorte ! L'abstinence m'avait abusé, laissant resurgir le digne fils de notaire que j'étais encore, malgré tout… Pire : l'honorable professeur d'histoire que j'avais refusé de devenir l'accompagnait. Tous deux se sont penchés sur ces dessins maladroits et les ont mémorisés à tout jamais. Voilà ce qui m'a vaincu. Ou ma chance, va savoir !

— Votre chance ou votre défaite ?

— L'un et l'autre…

— Je ne comprends pas…

— Qui-perd-gagne s'en serait moqué ! Il aurait ignoré l'enjeu et l'adversaire. Il aurait joué pour jouer ! J'aurais dû… ah, j'aurais dû boire, arriver en retard, réclamer des danseuses et me trémousser avec elles sur cette table même ! Voilà ce que j'aurais dû faire : séduire mon étoile, m'offrir en spectacle jusqu'à ce qu'elle se joigne à moi ! Blackjack aurait perdu de sa superbe, il aurait douté de la valeur de son enjeu. Et les cartes ne m'auraient pas trahi, elles ! Ah… Tempête le sait certainement, et tu dois t'en douter aussi, Morne-mer : un homme saoul se blesse rarement en s'affalant, il se relève sans y penser, c'est tout juste s'il garde le souvenir de sa chute. Eh bien, mon existence a basculé à ce moment précis où Blackjack a retourné ses as : je suis tombé. J'ai tout perdu cette nuit-là, Morne-mer, le manuscrit, ma vie et ma bonne étoile…

« Mais le Bouffon-savant n'était pas ivre. Une fois à terre, j'ai pris la mesure de ma déchéance et j'ai voulu la regarder en face, bien en face. Ce n'était pas une bonne idée, aucun poivrot ne commettrait une sottise pareille ! Mon passé n'était qu'une mayonnaise mal prise de prudence provinciale et d'arrogance estudiantine ; mon présent, qui me suffisait la veille, qu'un abrutissement des sens. Quant à mon avenir, les cartes venaient de m'en déposséder. Ivre, j'aurais admis que, n'ayant plus rien, je n'avais plus rien à perdre, et que j'étais enfin libre – et je me serais saoulé, pour de bon. Encore et encore. Mais sobre, Morne-mer, sobre : j'ai voulu comprendre, vois-tu. Et agir… Quelque chose devait changer, et, à l'évidence, ce quelque chose à changer… c'était moi.

« J'étais venu sur cette île pour collecter des légendes, mais pouvais-je poursuivre cette existence – nager, boire ? Non, tout ça, c'était fini. D'un seul coup, comme ça. Fini… Je devais redevenir l'historien qui décode l'Histoire entre ses lignes, l'explorateur de ses non-dits, le défricheur de ses mystères ! Pas l'étudiant, le professeur… J'avais la matière et la raison, les compétences et le temps… Alors, j'ai pris mon destin en main et je suis devenu le Déchiffreur… Avec quelle terrible hâte je me suis remis au travail… Santé. »

L'Ivrogne promena le flacon devant lui, comme s'il battait une mesure à trois temps.

« Vous avez retrouvé l'île ? le relança Anton.

— Dans les deux années qui ont suivi, j'ai cru la reconnaître trois ou quatre fois. Ce n'était pas facile… Je ne disposais d'aucune description réaliste, à mieux les regarder ces dessins évoquaient davantage une île aux allures fantastiques. Et, il faut l'admettre, notre mémorialiste n'avait guère de talent pour les beaux-arts ! Son travail transpirait l'application lourdaude de l'écolier, à se demander s'il ne recopiait pas un modèle, la langue coincée dans une joue et un pied battant la chamade ! Voilà ce que je pensais, pour parler franc, et qui m'inquiétait au plus haut point : comment fonder des recherches sur des indications aussi imprécises et sujettes à interprétation ? Mon enthousiasme retombait devant l'ampleur et la complexité de la tâche…

« La première illustration, la plus utile à mes yeux, montrait l'île vue du large. C'était grâce à elle que j'éliminerais le plus grand nombre de possibilités. Une masse pyramidale se dégageait d'un brouillard dense. Du moins, une forme montagneuse subsistait malgré un épais gribouillage à la plume. Mais les traits étaient espacés, comme pour désigner une lumière plaquée contre la falaise. Était-ce un simple rayon de soleil qui filtrait dans les nuages et se frayait un chemin pour luire contre la roche ? Logiquement, tant de brume l'aurait occulté. Quoi d'autre ? Comment faire la part entre ce qu'il croyait figurer et ma propre subjectivité ? Un peu en avant-plan, des récifs se succédaient avec une certaine régularité. Ma fantaisie voulait les considérer comme les piliers d'une arche éboulée… Vous voyez, tout le nécessaire pour emballer l'imagination.

« Dans le second dessin, notre capitaine représente une partie de l'île, mais vue de l'intérieur et à partir d'un promontoire. La première fois, toute mon attention s'était concentrée sur le navire que je croyais échoué lors d'une tempête. Ce ne fut qu'ensuite que je réalisais que c'était une scène nocturne et que la lumière capricieuse que j'avais attribuée aux intempéries provenait d'un incendie qui embrasait le vaisseau. Les deux options se disputaient ma préférence. La logique exigeait que ces triangles clairs qui marquaient les gréements fussent des récifs fouettés par l'écume, et non des voiles intactes parmi les flammes…

— Des voiles qui ne brûlent pas ? Cette piquette ne te vaut rien, l'Ivrogne ! »

Le vieil homme se tourna lentement vers Jak. Il ne prononça pas un mot, il se contenta de le regarder. Anton n'avait jamais vu l'Ivrogne que les paupières mi-closes ou les grands yeux rieurs, mais toujours chapeautés d'un entortillage de sourcils et de rides.

Son front, cette fois, s'était déplissé. Avait-il considéré Blackjack avec cette détermination impavide ? Juste avant que Jak se liquéfiât, le vieil homme ingurgita une longue rasade et reprit son récit, comme si de rien n'était. Aussitôt, son front se stria d'autant de stores qui tombent.

« La logique et ses ravages... L'auteur avait également représenté deux lagons concentriques qui partaient du pied de la falaise. Est-ce logique ? Je n'avais jamais vu un tel atoll. Au moins, me disais-je, ces caractéristiques singularisaient suffisamment l'île pour certifier son identification – encore fallait-il la reconnaître du large, escalader le même sommet et retrouver le point de vue où son lagon se dédoublait... Et, là, espérer apercevoir, deux siècles plus tard, les traces du brasier fantastique qui avait enflammé l'imagination du pirate !

« Une île aussi montagneuse que lumineuse, nappée de brouillard, les restes d'un navire calciné, d'étranges récifs, deux mystérieux lagons..., continua-t-il une fois achevé le rhum apporté. Mais quelle hauteur, la montagne ? Quelle superficie, l'île ? Impossible de s'en douter. Est-ce un îlot isolé ? Ou peut-être appartient-elle à tout un chapelet d'îles qui n'a pas été représenté... Sur quelle certitude affirmer qu'elle se niche dans les Caraïbes ? Une hypothèse plus terrible s'était frayé un chemin jusqu'à s'imposer à moi cette nuit-là : et si ce texte était l'œuvre d'un dément ? Seul le souvenir de la reproduction du Pavillon blanc en signature du manuscrit m'a convaincu de ne pas aussitôt tout abandonner... Encore que, bien des fois, je me suis reproché de fonder tous mes espoirs sur ce seul indice, alors que jamais je n'ai pris la peine de vérifier si la légende du Pavillon blanc se retrouvait, telle ou non, sous d'autres latitudes ! »

La bouteille vide entre les mains, l'Ivrogne demeura à nouveau un long moment silencieux. Anton se reprocha d'avoir distribué trop vite son rhum.

Parlerait-il encore ? Dans son coin, légèrement en retrait, Jak s'agitait, à sa manière. Ses genoux commençaient à trembloter, il marmonnait sans décoller les lèvres, ses yeux dansaient depuis un moment. Il était temps de partir. S'ils tardaient trop, Anton peinerait à le ramener demain soir. Mais quel dommage de s'en aller maintenant, il restait tant à entendre.

« Ah, Morne-mer, ces dessins m'inspirent une vision de cauchemar qui me guette, depuis, chaque nuit où je ne bois pas. »

Anton hésita. Ces mots le mettaient mal à l'aise, comme s'ils possédaient un pouvoir et entraient en résonance au plus profond de lui. Le jeune garçon n'était pas sûr de vouloir en savoir davantage, et cette crainte qui ne lui ressemblait guère le surprenait – pas l'idée du lâche, mais la nature obscure de sa peur : comment peut-on redouter le cauchemar d'un autre ?

Jak interpréta tout autrement son attitude, il se leva pour se diriger droit sur l'Ivrogne, lui arracher la flasque des mains et la jeter à la baille, mais finalement il fit volte-face avant d'atteindre le vieil homme.

« On s'en va, décréta-t-il.

— Hé !

— Tu ne viens pas ? Tant pis. Moi, j'y vais. »

Jak n'attendit pas, il s'éloignait déjà.

« Encore un mot et j'arrive », lui répliqua Anton qui refusait un tel ultimatum, et d'autant moins qu'il considérait détenir l'exclusivité de cette tactique.

« Vous avez revu Blackjack ? » articula-t-il soigneusement, d'un ton détaché et d'une voix parfaitement audible.

Cette question en valait une autre, elle ne devrait pas lancer l'Ivrogne dans une trop longue réponse, et Jak douterait de l'effet de sa ruse. De fait, ses pas se firent moins décidés, puis ils cessèrent. Sa grande masse se découpait sous l'éclairage du réverbère le plus proche – il n'était pas allé si loin, il leur tournait le dos.

« Deux ans plus tard… Deux années avant que je croise à nouveau sa route, ou plutôt qu'il ne me retrouve. Mais cette fois, Morne-mer, j'étais ivre et je dansais… »

Anton acquiesça et fit demi-tour. Tout en rejoignant son ami, il imaginait Qui-perd-gagne, tout de blanc vêtu, juché sur une table, sur fond de palmiers, de sable fin et de mer turquoise, esquissant les pas d'un rigodon, une bouteille à la main, sous les applaudissements de dix femmes aux seins caressés par des colliers de fleurs…

« J'ai fait une erreur avec le rhum, annonça-t-il tout de go à Jak un peu plus loin. Tu avais raison : plus on lui en donne et plus il en veut. Demain, une seule flasque. Et une petite. À lui de s'y faire !

— Ah bon, on revient demain ? » bougonna Jak.

13

Le premier problème auquel s'était heurté l'Ivrogne fut l'argent. Qui-perd-gagne ne mangeait que ce qu'il pêchait et s'endormait à la belle étoile. Dorénavant, il devrait voyager, non plus au gré des invitations qui viendraient l'honorer, mais selon un itinéraire conforme à la route suivie par le Pavillon blanc : il lui faudrait donc payer sa place. Il devait également trouver des habits, c'est-à-dire renouveler une garde-robe riche d'un short et de deux chemises, afin de recouvrer une respectabilité et de mériter la confiance des autochtones, conteurs ou autorités locales. Et se procurer de quoi écrire, envoyer des lettres sur le continent, acheter des livres, des cartes, des instruments… Bref, pour la première fois depuis qu'il vivait sous les tropiques, il avait besoin d'argent.

« Mais comment trouver de l'argent ? En demander aux miens, écrire à mon éditeur ? J'étais désemparé, Morne-mer : après seulement trois années de belle vie, j'avais oublié qu'on ne trouve pas l'argent, et il me fallut longtemps avant de réaliser qu'on peut aussi le gagner ! J'allais devoir travailler, pour la première fois de mon existence. Or, ma seule expérience approchante se limitait à quelques cours *donnés* à la Sorbonne… »

L'érudition et la fantaisie du Bouffon-savant l'avaient ainsi désigné pour devenir le guide des touristes avides de se lancer à la poursuite des pirates légendaires. L'expérience s'était montrée plaisante. Puiser dans ses connaissances comme on évoque mille souvenirs de jeunesse et partager son enthousiasme pour la légende noire sans crainte de se dévaloriser aux yeux de ses interlocuteurs n'étaient pas ses seules satisfactions, ni les principales. Ce qui s'était révélé réellement jouissif, c'était l'improvisation. Déplacer le site d'événements célèbres entre deux sorties, à seule fin de se tenir à l'itinéraire imposé par sa quête, enrichir les exploits de tel ou tel flibustier pour mériter une journée d'excursion supplémentaire, ça, c'était du grand art... Hélas, il y avait tant à faire !

Le stratagème se révéla diablement efficace, mais les occasions manquaient. Il avait espéré passer d'un voilier à l'autre, enchaîner les engagements ; il n'en fut rien. Le tourisme demeure une activité atrocement saisonnière, et les vacances sédentaires au soleil plus attrayantes que le cabotage culturel ! Sans compter les caprices du climat... Trop souvent, il se trouvait contraint de stationner plusieurs semaines sur une même île, rapidement dénuée d'intérêt. Et ses économies en pâtissaient. Il devait se dénicher une autre profession. Il s'était donc fait plongeur, mais pas en eaux profondes. Contre peu de salaire, mais nourri et couché, il lavait la vaisselle dans les hôtels et les tavernes. Sa corvée achevée, il sautait par-dessus le comptoir et s'adonnait au poker. Pas question pour autant de laisser Qui-perd-gagne remonter à la surface au risque de s'imposer, il se contentait d'entretenir sa forme et de signaler sa présence à Blackjack – au cas où...

« Au terme de ces deux années d'une discipline de vie exemplaire, je me suis risqué à dresser un bilan en trois points, après quoi je me suis saoulé plutôt tristement, tout enclin à redevenir Qui-perd-gagne. Premièrement, je savais où l'île n'était pas. Deuxièmement, je savais que la transcription des traditions orales que j'avais lue à l'université était correcte et intègre. Troisièmement, je savais jouer au poker – et, en retour, les cartes m'aimaient, au point que je m'intéressais à leur symbolisme et corsais progressivement mon jeu en m'en inspirant. Voilà tout. Deux années consciencieuses succédant à trois d'oisiveté totale. Cinq années après la Sorbonne et une avance d'un éditeur pour un recueil qui valait un billet pour le professorat !

« À vingt-six ans, après avoir rompu avec ma famille, avec mon milieu, avec mon pays, ni Bouffon-savant ni Qui-perd-gagne, j'ai ressenti un grand vide. Nager sous l'eau n'était plus un plaisir sans fin, mais une manière familière de m'isoler. Quant à boire, le Déchiffreur se tenait dans la demi-mesure, concédant à l'automatisme du geste sans prétendre à son frisson. Je ne goûtais plus rien, je n'étais plus rien... À quoi bon poursuivre, Morne-mer, je te le demande ? La promesse de la partie de poker appartenait bien au passé ; tout ce fatras rocambolesque n'était plus qu'un sombre souvenir, encore une occasion ratée... Parfois, sous l'eau, je jouais avec l'idée de ne pas remonter... Et si cette idée me prenait pour de bon ? La familiarité même de l'option d'abandon me révulsait. »

L'Ivrogne absorba une brève rasade et parvint de justesse à écraser un rot avant de reprendre : « *Hé, fiston...* — Quoi ? demandai-je. — *Par ici...* — Hein ? Qui me parle ? insistai-je — *Je peux t'aider...* — M'aider ? Quand tout m'abandonne, tu voudrais m'aider..., doutai-je encore. — *Nous sommes du même sang, c'est naturel.* — Je ne suis pas certain d'en être honoré, m'indignai-je. — *"Honoré", dis-tu... L'honneur du pirate ne s'embarrasse point des belles manières : en homme libre, il va droit au but. Tu es un sot.* — Sais-tu vraiment à qui tu parles ? m'insurgeai-je. — *Certes. À un sot doublé d'un prétentieux. Et cela, tu ne le tiens pas de moi.* — Mais comment oses-tu..., tentai-je de m'imposer. — *Silence, petit clerc. Assez de discours, tu n'es pas à la Sorbonne. Pense en pirate!* — Mais..., essayai-je vainement de le couper. — *Si l'exercice dépasse tes facultés, pense en animal, alors! En matière de piraterie, ça ne devrait pas te dépayser, étant donné l'opinion que tu propages à notre propos. Quand tu chasses, tu renifles la piste de tes proies, et qui te chasse fera de même pour te retrouver. Où caches-tu tes petits?* — À l'écart, admis-je fort piteusement. — *Et où as-tu cherché? Vois où mène de penser comme un homme vertueux. Ivre d'un bon rhum, tu aurais écouté ton sang.*

— C'est pas drôle, l'Ivrogne, clama Jak.

— Mais c'est l'exacte vérité.

— L'exacte vérité? Le Pirate Sans Nom qui te faisait la causette?

— Parfaitement d'accord! D'ailleurs, avant que tu ne m'interrompes, je m'apprêtais à le lui dire: "Tu n'es pas le Pirate Sans Nom. — *Quel pirate aiderait un pilleur de trésor?* — Mais qui es-tu, alors? m'inquiétai-je tardivement. — *Ton sang.* — Mon sang? repris-je incapable de comprendre ce qu'il voulait me dire en répétant ces mots. — *Ton propre sang, noir car sans pitié.*" L'exacte vérité est là, Tempête. Je ne savais plus boire, depuis trop longtemps.

— Tu t'es rattrapé depuis.

— C'est une métaphore. Et, Tempête, cette image signifie que j'avais pensé selon ma formation, en historien et en fils de notaire, pas en pirate. Je devais devenir un pirate, du moins penser comme tel... D'où la voix. D'où l'insistance sur le sang, autre métaphore. Le noir désigne les forbans en raison de la couleur de leur drapeau. Noir, c'est l'abordage. Rouge, l'assaut sera sans pitié.

— Et blanc?» l'interrompit Anton qui s'était gardé d'intervenir mais qui n'entendait pas laisser Jak dévier l'Ivrogne de son histoire.

«Hormis Misson, jamais aucun forban n'a utilisé le blanc comme étendard, Morne-mer. Enfin, aucun sauf le mien... Étrange personnage, doté d'une double personnalité. Celui que je considérais comme un génie monstrueusement obsédé par son anonymat s'illustrait en "libérant" quelques transports de bois d'ébène. Je ne doutais plus qu'il s'agissait du même, leurs trajets coïncidaient, je venais de le vérifier sur place. Mais si j'acceptais d'adhérer à cette hypothèse, le regard que je portais sur sa légende m'obligeait à prendre en compte un fait que nul conte n'a relevé : un pirate n'a pas autorité pour affranchir un esclave. Il peut le libérer, mais en le condamnant à se cacher, toute sa vie durant. Mieux vaut rester en esclavage que d'être repris, le sort réservé aux évadés, aux marrons, a toujours été des plus cruels...

— D'où l'île... Il les installe sur une île...

— Oui, Morne-mer. Il ne les débarque pas n'importe où, mais sur une île loin des routes maritimes. Jusqu'alors, j'avais concentré mes recherches sur le théâtre des exploits de mon personnage, alors qu'au contraire il devait s'en écarter pour mettre ces pauvres bougres à l'abri de la civilisation... Que de temps perdu – deux années, quand même – à reconstituer scrupuleusement cet itinéraire ! Voilà ce que c'est que de penser en historien consciencieux et pressé de le démontrer !

« Rien ne sert de courir, la tortue de La Fontaine a bien raison. Et l'irrévérencieux aïeul qui s'était fait passer pour le Pirate Sans Nom aussi ! Il y avait plus simple, pour qui se donnait la peine de penser avant de se jeter à la tâche. Il me suffisait de privilégier les coordonnées des négriers abordés, puis celles de l'endroit où le Pavillon blanc ou le Pirate Sans Nom se manifestaient ensuite. En tenant compte des vents et des courants, il me restait à estimer dans quelle direction son navire était allé, et la durée d'un tel trajet. Ainsi, je délimitais une demi-douzaine de secteurs où chercher une île discrète, naturellement protégée par une écharpe de brume. Une île qui ne figurerait sur aucune carte de l'époque.

— Et alors ? le relança Anton.

— Ah, quelle impatience ! Au printemps suivant, Morne-mer, j'ai aperçu une île qui lui ressemblait. Enfin ! L'île fantôme. C'est le nom que je lui donnais, car elle était si petite qu'elle n'apparaissait sur aucune carte, même récente. »

Le plus difficile consistait à convaincre des touristes de voguer loin des routes et des îles connues. Laisser entendre qu'ils allaient à la recherche d'une île au trésor aurait suffi, mais il n'envisageait pas de partager ce secret avec quiconque. Qui-perd-gagne ayant évincé le Bouffon-savant, c'était entre joueurs de poker et amateurs de rhum que les destinations se décidaient. Le Déchiffreur perdait quand les cartes profitaient à son exploration, gagnait quand il fallait changer de cap... Au pire, il amassait de quoi dédommager des pêcheurs qu'il détournerait de leurs projets sous des prétextes quelconques, comme l'observation d'une espèce rare de tortues.

Si cette démarche hasardeuse se montrait plus lente que la précédente, elle présentait un avantage non négligeable : de son côté, Blackjack finirait par croire que le jeune historien recouvrait son ancienne vie, préférant, aux portulans des historiens avides, les cartes à jouer. Mais le laisserait-il en paix pour autant ?

« Nous rentrions d'une croisière que j'avais fait s'éterniser plus de quinze jours au large de Cuba quand nous avons été déviés par une tempête. Nous retournions alors vers *Tortuga*, et je pérorais sur les difficultés que les galions éprouvaient pour manœuvrer dans de pareilles conditions lorsqu'un courant nous a fait dangereusement dériver jusque dans le golfe du Mexique. Pendant plusieurs heures, nous avons lutté pour tenter de lui échapper. À bord de ce yacht, j'étais celui qui connaissait le mieux le secteur, je ne le parcourais pas pour la première fois. Jamais je n'avais constaté ou entendu parler de ce phénomène. Ou notre compas nous trompait, ou ce courant était dû à des circonstances particulières, des intempéries peut-être. Je ne suis pas expert, mais il était là et menaçait de nous emporter. »

Anton peina à maîtriser le malaise qui s'était à nouveau emparé de lui. Pourtant, l'Ivrogne n'avait pas évoqué son cauchemar récurrent, mais ses mots décrivaient les composants de celui d'Anton. Il n'y manquait que le radeau auquel l'enfant se cramponnait, se réveillant parfois les mains refermées sur les montants de son lit.

Personne ne devait savoir. Anton relâcha son corps pour concentrer son agitation dans ses orteils – leur contraction demeurait invisible dans la pointe de ses chaussures, les tendons du mollet ne se raidissaient pas au point d'être remarqués.

« Le ciel était couvert de nuages que déchiraient parfois des éclairs heureusement lointains, poursuivait l'Ivrogne. Nos moteurs à pleine puissance n'y pouvaient rien. J'ai proposé d'accompagner le mouvement et de gagner de la vitesse dans l'espoir de lui échapper à sa première faiblesse, mais on ne m'a pas écouté. Ils luttaient contre les forces de la nature en lui opposant des chevaux-vapeur. Pauvres fous ! Mais comment leur donner tort ? Cent fois, la mécanique les avait sauvés, ils se croyaient intouchables… Je me suis campé à la proue pour défier l'horizon : autant voir la mort en face ! Dans la nuit noire, une tache claire m'est lentement apparue. De l'écume hérissait les crêtes fatales d'un ensemble de récifs. Nous nous dirigions en sa direction. J'ai alerté mes compagnons d'infortune et les ai suppliés de m'écouter. Ils se sont entêtés et j'ai regagné mon poste de vigie. La mort montre-t-elle les dents ? Pour mordre ou pour sourire ? »

Anton contracta tout son corps et retint sa respiration. *Une pierre ne ressent rien, une pierre ne pense pas*. Dix secondes en extraction de tous les mondes. Ni conscience ni débordement. Un tumulte invisible. *Une pierre ne flotte pas, ne dérive pas, ne meurt pas.*

« Tandis que nous nous rapprochions inexorablement des traces d'écume, la tempête s'éloignait et le jour a commencé à pointer. Le courant perdait de sa vigueur, si bien que nous sommes parvenus d'extrême justesse à nous en écarter alors que nous distinguions les récifs à l'œil nu… Nous avions raison, moi comme eux. Et tort, tout autant: la nature avait décidé de reporter son arbitrage à une autre fois, et je ne m'en plaindrais pas. Devant nous, la brume s'effilochait langoureusement, laissant apparaître par intermittence les falaises abruptes d'un îlot. Ce serait mentir que laisser entendre que j'y découvrais une réelle parenté avec le dessin de l'île fantôme. Mais… j'avais envie que ce soit elle. J'étais las du poker et de ces ruses perpétuelles. Peut-être que ma bonne étoile venait de tester ma détermination: je nous croyais perdus, dans tous les sens du terme – et si nous avions trouvé? Pourtant, objectivement, ce n'était qu'un îlot non répertorié, comme il en existait alors des centaines et des centaines: la photographie aérienne débutait à peine et elle avait mieux à faire… J'ai noté mentalement ses coordonnées et laissé mes hôtes s'inquiéter des avaries subies par leur magnifique yacht. Alors que nous mouillions au large de l'île, j'ai réclamé un canot pour aller y jeter un œil. Il fallait être fou pour y songer, m'a-t-on assuré, car le courant sévissait toujours, bien que plus faiblement. À la faveur d'une trouée de brume, j'ai désigné le dessin d'une pointe rocheuse qui s'avançait en mer et que le courant léchait vers l'est: par chance, nous nous trouvions du bon côté. Ils m'ont laissé y aller en m'imposant d'être de retour avant midi, sinon ils partiraient en essayant de ne pas oublier d'envoyer plus tard des pêcheurs à mon secours. Je les avais tant et si bien malmenés aux cartes que je ne doutais pas un instant de leur résolution. »

14

« Une pluie battante m'accompagnait. La mer était houleuse et je remerciai le dieu des rescapés, qui s'était montré si distrait quelques minutes plus tôt, d'avoir doté ce canot d'un petit moteur… Même si le courant se trouvait nettement canalisé d'un seul côté de la pointe, les remous et tourbillons qu'il générait à proximité m'obligeaient à décrire un large détour. Voyais-je ce que je désirais tant voir, ou bien cette avancée rocheuse formait-elle un dôme assez accentué pour évoquer, aperçue de loin, une véritable montagne ? La première illustration du manuscrit ne possédait aucun élément de repère quant à son échelle. De même, la perspective ne rendait pas justice à ces rochers émergés qui dessinaient les piles d'un pont naturel dont les flots avaient dévasté le tablier. Les brisants s'y fracassaient dans des brassées d'écume, j'ai décidé de les contourner. Quels caprices de la nature avaient modelé cette trompeuse ruine humaine ?

« Si j'avais disposé de plus de temps, j'aurais aimé pousser plus loin et faire le tour de l'île afin de mieux la connaître avant de m'y aventurer. J'ai coupé au plus court selon le chemin le plus sûr. À l'abri de ces brisants singuliers se nichait une crique peu profonde, surplombée par une falaise qui tombait à pic dans l'océan. Par chance, j'ai aperçu juste devant moi une plage minuscule et je me suis échoué sans peine contre son sable. En soupirant une dernière fois contre l'urgence qui m'interdisait d'inspecter cette paroi aux stries rectilignes qui s'élevaient vers la pointe rocheuse, j'ai calculé le peu de temps dont je disposais. Retourner au yacht serait plus long qu'à l'aller, je n'avais donc qu'une heure devant moi. Une demi-heure aller, une demi-heure retour. C'était peu, ridiculement insuffisant. Mais je ne jouissais pas de plus de liberté – sauf à envisager leur offre de m'abandonner à la bonne grâce des pêcheurs… Je n'ai pas osé. »

Anton libéra ses orteils – le canot avait rejoint le rivage, intègre. Ses épaules s'affaissèrent toutes seules et il corrigea aussitôt sa position.

« Si je voulais percer le mystère du double lagon et du vaisseau en feu, je devais absolument rejoindre une hauteur. Je me suis donc hâté d'escalader un petit sentier qui grimpait à flanc de falaise, veillant à ne pas glisser. Une eau bourbeuse ruisselait et me menaçait à chaque pas. Cette érosion expliquait qu'en creusant l'escarpement le ressac avait sculpté des formes aussi étranges. Je refusai de me retourner et de perdre de mon temps à les contempler d'un peu plus haut, me bornant à enregistrer les repères qui m'indiqueraient mon chemin au retour. Parvenu au terme du sentier, j'ai débouché sur un plateau qui descendait en pente douce vers la pointe rocheuse.

« Aussi loin que mes yeux portaient sous ce déluge, je ne distinguais rien d'autre que ce causse herbeux. La pointe qui simulait une montagne lilliputienne s'enfonçait pour avorter dans l'eau après un dos-d'âne. Un instant, le soleil a joué avec les reflets de la pierre et j'imaginais la carapace d'un scorpion noir à la queue gigantesque. Je me suis tourné vers le centre du plateau où des bosquets fouettés par les vents formaient un semblant de relief. J'ai progressé vers cette masse rase, grommelant ma déception. Si cette île ressemblait à celle du manuscrit, elle n'en tenait aucune promesse. Tandis que j'approchais des buissons, quelque chose a bougé. Je n'étais pas armé. La végétation se révélait trop famélique pour m'offrir le moindre bâton. J'ai fouillé le sol du regard et remarqué les crottes au moment même où des grognements ont surgi des fourrés. Je me suis redressé et j'ai crié "Aaaaaaaaah!", me souvenant qu'en certaines occasions il faut afficher plus de courage qu'on n'en aura jamais. J'ai avancé d'un pas ferme et j'ai provoqué une fuite éperdue dans les branchages, accompagnée d'un véritable concert de couinements : des cochons. Des cochons sauvages... Cette île avait donc bel et bien été habitée, je reprenais espoir. »

Anton hocha la tête, le souvenir de sa tension évanoui.

« J'ai rapidement inspecté le sol à la recherche de quelconques vestiges de la présence humaine, les ruines d'une habitation ou d'un muret de pacage. Je n'ai rien vu de tel. J'ai repris ma traversée. La pluie battait au point d'occulter l'horizon. J'étais incapable de discerner les limites du plateau et, si je n'avais pas su cette île si petite, j'aurais avancé en grandes enjambées confiantes. Je me suis laissé surprendre par l'inclinaison du sol, une succession de paliers en faux plats et de courtes rampes, qui ralentissait ma progression. Une esplanade dissimulait non loin une légère dépression que j'ai été obligé de contourner : les eaux de pluie y formaient une mare ovoïde. Bientôt, j'ai entendu un bouillonnement sauvage qui venait du sud et que les vents m'avaient caché jusque-là. J'ai allongé le pas. Était-ce bien une cataracte ? Aucun dessin ne la figurait. Je me suis précipité vers elle, mais j'ai stoppé net à moins de vingt mètres : le plateau s'achevait brusquement, s'ouvrant sur un à-pic d'une bonne cinquantaine de mètres.

« Même après une semaine de journées pluvieuses, le maigre étang ne pouvait suffire à alimenter les eaux qui se déversaient en contrebas, furieuses et prodigues. J'ai longé vainement cette immense paroi qui devait courir sur toute la largeur de l'île dans l'espoir d'apercevoir un chemin, un escalier secret creusé dans la roche, quelque chose m'autorisant à descendre de ce côté-là, en vain. Ma demi-heure était passée. Depuis combien de temps ? Je refusais de l'estimer, misant sur ma toute récente connaissance du terrain pour envisager de rentrer au pas de course. Au bord de la falaise, j'embrassais la rive méridionale de l'île. Je me tenais au bon endroit, j'en étais persuadé, j'avais trouvé ! À mes pieds, je peinais pourtant à distinguer le lagon en raison des embruns. Il semblait se poursuivre au-delà de la barrière de corail – si c'en était une : pluie et nuages en ternissaient l'éclat –, se transformant en une sorte de marécage. Le double lagon se constituait peut-être d'une nappe d'eau douce au sein d'un lagon véritable ? Le grain striait l'espace en reproduisant le fâcheux résultat de l'encre du mémorialiste : je n'identifiais pas ce que je croyais voir, et je n'étais pas sûr de voir la même chose chaque fois... Étaient-ce des chenaux que je devinais sinuant vers l'océan ? À plusieurs reprises, je pensais reconnaître des poches de méthane exploser mollement, mais je peux certifier la présence de feux follets. Le spectacle qui s'offrait à moi possédait de quoi éveiller bien des superstitions – quelles monstruosités hors du temps se partageaient ces eaux ?

« En regagnant le canot, ma curiosité m'a poussé à tenter ma chance vers l'autre crique, à l'est, là où s'engouffrait le courant qui nous avait amenés. La pluie s'était mise à redoubler et je glissai deux fois avant de l'atteindre. Mes compagnons de route n'apprécieraient pas de me voir tant tarder. Je ne pouvais pas abandonner sans y jeter un bref regard. Tout en bas, c'était la tempête. Les flots étaient déchaînés. Des cormorans affrontaient les bourrasques. Je m'en allais, emportant avec moi le souvenir d'une vision des ténèbres. J'ai retrouvé le sentier et le canot, que quelques crabes inspectaient avec prudence, fuyant à mon approche. J'ai ramé aussi vigoureusement que je le pouvais, aidant autant que possible son petit moteur, mais il m'a fallu deux fois plus de temps pour rentrer. Des orques naines m'ont suivi jusqu'à ce que j'aie passé l'arche. Au yacht, je n'ai pas été accueilli avec sympathie. Je renonçai alors au plan que j'avais fomenté en m'en rapprochant et je décidai de ne pas jouer les prolongations au poker. "Je me suis perdu, je ne retrouvais plus le canot", leur ai-je menti pour éviter les questions. Et si l'on me demandait ce que j'avais vu, je répondais : "Rien qui en vaille la peine. Au paradis des cormorans, t'as les mains contre les oreilles et les pieds dans la merde !"

« Je m'isolai pour me réchauffer et me changer : j'étais trempé jusqu'aux os et glacé. Le sentiment d'avoir découvert l'île du manuscrit ne me transportait pas de joie, elle n'offrait que des curiosités paysagères. Difficile d'imaginer l'auteur du premier manuscrit s'en satisfaire au point de la représenter si maladroitement ! Pour autant, j'avais glané quelques informations qui exigeaient d'y revenir. La présence des cochons prouvait que cette île avait été habitée. Par une colonie d'esclaves fraîchement libérés ? Établir un village sur ce plateau, c'était exposer les feux nocturnes à la vue de tout navire croisant au large. Pour ce que j'en savais, aucune des deux criques qui bordaient la pointe rocheuse ne présentait l'espace nécessaire pour y construire plusieurs habitations. Quant au supposé lagon, même si j'acceptais d'envisager des constructions sur pilotis, je n'avais trouvé aucun moyen d'atteindre le plateau, où étaient parquées les bêtes.

« Non, cet îlot ne pouvait pas accueillir une communauté de quelques centaines d'âmes, décidée à se cacher et à prospérer… Par contre, il présentait des qualités idéales pour servir de havre discret à quelque équipage forban. La crique où j'avais accosté permettait d'accéder à la réserve de vivres sur pattes. Quelques hommes pouvaient s'y reposer, soigner leurs blessures, en attendant de rejoindre un vaisseau qui avait ses raisons de ne pas s'approvisionner publiquement.

— Le Pavillon blanc…

— Si oui, qu'en conclure, Morne-mer ? Le Pavillon blanc élève un troupeau qu'il ne partage pas avec les anciens esclaves.

— C'est là qu'il cache son trésor, bien sûr ! Pourquoi risquer de se le faire prendre par les affranchis ?

— Ce ne sont pas des affranchis, mais des fugitifs… Voilà une distinction qui change bien des choses, comme je te l'ai dit. Si ce n'est qu'une escale, le fait qu'il y rédige ses Mémoires nous apprend que c'est celle de son tout dernier voyage.

— Le bateau, c'était le sien, alors. Il l'a incendié…

— Ah, Morne-mer, ton imagination ne s'épuisera donc jamais ! Quel beau tableau… Tu sais, pour leurs funérailles, les rois vikings brûlaient avec leur drakkar – quelque esclave les accompagnait, prétendument de son plein gré. Peut-être convient-il de considérer cette illustration comme une métaphore ? Son vaisseau en flammes pour l'éternité… Son ultime voyage… Cette grandiloquence maladroite détonne avec le personnage, mais le fait de consacrer son dernier livre de bord à ses Mémoires intimes n'est pas moins surprenant, non ? Et puis, quelle raison aurait eue notre capitaine à mettre réellement le feu à son propre navire ?

— Pour se cacher ! s'écria Anton. Après avoir débarqué son trésor, il supprime le tout dernier indice de sa destination secrète…

— En s'interdisant tout espoir de quitter cette île ? Se condamner à mourir assis sur son trésor n'a pas de sens. Je penche davantage pour une avarie, un accident. C'est l'incendie qui l'a contraint à aborder sur la première côte venue… À condition, bien sûr, qu'il ait dessiné son propre navire. Ce qu'il me plairait de croire si la première illustration ne représentait pas l'île fantôme vue de l'autre côté, comme si son bateau avait été victime du courant et s'était fracassé dans la crique orientale…

— Pourquoi le dessiner, alors, si ce n'est pas le sien ?

— Oui… Combien de fois me suis-je posé cette question ! Plus je m'interrogeais et plus je pestais contre Blackjack, car j'avais besoin de revoir ce manuscrit, de comprendre ce que son auteur avait voulu dire. La pluie qui s'abattait sur ce navire dont les voiles ne se consumaient pas évoquait à la fois le Déluge et le buisson ardent, deux épisodes bibliques incongrus dans les Mémoires d'un pirate ! Je devais en savoir plus.

— Mais vous avez vu quelque chose ?

— Hélas, non. Mon regard ne portait pas si loin. Il pleuvait tant, ce jour-là.

— Dommage…

— Je n'ai quitté la falaise qu'en me promettant de revenir. Ce qui impliquait, d'abord, de rentrer… C'est pourquoi, une fois sur le chemin du retour pour l'île de la Tortue, je ne me mêlai aux autres qu'après avoir dessiné une carte cryptée au revers de ma plus belle chemise. Celle avec des fleurs rouges et jaunes…

— Une carte secrète ? Sur votre chemise ! Mais c'était risqué, non ?

— Forcément ! Mais je ne serais pas parvenu à cet âge respectable qui est le mien si je n'avais pas anticipé les vrais dangers, non ?

— C'est pas dit.

— Nous avons continué de jouer aux cartes jusqu'au moment où notre yacht a touché le quai de l'île de la Tortue. Ma compagnie ne semblait plus particulièrement désirée au-delà. Je me suis donc dirigé du côté des pêcheurs, l'esprit en ébullition. Enfin, je n'étais plus obligé de composer ! Si je m'étais écouté, je serais reparti aussitôt. Mais je me doutais que Blackjack me faisait surveiller, d'une manière ou d'une autre, depuis notre dernière rencontre… Cette prudence m'apparaissait de plus en plus comme excessive, les raisons de la justifier de moins en moins convaincantes. Cependant, dès le premier jour, j'avais avancé l'idée qu'il me donnerait tout le temps qu'il faut pour miser la carte promise ; or ce temps jouait contre moi, il sapait mes défenses. Je renonçai donc à me trahir par ce sursaut d'enthousiasme et je me suis rabattu sur un hôtel pas trop cher où tâter des cartes pour un nouveau poker. Je n'étais pas sitôt assis au comptoir, où j'entendais savourer un rhum, qui s'est d'ailleurs révélé très ordinaire, qu'une voix dans mon dos me susurrait : "Ce soir." »

À ces mots, l'Ivrogne se redressa, ramenant ses mains contre le dessus de ses cuisses tout en respirant bruyamment par le nez. Sa bouche s'était raidie et ses paupières finirent par battre nerveusement, creusant son regard figé sur le phare. Il lui était déjà arrivé de s'interrompre à un moment palpitant de son récit, oubliant parfois la présence de ses auditeurs ou bien les renvoyant chez leurs parents. Anton cherchait quoi faire pour le relancer quand le poing de l'Ivrogne se crispa sur la mignonnette et la frappa sur le sol.

« Vide !

— À qui la faute ? glapit Jak.

— Et alors ! tempêta le vieil homme. C'est une boisson étonnante, matelot, déclara-t-il en inclinant la tête vers Anton, rare en vérité ! À chaque rasade, je sens ma tuyauterie briller comme un sou neuf. "Récurant breuvage, rends-moi sage…" Encore !

— Je n'en ai pas d'autre, tempéra Anton.

— Alors, à demain.

— Non…

— Quoi, Morne-mer ? Es-tu comme Blackjack, tu veux tout savoir *ce soir* !

— Blackjack ?

— Qui d'autre ? »

Anton retourna ses poches et afficha l'air le plus

contrit qu'il put. Les lèvres de l'Ivrogne se fripèrent, puis se ramassèrent toutes du même côté avant de claquer sur un « Soit ! » ostensiblement sec.

« Blackjack, oui. Hasard et coïncidence ? Je n'y crois guère. Qui était son espion et que lui avait-il dit ? Et que devais-je répondre ? "Non." Telle fut ma brève et surprenante réponse, et, même s'il dédaignait d'un rictus mauvais la bravade du freluquet que j'étais, je le sentais inquiet. Et si on l'avait abusé ? Et si je doutais d'avoir trouvé la bonne île… Quant à moi, sa présence chassait mes derniers doutes : j'avais bien foulé de mes pieds l'île fantôme, l'île du manuscrit ! »

15

« Un conteur, c'est comme un diesel. Pour l'entendre, faut du carburant ! »

En quelques soirs, l'Ivrogne avait entamé ou annoncé tant d'histoires qu'Anton craignait de s'y perdre ou d'en oublier. Il devait le pousser à achever sa rencontre avec Blackjack et savoir s'il était retourné sur l'île fantôme. Il désirait en obtenir beaucoup plus sur le Pirate Sans Nom et le Pavillon blanc, ses spéculations comme ses convictions, à défaut de faits et de preuves. Sans omettre le manuscrit, dont une journée de lecture avait radicalement transformé son mode d'existence depuis deux ans… Le trésor était à ce prix – mais même sans cette perspective, Anton aurait voulu entendre la suite.

Le vieil homme restait muet. Imperturbable.

Il ne parlerait qu'en échange de rhum, et toute leur réserve se trouvait dans la grotte aux trésors. La complicité de Jak était nécessaire et indispensable. Jusqu'à quand lui serait-elle acquise ? Jak ne l'accompagnait que par amitié, ayant accepté de mettre son mouchoir sur l'embrouille du *Nathalie* ; mais en retour, le vieux poivrot ne cessait de l'asticoter, pour le snober l'instant d'après – querelle de taverne…

Après un long temps d'attente, la main de l'Ivrogne s'était finalement levée et Anton s'apprêtait à soupirer d'aise, quand elle s'anima pour figurer un bateau affrontant la houle avant de tomber en panne sèche et de sombrer. La pantomime s'était achevée sur un « Et hop » capricieux.

S'il l'avait entendu, Jak n'avait pas bougé. Jak s'absorbait dans la contemplation minutieuse des dessins qui se détachaient de l'usure des planches du ponton aux peintures antédiluviennes, il louchait tout en balançant lentement ses épaules, comme un boxeur à l'approche d'un ring qu'il n'atteindra jamais. Anton estima que le surnom qu'il avait choisi pour son ami le définissait mieux que celui trouvé par l'Ivrogne : Jak se montrait chaque jour davantage Tavernier que Tempête – depuis qu'ils ne volaient plus, il semblait toujours installé de son côté du comptoir, à essuyer et essuyer ses verres pendant des heures et des heures avant d'en placer une, lorsqu'il était enfin bien sûr de son coup.

Anton décida de se passer de son approbation et il sortit une nouvelle flasque – tant pis si Jak prenait ce geste pour un aveu d'allégeance, lui voulait la suite.

Le vieil homme reprit son récit en passant directement à la partie de poker. Comment Blackjack avait-il su et anticipé son retour, comment avait-il réussi à faire asseoir l'Ivrogne à la table de jeu, où et quand, toutes ces précisions il les avait sautées.

« Hasard et nécessité : tels sont les deux piliers de toute existence. Distribution aléatoire et manipulation ciblée, voilà pour le poker. Quelle différence ? Je ne te concède qu'un seul indice : l'un est un jeu. Déférence et humilité ! Mais, quel ennui… Même sans tricher… Dix jours de tempêtes dans la cabine exiguë d'un yacht et la psychologie du bluff ne présentait plus le moindre intérêt. Mais mon hôte possédait un jeu de cartes magnifique, au dessin à la fois sobre et élaboré, très proche du vénérable tarot de Marseille – tu sais que les jeux ordinaires en dérivent. Or, c'est dans les cartes du tarot que se lit l'avenir, lequel ne se décrypte pas tant en fonction de la couleur ou du rang de la carte, encore que, mais sur la symbolique des figures représentées. Je voulais ces cartes, j'engageais ma toute belle chemise… et je ramassais la mise ! Jouer au poker avec des cartes aussi sublimes impliquait de changer radicalement de stratégie, vois-tu. Le bluff s'inscrit dans l'instant, c'est une psychologie du contexte. En décodant l'histoire qui s'organise par l'alliance de ces arcanes – ce qui reste pure interprétation personnelle, je te l'accorde –, je m'évadais enfin de la triste bobine de mes partenaires de table – et, accessoirement, je gagnais de laisser le bateau dériver jusqu'à l'île fantôme… Ah, Morne-mer, c'est avec plaisir, et une certaine fierté, que je t'aurais montré ces cartes. Mais je les ai cédées, voici peu, dans une partie qui les valait bien. Elles ornent à présent les mains d'un prince nomade qui les méritait plus que moi, et qui m'a offert en échange le plus précieux des présents, une légende jamais écrite ! Ces cartes, je les imposai à Blackjack, car elles ne sauraient me trahir.

« Bien sûr, Blackjack le bien nommé a hésité : j'avais pu marquer ces vieilles cartes et mon insistance lui semblait des plus suspectes ! L'usage veut qu'on choisisse un jeu flambant neuf pour les rencontres importantes, mais cette fois j'ai refusé net. Je n'avais pas oublié notre dernière partie pour laquelle il m'avait incité à nous procurer un nouveau jeu. Or, il n'y avait qu'un endroit où en acheter sur cette île, au bar de l'hôtel où il séjournait avec les autres. Blackjack avait battu les cartes et il nous avait servis. La partie s'était jouée en une seule main… Je refusais de courir le risque d'un jeu trafiqué à l'avance. Aussi, j'ai tourné les talons et je m'en suis réellement allé. Blackjack a fini par céder. »

Jak releva la tête à ces propos et bougonna un « Ben voyons, comme si c'était la faute au bistrot… Paroles de comptoir, tout ça », que seul Anton entendit.

« Mes quatre premières cartes se suivaient toutes à la couleur – le noir, qui plus est. Bon augure pour empocher le manuscrit de l'île fantôme ! Elles présageaient une quinte flush peu banale puisqu'en trèfle. Là d'où je viens, Morne-mer, le trèfle à quatre feuilles porte chance. Et, en argot, "avoir du trèfle" c'est avoir de l'argent. Comment ne pas exulter ! Selon les figures du tarot de Marseille, le trèfle est représenté par un denier, et dans le tarot médiéval par un écu, ce sont deux très anciennes monnaies. Mais l'écu est également un bouclier, à la fois arme et défense. Chance, argent, protection : voilà le trèfle, et j'en avais quatre ! Quel beau présage... Ne devais-je pas en déduire que j'avais bel et bien trouvé l'île du pirate et que j'y déterrerais bientôt son dernier trésor ?

« Le fait le plus remarquable, c'est que ces cartes m'étaient parvenues dans cet ordre sublime : dame, valet, dix et neuf. Quel signe, encore ! Mais que disaient-elles, puisqu'elles ne s'étaient pas présentées dans cette succession singulière pour rien... La dame de trèfle me rappelait avec quel excès j'appréciais la compagnie des femmes, mais elle prophétisait que tout prochainement une seule l'emporterait sur toutes les autres, et à jamais. Étonnant, n'est-ce pas ? Le valet, qui me décrivait comme un aimable amant et un fieffé arriviste, m'annonçait que je n'arriverais à mes fins qu'après beaucoup de peine et non sans bluff. Suivait le dix, qui insistait sur ma réussite et la difficulté de la tâche qui m'attendait ; courage et audace seraient requis. Le neuf, enfin, m'encourageait à poursuivre. Il me dépeignait comme un manant qui ne s'élèverait qu'en servant plus grand et plus fortuné que lui. Des épreuves m'étaient promises, le succès également... N'avais-je pas trouvé l'île sur l'injonction de Blackjack, après des années de patientes et vaines recherches ?

« La cinquième carte qui s'est découverte après le trèfle me plaisait moins. Rouge, d'abord. Sans noir, point de flush. Carreau, de plus. Littéralement, le carreau c'est la flèche, le trait de l'arbalète. Il indique le mouvement, l'énergie. Ma quête n'était-elle donc pas achevée, me faudrait-il dépenser mes forces à voyager et voyager encore ? Mais, outre la couleur, la figure ne me convenait guère. La dame de carreau, c'est la félonie personnifiée, la convoitise et la vengeance. Je m'en suis débarrassé.

« Qu'allait-il me rentrer ? J'espérais du noir, pour m'assurer le flush ; un trèfle si possible, pour la beauté du jeu. Ou bien la quinte, par le roi ou par le huit. Et pourquoi pas la quinte flush : le triomphe absolu, imparable et définitif ! Tant qu'à faire, pas le huit. Le huit de trèfle représente le mariage, très peu pour moi ! D'autant qu'il compléterait la quinte à la dame, l'élue annoncée que je n'étais pas pressé de dénicher... Ni femme ni enfant, telle est la liberté du pirate, me répétais-je... Le roi, par contre, en trèfle, c'est la sagesse du voyageur et toutes les qualités qui m'ont toujours fait défaut, si cruellement... Cette quinte était pour moi : mon destin l'assurait. »

Captivé par cette partie de cartes divinatoires, Anton se déplaçait parmi les figures comme s'il visitait une galerie de tableaux vivants. Elles s'animaient lentement, mais il commençait déjà à bien les connaître et se mêlerait bientôt à elles – de la même manière qu'au fil du récit il devenait le Pirate Sans Nom, Qui-perd-gagne ou Blackjack, tour à tour ou tout à la fois... Ou encore l'Ivrogne, avec ses ruses de vieux poivrot ménageant ses effets pour ses deux pompes à rhum ; ou Jak, fils d'aubergiste... Jak... Jak dont les orteils se crispaient, dont les omoplates défonçaient le dos, dont le ventre se convulsait affreusement sous la pression des mots qui ne sortaient jamais ; persuadé d'être négligé, ignoré ; encombré par cette grosse masse de chair, pesante, grasse, lourde – étouffante. Jak qui voulait crier : « *Stop, vous deux !* » Sans le moindre effort, comme s'il rentrait en communion avec un jouet retrouvé, Anton entendait gronder son ami – il était Jak. *Suis pas comme Anton, tout malin qu'il est. Sauf que c'est pas la légende qui le prend, tout malin, c'est l'autre et ses inventions. Capitaine ! Manigances et compagnie, oui. Pas pareil ! Pas pareil. « Stop, vous deux ! » et, et… Des mots terribles – et justes. J'en ai, des tas. Pour tous les deux. Pas plus mal qu'ils ne sortent pas. Trop durs. Terribles à entendre. Qui cognent comme des bêtes dans mes poumons. Et l'autre qui le lâche plus : moi, moi, moi ! Soif ! Emmailloté, l'Anton. À la dérive, droit devant. Capitaine. Tout malin. Manigances !*

Anton frissonna. Ses épaules oscillaient. « Tempête », murmura-t-il. Il dut faire un effort pour recouvrer sa concentration. Durant cette absence, l'Ivrogne avait marqué une pause désaltérante. Il décida d'emmener son ami loin d'ici, dès la fin du récit de la partie. Par intérêt ou par amitié, il n'aurait su le dire. Au moment où le vieil historien séparait le col du flacon de ses lèvres, Anton révisa son jugement quant au choix du surnom de Jak, le bien nommé. L'Ivrogne avait raison – voulait-il le lui démontrer ?

« Las, si le roi m'a fait défaut, le trèfle était là, se désola l'Ivrogne. Au chiffre sept. Quel idiot ! Fou que j'étais, si sûr de moi que j'ai omis que le trèfle à cinq feuilles ne vaut rien – et c'est lui que j'avais tenté… Quelle ironie, plutôt ! Le sept de trèfle, j'aurais dû m'y attendre ! Cette carte me représentait mieux qu'aucune autre, non ? En tout cas, plus précisément que le valet. Le sept, c'est l'artiste et le séducteur : le menteur à la fortune éphémère. Tout ce que son esprit et son charme lui rapportent, il le dilapide en un instant : l'argent lui file entre les doigts comme le sable dans le poing des nomades. J'avais bien la chance du pirate, qui ne gagne que pour perdre…

« Le comble, Morne-mer, c'est que Blackjack m'opposait un simple carré de rois et que la carte qu'il a tirée en dernier était celle que j'avais espérée : le roi de trèfle… La figure est celle du roi de Thrace, Phinée, qui conseillait les Argonautes, partis à la recherche de la Toison d'or à bord de la nef *Argo*… Sais-tu que sa proue était douée de parole prophétique ?

« J'avais perdu, mais je ne quittais pas ce roi noir des yeux. “Et ma carte ?” a tonné Blackjack. “Ta carte ? La voici !” J'ai retourné la dame de carreau et la lui ai balancée au visage. “Ta belle, tu te la gardes, ai-je ajouté. Le premier manuscrit, je l'ai recopié *in extenso* ; quant au second, j'en ai lu assez sur les divagations d'un capitaine à la fin de sa vie pour ne pas risquer ma carte pour si peu, merci bien !” Voilà ce que je lui ai répondu. “Mais tu as perdu !” a-t-il geint comme un môme à qui j'aurais chouravé ses billes. “Qui perd gagne !” ai-je claironné tout aussi puérilement. Ah, Morne-mer, la colère de Blackjack ! Ah, son cri de rage ! Son visage crispé comme un poing qui frappe ! Alors là, Morne-mer, oui : je me suis levé, j'ai grimpé sur la table et j'ai dansé la gigue…

— Vous aviez recopié…

— Pourquoi crois-tu que j'étais resté sobre si longtemps, toute une journée ? La recopie constitue le fondement du métier d'historien, ça ne se corrige pas. »

16

Quand le commandant a-t-il adopté une carte à jouer comme marque-page ? Voici seulement quelques années, une dizaine peut-être. Quand son corps a commencé à récuser la certitude de l'éternelle jeunesse ? Peut-être... L'épisode de cette partie de poker lui avait alors échappé, mais il ne doute plus que son choix pour le roi de trèfle lui doit tout. Un miroir ? Non : il se voit lui-même davantage en valet – comment accepter non pas de vieillir, mais d'être vieux ? Le roi de trèfle, c'est l'Ivrogne, sans équivoque.

Le cauchemar du radeau a probablement commencé la nuit où l'Ivrogne a évoqué sa première vision de l'île fantôme, qu'il décrivait comme un halo d'écume dans la tourmente... D'où son malaise. Et l'obsession du *vide et opposé* remonterait à celle de l'interprétation des figures du tarot ?

De part et d'autre du monarque noir, les sujets secondaires représentent deux groupes de rocs identiques, chacun accompagné d'une colombe. Dans l'un, l'oiseau les domine ; dans l'autre, non. Confiance et défiance se disputent l'issue du périlleux voyage.

À bord du radeau ?

De même, les deux criques de l'île fantôme se répartissent de part et d'autre d'une avancée rocheuse : l'occidentale hospitalière, l'orientale redoutable...

Cette pointe dressée vers le nord ne dessine-t-elle pas, vue du ciel, l'angle supérieur d'une pyramide assise sur le front sud de l'île, la longue falaise rectiligne d'où se déverse un fleuve issu de nulle part…

En étudiant le valet de trèfle, Petrack a découvert que le vieillard figuré à ses côtés n'est autre que son roi. Encore que ce vieil homme-là (l'Ivrogne ?) s'adresse à une jeune femme (la dame de carreau ?) qu'il ne peut séduire – charmante ambiguïté du *Pourquoi pas* – que par des promesses qu'il ne tiendra pas…

Or, la dame de carreau est la carte que Petrack a retournée, comme il le fait avant chaque rencontre importante, à l'arrivée de la jeune historienne. L'Ivrogne, lui, l'avait rejetée. Petrack, non.

Si les cartes, à l'image de la nef de Jason, sont douées de parole, alors elles mentent comme les hommes. Par intérêt, par caprice, par ignorance – bref, quand ça les arrange… Car il lui apparaît dans ce brassage méthodique de sa mémoire que c'est lui qui doit la trahir – pour *aller là où nul ne se rend* afin de *trouver ce que personne ne cherche* ?

Vide et opposé ?

La nuit suivante, l'Ivrogne s'était conduit conformément à son sobriquet : gorgé d'un mauvais alcool, incapable de renouer avec le fil de son récit, il s'était essayé à quelques pitreries, sans le succès de la fougueuse extravagance de leur première confrontation. Ensuite, vaguement désolé du désappointement des deux garçons, il avait insisté pour se justifier ; mais ces confidences, pitoyables, une nostalgie sentimentale des plus affligeantes, ne concernaient en rien ses aventures. Anton avait décidé d'en tirer parti : il avait abrégé leur visite, avant même que le vieil homme ne réclamât sa dose – ainsi, la preuve en était établie, Jak en était témoin, il demeurait maître des événements, il savait dire non à l'Ivrogne et s'affranchir de son histoire…

« T'as pas senti ? lui demanda Jak sur le chemin du port de plaisance.

— Senti quoi ?

— Son haleine… Ça puait l'alcool, mais pas le rhum.

— C'est l'expérience qui parle, Tavernier ?

— Ça prouve qu'il existe pire que notre tord-boyaux.

— C'est terrible. Ils n'ont pas le droit…

— T'as pas compris, Capitaine. L'Ivrogne n'est lui-même que s'il boit du rhum. Sinon, il n'est plus rien ! »

Anton rit de bon cœur à cette perspective, alors que Jak arborait ce sourire effacé qui accompagnait son contentement quand, à l'école, il répondait juste et qu'il remarquait l'étonnement du maître.

Le soir d'après, Anton recommanda à Jak d'apporter un flacon de la pire mixture que son père avait concoctée pour sauver les trois fûts de rhum. Ils pourraient ainsi vérifier sa théorie. Il le tendit à l'Ivrogne dès leur arrivée, adressant à Jak un clin d'œil complice. Tandis que les deux garçons se retenaient de pouffer, le vieil homme avait aussitôt retrouvé l'inspiration. « De la poudre, matelots. Il faut de la poudre à mousquet pour relever ce rhum ! » clama-t-il avant de se relancer dans son récit. Anton, qui s'était assis à ses côtés, donna un coup de coude à Jak – le fils d'aubergiste affichait une expression satisfaite, cette nuit Anton pourrait pousser l'Ivrogne sans se soucier de son impatience.

« Ce sont les jappements hystériques d'un chien roux et famélique qui m'ont réveillé le lendemain de cette partie mémorable. J'étais affalé sur les détritus fétides d'une ruelle que je ne reconnaissais pas. Avais-je tant bu que cela ? J'avais mal à la tête, mais rien à voir avec une bonne cuite. Tiens, regarde cette balafre sur mon front », précisa l'Ivrogne en leur révélant la cicatrice de l'estafilade enfouie sous l'amas des rides. « Mes derniers souvenirs remontaient à mes gamineries sur la table. Oui, mon pied avait glissé soudainement, ça je ne l'avais pas oublié, mais comment expliquer que je me retrouvais là, nu comme un ver ? Quand j'étais étudiant, suite à je ne sais plus quel pari, j'avais appris à faire des claquettes afin de m'exhiber au pied de l'amphithéâtre à l'issue d'un exposé ennuyeux ; j'avais le pied agile, jamais je ne serais tombé d'une table de jeu, encore moins ivre… Je n'avais jamais quitté Blackjack des yeux ; avait-il un complice ?

« À l'instinct, je me suis dirigé vers la mer… Quelle aventure, matelots ! Je ne déméritais pas de mes fiers aïeux, déambulant au petit matin dans *Tortuga*, rossé et dépouillé pour avoir refusé de livrer la carte d'une île aux mille et un trésors… J'ai ri sur la plage et recouvré ma lucidité dans les bras voluptueux de l'océan… En retournant vers le bar où nous nous étions affrontés, j'ai d'abord retrouvé mon short, les revers déchirés et les poches arrachées. Puis des lambeaux de ma chemise fleurie, la jaune et rouge. Celle où j'avais dessiné la carte au retour de l'île fantôme. Je t'en ai parlé, tu t'en souviens, Morne-mer ? La prudence avait exigé des ruses démentes, et je m'étais comporté en bon pirate, m'isolant pour secrètement consigner ma découverte sur un support qui ne me quitterait pas. Ma culotte était trop sombre pour cela, aussi j'avais pris la plus belle de mes deux chemises ; enfin : celle qui n'était pas trempée. S'il me faisait espionner, Blackjack connaissait déjà les coordonnées de cette île, comme il savait que je n'avais pas disposé d'assez de temps pour dénicher la cachette d'un secret aussi habilement gardé. Tout au plus, il pouvait raisonnablement espérer que je l'avais authentifiée comme étant celle du manuscrit. Si je l'encourageais à le penser, d'une manière quelconque, il pourrait l'explorer à son seul profit bien avant que j'en eusse les moyens ! Je devais donc l'en détourner… Mais comment faire ? Les coordonnées de cette île en sa possession, pouvais-je m'en servir pour l'envoyer voir ailleurs ? J'ai ainsi marqué trois points en forme de triangle isocèle. À l'un d'eux, le plus méridional, j'ai accolé le dessin d'une tortue ; au plus septentrional, j'ai tracé une tête de mort traversée par un moignon. Enfin, j'ai encerclé largement celui qui pointait vers l'Ancien Monde, sur l'axe de la *vuelta*, en l'ornant d'un magnifique point d'interrogation... Non seulement je lui désignais tout un archipel d'îlots minuscules – qu'il s'amuse à en retourner le sol, l'un après l'autre ! –, mais je justifiais mes allées et venues dans ce vaste secteur depuis plus de deux ans...

« Car cette partie de poker possédait un enjeu caché, Morne-mer. Blackjack devait croire en ma carte au trésor, sans la moindre hésitation... Tel était le prix de ma liberté. Quel intérêt étais-je censé manifester pour ces deux manuscrits si j'avais effectivement trouvé l'indice qu'il convoitait ? Je souhaitais donc gagner la partie, à seule fin de ne pas avoir à céder ma carte, laissant ainsi entendre que je n'accordais plus autant d'intérêt aux manuscrits... Ayant échoué, je jouai alors la comédie de Qui-perd-gagne, ce personnage qu'il méprisait profondément. Ce ne serait pas suffisant, je le savais : tant qu'il n'aurait pas récupéré ma carte, ses espions ne me quitteraient jamais des yeux. Je n'avais guère de bagages avec moi, juste un vieux sac avec mon autre chemise et quelques affaires, mais je n'y avais laissé ni livre ni cahier. Il devrait donc chercher ailleurs... Et où, sinon sur moi ? C'est ainsi que j'ai perdu ma chemise, et gagné une sacrée balafre ! Ensuite, une fois mon pantalon enfilé, je suis allé méthodiquement me saouler dans d'autres bars... Ayant tout perdu, je pouvais m'apitoyer sur mon sort et démontrer que le rhum m'empêcherait de quitter *Tortuga*. Tu sais, je peux être excellent comédien. »

À plusieurs reprises, les yeux abîmés dans le rayonnement du phare, l'Ivrogne humecta ses lèvres, laissant les enfants méditer ses dernières paroles.

Difficile de croire en ce talent. Anton mit cette pause à profit pour le montrer d'un hochement de tête à Jak, qui lui renvoya un sourire sans équivoque : pour lui, si le vieil homme s'interrompait encore, c'était qu'il trimballait de répugnants relents de sa gueule de bois de la nuit précédente. Anton acquiesça – lui possédait ce talent, il savait afficher l'expression que chacun attendait de lui.

« Beaucoup plus tard dans la matinée, je suis retourné au bar de l'hôtel après m'être égaré du côté du port. Le yacht qui m'avait permis de localiser l'île fantôme avait quitté son embarcadère. Blackjack aussi avait disparu. Probablement s'était-il précipité de vérifier l'existence de l'îlot. Qu'y découvrirait-il de plus que moi ? Une fois qu'il aurait traversé le plateau, il n'y tiendrait plus. Sa suspicion se trouverait assez en alerte pour le lancer vers l'archipel que je lui avais désigné, sans davantage perdre de temps ! Du moins, je l'espérais…

« L'aubergiste avait mis de côté ce qu'il restait de mes affaires, car une bonne part avait brûlé après notre partie de poker. C'est ce qu'il m'a appris en me rendant mes cartes à jouer, qu'il avait heureusement songé à récupérer. Il tenait Blackjack pour responsable de ce début d'incendie, car il avait fouillé mon maigre bagage avec tant d'empressement et de rage qu'il avait renversé une table et sa lampe à huile. Le feu n'avait pas duré, mais il ne me restait que des lambeaux de mon autre chemise… Étrangement, le plus grand morceau du dos formait une sorte de flamme. Je demandai un nécessaire à coudre et je transformai cette grosse toile de coton en fanion. Je cherchais une sorte d'emblème et le Pavillon blanc me revint en mémoire. En son hommage, et sous l'influence du mauvais tour que je venais de jouer à Blackjack, j'y ai dessiné une tortue.

— Pourquoi une tortue ? demanda Anton.

— Lorsque j'avais ton âge, j'avais une tortue pour confident secret. Ni chien ni chat n'étaient tolérés par mes parents. Elle disparaissait régulièrement, plusieurs jours durant, et réapparaissait soudain pour venir aux nouvelles. Je l'embarquais alors dans ma chambre et la cachais sous les draps, où nous conversions... Ne me demande pas à quelle tocade je cédais en la choisissant pour totem ! Elle fustigeait la lenteur de ma quête et me distinguait du tempérament de Blackjack. Que sais-je ? C'est un animal doué d'une longévité extraordinaire, un symbole d'éternité dans certains pays, de sagesse dans d'autres... Je n'étais qu'une jeune tortue, encore... mais toujours en vie ! Tu sais que les pirates des Caraïbes en embarquaient régulièrement à bord, pour les cuisiner quand l'équipage aurait ingurgité tant de morue salée qu'aucun homme n'en supporterait plus le doux fumet. Et puis, je me trouvais dans l'île que je voulais tant apercevoir des remparts de Saint-Malo...

— Et le triangle ?

— Quoi, Morne-mer ! Le triangle ? Je n'ai pas mentionné ce détail. C'est donc toi qui t'es emparé de mon pavillon fétiche... »

Anton hocha imperceptiblement la tête – il était devenu le voleur du port cette nuit-là, voici guère plus d'un an, quand il s'était emparé du fanion du *Nathalie* pour abréger la tentative de Jak avec sa chaussure... Son origine, expliquée, s'apparenta immédiatement dans son esprit à l'énigme du *vide et opposé*, comme s'il en constituait la représentation géométrique. En raison des trois angles qui relient et que forment les trois droites ? Ou du mouvement du doigt qui désigne les trois côtés, en pointant naturellement vers le centre de chacun, successivement, et dessinant de ce fait un nouveau triangle, imbriqué dans son modèle, mais inversé. Il visualisa cette opération, le geste pouvant se répéter à l'infini, les frontières des trois traits renfermant une portion de plus en plus dérisoire de néant...

« Tant mieux ! s'écria l'Ivrogne. Je craignais qu'il se

soit détaché ; pire, qu'un matelot profane l'ait ôté de sa vue... Étrange que tu aies ainsi hérité de l'étendard qui m'a accompagné tout au long de ma quête. Bref ! Le triangle s'est imposé de lui-même : rappel ironique de la carte qui ornait l'autre partie de ma liquette ou réelle intuition ? Hommage à la dame de trèfle ? Comment savoir. Toujours est-il que, à défaut d'enfouir cette enseigne au fond d'une poche que je n'avais plus, je la nouai autour de mon cou. Qu'on me pende si j'oubliais jamais ma quête. »

Il joignit le geste à la parole, mais sa facétie ne l'amusait visiblement pas.

« Peut-être avais-je mieux à faire qu'à gâcher mon temps à jouer Qui-perd-gagne, me suis-je rétracté, quelques semaines plus tard... C'est en affichant mon intention de rentrer au pays, comme si la correction que Blackjack venait de m'infliger m'avait finalement dégrisé, que je cesserais de l'intéresser. J'ai donc changé d'existence, j'ai réveillé le Bouffon-savant, j'ai proclamé haut et fort que j'allais enfin tenir mes engagements vis-à-vis de mon éditeur, que j'allais rédiger ce livre que j'ambitionnais d'écrire, presque six ans plus tôt... Et c'est ce que j'ai fait : Blackjack devait y croire, même si moi je ne savais pas toujours quelle était la part de la comédie.

« Contre toute une journée de plonge, un hôtel embourgeoisé m'accordait le soir le bénéfice d'une table dans son bar, me fournissant en papier estampillé à son effigie et m'offrant des crayons en nombre suffisant. Certaines nuits, quand je venais d'achever un chapitre, je dégustais des rhums vieux avec des amateurs de passage. Je puisais la satisfaction d'un confort inédit dans cette nouvelle vie. Mes compagnons de rhum étaient dorénavant des notables enrichis et des vacanciers fortunés, mais leur culture sur le sujet me passionnait. Je côtoyais des vieilles dames respectables et fort érudites en la matière, comme des piliers ancestraux non moins avisés. Que demander d'autre ?

« Raconter les légendes des Caraïbes, telles que mon éditeur entendait que ses lecteurs aimeraient les lire, s'apparentait beaucoup à ma conception du métier de guide... En moins d'un trimestre, le travail était bouclé... Enfin. Le livre est sorti, plutôt rapidement, et je dois admettre qu'il a connu un certain succès. Assez pour régler ma dette. Mais mon éditeur a trouvé là l'occasion d'une vengeance que je suppose amplement méritée, cet ouvrage s'orne de la signature d'un auteur chéri par la maison. »

L'Ivrogne fut repris par un accès de nostalgie et, alors qu'il s'apprêtait à poursuivre son récit, il s'interrompit tout à coup. Pour une fois Jak ne marquait pas de signe d'impatience et Anton hésita à relancer le vieil homme. Il s'en abstint, démontrant pour la seconde fois à peu de frais son indépendance – il devinait que l'Ivrogne n'aurait rien ajouté d'important...

C'est autre chose qui agace le commandant, cette nuit. Entre sa manie de se désigner toujours par des surnoms et sa déveine éditoriale, au point de n'être jamais cité dans aucun de ses ouvrages, l'Ivrogne avait scellé le secret de son patronyme. Anton s'était pourtant promis de s'en inquiéter et, une fois devenu le commandant Petrack, de l'apprendre coûte que coûte, mais en pure perte : l'inventeur du Pirate Sans Nom n'avait jamais agi autrement.

17

« Les pirates avaient un pavillon noir, pas un pavillon blanc… », lança Anton avant même d'avoir rejoint l'Ivrogne.

Toute la journée, il s'était demandé comment s'y prendre. Pour un historien aussi spécialisé – l'*Histoire mondiale de la piraterie* comptait plusieurs planches dédiées au sujet –, la tentation serait trop forte : l'Ivrogne mordrait à l'hameçon avant qu'il ait fini d'appâter la ligne ! Anton avait prévenu Jak : « Il en oubliera de réclamer à boire ! » – une autre façon d'affirmer qui menait ces nuits.

« *Jolly Roger !* C'est ainsi que les Anglais appellent le drapeau pirate ! Et sais-tu pourquoi, Morne-mer ? Lors d'un abordage, le noir représente une invitation à la reddition tandis que le rouge affirme qu'il n'y aura pas de survivant… Mais les flibustiers de la Tortue, qui sont plutôt français, rigolent bien du rouge que les Anglais arborent à leur encontre. "Joli rouge !" se gaussent-ils de leurs homologues qui voudraient volontiers glisser le port franc de *Tortuga* dans leur besace… Et les Anglais de répéter phonétiquement "Jolly Roger". Voilà toute l'histoire… Ah ! Walter Scott et Robert Louis Stevenson nous décrivent une oriflamme fédératrice, crâne blanc sur fond noir. Cinématographe et bande dessinée, te dis-je ! Car dans la réalité vraie, il y a de tout. Des cœurs, des squelettes humains, des bêtes fantastiques, du diable et du sang – voire tout un rébus, comme pour Barbe-Noire : un sablier dans une main et une lance dans l'autre, une façon de signifier "Il ne te reste pas beaucoup de temps à vivre, mon bonhomme…". Tu trouves aussi du sabre, des bras armés ou des boulets à mèche allumée, tout ce que tu veux ! Ce sont des armoiries destinées à effrayer. Le pirate est un guerrier malin, économe de ses forces, qui compte bien emporter la victoire sans devoir trop combattre. En digne héritier de Sun Tzu – un vieux Chinois – et précurseur de la psychologie moderne, il se forge une réputation terrifiante. Au moment de l'abordage, sa proie doit se savoir perdue ! Tu l'imagines, alors, hisser un drapeau blanc, comme s'il entendait se rendre avant même de livrer bataille ?

« Et pourquoi ne pas écrire dessus : *Dieu et Liberté*, "A Deo a libertate", tant qu'on y est ? Le tableau serait complet, non ? Et pourtant, pourtant, Morne-mer, voilà ce que fait Misson, un pirate français, à en croire le capitaine Johnson dans son *Histoire générale des pillages et des meurtres commis par les pirates les plus notoires, par un capitaine de ce temps*… Sauf que Johnson, c'est Daniel Defoe – et que Defoe, c'est Robinson Crusoé.

— Je l'ai lu, pour l'école, opina Anton.

— Ce que tu as lu, Morne-mer, c'est un roman.

— Je le sais bien.

— Alors, tu crois que c'est une fable, que Defoe a tout inventé, mais il n'en est rien ! Pourtant, son personnage est entré dans la postérité et même dans le langage courant, tandis que personne ne se souvient qu'il a eu pour modèle un certain Alexandre Selkirk… Ici, la légende supplante l'Histoire. Mais avec Misson ? Voilà que le capitaine Johnson nous brosse le portrait d'un utopiste, religieux et doctrinaire, influencé par un dominicain romain, Carracioli. Tous les deux unissent leurs forces et fondent la république de *Libertalia*, une communauté égalitaire, en dignes précurseurs de Rousseau et de Marx…

— Marx et les pirates, je ne crois pas que ça le fasse, riposta Jak.

— Pauvre ignorant ! Qui a financé la première publication du *Capital* en Amérique du Nord, d'après toi ? Jean Lafitte. Du moins, en partie. Et qui est-il ? Un flibustier, français de surcroît – oui, encore un – qui sévissait dans les marais et les bayous de La Nouvelle-Orléans. Voilà pour t'édifier, Tempête. Tout pirate n'est pas dénué de conscience, même si aucun ne légitime le vol en le transformant en acte politique. S'il entre en lutte contre le monde, le pirate…

— Misson ? l'interrompit Anton qui craignait de deviner la suite.

— Misson n'écrit pas un traité sur une société parfaite… il la crée, à sa manière. Il prône à ses quatre cents citoyens l'usage d'une langue commune. Il abolit les haies et les clôtures, il impose le mélange des races à la cantine comme il exige le versement de tout gain dans la cagnotte commune… Il possède un souci de l'égalité peu commun pour un homme de son temps. Ainsi, sa communauté est dirigée par un conseil où siège un homme sur dix, Misson en étant le conservateur. Ses vues ne sont pas toujours ni judicieuses ni populaires, ni même très perspicaces. Ainsi, quand il réclame l'observance d'une chasteté absolue, sa décision n'est pas des mieux accueillies. Avec opportunisme, il change son fusil d'épaule et prêche en faveur de la polygamie… Cette mesure remporte soudainement un aveuglant succès… Vous avez raison d'en rire et l'anecdote serait aussi mesquine que loufoque si l'on retrouvait trace de Misson ailleurs que chez Defoe. Mais, hélas, ces preuves se font attendre…

— Vous voulez dire qu'il l'a inventé ?

— Avec un luxe de détails qui rendent son personnage extrêmement convaincant…

— Comme avec Crusoé ?

— La communauté universitaire s'affronte à ce sujet. Même les encyclopédies les plus prestigieuses divergent... Contre mon avis, mon directeur de thèse avait choisi de placer en exergue de mon *Histoire mondiale de la piraterie* une citation de Defoe : ses adversaires le lui ont rappelé toute sa vie durant...

— Mais si les savants ne sont pas d'accord, c'est qu'il y a des raisons d'y croire, alors ?

— Carracioli n'est pas en cause, lui : il a existé. Par contre, pour Misson, il est difficile de trouver un modèle aussi identifiable que Selkirk. Quant à leur expérience, elle demeure plausible. *Libertalia* se présente comme une évolution possible des Frères de la côte... Cette polémique a fait beaucoup de mal, d'ailleurs, à cette utopie. Pourtant, de telles communautés ont été fondées. On en trouve plus volontiers dans l'océan Indien, mais elles ont été initiées dans les Caraïbes – et pas ailleurs.

— C'était un canular, trancha Jak. Les pirates sont des voleurs, rien d'autre.

— En es-tu si sûr ? Confrontés à la déchéance absolue de leur solitude, les pirates devaient reconstruire un monde, qu'ils désiraient sans maître ni loi... Le huis clos de leur navire lâché sur une mer hostile leur sert de modèle – ayant tout rejeté, ils réinventent tout, et de cette renaissance...

— Le Pavillon blanc n'est qu'une légende, alors ?

— Sacrebleu, non ! »

Anton se garda de montrer sa satisfaction : laisser l'Ivrogne professer sa morale se révélait une pire épreuve qu'affronter sa mélancolie silencieuse. Mais, tandis que le vieil homme réagissait comme il l'entendait, Anton s'était demandé comment justifier sa conviction quant à la réalité du Pirate Sans Nom, ou du Pavillon blanc. Les détails sur la vie et l'œuvre de Misson ne manquaient pas, mais, deux siècles après sa mort, les historiens n'avaient toujours pas statué sur son existence.

« Hormis pour Misson, le drapeau blanc signifie

la reddition ou la demande de pourparlers ; c'est un langage presque universel. Sauf pour notre pavillon, pour qui le blanc signifie qu'il n'obéit à aucune règle d'aucun bord. Quand on y pense, c'est un insigne assez enfantin, une inversion, un négatif du pavillon pirate : noir sur blanc. Faut-il le voir comme un défi délibéré adressé au reste du monde, ses frères pirates compris ? *Seul contre le monde*… Plutôt romanesque, non ? D'ailleurs, le recoupement avec le Pirate Sans Nom renforce cette interprétation : galions, pirates, négriers, il les combattait tous… Mais d'où vient la jambe de bois qui traverse l'orbite gauche ? Je ne devine aucune symbolique, je n'ai trouvé aucun indice à ce propos.

— Son capitaine avait peut-être une jambe de bois ?

— De qui parles-tu, Morne-mer ? Du Pirate Sans Nom, dont la popularité est telle que toute description physique ne saurait relever que de la pure fantaisie ? Ou d'un des trois capitaines qui se réclamaient du Pavillon blanc ?

— Trois capitaines ?

— Les témoignages ne sont jamais absolument fiables et les descriptions divergent. Cependant, les esclaves libérés avaient une excellente raison de mémoriser correctement l'apparence de leur Libérateur. En la matière, je me refuse à croire à de l'imprécision. Ici d'une stature impressionnante et doté d'une barbe extraordinaire, mais hélas unijambiste, le voilà ailleurs de taille moyenne, plus nerveux que vigoureux, qui arpente sans cesse le navire de la proue à la poupe sur ses deux jambes. Pour une femme qui se vantait d'être sa favorite, c'était un géant au corps parfait ; pour une autre, il avait le visage aimable, presque juvénile, imberbe, joliment doté du menton effacé d'un homme attentionné, mais claudiquait. Qu'en conclure ? Il me semble qu'il est plus facile de recopier une oriflamme que de se faire pousser une jambe, non ?

— Ce n'est peut-être pas toujours le même…

— Comment cela ?

— Pour cacher son identité, le véritable capitaine pouvait demander à l'un de ses seconds de tenir son rôle. Pas toujours le même, bien sûr.

— Un capitaine n'a qu'un second, Morne-mer.

— Mais si le Pirate Sans Nom est aussi le capitaine au Pavillon blanc, alors tout s'explique ! Il le sait, il ne peut pas rester anonyme, ni éternellement invisible. Parce qu'il doit nécessairement mouiller dans un port de temps à autre, vous savez, pour recruter des hommes, pour acheter de la nourriture, pour écouler sa marchandise, tout ça ! Alors, puisqu'il ne peut pas faire autrement, il joue la comédie. Obligé ! Ce n'est jamais le même capitaine qui descend du navire. Comme ça, en plus, si les esclaves le trahissent, leurs témoignages se contrediront… Et puis, j'ai trouvé : il utilise plusieurs bateaux.

— Plusieurs bateaux ? Comme tu y vas !

— C'est un pirate ! Des navires, il en aborde plusieurs par mois, vous l'avez dit. Il ne les coule pas tous, non ? Alors, ceux qu'il ne saborde pas, il peut les récupérer. Et les cacher. Dans l'*Histoire mondiale de la piraterie*, j'ai lu plusieurs fois que des marins ont changé de camp au moment de l'abordage. Ils préféraient se faire pirates plutôt que de rentrer avec leur ancien capitaine, tant il les traitait mal. Alors, des équipages, il peut très bien en avoir d'autres…

— Tu le vois à la tête de toute une flotte ?

— Non, c'est vrai. Pas toute une flotte, ça n'aurait pas été assez discret.

— Mais alors ?

— Je ne sais pas. Plusieurs navires, alors ? Oui ! Il en commande deux ou trois, admettons. Et il passe de l'un à l'autre, pour brouiller les pistes. C'est ça : c'est en multipliant ses identités qu'il préserve son anonymat !

— Belles déductions, Morne-mer.

— Nous, nous voyons les choses tout autrement

qu'à l'époque. Parce que nous, nous cherchons sa trace, mais pas ses contemporains. Personne ne le connaît, personne ne peut faire nos rapprochements. Pour eux, le Pirate Sans Nom n'existe pas. Quand ils le croisent, ils ne le reconnaissent pas, c'est un capitaine tout à fait ordinaire et… Non ! Avec ses seconds, ce n'est pas un, mais toute une série de pirates ordinaires ! Ils sont plusieurs à tenir le rôle…

— Bien vu ! Voilà pourquoi j'ai pu recueillir des témoignages qui décrivent précisément au moins trois capitaines pour plus de deux navires ! Car si ces esclaves ignorent tout des bateaux, certains détails ne s'oublient pas. Or, selon leurs récits, le Pavillon blanc orne tantôt un deux-mâts, tantôt un navire doté d'un seul mât ! »

Plusieurs navires… Plusieurs capitaines… Anton exultait. Le commandant, lui, tique toujours à ce souvenir. Quelle probabilité existe-t-il pour que l'Ivrogne n'ait pas envisagé cette solution ? Aucune. Le vieil homme l'avait magnifiquement amené à établir cette série de déductions par lui-même et avait mesuré la réussite de son stratagème à la fierté qu'avait ingénument affichée Anton. Inciter son interlocuteur à s'approprier une théorie au point d'anticiper les conclusions souhaitées, tel est un art dans lequel il excelle à son tour désormais, grâce à l'Ivrogne – mais à chaque nouveau succès, le commandant Petrack éprouve une légère pointe d'amertume.

« La jambe de bois à travers son œil, c'est parce qu'il est borgne ! s'enthousiasma Anton sur sa lancée.

— Et son œil aurait été crevé par une jambe de bois ? Non ! Il y a incompatibilité dans les proportions : la terminaison d'une jambe de bois doit assurer l'équilibre, son diamètre est celui d'une cheville, pour le moins, et il excède ainsi largement la béance nécessaire au passage de l'œil, qui n'est pas minuscule, je te l'accorde. Non, Morne-mer, cette prothèse archaïque possède un sens qui nous est caché… Par ailleurs, aucune description d'aucun de ces capitaines ne mentionne un œil de verre. Une fois il est évoqué comme étant borgne, mais uniquement parce que son œil droit – le droit, pas le gauche – est dissimulé sous un bandage sanguinolent.

— Et s'il se déguisait ?

— Merveilleux ! Décidément, tu m'impressionnes. Étudiant, je débordais de fantaisie ; mais là, Morne-mer, mon camarade, mon ami, mon frère, tu dépasses ma propre légende ! Quelle créativité ! Quelle imagination... Tu as bien toutes les qualités requises pour saisir ce que les autres ne soupçonnent pas...

— Foutaises ! » se révolta Jak.

18

Forcément. C'était la bourde. Encore. N'avait-il pas déjà prôné cette idée du déguisement pour résoudre l'énigme du rhum volé ? Avec la même précipitation, le même aplomb ? Jak s'en souvenait parfaitement – sa réaction immédiate prouvait qu'il ne l'avait jamais oublié.

Comment négliger ce tumulte qui avait étreint son estomac ? Envie de vomir, d'être ailleurs ; désespoir de ne grandir jamais.

Cependant, découvrit-il avec un temps de retard, ce n'était pas lui que son « pote » regardait, mais l'Ivrogne que Jak fusillait des yeux. Pourquoi ? Anton redoutait suffisamment d'être le jouet du délire d'un alcoolique pour ne pas présumer qu'un fils d'aubergiste ne verrait dans l'historien qu'un simple raté de plus – mais un poivrot qui venait, brillamment, de conforter son emprise sur un public particulièrement crédule, lui… Pourtant, l'Ivrogne rejeta la remarque d'un revers de bouteille, comme si la dispute ne concernait aucunement sa naïveté.

« Foutaises, dis-tu ? J'ai trop longtemps pensé comme toi, Tempête. Mon personnage était assez rocambolesque pour éviter la surenchère. Mais quelle autre solution ? Il faut parfois adopter la logique chère au héros de Conan Doyle, si extravagante soit-elle… Un invalide peut-il imiter valablement un homme en pleine possession de toutes ses capacités physiques ? Non. Alors, le Pirate Sans Nom était plus rusé que ça !

« J'aurais dû m'en douter plus tôt : nous sommes chez les flibustiers des Caraïbes, tous empreints des codes de conduite des Frères de la côte, jamais ils n'accepteraient un dictateur pour capitaine. Voilà où je m'étais trompé lorsque je découvris le Pirate Sans Nom : je ne le concevais pas autrement qu'en tyran ou en amiral. Mais son équipage ne se compose pas de soldats qui obéissent aux ordres, mais d'hommes libres qui se consultent pour prendre leurs décisions à main levée. Sous le drapeau noir, le quartier-maître exerce une influence considérable. Près des matelots, c'est lui qui représente l'équipage – il dispose de mille astuces et occasions pour infléchir le vote d'un conseil. On le sait : certains capitaines ne furent rien sans leur second, juste un prête-nom. Or n'est-ce pas le propre du Pirate Sans Nom que d'agir sans jamais paraître ? Le charpentier et le chirurgien, sans parler du cuistot, occupaient des postes écoutés, eux aussi… Voilà qui explique également l'ubiquité de mon bonhomme : il possède au minimum deux navires, lesquels battent sous je ne sais combien de pavillons… Lorsque j'étais un étudiant parisien, pour donner dans le réalisme, j'avais taillé parmi les abordages qu'instinctivement je lui attribuais. Tout en diminuant leur nombre, je demeurais déjà stupéfait de son taux de réussite incroyable. J'avais eu tort ! J'aurais dû les additionner…

« Mais alors, quel personnage ! Il interprète toute une galerie de rôles et tire les écoutes et les haubans des focs et des grands-voiles d'au moins deux vaisseaux à la fois ! Pense au peu de temps qui sépare deux prises, et vois ce qu'il lui reste pour élaborer et agir… C'est un individu remarquable ! Et un étrange caractère. Qui peut se targuer d'assez de talent et de maîtrise de soi pour assumer toutes les compositions d'un si large répertoire ? Il a ça dans le sang. Voilà un élément que j'avais sous-estimé et sur lequel tu as parfaitement raison d'insister, Morne-mer.

« Plusieurs bateaux, plusieurs personnages, une multitude de noms insignifiants… Mon pirate a roulé l'Histoire, et plutôt deux fois qu'une ! Sans l'épisode des esclaves, et sans cette signature singulièrement distinctive, je n'aurais jamais franchi ce stade. Car, tu t'en doutes, n'est-ce pas, nous passons un cap en ce moment même, Morne-mer. Le Pirate Sans Nom ne peut qu'exister et nous sommes les seuls, toi et moi, à le savoir. Tempête, lui, fulmine. Grand bien lui fasse ! Mais toi, tu as compris. Ta créativité t'a affranchi des restrictions du commun – domestique-la, et tu en feras de grandes choses, jeune Morne-mer ! »

Jak haussa les épaules. Il se leva, les poings tendus à défoncer ses poches, puis il botta un caillou, qui valdingua contre la vieille digue.

« Encore un mot sur ce pirate, et dis-moi ce que tu en penses, en toute franchise. Un œil de verre bien fait donne le change, porter un bandeau est à la portée du premier venu. Passer pour un unijambiste réclame quelque talent, beaucoup d'application et des accessoires. Mais tout cela reste une question de discipline quand il ne s'agit que d'arpenter le pont d'un navire. L'inverse, je demande à voir ! Même le plus habile des artisans des îles noires n'aurait jamais pu confectionner une prothèse aussi sophistiquée.

« Bien, cela dit, voici ce qui me tracasse. Pour être en mesure d'interpréter ces différents personnages, auprès de ses compagnons ou dans les ports, il doit bénéficier d'une apparence assez neutre pour autoriser toutes les transformations. Si sa supercherie venait à être découverte, il en irait de sa vie ! Il ne joue pas la comédie à bonne distance du public, sur une estrade, pour quelques répliques et sous une lumière étudiée… Un nez trop long ou en patate, et voilà son répertoire qui se voit réduit comme une peau de chagrin. J'en déduis que c'est donc un homme banal, ni trop grand ni vraiment petit, sans rien de remarquable. Sous son apparence naturelle, il se fond dans le décor, on ne le voit pas. Je l'imagine les traits fins, et jeune, qu'en penses-tu ? Comment pourrais-je, moi, paraître plus jeune, avec ce fouillis de rides ? Un garçon de moins de vingt ans, habilement maquillé, pourra faire illusion, fardé en vieillard ou travesti en femme si besoin. À condition que son art, pour se grimer et mimer, touche la perfection !

— Il a fait du théâtre ?

— Du théâtre… Ou la rue. La cour des Miracles, voilà la meilleure école. Jadis, à Paris, les mendiants hugoliens se réunissent, la nuit venue, pour partager leurs gains et bénéficier de protection. Ils sont tous invalides, malades, handicapés, le jour… Mais, passé le crépuscule, quand ils se retrouvent entre eux, loin du regard des honnêtes gens, alors les aveugles voient, les culs-de-jatte marchent. Miracle ! Que lui chaut à mon pirate de savoir se poudrer le nez à la marquise de Pompadour ? Que lui enseignera-t-on de véritablement utile au théâtre ? Non, son apprentissage vient de la rue… Je doute que tes propres talents nocturnes résultent d'un enseignement scolaire, non ? »

Anton hocha la tête et Jak secoua la sienne – ces déductions à la chaîne l'ennuyaient mortellement. Entre le maître d'école, qui l'endormait, et les poivrots de l'auberge, qui l'énervaient, il ne prenait plaisir à écouter qu'Anton.

« Il y a école demain, intervint Anton qui venait de remarquer l'ennui de son compagnon. Nous devons rentrer tôt.

— Je garde la bouteille, je n'y ai pas encore touché !

— C'est un acompte pour demain.

— Demain, bougonna Jak.

— Surtout que demain, c'est samedi, rebondit l'Ivrogne, et le dimanche il n'y a pas école… Aussi, ayant tout notre temps, je vous en dirai plus, beaucoup plus… Si vous m'apportez de quoi humidifier cette langue qu'une si belle histoire risque d'assécher irrémédiablement… »

19

La nuit suivante, leurs pas s'accordèrent sans même échanger un mot. Ils s'étaient retrouvés derrière le restaurant, près du puits, mais plutôt que de bifurquer vers l'Adriatique, une fois descendue la rue qui menait au centre-ville, ils avaient continué droit devant. L'apaisement des vents offrait une soirée clémente, plutôt rare en arrière-saison. Quand ils étaient voleurs, ils multipliaient les itinéraires d'approche des quais ; ils connaissaient chaque porche, chaque ruelle sombre où se cacher, les carrefours qui décuplaient les options de fuite et les rues qui ménageaient une course rapide et silencieuse. Depuis quelques semaines, confondus aux badauds, ils fréquentaient davantage la promenade en front de mer, si spacieuse lorsqu'elle longeait le port de plaisance qui s'étendait jusqu'à la nouvelle jetée. Tout y semblait neuf, incroyablement luxueux et les places de mouillage infinies.

Cette fois, ils ne s'approchèrent pas des voiliers et des yachts qui dodelinaient mollement. Parvenus à l'esplanade arborée qui soulignait la blancheur de la toute récente capitainerie, ils appuyèrent sur la gauche et se dirigèrent vers les boutiques bigarrées dont les vitrines illuminaient la large avenue. Bientôt, passé la fin du dîner, tout le quartier plongerait dans un sommeil profond, si soudainement qu'on pouvait se demander si une telle débauche de tentations consumait chaque jour ses forces. C'était l'heure des pirates.

Et, accessoirement, celle du lever de l'Ivrogne.

D'un bref signe de tête, Jak signifia un « On y va… » résigné, comme si cela coulait de source. Anton ne s'y opposa pas. Sans hâte, ils firent demi-tour, s'accordant un regard de flâneur aux devantures encombrées. La promenade qui longeait les éventaires s'achevait sur un massif fleuri ; au-delà se tenaient les pêcheurs et les chantiers.

Le port de pêche s'enfonçait dans la ville, prisonnier de la crique où il s'était établi et dont il n'avait guère essayé de s'extraire. Entre les deux ports, des embarcations béquillées aux ombres fantasmatiques formaient un village fortifié ; certaines espéraient depuis des mois ou des années l'aval d'un banquier et Anton s'était attendu à voir l'Ivrogne y élire asile : y aménager un refuge ne présentait aucune difficulté et bien des avantages – qui songerait à les inspecter ? Tel n'avait pas été son choix.

Anton soupçonna l'Ivrogne de cuver son rhum, toute la journée durant, à l'abri dans quelque canot du port de plaisance – mais lequel ? Ils regagnèrent l'autre jetée où ils se retrouvaient le soir, sans relever le moindre indice de sa cachette.

Les rares échoppes qui accompagnaient leur route ne se souciaient pas de flatter l'œil ; pour elles, chaque article se mesurait à sa valeur pratique et l'étiquette du prix constituait son unique ornement. Elles offraient un décor rassurant, où ils se sentaient chez eux, surtout à cette heure. Des pêcheurs et quelques « vrais » marins fréquentaient également ces lieux, au rythme des marées, rentrant tard et partant tôt, mais ils se ménageaient néanmoins quelques heures d'accalmie au mitan de la nuit – tandis que leurs bateaux roulaient qui en miaulant, qui en sifflant des plaintes esseulées.

Quelques barques, légères et à la coque peu profonde, mouillaient au tout dernier ponton. Ses abords s'encombraient d'amas de paniers cassés et de casiers usés, de cordes oubliées ; ses planches, dont la peinture s'effritait depuis de nombreuses années, grinçaient des menaces absconses à chaque pas. Une cabane d'un gris-vert immémorial ne cessait de s'y effondrer, sans que nul ne s'enquît d'en retrouver la clé. Le vent qui s'engouffrait dans le port en suivant les vagues, chaque soir, longeait la promenade pour aboutir dans ce cul-de-sac, où il tournoyait quelque peu avant de se décider à escalader les contreforts méridionaux sur lesquels s'épaulait l'ancienne jetée. Une exhalaison de vase, d'algue et de vieux poisson s'y concentrait, si bien que même au plus chaud d'un midi d'été y régnait une sensation de froid nocturne aussi malodorant que tenace.

L'Ivrogne les attendait. Assis, la pointe de ses pieds rasait l'eau stagnante où une demi-douzaine d'espèces de poissons fins et gris se faufilaient nerveusement, balançant entre crainte et curiosité. Sous son regard fixe s'étendait une portion de mer, entre les barres sombres que dessinaient les deux jetées jusqu'à l'îlot déchiqueté où se dressait le phare qui traçait régulièrement un rai clair qui s'échouait à portée de main.

« De quoi vous parlais-je déjà, hier, quand une pénurie terrible m'interrompit si abruptement… Ah ! Merci, brave Morne-mer, dit-il en prenant la flasque qu'Anton lui tendait. Que ta sollicitude te vaille la vie éternelle… »

Le vieil homme avait alors plutôt longuement évoqué son désir d'entendre par lui-même les contes et les chants qui célébraient le Pavillon blanc, à l'affût des émotions qui les animaient encore – comme s'il réclamait de ressentir la légende, d'en vivre l'expérience…

Anton s'en était étonné : le Déchiffreur venait de situer l'île fantôme, pourquoi ne tentait-il pas de reconstituer le périple du pirate pour déterminer ses escales secrètes ?

L'Ivrogne avait éludé la remarque, comme si le trésor ne représentait rien pour lui.

Le vieil homme s'était aussitôt replongé sur les espoirs que sa connaissance du terrain et que ses nouveaux contacts avaient éveillés : il puisait aux sources mêmes des traditions orales, il ne travaillait plus comme à la Sorbonne sur des transcriptions réunies par un autre et selon des objectifs très différents. Assez rapidement, il avait ainsi remarqué que leur collecteur initial avait ignoré quelques divergences mineures sur la localisation des événements, et qu'il avait probablement eu tort. De fait, pour qui ne vivait pas dans les Caraïbes, ces imprécisions géographiques étaient balayées par les justifications habituelles : déformation de la narration originelle, propagée de seconde main, et incohérence inhérente aux témoignages. Le Déchiffreur ne s'y serait peut-être pas arrêté s'il n'avait pas relevé d'autres écarts, relatifs aux indications météorologiques ou aux aspects paysagers ; puis, en fouillant davantage, il avait relevé les contradictions sur le nombre de mâts du bateau libérateur ou l'apparence physique de son capitaine...

Pour lui, désormais il n'y avait plus eu aucun doute : une seule trame, mais à chaque récit sa genèse – trois abordages à trois moments et en trois endroits distincts, mais toujours rigoureusement suivant le même canevas.

Selon ses souvenirs et les archives locales, peut-être pouvait-il y ajouter au moins deux autres abordages de négriers, plus anciens et sans légende. De quoi envisager d'étendre les exploits du Pirate Sans Nom de huit ou dix mois – une période d'apprentissage, de montée en puissance ?

« Mon pirate s'éloignait inéluctablement de l'incarnation fantaisiste qui le faisait siéger en compagnie de mes aïeux... Cette évolution ne me plaisait guère, car elle semblait annoncer la défaite de l'Aventure Sans Fin au profit de travaux d'écritures à l'application toute notariale. Étions-nous condamnés, tous les deux, à…

— Mais, l'interrompit Anton, plus de navires et plus d'années, ça fait plus de butins ! Un trésor au-delà de l'imagination !

— Je te le redis, ce qui m'importait alors, c'était la légende du Pavillon blanc, et uniquement elle. Je ne devais l'envisager que dans son contexte, selon le point de vue des esclaves, et accessoirement de leurs descendants. Parce que, Morne-mer, je n'oubliais pas que ces hommes et ces femmes venaient tout juste d'être arrachés à une vie tranquille, et qu'ils avaient oublié jusqu'au goût de la liberté. Et crois-moi, ce goût-là n'a pas de prix. »

20

Les victimes des raids qui se sont abattus sur des villages entiers sont séparées une première fois ; les moricauds ne trouvent pas toujours rapidement preneur. Parqués sur les côtes africaines, ils rejoignent des navires par lots, formés en fonction du sexe et de l'état, mais aussi des propensions à la rébellion. Homme, vous vous retrouvez nu, attaché tête-bêche à un ancien ennemi ou environné d'esclaves de tribus dont vous ne comprenez pas le dialecte. Femme, plus palpée qu'auscultée à votre arrivée, vous êtes isolée, selon que vous plaisez bien ou que vous plaisez moins, mais nue. Le viol des esclaves est formellement interdit, mais, une fois en mer et avec un minimum de discrétion, qui dénoncera qui, quand du capitaine au mousse chacun se sert ? Les jeunes métis à naître compenseront les pertes qui surviendront immanquablement pendant le transport, le viol n'est pas une si mauvaise affaire.

Maladies et tangage, malnutrition et miasmes humains œuvrent de concert pour réduire à une léthargie passive les prisonniers qui seront vendus à terme selon leur condition physique. À l'approche des Caraïbes, il faut donc les sortir, les laver et les nourrir dans des enclos construits à même le pont. En quelques semaines, ils recouvrent une apparence convenable ; certains les huilent pour obtenir meilleur effet au marché. Ces changements n'augurent rien de bon, mais à quoi bon y penser ? Mélancolie et résignation emprisonnent l'esprit autant que les chaînes, sinon davantage.

Et puis vient ce jour où vous devinez une agitation anormale sur le pont. Encore une tempête à ne rien avoir à vomir ? Non, l'oscillation de la coque demeure régulière. Dans les cales, le frémissement tarde à se répandre, mais ceux qui sont de sortie doivent précipitamment rejoindre leurs chaînes. De là-haut parviennent des cris, des bousculades, et bientôt retentit le son du canon, bien avant que les crissements et gémissements de la coque qui vire de bord n'inversent la gîte. Inutile de constater de visu les dégâts engendrés par un boulet pour craindre pareil vacarme. Aussi bien que le jappement du fouet, les esclaves connaissent la signature des mousquets – ça vous perce un homme d'un trou gros comme le poing, s'il vient de près. Et ceux-là gueulent comme le tonnerre.

Des bruits sinistres d'arbres qui s'écroulent hantent soudainement le pont. Un chœur de hurlements fous de blessés atteints par la mitraille s'y joint par vagues. Puis, le choc redouté survient ; le bois ploie, grince, menace de céder une fois pour toutes, mais la coque n'explose pas, les eaux ne s'y engouffrent pas pour vous noyer. Au-dessus, alors, d'autres cris. De la peur, oui, mais aussi de la furie, de la démence – parmi les échos rudes des mousquets et les heurts éraillés des rapières. Ces bruits-là sont plus familiers. Le chaos des combats, Blancs contre Blancs. Cela ne vous concerne pas, bien qu'on se dispute la marchandise.

Le calme revient peu à peu. L'abordage achevé, les blessés glapissent une dernière fois. Le choc mou des corps balancés par-dessus bord n'est pas non plus inconnu. Combien de cadavres noirs ont franchi le bastingage depuis leur départ ? Pas autant.

Dans leurs accoutrements bariolés qui tranchent

sur les uniformes de ceux de leur race, de nouveaux Blancs pénètrent dans les cales, sans armes, en brandissant une lanterne. Le tintement des clés éveille plus la curiosité que l'espoir : les nouveaux maîtres rassemblent les esclaves pour estimer leurs gains… Mais voilà qu'ils les libèrent de tous leurs liens et les invitent à rejoindre le pont.

Les hommes y retrouvent les femmes, vêtues d'une liquette. Des marins leur tendent les culottes de l'équipage dépouillé. Même les enfants sont couverts…

Contre le flanc de la prison flottante se tient un second vaisseau, plus petit…

Sur le pont, plus de fouet. Du sang, un peu partout. Plus d'ordres vociférés. Plus de maître, non plus. Ni cadavre ni trace d'aucun prisonnier. Juste d'autres hommes – avec, parmi eux, aussi somptueusement parés, non seulement des têtes noires, mais également des jaunes et des rouges – qui sortent du pain et de la viande séchée de leur besace, et à boire. Des hommes qui vous touchent l'épaule avec déférence, qui ne regardent pas les femmes avec convoitise. Des hommes qui laissent les mères courir vers les enfants, des amis se rassembler, les couples se reformer. Certains s'occupent des plus malades, d'autres s'évertuent à vous dire des choses avec des gestes incohérents – et vous acceptez l'évidence : c'est fini.

Il vous faut alors trouver leur chef et lui marquer votre respect.

De l'autre navire sort à ce moment un homme qui n'arbore aucun insigne souverain, mais devant qui les marins des quatre couleurs s'écartent. Il observe les esclaves libérés la tête haute, sans sourciller, un léger sourire aux lèvres. Il franchit le bastingage et monte l'escalier du château de poupe, se retourne pour embrasser la foule silencieuse du regard et lève ses mains ouvertes pour les accueillir. Ses yeux s'attardent sur ceux de chacun et vous sentez la tension qui l'habite vous pénétrer. Votre corps en vibre encore lorsqu'il élève enfin la voix pour pousser un cri victorieux, et vous unissez votre souffle à celui de tous les autres pour célébrer ensemble la liberté recouvrée.

Cette communion intense se prolonge, mais quand il abaisse les mains, il impose le silence. Avec quelques mots simples dans sa langue, mais qu'il reprend dans deux ou trois dialectes africains, il les déclare libres. Tous ne comprennent pas aussitôt ce qu'il dit, mais il s'en trouve toujours un qui arrive à déchiffrer un de ces langages et les répète dans tous les dialectes qu'il connaît ; puis un autre qui les traduit aux siens. « Vous êtes libres. Nous ne pouvons pas vous ramener chez vous, où vous seriez repris. Nous allons vous cacher, vous vivrez ensemble, selon vos lois et vos coutumes. Nous vous aiderons à construire votre village. Nous vous aiderons à vivre. Vous êtes libres. »

Puis, tandis que des marins hissent un pavillon blanc orné du masque mortuaire terrifiant d'une tête éborgnée par un bâton, il ouvre un grand registre à couverture de cuir marquée de filets d'or et y consigne, un par un, les noms que les affranchis lui donnent. « En écrivant votre nom, vous redevenez un homme libre », dit-il. Mais si vous lui demandez en retour son propre nom, il sourit et vous montre son étendard.

Après chaque nouveau patronyme inscrit dans ce long registre, il sort d'un sac de velours pourpre, festonné de galons jaune vif, un gri-gri de nouvelle vie. Chacun reçoit le même et doit aussitôt l'entourer trois ou quatre fois autour de son poignet droit et ne jamais l'en ôter. Il ne faut ni en caresser les perles, une noire pour dix blanches, ni en baiser le pendentif argenté dont les deux branches latérales ont été repliées pour figurer une flèche sur laquelle un esclave blanc est cloué. La beauté de ce bracelet ne doit inspirer que crainte et méfiance, car toute fascination réveillerait l'esprit maléfique qui y est enfermé. Ce talisman de nouvelle vie a été spécialement fabriqué pour des fugitifs parvenus dans ce pays, il dupe les mauvais esprits en leur faisant croire que vous êtes toujours maintenu sous l'esclavage du dieu des Blancs. Mais cette protection tombe si l'esprit vient à s'éveiller…

Après quelques heures de retrouvailles, un équipage ami hisse les voiles et les deux navires voguent de conserve.

Le voyage ne semble pas si long pour qui se tient désormais debout sur le pont, libre de changer de place, de se désaltérer et de parler. Les marins demeurent concentrés sur leur travail, s'affairant à des tâches innombrables et complexes. Tout ce désordre se coordonne et le bateau leur obéit, se jouant de la houle capricieuse. La coque geint toujours, mais la douleur perçue depuis son ventre se résume dehors à une antienne plaintive, comme un nourrisson qui s'endort non rassasié – vous apprenez peu à peu à l'apprécier, elle est la vie. Plusieurs jours, plusieurs longues journées sont nécessaires pour accepter de vraiment vivre.

Enfin, un homme crie « Terre » et vous apercevez sous un chapeau de nuages éthérés la masse tabac et émeraude d'une île très lointaine, ou alors toute petite, comment savoir sans les repères familiers de la brousse et des arbres ? Quelques heures passent juste pour s'en approcher en évitant les brisants qui fouettent l'eau. Avancer parmi les chenaux et les récifs semble inhabituellement délicat à voir la façon dont les deux vaisseaux se suivent, la fréquence des ordres repris de l'un à l'autre, l'empressement des marins à la manœuvre, le ton dur de leur voix quand ils rabrouent les esclaves qui se regroupent à la proue sans les craindre. Devant vous, dans l'immensité de cette mer sans fin, cette ligne couverte de verdure, c'est votre terre, tout votre avenir d'hommes libres.

Ses ailes prestement rabattues, le navire progresse toujours trop vite. Comment oublier la fragilité des chaloupes qui ont conduit les captifs effrayés jusqu'à cette barque gigantesque hérissée de pieux qui mouillait en eaux profondes, loin du rivage, au-delà des rouleaux tonitruants. Jamais le bateau n'a été aussi près des terres. Ce nouvel équipage n'en sait rien et, de toute façon, il ne vous écoute pas. Il suit l'autre vaisseau, plus petit et plus souple, inconsidérément, tel un homme trop vieux qui s'obstine à talonner de jeunes fous qui se défient ! Et puis, soudain, ils jettent des racines de métal dans le vacarme de leurs terribles chaînes et les deux navires stoppent juste avant de se fracasser contre l'île.

Le Libérateur rejoint alors le négrier et se drape de sa bannière. D'un geste, il invite les affranchis à lui emboîter le pas et à regagner la terre ferme – leur terre. Au centre d'un espace dégagé, mais assez enfoncé pour ne pas être visible de qui s'aventurerait dans cette crique, il plante son aviron et y attache le drapeau blanc marqué des signes protecteurs. « Le village, ici. » Tandis que les femmes inspectent leur nouveau territoire et que les anciens palabrent pour l'organiser, les hommes accompagnent les marins. À l'aide de cordes, ils tirent ensemble le négrier jusqu'à l'échouer sur la plage de sable clair. Aussitôt, aidés des enfants, la plupart des marins démembrent le vaisseau. Les boucaniers prennent la tête des hommes libres répartis en petits groupes et se lancent à l'exploration de l'île déserte. Ils leur montrent où chasser, où semer, où parquer et où guetter. À leur retour, ils rapportent le bois arraché au négrier pour construire le village ou, de la chaloupe qui les décharge du second navire, des provisions de viande séchée et de morue salée, des poteries regorgeant de semailles, des cordes et des filets, des outils pour bêcher et pour bâtir.

Lors de chaque veillée, le Libérateur prononce quelques mots, puis se retire avec ses hommes dans son navire. Les affranchis peuvent parler librement et commenter ses conseils. « Pas de feu en rivage. » « Installez des guetteurs contre les intrus. » « Cachez vos traces, de la mer au village. » Les plus anciens traduisent aux plus jeunes la sagesse pratique de tels avis. Dans la journée, des marins leur ont confié quel sort attend les fugitifs, les marrons : ils subiront d'horribles supplices en guise d'exemple. L'abordage du négrier ne passera pas inaperçu et des soldats seront dépêchés pour les retrouver. « Pas de barque pour pêcher », poursuit le Libérateur. « Marchez dans l'eau, ne vous y couchez jamais. » Le plus modeste esquif ou un nageur imprudent peut dériver et trahir l'emplacement de l'île : seule la pêche à pied sera pratiquée, par les femmes ou les enfants, mais sous escorte d'hommes mûrs. « L'eau dessine une frontière à ne jamais franchir, ni par vous-mêmes ni par qui ne viendrait pas en ami. » Qui abordera l'île sans se placer lui-même sous la protection de la tête de mort fichée d'un bâton les dénoncera aux marchands d'esclaves. « Comptez trois générations avant d'édifier de nouvelles lois. » Depuis combien de générations des hommes œuvrent-ils à réduire leur peuple à l'esclavage, qu'ils viennent du nord, de l'est ou de l'ouest ? La durée semble bien longue, mais la mesure sage.

Après une demi-lune, le Libérateur reprend la mer en emportant son étendard. Il reviendra, avec des vivres et des équipements, et laisse un groupe de boucaniers les aider à achever l'établissement de la communauté libre. Les boucaniers parlent mal le dialecte commun que les affranchis élaborent, mais leurs gestes sont explicites. Ils redoutent l'arrivée prochaine des soldats ou des mercenaires et préconisent de construire des défenses et des pièges, ils apprennent aux meilleurs hommes à se servir d'armes à feu, découvrant des cachettes de poudre. « Le Libérateur croit en la bonté de l'homme, professent-ils, mais nous, nous savons que les marchands d'esclaves n'oublieront jamais cette humiliation. Tôt ou tard, eux, ou leurs fils, viendront. Et quand ils viendront, vous aurez à vous battre. Ils ne vous oublieront pas ; ils viendront. »

21

« Et alors ? s'impatienta Anton.

— Cette histoire, je l'ai entendue dix, vingt, trente fois, Morne-mer. Et j'ai toujours partagé cet intense émoi dans la voix qui rapportait ce récit impensable. Cet homme de race blanche qui libère des transports d'esclaves et les cache dans une île qu'il approvisionne régulièrement en vivres et équipements, imagines-tu ce que cela représente ? Jamais aucun d'entre eux n'a été repris, jamais aucun de leurs descendants n'a connu l'esclavage.

— Grand bien leur fasse ! Mais, moi, c'est l'or que j'aimerais entendre vibrer !

— Pauvre fou, Morne-mer ! L'envie t'aveugle autant que la reconnaissance pour eux et leurs enfants ! N'as-tu donc rien écouté ? Tout n'est que calcul et mise en scène. Ce "Libérateur" est un monstre, voilà ce qu'il en est. Malgré mes avertissements, rien ne te semble suspect ? Chaque navire libéré débarque sur une île déserte. Ne serait-il pas plus logique de réunir ces pauvres gens pour qu'ils s'entraident ?

« Mais revenons à l'abordage. Quand les captifs sont délivrés, il ne reste aucun survivant. Toute trace de ce passé est désormais effacée. Ce massacre est-il l'œuvre d'un justicier ? Combien de marins signent leur recrutement sous l'emprise de l'alcool, après qu'on leur a promis qu'ils gagneraient les eaux tropicales ? Mais sans jamais les avertir que le navire passerait d'abord par l'Afrique se charger d'esclaves. Être marin ne constitue aucunement un sort enviable. La mort les frappe dans la même mesure que leurs prisonniers, et ce n'est pas une mauvaise affaire pour le capitaine : un homme perdu, c'est une solde d'économisée, alors qu'un esclave mort, c'est une rentrée en moins ! Pourquoi ôter la vie à tous ces pauvres bougres ?

— À cause des mauvais traitements aux esclaves, les viols, tout ça... »

Jak leva les yeux au ciel.

« C'est ce qu'il en ressort, effectivement. Mais il n'y a pas eu le moindre jugement, juste une exécution générale ! Les esclaves eux-mêmes ne sont pas entendus ni consultés, la besogne est achevée avant leur montée sur le pont. Quand le bruit de la chute des corps dans l'eau leur est parvenu, ils n'ont pas pensé qu'ils étaient sauvés...

« Pourquoi dévêtir l'équipage avant de se débarrasser de leurs cadavres ? Pour vêtir les "affranchis". Ce "Libérateur" ne dispose-t-il pas d'autres habits pour leur rendre leur dignité ? En Afrique, ils vivaient pratiquement nus : s'habiller marque la fin de l'humiliation d'avoir été dépouillé, n'importe quel morceau de tissu ferait l'affaire. Pourquoi les chemises des marins aux femmes violées, les culottes des violeurs aux hommes ? Que signifie cette mise en scène sordide, sinon d'incruster la haine des marins en uniformes ?

« Et ce registre ! Théâtral... Ces illettrés ont vu leurs précédents maîtres tenir des comptes abjects dans de tels livres ; la valeur symbolique de cette liste est primordiale. Elle s'accompagne et se renforce d'un autre accessoire, le gri-gri de nouvelle vie. Ce simple détail en dit long sur la parfaite connaissance que notre homme a lui-même de la capture des esclaves. D'où lui vient, d'ailleurs, sa maîtrise de plusieurs dialectes africains ? Même si son vocabulaire demeure rudimentaire, il le manie assez bien, non ? Ce n'est pas une chose que les esclaves évoquent aisément, mais dès leur prise, avant même de les dénuder on leur a arraché leurs gris-gris, afin de les laisser sans défense et sans résistance. L'origine de leur résignation est là, religieuse. Or, voilà que notre "Libérateur" prétend leur offrir un nouveau talisman, forgé spécialement pour le Nouveau Monde. Tu parles ! L'une des toutes premières victimes du Pirate Sans Nom se trouve être un chargement d'objets de dévotion à destination des missionnaires catholiques. En bon athée, tel que je l'imagine, il s'amuse à transformer un chapelet en porte-bonheur ! Un esprit malfaisant y sommeille, affirme-t-il… Le Christ ! Sa croix a été repliée en forme de flèche…

« Chacun de ses actes est pensé et réfléchi, est voulu et accompli afin de renforcer son influence. Nudité, viol, croyances : il retourne toute l'injustice subie à son seul avantage. Il fabrique de toutes pièces le personnage adulé du "Libérateur".

« Alors, Morne-mer, quand il les débarque dans une île toujours déserte, mais dont il connaît l'accès difficile, je me demande pourquoi. Pourquoi ses hommes guident-ils les affranchis ? Pourquoi cet interdit de toute embarcation ? Pourquoi tolérer que les boucaniers les incitent à convertir cette île en place forte ? Le "Libérateur" ne le fait pas lui-même, il ne réclame rien. Les hommes qu'il laisse à chaque fois s'en chargent fort opportunément… Qui leur a appris les mots nécessaires ? Qui a caché la poudre ? Qui a abandonné ces armes à bon escient ?

« L'interdit de prendre la mer, de nager, de construire une barque, est hautement symbolique, une fois encore. Le mal vient de la mer. Le mal est dans la mer. L'île devient leur unique abri, leur secours. La question des trois générations est secondaire : la durée est exorbitante à dessein de s'incruster dans leur mémoire, c'est tout. L'idée, c'est qu'ils sont aussi seuls sur cette île que des pirates dans leur navire, sauf qu'ils ne peuvent pas fuir. Si l'ennemi se présente, ils sont condamnés à se battre…

« De la même manière, le dessin du Pavillon blanc frappe leur imagination. Outre le symbole de leur libération, il devient le signe de reconnaissance de leurs alliés. Qui n'arbore pas ce signe peu ordinaire est l'ennemi ! Mais l'ennemi de qui ?

« Pense plus largement maintenant, Morne-mer. »

Jak fit entendre un soupir.

« Ce déroulement se retrouve au moins trois fois, poursuivit imperturbablement l'Ivrogne. Peut-être quatre, peut-être cinq fois… Répété de manière parfaitement identique. Toujours le même. Pourquoi toute cette comédie ? Ses hommes maîtrisent leur rôle, les réactions des esclaves sont connues. On ne change pas de recette quand elle est bonne !

« Et puis, te représentes-tu le temps que cela prend de trouver un navire transportant des esclaves, de l'arraisonner, de permettre à ces pauvres gens de recouvrer vigueur et fierté, et de les mener ensuite s'abriter dans une île déjà explorée, puis de les y installer, de leur abandonner des hommes, de revenir chargé de vivres et de biens… Quand j'ai dressé la première liste des prises du Pirate Sans Nom, il ne s'écoulait jamais dix jours sans un affrontement. Quelle compensation escompte-t-il de cet investissement ?

« Pourquoi se préoccuper d'esclaves, qui ne rapportent rien, qui coûtent en temps et ressources ; pourquoi les manipuler sans rien exiger en échange ? Pourquoi ? Les trésors, Morne-mer. Les trésors… Son dessein n'épouse aucune autre cause que la sienne ! Ce capitaine aux multiples visages n'éprouve aucune compassion : les "affranchis" sont les bras qu'il assujettit à ses plans. Sont-ils libres ? Certes non ! Il ne les a pas libérés, il les a enchaînés ignominieusement à son service. Ils l'ignorent, et son personnage est si parfait que leurs descendants continuent eux aussi à l'ignorer. Tous le vénèrent et mourraient pour lui, mais cette garantie ne lui suffit pas. Lui, qui est immensément riche, il ne les rachète pas pour les affranchir officiellement ; il les capture, les abuse et les abandonne sur une île qu'il a choisie et qu'il connaît pour y avoir caché son butin. Il les accule à la seule fonction qu'il leur assigne. Trois fois, peut-être quatre, voire davantage… Ils sont ses sentinelles et son armée. Ils penseront défendre leurs familles, mais ils protégeront son trésor ! Ils n'ont pas le choix, ils se battront avec l'énergie du désespoir… pour son or !

« Tous les esclaves délivrés par ses mains ont-ils bénéficié d'assez de temps à vivre pour donner naissance à leur légende ? Les premiers à avoir enfreint ses ordres n'ont quitté leur île que dix-sept hivers après leur libération. Il leur faudra attendre une trentaine d'années avant que d'autres affranchis du Pavillon blanc les rencontrent et qu'ils se parlent… Jusque-là, tous estimaient être les seuls… Combien furent-ils, en fait ? Nous ne connaîtrons jamais qu'une facette de cette étrange histoire. Je me demande, parfois, comment le Pirate Sans Nom s'est trouvé engagé dans cette voie… Un pirate ordinaire aurait calculé combien il pourrait revendre sa cargaison, mais lui devait peser entre l'idée de s'inventer une nouvelle identité et le profit à tirer d'un tel contingent de prisonniers condamnés à se cacher pour survivre…

— Il les a quand même sauvés.

— Au poker…

— “Au poker”…, ironisa Jak.

— Au poker, reprit l'Ivrogne en écartant de la main un invisible moucheron, on finit toujours par croiser des hommes de ce genre, prétendument audacieux, qui n'apprécient pas tant la victoire que jouer. Jouer pour jouer. Peu importe l'adversaire, l'enjeu ou les variations. Le Pirate Sans Nom attaque sans relâche ni distinction. Il s'en prend même aux autres pirates, mais dans quel espoir ? Au mieux, ceux-ci ne transportent que le butin de leur dernier abordage : autant faire soi-même la besogne que se frotter à eux, tu ne crois pas ? Relever le défi, voici ce qui l'anime ! Pas par plaisir, mais par dépendance. C'est sa drogue, son obsession. Il ne peut plus faire autrement... Je n'ai retenu dans mon inventaire initial que les prises glorieuses, à quelques exceptions près, mais bien d'autres navires dont la ligne de flottaison est trop haute pour garantir des cales pleines ont malencontreusement croisé sa route et disparu.

« Ce "Libérateur" n'est en rien l'idéaliste que je croyais d'abord dépeindre, mais bien le monstre digne de mes conclusions estudiantines quant au Pirate Sans Nom. Et tu peux sourire à l'idée de son immense butin, et en rêver... Sache, cependant, qu'aucun des fils des esclaves ainsi libérés ne possédait d'autre richesse que l'espoir issu de cette légende machiavélique. Pas une seule pièce d'or...

— Ils n'ont pas trouvé de trésor... C'est ce que vous vouliez savoir ! S'ils étaient riches ou parlaient d'un mauvais revers de fortune...

— Leur pauvreté ne nous apprend rien, nous ignorons toujours ce que le Pirate Sans Nom y a laissé ou pas... Nous savons qu'il revenait de temps à autre, chargé de victuailles, et séjournait quelques jours. De quoi redorer son blason, oui... Je l'imagine volontiers s'adonner à quelques promenades discrètes, tant pour veiller sur ses caches que les combler – ou les vider ! Va savoir, Morne-mer. Avec un tel homme... Tu n'as plus rien à boire ?

— Non.

— Assez l'Ivrogne ! hurla Jak.

— Juste un peu... Parler donne soif.

— On pourrait..., tenta Anton en regardant son ami.

— Non, Capitaine. Mais... Tu ne comprends pas ? C'est tout ce qu'il veut. Il t'embobine, il brode sans fin autour des seules histoires qu'il connaît, pour que tu en redemandes encore. C'est tellement évident, c'est pas possible que tu ne le voies pas ! Il invente, il délire. C'est un ivrogne. Tu le sais, ça. Juste un ivrogne, et un voleur…

— Je ne crois pas qu'il invente tout ce…

— C'est pire, il arrange les choses pour t'accrocher. C'est pire… Il vole ton âme, Capitaine. Anton, il cherche à voler ton âme… »

Et si Jak avait raison ? Pourquoi un vieillard fantasque lui abandonnerait un tel secret contre de simples bouteilles d'une mauvaise gnole ? Légende et analyse sonnaient juste, mais cette nouvelle histoire était calquée sur celle du Pirate Sans Nom : découverte, évidences, inversion des conclusions. Rien n'était acquis, tout toujours remis en cause.

Vide et opposé…

Anton se détourna de son ami pour regarder le vieil homme, qui se taisait. Et qui boudait, ostensiblement. Les lèvres remontées jusqu'au nez, les yeux suintants braqués sur le phare, ce n'était à nouveau plus qu'un poivrot. Ni enchanteur ni escroc. Pas même un historien ravagé d'alcool. Seulement un pauvre type, une loque. Avait-il jamais été le Bouffon-savant, Qui-perd-gagne, le Déchiffreur ?

« De toute façon, je n'ai plus rien sur moi. Demain, peut-être… »

22

« Qu'est-ce qui t'arrive, Tavernier ? lui demanda Anton une fois loin des quais. Tu traînes la jambe pour venir et…

— On ne fait plus que ça, l'écouter.

— Ses histoires me plaisent ! Quel mal y a-t-il à ça ? Et ce ne sont pas simplement des histoires de pirates, mais de trésors… Et on n'a jamais été aussi près de…

— Tu vois ? Tu y crois.

— J'aimerais pouvoir y croire, oui », répondit sincèrement Anton. Mais, une fois ces mots prononcés, il se demanda lequel des deux cette réponse était censée rassurer. « C'est signe que l'Ivrogne parle bien, c'est tout, ajouta-t-il.

— Eh bien, moi, j'en ai rien à faire ! Il nous a volés, tu l'as pas oublié ? Et quand il nous fait la morale, ça te gêne pas ? Il s'en fiche, du rhum. Ce qu'il veut, c'est un public… Tous les soirs on a un gars comme lui, à l'auberge. Un soiffard. Pas toujours le même, loin de là ; des tas, qu'ils sont, même. Avec des tonnes et des tonnes d'histoires pas croyables à raconter. Ça… Contre un verre ou juste parce qu'on a une bonne tête. N'importe quoi, du moment qu'il nous garde avec lui. C'est bien rare qu'à l'écouter longtemps personne ne lui paie un coup, d'ailleurs. Mais même sans ça, c'est des solitaires, des pauvres types sans personne, alors il leur faut du monde. N'importe qui, n'importe comment. Ils disent tous les mensonges possibles pour qu'on ne parte pas. Voilà ce que je vois à l'auberge, moi. C'est un gars à nous embobiner pour de bon, avec ses histoires savantes et sa tête à lire le catéchisme, Capitaine… »

Chez Anton, on ne parlait pas. Son père rentrait éreinté de sa journée de labeur, sa mère occupait ses mains à d'incessantes tâches. Lorsque ses frères leur rendaient visite, passé la bourrade et la plaisanterie qui tenaient lieu de salut, ils ne lui adressaient plus la parole. À table, les discussions se détachaient difficilement du boire et du manger, ou, pour éviter la politique, elles se limitaient au travail, à leur départ, à leur prochain retour. Pour le reste, silence. Parfois, il y avait la radio – et malheur à qui toussait ou cognait sa fourchette sur le rebord de l'assiette…

Mais ses frères accompagnaient de temps à autre leur père au bistrot, ils n'en revenaient que tard, avec de vagues regards qui en disaient lourd de complicité. Jak assistait à de telles retrouvailles – chaque jour, avant de le rejoindre.

Lui non plus ne dînait jamais en tête à tête avec ses deux parents, ceux-ci se succédaient à une table proche du comptoir, d'où ils surveillaient la salle, prêts à apporter un cruchon de vin ou remplacer une cuiller. Jusqu'à la fermeture, les clients cherchaient leur compagnie. En y pensant bien, Anton convint qu'il n'y existait guère d'alternatives pour les solitaires en mal de société : le bar devenait leur maison du soir, le bistrotier une famille.

Combien d'histoires Jak avait-il entendues ? En écoutait-il seulement encore quelques-unes jusqu'à la fin ?

« Ce n'est pas qu'un poivrot, se défendit Anton, il a écrit des livres. Il sait des choses.

— Des tas. Qu'est-ce que ça change ?

— Il peut en dire plus qu'il ne veut.

— Pour lui, ça ne sera jamais assez !

— Pas pour moi.
— C'est ce qu'il veut, je viens de te dire.
— Tu crois vraiment qu'il pourrait m'embobiner ?
— C'est déjà fait.
— Non !
— Quand il parle, c'est toi qu'il regarde, Capitaine. Pas grave. Sauf que, toi aussi, tu le regardes… Comme à l'école, avec le maître. Tu sais, quand tu fais l'éponge.
— L'*éponge* ?
— Ben, oui : t'absorbes tout ce qu'il dit.
— Ça se voit ?
— Pas trop. Mais moi, je le sais. »
Anton s'était senti flatté, trahi, si faible et intrigué – tout à la fois. Comment soupçonner Jak d'autant d'attention, ou de ce genre de clairvoyance ? Plus inquiétant : était-il si piètre comédien ?
« Ensemble, nous ne risquons rien. »
C'était une phrase concise et claire, plutôt dépourvue de fondement, mais pas de sens. Dite posément – il l'avait appuyée d'un sourire très fraternel –, elle venait confirmer leur amitié et concédait à Jak un rôle d'ange gardien, autrement plus valorisant que celui de garde du corps… Ainsi, Anton avait récupéré l'avantage et réaffirmé son autorité. Satisfait, il reprit la route et Jak le suivit, comme prévu. Quelque part, bien sûr, sa conscience tentait de lui bouder son plaisir – le mot fatuité lui trottait trop souvent en tête.

Il soupçonnait que ce contentement précoce l'avertissait d'autre chose, et il n'y avait pas à gratter loin pour trouver. Le fait de l'éponge l'agaçait trop ouvertement pour être seul en cause. Jak, pour une fois, n'avait pas égrené la succession de ses reproches contre l'Ivrogne ; à Anton de s'y mettre ? Le rhum, la grotte aux trésors, les voleurs du port, les bijoux, le *Nathalie*… *Son* navire… Oublié l'affront, envolée la colère ?

Sa fascination pour l'histoire du Pirate Sans Nom et sa promesse d'un fabuleux trésor secret tombaient à pic, non ? Quelle meilleure excuse pour un lâche que se prétendre opportuniste ?

Du coup, sa petite phrase n'affirmait en rien son contrôle, elle stigmatisait plutôt sa faiblesse, comme s'il réclamait effectivement de l'aide ! C'était trop. Anton refusait d'être comme ça. Et Jak ne devait se douter de rien.

Ils étaient parvenus à l'angle de la rue où Jak s'engageait pour rejoindre l'auberge familiale. Anton lui bougonna une sorte d'au revoir maladroit – ses frères ne l'embrassaient plus et ne lui serraient pas la main ; entre garçons, comment se saluer ?

« Demain, on fera autre chose.

— Quoi ? » répondit Jak avec un regain d'enthousiasme.

Quoi… Déambuler encore et encore dans toutes les rues qui mènent ou longent le port, il n'en était plus question. S'empiffrer de chocolats en lisant des bandes dessinées, pas davantage. Voler, c'était fini, au moins pour un temps. Alors : quoi ?

« Pillage… », improvisa Anton.

En un instant, il organisa la mise à sac qu'ils allaient faire demain, ensemble. Ils ne rôderaient pas en front de mer de toute la soirée. Ils ne se rendraient pas à la vieille jetée où les attendrait l'Ivrogne. Ils ne feraient rien de remarquable jusqu'à passé l'heure du dîner. Une fois les boutiques assoupies dans la pénombre, ils se faufileraient vers la nouvelle jetée. Quelques canots y seraient amarrés, comme toujours. S'en approprier un serait un jeu d'enfant, leur choix ne se porterait ni sur un trop récent ni sur un trop luxueux. Discrètement, comme ils savaient si bien le faire, ils rameraient sans se cacher : si quelqu'un devait les remarquer, leur assurance banaliserait cette promenade nocturne. Passé le phare, encore un quart du chemin et ils stopperaient – Anton avait gravé les repères dans sa mémoire et il se faisait fort de les retrouver sans faillir, même dans l'obscurité de la lune déclinante. Et là, ils lui saboteraient son gagne-pain.

« Vider les casiers de Petit-Loup ? avait répété Jak.

— Les vider, les saccager.

— Rigolo. »

Oui. À en fondre en larmes de rire toute la journée du lendemain pendant que le maître s'époumonerait à réclamer le silence. Oui, à détourner tous les curieux qui voulaient partager ces fous rires et s'écartaient dans la cour de récréation, qui vexé, qui hautain. Oui au désespoir de leurs parents respectifs qui entendaient dîner en paix. Ah oui, c'était bon de rire, ensemble.

Et quelle aventure ce serait ! Anton gardait un souvenir enjoué des trois ou quatre occasions où ils avaient emprunté un canot pour rejoindre un bateau qui mouillait dans la rade : Jak souquait si ferme qu'ils tournaient en rond et Anton devait manœuvrer deux fois plus vite que son ami pour maintenir le cap… Les marins riaient de leur spectacle, et ils redoublaient exprès de maladresse, battant en désordre la surface de l'eau, hurlant des « À l'abordage ! », jusqu'à devenir le point de mire de tout le port !

Tout au contraire s'élanceraient-ils cette fois de nuit et en grand silence. Anton ne se camperait plus fièrement à la proue, tel un vaillant capitaine torturé par l'espoir de recouvrer sa goélette volée. Non, il ne serait pas n'importe quel pirate, mais le Pirate Sans Nom voguant vers l'île fantôme, cachée par les ténèbres et la brume. Magnanime, aux esclaves qu'il viendrait de libérer et qui l'acclameraient, il offrirait la mise à sac de leurs geôles et leur abandonnerait sa part de butin. Il était ainsi, et ses hommes l'aimaient. Nul ne discutait ses ordres et tous seraient morts pour lui, sans sourciller. Même son fidèle second, à qui il accordait, parfois, le privilège de se réclamer du Pavillon blanc. Oui, tous le suivraient jusqu'aux enfers sans émettre – sans même imaginer

– le moindre doute. Ensemble, et secrètement, ils navigueraient jusqu'à cet endroit anodin, connu de lui seul, où ils jetteraient l'ancre. Le trésor, son trésor… Ah, il était bien le plus grand des pirates, le plus audacieux, le plus émérite – le plus malin, aussi, puisque demeuré à jamais *invisible* !

23

Jak marchait devant, d'un pas gaillard, mâchouillant un caramel rétif. Anton gonflait si fort ses poumons de l'air âpre du large qu'il se sentait grandir. Quelle joie sauvage de renouer avec le crime ! Par bouffées entières, les souvenirs fébriles de leurs exploits lui revenaient, le submergeaient délicieusement. Ce n'étaient pas des images au sens propre du terme, des scènes identifiables, mais plutôt des sensations brûlantes et vives, de l'exaltation à l'état brut. Tous les deux contre tous. Des pirates. Ensemble. Sans l'Ivrogne. Juste tous les deux.

« L'Ivrogne doit nous attendre, s'amusa Jak faisant écho sans s'en douter aux pensées de son ami. Il doit avoir une de ces soifs !

— Grand bien lui fasse, Tavernier !

— Lui qui apprécie tant notre tord-boyaux, Capitaine, je crains que le manque le lui fasse adorer ! Le grand amour !

— Mon "Petit-Loup de rhum"… Allez, on y va.

— Il est de l'autre côté, là.

— Qui ça, l'Ivrogne ?

— Oui. Il peut pas nous voir.

— Et alors, on s'en fiche, non ? On y va ?

— Ben non.

— Quoi : ben non ?

— Ben non, Capitaine, on s'en fiche pas.

— Qu'est-ce que tu as en tête, Tavernier ?

— Trouver sa cache. Où il dort. Regarder ses affaires.

— Et les casiers ?

— Après.

— Qu'est-ce que tu espères trouver, Tavernier ? Une bourse pleine d'écus d'or pour payer nos bouteilles ?

— Non, juste ses livres. »

Évidemment. Un véritable historien ne se séparerait sous aucun prétexte des ouvrages issus de sa plume, à défaut d'être signés de son nom. Même ruiné, même ivrogne. D'ailleurs, voici quelques jours encore, il était l'hôte choyé d'une goélette de luxe : il n'avait naturellement pas voyagé sans bagages.

« Enfin, c'est peut-être qu'un cahier », se reprit Jak.

Quel cahier ? Le temps de se formuler cette question, Anton auscultait la réponse – et un nouveau motif d'étonnement. Qui-perd-gagne avait recopié la première partie du manuscrit, et c'était ce récit que Jak désirait voir. Parce que, malgré son expérience de fils d'aubergiste, il avait envie d'y croire ? Ou pour administrer à Anton la preuve que l'Ivrogne mentait ?

« Tu sais où chercher ? T'as vu où il dort ?

— Pas à chaque fois, il change souvent de place, pas tous les jours.

— Tu le surveilles depuis le début ? Bonne idée.

— Il nous a volés.

— Je ne lui ai jamais vu de besace ni rien », enchaîna Anton comme s'il s'était déjà lui-même occupé de ça. « Il ne doit pas avoir gardé grand-chose avec lui.

— Juste un ballot, dans une toile étanche, comme la nôtre. Je sais où. Côté chantiers.

— Dans une coque ?

— Non, il fait trempette.

— Sous un ponton ? C'est comme ça qu'il a trouvé le nôtre.

— Sais pas. À l'époque, il n'avait pas besoin de se cacher.

— C'est vrai. »

Depuis combien de temps Anton se rengorgeait-il de si bien connaître son ami qu'il n'avait pas pris la peine de vraiment l'observer ? Et pourtant, Jak parvenait à le surprendre, trop souvent depuis quelques jours. Quand ils étaient voleurs, il se montrait plus vigilant, sûr et certain que son compère lui réserverait une surprise qui friserait la catastrophe. Jak était désordonné, brouillon, il s'embarquait soudain à la poursuite d'une intuition ou s'obstinait à suivre une logique aussi déroutante qu'impérieuse. Parfois, étrangement, ses mobiles se révélaient fondés.

Tout occupé à faire l'éponge, Anton avait omis d'espionner leur voleur. Devait-il en conclure que Jak était le plus malin des deux ?

« Nous regarderons au retour, ça peut attendre, s'entendit-il déclarer sur un ton trop sec. La marée, non. »

Comme si la marée, dans l'Adriatique, les concernait… Jak ne se révolta pas, pas plus qu'il ne s'en montra chagrin. Ils filèrent comme deux ombres vers la jetée. Anton comptait « emprunter » le youyou d'un plaisancier dominical, mais Jak lui désigna d'un mouvement de la tête un petit bateau de pêche. Ses yeux brillaient, le modèle lui faisait envie. Cette grosse plate flambant neuve, bien que plus légère que les embarcations des pêcheurs qui s'aventuraient en mer, serait plus difficile à manœuvrer. Peut-être Jak rêvait-il un jour d'en posséder une semblable ? Une ambition de Tavernier. Anton choisit de ne rien dire – à chacun son *Nathalie*.

Tous deux glissèrent leur aviron dans la dame et se mirent à nager en douceur.

Ramer ensemble, sans prononcer une parole… Ils s'éloignaient des quais avec l'aisance des grands oiseaux marins qui rasent l'écume… Tout se passait comme il l'avait prévu… Quelle sacrée idée… Il avait tendance à mal se juger, à trop de sévérité. Un bon capitaine doit composer avec les éléments, quel meilleur apprentissage que de domestiquer sa propre nature… Il apprenait vite, et avec quel discernement… Ce raid était vraiment une trouvaille – ça lui était venu comme ça, d'un seul coup. Il était fort… D'où provenait cette faculté ? De son imagination, bien sûr, si fertile. À force d'enchaîner tout ce foisonnement de possibilités, il savait improviser. C'était ça, son truc… L'Ivrogne l'avait remarqué, il le lui avait confirmé : il devait s'entraîner à bien exploiter son imagination… Pas la contrer, l'utiliser…

Son épaule lui tirait. Sa respiration se faisait plus sonore. Où en étaient-ils ? À peine à la moitié de la jetée…

Anton peinait à retenir la pelle pour la plonger sans bruit, puis à accompagner le mouvement de Jak. Forcer l'allure pour rattraper son retard, puis s'obliger à ralentir, relevait de la pire tactique, sauf s'il comptait se ridiculiser… Son épaule lui faisait vraiment mal à présent. Pas de chance… Non, ce n'était pas une question de chance, mais d'application. Il devait apprendre à se concentrer… Orienter son esprit sur son aviron… Pas seulement sur le sien, sur celui de Jak aussi. Ça n'avait rien d'agréable d'aligner ses pensées sur la rame d'un autre.

Ses muscles raidis se déchiraient un peu plus à chaque manœuvre. Garder la cadence, ne pas penser à autre chose. L'effort était brusque et court ; ils remontaient tout en douceur, sans grand mouvement, ramenaient l'aviron à ras de l'eau, puis plongeaient à nouveau, parfaitement ensemble. Cette coordination indispensable nécessitait toute son attention. Il n'était pas fait pour ça. Ses bras lui tiraient d'horribles rictus. Comment soutenir l'allure de son compagnon ? Il devait tenir.

Encore une fois, il avait perdu le rythme en tentant de mesurer leur progression – ils étaient toujours loin d'atteindre le musoir.

Assis à ses côtés, cuisse contre cuisse, Jak devinait-il ses grimaces ? Il entendait forcément son souffle, cette espèce de râle qu'exprimaient ses poumons lorsque sa nervosité venait à la rescousse pour compenser la force titanesque de son ami. Son dos se bloquait une fraction de seconde quand il se redressait, comme pour refuser de poursuivre l'effort stupide. À chaque traction, ses narines se pinçaient, assaillies par l'odeur tristement familière de sa propre transpiration. Que n'avait-il exercé ses muscles plus tôt ? Jak ne transpirait pas.

Ils n'avaient pas quitté la rade, de loin.

Dans son souvenir, le diesel de la chaloupe de Petit-Loup hoquetait comme une grand-mère asthmatique et Anton n'avait jamais douté que l'âge antédiluvien du moteur fût la cause unique de l'avancée poussive de l'embarcation. Passé la jetée, ils n'auraient pas encore parcouru la moitié du trajet. Peut-être moins si Petit-Loup avait forcé l'allure en mer, ce dont il n'était pas sûr, mais ce qui lui semblait, hélas, de plus en plus probable.

Leur canot était pourtant beaucoup plus léger, et mieux taillé qu'un gros navire de pêche, surtout sur une mer d'huile. Ils n'étaient que deux à bord. Ils devraient aller plus vite, beaucoup plus vite. Si Jak pesait des tonnes, il faisait presque tout le travail. Le poids mort, c'était lui, le petit Anton. L'autre fois, Jak soulevait les casiers comme s'ils étaient vides. Au même rythme effréné que les hommes. Et il avait touché son salaire.

À hauteur du vieux phare, Jak lâcha un « Eh l'autre, là ! » qui désignait l'Ivrogne, silhouette fantomatique au bout du port. Dardait-il ses yeux sur la lumière intermittente, distinguerait-il l'esquif s'éloigner ? « Ils ont remis la lampe, on le voit bien », ajouta Jak. Le silence n'était plus une vertu indispensable, le clapotis des vagues masquait le déchirement d'écume des rames.

Anton tenta une réponse, mais ses poumons libérèrent une flamme muette qui emporta son arrière-gorge ; sa nuque se baigna d'une sueur froide. Impossible de parler. Il devait puer.

Ne pas se détourner de la cadence. Manœuvrer ferme. Remonter en détendant le dos et se pencher avec l'aviron. Plonger et souquer. Deux temps, interminables, le premier saccadé et rauque, le second à n'en jamais voir la fin. Un-un, deuuux. Ce tempo silencieux n'était d'aucune aide. Les nombres, c'est pour les imbéciles ! Il fallait un sens, accordé au mouvement, forçant sa concentration. Des sons, puis des syllabes se télescopèrent jusqu'à former un mot. Mor-ne merrrr. Mor-ne merrrr. Mor-ne merrrr.

Quel cri de bravoure ! Quelle devise terrifiante ! Héroïque ! Morne-mer… Tempête, voilà qui sonnait mieux pour un capitaine. Morne-mer répondait au tempérament d'un obscur tavernier. Leurs surnoms de jeux leur allaient pourtant comme un gant : Jak finirait assurément aubergiste ; quant à lui, Anton ne s'imaginait pas autrement qu'en chef. Alors, pourquoi l'Ivrogne l'avait-il affublé de ce surnom dérisoire ? Par provocation ? Ça n'avait pas de sens, c'était… vide de sens. *Vide et opposé ?* Capitaine et Morne-mer ? Capitaine ou Morne-mer ?

Plus tard, bien des années après, le commandant Petrack pensera avoir découvert l'astuce du sobriquet. Lors d'une soirée, il saluera dans sa langue un antiquaire parisien, spécialisé dans les armes du Moyen Âge. Son interlocuteur, ravi, l'entretiendra longuement en français, persuadé que le commandant le comprenait parfaitement. En fait, il lui suffira de hocher la tête, de ponctuer les silences de l'autre, assez rares heureusement, de quelques « Hum », et le spécialiste se relancera délicieusement dans l'étalage de sa science. « Ainsi, dans les armoiries des chevaliers, quand un blason figurait un casque fermé ou un animal dénué de dents et de griffes, il se voyait qualifié de "morné". À ne pas confondre avec un "mort-né", évidemment. Quoique, mon cher, la morne se présentait sous la forme d'un anneau dont on garnissait la pointe d'une lance afin de la rendre inoffensive. Contrarier autant la vocation d'une arme, n'est-ce pas aller contre nature, non ? » Petrack éprouvera beaucoup de difficultés à faire répéter l'antiquaire et davantage à en obtenir une traduction incomplète dans un anglais plutôt approximatif. Mais il le priera de noter les mots : « morne », « morné », « mort-né ».

L'anneau figure-t-il un atoll ? La lance émoussée que le combat est perdu d'avance ? Ou que lui-même demeure un éternel rêveur, c'est-à-dire quelqu'un d'inoffensif ?

Ou encore : qu'il effectuait une sorte d'apprentissage, qu'à cet âge il lui restait tant à découvrir et à assimiler que sa lance s'avérait mouchée ?

Mor-ne merrrr. Mor-ne merrrr. Quand l'effort et la sueur ne gâchaient pas tout, la régularité même du mouvement de l'aviron l'incitait à soutenir une réflexion graduelle, la déployant en une suite de pensées élémentaires, ordonnées. Cette réitération mécanique n'était pas désagréable, elle dégageait une certaine sensation de confort, qui stimulait plaisamment l'esprit... Combien de fois, tout petit, Anton avait-il fixé la grande aiguille de la pendule de la cuisine assez longtemps pour la contempler avancer de tout un cran : une minute.

Il savourait les prémices de cette maîtrise lorsqu'ils sortirent enfin de la rade. Un courant pourtant négligeable les fit pivoter en un clin d'œil et ils se retrouvèrent en train de dériver en toute impuissance. Durant un bref instant de pure panique, Anton rompit la cadence, se retourna vers Jak pour le supplier, se retint de justesse, soudain abîmé dans le spectacle terrifiant de la mer se confondant à la nuit. L'autre aviron se mit en marche, attaquant fermement la surface de l'eau. Anton fut traversé par l'image apaisante d'une chaudière grondante d'un cargo, de bielles greffées sur le torse de son ami. Le canot tourna sur lui-même pour reprendre sa position initiale et Jak le remit en mouvement. Anton manœuvra sa rame avec une maladresse consternante pour compenser l'action de Jak. Penser, ramer : il n'était plus capable de rien.

Qu'en serait-il s'ils dérivaient pour de bon ?

Il y a des forces contre lesquelles personne ne peut lutter. On ne se mesure pas à plus fort que soi. Les deux maximes ne s'annulaient pas, elles dénonçaient son inconséquence. Anton devait le reconnaître, son corps le désignait comme un faible, un incapable, un handicapé. Un idiot. Il n'allait pas se mettre à pleurer, quand même !

Être petit ne résultait pas d'un choix ou d'une volonté : sa morphologie ne ménageait pas de place pour davantage de muscles. C'était tout.

Que ne pouvait-il se contenter de ramer. Souquer, souffler, souffrir. Rien d'autre. Comme Jak : être comme les autres. Jouer et courir, se dépenser, crier, chanter à tue-tête et : ne plus penser. Juste faire les choses, vivre les moments, être enfin insouciant… La torture perpétuelle de l'étude de soi ruinait tout plaisir. Jamais de spontanéité, mais du calcul, du calcul, du calcul.

Jérémiades. « On est comme on est. » Son père montrait davantage de bon sens que lui, bien qu'il professât des truismes à tout propos.

Jak ne transpirait toujours pas.

Et s'il lui ordonnait de souquer pour deux ? S'il se comportait en Capitaine en s'en faisant *obéir*…

Il dressa sa rame et Jak l'imita aussitôt.

24

« Une pause », crut-il nécessaire de préciser. Jak hocha la tête. Était-il plus essoufflé qu'il ne s'en doutait ?

Anton se retourna vers le phare, examina ensuite la côte, puis les quais, à la recherche d'indices. Ils n'étaient pas encore parvenus à mi-course. Et après il faudrait revenir. Ramer pendant des heures, le dos au port, à se taper le balayage du phare qui ne semblerait jamais s'éloigner d'un pouce. À l'aller, ils jouissaient des lumières de la ville pour mesurer leur progression. Elles fustigeaient leur lenteur, mais ils avaient conscience d'avancer. Ce calcul en entraîna un autre : une fois sur place, combien de casiers devraient-ils tirer du fond ? C'est-à-dire : soulever, maintenir sur le rebord de la barque, ouvrir, vider de ses prises – et casser, fracasser, pulvériser… Des casiers peut-être vides et légers, ou peut-être pleins… Non, même à moitié remplis, c'était impossible…

« On n'y arrivera pas. »

Au moins, être lucide et conséquent.

N'était-ce pas là, précisément, et même tout à fait précisément, un argument de lâche ?

Jak se tourna à son tour et contempla le large. Que voyait-il, lui ?

« On s'occupe de l'autre ?

— Des affaires de l'Ivrogne ? »

Jak avait acquiescé d'un grand mouvement de tête, goguenard.

Anton ne pouvait pas lui laisser reprendre le contrôle juste après son terrible aveu d'épuisement.

« Sus à l'Ivrogne ! Nous fouillerons ses affaires une autre fois, allons lui tirer les pieds dans l'eau !

— Ouais, belle idée pour terminer la balade. »

Pour lui, ce n'était qu'une balade pour rigoler, un pillage *pour de faux* ? Renoncer ne lui était donc rien ?

Tout en s'évertuant à souquer en cadence, Anton avait médité de couler l'esquif une fois arrivés, comme si la barque en elle-même était responsable de son échec. La perspective de la morale que ne manquerait pas de leur assener le vieil homme lui avait fait abandonner ce projet mesquin. Du moins, l'idée lui avait occupé l'esprit le temps de revenir jusqu'aux quais.

« Approchez ! Quelle bonne idée ! Je n'ai pas navigué depuis des siècles et ça me manque, sacrebleu ! »

Ils n'eurent pas le temps d'accoster que l'Ivrogne sautait pour prendre place dans l'embarcation, au risque de la faire chavirer.

« Ramez ! Moi, je raconte…

— Pas question ! s'exclama Anton. J'en ai assez de ramer, moi.

— Alors, laisse-moi ta place, moussaillon. Avec Tempête, nous irons jusqu'Au bout du monde. Enfin, jusqu'au phare, si tu veux bien, hein, Tempête ? »

Jak approuva de la tête, convaincu que le vieux soûlard apprendrait à ses dépens à souquer ferme – ses deux doigts meurtris lui feraient payer cher cette intrusion. Mais, au moment de plonger son aviron, l'Ivrogne se ravisa pour scruter les étoiles. Jak interrompit son geste juste à temps et décocha un regard noir à l'Ivrogne qui, un œil fermé et l'autre ouvert, comme s'il venait tout juste de se souvenir d'une chose urgente à faire, contemplait le ciel de cette belle nuit.

« Oui. Donc, je me demandais si le moment n'était pas venu pour moi de rentrer à la Sorbonne. Mon éditeur m'estimait déjà pour la valeur marchande de ma plume, il finirait bien par envisager celle dégagée par ma signature... En récrivant ma thèse en fonction de mes dernières découvertes, je pourrais regagner les chaires promises...

— Pour leur parler du Pavillon blanc ? ne put réprimer Anton.

— Non... Ce sujet-là, je me le suis toujours réservé ! Mais, vois-tu, quand j'ai abandonné l'univers paisible et besogneux de mes études, un vaste débat tourmentait le sommeil universitaire à propos des mensonges de l'Histoire. Alors, rejoindre le continent pour y porter la dispute sur la vérité des légendes... Voilà qui légitimerait mes péripéties... Quelques anecdotes vécues, et facilement vérifiables, doreraient mon aura d'un parfum d'aventure et d'interdit... Poker et farniente, les mers chaudes et du rhum à volonté, et puis les femmes aux poitrines généreusement dénudées des îles lointaines, tout cela déboulant dans un vaste amphithéâtre dont la poussière elle-même appartient à l'Histoire... Tu imagines ! Le scandale délicieux, les ragots sulfureux sinuant dans les passages sinistres de la Sorbonne et toutes ces charmantes étudiantes extasiées se pressant pour me surprendre à susurrer : « Caraïbes... » Mais je ne suis pas parti, Morne-mer.

— À cause de l'île fantôme.

— Et du manuscrit de Blackjack !

— Mais vous disiez que vous vous en fichiez.

— Oh, ce que j'ai pu dire à Blackjack à partir de l'instant précis où j'ai compris que j'avais perdu la partie... Il ne m'avait laissé le compulser qu'afin d'exciter ma curiosité, et je brûlais de le lire tout à mon aise. Mais comment ? Si je manifestais le moindre intérêt pour le manuscrit ou l'île ou la carte, je risquais de ne jamais m'en débarrasser. Car même si je n'avais plus aucune de ses nouvelles, que savais-je de ses espions ? Mon seul espoir tenait dans un bout de chemise : la carte que j'y avais dessinée affichait les attributs d'une réflexion digne d'un universitaire, ou plus précisément d'un universitaire fourvoyé… Normalement, je devais l'avoir beaucoup déçu. Mon comportement le laissait éloquemment présager : je m'étais égaré et le rhum avait causé sur moi d'irréparables dommages.

— Ce n'est pas le cas ? triompha Tempête.

— À tes yeux, je suis l'Ivrogne, embrumé d'un brin de rhum brun. Aux miens, tu es Tempête, dans un verre d'eau. »

Sur ces mots, l'Ivrogne se mit à frapper l'écume avec une assurance redoutable et Jak peina visiblement plusieurs fois à maintenir le rythme. Il luttait pour damer le pion au vieil homme. Anton se demanda si cette soudaine rivalité physique n'allait pas davantage souder les deux rameurs. À l'école, c'était un phénomène qui se remarquait souvent, des amitiés solides naissaient d'un défi ou, mieux, d'une bagarre. Il observa la silhouette de son compère, découpée par intermittence par le rai du phare, imposante et large, qui insistait méchamment sur le cou gras et court. Ce détail le marqua. Il connaissait bien l'allure massive de Jak, mais ne la savait pas courtaude. Pas à ce point-là… Depuis quand son ami avait-il changé ? C'était typiquement une pensée dans laquelle son épuisement corporel l'aurait volontiers laissé s'abîmer, si l'Ivrogne n'avait repris tout à coup son récit là où il l'avait abandonné la veille.

« J'élevai ma prudence atavique au stade paranoïaque.

— Alors, c'était bien ça. Le trésor ! Vous vouliez tout le trésor pour vous !

— Le trésor… Oui, nous y sommes, Morne-mer. À la frontière de l'imaginaire de l'enfance et de la cupidité de l'adulte… À croire qu'ils se succèdent sans rien avoir appris… Ce trésor fabuleux n'est pas une fable, Morne-mer, mais un fait. Ma main à couper :

un butin pharamineux. Disséminé sur plusieurs îlots inconnus des Caraïbes. Faute de documents, seules des fouilles attesteraient mes conclusions ! Mais... je n'y songeais même pas.

— Pourtant, vous y étiez presque ! Vous avez réussi à remonter aux sources des histoires du Pavillon blanc, s'emballa Anton. Parce que c'est simple, après. Vous en avez même déjà parlé : vous saviez où chercher, pas sur l'itinéraire du pirate, mais juste à l'écart. Et avec l'apparition de ces légendes, vous disposiez d'un indice supplémentaire. L'endroit où elles ont été contées en premier n'est probablement pas très éloigné de ces îles. En recoupant ces informations... C'était peut-être difficile à votre époque, mais maintenant il y a des cartes précises, et des photographies aériennes de partout dans le monde...

— À mon époque, jeune impudent, on réfléchissait ! Justement parce que les choses n'étaient pas si faciles. Tout allait lentement. Avant de s'embarquer pour des années de fouilles, on se demandait si on avait raison de partir.

— Je ne comprends pas.

— Parce que tu n'écoutes pas. Ou, plus justement : tu m'écoutes comme Tempête me regarde. »

Anton toisa Jak du regard : son ami prenait grand plaisir à le voir rabroué par l'Ivrogne, pour une fois qu'il n'était pas la cible de ses sarcasmes...

« Si, j'écoute !

— Il m'est arrivé de parler de son trésor, mais ai-je jamais dit qu'il m'intéressait ?

— La gloire, alors ? C'est la gloire qui vous intéresse, qu'on vous admire pour avoir découvert le Pirate Sans Nom ?

— Ta conclusion en dit long sur toi-même... De quoi ai-je parlé, à l'instant, qui me retenait dans les Caraïbes – tandis que la gloire, elle, se conquiert à la Sorbonne ?

— Du manuscrit, répondit Anton en ayant la désagréable impression de se retrouver à l'école.

— Bien. La toute dernière ligne du deuxième manuscrit s'achève sur ces mots : "L'or n'est rien. Eux sont tout."

— Qu'est-ce que ça veut dire ?

— Voilà une bonne question. "Eux" : il désigne ainsi nécessairement des êtres humains. Quoi, ce monstrueux pirate qui s'intéresse soudainement à autre chose qu'à l'or ? "L'or n'est rien", affirme-t-il. Et quand l'écrit-il ? En achevant ses Mémoires... Lui, le pirate resté dans l'anonymat... Et à quelle occasion ? En conclusion d'un livre relatant une existence entièrement consacrée à l'amasser. "L'or n'est rien" : voilà qui n'est pas banal.

— Je ne comprends pas.

— Mais moi non plus ! "Eux sont tout." De qui parle-t-il ? Comment pouvais-je sérieusement envisager de partir, Morne-mer, avant d'avoir dénoué ce mystère ? Le pirate le plus riche qui soit renonce à son formidable trésor – pour qui ? "Eux." Mystère. »

Anton haussa les épaules. Le personnage était-il aussi imprévisible que son inventeur ?

« Il a peut-être menti, suggéra-t-il. Il voulait qu'on croie que son trésor n'était pas si gros que ça.

— Une dernière pirouette avant de tirer sa révérence ?

— Ce serait bien dans le personnage, non ?

— Probablement... Ton imagination est précieuse, Morne-mer. Mentir... C'est une bonne ruse, mais à quoi bon mentir à ce moment de sa vie ? Tu es jeune, ton désir de vivre est une évidence omnipotente. Mais pour lui... Ce que j'ai réussi à entrapercevoir, dans ces quelques pages, qu'il rédige au présent, c'est de la colère. Une rage abyssale, une envie déchirante de se battre. C'est un homme prêt à défier le monde qui écrit ce journal comme on solde une dette. Pour ensuite aller profiter de son or ? J'en doute. Il est seul, dit-il, désormais. Quelque chose le fascine et l'incite à partir, mais il lui reste une chose à faire.

— Quelle chose ?

— Probablement le vaisseau de son illustration ! Celui que je n'ai pas vu.

— Ah oui, le bateau qui a brûlé…

— Le vaisseau qui brûlait… qu'il dessine… qui l'obsède… Pourquoi ?

— Ça n'a pas de sens.

— Tant qu'une histoire n'est pas achevée, comment être sûr d'en avoir deviné le sens ? Je n'en ai lu que des fragments, rarement des phrases entières. C'est bien pourquoi je devais étudier ces pages ! Et, à défaut, au moins retourner sur l'île sans attirer Blackjack à mes trousses. »

L'Ivrogne se détourna pour contempler le phare. Jak leva son aviron et le canot dériva lentement. Anton avait un peu froid, maintenant qu'il ne manœuvrait plus, et ses frissons s'accordaient aux derniers mots de l'Ivrogne : le Pirate Sans Nom se désintéressait de son trésor et il était en colère. « Eux » désignait-il des voleurs ?

« Et si je vous racontais ce que notre pirate a écrit sur son enfance ? proposa l'Ivrogne.

— La première partie du manuscrit ?

— Oui, Morne-mer.

— Le mieux serait de nous la lire.

— Quoi ! Tu as peur que j'omette quelque détail ?

— Pourquoi pas ? Je ne souhaite pas entendre une histoire qui ne mène à aucun trésor, je veux savoir ce qu'il a écrit. Ce qu'il a véritablement écrit !

— Ma mémoire n'a jamais été prise en défaut…

— Et comment le saurais-je ? Je veux voir le texte.

— Eh bien, il faudra te contenter de ma mémoire, Morne-mer, car j'ai perdu ma copie du manuscrit voici bien des années. Mais je me la récite, de temps à autre, et je me fais fort de ne manquer aucune virgule !

— À voir…

— Crois-tu que j'aurais pu vivre si longtemps privé

de mes livres sans posséder une mémoire assez fiable pour se substituer à une bibliothèque ?

— Ça doit être une histoire bien courte, alors, ironisa Anton.

— Ou interminablement longue… », ajouta Jak.

III

Les Petits

1

Le commandant Petrack s'extirpe pesamment de son fauteuil rouge et rejoint son bureau. Sur le plateau de merisier partiellement recouvert de cuir vert se déploie, à proximité du porte-documents, un planisphère que maintient à plat son jeu de cartes, avec la dame de carreau toujours en évidence, une boîte d'épingles multicolores et son carnet d'adresses, encore ouvert à la lettre A, pour Albatros. Après un soupir, il se penche pour tirer le tiroir principal. Sa main s'y enfonce profondément et ses doigts cherchent, légèrement sur la gauche, la planche à bascule qui cède sous la pression.

En la tenant entre l'index et le majeur, il en rapporte une petite clé soigneusement ouvragée. Il se tourne vers la bibliothèque derrière lui. De nombreux ouvrages de référence s'y entassent, dans toutes les langues. De toute évidence, il n'y a là aucune édition rare ou de prix et aucun de ses visiteurs ne s'attarde jamais à les observer. Il écarte deux tomes d'une vaste encyclopédie universelle en français, aux reliures blanches quelque peu défraîchies, et dégage un bouton discret. Le mécanisme rudimentaire donne l'impression de ne pas fonctionner : aucune cache secrète ne se trouve ainsi révélée… mais cette commande actionne un système de vidéosurveillance. Pour libérer le fond du meuble, qui ne pivote pas mais coulisse de quelques centimètres sur le côté, il faut extirper une mince cheville qui se confond avec un nœud du bois, y enfoncer la clé à mi-course et la tourner deux fois, à l'envers – ultime et inutile précaution, dont il s'amuse comme d'un bon mot venu trop tard. Le fond donne alors accès à un petit coffre à combinaison, dont le commandant Petrack retire un cahier d'écolier.

« Les Petits... » La voix de l'Ivrogne retentit dans sa mémoire.

Petrack rapproche légèrement l'ouvrage de ses narines, s'imprègne à nouveau de son odeur et rouvre les yeux.

Le titre du recueil est soigneusement tracé à la plume sergent-major. De minuscules souillures d'encre violette constellent la couverture dont les fibres grossières ont gâché toute application. Il rejoint son siège favori en feuilletant le cahier. Les pages sont noircies au crayon à papier, lequel autorise une écriture rapide, bien que souvent trop pâle. Surtout, cet instrument permettait d'écrire sous les draps, avec la lampe torche récupérée dans la grotte aux trésors.

> Ma mère m'a été prise quand je n'avais pas six ans ; enfui de la carriole qui me conduisait à l'orphelinat, j'errais seul dans les rues qui bordaient le port, non loin de notre demeure. Lorsque je l'ai revue, elle montait à bord d'un navire en partance pour le Nouveau Monde ; je ne comprenais pas pourquoi ses mains étaient liées, comme celles de toutes les femmes, jeunes et vieilles, qui l'accompagnaient. Elle ne pleurait pas et ne me chercha pas du regard. Je tentais de l'imiter tandis que le vaisseau s'éloignait de chez nous et dépassait la rade. Je ne me souviens pas précisément de mes pensées, sinon que j'avais faim.

Il connaît par cœur le paragraphe liminaire. Cette nuit avait été la première où il avait mis en pratique son projet de consigner les histoires de l'Ivrogne. L'idée était plaisante, son exécution fastidieuse. Même en se limitant à l'essentiel, l'effort de mémoire et de transcription exigeait plus de temps – et ô combien plus d'énergie – que la simple audition de ces récits. Depuis toujours il en est intimement convaincu : le jour venu, cette manie – cette discipline, plutôt – pèsera dans sa réussite. Quatre cahiers de brouillon contiennent les autres propos du vieil homme, réflexions et anecdotes, légendes et chansons, mais aussi la chronique de ses propres aventures. Au fil des ans, d'autres les ont rejoints, exclusivement consacrés à toutes les informations et histoires qui évoquent l'univers du Pirate Sans Nom et du Pavillon blanc. Parfois, le lien se révèle précaire ou les faits plutôt fantaisistes, mais Petrack les relève quand même. Il a pris cette décision dès la première nuit où il s'est lancé dans cette entreprise et s'y tient encore : il notera tout, sans distinction, et jugera plus tard – *chaque chose vient en son temps*.

Depuis longtemps déjà, toutes ces notes ont été transférées sur une base de données qu'il consulte à l'occasion ; ce cahier est le seul qu'il conserve dans son bureau. Il ne s'accorde le loisir de le compulser qu'en de rares occasions, peut-être cinq ou six fois depuis qu'il l'a rédigé. Ce n'est d'ailleurs généralement pas utile, mais s'il cherche une information précise, il peut compter sur cette transcription originelle. La plupart du temps, il se contente de replonger dans ses souvenirs. Chaque fois, il sait mieux l'histoire, son contexte et ses protagonistes. Cette familiarité nourrit le récit initial, comme un arbre s'épanouit grâce à la lumière que captent ses feuilles et à l'humus qu'enserrent ses racines. Il n'invente rien, il devient cette histoire.

Cette nuit, il se félicite du courage et de la ténacité dont il a fait preuve, enfant, en entreprenant ce travail. Ce cahier entre ses mains, il est tout à la fois Anton et l'Ivrogne, mais aussi le jeune pirate.

« Notre mémorialiste anonyme, Morne-mer, n'évoque pas n'importe quel port, mais probablement Harlingen, Harns, disait-on alors, petite cité néerlandaise qui fait face à l'archipel frison et dont les marins chassaient la baleine jusqu'au Groenland. Cela ne vous dit rien, mais vous devez vous plonger dans l'histoire de la piraterie occidentale, quand elle opère encore sur les côtes européennes. Au XIVe siècle, la mer Baltique est le terrain de chasse d'une redoutable organisation de gueux des mers, les *Vitalienbrüder*, ce qui signifie, en gros, les "Frères du ravitaillement" ou peut-être la "Confrérie vivrière". Qualificatif joliment descriptif, non ? Il faudra que la Hanse, une entente commerciale qui regroupe plusieurs grandes villes d'Europe du Nord, lance l'ordre Teutonique à leurs trousses pour parvenir à les expulser de leur base, l'île de Gotland. Mais les pirates ne déménagent pas trop loin et s'établissent en Frise, une région à cheval entre les Pays-Bas et l'Allemagne. Leur arrivée est plutôt bien accueillie par les seigneurs du coin.

« Ne prends pas cet air ahuri : il n'y a rien d'étonnant à cela, Morne-mer, tu devrais le savoir. Les pirates ont besoin de ports où mouiller, et donc de protections quand ils sévissent dans des zones aussi civilisées que la vieille Europe. Comment crois-tu qu'ils puissent prospérer de la sorte pendant... disons une bonne centaine d'années, sans conclure de marchés avec les puissants ? Et les puissants, eux, ne pensent qu'à se défendre ou à grossir, inévitablement. Les gentilshommes de fortune font des mercenaires épatants, qui œuvrent sous leur propre pavillon et se rémunèrent eux-mêmes. La chasse-partie ne fonctionne pas si mal pour nos *Vitalienbrüder*. À tel point, même, que la Frise devient un lieu de ralliement pour les pires forbans et aventuriers de l'époque. C'est que l'on vient de loin pour batailler sur un de leurs célèbres vaisseaux... Peut-être pouvons-nous voir dans cette confrérie une espèce de modèle des Frères de la côte, chère à l'épopée pirate des Caraïbes, ne trouves-tu pas ? Un peu comme si s'affranchir de son passé pour défier les lois demeurait illusoire, que nos racines finissent toujours par nous rattraper… Mais il semble que je m'égare, matelots, ou que j'aille trop vite.

« Quelle empreinte un géant – et, croyez-moi, il l'était dans tous les sens du terme – comme Klaus Störtebeker a laissée dans l'imaginaire des marins néerlandais ? Après une poursuite épique, la tête du tout dernier et néanmoins du plus fameux des capitaines qui eussent régné sur les mers septentrionales fut exposée pendant plusieurs semaines sur la place du marché de Hambourg, en compagnie de celles d'une centaine des gueux qui le suivaient. Voilà une sentence exemplaire, propre à impressionner les pleutres et les bourgeois, mais qui confère aux chansons la touche dramatique qui les aidera à franchir les années, et peut-être les siècles…

« Comme bien des pays pauvres, la Frise reste fière et cultive ses traditions comme sa langue. Les légendes des temps anciens y demeurent vivaces et inspirent l'imaginaire des jeunes enfants. Tu sais l'importance que j'accorde aux traditions orales, l'épopée des *Vitalienbrüder* n'est pas morte avec Störtebeker, elle s'est perpétuée dans son dialecte originel. Aussi, Morne-mer, comment ne pas relever le fait que les premières lignes de ce manuscrit, et uniquement celles-ci, furent rédigées dans la vieille langue frisonne ? Seul un enfant d'Harns saurait la comprendre et l'employer. Leur auteur ne nous concède-t-il pas ainsi un infime indice quant à ses origines ? Et plus encore, probablement… L'influence des pirates du Nord, la destination prise par sa mère, son statut proche de celui d'esclave : ces informations ne figurent que dans ce dialecte si rare. Heureusement, les historiens apprennent vite les vertus de la patience, car il m'aura fallu attendre de longues années avant de trouver quelqu'un qui identifie précisément cette langue et sache correctement traduire ce passage essentiel. Chaque chose vient en son temps ! »

Sur le coup, Anton n'avait accordé que peu d'importance à ces précisions, si éloignées de l'aventure qui restait à conter. Mais, avec la conscience du débutant, il les avait rapportées dès les premières pages de son cahier. Ce soir, il s'en félicite et se plonge dans la suite de sa transcription.

Mon ventre me commandait de retourner chez nous, mais ma rue m'était désormais interdite, sous peine d'orphelinat. Avant le départ du bateau, je pensais devoir simplement me cacher et attendre ; dorénavant j'étais seul. Je ne savais pas où aller. Mon désarroi laissa s'infiltrer la vision de notre logeur, à qui je vouais depuis toujours une haine farouche. Mon âme juvénile se refusait à considérer ma part de responsabilité et la reportait tout entière sur cet individu qui incarnait à la fois la peur et le mal.

Ma mère redoutait chaque semaine sa visite, mais elle ne disait rien. Comment pouvait-elle supporter ce rustre qui empestait la bière et le tabac froid quand il martelait notre porte, le jeudi à l'heure du souper, braillant un « Loyer ! » sans appel ? Mes yeux d'enfant trop sensible se noyaient aussitôt de lourdes larmes. Je détestais les jeudis puants. Mon estomac se nouait dès la fin d'après-midi. Ma mère se contentait de lui ouvrir la porte et me chassait en essayant de me rassurer d'un « Ce n'est rien... ». Mes pieds nus battaient la rue, j'étais incapable de rester en place, je n'arrivais pas à m'éloigner assez pour ne rien entendre. Écumant de sueur, il repartait peu après, rougeaud, reboutonnant son pourpoint, et tentait systématiquement de m'ébouriffer la tignasse comme si j'étais son gentil chien. J'esquivais sa caresse et filais la rejoindre. « Ce n'est rien... », poursuivait-elle en déplissant mille et mille fois sa robe du plat de sa main. M'avait-elle seulement vu rentrer ? Pouvais-je me borner à réclamer à manger comme si de rien n'était ? Je ne sais combien de fois j'ai hurlé qu'elle mentait, jusqu'à ce qu'elle me regardât. « Ce n'est rien... », disait-elle alors.

Elle m'avait regardé ce jeudi-là, longuement, la main sur la poignée, au moment où elle me poussait ordinairement vers la rue pour le laisser entrer. Je ne parvins pas davantage que d'habitude à endiguer le flot de mes larmes. « Loyer ! » Elle me regardait toujours, sans sourire, sans une parole. Mes pleurs redoublèrent. L'homme cognait de plus belle. Sa main s'éloigna de la porte et prit nos deux écuelles, qu'elle disposa sur la table. Elle se dirigea vers le feu et plongea dans la marmite une grande cuiller qu'elle tourna jusqu'à emplir la pièce des effluves de la soupe. « Loyer ! » N'a-t-elle jamais prononcé ce soir-là son « Ce n'est rien... » ?

L'homme s'était mis à hurler. Il frappait si fort que je ne pouvais pas avaler une seule cuillerée. Et puis, ce fut le silence. Nous avons fini notre dîner sans échanger un mot. Je guettais les bruits qui annonceraient le retour du logeur, j'observais l'étrange indifférence de ma mère, je cachais mon triomphe – j'étais son héros...

Le lendemain soir, en revenant de jouer, je trouvai la porte close. Cela ne m'inquiéta pas, car notre voisine m'offrit aussitôt une soupe avec un vrai morceau de lard. Je venais souvent la voir quand ma mère tardait, ou sans cela pour me fondre à ses onze enfants attablés. Quand arrivait mon tour de tendre l'écuelle, elle m'appelait par le prénom d'un de ses fils, ou de son mari, parfois même de son chien, et nous en riions tous chaque fois. Ce soir-là, je n'étais pas assis qu'elle me désignait de sa louche et que les gens de l'orphelinat sortirent de l'ombre pour m'emmener. Je plongeai ma main dans la marmite et fourrai le lard dans ma poche.

2

Du toit que j'abandonnais, je ne garde que le souvenir d'une pièce étroite où les eaux de pluie ruisselaient par-dessous la porte. Dormir dans la rue m'apparut étrangement naturel, je me couchais là où l'envie m'en prenait, je ne veillais qu'à me mettre à l'abri du regard des hommes. Manger n'était pas aussi simple.

Par terre, on trouve de tout, mais en faible quantité et parfois dans des états avancés de décomposition. La première fois que je tombai sur une pleine poignée de queues et de têtes de poissons qu'un aubergiste venait de jeter parmi les détritus de son établissement, je crus que j'étais enfin un homme fait : j'avais tout compris et résolu mon unique problème. Mais, au moment de les manger crus, je me retrouvai aussi malheureux qu'un nourrisson pendu à un sein tari. Je m'y forçai cependant, la faim ne me laissant guère le choix. Le lendemain, je poussai l'expérience jusqu'à dévorer des crevettes nauséabondes que personne n'avait vues. Je révisai mon jugement : personne n'en avait voulu. Elles me firent vomir pendant toute une journée. Ma mère cuisait toute notre nourriture longuement dans sa marmite, je devais l'imiter. Mais comment ?

Je séchai mes larmes et me promenai dans le port pour épier les pêcheurs qui grillaient toutes sortes de poissons minuscules, dans l'attente de la prochaine marée ou peu pressés de rentrer chez eux. J'étudiais leurs gestes, je mesurais les temps, j'inventoriais leur équipement. Tout cela semblait si simple pour eux et demeurait si effroyablement compliqué pour moi. Comment allumer ce feu, où se procurer une broche, une grille, une marmite ? Et où m'installer ? Je m'approchais des braseros et les écoutais parler pêche et voiles, des baleines qu'ils avaient poursuivies, des courses menées si loin dans le Grand Nord qu'ils apercevaient les masses blanches des icebergs. Ils s'habituèrent facilement à ma présence et, cédant à mes grands yeux sensibles, me proposèrent quelque friture. Ils devinrent mes seuls compagnons, bien qu'aucun ne s'inquiétât jamais de me demander mon nom. Auprès d'eux, je m'évadais de ma condition, et mes pensées se repaissaient d'histoires de tempête, d'îles lointaines et de contrebande. Je me sentais bien. Trop, peut-être. J'en oubliais toute prudence et m'attardais jusqu'à la nuit tombée. L'un d'eux finit par se soucier de mon sort et m'interrogea gentiment sur mes parents. Je le soupçonnai d'alerter l'orphelinat et me sauvai si précipitamment que je me condamnais à ne plus pouvoir revenir…

Ma rue et le port interdits, je devais me résoudre à m'enfoncer à l'intérieur de la ville. J'étais effrayé, je n'y étais jamais allé. Je changeai vite d'avis : tout y semblait plus facile. Les halles couvertes regorgeaient d'opportunités pour un ventre affamé. Des ordures traînaient partout dans les rues, beaucoup se mangeaient sans cuisson. Très vite, j'élaborai mentalement une carte de mon nouveau garde-manger, repérant maintes auberges et boutiques de bouche dont fréquenter les abords. Hélas, à peine imaginé, ce portulan exprima davantage les dangers qu'il me fallait affronter. Les chiens, d'abord. Je les croyais tous comme celui de notre voisine, dans la fourrure duquel je me pelotonnais si volontiers. Il n'en était rien. Gros ou petits, les chiens qui s'appropriaient mes promesses de vivres me terrorisaient. Ils me chiquaient facilement. Devais-je leur lancer des pierres pour les faire fuir, comme ma mère m'avait cent fois expliqué de faire ? Et si je les fâchais alors ?

Les mendiants ne se montraient pas plus tendres ; ils m'apprirent du moins que mes yeux ne suffisaient pas à me valoir la sympathie de tous les hommes.

Les pouilleux me chassaient à grands cris, et les passants me toisaient sans aménité, me soupçonnant d'avoir commis un crime effroyable. Mais le pire vint des bandes d'enfants, ceux qui vivaient dans la rue comme moi, mais qui étaient trop souvent moitié plus grands, et si nombreux. Je les craignais plus que tout. Ils me tombaient dessus à quatre ou six, sans raison, et me rossaient comme si j'étais leur seul ennemi, parfois sans que je parvinsse à en deviner le prétexte, sinon parce que je me trouvais là et qu'ils ne le voulaient pas.

L'orphelinat me semblait chaque matin moins épouvantable que la nouvelle journée que je devais affronter. Là-bas, même si l'on y mangeait peu et mal, on y mangeait du moins chaque jour. Pas dans la rue. Régulièrement, je passais le doigt sur la tache que le lard avait laissée au fond de ma poche, mais je l'avais déjà raclée tant de fois qu'il n'en demeurait rien, pas même l'odeur. Mes pas me conduisirent vers la maison de notre voisine. Je ne doutais pas un instant qu'elle m'accueillerait comme elle en avait l'habitude et que sa soupe m'aiderait à attendre les gens qui m'emmèneraient.

Je n'avais pas atteint sa rue qu'une demi-douzaine de mioches, aussi laids que misérables, me barra le passage. Les Estropiés. Combien de fois ma mère m'avait recommandé de les éviter, comme s'ils s'étaient jamais montrés accueillants à mon égard ! Leur chef, une fille plus âgée que moi de deux ou trois années, et qui portait une culotte de garçon et les cheveux en queue-de-cheval, s'avança tandis que les autres observaient. Elle s'arrêta devant moi, me dévisagea longuement, puis elle me gifla si violemment que je sentis aussitôt ma lèvre saigner. Je me sauvai, des larmes plein les yeux. Pourquoi m'avait-elle interdit de passer ?

Je ne stoppai ma course que plusieurs rues plus loin. Que devais-je faire ? Ma résolution de me rendre était la seule issue possible. Puisque je ne pouvais pas rebrousser chemin, peut-être pourrais-je les contourner par le port pour aller chez notre voisine ? J'empruntai l'avenue qui menait droit à la rade quand un chien se lança à ma poursuite, m'obligeant à me précipiter dans un dédale de venelles. Je dus mon salut à une palissade et je me retrouvai dans une impasse. Aux bruits, je devinai m'être rapproché des quais. Un juron me fit sursauter. Le vieil homme qui m'avait salement pincé l'oreille la veille me tournait le dos. Il s'occupait à masser son pied endolori par un sabot peu usagé mais bien trop court pour lui. Il ne m'avait pas entendu. Je rasais le mur le plus éloigné, lorsque je remarquai son installation. Ses affaires étaient réunies derrière un amas de gravats, bien à l'abri du regard des passants. En l'observant plus attentivement, je distinguai un quignon de pain sous la couverture qu'il avait roulée en guise d'oreiller.

La prudence me dictait une conduite que la faim m'interdisait. La peur demeurait reine, me privant de tous moyens. Immobile et silencieux, je restai longtemps l'œil rivé sur la nourriture. Cette impuissance était insupportable : mon corps ne bougeait pas, mon esprit esquivait chaque décision. Ma détresse m'accablait : j'étais vraiment fait pour l'orphelinat.

Je m'apprêtais à reprendre ma route, sans bruit, le ventre vide, ma lèvre fendue, veillant aux chiens, craignant que ce vieil homme me pinçât… Ma mère me manqua soudain. Des larmes me brûlèrent les yeux et je réalisai l'étendue de ma faiblesse – à laquelle je refusais de concéder cette écœurante victoire. Ma mère n'avait pas ouvert la porte, je pouvais bien défier ce clochard. Je l'insultai alors comme si j'étais invincible, comme s'il était notre fétide logeur. Une haine farouche m'envahit sur-le-champ. Non, je ne laisserais pas un vieillard me faire changer de trottoir ; non, je ne quitterais pas la rue à laquelle notre logeur m'avait condamné sans m'en venger.

Le vieil homme se redressa pour me menacer. Je fis un pas vers lui. Il écarta les bras et, déchaussé, il dodelina à la manière de l'ours du cirque d'hiver. Je rugis et me précipitai droit sur lui, mais je l'esquivai au dernier moment et revins à la charge et l'évitai encore. En tournant trop vivement sur lui-même, il perdit un instant l'équilibre. Je fonçai à nouveau dessus, mes poings prêts à boxer, mais je virai et visai du pied le sabot abandonné pour l'envoyer de l'autre côté de la ruelle. Je m'arrêtai alors pour rire de lui. Le clochard ne voulait pas se battre mais récupérer son précieux trésor, si inconfortable fût-il. Je chipai ainsi sa miche de pain.

J'aurais dû déguerpir aussitôt, ou au moins m'éloigner. Devant sa tête ahurie, je croquai dedans à pleines dents. C'était bon. C'était facile, aussi. Je l'avais fait… J'avais réussi.

Le caillou qu'il me lança passa bien à côté de mon visage ; moi, je ne le ratai pas. À aucun de mes trois jets, et en pleine face. J'éparpillai ensuite sa couche et je partis enfin, lentement, sans me retourner. Puis, je me sauvai en respirant à m'en faire péter les poumons. Pour la première fois depuis que j'étais un gueux des rues, courir n'était plus fuir.

Je n'irai pas à l'orphelinat, jamais.

Combien de fois Anton avait-il répété ces mots : « courir n'était *plus* fuir » ?

3

Mon apprentissage des rues prit dès lors une tout autre tournure. Jusque-là, je m'étais plutôt contenté de saisir ma chance, sans chercher à la provoquer, errant l'œil rivé aux pavés, à l'affût d'une bouchée de pain ou de fragments de tourte chaude gisant à terre, souillée. Peu à peu, j'osais relever les yeux. Un fruit allait tomber d'un étal, il était à moi ; une lanière de viande séchée se dérobait d'un sac à provisions, elle était à moi ; une pièce de cuivre traînait sur la table d'une auberge, elle aussi était à moi. Il me fallait observer, me décider sans attendre, avoir le geste précis. Je comprenais ce que je devais faire et découvrais que mes mains savaient comment.

Mais tandis que je gagnais en assurance, j'entendais sa voix me susurrer que voler était indigne de nous. Au moment où je sombrais dans le sommeil, ma mère me reprochait avec douceur de jouer trop tard dans la rue ou de ne pas assez mâcher le peu que nous avions à manger. Si je luttais contre ses sermons, je risquais maintenant de me réveiller et de ne plus l'entendre. Je l'écoutais donc. Cette voix était, avec mes vêtements, tout ce qui me restait du monde d'avant ; je la chérissais et l'appréhendais. Elle était ma seule compagnie. Plus que tout, je redoutais de perdre le souvenir du timbre et de la mélodie si particuliers de sa voix, de sa vraie voix. Je tentais de fredonner ses chansons en m'endormant, mais je ne parvenais pas à l'imiter. Cette incapacité me bouleversait. Je n'étais pas prêt.

Par respect pour elle, je renonçais ainsi à devenir voleur, malgré mes talents. Je me fis mendiant, car « tendre la main quand on a faim ou froid n'est pas indigne ». N'a-t-elle jamais prononcé ces paroles ? Je me les redisais pour y puiser le courage de cacher ma haine. J'essayais donc. Hélas, mes yeux, auxquels elle cédait si aisément, avaient perdu leur pouvoir. À peine bredouillais-je quelques mots censés inspirer pitié que l'on me parlait de mes parents ou que l'on me menaçait d'orphelinat. Le commerce de la charité ne me réussissait guère. J'avais beau singer les autres, je ne possédais aucun don en ce domaine. Je m'obstinais cependant, tentant ma chance vers les temples et les églises : notre voisine était bigote et elle m'avait souvent nourri.

La plupart des maisons de Dieu se trouvaient déjà prises par des mendiants qui s'y succédaient selon une hiérarchie obscure. Après bien des recherches, je finis par découvrir une petite église catholique, assez peu fréquentée, où un seul mendigot, très sale et quelque peu bossu, faisait l'aumône. Il m'accepta sans me rabrouer, m'ordonnant de me tenir près de lui, un peu en arrière. Je lui en fus reconnaissant : j'allais apprendre le métier.

Sa technique me fascina. Il ne disait rien, se courbait exagérément et serrait les dents, comme si sa dignité l'incitait à masquer une souffrance terrible. Il affichait une mine misérable, grotesque parfois à force d'outrance, mais cette démesure échappait totalement aux bons chrétiens. Ceux-ci ne voyaient qu'une main aux doigts torturés qui ne se tendait pas pour réclamer l'obole mais, agitée par un opportun tremblement, pour me désigner. Son geste s'accompagnait d'un sifflement tragique propre aux tuberculeux, qu'il lâchait en dressant une commissure de lèvres en une douloureuse esquisse de sourire. Je me calquais sur son attitude, cachant mal mes yeux si aisément larmoyants, reniflant et toussotant sourdement. Mon teint naturellement pâle contribuait à parachever le tableau : nous étions pitoyables.

Après avoir conduit le regard de son humble épave au spectacle de la mienne, sa main revenait battre sur sa poitrine, à hauteur du cœur. Un râle l'obligeait à se pencher davantage et son poignet se tordait jusqu'à présenter sa paume grande ouverte vers le ciel. Elle accueillait une pièce ou deux, qui disparaissaient immédiatement dans un tour de passe-passe auquel je ne comprenais rien, pour se tendre à nouveau vers le fidèle suivant, comme s'il n'avait rien engrangé jusque-là.

À l'issue de la première messe, sans être fort en calcul, j'estimai avoir bien mérité deux ou trois sous. « Attends et apprends », me rétorqua-t-il. Le conseil me sembla sage et j'obtempérai. Passé les vêpres, il garda l'argent et me donna un quignon de pain. « Demain, tu auras plus. As-tu où dormir ? Oui, conclut-il avant de me laisser répondre. Bien, à demain alors, pour les mâtines. Ne sois pas en retard, sinon tu n'auras rien. »

Nul besoin d'avoir atteint ses six ans pour savoir ce que coûtent un apprentissage et une protection. J'acceptai le marché et fus ponctuel une semaine durant. Si j'apprenais beaucoup, je ne gagnais rien. Le vieux gardait ses pièces et pensait me tenir avec du pain. J'en aurais trouvé autant tout seul et ne serais pas resté sur le parvis venteux d'une église à faire le mariole. Quand j'exigeai une vraie part, il me gifla. « Ce n'est pas à toi de décider. » Je regagnai ma place, penaud. Je revins le lendemain, et le surlendemain, et ainsi jusqu'au dimanche de Pâques, sans plus rien oser réclamer.

Les fidèles nous connaissaient bien à présent. Pour eux, que le devoir de charité ne menait pas jusqu'au désir de nous parler, nous étions devenus père et fils. À sa grande surprise, je me laissai aller à un épanchement subit de tendresse pour l'embrasser juste à la sortie de la grand-messe. Inutile de vérifier : je le devinai en tirer promptement parti pour sourire gauchement – les manifestations de l'amour filial sont de véritables aimants à piécettes. À peine eus-je repris ma place, trois pas derrière, que sa culotte chut. Avant qu'il comprît ce qui se passait, j'étais à mon tour fesses nues en train de pisser sur la robe d'une élégante bondieusarde en vociférant : « R'garde, p'pa ! J'y pisse d'ssus, comme tu dis d'y faire, à ces vieilles peaux ! Tout c'qu'elles méritent, catins ! Vas-y, vas-y ! Pisses-y d'ssus, p'pa. » Le vieux me cria après et se retourna pour me talocher, mais dans sa colère il trébucha et s'affala sur les marches, le cul à l'air. Toute l'assemblée pascale assista à ce spectacle édifiant, et nul ne s'abandonna à de pieux élans de compassion.

Il ne lui restait plus qu'à changer de paroisse, si les gueux l'acceptaient. Et moi, de métier comme de quartier.

Ballotté au rythme régulier des avirons, Anton s'était laissé aller à rêver dans la barque. Comment pouvait-on tolérer de vivre de la charité ? L'époque justifiait peut-être une telle indignité, mais lui n'aurait pas cédé si vite et certainement pas pour cette raison. Les réticences que l'enfant exprimait en souvenir de sa mère ne tenaient pas la route : voler ne lui semblait pas moins honnête que mendier, quand demander l'aumône revenait à escroquer. Par contre, le vol conservait de la noblesse, car le risque encouru exigeait son lot de courage et d'audace – deux qualités que partagent les héros.

La voix profonde de l'Ivrogne poursuivait son récit et Anton peinait à s'extirper de ses pensées : le jeune pirate ne manquait pas d'aplomb, ni d'une certaine fantaisie. Anton se ressaisit : le vieil homme n'avait pas interrompu son histoire et il redoutait d'avoir raté quelque péripétie essentielle. Il devait se concentrer, s'interdire toute dispersion.

... et comment survivre ? Les quartiers résidentiels étaient quadrillés par de larges avenues. Les hôtels particuliers se cachaient au fond de vastes jardins arborés, hérissés de grilles. Souvent, des chiens les arpentaient, rapides à donner l'alarme. La nuit, les rues devenaient silencieuses, les carrefours restaient éclairés. Les gardes municipaux s'y pavanaient par deux. Ils couraient mal, mais ils me repéraient vite. Le jour, à toute heure, des nurses innombrables battaient les rues. Dans ce quartier, tous les enfants fréquentaient l'école, il n'y avait aucune exception durable. Et ils étaient tout autrement habillés que moi. Si je musardais parmi les bourgeois, j'étais bon pour l'orphelinat. Jamais aucun clochard ni aucun enfant des rues n'envisagerait de s'établir ici. Je m'obstinai donc : il faut aller là où les autres ne se rendent pas.

Aller où nul ne se rend… Anton crut avoir encore décroché, que ces mots étaient les siens et non ceux du mémorialiste. Mais l'Ivrogne poursuivait dans la même veine. Le pirate avait pensé comme lui…

Les propriétaires des quartiers huppés employaient des régiments de domestiques et, parmi les bonnes qui logeaient sur place, certaines élevaient de jeunes bâtards, trop petits pour apprendre un métier, assez grands pour effectuer de menus services. J'en croisais parfois en pleine journée, tantôt empressés, tantôt rêveurs, toujours chargés d'un sac de provisions si lourd qu'il menaçait de racler les pavés. Comment devenir l'un d'eux ?

L'ampleur de la métamorphose à accomplir avait de quoi me saper le moral. Je devais changer tant de choses, songer à une telle quantité de détails… Mon apparence me désignait comme un gueux, me transformer en gosse correctement nourri, propre et normalement vêtu ne représentait pas une mince affaire. Mais avais-je le choix ? Je refusais l'orphelinat et, tout bien pesé, je n'estimais pas plus difficile de survivre parmi les miséreux que de m'établir par ici. Alors, je décidai de bien faire les choses.

« Si je te laissais faire, tu deviendrais un vrai petit cochon. » En quelques semaines, la rue avait réalisé la prophétie cent fois rebattue de ma mère, la seule dont je me souviens avec certitude. Les poux s'immisçaient dans mes cheveux noués, mes ongles portaient le deuil, j'empestais à dix pas… Plus encore, mes habits, ni changés ni lavés depuis son départ, me trahissaient. Je ne pouvais plus m'approcher d'un étal, fût-ce accidentellement, sans risquer d'être chassé et traité de vermine. Elle riait, me poursuivait autour de la table et finissait par m'attraper. Je ne me rappelle pas comment elle me débarbouillait, ni si nous possédions une bassine réservée à cet usage. Ses chatouillis me faisaient hurler de rire.

Je devais tenir nos deux rôles, désormais. Que me disait-elle d'autre ?

Avant de me fondre dans ma nouvelle identité, je devais donc passer quelque temps entre les quartiers riches et les quartiers indigents. Vers la mer s'étendaient les faubourgs pauvres de la ville ; une rivière au parcours capricieux dessinait une frontière nette que les vents suivaient, épargnant à la haute bourgeoisie les relents du port. Les lavandières s'y retrouvaient, devisant tout en frottant et battant le linge. Près d'un pont, un ancien lavoir s'écroulait lentement, bientôt gommé du paysage et des souvenirs par un roncier sauvage. Je m'y attardai et découvris qu'en s'effondrant une partie de la toiture s'était appuyée sur un pan de mur, créant une tanière qu'encombraient quelques pierres. Ce serait une cachette agréable ; de là, j'entendrais le rire de ces femmes. Les épines m'interdisaient ce rêve, mais je m'obstinai et creusai à mains nues la terre derrière un buisson pour y entreposer mes premières affaires.

Me procurer de nouveaux habits fut facile : les jardins en débordaient. En outre, le lavoir m'offrait de belles occasions. Bien qu'allant toujours pieds nus, j'envisageai de trouver des sabots usagés à peu près à ma taille. Grâce à eux, non seulement je paraîtrais plus grand, mais leur bruit sec annoncerait ma venue si clairement qu'on ne songerait jamais que j'avais quelque chose à cacher. Mes cheveux me posaient un sérieux problème : je devrais les couper, mais les crânes rasés n'étaient pas si fréquents dans les parages et ils éveillaient la suspicion des nourrices. Il me fallait donc une coiffe. J'en avais repéré une qu'un jardinier délaissait dans son gourbi. Seulement, au moment de m'en emparer, un chien avait surgi et je m'étais sauvé... J'avais cependant eu la présence d'esprit de ramasser un poignard qui traînait contre la bordure d'un parterre de fleurs. Je retirais de ce réflexe une extrême fierté : je n'avais plus si peur des chiens, et j'étais armé ! Mais en examinant mieux mon trophée, je réalisai n'avoir rapporté qu'une serpe de petite taille. Sa lame était sérieusement émoussée et déjà maculée de points de rouille ; en outre, son extrémité se révélait cassée. Un peu dépité, je la considérai comme un outil et entrepris de creuser un tunnel dans le roncier du lavoir, de dégager l'abri, d'assembler un bouchon d'épines en guise de poterne.

Avant de me raser la tête et d'en finir avec mon aspect des rues, je devais me procurer un véritable sac à provisions, encore en bon état, formalité que seuls mes poings pourraient résoudre. Car si mes vêtements pouvaient exhiber des traces d'usure, une besace éventrée ne leurrerait personne. N'osant pas tenter le sort en affrontant un adversaire trop sérieux, j'attendais de repérer un enfant plus petit ou plus faible que moi chargé de courses. Je dépouillai sans gloire une fillette qui, bien qu'effrayée, refusa longtemps de lâcher l'anse de son cabas. Le soir même, je changeai définitivement d'apparence, personne ne croiserait plus ce jeune garçon sale, puant et hirsute qui avait été moi…

Dans mon repaire, j'entortillai des branches émondées jusqu'à former une nasse de pêche grossière que j'enfonçai dans mon sac ; j'en masquai l'ouverture et le contenu par une toile assez épaisse pour éviter qu'elle ne se soulève au vent. Il me restait encore à apprendre à marcher avec un cabas vide et artificiellement gonflé comme s'il pesait des tonnes. L'exercice ne posait pas de problème véritable les cent premiers mètres, par contre tenir une heure sans jamais omettre cette comédie n'avait rien de comparable.

Tout en peaufinant mon sac, et peut-être pour retarder le moment de m'occuper seul de mes cheveux, je m'interrogeai sur la difficulté de mon apprentissage. S'engager dans cette voie sans maître ni ami me laissait à la merci de n'importe quelle défaillance, erreur ou omission. Un faux pas pouvait mettre en branle tout un jeu de conséquences me conduisant à l'orphelinat. Mon âge ne me cachait pas la précarité de ma situation, mais l'exaltation de mes premières conquêtes d'indépendance m'ouvrait à toutes les audaces. Jusqu'alors, j'avais survécu, maintenant je prenais ma liberté.

Tout entier immergé dans le lavoir, par cette nuit de faible lune, je passais et repassais ma serpette dans mes cheveux, tirant des mèches comme pour les arracher, la lame émoussée les coupant à peine. Je n'abdiquais pas. Crasse et poux m'abandonnèrent, mais je savais devoir recommencer le bain régulièrement, résolution qui ne m'enchantait guère. Par contre, au toucher, je devinai que mon crâne arborait les marques du carnage, je devais définitivement renoncer à l'idée de me promener nu-tête. Cette coiffe de jardinier, il me la fallait !

La nuit était fraîche et je grelottais, refusant d'utiliser mes nouveaux habits pour me sécher et notant de me procurer un linge à cet effet ; mais, pour la première fois depuis que j'étais seul, je ne dormais pas au clair de lune. Je ne sombrai dans le sommeil qu'au petit matin, mes chemises ramenées en couverture, bercé par le chant chaleureux des premières lavandières, le sourire aux lèvres. J'étais propre, j'avais un toit ; elle serait fière de moi.

La coiffe enfin récupérée, je consacrai les jours suivants, et les nuits aussi, à arpenter le quartier des beaux hôtels et en dressai mentalement une carte précise, moins en fonction des rues qui quadrillaient les propriétés que de leurs jardins. Si les grilles défiaient les passants, d'un jardin à l'autre l'écartement des barreaux se relâchait et autorisait à un corps de mon acabit de s'y faufiler aisément. En repérant les points d'entrée – barrière vétuste, demeure inoccupée, clôture branlante, mur ou portail facile à escalader –, je découvrais comment traverser le quartier dans n'importe quel sens, et parfois plus rapidement qu'en empruntant les rues. Viendrait ensuite le repérage systématique des us et coutumes de chaque maison : quelles fenêtres s'éteignaient en premier, en dernier, qui recevait souvent, qui s'endormait avec les poules... Tandis que les arbustes fruitiers veillaient à me régaler, quelques arbres centenaires m'offraient des fourches accessibles et feuillues, qui m'abriteraient d'ici l'automne – cette existence me plaisait de plus en plus.

Beaucoup restait à faire, mais tout avançait. Pour amadouer les chiens, je devais les nourrir régulièrement. Si deux ou trois bouchées suffisaient pour chacun, leur nombre transformait l'approvisionnement en véritable corvée. Je devais également pouvoir changer d'habits si l'on me poursuivait, et donc en répartir dans de nombreuses cachettes. Et, quant à chaparder vivres et vêtements, autant prendre tout ce qui pourrait m'être utile: outils, ustensiles de cuisine, bocaux… Mais impossible de trouver une marmite.

Anton ressentait intimement la fierté du jeune garçon, il se remémorait ces passages avec plaisir. Plus d'une fois, il se surprendrait à enjoliver ses propres souvenirs d'épisodes de ce récit, ou inversement, comme si leurs deux histoires se fortifiaient. Il aurait aimé cette vie. Le jeune pirate aurait-il aimé la sienne ?

4

Aux abords du marché couvert, que bordaient l'hôtel de ville et des rues commerçantes qui menaient au port, roturiers et fonctionnaires bâtissaient sur la campagne, repoussant en lisière les plus modestes d'entre eux. Des pavillons aux façades opulentes jouxtaient des immeubles où boutiquiers et capitaines de pêche se partageaient de nombreux appartements. D'innombrables venelles contournaient des maisons ordinaires, souvent dotées d'arrière-cours ou de potagers, certaines ayant conservé leur toiture pyramidale originelle. Le nombre des boutiques et des auberges ne cessait d'y croître, et si les gardes municipaux y patrouillaient régulièrement, leur présence demeurait plus discrète que vers les hôtels particuliers que j'avais élus comme terrain de chasse. Ce quartier en perpétuels travaux était pour moi. Je décidai d'y établir ma « maison ».

Idéalement, elle devait se situer au carrefour de populations variées, être accessible de nuit comme de jour, présenter tout un choix d'itinéraires d'accès ou de fuite, et permettre enfin de m'y claquemurer une semaine durant. Le hasard m'a aidé, comme il sait secourir ceux qui n'en attendent pas tout. En contournant une rue passante, je découvris une impasse si étroite qu'elle restait dans une pénombre constante. L'espace entre les deux immeubles servait à entreposer des détritus, dont l'entassement obstruait imparfaitement l'entrée. M'y engageant, je trouvai tout au fond un soupirail dont j'éprouvai chaque barreau. L'un d'eux avait été desserti et replacé à la diable, il s'enlevait et se remettait en un clin d'œil. Je me laissai glisser dans une cave peu profonde mais bien trop humide pour demeurer en usage.

Un examen succinct m'incita à présager qu'elle était inondée l'hiver et ne s'asséchait pas complètement avec l'été. Une maigre réserve de charbon et de bois pourri y était abandonnée depuis longtemps. En répartissant ces immondices en quelques tas, je pourrais aménager une sorte de gué. Au pire, je pourrais le compléter avec quelques pierres. La porte n'était pas cadenassée, elle donnait accès à un couloir sombre qui desservait plusieurs caves, visiblement délaissées pour la même raison. D'un côté, ce couloir rejoignait les premières marches d'un petit escalier qui aboutissait à une porte fermée par une robuste serrure ; à son autre extrémité, il butait contre un mur qui avait été percé en hauteur d'une ouverture ovoïde, probablement afin d'aérer ce sous-sol humide. En me hissant sur la pointe des pieds, j'agrippai le rebord et parvins à passer la tête et les bras par cette fenêtre rudimentaire. Elle débouchait sur une cour aveugle à trois côtés, plutôt allongée. L'un des murs mitoyens s'appuyait contre la cheminée de la cuisine d'une auberge, me garantissant d'être au chaud jour et nuit, été comme hiver. Aucune croisée ne béait sur la cour, je pourrais donc allumer un feu dont les fumées se confondraient à celles de l'auberge et des maisons adjacentes, et installer une toiture sommaire pour m'abriter de la pluie. Une planche ou deux devraient suffire pour en reboucher facilement l'accès : si jamais quelqu'un visitait les caves, ce qui me paraissait peu probable, il ne pourrait deviner ma présence dans l'obscurité du couloir. De ma cour, je pourrais même me barricader solidement tout en conservant un petit trou pour observer.

Ma maison…

Peu à peu, je rapatriai mes biens les plus essentiels : un seau intègre, deux écuelles, une chope ébréchée, des ficelles pour tendre mon linge, un râteau que je disposai sur deux rangées de pierres, en guise de gril et dans l'attente d'une flamme… Et une casserole qui me tiendrait lieu de marmite. Il ne me manquait plus qu'un briquet pour allumer mon feu à volonté.

L'Ivrogne parlait comme s'il lisait, d'un timbre égal et néanmoins grouillant de nuances. Il parsemait son récit de pauses, longues ou courtes, puis reprenait en semant une nouvelle foison d'images. Jak avait ses gros yeux de merlan, sa façon à lui de faire l'éponge. Tous deux se penchaient d'un seul corps, ramenaient les avirons sans hâte et plongeaient en même temps et en silence. Cette harmonie avait quelque chose de déconcertant, mais aussi de profondément prévisible. Anton les contemplait comme au spectacle et luttait pour ne pas se laisser déborder par son imagination. Derrière eux, le phare pointait sa colonne à en tutoyer les étoiles, puis sombrait soudainement dans le néant des abysses ; quand sa lanterne se lançait à nouveau à l'assaut des cieux, Anton voyait dans sa tour dressée une fusée d'artificier s'élancer ; mais chaque fois elle échouait, sa folle prétention se dispersait pour mourir dans l'écume qu'emprisonnait la rade. Son corps tout entier frissonnait alors, agréablement. La fraîcheur nocturne l'obligeait à se pelotonner sous la veste que lui avait refilée l'Ivrogne. Anton l'avait passée par-dessus ses épaules, ses mains croisées sur sa poitrine la refermaient. Sans tarder, baignant dans une chaleur douce, son corps s'était mis à se balancer au rythme des rameurs et au bourdonnement du vieil homme.

L'été approchait, j'aurais donc bientôt six ans : je décidai que ce briquet serait à moi pour mon anniversaire. Il me faudrait pénétrer à l'intérieur d'une maison et me rendre dans la cuisine. La nuit, les gens se barricadent et mon âge m'interdisait de me montrer dehors ; de jour, je devrais compter sur leur inattention ou la négligence ordinaire. J'inspectais alors les rues aux demeures les plus favorables, celles que bordaient les potagers : les jardiniers se laissent accaparer par leurs légumes et ne tolèrent pas de chiens dans leurs plants de salade. Lorsqu'ils cultivent, ils oublient volontiers leurs fenêtres entrebâillées. Je m'approvisionnais irrégulièrement dans leurs domaines et les connaissais dorénavant assez pour m'y glisser sans bruit tandis qu'ils traquaient les mauvaises herbes. Ou même lorsqu'ils dormaient, par une nuit sans lune.

Je marchais d'un pas décidé, tirant un sac à moitié plein, comme un coursier qui tarde à finir sa tournée, lorsque sa puanteur me suffoqua soudain. Relents de tabac, d'alcool et de sueur. Pour un peu, je me retrouvais par terre. Il promenait un petit chien dodu au pelage hirsute que je ne lui avais jamais vu et il se montrait aimable, allant jusqu'à se découvrir pour saluer les dames. Il arrivait droit sur moi et je demeurais prostré, incapable d'ébaucher la moindre esquive. Déjà sa main se perdait dans mes cheveux ras. Quand il fut à ma hauteur, je me sentis défaillir. Cette pestilence… Des larmes affluèrent lorsque j'entendis : « Ce n'est rien… » Je me retournai aussitôt. Elle n'était pas là. Lui était passé sans me voir. Où était-elle ? Jamais je ne m'étais vraiment posé la question. Le Nouveau Monde, ça ne voulait rien dire, ça ne pouvait pas exister. J'aurais tout donné pour retrouver l'Ancien. Autour des braseros du port, des marins parlaient des mers lointaines avec envie. Je haïssais toutes les mers.

Les jours qui suivirent, je mangeai et dormis peu. Il me fallait tout apprendre des habitudes de Pue-la-mort, comme je baptisai alors notre logeur, et gagner la reconnaissance de son chien.

À cette abominable réduction canine, je réservais les os les plus charnus, délaissant la meute que j'amadouais depuis des semaines. Le clébard empestait horriblement, lui aussi. Il ressemblait à ces bestioles de compagnie dont s'entichaient quelques vieilles aristocrates solitaires, mais croisé avec le dernier des bâtards dont il avait gardé l'immonde marotte de se rouler dans toutes les crottes possibles. Des allures distinguées, mais un instinct répugnant : tout le portrait de son maître.

Pue-la-mort se montrait réglé comme une pendule. Il sortait tôt et à grandes enjambées, rentrait à l'heure du déjeuner avant de s'accorder une courte sieste, puis il repartait pour ne revenir qu'à la nuit tombée, ayant dîné dans quelque auberge, apparemment une différente chaque soir de la semaine. Un homme d'habitudes.

Une domestique centenaire lui préparait son repas pour midi pétant, tenait sa maison sur deux étages, balayait la cour qui précédait le potager et s'en retournait bougonner chez un autre vieux gars. Lui-même ne jardinait point, un petit homme boiteux s'en chargeait quelques heures le matin, un jour sur deux, sauf le dimanche. La cuisine ne manquait de rien mais frisait l'austérité : il ne gaspillait pas son argent aisément, tout ce qui pouvait durer le devait. Son salon s'ornait d'un fauteuil confortable, tapissé de fleurs décolorées ; tout près, un guéridon aurait empuanti la cire si trois pipes encore bourrées de cendres ne l'encombraient en permanence, gisant à côté d'un coffre en bois à demi rempli de tabac frais. Une troisième pièce, étroite, lui tenait lieu de bureau. Contre la fenêtre à jamais fermée sur la cour : une écritoire souillée de taches ; un encrier fêlé mais soigneusement rebouché ; des plumes et des chandelles en réserve entassées ensemble ; des papiers épars, gribouillés en tous sens ; des livres de comptes où s'intercalaient d'innombrables notes abandonnées sur des restes de feuilles méticuleusement déchirées à la règle dix, douze, vingt fois ; une longue bouffarde d'écume sculptée d'une face hideuse de gargouille d'un jaune noirâtre. Et une mitaine en laine verte, crasseuse, dont s'échappaient ses bouts de doigts maigres et parcheminés, noueux, aux ongles tavelés d'encre, qui m'ébouriffaient la tête.

Tout cela flamberait aisément. Je refusais d'emporter quelque objet que ce soit, pas même un seul des briquets qui jalonnaient la bâtisse de cet insatiable fumeur. Rien, je ne m'approprierais jamais rien de cet homme, sinon sa vie.

Comment être sûr que l'Ivrogne ne brodait pas au fur et à mesure ? Que venait-il d'inventer ? Ce gamin qui n'avait pas six ans projetait d'assassiner l'homme qui avait chassé sa mère ! Impossible. Anton aurait le double de son âge l'an prochain et il ne se tenait pas pour un ange. Il s'était fait voleur, lui aussi, et cela depuis presque une année, à dix ans donc, guère plus finalement. Et sans y être contraint par la faim, lui, ce qui signifiait beaucoup quant à la force de son caractère. Hors-la-loi, Anton l'était devenu de son libre arbitre. La milice s'était mobilisée pour déjouer ses méfaits, tandis que personne encore ne se souciait des chapardages du garçonnet. Mais de là à s'imaginer sérieusement capable de tuer un homme…

5

Pendant la messe dominicale, je m'introduisis dans l'armoire à linge de sa chambre où je l'attendrais jusqu'à l'heure de sa sieste. J'aurais dû patienter davantage, l'espionner pendant une ou deux semaines encore, en apprendre plus sur ses habitudes et ses manies. Je pensais qu'il ne tarderait guère et m'accroupis sur la pointe des pieds afin que la douleur m'interdît de m'assoupir. À chaque mouvement d'équilibre, ma tête se trouvait ballottée entre une pelisse de drap noir empestant le tabac froid et une chemise de lin blanche aux remugles de bière éventée. Il ne rentrait que fort tard et ne montait pas aussitôt. J'attendais. Finalement, ses pas lourds et maladroits grimpèrent jusqu'à moi, avec force jurons et crachats. C'était un homme ivre qui pénétrait dans la chambre, sans plus rien de l'altière exigence du logeur qui cognait à la porte chaque jeudi soir. Le soûlard s'y reprit à trois fois pour allumer la chandelle, ôta difficilement ses bottes, les laissa choir bruyamment et s'affala sur le lit bombé, sans même dégager la couverture piquée qui devait l'étouffer de chaleur en cette saison. Ses ronflements sont survenus peu après.

Son col de chemise était entrouvert, et je découvrais une toison de poils extraordinairement dense, les uns entièrement noirs et les autres tout blancs, qui formait une sorte de foulard pelucheux, un molleton défraîchi et incongru. La pointe ébréchée de ma serpe les écarta avec prudence. Le faible halo de lumière qui parvenait à s'infiltrer jusqu'à sa gorge dénonçait la maigreur et la vieillesse de la peau, fine et fragile. Sa pomme d'Adam allait et venait au rythme de sa respiration, mais quand il déglutissait cette bosse grimpait jusque dans les plis de son menton puis se rétractait vivement et menaçait de percer la chair. Où devais-je poser ma lame ? Dans le gras du double menton, ou bien là où plis et rides s'évasent vers la trachée, ou encore juste dans le creux supérieur de la pomme d'Adam ? Mes yeux se brouillaient peu à peu. Plus en dessous ? Peut-être devais-je entailler beaucoup plus largement que je ne l'avais cru nécessaire, mais de combien ? La forme recourbée de mon instrument me désolait soudain. Je l'avais pris sans réfléchir, cédant somme toute à la comédie d'un destin : cet outil usagé représentait ma première arme, même si son usage s'était limité jusque-là à tailler le bois et à déchiqueter les oiseaux et les rats morts que je volais aux chats. Cette lame n'égorgerait pas proprement, ce qui ne me tourmentait pas en soi, sauf que, réalisai-je alors, cela signifiait qu'elle égorgerait difficilement. Aurais-je le temps de le faire avant qu'il ne se débattît ?

Un râle a fait vibrer sa gorge et soudain sa respiration s'est interrompue. Je l'ai regardé et j'ai fini par retenir la mienne. Son corps s'était figé et ne bougeait plus : venait-il de mourir sous mes yeux, sans que j'y fusse pour rien ? Devais-je agir dans l'instant, malgré tout, pour y être pour quelque chose ? J'avançais ma serpe quand son souffle s'est libéré et lui a fait pivoter la tête. Son col amidonné masquait dorénavant son cou. Comment atteindre sa gorge, maintenant ? Je ne trouvais pas d'autre possibilité que de me hisser sur le lit, de m'asseoir ou de m'étendre tout contre sa carcasse répugnante pour retrouver un passage à ma lame. Cette idée me révulsait. Je l'avoue, je pensais à m'enfuir.

Je déplaçai la chandelle et avec elle l'ombre hérissée de sa tête le long du bois de lit. Je n'y voyais guère mieux. Quoi qu'il m'en coûterait, je devais me résoudre à grimper sur sa couche, à m'approcher davantage de ce corps méprisable.

Sa bouche ouverte reposait mollement sur un bourrelet de l'épaisse couverture que sa main avait repoussée en se retournant. Serait-il plus simple de l'étouffer ? Et si je passais derrière lui et tirais sur la courtepointe de toutes mes forces ? Mais, entre sa masse qui l'emprisonnait et le pan de couverture encore enfoui sous la paillasse, je ne parvins qu'à dégager un misérable boudin qui lui chatouilla les poils du nez. Ce qui le fit éternuer.

Je me retrouvai par terre, pétrifié. Je restai ainsi, contemplant mes mains, ou plus exactement mon arme ridicule. Aucune pensée ne m'atteignait. À un moment, mes yeux se rivèrent au plafond où la lune dessinait d'étranges ballets de feuillages. Que devais-je choisir ? Allais-je renoncer ? Rien ne m'interdisait de partir, si je le décidais. Les choses ne s'étaient pas déroulées comme prévu, voilà tout. Il n'avait pas suivi ses habitudes, mon équipement était inadapté, et puis je pouvais revenir une autre fois, quand je voudrais, mieux armé…

N'importe quel couteau de sa propre cuisine ferait l'affaire ; pourquoi ne pas descendre pour remonter ensuite… Tandis que s'esquissait cette opportunité d'échappée, l'odeur de bière qu'exhalait sa masse abrutie d'alcool est parvenue jusqu'à moi pour réveiller ma colère : cette forme était Pue-la-mort et j'allais le tuer.

Ma haine est demeurée sans effet sur mon corps. Je n'avais pas recouvré assez de courage pour m'en approcher à nouveau. Par contre, il serait facile de mettre le feu au lit, de me sauver et de barrer la porte à clé. Il mourrait, de toute manière, saoul ou lucide, endormi ou furieux, il mourrait, et de mon fait. Autrement que je l'avais envisagé, cependant.

Cette perspective m'a écœuré : je ne serais jamais libre si je renonçais si vite, et si près de mon terrible but. Je me levai. Je le regardai, malgré tout encore indécis.

Allais-je renverser la chandelle ?

Ma main s'étira lentement vers le pli de la couverture, que je remontai doucement contre la béance de ses lèvres épaisses, rougeâtres et desséchées. J'appuyai fermement mais sans à-coup. Un grognement nasal et Pue-la-mort reprit sa position initiale, gorge offerte, respirant profondément.

Cette fois, sans attendre, j'appliquai la petite lame courbe à la base de sa pomme d'Adam, ce qui le fit s'ériger, et j'appuyai. J'appuyai et je ramenai la lame à moi dans un raclement au son aussi horrible que vain : c'était à peine si j'avais dessiné un filet pâle en travers de sa gorge. J'appuyai à nouveau, mais la peau qui me semblait si délicate tout à l'heure résistait au tranchant de la lame. Pire : la cage cartilagineuse la repoussait. Des larmes noyaient mes yeux trop grands et, serrant les dents et les paupières baissées, j'appuyai encore, à l'aveuglette cette fois, ne cherchant plus à trancher mais à trouer, à percer en tordant ma main pour vriller la lame courbe et brisée.

Un coup de coude m'a fait voler en arrière. L'homme au regard torve se redressa et porta la main à sa gorge. Je balançai la chandelle à sa figure et je détalai en laissant grande ouverte la porte de sa chambre. Le chien jappa et se mit à courir derrière moi jusque dans la cuisine, puis renonça à me poursuivre. Je filai dans le potager et m'y perdis. Je dus rebrousser chemin, ayant dépassé le trou aménagé dans la palissade, à l'abri du bouquet de rhubarbes, et je regagnai ma cour aveugle sans conserver le moindre souvenir de ma course.

Après longtemps, je regardai enfin la lame de ma serpe, toujours prisonnière de mon poing. Une bête éraflure n'y aurait pas abandonné davantage de sang… D'ailleurs, je ne me souvenais pas que Pue-la-mort ait saigné. Il n'avait même pas crié… Je n'avais pas pensé à refermer la porte, je ne l'avais pas tué. J'avais trahi ma mère.

6

Tout autre enfant aurait réalisé qu'il venait d'agir dans un état de folie et que sa débâcle relevait de la grâce divine; je ne le pensais pas. J'avais échoué et mon âge n'y était pour rien. Ce sont les enfants qui réclament la protection d'une mère, les autres m'avaient jugé assez homme pour m'en arracher. Si j'avais failli, mon manque de détermination en était seul la cause. Je m'en rendais compte à force d'insistance: je me remémorais chacun de mes gestes, chacune de mes hésitations surtout; plus grave, je me redisais chacune de mes pensées. Mon échec, je l'avais signé au moment où je m'étais pris à observer la texture de sa peau. Mes yeux s'étaient chargés de larmes et la haine froide qui m'avait guidé jusque dans sa chambre n'était plus qu'un vague sentiment dissocié de ma lame. La compassion mène à la faiblesse, or je n'avais plus le droit d'être faible. Sans pitié, je devais devenir sans pitié. L'ignorer pour être libre, et fort. J'avais manqué de constance. « Je le veux », me répétais-je. « Je le veux. » Telle fut dès lors ma devise, et ma devise fut tout. « Je le veux. »

« Et ma devise fut tout. » Ces mots ébranlèrent Anton. Il devinait sans peine ce qu'ils signifiaient pour le jeune garçon, ils partageaient tous deux la force issue de cette détermination. Mais l'autre avait cinq ans de moins que lui, cinq années qui comptent double s'il en croyait sa mémoire. Ses souvenirs d'avant six ou sept ans ne représentaient presque rien, ils se condensaient en une suite décousue d'images, brèves et peu précises, qui ne lui appartenaient peut-être pas toutes.

> Automne, hiver, printemps passèrent, tantôt rapidement tantôt lentement, en rapines discrètes que je perpétuais conformément à mon plan initial, ne rôdant jamais longtemps ni souvent aux mêmes endroits, variant mes incursions dans les différents quartiers de la ville selon un décalage systématique et irrégulier qui me rendait imprévisible, si jamais quelqu'un tentait de me surprendre. Mon teint naturellement blême me valait l'aspect d'un éternel convalescent ou, si mon sac semblait lourd, d'un malheureux garçon de courses. Parfois, rarement, ma pâleur parvenait à éveiller un peu d'humanité dans les regards qui, toujours brièvement, m'effleuraient : je ne présentais rien de particulier, ni dans ma figure ni dans mes manières, qui méritât ou suscitât l'attention. Je cultivais à l'envi cette faculté de n'avoir rien de remarquable, d'être invisible.
>
> Plus jeune, mes yeux trahissaient la moindre de mes pensées et exprimaient toutes mes suppliques, et elles ne manquaient pas. Je décidais de les baisser, en prenant garde de ne point le faire à la façon des faux humbles ; je les laissais seulement tomber. Je découvrais ainsi qu'en ne s'arrêtant jamais sur rien, mon champ de vision baignait dans une espèce de brouillard qui uniformisait couleurs et formes. Par contre, la plus subtile altération de mon environnement m'apparaissait comme un éclair dans la nuit.

« Invisible », avait repris Anton… « Ne rôdant jamais longtemps ni souvent aux mêmes endroits » : il n'aurait pas agi autrement. « Aller là où les autres ne se rendent pas », avait-il dit également. Semblables et si différents… Les temps avaient changé, Anton le savait : un garçon d'alors devenait mousse beaucoup plus tôt que maintenant, où il ne partait en mer qu'après longtemps d'école. Mais le désir était le même, la frustration de l'âge commune. Bien sûr, Anton disposait de tout le confort qui manquait cruellement à l'autre, et même jouissait des privilèges de la vie moderne : pas quelques tisanes, mais un médecin ; un lit à soi, avec son content de couvertures, un édredon et un pyjama ; des boîtes de conserve dans un placard, un jambon au garde-manger et des confitures pour goûter. Ils jetaient le pain trop sec aux mouettes. Un luxe inconcevable. Mais en était-il plus heureux ?

Le commandant ne cultive pas la nostalgie de ses jeunes années et il laisse la plupart de ses souvenirs s'estomper puis disparaître. Que gagnerait-il à agir autrement ? Ne se rattachent à cette période de son existence que trop peu de sensations agréables pour mériter meilleur sort. Né sur le tard, dix ans après le plus jeune de ses frères, il a « usé » sa mère, selon l'expression commune à ses deux parents. Ce terme possédait pour chacun d'entre eux un sens propre, abscons pour un enfant de son âge. Sa grossesse et son accouchement avaient dépensé tout le capital d'attention de sa mère. Avant que le petit Anton eût fini de téter, il avait appris qu'il ne servait à rien de l'appeler la nuit ; ni, plus âgé, de jour lui réclamer un regard de réconfort s'il s'était coupé au doigt. Quant à son père… Cette voix rare et rude ne semblait remarquer sa présence que pour se plaindre des années de travail et des années de sacrifice que sa famille lui coûtait, comme si le plus jeune de ses trois fils en était tout entier responsable. Certaines fois, son père lui manifestait une hostilité subite qu'Anton ne comprenait pas. Impossible pour un enfant d'établir un rapprochement entre des taloches non méritées et les plaintes de fatigue que sa mère oppose à l'ardeur inapaisée de son mari.

Quels souvenirs doit-il choyer pour supporter les autres ? S'il en existe de bons, et il l'admet sans peine, ils se révèlent dénués d'un tel pouvoir, charriant, entre regrets et remords, plus de cicatrices que de rires. Autant n'en conserver aucun. L'oubli, cependant, ne vaut pas mieux. Il en a mesuré le risque et assume donc les ressentiments qu'il avoue facilement quant à sa mère, quant à son père et, nommément, quant à chacun de ses deux frères.

« Mon enfance… Quelle enfance ? Je n'ai pas connu d'enfance, seulement une jeunesse – un apprentissage à vif, où chaque erreur se paie, où chaque victoire se tait », a-t-il noté en marge du journal qu'il ne tient qu'une fois l'an, à la Saint-Sylvestre, juste après minuit, toujours volontairement seul. « Des années de lutte solitaire, à se combattre soi-même, se croyant lâche, se fustigeant d'être si faible. » Peut-être est-ce injuste, ou quelque peu revanchard, mais, dans l'intimité de sa conscience, il n'en démord pas.

À l'approche de mes sept ans, je recouvrai le courage de retourner dans la maison de Pue-la-mort, armé cette fois d'une lame fine, longuement affûtée chaque soir depuis un an, ma main exercée sur de vieux chiens auparavant assommés.

Je l'observais depuis l'aube, derrière la végétation potagère de son jardin. Sa petite chose trottinait tout autour de lui, visiblement partagée entre le désir de frotter son pelage souillé contre le bas de son pantalon et la crainte d'un méchant coup de pied. L'homme portait un col dont la hauteur atteignait un sommet de ridicule : son menton s'y enfouissait à moitié. Pire, un foulard y bourgeonnait, à la manière de ces jeunes dandys qui se costumaient de la sorte et paradaient en compagnie choisie. Sa cuisinière, ce gros bout de femme toujours en train de fourrager dans ses fourneaux, lui ordonna de déguerpir de son plancher une bonne demi-douzaine de fois, et ce ne fut qu'à ce terme que je réalisai que quelque chose clochait.

Ma rage m'aveuglait, ou plutôt elle m'imposait d'observer jusqu'à l'épuisement la moindre faille qui m'autoriserait à m'introduire dans sa demeure pour achever ma besogne. Je ne voyais rien d'autre, et j'avais tort. Toute la matinée, Pue-la-mort était resté chez lui, se contentant d'aller et venir à petits pas du seuil de son jardin à son bureau, où il ne s'attardait guère. Il déjeuna pendant des heures dans son salon et ne sortit pas de l'après-midi. Il m'a fallu attendre de le regarder boire pour comprendre.

Il s'était servi un grand verre d'eau, qu'il sirotait dans l'embrasure de la porte qui ouvrait sur le potager, gorgée après gorgée, sans hâte ni plaisir. Je remarquai alors que je ne l'avais pas vu fumer une seule fois de la journée, ce qui ne lui ressemblait guère. Ni entendu pester contre le chien ou la cuisinière, jusqu'à ce que ce verre d'eau lui arrachât une quinte de toux effroyablement douloureuse. Je réalisai soudain la raison de sa tenue et de son étrange attitude.

Je n'avais certes pas pris sa vie, mais à tout jamais ma misérable serpe l'empêchait de crier « Loyer ! » – ou toute autre chose obséquieuse qui faisait ses plaisirs…

Ce n'était pas assez, ce ne le serait jamais.

Je décidai de lui accorder une année afin de prolonger son agonie, sans jamais lui livrer un indice quant à la cause ou l'origine de cet acharnement. Il devait payer, jour après jour, et redouter que chaque matin fût le dernier de son sursis.

Je marquai ce jour d'un présent mémorable. À l'aide d'un vieil os, j'attirais son chien puis lui abandonnais sur le seuil de sa porte, recousu pour ce qu'il était : une boule de poils pleine de merde.

7

Jamais ils n'atteindraient le phare. Jak peinait à maintenir la cadence et s'essoufflait, lamentable. « À chacun son tour... Après tout, c'est toi qui l'as voulue, cette barque ! » se réjouissait Anton en détaillant l'épuisement de celui qui méritait plus que jamais le surnom de Tavernier. Gâteaux et chocolats avaient tourné en graisse ce qu'il tenait pour muscles. Ses bras ? Du lard. Ses pectoraux ? Des seins, lourds. Ses cuisses ? Deux sacs de sable, voilà tout. Le front brillant de sueur, Jak avait haleté un pitoyable « Et si on rentrait ? » qu'Anton lui avait demandé de répéter. Après un rapide coup d'œil vers son compagnon de nage, l'Ivrogne l'avait prié de rejoindre l'autre matelot, sous prétexte de prendre ses aises. Aussitôt les deux avirons en main, il avait viré de bord pour les ramener, sans effort.

Quelle humiliation ! Voilà une heure, ils fanfaronnaient à l'idée de lui dérober la copie du manuscrit, et maintenant ils écoutaient ce bon grand-père leur en raconter l'histoire tout en les baladant sur l'eau, au clair de lune... Des gosses, de simples gosses, voilà ce qu'ils étaient. Ils pouvaient bien rêver de pillage, leurs bras se montraient incapables de ramer plus d'une heure. Même Jak avait capitulé – même Jak...

Anton pensa qu'il serait jouissif de débarquer

l'Ivrogne en plein milieu de la rade et de le contempler se noyer. Ainsi agirait un pirate.

Qu'est-ce qui le retenait ? Sa soif d'imaginaire, l'impérieuse et vitale nécessité d'entendre la fin de cette comptine ? Son âge ? L'autre, ce vrai pirate, se posait-il toutes ces questions ? Non, assurément non.

Anton ferma les yeux et vit l'Ivrogne passer par-dessus bord, hurlant d'effroi, gesticulant, réclamant son aide... Jak le regarderait avec crainte et respect – il n'aurait jamais cru que c'était si simple de tuer. Quelle leçon...

Tandis que cette fiction vengeresse épuisait sa colère, la partie pragmatique de son esprit mûrissait sa décision : il avait mieux à faire, beaucoup mieux. À peine rentré, il se précipiterait dans sa chambre et dénicherait parmi ses affaires de classe ce cahier de brouillon vierge qu'il avait dérobé, des années plus tôt, dans le coffre de l'un de ses frères. En secret, sans s'accorder de pause jusqu'à l'achèvement de son entreprise, il retranscrirait cette histoire en en respectant le moindre détail. Il importait peu pour l'heure d'estimer sa véracité, d'éliminer les fioritures propres aux mémoires, de tenter d'en éradiquer les divagations ajoutées par l'Ivrogne ; il devait la fixer, comme un tout, intègre. Ensuite, il jugerait.

Pourquoi ? Cette détermination le déconcertait, mais sans le surprendre tout à fait. Elle ne cédait rien à l'enfance, elle lui dictait de s'atteler à cette tâche, et il le ferait. Sa motivation puisait-elle ses racines dans la colère ? Jak, l'Ivrogne, attendre... Tout cela n'était qu'illusion, leurres.

Une fois ce récit achevé, le Pirate Sans Nom serait enfermé tout entier dans son cahier. Comme un spécimen en cage au jardin zoologique. Ou – mieux – un avorton coincé dans un bocal de formol...

Prisonnier, modèle ou talisman ?

Mensonges ! Tout n'était que mensonges. L'Ivrogne inventait tout. Le Pirate Sans Nom ne pouvait pas avoir existé. Ce n'était pas possible. Parce que, autrement, Anton devait se l'avouer tout de suite : lui-même ne possédait pas la moitié du cran d'un gamin deux fois plus jeune. Voilà.

Pure fiction que ce « Je le veux » du Bambin Sans Nom…

Et l'Ivrogne qui le décrivait comme un « idéaliste » !

Parce qu'arroser une bigote, épépiner le larynx d'un soûlard ou bourrer son chien d'excréments, c'était ça les fondements de sa morale ?

Cette parenthèse hargneuse avait à nouveau privé Anton de toute une partie de l'histoire – le commandant ne doute pas que l'Ivrogne avait remarqué son inattention et choisi de ne pas plus en tenir compte cette fois que les précédentes. Il le testait. Il le provoquait. Il le manipulait.

Heureusement, quelques mots l'avaient alerté, assez pour les rattacher à plusieurs autres, prononcés une minute plus tôt. Anton pouvait reconstituer le fil du récit : ce jour-là, le narrateur était revenu au port, ni les pêcheurs ni personne ne l'avait reconnu. Mais quant à en savoir plus, il était trop tard : ce n'était que lorsque l'Ivrogne avait mentionné le sloop qu'Anton s'était ressaisi pour se concentrer sur l'histoire :

> … à la coque si fine et aux voilures si puissantes qu'aucun voilier ne rivalisait de vitesse avec lui pour les courses vers la Scandinavie. Le bâtiment était un chef-d'œuvre de beauté et de puissance, une cathédrale de mâture, un pur joyau ciselé pour la course. Sa proue arrogante laissait courir les pires ragots et les légendes les plus imbéciles sur son jeune capitaine. Certains y dénonçaient une alliance diabolique, omettant que les gargouilles de leurs moindres églises présentent des figures autrement plus démoniaques que cette gueule monstrueuse d'où saillaient trois langues écaillées. Mais, dans le soleil couchant de ce soir d'été, tandis qu'il quittait le port, sa proue irradiée embrasait jusqu'à l'impalpable horizon, entre

ciel et mer. Que ne pouvais-je partir avec lui, chevaucher ce dragon des mers et voler au ras de l'écume flamboyante…

Le commandant sourit : enfant, il n'avait pas relevé le rapprochement entre la rapidité du voilier et l'origine hollandaise du pirate, ne se souciant aucunement de ces deux allusions. Ce recoupement balaie ses dernières suspicions. Sans le savoir, la jeune historienne vient d'accréditer les assertions de l'Ivrogne. Pourtant, jusque-là, il y avait matière à douter ! Comment accepter l'idée que l'improbable Pirate Sans Nom ait réellement grandi au point de convergence de telles légendes… Dans la bouche de l'Ivrogne, tout semblait simple… et joliment inventé ! Jusqu'à l'évocation sous-jacente de la nef *Argo*, le vaisseau fameux cher à Qui-perd-gagne et à son fatal roi de trèfle, dont la « proue était douée d'une parole prophétique »… En cherchant bien, ce récit alimente également l'énigme du *vide et opposé* : « Sa proue irradiée embrasait jusqu'à l'impalpable horizon, entre ciel et mer… » Seulement, ce soir, contre toutes les probabilités, le commandant Petrack sait qu'il n'y a plus lieu de subodorer la moindre fable. Tout est vrai, et il a été avisé de ne rejeter aucune hypothèse.

Le beau dragon disparu, l'horizon a englouti le jour. J'ai eu soudainement froid, bien que l'été annonçât une soirée douce et longue, et l'idée de marcher jusqu'à l'une de mes cachettes me parut insupportable. Tout autour de moi, les rues grouillaient et les voix mêlées portaient loin une cacophonie débonnaire, dont les tavernes donnaient la clé. Je me réfugiai dans l'une d'entre elles, où l'on me toléra par méprise ou par négligence, et je regardai. Dehors, de jeunes marins hilares se succédaient, par groupes de trois ou quatre, généralement précédés de quelques pas par quelques femmes qui se trouvaient là, entre amies ; des mères assaillies par une marmaille affamée couraient en tous sens ; quelques marins solitaires et désœuvrés fumaient la pipe. À l'intérieur, les hommes qui s'attardaient autour de leurs bières taquinaient les serveuses qui ne manquaient pas de leur décocher des œillades salaces ; certaines tables rivalisaient de chansons paillardes ; un manchot racontait pour la énième fois sa mésaventure, trinquant de-ci de-là, mais sans jamais achever aucune phrase. Partout, des gens qui se retrouvaient, se reconnaissaient, se découvraient. Des rires, des disputes. Ici, on s'interpellait ; là, on se confiait un secret. Des mains topaient, se serraient, se frôlaient, dénombraient, insistaient, menaçaient, ébauchaient des arabesques dans la fumée ou caressaient le manche d'un couteau fidèle, ou un quignon de pain doré, ou le rebord de l'écuelle d'une soupe trop chaude. Aujourd'hui, j'avais sept ans : qui s'en souciait ? Qui se soucierait jamais de moi ? Sept ans n'est pas un bon âge. Trop jeune pour embarquer, juste bon à encombrer. Devenir mousse n'exigerait pas seulement d'attendre quelques années encore, mais aussi d'obtenir une recommandation. Quel espoir avais-je de ce côté ? Bâtard d'un marin de passage, fils d'orpheline non mariée : qui voudrait de moi ?

Une serveuse s'est inquiétée de ce que je comptais boire sur un ton qui m'avertissait qu'il était grand temps de déguerpir. L'idée qu'il me faudrait bien sortir de la taverne avait quelque chose d'invraisemblable.

Pour aller où ? Mes abris ne m'étaient plus rien, souvenirs d'hiver. Les mains attachées de ma mère, la gorge qui tressaillait de vie, tous ces chiens amadoués, crevés, ma tête que je rasais, mes cachettes parfaites aux itinéraires tortueux, tout cela s'embrouillait et ce fut un vertige froid, froid et sombre. Comme une averse de grêle qui vous glace le sang, les années vécues dans l'insouciance me débordèrent : avais-je faim, qu'elle me dénichait quelque chose à grignoter ; me montrais-je triste, qu'elle me serrait contre son sein ; étais-je fiévreux, qu'elle concoctait une tisane au fort parfum… Et si demain je tombais malade ? Si je me cassais une jambe ? Combien de jours survivrais-je ? « Allez, me dis-je, mieux vaut être riche et la gorge entaillée que seul. » Je n'allais pas me mettre à pleurnicher, quand même. Je devais affronter la réalité. M'y colleter sans plus attendre. Là. Maintenant.

Je quittai la taverne pour me fondre dans les venelles.

Seul j'étais, seul je devais me suffire.

À force de cligner des yeux pour renfoncer des larmes injustifiées, je laissai mes pieds me guider selon un parcours coutumier. Je stoppai net devant notre ancienne demeure et fis un abrupt demi-tour. Je me sauvai trop vite et n'empruntai pas un chemin sûr. Le sentiment de me perdre me porta au bord de la panique : chacune des rues, chacune des façades m'était familière, mais je demeurai incapable de les situer les unes en fonction des autres. Ma carte mentale s'embrouillait. J'étais convaincu de rapetisser à vue d'œil, que je retournais dans le premier âge, que je ne survivrais pas.

Elle sortit silencieusement de l'ombre, à deux mètres de moi. Je la reconnus aussitôt. Je baissai les yeux, instinctivement. Sur ma droite, j'entendis d'autres pas. Et aussi un peu à gauche, et par-derrière. Puis d'autres, encore, à peine plus loin, tout autour. Cette rencontre impromptue m'arracha immédiatement à l'hébétude, mais mon air penaud la gonflait d'assurance : elle s'était redressée. La dernière fois, mais cela faisait plus d'un an, elle m'avait giflé devant toute sa bande parce que je me savais le plus faible et que j'empiétais sur leur territoire. Les défier ne servirait à rien : je m'étais trop éloigné, je n'avais pas de refuge ni d'armes à moins de dix minutes d'ici. Ses pieds étaient chaussés, et non plus nus, et ses jambes maigrelettes drapées d'une jupe crasseuse. Elle ne se grimait plus en garçon, mais ça ne signifiait pas grand-chose en soi. J'imaginais mal une coquetterie, plutôt une bête opportunité, mais je ne tentai pas de m'égarer en me demandant pourquoi je m'attachais précisément à ce genre de détail. Sans trop bouger la tête, mais en faisant danser mes yeux, je dénombrai ou devinai seize pieds tout autour de moi. Les Estropiés comptaient deux nouveaux ? Pendant un an, ils étaient restés six. Pourquoi s'encombrer de nouvelles bouches ? Je redressai un visage implorant vers elle, écartai mes bras dans un geste d'impuissance et m'inclinai aussitôt comme si elle m'avait déjà vaincu. Sa joue s'ornait d'une nouvelle balafre qu'elle prétendait masquer en laissant deux mèches pendre sur le devant. Une belle et récente estafilade: un coup de couteau? Ombre, sa petite sœur, se tenait trois pas derrière, comme toujours. Il lui manquait une sale poignée de cheveux, juste au niveau de la tempe gauche. Des ecchymoses sur le front et une éraflure sur le nez montraient qu'elle n'avait pas été épargnée. Je reconnus Boiteux et Borgne, deux gosses trop conscients de leur handicap pour présenter une menace, pris seul à seul. Dodue traînait toujours en arrière, incapable de courir dix mètres de suite; elle paraissait plus chétive encore. Qu'elle mangeât juste à sa faim ou qu'elle jeûnât, elle grossissait plus qu'elle ne grandissait. Pas loin, inévitablement, se trouvait Géant, qui avait peut-être l'âge de sa taille, mais qui était doté d'un cou immense surmonté d'une tête si menue qu'il frôlait le ridicule: il arrivait que des petits le désignent du doigt et ne se cachent pas pour en rire. Les deux nouveaux semblaient frères. L'aîné arborait un duvet précoce, mais malgré ses douze ans il n'inspirait ni crainte ni respect. Mieux habillé, il serait passé pour un enfant sans histoire, à peine ombrageux. L'autre était petit, nerveux, teigneux. Il se tenait sur la droite de la balafrée et avait avancé d'un pas quand j'avais levé les yeux. Balafrée lui avait jeté un regard méchant, mais il l'avait ignoré et avait fait un pas de plus. Ainsi, la correction qu'ils me concoctaient lui permettait de la défier et de montrer à tous sa valeur… Pour les besoins de sa démonstration, il ne me ferait pas de cadeau. Et ensuite… Pourquoi Balafrée avait-elle procédé à ce recrutement périlleux? Une rivalité avec une autre bande? Les bagarres étaient monnaie courante, et certaines luttes pouvaient virer à la tuerie. Ces nouvelles cicatrices disaient clairement qu'elle redoutait le prochain affrontement et lui préférait le risque d'intégrer de telles recrues. Pourtant, à la première occasion, elle perdrait sa place. Sinon sa vie.

8

Nous en étions encore à nous regarder de loin, comme le font les chiens, et bientôt l'un ou l'autre s'approcherait pour me renifler. Si je les laissais faire, je leur accorderais l'illusion d'être forts et unis, certains puiseraient dans ce sentiment assez de vaillance pour témoigner de leur courage à mes dépens. Je pris la fuite avant qu'aucun n'agît, courant soudainement droit devant. Teigneux et son frère se précipitèrent pour me barrer le passage. Je les esquivai en obliquant brusquement sur ma gauche. J'en profitai pour bousculer Géant ; Dodue recula. Je me jetai dans cette faille et les autres se ruèrent tous à ma poursuite, mais en désordre. Plutôt que d'exploiter cet avantage, qui n'aurait pas tenu cent mètres, je fis demi-tour et je plaquai à terre Balafrée. Je n'étais pas plus lourd qu'elle, mais l'effet de surprise venait de jouer en ma faveur. Je la bloquai le temps de lui dire « Regarde » et je roulai sur moi-même. Teigneux, qui arrivait sur nous, dut m'enjamber pour ne pas trébucher, tandis que son frère ralentit pour tomber à genoux sur moi. Avant qu'il n'immobilisât mes deux bras, je basculai sur le côté et étendis mon bras gauche vers Teigneux. Dans ma main surgit un surin effilé qui trancha net le tendon du plus jeune. Teigneux valdingua en couinant comme une truie. Sa cheville pissait le sang. Son frère voulut le secourir et je coinçai ma lame dans son entrejambe : « Je continue ? » Il fit signe que non, mais Balafrée ne comprenait toujours pas. Du moins, son regard allait de Teigneux à ma lame; et, plus important, elle ne tentait rien. « Je les vaux tous les deux, et le petit ne songera plus à prendre ta place... Je connais des cachettes sûres, et je maîtrise un territoire où aucune bande n'ose s'aventurer. Vers les terres. Oui, les beaux quartiers, ils sont plus vastes et plus généreux qu'on ne le croit, si on sait s'y prendre... Suis-moi une journée et ensuite tu décideras si nous sommes quittes ou si nous pouvons faire affaire.

« Mieux vaudrait que tu viennes seule, et lavée, si tu ne veux pas que les gardes te remarquent », repris-je sans amoindrir la tension de mon couteau. Elle m'écoutait. « Les autres empestent trop et je doute que trois jours leur suffisent pour se décrasser. C'est le temps qu'il me faudra pour leur trouver des habits convenables. Pour toi, demain je peux avoir une vraie robe et un ruban pour tes cheveux... Nous serons de retour avant le soir, avec un beau jambon, tout entier et bien gras. Au fait, ils tiennent la bière, tes mioches ? Ça pourrait leur dire, tu crois pas ? » Les autres souriaient déjà. Eux étaient d'accord. Manger, boire, il ne leur fallait pas grand-chose. Balafrée ne disait toujours rien.

Teigneux continuait à geindre et son frère commençait à s'affoler sérieusement. Je lâchai prise pour le laisser se lamenter et exposer à tous son impuissance. Je découpai dans ma chemise une large bande de tissu et m'approchai du gamin pour lui bander la jambe. Magnanime, je l'accompagnai jusqu'à la porte de la voisine qui m'avait dénoncé à l'orphelinat, et y abandonnai Teigneux et son frère. Bon débarras. Surtout, les autres ne verraient pas en moi un assassin, mais un soutien. D'ailleurs, le silence de Balafrée valait approbation : mon coup de couteau avait anticipé la traîtrise de Teigneux. En son for intérieur, elle redoutait probablement d'avoir perdu au change : j'étais plus dangereux que Teigneux et je venais de lui lancer une invitation qu'elle ne pouvait pas refuser maintenant que sa bande salivait. Je devais raffermir son autorité et la rassurer. « C'est toi qui décides. Si tu es d'accord, dis-moi où et quand. » J'acquiesçai aussitôt pour le lendemain midi ; je tergiversai un peu quant au lieu, du moins jusqu'à ce qu'elle proposât un endroit que j'estimais sûr. Heureusement, elle ne tarda pas à suggérer le lavoir. Dans moins d'une heure, caché dans la frondaison d'un arbre, je veillerais au grain.

Devais-je rejoindre cette bande ? Je passai la nuit à m'interroger, tout en surveillant les alentours. Les événements m'avaient dépassé, ne me laissant pas d'autre alternative, comme lorsque l'on perd l'équilibre et qu'il faut bien avancer pour ne pas tomber. J'étais toujours debout, mais engagé dans une voie que je n'aurais pas choisie. Je ne le regrettais pas : j'avais convenablement réagi, tout entier dans l'instant, sans prendre en compte la perspective du lendemain. Mais, cette nuit, je devais m'employer à réfléchir.

Tous les enfants des rues ne vivaient pas seuls, tant s'en faut. La plupart se regroupaient, généralement par tranches d'âge. Les plus jeunes bénéficiaient parfois de la présence d'un adolescent qui les exploitait. Un tel chef tirait de son aînesse une prétention qui lui valait, trop rarement, de mourir tôt, pour ne pas s'être aperçu que ses sbires entraient vite dans la force de l'âge, dévorés par une rancune qui les unissait. D'autres officiaient sous la protection d'adultes, voire de couples. Ces simulacres de familles perdaient trop souvent des leurs, petits que l'on retrouvait brisés s'ils étaient rétifs, ou que l'on ne retrouvait pas s'ils étaient mignons. Un an auparavant, j'avais fui les quartiers où sévissaient ces bandes trop organisées, dont le recrutement s'opérait par la menace du « avec nous ou contre nous ». Cette loi ne me seyait guère. Mais une année de solitude relativisait mon jugement. Si j'étais demeuré un franc-tireur retranché dans les beaux quartiers, je les avais soigneusement observés et je les connaissais bien, eux, leurs règles, leurs territoires.

Quelle place y serait la mienne ? La question me taraudait régulièrement. Mon âge, ma stature et mon teint d'éternel convalescent me désignaient comme souffre-douleur, de même que le bossu de l'église m'avait pris pour un pantin. Il me faudrait nécessairement un jour me battre, dans un duel exemplaire, afin de prouver ma valeur – ce que je venais de faire, finalement. Mais inutile de se leurrer : ceux qui relèvent la tête peuvent perdre le souffle pendant leur sommeil.

Un coup de surin, et toute velléité est éliminée. À tout considérer, s'arroger directement le rang d'un chef ne comportait pas plus de risques, mais ce rôle ne m'attirait nullement. La question devenait insoluble, car intégrer une bande revenait fatalement à plier ou résister, ou bien diriger.

Je refusais d'appartenir à une bande qui me serait tout et je ne pouvais rester seul ; je refusais d'obéir comme d'ordonner ; je refusais mon apparence qui m'assignait de n'être rien. Quand, lors de cette nuit de réflexion, je cherchai à m'accrocher à ma devise, mon « Je le veux », je demeurai incapable d'en préciser le contenu... Elle venait pourtant de m'inspirer l'élimination démonstrative du rival d'une fille qui m'avait terrorisé, et surtout elle me mettait en mesure de conclure l'alliance à mon goût avec sa bande. Mais que désirais-je ?

Au moins, tentais-je de me consoler, je savais ce que je ne voulais pas. Serait-ce suffisant ?

« C'est une chose d'adopter une devise, une autre de s'y tenir ! » assena Anton à l'Ivrogne, qui l'ignora.

Son sarcasme lâché, Anton s'était demandé si la détermination du jeune pirate était si enviable. La rage le poussait à agir, à jouer du couteau. Elle l'aveuglait et ne lui accordait qu'une illusion de liberté : ses choix devenaient de plus en plus limités. Était-ce cela que le vieil homme cherchait à dire en les avertissant qu'être pirate, c'est entrer en guerre contre le monde entier ? Juste au moment où il relevait les yeux pour scruter l'Ivrogne, la barque cogna contre le quai.

« Déjà ?

— Comment ça, déjà ? Je rame depuis des heures et vous ne m'avez rien donné à boire !

— Si tu veux qu'on te paie un coup, l'Ivrogne, faudra attendre demain, répliqua Jak d'une voix triomphale. On est venu les poches vides...

— Alors, à demain, matelots.

— Non !

— Quoi, Morne-mer ! Pas de fuel, pas d'histoire. Comment crois-tu que je l'entretiens, ma mémoire, avec des caprices ?

— Encore un peu... »

Il venait de réclamer la suite de son histoire sur le registre pleurnichard qu'employait l'Ivrogne pour obtenir à boire ! Et celui-ci avait cédé à sa supplique, sans davantage se faire prier. Depuis combien d'années ressassait-il cette histoire ? À l'ombre du mythe qu'il avait créé et qui l'avait vaincu, elle s'était confondue à sa vraie vie, comme d'autres réinventent sans cesse une rencontre ratée. « Les hommes, y boivent pas pour oublier, on a beau dire. Ça non. Racontars. Y a qu'à les écouter, toujours la même chose qu'y disent. La même histoire, que sans, y vivraient plus », professait la mère de Jak, tout empreinte de la sagesse des bars.

Balafrée ne me trouva pas plus avancé dans ma réflexion, qui d'ailleurs ne l'était guère davantage six mois plus tard. Vivre la main tendue, me grimer pour simuler une maladie ou une paralysie, ce n'était pas pour moi. Les Estropiés s'en satisfaisaient, se bornant à exagérer leur handicap, à exhiber leur misère. Après tout, devais-je nécessairement me joindre à leur chœur geignard et quémander la charité ? Si je me contentais de rester en marge de la bande, Balafrée ne me considérerait pas en rival, mais en allié. Ça l'ennuierait de ne pas pouvoir me donner d'ordre, mais en contrepartie je ne pourrais jamais prétendre la détrôner.

Cependant, les Estropiés, en raison de leur vulnérabilité évidente, jouissaient d'un rare privilège, celui de se réfugier à la nuit venue dans le secteur des entrepôts du port. Aucune autre bande n'y aurait survécu. Dès l'aube, ils s'égaillaient entre les quais et les halles couvertes, où ils n'officiaient que tolérés, et à condition de bouger sans cesse.

Cette précarité permanente me faisait horreur, mais pas au point de ne pas en tirer parti. « Et si, ensemble, nous anticipions sur la générosité des braves gens ? Je ne suis pas d'humeur à attendre qu'on me donne ce que je peux prendre. Et vous ? »

Depuis que j'avais visité pour la première fois celle de notre logeur, j'étais convaincu de la facilité de pénétrer dans une maison pour la vider. À condition de ne pas être seul pour en tirer vraiment parti. Avec les Estropiés, quelques-uns pour faire le guet et les plus valides employés pour le transport, nous avons réussi quelques beaux déménagements. Inutile d'envisager rien d'important avec eux : ils n'intimidaient personne et se seraient dérobés en cas d'affrontement. Mais ils semblaient satisfaits et même gratifiés de partager une *grande aventure*... Mes opérations leur rapportaient en quelques heures parfois une semaine de mendicité. Je ne réclamais pas une trop grosse part, jamais plus que Balafrée en tout cas. Sous prétexte de faire les repérages, je demeurais le plus souvent seul, j'étais tranquille. Je leur rendais visite de temps à autre, sans plus. J'étais avec eux sans être un des leurs.

Il restait cependant une chose à conclure. Mon statut si particulier, je ne l'avais pas acquis par la promesse d'équipées pillardes, mais d'une protection. Balafrée avait engagé Teigneux et son frère pour cette unique raison, je les avais éliminés l'un et l'autre et je devais tenir mon engagement. Elle ne m'en parlait pas, à ma grande surprise, elle ne me pressait pas d'en finir avec la menace qui pesait sur la bande. Un temps, j'ai pensé qu'elle préférait m'observer – je n'avais que sept ans, Singe et les siens en avaient presque le double ! Serais-je capable de leur régler leur sort ? L'audace dont je faisais preuve avec les Estropiés ne me servirait à rien contre ces cinq grands.

« Demain ! » lança soudainement l'Ivrogne en stoppant net son récit. Il accompagna son salut d'un geste de la main : poing fermé, pouce pointé vers sa bouche grande ouverte. Toute discussion serait désormais inutile.

Les deux compères rentrèrent en silence et se séparèrent sur un bref « À demain ! » qui sous-entendait que Jak viendrait avec une bouteille de rhum en poche. L'histoire ne devait pas tant lui déplaire que cela…

L'entreprise de transcription qu'Anton s'était fixée dès les premières paroles de l'Ivrogne avait pris une tout autre envergure au fur et à mesure du développement de l'histoire. Des quelques pages initialement envisagées, tout au plus une vingtaine, sans écrire trop gros, son projet risquait de couvrir tout le cahier. Étrangement, l'ampleur de cette tâche ne l'effrayait pas, il redoutait plutôt de manquer de papier. Il résolut alors de recourir à sa petite écriture serrée, celle qu'il réservait aux messages échangés avec Jak pendant les cours. Peut-être devrait-il se contenter, pour certains passages moins sensibles, de noter les idées dans leurs grandes lignes, voire uniquement les mots essentiels ? Le respect du style l'inquiétait également, car le mémorialiste pouvait employer des tournures à double sens ou masquant des indices, plus subtils encore que l'usage du dialecte frison pour l'introduction.

Au bout d'une heure de recopie studieuse, Anton fit une estimation du travail qui restait à faire. Cette nuit n'y suffirait pas, la journée du lendemain ne serait pas de trop.

École buissonnière, donc. Seul, sans Jak…

9

Singe méritait son surnom en raison de son agilité. Quatre garçons plus jeunes accompagnaient l'adolescent qui exhibait une moustache drue et noire. Sauf à lui lancer un couteau dans le dos pendant son sommeil, je ne faisais pas le poids. Que visait-il ? Je devais découvrir la raison qui le conduisait à s'en prendre à Balafrée. Singe écumait le port, où les Estropiés ne s'aventuraient que brièvement, mais la mendicité ne concurrence ni ne gêne la rapine. La différence d'âge entre les deux bandes assurait aux comparses de Singe une suprématie physique évidente. Pour autant, les affrontements s'étaient limités jusque-là à des intimidations musclées : Singe s'imposerait quand il le voudrait. Qu'attendait-il ?

Peut-être fallait-il chercher la réponse dans le privilège dont bénéficiaient les Estropiés la nuit venue. Je décidai de m'intéresser aux entrepôts où ils rentraient dormir : quelques rumeurs méritaient d'être considérées. Le jour, ce réseau de hangars se livrait au commerce respectable qui faisait la prospérité et la réputation du port comme de la cité ; la nuit, il appartenait sans équivoque aux contrebandiers. Nul n'y pénétrait impunément, et si aucun bourgeois n'entendit jamais parler de vol ou de crime dans les entrepôts, c'est que la justice qui y sévissait réduisait chacun au silence. Les armateurs payaient les impôts officiels pour jouir d'une garde diurne ; pour la nuit, ils s'acquittaient d'une redevance autrement plus conséquente auprès d'un homme surnommé Geisvatter, qui régnait sans partage sur toute la ville. Sous sa ferme protection, tout un trafic illicite enrichissait bandits et notables.

Geisvatter n'attendait rien des Estropiés, sinon qu'ils occupassent la place. Des enfants plus hardis finiraient par tenter de le rouler, il ne recrutait aucun adolescent. Par contre, Singe aurait bientôt la carrure d'un homme fait et il se présentait comme un vrai chef de bande – les siens lui obéissaient et connaissaient la différence entre abattre et bousculer. En esquintant les Estropiés, Singe démontrait à Geisvatter qu'il était une recrue de choix. Ce n'était pas idiot, certes, mais je n'en concluais toujours pas que Singe devait son surnom à sa ruse. Car il y avait mieux à faire, et sans tarder.

L'influence de Geisvatter s'étendait à toute la ville et à toutes formes d'autorité, il avait donc besoin d'espions. Le gigantisme de ses affaires, et leur complexité, ménageait trop d'occasions de détournements, de falsifications de comptes, de commerce parallèle pour ne pas tenter jusqu'à ses plus fidèles lieutenants. Qui pourrait surveiller ses propres sbires mieux que des enfants ? Qui se méfierait de mendiants impotents ou de petits voleurs ? Geisvatter donnerait beaucoup pour ce service, bien davantage qu'une banale protection nocturne. Mais sa gratitude ne serait rien comparée à ce que nous pourrions lui prendre à ses dépens. Car, pour espionner ses hommes, il faudrait qu'il nous révèle ses cachettes – et je savais quoi faire de ce genre de secret…

Nous n'étions pas en mesure de conclure un tel pacte, et de loin. Mais je trouvai là une excellente raison d'honorer la promesse faite lorsque j'avais écarté Teigneux : je décidai de commencer à placer mes pions. Singe représentait une menace, je devais donc ou bien l'éliminer ou bien lui faire perdre de sa superbe.

Ma témérité fut ébranlée par notre première rencontre, bien qu'elle tournât étrangement à mon avantage. La fréquentation des Estropiés avait fini par flatter outrancièrement ma vanité, aussi étais-je peu préparé à les découvrir si grands. À côté d'eux, nous n'étions que des gosses.

Ce jour-là, Singe était accompagné d'un cinquième garçon, presque aussi grand que lui, moins redoutable d'aspect pourtant. À eux six contre nous sept, nous n'avions aucune chance. Du moins, jusqu'à ce que le nouveau s'écriât en me voyant : « Coupe-jarret ! » C'était le frère de Teigneux. Ma réputation balança en notre faveur, pour la première fois ; ils dégagèrent le terrain après les insultes et les provocations d'usage. Je ne perdis pas mon temps à savourer ce changement, bien que la perspective de n'être plus jamais confondu avec un souffre-douleur avait de quoi me gonfler d'orgueil. Mais ma vivacité contre Teigneux venait de me jouer un vilain tour : ils n'oseraient pas s'en prendre à moi de face et me supprimeraient au couteau sans risquer de me laisser riposter. Même si j'y survivais, cette réputation s'amplifierait et je ne bénéficierais plus d'aucun répit. Ou bien l'on voudrait se mesurer à moi, ou bien l'on veillerait à m'éradiquer du paysage des rues. Je devais donc agir, sans tarder. Et seul.

Je me suis isolé une semaine afin d'échafauder et de répéter mon plan. Coupe-jarret se singularisait moins par sa petite taille que par son sexe, sa casquette, sa démarche nonchalante et la vitesse de ses réactions. Si Balafrée avait recouvré d'une robe son identité première, une robe pouvait tout autant me métamorphoser. Je libérai mes cheveux que je ramenai sous mon couvre-chef et les tressai à la manière d'Ombre. Dans ma cour aveugle, je m'entraînai à imiter sa façon de marcher, ou plutôt de sautiller, regardant en l'air, à gauche et à droite, en parfaite insouciance, oubliant souvent ma bouche ouverte. Adopter le timbre et les intonations de Dodue ne me prit pas une heure. Revêtu d'une robe usagée mais propre, je me rendis au marché pour acheter des pommes comme l'aurait fait la fille d'une domestique des beaux quartiers. Mon sourire avenant fut gratifié d'un aimable « mademoiselle » auquel j'ai réussi à répondre sans pouffer.

Pour peu que je m'égarasse vers le port, je constituais une cible de choix pour Singe. Rançonner une fillette au panier plein ne serait pas pour lui déplaire.

À moi, alors, d'éclater en sanglots, art que je ne maîtrisais qu'imparfaitement encore, et de me répandre sur nos malheurs, à ma mère et à moi. Ne venions-nous pas d'être injustement chassées, sous prétexte d'avoir dérobé de l'argenterie ? Mais c'était faux ! Ma mère était une honnête femme. Les rupins qui l'employaient n'étaient que des ladres ! Était-ce notre faute s'ils gaspillaient leur fortune à force de réception et d'étourderie ! Combien de fois avaient-ils oublié de verrouiller la porte de derrière ? Ou de surveiller si on lâchait bien les molosses dans le jardin une fois les derniers invités partis ? Ah, c'était facile de les voler, il n'y avait pas besoin d'accuser une brave et honnête femme. Mais il ne fallait pas me prendre pour une idiote, non plus, tout juste bonne à nourrir les chiens. Je savais écouter aux portes. Monsieur avait ses vices et ses cachettes.

Normalement, ce petit discours devrait suffire à laisser éclore l'idée : ils sont riches, ils ne ferment pas toujours l'entrée à clé, elle connaît les clébards. Conclusion : quand irons-nous voler ces bourgeois ? S'ils tentaient de m'embrigader comme guide, j'avais les raisons d'une vengeance pour accepter. S'ils m'interrogeaient davantage, je répétais toute une batterie de réponses, pour improviser avec plus de naturel. La clé de la réserve de la cuisine est sous un pot de fleurs. La cuisinière se couche à dix heures, sa fenêtre donne sur l'arrière. Trente minutes plus tard, son tilleul bu, elle dort à poings fermés. Même les chiens ne la réveillent pas. Eux, ils gueulent fort, et souvent, pour des riens ; mais ils ne sont pas méchants et ils m'aiment beaucoup. Avec des os bien viandus, ils ne penseront qu'à me faire la fête. Dans la cabane du jardinier, il y a un brasero tout neuf, pour cuire le poisson à l'autre bout du jardin, à cause des odeurs. Du vin, de la bière, du tabac, des jambons, des conserves : la réserve vaut tous les détours à elle toute seule. En tout cas, nettement moins dangereux que d'entrer dans le petit salon, celui qui donne sur le côté. Parfois, quand Monsieur ne dort pas, il y descend au milieu de la nuit pour fumer un cigare en contemplant ses statuettes. Toute une collection, de grand prix, il paraît. Des femmes toutes nues, oui !

Les arbres m'avaient offert d'assez nombreux postes d'observation pour ne pas ignorer l'intérêt que des adolescents portaient aux filles, et même aux fillettes. Pour répondre à leur envie subite de me lutiner, je m'entraînai à sortir mon poignard de l'étui étroit que je plaquais contre l'intérieur de ma cuisse, en biais et garde vers le bas.

Cette ultime précaution me fit douter de mon plan. La haine que le frère de Teigneux vouait à Coupe-jarret l'amènerait à reconnaître mon visage, à un moment ou à un autre. Me travestir en fille n'était pas une idée parfaite, moi qui n'avais pas même de talent pour faire la manche. Comment serais-je crédible en robe... Je n'avais, pour me réconforter, que la politesse intéressée d'un boutiquier. Mon plan demeurait imparfait.

Voilà ce que je ruminais en quittant les halles quand je les ai vus, avec leur bouille de petits chats. À eux trois, ils ne totalisaient pas beaucoup plus que mon âge. Ils m'ont tendu la main. À moi ! Il est vrai que j'étais grimé en fille et que mon panier regorgeait de pommes. Leurs vêtements présentaient plus de traces d'usure que de salissures, et ils ne sentaient pas encore. Les Petits ne fréquentaient pas la rue depuis longtemps – ils crevaient de faim aux portes du marché ! Ils n'y survivraient pas une semaine. Peut-être pas une heure. Ici, c'était le territoire des Marchands, et si la bande ne s'en était pas déjà occupée, c'était qu'elle avait à faire ailleurs. Le plus jeune ne devait pas savoir prononcer un mot et me regardait avec des yeux énormes, disproportionnés ; l'aîné laissait une traînée de morve lui goutter du nez et m'implorait du regard, tellement conscient de son impuissance ; le troisième, entre les deux, tenait la main du plus petit et la chemise du plus grand, il n'avait d'yeux que pour mon panier. Des abandonnés, des enfants perdus ? Dans le meilleur des cas, ils étaient bons pour l'orphelinat. Leur sort était écrit. Quel gâchis... Parce que, employés dans les rues des tavernes du port, recroquevillés les uns contre les autres, ils feraient un malheur. À la première fournée, quand le crépuscule s'effiloche, les femmes y trouveraient un motif d'apitoiement éloquent, jusqu'à se faire remarquer des hommes ; lesquels veilleraient à briller pour leur générosité. Au second passage, dans la nuit installée, leur innocence rachèterait amours et libations coupables – je me souvenais que les bigotes se montraient enclines à plus de charité en sortant du confessionnal qu'en s'y rendant. Et si un garde survenait… Mais pourquoi me soucier de cela ? J'avais bien assez à penser pour sauver ma peau, et si je désirais commander à une troupe de mendigots, j'avais les Estropiés à ma disposition. Alors, pourquoi m'encombrer ? Je leur filai chacun une pomme et m'éloignai.

Ils me suivirent. Je me retournai et, répétant mon rôle, je tapai du pied, à la manière de Dodue en colère. Tous les trois ensemble, ils baissèrent la tête. Quand j'ai repris mon chemin, j'ai entendu leurs pas derrière moi.

Ils me faisaient rire, en silence. Je m'imaginais faire demi-tour et leur balancer n'importe quoi à la figure pour les forcer à déguerpir – ces pommes, justement… Et puis, de cette farce imaginaire je suis passé à une réponse à une question que je ne m'étais pas posée consciemment : oui, ils pouvaient m'être utiles. Qui songerait que Coupe-jarret s'encombrerait d'un gamin ? Grâce à cette rencontre, mon personnage de fille accédait à la crédibilité qui lui manquait. Un seul d'entre eux suffirait, le plus malléable…

Avant de me retourner, je tentai d'évaluer si la présence d'un petit frère à mes côtés me permettait d'esquiver les tentatives d'attouchement, qui me seraient fatales. Qui se soucierait de bâillonner un môme tandis que ses copains tripotent sa sœur ? Mais le temps de désigner qui le neutraliserait pour les laisser agir en toute quiétude, et j'aurais sorti mon couteau.

Je m'arrêtai et les jaugeai un à un. Grand risquait de prendre son rôle trop au sérieux et serait capable d'initiatives. Petit avait un regard attendrissant, mais des adolescents ne le remarqueraient même pas. Moyen ferait l'affaire, c'était le seul à ne pas me regarder dans les yeux. Pas d'insolence, pas de provocation. Je devais amener mes agresseurs à la confiance, et donc éviter toute source de nervosité. Oui, s'il savait la boucler, et pleurer à mon signe, avec Moyen ça pouvait marcher. Combien de temps pour le dresser ?

Je leur accordai encore une pomme et, juste avant de reprendre la route, je leur demandai : « Alors ? », et je me retournai sans attendre de réponse. En me suivant, ils acceptaient ce pacte implicite où je ne promettais rien et où ils acceptaient tout. Je les conduisis vers la cour aveugle, par un chemin compliqué, et ne les introduisis dans la cave à charbon qu'à la nuit tombée, sans l'éclairer. Je les hissai un à un par le soupirail, en prenant soin à peiner exagérément pour franchir cet obstacle et en veillant à les écorcher tous les trois au passage. Là, je les nourris d'un bouillon et les couchai sur des couvertures sèches et propres, les rassurant d'un « Ici, vous ne risquez rien, si vous ne faites que ce que je dis », qui furent les seules paroles que je leur accordai. Le lendemain matin, je réveillai Grand à l'aube, pour lui confier la charge de ses frères et lui rappeler les consignes élémentaires : garder le silence, maintenir le feu en vie sans le laisser grossir, manger chaud la soupe qui restait, pisser dans la faille qui s'évidait dans je ne savais quelle anfractuosité du sous-sol.

« Hé, on t'a pas vu à l'école aujourd'hui… », lui avait seriné Jak lorsqu'ils s'étaient retrouvés sur les quais. Anton hésitait entre « Je ne me suis pas vu non plus », « Normal, j'étais invisible. Plutôt réussi, non ? » et « Malade », quand Jak avait enchaîné : « T'es pas venu… » Anton s'était retourné pour lui répondre, mais le sourire de Jak l'avait arrêté. Ravi, comblé, fier et complice, ce sourire célébrait l'exploit : Anton avait séché les cours, et tout seul ! Comme si manquer une journée d'école c'était quelque chose… Pourtant, il était le voleur du port, non ? Jak l'appelait Capitaine… Cela ne comptait donc pas ? Pour Jak, il resterait éternellement l'éponge ?

« Le maître s'en est pas aperçu avant midi, avait ajouté le Tavernier. Quand il a rendu les cahiers. » Anton avait alors repris la route en haussant les épaules – ainsi, il était vraiment devenu *invisible*…

10

Quel imbécile ! Enfin dehors, je laissai éclater ma rage. J'avais agi trop vite, il n'y avait aucune urgence. En les cachant dans ma cour le temps de les former, je me privais de ma maison. Pire : leur présence m'obligerait à poursuivre indéfiniment ce rôle de fille que je n'avais pas envisagé de prolonger au-delà du mauvais tour destiné à Singe !

Sans compter qu'il me faudrait les nourrir, les surveiller, inventer sans arrêt des ruses et des feintes pour m'en occuper et me préserver une apparence de liberté… J'aurais pu m'attacher les services de Moyen sans m'engager à tout ça !

Me morigéner ne menait à rien. Trop tard pour les regrets.

Quel bénéfice plus durable pourrais-je en tirer ? Sans trop de travail, je devrais en faire de petits mendiants attendrissants et profitables. Ils pourraient également croiser les Estropiés sans qu'aucun ne se doutât que je contrôlais à ma manière chacune des deux bandes. Garder ces deux identités parallèles pouvait aussi me permettre de tenir à l'œil les uns et les autres, et en cas de problème d'échapper à leur vindicte… Ce n'était finalement pas si mal. Non, c'était même une bonne idée. Les Petits seraient mes yeux et mes oreilles. Il me suffisait de leur apprendre comment et quoi observer, et à me faire des rapports sans omission.

Moyen n'avait aucunement besoin d'une taloche

pour pleurer, de grosses larmes perlaient toutes seules si je le considérais avec insistance. Il me suivait avec la docilité d'un chiot battu ; pour ne pas détonner, je me comportais en grande sœur autoritaire. Le rôle me convenait davantage, de surcroît cette attitude collait au personnage que je destinais à Singe, mieux que l'insouciance que j'avais projetée initialement. Le plus difficile fut de calquer mes pas sur ses petites jambes. Tous les dix mètres, je devais me ressaisir. Jamais je n'avais eu à attendre ou à veiller sur quelqu'un. Une véritable grande sœur saurait quand se retourner ou bien s'il lui fallait juste tendre la main en arrière, enfin tous les gestes issus d'une complicité du temps et du sang. Ce genre de détail risquait de dénoncer la supercherie. Je m'obligeai donc à le traîner avec moi pendant trois journées entières, en évitant le port.

C'est ainsi que nous nous sommes rendus jusqu'aux abords du cirque qui stationnait sur la côte chaque hiver, et parfois, les années pluvieuses, jusqu'au printemps. J'avais assez d'argent pour le spectacle, je le lui faisais comprendre sans le dire vraiment. En excitant son désir, je me familiariserais avec l'agacement d'une sœur retenant son frère. Aussi, nous avons longuement tourné autour des installations et des roulottes, des animaux et du chapiteau. Moyen voulait tout voir et, plus encore, tout toucher. Sans jamais prononcer un mot, il s'élançait tout d'un bloc la main tendue vers son nouvel objectif. Combien de fois ai-je sorti sa chemise de sa culotte à force de le rattraper par le dos ? Des acrobates s'échauffaient avant de regagner la scène, un vieil ours dormait dans une cage plus grande que ma cour, deux femmes étrangement peu vêtues s'échangeaient des balles tout en pirouettant, des petits chiens trottinaient sur les antérieurs. Moyen ne ratait rien. L'exercice dura jusqu'au soir. Nous allions rentrer, tous deux pareillement épuisés et lui ravi, quand il s'écria : « Sœur ! »

Épouvanté à la perspective de l'avoir aidé à retrouver sa famille avant qu'il me fût utile, je regardai qui sa main désignait. Mais je ne voyais que des nains qui discutaient entre eux, outrageusement maquillés en clowns. Tout enfant, ils m'effrayaient. Moyen me serrait la main aussi fort qu'il le pouvait mais ne perdait pas une miette de cet étrange spectacle.

Aussitôt j'étudiai l'opportunité de renforcer notre lien en exploitant sa peur, nouvel attribut de ma panoplie avec la nourriture, l'abri et la discipline, quand je réalisai que c'était moi qu'il venait d'appeler « Sœur ». Touché au dépourvu, je le conduisis sans rien préméditer jusqu'aux nains tout en lui caressant la nuque. Je ne me souvins que plus tard que ma mère m'avait ainsi rassuré, jadis. L'un des nains qui fumaient lui adressa une grimace si grotesque que Moyen recouvra une respiration normale et leva la tête pour me sourire. Nous ne nous attardâmes guère, car ils devaient rejoindre la piste. Sur le chemin du retour, il imita cette grimace et nous pouffâmes de bon cœur. Je n'avais pas ri depuis combien de temps ? Presque deux années.

Je n'avais plus à me soucier de mon allure, nos pas s'accordaient d'eux-mêmes. Nous nous sommes même arrêtés pour soulager nos vessies ensemble, rivalisant pour savoir lequel arroserait le plus loin, lui sa culotte par terre et moi… ma robe retroussée.

Je ne me suis rendu compte de ma bêtise que trop tard, mais j'ai choisi de ne rien dire. Moyen a fait de même.

Si le paradoxe demeurait entier – voilà un homme qui œuvre à s'exclure de l'Histoire mais qui livre ses Mémoires –, la question des détails tracassait Anton. L'auteur s'éternisait sur cette période, donnant dans l'anecdote, tandis qu'il passait sous silence des données cruciales : pas de date, aucun nom de ville ou de navire, ni de personne – hormis Geisvatter, encore qu'il s'agît probablement d'un surnom. Difficile de l'imaginer céder à une subite coquetterie ou s'attarder si complaisamment sur son enfance sans raison. Ces détails n'étaient pas gratuits, Anton ne devait en rater aucun, ni par négligence ni par paresse.

Lorsqu'il avait retranscrit la première partie du récit, il avait mesuré les difficultés inhérentes à un tel projet – exactitude de la chronologie, fidélité à la relation des événements et des descriptions, respect des tournures de phrases et du vocabulaire – et ses propres faiblesses. À combien de reprises avait-il lutté désespérément contre la fatigue qui lui dictait d'abréger, de couper, de résumer, de sauter un passage… Forcément vaincu, au moins une bonne douzaine de fois, il se précipitait pour griffonner quelques mots dont la liste lui échappait rageusement, se dissipant plus vite qu'il ne parvenait à écrire ; plus tard, reposé, il se lançait à la recherche des phrases entières que ces mots étaient censés évoquer. Sa reconstitution se voulait fidèle, elle l'était sans doute pour l'essentiel, mais pas absolument. Il pouvait faire mieux, il s'efforçait à mieux faire.

Que dire de la mémoire de l'Ivrogne ? Jeune homme, il n'avait disposé du manuscrit que pendant quelques heures. Avait-il réellement eu le temps de le recopier ? Dans sa scrupuleuse intégralité ? Certes, il avait eu tout loisir de le relire ensuite, mais il l'avait finalement perdu. Depuis combien d'années se répétait-il cette longue histoire ? Une longue histoire que la répétition récrivait fatalement – l'Ivrogne avait signalé lui-même cette spécificité à propos des traditions orales qui finissent par se nourrir davantage du conte que des faits contés, ce qu'il avait appelé l'*effet légendaire*. « La tradition orale, c'est d'abord l'histoire d'une histoire. Chaque narrateur se l'approprie et la réinvente. N'y voyez aucune malice ! Un peu comme ces souvenirs qui glissent à notre avantage : à force de ressasser une scène vécue, nous la lissons, nous la polissons, nous la façonnons jusqu'à aboutir à une version plus… acceptable. C'est naturel, c'est même nécessaire. Une vieille histoire est une histoire trop vieille pour être tout à fait comprise ; or, moins pertinente, elle risque l'oubli… La mémoire la cultive au jour le jour : elle semble toujours la même, mais ce n'est jamais la même. »

Vide et opposé ?

Sœur et Moyen n'eurent pas trop longtemps à flâner aux alentours du port pour se faire bousculer par les sbires de Singe. Moyen se mit à pleurer au bon moment, mais si fort que je redoutai qu'il fût réellement pris de panique. Il s'agrippait cependant à ma robe scrupuleusement comme je le lui avais enseigné, pour stopper net toutes velléités à l'égard de ma pudeur. De nous deux, il était le plus crédible. Les garçons fouillaient dans mon sac qui regorgeait de fruits que nous venions de voler dans un jardin, et se félicitaient de leur prise. J'implorais leur pitié, j'allais me faire gronder… Pour moi, c'était beaucoup, alors que, pour grands comme eux, ce n'était rien… Et j'avais alors débité mon histoire parfaitement rodée. Ils ont tout gobé.

Moins par prudence que par excès de zèle vis-à-vis de Singe, ils exigèrent de nous accompagner jusque chez nous, histoire de nous signifier qu'ils sauraient nous retrouver. Nous avions répété le parcours et avons franchi sans hésiter les portes d'une propriété. Trois molosses déboulèrent aussitôt. Nous les avions suffisamment régalés ces derniers jours pour mériter cette démonstration d'enthousiasme. Moyen avait gardé un os dans sa poche, qu'il expédia discrètement contre le portail une fois rentrés. Les chiens se précipitèrent vers la rue, provoquant une bousculade effrénée. Cette fois, ils nous croyaient.

Par principe, Singe avait récusé la première date que j'avais proposée pour perpétrer notre visite chez le maître de ma supposée mère. Il avait accepté la seconde, pour le surlendemain en tout début de soirée, Monsieur et Madame étant invités en ville, ils partiraient assez tôt. Les domestiques ne veilleraient pas longtemps. Nous nous retrouvâmes à deux pâtés de maisons, côté port. Ils devaient m'emboîter le pas pour éviter les gardes municipaux. Singe m'examina des pieds à la tête lorsque j'exposais comment entrer et où se rendre précisément. Quelque chose l'ennuyait. Je reprenais mon explication qui excusait l'absence de mon petit frère : il se faisait passer pour pâle et gardait la chambre afin de faire le guet. Singe acquiesça mais décida au tout dernier moment que nous ne formerions pas qu'un groupe, mais deux. Ses quatre acolytes me suivraient par-derrière jusqu'à la réserve pour revenir par la cabane du jardinier, tandis que lui et le frère de Teigneux se dirigeraient droit vers le petit salon aux statuettes de Monsieur. Je lui rétorquai que ce n'était pas une bonne idée, qu'il n'y trouverait rien qui ne vaille un vrai jambon, mais il m'ébouriffa la tête pour me notifier que j'étais trop jeune pour comprendre. Après tout, c'était lui le chef.

À un demi-étage de haut, la fenêtre qui donnait sur le petit salon était faiblement éclairée par le feu mourant de la cheminée. Les silhouettes féminines des bronzes, correctement disposés, se trémoussaient avec langueur. Tout à l'honneur de son surnom, Singe se hissa jusqu'à la fenêtre, qui ne résista pas à son épaule. Le frère de Teigneux se précipita à sa suite. Le parquet était encombré de quelques bibelots fragiles, qui firent grand bruit en se cassant. Le chien personnel de Monsieur, qui ne dormait pas au chenil, traversa la maison en battant son record. Ses crocs se refermèrent sur le mollet du frère de Teigneux et Singe se mit à crier. D'un coup de pied, je libérai la cale de la remise où j'avais enfermé les autres chiens qui n'en pouvaient plus de se joindre à la curée. Ils sautaient bien, tous les trois. Singe leur échappa en s'engouffrant dans la maison où Monsieur, escorté de deux domestiques, le cueillit. Moyen qui observait la suite des événements du jardin d'en face me confirma que le médecin était arrivé longtemps après les gardes municipaux.

Les Quatre me suivirent sans dire un mot. Ce qu'ils avaient vu, c'était leur chef et son nouveau favori ne pas respecter le plan et se faire prendre. Tandis que la gamine les avait sauvés. Dès que le chien de Monsieur s'était mis à hurler, je leur avais conseillé de ne pas me quitter d'un pouce. J'avais alors contourné la remise, puis rejoint un second jardin et, de là, une rue moins en vue. Ils étaient saufs et nous n'étions pas partis les mains vides. Nous regagnâmes le port en silence, je les laissai méditer cette leçon. Au moment de nous séparer, je leur parlai d'une autre maison que j'irais bien repérer pour faire le coup avec eux. D'un simple échange de regards, ils se consultèrent et acceptèrent – ils n'eurent pas à s'en plaindre.

Mon intuition ne m'avait pas trompé, ils ne regrettaient pas Singe et ne se pressaient pas de lui trouver un remplaçant. Ils étaient tous les quatre du même âge et de force identique, ils n'avaient besoin de personne – excepté d'un complice des quartiers loin du port, pour fureter pour eux.

Durant toute une année, et même un peu plus, ma vie se déroula sous des apparences qui n'étaient jamais la mienne. En tant que Coupe-jarret, je fréquentais les Estropiés sans jamais ni leur ressembler ni les diriger, mais j'exerçais une influence tangible sur eux. Sous les traits de Fureteuse, je manœuvrais les Quatre, uniquement de temps à autre, dispensant conseils et informations grâce auxquels aucune bande ne tenta de les enrôler malgré l'absence d'un chef véritable. Quotidiennement, je jouais le rôle de Sœur auprès des Petits, lesquels grandissaient en me vouant une obéissance absolue.

Parce que je les avais installés chez moi, parce que je les dressais à espionner pour mon compte, j'aspirais avec eux à me détendre, à me laisser aller. Mais je refusais de céder à la tentation de leur révéler quoi que ce fût sur ma vraie vie. Avec le recul des ans, ce fut un exercice des plus salutaires, j'étais contraint de me comporter en permanence contre ma nature, jusque dans les plus infimes gestes quotidiens.

Me composer ces personnages m'incita à compléter mon répertoire d'un rôle épisodique plus facile à tenir: je me glissais dans la peau d'un jeune coursier pour me promener en toute liberté, en profitant pour m'infiltrer peu à peu parmi les Marchands. Le moment venu, je verrais comment en obtenir avantage. Cet emploi exigeait de moi de parachever ma carte mentale de la ville, avec les vrais noms des rues et de ses habitants, et à en retenir la graphie. Le dessin des mots variait énormément d'une écriture à l'autre. On n'attendait pas que je lise, ma mémoire devait suffire à ce travail. Au contraire, mon ignorance garantissait à mes employeurs ma totale discrétion: ils pouvaient me confier des secrets inestimables, je n'en saurais jamais rien! Je réalisai alors que, en ne fréquentant pas l'école, je ratais quelque chose d'important.

11

Tout me réussissait, je n'avais commis aucune erreur. Mon audace avait pour seule limite mon manque d'ambition – je ne dis pas d'orgueil : je me savais invulnérable. Comment ne pas se laisser aveugler : quoi qu'il advînt, je réagissais dans l'instant, et je gardais ensuite ma ligne de conduite. À mes yeux, tout était bien, tout le resterait. J'avais neuf ans.

Quand Balafrée ramena un chien aux entrepôts, je n'ai vu qu'un terre-neuve redoutable, vraiment méchant. Tueur se défiait de tous et nous menaçait comme si nous l'avions martyrisé étant chiot. Elle savait le prendre et il lui obéissait. Si elle voulait couper court à une dispute, Balafrée parvenait juste au son de sa voix à le lancer dans une crise tonitruante d'aboiement, férocement efficace. Je l'étudiai alors, désireux d'apprendre son art d'amadouer les molosses, et je négligeai de me poser la seule question qui importait : depuis combien de temps Balafrée préparait-elle son nouveau garde du corps ?

Depuis que sa poitrine avait déformé ses robes. Pour passer de pointes mollassonnes à de rondouillardes proéminences, son évolution n'avait demandé que quelques mois. J'étais beaucoup trop jeune pour être véritablement troublé par cette métamorphose, bien qu'elle m'intriguât avec une constance insolite. D'un caractère de plus en plus lunatique, alternant impatience et langueur, Balafrée m'accordait de mirer son corsage, alors qu'elle s'en irritait lorsqu'il s'agissait de n'importe quel autre des Estropiés. Ce privilège me flattait comme la reconnaissance d'un droit, je n'en demandais pas plus. Cependant, je remarquais sans peine que nous n'étions pas les seuls à dévorer sa silhouette, et je trouvais là une justification suffisante à son besoin d'une protection assidue. La nuit, les entrepôts grouillaient d'hommes.

Balafrée multipliait à l'envi les démonstrations autoritaires que lui permettait son mâtin. Les mollets de Boiteux et de Borgne en faisaient fréquemment les frais ; Géant, dont la figure bourgeonnait hideusement, se tenait ostensiblement à l'écart ; mais nous le surprîmes parfois en train de se masser les chevilles. Dodue et Ombre fuyaient le chien plus qu'elles ne l'évitaient, et nouaient toutes les deux une nouvelle complicité dans les jeux, comme les gamines qu'elles étaient encore.

Combien de temps pourrais-je maintenir mon personnage de fillette avant d'entamer cette inéluctable croissance ? Fureteuse serait la prochaine et Balafrée son seul modèle. Et que devrais-je faire quand les mêmes boutons défigureraient Coupe-jarret et Fureteuse ?

Dans la journée, Tueur ruinait le commerce de Balafrée : les chalands oublient de s'apitoyer sur le sort d'une enfant flanquée d'un compagnon aux crocs écumants. Pendant quelques jours elle se contenta d'inspecter le reste de la bande, mais la présence du molosse n'arrangeait rien aux affaires des autres non plus. Elle ne pouvait quand même pas passer son temps à flâner sans rapporter son écot. Ce fut l'agressivité même du terre-neuve qui mit fin à cette contradiction.

Le sous-fifre d'un armateur lui demanda les services de son chien, pour surveiller son secteur. Balafrée y gagnait de garder le mâtin, plus une obole à peu près équivalente à une journée de mendicité. C'était, pour elle, un bon marché. L'endroit se présentait comme un cul-de-sac au fond d'une succession d'allées peu éclairées, ses aboiements s'y amplifiaient de mille échos terrifiants. Le bruit de la chaîne qui gémissait à chacun de ses assauts suffisait à effrayer n'importe quel badaud. Balafrée prit alors deux décisions. La première, une fantaisie stupide, imposait à l'un des Estropiés, n'importe lequel, de tenir compagnie à Tueur ; la seconde, véritable menace, consistait à abandonner le refuge nocturne pour déménager dans cette base permanente. J'avançai pourtant des arguments solides : c'était une impasse, sans issue de secours possible, et leur défense reposait tout entière sur la présence du cerbère, enchaîné le jour, libre de poursuivre un rat la nuit…

Aucun ne m'écouta. Mon influence se trouvait limitée par ma position marginale, ma réputation auprès des Estropiés s'étiolait depuis que j'avais supprimé tout danger déclaré et que Tueur muselait les nouvelles velléités. Nous mangions tous à notre faim et ce coin douillet dans les entrepôts n'arrangeait pas les choses : peu à peu, la bande plongeait dans une routine des plus confortables… Seuls mes raids nous tiraient de la torpeur de l'embourgeoisement. Si Balafrée acceptait généralement mes propositions avec un enthousiasme démonstratif, elle finissait trop souvent par les récuser, ne me concédant que les moins risquées. Du moins, tant que nous ne saurions pas mieux nous battre. Alors que je cédai un jour à cet argument, elle réclama que je devinsse leur maître d'armes. Ce statut ne me plaisait guère, mais il me ménageait une sorte d'ascendant, au moins sur les plus jeunes, qui voyaient ces exercices comme un jeu.

Qu'attendait Balafrée de moi ? Tueur à ses côtés, elle n'avait rien à redouter des hommes. Ne me tolérait-elle que pour mieux me surveiller ? Ou par intérêt ? Parfois, sans raison, elle effleurait furtivement ma joue, ou bien elle s'asseyait près de moi quand nous étions seuls – la chaleur de sa cuisse pénétrait lentement la mienne. Je n'étais alors plus qu'un jouet, rôle qui m'aurait terrifié si j'avais cherché à comprendre. Ce contact me plongeait dans une indolence agréable qui ne cessait de me surprendre ; qui, certaines fois, m'émouvait bizarrement.

Un après-midi, elle a délaissé Tueur et les Estropiés pour marcher avec moi. Elle n'avait rien d'important à me dire, et je découvrais peu à peu ce que nous étions en train de faire : *nous nous promenions*… Nos pas nous dirigèrent jusqu'au lavoir. « Tu te souviens, c'est là que nous nous sommes rencontrés. Et que nous avons scellé notre pacte », me rappela-t-elle. Ce n'était pas tout à fait exact, mais je ne la contredis pas : elle venait de me prendre la main. Je ne me souvenais plus comment respirer.

Nous contournâmes les lavandières jusqu'à nous approcher dangereusement de mon repaire. Bien sûr, elle ignorait son existence : comment l'aurait-elle appris ? Mais ce soupçon désagréable se frayait à grand-peine un chemin jusqu'à ma conscience occupée à tout autre chose... Non, elle ne pouvait rien savoir. Peut-être supputait-elle que l'endroit m'était familier et que j'y trouvais parfois refuge, du moins son allusion à notre première rencontre le laissait-elle entendre.

« Tu ne connais pas un coin tranquille ? Je suis fatiguée... »

Cette invitation coupa net ma pensée.

À maintes occasions, j'avais observé des maîtres et des fils de bonnes maisons retrousser les domestiques, et même si ma jeunesse m'interdisait de prétendre aux mêmes ardeurs, j'eus envie de me blottir jusqu'à me fondre dans l'odeur de sa peau...

Quelle folie soudaine m'emportait ! La moiteur de sa main m'inspirait d'étranges fourmillements. Tout au mieux, me disais-je, elle va s'allonger et se reposer. Mais je serais là, tout à côté d'elle. Je pourrais la regarder endormie, sans personne pour me surprendre ; m'approcher, peut-être.

Je n'avais jamais touché une fille.

« Un coin tranquille ? Oui, j'en connais un... Plutôt douillet, même. Idéal pour se reposer. Un refuge si bien conçu que Tueur pourrait aboyer un jour et une nuit sans attirer l'attention. Personne n'en saurait jamais rien. »

Aussitôt proférée, la stupidité de ma fanfaronnade m'accabla. Le temps de me reprocher de lui avoir ainsi livré l'une de mes meilleures planques, je compris qu'en réalité j'avais fait pire : je venais de me trahir. Jamais plus elle ne me considérerait comme le gentil soldat qui pavoisait pour ses beaux yeux ! Elle savait, dorénavant, que je lui cachais tout un aspect de ma personne et de mes actions, elle savait que j'étais faible. Voilà ce que ma conscience me tambourinait tandis que je louchais vers ces fruits qui déformaient sa robe.

Comment est-il possible d'être aussi précocement niais ?

Je tentai de me reprendre et de m'attacher à trouver un moyen de retourner ma bévue à mon avantage quand une ombre derrière le roncier retint mon attention.

Balafrée n'avait rien vu. Du coin de l'œil, je la devinais m'observant avec un sourire incrédule. Cette silhouette était d'ailleurs trop petite pour être celle d'un des Estropiés. D'un côté, cela me rassurait et j'avais eu tort d'imaginer qu'elle m'avait tendu un guet-apens ; de l'autre, cela m'inquiétait, car il était fort probable que cette ombre fût celle d'un des Petits. Inutile d'en rajouter : j'avais assez gaffé en lui révélant que je possédais une cachette confortable, je n'allais quand même pas lui déballer les autres personnages de mon répertoire et l'existence de mes espions…

Je devais agir sans attendre. La seule idée que j'avais trouvée ruinerait mes chances avec elle, Balafrée ne me considérerait plus que comme un gosse. « Ça te dit de déloger les corbacs ? » Le lavoir attirait une multitude d'oiseaux bruyants qui se chamaillaient sans cesse, pies et corneilles à l'affût d'un bouton quelque peu brillant ou d'un pan d'étoffe égaré. Sans attendre sa réponse, et prenant, hélas, l'initiative de lâcher sa main, je m'accroupis à la recherche d'« une bonne caillasse à balancer ».

Tandis que mes doigts tournaient quelques cailloux pour en estimer savamment la valeur, des yeux je recherchais une disposition géométrique de quelques pierres. Parmi les graviers, je n'en discernais aucune. Si l'un des Petits m'avait laissé un signe, celui-ci devait avoir été placé un peu plus haut sur la route. Je le cherchais bien trop tard ! Je n'avais pas été assez attentif en rejoignant le lavoir.

Je me redressai et visai les oiseaux noirs amassés dans les ramures qui coiffaient le lavoir et ma cachette. Au troisième tir, j'expédiai toute une averse de pierraille en direction des branches, les derniers volatiles qui s'obstinaient à s'y maintenir désertèrent les environs. « Zut ! T'auras ta chance une autre fois... »

Impossible de gagner plus de temps et difficile de se ridiculiser davantage ! Pour compenser cet enfantillage, je saisis sa main d'autorité. Ma manière fut plus rustre que virile, et mon geste malhabile : j'avais raté ma prise, mes doigts ne serraient que son poignet et refusaient de bouger. J'espérais qu'une telle démonstration de gaucherie lui suggérerait beaucoup d'indulgence...

Moyen a surgi à ce moment de derrière un fourré, à dix pas de nous. Il s'était légèrement déplacé sur la droite, de sorte qu'il ne donnait pas l'impression de déboucher de l'entrée secrète de mon antre. Plus près, jamais Balafrée n'aurait accepté de croire à une coïncidence. Il grommelait, le regard fuyant, l'air maussade et épouvanté d'un gamin qu'on vient de surprendre la culotte à ses pieds, juste au mauvais moment. Je me moquai de lui, comme je l'aurais fait de n'importe quel môme débusqué en si fâcheuse posture. Je lui jetai quelques pierres pour le contrarier davantage. Il a déguerpi sans demander son reste.

Elle rit de la fuite du garçonnet et ne tenta pas de dégager son poignet quand je l'entraînai de l'autre côté du lavoir. La vue du roncier l'inquiéta, mais je me précipitai pour ouvrir la porte secrète de mon tunnel. Elle ne me regarda pas et je ne pus savoir l'opinion qu'elle avait de moi à présent.

Nous nous y enfonçâmes à croupetons. La toiture effondrée contre le mur de l'ancien lavoir ménageait un espace assez étroit, tout en longueur, jamais assez élevé pour nous autoriser à nous redresser. Courbée, Balafrée examina mon refuge comme si elle devait le reproduire à l'identique. Rien ne lui échappa, ou presque. Mon regard suivait souvent le sien, et je regrettais amèrement de lui montrer tant de moi, de ma patience, de ma prévoyance, de la sophistication de mes dispositions. J'avais aménagé et équipé ce repaire pour m'y terrer une semaine entière, en n'importe quelle saison. Heureusement, elle ne tenta pas de fouiller dans les caisses et les sacs, où j'entreposais armes et déguisements destinés à mes différents rôles

– rien ne l'empêchait de revenir le lendemain pour une inspection plus minutieuse.

Quel imbécile !

Elle souriait toujours et j'en éprouvais une sorte de soulagement stupide : elle ne m'en voulait pas ! Pour preuve, elle m'a embrassé, sur le front, et s'est couchée. Je me suis allongé à ses côtés, mais elle me demanda de me mettre tête-bêche, l'un à la suite de l'autre. Nos visages si proches, elle ferma les yeux, abandonnant une main sur ma joue. Il est possible qu'elle se fût réellement endormie, moi pas.

Je songeais à Moyen. Les Petits connaissaient mon penchant pour la multiplication des cachettes et pouvaient aisément supposer que je ne leur en avais pas révélé la moitié. J'en avais plusieurs à proximité, dont une dans un arbre pour surveiller celle-ci. Pouvaient-ils en conclure que cet endroit inhospitalier possédait les qualités requises pour me séduire ? Moyen ne patrouillait pas précisément ici par hasard. Et, malgré son jeune âge, il s'était montré suffisamment perspicace, ou entêté, pour en dénicher l'entrée. Ce qui, dans cette forêt d'épines, n'était pas un mince exploit…

Jamais il ne se serait permis de sonder mes secrets sans une raison valable et urgente : il me cherchait.

Mes pensées se disputaient le privilège de m'accabler, et chacune avait ses arguments pour mériter le titre quand je réalisai que j'avais omis un détail essentiel. Moyen était le seul des Petits à savoir que Fureteuse et Sœur n'étaient qu'une personne. Il avait découvert qu'à l'occasion je pissais debout et plus loin que lui. Il avait gardé ces deux secrets pour lui, sans rien révéler à ses frères. Maintenant, il m'avait identifié en Coupe-jarret… Moyen ne me trahirait pas, j'en étais sûr. J'éprouvai aussitôt une certaine fierté : il avait correctement improvisé, comprenant en un instant qui j'étais, que Balafrée ne devait pas nous soupçonner d'avoir partie liée, qu'il devait justifier sa présence dans cet endroit discret. Sa réactivité m'impressionnait, je l'avais bien dressé.

Balafrée renifla légèrement et toutes mes pensées furent chassées… Allais-je sombrer dans l'idiotie commune de l'adolescence ? Son souffle caressait mon visage. Même en cet instant, je ne peux pas dire que je l'ai jamais trouvée jolie… Qu'était donc ce jeu des corps qui me réduisait à l'unique tentation de baiser sa bouche ? Ma respiration repoussait la mèche de cheveux qui cachait sa cicatrice, comme une invitation à la frôler du doigt. J'y cédai. Elle ouvrit les yeux. Difficile de lire un regard à l'envers. Pas pour elle : elle posa ses lèvres sur les miennes et se leva. « On rentre. »

12

Mes souvenirs quant à mon retour à la cour aveugle demeurent incertains. La présence de Moyen au lavoir m'inquiétait, mais la chaleur molle de Balafrée me retenait avec plus d'insistance. Je crains de l'avoir raccompagnée jusqu'aux entrepôts. Peut-être même sommes-nous restés encore un long moment ensemble, jusqu'à la nuit. Je ne sais plus.

Le trouble qu'elle avait éveillé au plus profond de moi me laissait désemparé et perplexe, fautif également. En rentrant, mes pensées peinaient à s'écarter de son unique baiser. Je frottais mes lèvres l'une sur l'autre pour recouvrer la saveur de cet étrange contact. Il me fallut parvenir au dernier croisement qui menait à la maison pour réaliser que Moyen ne serait jamais venu à ma rencontre pour un motif futile. J'avais négligé son appel. Presser le pas ne changerait rien, dorénavant, et je ne tenais pas à attirer l'attention sur moi si près de mon repaire.

Je refusais de me sentir coupable, je ne leur avais jamais rien promis. Par contre, eux me devaient tout. En retour, ils brimaient ma liberté. Une fois dans le couloir qui conduisait de la cave à la cour aveugle, je m'efforçai de me calmer avant de les rejoindre.

Grand m'attendait et me suppliait du regard d'enfreindre la consigne du silence. Je le lui accordai. Penché au chevet de Petit, dont il caressait le front, Moyen me tournait le dos. Grand chuchota si bas « Petit est malade » que je fus forcé de me répéter ses mots pour en saisir le sens. « Il vomit depuis ce matin. Et il a une de ces chiasses... » Petit était né goinfre, exigeant une éternelle surveillance, et l'idée qu'il avait à nouveau mangé trop vite ou en trop grande quantité, voire quelque chose d'avarié ou encore de réputé impropre à la consommation – deux fois, nous l'avions empêché d'extrême justesse d'ingurgiter des crottes desséchées – me plaisait assez : une bonne crise l'assagirait peut-être... En secret, ses frères partageaient probablement le même vœu, mais aucun n'aurait transgressé mes règles pour une simple indigestion. « Moyen t'a cherché toute la journée. Petit va très mal », crut-il devoir insister. Ainsi, Moyen n'avait même pas dit à ses frères qu'il m'avait vu... Il se retourna à ce moment, visiblement inquiet. À mon tour, je me penchai sur Petit. L'odeur qu'il dégageait était épouvantable et son front bouillant. Desserrer les paupières pour me regarder lui coûta tant que son corps tout entier tressaillit. Je ne savais pas soigner ça.

Les conversations sur le marché m'avaient instruit sur l'usage de quelques simples pour prévenir ou guérir les maux les plus fréquents de l'enfance. Entre elles, les mères aiment à exposer leur savoir en la matière, comme s'il en allait de leur réputation, bien qu'en tentant de suivre leurs conseils j'aie remarqué qu'elles ne précisaient jamais complètement les doses. Si elles retiraient quelque vanité de ces misérables mystères domestiques, elles m'obligeaient à tâtonner, et donc à gaspiller. J'explorai préparation et effets des tisanes et des décoctions de menthe ou de camomille, voire de mélisse ou de lavande quand je parvenais à m'en procurer. La prospérité du commerce portuaire et l'ambition coloniale favorisaient l'achalandage en plantes médicinales des plus exotiques, mais l'emploi de la plupart m'était inconnu. Après quelques expériences malheureuses, je renonçai vite aux herbes d'origine trop lointaine et me limitai à celles que depuis des générations nos grand-mères récoltaient elles-mêmes. Mal de tête, gorge irritée, légère constipation, rage de dents ou plaie ordinaire, j'avais toujours un remède en réserve, éprouvé ou non – je l'appliquais avec l'aplomb d'un vrai médecin et les Petits me croyaient sur parole, et ne s'en portaient pas plus mal.

Grand ou Moyen entretenait le feu sous une marmite dans laquelle surnageait plus de la moitié de mes provisions de menthe. Ils avaient veillé à lui rafraîchir le visage et à le changer d'habit, prenant le parti que le pire restait à venir: Petit se trouvait emmailloté dans des linges qui nous servaient de serviettes, économisant ses vêtements. Je n'aurais pas fait mieux. Ma colère se dirigea sourdement contre Moyen, à qui je ne pouvais rien reprocher. L'état de Petit nécessitait qu'il m'adressât un signal éloquent, et c'était précisément ce qu'il avait fait...

Un instant encore, le temps d'une profonde respiration, j'évoquai le souvenir de l'époque où j'envisageais de rejoindre une bande, cette époque lointaine où la solitude me devenait insupportable à l'idée de tomber malade ou de me blesser, et de me retrouver ainsi, incapable de me soigner. Mais je ne pouvais rien pour Petit. Sa fièvre fulgurante me dépassait et j'entrepris de le laver tout en me demandant quel médecin accepterait de s'occuper d'un enfant des rues sans alerter les autorités. Question superflue... Personne n'accueillerait Petit sans d'abord nous interroger sur sa mère. Autant sonner directement aux portes de l'orphelinat!

Je refoulai l'idée qu'il faudrait peut-être en arriver là, tandis qu'une voix me murmurait de saisir cette opportunité sans réfléchir davantage...

J'achevais de nettoyer les traces de vomissures sur son torse quand Petit fut pris de convulsions. Nous le recouvrîmes et ses frémissements cessèrent bientôt, après que ses intestins se furent délivrés de toute la tisane qu'il avait ingurgitée. Dans cet état, il ne pourrait pas marcher longtemps, je devais trouver de l'aide à proximité.

Une guérisseuse opérait au fond d'une rue, un peu à l'écart de l'agitation de ce quartier si proche des maisons bourgeoises. Mère-des-anges avait un aspect redoutable et brusque, aussi laide qu'ombrageuse; une raideur des cervicales l'obligeait à mouvoir tête et haut du dos d'un seul bloc, mais ses yeux galopaient de gauche à droite de sorte qu'il était impossible de savoir où elle regarderait et ce qu'elle avait vu. Toujours vêtue de noir, elle était grande comme un homme, mais ses épaules tombantes semblaient celles d'une frêle femme. Aucun enfant des rues ne s'aventurait de ce côté et il circulait sur elle d'étranges sornettes. Elle avait été sage-femme autrefois, aujourd'hui elle avortait les jeunes veuves ainsi que les filles et les domestiques des meilleures familles. La rumeur accordait également à ses mains un singulier pouvoir, encore que limité au ventre et au bas-ventre. Elle touchait homme ou femme en marmonnant d'obscures incantations que chacun préférait considérer comme des prières anciennes. À traiter autant la stérilité que les conséquences d'un retour de virilité, la vieille détenait les secrets les plus intimes de toutes les maisons influentes, ce qui suffisait peut-être à expliquer qu'elle fût la seule guérisseuse tolérée par les médecins dans cette partie de la ville.

Nous aiderait-elle ? Mère-des-anges connaissait tout le monde, je devrais broder une histoire qui n'éveillerait pas trop sa suspicion. Qui étions-nous ? Pourquoi ma mère n'accompagnait-elle pas mon jeune frère ? Et pourquoi ne pas aller voir un docteur ? J'avais repéré une domestique qui avait une fille et un petit garçon de nos âges, et je me souvenais des noms et prénoms de toute la maisonnée – notre mère est retenue à cette heure par son service ; quant au médecin, eh bien, s'il n'a pas su guérir correctement sa mauvaise toux qu'elle traîne depuis des mois, comment lui faire confiance ? « Tout juste bon pour boire le thé dans le petit salon ! » devais-je préciser. Par contre, je n'avais aucune idée du prix que la toucheuse exigerait, et combien de pièces je devais sortir de leur cachette. Pas trop, elle se méfierait. Tout en me demandant si je ne risquais pas davantage en n'apportant pas assez d'argent, j'enlevais le linge qu'il venait de souiller et je découvris que Petit était une fille.

Je ne l'avais jamais vue nue, et s'accroupir pour se soulager ne me semblait pas anormal pour un garçonnet. Moyen et Grand se livraient à des joutes de précision pour atteindre le minuscule trou d'évacuation dans la cour, et je croyais Petit éloigné de tels jeux de peur de se révéler incapable de rivaliser en adresse avec ses frères. Moyen ayant gardé notre secret, de mon côté je prétextais de mon droit d'aînesse pour aller dans la cave ; celle que j'avais nommée Petit en concluait peut-être à un devoir de discrétion dû à notre sexe... Qu'en savais-je ? Ses frères ne m'avaient pas repris quand je l'avais baptisée Petit, et depuis ils n'avaient pas jugé utile ou nécessaire de me corriger. Avaient-ils à ce point peur de moi ? Ce nom m'était venu en fonction de sa jeunesse, mais comment pouvais-je ignorer le genre du plus jeune de mes protégés ? Réalisant cela, je comprenais que je n'avais jamais tenté de connaître leurs véritables prénoms.

Je ne m'étais instruit en rien de leur passé, sinon que nous ne risquions pas de tomber sur un parent ou un proche, enfin quelqu'un qui aurait pu les reconnaître ou bien s'étonner de les voir ici ou avec moi. Cette information m'avait suffi. Pourquoi chercher à en apprendre davantage ? Dans la rue, le secret garantit notre sécurité mutuelle : moins nous en savons, moins nous pouvons en dire sur les autres. Cette règle élémentaire nous conduisait à nous contenter de surnoms qui n'autorisaient à filtrer aucun indice susceptible de remonter à nos familles. Sinon, ce serait l'orphelinat, à terme pour eux comme pour moi. Cette justification, pourtant imparable, me laissait cependant confusément insatisfait.

Impossible de la rhabiller en garçon, avec la guérisseuse qui ne manquerait pas d'apposer ses mains sur la peau de son ventre. Je rapportais régulièrement du lavoir ce que les lavandières perdaient, transformant en simples linges les vêtements qui ne nous allaient pas : chausses et blouses adultes ; mais je rapportais parfois des habits d'enfant que j'épargnais, pensant que les Petits pourraient avoir à se déguiser un jour ou l'autre. En cherchant dans la cave une robe à sa taille, je mesurais une autre conséquence de ma découverte : la famille dont nous devions emprunter l'identité ne convenait plus. Et, sur le moment, je n'en trouvais pas d'autre.

Pouvais-je faire passer Petite pour un enfant caché ? Et insister pour taire son nom ? Ce n'était guère vraisemblable. À moins d'user de la mère de Fureteuse, qui avait déjà changé d'employeur par deux fois, juste avant ou après la naissance d'un de ses bâtards. Cette femme pouvait tout à fait tenir secrète la naissance d'un troisième, et ne pas parvenir à se décider à s'en séparer, si jeune encore, pour le conduire chez une tante à la campagne… L'histoire ne me semblait pas des plus crédibles, mais au moins je disposais d'assez de matière véridique pour broder en arborant un air de parfaite sincérité. Une fillette ne sait que ce qu'on lui dit, je pouvais très bien ignorer des tas de choses et me satisfaire d'une explication ingénue, du moment qu'elle me provenait de ma mère. Et qu'importait à la guérisseuse d'en connaître davantage, si nous la payions assez…

À force de répéter cette histoire, en en inversant les termes je trouvai une meilleure justification : Petite était ma cousine, ma tante qui venait d'arriver en ville n'avait pas eu le droit de la garder avec elle et nous l'avait confiée pour « quelques jours », en fait depuis déjà plusieurs semaines. Le détail l'amuserait et achèverait de la convaincre. Mère-des-anges se régalait du moindre des ragots, je lui en servais un sur un plateau d'or et d'argent. De plus, ma mère devait considérer cette nièce comme une charge amplement suffisante pour refuser la dépense d'un vrai médecin… Voilà, je tenais mon stratagème. Moyen qui avait déjà endossé le rôle du cadet de Fureteuse pouvait nous accompagner, nous ne serions pas trop de deux pour aider Petite à avancer jusque là-bas. Sur place, il saurait à la fois se taire et ouvrir l'œil.

13

Si sa maison ouvrait sur la rue, le jardin de Mère-des-anges possédait, à l'opposé, une entrée plus discrète qui donnait sur une allée où débouchaient plusieurs ruelles. L'endroit était admirablement choisi, tout comme les gonds de la grille aussi soigneusement que régulièrement huilés. Un étroit sentier tournait vite pour mener ensuite droit sur la porte de derrière. Le risque d'être vu était réduit au minimum, les bosquets au feuillage persistant masquant définitivement les visiteurs après trois mètres. Pas de heurtoir, juste une corde à tirer pour signaler sa présence. Je m'abstins de l'actionner une seconde fois, même si, n'ayant rien entendu, je craignis de l'avoir manœuvrée trop discrètement. Moyen recula lorsque la porte s'ouvrit tout à coup. Mère-des-anges n'avait pas de lanterne et quand elle inclina la tête, se pliant littéralement en deux pour nous examiner, je compris les histoires de sorcière à son sujet : elle était une chouette qui piquait sur sa proie. « Entrez. »

« Attendez. » Son doigt crochu avait indiqué un emplacement à nos pieds, et elle disparut après avoir pirouetté sur elle-même. Nous n'osâmes pas bouger. Avait-elle peur que nous lui dérobions à manger pour ne pas nous faire entrer dans sa cuisine ? Elle en avait refermé la porte précipitamment, et s'était engloutie dans une autre pièce. Un feu crépitait derrière cette porte, elle recevait. Quelqu'un qui ne désirait pas être vu. Un bourgeois impuissant ? Une fille de bonne famille malencontreusement engrossée ? Nous sommes restés tous les trois sur le palier d'une maison plus spacieuse qu'elle ne s'annonçait du dehors ; plus cossue, également. Les patères en laiton d'un léger motif végétal, le carrelage intègre entrevu dans la cuisine, la serrure qui fermait à clé la porte du débarras gagné sous l'escalier, aux marches mal entretenues, mais épaisses et solides, me mirent mal à l'aise. Cette demeure possédait quelque chose d'à la fois étrange et familier, que je n'arrivais pas à identifier. Je n'aurais su dire en quoi ou comment, mais je m'y sentais menacé. Sans Moyen, j'aurais peut-être cédé à l'envie de m'en aller : Petite ne prononçait jamais un mot, comment aurait-elle pu dénoncer ma couardise ? Cette tentation m'exaspéra et je m'obligeai à ignorer ce malaise, lequel se métamorphosa en un subtil mal de tête.

Nous n'avons pas attendu aussi longtemps que je le craignais. Mère-des-anges avait la réputation d'apprécier effrontément se faire désirer, ne se montrant jamais aimable, toujours pressée, perpétuellement agacée : tous ses patients devaient savoir qu'ils la dérangeaient et que ce n'était pas une insigne faveur qu'elle leur faisait en leur accordant de son précieux temps. « Venez. » Sans nous adresser le moindre regard – mais comment en être sûr ? –, elle traversa le couloir et pénétra à pas vifs dans son arrière-cuisine. Elle nous aligna sans une parole, Petite au milieu, et nous dévisagea longuement l'un après l'autre, pivotant par à-coups sur son bassin, jusqu'à darder un œil noir sur Moyen : « C'est toi le malade, peut-être ? » aboya-t-elle soudainement. Il n'en demanda pas plus pour retourner dans l'entrée.

Des toiles étaient tendues pour dissimuler l'ampleur ou la teneur de ses réserves, empilées contre deux murs ; des coffres, des sacs fermés, des tonneaux sans inscription encombraient les lieux. Était-ce là qu'elle recevait les petites gens ? La pièce était sans fenêtre et les odeurs des vivres se mêlaient jusqu'à l'écœurement à celles qui émanaient de la terre battue et d'un mur où suintait l'humidité.

« Tu pues, dit-elle à Petite. Où est ta maman ? » Avant que je pusse dire un mot, Petite tendit un doigt vers moi. « J'en ai vu beaucoup, des petites mamans, mais jamais de si jeunes. » Elle dressa sa main noueuse et parcheminée comme en signe d'avertissement, ou pour me taper sur la tête, mais elle la posa tout aussi brusquement sur le front de Petite. « Comment s'appelle ta grande sœur ? — Maman. — Non. — Sœur ? — Voilà qui est mieux. » Petite sembla soulagée, incapable de comprendre qu'elle nous avait trahis.

Pourquoi s'était-elle donc mise à parler ? Une seconde, j'entrevis que ma consigne de garder le silence se retournait contre moi, et qu'elle me servait surtout à limiter mes échanges avec les Petits, autre précaution qui se retournait également contre moi. Je chassai ces reproches et me concentrai sur ce que je devais inventer pour dissiper l'emprise que la guérisseuse venait de remporter sur nous.

« Il faut la guérir », suppliais-je en me convainquant de la comédie de la grande cousine dévorée d'inquiétude. Mais je n'aurais su dire sur le moment qui j'entendais détourner de sa bévue. Petit – Petite, maintenant – m'avait confondu avec sa mère…

Sans paraître quitter la malade des yeux, le regard terrible de Mère-des-anges me pénétra de biais. J'enchaînai aussitôt sur l'histoire que j'avais fabriquée et que Petite avait oubliée après l'avoir répétée sur le chemin, plaidant le délire pour ma si jeune cousine, exagérant la durée de son séjour pour justifier cette confusion. La guérisseuse ne disait rien, son regard s'embrumait, ou plutôt se vidait de toute vie. Je me tus enfin, prenant conscience que je parlais plus que nécessaire, ce qui est toujours trop. Quand mon silence se prolongea, Mère-des-anges sembla s'éveiller d'une méditation végétative : s'était-elle extraite de ce monde pour sonder mon esprit ? Je me frottai machinalement les tempes.

« Vous avez bien fait de venir. »

Elle fit allonger Petite sur un billot de découpe, assez grand pour l'accueillir tout entière, et retroussa sa robe pour découvrir son ventre nu. Le regard penché sur ce corps, comme si elle parvenait à lire parmi les organes à travers la peau, la guérisseuse entreprit de remonter une seule manche de sa blouse, finalement plus grise que noire. La maigreur de son avant-bras, moins parcheminé et plus pâle qu'aux poignets, évoquait une baguette fragile. En ajustant les plis une fois passé le coude, elle dégagea un instant tout un luxe de dentelle immaculée. Je doutais aussitôt de ma vision. Comment concevoir qu'une si vieille femme appréciât les parures d'une jeunette ?

Mère-des-anges croisa ses doigts malingres et posa une main sur le front de Petite tandis que l'autre tournait juste au-dessus de son ventre, sans jamais le toucher. Elle décrivait toute une série de cercles, réduisant ou augmentant leur rayon, mais les pratiquant toujours dans le même sens, celui des horloges. Elle gardait les paupières closes et, mais probablement en raison de la rigidité de sa nuque, paraissait incliner sa tête en arrière. Elle débitait une antienne inintelligible, et je n'aurais su dire si la langue à laquelle elle recourait, que je n'avais entendue dans aucune église ni aucune taverne du port, implorait les forces du Bien ou convoquait celles du Mal. Comment maintenait-elle sa main si près de la peau sans jamais l'effleurer ?

Avant cette nuit, je pensais que les sorcières n'existaient que dans les histoires qui font peur aux enfants. J'en doutais désormais, ou bien je venais d'en comprendre l'origine.

Petite ne tremblait plus, son souffle était apaisé.

La guérisseuse rabaissa soudainement la robe et nous tourna le dos pour rejoindre sa cuisine. De là, elle nous lâcha : « Ce n'est pas fini, il faudra revenir. Demain, dans la journée. Avec ta maman, la vraie. C'est avec elle que je discuterai du prix. Elle comprendra. D'ici là, toi, tu dors et tu ne manges pas. Rien, tu as bien compris, la sœur ? Elle ne doit rien avaler, juste de l'eau infusée avec ça », et elle revint avec un sachet de feuilles broyées aux arômes exotiques. J'acquiesçai avec toute l'assurance que je pouvais simuler, bien peu.

J'étais content de m'en aller, et j'espérais ne pas avoir à repasser le lendemain. Comment la guérisseuse prendrait-elle l'absence de ma mère ? Rien n'effacerait le fait que Petite m'ait appelé Maman, puis Sœur. Mère-des-anges ne laisserait jamais filer une telle occasion, elle ferrerait sa prise en exigeant un paiement exorbitant. Et comment pourrions-nous le lui refuser ?

Depuis qu'elle s'était empressée de répondre à ma place, je savais Petite capable de tout répéter. De la même manière, désormais je devais m'attendre à ce qu'elle déclarât n'importe quoi demain à la guérisseuse, aussi je me résignais au silence sur le chemin du retour. J'enrageais de ne même pas pouvoir expliquer à Moyen ce qui s'était passé chez Mère-des-anges ! Pourtant, l'espace d'un battement d'œil, j'aurais aimé m'épancher de toutes ces choses qui se bousculaient dans ma tête… Je me ressaisissais et m'étonnais de cette envie grotesque : en quoi Moyen pourrait-il m'aider ?

Je laissai mon esprit vagabonder le temps de rentrer, la rémission temporaire de Petite nous autorisant à décrire une première boucle afin de nous assurer que personne ne nous suivait. Sans le décider vraiment, mes pas me conduisirent à entamer un second détour, à peine plus vaste, qui nous mena non loin des cendres de la maison de Pue-la-mort.

14

Fidèle au vœu de mes sept ans, et sous prétexte d'entraîner et d'aguerrir les Petits, nous rendions irrégulièrement des visites impromptues à Pue-la-mort, dans le dessein de lui faire redouter chaque nouvelle journée. Ensemble, nous avions ravagé sept fois son potager en trois mois, puis scié tous les pieds de sa clôture. Une fois remplacée, nous avions lâché dans son enclos un chien affamé qui se jetait sur sa porte dès qu'il tentait de le libérer. Une nuit, sans un bruit, nous avons brisé toutes ses vitres côté rue ; le matin suivant, celles côté jardin ; et, en plein midi, ses miroirs après avoir visité toutes ses pièces. Nous avons éventré ou vidé ses réserves, jusqu'à la moindre conserve dans sa cuisine ; répandu le contenu de ses encriers sur ses fauteuils ; tailladé ses habits dans son armoire ; mêlé nos urines à ses bières. Nous avons aux trois quarts scié un pied de toutes ses chaises et fauteuils, et même de son lit. Les Petits ont pleuré tous les trois de concert à l'idée de crever son nouveau chien, nous l'avons donc pris quelque temps avec nous ; trop bruyant pour nos cachettes, nous l'avons vendu à des étrangers qui embarquaient avec des enfants pour le Nouveau Monde. À la place, nous lui avons rapporté des rats en état de putréfaction plus ou moins avancée, quelques-uns agonisant, à raison d'au moins un par tiroir, coffre et placard. Enfin, nous avons cessé de l'importuner pendant plus d'une saison, jusqu'à voici une grosse semaine.

Petit faisant le guet dans un buisson, Moyen posté à portée de voix dans la rue, en vue de la fenêtre de sa chambre, Grand m'avait accompagné pour notre ultime exploration. Nous n'avions jamais touché à ses papiers, nous limitant dans l'investigation de son bureau à dérober ses encres – et ses plumes, qui nous ont servi une fois à décorer les tableaux de ses ancêtres à la manière des indigènes du Nouveau Monde. Nous avons réuni tous ses registres, journaux, notes et comptes. Au moment d'en faire au pied de son escalier le feu de joie promis depuis si longtemps, je réalisai que je ne savais pas lire.

Pue-la-mort accordait trop d'importance à tous ces papiers pour qu'une partie de son pouvoir n'en dépendît pas. Si je les détruisais, je perdais peut-être une chance de mener ma vengeance plus loin. Souvent, je l'avais suivi dans sa tournée des loyers pour en apprendre davantage sur lui. Pue-la-mort réclamait son dû auprès de tant de familles qu'il aurait dû être fabuleusement riche, ce qu'il n'était pas. Donc, il était le simple employé d'un autre. Aux ordres de qui obéissait-il ? Je l'ignorais, tandis que son nom figurait peut-être en toutes lettres sur l'une de ces feuilles. Que ne savais-je lire !

Nous avons éventré les fauteuils et rassemblé habits, tissus, journaux et toute la charpie et le petit-bois que nous avons pu avant de les inonder d'huile et de planter dessus une rondelle de chandelle enflammée. Le feu n'a guère tardé, moins violent qu'espéré d'abord, mais il a dégagé une épaisse et noire fumée qui pouvait l'asphyxier lentement. Et puis, alors que nous nous étions cachés sous un porche tous les quatre dans l'espoir de le voir danser en ombre chinoise derrière sa fenêtre, les flammes se sont emballées. Ça a été un brasier soudain, gigantesque et fantastique. En gagnant en vigueur, l'incendie s'est mis à chanter et des flammes ont jailli par les ouvertures. Des craquements secs ou sourds accompagnaient le crépitement de la fournaise. Si la panique avait pu lui rendre sa voix, Pue-la-mort l'aurait recouvrée pour rien : l'eût-on même entendu crier à l'aide, personne n'aurait pris le risque de l'aider. L'embrasement menaçait de s'étendre au quartier, déjà une maison mitoyenne évacuait ses occupants effarés… Des lumières apparaissaient à de nombreuses fenêtres du voisinage. Les badauds commençaient à affluer.

C'était fait. Pue-la-mort était mort. Enfin. C'était un beau feu. Je l'imaginais s'agiter, danser, s'époumoner, son corps embrasé. Combien mesuraient les flammes qui dévoraient sa misérable carcasse ? J'espérais qu'une au moins saillirait de ses pieds pour grimper jusqu'à son col. Je me repaissais de son agonie sans voix, jusqu'au moment où sa charogne s'écroulait pour n'être soudain que combustible.

Quoi qu'il m'en coûtât, j'imposai aux Petits de partir avec moi, maintenant. Notre œuvre était achevée.

Nous devions récupérer les écrits de Pue-la-mort. Nous ne pouvions pas courir le risque que d'autres visitassent les ruines encore chaudes de la bâtisse dans l'espoir d'en tirer quelque chose et découvrissent notre cachette.

Tandis que nous nous détachions discrètement de la foule fascinée par le spectacle du feu, un adolescent aux longues jambes nous croisa en tenant un sac de toile qui bougeait bizarrement. Il se dirigea droit sur le brasier et balança un chat qui cessa de miauler pitoyablement dès qu'il fut dans les airs.

« Imbécile ! » le gourmanda sa mère. « C'est pas un chat comme ça qu'il faut, mais un chat de feu : noir, blanc et roux. Va vite, sinon le mauvais sort va se répandre. »

Grand voulait lui barrer la route et en découdre, pour venger l'animal, et ses frères l'auraient suivi sans m'écouter. Mais une autre femme arrivait en tenant un chaton tricolore par la peau du cou, en braillant : « J'en ai un ! »

« Pas le chat ! » hurla Grand.

Petit avait déjà les larmes aux yeux et Moyen serrait les poings en se mordant méchamment la lèvre. Je les voyais, prêts à bondir, à se battre sans penser aux risques qu'ils nous feraient courir. Je n'avais pas besoin de ça. Mais que devenaient mes ordres dans cet accès de sensiblerie ? Ce n'étaient que des gosses.

« Laissez-moi faire ! » m'avançai-je. Et sans attendre son approbation, j'arrachai le matou des mains de la femme et me risquai au plus près du brasier. Je pris mon élan et jetai à bout de bras le chat vers le foyer, mais mon tir l'envoya plus en l'air que vers les flammes, et bien que j'y misse visiblement toute ma force, mon jet n'atteignit pas son but. Le chaton heurta le sol assez gauchement, mais il détala pour s'enfuir sous les applaudissements des Petits. « Raté », pestai-je avant de me sauver, suivi par mes trois ombres réjouies.

C'était une grave erreur. On nous avait vus près du feu, et maintenant on nous regardait, et les plus superstitieux pourraient nous tenir rigueur de l'étendue du sinistre. Qui savait si l'un des curieux ne risquait pas de nous reconnaître, après nous avoir surpris, ensemble ou séparément, aujourd'hui ou voici six mois, traînant dans les parages sans rien à y faire ? Et pour quelles raisons nous revoyait-on ici alors que l'incendie ravageait la maison de ce pauvre homme, accablé de malheur ?

Mon crochet pour rentrer de chez la toucheuse ne dura guère : la demeure de Pue-la-mort n'était pas très éloignée de celle de Mère-des-anges. Avait-elle assisté au spectacle du feu ? Nous avait-elle vus ? Ou bien moi l'avais-je aperçue cette nuit-là ? Je ne réussissais pas à m'expliquer le motif de ce détour, ni pourquoi j'associais soudain l'odeur de son sachet d'herbes à Pue-la-mort.

Peut-être le traitait-elle ? L'idée de son impuissance m'emplit de haine. J'accélérai le pas. Sa mort ne me suffisait pas.

Je ne parvins pas à trouver le sommeil. Beaucoup de sujets se disputaient mon attention, mais seul Pue-la-mort comptait. Son trépas ne rassasiait décidément pas ma vengeance. Je tentai de me détourner de mon amertume en l'imaginant chaque soir, depuis un an, incapable de s'endormir en paix. Entre le souvenir tenace de nos derniers tours et la crainte du lendemain, nous avions dû lui gâcher la plupart de ses journées et de ses nuits… Mais, pas plus que je n'avais eu la satisfaction d'assister à son ultime soupir, je n'avais pu me régaler de ces frayeurs ni de leur emprise progressive sur son esprit. Je le regrettais avec une telle intensité que mes pensées se brouillèrent. Elles formaient un vortex douloureux qui m'épuisait sans m'accorder de délivrance ; puis, elles s'organisèrent en une suite de conclusions énigmatiques qui me libérèrent cependant de mon tourment – le soldat qui braille à la taverne n'est que le pion d'un autre ; un nouveau-né ne peut embrasser le fantôme du roi ; la nuit de noces de l'empereur est gâchée par le vol incessant d'un seul moustique…

15

Au matin, il me pressait de me retrouver seul, sans les Petits. Cependant, je devais respecter la discipline de nos exercices rituels. Ils m'aideraient peut-être à me débarrasser de mon excès d'énergie. Je me décidai pour le couteau et je songeai alors au jour où j'avais accédé aux sollicitations de Balafrée. Elle souhaitait s'initier au maniement du poignard et, depuis mon exploit contre Teigneux, je lui semblais le mieux qualifié pour lui servir de maître. Même si je m'entraînais régulièrement, j'en savais trop peu pour maintenir durablement mon avantage. Je me montrais volontiers acerbe et brutal avec les Estropiés, qui me considéraient moins avec respect que crainte, ce qui m'était tout aussi utile. Au fil des semaines, mes leçons s'étaient espacées au plus grand bénéfice de chacun. Sauf avec elle.

Balafrée se délectait des marques de privilèges liées à son rang, sa notion de la hiérarchie annihilait son sens critique. Elle était loin de mériter des louanges, la nervosité et la rage l'emportant chez elle sur l'anticipation et la précision. Le couteau n'était pas son arme, mais elle n'en voulait pas d'autre ; elle était également des plus obstinées.

Pour l'exercice, nous usions de bâtons courts, à l'état brut ; avec les Petits, j'avais taillé le bois de sorte à reproduire la pointe et le tranchant d'une lame. L'apprentissage me semblait ainsi plus réaliste. Tandis que Balafrée et moi nous nous affrontions sans protection, je confectionnai pour eux une sorte de plastron ventral, composé d'une double épaisseur de cuir et rembourré de paille tressée pour amortir les frappes. Parfois, j'obligeais les Petits à enfoncer leurs armes dans de la viande morte.

Ce matin-là, Moyen enfila le plastron à l'envers ; je lui assenai aussitôt un coup violent pour le convaincre de ne plus recommencer. Mon faux couteau s'infiltra dans la paille et buta contre le cuir. En étouffant un râle de douleur, Moyen me signifia que la leçon avait porté... Je retirai le couteau et m'étonnai de la sensation que je venais d'éprouver : à l'envers, ma protection simulait assez bien le cheminement de l'arme dans la viande. Peut-être devrions-nous la revêtir ainsi pour nous préparer à de vrais combats. Mais mon expérience en la matière restait limitée et je chassai cette idée. D'autres préoccupations, plus urgentes, m'appelaient.

J'envoyais Grand et Moyen en mission d'espionnage, le premier pour surveiller les Estropiés, le second les Quatre, après être passé voir ce que faisaient les Marchands.

Petite dormait d'un sommeil paisible. Cette nuit, à peine rentrée, elle s'était remise à vomir et tous mes espoirs d'échapper à une seconde visite chez Mère-des-anges s'étaient évanouis. Les herbes aux parfums mêlés n'avaient pas trop tardé à agir, et je pestais de n'en reconnaître aucune. J'avais observé la guérisseuse attentivement, mais je n'avais rien appris de son art. Je tentais d'imiter toutefois son geste, et en passant ma main juste au-dessus de son ventre, en essayant de le toucher le moins possible. Un étrange picotement finit par la réchauffer. Était-ce tout ?

Je profitai de ce que Petite ne me réclamait pas pour inspecter mes caves à l'aide d'une lanterne, dont j'avais caché l'existence à mes protégés. Avais-je raison de les maintenir dans l'ignorance de tant de secrets ? Je n'arrivais pas à trancher et je repoussai ce souci à des jours plus cléments. Je dégageai la couche de charbon qui dissimulait trois coffres recouverts d'une bâche. J'en ressortis une des statuettes impudiques fatales à Singe. Si je payais Mère-des-anges avec une pièce de cette collection, je signais le vol de ma prétendue mère. Comment douterait-elle de ma sincérité tandis que je lui céderais un tel aveu ? Bien sûr, elle en exigerait une seconde, mais j'avais de quoi tenir. Petite guérie, la menace de chantage ne me concernerait plus…

Rétroactivement, je m'étonnais de m'être satisfait d'une pensée aussi peu perspicace : en agissant de la sorte, je m'exposais à devoir abandonner le personnage que je jouais jusqu'à vingt heures par jour, tantôt Sœur tantôt Fureteuse. Peut-être, n'osant me l'avouer, considérais-je que cette comédie avait assez duré ; elle me pesait. Ou bien en avais-je assez de la compagnie des Petits, pour qui j'étais devenu Maman…

Grand rentra avant midi, plutôt mécontent. Les Estropiés quêtaient aux deux entrées du marché couvert, Géant un peu en retrait pour faire le guet – l'acné affublait sa figure d'une mine patibulaire peu propice à ce commerce, en l'apercevant plus d'un chaland portait sa main à sa bourse. Grand les avait comptés deux fois, il n'en manquait qu'une : Ombre. Il s'était alors aventuré jusqu'aux entrepôts pour vérifier qu'elle gardait le molosse… à prudente distance. Tueur l'avait senti bien avant que lui ne le vît.

Grand ne parvenait pas à maîtriser sa peur panique des chiens, et je l'obligeai à approcher du mâtin jusqu'à ce que le problème fût résolu : « Soit tu l'apprivoises, soit il te bouffe. » Cette fois encore, Tueur avait bel et bien failli gagner ; mais Ombre n'avait pas aperçu mon espion. Je lui serinais que pour amadouer un molosse, si féroce semblât-il, la viande restait notre meilleure alliée. Une simple bouchée suffisait, apportée de temps à autre, et aux aboiements succéderaient de longues traînées de bave. Mais Grand continuait de boulotter les réserves dont je le forçais à garnir ses poches.

Nous guettâmes le retour de Moyen. Cela ne lui ressemblait pas d'être en retard. J'attendais son rapport sans inquiétude particulière, mais j'avais prévu qu'il nous accompagnerait de nouveau, pour mettre à profit l'antipathie qu'il inspirait à Mère-des-anges. Tandis qu'elle s'occuperait de Petite, Moyen inspecterait le placard sous l'escalier : la vieille n'y avait pas fait apposer une serrure pour rien.

Une heure plus tard, je me décidai à me lancer à

sa rencontre, maugréant la leçon que je lui administrerais pour marquer mon autorité : le partage du secret de ma double identité ne lui conférait aucun privilège ni ne le dispensait de la plus élémentaire discipline. Nous étions convenus depuis longtemps des meilleurs itinéraires à suivre, avec quelques modèles de variantes à emprunter en cas de nécessité. Je ne le trouvai nulle part, ni aucune trace de lui. Pas de branche brisée deux fois dans les massifs, pas d'assemblages de cailloux aux croisements, bref aucun des codes si souvent répétés. Je rentrai aussi bredouille que mécontent.

Petite s'était réveillée bouillante de fièvre, vidée de toute part. Grand, qui la lavait en lui chantant une comptine, ne pouvait pas nous accompagner chez Mère-des-anges. Nous irions donc seuls, et je renonçai à la fouille du placard.

Décidément, je n'aimais pas la tournure que prenaient les événements depuis vingt-quatre heures. J'appréciais encore moins de me surprendre à songer aux lèvres entrouvertes de Balafrée, à la tiédeur de son souffle sur mon visage. Je devais me concentrer sur l'enjeu des statuettes érotiques, qui m'avaient paru barbares et incongrues la nuit où je les avais dérobées, et dont les courbes étranges m'intriguaient et provoquaient un agacement dont la nature inédite m'échappait.

Mère-des-anges nous fit attendre comme si elle ne nous avait pas reconnues, bien que Petite tentât de se rattraper en m'appelant « Sœur » d'entrée de jeu, tenant absolument à me présenter. « Attendez. » La guérisseuse disparut une quinzaine de minutes. « Venez. Vite. » Nous la suivîmes en trottinant jusqu'à l'arrière-cuisine. D'elle-même, Petite se hissa sur le billot ; ce retour de forme se manifestait un peu tard. À un quart d'heure près, et nous évitions cette visite… Mais je chassai cette idée et je m'imprégnai de la course des doigts de Mère-des-anges dessinant de lentes circonvolutions à moins d'une épaisseur de main de son ventre.

« Jamais vu ça, une cousine qui s'appelle Sœur. » Je sursautai et cachai mon trouble en dénichant la statuette du fond de mon sac.

Le bronze haut d'une trentaine de centimètres accusait une patine moindre sur la poitrine, le ventre et les fesses. Elle soupesa l'objet qui représentait une esclave nubile aux poignets enchaînés et examina avec un sourire carnassier les traces laissées par le passage répété du pouce de son propriétaire. « Ta mère n'est jamais venue me voir, je lui aurais évité bien des ennuis... », siffla-t-elle, puis elle se ravisa : « À moins qu'elle ait mieux prémédité ses départs qu'elle ne l'a laissé croire. »

En apprendre davantage sur nous ne l'intéressait plus, elle avait tout compris. Sa réflexion ne faisait aucun doute : elle voyait qui était ma prétendue mère et de chez qui provenait la statuette volée, qu'elle accepta avec avidité. « Tu m'apporteras les autres, à raison d'une par soin. C'est un bon prix, juste et équitable », ajouta-t-elle. Puis, précipitamment, elle se reprit : « Et tu m'en dois encore une, pour hier... *Sœur.* »

Je baissai la tête, cette attitude honore toujours les adultes quand ils haussent le ton. Mais demain son prix s'en trouverait décuplé. Son arrogance valait toutes les menaces, elle n'avait nul besoin d'en dire plus. Combien de gens faisait-elle chanter, elle qui récoltait les secrets les plus intimes de la ville ?

Au moment où je franchissais la porte de derrière, je crus retomber en enfance. Cela ne dura qu'un instant, mais la vigueur et la volatilité de cette sensation me troublèrent. Mille pensées ou souvenirs m'avaient assailli pour disparaître aussitôt. Quelques-uns, toutefois, laissèrent une empreinte assez forte pour que je parvinsse à les distinguer. La marmite de soupe sur le feu, le morceau de lard que j'avais chipé à notre voisine, et, plus surprenant, les herbes séchées et broyées qui calmaient les spasmes de Petite. Quel lien établissais-je entre ma première visite à la guérisseuse et les derniers jours passés auprès de ma mère ? Dès que je tentais de l'approfondir, ma pensée s'égarait. Je n'y renonçai pas pour autant.

La veille, le parfum entêtant de l'amalgame des plantes lointaines m'avait causé une migraine douloureuse. Mon obstination à relier ces odeurs n'aboutissait qu'à tout embrouiller dans une ronde olfactive sans fin : les senteurs rares du remède, la viande salée du billot, l'humidité mêlée au salpêtre dans l'arrière-cuisine, le carrelage glacial du couloir, la puanteur de la chemise de Petite et… Pue-la-mort. Ce n'était pas la pestilence du mélange odieux entre la bière éventée et le tabac froid qui me revint à l'esprit, mais tout au contraire une fragrance capiteuse, épicée et tenace. Je me frottai les tempes comme si cette simple allusion convoquait un nouveau mal de tête.

Mère-des-anges portait une touche très discrète de ce parfum à ses poignets. Mais, si je m'en souvenais bien, ce n'était pas lorsqu'elle avait retroussé ses manches que la douleur s'était immiscée dans mon crâne, mais un peu avant. Quand, exactement ? Dans le couloir, quand nous attendions. Plus précisément, quand elle avait ouvert la porte de son salon privé.

Un tel arôme exotique se destinait à l'aristocratie. Toute coïncidence était exclue. Le mystérieux visiteur de la guérisseuse exhibait ce parfum sans la moindre retenue. Un fat. Un riche. Une connaissance commune à Pue-la-mort et Mère-des-anges… De la même manière que j'avais réalisé que Pue-la-mort se contentait d'encaisser des loyers pour le compte d'un autre, j'acceptais sans réserve l'idée selon laquelle Mère-des-anges jouissait d'une protection, dont elle acquittait le prix en vendant les secrets misérables de ses patients. Des maîtres chanteurs, voilà ce qu'ils étaient, l'un et l'autre.

J'enrageais d'ignorer qui était derrière eux. Si j'apprenais à lire, les livres de Pue-la-mort m'aideraient-ils ? Je pouvais également tenter de remonter la piste de ce parfum. Qui l'importait du Nouveau Monde, qui en faisait commerce ? Peut-être pourrais-je amener les Marchands à me servir pour le découvrir…

Mais, si j'admettais qu'un personnage comme Geisvatter régnait sur la ville, pouvais-je négliger le fait que ces deux êtres répugnants ne sauraient prospérer à ses dépens ?

16

Cette idée modifiait sensiblement ma perception des choses. Sans Geisvatter, ma mère serait à mes côtés. Il devrait payer pour son exil. Cette pensée m'obnubilait au point de chasser toutes mes autres préoccupations. Je me sentais même enclin à pardonner le retard de Moyen, ce que je n'aurais finalement pas fait pour la vertu de l'exemple.

Il n'était pas rentré. Cela ne lui ressemblait décidément pas. Nous avons dîné sans aborder son absence. Je décidai de ne pas m'éloigner de la cour aveugle, mais je veillai depuis l'impasse où elle débouchait. En vain. Au petit matin, il n'était toujours pas de retour. Je laissai Grand à la maison pour surveiller Petite et passai cette nouvelle journée à parcourir la ville. Je me montrais tantôt en Coupe-jarret, tantôt en Fureteuse. Je rodais davantage mon personnage du coursier, m'interrogeant sur la manière de me faire engager réellement par Geisvatter et sur les conséquences qui en résulteraient.

La diversité de mes rôles ne m'autorisait pas à m'enquérir de Moyen directement, excepté peut-être auprès des Quatre. Bien qu'ils le prissent pour mon frère, j'y renonçai. Pour eux, Fureteuse était un garçon manqué qui refusait de parler de sa famille et ne pensait qu'à la fuir. Jamais elle ne s'inquiéterait publiquement du sort de son mioche de frère…

Je ne revins qu'au soir, après un dernier crochet par le lavoir, convaincu que si Moyen devait se cacher pour que je le retrouve, c'était là qu'il se rendrait désormais. Il n'y était pas.

Quel fardeau, aussi… Petite malade m'obligeait à me compromettre vis-à-vis de Mère-des-anges ; Moyen absent m'interdisait d'éterniser mes soirées en tant que Coupe-jarret auprès de Balafrée ; Grand servile frisait l'obséquiosité pour compenser leur charge ; et tous les trois me contraignaient à me travestir en fille plus de la moitié du temps… Je n'avais nul besoin d'eux.

Au matin, je me réveillai de fort mauvaise humeur. Je savais avoir rêvé et que ces rêves insistaient lourdement sur ma vulnérabilité, mais impossible de m'en souvenir plus précisément. Le moment était arrivé pour moi de changer d'air, d'être seul, de ne plus entendre parler de personne !

Je sortis aussitôt et filai vers les quartiers d'hiver du cirque qui venait de les rejoindre à une date plutôt précoce. L'observation des clowns nains me fournirait peut-être l'idée d'un autre personnage. Ils avaient une drôle de façon de marcher, un coup à prendre en jouant du bassin et en arquant les jambes. J'imitais déjà facilement ce déhanchement caractéristique en bloquant le bas de mes reins et en raidissant ma nuque, que je tenais légèrement en arrière ; il me restait beaucoup à faire avec le ballottement des bras. Pour les faire paraître plus courts, je devais rentrer les épaules et trouver quelque chose au niveau du coude… Ce renouveau était tout ce à quoi j'aspirais. Ce ne serait qu'une apparence saisonnière qui me libérerait de mon statut d'enfant – n'être plus ni une fille ni un gosse… L'impertinence légendaire des clowns nains me permettrait de me faufiler n'importe où. Tout comme les contraintes du cirque pouvaient me forcer à disparaître sans crier gare. Grimer mon visage poserait plus de difficultés. Auprès de qui apprendre les rudiments du maquillage ?

Mes pas ont dévié leur course pour passer à nouveau à proximité du lavoir.

Notre code était simple : autant de cailloux que d'embranchements au croisement où nous formions le tas. Trois routes, un triangle ; quatre, un rectangle ; cinq, une étoile. Un autre caillou, mis contre l'un de ceux qui délimitaient la forme géométrique imaginaire, indiquait la direction à suivre à partir de la rue ou du chemin où nous disposions le signe. Placé à l'intérieur, il signifiait que tout allait bien, mais s'il était en dehors du dessin, c'est qu'il y avait urgence ou danger – et qu'il fallait interpréter l'orientation à l'inverse.

Les cailloux pointaient vers le lavoir, celui en plus était à l'extérieur du triangle. Moyen s'était donc réfugié dans le jardin à l'opposé. Nous nous y abritions parfois pour surveiller le carrefour, mais surtout y trônait cet arbre d'où je pouvais vérifier que personne ne visitait ma cachette. Tout autour, les traces de pas étaient bizarrement formées, comme s'il traînait un pied. Pour se redresser, il avait fortement imprimé le bout de ses doigts dans le sol, et peut-être glissé. Je n'étais pas assez doué dans l'art de lire les empreintes pour en apprendre davantage. J'effaçai ces indices en imitant un enfant qui s'attarde à jouer au coin d'une rue.

Moyen n'avait pas trouvé la force de se cacher au-delà du muret qui clôturait le jardin, et gisait juste derrière, tout recroquevillé, à même la terre froide. Il tremblotait comme Petite pendant ses crises. Un instant, je craignis qu'elle nous eût rapporté quelque chose de contagieux. Il dormait, son bras ramené sur le visage. Quelle imprudence ! N'importe qui pouvait le découvrir ainsi. Je murmurai son nom et touchai son épaule. Je n'obtins pour toute réponse qu'un bref gémissement. Je le redressai légèrement.

« Qui t'a fait ça ? » Les lèvres tuméfiées, le nez boursouflé, de sales ecchymoses tout autour des yeux, il articula difficilement qu'il n'en savait rien.

Plus tard, il me raconterait qu'il avait reçu un coup sur la nuque et qu'il avait repris conscience les mains attachées et une cagoule sur la tête, sans même une ouverture pour manger ou boire. Il était demeuré un long moment seul et avait tenté de situer où il se trouvait, mais aucun son identifiable ne lui parvenait. La toile qui lui couvrait le visage ne laissait filtrer aucune lumière, pas même un halo qui signalât une torche ou une fenêtre. Il n'avait pas la moindre idée du temps qui s'était écoulé depuis qu'il avait été assommé, ni de celui qu'il passa à attendre. Bien sûr, malgré sa faim et sa peur il refusa d'appeler. Puis vinrent des bruits de pas et de plusieurs portes, mais rien qui évoquât un escalier. Ils étaient deux et n'échangèrent pas un mot. L'un le releva violemment et le maintint debout pendant que l'autre lui assenait des coups derrière les jambes, comme s'il voulait lui fracturer le péroné, s'acharnant plus volontiers sur la jambe droite. Puis, ils le laissèrent choir et lui bottèrent le visage. Moyen avait sombré dans l'inconscience pour s'éveiller à dix mètres de la cachette du lavoir, au milieu du roncier.

Persuadé que ses agresseurs l'observaient, il avait eu la présence d'esprit de ne pas faire un pas en sa direction. Il s'était donc traîné parmi les épines jusqu'au croisement. Là, il avait marqué une pause, juste à l'entrée de la deuxième rue. Tout en laissant s'exprimer sa douleur et sa fatigue, il avait discrètement assemblé et disposé les cailloux. Ensuite, il s'était redressé afin de s'éloigner d'une bonne centaine de mètres. Bien engagé dans l'avenue qu'il aurait empruntée pour rentrer à la maison où il était censé vivre avec Fureteuse, il s'était accordé de se retourner pour surveiller ses arrières. Personne en vue. Le reconnaissant, le chien qui gardait le jardin contre la grille duquel il s'appuyait lui lécha les mains et l'autorisa à entrer. Moyen ne s'était pas laissé tomber directement derrière ce muret, il l'avait rejoint en traversant deux autres propriétés. J'appréciais ce surcroît de prudence, la discipline de nos entraînements avait porté ses fruits.

Pourquoi l'enlever et le martyriser pour ne lui poser aucune question ? Cette mise en scène se révélait trop élaborée pour une simple correction. Rosser Moyen par pure cruauté ne me semblait guère réaliste : ses agresseurs auraient achevé leur sale besogne. Les coups affligés étaient réfléchis, voulus, précis ; ils possédaient donc un sens à leurs yeux. C'était un message, un avertissement. Pour moi ?

Pourquoi s'en était-on pris à Moyen ? Je lui rapportai à boire et lavai ses plaies ; quand il recouvra quelques forces et avant qu'il ne se rendormît, je le redressai et l'aidai à gagner un autre jardin où les racines saillantes d'un vieil arbre dessinaient une cavité naturelle qui nous mettait à l'abri des regards. Plus haut, dans une fourche de sa ramure, j'avais dissimulé deux ans plus tôt un ballot de réserve contenant une large cape, ma serpette et des noisettes. Il dormait déjà lorsque je l'enveloppai chaudement. Je décidai de rester à ses côtés : Grand s'occuperait de Petite et même si elle allait mal, nous ne devions plus courir aucun risque avant de savoir à qui nous avions affaire. Et puis pourquoi s'acharner sur son péroné droit ? La jambe gauche avait presque été épargnée, et le tibia droit touché deux ou trois fois seulement.

L'un de ses bourreaux le maintenait debout en lui serrant le cou à bout de bras, mais je n'avais pas demandé à Moyen de préciser exactement sa position par rapport à lui. S'était-il campé devant lui ou sur un côté, et si oui lequel ? S'il s'était placé derrière sa victime, il aurait reçu les coups à sa place. Peut-être s'était-il tenu trop sur la gauche de Moyen et que ce n'était que par manque d'espace que son complice avait frappé sur son côté droit.

Là où je pensais voir un signe, n'y avait-il finalement que coïncidence ? J'avais beau me répéter cela, je n'y croyais guère.

C'était le mollet droit de Teigneux que ma lame avait tranché jusqu'au tendon.

Teigneux était-il de retour ? Mais quelle raison de s'attaquer à Moyen ? Son ennemi était Coupe-jarret, pour qui, de notoriété, ce gosse n'était rien.

Teigneux écarté, qui pouvait désirer nuire à Moyen ? Singe et le frère de Teigneux… Aucun des deux n'avait cependant rencontré le petit frère de Fureteuse. La fillette faisait preuve de caractère, elle était dégourdie et roublarde, mais pas forte ; eux étaient presque des hommes : ils pouvaient s'en prendre directement à elle sans le moindre risque ! À moins de songer à la faire souffrir par ce biais, mais elle ne brillait pas par son esprit de famille.

Plus j'échafaudais d'hypothèses, plus j'étais persuadé qu'on avait battu Moyen pour m'atteindre.

Quelle importance devais-je accorder au fait qu'il ait été relâché à proximité du lavoir ? La seule rencontre publique entre Coupe-jarret et Moyen venait de s'y produire, quelques jours plus tôt, tandis que je conduisais Balafrée à la cachette où nous devions nous « reposer ». Elle ne s'en était pas préoccupée, riant de sa déconvenue. Elle ne fréquentait pas les Quatre et n'avait jamais croisé Fureteuse, et encore moins son frère. Et quand bien même Balafrée l'aurait reconnu, elle en aurait avisé Coupe-jarret.

Un soupçon, fort désagréable, commençait à m'agacer. Balafrée n'était plus une petite fille, ses rondeurs en attestaient. Elle n'était ni réservée ni timide, plutôt impatiente et curieuse. Alors, pourquoi moi ? J'étais trop jeune pour l'intéresser ! Ou bien, précisément, le charme qu'elle voulait bien me trouver tenait surtout à mon âge : ne risquant rien, elle s'amusait avec moi, elle s'exerçait à séduire… Cette perspective réaliste ne flattait guère mon orgueil, mais la disculpait : elle n'avait pas d'intérêt à me nuire, et disposait d'armes redoutables pour le faire.

Par ailleurs, Moyen n'avait rien entendu quand il était prisonnier. Ni miaulement de chat ni plainte de mouette. Balafrée ne se serait pas lancée dans ce genre d'aventure sans Tueur à ses côtés.

D'autres tortionnaires restaient à envisager. Mère-des-anges s'était montrée subitement hostile envers Moyen lors de notre première visite. L'avait-elle reconnu après l'incendie de la maison de Pue-la-mort ? Ce n'était pas impossible, mais pourquoi s'en prendre à lui ? Et pas à Sœur… Me disant cela, je réalisai que je n'analysais que les pistes qui me reliaient à lui, que j'avais écarté la seule qui ne concernait que Moyen : les Marchands. Il les espionnait régulièrement et cette bande était autrement plus dangereuse que celle de Singe. Le voir traîner trop souvent dans leur secteur constituait un prétexte de correction plus que suffisant pour eux.

Mais pourquoi la jambe droite et pourquoi les abords du lavoir ?

Mes cauchemars de la nuit passée n'étaient rien face à la réalité qui se découvrait à moi. J'étais menacé, et je ne savais ni par qui ni pourquoi ; aucun de mes personnages ne me mettait à l'abri. Je n'étais plus sûr de rien, tout mon système s'écroulait.

17

Je refusai de me cacher.

Ma première décision fut de mettre les Petits à l'abri, en les claquemurant dans la cour aveugle avec une semaine de vivres. Petite allait déjà mieux et guérirait à force de tisanes exotiques puis de menthe; Moyen également, à grand renfort de repos et de décoctions de toute ma réserve de lavande; Grand veillerait sur eux et il était seul autorisé à m'avertir en cas de besoin.

Persuadé qu'il ne m'avait rien dissimulé et qu'il ne m'aurait jamais trahi, j'avais renoncé à interroger de nouveau Moyen. Cette certitude, que j'acceptais sans peine, m'apporta un réconfort que je n'attendais pas.

Tantôt Coupe-jarret tantôt Fureteuse, je passai toute la semaine auprès des Quatre ou des Estropiés sans jamais me montrer rêveur ou soucieux.

Balafrée restait fidèle à elle-même, c'est-à-dire chaque jour sensiblement plus lunatique et plus énigmatique. Très enjôleuse le premier jour, elle se consacrait exclusivement à Tueur par la suite, et d'autant plus lorsque je tentais de l'approcher. Ombre partageait mon antipathie pour le molosse et ne lâchait plus Dodue. Le tandem Boiteux-Borgne me considérait toujours avec un respect prudent. Géant vaquait de plus en plus souvent en solitaire, mais ce n'était pour lui qu'un prétexte pour regarder les filles comme les femmes mûres: il payait d'un lourd tribut acnéique son passage à l'âge adulte et ne recevait en retour que dédain ou pitié.

Les Quatre n'avaient aucune nouvelle de Singe ou de son ancien préféré, et se préoccupaient moins d'en obtenir que de Tueur. Ces derniers temps, m'apprirent-ils, Balafrée aimait à se pavaner sur le port en compagnie du mâtin, et son nouveau garde du corps remplissait parfaitement son office…

Rien à aucun moment dans le comportement des deux bandes n'est venu alimenter mes doutes à leur égard.

Les Marchands formaient une équipe que je jugeais déjà sur le déclin. Les six adolescents ne se lassaient pas de rivaliser, de se mesurer les uns aux autres. La cohésion indispensable du groupe s'effritait et ces compétitions sempiternelles annonçaient l'imminence de sa dissolution. Elles permettaient d'envisager que deux d'entre eux pussent fort bien décider de faire cavalier seul, et de s'en prendre à Moyen pour satisfaire à une barbarie commune. Enlever un tout petit môme, le séquestrer dans le noir, l'affamer, puis le rouer de coups : n'était-ce qu'un jeu pour eux ?

Ils auraient pu en abuser, et Moyen préférer le taire. Sauf qu'ils ne l'auraient pas libéré.

Comment savoir ? Le jeune coursier qui s'adressait à eux s'était limité jusque-là à la curiosité naturelle qu'un garçon bientôt pubère éprouve envers une bande d'adolescents forts en gueule. Je feignais une admiration envieuse et pérorais jusqu'à faire l'important devant eux, leur distillant ainsi quelques indiscrétions choisies sur la fortune de tel ou tel, les livraisons de valeur du jour. À eux d'en faire ce qu'ils souhaitaient, je ne revenais jamais sur le sujet. La mission de Moyen consistait, justement, à les observer alors. Je voulais savoir s'ils réagissaient à mes informations, et qui en décidait. Mais nous n'avions rien obtenu de flagrant ; ils n'exploitaient pas systématiquement mes confidences. Généralement, il s'écoulait plus d'une journée avant qu'ils intervinssent, et tous n'y participaient pas nécessairement. À se demander si la bande existait encore en tant que telle, ou s'ils étaient passés sous l'autorité de quelqu'un d'autre.

À bien y réfléchir, les Marchands fonctionnaient comme les adultes qui sévissaient la nuit dans les entrepôts. Le jour, ils flemmardaient et s'amusaient à taquiner le bourgeois ; la nuit, ils étaient aux ordres de lieutenants, qui obéissaient à des capitaines, lesquels, seuls, entraient en contact avec leur mystérieux chef, Geisvatter. Je réalisais que l'indifférence des gardes municipaux à leur égard ressemblait beaucoup à l'impunité dont jouissaient Pue-la-mort et Mère-des-anges.

Comment douter que Geisvatter fût l'armateur spécialisé en arômes et épices exotiques ?

Une fois qu'elle effleura mon esprit, l'idée de le forcer à se démasquer se trouva enracinée en moi avec une opiniâtreté indifférente à la raison.

Je m'occupais donc à fomenter un plan, me répétant que si j'offrais aux Marchands une opportunité facile et particulièrement rentable, je parviendrais peut-être à les inciter à la faute vis-à-vis de leur chef.

Cet unique objectif aurait pu accaparer toutes mes pensées et prévaloir sur les dispositions que j'élaborais, si je n'étais pas entré de plain-pied dans cet âge où les élans du corps poussent à la stupidité... Balafrée, qui m'avait ignoré six jours durant, venait d'exprimer le souhait impérieux de me voir, seul à seul. Cynique, je me demandais si mes lèvres lui manquaient à ce point... Mais, ce trait posé, voilà que j'envisageais qu'elle le désirât vraiment – et, pire, je peinais à ne pas l'espérer !

Le commandant Petrack relève la tête et ferme les paupières. Instinctivement, il se tourne vers son bureau. Il l'imagine et se laisse envahir par son parfum. Quand elle s'est présentée, il a retourné une mauvaise carte. Une figure mauvaise qui ne s'accorde en rien avec ce corps tout en courbes et souplesse – mais le cœur ne lui convient pas non plus, trop mielleux. Les yeux rouverts pour échapper à l'avalanche de questions et de regrets qui s'annonce, il se souvient de l'Ivrogne et se lève, sans y réfléchir, pour atteindre son bureau. Sa main s'arrête à temps, il ne veut plus toucher à la dame de carreau.

Souvent, il bat ce paquet comme avant une partie de poker, auquel il ne joue pas ; ça l'aide à se concentrer. Il ouvre aussi le jeu au hasard pour deviner les motivations secrètes de ses interlocuteurs pendant un entretien, pas seulement avant – les soixante-dix-huit cartes du tarot valent bien les soixante-quatre hexagrammes du *Yi-king*.

L'Ivrogne suivait sa bonnc étoile, quand elle allait dans sa direction ; et il avait laissé entendre que les cartes mentaient. Cet avis arrange le commandant, qui soulève finalement la première carte pour voir la suivante. Coïncidence ou « convergence » ? L'effigie du *Nathalie* ne s'inspire pas uniquement du graphisme du tarot de Marseille, les visages des deux sirènes proposent deux versions de celui de la dame de trèfle qu'il vient de découvrir. La dame de l'Ivrogne.

L'évocation de la goélette ravive le souvenir de l'homme en blanc qui se tenait à sa proue, accompagné à chacune de ses visites d'une femme différente, l'une d'une grave beauté, l'autre d'une insolente jeunesse. Petrack fuit cette pensée, retourne s'asseoir et reprend sa lecture. Balafrée… Anton enviait secrètement Coupe-jarret – au même âge, il contemplait un corsage sans faillir, une fille l'embrassait –, lui qu'aucune ne remarquait. Lorsqu'il transcrivait ces passages, il résistait avec peine à l'envie de dessiner des obscénités en marge de son beau cahier ; à présent, Petrack sait, sans équivoque possible, que la réputation qu'il cultive et que les médias célèbrent, étroite combinaison de conquêtes et de réussite, remonte à cet épisode.

18

Je la savais ambitieuse, et avec l'âge sa tendance hégémonique ne pouvait que s'affirmer. Ce qu'elle me confia ce jour-là n'aurait pas dû me surprendre, car j'avais déjà soupçonné qu'elle ne m'avait pas raconté toute la vérité à propos de sa rivalité avec Singe. Et puis, comment ne pas comprendre que les Estropiés ne la satisfaisaient plus : Ombre et Dodue restaient des gamines, Géant affichait sa plus hideuse tête et le tandem se suffisait à lui-même…

Tout en l'écoutant, je me demandais comment elle comptait asseoir son autorité, elle qui n'avait pour expérience que la mendicité organisée. L'échancrure de sa blouse trop étroite s'ouvrait à chaque respiration. Impossible de penser. Elle aurait pu interrompre son discours pour chanter que je ne me serais rendu compte de rien. Mes yeux suivaient la forme généreuse de sa poitrine : elle n'avait rien à envier aux femmes les plus mûres. Elle le savait. Elle ne pouvait pas ignorer non plus qu'elle entrait dans un âge où la convoitise des hommes saperait toutes ses prétentions. Quel était son avenir ? La question ne se posait pas pour dans deux ou trois ans, dernièrement le temps avait incroyablement accéléré son emprise sur elle. Tout se jouerait donc maintenant, dans les semaines à venir, quelques mois tout au plus. Autour de nous, la règle de la rue était de se servir sans demander – qu'il s'agisse de pièces, de nourriture ou bien de filles. Ses choix se limitaient à se marier vite ou virer putain. Que devenaient ses aspirations à diriger une bande ?

« J'ai décidé de renforcer la bande. Pas avec des nouveaux, je veux les Quatre. »

Ce n'était pas idiot. Le renfort des Quatre, déjà adolescents, modifierait le rapport de forces avec les autres bandes. Elle mentionna l'affaiblissement des Marchands, désormais trop âgés pour s'éterniser dans la rue. L'équilibre des bandes s'en trouverait chamboulé. Elle n'avait pas tort d'imaginer que d'ici un an nous pourrions prendre leur place.

Telle était donc sa réponse : elle ne resterait pas les bras croisés pour cacher ses seins, elle affichait sa prétention à régner sur le plus vaste territoire jamais contrôlé par une seule bande, englobant le port et le marché, vol et mendicité.

Avec, en prime, le refuge diurne et la protection nocturne des entrepôts.

Ces confidences s'adressaient à Coupe-jarret, mais en quelle qualité : celle de favori ou celle d'allié ? Tant que sa silhouette l'autorisait à se grimer en garçon, Balafrée se souvenait de mon coup de surin contre le mollet droit de Teigneux. Elle était sensible à mon audace, à ma persévérance, à ma rapidité de réaction. Elle me consultait et m'écoutait. J'étais encore son meilleur soldat ; mais, toujours en marge, je n'étais pas des leurs, je n'appartenais à aucune bande. À présent, elle m'embrassait et se lovait contre moi, quand elle le décidait. Et je me laissais faire. Nos jeux demeuraient innocents, nous avions du temps devant nous… Le moment viendrait où il me faudrait prendre l'initiative, précéder son attente. En la matière, l'observation des ébats amoureux, j'en étais conscient, constituait une préparation insuffisante.

« Les Quatre ont toujours peur de toi. »

Son assertion me sortit de ma rêverie.

« Et je suis une fille. Qui plus est, une mendiante. »

Le frère de Teigneux m'avait gratifié d'une solide réputation auprès de ceux du port, Fureteuse ne l'avait jamais contredite. Les Quatre s'interrogeaient davantage à mon propos depuis qu'ils avaient appris que j'incitais les Estropiés à visiter quelques maisons bourgeoises. Ces vols n'avaient rien à voir avec ceux manigancés par Fureteuse, mais il était clair pour eux que cela tenait davantage à mes acolytes qu'à mes mérites.

« Ils ne me craignent pas. Pas encore. Mais, toi, ils pourraient te respecter.

— Moi ?

— Tu vas devenir leur chef.

— Je n'ai pas l'âge. »

Cet aveu me pesait. J'étais trop jeune pour ses projets, quels qu'ils soient.

« Ce n'est pas important. Pour le moment, nous allons nous imposer par la force. Ils doivent apprendre à nous craindre. Tu seras mon sergent. »

Comment les « Estropiés » pourraient-ils faire peur ?

« Nous allons les frapper sauvagement et à l'improviste. Je veux leur administrer une rossée si mémorable que chacun y réfléchira à deux fois avant d'envisager de s'en prendre à nous. »

Elle avait pensé à tout, mais je jugeais son plan grotesque. Notre victoire ne serait due qu'à la surprise, nous n'affirmerions aucune supériorité durable. À n'importe quel moment, nous pouvions tomber exactement dans le même piège.

Et puis, j'ai douté de mon raisonnement. Je n'avais pas mérité ma réputation de Coupe-jarret autrement qu'en conjuguant audace et violence. Parce que je me savais faible, j'avais frappé sans hésiter ; depuis, personne ne s'était attaqué à moi. Du moins, directement…

J'aurais aimé m'ouvrir à elle de mes pensées intimes en lui tenant la main. Jamais je ne deviendrais le chef de personne. Les choses sont simples quand il ne s'agit que de veiller sur soi, mais prendre en compte toute une bande… Le sort de Moyen me touchait au point d'ébranler ce sentiment pernicieux d'invulnérabilité qu'insinue l'absence de danger. Comme les Estropiés, je m'étais endormi, j'avais baissé ma garde.

Balafrée n'était peut-être pas un si mauvais stratège, après tout. En les mettant en position d'insécurité, elle poussait ses ouailles à se réveiller. Cette idée me semblait mériter d'être approfondie : l'inconfort pouvait les rendre vigilants, déterminés, vicieux. De même, les Quatre jouissaient d'une existence bourgeoise et ne doutaient pas qu'elle fût éternelle. En s'appropriant leur contrôle et sans attendre, nous pouvions accélérer la chute des Marchands. Quelques recrutements, et nous formerions une force susceptible de négocier avec n'importe qui.

Balafrée serait en sécurité et davantage en mesure d'échapper au destin de son sexe.

Mais moi ?

Pourquoi m'attribuer ses propres appétits ?

« Sergent » ? Me connaissait-elle si mal pour envisager sérieusement ce rôle de pion ? Mais elle me tenait déjà en laisse, moi la fine lame solitaire. Cette proposition ne signifiait qu'une chose : elle ne voulait pas m'avoir pour ennemi. Ses attentions à mon égard se justifiaient mieux ainsi. Libre à moi de refuser ses offres, ce serait mon choix, ma faute et pas la sienne si je venais à le regretter. Et, si je les acceptais, j'aurais toutes les raisons de la protéger.

Le réalisme de cette amère conclusion me soulageait au moins d'un poids : si elle payait de sa personne pour ménager mon alliance, elle ne commettrait pas l'idiotie de s'en prendre à l'un des Petits.

Mes yeux se perdaient sur les deux pointes qui tendaient sa blouse. J'arrivais à les en détacher pour regarder son visage. Elle inclinait légèrement la tête pour me parler et les cheveux qui barraient son front glissaient sur son regard. Ses lèvres s'ouvraient doucement et j'attendais le moment où sa langue se hâterait de les humecter.

Et si je me faisais des illusions ? Si elle m'aimait bien, tout simplement, et qu'elle souhaitât m'associer à ses rêves ?

« Si nous retournions au lavoir ? »

J'avais cette envie sur le bout de la langue, attendant le meilleur moment pour la placer, mais elle la prononça avant moi.

Ma douce amie marchait à mes côtés, la tête perdue dans ses fantasmes impériaux ; elle en oubliait de me tenir la main. Quand, après bien des atermoiements, je me décidai à lui effleurer le bras, elle se détourna comme si je venais de la mordre. Mon sourire exagérément pitoyable ne la fit pas rire.

« Si nous sommes seuls, je te ferai des choses », se reprit-elle, sans pourtant se rapprocher de moi.

Un instant, je me remémorai les scènes impudiques que j'avais étudiées dans des jardins à l'abri des frondaisons : des choses, à moi… Et puis, je revins sur terre, enfin.

« Si nous sommes seuls ? répétai-je en écho.

— Oui, sans le mioche.

— Le pisseux de l'autre fois ?

— Qui d'autre ? »

19

Je me contentai de hausser les épaules.

Qui d'autre...

Je maîtrisais ma respiration. Du coin de l'œil, je la devinais attendre une réaction. Je devais détendre mon visage, refouler cette pression sur mes yeux, fermer ma bouche et même imprimer sur mes lèvres une naissance de sourire. Son malaise grandissait. Elle ne comprenait pas mon indifférence à la question.

Qui d'autre...

D'autorité, je lui pris la main. C'était ce que nous étions censés faire, une promenade. Elle le réalisa aussi. Sa main qui s'était d'abord crispée se déraidit tout à coup. Son pas se fit plus décidé. Elle marchait un peu vite. Pressée de se débarrasser de moi ? Je pouvais également feindre l'empressement : nous allions faire des choses...

Pourquoi ne retira-t-elle pas sa main de la mienne ? La comédie pouvait s'arrêter là. Ou mieux, qu'elle la serrât franchement... Mais se rendre, défaite... Balafrée...

Qui d'autre s'intéresserait à mon lien avec ce pisseux ?

Nous atteignîmes le lavoir. Des traces imparfaitement effacées attestaient que ma cachette avait été visitée plusieurs fois. Je l'avais vidée avant. Sa façon de me précéder dans le roncier décimait mes derniers doutes. Quelle assurance !

Nous étions pitoyables.

Quand nous nous allongeâmes à l'abri de tous les regards, j'avais envie de dire non, comme après un cauchemar.

Jadis, ma mère m'invitait à me glisser contre elle pour me ramener dans son monde, tiède et calme.

Balafrée n'était pas plus à l'aise que moi, ainsi étendue sur le dos. Je m'étais penché sur elle, comme si je la contemplais. Elle se mit à me raconter son plan dans ses moindres détails, ce qui promettait d'être long. Je lui accordais volontiers de retarder le moment où « les choses » devaient se produire.

« Les Quatre se la jouent douce, maintenant. Le dimanche, il y a moins de trafic sur le port, alors ils s'accordent la grasse matinée. Tu parles, c'est une excuse pour rentrer tard le samedi, maintenant qu'on les laisse traîner dans les auberges. Ils boivent de plus en plus, en reluquant les serveuses ! Si on les cueille au petit matin, ils ne seront pas au mieux de leur forme. Ce serait étonnant qu'ils réagissent assez vite si on s'y prend bien. Non, nous ne leur laisserons pas le temps de dessaouler. Ils ne comprendront ce qui leur arrive que trop tard. C'est pour ça qu'il faut s'organiser, à l'avance. Chacun sa cible. On s'approchera sans bruit et on verra qui s'occupe de qui sur place. Mais c'est toi qui entreras le premier en scène. C'est important, pour les autres, qu'ils voient que tu n'hésites pas. Ça sera plus facile pour eux, ensuite. S'ils te suivent pour se battre, ils te verront comme un chef. Tu dois donner l'exemple. Te lancer sans hésiter et jouer du couteau, comme tu sais le faire. Il faut du sang, tu comprends ? La bataille doit être exemplaire. Rapide. Géant en prendra un et le tandem un autre. Je leur désignerai qui. S'ils te voient agir sans faiblir, ils en auront le courage. Avec les filles, je m'occuperai du dernier. Tueur se tient en arrière-garde. Pas de fuyard, pas de badaud. Ça devrait être réglé en quelques minutes. Ils n'auront pas le temps de réagir, ils seront encore tout endormis. Pas la peine d'attendre une éternité, non plus, il faut le faire ce dimanche. Qui s'en douterait ? Tu verras le changement. À la sortie de la messe, tout le monde saura ce qui s'est passé. Avant, même… Ils seront sonnés, ils ne seront peut-être plus que trois – tant mieux, faut que ça fasse du bruit –, mais ils nous craindront. Les autres aussi. Ils nous ont toujours vus comme des estropiés, ils nous verront comme des estropieurs. Tout dépend de notre détermination. C'est notre acharnement qui compte. Tu devras fondre sur ta proie et frapper le premier, aussitôt. Toute la réussite de mon plan repose sur toi. Je compte sur toi. »

Je caressais sa joue et me réjouissais de son regard fuyant. Il ne lui restait pas grand-chose à raconter pour retarder l'échéance du « faire des choses ». Elle m'invitait à me jeter sur l'un des Quatre pour l'occire pendant son sommeil. Étendue et offerte. Pour elle, j'allais prendre la tête d'une troupe d'assassins. Nous serions sans pitié, pour l'exemple, afin d'adresser à tous les autres un avertissement sanglant. Comment douter de sa participation à la séquestration de Moyen ? La cruauté de son plan pour simplement affirmer sa mainmise sur le port me poussait à l'imaginer le frapper elle-même. Qui tenait Moyen pendant ce temps ?

Mes yeux parcouraient avec insistance les moindres formes qu'épousait sa robe, mais pas pour m'en repaître, pas cette fois. Ce que je voyais, c'était ce corps étrangement paisible et proche se tordre dans l'élan des coups assenés contre son prisonnier impuissant. Autant, couché sur son épaisse couverture rouge, Pue-la-mort me rebutait sans réserve, autant Balafrée étendue me semblait n'être, ne devoir, ne pouvoir être qu'innocence. Je ne devais pas me laisser distraire. La beauté n'augure pas la loyauté, me répétais-je. Était-ce possible ? Je ne parvenais pas à me décider à agir. Mes soupçons étaient-ils fondés ? La réponse était évidente, mais il me répugnait de m'y résoudre. Ferait-elle un geste la première ? Me délivrerait-elle de mon odieuse mission ?

Je m'apprêtais à placer ma main à plat sous sa gorge, mais je la figeai, suspendue comme l'avait fait Mère-des-anges avec Petite, et j'attendis de ressentir sa chaleur. Crut-elle que j'hésitais pour effleurer ses seins ? Elle entrouvrit sa robe, déplaça ma paume pour la plaquer fermement sur sa poitrine. S'il m'était arrivé de me figurer le moelleux que mes doigts ne réussissaient pas à contenir, je restai stupéfait de la raideur de ses tétons. Sa respiration imprimait à ma main un mouvement insoupçonnable, et je réalisai que mes poumons étaient eux aussi soumis à rude épreuve. Balafrée s'en rendit compte et se redressa. Après un coup de langue furtif en guise de baiser sur mes lèvres desséchées, elle passa sa robe par-dessus sa tête et se retrouva nue. Mon étonnement la fit rire. J'aimais ce rire. J'aimais ce corps étrange et l'envie qui me venait de le toucher partout à la fois. Elle me leva les bras et me mit torse nu. Je me laissais faire. Mes mains se tendirent toutes seules jusqu'à ses seins. Balafrée me dit d'attendre, ouvrit mon pantalon, chatouilla mon improbable virilité et se pencha en arrière. Que faisait-elle ? La gorge offerte, la tête renversée, les épaules oscillantes, elle me caressait frénétiquement. Tout en glapissant et en grognant… J'étais prêt à tous les pardons, à toutes les lâchetés ; ses simulacres de gémissements me portèrent au dégoût. Je ne l'interrompis pas, je ne laissais pas de la maudire de cette occasion ratée de ressentir ce que je devinais s'annoncer.

Inutile de tergiverser. Coupe-jarret n'avait gagné sa place que par la peur, Tueur l'avait remplacé à moindres frais. Notre alliance passée ne visait qu'à refréner mes ambitions, tout en me tenant à l'œil ; nos mimes passionnés qu'à étouffer toute méfiance. J'étais l'ennemi. La découverte de ma cachette avait probablement accéléré le processus. En lui dévoilant une part de ce que je dissimulais, j'avais signé mon arrêt de mort. Moyen s'était trouvé associé à cette révélation ; il en avait payé le prix fort, juste pour savoir si je formais ma propre bande ou non. Ou pour toute autre raison que je ne pouvais deviner encore. Mais les choses étaient claires à présent : elle agirait contre moi dimanche, une fois la nouvelle de notre terrible victoire répandue. Tout devant se dérouler sans témoin, elle présenterait les événements à sa convenance. Je l'imaginais aisément endosser le rôle de celle qui rend la justice : j'étais l'assassin, l'instigateur de ce complot, elle me punirait et prendrait soin de ce qui resterait des Quatre. Ceux qui ne la croiraient pas la redouteraient. Balafrée gagnerait sur tous les tableaux.

Je n'avais donc que jusqu'à dimanche. D'ici là, je

devais lui donner le change afin qu'elle me laissât tranquille. Deux jours, ce n'était pas beaucoup. Je rouvris les yeux. Elle s'était agitée pour rien et venait de me relâcher.

De ces derniers instants, je ne conserve que l'image de Balafrée à genoux devant moi qui reboutonne sa blouse, relevant enfin la tête pour m'adresser un de ces sourires gourmands que les filles de joie s'exercent à offrir à leurs clients pour qu'ils reviennent et ne se montrent pas chiches.

20

En quittant le lavoir, je me souvins de la devise que j'avais négligée depuis que j'avais rencontré les Petits. « Je le veux. » La répétition de ces trois mots illumina ma pensée. Je savais pertinemment ce que j'attendais. Depuis toujours.

Ma force dépendait de ma liberté d'action. La solitude me l'assurait. Tout lien est entrave. Je voulais être seul.

Le pourrais-je ? Grand s'aplatissait pour me témoigner de sa reconnaissance éternelle ; Moyen se remettrait lentement des coups encaissés à cause de moi ; Petit s'était révélé une fille qui m'appelait « Maman ». Les abandonner s'imposait. Mes réticences à m'y résoudre sur-le-champ m'écœuraient.

Oui, je le voulais.

Me travestir en Fureteuse me pesait comme jamais. Cette parodie de fillette m'insupportait aussi, j'avais hâte d'en finir.

Les Quatre ne m'accueillirent pas avec l'entrain habituel. Ce n'était pas la première fois, à bien y réfléchir, qu'ils manquaient d'enthousiasme. Je relevai cette distance aujourd'hui seulement, mais elle datait de quelques semaines. Rien de spectaculaire, cependant. Ils ne me rejetaient pas, c'était juste qu'ils ne me faisaient plus de place. Détaillant toutes les jupes qui flottaient à moins d'un kilomètre, ils parlaient des filles qu'ils s'empresseraient de trousser dès qu'ils en auraient le courage ou l'occasion. Je leur demandai s'ils comptaient passer leur temps à s'enivrer ou s'ils ne préféraient pas m'accompagner pour repérer une maison qui serait désertée ce dimanche matin... Ils avaient mieux à faire, me répondirent-ils, et je devais les croire sur parole. Je les provoquai davantage, évoquant les tavernes où les serveuses aguichaient les hommes pour les forcer à boire, jusqu'à ce que l'un d'eux, celui qui se vantait de ne pas redouter Tueur, sous-entendît qu'ils savaient rester sobres quand il le fallait. J'insistai et il ajouta, en me toisant méchamment, que je ne devais pas me faire d'illusion, que je n'étais qu'une gamine...

J'avais donc une rivale.

Les rondeurs de Balafrée ne ménageaient aucune chance à ma silhouette tout en os. Je réalisai alors qu'aujourd'hui, plutôt que de suivre Fureteuse, ils se précipiteraient avec Singe pour mirer et empoigner les statuettes impudiques. Cependant sa silhouette ne pourrait jamais rivaliser avec l'art de Fureteuse pour ce qui était de dénicher une maison à cambrioler, ils se souviendraient tôt ou tard qu'ils avaient besoin de moi. Aussitôt exprimée, cette idée s'effondra : depuis des mois, Coupe-jarret exposait en long et en large d'excellentes propositions à Balafrée, qui les étudiait consciencieusement avant de les rejeter. Son plan, elle le préparait depuis l'éviction de Singe.

Samedi soir, aucun des Quatre ne se rendrait à la taverne. Dimanche, au petit matin, Coupe-jarret se lancerait le premier à l'assaut d'un sac de paille à forme humaine. Ils seraient dix, alors, à lui tomber dessus. Un molosse l'achèverait. Dimanche midi, bourreau et catin, Balafrée épouserait sa carrière despotique.

Comment avais-je pu oublier qu'elle m'avait giflé quand j'avais six ans pour impressionner les gosses qui lui obéissaient ? Elle, elle s'en souvenait.

Tous mes calculs aboutissaient invariablement à la même conclusion : Fureteuse sans avenir, Coupe-jarret assassiné. Il ne me restait que le personnage de Sœur, encombrée de sa marmaille et menacée de chantage par Mère-des-anges, qui l'avait probablement vue intervenir, lors de l'incendie de la maison de Pue-la-mort, pour épargner la vie d'un chat ! Et si Geisvatter était derrière ces deux-là, outre les Marchands, bientôt toute son organisation serait à mes trousses…

Pue-la-mort carbonisé, qu'est-ce qui me retenait ici ? J'aurais prochainement l'âge pour m'engager sur un bateau, ne pouvais-je tenter ma chance ? Pas en me présentant au recrutement de n'importe quel navire, mais en embarquant clandestinement pour une de ces destinations où l'on n'y regardait pas de trop près et en révélant ma présence à un moment où la main-d'œuvre manquerait… Tout me poussait à partir.

Ma devise me joua le sale tour de me poser la question que j'évitais : partir est-il ce que je veux ?

Non. Tous se liguaient pour me chasser. J'aspirais à la liberté, et donc à la solitude, pas à la fuite.

« Je le veux », répétais-je en regagnant la cour aveugle.

J'accordai à Petite et à Moyen un faible répit pour finir de se réveiller, l'employant à expliquer à Grand comment utiliser la potion que contenait ma gourde. J'empoignai deux statuettes et tendis à Moyen ses outils, puis nous nous mîmes en marche. Parvenus à l'extrémité d'une ruelle qui donnait sur le jardin de la guérisseuse, j'interrogeai Petite d'un coup de tête. Elle préférait ne pas le faire elle-même et plissa son visage pour s'aider à fermer les yeux et ouvrir toute grande sa bouche. J'enfonçai deux doigts jusqu'au fond de sa gorge et la fis vomir sur nous à deux reprises. Quand elle fut tout à fait blême, Moyen déjà en place dans le jardin, nous sonnâmes furieusement chez Mère-des-anges.

La toucheuse ne comptait guère nous revoir, ce qui ne l'empêcha pas de me sermonner vertement : mon retard était aussitôt devenu prétexte à surenchère. Je refusai. Elle me menaça : elle s'était renseignée et savait que je n'étais pas qui je prétendais être. Elle ne nous avait pas encore fait entrer et je déplaçai la querelle en m'engouffrant dans sa cuisine. Sœur rentra alors dans une colère folle et se mit à crier et taper du pied, puis elle se précipita à gauche et à droite, bousculant les meubles, vidant les tiroirs sur le sol. Je balançai de toutes mes forces une casserole dans son bahut à conserves qui s'écroula en faisant grand bruit. J'étais déjà à côté du feu et j'y déversai trois pots de simples le temps que la guérisseuse surgisse. Je contournai la table et jetai dans l'âtre la statuette que j'avais apportée. Petite se tenait pelotonnée près de la porte qu'elle venait de refermer, prête à sortir. À mon signe, elle hurla aussi fort que possible, ce qui n'était pas insignifiant. La vieille, qui ne s'attendait pas à une telle hystérie, joignit sa voix aux nôtres. Elle me poursuivit autour de la table, je glissai dessous, je grimpai dessus, je cassai tout ce que je pouvais. Je lui lâchai quelques compliments, sur ses remèdes pourris de sorcière, sa cruauté aussi, puisqu'elle préférait faire chanter une famille que soigner un bébé, et toutes les bêtises qui pouvaient semer la confusion dans son esprit, brodant sur les ragots qui couraient en ville. Peu importait ce que j'avais à dire, l'essentiel se résumant au charivari. Si elle analysait mes propos, une fois le calme revenu, elle ne trouverait rien qu'une fillette paniquée.

Dans le jardin, Moyen cria bientôt. Petite ouvrit la porte, je balançai la dernière statuette de l'autre côté de la cuisine et nous nous échappâmes avant que la guérisseuse eût compris que la confrontation était achevée.

Moyen nous fit un sourire minuscule : il avait accompli sa mission mais en ressortait épuisé. Je l'aidai à regagner notre abri, où Grand nous attendait. Il m'adressa de loin un signe de la tête éloquent et je le complimentai : vaincre sa peur ne constituait pas son plus grand triomphe, il avait également dérogé à sa morale pour m'obéir. En récompense, je lui montrai mes différentes cachettes dans toutes les caves où donnait la cour aveugle, ainsi que les trois coffres, mes réserves de nourriture, ma lanterne, le boutefeu, les mèches et les chandelles, un plein fût d'huile, une marmite de secours, les habits et les déguisements, les remèdes comme les poisons, mes armes, tout.

Voilà. L'affaire était réglée. Il ne me restait qu'à partir. Je devais seulement leur laisser ma dernière consigne : m'attendre jusqu'au lendemain soir sans quitter la cour. Surtout, ils ne devaient pas se douter qu'ils guetteraient en vain mon retour. Trouver le ton juste ne fut pas facile. Des mots s'échappaient de ma bouche. Je leur parlai de tout autre chose. Je les félicitai pour leur bravoure et leur discipline. Ce n'était pas suffisant. Je devais les encourager d'un compliment pour leurs plus grands mérites respectifs. Peu importait quoi. Des futilités suffiraient. Je pensai à l'opiniâtreté de Grand à l'exercice, mais j'évoquai son adresse à emmailloter sa sœur et la préserver du froid. J'aurais dû louer l'habileté de Moyen pour déjouer les mécaniques de serrurerie les plus rétives, je ne me souvins que des comptines qu'il murmurait à l'oreille de Petite. Je voulais convaincre Petite de perfectionner son don naturel pour la comédie, je ne parlai que de son sourire qui nous contaminait tous les trois. Que m'arrivait-il ? Ce ne devait pas être des adieux et Sœur n'était qu'un rôle de nécessité. Impossible de conclure. J'étais incapable de m'arrêter, comme si je retardais le moment de leur lâcher quelque chose de véritablement important. J'ignorais quoi. Je cherchais. En fait, je n'aspirais qu'à me retrouver seul, et cette pensée me remplissait de honte. Je les exhortai alors à ne jamais se quitter, à demeurer unis, soudés, à être une famille. Et là, j'évoquai l'orphelinat : ces institutions étaient détestables, cruelles et perverses, mais certaines ne séparaient pas les fratries. Les bagarres et les rivalités y fleurissaient comme partout ailleurs, mais on y était à l'abri des enlèvements. Il n'existait pas de médecin pour les enfants sans foyer et se trouver le jouet d'une guérisseuse n'était certainement pas être libre. Ne devraient-ils pas déjà commencer à apprendre à lire ? À bout d'arguments, n'en revenant pas de mes propos, et pourtant soulagé de les leur avoir tenus, je leur ordonnai de ne pas bouger d'ici jusqu'au lendemain soir, quoi qu'il leur en coûtât.

Maintenant, je pouvais agir, libre.

21

Les Marchands se montrèrent d'humeur taquine, mais le petit coursier avait fort à faire, c'est tout juste s'il n'oublia pas de décrire la plus ridicule des statuettes qu'il lui fut jamais donné de voir, celle où la croupe d'une jeune esclave entravée atteignait des proportions grotesques : deux fois, pour le moins, les fesses d'une bonne chrétienne.

Coupe-jarret se rendit ensuite aux entrepôts afin de poursuivre sa cour auprès de l'impératrice. Mais la dame était en pleurs : son beau gros toutou agonisait. Et même plutôt salement. Couché sur le flanc, Tueur soufflait comme une forge, de l'écume plein la gueule, les yeux terriblement tristes. Seul, je l'aurais achevé. Balafrée sanglotait à son chevet, impuissante. C'était le moment.

« J'ai une petite idée sur qui a fait ça. » Elle y mit du temps, mais finalement elle m'accorda toute son attention – ses yeux réclamaient le sang.

« Je l'ai revu, l'autre, tu sais, Pisseux… Je l'ai suivi un moment, comme ça, pas très longtemps, vu comment il boite. Encore un gamin qui s'est fait heurter par une charrette… Mais tu sais qui c'est ? C'est le petit frère de Fureteuse ! »

Je lui laissai le temps de s'imprégner de mes paroles et de se préparer aux conclusions que je lui réservais.

« Tu as sacrément raison de te défier des Quatre, mais ils t'ont pris de vitesse. L'autre jour près du lavoir, eh bien, Pisseux devait nous espionner pour leur compte. Je ne sais pas ce qu'ils ont en tête pour se mettre à nous surveiller tout à coup, mais ils préparent quelque chose… Qui se serait méfié de ce gamin ? »

Ah, comme elle gobait mes paroles ! S'en être pris à Moyen ne devait plus lui apparaître comme une si bonne idée : elle venait de se mettre ses futurs alliés à dos. Ils auraient beau lui faire les yeux doux et lui jurer tout ce qu'elle voulait, elle ne leur accorderait jamais plus la moindre parcelle de confiance. Tueur sur le flanc, ses plans s'effondraient. Elle pouvait imaginer les Quatre poursuivre la comédie du guet-apens pour lui tendre un piège mortel.

Un moment, j'avais espéré qu'elle refuserait de lier l'empoisonnement du mâtin à l'épisode du lavoir. Savoir que j'avais recouvré ma place à ses côtés, instantanément, en qualité d'ami fidèle et de soutien opportun, ne me satisfaisait aucunement.

Je caressais la gorge haletante de la misérable bête qui nous avait tous tant effrayés. J'avais cru en une mort rapide, ou du moins plus propre. Il n'en était rien.

Que devais-je faire ? Si j'avais pu partir à jamais, je me serais levé en lui disant : « Tu vois. » Elle aurait compris. Elle n'aurait rien répondu. Mais ses sanglots de petite fille m'émouvaient comme si rien n'était survenu. Mon bras se soulevait et s'arrondissait pour toucher son épaule, avec l'envie indéniable de la consoler.

Géant surprit mon geste, se raidit et détourna brusquement les yeux.

Depuis quand ce bourgeonneux me disputait-il l'attention de Balafrée ? Tout à l'heure, en arrivant, la vision de l'horrible agonie du chien m'avait accaparé. Mais je l'avais vu s'éloigner de Balafrée, très discrètement. Pourquoi cette précaution ? Je cherchais dans mes souvenirs. Ce n'était pas la première fois qu'il s'éclipsait en douce. Lui et Balafrée… Tout en me reprochant mon inattention, je parcourais les Estropiés des yeux. L'avaient-ils également relevé ? Il y avait du complot et de la condescendance dans leurs regards, ou bien ma rage me dictait qu'ils étaient tous au courant et que moi, pauvre naïf, je n'avais rien remarqué, rien saisi. On ne sait jamais que ce que l'on veut bien savoir. Je n'avais jamais fait vraiment attention à lui. Il devait me haïr. Balafrée devait exiger qu'il me cédât la place, à chaque visite.

Géant avait au moins trois ans de plus que moi : de quoi offrir à Balafrée les frissons qu'elle s'était évertuée à mimer en ma compagnie.

Je surmontai ma jalousie et le dégoût que cette faiblesse m'inspirait : « Les Quatre sont séparés à cette heure. Normalement, il y en a deux qui préparent la bouffe pendant que les deux autres inspectent les tavernes... C'est un bon moment pour commencer. — Et Fureteuse ? — Elle ne vient jamais la nuit, tu le sais. Mais au petit matin, presque toujours par le même chemin. »

Balafrée renifla avant de se redresser. « On y va. »

Seules Ombre et Dodue restèrent pour veiller le chien dont elles se défiaient toujours, malgré son état.

Ceux des Quatre qui nous virent arriver nous adressèrent un petit signe de la main. Quelle raison auraient-ils eue de se méfier de nous ? Il était entendu qu'ils régleraient tous mon compte demain matin, cette visite surprise devait leur apparaître justifiée pour encore mieux m'embobiner.

Balafrée accorda à Géant de cogner le premier. Le tandem évita de se mesurer à l'autre et assista Géant. J'accordai à Balafrée de jouir de la stupeur de sa victime, qui n'était autre que celui qui clamait ne pas redouter Tueur. Je n'eus pas à sortir mon couteau, elle se servit du sien. Le combat ne dura pas trois minutes. Les garçons s'enorgueillissaient de cette victoire facile, je profitais de leur distraction pour dégager une caisse. Géant bourrait sa proie de coups de pied avec une joie sauvage. En se poussant, le pauvre adolescent acheva de révéler la gourde de mort-aux-rats cachée dans leurs affaires, sous cette caisse. Cette découverte fit crier Balafrée. Elle s'acharna alors comme une furie sur les deux corps étendus.

Je ne devais pas la laisser faire. Je n'avais pas besoin de beaucoup de temps, mais au moins encore d'une demi-journée. Si nous abandonnions deux morts derrière nous, rien ne retarderait la vendetta des deux autres, les plus âgés.

« Tueur..., lâchai-je. Allons le voir, nous finirons ça demain. »

Elle s'arrêta enfin et commanda de rentrer.

Le mâtin n'en finissait pas de crever. Grand n'aurait pas aimé ça... Il n'y était pas allé de main morte avec le poison...

« On devrait s'occuper de Fureteuse avant qu'elle n'apprenne que quelque chose s'est passé au port, ajoutai-je. Sinon, elle n'y mettra plus les pieds avant longtemps. Elle a ses habitudes, ça ne sera pas difficile de la coincer pendant qu'elle est seule. Et à un moment où les gardes municipaux ne risquent pas de débouler. »

Nous savions tous que la fillette n'avait pas de raison de se méfier, qu'elle ne vivait pas dans la rue et donc de la rue. Elle n'était qu'une enfant très indépendante, impossible à enfermer entre quatre murs, ce qui nous suffisait amplement pour la haïr définitivement. Elle arrivait ainsi par le chemin le plus direct entre chez elle et le port ; puis, pour bénéficier de la vue sur les quais et les façades en bord de mer, elle obliquait sur sa droite et débouchait par les vieux pontons. L'endroit restait en marge de l'activité portuaire et il fallait faire un détour inutile pour le traverser, raison suffisante pour en faire une promenade romantique les soirs d'été ; on y trouvait parfois des couples enlacés, mais jamais les matins d'hiver.

« C'est idiot. » Géant ne me laissait pas achever mon plan pour s'y opposer. « Pourquoi s'en prendre à Fureteuse ? Elle est inoffensive. Ce sont les deux autres qui représentent un vrai danger. » Je demeurai interloqué, je ne m'attendais absolument pas à être contredit par lui. Jusque-là, il ne proposait ni ne contestait jamais rien, se bornant à nous suivre.

Enfin, plutôt à suivre Balafrée... Je méditais un moment sur ce point. Je n'avais jamais vraiment fait attention à lui, mais à présent me revenaient des lambeaux d'images de Géant m'évitant à mon arrivée, s'écartant de Balafrée l'air lamentable, jetant un œil à la dérobée sur nous, incapable de s'éloigner tout à fait... Son visage me semblait d'une banale laideur et j'avais associé ses expressions ahuries à un esprit simple, ne voyant ni la douleur ni la rancœur.

Je regardai un instant Balafrée. Elle nous jaugeait, l'un et l'autre. Elle partageait avec lui la torture de

Moyen et ce secret les unissait plus sûrement que nos émois simulés. Nous savions tous que Géant avait raison. Argumenter n'aurait servi à rien.

« Libre à toi de passer la nuit là-bas à les attendre en embuscade ; moi, je trouve qu'on a mieux à faire ici. » Leurs regards accompagnèrent ma main qui se posait sur le pelage rêche de Tueur. Les leçons du bossu de l'église portaient enfin leurs fruits, j'avais vraiment l'air chagriné. « Pourquoi les Quatre stockeraient de la mort-aux-rats ? C'est dans les maisons qu'on en a besoin, et Fureteuse est la seule à dormir sous un vrai toit, chaque nuit... » Je caressais le front de l'animal en inclinant la tête. Balafrée écrasa un sanglot, je gagnais la partie. Après un soupir, j'ajoutai : « Elle n'est pas comme nous. À n'importe quel moment, elle peut rentrer chez elle ou appeler à l'aide ou nous dénoncer... C'est ce qui la rend si dangereuse : les gardes municipaux n'hésiteront pas à la croire. Les Quatre n'auraient jamais dû l'enrôler, elle n'est pas des nôtres. »

Ensuite, je m'adressai au chien. « Pauvre Tueur. Pourquoi s'en prendre à toi ? » Balafrée me regardait. « Il n'a jamais fait de mal à personne. Rien ne justifie une telle lâcheté. » Balafrée acquiesça. Pensait-elle à Moyen ? Fureteuse avait toutes les raisons de lui retourner son message.

Géant se réfugia dans un mutisme boudeur. Je revins à mon traquenard.

Tout en semblant improviser, je débitai mon refrain. « Nous allons la choper quand elle atteindra le vieux ponton. Se cacher par là ne posera pas de vrai problème. Il y a une vieille barque que les pêcheurs et les amoureux démembrent pour alimenter leurs feux. Il n'en reste plus que quelques planches, mais c'est suffisant pour s'y cacher. Enfin, pour un seul de nous. Les autres se posteront plus près des quais, les caches ne manquent pas. » Balafrée opina. La rencontre devait se dérouler à l'extrémité de l'ancien ponton d'accostage ; de loin, les badauds penseraient à un jeu d'enfant. Et si quelqu'un décidait d'intervenir, il n'aurait pas le temps d'arriver avant la fin du combat.

« Le ponton délimitera une espèce d'arène, ça la forcera à combattre. Et si elle parvient à fuir, n'ayant qu'un seul chemin, ce ne sera pas difficile de lui couper la route... » Je regardai alors Balafrée dans les yeux et je posai ma main sur la sienne : « Aie confiance en moi, Fureteuse agonisera dans les plus atroces souffrances. Elle regrettera de ne pas partager le sort qu'elle a réservé à Tueur.

— Ce n'est pas à toi de le venger ! » hurla-t-elle.

J'insistai en argumentant que nous ne savions rien des aptitudes de Fureteuse au combat. Balafrée m'imposa le silence. C'était une dette d'honneur et je n'avais pas à discuter cela. J'acquiesçai, mais de fort mauvaise grâce.

J'obtins d'aller me poster en sentinelle, de sorte à la prévenir de son arrivée. J'ajoutai que je resterais à ce poste, pour lui barrer la route du retour et que, elle pouvait en être sûre, je ne la laisserais pas s'échapper.

Balafrée me foudroya du regard et chacun pensa que je doutais de l'issue du duel.

« Elle pourrait se sauver pour refuser l'affrontement », précisai-je du ton d'un maître d'armes qui encourage son élève.

22

J'écartai l'idée de rejoindre ce qui restait des Quatre pour évaluer leurs intentions et leurs capacités de riposte. Depuis longtemps, j'avais imprimé un rythme bien établi aux visites de Fureteuse, en début de matinée et certaines fins d'après-midi, comme si des règles domestiques ménageaient ces seuls moments de liberté. De son côté, Coupe-jarret fréquentait les Estropiés de façon irrégulière, mais plus volontiers au milieu de la journée. Ainsi, mes deux personnages ne risquaient pas de se croiser, chacun pour ses propres raisons. Toute dérogation, cette nuit, pourrait être tenue pour suspecte. Je me contentai donc de supposer qu'ils soignaient les leurs et attendraient le retour du jour pour se venger. D'ici là, les entrepôts leur étaient interdits.

La nuit fut longue. Je n'avais plus rien à faire, sinon patienter. Je ne rejoignis aucune de mes cachettes de ces deux dernières années. Excès de prudence ? Bien que convaincu qu'il me fallait dormir, je révisai une énième fois mes plans. Mes muscles évoquaient par d'infimes tressaillements les feintes du combat à venir, que je cessai finalement de répéter, redoutant de m'épuiser physiquement à l'imaginer de manière si réaliste. Effectivement, le sommeil me boudait. Je m'allongeai sur le dos, aussi confortablement que la fourche de l'arbre l'autorisait, et contemplai le ciel à travers les griffures agitées des branches nues. Il ne pleuvrait pas, le bois du ponton ne serait pas glissant… Cette pensée banale est la dernière dont je me souviens.

Quand je m'éveillai aux toutes premières lueurs du jour, je savais les Marchands déjà en route. Je renonçai à les épier sur leur chemin, histoire de compter combien se déplaceraient. La nature du butin pouvait laisser présager qu'aucun ne manquerait à l'appel… Mère-des-anges se rendait tôt au marché et, après les dégâts que j'avais occasionnés la veille dans ses réserves, elle n'avait aucune raison de s'en abstenir. Le placard sous l'escalier ne recelait aucune des statuettes décrites, qu'ils finiraient par dénicher ailleurs, dans sa cuisine, sa chambre ou bien la pièce où la guérisseuse recevait ses invités de marque. Moyen y avait cependant déposé un ouvrage fort illustré, représentant des femmes et des hommes nus en pleines démonstrations bibliques. Les jeunes gens fouilleraient dans l'espoir d'exhumer d'autres éditions paillardes. Je ne doutais pas un instant qu'ils délaisseraient les livres de comptes et toutes les notes de Pue-la-mort. Par contre, ces précieux documents intéresseraient davantage la garde municipale.

Alerter celle-ci n'avait pas été le plus facile. Dans sa dernière apparition, le personnage du coursier m'y avait aidé. La veille au soir, je me rendais dans une auberge et tentais honteusement de séduire une serveuse avec mon boniment afin de mériter une chope de bière à l'œil. Elle s'amusait à me laisser aller jusqu'au bout de mon effronterie, adoptant des poses provocantes. Je n'en demandais pas tant : lui parler des statuettes érotiques n'avait plus rien de surprenant. Son attention acquise, je me montrais aussi prétentieux que les Marchands, dont je m'avouais proche. D'ailleurs, je tenais cette information d'eux, et ce n'était pas la première fois que nous étions en affaires, eux et moi… La serveuse poursuivit son manège jusqu'à obtenir toutes les précisions sur le vol, me payant d'une bière et me conseillant de déguerpir sitôt celle-ci bue.

En temps ordinaire, après cent pas j'aurais rejoint une cachette pour l'observer. Allait-elle filer directement signaler les statuettes aux autorités ? Ou attendrait-elle qu'un garde passe ? Je l'avais si souvent vue vider les poches des poivrots endormis sur les tables en toute impunité qu'elle devait avoir partie liée avec la garde municipale. Elle devait être la maîtresse d'un de ses chefs, ou bien encore l'un de ses espions. Je présumais que la garde serait prévenue au plus tard à la fin de son service et je décidai de rentrer.

Les autorités réagiraient-elles ? L'occasion était trop belle pour être négligée : accuser Mère-des-anges de recel constituait une opportunité rare pour donner un bon coup de balai dans toutes ses affaires. Peu importaient les motivations réelles de la garde – certains étaient compromis et tenteraient d'effacer leurs dettes, d'autres de s'emparer de quoi faire chanter tel ou tel... La découverte des statues lui portait préjudice, mais elle pourrait évoquer un troc et dégager sa responsabilité en impliquant quelque client. Par contre, comment expliquerait-elle la détention des livres de Pue-la-mort, objets qui auraient dû brûler avec la maison et son occupant quelques jours plus tôt ?

Le coup que j'entendais porter indirectement à Geisvatter n'était rien en soi. L'agonie de Pue-la-mort, l'arrestation des Marchands, la perquisition chez Mère-des-anges aboutiraient peut-être à mettre sous le nez de quelques gardes intègres des papiers compromettants. Du moins, il aurait matière à le redouter. Ce n'était pas grand-chose, effectivement, mais la stratégie du moustique me satisfaisait pleinement pour le moment.

Je mangeai peu et assouplis mes muscles. Le vent s'était calmé, l'air froid et sec me vivifiait. Balafrée avait-elle veillé Tueur trop longtemps ? Je l'espérais. Je refoulai ce souci pour me concentrer sur la décision qu'il me faudrait bien prendre dans quelques heures. Une certaine exaltation me menaçait de vanité, mon point faible.

Comment taire mon soulagement ? J'avais réalisé ou enclenché tout un écheveau de manœuvres destinées à infléchir les menaces qui pesaient sur moi, en quelques heures. Contre un lourd tribut, certes. Mais j'étais en train de changer mon destin.

Mes options s'étaient réduites comme une peau de chagrin, du moins serais-je libre de mon choix ultime.

Et je n'avais pas la moindre idée de ce que je déciderais…

Je chassai ces pensées. Un duel m'attendait. Balafrée n'était pas douée, mais elle était incontrôlable. Or, il me fallait conduire cet affrontement comme je l'entendais, ce qui exigerait de ma part plus d'attention que d'habileté. Tout en dépendait. Ce serait une erreur de considérer la victoire acquise. Je repris mes exercices.

Le commandant esquisse un sourire. Son cahier fermé, il s'accorde la pause qu'il observe toujours en approchant de la fin d'un livre, autant pour retarder l'inévitable échéance que pour s'imprégner des pages lues quand tout semble encore possible. Il apprécie ainsi de relire certains ouvrages justement parce que, en connaissant les tenants et les aboutissants, il savoure leur conclusion en expert, jouissant doublement des allusions et indices. Cette histoire n'a pas de secret pour lui, son dénouement non plus. Ce dernier acte, il l'a revécu cent fois, mille fois dans ses moindres détails, endossant tour à tour chaque rôle. Le Pirate Sans Nom était né ce matin-là. Cette métamorphose, le commandant Petrack aime la ressentir dans sa chair, dans son sang.

Je retrouvai les Estropiés à leur réveil. La dépouille de Tueur était froide et sa maîtresse n'avait pas dormi à ses côtés. Je les exhortai à se hâter afin de prendre place en toute discrétion et en évitant soigneusement ce qui restait des Quatre.

Mes paroles demeurèrent lettre morte. Puis, Balafrée leur donna son aval d'un simple hochement de tête et ils furent prêts en un clin d'œil. De quoi m'étonnais-je ? Voici une journée, ils étaient tous d'accord pour me trucider ce dimanche matin. Leurs ressentiments à mon égard ne s'étaient pas effacés en une nuit. Bientôt, mon tour viendrait.

J'indiquai comme convenu aux Estropiés où se cacher pour intervenir « en cas de nécessité », précision qui fâcha une nouvelle fois Balafrée. Elle me congédia sans aucune considération et se faufila toute seule sous les restes ajourés de la barque. Je regagnai ma place sans un mot et m'apprêtai. Aucun ne pouvait me voir.

Au bout d'un moment, je me montrai fugitivement et leur adressai le signe: Fureteuse arrivait.

Mon abri retrouvé, j'endossai la robe, libérai mes cheveux, remontai mon pantalon, chaussai ses sabots. Une dernière respiration et j'apparus, prêt à leur offrir le spectacle d'un vrai combat et à ne laisser aucun doute quant à son issue tragique.

23

Une fois Fureteuse arrivée à hauteur du ponton, Balafrée surgit de la barque pour la défier, un couteau dans chaque main. Elle se plaça vers l'intérieur des terres et je reculai vers l'arène que je lui avais recommandée. Instinctivement, quand je dégageai mon poignard, je le tins à la manière de Coupe-jarret, le pouce en appui sur la garde, la lame en dedans, comme une griffe. Je rectifiai ma prise : Fureteuse se devait d'être armée, mais il était manifeste qu'elle ne savait pas trop se battre. Balafrée brandit ses couteaux à bout de main, comme je l'avais laissée faire en lui affirmant que chacun devait trouver sa manière. Pour m'atteindre, elle devrait me frapper d'estoc, donc toujours se jeter sur moi et me faire face ; il me restait à contenir l'élan de ses bras et à l'esquiver. Sa stature lui conférait un avantage, mon allonge étant plus courte d'une main. J'abandonnai mes sabots pour gagner en souplesse et en rapidité, puis je passai mon arme d'une main à l'autre, m'y agrippant maladroitement des deux mains. Balafrée esquissa un sourire de triomphe. Je bondis droit dessus, la ratai, la contournai et attaquai de nouveau, la laissant reculer jusqu'à rejoindre le ponton. Comme convenu la veille, elle n'engagerait pas le vrai combat avant cette condition.

La tentation de mettre bas le masque me perturba au moment où le duel commença vraiment. Le souvenir peu opportun de sa comédie sensuelle m'incitait à me lancer dans une série de râles cyniques et j'imaginais son visage se décomposer et s'abîmer entre stupeur et fureur… J'esquivais et virevoltais. Coupe-jarret se révélant dans les mimiques de Fureteuse, quel délicieux affront ce serait…

Ses assauts étaient tous prévisibles, ce qui ne m'aidait pas à recouvrer ma concentration. Je m'y employai en me forçant à paraître épouvantée. Le sang n'avait pas encore coulé. Je reculais à chacune de ses attaques et, à la troisième passe, je l'égratignai, la gratifiant d'une belle estafilade au bras gauche, juste au-dessus du coude.

Les Estropiés avaient-ils bien contemplé leur chef touchée la première par la fillette moins armée qu'elle ?

Balafrée se précipita sur moi, tout en nerfs. Je m'écartai à peine et je saisis de ma main gauche son poignet droit, le tirai à moi tout en pivotant sur ma gauche ; je plantai à nouveau ma lame profondément dans son biceps gauche tandis que son couteau s'enfonçait de biais dans mon ventre. Fauchée dans son élan, Balafrée tomba à genoux, mon arme encore dans son bras. Fureteuse pressa ses mains sur sa blessure, un filet de sang les macula. Les Estropiés la virent tituber jusqu'au bord des planches et basculer dans l'eau, la tête en avant. Fin de la pantalonnade.

Peu de marins savent nager et les eaux étaient assez profondes et saumâtres pour engloutir un corps et le dissimuler à la vue. Personne n'aperçut Fureteuse remonter, et, de fait, elle ne remonta pas. Les flots emportèrent sa robe sombre nouée autour du plastron d'entraînement, doublé d'une épaisseur de viande gorgée de sang.

Revenir sous les traits d'un Coupe-jarret parfaitement sec se révélait impossible après cette chute, et j'avais buté longtemps sur ce détail. La cachette où je me devais d'attendre n'était pas éloignée du rivage. Si chacun me savait piètre nageur, j'étais le seul à tenter de dominer cet art. Je devais donc ressortir de mer après avoir vainement cherché le corps de Fureteuse. Cette initiative suffirait-elle à dissuader les autres de m'imiter ? Je n'avais rien trouvé d'autre.

Tandis que je regagnais la berge en m'appliquant à rester sous l'eau, une ivresse envahissait mon âme. La tête émergée, j'aurais hurlé ma rage et mon triomphe.

« Hier encore, vous conspiriez tous à m'anéantir. Vous voilà défaits et vous n'avez rien compris. » J'étais libre, dorénavant. Je pouvais tout. Fureteuse et Sœur disparues, Coupe-jarret reprenait sa destinée en main. Les Quatre étaient brisés. Les Marchands emprisonnés. Balafrée, bouffie d'orgueil, n'avait pas pu sauver son terrible mâtin… Blessée par une fillette, elle n'était plus digne de commander, même aux Estropiés. Un mot, un simple mot de ma part sur les conséquences désastreuses de l'impatience hégémonique de Balafrée, et je devenais le maître du territoire dont elle rêvait.

« Je le veux. Je le veux. Je le veux ! »

Non. Ni fuir ni dominer. Je voulais être libre, rien d'autre.

Je sortis de l'eau, les bras écartés dans un geste d'impuissance, prêt à ma comédie : « Fureteuse est introuvable… », « J'aurais tant voulu lui planter mon surin entre les omoplates… », « La blessure de Balafrée est-elle grave ? » Mais je sortais de l'eau dans l'indifférence.

Les Estropiés s'entassaient bien sur le ponton et Balafrée s'y tenait encore à genoux, mais ils se battaient tous. Fou que j'étais ! Je les avais oubliés, ceux-là. En leur révélant mes cachettes hier, en leur faisant entrevoir les bénéfices d'un orphelinat, je n'avais réussi qu'à convaincre les Petits de la gravité de la situation que j'entendais affronter seul.

Ils m'avaient désobéi. Probablement m'avaient-ils attendu toute la nuit, guettant mon retour, silencieux et inquiets. Lequel a cédé le premier au petit matin ? Les deux autres l'ont suivi, peut-être pour le rattraper, puis ils lui ont emboîté le pas. Ils avaient coupé par le port pour rejoindre les entrepôts où Grand s'était rendu la veille sur mes ordres pour tendre une boulette de viande empoisonnée au molosse qui l'effrayait tant. Et qu'avaient-ils vu ? Fureteuse se faire tuer par Balafrée. Mais, pour eux, Fureteuse, c'était Sœur.

Tous les trois s'étaient jetés sur Balafrée pour me venger. Seul Grand avait eu la présence d'esprit de se munir d'un vrai couteau. Moyen se défendait avec ma vieille serpette émoussée, dont je lui avais fait présent après sa rossée. Petite tentait désespérément de saisir l'arme que Balafrée avait à tort arrachée de son bras. Elle contenait l'hémorragie avec son autre main et n'opposait aucune résistance sérieuse. Mais les Estropiés, que j'avais cachés à bonne distance, étaient survenus avant que les Petits eussent tiré avantage de leur nombre.

Je restai abasourdi. Pendant mon duel, pas une seconde je n'avais pensé à eux. Cette nuit non plus.

Géant ne se privait pas de se moquer ouvertement de Moyen. Il le provoquait en se tapant du plat de la main sur la jambe droite tout en lui hurlant qu'il allait lui briser les deux, cette fois. Et l'égorger ensuite, comme un porc, comme une truie. Balafrée gifla Petite du revers de la main, abandonnant une traînée de son sang sur son visage. Grand se rua sur le couteau délaissé pour l'envoyer à Petite, mais Boiteux le détourna, lui proposant un duel. Le temps de sonder son adversaire et Grand tomba, assommé par Borgne qui s'était glissé derrière lui. Je vis Moyen ramener la serpette de la main gauche, lame en griffe, vers la jambe de Géant, qu'il rata de peu. Ombre courait vers sa sœur, précédant Dodue et me cachant la scène. Je la suivis du regard fondre sur Petite et écraser de son pied la main qu'elle tendait vers l'arme. Je retrouvai Moyen cloué au sol. Les yeux ouverts. Les yeux tournés sur la grève. Me regardant...

Seul Moyen connaissait ma double identité. Nous n'en avions jamais parlé ensemble, il n'avait rien dit à Grand. Aucune promesse formelle ne le liait à mon secret, je n'avais jamais douté de sa fidélité.

Pourquoi m'avaient-ils désobéi ? Je les avais prévenus, je leur avais très explicitement ordonné de ne pas bouger et de m'attendre, quoi qu'il leur en coûtât.

Son visage tressaillit alors et je vis Géant relever son pied du creux de son dos. Pour les Estropiés, c'était la curée. Ils s'acharnaient contre les Petits, libérant dans ce débordement toute la furie contenue depuis l'empoisonnement de Tueur.

Seul, je voulais juste être seul...

Je préfère savoir ne jamais compter sur personne plutôt que de devoir vivre dans l'attente du moment où j'aurais à renoncer à tout pour rester fidèle aux miens.

J'abominais Grand de ne pas avoir pu m'obéir et imposer aux autres de m'obéir ; je maudissais Petite de m'appeler Maman ; je reniais Moyen pour sa fidélité obstinée et muette.

Enfin, Moyen ferma les yeux.

J'avançai avec lenteur vers son corps étendu en levant mon célèbre poignard et l'abattis droit dans le dos de Géant. Je hurlai le nom de Balafrée et, quand elle me regarda, je dressai la tête de son amant à hauteur de ses yeux et égorgeai sans faillir le long cou tendre et fin. Puis, je tournai tout autour d'elle, sans me presser, convaincu d'être invincible comme si seule ma lame participait à la réalité de ce monde, distribuant mes coups sans épargner aucun des Estropiés. Je vivais dans une folie étrange. Tout mon corps se mouvait dans le strict accomplissement de mon dessein, précis, efficace, si lent. Je ne percevais du carnage que des visions fantasmagoriques, aussi fuyantes que dans l'ivresse mais parfaitement cohérentes et plausibles. Aucune émotion, aucune pensée ne m'atteignait. J'accédais à cet état de grâce où le temps semble infini, les contingences résolues. Je procédais à ma mission, tout simplement. Si je ne déniais pas le danger, je ne le redoutais pas non plus. Une part de moi restait vigilante, non pour conjurer la douleur, mais pour mener ma tâche à son terme. Combien je chérissais cette condition singulière, cette fluidité du corps, cette humilité de l'esprit, et la distance qui me distinguait de ce monde de chair, de sang et de pleurs.

Au loin, une foule s'assemblait comme le brouillard se lève. Dans mon dos, le roulement des vagues. Je peinais à renaître à cet univers barbare tout entier ligué contre moi.

Ce n'était pas fini. Un des Quatre venait de se joindre à nous. Et j'hésitai. Quelle lame me délivrerait de la nécessité de revenir si je baissais les paupières à mon tour ?

Je ne l'autorisai pas à me priver de conclure mon duel et le tuai. Les yeux injectés de sang ou recouverts du sang des autres, je contemplai Balafrée la rouge, effarée par mon œuvre, qui ne comprenait rien. Combien de morts ? Le dernier des Quatre avançait vers moi, poignardant de gauche et de droite jusqu'à me rejoindre. Vivants ou non, tous étaient ses ennemis.

Alors qu'il se tenait encore à trois pas de moi, sa poitrine accueillit mon poignard juste avant que son bras dressé ne s'abattît pour châtier Grand ou un Estropié, je ne sais plus.

Je me penchai en me rapprochant d'elle et ramassai ma serpette dans la main ouverte de Moyen. Je crois qu'elle pleurait quand je dégageai les mèches qui couvraient sa vilaine balafre. Je ne sais plus. La drogue du combat s'était épuisée, mon corps renouait avec la douleur et dénombrait ses blessures. Ma tête était un océan de haine. Mes yeux étaient brouillés, ma main maculée de rouge. Sa blouse hoquetait, ses bras demeuraient éloignés, immobiles. J'avançais la lame recourbée et usée, adoptant l'angle voulu pour trancher la chair et ravager les viscères. Je ne me souviens ni d'un sursaut ni d'aucune supplique ou plainte. Je ne me souviens que d'une chose, je fermai à moitié les yeux sous l'emprise d'une question qui m'obséda longtemps : avais-je réellement contemplé ce ventre nu ? Mais je les gardai à moitié ouverts et vrillai ma serpette jusqu'à ce que le sang cessât de gicler.

Les cris m'assaillirent soudain. Je redressai la tête et recouvrai avec stupeur la conscience du monde. Une foule effarée avait assisté au spectacle, elle s'était rapprochée avec la prudence des vagues à marée montante ; mais des hommes échangeaient des regards maintenant que le combat était achevé. Bientôt ils viendraient me prendre. Je n'ai pas songé à fuir. Comme un damné, j'ai gueulé : « Ils ne m'étaient rien. Je ne leur avais jamais rien promis. Ils ne m'étaient rien. »

Ensuite, je me relevai et traversai la presse, sans arme. On me laissa passer…

Je ne garde guère de souvenirs des heures qui suivirent. Un seul négrier avait annoncé son départ pour la marée du soir. J'ai regagné une de mes caches dans le secteur du port, je ne sais plus laquelle. J'ai mis des vêtements secs après m'être débarbouillé avec ceux que je quittais. Peut-être me suis-je assoupi ensuite. Ce dont je suis sûr, c'est de la pensée devenue familière qui m'a tourmenté. Depuis que j'avais considéré la possibilité de m'embarquer, je me demandais ce que j'emmènerais. Au début, je n'envisageais que le nécessaire, armes, vivres, habits, et cette question me semblait réglée. Je n'étais pas satisfait, cependant. Quelque chose n'allait pas. Plus aucun objet ne me rattachant à ma mère, il ne pouvait s'agir de cela. Ces dernières années, j'avais endossé tant de rôles qu'aucun ne comptait à ce point ; au contraire, j'aspirais à m'en délivrer totalement. Chaque fois que cette idée m'occupait l'esprit, la serpette finissait par s'imposer. Je n'y associais cependant ni le moment où je l'ai volée ni celui où j'ai percé la gorge de Pue-la-mort, mais la nuit où je me rasai la tête. Quel carnage ce fut… Ma mère me manqua soudain et ce vide immense trouva une étrange résonance au fond de moi : comment m'appelait-elle ? Jamais elle n'avait employé mon prénom, si bien que je l'ignore ; mais, quand elle me lavait ou me soignait, elle usait d'un petit nom qui me comblait… Je l'avais oublié. Comme toutes les mères, probablement, elle en possédait toute une panoplie, mais celui-là comptait pour moi. Pour quelle promesse, cela également m'échappait.

Ce n'est qu'au terme de trois années d'errance sur l'Atlantique, sachant lire et naviguer, que j'ai enfin trouvé l'occasion de mouiller à nouveau à ce quai. Je n'avais pas réussi à croiser la route du dragon de mes sept ans, et j'envisageais de l'attendre ici. Je décidai de mettre mon temps à profit pour achever ma vengeance. Des ennemis de mon enfance, un seul demeurait impuni. Moustique, je volais chaque nuit dans l'antichambre de Geisvatter…

Je n'ai jamais oublié la chaleur de la main de Balafrée enveloppant la mienne, ni la stupeur de son dernier regard. J'avais chassé les Petits de ma mémoire et, avant d'atteindre cet îlot, je ne crois pas avoir jamais repensé à eux. Ils ne m'étaient rien.

IV

L'Île noire

1

Le cahier d'écolier sur les genoux, mains croisées dessus, le commandant Petrack garde les yeux fermés. Il se souvient de tout. Pas seulement du récit de l'enfance du pirate, si laborieusement recopié, mais également des intonations de l'Ivrogne, comme de ses jérémiades quand il réclamait son piteux breuvage. Et du ballet du phare, et du tangage de la barque, et des bâillements peu discrets de Jak. De tant d'autres choses encore, qui tiennent moins au texte qu'à l'odeur défaillante du papier encré ou qu'à la rugosité de la couverture de son registre. Sa mémoire avide s'est élaborée ainsi, tout à la fois celui qui écoute et celui qui raconte, se confondant à l'histoire elle-même, puzzle achevé et pièces éparpillées, acteur scrupuleux de chaque rôle annoncé ou aventurier iconoclaste de tous les autres possibles, mais aussi…

Ses mains s'écartent et il se redresse dans son fauteuil. Pétrifié dans cette posture royale – figure thaumaturgique d'avant les premiers tarots ? –, il inspire tranquillement et profondément. Apposées sur les chroniques dont elles débordent dorénavant, ses mains, à peine tavelées, ne pèsent plus et se décollent légèrement, elles effleurent pour sonder les mots au-delà du commun – des mains de guérisseur.

D'un geste lent et uni, il se masse le bas du visage.

L'amplification du froissement de sa barbe nocturne évoque les vagues roulant sur une plage de galets. S'il chiffonne ses joues et tord son menton, il déclenche la tempête. Il se surprend à sourire.

Petrack rouvre les yeux et, un instant, son bureau – pièce cossue, toute de bois et de cuir, lourdes tentures et reflets cuivrés – lui apparaît comme le bric-à-brac de la grotte aux trésors.

« Trop tard pour grandir... », murmure-t-il en s'ébrouant avec vigueur.

À l'aube de la soixantaine, cet aveu qui ne lui coûte guère l'agace. Quoi ? Ça, une confession ? Non, un réflexe. Une incantation habilement reformulée qui, sous ses allures de boutade désabusée, scelle consciencieusement la porte qu'elle prétend révéler... Parce que, autant l'admettre : la tentation est la même, exactement, à un demi-siècle de distance, de se laisser emporter de l'*autre côté des choses* – de... *décrocher*.

Le commandant Petrack éloigne le cahier sous prétexte de se lever. Quelques pas et il s'accoude au bar où trône encore la bouteille de vieux rhum. « *Bonne idée !* » Sur-le-champ, il décide de revenir à l'Ivrogne et à l'objet premier de cette anamnèse raisonnée.

Anton n'avait jamais cessé de suspecter le vieil homme – quel âge pouvait-il avoir, alors ? À cette époque, la soixantaine semblait une limite coûteuse – d'inventer au fur et à mesure. Petrack n'a jamais démordu de cette réserve. Mais voilà, l'incursion de la dame de carreau vient de changer sa perspective, et ce qu'il a fait – malgré lui ? en raison du *Pourquoi pas* ? – lui impose de ne plus douter de l'Ivrogne. De convenir que sa mémoire était juste, son discours maîtrisé. Difficile de l'admettre après tant d'années de suspicion entretenue. Le commandant écarte d'emblée tout regret quant à la perte de temps et d'opportunité que cette reconnaissance tardive signifie – sa méfiance lui a gâché cinq décennies, cependant ces cinq décennies lui ont conféré des moyens, des connaissances et une patience qui équilibrent les comptes. Bientôt, au petit jour, il pourra – enfin ! vraiment… – *partir*.

« Enfant, j'étais fier de ma lignée. Je m'imaginais sur les remparts de Saint-Malo, admirant mon vaisseau où un équipage fidèle s'activait : nous allions prendre la mer dès la prochaine marée… Que d'aventures mes aïeux m'ont offertes ! Je ne crois pas avoir jamais été aussi heureux que pendant ces moments de pure imagination. Ces heures, Morne-mer, m'ont fait historien : je ne voulais pas que cela finisse… »

En la pesante compagnie de l'*Histoire mondiale de la piraterie*, combien d'heures Anton avait-il passées dans leur repaire secret, à partager les rêves de l'étudiant qui en avait supervisé l'édition – sans le savoir…

Que partagent-ils encore ? Que partagent-ils encore qu'il ignore…

« Mais un historien n'a pas à rêver, poursuivit l'Ivrogne. Il besogne, compulse, trie, juge, certifie ou rejette… Il ne crée rien, jamais. Mon père le savait, il ne m'a encouragé dans cette voie que dans l'attente de ma déception, qui me ramènerait dans le filet de sa succession. Moi, notaire ! Le Pirate Sans Nom est apparu au bon moment, il m'apportait l'espoir d'une autre Histoire… Même quand j'écartais ma trouvaille pour achever magistralement mes études et entrer de plain-pied dans une carrière où l'édition jouerait un rôle non négligeable, je restais intrigué par ce que cette découverte impliquait : nos certitudes les plus établies demeurent fragiles. Si fragiles… Demain, un élément inconnu peut être révélé, et tout, absolument tout changer ! Ah, tenir dans mes mains ce manuscrit, comprendre que le Pirate Sans Nom ne faisait qu'un avec le légendaire Pavillon blanc… Voilà ce qui a changé ma vie, Morne-mer.

« Depuis ce jour, reprit-il après avoir constaté que la flasque de tord-boyaux était déjà vide, je m'y suis consacré entièrement. Pas exclusivement, certes, mais je n'ai pas ménagé mes efforts, parce que c'était toute ma vie, et j'y ai toujours cru... Vois-tu, les cartes du poker partagent bien le don divinatoire du tarot de Marseille, même si j'ai triché et conclu de surprenantes alliances pour découvrir l'Île noire et son Vaisseau ardent. Peu importe... J'étais animé par la certitude inébranlable que je vivrais assez longtemps... Vois-tu, chacun vient en son temps... et pour tenir son rôle, malgré tout. »

Il s'interrompit et ses doigts meurtris jouèrent longtemps avec le goulot de la flasque, comme un musicien blessé qui s'exerce sans y penser. Ses lèvres frémissaient et sa tête oscillait en mesure. Quand il reprit, Anton se demanda si l'Ivrogne s'était aperçu de son silence ; il peina un peu à raccorder ses propos, mais il s'abstint de lui en faire la remarque.

« Je suis trop vieux pour un nouveau voyage ; ces derniers mois m'ont beaucoup coûté... Oui, tellement... La vieillesse, tu sais, la vieillesse nous a rattrapés, si vite, pour nous jouer ses vilains tours, comme à tout le monde. Comme à tout le monde, oui... La tête dans nos rêves, nous nous savions pourtant invincibles, cette quête nous le devait bien, non ? Tu ne crois pas ? »

L'Ivrogne s'abîma dans ses souvenirs, perdant une fois de plus le compte du temps. Il avait parlé de moins en moins vite, comme s'il peinait à conclure une histoire entamée depuis trop longtemps, répétant des généralités, revenant sur d'anciens épisodes. Il manifesta soudain l'envie d'ajouter encore quelque chose, prit une première respiration, puis une seconde, mais il se tut finalement. Des larmes perlèrent de ses paupières, mais il avait si souvent les yeux larmoyants. Il s'obstinait à scruter le phare...

« À présent... Je ne suis plus vraiment le même, Morne-mer... Je contemple l'horizon comme si je n'avais qu'à tendre la main pour en caresser la frange, mais je ne vois plus si loin. Nous... Mes yeux se brouillent... À boire, matelot. À boire... »

Il porta son regard sur Anton à la manière d'un aveugle, ou d'un fou, ou d'un homme qui se noie dans ses propres pensées et qui rate la bouée toute proche… Il n'attendait ni approbation ni écoute.

L'enfant lui tendit une bouteille sans davantage se faire prier : il n'avait aucune envie d'affronter les questions que ces confidences sentimentales et ce « nous » impromptu insinuaient. À onze ans, le regard d'un vieil homme sur sa vie ne vaut pas la peine d'une minute. Pourtant, il avait consciencieusement noté cet aparté – des propos plutôt déplacés, typiquement des paroles de vieilles gens, quand la dignité s'estompe, qu'elles confondent souvenirs épars et sensations présentes, et les expriment sans plus de retenue que des petits enfants. Rarement l'Ivrogne lui avait paru aussi sénescent.

L'Ivrogne porta le mauvais rhum à ses lèvres et ne l'en écarta pas avant qu'il soit intégralement englouti ; il but avec une extrême lenteur. Anton le laissa trinquer à ses secrets – des secrets que le commandant, parvenu à un âge voisin, vient d'apprendre et dont il mesure l'ampleur, des secrets qui expliquent les bijoux, le coffre et le cendrier aux deux sirènes, et encore le récit fait au jeune voleur.

2

Au matin, lorsque Anton termina de relire ses cahiers, moins d'une heure de sommeil lui restait due. Assis dans son lit, aussi peu renseigné qu'au début, il fulminait. Sa frustration n'avait cessé de grandir durant la nuit, elle cherchait sa proie.

Elle planta ses crocs si fermement dans l'enfantillage qu'il se reprochait de toute éternité, et qui prit la forme de la grotte aux trésors, que la douleur l'apaisa.

Le mot aussi l'obnubilait depuis toujours, se dérobant à toute analyse. Les six lettres accolées le défiaient sans délivrer la moindre image, mais à chaque évocation elles le réduisaient à cet état révoltant de manque. « Trésor » : le terme constituait l'énigme en soi. Et une promesse au-delà des dictionnaires. Abondance, prolixité, exotisme. Outre toute comptabilité. Objets rares pétris d'histoires, frontières franchies au péril de sa vie, tabous redoutables abattus, mystères révélés et mystères insoupçonnés. Dangers. Aventures, aussi…

Pourtant, avec quelle énergie Anton s'appliquait à domestiquer son imaginaire, s'interdisait de *décrocher*, jusque dans la grotte aux trésors où il accumulait les lectures réputées sérieuses. Ni les revues illustrées ni aucun roman n'y avaient leur place. Stevenson ne lui était rien, tandis que Jak en vivait chaque ligne comme s'il appartenait à l'équipage de Flint.

Anton, lui, ne fonctionnait pas comme ça.

À l'âge où les jouets ouvrent les portes du merveilleux, il avait découvert une dimension secrète dans les objets les plus usuels – sous les couches de peinture qui arrondissaient les angles de la crémone se cachait un visage impavide, qui attendait ; les fourchettes provenaient des fossiles d'une faune arachnéenne ; les casseroles s'entrechoquaient les nuits d'orage jusqu'à embraser certaines maisons… Pourquoi se serait-il contenté d'user à son tour des jouets marqués par deux générations de frères, voiture cabossée à trois roues, ours borgne aux jambes lacérées, grue bancale et décolorée ? Sans strates ni stigmates, hors rivalité, les ustensiles de cuisine ou les accessoires domestiques les plus anodins constituaient la frange d'une jungle vierge, un monde que lui seul connaissait, l'*autre côté des choses*.

Réalité et imaginaire empiétaient l'un sur l'autre, tout s'ordonnait dans une confusion qui apparaissait aussi tangible que le premier souvenir d'un rêve nocturne, à la fois insensée et vécue. S'il se laissait aller – s'il se laissait *partir* –, alors, Anton *décrochait*. Il avait beau savoir qu'un train ne vole pas, il devinait la présence d'un mécanisme le liant aux rails ; un simple caillou sur une courbe de la voie ferrée, et la bête hurlante s'élève dans les airs – où sa traînée de fumée se disperse en nuages. D'ailleurs, comment expliquer autrement les nuages ?

Selon ses frères, avec qui il avait tenté de partager son intimité avec l'état féerique de l'univers, Anton était fou, définitivement, puisque les fous voient ce que les autres ne voient pas. Aussi, à la veille de franchir le portail de l'école primaire des garçons, il décida de grandir, et donc de s'instruire. En quelques semaines, il était devenu le premier de la classe, dans toutes les matières et sans discussion, et l'était resté jusqu'à la remise des prix, dont il avait rapporté plus de livres qu'il ne pouvait en porter. De retour à la maison, il s'était installé sur son lit et avait ouvert le plus gros des ouvrages, censément le plus important. Consacré à la mythologie, il traitait de l'Olympe et des croyances grecques. En exergue, Montesquieu affirmait : « Les premiers Grecs étaient tous des pirates. »

Mais ses frères l'avaient alors rejoint dans leur chambre commune pour redoubler de méchanceté : prétendrait-il lire tous ces livres cet été ? « Non... Il y a de jolies images. »

Quelle leçon ! Être le meilleur ne lui valait pas davantage de respect qu'être le dernier – il demeurait le plus petit, la proie, la victime désignée. Tous ses efforts, résolutions et stratagèmes n'avaient servi à rien. À trop avoir voulu préserver sa différence, il se retrouvait au même point qu'auparavant.

Dorénavant, décréta-t-il alors, il imiterait donc ses frères, pour qui tout semblait simple, égal ; il ne ferait plus rien comme avant, il se mêlerait aux autres, il irait jusqu'à jouer avec eux ; bref, Anton adopterait le comportement que chaque parent est en droit d'attendre d'un enfant de son âge. Ce qu'il s'obligea à réaliser : tout un été, il devint un enfant exemplaire.

En conséquence, il découvrit l'ennui.

C'était quelque chose d'effroyable, un vide qui le broyait de l'intérieur, un dépérissement intolérable. Ses frères ne l'en appréciaient pas davantage, mais ils le remarquaient moins.

À l'école, cette précaution coûteuse lui assurerait du moins une paix royale. Ainsi, il ne désira plus briller en classe, il ne prétendit qu'à la tranquillité, ce qui revenait à gommer tout ce qu'il avait de remarquable – de différent. La stratégie était banale et imparable. Ni bon ni mauvais. Ni rapide ni lent. Jamais le premier et jamais le dernier. Studieux, mais pas trop ; rêveur, mais à peine. Compensant une infime régression par une légère progression ;

accordant aux autres de l'aider, de le soutenir – mais jamais de le sauver, sinon ils s'en souviendraient. Il allait disparaître. Impalpable. Il serait *invisible*.

La plupart des matières se pliaient admirablement à cette discipline – algèbre, histoire, géométrie : un et un font deux ; 1107 avant 1948 ; un carré possède quatre côtés. Sa mémoire était déjà à même de retenir l'essentiel sans y prêter attention – tout le temps gaspillé par ses camarades à apprendre, il en disposait pour *décrocher* avec retenue. Tandis qu'un Anton automate écarquillait les yeux et hochait régulièrement la tête, comme un enfant qui peine à suivre le rythme de cette nouvelle classe, l'autre pouvait *partir*...

Avec les années de recul, le commandant Petrack se félicite de cet apprentissage tortueux, car tout enfant il avait réinventé l'un des systèmes les plus sophistiqués de l'art de la mémoire, lequel consiste à disposer les choses dans des pièces familières en les liant par une histoire aussi personnelle et individuelle qu'un souvenir intime dans lequel on prend plaisir à déambuler. Anton avait substitué aux pièces des univers entiers, et il les avait rattachés en empruntant l'autre aspect de leur réalité, en *décrochant*.

La nuit également, il savourait pleinement le sentiment délicieux d'être cet Anton insaisissable, et s'endormait après de longues lectures aussi clandestines que documentaires. Cependant, si à chaque rentrée automnale il demeurait fidèle à sa résolution d'invisibilité scolaire, l'emprise nocturne exerçait sur lui une influence de plus en plus singulière – il se surprenait à d'inédites aspirations, en proie à d'autres urgences. Hélas, il ne savait pas encore lesquelles.

Avec l'âge, ses métamorphoses noctambules le déliaient des dernières réserves réalistes comme de leurs transpositions féeriques : il devenait les choses. Élément, paysage, objet, tour à tour tempête ou soleil, désert ou océan, château ou navire, Anton leur insufflait la vie, ou, plus précisément, dévoilait celle qui échappait aux autres. Cette enivrante sensation de liberté – totale, absolue, sans concession – s'accompagnait d'émois impérieux plus difficilement compréhensibles. Il peinait à les définir lui-même. *Tumulte*.

Tumulte était le mot qui convenait le mieux à cette agaçante et irrépressible tension physique, cette envie de bouger, de se dépenser, qui mobilisait peu à peu toutes ses aptitudes, qui s'arrogeait ses muscles comme ses pensées, qui l'entraînait inexorablement vers une transe frénétique où sa force décuplée se révélait enfin pleine et entière, surprenante, mais exigeait alors une étonnante débauche de violence qui le laissait épuisé au matin, et parfois irrité, comme si ce n'était pas assez.

Vers ses dix et onze ans, il avait répondu à cet appel insidieux qui voulait qu'il vécût cette exaltation, qu'il la réalisât, l'assumât, la tarît. Ainsi, parvenu au terme d'une évolution où toutes ses capacités, et en premier lieu sa faculté d'imaginer les choses, de les penser autrement, se rencontraient, se mêlaient et se concentraient afin de *domestiquer* réalité et imaginaire, il était devenu le voleur du port... Un pirate.

Et puis était venue la fameuse nuit où il avait entrepris de retranscrire le récit de l'Ivrogne. Les propos du jeune pirate hollandais au sujet du sloop qui mouillait dans le port le soir de ses sept ans l'avaient marqué. Il en avait rêvé, ou plutôt il avait rêvé qu'il était ce sloop à gueule de dragon. Il défiait les mers boréales, le ciel le bombardait de boules de feu. Réduit à l'état de squelette, ses voiles déchirées, son pont en flammes, il avait sursauté, transpirant, haletant, pour la première fois conscient de son sexe durci.

Les autres nuits de transcription ne se révélèrent pas plus paisibles, ni ses rêves moins confus. Ils l'entraînaient invariablement au cœur d'une tempête – sa coque fut broyée trois fois par les vagues, à deux reprises son mât brisé. Au milieu de la nuit, il se réveillait en proie à une angoisse profonde. Son corps brûlait et il avait froid. *Feu et Glace*.

Au moment de sombrer, il entrevoyait au loin le soleil renaître et embraser un horizon de banquise. Cette vision incongrue l'avait aveuglé comme lorsque, tout en écoutant l'Ivrogne, il fixait trop longtemps le phare, plein nord…

3

Anton se laissa submerger par la somnolence matinale. Ses pensées s'échappèrent pour se glisser dans les eaux qui caressent le rivage – ni vraiment la mer ni vraiment le sable, là où des créatures extravagantes s'aperçoivent traversant l'écume, et disparaissent, dans ces confins où l'on peut nager, plonger à leur recherche. Puis, trop tôt, comme un rayon de soleil filtre brutalement à travers la fissure des volets et expose une myriade de poussières en suspens, prisonnières d'une tranche de lumière aveuglante – bruits de petit déjeuner, maître prononçant son nom, course dans la cour de récréation –, toute la réalité du monde s'imposa lourdement, exigeant de l'admettre, ordonnant de se lever.

Il décida de traîner encore un peu.

S'accorder ces quelques minutes le soulagea de sa déception et il fut tenté de céder à son épuisement, de dormir réellement, même brièvement. Mais il risquait de ne pas se réveiller de lui-même, et il n'avait aucune envie des remontrances maternelles. Peut-être pouvait-il juste somnoler… Il ferma ses yeux et se pelotonna, s'accrochant aux draps pour les ramener sur sa tête. Aussitôt, dans cette ultime bordée de songes éveillés, il redevint le jeune pirate et, penché sur le côté, il laissa sa main effleurer la mèche si légère et soyeuse, puis l'écarta pour dénuder la balafre.

Anton ne connaissait pas de fille de son âge. Il évita de penser qu'aucune ne s'intéresserait à lui, parce que trop petit, et chercha quelque chose de chaleureux qui prolongerait son trouble.

À quoi ressemblait Balafrée ? S'il pouvait encore rester au lit, ne serait-ce que dix minutes, il finirait par discerner son visage – enfin. Des fragments de tableaux, le drapé d'une statue d'une sainte dont le modèle devait avoir à peine seize ans, mais surtout une publicité à l'encre de Chine qui présentait une gaine renforcée sur une silhouette vaguement esquissée au fusain, se précipitaient derrière cette fugitive apparition – comme des ombres chinoises d'un branchage lubrique, trop volatiles pour satisfaire.

Sa mère cria, pour la seconde fois.

Se lever. Se laver. *Fuir ?*

À qui confesser ce désarroi d'entre les jambes ?

Plus âgé, volubile quant à la question, Jak annonçait crânement quand il bandait, se vantait de se branler, connaissait tout ça : des clients de la taverne lui racontaient des choses. Un soir, contre seulement un verre de vin, l'un d'eux lui avait montré un jeu de cartes aux figures obscènes. Il les décrivait tout le temps, et plutôt confusément… En cela, hélas, Jak ne se distinguait pas de ses frères. Leurs sempiternels bavardages n'aboutissaient qu'à obscurcir le mystère. Anton n'avait personne à qui parler – Anton n'avait envie d'en parler à personne.

Il s'habilla, finalement. Mais, parvenu au seuil de l'école, il s'arrêta, incapable d'entrer. Franchir cette porte revenait à se fondre dans le moule, à faire *comme si*, jouer l'apparence de l'élève docile tout juste passable, demeurer comme eux, encore, toujours comme les autres. Cette perspective raviva sa mauvaise humeur et il rebroussa chemin.

Il devait voir l'Ivrogne, seul à seul. Oui, ils avaient

des comptes à régler. Et, non, il ne mâcherait pas ses mots.

Trouver le vieil homme de si beau matin ne fut pas une entreprise facile. L'emplacement où Jak affirmait qu'il cuvait son vin se révéla vide, rien ne le signalait vraiment comme un abri familier de l'historien, hormis quelques cadavres de litrons bon marché et une trace évidente de vomissure.

Sa tête était trop connue sur les deux ports pour permettre à Anton de traîner longtemps dans les parages un jour de classe. Rejoindre la grotte aux trésors ne relevait pas seulement d'une idée stupide, mais déplacée : se cacher pour lire ne résoudrait rien. Et pour ressasser quoi, sinon les mêmes définitions obtuses de dictionnaire ? Il ne gâcherait certainement pas sa seconde journée d'école buissonnière solitaire à déchiffrer les mots : érection, masturbation, procréation. Il ne tomberait pas dans ce refuge facile – le simple fait de l'avoir un instant envisagé l'écœurait. C'était effrayant : avec la puberté, il ressemblerait de plus en plus à ses frères. Il finirait comme Jak qui tournait et retournait le cendrier dans ses mains, repassant ses doigts sur les sirènes sans plus s'en rendre compte.

Où pouvait-il se rendre pour célébrer dignement le cap de l'adolescence, seul et d'humeur maussade ? Il se dirigea vers la vieille digue, que même les pêcheurs évitaient depuis l'agrandissement du port, là où il lisait parfois avec Jak. À son extrémité, l'ancienne balise, qui semblait minuscule maintenant, offrait sa carcasse blanchâtre aux embruns, qui la modelaient à leur manière. Cette promenade portait officieusement le nom d'Au bout du monde, probablement pour le jeu de mots qu'il autorisait aux couples et aux familles qui l'empruntaient le dimanche ou les soirs d'été. Des fientes de mouettes maculaient l'allée aux pavés disjoints, gorgée d'une eau saumâtre. Le portillon clair aux coulées de rouille n'avait pas encore capitulé, mais il avait essuyé plusieurs tentatives pour le forcer et un gond avait finalement cédé, celui du bas. Il bâillait légèrement et il était possible d'explorer ses entrailles à tâtons. La milice l'inspectait de temps à autre pour sonder cette cache qu'Anton le voleur s'était abstenu d'utiliser, ne serait-ce que provisoirement.

Au bout du monde, le dos à la civilisation, il se réfugierait dans ce renfoncement discret, les pieds au-dessus des vagues, le regard vers la mer. Personne ne le verrait. Il pourrait dormir, se toucher, pleurer même, s'il le décidait ; seul, infiniment seul. Contre tous les autres.

4

Au bout du monde, caché par la construction métallique, l'Ivrogne toisait le large. Surpris, il se détourna après s'être essuyé le visage du revers de sa manche.

« Qu'est-ce que tu veux ?

— Ce que vous m'avez promis.

— Je ne t'ai jamais rien promis, Morne-mer.

— Si, le trésor.

— Le trésor ? Ah, oui. Le trésor… »

L'Ivrogne n'avait pas l'air de meilleure humeur qu'Anton. En serrant les dents pour contraindre au silence l'endolorissement de ses membres ankylosés, le vieil homme se redressa gauchement jusqu'à se retrouver dans une posture approximativement assise – visiblement son épuisement lui ordonnait de s'en satisfaire. Il détendit ses doigts et, la mâchoire de travers et les yeux plissés, il toisait le nouveau phare.

Au moment où Anton allait le relancer dans une explosion de colère – sous le prétexte puéril qu'il avait pris sa place –, l'Ivrogne releva son regard et le braqua sur lui.

« Un trésor si grand qu'il nécessitait plusieurs cachettes, des populations d'esclaves en sentinelles… L'aboutissement de la plus effroyable des carrières… Tu vois ce que je veux dire, tu t'es suffisamment repu de sa genèse sanglante… Mais vois-tu, Morne-mer, le trésor du Pirate Sans Nom n'est plus rien à mes yeux ni dans mon cœur.

— Foutaises !

— Hein ? Oh, je comprends. Cette fortune incommensurable représente tout ce qui a animé la vie de ce capitaine, du moins jusqu'à son manuscrit. Bref, tout ce à quoi l'homme aspire et tout ce pour quoi il gâche sa misérable existence. De l'or… Des tas, des montagnes d'or. De cette chose que renferment les coffres-forts, avec des zéros monétaires jusqu'à l'infini, l'étalon des forteresses bancaires ! Mais ce n'est rien, Morne-mer. Rien qu'un mirage.

— Non !

— Qu'est-ce que ce trésor au moment où le pirate de toutes nos élucubrations s'éclipse ? "L'or n'est rien", écrit-il. Qu'a-t-il découvert de si grand que la fortune fabuleuse qu'il a amassée ne lui est plus rien ?

— Mais on s'en fiche ! Vous tournez en rond ! Vous ne sortez pas de votre propre histoire… Jak a raison, oui, vous m'embobinez, vous m'appâtez en me promettant mille rebondissements. Et puis, rien… Ah, si : une nouvelle de vos petites leçons. Mais je n'en veux pas ! Comment ? Le trésor du plus fameux pirate des Caraïbes ne serait rien ? Combien d'abordages, combien de capitaines, de vaisseaux, d'îles, d'armées d'esclaves ? Et tout cela ne serait rien ? Non… Vous consacrez des années à retrouver ces îles, à tenter de récupérer la fin du manuscrit, et tu me lâches que, finalement, ça n'en valait pas la peine ? Qu'est-ce qui se passe, l'Ivrogne ? Tu perds de ta faconde ? Mon tord-boyaux te noue l'imagination ? Tu te moques de moi, oui ! Si tu tiens encore à écoper mes flasques, il me faut du concret. Quelque chose de palpable. La carte ! Voilà : je veux ce que tu as refusé à Blackjack, je veux la carte. La vraie. Et épargne-moi ta philosophie.

— Ma philosophie ?

— Ta morale, si tu préfères.

— Nous y voilà…

— Oui.

— Et j'imagine que tu n'as même pas apporté à boire… », se contenta-t-il de lui répondre en passant lentement sa langue sous sa lèvre supérieure.

« Trésor contre trésor. Tu as bien pris mes bijoux, tu me le dois. Et sans bla-bla, précisa Anton en refoulant l'envie de le flanquer à l'eau.

— Mais les bijoux n'étaient rien, je t'ai laissé le coffre !

— Une boîte vide, merci bien ! "Je t'ai vu, je n'ai rien dit, mais gare à toi la prochaine fois !" C'est ça ?

— C'est ce que tu crois ? Et c'est ainsi que tu me remercies ? Alors que je t'ai fait le plus merveilleux des cadeaux !

— Un cadeau !

— Soit ! Finalement, tu ne vaux pas mieux qu'un autre : pour toi, un trésor doit briller… Mais, Morne-mer, je t'ai sauvé.

— Sauvé ? De la milice ? Parce que les bijoux me condamnaient ? Il leur aurait fallu les retrouver d'abord…

— Je les ai trouvés !

— D'accord ! Merci ! Mais me laisser la boîte vide… Pas vide, pardon : avec le cendrier. Ne pas oublier le cendrier… Et pour quoi, sinon pour me narguer.

— Pour te sauver.

— Déjà dit.

— Pas de la milice. De toi-même… »

Furieux, Anton se redressa, regarda au-dessus de l'horizon, s'éloigna en direction du port en talonnant les pavés, puis il retourna sur ses pas. Le corps mieux réveillé, le vieil homme s'était calé plus confortablement contre l'ancienne balise – il l'attendait.

« Eh bien, soit, Morne-mer, chassons le trésor, puisque, si jeune, tu as encore du temps à perdre ! Revenons à cette partie de poker où Blackjack m'a volé ma chemise. Il possédait le manuscrit, ou du moins ce qu'il en restait, mais recourait à mes services par le biais de cette mise en scène magistrale : je pouvais en conclure que le pirate n'avait rien écrit qui autorisait à dénicher son trésor. Le seul indice qu'il avait abandonné à la postérité résidait, probablement, dans ses dessins malhabiles de l'Île noire. Telle était ma première carte.

« La deuxième se rapportait à mon adversaire. Deux ans après notre précédente confrontation, je me retrouvais à la même table que Blackjack, précisément le soir de mon retour de l'île fantôme. Cet homme savait exactement ce que je faisais, jour après jour, et cela depuis des années. De son regard, qui luisait de la délicatesse d'un médecin légiste sûr de ne rien extirper qu'il ne subodore déjà, je déduisis qu'il savait exactement ce que je venais de découvrir. Et où.

« Belle paire, non ? Que sondait-il en moi en me reluquant de la sorte, que tenait-il à apprendre par lui-même ? Je tentai de me considérer par ses propres yeux, étrange exercice. Cette nuit-là, le rhum brun des îles avait libéré mes dernières réserves de fils de notaire, et j'avais dansé sur la table… Affligeant spectacle pour un investisseur… Étais-je toujours le génie précoce ou le rhum m'avait-il désormais réellement vaincu ? Ma troisième carte s'imposait d'elle-même : ses espions ne me lâcheraient pas de sitôt, pour s'en assurer. Ne lève pas les yeux au ciel, Morne-mer, et n'imagine pas que je me méprenais sur mon importance. Je n'étais rien, rien qu'un petit pion, mais je soupçonnais Blackjack d'entretenir tout un réseau d'informateurs besognant à mille et une minuscules missions routinières dont je n'étais qu'un pâle item. Ainsi, ma tierce m'annonçait que le matin où j'afficherais un nez moins rouge qu'à l'ordinaire, il le saurait, et dans l'heure.

« L'art du bluff ne consiste pas tant à deviner à quelle histoire l'autre aspire qu'à improviser sur son propre thème pour l'amener à prendre la décision souhaitée. Les attentes de Blackjack étaient claires et la tentation de puiser dans ma fantaisie théâtrale puissante. Mais… était-ce bien là ce que je désirais ? La question m'a interpellé en pleine danse et la réponse a fusé aussitôt : du répit. Tout ce que je voulais, c'était un peu de liberté, de calme, de temps à moi, pour moi. Ce n'est jamais un but en soi, remarque, juste une étape, mais j'en avais soudainement besoin, tellement besoin… Je te mentirais, Morne-mer, si je prétendais que cette pensée a dicté la suite des événements. Disons… que ma bonne étoile m'a entendu. Blackjack n'en avait pas fini avec moi, mais il m'a donné l'occasion de rebondir – et le prétexte de choisir ma quatrième carte.

« En me tabassant pour ne me dérober, finalement, que ma chemise à fleurs, il m'offrait de mettre en scène une prise de conscience, à ma manière… Plus de pitreries, mais une longue dérive larmoyante, tout entière consacrée à écouler les excédents de canne à sucre des Caraïbes… Je m'épanchais donc auprès de mes confidents de comptoirs, je pleurnichais sur ce bel avenir gâché, je redoublais de résolutions improbables. Une chaire m'attendait à la Sorbonne, ma famille me soutiendrait, du moins ma mère comploterait pour qu'on m'accorde une dernière chance, la toute dernière… J'avais tant à déplorer… C'est un jeu bien dangereux, vois-tu, que de dire la vérité pour mieux égarer ceux qui t'écoutent… Périlleux exercice, oui. La sincérité qui émeut le public peut terrasser l'acteur. Je projetais de me détruire à force de lucidité, d'avouer des truismes si cruels que seul le rhum me sauverait. Attention, j'étais honnête. Peut-être ne disais-je pas tout, mais je pensais ce que je disais… À un tel point qu'il me devenait difficile, quand je levais mon verre, d'affirmer qui j'étais : celui qui buvait, celui qui faisait semblant d'être celui qui buvait, ou encore celui qui les regardait tous les deux boire, effectivement ? J'allais sombrer, matelot, je devais vraiment sombrer… »

L'Ivrogne passa sa langue sur ses lèvres sèches et plissa les yeux.

« Qu'avez-vous fait ?

— Oh…, répondit l'Ivrogne que ce retour au vouvoiement touchait plus que de raison. Au moment du plus profond désespoir, quand tout te semble hostile, il y a toujours une opportunité de clairvoyance qui se présente à toi – si du moins tu acceptes d'en jouer le jeu selon ses règles inflexibles : sois honnête et humble, écoute tes secrets les plus misérables. Je l'ai fait… La réponse tomba sans équivoque, et je la gardai pour moi, précieusement. Elle éclaire toujours ma vie, bien que… »

L'Ivrogne renifla et regarda Anton pour lui sourire.

« Je ne tenais à rien, ni au rhum ni à la Sorbonne, mais seulement à l'île fantôme… Je devais m'y rendre. Pas pour y trouver quoi que ce soit – et encore moins un trésor ! –, il le fallait. Voilà tout. Il le fallait… C'était… Parfois… Vois-tu, Morne-mer, c'était ça que je devais faire. Ma main était complète… Je devais le faire.

« Cette évidence limpide a tout changé. Je poursuivis ma comédie de comptoir et je contactai sans plus tarder mon éditeur pour le supplier de m'avancer l'argent de mon retour en France… Cette demande ne visait qu'à achever de convaincre Blackjack de ma comédie. Il ne relâcherait pas pour autant sa surveillance, elle ne lui coûtait rien : il n'y avait pas un bar qui ignorât quoi que ce soit de mes projets, pas un qui ne constatât ma pitoyable et irréversible déchéance… Je souhaitais qu'il abandonnât jusqu'au dernier espoir de m'exploiter et qu'il se pressât de moins en moins pour lire ses rapports. Mais je suppose qu'il a appris avant moi le refus poli de mon très cher éditeur… Même si mon recueil de légendes revisitées se vendait mieux que je ne l'avais imaginé, l'occasion était trop inespérée pour qu'il ne retournât pas la situation à son seul avantage. Ce cher homme me proposait donc une nouvelle collaboration, laissant entrevoir une rétribution réellement motivante, dont, toutefois, il ne précisait point le montant. Cependant, et, cela, il le précisait plutôt trop clairement, inutile d'escompter un centime d'à-valoir avant d'avoir tout achevé ! Ainsi, Blackjack me savait condamné à exécuter mon contrat avant d'envisager regagner la mère patrie… J'étais encore ivre et ma bonne étoile ne m'avait pas perdu des yeux : mon éditeur m'imposait des recherches qui me conduiraient à travers toutes les Caraïbes ! Quel atout entrait dans mon jeu ! Mes cartes étaient les bonnes ! J'allais enfin pouvoir naviguer de nouveau sans avoir à me justifier…

— Quel était ce travail ? s'empressa de demander Anton.

— Je devais réunir une documentation précise, particulièrement détaillée, pour le roman d'un auteur en mal d'inspiration. L'éditeur me fournissait la trame de sa mauvaise fiction, probablement due à la plume d'un autre nègre ; à moi d'y plier l'Histoire et de l'habiller de descriptions réalistes qui frapperaient l'imagination !

— Un roman sur les pirates ?

— Sur quoi d'autre me consulter, Morne-mer ? »

Anton fit la moue. Sa colère s'était épuisée d'elle-même, voilà qu'il avait envie de s'asseoir pour écouter la suite de ses aventures… Jak avait raison, il se laissait manipuler. Mais toute une part en lui refusait de capituler, plus maintenant.

« Mais j'ai soif et tu n'as rien apporté… Reviens plutôt cette nuit avec ta réserve spéciale. Ton rhum dalmate est des plus exotiques, tu sais… Et puis, je suis sûr que ton ami Tempête aimerait m'entendre raconter mon voyage dans l'île.

— Vous y êtes donc retourné ?

— Bien sûr, bien sûr… Morne-mer le bien nommé. »

5

Jak s'était fait prier, et même supplier. Il n'en démordait pas : par sa faconde, oui, l'Ivrogne battait tous les piliers de bar connus et à venir, mais il jouait bien dans la même catégorie… À quoi bon tenter de le convaincre encore, lui servir son nouvel argument ? Jak ne sentait rien, ne comprenait pas. Il restait réfractaire à cet appel qui bouleversait Anton confusément, qui l'incitait à *partir*, qui lui interdisait de visualiser le mot « trésor », qui lui imposait d'aller sur place constater pourquoi, qui s'emparait de sa puberté et la tordait pour l'incliner à devenir ce que Jak ne serait jamais – un aventurier.

« Tavernier, va…, lâcha-t-il sans se rendre compte qu'il venait de parler à haute voix.

— Quoi ?

— Rien… Si, se reprit-il, je me demandais pourquoi l'Ivrogne t'a surnommé "Tempête"…

— Raison d'ivrogne.

— Tu crois ?

— Et toi, pourquoi "Morne-mer" ?

— Raison de Déchiffreur, peut-être.

— Ça veut rien dire, Capitaine.

— Il est si vieux, et il n'a plus de bateau pour voyager. C'est fini… Parfois, je l'imagine comme une baleine échouée sur une plage, des rêves d'Arctique plein la tête et pas la force d'attendre la prochaine marée. »

Jak gonfla ses joues comme un ballon pour lâcher un sifflement humide qui disait très nettement : « Ouais, plutôt comme un soûlard affalé contre un comptoir... »

Inutile d'insister. Impossible de lui livrer cette révélation récente : pour une raison inconnue, l'Ivrogne l'avait choisi, lui, Anton, dit Morne-mer... « Je ne voulais pas que cela finisse », lui avait-il confié. Et encore ceci : « Je suis trop vieux pour un nouveau voyage. » Il avait évoqué autre chose, également, mais qui échappait à Anton, même lorsqu'il relisait ses notes...

Le vieil homme les attendait, si pressé de commencer le récit de sa propre aventure qu'il en omit une nouvelle fois de réclamer à boire. Dès les premiers mots, Jak tiqua : l'Ivrogne se délectait ostensiblement de sa mauvaise farce, mais il admettait difficilement qu'aucun tavernier ne s'y laissât prendre – comment un ivrogne pourrait-il feindre d'être un ivrogne ?

De bar en bar, le Déchiffreur exhibait le contrat de son éditeur et se répandait en résolutions admirables : il tenait là son ticket pour un retour triomphal à la Sorbonne. Il travaillerait dur et saurait rester sobre ; tout ça n'était qu'une affaire de motivation et, sur ce chapitre, il avait de quoi en remontrer à plus d'un ! Et de trinquer à sa réussite... Le jeune historien développait alors sa méthode pour ses compagnons de tournée, la rodait et la polissait, peaufinant étapes et formules, précisant jusqu'au plus infime détail comment il s'isolerait pour fuir les distractions, combien il parviendrait à se concentrer, à quel point, exemplaire, il allait leur en remontrer à eux, à tous ceux qui avaient osé douter de lui jusque-là... Et puis, un soir, quelqu'un lui demanda : « Et alors, ça a marché ? Ton éditeur va bientôt t'envoyer ton argent ? » La question lui fit l'effet d'un coup de semonce. Le Déchiffreur réalisa qu'il en parlait comme d'un souvenir, pas d'un projet.

« Je pars demain », avait-il répondu en repoussant la bouteille de rhum brun qui traînait sur le comptoir.

« Et tu vas aller où, pour te mettre à l'abri de la tentation ? » lui avait retourné le bistrotier assez haut pour proclamer à la ronde qu'il ne mordait pas à cette résolution d'ivrogne.

Enfin… Depuis des semaines, le Déchiffreur provoquait taverniers et aubergistes dans l'attente que l'un d'eux consentît à lui tendre cette perche.

« Oh, mais je sais où ! C'est une petite île, sans rien, avait-il enchaîné avec un éloquent sursaut de dignité guindée. Pas une auberge à la ronde, pas un péquin ! Ah ! Tu vois, c'est pas des paroles en l'air. Non, monsieur. J'y reste tout un mois, pas un jour de moins… Bivouac et viande séchée, comme au temps des boucaniers. Ça me mettra dans l'ambiance, tu saisis ? Le paysage est superbe, j'y suis déjà allé. Pas longtemps, c'est vrai. Mais cette fois, tout un mois que j'y reste. Peinard… Rien pour me distraire.

— Pas même une bouteille de rhum ?

— Eh ! Pas plus que je ne puis en emporter avec moi, c'est dire… Allez, une petite dernière. Tournée générale ! Ça se fête… »

L'on pouvait rapporter ses propos à Blackjack mot pour mot, ils confirmeraient l'inéluctable déliquescence du Déchiffreur. Bien sûr, pour asseoir la crédibilité de sa comédie, le jeune historien ne pouvait pas embarquer dès le lendemain, il devait traîner encore un peu et s'affairer en grand désordre à préparer son départ. Ce répit imposé lui offrait l'occasion de répondre à son éditeur, il lui permettait en outre d'honorer une amitié sans tricherie qu'il avait nouée depuis peu : le Déchiffreur devait des adieux en bonne et due forme à Madame.

La barrière de l'âge autorise une complicité bienveillante entre une très vieille dame et un très jeune homme, fût-il beau et spirituel, fût-elle élégante et sage. Veuve d'un pasteur presbytérien, Madame – elle minaudait invariablement quand il l'appelait ainsi – effectuait aux Bahamas un pèlerinage aux racines négroïdes de son défunt époux. Son séjour s'éternisait, rien ne l'invitait plus à rentrer. De la terrasse d'où elle prenait l'air, en s'abritant du soleil, au petit salon, d'où elle observait ses semblables s'isoler ou se pavaner, elle ne quittait plus son hôtel. Se rendre à la salle à manger et regagner sa chambre constituaient ses seules promenades.

« Mon cher mari fustigeait les hommes pour qui la boisson est un refuge, il vous aurait grondé.

— Avec raison.

— Croyez-vous ? »

De cet échange fortuit, au détour de son trajet, était née une complicité immédiate. Tout en jouant son personnage, le Déchiffreur lui contait avec espièglerie les légendes oubliées des pirates et des négriers. Elle l'écoutait, un demi-sourire détendant ses lèvres. Malgré tout, le ton familier et délicatement respectueux de son jeune ami la peinait comme la contemplation de l'irrémédiable flétrissure de ses mains : elle était une très vieille dame.

Mais parfois, quand elle fermait les yeux pour mieux voyager à ses histoires, il lui touchait la main comme pour la guider dans ces échappées. Elle n'écoutait pas toujours avec l'attention voulue, elle s'enivrait des fragrances de sa propre jeunesse insouciante. Vingt ans, quinze ans – huit ? Des éclats de rire, des bouffées vertigineuses, de tendres frémissements et d'indomptables et surprenants sursauts. Avec lui, elle redevenait une gamine.

Le charmant garçon refusait de la traiter comme une simple grand-mère, il insistait. Ses pauvres doigts noueux s'étaient pourtant agités au-dessus de la tasse, et avec quelle véhémence, dispersant les volutes de vapeur de jasmin qui parfumaient sa table. « Non, non, non, non. » Rien à faire, il n'entendait rien. Jamais elle n'avait bu la moindre goutte d'alcool, pas même un seul petit verre de brandy. Le révérend tenait des sermons cinglants à ce propos. Elle s'en souvenait, certes. Il employait des mots justes et puissants. Là-bas... Tout cela était si loin... Ses mains parcheminées n'avaient pas formé un rempart efficace. Elles avaient reculé au fur et à mesure que le goulot s'approchait, uniquement parce que, sur le moment, elle avait craint de renverser, et que, depuis toujours, le gaspillage lui semblait la pire des inepties. Il en avait profité pour déverser le liquide brun dans sa tasse. L'odeur l'avait saisie et, d'un geste résolu, elle avait écarté la bouteille. Juste après.

Elle redoutait une réaction alchimique : l'épais nectar plongeant lourdement dans le fond de la tasse pour remonter en tournoyant, abandonnant des spirales mordorées aux forts relents de fumoirs masculins... Il n'en fut rien. La légère rasade se confondait au thé sans le moindre éclat, le doux arôme du rhum s'était aussitôt évanoui... « Je ne sens rien. — Aucune différence ? — Non. Rien. — Il faut en mettre un peu plus. — Non, non, non. — Et comme ça ? » Après quelques jours, ils avaient trouvé le bon dosage : un verre à liqueur pour une grande tasse et encore autant de sirop de sucre de canne.

Bien après dîner, le grog délimitait ses tempes et son front. Ses pensées naviguaient loin des ports et des récifs, modelant des sillages colorés comme si chaque étoile, l'une après l'autre, bariolait le ciel enténébré des lueurs d'un feu d'artifice malouin. Ses insomnies ne la condamnaient plus à méditer sur l'absence ; d'une certaine manière, elle se sentait plus proche de son compagnon. Elle pouvait rester et attendre, le Déchiffreur partir.

« Pouvez-vous faire une chose pour moi ? Pas avant demain, je vous prie. J'ai glissé dans votre sac une lettre que je ne puis poster moi-même. Madame, pourriez-vous rédiger l'enveloppe à l'adresse de l'éditeur dont je vous ai parlé ? Vous vous en souvenez ? Merci. Vous pouvez lire ma missive, elle pourrait vous divertir… Ce soir, je vous accompagne : cocktail jasmin parfum Caraïbe. Oui, oui. Vous avez bien entendu. Ma résolution d'abstinence est indéfectible… Par ailleurs, mais ce n'est pas un secret, j'ai fait embarquer tout ce qui restait de bon rhum sur mon bateau. Je sais : nous risquons la surcharge, mais mieux vaut se noyer ainsi que dessécher sur une île déserte, n'est-ce pas ? »

Elle avait incliné la tête et fermé les yeux. Du jasmin… Son demi-sourire s'était ouvert un instant, puis sa main tavelée s'était posée sur la sienne et ne l'avait pas quittée avant son départ.

6

L'intrigue imposée par l'éditeur cédait à l'imaginaire hollywoodien flamboyant où l'exotisme de la piraterie commençait à faire recette. La couleur n'était pas encore au rendez-vous des salles obscures, mais le son venait d'y faire une intrusion remarquée. Passé l'étonnement des premiers dialogues et de l'élaboration des scénarios qu'ils autorisaient enfin, musique et effets sonores battaient le rappel – canonnades retentissantes, fracas des vagues et tohu-bohu sauvage des abordages… Le réalisme importait moins que le vacarme ; débarrassé des pianistes, le public goûtait avec délice ces nouvelles extravagances de l'industrie du rêve.

Le livre devait abonder dans le genre, l'éditeur ne visait ni l'originalité ni la vraisemblance, mais la mise en scène d'une panoplie d'archétypes sur fond d'horizons lointains – au lecteur de suppléer à la pauvreté du texte par les images puissantes de son cinématographe personnel. Mais le Déchiffreur n'avait cure de ces fantaisies pelliculées, qu'il ne connaissait guère que par ouï-dire.

« Tout m'ordonnait de plier sans broncher, d'accéder avec zèle et empressement aux requêtes de l'éditeur, en digne fils de notaire repentant. Ne pas le contrarier n'était pas seulement l'attitude la plus simple à adopter – ainsi, je n'avais rien à faire, ou presque –, mais la plus sage. Blackjack ne devait se douter de rien. Mais… Je ne voyais pas les choses de cette manière, je tenais à l'Histoire, quitte à jouer sur ses paradoxes et exceptions, et puis aussi à ma fierté. Parce que ce contrat me délivrait de plusieurs années d'errance, il me semblait absolument indispensable d'entamer cette nouvelle phase de ma vie sous de meilleurs auspices que ceux de la licence littéraire. C'était présomptueux, et stupide aussi, certes, mais encore plus nécessaire… Je décidais donc de retoucher l'intrigue, de la refondre du tout au tout. Bien sûr, ce secret ne devait pas filtrer avant que j'aie achevé ma quête, d'où ma précaution de faire poster ma déclaration d'intention par Madame. Ma prudence me parut exagérée, mais cette rébellion minime constituait un indice éloquent sur mes mobiles véritables : je ne regagnais pas l'île fantôme pour rien.

« De mémoire, je disais ceci… »

Mon Très Cher Bienfaiteur,

Mes doléances vous parviendront alors que j'achèverai ce travail, il sera donc trop tard pour les refuser. Ne perdons pas davantage de temps : voici ce que je vais modifier, et pourquoi.

Trop de pirates se sont enrôlés pour s'extraire de la misérable condition ordinaire du marin, laissons cette platitude à d'autres auteurs. Un nombre non négligeable l'a fait par désœuvrement ou pour échapper à la tyrannie d'une épouse trop anglaise, souvent pour ces deux raisons combinées. C'est amusant, certes. Voyons plus loin. Ah, les vrais brigands ! Ceux qui cabotent sur les côtes européennes resteront à jamais des voleurs, des contrebandiers aux maigres butins ; il n'y a là rien à en tirer de très spectaculaire, à moins d'envisager une chronique sordide de la misère des humbles. Ce n'est pas votre propos, n'est-ce pas ? Que proposez-vous encore ? Ah, oui : notre forban rêve d'aventure… Qui ne l'a fait, étant jeune ? Il se rebelle ? Idem. Par contingents entiers, ces recrues faciles ont entendu l'appel du large, plein de mystères et de promesses défendues, et se sont engagées sur nombre de navires, pas tous pirates, pas tous aussi honnêtes qu'annoncé non plus. Jusque-là, nous avons des vocations plausibles, mais dénuées de saveur. Un choix politique me plairait davantage – disons, un anarchiste avant l'heure, par refus des lois, de toutes les lois. Je doute d'inspirer une empathie immédiate de votre lectorat. Alors, que nous reste-t-il ?

Je vous le cède pour anglais, puisque vous semblez y tenir.

La révélation de sa vocation, vous la proposiez tardive. Je vous l'accorde.

Votre idée d'une mutinerie dont il prendrait finalement la tête, de crainte de voir conduits au gibet ces hommes qui ne réclamaient que justice, est d'une beauté poignante, d'une touchante noblesse. Mais, bon… Un pirate qui pleure, ça prête à rire.

J'ai une pire idée : l'amour. Ça marche à tous les coups – et ceci est une vérité historique : tant de grands desseins sont nés du vaudeville…

Je vous entends d'ici reprendre en écho joyeux que c'est également une vérité littéraire ! L'amour en gros et en détail fait le butin des libraires – engageons-nous à célébrer si parfaite harmonie de pensée d'une franche rasade de rhum à mon prochain, très prochain passage…

Certes, les amours des pirates donneront lieu à bien des ballades improbables. Par nature, le gueux des mers refuse toute attache (même s'il s'en trouve qui, fortune faite, se découvrent une vocation de propriétaires terriens et cultivent en bons notables la canne à sucre – leur production de rhum n'en est point déméritée, j'en atteste). Quand le pirate largue les amarres de son passé, ce n'est pas pour se construire un autre avenir. Seul il se veut, seul il mourra. Mais… l'amour ne se commande pas… Ce paradoxe ouvre une voie dans toutes sortes de déchirements, épiques et romanesques à souhait. Lâchez la laisse à l'un de vos sbires pour broder sur mes notes, il gagnera bien sa pâtée.

Mais n'en démordez pas : qu'il me lise, sinon je rentre et je vous mords, tous.

Bref, notre héros est encore un brave lieutenant anglais de la marine marchande lorsque son somptueux bâtiment se voit pris en chasse par un brigantin misérable, battant pavillon noir. Pour situer la témérité du pirate, reprenons l'exemple de Robert Surcouf abordant le *Kent*, gros et gras. Afin de séduire votre lectorat français, je propose de faire partager à notre audacieux pirate l'origine malouine de son modèle (ça, vous me le devez bien – et ça ne vous coûtera rien).

La lutte peut s'éterniser tout un chapitre, si vous y tenez. Poursuite, manœuvres d'approche, un peu de canon, un coup de vent, un récif si besoin : les occasions de retarder l'affrontement ne manquent pas et il y a matière à glorifier le combat. Épicez ce passage d'un déluge de terminologie marine, si vous voulez. Ce qui m'importe, c'est l'attitude du lieutenant pendant le duel. Son regard change. D'abord vaurien, le pirate devient à ses yeux un adversaire aux mille talents – habile tacticien, excellent marin, officier intrépide et… têtu comme un Breton !

À cet instant tragique où sa vision du monde bascule réellement pour la toute première fois, patatras, voilà son propre capitaine escoffié. Je vous abandonne le comment (épée, boulet). Le commandement lui échoit au pire moment de la bataille – car tout est d'ores et déjà perdu. C'est lui qui, désormais, doit capituler.

Étant le plus gradé des survivants, le voici donc otage sans illusion. Sa famille n'est pas riche à ce point et son armateur guère pressé d'accepter une première négociation. S'il faisait lot commun avec le bateau ou sa cargaison, peut-être garderait-il un infime espoir, mais ce n'est pas le cas. Son honneur, déjà écorné par sa première décision en qualité de capitaine, s'écroule encore lorsqu'on lui enjoint de diriger le rapatriement du navire confisqué, sous vigilante escorte. Dans un regain de dignité rigide, il refuse ; mais le pirate ne l'entend pas ainsi : il menace de tuer chacun de ses hommes s'il ne s'exécute pas immédiatement. Qui, au pays, retiendra qu'il n'a obéi que contraint et forcé ? Qu'en sera-t-il de son nom ? Cette déchéance est nécessaire, je connais mes classiques. Notre héros entame sa quête.

Pendant ce voyage, il commande à un équipage

mixte (marchands et forbans, notez bien) – astuce qui nous autorise à mettre en scène autant de particularités de la vie des pirates des Caraïbes qu'il vous faudra de pages. Les parallèles avec les us et coutumes de la marine britannique seraient plus attractifs si nous l'envisageons par quelques portraits joliment tournés – inutile, pour cela, de se creuser la tête : les candidats malheureux à la postérité sont légion, les plus représentatifs n'étant pas les moins pittoresques. Donnons-leur une chance de tutoyer l'immortalité – voilà l'avantage de s'adonner à (l'étude de) la piraterie, l'ennui ne dure jamais (trop) longtemps.

Attention, cependant. Ces portraits visent à ébranler sa conception du monde, pas à laisser accroire à une sympathie latente envers les gueux des mers. La haine des flibustiers ne tient pas aux faits qu'on leur reproche, mais aux choix qu'ils ont osés – sinon pour le devenir, du moins pour le rester. Les connaître ne les rend donc pas plus aimables, mais nous confronte à ce que nous sommes. C'est l'histoire du miroir de la salle de bains : nous triomphons à patauger, mais quand nous nous séchons, la buée s'estompe peu à peu et nous expose à cette image surprenante de nous-mêmes, cet autre nous, tout nu, mouillé, propret…

Premier chamboulement de ses certitudes : ces vauriens ne se révèlent pas perpétuellement en état de barbarie. En fait, ils n'atteignent pas cet état ni plus aisément, ni plus durablement, ni même plus durement, que n'importe quel soldat en guerre. Encore que le soldat puisse espérer, s'il survit, rentrer parmi les siens pour oublier. Autre chambardement : les pirates n'oublient rien de leur vivant. Voilà pourquoi ils sont si volontiers conteurs : aucune terre ne les attend, leur royaume déborde sur l'imaginaire par nécessité. Pour eux, la Tortue n'est qu'une escale, un prétexte d'auberge et de marchandages.

Grand moment : notre bel Anglais s'interroge. Car ces marins, aussi efficaces que d'autres, demeurent libres et respectés, ce que d'autres ne sont pas. Ils se battent pour un peu d'or, certes, qu'ils dilapident en une nuit, sans morale. Et ils bâtissent leur gloire sur la terreur – les plus effroyables sont les plus populaires ! Mais ils peuvent (certains, pas tous) punir de mort le viol d'une prisonnière. Et si l'un d'entre eux se retrouve dans le besoin, les autres partagent avec lui sans comptabiliser sa dette. Le thème de l'honneur (j'y reviens) se mesure à sa propre histoire. Lieutenant, notre héros a souvent condamné des hommes au fouet, pour avoir tardé à lui obéir ; soldat, il a pillé quelque ferme isolée avec ses camarades et, autre butin de guerre, violenté ensemble les deux femmes qui y vivaient ; homme, avec son capitaine il s'est divisé les bénéfices occultes de la traite : solde des marins morts et vente des enfants nés pendant le voyage… Rien de glorieux, certes ; mais rien qu'un autre n'ait commis. Alors, les pirates qu'il côtoie sont-ils les pires des vauriens ? Ou, comme ils se nomment – en anglais –, des gentilshommes de fortune ?

Coup de théâtre (il était temps, mais les lecteurs méritent mieux que la précipitation), le lieutenant s'ouvre de son trouble au chef pirate. Or cet aveu plaît au forban. L'homme lui plaît encore davantage. (J'abandonne aux bons soins de vos nègres de gratter sur l'ambiguïté de la scène et ne doute pas que la censure les précède. La sexualité sur un navire vaut celle d'une caserne, elle s'inscrit dans un genre littéraire qui partage avec la piraterie l'irrespect des lois. Allons, soyons grivois !) Le capitaine bâillonne son prisonnier d'un baiser fougueux et bloque ses mains sur sa poitrine… Que les censeurs se reboutonnent, le capitaine est une femme.

Les femmes ne sont pas légion parmi les pirates. À bord, c'est un domaine exclusivement masculin – leur sentiment de liberté est à ce prix ; si les pirates aiment, c'est à terre. Les rares flibustières qui avouent leur féminité se doivent de vivre en homme et toute fornication se voit sévèrement punie. Quelques-unes s'illustrent comme capitaines sexuées, et pas des moins redoutables. En cela, rien d'extraordinaire : à la Sorbonne, c'est pareil.

De loin, je préfère que mon capitaine préserve son secret et ne le partage qu'avec le beau lieutenant anglais. Là encore, je laisse à d'autres les menus plaisirs des descriptions filigranées des ruses domestiques autorisant les charivaris et autres roulis-tangages amoureux.

L'une des conséquences – mais peut-être aussi l'une des conditions – de la solitude du pirate est de ne pas fonder de famille. Plus de parents, pas d'enfant. J'aimerais trouver un biais pour rattacher ce concept à l'absence de sépulture, je vais y réfléchir. Comme celle de tout marin, la dépouille du pirate est confiée à la mer – pas à la terre, pas aux flammes. Nul monument pour commémorer cet homme, personne pour conserver sa trace. L'historien qui se cramponne en moi reste troublé à jamais par cette dimension de la piraterie : pas d'héritage, pas d'héritier.

Voilà pourquoi, malgré l'usage de simples et maintes précautions, la belle se retrouve enceinte.

Révéler sa féminité à son équipage passerait, mais pas sa grossesse. Les suffragettes apprécieront – pour maintenir son rang, elle s'exile. Elle doit donc quitter la mer et regagner la terre ferme, y cacher son état. Première escale à l'île de la Tortue. Pendant le voyage, elle recommande l'ancien prisonnier à son équipage, qui l'accepte comme simple marin – un nouveau compagnon vaut bien une rançon. À lui de faire ses preuves et de mériter leur vote, s'il désire un jour les commander !

Mais la Tortue regorge de flibustiers et, si elle y demeure trop longtemps, son secret sera bientôt celui de Polichinelle. Elle embarque à nouveau pour une destination plus discrète où son lieutenant pourra venir la retrouver sans éveiller les soupçons. Las, un ouragan dévie sa route et son navire échoue sur un îlot inconnu. Y vivent quelques boucaniers, qui se font parfois naufrageurs. Ces chasseurs épargnent la femme, pas les autres marins. Ils sont assez nombreux comme ça. S'ils comptaient s'amuser, leur « invitée » a tôt fait de les faire déchanter. « Un duel à la pirate vous plairait, couteau dans une main et pistolet dans l'autre ? Cela peut se faire. »

Tandis que son cher et tendre course l'Espagnol (il ne peut s'en prendre à ses compatriotes et ne se risquerait pas à nuire aux intérêts d'un cousin de sa belle, alors que les Espagnols sont les ennemis de tout le monde…), elle accouche d'une fillette, qu'elle élève comme un enfant libre – elle nage, elle chasse, elle grimpe, elle chante à tue-tête, elle ferraille contre tout ce qui bouge ou pas. Tout le portrait de sa mère (et la digne ferveur du père).

Point d'intrigue sans frisson – la mère doit mourir, la fille doit souffrir. Un jour, alors que la fillette explore une grotte, avec deux boucaniers qui la vénèrent comme une naïade, et se perd avec délectation dans ses méandres enténébrés, des mercenaires espagnols débarquent dans l'îlot et exterminent la bande de boucaniers qui ne peut leur offrir qu'une maigre résistance. Ils saccagent leurs installations, détruisent la seule embarcation et s'en vont...

Peine et colère des survivants impuissants (je vous laisse régler ce nouveau poncif).

La fillette n'a de cesse de grandir, ses deux amis vieillissent plus vite encore. Ils lui apprennent tout ce qu'ils savent, de la cuisine où ils officient en experts aux armes où leur art se limite à l'usage de leur long fusil sur des cochons qui ignorent où fuir et des oiseaux qui reviennent, obstinément, couver leurs pauvres œufs.

La petite devenue grande renouvelle chaque soir dans les faisceaux de lumière du soleil couchant son serment de vengeance sur le médaillon qu'elle a retiré du cou de sa mère défunte avant de livrer son corps à la mer.

Si vous le désirez, il faudra donner à ce médaillon une histoire bien avant ce passage (lors de la scène du baiser avec le lieutenant, par exemple). Il porte des initiales qui ne signifient rien pour elle (sa mère ne lui a rien révélé sur son père, se réservant de le faire quand leur fille aurait atteint l'âge de comprendre ou qu'un heureux sort leur aurait permis de quitter cet îlot).

À l'âge d'être femme, la fille du pirate (voilà un titre vendeur: *La Fille du pirate*!) doit partir. Ses oncles allument ainsi un feu à l'approche de tout bateau et la jeune fille se lance à sa rencontre sur le radeau de fortune qu'elle a confectionné. Plusieurs fois, la ruse échoue (autant de fois que vous souhaiterez de pages). De justesse, déguisée en homme, elle réussit à se hisser à bord d'un navire marchand et les prévient du piège auquel elle/il a – prétendument – échappé.

À ce point du récit, je vous laisse juge des péripéties

à venir. Je crois intéressant de la/le faire mousse sur un honnête vaisseau (donc hollandais – non, je plaisante) pour y apprendre ce qu'elle doit savoir sur les meurtriers de sa mère et sur les pirates (je situe l'épisode en fin de siècle, l'écho des premiers raids terrestres et de la désaffection de *Tortuga* justifie l'expédition punitive de mercenaires à la solde des convois espagnols).

Bon marin, d'autant plus bagarreur qu'elle doit préserver les secrets de son sexe et de sa quête (voilà le titre ! *La Vengeance de la fille du pirate* – ou bien vous le faites en deux tomes...), elle rêve de s'engager sur un navire pirate à seule fin de venger sa mère. Le sort ne le lui accorde pas, de justesse comme il se doit. Alors qu'elle croise au large des Bahamas, son bateau est pris en chasse par un pavillon noir.

Combat. Version plus ordinaire des abordages, plus expéditive cette fois (les manœuvres d'accostage varient, toutes ne sont pas épiques ni même marquantes ; une technique rapide et précise, bien servie par les vents, éviterait fort opportunément de lasser le lecteur par trop de redite).

La voici capturée après s'être farouchement battue. Le capitaine qui l'interroge est une légende. En quelques années, cet homme ténébreux qui ne prononce jamais un mot jauge chaque prisonnier à la pointe de sa dague. Il tue facilement, éborgne souvent, scalpe parfois. Elle redoute qu'il découvre qu'elle est femme – elle a occis deux de ses marins. Quand arrive son tour, sa lame l'ausculte. Elle épouse les formes de son visage, redessine son nez, étire la commissure de ses lèvres, érafle son menton, descend à la recherche de sa pomme d'Adam, écarte doucement le col de sa chemise et se prend dans la chaîne dorée (penser à signaler que la chaîne du médaillon est dorée : sur un jeune matelot, ce n'est pas fréquent). Le capitaine redresse son regard et la considère en grimaçant, puis passe au suivant et grimace encore.

Bientôt deux marins viennent la sortir de la cale où s'entassent les survivants et la conduisent dans sa cabine, où ils les laissent seuls. Le capitaine la toise, puis s'avance et lui arrache le médaillon. L'homme sans voix crie – et lui demande d'où elle le tient. Il la gifle avant qu'elle ne réponde. Elle bredouille quelques mots en néerlandais, il la bouscule et plante son couteau dans une table. Elle s'effondre et pleure en français (débrouillez-vous avec cela !). Le capitaine tombe alors, plus qu'il ne s'assoit.

Elle ne comprend pas ce qui se passe, ce qu'il marmonne. Il dit un prénom de femme ; elle ne connaît aucune femme de ce nom. Il pose délicatement le médaillon sur la table. Les initiales correspondent à celles du prénom. Il l'appelle alors par son propre prénom et lui décrit sa mère…

Le choc de la mort de sa belle plonge l'ancien lieutenant (devenu, vous l'aurez, je l'espère, deviné, un capitaine aimé de ses hommes et craint de tous les autres) dans une profonde tristesse. Il fait relâcher les captifs, sa fille s'enrôle dans son équipage sous une identité de garçon, adoptant au passage le prénom qu'ils avaient choisi pour un héritier mâle (pour l'héritière femelle, vous l'aurez compris, ils avaient déjà décidé d'un prénom, bien avant la naissance, dont le père a fait usage pour se faire reconnaître de sa fille…). Peu à peu, ce jeune matelot intrépide gravit les échelons et, conseillant son père, se lance à la poursuite des mercenaires espagnols…

Tout compte fait, le deuxième tome commence ici. Réglez-moi ma première livraison, et je vous raconte la suite.

Quant aux paysages, je vous promets des décors inédits, à faire se pâmer les réalisateurs les plus mégalomanes. Je vais de ce pas (mais en bateau) m'isoler dans une île sombre dont les descriptions réalistes et fantastiques régaleront vos lecteurs impatients de dépenser une fortune pour le second tome qui sera, lui, en couleurs – pourquoi pas ?

Signez tout cela du nom qui vous chantera, mais gardez cette trame : j'ai plié l'Histoire aux besoins de l'historiette, tout y est réel bien que cela ne soit jamais advenu. En matière de piraterie, le vrai n'existe pas sans le rêve, et votre roman y perdrait à tout réinventer.

Votre Pas Cher Bienfêtard.

7

La mer était calme et le ciel dégagé, le soleil déclinait avec paresse. Le pêcheur maugréait contre ce détour inutile. Son créole de boucanier empruntait à l'écume des récifs, du fait d'une dentition sporadique, et le Déchiffreur le comprenait à peine. Il avait insisté pour approcher l'îlot par le nord afin d'esquiver le courant, obligeant à un large contour par l'ouest. Le marin marmonnait une litanie de reproches abscons, parmi lesquels le jeune historien décelait des allusions à trois générations de marins, à des courants capricieux, aux brumes traîtresses, à l'idiotie des touristes, à la méfiance des navires marchands qui évitaient ces eaux, au bon sens des pêcheurs qui faisaient de même, aux écueils perfides, à son père qui le tenait de son père, à une métisse aux seins généreux trop vite aperçue, à un mot qu'il lui avait murmuré mais qu'elle n'avait pas dû entendre, à ses regrets d'avoir pensé à l'argent avant de penser au danger… Las de répondre, le Déchiffreur hochait la tête et lui désignait le cap. Tandis que l'horizon rosissait, le marin avait postillonné pour la troisième fois qu'il n'accosterait pas à la nuit tombante – il ne lui en demandait pas tant.

Lors de son précédent passage, plusieurs mois auparavant, l'île était fouettée par une pluie battante et assaillie par la marée, mais les brisants, facilement contournables, ne représentaient nulle menace réelle. Cette fois, totalement découverts, ils semblaient gigantesques et formaient un rempart ancien et à moitié écroulé. Saint-Malo… L'image de la citadelle de son enfance s'était aussitôt évanouie, à moins de l'envisager dévastée. Les récifs évoquaient plutôt les ruines d'une antique cathédrale, dont ne subsistaient qu'une arche et quelques piliers qui continuaient à s'enfoncer dans un sol trop meuble. En les observant attentivement, cette impression se confirmait : les rochers qui émergeaient encapuchonnaient la pointe de l'île tout en disparaissant vers l'est, où ils affleuraient à peine. Aux marées d'équinoxe, ils devaient constituer une herse d'écueils d'autant plus redoutables qu'invisibles. Le courant se lovait au creux de la forme arrondie de cette ligne en pointillé et y conduisait inexorablement les malheureux navires qu'il détournait. Du large, la crique est paraissait indiscutablement la plus hospitalière des deux, alors qu'elle seule était meurtrière.

Le Déchiffreur avait dévié son regard quand le marin avait sifflé un nouveau jet de salive réprobateur en direction des vagues qui cognaient dur contre les rocs isolés des brisants. Bien que de faible amplitude, la houle se montrait plus hostile que dans son souvenir. Devait-il tenter sa chance, ce soir, là où les rochers s'espaçaient, au plus près de la pointe, afin d'éluder les tourbillons révélés ? La fois dernière, il avait franchi sans peine l'obstacle en le contournant pour s'éloigner du courant qui dérivait vers la crique des naufrageurs. Cette fois, son canot était nettement plus encombré… Mais la nuit tomberait bientôt et il n'était plus temps de tergiverser. Il avait décidé de se faufiler sous l'arche. Le récif béait à peine, au moindre vent l'écume devait tutoyer la voûte. Il lui faudrait probablement se pencher pour la passer, mais l'absence de remous présageait qu'il dirigerait sa barque sans trop de difficulté. Ce ne serait pas plus difficile que glisser sous un pont en pleine crue. Il s'était empressé de charger le canot de ses vivres et équipements.

« Comme convenu, je vous attendrai dans trente jours, avait-il répété au pêcheur.

— Non.

— Quoi, non ?

— Pas trente, lune.

— À la prochaine lune ? Mais ce n'est pas possible. C'est dans... dans douze jours ! Douze. Il ne comprend pas... Regardez : dix. Vous comprenez ? Comptez mes doigts, sacrebleu. Un, deux, trois... neuf, dix... Pas prochaine lune !

— Autre lune ?

— Ça nous fait... quarante jours... Je n'aurais pas de quoi tenir, j'ai compté juste. Regardez la taille de ce canot... D'accord. Oui, oui ! On ne repart pas. Autre lune ! Autre lune ! »

Le pêcheur lui avait souri d'une dent sur deux, scellant l'accord. Le Déchiffreur s'était injurié de ne pas y avoir songé : ici, un marin comptait plus aisément en lunes, les jours étant une invention des continentaux – et encore, probablement de citadins. Mais si le pêcheur l'oubliait ? Instinctivement, il avait regardé le bateau qui s'éloignait déjà : le marin ne prenait pas l'élémentaire précaution de s'assurer que son généreux passager avait regagné la côte... Hurler pour vérifier s'il reviendrait ne servirait à rien, il avait mieux à faire maintenant, comme manœuvrer correctement pour se présenter pile dans l'axe de l'arche. Il était trop tard pour penser à ce genre de choses, à toutes les raisons qui pouvaient l'amener à rater leur rendez-vous – comme la superstition. Non, se rassurait-il tout en ramant, l'homme était simple et honnête ; craintif, certes, mais pas foncièrement malhonnête. Avoir intégralement payé le voyage d'avance n'était cependant pas sa meilleure idée...

Pourtant, du moins un instant, le doute l'avait à nouveau emporté pour laisser le champ libre à une extravagante substitution : Blackjack pourrait venir le chercher en personne ! Imaginer être secouru par Blackjack, quelle étrange perspective... Quoique... Ses espions connaissaient précisément sa destination et possédaient probablement l'inventaire exhaustif de son bagage ; ils prêteraient l'oreille au pêcheur jusqu'à se repaître dans le moindre détail de ses propos et réactions pendant cette traversée ; le marin ne trahirait pas sa lâcheté, mais évoquerait l'échéance de son retour. Blackjack pourrait bien le soulager de cette corvée...

Comment avait-il pu omettre, au cours de ces dernières semaines, d'envisager sérieusement cette hypothèse ? N'était-il pas quelque peu fâcheux de s'en soucier juste une minute trop tard pour changer ses plans ?

Perdu dans ses pensées, le Déchiffreur avait soudain songé qu'il devait être dangereusement près du brisant et, ne prenant pas le risque de vérifier son intuition, il s'était couché exactement au moment où l'arche s'apprêtait à l'assommer. Cédant à une impulsion infantile, il avait néanmoins levé le bras pour toucher du plat de la main la roche en guise de porte-bonheur – comme pour toper avec l'île et conclure un marché improvisé : il préserverait son secret et s'en sortirait au mieux ; et encore ceci : quoi qu'il advînt, Blackjack ne pourrait plus jamais rien ni contre lui ni contre elle...

Une douce euphorie avait envahi ses lèvres et explosé en un rire sonore qu'aucun écho n'avait relevé. Assurément, il était fou ! Et joyeusement...

Il s'était détourné pour décider où conduire l'esquif. L'obscurité gagnait le ciel, mais l'absence de brume laisserait la demi-lune en veilleuse. Rien ne pressait vraiment, du moment qu'il regagnait la plage de la dernière fois. Elle était plutôt facile à reconnaître : incrustée dans la falaise, elle grimpait assez haut pour lui assurer de camper à l'abri des vagues. Il avait regardé la crique de long en large, puis fermé les yeux un instant pour réveiller son souvenir – un sentier dévalait d'une traite le flanc de l'île selon une pente assez accentuée pour tracer une ligne qui barrait la paroi rocheuse. De loin, il l'avait revu après son départ, malgré la pluie. Mais, aujourd'hui, il ne le retrouvait pas. Comment pouvait-il ne plus l'apercevoir de si près ?

« J'y étais enfin, mais je ne reconnaissais pas vraiment l'endroit. C'était rageant, et pour un peu je me serais affolé : je n'avais pas de retour possible. Peut-être aussi parce que je n'avais pas d'autre choix que d'avancer, j'ai surmonté cet instant de défaillance. Ce n'était pas le même moment de la journée, ni le même temps, ni la même saison, et je me trouvais déjà trop près de la rive pour distinguer le chemin qui m'avait conduit jusqu'au plateau. Ce n'était, encore, qu'une toute petite île, mais cette crique mesurait bien dans les quatre cents mètres, bien que je n'aie jamais su évaluer de telles choses sans me ridiculiser.

— Qu'avez-vous fait ?

— J'ai opté pour le terme de l'alternative le plus simple : je suis allé droit devant, selon le principe du plus court chemin. Une fois à terre, je longerais le rivage à pied jusqu'à retrouver cette plage. Et si le parcours à la nuit tombée était trop risqué – je me souviens d'avoir envisagé le comble de la bêtise : se briser accidentellement la cheville à la première heure d'une expédition en solitaire ! –, je dénicherais bien un abri assez haut perché pour dormir tranquillement. Ou, si je n'arrivais pas à conjurer mes frayeurs enfantines, pour me saouler – j'y ai songé aussi. Mais, tu vois, Tempête, cette idée m'a déplu. Déplu, oui... De tout temps, boire m'a été une perspective agréablement coutumière, une radieuse récréation ; pas cette fois. Le simple fait d'y avoir songé a subitement altéré mon humeur. Ce n'était pas "convenable", voilà le mot que j'employais. Pas convenable... Et pourtant, j'avais emporté plus de rhum que de nourriture, mais il est vrai que je savais trouver des crabes et des poissons, et même quelques porcs à rôtir…

— Pas convenable ? » répéta Anton qui se demandait si cette réticence se rapportait au pacte que le Déchiffreur venait de sceller avec l'île en franchissant l'arche.

« Non, confirma l'Ivrogne. Cela m'a distrait. J'ai failli rater mon accostage. »

Son canot avait soudain raclé contre la grève pour s'immobiliser brusquement. Mécontent, il avait aussitôt sauté de l'embarcation pour se réceptionner sur une roche grêlée. Ses pieds nus lui rapportaient que les cavités se montraient assez spacieuses pour accueillir ses orteils, mais que les arêtes qui les séparaient étaient vives et d'inégales hauteurs, diversement inclinées et parfois crénelées. Même en s'appliquant de la plus précautionneuse des manières, chaque pas se révélait pénible et presque douloureux. Où était donc le sable moelleux de l'autre fois ? Il sautillait ou bien se maintenait trop longtemps en équilibre sur ses pieds arqués en appuis intenables. Pendant ces brefs instants où il paraissait plus ivre que jamais – un comble ! –, il inspectait les alentours pour trouver où abriter sa barque de la marée. Pour la hisser sur un dénivelé de deux mètres, de combien d'enjambées claudicantes devrait-il s'éloigner de la mer ? Quel que soit le chemin qu'il envisageait, l'effort à accomplir s'annonçait disproportionné. Pour couronner le tout, le reste de lune qui timidement apparaissait au-dessus du plateau se voilait. Comment s'orienter, dans ces conditions ? Quant à remonter dans le canot afin de caboter un peu plus à gauche ou un peu plus à droite dans l'espoir de retrouver la plage, il était désormais trop tard pour y songer. Il devait s'installer ici, sans tergiverser davantage ; bientôt les nuages occulteraient les faibles lueurs délinéant la pointe qui saillait plein nord.

Après être revenu péniblement sur ses pas, il avait dégagé un bout et était reparti à tâtons à la recherche d'une prise où accrocher l'autre extrémité, en se dirigeant droit vers la falaise, en direction d'une pierre plate juste assez grande pour s'y étendre. Attacher l'amarre n'était pas des plus facile, mais une fois cette tâche achevée il avait pesté contre sa précipitation : ses vivres et ses couvertures étaient demeurés dans le canot. « Je pensais au rhum que j'abandonnais, insistant volontiers sur ma force de caractère qui, une fois n'est pas coutume, me faisait mettre en balance ma soif et la pénibilité du trajet... Cette préoccupation, du moins, m'éloignait de toute considération sur la marée. Il n'y avait pas de grand risque, sinon j'aurais sauvé la cargaison, tu penses, mais en venant ici, j'avais décidé de faire les choses bien. Je reportais cette sage résolution au lendemain. »

Les yeux rivés sur l'étrange contour de l'île que la lune démarquait encore, il avait laissé le sommeil l'envahir tandis qu'il s'imaginait se reposer aux côtés d'un gigantesque dragon dont la queue écaillée s'enfonçait dans la mer en un gracieux mouvement sinueux. Oui, cette crête, ces récifs... Et cette lumière qui baignait l'autre crique, c'était le museau rougeoyant du monstre qui s'endormait...

Il s'était réveillé en pleine nuit, à cause d'un crabe ou d'un rêve, impossible de trancher. Le ciel était dégagé, la lune éloignée. La grande masse pâle de la falaise qui le dominait, le clapotis discret de l'océan qui léchait paresseusement la pierre où il s'était juché, l'odeur humide et intimement mêlée du calcaire et du varech, voilà tout ce qui comptait. Niché au creux de l'île, il n'avait rien à craindre. Il avait fermé les yeux, les avait rouverts un court instant – le monstre dormait profondément, de ses naseaux s'échappait en volutes capricieuses une brume légère et luminescente – « À demain... Et ne ronfle pas ! » lui avait-il dit.

8

« Je me suis réveillé comme un premier matin de vacances d'été : le soleil m'a tiré d'une torpeur longtemps méritée. Plus d'école, un lit douillet et les remparts... Quelle ivresse, matelots... Ébloui, je me redressai avec lenteur, je ne voulais rien rater du spectacle... Bien sûr, ce que je découvrais ne ressemblait pas à mes souvenirs ni à mes fantasmes. Je me suis toujours considéré comme un noctambule, pas seulement en raison des cartes et du rhum, mais aussi de la lumière. Le jour, tout est si net, tellement balisé... J'avais l'Histoire déjà, cette discipline avide de chronologie, j'avais besoin de la nuit pour adoucir le monde : l'ombre érode les contours. Les récifs n'évoquaient plus la queue du dragon qui avait pourtant illuminé mes rêves. Le canot n'avait pas souffert, mais l'amarre était tendue et je devais récupérer mon équipement. C'était le jour, je me levai, donc, avec nonchalance, satisfait de n'être point courbaturé. À peine debout, j'aperçus la plage que j'avais ratée la veille, à moins de trente mètres... Ah, l'air du large, les tropiques ! J'inspirai profondément. L'air vivifia mes poumons. Je m'étirai en me tortillant dans tous les sens et, en se décrispant, mes lèvres laissèrent jaillir un cri triomphal qui se répercuta contre la paroi. L'île fantôme, j'y étais ! »

Inutile de retourner au large pour deviner

l'aspect de la crique dans cette clarté incorruptible : une falaise vaincue par les flots, qui exhibait ses entrailles. Au-dessus de lui, des strates infinies traçaient des obliques rectilignes qui s'élevaient vers la pointe nord, couches étroites et enserrées, les unes claires, les autres sombres, néanmoins plus blanches que grises. À ses pieds, un chaos instable de roches effondrées et brisées. La houle avait creusé profondément sous la paroi, et de nombreuses langues de mer allaient et venaient derrière les digues formées par les éboulements. Les vagues lentes, mollement prisonnières, caressaient l'île sans bruire, mais quand elles se retiraient, elles laissaient parfois entendre des sonorités incongrues : bulles d'air explosant sourdement, battements secs de paumes de géants, averses cristallines... En se penchant, il pouvait deviner dans l'ombre de ces béances, qui paraissaient quelquefois profondes, les taches opaques des algues, mais également des bouquets multicolores de corail.

La plupart de ces sapes se trouvaient rebouchées par d'invraisemblables amoncellements de rocs et de pierres de toutes tailles, certaines rongées et remodelées comme d'habiles ouvrages de terre cuite, certaines tranchantes, aux innombrables cicatrices, sauvagement enchevêtrées et infranchissables. Cette alternance figurait une succession de petites criques déchiquetées, plus ou moins ébauchées, les unes ensablées, les autres assaillies par une végétation grasse aux fleurs minuscules et d'un jaune vif, ponctuée d'étonnants et discrets parterres mauves. Des myriades d'insectes s'y disputaient, formant une nappe grouillante qui en ternissait l'éclat. Ici et là, des flaques de sel séchaient en dentelles éphémères, bientôt noyées.

Mais, de jour et une fois le pied posé sur le rivage, se distinguait un étage intermédiaire. Parmi tout ce fatras chaotique, une allée marquée par une suite de pierres plates s'appuyait en terrasse contre le flanc de l'escarpement et invitait à en faire le tour. Le Déchiffreur avait dormi sur l'une d'elles. En d'autres endroits, le sable se substituait à la roche, mais la plupart du temps cette frange s'élargissait suffisamment pour laisser une végétation arbustive vampiriser la moindre place. Sortant de nulle part, des racines grises comme de vieilles cordes torsadées serpentaient vers ces buissons dont les branchages gominés désignaient unanimement la seconde crique, celle des naufragés. Il lui tardait de l'explorer.

Auparavant, les tâches à accomplir se résumaient à l'installation d'un bivouac – de six semaines, depuis que le pêcheur avait rallongé son séjour. Il lui pressait de se lancer à l'aventure, les préoccupations ménagères et les préparatifs de ce genre lui avaient toujours été une corvée mortifère. Mais, ici, il n'avait guère le choix : il était sage de conduire le canot jusqu'à la plus grande plage. Les crabes venaient de la déserter et, en l'observant plus attentivement, il apercevait une excavation naturelle qui rongeait la falaise, où il pourrait transvaser son chargement. La nature n'avait pas encore achevé de forer une grotte, mais il pourrait y entasser toutes ses affaires à l'écart des embruns. De prime abord, planter la tente paraissait inutile, mais les bourrasques ne manquaient pas sous ces latitudes et le temps pouvait changer en quelques minutes. Il devrait aussi ramasser du bois et l'abriter. Et penser à noter son rêve. Et pourquoi pas, pendant qu'il y était, ces sensations si contrastées entre son arrivée hier et sa précédente visite ? Quoi d'autre ? Il craignait d'oublier quelque chose d'important. Ah oui : il devait également travailler pour son éditeur.

Ce dernier point lui semblait superflu, voire, ici, quelque peu absurde.

Absurde, tout autant, cette préoccupation de fils de notaire : s'installer. Par un si beau matin ! À peine arrivé… Pourquoi ne pas se contenter de tirer la barque juste assez pour la sortir de l'eau et revenir un peu plus tard pour s'occuper de tout cela, puisqu'il le faudrait bien ?

Le sentier qui menait jusqu'au plateau exploitait astucieusement la friabilité de la roche, encore que les marches grattées sur les strates, longues et peu hautes, fussent toujours exagérément inclinées, et doublement : l'angle qui marquait le flanc de la falaise ne trahissait pas son affaissement vers le large. Par forte pluie, la pente menaçait de se transformer en toboggan sans garde-fou ; les ruissellements avaient limé toutes les aspérités du sol et il n'avait pas croisé un seul caillou sur toute sa longueur. Les cochons évitaient cette route, ou n'arrivaient jamais si loin… Il s'était promis d'examiner les pieds de la paroi, à la recherche de quelques ossements… À mi-course, il s'était arrêté pour regarder l'océan. La marée remontait sans vigueur, la barrière de récif déployait ses défenses, l'ombre de la crête y façonnait des trompe-l'œil gothiques. Derrière, au loin, une barre de nuages avançait.

La prudence suggérait de rebrousser chemin jusqu'au canot, mais elle ne le commandait pas explicitement. Se traitant de fou, le jeune homme avait accéléré l'allure. Deux pas encore et il se raisonnait, jurant de ne jeter qu'un œil, histoire de satisfaire sa satanée curiosité, et qu'ensuite il rentrerait. Juste un œil. Après trois pas, il avait réalisé qu'il n'avait pas bu une goutte de rhum depuis qu'il avait aperçu l'îlot, dans le bateau du pêcheur, la veille, lorsque le soleil tolérait enfin les regards humains – sa promesse à Madame avait quand même tenu toute une nuit. C'était une belle journée, un jour pas comme les autres.

Les cochons l'avaient accueilli dans une bousculade éperdue, suivie par des frémissements désordonnés de buissons et des grognements plus indignés qu'apeurés. Au-delà de l'avant-garde plutôt claire des nuées, une ombre étendue se confondait avec l'horizon d'un océan noir. Deux truffes roses avaient émergé du feuillage, puis elles avaient disparu dans une secousse bruyante. « Une heure, j'ai encore au moins une bonne heure devant moi... », s'était-il rassuré.

« Mais vous risquiez de tout perdre ! s'indigna Anton qui n'en pouvait plus d'écouter sans rien dire. Une expédition, ça se prépare, et ce plan, on le respecte, non ? Enfin, foncer malgré la tempête alors que la barque n'est même pas déchargée...

— Morne-mer, Morne-mer ! Oui, bien sûr, tu as cent fois, mille, dix mille fois raison ! Mais je n'étais plus moi-même.

— Si longtemps à jeun..., ironisa Jak, ça s'explique !

— Non, Tempête. J'avais rejoint l'île fantôme, voilà tout. Et cette île était... Tu aurais fait pareil, Morne-mer, tu te serais précipité. Elle avait ce pouvoir-là... Ah, comment expliquer ? C'est... c'est comme quand tu croises le regard d'une fille et qu'après tu n'es plus le même. »

L'Ivrogne plia ses doigts rigides dans le creux de son autre main. Anton avait baissé les yeux, ses lèvres imperceptiblement serrées.

« Tu me comprendras le moment venu. Cette île était magique. Et j'étais fou, éperdument. »

Le sentier naturel que dessinait la roche s'arrêtait au sommet de la falaise. Le Déchiffreur pouvait poursuivre en longeant la bordure de l'île, dépasser la pointe pour surplomber l'autre crique, celle où le courant capricieux aboutissait. Ou bien il pouvait bifurquer vers la cataracte et dominer le double lagon. Traverser le plateau incliné, encombré de broussailles et de cochons, prendrait assurément trop de temps. Le soleil était à son zénith, écrasant toutes les ombres. Un instant, il s'était représenté l'îlot vu du ciel, à la façon d'un cartographe, et l'avait vu comme un triangle. Cette impression s'était immédiatement effacée au profit d'une autre : il avait songé au dessin approximatif d'une boussole grossière – le grand lagon esquissait un socle circulaire inachevé, à l'opposé la pointe rocheuse figurait l'aiguille qui signale le nord. Il s'était orienté en fonction de cette image, le dos au sud. La crête septentrionale obliquait un peu trop à l'ouest pour satisfaire à son idée. Mais, tout à son extrémité, elle s'infléchissait vers l'est, épousant l'arc initié par les brisants – lesquels, aimait-il croire, achevaient ainsi le cercle entamé par le lagon, comme un tracé en pointillé. Il avait mentalement écorné la flèche de sa boussole dans la même mesure et trouvé le nord. Bien entendu, le Déchiffreur avait suivi la flèche.

En recopiant ce détail, Anton avait pensé aux cailloux que le jeune pirate hollandais disposait de sorte à sembler indiquer une direction légèrement autre que celle écrite selon son langage secret – depuis, cette astuce lui était devenue familière, notamment aux dépens de son ancien associé, toujours tenté de le doubler. Ce qui lui était longtemps apparu comme une banale coïncidence, cette nuit le commandant commence à apprécier de le nommer « convergence ».

Le temps d'atteindre le rebord de la falaise et la houle striait l'océan de balafres étincelantes et éphémères. Il lui fallait faire vite, ce n'était pas une simple ondée qui s'annonçait ainsi, mais bel et bien une tempête tropicale – peut-être un ouragan : des nuages noirs roulaient sous le front enténébré.

À sa précédente visite, il avait cruellement manqué de temps pour explorer cette crique, et il n'avait discerné aucun passage qui permettait de s'y rendre. Pour observer le flanc de cette falaise, le mieux consistait probablement à s'aventurer tout de suite sur l'avancée qui séparait les deux criques. Le plateau s'incurvait à sa naissance et glissait en pente douce sur une large bande de terre moussue où des rochers ras et bombés se fondaient à la végétation. Un peu de terre de bruyère, des bosquets de genêts et les cris de quelques mouettes, et cette parcelle d'île s'apparentait à la Bretagne ! Il n'en était rien. Assez rapidement, une roche noire jaillissait de terre en d'innombrables coulées, lesquelles s'enroulaient d'abord ensemble, formant des nœuds, souvent profondément enfoncés dans le relief, puis se jetaient séparément dans la crique des naufragés. La nuit dernière, leurs dômes sombres et luisants lui avaient inspiré la vision d'un dragon gigantesque. Ses connaissances en géologie valaient celles qu'il possédait en botanique : sans le recours d'un guide précis, détaillé et illustré, il demeurait ignare ; aussi il n'avait pas tenté de comprendre ce phénomène – de la lave, assurément, s'était-il empressé de conclure, mais cet enchevêtrement, cette précipitation exclusivement dirigée vers la crique est... Il s'était contenté de s'en approcher. La pierre qui recouvrait toute la crête était douce au toucher, extraordinairement lisse. Elle ne présentait aucun angle saillant, pas la moindre prise. S'engager plus loin tenait à l'évidence du suicide, tant cet ersatz de pâte de verre promettait de belles glissades...

Il lui faudrait pourtant y aller. Mais comment ?

Ivre, il se plaisait à défier les lois de la pesanteur comme celles de l'équilibre, grimpant n'importe où et en descendant sans plus de mal que de souvenirs. Son abstinence lui révélait un vertige qui l'empêchait de se dresser au bord du précipice. Il s'était donc accroupi et avait progressé prudemment, griffant le sol et serrant les dents. « L'imprudence est de ne pas boire ! » trompeta-t-il à l'adresse de Tempête qui se contenta de hausser les épaules. Le Déchiffreur jurait solennellement de remédier à cette folie le plus tôt possible.

Le ciel se couvrait, une brise l'incitait à détourner ses yeux de l'océan. Il s'était suffisamment avancé pour observer le flanc de la crique qu'il découvrait pour la première fois. Cette façade aurait pu appartenir à une tout autre île : elle n'était marquée d'aucune zébrure oblique, elle ne portait pas de trace évidente d'éboulement, ancien ou récent. Elle s'enfonçait directement dans les flots, sans la moindre esplanade, dans un à-pic taillé à la serpe, hormis une plage nichée contre la pointe rocheuse. Quelques bosquets séparaient ce croissant de sable de l'escarpement, et peut-être distinguait-il les vestiges d'une petite construction parmi eux. Du large, sa base lui avait semblé tavelée, il ne s'en était pas autrement préoccupé, mais à présent il voyait des cormorans s'en échapper par dizaines. Les oiseaux noirs rasaient longtemps les vagues avant de pouvoir gagner de l'altitude. L'eau claire qu'abritait la crique commençait à s'agiter. Il pouvait contempler aisément les épaves englouties que la pluie battante lui avait masquées l'autre fois. La plupart étaient brisées et les fragments les plus visibles ne s'accordaient pas simplement. Un examen succinct lui permettait d'en dénombrer une grosse douzaine, dont une assez récente.

À moins de disposer d'un treuil en surplomb de la falaise, il n'existait aucun moyen de rejoindre la crique. S'il avait bénéficié de plus de temps, il aurait regagné le canot afin d'y prendre la magnifique longue-vue cuivrée qu'il avait remportée lors d'une partie de poker, une semaine plus tôt, pour étudier chaque mètre carré de cette fantastique muraille. Il avait fait quelques pas en arrière, s'était retourné pour scruter le ciel, s'était penché une dernière fois vers les épaves. C'était l'heure de rentrer.

Quelques touffes d'herbe fleuries escaladaient la pointe rocheuse depuis les bosquets en contrebas. Elles ne s'accrochaient pas à de la roche nue, mais forcément à des mottes de terre. Il pouvait en conclure qu'un alpiniste chevronné trouverait là des prises intéressantes. Mais lui ? Devrait-il se munir de cordes à sa prochaine excursion ? La mer se parait d'un vert bronze uniforme que le soleil sculptait rageusement sous un ciel gris plombé de bleu. Pour atteindre la plus haute fleur, il devrait ramper sur une trentaine de mètres plein nord, puis revenir sud-sud-est en chevauchant une veine de lave qui dévalait la crête. Pas n'importe laquelle. La plupart de ces coulées plongeaient en direction des brisants, deux ou trois chutaient à la verticale, celle-ci accusait une légère oblique. Il avait songé à regret qu'il avait toujours été meilleur en géologie qu'en gymnastique.

« Ce n'était pas un dragon pétrifié que j'avais découvert, mais une pieuvre aux mille tentacules ! Ou alors la tuyauterie d'une monstrueuse machine depuis longtemps abandonnée...

— Mais qu'avez-vous fait ?

— Il est allé se saouler, persifla Jak.

— Que n'ai-je eu cette sagesse ! lui répondit l'Ivrogne, guilleret.

— Vous avez quand même essayé !

— Essayer, Morne-mer ? Je devais en avoir le cœur net, absolument ! Je me suis allongé sur la toute première pierre noire, jambes et bras en croix, et je me suis poussé de quelques centimètres sur ma droite, à la manière d'un crabe empâté... Pas pour descendre, bien sûr. Cette tempête pouvait durer une heure comme plusieurs jours, je ne pouvais pas rejoindre l'autre crique sans en savoir plus. Juste un peu plus, tu comprends ? »

Anton avait secoué la tête, mais c'était Jak qui avait relancé l'Ivrogne, comme si l'inconséquence de ses tribulations ne le navrait pas.

« Et ?

— Je suis tombé. »

9

Les yeux malicieux de l'Ivrogne racontaient sa chute à la manière d'un bon tour joué à un vieil ami. Après trois ripages prudents, le jeune historien s'était soulevé pour amplifier le mouvement de son bassin, mais au moment de relâcher ses muscles et d'assurer son appui sur son ventre, ses pieds avaient patiné. Aussitôt, son corps s'était raidi ; ses mains avaient perdu prise. Il s'était mis doucement à déraper et, plutôt que de s'affaler pour peser de tout son poids et frotter contre la pierre polie, il n'avait pensé qu'à serrer ses doigts pour s'agripper à la roche noire – en vain. La glissade s'était accélérée et il avait atterri à califourchon sur la veine qu'il désirait atteindre tout autrement. La peur de basculer, de se retrouver projeté dans le vide l'avait incité à s'y accrocher frénétiquement, ses bras enserrant la veine en étau contre sa poitrine, les jambes s'affolant contre la paroi qui refusait la moindre prise.

« Saoul, j'aurais laissé faire ! À moi la belle glissade jusqu'au bac à sable… Je n'étais pas si mal, finalement. Mais j'étais obsédé par la fleur que j'avais vue et qui tutoyait presque le tentacule. Je la cherchais du bout de mon pied, de plus en plus nerveusement : elle devait être là, à quelques centimètres à peine… Je me maintenais aussi fermement que possible, mais j'allongeais pourtant mes orteils au-delà de toute raison pour le trouver, ce fichu appui ! Très, très lentement, j'ai desserré mon étreinte d'un seul bras et pour tendre la jambe opposée. Juste un instant, pour un ultime essai, prêt à me cramponner à nouveau… Et nouvelle chute ! Droit comme un I, cette fois. Avec réception sur le bon pied, et seulement cinquante centimètres plus bas, pas plus ! J'avais vu juste ! Mais si j'arrivais sur le bon pied, il n'était pas du tout dans la bonne position. »

La douleur avait fulguré. Pied cassé ? Cheville foulée ? Ses pires craintes se réalisaient. Figé contre la falaise, incapable de remonter, et à jeun, il n'avait plus d'autre choix que de regagner le petit croissant de sable où il essuierait la tempête annoncée. L'unique manœuvre possible était parfaitement limpide : se laisser choir. Pas besoin d'une jambe invalide pour redouter une telle descente.

À la force des bras, lui qui n'était jamais parvenu à grimper à une corde sans les pieds, il avait dégringolé en plusieurs étapes les cinq premiers mètres sans récolter de nouvelles écorchures. Plus bas, les choses se compliquaient. Il devait obliquer afin d'accéder aux prochaines végétations, et celles-ci s'espaçaient. Jusque-là, il réussissait à se maintenir d'une main tandis que l'autre fouillait pour trouver une prise. Dorénavant, il lui faudrait non seulement accepter de dévaler sans être assuré de se rattraper, mais le faire après s'être assez balancé pour impulser un élan de biais à son corps endolori. La première tentative avait été un plein succès ; à la suivante, il avait évité de dévisser de justesse ; à la troisième, il avait compris le truc. Puis, son pied valide avait heurté l'autre et ses mains avaient lâché prise.

Les bosquets ne lui avaient pas ménagé un accueil des plus moelleux, mais du moins ils avaient amorti sa chute. Ou plutôt, ils l'avaient dévoré goulûment de toutes leurs branches crochues. S'extirper de leur emprise sans davantage se lacérer avait réclamé une patience qui commençait furieusement à lui manquer. Enfin parvenu sur la terre ferme, il avait clopiné piteusement jusqu'à l'eau pour se rafraîchir la jambe.

La diffraction suggérait indélicatement une cassure inquiétante. Au loin, mais plus si loin en fait, ciel et océan se mêlaient pour procréer d'obscures turpitudes. Déjà, la surface de l'eau se fripait, jetant un voile sur ses possessions délictuelles. Le Déchiffreur avait secoué la tête et contemplé les écueils qui émergeaient à peine. Quand la tempête serait-elle là ? S'il attendait trop, la houle gagnerait la crique. Les bas-fonds ravaudés mettraient longtemps, trop longtemps avant de recouvrer une telle limpidité… Quand pourrait-il à nouveau plonger à la recherche des épaves ? Demain ? Dans trois jours, une semaine ?

Il avait passé la main sur son mollet, caressé son pied, s'était risqué à bouger un orteil après l'autre. Pourrait-il nager ? Enfant, ayant malencontreusement chatouillé une méduse, il avait dû rentrer avec une « jambe morte » ; par la suite, c'était devenu un jeu : il nageait sans un bras ou les jambes croisées, ou encore sur le dos avec les deux bras repliés sous la tête, ou bien sur le ventre en tenant les bras le long du corps. À la brasse indienne, il battait des records quand il simulait une blessure… Sa jambe n'allait pas si mal, pas vraiment. Il s'était donné d'avancer jusqu'à mi-cuisse pour se décider ; évidemment, une fois bien engagé dans l'eau, il avait estimé que « mouillé pour mouillé… ».

L'île s'enfonçait d'abord timidement, puis plongeait brutalement dans des abysses insoupçonnables. Les épaves, qu'il croyait échouées sur une langue de sable à peine immergée, reposaient sur tout un réseau de ces filins de lave, semblable à celui auquel il s'était maintenu. La partie émergée des tentacules l'avait intrigué – effilés, sinueux, luisants, opaques. De simples giclées magmatiques cristallisées par l'océan ne pouvaient pas produire des boyaux si réguliers et lisses, malgré des millénaires d'érosion; et, de toute manière, aucun ne bifurquerait trois fois de suite à contresens. Peut-être, se dit-il, ces veines avaient-elles été moulées dans la roche calcaire, encore visible dans l'autre crique, en des temps immémoriaux, avant que la sape des vagues ne dégageât, de ce côté de la pointe, la terre plus tendre qui les avait jadis enrobées. Peut-être... Car, une fois sous l'eau, leur nature se révélait différente – les tentacules semblaient de verre. Par dizaines, venant du ciel ou jaillissant des bas-fonds, ils s'entrelaçaient jusqu'à former un nœud gigantesque et lâche, dont les brisants constituaient probablement quelques soubresauts. Au toucher, ils étaient froids. Une clarté en émanait, y compris sous les épaves. Les tentacules immergés irradiaient... Ils captaient la lumière, ne se contentaient pas de la réfléchir, mais l'absorbaient et la conduisaient dans les profondeurs.

Pourquoi ne les avait-il pas remarqués plus tôt? Pas seulement lorsqu'il observait la crique de tout là-haut, mais aussi dès ses premiers pas dans l'eau? Aucune de ses explications ne le satisfaisait. Sable et calcaire, volcan et fusion, galeries et vers, réflexion et diffraction, mots et images s'entrechoquaient dans sa tête sans délivrer de solution. « Nul en géologie... »

« Mais excellent historien », s'était-il ressaisi. Le temps lui manquait pour se laisser davantage distraire par ce qu'il ne pouvait comprendre, alors qu'il y avait tant à faire en se concentrant sur les épaves, son domaine.

Ce nœud s'agglutinait – ou, devrait-il dire, ce réseau de nœuds se regroupait – contre la pointe qui séparait les deux criques, et d'innombrables épaves déstructurées en demeuraient prisonnières. Les conduits fluorescents les éclairaient comme les danseuses de Pigalle, de toutes parts; leur densité l'autorisait à les étudier sous toutes les coutures, sans recourir à aucune torche. Les débris marins retenus dataient de toutes les époques; les coques étaient brisées par le courant qui fouettait l'île et qui créait maints vortex, mais les bois et les cuivres étaient préservés, presque intacts, souvent encore peints. Des années de travail s'ouvraient à lui, ce chantier archéologique se révélait d'une fabuleuse prodigalité. Combien de coffres gisaient, intègres, dans les bas-fonds ? Si la crique délimitait un périmètre restreint, ses profondeurs semblaient infinies.

« Je ne savais plus où donner de la tête, matelots. Quand vous consacrez votre existence à la recherche, trouver vous prend le plus souvent au dépourvu, et peut parfois vous terrasser. J'étais émerveillé et choqué par l'ampleur de ce trésor archéologique. Il y avait tant et tant à étudier... Je me sentais mal, pris de vertiges, sujet à une profonde et lointaine frayeur... Je remontai à la surface pour reprendre mon souffle. Ma jambe m'élançait depuis un moment déjà et je réalisais le danger de la solliciter davantage : une crampe risquait de m'être fatale... Je devais rentrer, évidemment. S'arracher à un pareil spectacle n'était pas aussi simple, je ne repoussais pas la poursuite de mon exploration de quelques heures ; en raison de la tempête, je ne retrouverais pas de telles conditions de visibilité avant je ne sais combien de temps...

« Et puis, soudain, je louai mon pêcheur. "J'ai tout mon temps !" exultai-je. Son caprice m'accordait dix journées supplémentaires... J'applaudissais... Ma bonne étoile ne m'avait pas trahi, bien qu'à jeun ! Je devais en profiter, cesser d'agir sans réfléchir. L'approche de la tempête me servait d'excuse, mais j'avais quand même mieux à faire qu'à me précipiter comme un jeune chiot sur la piste de son premier lapin ! Cette pensée chassa mon euphorie, poussée par une autre. Pourquoi étais-je là ? Saurais-je reconnaître ce que j'attendais ? Pour cause, je ne disposais d'aucune description du vaisseau du Pirate Sans Nom, pas même approximative. Quant au Pavillon blanc, les contes divergeaient sur leurs représentations… Comment les reconnaître… J'avais espéré une révélation, je peux l'avouer. Cela n'a rien de scientifique, bien sûr, mais… j'étais l'inventeur du Pirate Sans Nom, un lien existait entre nous, quelque chose adviendrait et, le moment venu, je saurais reconnaître l'épave de son navire… Mais les épaves étaient là, toutes, exposées à ma vue, et je n'avais rien senti. Peut-être l'avais-je contemplée sans m'en douter, peut-être n'en restait-il rien… Peut-être son navire n'avait-il jamais abordé l'île fantôme… »

D'ici à quelques minutes, cette fois la tempête serait sur l'île. Sa jambe le ralentissait cruellement. Il se dirigeait vers l'ancien abri qu'il avait aperçu avant d'amorcer sa descente, noyé parmi les arbustes qui l'avaient reçu. La perspective d'affronter leurs branches épineuses avait réveillé mille cicatrices sur ses jambes, ses bras, son torse et son visage. La faim s'était brutalement insinuée dans le cours de ses pensées, et, en un écho impitoyable et fulgurant, sa gorge avait réclamé sa ration de rhum. Tout était resté dans l'autre crique – non : dans le canot, trop sommairement amarré… L'inventaire malsain de ses malheurs lui suggérait qu'il ne différait guère des navires disloqués dans cette crique… Néanmoins, s'il était désormais impossible de rejoindre son embarcation et d'établir un bivouac décent, il pouvait s'organiser, éviter le pire. Il se vengerait plus tard de l'inhospitalité de la végétation en lui prélevant de quoi lui tenir lieu de béquille. Il y avait plus urgent à entreprendre, comme déterminer de quelles ressources il disposait, puis de ce qu'il devrait se mettre immédiatement à chercher dans ces ruines. De quoi pêcher, par exemple ; et cuire si possible. Il lui fallait donc trouver des récipients pour collecter la pluie et la conserver. Il devait également s'inquiéter de ramasser du bon bois et de le maintenir à l'abri de l'ondée. À cette idée, il avait porté précipitamment ses mains à la poche de sa chemise dans l'espoir insensé de retrouver ses allumettes sèches. Mais il les avait perdues. Lors de sa chute ou sous l'eau ? Il ne pourrait pas faire de feu…

Et pour cuire quel aliment ? Il avait négligé ce point quand il nageait, mais il l'avait constaté sans ambiguïté possible : les tentacules froids repoussaient toute forme de vie – ni algue ni corail ne s'y attachaient, pas un poisson, pas un crustacé ne jouait dans leurs méandres…

Sa main avait glissé le long de sa ceinture. Avant de s'embarquer, il avait pris la précaution d'acheter un nouveau couteau, ou plutôt un poignard à large lame, dentée sur un côté. Sa gaine permettait de le porter à la taille sans gêner les mouvements. Mais, inutile pendant la traversée, il n'avait pas quitté le canot. Restait son vieux couteau, celui de ses onze ans, cadeau paternel au symbolisme dérisoire : la lame à la pointe légèrement arrondie ne mesurait pas plus de trois doigts – « pour ne pas atteindre le cœur », lui avait-on dit. Étudiant, il s'en servait pour tailler ses crayons, parfois pour couper une viande trop dure ou, plus souvent, charcuter un bouchon coincé dans son goulot… Il le gardait toujours au fond de sa poche droite, avec quelque monnaie quand il en avait. Il l'y avait retrouvé et l'avait contemplé avec émotion – c'était un cadeau du ciel, un héritage enfin révélé. Son manche en os vérolé arborait les teintes brunes et ocre du fourneau en écume sculptée des pipes de marin, mais il avait également pris du jeu avec les années. Il avait prudemment passé son pouce sur le tranchant de la lame. Elle était émoussée. Ce n'était qu'un jouet, au mieux, un accessoire de copiste…

« Du rhum ! »

L'Ivrogne avait crié et Anton, troublé par la mention du couteau, s'empressa de lui tendre un autre flacon de son tord-boyaux. Le commandant Petrack apprécie la nouvelle convergence qui le lie au vieil historien. Jak lui avait offert le même présent, au même âge, sans imaginer qu'à bientôt soixante ans son ami le conserverait toujours, sinon dans sa poche, du moins à portée de main.

« Le rhum supplée à tout. C'est plus facile…, marmonna l'Ivrogne qui avait dédaigné son présent. Connais-tu meilleur remède pour nous préserver de la lucidité ? »

Jak l'approuva d'un mouvement de tête, sourire en coin.

Ses yeux brillants s'étaient à nouveau tournés vers le phare. L'Ivrogne les essuya du revers de sa manche et renifla sans pudeur.

« Je me suis écroulé quand les premières gouttes de pluie me cinglèrent le dos. La tempête avait pressé l'allure, je croyais avoir encore du temps… Je croyais tellement de choses… Étais-je aussi inconséquent ? Ou simplement épuisé. Vaincu. Stupide ? Des larmes dévalaient mes joues et je ne réalisais même pas que je pleurais. Ma vie n'était rien, je n'étais rien. Je ne méritais certainement pas d'être sauvé. Le rhum, voilà tout ce à quoi j'étais bon. Du rhum, sacrebleu ! Rien qu'un peu… »

De colère, ou pour fuir le désespoir, il avait fourragé dans les branchages jusqu'à retrouver le baraquement des naufrageurs. La toiture était effondrée depuis longtemps, des arbres avaient percé le plancher. L'averse ne s'y déversait pas directement – c'était déjà ça –, elle se contentait de percuter la paroi de la falaise qui constituait le mur principal de l'abri, et le seul encore véritablement valide, puis ricochait piètrement pour dégouliner avec retard le long des frondaisons en lentes et lourdes gouttes.

La seule carafe non brisée ne contenait plus qu'une mère de vinaigre au fort remugle. La fracasser de rage ou de dépit n'y changerait rien. Deux pots de terre cuite ébréchés pourraient recueillir la pluie, une fois lavés. Il ne s'en sentait pas le courage maintenant et s'était accroché à sa décision d'inspecter d'abord toute la cabane. Cela fait, et pas avant, ou bien il se reposerait ou bien il travaillerait, selon l'humeur et ses trouvailles… Sous un amas de planches qui n'avaient pas résisté au temps – alors que les charpentes immergées de nefs plusieurs fois séculaires ignoraient ses outrages – il avait découvert une caisse sans couvercle. Il l'avait dégagée fébrilement. Si les naufrageurs n'en avaient pas abrité d'autres, c'était qu'elle devait préserver des choses essentielles pour eux, outils et ustensiles, voire une lampe à pétrole, un briquet à pierre et des mèches, une gourde, quelques couteaux – et probablement des armes, des cordes, une réserve de poudre… De la soie, la caisse ne contenait que de la soie, qui avait peut-être été jadis d'une belle qualité, car il n'en restait guère qu'une charpie terne. Dessous, tout au fond, un large lé doré était soigneusement plié dans une toile de coton. Ainsi protégé, il avait moins souffert. Il le déplia, le sentit avec méfiance et s'en recouvrit à la manière d'une cape.

C'était tout. L'abri ne recelait nul autre trésor. Il avait faim, il pleuvait. Il s'était assis sans avoir trouvé ne serait-ce qu'un endroit où éviter durablement les gouttes. Ses épaules drapées d'or s'étaient affaissées et sa poitrine chevrotait.

Au pied d'un trésor fabuleux, seul en un royaume qui n'était probablement pas le sien, un grand roi couvert d'or s'endormait pour ne jamais se réveiller.

Bien d'autres cauchemars s'étaient disputés sa nuit.

10

Ciel, terre, mer : la pluie grisait toute distinction.

De vagues masses à peine plus claires s'étalaient à partir de ses pieds jusqu'à rencontrer de vagues masses à peine plus sombres qui se dressaient en ombres inachevées ; entre-deux, des griffures d'écume apparaissaient et disparaissaient tandis que des lambeaux de brume s'égaraient jusqu'à l'engloutissement. Devant, tout autour, partout, les stries vertes et grises, implacables, obliques, infinies. Nul éclair, nul grondement. La mélopée entêtante de myriades de traits couvrait vents et houle.

Les ruissellements terreux de la falaise le disputaient en inconfort aux rebonds et dégoulinades des branches qui formaient son toit. La charpente ne pliait pas, seules ses feuilles ployaient irrégulièrement, cédant brusquement sous la charge et laissant dégoutter la pluie jusqu'à une prochaine feuille ; des filets perlés, plus ou moins continuels, mais sonores, coulaient des plus basses.

Il n'avait pas envie de bouger. Et, de toute manière, nulle part où aller. L'endroit avait été bien choisi, certainement le plus à l'abri des fourberies de la tempête. Le mieux était d'attendre, d'économiser ses forces, de ne pas penser.

Ses pensées évitaient une énième inspection des alentours en se réfugiant du côté de l'Aventure Sans

Fin – après une course mémorable sur les remparts balayés par les embruns, il avait eu la mauvaise fortune de revoir les hivers de son enfance, quand, rentrant dans la cuisine parfumée par un bol de lait chaud, il s'abîmait dans le spectacle quotidien de la pluie qui s'acharnait contre les vitres qu'elle ne fracassait jamais, son corps épuisé peu à peu réchauffé du côté de la cheminée. Il avait sursauté et ses yeux s'étaient fixés sur les poteries brisées qui regorgeaient d'une eau pure que leurs parois souillaient. Il avait à nouveau récapitulé ses tâches les plus urgentes : les laver, préparer un feu. Non, il avait perdu ses allumettes, il n'y aurait donc pas de feu. Et pour manger quoi ? Hormis ce qu'il ne pêcherait pas, il restait : du feuillage, quelques fleurs à flanc de falaise, pas de fruits. S'il en savait peu en botanique – à peine de quoi définir : racines, rhizomes, tubercules – il doutait trouver des légumes comestibles aux abords d'une plage tropicale… Dans sa liste, il était également question de tailler une béquille – mais avec quel bois, quelle lame ? Il s'était ébroué pour chasser ce qui n'était ni acrimonie ni accablement, mais la soie détrempée collait la pluie à sa peau. Il s'en était débarrassé en libérant une fureur soudaine et avait entrepris de la déchirer, systématiquement, déplaçant sa vengeance sur ce morceau de tissu, pertinemment conscient de la puérilité de son geste, l'assumant même avec une délectation sauvage… Ensuite, il s'était emparé d'un lambeau, l'avait contemplé et avait enfin réalisé qu'il devait bander sa cheville et son pied. Il s'était efforcé de percevoir un début de soulagement et s'était interrogé sur ce qu'il pouvait faire, concrètement, maintenant, pour sauver ce faux-semblant d'espoir. Il avait récupéré la toile de coton qui avait préservé la soie dorée et l'avait passée sur ses épaules en se répétant qu'elle faisait une bien meilleure couverture. « Et puis quoi, après ? Attendre, simplement attendre ? »

Combien de temps durerait la pluie ? Jusqu'à la prochaine nuit, plusieurs jours, une semaine, deux ?

Maugréer ne lui paraissait supportable qu'à condition d'accepter l'espoir fuyant d'une éclaircie – et se tenir prêt.

Il s'était donc levé pour enfoncer délicatement une main dans une poterie et la remonter, paume ouverte, pour se désaltérer. L'eau était glaciale mais bienfaisante. Il avait renouvelé son geste jusqu'à s'imaginer laper à un torrent de moyenne montagne. Après un soupir, il avait frotté l'intérieur et vidé le récipient, y avait transvasé un peu d'eau claire du second, l'avait encore lavé, l'avait rincé, puis reposé sous une branche d'où ruisselait la pluie. En se redressant, parmi les frondaisons qui envahissaient cette portion de la cabane, il avait distingué un amas sombre. Il avait écarté les feuillages et découvert un tas de bois sec. Ses prédécesseurs avaient eu l'intelligence de se ménager des réserves, et de couvrir le précieux combustible d'une rangée de planches se chevauchant. Sa trouvaille serait restée amère s'il n'avait pu en tirer non pas une fourche en guise de béquille, mais un bâton d'une honnête tenue pour un pèlerin. Il avait songé à en sculpter la partie supérieure, comme jadis il gravait maladroitement des frises d'animaux fantastiques sur ses bâtons de promenade, avec ce même couteau. Ce souvenir l'avait fait sourire. Il avait pris appui et traversé la baraque. Bien. Il pouvait marcher à présent. Ce n'était probablement qu'une bête foulure, qu'il soignerait par du repos. Affaire résolue. Et maintenant ? Sans rhum, sans feu, sans rien…

Il était retourné à sa place, avait plié sa jambe valide sous l'autre, glissé le bâton sur la cuisse relevée et sous le genou de la jambe blessée de sorte à soulager sa cheville. Encapuchonné, le Déchiffreur avait pointé son regard là où il aurait disposé les pierres du feu.

Par temps clair, ceux qui croisaient au large de cet îlot ne distinguaient qu'une brume qui s'effilochait paresseusement et l'évitaient prudemment. Parfois, l'île fantôme se dévoilait dans toute sa splendeur étrange et cette crique hospitalière invitait à larguer l'ancre. Quels fous avaient commis pareille sottise ? Les écueils éventraient les coques, les rescapés que le courant et les tourbillons ne livraient pas aux nœuds sous-marins nageaient jusqu'à cette plage et se redressaient triomphalement – pour s'en découvrir prisonniers. Impossible de regagner le large, impossible d'escalader la falaise. S'entre-dévoraient-ils pour laisser les plus forts survivre quelques jours aux plus faibles ? Guettaient-ils le passage de voiles lointaines, non pas dans l'espoir d'être délivrés – ils le savaient, cet espoir aussi était impossible –, mais de quelque tonneau de morue salée dérivant miraculeusement jusqu'à eux ? De la morue, et puis aussi d'autres hommes, affaiblis… Ou plus forts… Qu'entreprenait le tout dernier ? Ronger l'écorce ? Le Déchiffreur y avait songé, mais un instinct primitif le prévenait d'une amertume écœurante. Peut-être valait-il mieux crever le corps disloqué pour avoir tenté de dominer la falaise – encore que, loin de là, toutes les chutes ne soient pas immédiatement mortelles…

Se noyer irait plus vite. Son expérience de pêcheur de perles intermittent lui disait qu'il pouvait se retenir longtemps de respirer, cette fois assez pour gagner le fond sans se soucier de la remontée. Le spectacle des joyaux engloutis aux reflets changeants pourrait l'aider à ne pas décompter les secondes avant la panique. Mieux vaudrait s'être alors coincé une jambe entre deux excroissances véreuses, pour être sûr…

D'autres avaient survécu. Cette certitude onirique couronnait la vision de son double qui s'observait se ficher la tête dans une barrique de rhum à la suite d'un pari stupide : ils savaient (lui et son double qui l'observait, mais le triple qui ne pensait pas encore qu'il rêvait en doutait un peu) qu'un homme peut s'abstenir de manger plusieurs semaines, mais pas de boire plus qu'un jour ; le plus ivre des trois avait ainsi accepté de jouer à « la canne d'autruche », c'est-à-dire de plonger tout entier dans du rhum « jusqu'à plus soif », précisait la règle qui s'inventait au fur et à mesure que sa mémoire reconstituait la scène et cherchait vaillamment à en rétablir la cohérence. D'autres en étaient morts, pas lui – tous trois s'étaient réveillés, en même temps, et juste à temps, et en criant aussi, car aucun ne savait s'être endormi.

La pluie, toujours la pluie.

Une méchante crampe coinçait sa jambe valide et le bâton s'était bloqué entre la falaise et le sol qu'il avait fini par creuser.

Lors des tempêtes, orage de quelques heures ou enfilade d'ouragans sur toute une saison, le courant drainait vers la crique tout ce que la mer véhiculait. Pour s'en assurer, les naufrageurs allumaient un feu, peut-être juste au-dessus de la cabane. La lueur du brasier devait porter loin. S'il s'en sortait, le Déchiffreur avait juré de faire le tour de l'îlot pour confirmer la position de ce feu – la lumière ne devait pas seulement guider les vaisseaux jusqu'à l'île, mais les inciter à l'aborder par l'est, afin que le courant ramenât la proie au bon endroit.

Certains accostaient-ils au sud, malgré la ceinture de corail bordée de récifs ? Les naufragés ne pouvaient pas escalader une si haute falaise et il était impossible à un nageur de contourner l'île – bien peu de marins savaient enchaîner plus que quelques brasses. Alors, s'ils parvenaient jusqu'à la crique ouest, à force de volonté ou par simple chance, que pouvaient-ils espérer ? L'architecture extravagante de ses brisants ne serait d'aucune pitié, mais du moins les survivants pouvaient accéder au rivage et y survivre – il avait vu des crabes, l'un d'eux avait probablement grimpé sur son pied. Mais une seule sentinelle tiendrait en respect un bataillon du haut de l'escalier étroit et glissant qui menait au plateau, en attendant les renforts… Dans les deux cas, les naufrageurs accueilleraient les rescapés pour les achever, jusqu'au dernier.

Le Déchiffreur appréciait que l'historien en lui reprît lentement et sûrement le dessus, mais il devait canaliser ses cogitations : raisonner lui épargnait peut-être de sombrer dans le délire, mais ses déductions ne lui ouvraient pas de meilleures perspectives.

Flibustiers ou contrebandiers, à moins de remonter encore plus loin, aux origines du peuplement du continent américain, les premiers naufrageurs n'étaient pas naufrageurs par vocation – qui choisirait un îlot à l'écart des routes maritimes pour attirer les navires ! –, mais par opportunisme. Ils avaient survécu ; voilà ce qu'il devait retenir. Des hommes – plus nombreux, plus précautionneux que lui, sans aucun doute – avaient survécu, ici.

Et ensuite ?

À moins que la particularité primordiale de cet îlot, hormis sa discrétion cartographique, renforcée par son écharpe de brume, reste son inaccessibilité. Car, sauf à en maîtriser l'approche par gros temps, point de salut… Une fois à terre, la position se défend d'elle-même… Qui accède à son plateau le peuple facilement de cochons – lesquels constitueront d'excellentes ressources de viande séchée, propres à ragaillardir un équipage las de morue salée. Admirez le paradis des pirates convalescents : grand air, vue sur le large et, cerise sur le gâteau, quelques distractions lucratives en guise d'entraînement, les naufrages – d'autant plus rares, ils exercent la vigilance…

Où établissent-ils leur village ? Le double lagon est trop visible de l'océan. Des feux sur le plateau se distingueraient comme lune par nuit d'étoiles. Une chaloupe peut franchir les récifs de la crique ouest, mais au meilleur endroit le rivage n'est pas plus large qu'une allée… Où s'installent-ils, alors ? Où vivent-ils ?

De sa cabane, il ne pouvait pas apercevoir la mer, non en raison de la pluie qui sévissait, grattement inlassable, biffages opiniâtres, mais du renfoncement de la falaise. Un feu pouvait y briller en pleine obscurité sans être vu. Le paradoxe ne l'avait pas fait sourire. Cette baraque ne servait pas à entreposer provisoirement ce que la crique redonnait aux hommes, elle était leur village…

Voilà. Pas plus. Tout est là, il ne reste rien.

Peut-être aurait-il dû s'empresser de fouiller – d'ausculter le sol, de retourner le sable, de fourrager parmi les bosquets, de sonder la moindre anfractuosité dans la roche, de regarder partout – dans l'espoir, saugrenu mais nécessaire, de grossir son butin de… de… d'ustensiles de cuisine, de pierre à feu, de couvertures, de… Il avait baissé les épaules. Il avait déjà fait ce rêve, paradoxe de l'archéologue qui ratisse la terre pour retrouver ses clés. Sauf que ce n'était pas un rêve. Cette liste, ce n'est pas la première fois qu'il la dresse… Hier ?

Un. Le Pavillon blanc n'avait jamais accosté sur l'île fantôme pour la peupler d'affranchis.

Deux. Et si le Pirate Sans Nom avait foulé ce sol, c'était tout au plus pour ripailler et rafraîchir ses troupes – et certainement pas pour confier le secret ou la garde de son trésor à quelques estropiés qu'il ne pouvait étroitement et constamment surveiller…

Trois. À quoi bon entretenir l'espoir de survivre ? Pourquoi ?

Et ? Il s'était trompé sur toute la ligne. Finalement pas plus doué comme historien que comme aventurier… Il courait après une ombre depuis les remparts, depuis les amphithéâtres, depuis les comptoirs, depuis cette crique où il avait abandonné son canot pour courir après l'ombre d'une Aventure Sans Fin, échouée. Irrémédiablement échouée, et lui avec.

Sans son impatience à en découdre avec l'Histoire, sans l'outrecuidante prétention d'apporter la preuve de sa théorie, il serait, ventre plein et culotte sèche, au chaud sous la tente, à boire du rhum et noircir des pages !

Et pourquoi pas notaire ?

Cette inclination primitive, probablement indispensable pour préserver à la morale une certaine influence, que l'on nomme regrets, lui était apparue depuis le plus jeune âge comme une entrave à toute velléité d'audace. Or, sans culot, point d'évolution. « Quoi ! "Révolution" ? » l'accusait son père, modèle de probité, puisque notaire, dans le clair-obscur délivré par les petits carreaux de son étude, toute parchemin et encaustique, à l'abri de plusieurs piles de dossiers maintenus à hauteur de plume par quatre pieds de table. « Autant continuer de marcher à quatre pattes ! » ripostait l'adolescent pontifiant qui ne se trouvait pas juché sur les larges remparts malouins, mais assis sur des liasses paternelles, le derrière mouchant quelque succession nobiliaire. Et son notaire de père de remarquer : « Il n'y a rien à gratter derrière les étoiles ! »

Si, Papa. Oh si… Juste là, il n'y a qu'à tendre la main, ma bonne étoile m'a économisé un bien long trajet…

Encore un peu, et il crierait Maman.

La perversité de la morale à tirer (à boulets rouges) de sa fin médiocre (et ridicule) titillait salement ce qui lui restait d'orgueil (tellement). Combien de fois (par dizaines) avait-il abusé les touristes (ravis, ils en redemandaient) en leur proposant une fausse (mais si joliment idéale) carte au trésor – participant en cela à l'économie traditionnelle (et piratesque) de toutes les îles un jour (réputées) visitées par des pirates ? Tous ses plans (ou un seul, perfide et polymorphe) se fondaient (comme « fondre dans un moule » ?) sur l'illustration finale (et approximative) d'un manuscrit, (probablement) un faux, un simple faux dont l'authenticité présumée (lui, l'expert, arnaqué ?) reprenait astucieusement quelques particularités (peu, en fait) des légendes locales (ou de mythes universels – une île fantôme, un vaisseau ardent). Lui, le spécialiste, l'historien, la promesse universitaire, le maître ès bouffonneries savantes, l'auteur caché d'un traité sur cette tradition orale même, lui, arrière-arrière-petit-fils de corsaire français (dont la galerie des ancêtres, jadis si prolixes, le snobait depuis qu'outre-Atlantique il dédaignait le Malouin pour le Hollandais), pris à son propre piège !

Il allait mourir – et les autres, ceux qui marchent à quatre pattes, eh bien, les autres avaient raison.

C'était navrant, mais du moins, piètre consolation, sa solitude scellerait le secret de son humiliation.

La pluie ne l'avait pas lavé de toute trace d'orgueil... Était-ce bon ?

Le Déchiffreur avait baissé la tête, avait calé à nouveau son bâton à travers ses jambes et s'était rendormi.

« Et la première partie du manuscrit ! s'alarma Anton.

— “Les Petits” ? Quelques pages recopiées d'un quelconque roman refusé. Mon éditeur était bien placé pour puiser dans la matière première – inédite ! D'ailleurs, je commençais à suspecter Blackjack d'être sa vengeance personnifiée, que cette conspiration était probablement mandatée par mon père, lui-même soutenu par le conseil de famille et l'association des anciens camarades d'amphi du

Bouffon-savant réunis, tous ensemble doctement approuvés par mon maître de mémoire, vengeur.

— Délire…

— Oui, Tempête… C'est sobrement dit.

— Hilarant, le jeu de mots… Mais dis-nous comment tu t'en es sorti, l'Ivrogne.

— Comment… Les naufrageurs devaient bien rejoindre le plateau, pour hisser leurs butins, pour descendre les cochons, pour aller se dégourdir les jambes, guetter l'horizon et allumer le feu… Un cabestan, un simple treuil les affranchissait de mon souci. Le confort moderne sur l'île des pirates, j'ai nommé l'ascenseur ! Pas d'automatisme, mais l'entretien de bons gros bras musclés, voilà tout.

— Vous en aviez déjà cherché la trace, releva Anton.

— Sans la trouver. Bizarrement, cette idée a fini par me tarauder au point de m'inciter à me lever pour chercher encore. Mais, cette fois, je regardais là où le treuil aurait pu tomber, puisqu'il n'était pas là-haut… Réflexe dérisoire, n'est-ce pas ? Parce que, si la chance me souriait enfin, et que je trouvais une poulie et une corde encore en état d'usage, qu'en ferais-je ? D'en bas ! Ça ne changerait rien à mon problème… Mais je voulais les voir, juste savoir que j'avais eu raison, au moins quelque part…

— Et ?

— Je n'ai rien trouvé…

— Ça nous dit pas comment tu t'en es sorti, l'Ivrogne !

— Les oiseaux, Tempête, “les oiseaux, merveilleux oiseaux”… »

11

Une accalmie avait salué son nouveau réveil, ou l'effacement de la monotonie sonore de la pluie l'avait intrigué au point de le sortir de sa torpeur. Les nuages desserraient très provisoirement leur étreinte et menaçaient de reprendre les hostilités à tout moment. La houle battait la crique en de fugaces éclats d'un vert fluorescent, puis recouvrait la lourdeur terne et indistincte des flots ballottés. De grandes flèches noires fusaient du fondement de la falaise, limaient l'écume et gagnaient le ciel jusqu'à y disparaître. Jamais il n'avait imaginé désirer goûter la chair crue d'un cormoran…

Il n'avait jamais chassé de sa vie et ne savait que peu de chose à ce sujet. Chaque mètre de la crique des naufrageurs justifiait son appellation, seule la plage offrait une perspective assez dégagée pour envisager une action. Une action de quel type ? Dans la plaine, les jours d'ouverture de la chasse, les hommes arpentaient les champs et franchissaient les haies. Dans les marais, ils prenaient place tôt le matin, bien avant l'aube, et se cachaient dans un gabion. L'affût promettait de beaux trophées, l'approche paraissait empreinte de plus de noblesse. Mais les chasseurs bénéficiaient du choix des armes, et le gibier pullulait… Son oncle fermier avait plus vite fait de tirer un lapin que d'aller en acheter un.

Ici… Il avait décidé de se placer au centre de la plage et de rester immobile des heures durant, en veillant à effectuer des exercices discrets pour ne pas risquer l'ankylose au moment de frapper. Jusque-là, aucun oiseau n'était venu sur le sable, mais la curiosité pourrait en inspirer un… Il devrait donc attendre le bon vouloir d'un spécimen plus badaud que ses congénères, et s'en approcher sans l'effrayer. Rendu assez près, il n'aurait qu'à employer son bâton.

Après l'avoir taillé en harpon, ou devait-il en mouliner à la manière d'une massue ? Ou d'un club de golf ?

La mer l'avait soulagé de ce sinistre dilemme.

Ce n'était qu'un tout petit coffre, au couvercle gracieusement bombé, orné de renforcements cuivrés plus décoratifs que nécessaires et d'une plaque ornementale finement gravée qui représentait trois pyramides. En s'agenouillant pour le saisir dans ses mains et le tourner sur lui-même pour s'imprégner de chacune de ses faces, sa cape rudimentaire avait glissé de ses épaules et s'était empêtrée dans son bâton. Il avait contrebalancé son corps pour éviter de chuter et avait pris malencontreusement appui sur sa mauvaise jambe. Il était tombé la tête en avant, les bras trop écartés, et le coffret lui avait écrasé les poumons. Il s'était redressé et son cri de fureur s'était aussitôt transformé en cri de douleur. Une côte fêlée, peut-être cassée, sinon deux… Assis, il s'était dégagé rageusement de la toile de coton et l'avait jetée toute bouchonnée sur le côté.

Le coffret. Il le soupesa, heureux et fâché à la fois de le tenir à bout de bras sans trop peiner : sa cage thoracique n'était pas trop atteinte, le petit coffre ne renfermait rien de lourd. En l'inclinant et en y portant l'oreille, il entendait une glissade aux échos cristallins. Une serrure ouvragée qui imitait un feuillage de papyrus ne prétendait aucunement résister à la lame de son couteau. Le Déchiffreur hésitait cependant à la forcer. Depuis son arrivée, et malgré le déchaînement des vagues, la petite plage à l'assaut de laquelle se lançait l'océan avait été épargnée. Si la crique regorgeait d'épaves, aucune ne s'était échouée, pas le moindre débris n'avait touché le sable. Excepté ce coffre. Devait-il le considérer comme un présent ?

Il avait décidé de ne pas abîmer la serrure. Avec délicatesse, il avait infiltré sa lame sous un angle de la charnière et celle-ci avait cédé tout entière à la première sollicitation. Six flacons à parfum nageaient autour d'une petite boîte hexagonale dans une bouillasse de sable et de papier, rougie par les velours qui calfeutraient les parois. L'intérieur du couvercle se trouvait pourvu d'une glace et, de part et d'autre, le manche d'une brosse et un peigne de nacre s'y maintenaient par de fines lanières de cuir durci et enflé.

La petite boîte dont le couvercle se dévissait lui résistait, le bois ayant gonflé. Jadis, les gravures galantes qui florissaient chacune de ses faces aujourd'hui craquelées étaient minutieusement peintes. Aucun son n'en trahissait le contenu : si c'était une boîte à bijoux, elle était vide. Un poudrier, alors ? Il avait dû la forcer et l'abîmer. En fouillant la boue, il en avait retiré deux mouchoirs dentelés, finement brodés d'un « P » à la calligraphie compliquée par des feuilles enchâssées. Ce coffre avait appartenu, ou était destiné, à une dame de la haute société ou à la tendre fille d'un marchand d'esclaves. Voilà pour le présent de l'île fantôme à l'historien de la piraterie.

« *Tu t'attendais à quoi ? Ça, un signe ! Mais tu délires... D'ailleurs, tu as toujours déliré. Tu le sais. Tu avais l'excuse de l'enfance avec l'Aventure Sans Fin, ton imagination débordante, tout ça... Après, eh bien, les étudiants sont parfois fantasques. De bars en tripots, la vie parisienne réclame son lot de fantaisie. Pardonné, tout ça... Et les îles, les tropiques, les mers du Sud, les Caraïbes ! Le rhum est si bon, ça se comprend. Tout s'explique. Ce n'est pas ta faute, tu es né comme ça. En fils de notaire, tu peux tout justifier. Tu délires avec raison.* — Assez ! »

Debout, résistant difficilement à l'idée de renvoyer dans les abysses ce cynique canular, le Déchiffreur s'était penché pour récupérer son châle que déchiffonnaient les vagues, lorsque son regard avait été autrement attiré par l'oiseau qui écartait ses ailes noires, bec ouvert, à moins de dix mètres.

Son bâton gisait trop loin derrière lui, mais il tenait toujours le coffret.

Il avait fait trois mètres en décomposant ses pas, marchant en crabe pour que sa boiterie ne menaçât pas le volatile. Un autre cormoran venait de rejoindre le premier. Un mètre encore, et deux autres se posaient derrière lui, tout près de son bâton. Avant qu'il n'eût incliné vers eux la tête avec d'infinies précautions, ils étaient repartis. Il avait lentement repris sa position, s'était assuré que les oiseaux restants ne s'inquiétaient pas outre mesure de son approche. Il avait fait un nouveau pas. Le premier cormoran s'était envolé, pas l'autre. Celui-ci se contentait de s'éloigner un peu, moins par prudence que pour bénéficier d'un meilleur vent pour sécher ses ailes et son poitrail. Il pouvait l'atteindre, l'animal ne le regardait même plus, mais il décida de l'épargner.

« *Tu as bien fait.* — Assez ! »

En se retournant pour aller récupérer sa béquille, deux observations s'étaient cruellement disputé son attention. Les dernières vagues qui jouaient avec la toile de coton l'avaient partiellement déployée, et son cœur avait tressailli en croyant distinguer l'amorce d'un dessin, puis les deux petits bouts de bois qui l'esquissaient s'étaient déplacés pour ne plus rien suggérer d'autre que deux petits bouts de bois roulant au gré des vagues. Non loin, deux œufs trônaient à côté de son bâton.

Deux œufs : une journée de survie.

« Ben voyons ! Il va se taper une omelette, maintenant. Coup de chance, ça, d'être à la saison des œufs, sinon…

— La saison des œufs était passée, Tempête. Pas de beaucoup, mais quand même. Cela dit, certaines espèces connaissent une seconde couvaison quand la première portée a été détruite. La nature s'adapte, elle ne renonce pas facilement et use d'expédients. Ou bien, en m'apportant des œufs chaque jour, elle entendait prolonger mon agonie et me forcer à expier, encore et encore…

— Parce qu'il y en a eu d'autres ?

— Tant que dura la pluie…

— Fabuleux, l'Ivrogne ! Et ensuite, il t'a poussé des ailes et t'es reparti.

— Tempête, le cormoran est un plongeur, sinon pourquoi sa combinaison noire ? »

La pluie avait repris et ne s'était pas estompée de la nuit. Elle s'était interrompue quelques minutes à peine le lendemain, et dès qu'il eut ramassé deux nouveaux œufs, elle s'était abattue de nouveau jusqu'au jour suivant. Puis, nouvelle pause, le temps de récolter ses œufs.

Ce miracle quotidien devait avoir un sens, ou bien ne devait pas en avoir. Et si ce mystère n'existait que parce qu'il ne savait pas l'élucider ? Son ignorance était-elle son salut ?

Le phénomène lui semblait un peu plus complexe qu'un fol espoir de potache. Devait-il essayer la foi, alors ? Caresser l'idée se révélait plaisant : la thaumaturgie de l'œuf… À moins que cette certitude irrationnelle ne fût qu'une couverture, un substitut, un stratagème typique – une manière déguisée d'expliquer sans expliquer, de dépasser les minuscules du « parce que » de l'enfant par de majestueuses majuscules sur fond d'icônes – dont il faudrait bien vite réglementer la calligraphie.

Il restait peu de termes à l'alternative : croire avec sa mère ou démontrer avec son père – enfant, il avait refusé de prendre parti. Il s'était donc contenté d'admettre, d'accepter les œufs, et de les gober.

Cette humilité ne flattait pas sa part civilisée, elle puisait dans l'animalité, qu'il devinait, à force de pluie, incroyablement proche.

Deux œufs. Pas trois. La dose devait être suffisante à le maintenir en vie.

Sa jambe, sa poitrine, les mille et une plaies des ronces, le froid et l'humidité épuisaient ses forces. Il se traînait jusqu'aux œufs plus qu'il ne se levait – il marchait enfin à quatre pattes, mais, se ressaisissait-il, quoique mollement, et selon d'autres motifs.

Encore que. Il devait le reconnaître : ce n'était pas par une quelconque démarche volontaire qu'il avait renoncé à son orgueil – Ma Stupéfiante Théorie Probatoire –, mais parce que l'opportunité lui en avait été retirée. Depuis, ses regrets stagnaient à l'étroit dans un chapelet d'écluses à douleur – Pas Toucher. Mais peut-être était-ce, précisément, le début de… de quelque chose de moins rassurant que ce que son premier instituteur appelait « sagesse » lors du quart d'heure quotidien de leçon de morale.

« Il faudrait au moins trois œufs pour raisonner convenablement. — *Et du rhum, rien qu'une rasade, une fois…* »

Deux œufs. La pluie. Encore deux œufs. La pluie. Pas un de moins, pas un de plus, la dose juste. La pluie, c'est de l'eau, rien que de l'eau. Deux œufs, la pluie. Il était toujours en vie et l'homme lui semblait n'être, finalement, pas grand-chose d'autre qu'un animal insatisfait. Qui mangeait des œufs, qui buvait de l'eau. Non, pas grand-chose, mais pétri d'envies.

« *Un* à quatre pattes *avec des velléités de bipède ?*

— Assez ! — *Soit, mais tu progresses : de quatre à deux, de deux à une… Coupe-toi cette jambe, elle te pousse à régresser…* »

À force d'endurance, l'ouragan travaillait en profondeur et brassait les vestiges des drames humains arrêtés là. Le courant agressait violemment la pointe qui le rejetait ; les vagues fuyaient vers la plage qu'elles léchaient goulûment ; contré par le flux montant, le reflux s'engouffrait en tourbillons pour sonder ses entrailles. Ces turbulences spiralées ravaudaient les fonds jusqu'à décrocher des nœuds les épaves afin de les broyer encore. Il n'en resterait, un jour, que de l'eau. Quelques débris surnageaient, puis ils disparaissaient. Ces fragments dérisoires – aujourd'hui : une figure de proue décapitée à hauteur de la mâchoire ; un nid-de-pie peint en rouge sang et ses trois mètres de mâture ; une étrave intacte et enfin ce qui pouvait être un margouillet empêtré de lisses ou bien d'algues – formaient une farandole échevelée qui n'atteignait jamais le sable.

Parfois, il était tenté de rentrer dans l'eau pour toucher du bout des doigts une parcelle de civilisation déchue. Il n'en faisait rien. Un rêve, sous forme de leçon de biologie, lui avait présenté au tableau noir la crique comme un estomac, les tentacules comme des veines, l'eau en acide lent – à la craie blanche, non dessiné mais écrit, le mot « homme », souligné deux fois, était clairement désigné comme son unique nourriture, son obsession vitale.

Depuis, il regardait la bête immonde régurgiter ignominieusement, puis tout ravaler, comme un animal se purge ou bouffe ses excréments, n'en oubliant pas un morceau, et se gardait d'y risquer son pied invalide.

Si deux œufs ne suffisaient pas, effectivement, pour penser à la manière choisie d'un professeur, deux œufs suffisaient amplement à préserver le sommeil satisfait d'un cancre. Ce qu'il n'avait jamais su être, bien que distrait et facétieux, grand expert en l'art de paraître ne rien apprendre.

Pour deux œufs, sans plus, il dormait donc. Trop, d'un certain côté, mais trop peu de l'autre, bien qu'il lui eût été difficile de dormir davantage. Car l'ascétisme impromptu et définitif révélait la nature du continuum entre les remparts de Saint-Malo et la chaire de la Sorbonne : le mystère de l'alchimie du Bouffon-savant tenait au rhum, en fort dosage. Sa privation le plongeait paradoxalement dans la mélancolie platement routinière de n'importe quel ivrogne.

Quand il ne dormait pas, il ressassait, ne prenant plus la peine de se relever.

Parfois, mais rarement, entre-deux, l'ingéniosité involontaire du renégat des *à quatre pattes* échafaudait de rocambolesques entreprises pour vivre autrement, ou pour aller mourir plus loin. Ses yeux scrutaient à travers la pluie comme on peut regarder en écartant à peine les stores d'une jalousie, ou en plaçant un peigne contre les yeux ; et plutôt qu'obliquer, au-delà des fleurs qui ne se montraient plus, vers la pointe et ses écailles noires et lissées, il étudiait mentalement un autre trajet, comblant les souvenirs désordonnés de sa descente.

Trois semaines avaient été nécessaires pour qu'au mot alpiniste il associât autre chose qu'une corde et des noms de nœuds, c'est-à-dire un piton. Un piton pouvait se planter dans peu de terre ou se coincer dans une fissure. Un piton pouvait être un petit bout de bois taillé en pointe. Il était descendu à la force des bras – du moins, il se plaisait à s'efforcer de le croire –, il remonterait de même.

Combien devait-il en fabriquer ? Les pitons devaient être horizontalement espacés d'une bonne largeur d'épaules, verticalement rapprochés d'une hauteur de bras tout au plus. Il pouvait estimer à cinq (« *Je dirais plutôt… sept* ») hauteurs d'homme l'espace à franchir et, n'ayant pas repéré précisément l'itinéraire, il serait sage d'augmenter la mesure de… disons la moitié (« *D'accord* »). Plus quelques-uns pour renforcer les prises des massifs fleuris désormais détrempés. Donc, multiplions par deux (« *C'est beaucoup, mais puisque tu as dit cinq…* »). Un homme mesure bien trois bras tendus de haut ; deux fois cinq (« *Sept !* ») hommes font trente (« *Quarante-deux* ») bras ; par deux mains, soit soixante (« *Transigeons à quatre-vingts…* ») pitons à tailler au couteau (« *Et encore : "ce" couteau – un canif, à mon avis* »).

Il n'en avait préparé que huit, accroupi, le temps de vérifier ce calcul (« *… et d'avaler deux fois deux œufs – la lame est émoussée, il ne songe même pas à l'aiguiser…* »), et avait abandonné devant l'évidence d'un autre calcul : sachant qu'il ne pouvait raisonnablement pas emporter plus d'une demi-douzaine de pitons en même temps, combien de fois devrait-il monter (« *Et redescendre !* ») avant d'enfoncer le soixantième ? Trop, bien trop. (« *Non ! Tu te trompes. Ce sera dur, mais…* ») Même sans une jambe invalide ni aucune côte cassée… (« *Notaire !* »)

« Trois semaines ? Vous êtes réellement resté trois semaines dans ce trou ?

— D'après mes comptes, lorsque je songeai aux pitons, j'en étais là… En fait, certainement plus. Ce qui distinguait la nuit du jour, ce n'était pas tant la lumière que les œufs. Je dormais trop et mal, et perdais mes veilles à bougonner. Ce qui faisait de moi un piètre Robinson ! Je m'étais installé dans une sorte de torpeur morbide, avec quelle déconcertante docilité ! Pourquoi ? Tu vois, Morne-mer, la pluie change tout quand elle se prend à durer… Quoi de plus simple et d'inoffensif qu'une goutte d'eau pure ? Quoi de plus implacable que l'eau qui s'empare de tout, masse informe qui comble tout espace ? Le déluge, c'est l'anéantissement… Et pourtant, Morne-mer, la vie vient de l'eau. Voilà ce que je me suis dit, une bonne semaine plus tard… La vie vient de l'eau ! Si la pluie me submergeait, pour la contrer je devais m'immerger ! Jusqu'à plus soif…

— C'est idiot !

— Pas pour un ivrogne, Tempête. J'en avais assez de me regarder dépérir, je devais… je devais… je devais accomplir un exploit ! Comme les chevaliers qui rivalisaient de bravoure pour conquérir une princesse, je devais épater ma belle étoile !

— Vous avez plongé !

— Oui, Morne-mer. Je me résolus ce jour-là à dédaigner les œufs et je me glissai dans l'eau… Je revivais ! Enfin… Pas longtemps, bien sûr. Je suis un historien, un théoricien intrépide, pas un pirate, mais le sang que mes aïeux ont laissé dans mes veines me donnait du courage, ou la charmante illusion d'en avoir… Je les ai appelés. “Aidez-moi…”

— Mais les voix ? l'interrompit Jak.

— Les voix n'étaient revenues que pour dévier mes délires de la pure folie. Je n'avais personne avec qui rire, alors, elles faisaient le pitre pour moi. Mais ce n'était pas mes ancêtres, juste des répliques. Eux ne m'ont pas répondu. Peut-être les défiais-je en m'aventurant dans l'eau trouble des naufragés… Oui, j'ai plongé, Morne-mer, et crois-moi, la morsure du froid sur les blessures n'est pas une plaisanterie… Les remous de plusieurs semaines ne me permettaient pas de distinguer la forme de ma main à bout de bras. Quelques brasses et je m'en retournais vers la plage… Ah, certes, je n'avais strictement rien aperçu, mais je n'étais pas déçu : j'avais essayé. C'était de la folie, mais… j'avais enfreint la règle, je n'étais plus un *à quatre pattes*…

« Je sortis donc de l'eau, triomphant, et, sur une jambe, je dansai sur le sable… jusqu'au moment où je me pris les pieds dans la toile que j'y avais abandonnée tant de jours plus tôt. Quelle chute, Morne-mer ! Je me redressai en pestant, bien décidé à prendre les œufs pour aller maugréer dans mon coin, et là… Là, tout a basculé. Matelots, à compter de ce moment-là, ma vie, tout entière… Ah ! J'avais raison. J'avais raison… »

12

Après des jours et des jours, battu par la pluie et ballotté par les vagues, le morceau de toile blanche n'a pas bougé, sinon pour se déployer.

Il forme un vaste carré sur lequel quelques débris de bois captifs roulent de concert, évoquant parfois diverses frises abstraites, sauf à un angle que son pied vient de replier sur lui-même. Là, si discrète qu'il n'aurait pas dû la voir, une trace noire. Simple et banale. Un trait, manifestement fait au pinceau, un pinceau large, de ceux employés pour vernir, pas pour peindre. Il sait tout cela avant de se pencher, hésite, refuse ce qu'il devine. Il s'agenouille et soulève lentement le coin de la toile. Le trait se prolonge, s'incurve. L'encre manque, le peintre replonge son outil dans la gonne de goudron et repose le pinceau sur la toile, pas exactement au même endroit. Le trait reprend, d'abord un peu indécis, puis décidé, voire pressé. Ce n'est pas un artiste et sa main tremble, surtout pour la jambe. Pas facile de représenter une jambe de bois. Le crâne est mieux réussi, plus assuré, presque symétrique. Les modèles abondent. L'orbite qui reçoit le moignon a été dessinée deux fois, avant et après la jambe, et encore corrigée. C'est une esquisse malhabile. Le Pavillon blanc.

Il caresse le dessin d'une main et, de l'autre, il repousse l'océan.

Le Déchiffreur ferme les yeux et répète les gestes du capitaine qui brouillonne son effigie, qui peste d'être si maladroit, qui se cache de ses hommes pour qui il est celui qui peut tout. Qui regarde son travail et se demande la gueule que ça aura, là-haut, au grand mât, flottant au vent. Sera-t-il assez visible ? De loin, fera-t-il vraiment peur ?

Il se redresse et contemple l'étendard dans son ensemble. Sans faire petit, le dessin n'occupe pas la moitié du tissu ; il n'en est pas moins menaçant, et peut-être l'en est-il davantage : on tarde à déchiffrer l'implacable avertissement. L'essai est parfait, toutes les illustrations figurant le Pavillon blanc peuvent avoir recopié celui-ci. Le capitaine n'est pourtant pas satisfait, qui ne peint qu'une face et la cache au fond d'une caisse d'étoffes, pour protéger une soie dorée.

Ou bien il attend son heure.

Petit Hollandais ! Petit Hollandais ! Qui es-tu devenu ?

Religieusement, il roule la toile de coton et la glisse sous sa chemise. La légende est vraie. Voilà. Sur sa peau nue frotte le Pavillon blanc des traditions orales, la signature du manuscrit, l'origine du Pirate Sans Nom. Sa théorie. La preuve nécessaire. Là, contre sa peau nue. Il pense au coffre, le cherche, le retrouve, le vide et le nettoie en prévision d'y déposer son trésor. Il n'ose déployer la bannière, la regarder encore, s'abîmer dans sa contemplation. Il a trouvé l'île du manuscrit, elle existe, l'*Île noire*. Il n'a pas pris les œufs. *Le Pavillon blanc. Le Pavillon blanc.*

« Mais alors…

— Oui.

— Le Pirate Sans Nom, tout ça…

— Oui. »

C'était comme la fois où ils s'étaient trompés de séance au cinéma : Jak avait regardé à gauche et à droite, puis il s'était laissé absorber par l'écran, sortant ses biscuits, s'enfonçant dans son siège; pas Anton, ce n'était pas son film.

Jak grimaçait un sourire hésitant, ce nouveau degré d'invraisemblance – après les œufs, après les tentacules luminifères – le délivrait de sa réserve. Anton n'y arrivait pas, bien qu'il eût envie d'y croire. Si seulement l'Ivrogne avait commencé par là...

Le lendemain, à l'heure des œufs, le pavillon, lavé du sel, pendait à l'abri de la pluie et séchait au vent. Devait-il le cacher à son tour? La nuit ne lui avait apporté aucune réponse, juste davantage de questions. Coutumier du fait, il s'en était réjoui comme un malade s'enorgueillit de ses premiers pas dans le couloir de sa chambre d'hôpital.

Qu'es-tu venu faire ici, Petit Hollandais? Qu'attends-tu de moi?

Que le Pirate Sans Nom abandonnât au fond d'une caisse d'une crique sans retour l'indice qu'il ait existé, et que le seul homme qui s'en doutât échouât dans cette île pour tomber dans cette crique sans retour et le découvrir après l'avoir longtemps négligé, et même repoussé, cela niait la coïncidence, cela relevait du Signe.

«*Et?*»

Comme un mot qui se rebelle sous la langue, il tenait une amorce de réponse, où se lovaient des typographies fugaces, comme «Eux», «Les petits» ou «Les enfants», «Ici», «Au nord». Peut-être.

«*Un mot de perdu, dix de retrouvés.*»

La blague n'était pas de mise, impossible d'en rire, quelque chose n'allait pas.

Quelque chose se passait, à son insu. Ou ne se passait pas...

Dehors, la pluie. La pluie continuait, à l'heure des œufs; aujourd'hui, elle ne cessait pas.

Les cormorans ne se posaient sur le rivage qu'au moment de l'accalmie quotidienne. Aujourd'hui, celle-ci tardait. Elle ne venait pas.

La pluie, la pluie, la pluie.

« L'anéantissement diluvien concerne moins les choses que l'âme, en fait. Ou du moins l'orgueil qui en tient lieu. Se sentir impuissant, victime d'un destin injuste et aveugle parce qu'un accident, la foudre, un tremblement de terre, la maladie emportent nos espoirs et notre assurance d'invulnérabilité, ce n'est rien comparé à la pluie qui ne s'arrête pas. La pluie nous lave peu à peu de nos prétentions, non pas en nous les retirant, mais en les dépouillant de tout subterfuge : elles sont là, nues, enfin nues, et nous reconnaissons que nous nous sommes toujours trompés, que notre pouvoir n'était pas notre fait. Avec la pluie, il n'y a plus de confusion possible : nous sommes une voile qui sillonne l'océan. Nous ne sommes pas libres, jamais. La mer qui nous porte ignore ce que nous voulons, l'ouragan qui nous coule également. Nous avons beau exceller à la manœuvre sur le plus fier des vaisseaux, nous sommes comme le naufragé sur son radeau de fortune, nous composons avec le courant, tant bien que mal… Oui, une voile qui sillonne l'océan. Nous sommes des fous… Et nous aimons ça. »

Il avait refusé l'évidence. L'heure était passée, aucun oiseau ne s'était posé. Ils ne viendraient plus. Mais peut-être avait-il été distrait ? Peut-être s'était-il assoupi ? Peut-être que, absorbé par la contemplation, que, absorbé par la fascination, que, absorbé par il ne savait plus quoi, il avait raté le moment où, peut-être…

Autant y aller voir.

Courbé, de biais, ramenant sa jambe foulée en raclant le sable, battant du bâton, faciès crispé, une paupière entrouverte après l'autre, il gagnait un pas, puis un autre. Il n'aimait pas se mesurer à cette pluie sans relâche. L'averse cinglait, inlassable, rabâchée, identique – même axe, même force –, et meurtrissait son corps, mais de l'intérieur : il ne se protégeait pas tant le visage quand il l'affrontait, malgré sa main libre en visière, mais, placés en étau, ses doigts pressaient ses tempes comme si le mal ne croissait que dans sa tête.

Les deux œufs étaient là, mais c'étaient ceux de la veille, qu'il avait négligés. Il n'y en avait pas d'autres, et ceux-là étaient brisés.

Il se coucha dans la boue sableuse pour plaquer son regard à hauteur de coquille. Il ne restait plus rien à grappiller.

Qui avait osé ? Ses œufs, c'étaient ses œufs !

De rage, il avait mené l'enquête, procédant à l'examen des indices. Dans un périmètre d'un écartement pouce-auriculaire (entraxe de vingt à vingt-deux centimètres environ, selon ses longues mains), ni empreinte à quatre doigts, avec ou sans palmes, ni griffure, ni rien. L'océan avait lissé les traces ou la pluie bombardé les marques. Passons aux œufs, à ce qu'il en subsiste. Première question : des cormorans pourraient-ils nettoyer aussi parfaitement l'intérieur d'un œuf ? D'où cette autre, qui aurait mérité d'être examinée en premier : et pourquoi l'auraient-ils fait ? D'ailleurs, les cassures occasionnées par un bec (ou plusieurs) ne formeraient-elles pas des éclats triangulaires, probablement assez peu évasés, voire plutôt verticaux, et assurément aux arêtes longues et nettes ? Ce n'était pas le cas, loin de là. Les brisures, multiples, irrégulières, fusaient dans tous les sens, certaines allongées, d'autres courtes ; elles ne se rassemblaient pas, même si certaines demeuraient rattachées (quel était le terme exact, scientifique, de cette membrane gélatineuse qui tapisse l'œuf dur, sur laquelle adhèrent les écailles ; il en faisait un jeu, étudiant, les regardant en contre-jour dessiner des vitraux, non : des mosaïques), beaucoup s'éparpillaient, bien qu'à proximité.

Des crabes, alors ?

Impossible. Ici, dans cette crique, il y avait lui et les cormorans. Rien d'autre. Rien d'animal.

Avant d'envisager un invraisemblable visiteur animal, une autre déduction s'imposait : des doigts pouvaient laisser pareil carnage. Les siens ?

Évidemment, les siens. Forcément, les siens. Pourtant, il ne s'en souvenait pas, mais c'était possible.

Était-il revenu, en cachette de lui-même ?

La folie ? Non, pas ça. Imprévoyant, grotesque, puéril, oui, oui, oui. Et il délirait, parfois, oui, ou n'en était pas loin, non, pas loin, mais de là…

C'était trop injuste. Il s'était assis et avait tambouriné le sable. Il avait faim. Et peur, si peur. Tout lui échappait. Il avait essayé. Il avait essayé et, mince ! il était sur le point de… Il croyait bien avoir réussi, non ? Deux œufs, chaque jour, sans exception. Certes, ce n'était pas un dû, mais à force, à force de s'y habituer, sans exception, la pluie cessait, les cormorans se posaient, et puis ils repartaient, et lui venait prendre les œufs, deux, et ensuite la pluie. Qu'avait-il fait ? Tous les jours. Deux, sans exception. Depuis… depuis le début, depuis toujours… Et voilà, le miracle des œufs s'était interrompu, soudainement, comme ça, d'un seul coup, sans prévenir. Sans raison.

Ou alors…

Si.

Si : il avait plongé… Foudroyé par ce constat sans appel, il s'était écroulé alors et s'était ramassé sur lui-même, hoquetant.

Il avait défié les tentacules de la pieuvre, le ventre monstrueux, les serpents magmatiques, les mains aux longs doigts crochus qui happaient et émiettaient les coques aux voiles insolentes !

Il avait fâché l'Île noire. L'avait profanée. Défiée.

N'avait-il donc rien appris ?

Couché, vautré dans le sable mouillé, martelé par la pluie qui n'avait pas cessé, pleurant, bavant, pissant, il avait demandé pardon.

13

La pluie, la pluie éternelle, la pluie avait cessé. Depuis longtemps ?

Les nuages se retiraient. Comme au cinéma, en accéléré et à l'envers, l'écran ravale l'orage d'une nuit effrayante.

Au loin, aussi loin que vue d'homme, déjà plus un nuage. Y en avait-il jamais eu, là-bas, au loin, là où le soleil couchant irise l'océan, impassible miroir bleu ?

Il s'était rendormi.

Quand il s'était réveillé de nouveau, quelques heures avaient passé. Son corps était sec comme le sable. Sa foulure oubliée, sa poitrine encore susceptible. De contentement, il s'était allongé sur le dos, soulagé, et avait fermé les yeux. Les questions, il les rejetait. Tout allait bien, c'était suffisant. Ne pas penser, voilà, ne plus penser, se laisser porter.

Rien de remarquable, mais quelque chose… C'est comme la pluie, mais il ne pleut pas. Quelque chose. Avec difficulté, il résiste au besoin d'ouvrir les paupières pour s'en assurer. Non, pas de pluie, mais… le bruit, le bruit de la pluie. Le son diffère, à peine. L'impact répété qui cognait contre ses tempes s'est fluidifié. Ce n'est plus ce martèlement sec, mais une sorte de grondement, érodé. Grave, sourd, permanent. Volatil, aussi. Le vent et l'écho s'en emparent, le masquent, le propulsent. En se laissant aller, il peut le décomposer, suivre un plan isolément des autres. Il écarte le battement régulier des vagues et leur réverbération cristalline. Tout au fond, il devine une rythmique distante, constante, incessante. Oui… Un roulement syncopé, à la fois liquide et minéral, lointain, amplifié… Maintenant qu'il lui prête l'oreille, il le sait, c'est… Oh, il l'entend d'ici, la cataracte… Mais alors, cette mélopée, ce souffle, ce râle flûté… Pas un, plusieurs, innombrables, c'est un chœur. Un chœur venteux. Qui inspire, qui respire, sans mot et sans note. L'île qui chante.

Il ouvre les yeux, il y a tant à faire ! Il a assez perdu de temps à se laisser abuser par cet affreux cauchemar de pluie. Quelle pluie ? Il n'y a pas un nuage dans ce beau ciel étoilé, juste la lune, blanche et ronde comme un fromage ! Ronde… Non. Non ! Il s'agenouille, les bras ballants, les mains tournées contre le sable. La lune est pleine, alors, alors… C'est une nouvelle lune, ce n'est plus la même. Il le refuse. Il porte ses deux mains à son visage, elles se posent sur sa barbe hirsute. La pluie… Une lune a encore passé. Quarante jours. Il n'a pas rêvé.

S'il est venu aujourd'hui, le pêcheur ne reviendra pas.

Quoi ? Un déluge pour moi tout seul ! Pour moi, tout ce cirque ?

Il se redresse. Les cormorans par centaines jalonnent la crique comme des feuilles noires sur un étang clair. Ça non plus, ça n'a pas de sens : il n'y a rien à pêcher par ici, ils devraient le savoir ! Les palmipèdes bougent à peine, ne se touchent pas, tournent sur eux-mêmes avec lenteur, n'allant nulle part, sans ordre, et, pourtant, quand il s'assoit, ils sont tous là, de face, leur cou en crosse pointé vers lui, indécis. Si sa jambe, si ses côtes, si son corps balafré ne criait pas de toutes parts qu'il a mal, il se pincerait. Il secoue la tête pour chasser l'hallucination, mais ce sont les oiseaux qui tous ensemble s'envolent, sans élan, et tournoient en spirale comme une torche qui mouche les étoiles.

À genoux, il ramène son regard sur les reflets rougeoyants qui assaillent la pointe qui sépare les deux criques. Le miroitement se déplace dans un flot de crissement métallique, de biais, comme une cotte de mailles ensanglantée qui se retire. Les plaques glissent, se heurtent, se chevauchent, s'écroulent et recommencent. Non pas par milliers, mais au-delà de tout compte, les crabes, gros ou minuscules, escaladent autant qu'ils dévalent, grouillent en tous sens le long des écailles du dragon noir assoupi, puis soudainement s'écoulent, s'engouffrent, ruissellent en torrents vers la plage, et disparaissent. Il recule, se lève, mais aucun n'a atteint le sable.

Il s'avance vers l'eau, redoutant le spectacle des abysses constellés d'épaves. Rien, d'abord, puis des lueurs jaillissent des vagues fouettées par la course sous-marine de dizaines de masses furieuses qui se suivent, se croisent, bifurquent, qui frôlent vertigineusement les tentacules inertes et fluorescents, qui tournoient. Les turbulences secouent les débris prisonniers comme des fruits bariolés par grand vent. Dans des tourbillons effervescents, des orques, plutôt petites, se concentrent vers la plage, la fuient tout aussi soudainement, plongent et disparaissent toutes ensemble dans un vortex subit.

Le calme revient et, le temps de porter ses mains de part et d'autre de sa tête, il n'y a rien que le chant de l'île, ample, profond, infini…

Le ciel bruisse. Sans un battement d'ailes, ils retombent comme une pluie d'astéroïdes, mais au moment de l'impact contre l'océan, les cormorans rasent les vagues et foncent droit dans la falaise, qui les accueille.

Il ne crie pas, son corps ploie, chute. De partout, l'île se referme. Cela n'a pas de sens. Des nuées de brume s'échappent en fumerolles, aucune ne s'égare vers la mer, toutes auréolent l'île entière qui se nimbe d'un voile phosphorescent, à jamais invisible du large. Cela ne se peut pas.

Où m'as-tu amené ? Petit Hollandais ! Petit Hollandais ! Qu'attends-tu de moi ?

14

Il a replié le Pavillon blanc, dessin dedans, l'a placé dans le coffret d'une coquette. Il l'a recouvert de sable sec, de six flacons éventés, d'une boîte en bois hexagonale, de quelques charpies de soies dorées et de deux mouchoirs maculés, chacun brodé d'un « P ». Le petit coffre est dans la grande caisse, les branchages improvisés du toit les recouvrent. Le bâton, un bon bâton de pèlerin, rendu au tas de bois ; les huit pitons aussi, embouts taillés vers l'intérieur, les copeaux enterrés. N'oublie-t-il rien ? Il ne voit pas, non. Ah, ses traces sur le sable. Il les efface en reculant.

Il tourne ses yeux vers les étoiles, cherche la bonne. La lune, prodigue, déborde de lumière ; il s'abîme dans sa contemplation, et s'imagine de là-haut, grain de sable dans un îlot des mers chaudes. Il se sent prêt. Il s'incline près de l'eau, tend sa main droite tout au-dessus, légèrement redressée. Les reflets des vaguelettes scintillent sur sa paume offerte, les bas-fonds l'éclairent davantage que les astres. À quatre pattes, il avance, savoure la tiédeur de l'océan, s'abandonne à l'eau, glisse, il nage avec bonheur…

Il se laisse dériver, se maudit d'hésiter. Il aimerait tant ne plus penser à comprendre, ne tenir à rien, accepter… « Jusqu'à plus soif ! » s'entend-il oser. Il plonge alors la tête et ouvre grands ses yeux. Que c'est beau. Effrayant, aussi. Si profond. Le vortex initié par les orques, les épaves aux reflets multicolores, les tentacules entrecroisés, tout est là, incroyable clarté, qui l'attend.

Faible d'abord, langoureuse même, l'attraction tourbillonnaire s'affirme et l'entraîne, peu à peu, ne le brusquant pas, mais ne cédant pas quand ses membres résistent, l'obligeant à fléchir. Au fond, au plus profond des abysses, une source aveuglante l'aspire ; elle le veut, tout entier. Il proteste, se débat ; l'île le prend, sans faillir.

Combien de temps pourra-t-il s'empêcher de respirer ? Il songe qu'un espar dure davantage que n'importe lequel de ces insolents bipèdes qui parasitent les vagues aux voiles éphémères – et se voit, qui n'en finit pas de s'observer, se regardant en finir.

Ses mains ratent toutes les prises, les turbulences le repoussent. Il essaie d'écarter bras et jambes, tente de battre des pieds, de trouver appui et de contrer, de crawler, de se plier, de tourner sur lui-même, peut-être la brasse indienne, la nage du chien…

Il sombre. Bientôt, il ne pourra plus se retenir, il ne pourra plus s'interdire de respirer. La fin : quelques secousses, la panique, des gesticulations strictement réflexes, et puis, sait-on jamais, au tout dernier moment comme un début de rêve – son corps, lavé, son corps, inondé, son corps comme une île.

Il veut garder les yeux ouverts.

Le maelström qui l'emporte, qui l'arrache, soudain le rejette avec violence. Il heurte un tentacule qui s'enserre sur le fût d'un canon, comme un câble mord l'arbre où il s'attache. Il est giflé par une frondaison de cordes, de lisses, de haubans. Il bascule contre deux avirons croisés en papillon qui se séparent. Les abysses en ont fini avec lui, les abysses le recrachent. Plus haut, plus bas ? Aveugle, il culbute sur un banc de sable caillouteux, cogne contre un rocher, pivote sur lui-même, retombe, vaincu. Il ne voit plus rien.

« Jusqu'à plus soif ? » – il capitule, il accorde à ses mâchoires de se détendre.

Ses lèvres, qui frémissent, se détachent dans un hoquet compulsif.

La vague qui le submerge se retire. Il tousse, il respire. Il respire encore. Encore…

15

Le commandant s'immobilise quand il réalise qu'il tourne en rond, entre le bar et le fauteuil rouge. Depuis combien de temps ? Il n'a pas conscience de s'être relevé. Enfant, il avait souhaité en apprendre davantage sur ces animaux, leur soudaine intervention, abracadabrante et… inachevée ? Il avait failli interrompre l'Ivrogne par un « C'est tout ? » qui reste d'actualité. Plus que les atermoiements du Déchiffreur – bien qu'au moment d'être emporté par le tourbillon il ait vu « son corps comme une île » (et cette idée, ce concept à l'image impossible, aujourd'hui encore, l'importune insidieusement) –, cet épisode l'obsède et le tracasse, le laissant dans cet état de frustration du spectateur qui manque les toutes dernières minutes d'un policier bien filmé.

Petrack tique à cette idée : c'est ce qu'il se répète depuis toujours, allant jusqu'à trouver gratifiant d'aboutir aux mêmes certitudes à onze ou bientôt soixante ans ; mais, maintenant, pour la première fois il redoute de s'être trompé sur ses propres motivations, comme si cet épisode le tourmentait pour d'autres raisons… Lesquelles ? Hélas, il bute immanquablement sur cette énigme : dès qu'il tente d'axer ses pensées dans cette direction, elles se dispersent et s'éparpillent telle une nuée de papillons virevoltant tout autour de lui sans qu'il parvienne à suivre la trajectoire d'aucun. S'il persiste, il lui viendra une mauvaise migraine. Ou, pire, l'envie de *décrocher* – déjà, considérer ses pensées récalcitrantes comme des papillons…

Combien de fois Anton s'était-il efforcé de résoudre ce mystère, enfermé dans sa chambre, son drap en tente, un nouveau cahier entre les jambes, son crayon à la main, incapable d'écrire ? Le surlendemain il avait même provoqué l'Ivrogne pour le contraindre à en dire plus : « C'était quoi, ce remue-ménage ? Une crise d'hystérie collective ? Des orques, des cormorans, des crabes. Ça bouge dans tous les sens, et puis quoi : rien ? Il y a des chiens, comme ça, qui gueulent et qui grognent tout en reculant, la queue entre les jambes ! On ne sait pas ce qu'ils veulent, s'ils vont détaler ou vous sauter à la gorge !

— Quand j'étais enfant, peut-être à sept ou huit ans, le chien du voisin m'avait impressionné, se contenta de lui répondre le vieil homme. Pendant tout un été, il n'avait cessé de guetter son maître, geignant jour et nuit de le voir tarder, s'excitant quand il croyait l'entendre pour repartir la queue basse parce qu'il n'arrivait pas. Ce manège incessant avait duré des mois et des mois. Le pauvre chien n'existait plus que dans l'attente de ce retour, incapable de réaliser que son maître était mort… Je partage aujourd'hui encore ton insatisfaction, Morne-mer, cette succession de démonstrations de force, empreintes d'une sorte d'indétermination, je n'arrive pas à l'expliquer. C'était… comme s'il manquait quelque chose, effectivement. J'ai réalisé très tôt que je devais accorder plus d'importance à leur nervosité qu'à leur présence ou qu'à leurs mouvements, mais pour arriver à quelle conclusion ? Je peux te dire ce que cette fébrilité m'a évoqué par la suite, mais ça ne fait que déplacer la question.

— Dites toujours.

— J'ai pensé à une garnison sans chef et sans ordre, qui ne sait pas si la rumeur est vraie, si la guerre est finie. La troupe peut-elle enfin se disperser ou bien doivent-ils rouvrir les hostilités ? Ou à un corps de ballet qui improvise quelques enchaînements parce que son étoile tarde à les rejoindre. Qu'attendaient ces bêtes ? Ou : qui attendaient-elles ? Je ne sais pas, je ne le sais toujours pas, Morne-mer. »

« Je suis trop vieux pour ça ! » s'emporte Petrack, bien que cette nuit il se soit comporté comme n'importe quel gamin de vingt ans – remarque qu'il n'a aucun désir d'approfondir et qu'il chasse en insultant copieusement l'inattention d'Anton, onze ans, qui n'avait pas assez écouté l'Ivrogne qui avait nécessairement lâché d'autres informations stupidement ratées ; et, puisqu'il y est, il maudit également la mémoire du commandant Petrack, bientôt soixante, incapable de combler cette lacune, bien que, de notoriété publique, sa mémoire soit réputée infaillible !

« Trop vieux » ?

Il tente une association d'idées : « *Trop vieux...* Peut-être : Petrack, tu n'es plus que l'ombre de toi-même... — *Ruine ?* »

La repartie a fusé, mais elle emprunte trop aux dialogues imaginaires du Bouffon-savant avec sa créature pour le satisfaire. « *Ruine...* », répète-t-il. Le mot ne lui semble guère approprié. « *Vestige ?* » Celui-ci lui paraît plus correct.

Il peste de nouveau, certain de s'être à l'instant approché de la solution comme jamais auparavant, mais toujours aussi incapable de la saisir au vol – exactement comme si ses pensées n'étaient pas des pensées, mais leur ombre.

« *Ombre* », encore...

« Bien sûr... »

Résoudre aussi banalement une énigme vieille d'un demi-siècle a quelque chose de décevant, mais Petrack vient de trouver. Les cormorans, les crabes et les orques ont réagi à une *emprise agonisante* – qui n'est plus que l'*ombre* d'elle-même, son *vestige*. Le Déchiffreur a assisté à l'un de ses sursauts, déconcertant à la fois par sa nature, étrange et menaçante, et par son incomplétude : en d'autres temps, les choses se seraient achevées. Mais quelles choses, comment, pourquoi ?

Petrack se souvient alors avoir noté un autre mot en marge de son cahier, qu'il avait biffé, récrit, raturé à nouveau ; puis, fait exceptionnel, il avait déchiré ce bout de feuille et l'avait jeté... Pour la même raison qu'il a oublié cette anecdote jusqu'à cette nuit... C'était alors un mot qui l'agaçait parce qu'il ne lui appartenait pas. Les autres le dénaturaient, avec l'appui du dictionnaire, pour tronquer ou en pervertir le sens – *vide et opposé*. Ce mot ne convenait qu'à l'*autre côté des choses* et Anton n'avait pas eu besoin de *décrocher* pour savoir que les bêtes avaient répondu à l'appel d'une *magie*. Aussitôt, Petrack hausse les épaules. « Magie n'a jamais fait partie de mon vocabulaire ! » bougonne-t-il à voix haute.

Mais l'*autre côté des choses ?*

« Non, non... », maugrée-t-il en arpentant la pièce.

N'importe quel psy moucherait son orgueil en quelques sentences bien tournées, s'il avait jamais pris le risque de dévoiler sa jeunesse à aucun d'entre eux. « Prenez ce miroir à double face : vous y verrez, d'un côté, qui vous avez été, de l'autre, qui vous serez. Essayez ! C'est un miroir *magique*... Quoi ? Que dites-vous ? Le miroir ! Ce miroir ? Une seule glace ? Mais comment donc ? Vous ! Le même ? Enfant, hier, maintenant, adulte, toujours le même ! Ah, cher ami... il n'existe aucune rupture entre Anton, onze ans, et le commandant Petrack, bientôt soixante ; ce qui vous apparaît comme une discontinuité n'est qu'un subterfuge de la mémoire. Vous avez beau créer de toutes pièces ce personnage public – vous savez, celui qui prend habilement la pose devant les photographes –, vous êtes Anton. Vous vous interdisez de *décrocher*, mais... »

S'il ne désire pas tomber dans le puits sans fond de l'introspection, le commandant Petrack doit revenir au récit de l'Ivrogne et à sa plongée dans les abysses luminescents… Il s'installe dans son fauteuil et laisse ses épaules choir sous la fatigue.

« Soit. »

L'Ivrogne a plongé. Au terme de quarante jours de pluie, temps biblique ; précisément à échéance du pêcheur ; quarante, pas trente-neuf ou quarante et un. Après avoir minutieusement effacé sa trace, comme un suicidaire met de l'ordre dans ses affaires. Alors que la pluie venait de cesser et qu'il pourrait enfin envisager un moyen de se signaler au pêcheur. En omettant que, au retour de son précédent bain, il s'était écroulé et avait demandé pardon. Sans se douter le moins du monde qu'il pouvait être à son tour sujet de la force qui avait poussé les bêtes à leur danse interrompue.

Une emprise agonisante, peut-être, mais encore puissante.

Petrack soupire : il n'avait poursuivi la rédaction du récit de l'Ivrogne que convaincu qu'un jour il débarquerait sur cette île et s'en servirait pour trouver le trésor du Pirate Sans Nom… L'Ivrogne aurait apprécié ce nouveau paradoxe : devenu le commandant dont les magazines suivent les aventures, Anton Petrack *part* pour l'Île noire – et il ne sait plus ce qu'il espère chercher.

16

« Bravo ! Fantastique ! Ah, l'artiste… Il a gagné le premier prix ! hurla Jak. Il coule, il coule, il coule, et hop, le voilà qui tombe sur la terre ferme ! Merveilleux, c'est à pisser de rire !

— Pas sur la terre ferme, Tempête, dans un trou. Un trou noir. Mais, effectivement, j'étais remonté au niveau de la mer, puisque les vagues venaient et s'en allaient. Je n'y voyais rien, mais sous mes mains il y avait du sable. Pas seulement…

— Quoi ! T'es tombé là où l'île fantôme fait sa petite crotte ? »

Anton regarda son ami avec étonnement. Ses sarcasmes fusaient sans retenue, d'habitude il se contentait de bougonner. Et il riait de ses propres blagues de si bon cœur que ses reparties amusaient l'Ivrogne…

« Des crottes de bique alors, et venues par troupeaux entiers, surenchérit celui-ci, vu la taille et la profusion. Sauf qu'il s'agissait de minéraux.

— Des petits cailloux, pour retrouver ton chemin ?

— Je n'étais pas tout à fait perdu. Si j'en crois le mythe du dragon, qui veille sur un trésor caché au plus profond de la terre, je devais me situer quelque part au pied de la pointe rocheuse qui dessinait ses écailles…

— Mais ton dragon de pierre, il roupillait !

— Oui, Tempête, il ronflait, même, la première nuit… Il devait donc couver un bien antique trésor pour s'être ainsi pétrifié ! Sais-tu ce que sont des gemmes, Tempête ?

— Gemmes ? J'aimerais bien l'savoir !

— Des pierres précieuses, les interrompit Anton.

— À pleines brassées. Et aussi profondément que je pouvais enfoncer mon bras.

— Le trésor du Pirate Sans Nom ?

— J'en doute, Morne-mer. Qui pourrait vaincre un tel vortex ? Mais surtout : qui perdrait son temps à séparer les joyaux de son butin ? Le tourbillon qui m'a projeté dans cette grotte y déposait également les pierres précieuses des navires qui s'échouaient – ne me demande pas pourquoi nos destins se sont trouvés mêlés… C'est la seule explication que j'ai trouvée et cette énigme m'a toujours semblé très secondaire après ce que je venais de vivre. Et que dire de ce qui m'attendait… »

Anton ne répondit rien. L'Ivrogne avait déclaré n'avoir dénombré qu'une douzaine d'épaves, dont une assez récente. Combien de coffres gorgés de saphirs, de rubis, d'émeraudes et de diamants chacun de ces bateaux devait-il transporter pour recouvrir le sol de cette grotte ? Même en doublant ou en triplant le nombre de navires, et en leur attribuant à tous un plein coffre, et tout en minimisant les pertes, était-ce suffisant ? Non. Le Pavillon blanc retrouvé dans la baraque des naufrageurs signifiait que le Pirate Sans Nom était passé par cette cachette – peut-être avait-il trouvé un autre chemin pour y accéder…

« Comment en êtes-vous sorti ? » s'empressa-t-il de demander.

L'Ivrogne dressa ses sourcils et grimaça en massant ses doigts meurtris : « Comme un *sauvage* ! »

Se retrouver prisonnier dans une cavité aveugle baignée par les vagues ne s'apparentait qu'à un sursis : malgré la minime amplitude des marées tropicales, si le niveau de l'eau s'élevait, que deviendrait-il ?

Affronter à rebours le tourbillon qui l'avait happé et débarqué n'était pas envisageable. Même s'il avait eu la folie de se croire physiquement de taille à rivaliser avec la force des eaux, il ignorait totalement le chemin à suivre pour regagner la surface. Rester dans la grotte ou tenter l'océan, c'était la mort assurée.

Aucune clarté, aucun mouvement d'air n'annonçait l'embouchure d'une ouverture cachée. À tâtons, les parois n'offraient nulle anfractuosité ou saillie où s'accrocher. Installé dans l'eau, les fesses et les pieds calés au mieux, il avait caressé chaque centimètre carré qui surplombait directement l'entrée basse de son refuge, jusqu'à la découverte d'un renfoncement assez peu profond, mais large, juste devant lui. Après y avoir aventuré le bras, il s'était penché un peu à l'intérieur pour atteindre trop vite le fond rocheux. En retirant sa main, il avait lancé ses doigts en reconnaissance et griffé les parois. Une sorte d'argile s'était agglutinée sous ses ongles. Il avait ramené sa main en cherchant comment exploiter cette information quand il avait senti l'infime caresse d'un air plus frais. Le passage était là, à bout de bras, mais à la verticale.

Exactement au-dessus de la béance qui débouchait sur le vortex, il se glisserait donc sur le dos, les bras précédant la tête, et, à peine introduit, il se plierait à angle droit pour se hisser dans ce boyau dont il ne savait rien, absolument rien – se réduisait-il brutalement à une largeur de poing, s'évasait-il comme une monstrueuse souricière prise à contresens, aboutissait-il deux mètres plus loin sur la mer ou s'enfonçait-il dans des kilomètres de terre ?

« Vous avez quand même emporté des pierres avec vous ?

— Pour m'alourdir, Morne-mer ? Pour martyriser mes cuisses ? Pour crever mes poches ? J'avais autre chose à penser, crois-moi… J'allais pénétrer dans la terre. Je devrais avancer dans le noir. Non pas sur mes jambes, mais en rampant ! Il y avait matière à hésiter, non ? Sur combien de mètres m'apprêtais-je à me traîner ? Devais-je compter en centaines, en milliers de mètres ? Ne devais-je pas davantage tenir mes comptes en heures ? Pas besoin d'une grande imagination pour prévoir que, à chacun de mes souffles, j'affronterais la peur de ce qui finirait bien par survenir : chute dans le vide ! rétrécissement m'emprisonnant ! cul-de-sac ! Et je ne dis rien des bêtes… Alors, oui, j'hésitais… Et ce trésor que je piétinais, je m'en fichais, et royalement. La perspective, hideuse, de glisser dans la terre ne présentait aucune garantie, mais avais-je le choix ? Toute autre décision me condamnait à une mort certaine. »

Le boyau semblait se poursuivre en hauteur et offrait de chaque côté des prises qui rendraient l'escalade plus aisée qu'il ne l'avait envisagé. Il s'était hissé et avait pris de l'assurance, jusqu'au moment où il heurta de la tête une pierre qui débordait du sommet : la galerie s'arrêtait là. En portant sa main à la plaie qui saignait à peine, il avait palpé tout autour et au-dessus de lui. Un courant d'air lui caressait le front, il ne venait plus d'en haut, mais de biais. Un autre souterrain rejoignait celui-ci, il s'annonçait plus large. Il l'emprunta et s'en félicita : il montait légèrement, ce qui était rassurant, et bifurquait peu, ce qui l'autorisait à avancer assez rapidement. Par contre, ses parois étaient tapissées d'une glaise humide et froide. D'un autre côté, en se déhanchant en rythme, comme dans une nage précautionneuse à fleur de terre, il commençait à gagner en vitesse… La prudence lui recommandait la lenteur, mais elle n'excluait pas formellement de presser l'allure. Dans l'obscurité, il était condamné à s'orienter en fonction des caprices des courants d'air, aussi guettait-il l'apparition de la moindre lueur diurne pour trouver une issue. Combien de temps lui restait-il avant la nuit ?

Peu à peu, la nouvelle galerie se révélait plus tortueuse, elle devenait interminable. Épaules rentrées, il serpentait dans les ténèbres en se fixant sur sa respiration, décomposant mécaniquement ses gestes, refusant toute pensée, lançant ses coudes en avant, ses avant-bras repliés en protection, les mains près de son visage. Ses membres, sa figure, ses cheveux, tout son corps s'imprégnait d'argile grasse qui palmait ses doigts et le faisait peser des tonnes. Il avançait, les yeux fermés, paupières crispées, crachant la glaise. La régularité de sa reptation, que ponctuait son souffle, insinuait une mélopée répétitive et assourdie, un lent bourdonnement qui accompagnait chaque avancée, qui entraînait le corps, omniprésente, jamais plus forte, jamais moins, infinie. Une cadence sauvage qui le réconfortait. Et puis, le tunnel s'était brusquement interrompu – et sa belle cadence brisée. Se retourner ? Impossible. Il avait dû reculer.

Reculer… Les battements de son cœur menaçaient d'exploser la fragile enveloppe de son sac à panique. Après trois mouvements, il s'était arrêté, sentant la démence le tutoyer. Peu à peu, il s'était rattaché à l'idée qu'il devait recouvrer la rythmique de son souffle, reconquérir la puissance calme et régulière d'un corps souple et docile – ne pas s'opposer à l'élément solide, mais l'épouser. Il s'était affaissé. Ses bras s'étaient détendus et avaient abandonné leur posture défensive, il avait déraidi ses jambes et, pleinement conscient de l'impudeur de son geste, il s'était vautré jusqu'à trouver la paix.

Dix ou quinze mètres plus loin, il croisa l'entrée d'un tunnel qu'il refusa de suivre, puisqu'il descendait – la mer est au-dessous, le ciel au-dessus –, mais qui l'autorisa à se retourner pour progresser à nouveau la tête en avant. L'embranchement suivant lui offrit deux possibilités : une galerie étroite et gluante, et une cheminée, aux parois sèches et lisses. La seconde l'attirait davantage, mais il ne savait pas comment s'y prendre pour l'escalader. Il s'était donc faufilé dans la première. Assez rapidement, après une chicane franchie avec difficulté, le boyau fangeux changeait d'axe, dessinant un coude vertical, mais ses mains lancées en reconnaissance avaient dénombré tant de points d'appui qu'il s'était imaginé monter à une échelle. Il se tenait debout, enfin. Grimper devenait quelque chose comme un jeu. Puis, les prises s'étaient espacées. Un peu plus haut, à peine, elles avaient disparu tandis que le conduit se transformait en cheminée. Il se retrouvait à nouveau bloqué.

« Tout ça pour en arriver là ? s'énerva l'historien. Cette nouvelle épreuve m'était insupportable. À quoi me servait de poursuivre ? Gagner du temps, sans plus ? Avec la fatigue, mon corps se mit à dénombrer ses blessures. Depuis mon arrivée dans l'île, tout n'était que meurtrissure ! Ma carcasse, mon âme, rien n'avait été épargné. L'île me malmenait, me ménageant une cruelle alternance de découvertes et d'impuissance. Croyais-je la posséder qu'elle se dérobait ! Apprenais-je à l'accepter qu'elle se refusait ! J'étais épuisé, je n'en pouvais plus... Et puis, je prenais conscience de ce que je venais de dire, qu'elle "se refusait" – comme si elle avait une âme, que tout cela était intentionnel, qu'elle se jouait de moi et tardait à me gratifier d'être parvenu jusque-là... "Divagations !" me récriais-je. N'avais-je donc rien appris de mon déluge personnel ? »

En tout autre temps, Jak aurait fustigé l'Ivrogne au mot « divagation », mais il le dévisageait, les yeux exorbités, comme au cirque les spectateurs suivent le trapéziste qui vient de rater son enchaînement et qui remonte.

« Dominer les éléments était pure prétention, en vérité un pas vers la folie ; pour autant, se laisser dominer n'était certainement pas vivre. Alors, je décidai de maintenir mon cap, contre vents et marées, en digne Malouin, pour la seule vertu de cette règle définitive : ne plus se poser de question. Avancer, seulement avancer. Mieux valait une ligne de conduite simpliste que trop de questions, car tel était mon véritable ennemi, la brèche offerte au désespoir, à la panique. La cadence, matelots, je devais me concentrer sur elle et uniquement sur elle ! Fier de cette admirable résolution, je n'en demeurais pas moins toujours coincé… »

Le souvenir d'une gravure sur bois, une illustration grossièrement colorisée s'était progressivement imposée. Elle représentait deux jeunes aventuriers qui venaient de déterrer un trésor au fond d'une grotte dans une montagne perdue. Ils tentaient d'en ressortir en emportant une part du butin – « Entendaient-ils la négocier ou l'offrir vertueusement au musée municipal ? » s'était-il surpris à se demander. Le dessin montrait l'un des jeunes, celui qui lorgnait l'or qu'ils abandonnaient, hésiter à se hisser à la suite de son compagnon. Ce dernier, habillé en scout et la coiffure impeccable, grimpait dans la cheminée, présentée en coupe, qui s'élevait pile au centre de la pièce qu'ils avaient découverte. Il appuyait son dos contre une paroi et, contre l'autre, il poussait avec ses pieds et ses mains, bras et jambes tendus en équerre. Telle était la posture que le Déchiffreur devait lui-même adopter. Hélas, l'image n'expliquait pas l'étape suivante. Déplacer les pieds ensemble, puis les mains de même, augurait une chute. Une main à la fois, donc, puis le pied opposé, alors ? Et pour le dos ?

Il avait essayé, il avait glissé, il avait bandé ses membres comme un fou.

« Et la cadence ? me récriai-je. Un livre citait en exemple un tout jeune aventurier, alors pourquoi pas moi ? Pourquoi ne pourrais-je pas y arriver ? Oh, je sais : se fixer sur une idée aussi sommaire, me répéter d'avancer mécaniquement, c'était parfaitement idiot. Mais si la solution venait de mon enfance, je me devais d'être candide, non ? Je me suis laissé porter par cette pensée, je m'y accrochais avec la foi du nourrisson. J'ai repris mon chemin en me berçant à la musique de mon souffle, sans autre souci… Et ça a marché. »

Bientôt, il ne comptait plus les tunnels dédaignés, ceux suivis, quand il montait, quand il descendait. Déniant la douleur de son corps qui souffrait de toutes parts, seulement attentif à la rythmique de son souffle, il se contentait d'avancer. Il s'enfonçait, toujours plus loin. Il se traînait dans les entrailles de l'île, qui le digérait avec lenteur. Leurs matières confondues, sa peau imbibée de sécrétions bourbeuses malgré ses vêtements alourdis, il puait la terre sans air. La fange qui se mêlait à son corps et envahissait ses pavillons déformait le moindre son en un bourdonnement vaste et continu, comme un point d'orgue lointain que des myriades de tintements assourdissaient. D'ailleurs, ni chair ni glaise, son corps n'existait plus vraiment. Dans cette métamorphose vorace, il ne représentait plus guère que l'extension de son souffle, sa partie mécanique – comme un violon n'est qu'une caisse de résonance dotée de trois points fixes pour tendre quatre cordes, et aussi d'une âme.

Et puis, il distingua une lumière. Une pâle lueur, plutôt. Après une nouvelle chicane, la timide clarté coiffait le souterrain. Il s'en était approché et était demeuré un long moment à la contempler avant d'oser la caresser. En la touchant d'une main, il avait presque entièrement occulté l'infime portion de lave dénudée d'où elle émanait. Il avait rapporté sa main devant ses yeux, les doigts écartés. Il devinait à peine leur contour, de manière incomplète, et seulement une ombre en guise de paume. La lave, fluorescente dans l'océan, était-elle maculée d'argile ? Il avait tenté d'essuyer la coulée magmatique, dans l'espoir d'élargir la source lumineuse ou d'en découvrir un prolongement. En vain. Il avait redouté que sa vigueur déclinât dans la terre, ce qui signifierait que le phénomène avait peu de chances de se renouveler… À regret, après de douloureuses hésitations, il avait décidé de poursuivre son chemin, le dos au halo. Plusieurs fois, il s'était retourné, quitte à se tordre beaucoup, pour essayer d'en apercevoir une dernière fois la trace.

De nouveau dans les ténèbres, il avançait en proie à de sinistres pensées. Sa faim et sa soif hurlaient que plus d'une journée s'était écoulée depuis que le vortex l'avait recraché dans la grotte aux gemmes. Faisait-il encore jour, dehors ? S'il passait à côté d'une issue béant sur le ciel, des nuages pourraient masquer la lune et le condamner à errer sous terre jusqu'à sa fin... Or, s'il pouvait tolérer l'idée de mourir, il refusait celle de rater de survivre.

Parfois, prétextant de la nécessité d'une pause, il s'arrêtait en se reprochant de perdre du temps. Tout en maudissant l'obscurité, ses mains exploraient alors les parois du tunnel qu'il suivait, dessous, dessus, sur les côtés. Quand elles entraient en contact avec un boyau de lave, rarement, elles ne parvenaient jamais à en raviver l'éclat. Les doigts en sang, pour ce qu'il pouvait en savoir, il reprenait sa route, abominant l'île qui les retenait prisonniers dans ses oubliettes, lui et la lumière. Il s'acharnait à avancer. Lorsqu'il ne pouvait plus serpenter sur les coudes, ses doigts repliés crochaient et piochaient l'argile ou la pierre, et, d'une traction, lente mais ferme, il ordonnait à son corps d'aller plus loin, les pieds à la recherche d'un appui. Peu à peu, ses gestes étaient devenus plus efficaces – économisant ses forces, il gagnait du temps...

« Cette idée m'obsédait à un tel point, et mon désarroi affectait mon jugement ; à un moment je fis un choix que j'avais systématiquement écarté jusque-là : je me glissai dans une galerie bourbeuse, je m'y abandonnai pour la vertu de la vitesse promise, j'accélérai pour défier le néant ! Ce changement me grisait ! Et ce n'était rien, encore. Car je devins fou, littéralement, lorsque, accidentellement, en franchissant un coude je chassai assez de fange pour révéler un nouveau halo : mon tunnel humide chevauchait une veine de lave luminescente ! Ou bien celle-ci s'enroulait tout autour, puisque je ne la trouvais qu'irrégulièrement, mais plus souvent. Imaginez, représentez-vous le tableau : j'étais aveugle depuis plus d'une journée et cette lumière, qui jouait à cache-cache avec moi, m'éblouissait... J'oubliais tout, j'étais heureux, et fou... Cette clarté, c'était l'espoir ; je me répétais qu'elle ne pouvait pas me trahir, que la lumière ne ment pas ! L'idée est absurde, je vous l'accorde, matelots, mais j'y tenais... Et j'allais si vite à présent... De plus en plus vite. Je m'exaltais à la pensée que par ma vitesse j'étais en train de vaincre l'obscurité : même la fange me paraissait plus claire, presque limpide dorénavant... Et puis, je réalisai mon erreur. L'imbécile ! Il n'y avait plus de boue, mais un ruisseau. Je ne maîtrisais pas mon allure, j'étais emporté... Une vague d'épouvante remonta de mon ventre jusqu'à fustiger mes tempes. La galerie s'inclinait dangereusement, depuis un moment déjà. Un boyau lisse, parfaitement poli, sans aucune prise. J'avais beau battre des pieds et des mains, mon corps dévalait un toboggan de foire et rien ne pouvait l'arrêter...

« Un mur d'eau m'a alors giflé et j'ai cru ne jamais recouvrer la respiration. Un torrent glacial venait de rejoindre le conduit qui me propulsait à une vitesse vertigineuse. L'eau déboulait à hauteur d'yeux d'un corps couché et, quand je redressais la tête pour respirer, je perdais l'équilibre et brinquebalais violemment...

« Il n'était vraiment plus possible de peser la question de résister ou de se laisser faire, d'étudier ou de se concentrer, même l'idée de survivre était vide : j'allais mourir. Je mourrais.

« Et puis, soudain, plus rien. Ni terre ni eau... Un grondement terrifiant de fin du monde avançait vers mon corps en apesanteur.

« Quoi ! La Mort tambourine ? »

17

Les entrailles de l'île le recrachaient dans les ténèbres. L'air fouettait son corps d'homme-canon. Il allait s'écraser, se fracasser ; tout son corps exploserait, s'éparpillerait en lambeaux anonymes...

Un flot de lumière l'avait frappé en plein vol et il était tombé.

« Ah, matelots... Quelle chute ! Au moment où j'entrai si violemment en contact avec l'eau, d'abord j'ai ressenti une douleur infinie, et puis... elle s'est évanouie. Dès cet instant, je ne peux jurer de rien. Étais-je inconscient ? Ai-je tout oublié et tout réinventé par la suite ? Je n'en sais rien, non, je ne sais pas... Je crois me souvenir que je criais au moment du choc, que l'eau s'est engouffrée dans ma bouche et a englouti mes poumons et que... que je me sentais bien, délivré, enfin sans attente... Je me laissais faire. Je tombais encore. L'eau était chaude, si bienfaisante... Elle me pansait, me nourrissait, me réconfortait... Je... Ah... J'ouvrais grands mes yeux et j'écartais mes mains pour la toucher, la caresser... Je descendais, j'allais bien, si bien... Elle était chaude, et cette lumière... Mes bras se mettaient à onduler pour accompagner les flux qui épousaient mon corps. Je n'étais pas seul. Avec moi, cette eau... Ce n'était pas que l'eau, elle était... si claire, si brillante. J'en capturais dans ma main et la rapprochais de mes yeux pour la libérer juste devant moi… C'était la Lumière. Et aussi la Chaleur. Tout était là, en suspension, qui tombait avec moi… J'allais au Cœur du Monde, dans les Abysses des Origines, je regagnais la Vie… Tout…

— Ce n'est pas possible !

— Oh, Morne-mer, Morne-mer…

— Ce n'est pas possible », répéta Anton un ton plus bas, lui qui rêvait également d'eau et de lumière, mais tout autrement, sans perspective de rédemption.

Jak interrogea du regard son ami, puis il le posa à nouveau sur le vieil homme – il gardait sa bouche ouverte et menaçait de baver, ses doigts occupés à gratter son ventre.

« Ne vous est-il jamais arrivé de rêver que vous rêvez… Un rêve si fabuleux que vous devez le préserver ? »

L'Ivrogne inspira profondément et se maintint quelques secondes en apnée, ses deux mains creusées, blotties l'une contre l'autre, comme si elles renfermaient le plus délicat des trésors.

« Non, bien sûr, ce n'est pas possible, admit-il docilement. Ou alors dans un rêve si fragile qu'il faut vite en inventer un autre pour l'abriter de cette vérité fulgurante et dévastatrice : ce n'est pas possible… Je suppose que le coma génère de telles visions qui te retiennent, l'une après l'autre, l'une au sein de l'autre… Parfois, cet enchevêtrement perdure, d'autres fois… Peu à peu, je me suis senti déchiré. Quelqu'un en moi jouissait de revivre, et quelqu'un en moi, qui n'était pas quelqu'un d'autre, refusait de partir…

— Vous alliez mourir, l'excusa Jak qui le vouvoyait pour la première fois.

— Après, bien après, c'est ainsi que j'aurais expliqué les choses, Tempête, effectivement. Mais sur le moment, partir ne m'apparaissait certainement pas comme quitter la vie, peut-être au contraire… Je ne sais pas. Combien je le regrette… La soudaine conscience que mes poumons s'emplissaient d'eau m'a amené à suffoquer, et j'ai su, indéniablement, que j'allais mourir si je ne regagnais pas la surface au plus vite… Mon corps, je ne sais comment, s'est débattu, s'est démené et a triomphé des éléments. Mais je regrette tellement…

— Des fois, ma mère, le matin, elle me tire de rêves, si beaux… Je pourrais pleurer, avoua Jak avec une sincérité qui fit hocher la tête du vieil historien.

— Tempête, je n'ai jamais cru, au plus profond de moi, qu'il s'agissait d'un rêve, lui confia-t-il avec un regard de vieil oncle.

— C'est si vrai, des fois… », approuva Jak en esquivant l'intensité de ces yeux pour lorgner le bout de ses pieds.

Tavernier provoquait l'Ivrogne, en retour l'historien astiquait Tempête : voilà comment les choses étaient et devaient rester. Les voir partager cette nostalgie larmoyante mortifiait Anton.

Mais à peine sa tête sortie de l'eau, le Déchiffreur s'était retrouvé debout, et animé par une vigoureuse colère. Il frappait la surface de l'eau de ses poings et hurlait pour contrer le grondement furieux de la cascade au pied de laquelle il s'était redressé. Il lui tardait de… d'en découdre avec… de rejoindre le… Cependant, ces pensées n'étaient pas les siennes, il n'en reconnaissait aucune. Tout au contraire, il distinguait : là, ce qui avait pu être une peine immense ; ici, l'écho de cris de rage ; là-bas, un morceau de conscience ahurie, suivie de larmes si longtemps contenues qu'elles n'avaient jamais pu lui appartenir.

« J'ai mis du temps à comprendre que je venais d'accueillir la colère d'un autre, avoua-t-il avec une grande tristesse. Car, lavé de mon orgueil, couche après couche, j'ai été cet homme, matelots, et j'en demeure changé. À tout jamais. Dire en quoi, je l'ignore, et je n'ai jamais cherché à savoir. Sa colère est devenue mienne, un instant. Et elle s'est retirée aussitôt, si vite… Trop vite… De toutes les leçons d'humilité que m'infligea mon séjour dans l'île, celle-ci me parut la moins méritée, et donc la plus sévère. »

Le vieil homme qui ne réclamait plus à boire avait baissé les paupières. Sa tête oscillait de gauche à droite, les commissures de ses lèvres s'agitaient brièvement, son souffle devenait court et sonore.

« Je m'agenouillai pour m'asperger le visage, reprit-il en rouvrant les yeux, léchant les gouttes chaudes qui roulaient sur mes lèvres. Ainsi, me disais-je, j'ai traversé l'Île noire de part en part ! Mon regard escalada alors la cascade baignée de lumière dont j'avais emprunté le lit et fouilla la voûte céleste à la recherche d'un soleil que je n'avais pas aperçu depuis plus de quarante jours… Mais ce que je vis… Oh, matelots, ce que je vis…

« Le ciel de cette nuit sans lune, c'était la roche ; ce que je croyais être le petit lagon méridional, c'était un lac intérieur. Quant à cette lumière irréelle qui éblouissait le torrent, elle provenait du lac ! Je n'avais pas quitté le sein de l'île… Je m'étais laissé duper si facilement, rien n'était donc jamais acquis, aucune certitude établie ? Je levais les poings vers cette chute d'eau dérisoire quand j'entendis la cataracte, là, juste derrière moi. Mes mains retombèrent, je renversai la tête. Je reconnaissais le rythme de ses trombes qui s'était mêlé à la mélopée de mon souffle. Ainsi, c'était elle qui me guidait, depuis que l'île avait chanté pour moi… C'était elle qui me donnait la cadence…

« Je me retournai enfin. Quel tableau ! Imaginez-vous le spectacle d'une telle chute quand la clarté n'accompagne pas ses gouttes, mais les combat ? L'eau contre la lumière… Mais si elle m'attirait, et d'autant plus qu'elle occultait l'unique brèche qui conduisait à l'océan, étrangement, mes pieds, eux, renâclaient à quitter le lac… Mes mains, d'un geste inlassable, mouillaient mon corps, et ma langue, prestement, absorbait au passage le moindre filet qui dévalait mon visage. »

À fleur d'eau serpentaient des tentacules luminescents. Il s'était baissé pour en toucher un et avait laissé ses doigts le caresser. Les coulées se croisaient et s'enchâssaient dans un entrelacs d'une telle densité que même les berges l'aveuglaient. Chevauchait-il l'obsidienne au pâle halo dont il avait essuyé la glaise, sous terre, quelques heures plus tôt ? Ou bien les veines qui se lovaient sur la pointe rocheuse ? Ou encore les boyaux des remous salés de la crique des naufrageurs, qui n'éclairaient, de nuit, que les épaves et l'écume ?

Les yeux plissés et les doigts en peigne, il avait tenté de défier la lumière qui convergeait vers le centre du lac, et il avait trébuché.

Les poings calés contre ses orbites, il avait maintenu sa tête immergée dans l'espoir d'apaiser la brûlure des myriades de pépites rougeoyantes qui envahissaient ses yeux. Après un moment, il avait soulagé la pression et la douleur avait reflué d'elle-même. Des étincelles tapissaient encore ses paupières, mais pas davantage que lorsque, enfant, il fixait l'âtre d'une cheminée les yeux clos, ou quand le papillotement lui rejouait ses premiers feux d'artifice, tout à la fois dans le ciel et sur la mer de Saint-Malo. Sans sortir la tête de l'eau, il avait roulé sur le côté et regardé à nouveau. La lumière ne l'incommodait plus : les coulées flamboyantes des profondeurs tissaient un vortex à l'étroit maillage, une forte rutilance crevait son centre.

Les yeux à fleur d'eau, il avait examiné toute la surface du lac : il n'y avait que l'eau. Pas d'épave, bien sûr, mais pas le moindre débris non plus, quelle qu'en soit l'origine, humaine ou naturelle. Ni galet ni sable. Au goût, pas même de sel. Pas de poisson, pas d'algue, de corail…

Toujours en apnée, il avait pensé aux sirènes, peut-être dans l'espoir saugrenu et typiquement masculin d'en rencontrer une, mais il s'était alors souvenu que le propre de leur chant consiste à altérer les perceptions et les certitudes des marins. Il avait aussitôt reculé d'un pas. Debout dans ce lac à la pureté exclusive, il s'y sentait pourtant le bienvenu ; et plus que cela… Il avait fait un nouveau pas vers le rivage. Il n'avait pas à proprement parler soif, mais il désirait boire cette eau, il ne songeait qu'à ça : en boire et en boire… *Jusqu'à plus soif* ou jusqu'à s'y noyer ? Encore un pas – un de plus, et ses pieds quitteraient le lac. Ayant bravement décidé de rejoindre la terre ferme, il s'était retrouvé accroupi dans l'eau. Tout en répétant sa résolution, il se désaltérait à la coupe de sa main.

« Pour ne pas me relever tout de suite, j'auscultai méticuleusement les parois de la caverne. Le gouffre s'évasait légèrement en prenant de l'altitude, mais la terre et la pierre demeuraient dans une pénombre que seuls les reflets scintillants du lac égayaient. Mes yeux peinaient à s'habituer à l'orientation incongrue de la lumière et je confondais saillies et cavités… D'un geste familier, je posai mes mains en visière. Je ris bientôt de ma bévue et je les baissai juste au-dessus du nez. Faites-en l'expérience, leur forme n'est pas du tout adaptée ! Mon attention se trouvait constamment attirée vers le bas, comme si on me masquait quelque chose d'important. Croyez-le ou non, cette bêtise m'a longtemps fait pouffer ! »

Le rivage était encaissé par rapport à la brèche qui donnait sur la cataracte, et souvent fortement incliné, parcouru par tout un treillis de coulées magmatiques. Le long de certains tentacules dressés, ceux qui évoquaient indéniablement des colonnes, il parvenait à discerner des lignes brunes qui accompagnaient leur ascension – elles grimpaient sur environ trois hauteurs d'homme. Au-dessus de ce premier étage naturel, qui n'offrait aucun espoir de se laisser escalader, le chaos grenelé qui rejoignait la voûte semblait correspondre à des embouchures de grottes et de galeries souterraines. Au-delà, le relief se compliquait et ne rappelait d'emblée aucun schéma de sa connaissance.

Le Déchiffreur avait replongé une main dans l'eau, puis les deux. Tout en se lavant abondamment le visage, il élaborait une hypothèse plaisante, une justification globale de tous les indices qui se présentaient à lui : un village troglodyte.

« Les esclaves ! s'exclama Jak avec l'enthousiasme d'un chercheur d'or découvrant son premier filon.

— Les esclaves ? Bien sûr, matelot, j'y ai pensé. Mais souviens-toi des dimensions de ce gruyère géologique : il aurait fallu qu'ils soient pygmées, dans ce cas, exclusivement.

— Des cachettes pour les naufrageurs, intervint Anton. Ils venaient là pour camoufler leur butin !

— Judicieuse alternative ! Mais quel souci du ménage, tu ne crois pas ? Ce lac était vierge de toute trace humaine, et ses berges aussi. Vous savez, si je m'étais installé dans cette caverne plusieurs jours, ou même juste quelques heures, j'aurais fatalement abandonné des détritus derrière moi ; lesquels, mille ou dix mille ans plus tard, auraient autorisé des archéologues fouisseurs à dresser mon portrait et retracer mon mode de vie. Qu'auraient-ils conclu, grands diables ! Où voyais-je, moi, de tels indices ? »

Le vieil homme laissa un sourire songeur s'épanouir, puis disparaître.

« Pourtant, par certains côtés, reprit-il sans avoir changé de position, cette caverne m'inspirait d'étranges pensées : je lui découvrais des allures de forteresse. Je m'intéressai au fait qu'elle ne possédait qu'un seul accès, la brèche donnant sur les lagons. Plutôt ovoïde à sa base, elle évoquait vaguement une double porte cochère tout en hauteur, et se poursuivait jusqu'au faîte du dôme par une lézarde capricieuse, qui rétrécissait en regagnant le sommet. À l'évidence, le sentier en spirale qui escaladait les parois se révélait être un chemin de ronde. Il s'interrompait à ses abords, mais se trouvait parfaitement complété par ce qui ne pouvait plus être que des ponts de corde. Ce chemin semblait dater d'avant l'apparition de la faille…

« Tout en me rapprochant de la chute d'eau, j'examinai l'éboulement rocheux baigné d'écume qui gisait à son pied. Il présentait un aspect cotonneux et promettait de belles glissades. J'en déduisis que, entre le fracas des flots et cette déclivité brutale, franchir la cataracte ne s'annonçait pas sans risque. Des assaillants seraient ainsi obligés de se maintenir à la périphérie du lac, sur cette berge assez étroite, lisse et pentue. Cette logique guerrière ne me surprenait pas, j'approfondis mon inspection.

« Sur place, rien n'aiderait les intrus à grimper le long de la paroi volcanique. L'éclairage de la caverne leur serait même violemment hostile, son contraste les dénonçant tout en les aveuglant. Ainsi, conclus-je, une simple poignée de sentinelles, bien à l'abri de dizaines de meurtrières possibles, pourrait les tenir en respect, sans jamais trahir leur position… Mais je pris soudainement conscience de mon raisonnement, et je me redressai en criant : "Non !"

« Non, je ne voulais plus ressentir l'ardeur du soldat qui souhaite urgemment trouver quelque proie avec qui en découdre, car cette fureur qui tentait de me soumettre s'accompagnait d'un désarroi tragique. Ma poitrine m'oppressait, les muscles de mes bras frémissaient comme après l'effort – cette colère n'était pas mienne, je refusais que mon esprit cédât de nouveau à l'emprise d'un autre… »

« *Le Pirate Sans Nom ?* » n'osa pas demander Anton.

« Cette colère, ou plutôt ses relents, avait lentement repris l'Ivrogne, marqués au fer d'un sentiment de frustration intolérable ! Que devais-je faire ? Retourner dans le lac pour en avoir le cœur net, m'imbiber à nouveau de ce douloureux inassouvissement ? Cette perspective m'effraya. Je n'étais pas prêt à affronter l'origine de ce tourment, Morne-mer. Je n'étais pas prêt… Je me suis donc écarté du lac et j'ai marché vers les lagons. »

18

« Je tournai mon regard vers le bouillonnement brutal des flots. L'éclat effervescent de cette cacophonie triomphale me subjuguait. La cataracte retroussait ses dentelles aux miroitements surréalistes, je m'en approchais, bien sûr… Dehors, le jour déclinait, sa lumière crue ne s'échinait plus à transpercer vainement le mur liquide. Je m'arrêtai quand les embruns ricochaient sur mon visage et je savourai chaque goutte qui atteignait mes lèvres. Leur flaveur rappelait le lac et je m'interrogeais enfin sur la provenance de cette eau. Quelle source alimentait cette chute ? Puisait-elle dans la même nappe phréatique que le lac ? Comment pouvait-elle être si chaude ? J'avançai encore d'un pas vers l'éboulement rocheux qui séparait la berge du lagon. L'écume fouettait mon corps. Mes mains étreignaient mes joues pour rabattre l'eau vers ma bouche grande ouverte. Le fracas assourdissant repoussait mes pensées… Je me mis à crier, la tête renversée, défiant l'eau… "Aidez-moi ! Aidez-moi…"

« Ma voix n'a pas triomphé du vacarme, ou si mes aïeux m'ont répondu je n'ai rien pu en entendre… Toutefois, mon humeur s'améliorait et je me décidai à franchir la cataracte… La traverser, à proprement parler, n'était pas envisageable. S'il en existait un passage, me rassurai-je, il devait bien se révéler à un moment ou à un autre. La paroi s'était effondrée pour libérer cette brèche, formant un chaos de pierres enchevêtrées qu'inondait l'écume. L'ascension en serait risquée et, même si je me sentais étrangement invulnérable, je redoutais de me fracturer la jambe ou de me broyer une nouvelle fois les côtes. Je ne m'arrêtai pas sur cette idée, mon attention sautillait d'un sujet à l'autre, comme un jeune enfant accompagnant ses parents en promenade se laisse distraire par tout ce qui bouge devant son nez. Au centre des éboulis, venais-je de remarquer, des rochers érodés et ventrus se succédaient en serpentant jusqu'au lac. Je m'y précipitai.

« Crapahuter sur cet amoncellement relevait de la folie, tant ces pierres semblaient lisses et glissantes… sauf que ce n'étaient pas des pierres, mais des carapaces de tortues ! Par dizaines, matelots. Vous auriez dû voir ça ! Et ne vous les représentez pas entassées pêle-mêle, mais disposées par couches, dos dessus puis dos dessous, maintenues ainsi par des cordages noués à des forages aux contours nets… Qui ? Pourquoi ? La dernière strate de cet échafaudage instable, face bombée en l'air, formait un toboggan épique qui conduisait jusqu'au lac. Des chéloniens… Je m'empressai de considérer la présence de mon animal fétiche comme un encouragement et je me lançai à l'assaut du monticule !

« Je suis retombé dans l'eau, trois fois. Sûr de m'être rompu un bras ou démis une épaule. J'étais si pressé de repartir, plus décidé que jamais, tout aussi fougueux qu'après une nuit de sommeil. C'était une expérience inouïe que je n'avais pas vécue depuis l'enfance, c'était comme tomber d'une balançoire en plein essor et courir pour regrimper dessus ! Le temps de geindre que j'avais mal, et tout était oublié ! À force, j'ai réussi à rejoindre le sommet, où j'ai découvert une carapace plus grande qu'aucune autre, et non attachée, celle-là. Elle était libre… Vous ne pouvez pas concevoir combien il m'a été difficile de ne pas y retourner, en m'en servant de luge... »

Le Déchiffreur avait fini par discerner un passage dans la maigre béance qu'il avait deviné enfin entre la pluie du fleuve vertical et la falaise détrempée. Si les ruissellements du sol glaiseux ne l'emportaient pas, il gardait une chance de passer... Il n'avait fait qu'un pas, juste un, et s'était arrêté, démesurément fier de son audace et incroyablement heureux d'avoir eu raison. Creusé par la sape des vagues, un étroit sentier longeait la cataracte, à condition de placer les pieds dans les petites excavations qui montaient en marches bancales. L'exercice se révélait plus aisé qu'annoncé, en prenant garde à ne poser que la pointe du pied sur leurs rebords et non de s'appuyer de tout son poids en leur centre : l'eau stagnante masquait de discrètes protubérances vitreuses qui menaçaient de le faire dévisser. La descente se montrerait plus périlleuse que l'ascension.

L'air du large, si longtemps espéré, raviva son instinct de survie. Il scruta l'horizon à la recherche d'une voile. Constatant que l'après-midi tirait à sa fin, il s'inquiéta du combustible pour alerter le pêcheur de l'autre côté de l'île, s'il l'attendait encore... La falaise, rempart qui mesurait une cinquantaine de mètres de haut sur plus d'un kilomètre de front, occulterait le feu, tout comme ses brumes nocturnes se confondraient à sa fumée ; il devrait donc rejoindre l'extrémité opposée du grand lagon pour accroître sa visibilité... Dans quelques heures, très peu, la lune entamerait sa course dans le ciel et il serait enfin en mesure de se situer sur son calendrier, et d'évaluer plus précisément ses chances, s'il lui en restait...

Les roches tombées de la falaise s'amassaient en barricades hirsutes et crevassées au pied de la chute et débordaient dans la lagune ; des ruisseaux contraires filaient entre les pierres et les deux eaux se mêlaient. La couronne de corail se resserrait presque sur la cataracte ; au-delà, la vaste muraille insulaire offrait un spectacle de puissance rassurante. Mais la houle ébranlait ses fondements, et les écueils qui émergeaient entre deux vagues dénonçaient une patiente chronique d'effondrements. Par pans entiers, l'île s'effritait – jadis, elle devait s'étendre jusqu'à l'endroit où il envisageait son feu ; le petit lagon communiquait peut-être alors avec le lac intérieur, bien que celui-ci se trouvât désormais en contrebas. Dans combien d'années, de siècles, mais probablement pas un millénaire, la paroi, finalement peu épaisse, qui protégeait la caverne disparaîtrait-elle ? Les coulées de lave révélaient leur faiblesse ; figurant une armature redoutable, elles s'écroulaient en se brisant net, mouchetant le flanc téméraire de l'Île noire.

De gros rochers pansus et d'autres carapaces reptiliennes jalonnaient le premier lagon, beaucoup plus large que long, comme un passage à gué périlleux. La lagune, turquoise, réfléchissait quelques nuages en raison du sable blanc qu'elle recouvrait à peine. Au moment de plonger son pied, il s'était ravisé. Il ne craignait pas tant une nouvelle surprise des eaux – vision, voix, démence – qu'il s'interrogeait sur le corail qui la délimitait. Point de chatoiement, pas de couleur vive. Au contraire, cette arborescence calcaire lui rappelait certains vestiges d'incendies, quand des pierres semblent des os brûlés, que tout se résume en cendres, éclats et ruines. En l'observant plus attentivement, il avait recroquevillé ses orteils : zébré, vérolé, brisé, l'amalgame de polypes calcinés qui jonchaient ce chemin promettait une torture de chaque instant.

Trente mètres, tout au plus, le séparaient de la couronne mitoyenne du grand lagon. L'idée de bondir d'une pierre à l'autre le tentait, mais il redoutait quelque traquenard, carapaces fermement amarrées ou rochers basculants. Assis sur le corail, il avait contemplé la surface prisonnière. Du sable, des roches et des restes de tortues, rien d'autre. Ici non plus, pas de coquillage ni de poisson, pas d'algue. Était-ce l'eau versée par la cataracte qui altérait cet étang d'océan ? Trempant ses deux pieds, il avait sondé la résistance du sable et pesé dessus, s'était enfin levé, confirmant ainsi que l'eau lui montait à peine au-dessus du genou. Ses pieds ne s'enfouissaient pas. Il avait osé encore un pas, prêt à se jeter vers la berge. Moelleusement, le sable lui massa les pieds dès la première foulée...

Parvenu en son centre, il mouillait le bas de sa chemise. De légers courants sporadiques lui chatouillaient les chevilles. Les turbulences éphémères se multipliaient. La plupart s'épuisaient avant d'atteindre une ampleur réellement perceptible, certaines le ballottaient un peu plus rudement. Parfois, le sable se dérobait sous ses pieds. Même si ces manœuvres impromptues affichaient une malencontreuse obstination à feindre de lui faucher les jambes, il n'y voyait pas un danger véritablement sérieux : ces contrariétés auraient pu inspirer une attraction foraine à succès.

« Quand j'achevai ma traversée, l'eau montait à peine au niveau de ma poitrine et le sable fuyait mes pieds. Me hisser sur le corail pétrifié me valut mon lot d'égratignures, aux mains, aux bras et aux jambes, plus quelques-unes, fort mal venues, aux pieds. Ah, j'oubliais : également une belle éraflure sur le ventre... Que devrais-je faire au retour : sauter dans le lagon ou le contourner ? Les embûches du chemin corallien étaient visibles et prévisibles, mon corps en attestait... Ces minuscules courants ne me disaient plus rien qui vaille. Je réalisai alors, matelots, que je n'avais pas songé à nager... Tout aurait été si simple ! »

Lors de sa précédente visite, du haut de la falaise et sous la pluie, il avait imaginé qu'un marécage sordide englobait le petit lagon aux reflets lunaires. Il avait bien vu. Incomparablement plus vaste et lugubre que celui qu'il abandonnait derrière lui, le grand lagon en fer à cheval offrait une perspective des moins engageantes. Ses eaux opaques charriaient ici du sable grisâtre, là une fange bourbeuse, qui s'assemblaient en d'irrégulières bosselures. Des poches de méthane se libéraient par intermittence, ailleurs des fumerolles s'échappaient d'amas végétaux. Chenaux provisoires, turbulences inattendues, plusieurs courants troublaient la surface, se divisaient ou s'unissaient; plus impressionnant encore, ils se déplaçaient sans cesse, ondulant comme un serpent qui rampe dans le désert. Leur rencontre exhumait d'étranges ballets d'algues sombres qui écorchaient la lagune avant de se laisser engloutir...

La couronne de corail mort qui étreignait le premier lagon au moment de rejoindre la falaise s'élargissait en s'éloignant vers l'océan, jusqu'à former parfois un platier d'une vingtaine de mètres. Quelques bourrelets se dressaient contre l'assaut des vagues, front téméraire et dérisoire: la barrière suintait de toutes parts. De l'autre côté de l'enceinte corallienne, la persistance de moutons sur la mer étale trahissait une profusion de récifs à fleur d'eau, suggérant un éboulement ancestral, cataclysme qui avait scindé l'île en deux. Si une végétation aquatique encombrait le grand lagon, rien n'indiquait que la faune s'aventurait à franchir la frontière dépouillée des chaudes couleurs tropicales. Il avait regardé vers le large.

Le soleil entamait son lent déclin. L'alizé ridait un océan somnolent. Des cormorans sondaient l'azur, revenaient vite, repartaient aussitôt. Des orques naines, solitaires, éclaboussaient mollement les vagues. Des crabes scintillaient sur les écueils alentour, s'éclipsaient dans l'écume s'il leur adressait un signe, resurgissaient dès qu'il s'asseyait de nouveau. Pas un nuage à l'horizon, bientôt les premières étoiles... Le temps de contourner le lagon, et la lune se montrerait.

Il s'était alors avisé de déduire que les projets du pêcheur avaient subi les mêmes aléas climatiques que les siens. À présent que la mer ne tourmentait plus les petits voiliers, celui-ci devait rattraper les journées perdues. Sa pêche l'éloignerait-elle de l'île, ou bien le marin viendrait-il avec juste quelque retard ? Dans tous les cas, il devait s'empresser de dresser un feu permanent. Il lui fallait donc trouver du bois ; hélas, il n'y en avait pas. Il n'y avait rien ici, ni plus rien à faire.

19

Tandis qu'il refoulait la perspective de ne jamais pouvoir quitter l'île, le Déchiffreur fixait l'emplacement qu'il réservait à son feu. Comble de l'ironie, l'illustration du manuscrit du Pirate Sans Nom y situait précisément le navire en flammes. Comment ce vaisseau avait-il échoué à l'extrémité méridionale de l'atoll, alors que les écueils qui le cernaient interdisaient d'y accoster ? Une simple chaloupe, manœuvrée par des marins émérites et par temps aussi calme que ce jour, peinerait à atteindre le lagon sans dommage.

Et pourquoi ce bateau brûlait-il ?

Il retournait la question dans sa tête, sans vraiment tenter d'y répondre, tout en massant ses pieds endoloris. Ce geste lui avait inspiré de déchirer les manches de sa chemise afin de s'en bander à la manière d'un chausson. L'astuce s'était révélée une idée digne de ces brillantes trouvailles théoriques qui ne devraient jamais être exprimées : les arêtes pétrifiées ne l'avaient certes pas blessé au tout premier pas, mais dès le suivant, ce qui n'empêchait pas la chaussette d'accrocher au corail aux dépens de son équilibre. Après sa seconde chute, alors qu'il auscultait sa main tuméfiée pour mieux se persuader de la stupidité de son invention, il avait cru apercevoir, brièvement, entre deux brassées d'algues lagunaires, une tache claire striée de marbrures sombres. Un thorax, ici ?

Pendant plusieurs minutes, il avait guetté la reconduction du phénomène, peinant à identifier de loin l'origine des éventuels ossements – certains bois pâlissent à force d'immersion et les rainures originelles se gorgent de sel ou de coquillages. Il devait s'y rendre, car bête ou homme, peu importe, s'il y avait du squelette dans le lagon, maintenant qu'il l'avait vu, il devait savoir quoi et pourquoi… Après quelques atermoiements de notaire, tergiversant sur les risques, évaluant la faisabilité de la chose, il avait achevé de désemmailloter ses pieds.

Au moment d'engager le premier dans l'eau, le dégoût l'avait submergé. Il avait fermé les yeux et s'était laissé progressivement aspirer par la vase. Pas longtemps, jusqu'à mi-cuisse. Sa témérité, aiguisée par la curiosité qui l'avait poussé à l'université avant de l'en chasser, n'avait pas vaincu la précaution de glisser tout en se maintenant fermement au corail. Le sol ne fuyait pas ses pieds. Ses orteils lui rapportaient que, sous une faible épaisseur de sable, des rochers affleuraient. Il pouvait avancer…

La formation filamenteuse s'étirait en un rideau opaque sur l'éphémère apparition. Il avait infiltré ses mains à travers les algues et ouvert les bras, pas peu fier d'être parvenu jusque-là sans encombre. En fouillant en aveugle, ses doigts avaient confirmé au premier contact son intuition : des os. Effectivement ceux d'une cage thoracique, mais pas humaine – le soulagement qu'il avait éprouvé à ce constat l'avait surpris par son ampleur. Les dimensions de ce débris de squelette, légèrement plus grand que lui, avaient un instant suggéré qu'un monstre habitait la lagune, mais il s'était aussitôt repris, songeant aux orques naines, bien qu'il n'en eût jamais vu autrement que nageant. Les côtes étaient rompues. Non : brisées, éclatées selon un alignement qui évoquait un vigoureux coup de sabre ou de hache.

Avant même de se redresser complètement, ou parce que cet angle de vision l'autorisait à découvrir autrement le lagon, d'autres carcasses lui étaient apparues, un peu partout, dissemblables. Certaines se révélaient intègres, d'autres fracturées. Plusieurs formaient des excroissances impossibles, à moins d'agrégations épouvantables. Ses mains s'acharnaient à explorer les squelettes alentour pour lui éviter d'aller plus loin, dans l'espoir d'une illumination qui ne se décidait pas à jaillir. Finalement, il avait ressorti ses bras et fait un pas de côté. Le sol avait cédé.

Sa jambe gauche s'était enfoncée si brusquement qu'il avait désespérément pris appui sur l'autre afin de la retirer. Son cerveau avait beau lui rapporter que sa jambe droite se fichait dans une vase pierreuse, probablement peu profonde et lui offrant une assise suffisante, une peur panique l'avait submergé. Il avait ramené sa jambe de toutes ses forces et la morsure du lagon s'était montrée plus ingrate : boue et caillasse masquaient les mâchoires d'un piège dont il venait d'actionner le mécanisme. Des os rompus se refermaient sur lui en grand désordre. La douleur fulgurante des lacérations l'avait déséquilibré. Il était retombé. Sa jambe avait glissé de nouveau, vrillant dans l'enchevêtrement d'ossements immergés, tandis qu'il s'affaissait sur le côté en s'empêtrant parmi les algues. « *Je vais crever*, avait-il pensé. *Cette fois, je vais crever…* »

Un *à quatre pattes* serait mort, certainement. Pas lui. Le Déchiffreur s'était répété qu'il avait triomphé du vortex, qu'il avait survécu à l'appel des abysses, que les tortues avaient tracé sa route vers le large… La tête sous l'eau, pour endiguer ses frayeurs il avait cessé de lutter contre la lagune. Il avait lentement oscillé son épaule et son bras pour se libérer des algues ; les lianes n'avaient pas immédiatement desserré leur étreinte. Sa jambe était également trop inclinée pour l'extraire sans l'entailler davantage. Il s'était laissé peser et s'était dégagé en suivant le lent mouvement des algues qui le retenaient. Tout en se contraignant à ne pas se débattre comme un noyé, il avait pris le temps de se redresser jusqu'à se trouver dans l'axe du passage que sa jambe avait creusé parmi les os. Seulement après, il avait sorti sa tête de l'eau pour respirer. Il avait replongé sans attendre et s'était aidé des mains pour retirer sa jambe sans davantage la blesser.

Il avait tenté de nager pour ne plus retomber, mais la douleur l'avait fait renoncer. Il saignait abondamment et devait panser cette plaie au plus vite – et la nettoyer ! Les remous provoqués par sa tentative avaient découvert de nouveaux ossements sur le chemin de la couronne corallienne, à côté desquels il était passé quelques instants plus tôt sans en soupçonner l'existence.

Des os, des os partout. Ce lagon était un ossuaire, un cimetière marin. En se tournant vers la falaise, la perspective révélait tout un faisceau de carcasses projetées de manière concentrique. L'épicentre ne pouvait se situer qu'à l'extrémité du grand lagon, là où il envisageait son feu. La lumière rasante dévoilait des os qui s'enfonçaient profondément dans le corail, comme autant de dagues fichées dans autant de cœurs abandonnés.

Il devait effectuer un tri entre observations, visions, frayeurs et dénis. N'étaient-ce que des orques ? N'y avait-il pas aussi des hommes ? Et ces masses si petites qui s'y agloméraient pour sculpter des créatures invraisemblables : des thorax d'oiseaux, des becs et des ailes, mais aussi des pinces agglutinées… La curiosité scientifique ne l'animait plus, il obéissait à une folie impérieuse. Puisqu'il souffrait trop à nager, il avait boitillé pour inspecter une dizaine d'ossements. Il était tombé dix fois, s'estropiant à l'une et l'autre jambe, et aux bras, et aux mains. Peu importait. Savoir, comprendre ; toucher ces os, ces squelettes, ces carapaces. Les sentir, les ressentir.

Quelle histoire s'était incrustée dans leur moelle ? Il devait regagner la source, atteindre l'origine des choses. Savoir. Toucher.

Le dos à la falaise, il progressait sans dévier du rayon qui le conduisait à l'emplacement du vaisseau. Il se souvenait vaguement qu'un bel hiver de son enfance son père l'avait emmené dans la campagne enneigée et qu'ils s'étaient retournés après avoir gravi un monticule. Son père, qui appréciait l'allégorie quand elle ne côtoyait pas le religieux, lui avait fait remarquer leurs traces qui serpentaient : « Les hommes ne marchent jamais en ligne droite si aucun chemin ne les guide. » Les obstacles du lagon le guidaient pour aller tout droit. Parvenu au cœur de la lagune, ce souvenir l'avait effrayé.

Tout autour de lui, des algues tressaient quelques plateaux mouvants que contournaient les courants. Leur trame se montrait parfois si serrée qu'une vase glaiseuse figurait un terre-plein où quelques prétentions d'arbustes ambitionnaient de s'installer. Il avait rampé sur le premier, gagné de la vitesse en marchant à quatre pattes sur le deuxième. Le troisième s'étirait sur une vingtaine de mètres, offrant l'illusion d'une fuite rapide. Il s'en était méfié et s'était allongé comme lorsqu'il serpentait dans le sein de l'île. Le quatrième affichait ce qu'il prétendait être, un radeau instable. Le crépuscule approchait. L'obscurité lui serait fatale. S'il maintenait l'allure d'un rampant, il se voyait perdu. Il s'était un peu redressé, à peine, s'assurant la meilleure assise possible en se reposant sur ses coudes et ses genoux, jambes et avant-bras en extension. Passer au plateau suivant nécessitait de nager ou de sauter. Pour mieux juger la situation, il avait pris appui sur ses mains. À mi-effort, ses deux bras avaient succombé en même temps.

La moitié du corps immergée, les algues s'étaient refermées contre son dos. De désagréables caresses froides effleuraient sa peau et l'attiraient vers les fonds. Il avait imaginé des serpents glisser sous ses vêtements et le dévorer sans jamais se montrer. Il s'était rassuré en se disant qu'il n'avait croisé aucune créature vivante dans la lagune. Il avait ensuite paniqué à cette même idée et avait plongé à nouveau. Complètement affolé, il avait sinué dans les ténèbres d'une eau trouble et masquée, avant de grimper sur l'autre plateau, souillé, blessé, épuisé.

Étendu sur le dos, la vision des premières étoiles l'avait ramené à la raison : tout répit lui était interdit. Le soleil entamait sa dissolution océane, une lune déjà décroissante se levait à l'opposé. Il n'y avait plus de temps à gaspiller, mais son corps s'était mis à comptabiliser ses meurtrissures. Ses jambes, ses bras, ses côtes, son visage, rien n'avait été épargné. Pas un endroit de tout son corps où il pouvait poser la paume d'une main sans toucher deux blessures... Les douleurs sommeilleraient tant qu'il maintiendrait l'effort. Peut-être. Ses pensées s'étaient perdues aussitôt dans le souvenir du bienfait éprouvé lorsqu'il se lovait dans le lac intérieur, mais il ressentait une urgence inexplicable à rejoindre la source.

La répétition de ce dernier mot l'avait alors intrigué, il avait joué avec différentes associations d'idées pour s'éloigner de l'inventaire macabre de ses misères – le choix du terme ne pouvait s'avérer futile : « source ».

« Source ne rime pas avec feu... Voilà où j'en étais, matelots, quand mon regard fut attiré par un reflet métallique. Quoi ! me récriai-je, un bout de lame dans le corail ? En ramenant mes yeux sur l'intérieur du lagon, exactement dans l'axe entre la source et la cascade, je dénombrai une bonne vingtaine d'épées ou de dagues qui brillaient contre la barrière corallienne ou dans le sable. En regardant mieux, j'en vis davantage... Et des mousquets également. À mes pieds, un sabre plongeait jusqu'à la garde dans la gueule arrondie au nez effacé d'une orque. Juste à côté, un cormoran avait été déchiqueté d'une décharge à bout portant...

« Comment imaginer que l'on se fût battu, là, contre des orques, des cormorans et des crabes ! Des boucaniers ou des naufrageurs les auraient chassés, ou massacrés par jeu... Cela n'expliquait pas ces lames plantées dans le corail ! L'évidence m'apparaissait peu à peu, incroyable. Par la nature et la diversité des armes, par le nombre de squelettes humains, je pouvais déduire que plusieurs navires avaient déversé une centaine de soldats à l'assaut de l'Île noire, qui les avait exterminés... Oui, le lagon figurait bien un champ de bataille, une apocalypse, que la nature digérait. Bientôt, il ne resterait rien de ces hommes. *Rien des hommes ?* me repris-je.

« J'ai alors relevé la tête : la falaise se festonnait de brume. Je ne devais pas tarder, j'ai repris ma marche vers la source, baignée dans l'embrasement du ciel. Tout en avançant, maintenant que je leur tournais le dos, je me souvenais des indices, des traces. L'agencement des os, la direction des lames, le corail couleur de cendre. Les successions de plateaux mouvants. Les bandes de sable étirées entre les principaux courants. Tout convergeait de la source à la falaise... J'aurais dû réfléchir à ce que cela signifiait, assembler et agencer mes pensées comme je l'avais toujours fait, mais j'éloignai ces soucis d'un haussement de sourcils : rien ne devait me ralentir. Je reportais à plus tard ces tâches, j'avais plus important à faire, avancer. Je me concentrais sur chacun de mes pas, pour ne pas tomber, certes, mais aussi afin de ne pas faillir. Je n'avais plus qu'une préoccupation : atteindre la source empourprée. »

20

« Nageant autant que marchant, cette nouvelle résolution ne m'aidant en rien, j'atteignis enfin le corail et ses crénelures brûlées. Mes doigts redoutaient de nouvelles entailles. Je m'y suis néanmoins agrippé avec vigueur et, retenant ma respiration, je me suis hissé sur mes bras, ignorant que j'avais si mal. Sans attendre, j'ai lancé ma jambe gauche sur le côté, puis j'ai roulé jusqu'à me retrouver à nouveau sur le dos, bras et jambes en croix… Je n'avais pas fière allure, peut-être geignais-je un peu. Mes yeux se sont alors fermés et ils ont longtemps refusé de se rouvrir. Mes mains palpaient mon corps, me rapportant qu'il saignait abondamment. Ou bien mes mains seules se vidaient de mon sang. Ou les deux, assurément… Quels autres cadavres putrides se cachaient au fond de la lagune ? Le sel de l'océan mordait mes blessures. Je devais me laver. Je pensai au lac. Je devais me purifier. Tout cela réclamait que j'ouvre les yeux… »

Ses paumes avaient ripé lorsqu'il avait tenté de se redresser. Le Déchiffreur avait imaginé ses mains baignant dans l'hémoglobine et avait été pris de vertige. Après quelques instants, il avait essayé de se représenter le volume de sang nécessaire pour inonder les polypes pétrifiés par l'incendie – son corps aurait pu se vider plusieurs fois avant de s'en approcher. Ce calcul macabre avait brutalement décollé ses paupières ; plusieurs caillots encombraient ses cils. Avec précaution, il s'était penché sur le côté, le visage tourné vers les flots. L'océan ne se distinguait du ciel que par un lacet de dégradé clair qui marquait l'horizon pour quelques minutes encore. Ses yeux avaient peiné à se focaliser sur les vagues qui éclaboussaient le récif. Sourire jusqu'aux oreilles, plisser et déplisser les pommettes, froncer le nez l'avaient aidé à vaincre le flou des plans les plus proches – le corail, son corps, sa main. Celle-ci était maculée de rouge, mais le sang ne s'égouttait plus. Sa jambe saignait plus sérieusement. Sa chemise n'était que lambeaux et il ne préférait pas savoir comment elle adhérait à son torse. Quant au récif… À cet emplacement – la source –, l'arborescence calcaire rappelait l'obsidienne de l'île, noire, vitrifiée, lisse… Il avait songé à un point de fusion, soumis à une température extrême, volcanique.

Aucun bateau ne pouvait se consumer en marquant le corail d'une telle empreinte, même les cales bourrées de tonneaux de poudre… Une éruption aurait dévasté le lagon, elle n'aurait pas atrophié la couronne de corail sur une longueur d'appontement d'une trentaine de mètres. Pourtant, l'illustration du manuscrit indiquait avec précision où le navire en feu se trouvait amarré.

Ses conclusions d'universitaire le laissaient insatisfait, il avait penché la tête en arrière pour apercevoir la falaise.

Le soleil s'était glissé de l'autre côté du monde, le crépuscule banalisait déjà les formes décolorées du lagon. Bientôt, l'ombre nocturne dissimulerait totalement le chemin du retour. Préfigurant l'œuvre dévastatrice de la houle, la brume s'emparait du moindre relief de l'île, l'estompant comme, lorsqu'il était enfant, il s'empressait de gommer tout mauvais tracé d'un dessin, en élève appliqué qu'il ne pouvait se retenir d'être. La consigne émanait d'un mauvais maître, car lorsqu'il avait suivi quelques cours de dessin à la Sorbonne, afin de recopier honorablement les blasons flibustiers, le vieux peintre à béret bleu nuit et blouse grisonnante qui sévissait place du Tertre chaque soir et officiait au Luxembourg pour croquer de la demoiselle tous les après-midi, ce filou de première lui avait formellement interdit l'usage de la gomme. « On fait tous des erreurs et on vit avec ! » clamait-il, espiègle et professoral ; et encore, plus philosophe ou simplement radoteur : « On peut tricher avec la vie, d'accord, mais pas avec une mine de plomb entre les doigts. » Le Bouffon-savant avait retenu la leçon, et même poussé le vice de son application jusqu'à se présenter presque nu à son premier oral en s'introduisant par un retentissant « Me voilà ! », devenu fameux dans les amphithéâtres. Un drapeau noir voilait sa pudeur pour qu'on n'oubliât pas cet aspect de sa personne. Il se voulait seulement sincère et lucide, ne rien cacher ni ne rien se cacher, nu et couvert, aux antipodes du provocateur habile que certains s'étaient complu à dépeindre…

« Avec les années, ma réaction ne m'étonne plus. Mon corps m'imposait de ne plus bouger, mon esprit a pris le relais. La résurgence de ce souvenir parisien – ne rien gommer – replaçait à nouveau le Pirate Sans Nom au centre de ma réflexion – à sa *source*, donc. Saint-Malo m'avait convié à larguer les amarres, mais c'est la Sorbonne qui m'avait désigné l'Île noire… Je songeai alors au Pavillon blanc et à mon déluge personnel, de l'autre côté de la falaise, et au nom que j'avais donné au navire représenté dans le manuscrit. Le Vaisseau ardent, victime d'un fantastique incendie, comme si l'embarcation, toute de bois, de corde et de voile – sans compter la poudre… –, résistait au feu qu'elle nourrissait, qu'elle ne se consumait pas… Cette allusion au buisson biblique, qui guide les pas d'un prophète vers les commandements divins, offrait au Pirate Sans Nom une apothéose qui justifiait ma propre mésaventure

– mon père, mon professeur, mon éditeur, toute la sainte clique aurait apprécié : les nouvelles lois sont hors la loi…

— C'était bien lui, tout à l'heure, l'interrompit Anton que toutes ces convergences troublaient jusqu'au vertige, le Pirate Sans Nom ! Dans la caverne, vous avez été… *lui* !

— En sage historien, qui doit être un homme honnête, et de raison, je devrais répondre que je l'ai supposé, et encore que contre toute logique. Mais oui, Morne-mer, du moins il était là. Pas tout à fait… C'était comme l'écho d'un coup de canon, pas assez pour être la guerre, mais suffisamment pour la redouter. Ce que j'ai partagé de sa rage ne se limitait pas à un débordement de brutalité triviale, cette violence libérait une déchirure plus ancienne. J'ai senti la puissance de ses racines, je ne les ai pas vues… Ce que j'ai éprouvé, c'est la colère et la douleur de l'homme qui entend les cris dans l'incendie et qui arrive trop tard. Qui découvre un berceau intact dans la maison brûlée, mais renversé ; qui guette les traces d'une vie tenace : des plaintes contenues, un pied qui tremble, un simple mouvement de rideau ; qui ne trouve que des jouets carbonisés. Et encore, la folie de l'homme qui ne peut que regarder l'incendiaire qui s'éloigne avec lenteur – oui, un désespoir de paralytique. »

Jak opina du chef comme si cette déclaration n'avait rien d'extravagant. L'Ivrogne avait répondu sans quitter Anton du regard. Celui-ci baissa la tête. Il ne se sentait pas bien.

Le vent du large rabattait sur eux des odeurs d'algues, lourdes et grasses. Ils avaient un peu froid, mais ne bougeaient pas. Des cumulo-nimbus annonciateurs d'orage masquaient un dernier quartier de lune. Le vieil historien, qui n'avait pas réclamé à boire de la soirée, avait levé sa main en protection de l'éclairage du lampadaire, ses yeux presque clos toujours rivés sur le phare voilé d'une brume légère.

De ses paupières suintait ce qui semblait de vraies larmes. Minuscules, elles se déversaient sans un clignement.

« Eux sont tout... Après avoir renoncé à l'or qui a jalonné son existence, il achève l'histoire de sa vie par ces mots : "Eux sont tout." J'ai échoué, Mornemer, se désola l'Ivrogne. J'aurais tant voulu savoir... »

Les gouttes s'égaraient dans les flétrissures du visage, hésitaient, attendaient d'être plusieurs, puis, s'étant acceptées et confondues, elles glissaient à nouveau selon un itinéraire incertain.

Avait-il déjà vu un homme pleurer ? Au cinéma, peut-être ; mais un proche ? Anton détourna son regard, se promettant d'apporter son élingue un prochain soir pour résoudre le problème de cette satanée lampe.

« J'ai pleuré avec lui, d'être arrivé trop tard, à mon tour, puisqu'il ne restait plus aucun matériel pour retracer son histoire. Car ce que j'ai compris, alors, Morne-mer, c'est que j'étais historien, et non soldat. Je ne pouvais pas me battre, je n'avais pas à le faire malgré la rage qui m'habitait. Je devais endiguer cette colère qui m'était transmise, l'exploiter, comprendre et témoigner... »

Ne m'appelez pas Morne-mer ! Anton se débattait pour ne pas *décrocher*. L'Ivrogne venait de tout justifier, Anton le ressentait sans mesurer l'ampleur de cette révélation, ses entrailles en repoussaient chaque terme et improvisaient un dialogue susceptible de mettre fin à cette folie : « Ne m'appelez pas Mornemer ! » aurait-il dit, et l'Ivrogne aurait répondu : « Pourquoi ? — J'ai lu les dictionnaires. Pourquoi pas Tristes-flots ? — Tristes-flots... Par tous les diables, je n'avais pas pensé à lui... Mais je ne te prends pas pour un don Quichotte : tu n'es pas un Chevalier à la Triste Figure, même si tu poursuivras bien des chimères avant de trouver ta Dulcinée... — C'est tout ? C'est une mauvaise blague, un bon mot, alors, sans vous soucier de ce que ça me fait ! — Si cela peut soulager ta peine, sache que ce n'est pas le pire de ma longue carrière... — Je n'y crois pas. Non. Pas avec vous, ça ne peut pas être si simple. C'est votre façon d'agir, de m'obliger à chercher par moi-même pour éviter de me le dire en face. J'y vois clair. Vous aviez dit aussi "morte mer" et une mer morte, c'est le calme. Je suis le calme qui précède la tempête. Le surnom de Jak fait partie de l'énigme. Vous voyez, j'ai trouvé, je suis plus fort que vous ! Plus fort. Vous n'êtes rien pour moi. »

Anton plia ses coudes contre son ventre et se pencha un peu en avant. Combien de temps avait-il *décroché* ? Jak faisait la moue et dodelinait légèrement de la tête, les sourcils contractés et le regard dans l'obscurité du large – il s'ennuyait, le vieil homme qui scrutait le phare n'avait donc rien ajouté. D'habitude, lorsqu'il prolongeait une pause de ce genre, en plein récit, ou bien son visage poursuivait un épisode qu'il garderait pour lui-même, ou bien il se métamorphosait en simple poivrot. Cette fois, ses yeux scintillaient et le réverbère y pointait un reflet sans équivoque : Anton se rappela qu'il devait lui répondre, même s'il ne se souvenait plus de la question. Y avait-il eu une question ?

L'enfant ne se sentait décidément pas bien. Les mots tournaient dans son ventre, ils contenaient toutes les réponses. « Qu'attendez-vous de moi ? » Anton se mettait à nu comme jamais. Ils révélaient sa perception non seulement des événements décrits, mais également de ceux vécus par les deux hommes qui s'étaient succédé dans l'Île noire. Ils l'engageaient aussi irrépressiblement dans cette voie qui ferait de lui le commandant Petrack, prêt à rebondir sur les confidences d'une jeune historienne pour se lancer dans la seule aventure qui vaille. Ces mots l'exposaient tout entier, lui qui avait fait le vœu d'être *invisible*.

Cette vulnérabilité – il le savait depuis toujours, il savait qu'il était vulnérable – le vida de toute pensée.

Son esprit déclinant, son corps prit la relève. Quand ses mâchoires qui les ânonnaient déjà se desserrèrent pour articuler ces mots, « Qu'attendez-vous de moi ? », son ventre céda à la douleur. Anton vomit.

L'humiliation était déjà assez grande pour ne pas en rajouter. Ils ne s'en étaient pas privés, ni l'un ni l'autre. En expert, l'Ivrogne avait posé ses mains sur son front et sur une épaule, avant de lui caresser la tête. Jak s'était fendu d'une suite de « Ben mon vieux » entre dégoût et pitié, avant de se décider à l'aider à rentrer, le soulevant maladroitement par un seul bras. Le vieil homme en avait profité pour l'appeler « Anton », le front riche d'une nouvelle ride, et avait contrarié le mouvement de Jak en le priant d'attendre encore un peu. Il avait conseillé à Anton de rester penché et de se détendre pour ne rien retenir, et il avait ajouté quelque chose, si bas qu'Anton n'en était pas vraiment sûr – « Eux sont tout » ? Probablement.

Et peut-être, aussi : « Pardon. »

21

Ne pas *décrocher* exigeait une attention de chaque instant. Cette distorsion subtile de la perception l'appelait sans cesse, le réclamait, elle surgissait à tout moment pour lui refaire son numéro de charme ; et quand Anton acceptait d'être emporté, ce monde idyllique le prenait et l'emmenait loin, loin, si loin parfois… Ses frères avaient tort, il n'était pas fou – il ne bavait pas, il ne demeurait pas prostré pendant des heures devant un mur, il n'avait même pas un ami fictif ni aucun ennemi en dehors de la cour de récréation. Pas fou, non, mais menacé. L'*autre côté des choses* exerçait une fascination dont il était pénible de s'extraire, le retour à la réalité commune s'accompagnait d'une profonde et durable mélancolie. Un jour, l'*autre côté des choses* pourrait lui paraître suffisant et, alors, il basculerait et ne songerait plus à en *partir*. *Décrocher,* avait-il lu dans le dictionnaire, c'est aussi tomber.

Ce soir, un tel moment guettait Anton. Quelques années de pratique – c'est-à-dire toute sa vie scolaire, presque la moitié de son âge – enclenchèrent les mécanismes de protection. Avec discipline, ses pensées puisèrent dans le récit de l'Ivrogne la matière dont elles s'emparaient régulièrement dans les pages des livres d'histoire. Seulement, cette fois, il n'y avait pas de faits établis, juste un conglomérat inachevé de constats et de suppositions, narré par un poivrot ressassant son Aventure Sans Fin au Pays des Pirates. Sans rien à maîtriser pour explorer cette *terra incognita*, Anton ne put s'empêcher de *décrocher*.

Ses hommes l'appellent Capitaine. Ceux qui le chassent usent, avec mépris, du sobriquet par lequel ses obligés incultes le célèbrent, le Libérateur. Sur ce navire – il en commande dix –, personne ne connaît le son de sa voix, pas même son second, une bête, qui l'observe et en conclut ce qu'il grogne pour hurler ses ordres. On le dit fou, on le dit invincible – il pourrait se croire immortel. Ses poursuivants comptent sur son orgueil pour le pousser de l'audace à la faute. Ainsi, ensemble, ils s'écartent des routes pour s'égarer dans les confins sans carte tandis que les nuages s'amassent droit devant, selon une ruse bien prévisible. Peu, parmi les mercenaires, braveraient les flots enténébrés hérissés de brisants, d'étocs et d'écueils, alors que, en paradant le long de la *vuelta*, ils grappilleraient toujours quelques flibustiers malhabiles ou malchanceux.

Les équipages des trois frégates se composent d'hommes sans idéal. D'anciens forbans, pour moitié, préférant la traîtrise au gibet, mais dont le zèle s'émousse quand ils chassent les Frères de la côte, du moins après longtemps sous les ordres. D'anciens soldats, pour l'autre, déserteurs ou prisonniers, dont la hargne se nourrit de ce statut de survie : renégat – eux tuent volontiers du flibustier, parce qu'ils ne valent désormais pas mieux et qu'ils ne l'ont pas vraiment choisi, comme si l'on devenait pirate par seule vocation. Cette meute contre nature se serait entre-tuée si quelques guerriers professionnels ne l'encadraient pas – ces derniers cultivent cependant la haine mutuelle de cet équipage et la contiennent à juste dose afin de se prémunir de toute mutinerie. Les officiers espagnols ne portent pas d'uniforme, les négriers qui les emploient réclament une action d'éclat capable de rivaliser avec la légende du

Pavillon blanc : qui envisagera de prendre sa suite doit savoir ce qui lui en coûtera...

L'ouragan approche et les frégates maintiennent le cap. Les mercenaires n'en haïssent pas davantage leurs chefs ni leurs commanditaires, ils ne maudissent pas l'océan ni le ciel plus qu'à l'accoutumée, ils ont seulement hâte d'en finir : l'assaut ultime les délivrera. Aussi, il leur tarde de faire couler le sang.

Capitaine se tient à la proue, ses yeux défient le courant qui sort des bas-fonds et qui file comme un requin se rue sur sa proie. Jamais il ne prononce un mot, chacun l'en redoute davantage. Il les entraîne vers un halo de brume, frôlant le courant des naufrageurs, forçant les frégates à épouser le piège. Elles s'en sont abstenues, cela empeste la félonie. Peu importe. En contournant l'île, il trouvera à passer entre les récifs – ce n'est rien, pour lui, un exercice ; l'île est sa maîtresse, ou son esclave, selon ses frasques tumultueuses.

Les éléments en décident autrement – puisque les hommes, eux, n'y suffisent pas. La tempête, d'abord, s'est déchaînée. Le ciel s'est ouvert et des giclées de cormorans assaillent les marins qui ramènent les voiles. La mer s'est ouverte et des salves d'orques pressent le navire de virer. La terre s'est ouverte et des coulées de crabes plombent sa coque. Dérouté, le Pavillon blanc s'échoue contre le corail – Capitaine sait, oui, il sait que, malgré l'épouvante et contre les éléments, ses hommes, terrorisés, au son de sa voix, ses hommes *obéiront*, et il les guidera pour *partir* ; mais il y a ce terrible secret, lourd comme une tombe : pour demeurer *invisible*, il ne doit rien dire.

Les crabes recouvrent le navire écarlate, les cormorans propulsent les pirates hors du pont, les orques les broient avant qu'ils atteignent l'eau. Le combat se déplace et se noie dans la lagune.

C'est invisible que Capitaine quitte le navire. Il ne fuit pas, il sauve son trésor. Tout est bien calculé, il avait tout prévu. La longueur de la mèche est parfaite. Il court sur le corail, il passe la cataracte, il dénoue une corde cachée, il grimpe jusqu'à la route en spirale, il choisit le bon tunnel, il surgit sur le plateau, il se précipite sur le bord de la falaise.

Les trois frégates qui mouillent hors des récifs pour interdire toute fuite dégorgent des canots, qui les évitent et regagnent la couronne corallienne. Les mercenaires s'alignent et pointent leurs mousquets et les déchargent sur tout ce qui vit.

La mèche allumée sera bientôt consumée.

La clé de l'énigme qui enferme le trésor tient à un mot, pas plus, un simple mot, qui ne doit être prononcé qu'une fois, une seule fois, et ce mot est son nom, encore qu'il doive être déclaré de sorte que nul ne l'entende.

Quand la poudre le libère de ses ennemis comme de son passé, le Pirate Sans Nom révèle son secret que le vacarme préserve. Il se relève – il était à genoux. Il se retourne – il contemplait le sud.

L'immortel vainqueur rejoint la crique des naufrageurs où il assemble les épars pour construire son radeau. Il s'échappe enfin dès que cessent les pluies torrentielles. Mais le voilà qui peine à manœuvrer ses avirons, la plate est trop lourde et il tourne en rond. Il jette alors par-dessus bord le rhum volé dans la grotte interdite, lance dans le vortex les pierres du coffre et cache dedans le mouchoir de Petite, qui doit mourir, qu'il réserve à Balafrée, qui doit souffrir.

« J'ai rêvé que j'étais en train d'écrire tout ce que vous n'avez pas dit. La suite de *La Fille du pirate*. — Pourquoi (avec un P majuscule, comme dans *Pourquoi pas*) ? — Vous n'aviez pas fini l'*Histoire mondiale de la piraterie* ! — Une Histoire Avec Une Fin ! »

Aussitôt, les mots se dispersent, les lettres jouent à saute-mouton et les mots à chat perché ; et tout cul par-dessus tête, les mots déboulent par sa bouche dans la cuisine et sa mère lève les yeux au ciel et entonne des Prières Sans Nom pour que le monde renaisse meilleur en touillant la soupe, et lui, sans qu'elle le voie, il chipe le petit bout de lard et le fourre loin loin dans sa poche, avant que son père ne rentre, puant la bière et réclamant son dû, « Tu n'auras rien », lui dit-elle, lasse si lasse, et Anton se sent coupable – et il ne sait *Pas pourquoi* – et se cache dans sa tente secrète où il fouille longtemps dans sa poche, et sent ses doigts, ensuite, désappointé, désorienté, défait, comme toujours affamé.

« C'est la Preuve ! Un bon historien cherche toujours la Preuve. Tu as *décroché*, tu n'es plus *invisible*, tu ne peux pas *partir*. Tu n'es rien, Anton, je peux t'appeler Anton, mon petit Anton, tu n'es ni vrai ni faux, tu n'es rien : voilà, tu as compris, l'énigme forme un rébus : *vide et opposé*. Tu n'es rien. Eux sont tout. — Ce n'est pas vrai ! Je suis plus fort que vous ! Ne m'appelez plus Anton ! »

« Anton ! Anton ! » Sa mère l'avait appelé deux fois en vain, ce qui n'était jamais arrivé, à la troisième elle l'avait carrément menacé de monter le chercher. Mortifié, il se serait claquemuré sous sa couverture si, durant la nuit, le radeau qui l'emportait n'avait pas adopté l'apparence et les dimensions exactes de son lit, jusqu'à l'écaillure de la vieille peinture ternie, là où il posait si souvent la main, tout petit, pour ne pas sombrer dans les abysses enténébrés.

Il ne se souvenait que de ce seul rêve. Rester couché ne résoudrait rien.

Se lever fut pire… Depuis plus de trois semaines qu'il tenait scrupuleusement la chronique des propos de l'Ivrogne, il avait noirci trois cahiers et allait bientôt en entamer un quatrième, acheté depuis peu avec de la monnaie volée sur le bateau de Petit-Loup. Or, ce cahier gisait grand ouvert au pied du lit, sa première page déjà à moitié écrite de sa main.

En rentrant du port, il s'était directement affalé sur ses draps, tout habillé. C'était la première fois qu'il ne s'installait pas pour consigner les histoires du vieil homme. Il s'était couché sans même y penser ; aurait-il été tenté de s'y mettre, qu'il en était incapable. S'il s'était levé durant la nuit, il aurait au moins ôté sa veste. Quand avait-il rédigé ce passage ?

Qu'avait-il écrit ?

Dès la première ligne, son ventre se noua.

Cette nuit, le commandant Petrack regrette de ne pas avoir gardé ce cahier à portée de main. Certes, il pourrait consulter sa version informatique, mais il y rechigne. Il connaît par cœur le texte, sans l'avoir jamais appris. Il aimerait juste le contempler, le tenir, le sentir. Cette nuit plus que jamais, il aspire à une communion pour saisir pleinement la force qui émane de ces mots, car cette force – cette puissance ? cette magie ? – ne réside dans la lettre, mais dans l'histoire.

« Une vie de combat, une heure impuissant. Tout a changé. Me voici seul et désemparé. Le plus ancien d'entre eux m'avait averti d'un jour semblable. Je ne l'imaginais pas si proche. Dois-je suivre son conseil, tout abandonner ? En riant, il m'avait dit de m'agenouiller sur le bord extrême de la falaise, de me couvrir le visage du parchemin confié à la garde du monstre et d'étendre les bras en croix. J'ai trouvé le précieux document. Trois points y forment un grossier triangle, deux sont reliés par une droite, des chiffres figurent des coordonnées. Je puis les compléter. Comment maintenir le portulan contre mon visage dans cette posture singulière ? Les vents d'une nouvelle tempête me répondirent. Je me tournai vers le quatrième point, dénué de toute illumination. Le masque a patiemment absorbé mes dernières larmes. Mon âme apaisée, la carte aveugle montrait la voie. Je dois partir, à présent. Je vais chevaucher le dragon, gardien du vrai trésor. Il est là, qui m'attend. Il me guidera. L'or n'est rien. Eux sont tout. »

22

L'Ivrogne avait sa tête des mauvais jours. Il serrait contre sa poitrine une bouteille d'un litre de rhum industriel à l'étiquette grandiloquente, il ne l'avait pas encore débouchée. Rivé sur le phare, son regard se noyait dans une mer houleuse. Difficile d'affirmer qu'il avait pris conscience de leur arrivée, probable qu'il ne raconterait rien ce soir… Jak s'en accommodait en suivant la progression d'un rat qui escaladait et dévalait la vieille digue en se rapprochant, comme s'il revenait d'Au bout du monde chargé d'une course urgente et qu'il toquait à toutes les portes pour délivrer la nouvelle en parlant si vite que personne ne comprenait rien ; parfois, en plein chemin, il s'arrêtait pour rire de sa farce en faisant mine de se gratter le nez.

Aucun des deux n'avait remarqué la disparition de la lampe du réverbère. Anton l'avait visée et atteinte sans marquer une pause, à l'heure du déjeuner, en flânant comme un badaud. Jak aurait pu saluer son adresse et Anton aurait pu lui expliquer qu'ils devaient faire attention : pour tout un chacun, ils devaient rester les gamins et les moussaillons, des enfants sages et rangés, passionnés et irréprochables – *innocents*. Surtout pas des noctambules, surtout pas les compagnons de divagations d'un alcoolique. Or, ils se retrouvaient plusieurs soirs par semaine au même endroit et jusqu'à tard dans la nuit, exposés dans cette lumière aveuglante. Tavernier aurait acquiescé à un tel argument…

L'Ivrogne aurait pu dire quelque chose.

« *Innocent…* », répète Petrack que cette injonction récurrente accable autant que son attente d'un geste de gratitude de la part du vieil homme. « Techniquement innocent », tique-t-il.

Toute la journée à l'école, l'épilogue révélé du manuscrit du Pirate Sans Nom l'avait encombré, comme si l'Ivrogne s'était malicieusement débarrassé du fardeau qui avait gâché sa propre existence. Du grand art. Depuis qu'Anton lui avait déclaré sa faiblesse pour l'*Histoire mondiale de la piraterie*, s'égosillant de cette voix criarde, de ce timbre grêle et si typiquement infantile qu'il détestait, il le menait par le bout du nez. Jak avait tenté de l'en avertir, il ne l'avait pas écouté : « L'Ivrogne veut Anton, l'Ivrogne prend Anton. » Sa parade ? Pitoyable : le prétexte du trésor l'autorisait à être le Pirate Sans Nom, sauf que la vie du Pirate Sans Nom ne contenait rien d'autre, finalement, que le récit de la vie de l'Ivrogne, alias le Déchiffreur, alias Qui-perd-gagne, alias le Bouffon-savant… une Aventure Sans Fin. La confusion des rôles avait atteint son paroxysme lorsque le jeune historien s'était retrouvé dans la crique des naufrageurs, lavé de son orgueil, ayant demandé pardon, se voulant île, à adresser au Petit Hollandais la même supplique qu'Anton avait failli articuler hier, « Qu'attendez-vous de moi ? », lavé de son orgueil, après que l'Ivrogne lui a demandé pardon.

Depuis trois semaines, Anton s'obligeait chaque soir à noter – scrupuleusement, c'était sa consigne – tout ce que l'Ivrogne disait d'important. Hier, épuisé, ayant *décroché*, ni endormi ni éveillé, en automate, il avait dû s'adonner à ce rituel devenu incontournable pour accepter le sommeil – il n'existait pas d'autre explication possible. Le style, l'Ivrogne l'en avait assez imprégné à l'occasion de la longue narration de l'enfance du pirate à laquelle Anton n'avait cessé de se mesurer, jusqu'à lui prendre Balafrée comme fantasme. Le contenu allait de même, énigmes nouvelles et sentences ésotériques, promesse d'une quête informulée dont l'aboutissement tenait dans l'opposition des deux dernières phrases, déjà à plusieurs reprises énoncées par le vieil historien : « L'or n'est rien. Eux sont tout. » L'Ivrogne le manipulait, au petit bonheur la chance, comme un vieux cordonnier cherche trop tard un successeur pour veiller sur son échoppe et chipe un galopin qui lorgne sur sa caisse, qui feint d'agréer le marché, qui apprend tant bien que mal le métier, qui vole la monnaie, qui se vante à la taverne de le rouler, mais qui le pleure quand il le trouve affalé derrière son comptoir, qui ouvre les stores après avoir songé à fuir avec le pactole, qui découvre à son tour qu'il est vieux, bien vieux, et qu'il a omis de former un digne successeur…

De profil, l'Ivrogne accusait plus d'un siècle, tout entier consacré au rhum. C'était un homme en bout de course, déchu et probablement sans la moindre famille. Voilà ce qu'ils étaient, Jak et lui, des galopins. Son seul public, pas davantage. Et l'Ivrogne n'avait rien à donner, rien à laisser, sinon cette histoire enjolivée, l'illusion d'une Aventure Sans Fin. Un pauvre homme qui se démenait contre son échec sur le temps, qu'un enfant de onze ans perçait à jour, après l'avoir tant détesté, après l'avoir débarrassé de la lampe du réverbère ; un enfant, peut-être, mais aussi le voleur du port, un enfant déjà plus fort que lui, qui deviendrait célèbre, dont le nom ne s'oublierait pas.

Célèbre… Anton s'était trouvé enfin une destination, pour lorsque le moment serait venu de *partir*. L'Amérique. Avec son propre navire, le *Nathalie*. Il serait chercheur de trésor et l'on apprécierait son sourire sur les photos des magazines. Oui… Ses frères, quand il leur concéderait une visite, essayeraient de le charrier sur tous ces articles consacrés à ses exploits légendaires, et lui se contenterait de sourire de ce sourire qu'ils n'avaient jamais reconnu. « Merci l'Ivrogne, je sais où je vais. Je n'échouerai pas. »

« Je vous ai apporté le pire des rhums, clama-t-il en affichant un sourire carnassier à jamais *invisible*, parce que je veux connaître la fin. Je veux savoir comment tout cela se termine. Je le veux vraiment. »

Le regard du vieil historien avait pivoté jusqu'à la main tendue par Anton et le garçon avait perdu de son assurance : le visage supplicié par un généreux cocktail d'alcool et d'embruns affichait une expression d'icône, comme un briscard sous l'emprise d'une illumination.

« Vraiment ?

— Oui, répondit-il sans faillir. Jusqu'au bout.

— À cause du trésor ?

— Le vrai trésor.

— Ah... Santé ! »

Jak avait raté de peu le rat qui trottinait en chaloupant frénétiquement vers la vieille balise à jamais éteinte. Le temps que l'Ivrogne ingurgite une copieuse rasade de tord-boyaux, il s'était installé sur une caisse qu'il avait rapprochée.

L'alizé avait relâché sa pression et la brume qui suintait de la falaise s'égarait maintenant en de discrètes escapades sous l'influence de brises qui se chamaillaient sur les hauteurs. L'île aurait pu être Saint-Malo un petit matin d'hiver avec les volutes de ses cheminées dispersées, les quelques fois qu'il s'était éloigné en mer avec son oncle, pêcheur, se retournant pour échapper au vent glacial sur son visage et se saouler des remparts comme seuls les vrais marins les connaissaient. Une dernière, une toute dernière fois, il avait inspiré l'air du large et l'avait ensuite libéré jusqu'à en vider ses poumons. Ce n'était pas l'aurore, mais le crépuscule ; aucun phare ne guiderait ses pas. Il s'était levé, pas tout à fait. Ses souvenirs se figeaient sur une posture intermédiaire, celle des trois pattes, pas longtemps en appui sur la même main, mais ni couché ni à genoux. Combien de temps le parcours du demi-fer à cheval de corail lui avait-il coûté ? Comment dans la pénombre avait-il su retrouver le chemin de la caverne alors qu'à peine franchi dans l'autre sens il ne l'avait pas reconnu ? Sa mémoire tétanisée par la douleur confondait en une lente plainte les dix mille tortures de sa retraite.

La luge totémique l'attendait, impatiente d'un Jeu Sans Fin. La caverne chatoyait à contresens. Des nervures opalescentes escaladaient ses parois en dessinant de lentes spirales qui s'obscurcissaient à l'approche de la voûte. À l'opposé, les abysses luminescents s'offraient comme une promesse d'oubli.

Debout, mais une jambe arquée, les reins brisés, les épaules tombées, un bras en écharpe de l'autre, son corps s'était mis à trembler. Il refusait tout ça. Il sanglotait. Il ne pouvait pas, il n'en pouvait plus. Fléchir, dormir, périr – non. Il ne s'arrêterait pas, il trouverait une corde et...

Il s'était accordé de se désaltérer, en se tenant à distance du lac ; peut-être ne pas boire, juste humecter ses lèvres.

Du bout des doigts – coincé sur une jambe, en appui sur un coude, le bras tendu –, il avait effleuré la surface du lac. L'eau brûlait l'extrémité de ses phalanges, son sang charroyait des radeaux d'agonie, ses poumons nécrosés le paralysaient tout entier ; son bras, son épaule, sa main, tout son corps se dérobait à sa volonté. Il ne tombait pas, progressivement son corps se diluait. Ses paupières, lourdes, brouillaient la donne. Sa main entièrement immergée tournait sur elle-même comme à la parade, toute rose. Son souffle tâtonnait pour recouvrer le rythme, la cadence. Ses doigts se crispaient, s'étiraient, se chevauchaient. Son torse se soulevait et son corps s'étendait. Son bras plongeait et le sang collé pénétrait la chair, puisqu'il disparaissait, puisqu'il ne souillait pas l'eau. Sa tête était trop proche du lac pour ramener sa main en coupe. Sa langue créait un léger remous, ses yeux suivaient les ondes. Il s'était redressé pour les observer atteindre l'autre rive, mais il ne pouvait pas attendre. Il avait tellement soif, une envie sauvage d'enfoncer et de basculer sa tête dans le lac, gueule béante, d'engloutir les flots et de se relever d'un bond pour déglutir et hurler – mais, le menton dans l'eau, ses lèvres ouvertes, son corps s'était engagé tout entier dans le lac.

Déboutonner sa chemise fleurie et la retirer, écarter successivement ses bras, se contorsionner pour passer une manche après l'autre par l'épaule, c'était solliciter ses côtes jusqu'à ce que chacune avouât laquelle sa fêlure laquelle sa fracture. Faire glisser son pantalon exigeait de se plier en deux, ce à quoi il s'essaya avec prudence et lenteur, en décomposant la pirouette comme une suite de poses stroboscopiques. Au moment d'en finir, ses chevilles résistaient, la toile bouchonnant. Il ne trouvait pas la patience, ni l'envie, de laisser le tissu se distendre ; il s'échinait à tirer jusqu'à rouler sur lui-même. Il envisageait d'effectuer une nouvelle galipette pour le plaisir de faire flotter ces fanions derrière lui – en nageant assez vite, il les verrait sûrement le suivre... Ses mains se palmaient de ces tissus superflus : qu'allait-il en faire ? Les abandonner au lac ? Étudier leur devenir ? Il les avait noués entre eux et s'était accordé de sortir la tête de l'eau. D'un geste vif, il les avait expédiés en boule sur le rivage et avait replongé. Il eût fait un merveilleux pêcheur de perles, le plus grand. Peut-être aurait-il dû laisser sombrer ses vêtements pour plonger à leur poursuite et les ramener comme une perle géante... Il pourrait aussi grimper à l'une de ces cordes et sauter, et piquer si profondément et si prestement que... Et puis, ensuite, il courait. Oui, oui : courir ! Et chanter. Batailler. Vivre dix mille aventures à la fois. Zut ! La luge... Il allait oublier la luge !

23

À force, les fioritures invraisemblables des souvenirs de l'Ivrogne n'indisposaient plus Anton – son malaise, au moins, l'avait délivré de ça. Il se le représentait en jeune aventurier aux mille meurtrissures qui plonge dans un lac de lumière et retrouve son âme et son corps d'enfant – l'eau (ou la lumière) possédait donc une magie de métamorphose rattachée à la mémoire. Et alors ? Ce n'était, ni plus ni moins, qu'une bande dessinée racontée. Parfois, Anton cédait aux suppliques de Jak et en ouvrait une que son ami lui recommandait chaudement : c'était amusant, c'était plutôt bien fait, ce n'était rien. Sa réaction de la veille s'expliquait autrement. Durant cette journée, il avait compris qu'il existait un lien entre l'Ivrogne et lui, quelque chose d'impalpable mais de puissant, qui les affectait l'un et l'autre depuis leur première rencontre. Ils étaient tous les deux *différents*, et donc semblables en cela : leurs imaginaires se mêlaient… Ayant réalisé la nature de leur affinité, soupçonnant ses forces d'attraction et de répulsion, Anton se tenait sur ses gardes et se sentait dominer la situation. Il détenait la clé de décryptage du récit du vieil historien, il n'avait qu'à écouter et recopier sans *décrocher* ; ensuite, il le débarrasserait de tout ce qui relevait de leur fantaisie, dans leurs parts commune et respective, pour rétablir les faits dans leur crudité originelle. Le trésor était à portée de sa main.

« Quand je me suis réveillé, niché en boule dans la grande carapace, je n'aurais su dire combien de temps j'avais dormi. Plus d'une journée ? Vous aurez compris que ma première idée était de brinquebaler la luge pour la faire glisser jusqu'au lac et le boire tout entier ! Ou bien vous vous étonnez qu'aucune colère ne m'animât alors, contrairement à la première fois. Pourtant, j'avais autre chose en tête... Peut-être parce que j'avais atteint la source, je savais enfin quelle était ma place ! Je n'étais plus dans cette reconstitution fabuleuse du Saint-Malo de l'Aventure Sans Fin, je n'obéissais plus aux imprécations guerrières de mes aïeux, j'étais le Déchiffreur, perdu dans l'Île noire, un très jeune historien insatisfait de l'Histoire. Ce que je devais faire était simple : grimper tout en haut, rejoindre la voûte et, de là, peut-être le plateau. Et c'est ce que j'ai fait. »

La première corde qu'il avait tenté de décrocher de la paroi pour accéder au chemin de ronde s'était émiettée dans ses mains ; la deuxième était sculptée dans la roche. La troisième s'était décollée sans opposer trop de résistance, mais était d'une section si étroite qu'il craignait de se couper en l'empoignant. Elle provenait vraisemblablement d'un navire, mais lui en aurait tressé au moins trois comme celle-ci ensemble avant de s'y suspendre. La quatrième se dissimulait dans la pénombre d'une colonne d'obsidienne. Son épaisseur facilitait sa prise en main, une série de nœuds grossiers promettaient une escalade sans effort, du moins les premiers mètres. Un peu plus haut, ces nœuds tenaient du grotesque par leur énormité, formant de véritables gênes ; tout au bout, ils se chevauchaient jusqu'à grossir en une boursouflure superflue. Faute de mieux, après avoir prudemment vérifié que la corde était solidement attachée, il s'était lancé à son ascension, assez vite convaincu par l'idée que la lumière si particulière ne dévoilait pas tous les détails de la paroi sombre et que la corde devenait probablement inutile avant d'atteindre ces excroissances. À mi-parcours, plus d'un mètre de nœuds de drisse croisés s'était libéré d'un coup et il avait dégringolé sur la rive. De fausses épissures ! La tresse s'était dévidée, révélant une corde fine d'un seul tenant. Sans se relever, il avait tiré férocement dessus et réussi à défaire d'autres imitations de nœuds. Après avoir déroulé une dizaine de mètres de corde, il s'était décidé à retenter sa chance. Il avait trempé ses mains dans l'eau, les retirant aussitôt pour ne pas succomber à l'appel des abysses, avant de se hisser. Lui qui avait toujours peiné à triompher de la plus bête des cordes à nœuds, il était monté à mains nues…

L'éclairage inversé dupait la perception de la perspective ; ce chemin qui ne pouvait jamais prétendre au titre de voie royale tenait de la ligne pointillée. Inutile de songer y croiser qui que ce soit ; impossible de l'arpenter sans se maintenir à la paroi ; les cordages, simple rampe ou pont élaboré, ne servaient pas vraiment à aider à la progression ou à gagner du temps ou à éviter de chuter en cédant le passage, ils remplissaient idéalement la fonction contraire, accentuant la dangerosité du sentier ou invitant à sauter dans le lac. D'ailleurs, les ouvertures de tunnels innombrables qui le jalonnaient évoquaient autant de cachettes d'où surgir pour surprendre celui qui se hasardait jusqu'ici ! La perspective d'un tel plongeon n'était pas pour lui déplaire – il savait comment remonter pour recommencer… Le fait d'exposer les raisons qui réclamaient de repousser l'expérience à plus tard dénonçait déjà quelque chose d'incroyablement ennuyeux et de typiquement notarial. « Juste une fois… », avait-il trépigné.

Ce n'était qu'en jouant avec l'idée d'un saut beaucoup plus audacieux que le Déchiffreur avait détourné sa tentation et s'était relancé à l'assaut de la caverne. Parvenu en aplomb de la petite cascade, qui faisait d'ici figure de jet de fontaine publique, l'écho de la cataracte l'assourdissait ; mais dès qu'il s'en éloignait, le vacarme s'apaisait et il lui semblait discerner la houle. Le phénomène se répétait, de plus en plus distinct au fur et à mesure qu'il grimpait. Bien sûr, ce n'était qu'une illusion. Mais l'alternance du vrombissement des deux chutes d'eau et du battement des vagues le fascinait au point de lui faire oublier le lac, au point de vaincre ses réticences liées à l'obscurité qui régnait vers le sommet. Les lumières abyssales peinaient à se hisser si loin, dans les hauteurs les veines volcaniques perdaient leurs vertus luminescentes. Ses mains devaient chercher des informations que ses yeux lui refusaient. La progression devenait hasardeuse. Il ne ralentissait pas son allure, brusquement obsédé par l'idée qu'un homme saoul – il avait surpris, entre deux bruits d'eau, une voix lointaine qui le rappelait : « Qui-perd-gagne ! Qui-perd-gagne ! » – ne mesure pas plus le danger qu'un enfant, et que ni l'un ni l'autre ne se blessent plus qu'à leur tour, et généralement moins gravement qu'un notaire rigide qui chemine à quatre pattes… Cette pensée, qui lui servait souvent d'alibi, s'était dissipée dans cette forte odeur d'argile et de pierre qu'en aveugle il savourait au creux de l'île. Quelques pas plus loin, il entendait à nouveau l'eau triompher sous toutes ses formes et pensait aux quarante journées et nuits de pluie qui s'était abattue juste sur sa misérable carcasse. Mais, à un moment, pour lui, l'île avait chanté…

Cette route incroyable s'achevait brusquement par un pont qui ne conduisait nulle part. Un simple pont de corde percé en son milieu, qui surplombait le lac éblouissant, avec trois filins d'inégales longueurs qui pendouillaient dans le vide. Un plongeoir ?

« Par ici, vite ! »

Les cris avaient retenti alors qu'il s'aventurait sur le pont ; ils provenaient de la paroi qu'il venait de quitter.

« Aidez-moi, répondit-il.

— Qui-perd-gagne ! »

Jamais ses aïeux ne s'étaient adressés à lui en le nommant. Il avait rebroussé chemin.

À tâtons, il avait exploré chacune des embouchures des galeries qui perçaient la roche à la naissance du pont. Ramper trop loin ne servirait à rien si après quelques mètres il ne voyait pas de lumière ou ne sentait aucun courant d'air. Il s'était écarté un peu de l'axe du pont, s'était rapproché de la cascade en poursuivant son inspection. Comme une fragrance capricieuse qui se dérobe à peine découverte, il avait cru percevoir, un instant, derrière un roulement de vagues le cliquetis de haubans. Saint-Malo ? Il s'était engouffré dans le tunnel d'où pouvait survenir cette hallucination et avait dépassé la première chicane sans se soucier du retour – un halo blafard saluait son courage. Une réminiscence phosphorescente ou un passage vers le plateau ?

« La marée n'attend pas.

— Alors nous, nous attendrons ! »

Aucune des deux voix ne lui était inconnue. Elles étaient claires à présent : les deux hommes se tenaient à quelques mètres seulement. Mais au moment d'exulter, et de se faire entendre, un doute s'était emparé de lui. Celui qui était pressé de reprendre la mer était le pêcheur qui devait venir le rechercher à la dernière lune, voici entre deux et peut-être trois ou quatre jours. Mais l'autre voix, dont la présence ne constituait pas tout à fait une surprise, était celle de Blackjack. Ainsi, il n'avait pas relâché sa surveillance, même après des semaines sans nouvelles de Qui-perd-gagne. Pourquoi s'était-il déplacé en personne ? Ce qui était certain, c'était que Blackjack ne laisserait pas un simple pêcheur l'emporter, il restait donc un peu de temps au Déchiffreur pour les rejoindre. Il s'était donné une heure avant de crier qu'il était en vie – d'ici là, il pourrait peut-être trouver l'issue, les épier et découvrir leurs intentions.

Guidé par la lueur qui provenait probablement du ciel, il avait longtemps avancé, s'élevant par deux fois en suivant des cheminées, mais la clarté ne s'accentuait pas et, maintenant, le tunnel redescendait comme s'il fuyait le plateau. Les voix s'étaient tues. Par épisodes fugaces, il entendait l'océan, incapable de situer quel rivage – est, sud, ouest ? – de l'île était battu par cette houle ténue. Devait-il appeler ? L'entendraient-ils ? Lorsque le souterrain s'était tout à coup interrompu, il avait cessé de se poser ces questions. Jamais cette galerie n'avait directement communiqué avec l'extérieur, mais par le biais du dédale de boyaux qui crevaient cette montagne de part en part comme autant de tunnels d'écoute… L'île chantait ? Non : elle sifflait. Le vent la pénétrait et lui arrachait des râles de sirène – et lui, pauvre marin manqué, il serpentait dans la glaise, les tempes tambourinées par la mélopée de son souffle rythmé par la furie des flots… Crier ? Oui ! De rage, de désespoir. L'île ne le relâchait pas, lui qui l'avait tant aimée.

La roche avait absorbé son hurlement comme une éponge repue. À genoux et voûté, décidé à ne lui abandonner aucun sanglot, il s'apprêtait à faire demi-tour. S'y résoudre lui coûtait plus qu'il ne l'avait envisagé, car son devenir n'était plus une inconnue – l'île le garderait. À jamais, ou presque, désormais il s'abîmerait entre de longues périodes d'oubli, satisfait de son sort par la vertu du lac, et de brefs épisodes d'égarement, tantôt explorant un à un la myriade de tunnels ouvrant sur la caverne, tantôt en proie à une nostalgie suicidaire l'invitant à se mesurer à l'océan. Sa destinée s'apparentait à celle de ces prisonniers qui agonisent dans les oubliettes parce qu'un jour plus personne ne se souvient qu'il y a quelqu'un à nourrir par là-bas. Cette pensée s'associa avec l'image d'un homme qui s'acharne contre une porte et que nul n'entend. Il se surprit à cogner contre la terre qui se dressait contre lui, et la terre avait cédé, mais sous ses pieds.

Ce n'était pas un puits ni une grotte, mais un autre tunnel aux parois lisses comme le verre, qui obliquait furieusement. Il avait écarté bras et jambes pour freiner sa chute, puis les avait ramenés en protection de son corps de peur de finir disloqué – ou parce qu'il devait bien accepter les choses comme elles allaient. Dix secondes plus tard, il s'arrêtait en douceur et se retrouvait sur le dos dans une vaste cavité, un berceau inondé de lumière. Au-dessus de lui, des peintures rupestres tapissaient la grotte.

24

« Une fresque monochromatique, qui recouvrait entièrement le gigantesque plafond de cette salle, montrait l'Île noire, vue du large, dans toute sa splendeur et sa terrible magnificence, exactement telle que le Pirate Sans Nom l'avait dessinée dans son manuscrit. Quel éblouissement... Quel vertige... L'émotion qui m'étreignait était à la mesure de cette grotte, monumentale. Je pouvais admirer la richesse du trait, la perfection du dessin, le soin porté au plus petit élément. Pour appréhender cette peinture dans son ensemble, il aurait fallu reculer d'une dizaine de mètres. Je me souvenais de sa miniature chargée à l'encre de Chine et je comprenais l'impression chaotique qui s'en dégageait. Comment traduire l'abondance des détails ? La brume dont s'enrobe la montagne pyramidale, les lumières qui jaillissent du sol, les vagues qui l'assaillent, les trombes qui l'inondent, les nuées qui s'enroulent, et les cormorans qui s'élèvent, les orques naines qui fouettent l'océan, les crabes qui dévalent ses flancs...

« Cette œuvre avait exigé des années d'exécution. À quel moment avait-il décidé d'entreprendre ce chantier inouï, une fois son manuscrit achevé ? Et pourquoi représenter l'île ainsi, en forme de pain de sucre ? Quand j'ai abordé l'Île noire la première fois, sous la pluie, j'ai peiné à la reconnaître ; ce n'était qu'un plateau incliné. À force de chercher, et peut-être de m'en convaincre, j'avais cru trouver une certaine ressemblance en arrivant par le nord, confondant sa pointe rocheuse avec une perspective approximative... Mon intuition s'était montrée plus persuasive que sa description ! Cette remarque, matelots, m'a fait l'effet d'un séisme. Cette peinture existait bien avant la naissance du Petit Hollandais ; il l'avait recopiée, aussi fidèlement que l'étroitesse de son format le lui permettait. Cette vision était l'œuvre de ses premiers habitants, l'île telle qu'elle était lorsqu'ils y débarquèrent. Elle pouvait avoir dix mille ans.

« En dix mille ans, des volcans naissent et d'autres disparaissent. L'un d'eux peut-il s'étêter, puis s'ébouler sur un seul côté, les coulées de lave gicler au point de miner ses décombres, sa falaise décliner sous la sape océane et dégager un lagon autour d'un reste de cratère ? Qu'en sais-je... L'Histoire, seule, est mon domaine. L'art rupestre remonte au paléolithique, mais il faut attendre les magdaléniens pour qu'il atteigne son apogée et autorise une telle diversité thématique. Dix mille ans. L'apparition de l'art pariétal marque une étape cruciale de l'évolution de l'humanité. Les tout premiers dessins représentent des animaux. Certains y voient les prémices d'un culte totémique, d'autres une simple initiation à la chasse. Peu importe... Beaucoup plus tard vient la valorisation des attributs sexuels : femmes indéniablement fécondes, guerriers à la virilité vigoureuse. Ris autant que tu veux, Tempête. Un nouveau stade est franchi quand l'objet de la peinture devient son auteur ou ses semblables ; parfois, toute une tribu signe un portrait collectif en laissant l'empreinte de leurs mains regroupées... Cette évolution n'a rien d'anodin, elle constitue même un raccourci foudroyant sur les valeurs fondamentales de l'humanité : survivre, se reproduire, vivre ensemble... L'enfance, l'adolescence, l'âge adulte ?

« Ces observations autorisent des déductions à rebours : si une peinture rupestre ne montre qu'un animal, nous avons affaire à un néanderthalien. Une scène de chasse appartient ainsi à une période moins ancienne. Mais que dire d'un paysage ? Et plus encore, d'un événement ? J'avais assisté à une pâle réplique de celui-ci et je tenais donc cette démonstration des bêtes et la virulence de cette tempête pour authentiques, voire originelles. Je ne doutais pas un instant que cette vision fût l'accueil ancestral que l'île réservait à ses nouveaux arrivants, bien avant qu'elle ne fût réduite à cet îlot bancal. Cependant, cette grotte n'avait pas résisté aux millénaires en réussissant à préserver sa peinture, elles remontaient toutes deux à une époque beaucoup plus récente, après que l'île se fut transformée. Mais alors ? Les lointains descendants des premiers indigènes avaient reproduit la vision de leurs aïeux. Comment la connaissaient-ils ? Comment se transmettaient-ils et entretenaient-ils si précisément ce souvenir ? Qui étaient-ils ?

« Ce que mes yeux découvraient reléguait tout à coup le Pirate Sans Nom à l'avant-propos, les légendes orales du Pavillon blanc à la note en bas de page, et même le récit de mes propres mésaventures dans l'Île noire à l'anecdote pour les commentateurs. Voilà un trésor véritable, un chef-d'œuvre pour historien... Cette grotte porterait mon nom et je signerais un livre de grande importance, un de ces ouvrages qu'il faut avoir lus, dont on chine une belle édition pour sa bibliothèque... Je réalisai d'un coup l'ampleur de ma chance et de mon ambition ! J'allais écrire quelque chose de savant et de sensible, de précis et d'humain – d'indispensable... Les journaux publieraient ma photo. La gloire, Morne-mer, et plus encore ! Jamais de toute ma vie je n'avais caressé de tels rêves, ou alors fort sagement je n'avais jamais osé me les avouer. Mais ils étaient là, qui épiaient le bon moment pour surgir et frapper. Je me maudissais d'avoir négligé d'emporter mes carnets d'études, je devais les retrouver de toute urgence pour les noircir de notes et de croquis, de mesures et de coupes techniques !

« Une autre fois, me repris-je, je reviendrais. Mais, pour l'instant, je devais trouver le chemin du plateau et rejoindre les autres, avant la prochaine marée, sans rien leur révéler. Cette grotte était à moi, et le resterait.

« Je me redressai avec peine. Me détacher de cette contemplation m'était intolérable. C'est à ce moment qu'une voix oubliée siffla à mon oreille : *"L'Histoire n'est rien. Eux sont tout."* Je refusai de l'entendre et je chassai le sarcasme de mes pensées. "Observer, comprendre et témoigner !" répliquai-je, fier de ma repartie. Je n'étais pas n'importe quel historien, mais le Découvreur ! Ma fantaisie naturelle m'ouvrait des horizons inaccessibles à mes pairs, ma rigueur scientifique leur prouverait que j'avais raison, depuis toujours. »

Quatre galeries souterraines communiquaient avec cette salle, peintes toutes les quatre. La plus primitive représentait des animaux, ou plus précisément des monstres. Ces créatures fabuleuses évoquaient indéniablement les dragons, communs à toutes les cultures sous toutes les latitudes et toutes les époques. Mais pas comme ça, bêtes recomposées à partir de la faune locale : crabes, cormorans et orques, exclusivement. Toutes les variations d'assemblage étaient illustrées, produisant parfois des démons cauchemardesques, parfois leur parodie démente échappée d'une ménagerie clownesque. Un peu plus loin, comme si cette fresque avait été poursuivie pendant des centaines de générations, les chasseurs apparaissaient. Deux éléments contredisaient tout ce que le Déchiffreur savait de l'art pariétal. D'abord, les chasseurs combattaient à mains nues et paraissaient hurler – leurs armes se limitaient-elles à la voix ? Prononçaient-ils des sortilèges capables de terrasser leurs proies ? Ces dessins relevaient peut-être moins du reportage que de la superstition, et ce dénuement, comme le recours au langage du rituel religieux, de la pédagogie cynégétique… Ensuite, aucun adulte n'était figuré, mais uniquement des enfants impubères.

La deuxième galerie, peu profonde, étroite, inconfortable, était entièrement dédiée à une série de dix portraits en pied de dix très jeunes enfants nus. Quel tabou interdisait à ces indigènes de se représenter adultes, d'exhiber leurs attributs sexuels ? Une sorte de vénération de l'innocence ? Pour complaire à quelque dieu ombrageux ? Ou quelque chef tyrannique qui renvoyait ainsi à son clan l'image qu'il avait des prétendants à son titre ? Les deux, l'un s'épaulant sur l'autre ? Tandis que ces questions assaillaient sa pensée, il avait remarqué autre chose. La majorité était des fillettes – est-ce que cela avait un sens ? Certains enfants étaient très typés, chacun avec des caractéristiques raciales bien définies, comme si – mais cela était strictement inimaginable – ils provenaient de continents différents. La couleur manquait, mais elle n'était pas nécessaire. Ce ne pouvait pas être des portraits d'individus, mais des archétypes du monde entier.

Troublé, il s'apprêtait à s'engager dans le troisième tunnel, quand il s'était arrêté. Ce boyau, où il pouvait marcher tête haute et qui semblait s'enfoncer profondément dans la terre, était couvert de dessins. Non seulement sur les parois latérales et au-dessus de lui, mais également au sol. Il n'osait pas endommager cette fresque étrange où les peintures se chevauchaient et se mélangeaient – il avait songé à un prisonnier rendu fou dans sa cellule et qui la recouvre d'une mosaïque d'inscriptions cabalistiques et poursuit son œuvre démente lorsqu'il ne reste plus d'espace libre. Isoler une scène de cette frise qui aspirait à l'abstraction à force de surcharge était extraordinairement difficile. Peut-être s'agissait-il de la représentation de rites initiatiques, réservés aux mêmes enfants, soumis à d'impossibles épreuves. Les plongeons faramineux se répétaient à l'envi. L'exploit de chaque membre de la communauté devait-il être consigné ici et ainsi pour être validé ? Déjà il s'attachait à séparer une deuxième scène récurrente où les enfants se mêlaient dans tous les sens, comme suspendus dans les airs, ou dans l'eau, leurs mains tendues vers quelque invisible fascination. Le souvenir de l'extase abyssale l'avait troublé ; cette galerie appelait des années d'études. Mais, ses minutes comptées, il avait décidé de tenter sa chance dans la quatrième.

L'entrée débouchait sur une salle circulaire, dépourvue de toute autre issue. Les peintures le stupéfiaient par la densité de leurs implications. La même scène était figurée dix fois, avec une seule et essentielle variante. Mais elles possédaient un dénominateur commun encore plus improbable. Elles représentaient toutes l'arrivée d'un navire par une nuit sauvage. Ils venaient tous dans la crique des naufrageurs, accompagnés ou accueillis par les bêtes affolées des trois règnes. Ce qui variait, c'était la nature de ce navire. Il pouvait identifier une felouque égyptienne, une jonque asiatique, une trirème grecque et même une cogue moyenâgeuse, mais plusieurs embarcations lui étaient inconnues – l'une tenait de la pirogue, deux autres du radeau, le premier visiblement en bambou, le second, plus vaste et mieux aménagé, évoquait les balsas que l'on trouve dans les eaux équatoriennes. Ces bateaux provenaient de tous les points du monde, mais appartenaient également à des époques très différentes. Un second navire les précédait, toujours le même. Ou du moins… Impossible de ne pas reconnaître le vaisseau que le Pirate Sans Nom avait figuré brûlant contre le grand lagon, mais il ne brûlait pas. Pas la moindre flamme, cependant… Dès que son regard tentait d'approfondir sa silhouette, ses formes s'estompaient. À bien l'observer, le dessin ne montrait qu'un caprice de brume, des volutes de brouillard et des ombres sur la mer, mais indéniablement, au premier coup d'œil, ou quand il y revenait, chaque fois, sur chacune de ces dix fresques, il identifiait une arche. Plus encore, il reconnaissait l'arche.

« Quelle arche ? demanda Jak qui faisait des yeux comme des roues de tracteur.

— L'arche telle qu'on se la représente, l'arche de Noé.

— Génial…

— Dix fois le même bateau… pendant dix mille ans ? Une fois il brûle, une fois c'est du brouillard ! s'insurgea Anton.

— Tu me croyais davantage, Morne-mer, quand je hasardais que mes P.S.N. de dérision pouvaient révéler un oubli de l'Histoire. Là, je te rapporte ce que j'ai vu et que le Pirate Sans Nom a vu également, avant moi, avant de le dessiner tel un Vaisseau ardent. »

25

Jak et l'Ivrogne pouvaient poursuivre leur petit numéro de duettistes, le « Vaisseau ardent » n'était que la juxtaposition de l'arche du Déluge et du buisson ardent. Les deux mythes bibliques aboutissaient à la délivrance des dernières lois divines, selon un plan en trois points : avertissement, châtiment, nouveau règlement. Périodiquement, la mère d'Anton – qui avait puisé dans le communisme une renaissance fébrile de la foi, aux dires de son père, lequel ajoutait immanquablement qu'avant quarante-huit elle ne pratiquait que par habitude et se plaignait volontiers des corvées de sa jeunesse : messes et catéchisme deux fois par semaine, chacun – transgressait tous les interdits et lui enseignait l'histoire sainte. Elle prenait garde de parler bas, comme si les voisins collaient un verre contre le mur dans l'attente de les dénoncer. Le vieil historien n'était donc pas le seul à avoir subi une enfance tiraillée entre bondieuseries et anticléricalisme, sur ce point aussi ils se ressemblaient.

« Comment rejoindre Blackjack et mon pêcheur ? poursuivait l'Ivrogne. Tout en admirant ces peintures, j'avais tenté de découvrir comment leurs auteurs allaient et venaient jusque dans ces salles. Ils pouvaient emprunter la glissade qui m'avait conduit jusque-là, en utilisant des cordes pour la remonter, mais cela me semblait un peu compliqué pour y convier les autres. Car, à cette époque, on ne dessine pas pour son plaisir égoïste, les autres membres de la communauté doivent nécessairement y accéder. La seule galerie que je n'avais pas entièrement parcourue était celle des fresques initiatiques. Devais-je courir le risque de la saccager pour témoigner de son existence ? Détériorer la preuve de ma découverte, c'était le comble de l'absurde… mais je m'y résolus.

« J'accordai à la première salle un dernier regard. La peinture ne montrait ni enfant ni navire. Résultait-elle de la vision de chacune des dix embarcations à leur approche de l'île ? Sa complexité, sa richesse stylistique, provenait-elle du fait qu'elle était une œuvre collective ? Une œuvre successive peut-être. Comme si tous avaient bénéficié des mêmes conditions climatiques, du même accueil des bêtes… Qu'était cette île, vers laquelle ces dix navires avaient convergé, un sanctuaire ? "Eux sont tout", concluait le Pirate Sans Nom, ces mots furent ceux que je prononçai en foulant la fresque. Et que je répétai tout du long, comme une antienne, en songeant à ces peintures si différentes de tout ce qu'on savait alors de cet art préhistorique. Bientôt, je devais me courber, puis marcher à quatre pattes, encore une fois. Je cheminais désormais en aveugle, comme auparavant. Et je me heurtai à une impasse : ça n'en finirait donc jamais… Que pouvais-je faire, sinon demi-tour ? Ce que je fis, après avoir sondé si la paroi dissimulait quelque porte… En me retournant, je me cognai la tête. À ma grande surprise, ça ne me fit pas vraiment mal. C'était mou, le plafond avait même bougé. Quoi ? J'avais "soulevé" la roche ? Non… Cette fois, c'était une trappe.

— Vous en étiez enfin sorti !

— Pas encore, Tempête, pas encore… Il me restait cette ultime étape, si prévisible mais si déconcertante, la chambre du trésor.

— Quoi ? La chambre du trésor ? insista Jak.

— Oui : la chambre du trésor, jeune perroquet des îles tropicales. »

Un instant, Anton avait paniqué : cette blague cruelle, cette allusion saugrenue à la grotte aux trésors signifiait que l'Ivrogne connaissait son existence – et, de là, qui ils étaient, tout, absolument tout ce qu'ils avaient fait… Ou bien, et Anton s'était repris, ils partageaient encore ce vocabulaire qui émaillait déjà l'*Histoire mondiale de la piraterie*. Et puis, son agacement avait été balayé par ce fol espoir : « Le trésor du Pirate Sans Nom ? »

L'Ivrogne lui avait répondu en brandissant sa flasque. Et, chose rare, il lui avait souri avant de la vider. Puis, se tournant vers Jak, le vieil historien avait repris son récit.

« En un instant, voilà que je passais de l'art de l'âge des cavernes à l'économie des entrepôts de contrebande. Les naufrageurs accumulaient leur butin dans cette grotte, la plus vaste des salles que j'ai aperçues dans l'île. Elle regorgeait de tout ce que les navires transportent depuis la découverte du Nouveau Monde, ce qui me redonna espoir : il existait nécessairement une sortie vers l'extérieur. Le centre de la pièce n'était qu'un monceau de bric-à-brac, tandis que tout autour les marchandises étaient rangées. Enfin, “rangées” est peut-être un bien grand mot. Disons qu'une certaine logique présidait à leur répartition, bien que souvent déroutante. Je contournai l'amas central en fouillant du regard les parois et le plafond, à la recherche d'une porte ou d'une trappe salutaire… »

La moitié du périmètre de la pièce était bordée de plusieurs rangées de caisses et de tonneaux, pour la plupart ouverts. Les premiers débordaient de robes chatoyantes et de parures de cérémonies, les suivantes de perruques et de fourrures mélangées. Ensuite venaient des drapeaux et des fanions, puis des bottes et des cuissardes, enfin tout un tonneau de colliers sans perles, de chaînettes d'or, de lacets de bustier, de bouts de ficelles et de rubans tressés. À côté, dans trois tonnelets, des perles et pierres précieuses rassemblées vraisemblablement en raison de leur taille: petites, moyennes et grosses. Deux jarres se partageaient pendentifs, croix et médaillons, peut-être selon leur matière ou leur qualité réfléchissante. Un peu plus loin, après toute une pile de coffres, dont certains se révélaient en renfermer d'autres, des flacons, des pots, de petites boîtes, appariés selon leurs couleurs.

« Je n'avais aucunement l'intention de dresser l'inventaire exhaustif du recel, ces détails devenaient d'un intérêt subsidiaire après les fresques, mais je tentai de définir la sensation que cette vision éveillait dans ma mémoire. Car il s'agissait bien d'un souvenir. Quand j'étais jeune étudiant, j'avais visité les coulisses du palais Garnier, avec des amis qui ne jouissaient d'aucune autorisation pour cela. L'atelier des accessoires de l'Opéra de Paris m'avait fortement impressionné. De nuit, tels des cambrioleurs que nous n'étions certes pas, c'était comme de traverser la réserve d'un carnaval, ou la fabrique du Père Noël… Je me reprochai d'associer une pensée aussi joyeuse aux vestiges de navires fracassés sur le rivage. Je continuai mon inspection… »

Une ancre. Deux mâts de misaine identiques. Quatre longues-vues, un astrolabe. Des grappins, des gaffes, des épissoirs. Toute une collection de masses et de marteaux, deux douzaines de longues planches entièrement cloutées de chaque côté. Des guirlandes de clés, des guirlandes de bagues desserties et d'anneaux, des guirlandes de pièces percées. Des cordes, des lambeaux de voile. Parmi une vingtaine de filets de pêche, plusieurs cottes de mailles. Deux tas de boulets de canon, encore réunis par taille. Des sabres, des rapières, des poignards, des haches – petites d'un côté, énormes de l'autre. Une fronde et une bourse de galets ronds. Des hallebardes, des harpons, des lances, des flèches. Des mousquets, des pistolets. Trois tonneaux de poudre trempée. Deux tonneaux d'épices trempées. Trois tonneaux d'argile. Un tonneau de rhum éventré.

« Pas de chance !

— Au contraire, Tempête. Je décidai de l'emporter avec moi. Mais pas aussitôt, je te l'accorde. Pour le moment, j'inspectais toute la périphérie de la grotte, contournant instinctivement le dos au monumental bazar qui encombrait son milieu. J'y jetai cependant un rapide coup d'œil. Mon souvenir de l'Opéra provenait peut-être de ce chantier informe d'où se dégageait... une sorte de présence. Mais mon attention fut retenue par autre chose encore, une corde qui pendait à l'extrémité de la salle, accrochée à une poutre gigantesque sur laquelle pesait une trappe extraordinairement large, de la taille d'une porte cochère. Le passage des marchandises exigeait une telle béance, mais la soulever était inenvisageable. Je m'en approchai dans l'idée qu'une autre trappe, plus petite celle-là, permettait d'entrer et sortir à un homme seul, ou discrètement à plusieurs. Les naufrageurs ne pouvaient pas avoir négligé ce détail. Hélas, je ne trouvai rien. Je m'agrippai à cette corde d'au moins trois mètres et je grimpai assez facilement – et cette fois, sans qu'elle se dévide ! Parvenu tout en haut, je pris appui sur deux tenons de la poutre. Mon regard se posa alors sur le bric-à-brac... et je faillis bien lâcher prise. »

Sous cet angle, exclusivement, ce désordre sculptait un monstre inquiétant, qui redressait ses babines pour découvrir trois rangées de crocs acérés, ses muscles bandés, prêt à bondir sur l'envahisseur... Mais si le Déchiffreur se penchait un peu ou se baissait, la bête menaçante redevenait capharnaüm. Elle ne révélait sa nature que dans cet axe précis. Cette créature inachevée, conçue comme un décor de théâtre, peut-être inspirée des dragons des peintures rupestres, n'était que formes et volumes, habilement recouverts de toiles et d'habits. Un leurre destiné à effrayer un visiteur inopportun ? Des armes blanches étaient assemblées pour créer l'illusion d'une mâchoire redoutable. Ses yeux – dans deux larges tonneaux de rubis étaient fichés deux tonnelets d'écus d'or parsemés de turquoises – fixaient un point particulier de la trappe : la lumière extérieure devait s'y réfléchir et aveugler l'intrus. Ce regard déterminait donc l'endroit exact où l'on entrait – le Déchiffreur y avait glissé sa main et sentit qu'une petite porte avait été aménagée dans la grande. Il l'avait poussée.

Le bois n'avait pas été manœuvré depuis plus de deux siècles. Il redoutait également d'appuyer trop fort et de provoquer un tel vacarme que Blackjack ou le pêcheur accourraient aussitôt – il n'entendait partager avec personne son lot de secrets. Finalement, les charnières avaient cédé à la pression lente et constante de ses épaules et de son dos, mais pas assez pour lui ouvrir un passage. Sans rien voir, il avait risqué une main vers l'extérieur. Ses doigts cheminaient avec plaisir entre les brins d'herbe quand un souffle gluant et tiède les avait mouillés. Pris de panique, il avait retiré vivement sa main. Tandis que des cris effroyables résonnaient de l'autre côté de la trappe qui était piétinée, celle-ci s'était rabattue trop vite et lui avait broyé deux doigts – l'Ivrogne avait alors montré ses deux doigts morts aux enfants qui les regardèrent comme si, en s'articulant malaisément, ils racontaient eux-mêmes l'histoire.

Grognant de douleur, le jeune homme s'était recroquevillé. Sa main écrasée refusait de serrer la corde à laquelle l'autre tenait bon. Il avait tournoyé un peu sur lui-même et sa tête avait frôlé par deux fois la dentition factice. Une fois stabilisé, il avait bien failli lâcher prise, car la bête avait bougé. Sa gueule chimérique ne s'était pas davantage ouverte, ni refermée, mais un étrange jeu de reflets s'était produit dans la mâchoire, que quelques bruits cristallins accompagnaient. Le monstre ne s'animait pas autrement et il avait recouvré son sang-froid. En se penchant pour chercher l'origine du phénomène, il avait aperçu une sorte de mobile qui créait cette illusion, probablement actionné par quelque mécanisme inachevé relié à la trappe… En observant davantage, sur la langue, simulée avec une chasuble et une cotte de mailles rouillée, il avait trouvé un morceau de papier, plié en quatre.

26

« En donnant de la gîte à la corde, je me rapprochai assez du dragon pour lui chiper son parchemin en le pinçant entre deux doigts valides. Impossible de l'ouvrir ainsi accroché. Je descendis donc reprendre mon souffle et examiner ma découverte. Sur le coup, j'avoue avoir été déçu, mais plus encore intrigué ! C'était sans aucun doute une carte, des plus sommaires, qui ressemblait à s'y méprendre à celle que j'avais griffonnée sur la chemise que m'avait volée Blackjack ! Trois points en triangle isocèle, dont deux reliés par un trait horizontal, avec quelques notes énigmatiques. Des coordonnées cryptées, selon toute vraisemblance. Mais je connaissais cette écriture.

— Le Pirate Sans Nom !

— Oui. Cette fois, oui, Morne-mer. J'ai trouvé la carte du Pirate Sans Nom...

— La carte de son trésor...

— Son trésor ? Le trésor du Pirate Sans Nom... Morne-mer, ô Morne-mer... Et si le vrai trésor ne s'enterrait pas ? Si le vrai trésor n'était pas ce qui se cache, mais ce qui se partage ? Pas ce qui s'achète, mais ce qui se donne ? Rien qui s'enferme, mais qui libère...

— Quoi ?

— J'avais plus de deux fois ton âge et je ne comprenais pas encore moi-même, alors comment... Tu es si jeune… Trésor, pirates: pour toi, ces mots sont des clés. Des clés de l'esprit, qui ouvrent la porte d'une fantaisie sans surveillance, qui t'autorisent à vagabonder dans un monde tout à ta convenance. Un jeu qui s'arrête et qui reprend à ta guise. Mais ici, il s'agit d'un individu réel qui…

— Mais je le sais, tout ça! explosa Anton. Les pirates ont existé, et ils ont accumulé des trésors, qu'ils ont cachés. Ils traçaient des cartes pour ne pas oublier, et ils les codaient pour ne pas être volés. C'est dans tous les livres! Même le vôtre… » Surtout le vôtre, se retint-il d'ajouter.

« Oui! Dans la réalité, les choses se passent ainsi, Morne-mer. Est-ce cela qui enflamme effectivement notre imaginaire? Car la grandeur que nous aimons accorder à ce que nous appelons un pirate réside tout entière dans sa liberté, tu le sais. Relève-t-elle de l'or qu'il amasse? C'est ce que tu t'efforces de croire. Mais si cette liberté, qui est absolue, ne tenait qu'à la jubilation avec laquelle il s'empresse de tout gaspiller! Ainsi, je te pose la question, Morne-mer: que devient ce pirate quand il décide d'économiser? Hein? Quand il fourre son or dans un coffre pour l'enterrer dans un recoin discret d'une île méconnue, que devient-il? Ce n'est plus qu'un brigand s'il se prétendait pirate, qu'un soldat s'il se disait corsaire. Car ce qu'il accomplit en hors-la-loi, d'autres le font de leur côté en toute légalité… Oui, je mets mes propres aïeux dans le sac, car ils étaient ainsi, Morne-mer, dans la réalité, plus proches des mercenaires et des commerçants que du Pirate Sans Nom. Et leur sang coulait bien dans mes veines, je venais de réagir comme un marchand: ces peintures admirables, je les avais immédiatement considérées comme un trésor à monnayer. Je n'avais rien imaginé de mieux que me les approprier pour en tirer profit… Gloire, titre, salaire! Voilà ce à quoi je songeais – à mon nom, qui deviendrait immortel! »

Petrack doit-il entendre que le vieil historien avait

délibérément opté pour l'anonymat lors de son séjour dans l'Île noire ? À l'instar du P.S.N., personnage plus conforme à ses aspirations que les voix qu'il appelait à l'aide ? Car les déboires éditoriaux du Bouffon-savant, avec l'*Histoire mondiale de la piraterie,* de Qui-perd-gagne, avec les légendes du Pavillon blanc, voire du Déchiffreur, avec *La Fille du pirate,* préludaient à trente années de confort et de soutien – à tout moment, il aurait pu révéler ses découvertes et imposer sa signature dans l'Histoire des historiens. Mais il était devenu l'Ivrogne, et s'adressait au jeune Anton, à qui il léguait ses secrets – tandis que le garçon s'agaçait de ces digressions moralisantes.

« Je me sentais vénal, égoïste, encore et toujours si orgueilleux… Rien de ce que je venais de vivre dans cette île ne m'avait donc aidé à être meilleur ? J'étais jusque-là si intimement persuadé du contraire… Mais il n'en était rien, ma première réaction cédait à une inclination plus forte que ma conscience. C'est alors que je réalisai la fragilité de la distinction entre l'archéologue, qui œuvre pour l'université, et le pilleur, sans le moindre alibi. Alors, qu'attendre d'un pirate ?

« Je me souvenais des peintures et je commençais à comprendre que j'avais obéi à un trait de caractère aussi ancien que les toutes premières scènes de chasse : n'est-ce pas à partir de ce moment que l'homme bascule de la meute à l'humanité ? Le gibier n'est plus seulement une proie, son dessin met le chasseur à l'honneur. Avant cette étape, il est celui qui rapporte à manger, il ne compte guère davantage que celle qui accouche et qui allaite, que celui qui reste en sentinelle ou qui cuisine ! Ce qui a changé, c'est qu'il ne pourvoit plus à la survie, mais qu'il apporte la prospérité. Non, le mot est imparfait : il ne l'apporte plus, dorénavant il l'échange, il la monnaye. Son adresse l'incline à inventer le troc. Sa richesse lui assurera de quoi manger pour ses vieux jours. Pourquoi se contenter d'un rôle, pourquoi ne pas viser une place au sein de la tribu ? Il peut commencer à songer à prendre la tête du clan, voire à engendrer une dynastie. L'or crée et assoit cette forme de pouvoir, comme si diriger était devenu un privilège... Ne négligez pas que les Frères de la côte élisaient leur capitaine pour une seule course, matelots, et contre deux parts du butin, pas plus...

« Cependant, sous ce travers égocentrique, les premiers hommes apprennent à anticiper le manque, et c'est ainsi qu'ils nous ouvrent les portes de la civilisation. Le clan passe du gibier à l'élevage, de l'errance aux villages. Ne soupirez pas, jeunes écervelés, ce qui nous fait plus forts ne nous fait pas nécessairement meilleurs... Car l'obsession du manque est une sale paranoïa, j'en suis témoin ! J'ai vécu parmi les riches et les puissants, et j'avais beau me moquer, je me savais tenté... Plus on possède, plus on craint de perdre. Et quand on achète son pouvoir, comment croire encore dans la générosité des autres ? Ce n'est plus possible. Il faut des preuves, toujours plus de comptes et de règles... Hélas, l'humanité s'est faite ainsi, d'une certaine manière, et, depuis, ceux qui dédaignent ces lois semblent bien suspects... Nous sommes des hommes des cavernes, qui chassent, qui se multiplient, qui se supportent, mais aussi qui dessinent et qui rêvent...

« Les Frères de la côte constituent l'exception, poursuivit l'Ivrogne sans tenir compte des grimaces d'impatience de son jeune auditoire. Ces flibustiers, du moins quelques-uns et cela n'a guère duré, ont eu envie d'autre chose. Certains, comme Misson, sont allés loin dans la poursuite de ce rêve. Certes, Misson n'a peut-être pas existé et, de toute manière, le Pirate Sans Nom n'était pas de cette trempe. Pour lui, cette utopie n'est probablement qu'une histoire, une fable que de vieux marins répètent d'auberge en auberge dans l'espoir d'épater une fille et de ne pas payer trop cher... Cet enfant blessé est devenu une brute, un monstre de cruauté. Tu as raison, Morne-mer, il a amassé un trésor et, oui, il l'a caché. Forcément – férocement! Mais voilà, quand le Pirate Sans Nom aborde cette île et l'explore, quelque chose change en lui. Qu'est-ce qui l'a touché? Je l'ignore. Ce que j'ai lu de son manuscrit ne m'a pas éclairé. Je sais qu'il a reproduit consciencieusement ces peintures. Du moins, certaines. Il nous donne à voir le Vaisseau ardent et l'Île noire des origines. Que ne montre-t-il pas? Les scènes de chasse, avec ses monstres imaginaires et ses enfants impubères qui ouvrent la bouche comme s'ils chantaient. Et encore ces fillettes et ces garçonnets venus des quatre coins du monde, nus, qui nagent et qui sautent… Ce sont ces enfants qu'il ne montre pas. Pourquoi? Qu'inspirent ces peintures au capitaine qui vient d'achever la confession de son abominable existence? Il l'écrit: "L'or n'est rien." Et qu'ajoute-t-il?

— "Eux sont tout." »

L'Ivrogne avait massé longuement sa main tout en fixant silencieusement le ciel encombré de nuages. Anton s'interrogeait sur l'opportunité de l'inciter à boire quand le vieil homme décrispa ses doigts gourds et reprit sans détourner son regard.

« Vois-tu, Morne-mer, l'Aventure Sans Fin ne pouvait pas survivre à l'enfance, car au-delà les hommes ne croient plus en rien. Moi, si. Je ne voulais pas que cela finisse, alors j'ai cru en ma bonne étoile, qui m'a fait Bouffon aussi bien qu'Ivrogne. J'y crois encore, en ce moment même je sais qu'elle m'approuve. Je te parle et…

— Mais son trésor? l'interrompit Jak.

— Il est perdu, Tempête.

— Et la carte?

— Une fausse carte.

— Peut-être pas! Les points peuvent correspondre à des îles et…

— Non, Tempête. Ces fausses indications ne sont pas destinées à nous égarer dans de fausses directions, mais à nous faire réfléchir.

— Réfléchir à quoi ?

— À “Eux”.

— Aux hommes préhistoriques ?

— Non, à ces enfants peints. À ce qu'ils représentent… Sa propre enfance ? Ma bonne étoile ne m'a jamais quitté, elle a toujours guidé ma vie. Et nous avons chacun la nôtre. Voilà le vrai trésor, tu ne crois pas ? Tout là-haut… Inutile de la chercher dans un coffre-fort ou à l'abri d'une forteresse éphémère. Seuls les nuages nous disputent le privilège de contempler le firmament, et c'est une vaine querelle que le vent dissipe vainement. Car une fois découverte, une telle étoile ne s'oublie pas… Les peintures rupestres ont chassé ses nuages, le Pirate Sans Nom a pu enfin apercevoir de nouveau son étoile.

— Son étoile ? Ça veut rien dire, ton charabia, l'Ivrogne.

— Son rêve, si tu préfères, Tempête. Je vous avais prévenu que dans mon pirate sommeillait un idéaliste ! Comment imaginer que cette île l'aurait laissé indifférent ? Elle a réveillé son utopie.

— Son quoi ?

— L'utopie, c'est ce que réclame un gosse de six ans qui a faim, tandis que sa mère s'éloigne à tout jamais pour repeupler le Nouveau Monde. L'utopie, c'est l'espoir qui s'éteint quand les chiens te volent ton morceau de pain rassis. L'utopie, c'est le rêve du dragon, le navire damné qui s'enfuit dans le rougeoiement du soleil couchant alors que tu te retrouves seul dans une auberge pour tes sept ans. L'utopie, c'est le désespoir d'un homme au soir de sa vie, quand il comprend qu'il a tout raté… Souvenez-vous, le premier chapitre de son autobiographie s'achève sur le combat où il perd les Petits. Quand il se redresse, après sa terrible vengeance, que crie-t-il à la foule qui s'est assemblée ? “Ils ne m'étaient rien.” Voilà ce que je pense : lorsqu'il découvre ces peintures qui célèbrent l'enfance, le Petit Hollandais qui gît en lui se souvient, et il rêve d'une humanité qui s'en inspire. "Eux sont tout." »

Anton avait regardé la déception ternir le visage de Jak que les divagations philosophiques de l'Ivrogne exaspéraient depuis la première nuit. Il ne se délectait pas de la distance qui se rétablissait enfin entre le vieil homme et son ami, il évitait surtout de prendre part à leur échange ou de manifester de quelque manière que ce fût ce qu'il pensait. Car Anton savait, lui, que l'Ivrogne se trompait. La carte se lisait. Le trésor existait. Et la nostalgie rédemptrice du Pirate Sans Nom répondait à la même nécessité que ce monstre de pacotille : leurrer les imbéciles.

« Dans la crique des naufrageurs, à l'issue des quarante jours de pluie, vous vous souvenez, j'avais interrogé l'île. "Petit Hollandais, qu'attends-tu de moi ?" La réponse était venue, je la tenais dans ma main. Le Petit Hollandais avait voulu que je trouve sa carte... »

Anton fixait le phare, lumière éblouissante du nord, et gardait pour lui la révélation que le Pirate Sans Nom lui avait dictée la nuit précédente et que les derniers mots de l'Ivrogne venaient de sceller : le Petit Hollandais attendait qu'Anton retrouve son trésor.

27

Un bruit avait sorti le Déchiffreur de sa réflexion : la trappe bougeait. Il s'était retenu de justesse de crier à l'aide. S'il la trouvait, Blackjack pillerait la chambre du trésor et gâcherait les peintures rupestres contre argent sonnant. Le jeune homme doutait que le prétexte universitaire fût en soi plus honorable, mais en cet instant il avait réalisé qu'ébruiter cette découverte serait une décision prématurée. Le Pirate Sans Nom avait caché dans l'Île noire le présent le plus précieux qui soit, une carte au trésor sans croix. La découvrir avait exigé intrépidité et obstination, deux qualités que le jeune homme devait à son ascendance malouine. Il avait décidé de s'en tenir là. C'était suffisant.

Les bruits recommençaient. Au moment de cacher la carte dans sa poche, il s'était rendu compte qu'il était nu, nu comme un ver. Ses vêtements étaient restés en boule sur les rives du lac intérieur – le souvenir de sa baignade avait balayé sa pudeur.

À nouveau, l'on sondait cette trappe, à petits coups nerveux et précipités. Il avait examiné la substance visqueuse qui recouvrait l'extrémité de ses doigts. Il avait écouté plus attentivement : les cochons sauvages. Indiscrets et craintifs, ils s'affolaient autour de l'issue et risquaient de donner l'alarme. Le Déchiffreur devait sortir sans plus attendre, afin de ne pas inciter Blackjack à s'inquiéter d'où il venait. Plutôt que de chercher de quoi couvrir sa vertu, il avait décidé de rester nu et s'était dirigé vers le tonneau de rhum. Tel serait son laissez-passer et l'histoire de son séjour, de quoi renouer avec l'image que Blackjack gardait de lui.

Sa sortie n'avait pas provoqué de véritable bousculade de la part de la douzaine de cochons sauvages qui s'étaient agglutinés en une masse tremblotante et couinante, tétanisés par cette impérieuse curiosité qui les dévorait et que combattait sans relâche un vague relent de panique.

Son tonneau à la main, Qui-perd-gagne marchait d'un pas chancelant, ignorant si on l'observait ou pas. Recouvrer le grand air après tant d'épreuves lui donnait des ailes ; craindre que le bateau venu finalement le rechercher fût déjà loin l'incitait à courir. Pouvait-il presser le pas sans disconvenir à son rôle ? Tandis qu'il s'apprêtait à trancher, cette question s'évanouit d'elle-même. Ses poumons peinaient à se soulever. Il suffoquait… Il ne voulait pas partir.

Il s'était arrêté. Sur le plateau, l'alizé couchait uniformément l'herbe et les arbustes ras. Ses nouveaux amis le suivaient en un grouillement sonore. Pas un cormoran dans le ciel. Il savait, avec une certitude absolue, que les hôtes parasitaires de l'île n'en verraient aucun ; ni une orque naine ni même un seul crabe. L'île se protégeait et gardait ses arcanes. Elle s'était ouverte à lui et il était trop tôt pour partir. Quelques jours : voilà ce qu'il désirait sur l'heure, quelques jours de plus.

C'était impossible. Inutile de se torturer avec cela. Il n'avait pas le choix. Il s'était remis en marche.

Les souvenirs se succédaient comme s'il feuilletait un album de photographies. Tant d'images ; si vite ; était-ce vraiment moi ; ça, qui vient de passer, je m'en souviens ; là, j'avais eu peur, et là, si faim ; oui, à ce moment-là; par tous les diables; était-ce vrai; trop; pas si vite; encore; oui, oui; oh…

Dans sa main valide agrippée au tonneau se calait une carte pliée en quatre, qui ne servait à rien et qu'il garderait toujours sur lui. Petit garçon, il avait déjà pris cet engagement, pour deux galets incurvés qui s'incrustaient dans sa paume et qui l'apaisaient; il en avait perdu un au bout de trois jours, l'autre au bout de quatre années.

Ses pas ralentissaient à l'approche du chemin. Mais s'il titubait en parvenant à proximité de la crique où il avait amarré son canot, ce n'était plus par comédie. Ses jambes se dérobaient, elles refusaient d'aller plus loin.

Prémonition ou simple caprice?

Et s'il ne pouvait pas revenir, et s'il ne devait jamais revenir?

Trop tard. Le pêcheur l'avait aperçu et s'était mis à crier.

C'est fini. Vertige, abysses, glaise. L'île me veut, l'île me prend.

« Alors, c'est ça? » avait demandé une voix américaine.

La réponse avait tardé.

« On le reconnaît à son tonneau… Et la dernière fois que je l'ai vu, il était vêtu exactement de la même façon. »

En toute autre circonstance, il se serait redressé pour régler son compte à Blackjack, qui venait d'avouer avoir assisté à sa correction sur l'île de la Tortue.

« Et ce papier? » s'était inquiétée la première voix.

L'humidité de l'herbe le chatouillait des pieds à la tête. Il était nu, il était couché à même le sol, la carte avait quitté sa main.

« Délire d'ivrogne, avait tranché Blackjack. Il avait dessiné la même dans sa chemise.

— Vraiment?

— Il est ce qu'il paraît, une jeune épave.
— Elle tient à le rencontrer. Emmenez-le.
— Comme ça ? »

Les mocassins bicolores lui présentent leurs talons, puis ils s'éloignent en supportant un complet veston d'un blanc immaculé, cheveux et chapeau compris.

Des bras le saisissent vigoureusement et il fait le mort. Pas pour leur opposer une vaine résistance, pas parce que son corps rechigne à accepter l'inéluctable. C'est juste un peu d'enfantillage : tant qu'il garde ses paupières fermées, l'île reste en lui.

Les deux hommes – ni Blackjack ni le pêcheur, mais des marins en costume de parade – le traînent en le tenant chacun par une épaule.

Une chape de nuages précipite le crépuscule ; entre bronze et étain, l'océan fouette le rivage ; une brume timide estompe le relief de l'Île noire, qui redevient fantôme dans les derniers rayons d'un soleil flamboyant.

Où êtes-vous ? Ohé, les Gardiens…

La tempête encore lointaine s'effiloche et une traînée sombre s'approche plus rapidement, tandis qu'une goélette briquée comme un sou neuf tangue un peu plus au large.

Petit Hollandais… Petit Hollandais…

L'écume des vagues redouble dans la crique, tandis que les deux marins hâtent l'allure.

Je ne veux pas que cela finisse…

La pointe rocheuse brille d'un reflet pourpre, tandis que Blackjack crie de se dépêcher.

Ne craignez rien, Gardiens, je garderai le secret… Oui, cachez-vous. Cachez-vous.

En arrivant au canot où Blackjack s'impatiente, Qui-perd-gagne marche d'un pas d'ivrogne, les yeux ouverts.

« Alors, c'est vous ? »

Ce n'était pas vraiment une question. La situation était cocasse et elle en savourait toute l'étrangeté. Plutôt grande, les yeux plissés, les lèvres légèrement étirées comme si elle dégustait chaque instant de son existence, elle le fixait sans faillir. Si Blackjack et ses acolytes l'avaient laissé nu dans l'idée de l'humilier, ce regard lui épargnait toute gêne – d'où provenait son intensité ? Du noir des cils, du blanc scintillant de l'œil, du vert de l'iris piqué d'or…

« Tenez, c'est à vous. »

Elle lui avait tendu la carte pliée.

« Vous excuserez les manières de mon père, rien ne vous y oblige. J'ai besoin de vous. N'écoutez pas ce qu'ils disent, M. Blackjack a un tiroir-caisse pour cervelle. Et mon père est riche, c'est un peu trop visible, non ? Je vous engage, si vous acceptez. Mais vous allez accepter. Pouvons-nous en venir aux faits ? »

Ah, ce sourire… Quelque chose en elle le poussait à dire oui, sans se soucier de ce qu'il acceptait ainsi. Ses épaules tombantes, peut-être, qui la faisaient croire fragile, légère en tout cas dans les bras ; ou sa silhouette menue, comme une adolescente qui a grandi si vite qu'elle ne s'est pas beaucoup épaissie. Il allait dire oui. Bien sûr…

« Mon fiancé me prend pour une folle, il me voit comme une petite fille dont le père cède à toutes les lubies. Il n'a pas tort, mais… »

À la mention de son fiancé, elle s'était rendu compte qu'il était demeuré nu. Elle s'était détournée à la recherche de quelque chose, puis s'était précipitée vers un placard pour revenir avec le petit coffre qu'il avait caché dans le tas de bois de la baraque de la crique des naufrageurs.

« C'est à vous, non ? »

Elle avait ouvert le coffre et lui avait tendu la toile de coton. Le Pavillon blanc. Au moment de s'en revêtir, le Déchiffreur avait pensé qu'à son premier oral il avait arpenté les galeries de la Sorbonne vêtu d'un drapeau noir… Connaissait-elle cette anecdote ? Plutôt une simple coïncidence – elle aurait dit : « convergence », elle aimait tellement ce mot.

Il avait frissonné au contact du coton, ayant pris soin de masquer le dessin de la jambe de bois en travers de l'orbite du crâne en le plaquant contre sa peau indemne.

Indemne ?

Où étaient les meurtrissures ? Les plaies, les cicatrices… Hormis à ses deux doigts que la trappe venait d'écraser, il ne souffrait plus. La douleur était partie. Ses membres, ses muscles, sa poitrine, tout était guéri… et il ne s'était rendu compte de rien ?

S'il fouillait dans ses souvenirs récents, il distinguait aisément un avant, la traversée du lagon, et un après, les peintures rupestres. Entre-deux, il avait dormi dans la tortue, s'était déshabillé dans le lac, avait escaladé ce sentier en spirale. Pas de miracle. Non, il ne se remémorait rien de particulier.

Mais alors… Et si…

Et si Blackjack avait raison ? Et s'il se réveillait d'une sacrée cuite, d'un délire extravagant, qu'il avait tout inventé – parce que, il fallait le reconnaître, qui croirait à ça !

D'ailleurs, le pêcheur l'avait retrouvé inconscient, sur la petite plage où il avait planqué sa réserve de rhum dès son arrivée, et qu'il n'avait probablement jamais quittée. Quant à ce tonneau qu'il avait rêvé arracher à la surveillance d'un monstre, lequel ressemblait méchamment au dragon assoupi qui séparait les deux criques, et si c'était lui qui l'avait vidé…

« Avez-vous trouvé quelque chose d'intéressant ? »

Il n'avait pas redressé la tête, ne la voyait pas, désirait du rhum pour couper court à ses propres questions.

Elle s'était fâchée alors, contre cet « abruti » qui avait voulu lui vendre un bout du manuscrit, dix fois son prix, et qui, le temps de convaincre son père, le perdait après une bagarre entre joueurs de poker. Et puis, elle avait ri, tristement. Les Mémoires avaient brûlé. « Le Vaisseau ardent s'est consumé..., avait-elle dit.

— Le Vaisseau ardent ? avait-il répété.

— Ils prétendent que vous n'êtes rien, ni un aventurier ni un savant. Tant mieux : ce monde n'est que préjugés. Vous avez lu ce manuscrit, vous avez trouvé ce drapeau. Qu'avez-vous découvert d'autre ?

— Je... Je ne sais pas. »

C'était la seule réponse possible. Il refusait de lui mentir : les fresques n'existaient peut-être que dans son imagination – les œufs, le déluge, le vortex, la grotte et ses gemmes, la glaise et le lac, l'île qui chante et la cadence, les épées dans le corail assassiné, quarante jours sans rhum : inventions, délires, songes, visions, élucubrations ! Pouvait-il lui parler de cordes qui se dénouent, d'un toboggan en carapaces de tortue, de bêtes qui dansent, et lui affirmer que c'était la réalité ? Et quand il en viendrait à décrire les ossements qui avaient percé sa chair, hier ou avant-hier, et qu'elle demanderait où sont les plaies, que pourrait-il répondre ? Il ne voulait pas la perdre, pas déjà...

Maintenant qu'il était couvert, maintenant aussi qu'elle lui avait révélé pourquoi ils l'avaient retrouvé, juste un instant ils s'étaient considérés comme deux amants qui se découvrent pour la première fois, chacun d'un côté du lit. Elle avait souri et il avait toussé.

« Vous allez dire oui ? »

Être à ses côtés, travailler ensemble, atteindre cette complicité inaccessible aux fiancés comme aux maris... oui, oh oui...

Il s'était contenté de lui rendre son sourire.

« Vous êtes quelqu'un... Un sauvage. »

Ce n'était pas un compliment anodin. Elle y ajouterait bientôt la majuscule et le nommerait ainsi toute sa vie.

« Vous n'avez pas de question ? lui demanda-t-elle.

— Et vous ?

— Virginia…

— Virginia… Vous êtes sûre que c'est ce que vous voulez, Virginia ?

— Ce qu'ils disent m'indiffère, ce que vous taisez me fascine. Ne lui répétez pas, mais je tiens de mon père de faire mes choix sans tergiverser. Et vous ?

— Le Vaisseau ardent… Pourquoi ? »

Elle avait incliné la tête et fait une moue de gamine gourmande.

« Vous croyez aux vaisseaux fantômes ? »

ÉPILOGUE

Légende Nomade

Cette transcription, appliquée, d'une légende orale, je l'ai lue et relue sans jamais en comprendre réellement la substance ; cette nuit, j'ai essayé encore, mais cette fois à voix haute. C'est ainsi qu'il vous faudra la lire, Peter, afin que sa magie vous prenne et que son sens se révèle, car seul le Souffle s'adresse aux fils du vent.

A. P.

1. Par l'eau commune aux hommes, chant premier

Ô mes frères, amis, je sais votre fatigue, je connais vos désirs. Je suis tout comme vous.

La nuit, par la vertu du vent, vos paroles m'atteignent, et nos rêves se mêlent.

Le jour, par la vertu du sable, j'accompagne vos regards, et nous partageons les mirages.

Ce soir, nous ferons halte. Par l'eau commune aux hommes, nous serons un !

Comme le vaste désert, aujourd'hui, nous appartient, nous appartenons, aujourd'hui, au vaste désert.

Sa richesse repose tout entière sous nos pieds, la nôtre sur nos épaules : sable et haillons !

Hommes qui marchent, nous sommes les fils du vent ! Et le vent, jamais, ne s'arrête.

Allons, reprenons notre route. Des fruits juteux, bientôt, inonderont nos lèvres.

*

Ô mon père, mon guide, tes sages conseils me manquent. Je marche devant.

Voilà longtemps que je ne foule plus tes traces. Je n'ai pas assez écouté, pas assez regardé.

Placer mes pieds dans l'empreinte de tes pas, jadis, fut pour moi un merveilleux exploit.

Plus tard, tandis que ton ombre, d'un mordant soleil, longtemps m'a protégé,

insouciant, dressant la tête, je me complaisais à l'affronter, sans ciller !

Tu me traitais de sot, quand je me distinguais ; tu me traitais de sot, lorsque je t'imitais.

Tu me disais : « Va, avance, ne t'arrête pas ! Ne hais pas, n'adore pas ; fils, apprends ! »

Je répands depuis ton histoire, père, aux nôtres comme aux étrangers ; j'écoute, je regarde, jamais assez.

*

Ô ma femme, ma tendre aimée. Tes pensées me charment et tes caresses m'égarent.

Vois nos enfants, nos fils et nos filles, comme ils sont beaux, et grands, et joyeux.

Ne pleure plus, ma bien-aimée. Tous n'ont pas vécu. À quoi servent les regrets ?

Le vaste désert est dur avec les fils du vent, il n'est nulle justice qui enlève des enfants.

Le vaste désert est bon avec les fils du vent, il nous a réunis et nous avons prospéré.

L'oasis, heure bienfaisante, s'épuise et se corrompt, si trop longtemps nous y séjournons.

Le vent, toujours, triomphe des pierres et, en un vaste désert, modèle leur poussière.

Marcher, tu le sais, il nous faut marcher. L'eau commune aux hommes est notre sentier.

*

Ô mon fils, mon fier et courageux enfant ! Je n'ai pas oublié une impatience semblable.

Partir, suivre son chemin, tracer sa propre route, dépasser l'horizon : quelle nécessité !

Ce n'est pas de marcher à nos côtés qui te pèse, tu souhaites écrire autrement que dans le sable.

Les histoires, pour toi, méritent d'être épargnées de l'oubli ; elles méritent, encore, d'être uniques.

Regarde le désert. Ses dunes, ses rochers, ses oasis dispersées. Je ne vois que du sable que pousse le vent.

Le vent inlassable chaque nuit recompose son œuvre. Au matin, ne reconnais-tu pas le vaste désert ?

Pour le conter sans erreur, faut-il dénombrer les grains, les mesurer ou bien les peser ?

Ah, mon fils… Je préfère écouter à lire, marcher à m'établir ; et l'incertitude vivace au mort savoir.

*

Ô ma fille, ma douce et chère enfant. Tes grands yeux se sont ouverts à mes paroles…

D'autres accents aujourd'hui t'émerveillent, forts de leurs mystères, riches de belles promesses.

Te voilà bercée au piège de mon plus sage et plus imprudent éloge : l'étranger !

« Les fils du vent sont frères, hommes qui marchent ; nous sommes un, par l'eau commune aux hommes. »

Trop pauvres pour être en guerre, pas assez nombreux pour vivre seuls, tous en quête d'oasis…

L'autre est notre allié, qui connaît des chemins, qui rapporte des nouvelles, qui enchante nos veillées.

Qu'avons-nous à craindre du vaste désert, sinon ses somptueux mirages ? Gardons-nous de nous égarer.

Garde-toi et n'oublie pas : ta mère, qui l'est encore, pour moi, fut la plus belle étrangère.

2. L'Oasis des temps premiers

Amis, merci de m'accueillir. Parmi vous, certains me connaissent ; nos routes, jadis, se sont croisées. Aujourd'hui, je vais en solitaire ; les miens ne m'accompagnent plus. Hommes qui marchent, fils du vent, partageons l'eau commune aux hommes, car j'ai une histoire à vous rapporter ! Vos peaux sont sèches, vos pieds ne réclament nulle semelle, vous voyagez dans le vaste désert sans vous arrêter ; laissez-moi me joindre à vous.

Comme un enfant indocile qui s'écarte de la caravane et la rejoint tard le vêtement crotté mais le visage radieux : ainsi, les miens me traitent de fou pour avoir quitté leurs tristes cités, eux qui vivent à l'abri des hauts remparts qui stoppent le vent pour prodiguer la fraîcheur des ombres. Leurs nuits sont toutes semblables, sans autre surprise qu'un mauvais pli qui creuse une mauvaise ride sur le visage ; ils s'abritent entre des murs, dont ils barrent l'accès ; choisissent leurs invités ; et se taisent quand un voisin se tait. Leurs jours sont tous semblables ; ils ne marchent qu'en allant droit sur d'étroites allées ; ne saluent pas les étrangers ; et louent leurs heures, inclinant la tête, exécutant des ordres, mangeant en silence ; avant la nuit, ils rentrent sans jamais errer à la poursuite d'une étoile… Les miens semblent satisfaits ; je me suis, moi-même, péniblement interrogé !

L'existence des hommes qui demeurent, au cœur de pierre, est morne mais facile ; délicat s'avère le retour au vaste désert. Que dois-je emporter ? me suis-je longtemps demandé. Rien ! ai-je finalement compris. Je dois, au contraire, ôter mes beaux habits et me défaire de mes agréables sandales ; brader mon or contre un bon bâton ; trouver une outre légère, au cuir souple et résistant, chose, dans nos cités, aussi rare que vaine… Oui, amis, j'ai longuement hésité… Plusieurs fois, j'y ai renoncé… Le vaste désert, cependant, me manquait ! Jusqu'au jour où un homme important, il y en a tant dans les cités !, m'a engagé pour diriger une caravane afin de regagner les sources du maigre fleuve à triste genèse. Il entendait s'y rendre sans tarder, mais en voyageant confortablement. J'acceptai sans davantage réfléchir, séduit par cet habile compromis : j'allais marcher par le vaste désert… et revenir ! En plus de l'or, il m'offrait une tente immense pour apaiser le vent, un chameau pour ménager mes pieds ; d'autres épaules porteraient mon eau ; il y avait aussi des femmes, pour moi, si j'en voulais…

Ces femmes, mes amis, m'ont réveillé. Magnifiques et apeurées, elles étaient des nôtres, filles du vent, nos sœurs. Certaines avaient été attirées par de belles paroles, la plupart enlevées. Car ainsi, aujourd'hui, sont les choses. Les hommes qui marchent, fils du vent, font des proies profitables aux hommes qui demeurent, au cœur de pierre. Les femmes qu'ils épargnent servent la nuit, et enfantent ; les hommes qu'ils épargnent servent le jour, et travaillent. Ainsi, ceux qui possèdent plus qu'ils ne peuvent porter, de leur dernière richesse dépouillent ceux qui ne portent rien ! Découvrant mes sœurs esclaves, je les ai aussitôt convoquées, toutes, sous ma tente, pour les y installer. Malheureux et fier, je ne les ai pas touchées, bien que vantant leurs charmes pour justifier pareille assemblée ! Comme un jeune époux à la compagne fragile, qui loin du lit use obstinément ses forces dans son labeur : ainsi, mon ardeur, je l'employais à rejoindre l'Oasis des temps premiers.

Sur les ordres de l'architecte du grand monarque, j'y conduisis son épouse, propre sœur du roi, et sa suite innombrable, afin de le rejoindre. Quand le soleil venait se fondre à l'horizon, je méditais seul sur le grand chantier qui prétendait libérer la Source des Origines. Et sur le pourquoi d'un pareil projet, voué à satisfaire la fantaisie d'un souverain. Ou sa profonde sagesse ? Je me demandais encore si nos rêves doivent nous asservir ou nous divertir, nous donner à réfléchir ou nous inciter à agir. Et aussi ce qu'il convient de dire de ces rêves qui, conçus dans l'enfance, dictent à l'âge mûr la conduite d'un homme, et décident de la destinée de tout un peuple…

À l'évidence, je n'étais pas pressé de répondre à ces nombreuses questions, leur compagnie me tenait loin de ma tente et je m'endormais épuisé de trop penser. Je rêvais, cependant. Mes songes se paraient des atours diligents de mes journées, bien que j'y descendisse le long du misérable fleuve de sinistre genèse, bien que je n'y reconnusse plus les miens, bien que j'y marchasse en suivant un chemin depuis longtemps tracé, bien qu'en arrivant je m'y visse tel qu'enfant, nu et chantant, bien qu'au lieu de l'Océan j'y découvrisse la fournaise d'une eau ardente… Je m'éveillais en larmes, redoutant de périr.

Ce rêve, hélas !, ne s'est pas réalisé.

Pour comprendre l'histoire que je vous rapporte, mes amis, je dois parler de la découverte de l'Oasis des temps premiers. Cette légende nous vient des Anciens, dont il me faut aussi parler. Dans ma jeunesse, je tenais ces récits pour fables ; je ne le pense plus. La profanation de la Source des Origines, dont je prétends être le seul survivant, nous montre aujourd'hui tels que les Anciens, comme si nous n'avions rien appris...

*

Aux temps premiers, hommes qui marchent, fils du vent, vous le savez, il n'était que le vaste désert. La Terre avait tant brûlé qu'elle était couverte de cendres de pierre. Le Soleil embrasait le sable, en son absence les pierres gelaient. Le Ciel, ayant pitié des Anciens, leur fit don du Vent. Le Vent, que rien n'arrête, poussait chaque matin les dunes qui barraient l'horizon, pour dévoiler, au loin, une oasis nouvelle. Les Anciens devinrent de la sorte les hommes qui marchent, les fils du vent. À la nuit, ils atteignaient l'oasis vierge; au matin, le Vent grondait en tempête et, s'ils demeuraient plus longtemps arrêtés, le Vent la recouvrait de sable. Ils allaient ainsi, de par le vaste désert, d'oasis en oasis, sans jamais s'arrêter. Ils ne suivaient aucune loi, mais d'innombrables usages. Les Anciens n'étaient donc sages que par nécessité! Leurs tribus formaient une grande famille et ils vivaient en paix avec les étrangers, car leur sang était mêlé. Tantôt ils marchaient ensemble, tantôt ils marchaient seuls. Les oasis s'ouvraient à tous et tous y trouvaient place. L'eau constituait leur plus grand bien, et ils l'appelaient l'eau commune aux hommes; car l'eau des oasis dispersées réunissait les hommes qui marchent, fils du vent, plus et mieux qu'aucun serment, qu'aucune alliance, jamais, n'a su les unifier et veiller sur eux.

Les Anciens eux-mêmes partageaient des légendes, certaines déjà si vieilles qu'ils commençaient à les oublier. L'Oasis des temps premiers, Source des Origines, fontaine de Vie, leur apparaissait de la sorte telle une allégorie, dont ils ne savaient, et ne comprenaient, que peu de chose.

Dans sa chute, une étoile de cristal l'avait forée, profondément, jusqu'à ébranler le cœur du monde. Incapable de recouvrer le Ciel, l'astre avait versé des larmes. L'Eau, don du Ciel, était rouge, de loin, et claire, de près. Bêtes et arbres, dans leurs langages, l'appelaient Mère. Seuls quelques animaux, fantastiques, y trouvaient refuge ; les uns dedans, les uns autour, les uns au-dessus. Certains prétendent encore que ces chimères, féroces, la gardaient, farouchement. Un homme pouvait marcher du lever du Soleil à son coucher sans finir de contourner l'oasis. Les vertus de l'Eau étaient fabuleuses : elle effaçait les blessures, elle supprimait la faim, elle révélait la nature, elle partageait la mémoire…

Plus jeune, entendant cela, je professais volontiers que certaines légendes feraient mieux de rester situées dans le Ciel, là où nul ne peut se rendre pour en réclamer les comptes ! Comme un fils se moque des préceptes de son père et se retrouve, après longtemps d'égarement, avec un fils qui ignore ses conseils : ainsi, pour mon malheur, aujourd'hui, je sais.

Les Anciens, hommes qui marchent, fils du vent, errent de par le vaste désert sans jamais s'arrêter ; parmi eux, une famille, ni moins judicieuse ni plus courageuse qu'une autre, un soir découvre une oasis immense, qu'elle reconnaît, car ses reflets rutilent. Elle se croit chanceuse. Les bêtes des trois règnes qui la peuplent alors lui ménagent bon accueil, ni craintives ni méchantes, bien que curieuses. Ces hommes et ces femmes, ces enfants et ces vieillards, longtemps ont marché, il leur faut se désaltérer sans tarder. Le fils cadet de leur vieux guide les arrête et se propose de boire le premier ; sans attendre, il plonge ses mains en coupe et les ramène vers la lumière.

L'eau est claire. Tandis que ses frères et ses sœurs louent son courage, il boit. Et il sourit. L'eau est pure ; son goût n'est ni mauvais ni suspect, mais il ne dit rien ; il rit. Il rit encore et il boit encore. Les autres s'interrogent, mais lui s'enfonce davantage dans l'eau ; à pleine main, il s'asperge et éclabousse son visage ; il s'agenouille, se mouille tout entier. Les autres n'attendent pas son verdict ; quelques-uns d'abord, puis tous ensemble, ils boivent, et rient. Lui se roule dans l'eau, y plonge la tête, étire ses membres, et se redresse soudain.

Comme une bande qui s'apprête au combat exalte sa cruauté par un cri furieux : ainsi, à genoux, dans l'eau, défiant le vaste désert, il crie, longuement. Puis, il ramène ses poings serrés, replie ses bras aux muscles bandés, et contemple l'eau. Plein de vigueur, il se lève alors et regarde sa tribu, et ose s'attarder sur la jeune épouse de son frère aîné. Elle le regarde, également, et l'admire ; son époux, à l'opposé de tant d'audace, comme toujours prône la mesure ; ses conseils se répètent et la fatiguent ; de boire le premier, il s'est bien gardé. Son époux ne se baigne que le dernier, et avec quelle prudence ! tandis que tous les autres jouent et s'exposent de surprenantes manières.

L'aîné les observe tous. Sa mère cherche ses enfants, mais ses yeux s'égarent sur le rivage et se fixent vers un bouquet d'arbres ; son père qui les guide recouvre sa jeunesse, mais s'assoit, ses yeux voilés si sages, aujourd'hui rieurs, posés sur l'eau, sans s'occuper d'aucun d'entre eux ; ses frères, ses sœurs, tous s'amusent ; quelques-uns se caressent, plusieurs miment des exploits. Les enfants les plus jeunes jouent plus volontiers et chantent plus fort, mais point autrement qu'à chaque halte ; les autres, à peine plus âgés, semblent des hommes et des femmes, certains se chamaillent et menacent de se battre, certains se touchent ou bien s'embrassent.

Cette folie inquiète l'aîné, son cadet est enthousiaste. Ce que leurs corps exaltés leur révèlent, chacun des deux frères le remarque enfin : plus aucun, déjà, ne marque de signe de fatigue, bien qu'ils aient parcouru une trop longue route depuis la dernière oasis. Les malades, soulagés de leurs maux, ont oublié qu'ils souffraient. Les blessés ont recouvré l'usage de leur corps intègre. Les vieux resplendissent d'une jeunesse perdue. Le visage des femmes, desséché par le sable, le soleil et le vent, s'adoucit, leur peau brille ; les mains des hommes ne sont plus ces outils rêches aux mille crevasses, leur peau est une soie sensible, avide et sensuelle. Tandis que des couples s'enlacent dans l'eau, les deux frères enfin se regardent. Ils pensent en même temps aux mêmes choses ; ils le voient ; mais si l'un en tire joie, l'autre en retire crainte. Ils se souviennent que, à peine leurs lèvres furent mouillées, la soif les a quittés ; s'ils boivent davantage, à présent, l'un ou l'autre, c'est par plaisir, car cette eau aux rutilants reflets est plus agréable qu'un vin des meilleures vignes ou que le jus d'un fruit à la maturité parfaite. Ni faim ni fatigue ni souci n'encombrent plus leur corps ou leur cœur, et ils savent, l'un et l'autre, que tant qu'ils séjourneront près de la fontaine de Vie, il en sera de la sorte.

L'aîné prend le premier la parole ; il dit : « Nous devons partir. » Le cadet réfute son avis ; il dit : « Restons. »

L'aîné s'apprête à élever la voix pour se faire entendre de tous, lui qui est désigné pour succéder à son père, leur guide, quand il voit sa jeune épouse se montrer publiquement insatisfaite et rebelle. Elle rejoint son frère, qui la prend. L'aîné, que nul n'écoute en ce moment, maîtrise sa colère ; il sait ce qui est juste et bon, il sait ce qui doit être interdit et puni. Il se tourne vers leur père, dont il cherche l'appui et réclame l'approbation. Son père ne l'entend pas ; il dédaigne sa propre épouse et convoite du regard deux très jeunes filles, qui s'amusent avec lui, comme elles s'amusent avec d'autres. Il se tourne avec effroi vers sa mère, qui parle avec une autre et lui indique ce coin, entre les arbres, là-bas, où, c'est évident, elle souhaite monter sa tente, durablement.

Alors, l'aîné s'emporte, sa décision est prise. Puisque aucun, ici, ne respecte le commun usage, même parmi les plus sages, il s'arroge le droit de sévir. Sûr de son droit, sortant sa dague effilée, il se dirige vers son frère cadet et sa jeune épouse, dont les corps se mêlent, convaincu qu'il doit les égorger tous les deux, puisque tous les deux, ensemble, ils se sont liés. Il lui faut dix pas à peine pour les atteindre. Il avance à grandes enjambées, mais l'eau le freine. Des couples lui font obstacle, qui ne s'écartent pas, le forçant à les contourner. Il serre les dents et se tait, tandis que les autres gémissent. Il marche, mais tombe à cause d'un corps, il ne sait lequel. Il se relève avec peine, sa volonté ébranlée. Sa main s'est attachée à un sein ; l'envie d'arracher ce corps docile pour le posséder le détourne de ses pensées. Il hésite, se décide ; il lâche cette femme dont il n'a pas vu le visage et dont il n'a pas reconnu le corps ; mais trébuche, encore, sur un autre corps ; de quel genre, il ne sait. La tête dans l'eau, sa fureur lui revient. Tous l'ignorent et jouissent ignominieusement. C'est un sentiment ancien et puéril qui étreint alors son cœur, il souffre depuis toujours d'être maladroit et incertain. Aussi, il s'enfonce dans l'onde et glisse entre les corps ; sans songer à lever la tête pour respirer, ce fils du vent nage ainsi, longuement, sous l'eau. Parvenu discrètement près de son frère puîné, il l'égorge sans s'interroger ; sa jeune épouse le voit faire et le craint. Son désir immense pour elle, à cet instant, le terrifie.

Le sang se répand et voile l'oasis de rouge. La stupeur gagne tous les amants.

En homme avisé, le meurtrier se montre et montre qu'il va parler ; il dit : « Cette eau est l'Eau Sacrée ! Quittez-la ! Allez ! Je vous l'ordonne de par le pouvoir de la Source des Origines, à laquelle je viens de mêler le sang à la semence. Ce rituel ancien, l'Oasis des temps premiers l'a exigé. L'Eau Sacrée m'a parlé ; Elle dit : "Regarde-les, tels qu'ils sont en leur cœur secret, abjects et magnifiques. S'ils demeurent en Mon sein, ils périront de leurs propres excès.

Éloigne-les de Moi, mais garde-toi de trop les éloigner. Qu'ils Me boivent, chaque jour, servie de tes mains, et qu'ils profitent de l'éternelle Vie, que Je dispense." Voilà ce que l'Eau Sacrée m'a demandé de vous rapporter, mot pour mot, avant de m'adresser ce message qui m'honore et qui me change ; Elle dit : "À toi qui M'as comprise, à toi qui as su Me parler, par les fluides mêlés de la Mort et de la Vie, à toi de porter à présent Ma parole ; répands Ma volonté." Aussi, par mon frère cadet qui m'était cher, par ma jeune épouse qui m'aimait tant, dont les sacrifices ne sauraient être vains, je vous le dis : éloignez-vous de l'Eau Sacrée, mais ne vous en éloignez pas trop ; ne buvez plus à la fontaine de Vie que par mes mains servie ; écoutez la Parole que je rapporte. »

Tous obéissent, son père le premier, et s'éloignent, mais pas trop ; ils attendent à l'ombre des arbres et à l'abri du vent. Son père, leur guide, lui fait signe et, selon le commun usage, il l'invite à marcher pour parler ; il dit : « Mon fils aimé, qu'as-tu fait ? Je voyais en toi mon digne héritier, je songeais à toi pour nous guider. Tu as tué ton frère, que ta jeune épouse a préféré. Et elle aussi, qui devait porter tes enfants, tu l'as tuée. » L'assassin le regarde alors dans les yeux, sans humilité ; il dit : « Qui parle avec sagesse, ici ? Dans l'Eau Sacrée, je t'ai vu, vieil homme, ivre de lubricité, convoiter deux très jeunes filles. Est-ce toi qui parles et qui m'accuses, est-ce toi qui te prétends notre guide ? L'Eau Sacrée a parlé, Elle est notre guide. » Son père se redresse et l'accuse de dissimuler son crime sous de pompeux propos ; il dit : « Ainsi, tes allures de sagesse n'étaient qu'une couche de sable où tu dessinais de savants préceptes, le vent aura tôt fait de les balayer et de révéler ton cœur de pierre. » Son fils, d'un sourire haineux, le défie ; il dit : « Père si faible, pareil aux tiens, abject et magnifique, tu ne peux continuer à errer sans t'égarer, nous ne pouvons continuer à marcher d'une oasis à l'autre sans nous perdre. L'Eau Sacrée l'a révélé, notre nature nous incline à l'excès, et l'excès est le chemin de la confusion, là où la Vie se mêle trop étroitement à la Mort. Restons ici, buvons l'Eau Sacrée, chaque jour, par mes mains servie… Regarde ma mère, ton épouse, elle est vieille et harassée, elle aspire à se reposer à l'ombre et à la fraîcheur, épargnée par les outrages du vent. Son projet, depuis toujours, tu le sais, est de s'arrêter. Père, tu nous as guidés jusqu'à l'Oasis des temps premiers, qui a révélé ton vrai visage. Garde le visage du guide, aimé et respecté, reste grand aux côtés de ton épouse, ma vénérable mère, si tel est ton souhait. Ou bien affronte la colère de l'Eau Sacrée, qui parle par ma bouche. »

Son père, alors, baisse les yeux. Son fils est habile et l'horreur de son crime inspire à tous une profonde crainte, que son amour pour lui, qu'il n'a pas aussitôt condamné, a déjà changée en un étrange respect. Le guide regarde les siens et sent, sur lui, le poids des années ; quand ses yeux redécouvrent les deux très jeunes filles qu'il a tant désirées, ces enfants qui jouent tels des enfants, sa colère emporte son orgueil dans l'oubli.

Le vieil homme incline la tête et prend la parole, s'adressant à tous ; il dit : « L'Eau Sacrée de l'Oasis des temps premiers ne saurait mentir ni faillir. Elle qui était là avant nous, Elle dont nous sommes les fruits, Elle a accepté le sacrifice et Elle a parlé à mon fils aîné. Je l'écoute, désormais, lui qui n'est plus tant mon fils aimé que Sa voix, respectée. Et j'entends de sa bouche ce que l'Eau Sacré à mes pensées inspire ; elles disent : "Après tant d'années à marcher dans le vaste désert, vous voici arrivés. Hommes qui marchent, fils du vent, vous n'avez plus besoin de guide, car vous voici arrivés." Ainsi, je vous le dis : dressons nos tentes à l'abri du vent, tenons-nous à l'écart de la fontaine de Vie et ne la goûtons, chaque jour, que servie des mains de celui qu'entre nous Elle a désigné. Il porte Sa parole, et l'Eau Sacrée, qui a accepté l'offrande du sang et de la semence, ne saurait mentir ni faillir. »

Comme les dunes du vaste désert se meuvent et se modèlent aux caprices du vent : ainsi les certitudes des hommes ploient aux caprices d'une voix. Le meurtrier est écouté. Les fils du vent s'arrêtent et plantent leurs tentes à l'abri des arbres. Bientôt ils élèvent des murets pour dompter le vent que jusqu'alors ils avaient suivi.

Après longtemps, pour la première fois des hommes qui marchent, fils du vent, approchent. Ils sont peu nombreux et épuisés par une longue route dans le vaste désert. Le commun usage dicte de les accueillir et de partager ensemble l'eau commune aux hommes, mais celui qui porte la voix de l'Eau Sacrée parle ; il dit : « Hommes qui demeurent, regardez approcher les hommes qui marchent ! Telles des bêtes, ils errent dans le vaste désert, suivant n'importe quel chemin, comme des bêtes ils pistent oasis après oasis… Leurs corps sales à la peau desséchée vont souiller l'Oasis des temps premiers, Source des Origines, fontaine de Vie. Comment contiendront-ils la folie qui les inondera ? Quelles femmes prendront-ils ? Quels hommes se battront ? Nous qui savons, hommes qui demeurent, nous à qui l'Eau Sacrée a parlé, nous portons Sa voix. Enseignons-La, partageons-La. Car les hommes qui marchent, fils du vent, sont nos frères, et nous allons bien les accueillir, selon le commun usage. Mais ils devront, en retour, n'accepter de boire l'Eau Sacrée que de mes mains servie. Qu'ils écoutent, d'abord, et se soumettent à La Loi nouvelle, par l'Eau Sacrée proclamée ; ensuite, en frères, avec joie, ensemble nous partagerons l'Eau Sacrée. »

Le commun usage ne dicte nulle préséance ; l'eau commune aux hommes n'a d'autre exigence que le partage et l'errance. À cette revendication inédite, les hommes qui marchent, fils du vent, ripostent, fiers et décidés, mais fatigués et assoiffés ; les hommes qui demeurent, depuis longtemps fortifiés par l'Eau Sacrée, les combattent jusqu'à les décimer. Le sang se répand et voile à nouveau de rouge l'Oasis des temps premiers; seuls quelques femmes et les plus jeunes enfants ont été épargnés.

Celui qui porte la voix de l'Eau Sacrée s'adresse alors aux siens; il dit: « Un grand dessein nous est désigné, lourd fardeau qu'avec peine, mais sans faiblesse, nous devons accepter. L'Eau Sacrée ne nous a pas parlé pour être ignorée. L'Oasis des temps premiers retrouvée, l'errance a cessé. Les hommes qui marchent, fils du vent, suivent les lois inconstantes et inconsistantes d'un ancien dieu, selon d'antiques usages. Pour honorer l'Eau Sacrée et accomplir Son dessein, nous devons propager Sa parole, et L'imposer, par le fer et par l'écrit si besoin. » Aussitôt, il grave dans le cœur de la pierre La Loi nouvelle. Puis se place à la gauche de son père, dont chacun écoute encore les avis; il dit: « Que chaque homme, doué de vigueur, prenne une jeune servante, et lui donne des enfants respectueux de La Loi; afin que ceux-ci, à leur tour, soient honorés, en hommes qui demeurent, défenseurs de La Loi. Que chaque homme se tienne prêt à tout quitter pour répondre à mon signal, car d'autres viendront qui refuseront d'honorer La Loi. Forts de l'Eau Sacrée, nous triompherons, car nous honorons La Loi. Nous garderons les jeunes enfants et les femmes qui ne se seront liées à aucun homme. Ainsi, hommes qui demeurent, notre peuple prospérera. »

L'orgueil des hommes est plus dur que la pierre, et le vent dans le vaste désert ne souffle pas assez puissamment sur toute une vie d'homme, ou de plusieurs, pour éroder le tranchant de ses arêtes. Ainsi, chaque fois qu'à nouveau des hommes qui marchent, fils du vent, approchent de l'Oasis des temps premiers, celui qui porte la voix de l'Eau Sacrée s'adresse à eux et les exhorte à se soumettre à La Loi. Derrière lui se tient son armée invincible. Ceux qui ne reconnaissent que le commun usage sont décimés ; les vierges et les enfants triés et partagés. Ceux que l'enviable vitalité des hommes qui demeurent séduit honorent La Loi et ne boivent l'Eau Sacrée que servie par les mains de celui qui porte Sa voix.

La nouvelle de ces carnages se répand dans le vaste désert, et de nombreuses familles s'unissent pour la première fois et, ensemble, elles marchent vers l'Oasis des temps premiers, Source des Origines, fontaine de Vie. Mais, parvenus à ses portes, les hommes qui marchent, fils du vent, s'interrogent et leurs rangs se scindent. Certains réclament le retour au commun usage, à l'errance et au partage de l'eau commune aux hommes ; certains aspirent à la vigueur éternelle. Comme deux chasseurs affamés qui conjuguent leurs forces pour attraper un rare gibier, et se battent ensuite pour le rapporter à leurs petits : ainsi, cette armée s'affronte elle-même et se décime. D'autres armées, encore, se lèveront ; toutes se diviseront et disparaîtront.

Ainsi, alors que dans le vaste désert se succèdent plusieurs générations nomades, derrière leurs murs de pierre les hommes qui demeurent prospèrent et se multiplient sans perdre un seul des leurs ; tandis que les combats inexorables, puissants et barbares, qui octroient toujours aux mêmes une écrasante victoire, voilent de rouge la fontaine de Vie.

La chute, comme toujours, viendra d'ailleurs.

Depuis l'ultime sacrifice, celui qui porte la parole de l'Eau Sacrée, parce qu'il a égorgé son frère cadet et sa jeune épouse, refuse de prendre femme. Pourtant, deux enfants d'une jeune servante, des jumeaux, l'accompagnent, et l'assistent avec zèle et respect. Chacun s'accorde à reconnaître sur les deux frères à l'unique beauté les traits familiers de leur ancien guide, lui qui possède l'esclave qui les a fait naître ; tous en doutent, car son fils aîné, également, possède ces traits. Mais à quoi bon parler :

par leur naissance, les deux enfants semblables partagent le rang d'esclave. Cependant, les hommes qui demeurent occupent bientôt une vaste cité, et servir l'Eau Sacrée est devenu une tâche lourde et prenante. Aussi, ces enfants aident chaque jour l'homme qui porte Sa voix, et l'escortent jusqu'à l'Oasis des temps premiers, afin de puiser l'Eau Sacrée et de La servir. De la sorte, les deux jeunes hommes qu'aucun ne peut nommer ses fils, ou bien ses frères, s'élèvent au sein des hommes qui demeurent, à qui, dorénavant, ils servent de leurs mains l'Eau Sacrée, garante d'une jeunesse éternelle. En tout point, les jumeaux se conforment à La Loi; plus encore, à l'exemple de l'homme qui porte la voix, tous deux ont publiquement renoncé à prendre femme; à l'exemple de leur père, en secret, mais ensemble, ils convoitent toutes les femmes.

L'une d'elles, qui serait leur sœur si l'ancien guide était leur père, plaît à l'un et à l'autre. Par jeu, cette belle servante s'offre à l'un, puis à l'autre, les convoque ensuite tous les deux et leur fait part de ses impressions; elle dit: « L'un est si fort et l'autre si puissant, tous les deux si charmants... Hélas, vous m'avez dispensé tant de joie et si longuement, que je ne puis, ni l'un ni l'autre, vous départager... Ah, il me faudrait me baigner dans l'Eau Sacrée, tels nos pères à leur arrivée, pour mériter vos assauts et dire auquel va ma préférence. » À cette idée, les deux frères acquiescent; durant la nuit, tous les trois se baignent dans l'Eau Sacrée de l'Oasis des temps premiers. Le pouvoir de cette eau aux reflets rutilants offre aux amants des étreintes hors du temps; la nuit passe, le jour également, une autre nuit s'écoule, puis une autre encore...

Or, durant ce temps, dont le compte échappe aux trois amants, des hommes qui marchent, fils du vent, en grand nombre à nouveau assiègent la cité aux hauts remparts. L'armée invincible réclame l'Eau Sacrée qui la préserve et lui accorde toujours la victoire ; l'Eau Sacrée, cependant, ne vient pas. Pour survivre, les guerriers le savent, ils doivent boire ; mais La Loi interdit d'approcher de l'Oasis des temps premiers, Source des Origines, fontaine de Vie. Ils choisissent un sage parmi eux et l'envoient en ambassade plaider leur cause, de bonne raison, auprès de celui qui porte La voix de l'Eau Sacrée. L'homme, humblement, s'adresse à lui ; il dit : « Homme qui porte La voix de l'Eau Sacrée, toi que l'Oasis des temps premiers, Source des Origines, fontaine de Vie, a élu pour nous servir, de ta main, l'Eau Sacrée qui nous donne la vitalité d'une éternelle jeunesse, les deux serviteurs aimables que tu as désignés pour partager cette charge, ces deux agréables jeunes hommes nous ont délaissés. Selon La Loi, écrite au cœur de la pierre, nous ne pouvons accéder à l'Eau Sacrée, qu'ils profanent, nous oubliant... »

L'homme qui a gravé, au cœur de la pierre, La Loi dictée par l'Eau Sacrée fait taire le plaignant et montre son courroux ; il dit : « Homme qui demeure, au cœur de pierre, garde-toi de juger ce que tu ne peux comprendre ! L'Oasis des temps premiers, seule, est apte à en conclure, de ce qui la souille et de ce qui l'honore. Qu'en sais-tu ? Que viens-tu me chanter ? Entends-tu Sa voix ? » L'ambassadeur, sage courageux, insiste ; il dit : « Vois par-delà les hauts remparts, l'armée qui peuple le vaste désert. Leur nombre n'est rien, nous le savons. Mais leurs traits s'abattent sur nous et, maintenant que nous avons soif, ces traits nous blessent. Nos réserves sont épuisées, nos hommes ressentent la fatigue ; les femmes s'inquiètent et les enfants pleurent. Certains soldats, valeureux guerriers, redoutent de périr... Le sang coule à présent à l'ombre de nos murs, et voile d'un rouge sombre et étrange l'Eau Sacrée. »

Car le sang issu de l'Eau Sacrée voile autrement l'Eau Sacrée, et l'Oasis des temps premiers le refuse.

Les bêtes, en premier, celles qui vivent dans l'eau,

celles qui vivent autour de l'eau, celles qui vivent au-dessus de l'eau, les bêtes s'agitent. Elles vont en tous sens, elles hurlent, elles désespèrent. Dans leurs ébats, les trois amants s'en amusent. Une brume, cependant, s'élève de l'eau, légère d'abord et capricieuse ; bientôt lui succède une colonne de nuée, qui se dresse jusqu'au Ciel et s'y confond ; car le Ciel, également, se couvre. Le soleil resplendissant s'éclipse pour une nuit sans lune. Vers le rivage, les trois amants se précipitent vainement. Alors que la fraîcheur nocturne saisit les derniers combattants, l'eau bouillonne en son centre et soulève des vagues qui déferlent jusqu'au sable avec violence. À la base du maelström qui se forme, pilier sauvage, flots mouvants qui relient le cœur de la Terre au Ciel infini, une lumière chatoie ; on dirait un brasier qui se nourrit de l'eau. Ballottés dans les airs, les corps noyés des trois amants se mêlent aux corps noyés des bêtes des trois règnes.

Comme un cristal qui, au couchant, soudain s'illumine et perce de ses rayons le crépuscule qui s'annonce : ainsi, soudain, posée sur l'Oasis des temps premiers, Source des Origines, fontaine de Vie, dans la lumière qui scintille, une lumière plus forte aveugle. Elle est blanche ou elle est rouge ; tous la contemplent. Comme un messager qui porte une terrible nouvelle écrase de ses pas le jeu que des enfants ont longuement dessiné dans le sable : ainsi elle semble un dieu qui avance vers les hommes, étranger à la tempête qui dévaste leur monde. En son milieu, plus sombre, un noyau de nuages d'orage, qui roulent et qui s'affrontent, libérant mille éclairs, s'anime. La forme enténébrée domine la tourmente, et la lumière éblouissante à ses mouvements se plie. Comme un enfant qui vient de tomber, et qui se demande s'il doit rire ou bien pleurer : ainsi l'ombre se déploie et se resserre, s'affaisse et s'érige, se cherche et se trouve. Qui saurait décrire à quoi elle ressemble, alors que la Terre n'est qu'un vaste désert ; sa forme, aujourd'hui familière, n'a pas encore de mot pour la désigner.

Mais à l'instant où la nef se fixe, les flots levés en cyclones s'effondrent. Dans le même temps, les Eaux Sacrées débordent, grondant et se déversant cruellement. Les murs de la triste cité aux hauts remparts s'écroulent sur les hommes qui demeurent, au cœur de pierre ; le sable inondé serpente en d'impitoyables tentacules bourbeux, franchissant le vaste désert, rompant les dunes mouvantes, noyant les hommes qui marchent, fils du vent. Le Ciel à la Terre unit ses efforts. Les flots s'échappent et tombent sans mesure, la Terre et le Ciel semblent se vider et tout entraîner dans leur furie libérée. Du vaste désert, du sable et des pierres, il ne reste rien. Des hommes et des bêtes, des arbres et des plantes, il ne reste rien. Le sang corrompu a tout emporté.

L'Océan recouvre la Terre et le Ciel se rembrunit. Combien de journées ou de générations d'hommes s'écoulent tandis que la Vie s'est retirée ? Les trois amants, eux-mêmes, l'ignorent, bien que sauvés. Sous ses dehors de navire, coque et voiles, la nef nébuleuse repose sur les ondes et se laisse guider par le vent. Imaginez un désert sans oasis, elle navigue sur une mer sans île.

Comme le vent, la nuit, déplace les dunes et découvre, au matin, une oasis nouvelle, ainsi, après longtemps de nuages, les flots se résorbent et le Ciel se dégage. Un nouveau temps s'instaure, car les choses s'organisent autrement. La pluie cesse pour reprendre ; les nuages s'en vont et reviennent ; l'Océan tient tête à la Terre, ils se partagent notre monde. Mais tandis que l'équilibre hésite entre mer et désert, la nef accompagne les eaux qui retournent au cœur du monde. Les derniers flots que la Terre ravale charrient les reliques des temps premiers, les broient et les agrègent ; de la sorte, ce qui fut la Vie et ce qui l'est encore se précipite vers l'Oasis des temps premiers, Source des Origines, fontaine de Vie ; les flots ravageurs, dans cette ultime fuite, occultent la faille ; et le puits se trouve de la sorte bouché.

Des décombres, qui ornent d'un îlot noir l'Oasis des temps premiers, d'abord sortent les bêtes, qui rampent, qui nagent, qui volent ; puis, glissent des plantes, coulent des racines, voltigent des graines ; enfin, les trois amants, qui n'ont pas changé, se réveillent du rêve qui les a préservés, et découvrent le monde tel qu'il est. La stupeur les frappe ; dans l'Eau, ils se souviennent.

La femme, qui porte un enfant dans son ventre, prononce alors ces sages paroles ; elle dit : « Mes amants, frères à l'unique beauté, vous devez partir. Que nous ont laissé nos aînés, hommes qui marchent, hommes qui demeurent ? L'Eau Sacrée, rouge, en son cœur, et limpide, au creux de ma main, a refoulé le sang que naguère elle réclamait ; femme, je dois seule rester. Allez, mes amants, frères à l'unique beauté, tels nos pères, errez, marchez sans vous arrêter. Retrouvez l'eau commune aux hommes, d'humble vertu et de peu d'exigence. Si l'un de vous me revient, sans m'avoir cherchée, il me dira ses vœux, et nous les exaucerons, moi et votre enfant à naître. » Les deux frères acquiescent à ces sages paroles et s'en vont, mais chacun va de son côté. L'un, en fils du vent, arpente le vaste désert, sans se retourner ; l'autre, au cœur de pierre, suit le fleuve malingre, qui de la Source rejoint l'Océan.

Les années, en grand nombre, passent avant que le premier des deux revienne et se présente à elle ; il dit : « Douce amante à l'éternelle jeunesse, j'ai suivi tes conseils et longtemps j'ai erré. De par le vaste désert, j'ai tracé le chemin de nombreuses oasis dispersées, et me voilà revenu à mon point de départ, sans l'avoir cherché. J'ai vécu en homme qui marche, fils du vent. Je veux que tu me suives, avec l'enfant. » La jeune femme, à l'immortelle beauté, contemple cet homme aux traits marqués ; ses lèvres sont sèches et rêches sont ses mains. Par l'eau préservée à l'âge de l'épanouissement premier, ferme et pleine, douceur et vigueur, elle pleure alors d'émouvantes larmes au souvenir des deux frères à l'unique beauté. Elle pense que l'Oasis des temps premiers réserve ses bienfaits à ceux qui ne la quittent jamais, et que, loin d'elle, le sable aura tôt fait de flétrir le charme de sa peau à la souplesse parfaite. Jusque-là, elle n'a connu de la vie dans le vaste désert que les contes des veillées aux héroïques reflets; elle dit: « Mon brave amant, je ne puis te suivre, car ton frère, déjà, t'a précédé. Son vœu sacré était que je t'attende pour te donner l'enfant, et que tu t'unisses à moi, comme jadis ensemble dans l'eau, jusqu'à ce que je porte l'enfant qui lui est destiné. Alors, tu devras partir de par le vaste désert, afin que ton frère revienne me bâtir, ici, une cité dotée de hauts remparts. »

Ces mots, il les accueille sans raideur: son frère n'est pas là, peut-être ne reviendra-t-il pas; l'Eau Sacrée aux vertus d'éternelle jeunesse, déjà, accroît sa vitalité; il se sait vieux, mais vigoureux, demain ses mains seront soyeuses et son visage plus avenant; du vaste désert, il rapporte des histoires, pour la séduire; et même, sans cela, il la regarde et la désire. Soudain, enfin, il voit l'enfant; il dit: « Mon frère veut un fils bien charpenté pour l'aider à manier la pierre; le sable fait bon accueil aux filles aux pieds légers. Mais me dis-tu la vérité? Elle semble bien jeune, cette petite océanide; ses manières sont celles d'une fillette et nous nous sommes séparés depuis trop d'années pour qu'elle soit l'enfant qu'alors tu portais. »

La jeune femme ne lui répond pas et, tendrement, se tourne vers sa fille. Celle-ci plonge dans l'Eau Sacrée et, tel un poisson, parcourt une longue distance pour les rejoindre, sans jamais chercher à ressortir la tête. Sa mère lui sourit, puis elle se retourne vers lui; elle dit: « Elle est notre enfant autant qu'elle est celle de l'Oasis des temps premiers, Source des

Origines, fontaine de Vie. Depuis qu'elle a atteint cet âge, le temps semble plier à ses caprices et son seul désir consiste à jouer, à chanter et à nager ; fille de l'Eau, jamais elle ne s'arrête... Viens, baignons-nous, bois et purifie-toi, aimons-nous ; donne-moi un fils pour ton frère ; tu emporteras notre fille si belle qui, bientôt, loin de l'Eau, digne fille du vent, sera une jeune femme aimable. Je ne crains pas pour elle le vaste désert ; elle qui est née de l'Eau, elle porte l'Eau en elle, contrairement à nous. » Ses mots ébranlent les doutes de son amant, qui regarde déjà la fillette autrement ; elle dit : « Viens, dépêche-toi. Ton frère bientôt reviendra, à qui je donnerai ton fils. Puis, à ton tour, tu mèneras les tiens vers l'Oasis des temps premiers. Vous y serez reçus en frères, car, hommes qui marchent et hommes qui demeurent, vous serez tous issus de la même mère, fils et filles de l'Eau... »

3. L'Enfant

Ce récit, quand je l'ai moi-même entendu, jadis, étant très jeune, j'ai refusé d'y croire. Comment pouvais-je tolérer cette cosmogonie incestueuse où les Anciens, nos pères, de faible vertu, se laissent guider par de si cupides instincts ! Combien de fois ai-je, secrètement ou bien publiquement, manifesté mon indignation et contesté ces paroles amères ! Je trouvais beaucoup à redire, j'accusais volontiers chacun d'y ajouter sa part, de parler davantage de ses propres rancœurs ou d'atténuer, de la sorte, les faiblesses dont son cœur se rendait coupable… Comme l'enfant qui vacille sur ses jambes maladroites regarde son père marcher, avec quelles vigueur et belle assurance ! et puise son courage dans ce fier exemple : ainsi, j'aspirais à penser les Anciens meilleurs que moi, et plus avisés, dans l'espoir, non pas de les égaler, mais au moins de m'en rapprocher. C'est là, je crois, un besoin naturel aux hommes, et non pas un besoin particulier. Ce que j'ai vu me dit que le fils vaut le père, car c'est à l'image des Anciens, orgueilleux et envieux, qu'aujourd'hui se comportent les hommes, qu'ils marchent ou qu'ils demeurent.

Guider si longtemps une caravane, en me gardant d'abuser des privilèges qui m'étaient accordés, m'a conduit, je l'ai dit, à beaucoup penser ; pas assez, ou fort mal. Pour bien penser, il faut s'ouvrir, et non pas se fermer ; je m'occupais, surtout, à tenir mes idées loin de mes désirs ! Le grand monarque avait-il raison de poursuivre le songe de son enfance ? Mon propre rêve m'effrayait moins ; je le faisais chaque nuit et chaque fois il m'apparaissait plus précis ; il me fascinait davantage : ne racontait-il pas ce que je vivais, mais tout à l'envers ? La mort m'attendait, moi redevenu enfant, m'étant éloigné de la source, arrivant dans une mer en feu !

Toujours incrédule, et d'autant plus sûr de moi, tandis que nous approchions, je me souvenais mieux des légendes anciennes, m'attachant aux effets de l'Eau, mythologie qui charme les cœurs. Puis, de mes yeux, je la vis… L'Oasis des temps premiers est aujourd'hui enfoncée dans le sable ; il convient de franchir quatre-vingt-dix-neuf marches pour l'atteindre. Ses reflets témoignent de la couleur du ciel, sauf au couchant qui ne l'affleure jamais. En son sein s'élevait une île, plutôt étroite et enténébrée ; chacun, sur place, la désignait d'un nom ancien, issu de légendes locales, l'île du Chaos noir. Un pont, construit au prix d'innombrables vies, toutes prélevées sur les esclaves nomades, hommes qui marchent, fils du vent, mes frères, la rejoint depuis le rivage. J'ai de mes oreilles entendu, maintes fois, de terribles témoignages sur l'opposition des bêtes à ce sacrilège. Des bêtes, telles que dans les légendes anciennes, qui nagent, qui volent, qui rampent. Et c'est étrange. Car si cette eau possède encore quelque pouvoir, elle ne l'a accordé ni à ses profanateurs ni à ses gardiens. Est-elle si ancienne que ses vertus s'érodent ou s'épuisent, n'en a-t-elle jamais possédé ? Tel était l'abîme de questions au fond duquel ma fougue contrée me plongeait chaque nuit…

Ce que j'ai vu, par la suite, d'autres l'ont déjà

rapporté. Vous savez comment le grand monarque a péri et quel grand embrasement a dévasté sa cérémonie ; vous savez comment les flots se sont déversés, creusant et élargissant le fleuve malingre de sinistre genèse. Avec le miracle du fleuve, qu'ils nomment le Nil, s'achève le temps des fils du vent. Hommes qui marchent, nous ne pouvons plus aller par le vaste désert sans nous arrêter ; le fleuve limite notre horizon. Tout autour, des jardins fertiles saignent le vaste désert, les hommes qui demeurent bâtissent de tristes cités aux hauts remparts ; ils y vénèrent de nouveaux dieux qui naissent du cœur de la pierre.

Jusqu'à présent, je n'ai pas répandu d'autre histoire que celle-ci. Je vais seul, errant sans m'arrêter dans le vaste désert, d'oasis en oasis, à la recherche des derniers hommes qui marchent, fils du vent. Nous ne sommes plus nombreux, moins nombreux encore nous sommes à désirer le rester. J'ai entendu, mon ami, ton Chant Nomade ; à toi, aux tiens, je peux me confier. Je marche depuis trop longtemps et je suis fatigué. Près d'une oasis, j'aimerais m'arrêter pour m'endormir. Prends-moi avec toi, que je ne m'arrête pas. Honore ma mémoire en n'oubliant pas mes paroles, quand viendra le moment où, dans le sable endormi, fils du vent, je ne me relèverai pas.

Laissez-moi, maintenant, vous conter ce que, seul, je sais. Car ce que j'ai vu, lorsque l'Oasis des temps premiers est devenue ardente, nul ne le sait ; de cet épisode, je prétends être le seul survivant.

*

La sœur cadette du monarque, première épouse de son grand architecte, était une femme très belle, au regard troublant, que je n'ai rencontrée qu'à deux reprises, car elle voyageait à l'abri du vent et du sable. Son fils, qui n'était qu'un garçonnet, allait et venait volontiers, et fort gaiement, tout du long de la caravane. Chaque jour on le surprenait sans peine conversant doctement ou riant avec l'un ou l'autre, garde ou esclave, notable ou chamelier, fort de la fière assurance des très jeunes souverains. Plus souvent encore, il jouait ou chantait ; ou bien il allait seul, ce qui était étonnant. Il est rare de croiser un homme de haute naissance qui marche allégrement dans le vaste désert, et cet enfant marchait ainsi. Presque chaque jour, il prenait plaisir à se tenir à mes côtés, loin devant, en tête du convoi ; sa mère l'a fait plus d'une fois chercher ! Aussi, un soir, après qu'il m'eut accompagné la journée entière, me fit-elle demander. De par ma trop basse naissance, elle ne pouvait s'adresser directement à moi ; de la sorte, ses questions, une de ses servantes me les posa. Ses beaux yeux pers, cependant, montraient toute l'inquiétude d'une mère, et plus encore.

Tout en écoutant sa servante et en tentant de l'apaiser par mes paroles, je compris que sa crainte maternelle concernait l'aptitude de son fils à marcher dans le vaste désert ; cependant mes propos rassurants paraissaient l'agacer, comme si elle savait déjà cela, et même fort bien. Si je louais davantage son endurance, ses dispositions naturelles à placer ses pieds dans l'empreinte de mes pas, alors elle semblait atterrée. Aussi, je changeai de registre et glissai quelques mots présomptueux, de ceux qu'un fils du vent expose en guise de compliment à un homme qui demeure, lorsque dans le désert il s'aventure de quelques pas, mêlant à la flatterie quelque ironie que l'autre entend avec ravissement ; je dis : « Le jeune prince est bon élève, ses pas sont gracieux et appliqués. Avec attention, il écoute mes conseils et s'efforce de les retenir. Certaines choses, que d'autres savent de naissance, lui deviendront vite naturelles, avec le temps. Chaque jour, il apprend. Pour se soulager, rien ne sert d'observer celui qui marche devant ; il le saura désormais, mieux vaut observer d'où vient le vent ! » En d'autres circonstances, cette remarque m'aurait valu le fouet, mais sa mère s'en amusa beaucoup, et avec quelle gaieté, comme distraite de ses craintes.

Notre seconde rencontre remonte à notre arrivée, une fois que, payé pour mes services, je consacrai aussitôt tout mon or pour racheter les femmes qui, je le prétendais, me tenaient douce compagnie. Beaucoup se sont moqués de moi parmi les hommes qui demeurent, beaucoup m'ont foudroyé du regard parmi les hommes qui marchent. Pour ma part, j'aspirais à repartir au plus vite, quand la sœur du monarque vint elle-même, et seule, me demander d'attendre ; elle dit : « Mon fils m'a désobéi et, contre toute sagesse et sans éducation, en ton absence il s'est glissé sous ta tente, où tes compagnes oisives lui ont fait bel accueil. Elles l'ont caché quand tu es rentré, bredouillant des excuses, promettant de repartir vite ; mon fils me l'a rapporté, après que je l'ai disputé. Avec ces femmes, tu t'es comporté comme si tu étais l'intrus et non pas le maître... Homme qui marche, fils du vent, je te respecte pour ta réserve discrète et les paroles infatuées que tu professes... Tu es un homme droit, et généreux, il se peut que j'aie besoin de toi. Il me serait agréable, car je n'ai pas à te l'ordonner, que tu retardes ton départ, que tu patientes quelques jours, jusqu'à ce que, d'une personne qui m'est chère, moi-même je vienne te parler, ou que j'envoie un messager qui ne sera ni une servante ni quelqu'un de ma lignée. »

De fait, ce fut un étranger qui, au matin de la grande cérémonie, vint me réveiller ; il dit : « Homme qui marche, fils du vent, je me présente à toi comme il te l'a été annoncé par une haute dame. Tu possèdes un noble cœur, m'a-t-elle dit, et un enfant qui m'est cher me l'a dit aussi. Tu es libre et je t'envie. Je te prie, je te supplie de m'aider : sauve, de cet enfant, la vie ! Sa mère, bien que de grande noblesse, doit se soumettre aux caprices de son frère. Celui-ci prévoit pour aujourd'hui une étrange cérémonie, où dix enfants, premiers fils de haute naissance, devront le précéder sur l'île interdite. On prétend qu'ils chanteront et qu'ils danseront en se tenant par la main, car ainsi notre grand monarque l'a vu en rêve. J'ai des raisons d'en douter, étant, malgré mon statut d'esclave savant, son plus proche confident. Je te dois, sur cela, quelques explications.

« Jadis, quand je n'étais qu'un enfant, j'étais comme toi, fils des fils du vent élevé au cœur des pierres ; j'avais le goût des histoires et montrais du talent à dessiner ; j'allais à l'école des scribes, par mes parents envoyé. Très jeune, je me distinguai parmi les élèves, aussi mes maîtres m'encouragèrent à transcrire les légendes anciennes. Je découvris, hélas ! que mon don m'avait privé de ma liberté, que je ne reverrais plus mes parents ; j'étais devenu esclave pour ne servir que leurs desseins. Aussi, j'employais mon art à les satisfaire, relatant moins la vérité que ce qui me servait. Cette ruse fit de moi un jeune scribe recherché, le monarque lui-même lut une légende que j'avais transcrite, celle de l'Oasis des temps premiers, où je louais longuement les vertus de l'Eau Sacrée qui délivre l'éternelle jeunesse. Le monarque exigea de m'avoir à ses côtés.

« Parmi bien d'autres scribes, je suis devenu rapidement son préféré ; il parle volontiers devant moi sans rien dicter ; de la sorte suis-je le seul à pouvoir témoigner combien et comment son rêve s'est transformé au fil des années ! Sur son ordre, j'ai détruit mes anciennes tablettes pour ne conserver que celles qui servent ses projets : il veut régner, sur tous les hommes, et devenir immortel, à l'égal des dieux. Cette confiance qu'il place en moi m'a valu certains privilèges refusés à d'autres de haute naissance ; pour le bien de ma charge, je vais et je viens à ma guise, ne devant de comptes à personne, excepté à lui. Le Palais n'a, pour moi, aucun secret. Ni les couloirs, ni les alcôves… J'accompagne et j'entends le grand monarque partout et à tous moments ; je côtoie la plus haute noblesse et les prêtres me craignent ; on me courtise pour l'atteindre. Ce rang, que beaucoup m'envient, aujourd'hui fait mon malheur. Car, au nombre des dix premiers fils que le monarque a choisis, il en figure un, je te l'ai dit, qui m'est cher ; ne me demande pas pourquoi. Ami, mon frère, tu l'aimes bien, toi aussi, je crois. Il est ici, derrière moi, à quelques pas. Emmène-le, pars, va-t'en immédiatement. Fuyez loin, sans vous retourner. Prends-le, veille sur lui, élève-le ; entends-moi : c'est un garçon vaillant et intelligent, un fils du vent. »

Le jeune prince, dépouillé de ses atours royaux, vêtu comme un homme qui marche, s'est caché parmi mes sœurs. Nous avons aussitôt quitté le camp tandis qu'au loin les femmes stridulaient, que les hommes battaient des tambours faits du bois de l'Oasis des temps premiers et des peaux de ses gardiens, que les soldats tenaient brandi leur glaive. Nous avions passé la dune quand les dix enfants, premiers fils de hauts notables, ont formé une ronde pour rejoindre l'île du Chaos noir. Nous avons entendu le chant se transformer en cris, nous avons été aveuglés par la lumière du brasier gigantesque, nous nous sommes couchés dans le sable sous l'effet du souffle qui a balayé l'armée et la foule assemblées, les dix jeunes enfants et le grand monarque. Nous avons vu la langue de feu tracer dans le filet malingre du fleuve de sinistre genèse un sillon où se sont précipités en déferlantes tonitruantes les flots contenus du cœur du monde…

Tout cela, déjà mille fois on vous l'a conté. Les hommes qui marchent, fils du vent, rapportent le souvenir de ce funeste jour, sûrs de tout avoir vu. Mais, à bonne distance des soldats, en grand nombre ils s'étaient attroupés ; certains espéraient reprendre nos frères esclaves, beaucoup étaient venus par curiosité. Aussi, je prétends être, de cette colère terrible, le seul survivant ; j'ai vu, de près, ce que tous les autres, trop éloignés, ignorent.

Le jeune prince se tenait à mes côtés et, à l'instant encore, il me parlait du scribe, homme qu'il avait plaisir à fréquenter et qui lui enseignait en secret les rudiments de son art. Le prince aimait exceller devant l'esclave, et s'appliquait à lui ressembler ! Je me souviens qu'à ce moment mes pensées délaissaient les mystères de sa naissance pour envisager son avenir ; il m'a dit vouloir devenir scribe à son tour. Notre destin s'est joué alors, quand la Terre a tremblé pour libérer l'Eau.

Hommes qui marchent, fils du vent, voici la fin de mon histoire, que je confie au vent, ayant réfuté la pierre. Ces faits que je vais vous rapporter, simples et étranges, ne doivent pas être portés autrement que par le vent, car c'est du Souffle que je vais parler.

Le Souffle s'est propagé jusqu'à nos pieds. Le Vent sacré s'est détourné du fleuve misérable de sinistre genèse pour venir dévorer ceux qui m'accompagnaient. Mes sœurs ont brûlé dans l'instant, les flots ont dispersé aussitôt leurs cendres. J'ai pris le jeune prince dans mes bras et, le serrant très fort contre ma poitrine, je lui ai dit de ne plus pleurer. Se redressant pour me regarder, souriant, il tenta de me consoler ; il dit : « Je ne pleure pas, je chante. » Alors, dans la tourmente, j'ai vu la nef. C'est un vaisseau gigantesque, aux voiles de feu, à la coque de brume. Comme une mère écarte de son sein l'enfant qui, repu, s'endort : ainsi le prince s'est détaché de mes bras et a tendu les siens vers le navire céleste. L'instant d'après, l'enfant n'était plus là, mais je l'entendais encore chanter…

Me voici épargné et, comme je le prétends, de cet événement le seul survivant. Mais la vérité est autre, car l'enfant, aussi, a survécu. Mon rêve ne parlait pas de moi, mais de lui ; et s'il parlait de la mort, tous deux nous avons été épargnés. Le Vaisseau ardent, Navire des temps premiers, Nef des Origines, arche de Vie, l'a emporté, tandis que, se tenant à sa poupe, joyeusement, l'enfant chantait.

4. Par l'eau commune aux hommes, chant second

Ô mon ami, mon frère ; le vent disperse par le vaste désert tes cendres, jamais tu ne t'es arrêté.

Les folies du corps et du cœur mènent nos vies, que nous soyons esclave ou monarque. Vivons !

Ce qui est gravé dans la pierre n'est pas unique ; ce qui est dessiné sur le sable ne montre pas tout.

Les ombres des hauts remparts renferment des secrets plus rudes que le vaste désert au vent exposé.

Que n'en sais-je davantage, ou beaucoup moins ! Le fardeau est lourd de marcher le premier.

Allons, reprenons notre route ! Les fils du vent toujours avancent et jamais ne s'arrêtent.

Le désert est vaste et les oasis dispersées. Les mirages abondent, j'ai peur de m'égarer.

Entre le sable chaud et la pierre gelée, j'entends parfois, dans le vent, le chant d'un enfant.

LIVRE SECOND

LA RÉDEMPTION DU PIRATE

PROLOGUE

Le Fléau des mers

Divertissement en quatre folies et des poussières, pour théâtre flottant et quatre personnages (un roi – Thørgen –, un guerrier – Svorgal –, un marin – Verdarsson –, et un vieux – eh oui : un personnage sans nom... sinon l'histoire manquerait de mystère). L'action commence à la proue et se termine à la poupe (du même navire, si possible, le public se tenant sur leur chemin – prière d'avertir celui-ci : qui n'applaudira, la planche du condamné empruntera). À titre d'exercice physique, les acteurs veilleront à changer de position entre chaque dialogue (sauf le vieux, près du canot, que j'incarne par vocation).

Le Sauvage

*(pour cette transcription lyrique,
et néanmoins authentique,
d'une saga trop méconnue,
qui par magie m'est venue...)*

De la folie des rois…

Le guerrier: — Thørgen est-il fou?

Le marin: — Tous les Vandemen sont fous. Dans son pays, ils sont rois.

Le vieux: — Thørgen est donc le pire.

Le guerrier: — Parce qu'il est notre chef, vieil homme!

Le marin: — On ne pourchasse pas un fantôme.

Le guerrier: — Tu voudrais pêcher?

Le marin: — Aaach! Tu me comprends.

Le guerrier: — J'aimerais toucher sa coque…

Le vieux: — Alors, tu es fou, toi aussi!

Le guerrier: — Je ne suis le chef de personne.

*

Le marin: — Est-ce toi, Svorgal, qui veut toucher sa coque? Ignores-tu ce que…

Le guerrier: — Je sais ce que l'on dit, Verdarsson. Les femmes racontent…

Le marin: — Seuls les enfants écoutent les femmes! Je te parle d'autre chose…

Le guerrier: — « Pierres de brume »? « Cendres mêlées »?

Le marin: — Ne te moque pas. Les Anciens…

Le guerrier: — Les femmes, les Anciens, toi et le vieux: des histoires… Ce navire flotte, donc il existe. Je veux le toucher et le dire!

Le marin: — Encore faut-il revenir…

Le guerrier: — Légendes ! Coque et voiles de brouillard : qui peut croire en cela ? Sinon un marin…

Le marin: — Tu es un guerrier, tu aspires à une mort glorieuse, Svorgal. Les Cendres mêlées errent à jamais dans l'entre-deux-mondes…

Le guerrier: — Et Thørgen l'ignore ? Cours vite, cours Verdarsson pour enseigner la vérité à ton roi !

Le marin: — Thørgen sait tout cela, et il n'entend pas le toucher, mais le suivre… Jusqu'à aujourd'hui, personne n'a jamais su trouver le Fléau des mers… C'est lui qui te trouve. Mais Thørgen, lui, l'a trouvé ; il n'est pas si fou…

Le guerrier: — Oh, suivre un fantôme… au risque d'en devenir un… pas pour l'attraper, non… juste pour savoir où il va… Le vieux le dirait, Thørgen est fou !

Le marin: — Tu es pourtant là.

Le guerrier: — Je suis un guerrier, je suis mon roi. Mais tu es là, toi aussi.

Le marin: — Et le vieux avec nous…

*

Le guerrier: — Nous sommes trente guerriers, tout armes et sang, sur chacun de nos trois navires. Nous naviguons depuis des semaines, et pour des mois encore. Thørgen est notre chef, nous lui devons bien des victoires. Il emmène deux de ses fils, soit. Ils doivent apprendre, cette expédition en vaut une autre… Mais sur le troisième pont se promène sa fille unique, la plus jeune de ses enfants…

Le marin: — Au moins, la maigrichonne ne danse pas sur le nôtre…

Le guerrier: — Et Thørgen n'est pas si fou : son aîné est resté à terre.

Le marin: — Ou bien, il l'est de ne pas l'y avoir laissée : une femme à bord, ça porte malheur…

Le guerrier: — Cette superstition de marin vaut pour les fillettes, brave Verdarsson ?

*

Le vieux: — Vous êtes jeunes, tous les deux, et sans cervelle !

Le marin: — Grand-père, que vas-tu nous chanter ?

Le vieux: — Tu ne crois pas si bien dire, Verdarsson. Les Anciens le savent, mais qui les écoute ? Le Fléau des mers chante, et il aime le chant des hommes. Pas vos paillardises graveleuses ni vos chants guerriers, les voix pures…

Le guerrier: — Les enfants seraient un appât ?

Le vieux: — Son premier fils mue et Thørgen n'a que quatre enfants.

Le marin: — Il aurait pu prendre un garçon parmi les esclaves. À moins…

Le vieux: — … qu'il espère y gagner plus qu'y perdre. Bien pensé, Verdarsson. Sur ce point, Thørgen n'est pas si fou…

Le guerrier: — Le Fléau chante ! Et il aime les comptines aux sonorités cristallines ! Comment un vaisseau fantôme aussi sensible pourrait-il nous causer le moindre mal… Pourquoi se faire escorter par tant de guerriers quand une chorale suffirait ?

Le vieux: — Les Anciens disent également qu'il pleure, Svorgal. Que la brume qui enveloppe ses voiles vient de ses larmes, qu'elles se transforment en vapeur à leur contact, parce que ses voiles, jadis, étaient des flammes !

Le guerrier: — Il chante, il pleure… et il a des vapeurs… C'est une femme !

Le vieux: — Feu et Glace.

*

Le guerrier: — Silence… Taisez-vous… Écoutez…

Le marin: — Quoi ?

Le guerrier: — Tends l'oreille, Verdarsson…

Le marin: — Je n'entends rien…

Le guerrier: — Essaie, le vieux !

Le vieux: — Rien…

Le marin: — Moi non plus...

Le guerrier: — Cessez donc de pépier comme de vieilles femmes autour du feu. Écoutez le Fléau qui chante...

Le marin: — Je ne l'entends pas...

Le vieux: — Je n'entends rien...

Le guerrier: — Rien ? Vous êtes sûrs ? Pas la moindre chanson, pas le plus petit sanglot... Alors, c'est mon imagination qui s'enflamme à vos contes pour enfants !

Le vieux: — Imbécile...

Le guerrier: — Ce navire est mort, mes amis ! Il n'y a, effectivement, rien à entendre. Sinon du bois qui craque et le vent qui souffle dans une vieille coque, percée comme une flûte. Peut-être y trouverez-vous un oiseau attablé à déloger des crabes... Voilà votre fantôme ! Une épave échouée sur un récif, une nappe de brouillard, quelques feux follets... Rien de plus... Un vaisseau sans équipage qu'un vent poussera demain et qui dérivera au gré des courants et des tempêtes... Poursuivez-le à travers ce rideau de fumée, et ce ne serait pas manque de chance si l'un de nos navires devient à son tour... Pierre de brume ! Ainsi naissent les légendes !

*

Le marin: — Thørgen, bien que Vandemen, fonde sa quête sur des...

Le guerrier: — ... le plus grand des rois a d'abord été un enfant, et tous les enfants croient aux histoires.

Le vieux: — Feu et Glace.

Le guerrier: — Tu vois ! L'âge n'y fait rien... Pas plus que l'expérience, à t'entendre, Verdarsson...

Le vieux: — Chez moi, les enfants écoutent beaucoup de débuts d'histoires lors des veillées, rarement leurs fins, car ils doivent aller au lit bien avant que les sagas ne soient entièrement contées. Ils s'endorment néanmoins en se répétant ces fragments qui leur suffisent pour rêver… Tu es comme eux, jeune guerrier : quelques bouts de phrases, et tu cours jouer en te racontant ta propre histoire… Ce n'est pas une mauvaise chose, remarque, sauf si tu y crois !

Le marin : — Que sais-tu de Volunstad, Svorgal ?

Le guerrier : — Qu'il était le cousin de Thørgen, Verdarsson. Et grand roi, ambitieux et impatient, un Vandemen.

Le marin : — Et Cendres mêlées… Pourtant, son navire était plus grand que celui-ci, il était bon marin et ses hommes savaient manœuvrer les rames. Quand il a aperçu le Fléau des mers, Volunstad s'est montré prudent, il s'est gardé de s'en approcher…

Le guerrier : — J'ai entendu cette histoire, comme chacun ici, dix fois, plus peut-être… Volunstad allait au nord, toujours plus au nord, et nous suivons sa route ! Si ce n'est pas un récif, c'est un bloc de glace qui l'aura fait sombrer.

Le marin : — Volunstad était à la tête de dix navires comme le sien ! Avec celui qui le suivait toujours, il a été pris par un courant et ils se sont détachés du groupe. Ils ne pouvaient rien faire. Les autres ont tout vu, ils ont rapporté les événements.

Le vieux : — Feu et Glace.

Le guerrier : — Je sais ! Et si tu veux tout savoir, je n'ai pas réussi, non plus, à échapper à cette partie de la saga ! Face à eux, soudain, à travers quelque brume, pas de chance : le Fléau ! Le vaisseau fantôme dérive, entraîné, là, devant eux, par le même courant. Pas longtemps, hélas, car, alors, il s'immobilise, coincé dans les flots. Mais Volunstad et son fier navire foncent dessus. Il le percute et s'embrase… Depuis, il n'est que cendres amalgamées d'où suinte un brouillard tenace et pâle… Brou… Son navire est ainsi devenu un Pierre de brume, et lui et ses hommes des Cendres mêlées… Bien que nul ne l'ait jamais revu, que seuls ses compagnons impuissants en témoignent… J'aimerais bien en croiser un, un Pierre de brume !

Le marin : — Tu n'as donc rien écouté ? Volunstad, l'autre navire et le Fléau des mers étaient pris dans un même courant, puissant et rapide, qui les emportait tous les trois... Le Fléau des mers ne s'est pas immobilisé, rien ne l'a coincé ni même ralenti... Il s'est retourné. Il a mis cap droit sur Volunstad ! À contre-courant ! Il l'a traversé, mais il a évité l'autre...

Le vieux : — Feu et Glace.

Le guerrier : — Assez, vieil homme.

*

Le vieux : — Tu as raison, gamin ! Je devrais me taire. Pourtant, je sais une chose que vous ignorez, tous les deux.

Le guerrier : — Eh bien, raconte, l'ancêtre !

Le vieux : — Si Thørgen a laissé son héritier à terre, pas Volunstad... Volunstad avait des rêves de grandeur pour son premier fils, mais il devait d'abord en faire un homme. C'était un tout jeune garçon, qui avait trop longtemps trouvé asile dans les jupes des femmes. Il a réclamé un petit compagnon, pour jouer... Volunstad n'était pas dupe, son fils a choisi un garçon plus frêle que lui... plus facile à vaincre.

Le guerrier : — Plus facile à vaincre ? Volunstad avait fort à faire pour le transformer en homme !

Le vieux : — L'autre garçon restait sur le navire qui l'accompagnait, et ne gagnait le pont du roi qu'une fois par jour, et encore seulement si son fils s'était montré brave... Il était à bord quand le courant a pris le navire. Volunstad a exigé que son héritier se tienne à ses côtés, à la proue, et que l'autre demeure à la poupe.

Le guerrier : — Sage décision, pour endurcir un pleutre.

Le vieux : — Que sais-tu de l'éducation d'un enfant, Svorgal ? Et de celle d'un roi ?

Le guerrier : — Affaires de femmes...

Le vieux : — Écoutez, plutôt... Volunstad fait hisser les voiles, ses hommes saisissent leurs rames.

Rien n'y fait, le courant est le plus fort. Et puis… et puis le compagnon de son fils se met à chanter… N'imaginez pas un barde, cet enfant n'a pas la voix gracieuse. Il chante à tue-tête, peut-être pour se donner du courage. Cela fait rire les guerriers, mais le Fléau des mers l'a entendu et, à cet instant, il vire de bord.

Le guerrier: — Pour le faire taire? Il chantait si faux que cela?

Le vieux: — Ses voiles, caprices de brume, sont devenues des flammes jaillissantes! Sa coque, alors terne, brillait d'une lumière aveuglante! Le Fléau des mers a cessé de dériver, le Fléau des mers a remonté le courant pour venir éperonner Volunstad… à la poupe!

Le guerrier: — C'est bien ce que je disais: il ne supportait pas cette voix.

Le vieux: — Au contraire! Il a épargné le compagnon chétif de l'héritier du roi, pour l'emmener. À l'instant même de l'impact, tous les autres sont devenus Cendres mêlées, pas ce garçon… Le Fléau des mers s'est ensuite écarté du courant… et il a franchi le reste de la flotte de Volunstad, sans toucher un seul de ses huit navires. Tous ont vu l'enfant se tenir droit à son bord! Et il était bien vivant, et il ne semblait pas effrayé, car il n'avait pas cessé de chanter…

*

Le guerrier: — Thørgen veut donc venger son cousin? Ou bien récupérer l'enfant? Un enfant qui chante aussi faux peut, bien employé, devenir une arme redoutable…

Le marin: — Va le lui demander, Svorgal!

Le guerrier: — À Thørgen-le-fou?

Le roi: — Qui est fou?

Le guerrier: — Tu es là, Thørgen…

Le roi: — Oui, et je me posais une question, en t'écoutant pépier: qui est le plus fou, Svorgal?

L'homme qui suit un fantôme ou le guerrier qui suit le fou ?

Le guerrier : — Thørgen, je ne voulais pas…

Le roi : — Et moi, je sais ce que je veux !

Le marin : — Pourquoi cette aventure, Thørgen ? Tu pourrais être un grand roi dans ton pays… Nous suivons depuis trois jours cette brume vagabonde et nous nous troublons l'esprit à nous raconter ces histoires de fantôme.

Le roi : — Je suis où je pense devoir être. Le Fléau ne m'inspire ni rêve de gloire ni projet de vengeance. Il mérite notre respect.

Le marin : — Tu en parles comme d'un dieu…

Le roi : — Dieu, fantôme… qui sait ? Accompagnons-le un peu, pour en savoir plus…

Le guerrier : — Tu ne dis pas tout, Thørgen. Tu as emmené tes propres enfants, n'as-tu pas peur d'en perdre un ? Comme Volunstad.

Le roi : — Un fou a-t-il besoin de raison pour commettre une telle folie ? Hélas pour toi, je suis également roi.

Le vieux : — Feu et Glace.

De la folie des dieux…

Le guerrier : — Que marmonnes-tu toujours, vieil homme ? Tu sais, cette incantation que tu répètes sans cesse… « Feu et Glace ! Feu et Glace… » Es-tu sorcier ? A-t-elle un sens que j'ignore ?

Le vieux : — Tu me demandes conseil ?

Le guerrier : — Il faut me comprendre : je m'ennuie…

Le vieux : — Thørgen reparti, te voilà moins sûr… Il est vrai qu'il n'exhorte pas ses hommes au combat et ne leur promet pour exploit qu'une hypothétique illumination. Aaach, mais tu sais ce que j'en pense… Le Fléau des mers, jadis, avait pour voiles des flammes éternelles.

Le guerrier : — Éternelles ? La coque n'a pas dû mettre une journée à se consumer !

Le vieux : — Si elle avait été en bois de frêne ou de chêne, probablement. La sienne ne l'était pas, elle n'était que glace. Pas un bloc de glace tel que nous en croisons, car il aurait fondu, mais un rocher, venu du ciel, une roche de glace des temps premiers.

Le guerrier : — Et tu y crois vraiment, l'ancêtre ?

Le vieux : — Enfant, j'ai entendu mon père raconter une histoire qui n'était que mensonges. Il prétendait avoir vu de ses yeux un fleuve de flammes dévaler les pentes d'une montagne dont le sommet crachait les ténèbres.

Le guerrier : — Un volcan.

Le vieux: — J'ignorais que cela existait… J'ai déclaré à mon père que je n'avais plus l'âge de telles sornettes. Pire, je lui ai conseillé de se taire, parce qu'il passait pour un simple d'esprit quand il habillait ses voyages de tels grossiers mensonges… J'ai dit cela à mon père. Honte à moi, éternellement ! Depuis, j'écoute… Il y a des pays chauds où l'on trouve des sources glacées, des pays froids où elles sont bouillantes… La terre s'ouvre pour barrer la route d'une armée, ou bien pour engloutir un berger et deux de ses chèvres. Lorsque le ciel tonne, il lâche en même temps la foudre qui déclenche des incendies et la pluie qui les éteint. Que veulent les dieux ? À quoi jouent-ils ? Que pouvons-nous en comprendre ? J'étais plus proche de mon père que je ne le serai jamais d'aucun dieu. Alors, j'écoute…

*

Le guerrier: — « Feu et Glace » signifie donc qu'il n'est nulle part chez lui, d'où son errance perpétuelle et sa mauvaise humeur ?

Le vieux: — « Feu et Glace » ne signifie rien en soi, car le Fléau des mers est partout chez lui et qu'il honore les humains de ses bienfaits.

Le guerrier: — Quels bienfaits ?

Le vieux: — Quelle mauvaise humeur ?

Le guerrier: — Parce que, selon toi, transformer des navires en Pierre de brume, des marins en Cendres mêlées…

Le vieux: — Le Fléau des mers, qui fut de feu et de glace, et qui l'est parfois encore, n'est pas de notre monde. Comment le comprendre ? Comment attendre de lui qu'il nous considère selon nos lois ? Les Anciens sont sages, qui recommandent de ne pas croiser sa route.

Le guerrier: — Je ne crains pas les légendes de l'entre-deux mondes.

Le vieux: — Ne les crains pas, si tu veux, mais ne les méprise pas. Dans son monde, le Fléau des mers est paisible, presque sans substance, plus près du vent encore que de la brume… Mais quand nous attirons son attention, alors son chant cesse, les flammes jaillissent et le Fléau des mers bouge…

*

Le marin: — Cela fait une semaine, maintenant, que je contemple cette nappe de brouillard… Je veux bien reconnaître que, par moments, selon les circonstances, je vois comme une ombre de navire, pas longtemps, et sommairement… Le Fléau des mers ? Un peu de fumée, beaucoup de superstitions ! Mais il est vrai que les marins redoutent la brume au point de teinter leurs voiles d'un rouge des plus visibles, et y suspectent, depuis la nuit des temps, de sombres maléfices. Combien de Vikings ne s'éloignent guère des côtes ou n'explorent que les fleuves, n'osant naviguer hors de portée d'un corbeau ?

Le vieux: — Aux temps premiers, la Terre était pour les hommes, l'Océan réservé aux dieux…

Le marin: — Je ne partage pas ton avis, grand-père. Svorgal n'a pas tort, ce sont là de vieilles superstitions. Je vais de navire en navire, pour guider les hommes sur les flots. Le père de mon père l'a appris de son père, comme le mien me l'a montré : la mer n'est pas le domaine des dieux, mais celui des audacieux, des conquérants, des marins ! Il existe des routes, des passages. Je connais les étoiles comme les hauts-fonds, j'ai bon souvenir des vents et des houles, de la couleur du ciel et des eaux, je sais où se trouvent les oiseaux et les poissons…

Le vieux: — Tu es un homme important, Verdarsson, *homme qui dit le chemin*. Ton savoir nous est précieux.

Le marin: — La brume est comme le volcan de ton enfance, un danger qu'il convient de considérer. Mais elle ne diffère ni de la pluie ni de la nuit : quand elle est là, qu'y pouvons-nous ?

*

Le guerrier: — Thørgen, qu'allons-nous faire? Nos voiles sont ramenées, nos rames levées. Nous sommes tels ces marins peureux, depuis près d'une semaine nous demeurons aux abords de cette brume sans bouger.

Le roi: — Bouge-t-elle?

Le guerrier: — Non.

Le roi: — Alors, par Odin le sage, nous allons attendre, Svorgal. Attendre...

Le guerrier: — Tu crois qu'il s'agit d'un dieu?

Le roi: — As-tu déjà rencontré un dieu?

Le guerrier: — Non.

Le roi: — Saurais-tu en reconnaître un?

Le guerrier: — Je l'ignore...

Le roi: — Je l'ignore également. C'est pourquoi je le considère avec le respect que mérite un dieu... Et je l'observe.

Le guerrier: — C'est tout?

Le roi: — Si tu veux aller lui demander ce qu'il attend, lui...

Le guerrier: — J'honore mes dieux. Les autres aussi, quand nécessaire. Parfois, je les prie d'être justes avec moi, mais je ne leur réclame jamais de comptes!

Le roi: — Moi non plus. Et je suis roi. Mais pas assez fou pour oublier que je ne suis que cela.

*

Le roi: — Peut-être allons-nous combattre côte à côte, Svorgal. Que te diront tes dieux? Et toi, que feras-tu?

Le guerrier: — Mes dieux m'ont guidé pour m'en remettre à toi, Thørgen. Je te suivrai.

*

Le vieux: — Sa réponse t'étonne, mon garçon?

Le guerrier: — Thørgen n'a rien dit d'autre, grand-père.

Le vieux: — Les dieux ne parlent pas davantage aux rois qu'ils ne s'adressent aux hommes.

Le guerrier: — Que devons-nous faire, alors ?

Le vieux: — Nous devons le découvrir.

Le guerrier: — Ça ne me plaît guère. Maintenant que nous l'apercevons, je comprends qu'il y ait tant de légendes… Ce n'est pas seulement un navire qui…

Le vieux: — Ne parle pas d'un dieu sans respect ! Surtout en sa présence. C'est le Fléau des mers, tel est son nom.

Le guerrier: — Le Fléau dérive…

Le vieux: — Le Fléau des mers ! Ce n'est pas un demi-dieu, alors prononce son nom en entier.

Le guerrier: — Le Fléau des mers dérive !

Le vieux: — Cela, je le sais. Chacun le sait.

Le guerrier: — Et ce dieu tout entier sait-il où il va ?

Le vieux: — Tu n'es qu'un effronté…

Le guerrier: — Non, je suis réaliste. Pourquoi la prudence, puisque les dieux ont tout écrit depuis longtemps ? Mais lui… Nous ne saurons pas ce qu'il en est avant que sa coque soit à portée de main. D'ici là, je ne sais pas si c'est un nouveau dieu.

Le vieux: — Il est peut-être le plus ancien, ou plusieurs dieux des temps premiers qui se chamaillent encore et encore… Feu et Glace. Peut-être énonce-t-il ton destin depuis si longtemps que tu ne perçois que l'écho de ses toutes dernières paroles… Comment savoir ? En touchant sa coque, dis-tu ? Voilà une idée bien présomptueuse… Nous ne sommes rien, mon garçon… Thørgen a raison, au moins en cela, nous devons le suivre et attendre.

Le guerrier: — Thørgen-le-fou, pour dire son nom tout entier !

Le vieux: — Nous sommes à lui.

Le guerrier: — Et le Fléau est un dieu.

Le vieux: — Le Fléau ? Tu veux dire : le Fléau des mers ?

*

Le guerrier: — Grand-père… Grand-père…

Le vieux: — Svorgal… J'ai besoin de me reposer, et ce n'est pas qu'une question d'âge.

Le guerrier: — Je me demandais…

Le vieux: — Quoi? Notre jeune guerrier s'interroge, et il me consulte, moi, le vieux? Mais d'où vient ce miracle? N'est-ce pas la preuve que nous côtoyons un dieu?

Le guerrier: — Je suis sérieux: et si ses enfants se mettent à chanter?

Le vieux: — Enfin une remarque judicieuse! Je dormirais mieux si je vous savais bâillonnés, tous les quatre…

Le guerrier: — Ma voix sera toujours plus agréable à tes oreilles que la leur.

Le vieux: — Crois-tu, cependant, que l'on puisse tricher avec un dieu?

Le guerrier: — Le Fléau n'a… le Fléau des mers n'a attaqué Volunstad que lorsque l'enfant a chanté…

Le vieux: — Et fort mal, mais de bon cœur.

Le guerrier: — Pourquoi?

Le vieux: — Les dieux partagent avec les rois le privilège de n'avoir besoin d'aucune raison.

Le guerrier: — Les fous avec eux.

Le vieux: — C'est vrai. Et plus d'un roi dit fou en tire profit. La fréquentation du Fléau des mers a une bonne influence sur toi, Svorgal. Je pourrais peut-être te donner encore matière à réfléchir, mais il te faudrait écouter de vieilles, de très vieilles sornettes…

Le guerrier: — Je n'arrive pas à m'endormir.

Le vieux: — Tu veux que je te raconte une histoire? Je peux appeler Verdarsson pour qu'il te berce.

Le guerrier: — Raconte, vieux fou!

Le vieux: — Une autre légende, qui vient de ceux que les Anciens appelaient les Anciens, suggère qu'il ne s'agit pas d'un dieu, mais de son vaisseau funèbre…

Le guerrier: — Je peux le croire. Nos rois poursuivent cette tradition, pourquoi ne s'inspirerait-elle pas d'un dieu ?

Le vieux: — Belle déduction, jeune guerrier. La magie de la brume t'aiderait-elle à penser plus loin ?

Le guerrier: — J'imagine mal un dieu mourir... Non, un dieu ne l'accepterait pas... Son combat ne se traduirait-il pas par une errance éternelle entre vie et mort, dans l'entre-deux mondes ? C'est-à-dire l'Océan, jadis réservé aux dieux, et que les hommes envahissent peu à peu... Ce vaisseau fantôme serait donc son bûcher funéraire, mais un bûcher qui ne peut s'éteindre tant qu'il n'aura pas rejoint l'une ou l'autre rive pour de bon... C'est-à-dire la Terre, là où se tiennent les choses qui vivent, ou bien le Ciel, là où vont celles qui sont mortes... Cela se tient !

Le vieux: — Tu ferais un prêtre redoutable, mon garçon ! Mais il y a plus... Tu sais qu'une femme suit nos chefs dans leur bûcher.

Le guerrier: — Une vierge.

Le vieux: — Une vierge ? Quelle idée... Pas nécessairement ! Juste une esclave dévouée, qui choisit cette mort et que les meilleurs guerriers honorent, virilement, l'un après l'autre... Son sacrifice a un sens, son ventre porte la semence d'une armée formidable...

Le guerrier: — Mais elle brûle, on l'entend crier.

Le vieux: — D'où ma question : est-ce bien le Fléau des mers que l'on entend chanter ? Il prend et il garde ces enfants. Pourquoi, sinon afin qu'ils accompagnent le dieu dont il est le sépulcre ardent ?

Le guerrier: — Tu veux dire que ces enfants chantent et dansent... éternellement ? Qu'ils ne meurent pas ?

Le vieux: — Je l'ignore.

Le guerrier: — Mais, l'immortalité est l'apanage des dieux, non ?

Le vieux: — Certes...

Le guerrier: — Alors, ces enfants sont des dieux !

Le vieux : — Des dieux ? Pourquoi pas... Des petits dieux, dans ce cas.

Le guerrier : — Volunstad l'avait compris ! Un dieu ne peut pas mourir... Le Fléau des mers renferme donc un dieu banni du royaume des autres dieux ! Peu importe la nature du crime qui lui vaut cet exil, il reste un dieu, qui ne peut ni retourner chez lui ni séjourner parmi les mortels...

Le vieux : — Où tes pensées te mènent-elles ?

Le guerrier : — En lui offrant son premier fils, Volunstad en faisait un dieu... Petit ou grand, qu'importe dans le monde des mortels ! Devenir le père d'un dieu... voilà de quoi légitimer une lignée de grands rois ! Et c'est mieux qu'élever un pleutre.

Le vieux : — Quelle idée ! Tu ferais un roi encore plus redoutable...

*

Le marin : — Je connais une autre version de cette légende, à propos des enfants. Elle vient du désert, où le Fléau des mers était jadis un dieu veilleur. Un grand roi l'a dérangé, en lui offrant les dix premiers fils de ses proches les plus fidèles... Les pauvres enfants devaient chanter et danser tout en allant vers leur mort... Depuis, leurs esprits réclament d'être régénérés en dévorant l'esprit d'autres enfants...

Le guerrier : — Verdarsson, je préfère ma version. Même si la tienne explique son goût étrange en matière de chant... Et puis, elle ne se tient pas. Sinon, il faudrait admettre que ces pauvres enfants étaient déjà des dieux pour mériter qu'un dieu se fasse leur vaisseau funèbre.

Le vieux : — Pour une fois, je suis d'accord avec toi, mon garçon.

De la folie des éléments…

Le guerrier: — Je m'ennuie.
Le vieux: — Notre jeune guerrier s'ennuie…
Le guerrier: — Rester à ne rien faire m'insupporte.
Le vieux: — Parlons…
Le guerrier: — Tu fais un drôle de grand-père, vieil homme. Le mien était un guerrier, un grand. Il avait autre chose à faire que parler!
Le vieux: — Mais il est mort.
Le guerrier: — Glorieusement, l'arme à la main!
Le vieux: — Mort… Et ton père?
Le guerrier: — Mort, également…
Le vieux: — Mais, moins… héroïquement? Son navire a coulé, il ne savait pas nager?
Le guerrier: — Comment sais-tu cela?
Le vieux: — De la même manière que Thørgen découvre le Fléau des mers.
Le guerrier: — Encore une leçon? Je dois vraiment m'ennuyer et manquer d'imagination pour ne pas trouver meilleure façon de mener ce combat-là. Pourquoi ne pas avancer? Que nous importe de mourir, si nous mourons glor…
Le vieux: — … toucher sa coque serait un grand exploit… à leurs yeux…
Le guerrier: — Oui. Et au festin des guerriers, j'aimerais lui dire que je l'ai fait.
Le vieux: — À ton grand-père ou à ton père?

*

Le marin: — Venez! Regardez!

Le guerrier: — Que se passe-t-il, Verdarsson?

Le marin: — Ça bouge…

Le guerrier: — La brume bouge? Je ne distingue aucune vague, je ne sens aucun vent…

Le marin: — Pas la brume, Svorgal, le Fléau des mers.

Le vieux: — Le Fléau des mers bouge? Il vient sur nous?

Le marin: — Pas sur nous, il s'écarte… Mais…

Le guerrier: — Par tous les dieux, ce n'est pas le Fléau! C'est l'un des nôtres, mais son équipage doit se composer de géants… Je n'en ai jamais vu d'aussi grand! Je ne savais même pas que cela existait.

Le vieux: — Il n'en existe pas.

Le guerrier: — Tu en es sûr, grand-père? Mais alors…

Le vieux: — Alors, c'est bien le Fléau des mers, mon garçon. Je l'ai entendu dire, j'ai signalé cette possibilité à Thørgen, mais je n'y croyais guère.

Le guerrier: — Tu ne gobes donc pas toutes ces vieilles histoires?

Le vieux: — Aaach, Svorgal! J'ai eu ton âge, il n'y a pas si longtemps. Et j'ai peur d'avoir été aussi sot, bien que je doute m'être montré capable d'un si fameux exploit.

Le marin: — Arrêtez, vous deux! Raconte ce que tu sais.

Le vieux: — Ce que je sais, Verdarsson? Certains racontent que le Fléau des mers adopte la forme du navire qu'il défie, mais en plus grand, beaucoup plus grand, au moment de l'attaquer.

Le guerrier: — Est-ce le cas? Va-t-il foncer sur nous? Ne devrions-nous pas…

Le vieux: — Silence, gamin! Regarde: il s'éloigne, avec lenteur… Son comportement est étrange, et inédit.

Le marin: — Aucun enfant n'a chanté...
Le guerrier: — Pourquoi cette remarque, Verdarsson ?
Le marin: — Ce long calme, cette transformation soudaine, cet écart sans raison... les choses ne se déroulent pas comme nous le redoutions... ou comme les sagas le laissent entendre. Tout n'est peut-être pas encore écrit.
Le guerrier: — Pourquoi le nomme-t-on Fléau ?

*

Le guerrier: — À quoi ressemble-t-il ce matin ?
Le marin: — La brume le recouvre à nouveau...
Le vieux: — Cela fait trois jours qu'on le distingue à peine, et qu'il ne bouge plus, malgré sa taille... Verdarsson, aperçois-tu quelque chose ?
Le marin: — Que voudrais-tu que je voie, grand-père ?
Le vieux: — D'autres choses, peu importe quoi !
Le marin: — Tu m'inquiètes...
Le guerrier: — Pourquoi ne fait-il rien ? Il semble...
Le marin: — ... comme indécis ?
Le guerrier: — Oui...
Le vieux: — Ce n'est pas là l'attitude d'un dieu.
Le marin: — L'attitude de Thørgen, hélas, n'est pas non plus celle d'un roi... Il a cherché celui que l'on craint, il respecte celui que l'on défie, il observe celui que l'on évite !
Le guerrier: — Du moins, nous savons que le Fléau existe, qu'il bouge, qu'il se transforme à sa guise, et... qu'il doute.
Le vieux: — Deux fous ?

*

Le vieux: — Rien ?
Le marin: — Rien...
Le vieux: — Pourtant, cette nuit, j'ai entendu comme quelque chose.
Le marin: — Quoi donc, grand-père ?

Le vieux: — Je ne sais pas trop, Verdarsson. Des bruits… Cela me rappelait…

Le guerrier: — Quoi, vieil homme ?

Le vieux: — Le père de mon grand-père l'a déjà croisé, par une nuit de pleine lune.

Le guerrier: — Tu nous l'avais caché ! Qu'a-t-il vu ?

Le vieux: — Pas grand-chose.

Le marin: — Ne te fais pas prier !

Le vieux: — Rien, hormis le Fléau des mers. Tel que nous le voyons de nouveau, une Pierre de brume… Ses voiles ne brûlaient pas, sa coque ne dégouttait pas… Ni équipage ni enfant à son bord… Mais… des albatros voltigeaient juste au-dessus de ses mâts.

Le marin: — C'est tout ? Ces oiseaux suivent volontiers les bateaux en pleine mer.

Le vieux: — Oui, mais il y avait aussi des baleines. Des baleines blanches, plusieurs dizaines, qui… qui le suivaient. Non: qui l'escortaient…

Le guerrier: — Des baleines ? Par dizaines ? Et aussi des crevettes ?

Le vieux: — Des crevettes ? Non, Svorgal… Des araignées qui…

Le guerrier: — Des araignées ?

Le vieux: — Elles recouvraient toute la coque, la mature, les…

Le guerrier: — Elles ne nageaient pas ?

Le vieux: — Elles grouillaient, partout, impossible de les…

Le guerrier: — Étaient-elles grosses, au moins ?

Le vieux: — Grosses comme ma tête !

Le guerrier: — Si petites ?

*

Le guerrier: — J'ai rêvé de lui, cette nuit.

Le marin: — Pourquoi t'écouterait-il, Svorgal ?

Le guerrier: — C'est à toi que je parle, si le vieux ne veut pas entendre, libre à lui !

Le marin: — Admettons que tu sois en âge de porter des armes. Alors, ce rêve?

Le guerrier: — J'ai rêvé que je m'éveillais en pleine nuit. Impossible de découvrir pourquoi; aussi, je décidais de me rendormir. Et puis, j'ai entendu chanter…

Le marin: — Le Fléau?

Le guerrier: — Non, une sirène… Un chant flûté, porté par le vent… Si beau, mais lointain… Je l'aurais pensé plus proche, je me serais jeté à la mer!

Le marin: — Tu sais nager?

Le guerrier: — Justement, non. Mais ce chant… Beau, mélodieux, troublant… Une voix douce et grave, de celles qui murmurent à ton oreille de te réveiller tout à fait et de trouver une femme, au plus vite!

Le marin: — Je rêve ainsi plusieurs fois chaque nuit…

Le guerrier: — Je me suis levé, dans mon rêve, pour tenter de l'apercevoir. Et je l'ai vue… Qu'elle était belle… Nue, avec des seins, oh de ces seins…

Le marin: — Pareil, mais toujours hors de portée…

Le guerrier: — Des cheveux, une poitrine, un regard à te briser, une bouche à te happer… Et puis, elle s'est dressée, hors de l'eau, une géante ruisselante… J'ai vu l'écume de son ventre chevaucher l'étrave qui se hissait… Elle était vivante, mais c'était la proue du Fléau qui se rabattait sur moi!

Le marin: — Et tu t'es réveillé.

Le guerrier: — Non. Dans mon rêve, j'étais à présent mort et prisonnier. Je n'étais plus qu'un enfant, une ombre d'enfant… Sur le pont, une dizaine de fillettes et de garçonnets se tenaient devant moi et m'obligeaient à chanter avec eux… Je ne connaissais pas leurs chansons, je ne parlais pas leur langue. Alors, ils m'ont puni.

Le marin: — Que t'ont-ils fait?

Le guerrier: — Ils… ils m'ont obligé à me réveiller… Ce que j'ai fait. J'ai vu alors vos têtes et… j'ai pleuré.

Le vieux: — Imbécile!
Le guerrier: — Tu écoutais, grand-père?

*

Le vieux: — Les rêves nous parlent, mais ils s'oublient si vite que ce que nous en retenons est souvent pure invention… Dans mon clan, nous dédaignons les rêves des hommes libres, mais nous interrogeons chaque matin un simple d'esprit parmi les esclaves. Ses délires ne lui apportent rien, pourquoi mentirait-il? Tes gamineries, tes histoires de seins énormes, ne sont pas de simples improvisations, jeune guerrier imbécile. Tu aurais ta place dans mon village…

Le guerrier: — Je n'ai jamais parlé de seins énormes, vieil homme à petite tête!

Le vieux: — Aaach! Et toi, à quoi rêves-tu, Verdarsson?

Le marin: — À ma femme, grand-père. L'une de la nombreuse progéniture de Gunnbjœorn, qui commerce avec les ports de la Frise.

Le guerrier: — Une seule femme?

Le vieux: — Tu en rêves chaque nuit?

Le marin: — Un rayon de soleil jouait avec une mèche de ses cheveux, à notre première rencontre. Elle avait treize ans. Je la vois toujours comme cela.

Le vieux: — Mais tu veux voyager… Découvrir de nouvelles terres…

Le marin: — J'ai une raison de revenir.

Le vieux: — Sinon?

Le marin: — Aaach, grand-père… Sinon, moi aussi j'irais toucher sa coque. Ni pour la gloire ni pour savoir… Comme ça.

*

Le marin: — Cela fait une heure que nous le regardons, tous les trois, sans ne plus échanger un mot… Il n'a jamais été aussi proche… Une ombre pâle dans une brume laiteuse… Nous pourrions l'atteindre d'un jet de pierre… Sa proue figure une femme, à présent, comme dans ton rêve. Une sirène de cendre, très belle, trop… Il n'est pas réel, il est pourtant là… Immobile, insaisissable, mystérieux… S'il est d'un autre monde, le Fléau des mers est plus paisible que nous. Ce n'est pas un dieu, il n'y a pas plus de bûcher funéraire que d'enfant. Si cette paix appartient au monde des esprits, être un fantôme n'est pas une si mauvaise chose…

Le guerrier : — L'ennui commence de la sorte, Verdarsson.

Le vieux : — Au contraire, Svorgal, cesse-t-il peut-être ainsi…

Le guerrier : — Si les pierres pensent, je l'espère pour elles !

*

Le guerrier : — Vous entendez ? Vous entendez son chant ?

Le vieux : — Tu dormais, jeune guerrier ? Quel dommage pour toi, car nous avons entendu la sirène de ton rêve. Thørgen a interdit d'y répondre. Ce n'était pas un ordre facile à observer.

Le guerrier : — Thørgen n'est donc pas si fou…

Le vieux : — Depuis, la voix change de registre et de timbre, la mélodie aussi change… Les hommes résistent sans trop de mal ; enfin, plus aisément qu'avant…

Le guerrier : — Et les enfants ?

Le vieux : — Les garçons fanfaronnent, tu sais comment ils sont…

Le guerrier : — Et la fille ?

De la folie des mythes…

Le marin : — Voilà deux jours et deux nuits que nous le suivons. Non sans mal. Par chance, il garde le même cap et nous entraîne toujours plus au nord. Il disparaît loin devant au crépuscule, à l'aube il a pris de l'avance… Pourquoi ?

Le vieux : — Qui peut comprendre le Fléau des mers ?

Le marin : — Il est resté comme prostré dans son écharpe de brume pendant tellement longtemps…

Le vieux : — Qui peut comprendre les choses ?

Le marin : — Quand il s'est mis à bouger, j'étais heureux. Enfin, quelque chose changeait ! Mais maintenant qu'il file sans jamais varier ni de cap ni d'allure, ce n'est pas mieux.

Le vieux : — C'est différent.

Le guerrier : — Tes réponses posent plus de questions qu'elles n'en résolvent… Tu ne changes guère, grand-père !

Le vieux : — C'est parce que je change trop souvent d'avis que je n'ose me prononcer davantage.

Le marin : — Alors, que te demandes-tu à propos de cette histoire au sujet de la fillette ?

Le vieux : — Laquelle ? Chacun y va de la sienne.

Le marin : — Celle qui prétend que le Fléau des mers a fui lorsqu'elle s'est mise à chanter. S'il apprécie tellement le chant des enfants, il aurait dû s'approcher, non ?

Le vieux : — Voilà bien ce que valent les histoires…

Le marin : — Est-ce tout ?

Le vieux : — Cette histoire n'est pas encore finie.

Le marin : — Que dois-je en retenir ?

Le vieux : — Comment a-t-elle commencé ? Pourquoi a-t-elle chanté ?

Le marin : — Comme s'il était facile d'interdire à des enfants de chanter ou de jouer ! Les hommes avaient fort à faire avec les deux garçons. Alors, elle… si chétive, si pâle… On raconte qu'elle est née le cordon entortillé autour de son long cou, qu'elle n'aurait pas dû vivre.

Le vieux : — Il semble qu'elle en ait décidé autrement. N'était-ce pas un signe suffisant ?

Le marin : — Un signe de quoi ?

Le vieux : — Dans mon village, on dit que ceux qui, dans l'enfance, ont échappé à la mort deviennent plus sages. De fait, certains se montrent prudents et d'autres rivalisent d'imprudences…

Le marin : — Veux-tu savoir ce que les hommes se disent sur ce navire ? Ils prétendent qu'en contrant son propre destin elle a inversé la magie du Fléau des mers.

Le vieux : — Ces hommes sont des marins et des guerriers, hardis et valeureux. Ou des sots, qui profèrent trop de sornettes.

*

Le guerrier : — Quelle désolation… Verdarsson rêvait de découvrir une nouvelle Islande, et regarde ces rivages que nous longeons depuis une semaine… On croirait une terre avec de hautes falaises, mais c'est la mer qui a gelé. Des glaciers se séparent des berges et viennent arraisonner les nôtres… Tout n'est que glace, mer et brouillard… Quel avenir auraient les hommes, ici ?

Le vieux : — Nous rêvons toujours qu'au-delà de

l'horizon se cache un monde meilleur. Sinon, pourquoi délaisser nos rivages ?

Le guerrier: — Je suis un guerrier : les terres lointaines regorgent d'or et de femmes. Mais, ici... vois-tu une seule promesse tenue ?

Le vieux : — Là où je suis né, nous étions trop nombreux, nous ne mangions pas à notre faim, nous manquions d'espace. Ces côtes sont immenses, désertes et sans gibier. Étant vieux, je sais depuis trop longtemps qu'il y a pire que chez soi.

Le guerrier: — Je te parle de Verdarsson. À son retour, qu'aura-t-il à raconter qui le grandisse ? C'est un marin, sa famille fait du commerce. Il doit accomplir un exploit ; à défaut d'une bataille, rapporter le chemin d'une terre nouvelle. Que pourra-t-il dire à son unique épouse ?

Le vieux : — Qu'il rêvait d'elle chaque nuit. Cela lui suffira et cela sera vrai.

Le guerrier: — Aaach...

Le vieux : — Tu as beaucoup à apprendre des femmes, jeune guerrier !

Le guerrier: — J'en ai pourtant appris beaucoup, grand-père ! Mais pas ce genre de choses-là.

*

Le guerrier: — Tu es en vigie plus souvent qu'à ton tour, Verdarsson.

Le marin : — Le Fléau des mers ne dérive pas, il vole ! Comment espérer le rattraper ?

Le guerrier: — Avons-nous une chance ?

Le marin : — Mais nous l'avons eue, notre chance ! Pendant près de dix jours de calme plat... Et qu'avons-nous fait ?

Le roi : — Nous avons attendu.

Le marin : — Thørgen...

Le roi : — Nous précipiter aurait été une erreur.

Le guerrier: — Pour qui ? Je ne te manque pas de respect en te posant cette question, Thørgen. Mais si nous faisons ce qu'il fait, qui commande alors ?

Le vieux: — Svorgal est impétueux, Thørgen, sa jeunesse n'excuse pas son audace, mais du moins sa bouche prononce les mots que d'autres ravalent…

Le roi: — Les guerriers ne sont pas des esclaves, il est bon qu'ils fassent preuve de réflexion et de courage avant d'engager le combat. Certains parmi eux louent ma patience, d'autres la maudissent. Si je m'en souciais, il me tarderait de choisir… Je suis roi. Un roi que l'on dit fou. Mais ils me suivent, tous…

Le vieux: — Et ils sont sages, dans leur folie, de te suivre. Mais… ils désirent savoir; si leur roi ne leur donne pas de réponse, ils en inventent. Et surenchérissent en sottise.

Le roi: — Crois-tu qu'ils tiennent vraiment à savoir?

Le vieux: — Eux se plaisent à le croire.

Le roi: — J'ignore si le Fléau est ami ou ennemi, ce qu'il veut comme ce qu'il peut. Je sais ce que l'on raconte, je ne sais pas ce qu'il en est. Nous devons le suivre, voilà ce que je pense, en tant qu'homme; mais en tant que roi, je m'interroge: s'il nous devenait hostile, que devrais-je ordonner pour que mes hommes survivent?

*

Le guerrier: — Je n'ai pas peur de la mort!

Le roi: — Tu es brave, Svorgal. Mais rien ne presse… Je te souhaite une mort glorieuse après une longue vie, pas de devenir Cendres mêlées.

Le guerrier: — Feu et Glace, pour parler comme le vieux. Il prétend que je dois vivre parce qu'il me reste beaucoup à apprendre des femmes.

Le roi: — Vraiment?

*

Le guerrier: — Que deviennent ceux qu'il touche?

Le vieux: — Les Pierres de brume errent à jamais sur les mers. Ce sont des épaves qui dérivent, jouets des vents et des courants. D'autant plus dangereux pour les vivants. Pendant la nuit, au cœur du brouillard, lors des tempêtes, en plein combat… ils surgissent au mauvais moment. Mais tel n'était pas le sens de ta question, non ?

Le guerrier : — Je pensais aux Cendres mêlées…

Le vieux : — Il arrive que le feu qui dévaste ces navires soit si puissant qu'il pétrifie son équipage à son poste, chaque marin est figé dans sa dernière posture. Il n'y a pas de banquet pour eux, ils auront éternellement faim… C'est pourquoi il faut espérer que le bateau sombre et que les dieux aient pitié de son équipage…

Le guerrier : — Pétrifiés dans leur dernière posture ?

Le vieux : — C'est ce que l'on rapporte. Du moins, on le suppose.

Le guerrier : — Alors, je brandirai mon glaive !

*

Le vieux : — Feu et Glace. Il ne va plus aussi vite…

Le guerrier : — Comment le sais-tu ? Il fait nuit, il n'y a pas de lune ou d'étoiles. Verdarsson n'a rien dit.

Le vieux : — La fillette a chanté, cela m'a réveillé.

Le guerrier : — Décidément, tu as l'oreille fine, grand-père.

Le vieux : — J'ai le sommeil trop léger, oui… Elle fredonnait, mais le vent m'était favorable, hélas.

Le guerrier : — Elle chante si mal ?

Le vieux : — Est-ce important ? Si j'ai pu l'entendre, alors qu'elle se trouve derrière nous, le Fléau des mers a pu l'entendre aussi…

Le guerrier : — Et tu en déduis…

Le vieux : — Thørgen s'est levé, il se tient à la proue, il semble inquiet…

Le guerrier : — Alors, je me fie à toi, grand-père. Nous allons enfin savoir…

*

Le marin : — Il revient ! Le Fléau revient sur nous !

Le roi : — Vikings ! Je suis Thørgen et je vous le dis : ce n'est pas notre navire que le Fléau des mers désire ! Ayez confiance en moi, nous allons l'arrêter ! Barrons-lui la route !

Le guerrier : — Tu es sûr de toi, Thørgen ?

Le roi : — Oui, je suis sûr.

Le guerrier : — Alors, barrons-lui la route !

*

Le marin : — Virez ! Mais virez de bord ! Il va nous contourner.

Le roi : — Souquez ! Souquez ! Il fonce droit sur nous ! Souquez !

Le vieux : — Mais que fait-il ?

*

Le roi : — Ma fille… Mes hommes… Maudit sois-tu, Fléau de malheur !

*

Le vieux : — Nous sommes vivants…

Le guerrier : — Il est passé…

Le marin : — Nous sommes toujours vivants…

Le vieux : — J'ai vu les nuées s'assembler. J'ai entendu nos voiles claquer. J'ai senti la chaleur des flammes.

Le guerrier : — Il est passé…

Le marin : — Vivants…

Le vieux : — Nous, oui.

Le guerrier : — Leur navire a coulé, les hommes sont morts. Ni Cendres mêlées ni Pierre de brume…

Le vieux : — Et elle, il l'a prise.

Le guerrier : — Que pouvions-nous faire ?

*

Le roi : — Hilde ! Hilde ! Ma fille…

*

Le marin : — Est-ce lui, notre chef ? Est-ce ce grand guerrier qui me demandait si j'allais le suivre ? As-tu déjà vu cela, grand-père, un roi aussi pitoyable ?

Le vieux: — Ce n'est ni un guerrier ni un roi qui pleure, c'est un père. Fou de douleur…

Le guerrier: — Fou… Mais que pouvions-nous faire ? Cette perte n'est pas de notre fait ni du sien. Le Fléau des mers s'est joué de notre ruse ! Ce n'est pas un vaisseau ni un fantôme, c'est un dieu ! Et les hommes, fussent-ils de valeureux guerriers ou de hardis marins, n'y peuvent rien… sinon le craindre et l'éviter…

Le vieux: — Te voilà sage, Svorgal… Tu apprendras donc beaucoup des femmes si tu n'en tiens qu'une dans tes bras et dans tes rêves.

Le guerrier: — Une seule ? Et alors, qu'y gagnerai-je ?

Le vieux: — De jeunes imbéciles t'appelleront vieil homme…

*

Le marin: — Nous devons le poursuivre, maintenir notre cap plein nord ! Voilà ce qu'il convient de faire… Thørgen, nous ne pouvons pas rentrer.

Le roi: — Tout cela n'était que folie…

Le marin: — Thørgen !

Le roi: — Verdarsson, tu m'as bien servi. Vous m'avez tous loyalement et courageusement suivi et servi. Mais je n'ai plus l'humeur à être roi… J'ai perdu mes hommes. Je n'ai même pas su sauver mon enfant, ma toute petite fille…

Le marin: — Thørgen, regarde ! Mais regarde devant toi ! Les côtes inhospitalières disparaissent. Ce sont des fjords ! Admire cette verdure… Nous avons trouvé un nouveau pays que nous longeons depuis maintenant deux jours ! Un bel avenir est promis à notre peuple ici. Nous devons accoster, et alors nous débattrons de ce qu'il convient de faire !

Le roi: — C'était folie que de défier le Fléau des mers…

Le marin: — Ton chagrin t'honore, mais tu es roi ! Il y a là, à une journée de voile, des vallées fleuries et boisées qui attendent que nous foulions leurs prairies. Voilà l'œuvre d'un grand roi. Son coût est terrible, mais ce pays est là. Regarde ! Tu peux rapporter à ton premier fils un royaume pour ses fils et les fils de leurs fils !

Le roi : — Je suis fou de chagrin, Verdarsson, mais pas tout à fait fou… Tu m'importunes avec ton propre rêve… Tu as raison, c'est une terre bien verte qui succède à tant de glace… Tu te trompes, je ne désire nul royaume, ni pour moi ni pour les miens. Être roi est un lourd fardeau pour un père. Pourquoi le dissimuler à mon premier fils ?

*

Le roi : — Nous voyons les terres verdoyantes, mais le Fléau des mers a dépassé l'horizon. Demi-tour. Il nous faut faire demi-tour.

Le marin : — Ainsi, tu abandonnes ta fille…

Le roi : — Que dis-tu, Verdarsson ?

Le marin : — Je dis, ô mon roi, je dis que tu abandonnes ton enfant le plus faible à cette ignominie ! Que tu t'en retournes comme un chiot galeux chassé d'une cuisine. Que tu pleures au lieu de combattre.

Le roi : — Combattre ?

Le marin : — Tu veux rentrer sans gloire et sans butin ? Rapporte au moins cette conquête facile, nomme cette terre de son nom. Et que les hommes, à jamais, honorent sa mémoire !

Le roi : — Tu es rusé, Verdarsson, mais pas assez fou !

Le marin : — Quoi ?

Le roi : — Que serait un roi pour son peuple qui ne soit un père pour chacun de ses enfants ?

Le marin : — Je ne comprends pas.

Le roi : — Il vous faut un autre roi. Laissez-moi une barque, faites demi-tour et rapportez mes paroles à mon premier fils : j'abdique, je ne renonce pas.

*

Le marin : — Thørgen, est-ce vrai ce que l'on dit ?

Le roi : — Partez, partez tous. Vous ne pouvez plus rien.

Le marin : — Nous n'allons pas te laisser seul dans une mer si hostile.

Le roi : — Hostile ? Elle ne l'est pas pour lui. Verdarsson, tu sais ce que tu as à faire. Rentre au pays et convaincs-les. Erik, lui, a les qualités requises. Il n'hésitera pas un instant, il prendra la tête d'une autre expédition et te demandera pour guide… Vous serez cinquante, cent vaisseaux à pourchasser le Fléau ! J'ignore si vous le trouverez ou s'il vous trouvera, mais au moins tu auras ta récompense.

Le marin : — Mais Thørgen…

Le roi : — Ton témoignage sera capital. Tu seras écouté et des hommes sages se laisseront bercer par tes propos, et ils rêveront de tes promesses. Ils autoriseront Erik à partir, ils fourniront les hommes et les navires, ils applaudiront à ce prétexte pour conquérir ces terres nouvelles que je leur abandonne !

Le marin : — Et toi, Thørgen, que vas-tu faire ?

Le roi : — Cette barque sera un grand royaume pour un grand dessein. Dites à mes fils de ne pas venir…

De la folie des hommes…

Le roi : — Hilde, Hilde ! Je te sauverai !

I

La carte aveugle

1

« Vous croyez aux vaisseaux fantômes ? »

La question est saugrenue, mais la voix, flûtée, flirte avec les graves et l'incite à écouter. Il se ménage un silence distant et lui répond que ce n'est pas sa spécialité.

« Oui. Je sais. Nous avons aussi cela en commun.

— Je ne saisis pas…

— Pendant mes études, j'ai publié quelques articles sur les pirates. Et leurs trésors…

— Le sujet est à la mode.

— C'est pourquoi j'ai préféré consacrer ma thèse à une légende viking…

— Des pirates, eux aussi, du moins à l'origine.

— Tous les peuples marins ont été pirates, un jour ou l'autre.

— Pour ceux-là, c'était une nécessité. Une conséquence d'un dérèglement climatique.

— Qui leur a bien profité. Autre sujet qui se partage les faveurs de la mode…

— Non. Qui les a chassés de leurs terres. Un sujet qui sera trop tôt d'actualité, assurément. En quoi…

— … en quoi pouvez-vous m'aider ? » l'interrompt-elle.

L'audace lui a coûté – elle a littéralement avalé le dernier mot, comme s'il lui pesait de le solliciter. Sans cet accident, il écourterait l'échange.

« Vous aider… reprend-il.

— Juste quelques minutes… »

Elle a quoi ? Vingt à vingt-cinq ans, tout au plus… Trop jeune.

Cette pensée l'ennuie. Le désir s'invite, quoi qu'il fasse, comme si tout le reste n'était qu'une comédie pour tromper l'entre-deux.

Quelques minutes, a-t-elle réclamé, ne s'étant toujours pas nommée – anonymat qu'il tolère pour la vertu d'un « tout est possible » totalement immature, ou pas.

« Mon agenda est complet pour les semaines à venir.

— Je suis là. À Portland.

— Et vous pensez que c'est suffisant pour que je vous reçoive demain à la première heure ?

— Non, maintenant… Je suis au pied de votre ascenseur.

— Qui vous a donné cette adresse ?

— Dernier étage ? Une seule porte. C'est bien cela ?

— Écoutez, mademoiselle…

— Nathalie.

— Nathalie ?

— C'est important. »

En temps ordinaire, il aurait répondu « Pour qui ? » et aurait coupé net la communication. Il opte pour ne rien dire, laissant s'instaurer un blanc qu'aucun demandeur ne laisse jamais durer. Il songe qu'il veut la voir. C'est une faiblesse qu'il ne peut récuser.

« Commandant, avez-vous du sang pirate dans les veines ?

— Quoi ?

— Vos ancêtres étaient-ils uskoks ?

— Non ! Je ne… Que voulez-vous ?

— Puis-je monter ? Quelques minutes…

— Nathalie, je…

— Derenoy. Nathalie Derenoy. »

Sa voix a chevroté, elle n'est pas sûre d'emporter son accord et joue son meilleur atout trop tôt. Lui faire répéter son nom reviendrait à admettre l'importance de l'argument, ignorer la tentative saperait durablement son aplomb – et, quoi qu'il advienne, accentuerait l'ascendance que cette démarche lui confère déjà.

« Montez. »

Il veut la voir – *l'avoir* ?

Nathalie, Nathalie, *Nathalie*…

L'ascenseur ne lui laisse pas beaucoup de temps. Le commandant Petrack ferme d'une main le capot de son ordinateur et de l'autre retourne une carte du jeu qui ne quitte jamais son bureau. Dame de carreau. Parce que Derenoy ? La figure s'accorde mal à ses aspirations, mais vaut une mise en garde : la dame de carreau est une femme fatale, dans un sens ou un autre…

Une très jeune femme, alors, presque encore une adolescente. Plus près du tiers de son âge que de la moitié. « Eh merde ! » Il soupire, un peu trop lourdement à son goût. Son corps ne lui obéit plus tout à fait. Rien de grave, juste de la négligence. On peut y remédier. Il a essayé, voici un an ou deux. Ou trois… Une douzaine de séances de gymnastique et ses jambes lui ont paru, quelques semaines, moins rouillées, son souffle quasiment comme avant.

Sa vue, son ouïe aussi, c'est autre chose ; rien de catastrophique, bien sûr, simplement un processus engagé… avec son lot de mesures palliatives. Son docteur lui reproche de ne pas avoir atteint l'âge de raison, plaisanterie mesquine à l'égard d'un homme en bonne santé qui ne se résout pas au diktat des visites régulières – juste au cas où, « arrivé à un certain âge » …

Hélas, ce n'est pas tout. D'autres signes insinuent un tournant irréversible, toute une série insupportable de minuscules défaillances et d'ignobles fatigues, comme si son corps, peu à peu, mais inéluctablement tout entier, se liguait pour lui jouer une farce sinistre: *voilà ce que tu étais de toute éternité et à jamais, voilà ce que tu es à présent: tu touches à ta fin, bonhomme, tu es vieux…*

Trop vieux? Si vite? Miroir insolent, l'indifférence des plus belles jeunes femmes qu'il épie encore au passage lui retourne les stigmates de son âge. Il n'en surprend plus guère qui l'observent à la dérobée; depuis trop longtemps leurs regards glissent sur lui, ricochent, creusent sur son visage leur empreinte en forme de sillons, pour s'abîmer dans une autre génération de silhouettes. Certes, quelques-unes ne se cachent pas et goûtent des yeux les rides vénérées de l'expérience. N'est-il plus que ça, un homme bien conservé? Déjà.

« Commandant…

— Mademoiselle… »

Qu'attendait-il de si particulier? Une sorte de saisissement? Comme si cette rencontre s'imposait, de toute éternité, et qu'il ouvrait sa porte à la femme de sa vie. Ou sa jumelle fatale.

De « *toute éternité* »? L'expression lui semble quelque peu grandiloquente, directement inspirée par la subite notion de son âge.

C'est une enfant, encore; une femme, également.

Petrack sourit aimablement, et ferme les yeux en s'écartant à peine pour l'inciter à avancer.

Délicieux instant. En retardant le moment de vraiment connaître ses traits et ses formes, il s'imprègne de son parfum. La touche épicée demeure subtile, d'autres arômes affleurent, moins ambitieux. Il garde les paupières closes, son invitée entre et met à profit cette trêve de mondanités pour inspecter les murs de son bureau – tout est minutieusement disposé à cet effet.

Ses odeurs la décrivent dans l'intimité de sa salle de bains. Cette incursion déductive lui est familière, il aime décrypter les senteurs résiduelles à la manière d'un témoin aveugle auprès de qui on finit par prendre certaines libertés. Il écoute, il devine ; il perçoit des mouvements, des effluves et des fragrances, là, une dissipation de chaleur, ici, un peu de moiteur. Plusieurs fois, il a poussé la curiosité jusqu'à conquérir les faveurs d'une femme pour confirmer ses intuitions. Ça n'a jamais été utile : s'il se trompe dans le détail – évidemment ! –, les associations d'idées que cet exercice l'amène à brasser l'édifient suffisamment.

Elle se glisse tôt sous la douche et, la tête renversée, se laisse longuement ébouillanter de ses omoplates saillantes au creux de ses reins, puis elle entreprend de se laver en une succession de gestes précis et routiniers. Elle se shampouine sans douceur avant de s'infliger de fermer l'arrivée d'eau chaude et de compter une minute glaciale. Sans se sécher, mais enveloppée dans un peignoir immaculé, elle procède aux soins et retouches cosmétiques préliminaires face à une glace embuée. Les dernières minutes se déroulent au ralenti, elle sait en avoir le temps, elle est convenablement réveillée. Le métier lui manque, non pas qu'elle ignore comment estomper les infimes défauts de la peau et du visage, mais elle hésite au seuil de sa journée. Doit-elle se maquiller en fonction de son humeur ou de ses obligations ? L'agenda tranche, généralement. Elle s'attarde devant le miroir, dubitative. L'image que l'on se fait d'elle l'emporte sur l'image qu'elle envisagerait d'imposer. Elle quitte la salle de bains après un soupir, exceptionnellement un clin d'œil, quand elle se reconnaît, et s'habille pour enfin accorder tenue et maquillage d'une touche de parfum. Détail qu'elle tient pour négligeable, cet effluve final se dissipe davantage sur le tissu que sur la peau ; il n'occulte qu'imparfaitement l'empreinte des gels et des crèmes.

« Un instant, je vous prie. »

Il ne peut décemment pas lui tourner le dos plus

longtemps, aussi se penche-t-il sur son bureau pour ouvrir son carnet d'adresses et le feuilleter nerveusement. Cette hâte de circonstance justifie qu'il plisse les paupières, ce qui l'autorise à retarder le moment de lui faire face et de lever les yeux sur elle.

Qu'a-t-il retenu du premier aperçu de son visage ? Sa jeunesse insolente. Mais encore ?

De prime abord, le regard ne tente guère de s'accrocher, malgré la symétrie prononcée de son visage qui en adoucit la découpe étirée – nez étroit et marqué, lèvres déliées et plates, pommettes saillantes ; un assez long cou, également –, néanmoins cette impression laisse un regret. On se détourne, mais un peu tard. La jeune femme compense l'austérité de ses traits par la mise en valeur de ses yeux pers et de ses oreilles, fines et joliment dessinées, par le port de foulards soyeux et de chemisiers à haut col, et, avec moins de brio, par cette masse châtain aux mèches pâles qui tombe sur ses épaules – avec l'âge, elle coupera ses cheveux. Avec l'âge, les détails qu'elle combat aujourd'hui affirmeront son caractère et inspireront le respect ; avec un peu d'expérience, et de chance, elle exercera une séduction redoutable.

« Asseyez-vous… »

Une femme d'avenir en devenir…

Que ne dispose-t-il de plus de temps pour l'imaginer encore ! Outre l'inconvenance, cette manie n'est pas non plus dénuée de danger. Son appréciation et ses relations peuvent s'en trouver faussées et… Et puis, trop d'imaginaire déprécie la réalité. Loin d'idéaliser son modèle, quand il ne tutoie pas le vulgaire, il épuise le sujet en quelques nuits.

En s'asseyant à son tour, il prend appui sur les accotoirs de son fauteuil ergonomique et redresse lentement la tête.

« Bien ! »

Mollets élancés, le genou agréable, jambes croisées – elle a délaissé le jean étudiant pour la jupe rendez-vous. Mains posées l'une sur l'autre, longs doigts, une bague discrète – beau diamant. La veste de couturier ouvre sur un corsage blanc, dont le décolleté dévoile la dentelle du balconnet, généreux – sa poitrine, plutôt menue, s'en décolle parfois. Un pendentif nacré oscille au bout d'une chaîne argentée – son regard nage un bref instant entre ses seins. Le menton sévère, mais un charmant sourire.

« Oui ? »

Nathalie, Nathalie, *Nathalie*…

« Cette inclinaison malséante nuit à mes affaires, s'était-il plaint lors d'un dîner. — Vous êtes un chasseur, commandant. Nombre de mes patients aimeraient, comme vous, conjuguer si brillamment leur nature et leur profession. Et envieraient vos succès féminins ! — Ne croyez pas les journaux. — Les tables voisines regorgent de femmes qui pourraient consulter dans mon cabinet et beaucoup vous regardent. Vous, hélas… — L'une d'elles m'a dit que j'étais un collectionneur. — Elle pensait aux ailes des papillons… — Ne riez pas. Elle l'aurait proféré comme une insulte en claquant la porte, je l'aurais oublié. Elle… en le disant, elle avait la bouche gourmande, et cela m'a inquiété. — Pourquoi, diantre ? — Je ne sais pas, justement. Probablement parce que c'est ça, ma nature. — La femme idéale demeure une utopie. Vous n'espérez pas mettre la main sur le trésor de l'Atlantide, non ? — L'Atlantide n'existe pas. L'illusion de la femme idéale me suffit, pourvu qu'elle perdure. — La vie n'est faite que de changements. Mais je comprends votre aspiration. Vous n'avez jamais rencontré quelqu'un avec qui… » Il avait fait signe que non de la tête et s'était détourné. *Patience*…

Décidément, cette visite impromptue drague loin dans sa mémoire et ne fouille pas dans les recoins les plus affables. D'autant qu'il vient d'entendre l'Ivrogne – pourquoi lui ? – conclure à la place du psy : « Chacun vient en son temps. »

Il se frotte les mains et se décide à regarder la jeune femme droit dans les yeux – pourquoi dit-il encore « la jeune femme », pourquoi pas son prénom ?

Nathalie, Nathalie, *Nathalie*…

La jeune femme – non : Nathalie, Nathalie Derenoy – se redresse dans le siège stylé des visiteurs dont l'inconfort écourte l'entrevue. Le médaillon ovale qui joue gentiment dans sa gorge représente une sirène. Assise depuis un moment, son regard ne s'égare pas sur les bibelots, mais le fixe également, remarque-t-il.

« En quoi puis-je vous apporter mon aide ?

— J'ai beaucoup de questions…

— Vous affirmiez n'en avoir que pour quelques minutes…

— Oh… Je ne suis pas pressée.

— Vous l'étiez tout à l'heure.

— Je vous rencontre, enfin. »

C'était idiot, présomptueux et dramatiquement adolescent, mais Petrack décide de laisser ces quelques mots en suspens pour savourer le double sens qu'il se plaît à leur deviner.

Nathalie… *Pourquoi pas*.

2

« Derenoy… C'est un nom de souche française, n'est-ce pas ?

— Mais je suis américaine. Ma famille vient de France et figure même parmi les tout premiers immigrants. Pas nécessairement des volontaires, semble-t-il… À cette époque, peupler un nouveau continent représentait une opportunité idéale pour se débarrasser des fortes têtes. Le roi avait ce pouvoir, il ne s'en est pas privé. Ma mère agaçait mon père en affirmant qu'il fallait y voir l'origine du caractère des hommes de la famille… On les dit durs en affaires, depuis toujours.

— Derenoy, répéta-t-il en feignant de ne pas saisir l'allusion. En un seul mot. Comme s'il y avait eu une contraction du nom et de la particule ?

— Un acte symbolique. En mettant le pied sur le Nouveau Monde, mes aïeux ont abandonné les privilèges de l'Ancien. C'est une vertu très américaine, vous ne trouvez pas, que de positiver son exil. Le roi les bannit, ils bannissent sa noblesse…

— Mais Nathalie reste un prénom typiquement français. Vous avez gardé le "h" ?

— Oui. Cette traversée de l'océan est considérée comme une renaissance du point de vue familial. Nous restons très attachés à ce symbole. Depuis, à l'exception remarquée de ma grand-mère, nous célébrons cette nouvelle existence en donnant à chaque premier-né le prénom des plus âgés de ces aïeux. Nathalie pour les filles, avec un "h", et Pierre pour les garçons… Peter, parfois. Les autres enfants reçoivent des prénoms plus en relation avec leur entourage : devoir de mémoire et volonté d'intégration. »

La jeune femme – Nathalie – marque une pause et se penche légèrement pour jouer avec son pendentif. Le revers du bijou représente également une sirène, délicatement gravée dans l'argent. Quand le regard de Petrack s'en éloigne pour le cendrier volé dans la goélette, elle reformule la question qui a ébranlé ses réticences.

« Et vous, commandant ? Que savez-vous de vos origines pirates ?

— La presse en a fait suffisamment écho…

— Je m'en souviens, oui… Les généalogistes ont formellement démenti avoir jamais été mandatés pour une telle mission. Cela n'a pas arrêté les journalistes, cependant. Ils semblaient si sûrs d'eux… "Le commandant Petrack voudrait être un pirate", avait-on titré. Et encore : "L'aventurier s'encanaille".

— Où voulez-vous en venir ? »

Il regrette aussitôt la dureté du ton de sa réplique. Fera-t-elle allusion à Jack Blackjack ? La parution de ces articles remonte à la période des premiers ennuis sérieux de Jack, suspecté de vol de biens nationaux. Leur association était encore récente et l'opinion prête à tous les amalgames. Si elle laisse sous-entendre que son aura a très opportunément tiré profit de cette campagne de presse, alors elle le tient de Jack – ce qui signifie qu'ils ont partie liée.

« Tous ces articles auraient pu vous donner envie de savoir… Une fois l'attention retombée… Difficile de ne pas vous imaginer des origines slaves. Les plus anciens mythes grecs viendraient du Nord, vous le savez ? Bien sûr. Les Uskoks ne sont pas que de farouches guerriers contraints de fuir leurs terres, mais d'habiles diplomates. Obtenir la bénédiction de l'Église parce qu'ils s'en prennent à la flotte ottomane, cela tient du génie, n'est-ce pas ? Surtout qu'ils s'attaquent aussi bien aux navires de la Sérénissime… Qui aurait songé que ces soldats, qui ignoraient absolument tout de la mer, deviendraient ces redoutables pirates de l'Adriatique quand les Habsbourg les ont recrutés ? En voilà qui ont amèrement regretté de tant rechigner à leur verser leur solde… Après tout, n'est-ce pas leur ignorance qui a permis aux Uskoks de concevoir leurs vaisseaux ? Fait remarquable, cette absence de tout préjugé nautique leur inspire des galères si légères et maniables qu'ils prennent de vitesse les autres marins… Quelle aventure fascinante ! De fuyards à mercenaires, et tout à la fois pirates et "combattants de la liberté catholique"… Et voilà qu'ils obtiennent le droit de revendre en toute légalité leur butin sur le marché international de Trieste. »

Entend-elle lui signifier que sa respectabilité n'est qu'une façade ? Que, jeune Yougoslave parti de rien, il s'est ménagé de solides alliances dans le seul but d'agir en Uskok ?

Son débit est trop rapide pour une feinte. Elle récite. Les tournures ont été écrites, répétées. Comme une introduction lors d'un oral… Elle désire briller ou cherche à vaincre sa timidité.

« Votre analyse trahit votre formation, lui retourne-t-il aussitôt. Les historiens dégagent trop volontiers du passé des schémas contemporains, ils aiment les effets d'annonce. Vous décrivez la suprématie du sloop sur le galion, et moins la piraterie de toujours qu'une organisation typiquement corsaire. »

« *Et même malouine* », pourrait-il préciser, si cette indication ne ramenait pas l'Ivrogne au premier plan de ses pensées. Les aïeux du vieil historien étaient-ils réellement corsaires ? Il le prétendait et Anton l'avait admiré puis haï pour cela. Ce privilège devait lui revenir à lui, lui qui était devenu le voleur du port alors qu'il n'avait pas onze ans. Étrange, après tant d'années – plus de quatre décennies ; non : quasiment cinq – que cette humiliation infantile resurgisse…

« Et vos origines pirates ? » répète-t-elle.

Cette insistance le surprend et il entend Anton répliquer : « Non, je suis devenu un pirate par ma seule volonté ! » Heureusement, le commandant n'a pas ouvert la bouche – excellente habitude, et nécessaire, que de se forcer à marquer un temps avant de répondre.

« Je suis d'origine dalmate. Les Uskoks n'officiaient pas très loin, mais de là à m'imaginer en descendre… Autre chose sur ce sujet ? Vous disiez que vous aviez besoin de mon aide…

— Non… Enfin, oui. Ces doubles énoncés me perturbent toujours. Non, je n'ai plus de questions à ce propos. Oui, j'ai besoin de vous. »

La formulation rouvre la perspective charmante, d'autant qu'elle n'enchaîne pas aussitôt – à son tour ? Ce silence l'amène à se poser un : « *Qu'attend-elle de moi ?* », qui se transforme immédiatement en un : « *Et moi, qu'est-ce que je veux d'elle ?* » À moins, se reprend-il, qu'il s'agisse là de simples automatismes, de leurres commodes et efficaces au service d'une discipline permanente afin de ne pas *décrocher*. Est-ce pour s'en protéger que ses premières pensées ont tourné sur la thématique de l'âge et de la vigueur du corps ? Entre mélancolie et ivresse soudaines, n'a-t-il si impérieusement envie d'elle qu'afin d'exprimer la détresse de ne plus être assez jeune ?

« Vieillir, c'est choisir ! Un sale jour, vous réalisez que vous n'avez plus le loisir de mener dix projets à la fois. Le temps nous est compté, mon vieux ! Ça a toujours été le cas, mais là, tu le sais, tu sais à quel point c'est vrai, incroyablement vrai… Et tu dois choisir : qu'est-ce qui compte vraiment pour moi ? Qu'est-ce qui est important ? C'est ça que les jeunes prennent pour de la sagesse, comme si on pouvait faire autrement… » Qui lui a assené de tels propos ?

Sur le moment, ça sonnait étrangement juste. Mais, là... Non. Ce n'est pas aussi simple.

Qu'est devenu l'enthousiasme d'Anton ? Vieillir ne tient pas à l'usure du corps ni au décompte du temps, mais à l'épuisement de l'ardeur. Il aimait tellement les pirates. Comment disait-il à l'époque ? Cette cave où ils entassaient leur butin – leur « trésor ». Voilà. Le mot trésor convoquait sa jeunesse, il lui imposait de *partir*, il exigeait sa vie entière et sa vie entière ne serait jamais assez... De fait, sa carrière se confond au mot trésor, sa réussite il la doit à ses découvertes, sa réputation à sa générosité de mécène. Les muséologues chargés des expositions qu'il autorise abusent du terme, tout comme les journalistes qui accompagnent ses expéditions. On le célèbre et on le respecte pour sa faculté à retrouver les trésors perdus – navire sombré, convoi disparu, salle secrète, chef-d'œuvre égaré. Oui, on peut le considérer comme un spécialiste, l'expert en trésors – Nathalie le consulte probablement pour ça. Petrack s'est construit une légende, celle du commandant – riche, chanceux, excentrique...

Que peut-il vouloir encore, lui qui a tout ?

Qu'est-ce qui est important ?

Son regard n'a pas quitté le cendrier de bronze, toujours à portée sur son bureau – de toute sa fabuleuse collection, cet objet demeure l'un des seuls indispensables, avec le fanion blanc. Il relève les yeux vers elle. Que sait-elle ?

Quand il a racheté la goélette, il en a fait effacer tout ce qui lui rappelait l'Ivrogne ; mais, en montant pour la première fois à bord de *son* navire, il avait repensé à ce que le vieil historien lui avait dit, tout au début, et qu'il avait oublié, au point même de ne l'avoir jamais consigné : « Vivre, c'est toujours avoir un rêve au fond de sa poche ! » L'Ivrogne lui avait alors désigné une bouteille presque vide de rhum bon marché et Jak avait haussé les épaules : des rêves comme ça...

« Je n'ai rien d'un pirate », ajoute-t-il. Mais il recroqueville ses orteils, bien que ses pieds soient cachés par l'épaisse table de son bureau. Qu'est-ce qui lui a échappé ? Il a interrompu sa réflexion trop tôt et la seule image qui s'associe spontanément à ce regret l'incite à enfoncer ses mains dans ses poches pour vérifier qu'aucune n'est percée.

« Vous souhaitiez me parler des vaisseaux fantômes... enchaîne-t-il.

— Pas "les", mais "le" vaisseau fantôme. L'archétype des légendes.

— Des légendes ? Ah, c'est donc cela. On me prête beaucoup en la matière, ce serait ma source d'inspiration ! Voyez-vous ça... Non, les légendes sont les fruits de l'Histoire, magnifiques et délicieux, je vous l'accorde. Mais, une fois savourés, il n'en reste rien.

— Le fruit donne naissance à l'arbre.

— Certes, l'image est imparfaite.

— Peut-être pas... Tout arbre naît d'un fruit, non ? Peu importe combien de fruits sont nécessaires pour qu'un seul y parvienne. C'était la théorie de ma grand-mère, du moins... Nous sommes archéologues ou historiennes de mère en fille, c'est une tradition familiale, en quelque sorte. Une autre... Encore que depuis trois générations seulement. Nos maris – je ne suis même pas fiancée, mais je redoute de ne pas y échapper – sont capitaines d'industrie, avec une prédilection pour le pétrole. Ils sont le présent, nous sommes le passé. C'est une devise de famille, une devise secrète du côté des femmes, bien sûr. Pas tout à fait juste, non plus : nous portons l'avenir. Les enfants, vous voyez ? Bref, ma grand-mère – Virginia, tout le monde l'appelait Virginia, mais elle aurait dû se prénommer Nathalie, déjà une originale... – disait à ma mère qu'elle était folle... Folle de ne pas croire que certaines légendes disent vrai.

— "Es-tu sûr que cette légende soit vraie ?"

— "... que cette légende soit *la* vraie". Baudelaire. *Les Fenêtres*. Oh, excusez-moi ! Quelle grossièreté, mais… mon père a toujours été intraitable avec la précision. Pour mon éducation, je veux dire. C'est… c'est devenu un vrai tic, je m'en rends compte. J'étais insupportable en amphi. Il me reprenait sans arrêt. Pardonnez-moi, commandant… Je ne recommencerai pas. C'est un étrange poème, vous connaissez? Vous qui avez parcouru dix fois le monde… Selon moi Baudelaire sous-entend que l'on voyage davantage en regardant une fenêtre close qu'en l'ouvrant sur le dehors…

— Ce doit être un précepte universel et intemporel: les plus anciens taoïstes l'affirmaient également. Quelques mots qui s'accordent agréablement pour une parure de sagesse: l'esthétique poétique est mélodique, son discours ne résiste pas à l'analyse.

— Pourtant, Freud louait l'intuition des poètes.

— L'intuition des poètes…

— "Je sais que la poésie est indispensable, mais je ne sais pas à quoi."

— Cocteau, pas Freud, se surprend-il à répondre comme un élève.

— Vous connaissez bien la littérature française.

— Pas vraiment, non… J'ai vu *La Belle et la Bête* et lu quelques articles qui allaient avec.

— Bien sûr, votre mémoire… J'ai lu ce magazine où l'on compare votre formation avec celle que Conan Doyle a imaginée pour son détective – *Le Sherlock Holmes des mers*. Je vous envie. Je ne retiens que ce que j'ai lu au moins deux fois, après bien des années d'un difficile apprentissage.

— Ma mémoire… Ma formation… Quel paradoxe, non? Savez-vous pourquoi les journalistes adorent parler de moi? Mon personnage se prête à leur jeu favori, contraindre les faits jusqu'à les glisser dans les moules du romanesque, car on leur rabâche que leurs lecteurs ne veulent rien d'autre. *Le Sherlock Holmes des mers*… Inutile d'aller plus loin, le portrait est planté! Quoi que vous lisiez ensuite, vous ne retiendrez que ce qui se réfère à cette inclinaison. Mon métier exige de moi très exactement la démarche inverse : je brosse, je récure, je lave l'Histoire de ses interprétations. Je raccommode, aussi, et je découpe des pièces pour boucher des trous. Vous imaginez Sherlock Holmes en train de repriser ? »

Il sourit à lui-même, regardant ses mains, les ouvre en redressant la tête.

« Ma méthode se fonde sur le travail, mais quand les photographes ne se contentent pas de m'immortaliser auprès de mes trophées, ils me veulent en mer. Compulsez mon dossier de presse, c'est édifiant. Sur cent photos, une seule doit me montrer devant un livre ! Et encore, probablement dans une bibliothèque ancienne avec de belles lumières dorées… Aucune devant mon ordinateur.

— Vous êtes un personnage public…

— "Balivernes et billevesées !", comme je suis censé m'exclamer, de temps à autre… Ce n'est pas tant qu'ils me veulent ainsi que le fait qu'ils m'*immortalisent* ainsi. Je finis par les inviter à m'accompagner et, sur le gaillard d'avant, je prends la pause… Sherlock Holmes ferait quoi ? Il s'isolerait pour taquiner l'âme de son violon ? Ou bien, engoncé dans son fauteuil, il épuiserait une pipée d'énigmes ? Moi, je m'appuie contre le bastingage, je plisse les yeux et je regarde fixement l'horizon, droit devant… Ça fait de bonnes photos. Mais tandis qu'ils me mitraillent comme s'il y avait urgence, je pense à ce que je fais et je m'interroge. Dans cent ans, dans mille ans, quelle idée se fera-t-on du commandant Petrack à partir de ces photos ? Quels indices conduiront à l'intuition que ce n'est pas moi ? Comment, de mon côté, dois-je m'y prendre pour exhumer des informations utiles de ce qui passe pour être aussi bien d'authentiques anecdotes que de simples fables ? Voilà mon travail : réduire tout ce qui flatte l'imaginaire à la crudité d'une succession de faits.

— Dépouiller la vérité nue des parures du mensonge… Quel est le beau jeune homme qui se cache sous la Bête ?

— Ou quelle garce dans son charmant otage…

— Pour ce que j'en sais, le conte ne se termine pas ainsi…

— La fin qui est dite n'est pas tout.

— Je ne connais pas grand-chose aux contes – mon père estimait que ces fadaises n'aboutissaient qu'à perdre son temps…

— Elle est innocente, c'est une bête…

— … que l'amour métamorphose ?

— L'amour ? Quelle sottise. La chair.

— Nous sommes d'accord. Sous le masque de la vertu, cette gracieuse amourette se révèle une initiation dont le sens discret échappe à son public. C'est ça, votre force.

— Ma force…, répète-t-il pour ne pas relever que la Bête s'interpose entre la Belle et son père.

— Vous ne vous laissez pas distraire… Mais j'ai lu que vous exécriez toute forme de fiction.

— Seules les légendes en prise avec l'Histoire m'intéressent, effectivement.

— Alors, pourquoi *La Belle et la Bête* ?

— Simple exercice de routine. Les techniques narratives des fictions avouées se retrouvent dans la déformation involontaire des témoignages : se souvenir, c'est fabriquer une histoire.

— Vous êtes un homme étonnant… Incroyablement plus subtil que votre personnage public.

— Subtil ? Complexe, mais certainement pas délicat.

— Brutal ? »

Il en dit trop. Quel jeu joue-t-elle ? Il devient vulnérable, il désire poursuivre ; c'est un moment rare, il a envie de l'amener à préciser sa double pensée.

« Je ne sais pas… », répond-il sans se donner plus de temps.

Elle bouge sur son siège. Il regarde ses lèvres s'entrouvrir et se refermer après un souffle qui a bombé sa poitrine puis détendu sa gorge, refusant d'imaginer le mouvement de ses jambes qui se croisent.

3

« Virginia… ma grand-mère a beaucoup compté pour moi. »

Elle a coupé sa phrase en deux et sa main accompagne les derniers mots en une délicate caresse délinéant les sirènes du cendrier de bronze.

Que sait-elle, exactement, du rachat du *Nathalie* ?

« Je lui dois mon premier sujet de thèse.

— “Le” vaisseau fantôme…

— Hum… »

Sa main s'est portée à la base du pendentif, qu'elle pince en le faisant lentement onduler.

« Tout à l'heure, je vous ai menti. »

Elle baisse sa tête sans se préoccuper du manège des sirènes contre sa gorge.

« Ma thèse portait sur les pirates…

— Pourquoi ?

— Vous trouvez le sujet trop masculin ? On me l'a reproché, effectivement. »

Sa main a libéré les deux sirènes, elle le fixe de ses yeux ni vraiment bleus ni vraiment verts.

« Avouez que si je vous avais parlé d'un travail de plus sur les pirates, continue-t-elle sans faillir, vous ne m'auriez pas reçue avant deux mois… pour me décommander à la dernière minute. Non, commandant, je voulais vous voir, et vous voir vite.

— Ce n'était pas ma question », la coupe-t-il sèchement.

Il ne lui reproche pas d'avoir forcé sa porte – il l'a ouverte –, ni même ce mensonge minuscule – ruse de gamine inaugurée par le premier sourire récompensé par une friandise –, il l'inspecte, la sonde, la déshabille.

« Ma question est : pourquoi "le" vaisseau fantôme ?

— Pour "les", c'était ma première option ; pour "le", c'est l'option que je n'avais pas envisagée. »

Belle maîtrise, bien que… Ce n'est pas une repartie improvisée, mais une formule étudiée. Apprise, très probablement. La voix n'a pas chevroté et l'intonation n'a pas varié – il aime ce registre –, mais la respiration s'est prolongée juste avant et a rattrapé son retard juste après.

« Et que trouverez-vous cette fois pour me convaincre de vous écouter plus longtemps ? la force-t-il davantage. Alors ? Je vous donne une minute…

— Ma grand-mère s'est rendue sur les côtes dalmates quelques années après que la Yougoslavie a pris ses distances avec Moscou. Savez-vous pourquoi ?

— Du tourisme ? L'Italie est si proche… Des "bolcheviques" qui ouvrent leurs ports de carte postale aux plaisanciers américains, ça devait valoir le coup d'œil, non ? »

Non. Bien sûr que non. Lui qui se targue d'envisager chaque problème sous toutes ses facettes, les plus évidentes comme les moins prévisibles, et qui y excelle depuis le plus jeune âge, il a négligé de sonder l'Ivrogne sur la raison de ces deux séjours à une année d'intervalle… Incroyable ! Impardonnable…

Et puis, comment avait-il tant tardé à le rencontrer ? Lors du premier passage du *Nathalie*, et du vol de son tout premier trophée, il ignorait jusqu'à l'existence du vieil homme. La seconde fois semblait encore moins compréhensible : Anton et Jak avaient espionné la goélette, puis ils l'avaient visitée et inspectée de fond en comble. Ni l'un ni l'autre n'avaient suspecté la présence d'un quelconque passager autre que les membres d'équipage, son propriétaire excentrique et sa nouvelle et si jeune compagne. Pourtant, celui qui surgirait d'un canot après le départ du *Nathalie* figurait, en bonne place, sur le cliché paru dans la presse locale.

Peut-être doit-il aborder autrement la question : pourquoi l'Ivrogne n'avait-il pas pris l'initiative de lui expliquer la raison de ses deux visites ?

« Les pirates, bien sûr...

— Je vous l'ai dit : les Uskoks sévissaient beaucoup plus au nord !

— Elle ne s'intéressait pas à ces pirates-là... La goélette n'a fait escale pour se ravitailler que dans un seul port dalmate, celui de votre enfance, continue-t-elle avec plus d'assurance. Mais ils revenaient d'Omis, à l'embouchure de la Cetina.

— Je sais où se trouve Omis.

— Et ses pirates ?

— Ils officiaient bien avant les Uskoks, dès le Moyen Âge.

— Ils les ont même précédés jusque dans le choix de leurs proies, vaisseaux byzantins aussi bien que vénitiens. Et ils ont tenu plus longtemps que bien d'autres, plusieurs siècles, malgré de grands ennemis. Pourtant, l'Histoire les a oubliés, mais pas le cinéma.

— Vous parlez des gorges de la Cetina ? C'est vrai qu'elles sont taillées pour Hollywood. Leur passage est si étroit qu'aucun navire ne peut remonter le fleuve, sauf ceux des pirates, taillés sur mesure... Et puis, il y a cet écran d'eau qu'ils traversent et qui les cache du large... Ça semble directement extrait de l'imagination d'un adolescent...

— Mais c'est la réalité. »

Anton rattachait ces embarcations aux drakkars, conçus pour naviguer dans un sens comme dans l'autre, mais également démontables afin de franchir à pied certains obstacles lors de leurs incursions fluviales. Mais, ce soir, il se demande soudain ce que la cataracte de l'Île noire peut devoir aux gorges de la Cetina.

« Que cherchait votre grand-mère ?

— Virginia ? Des bribes de vérité... et accessoirement des documents, des indices, une preuve, quelque chose qui rattache l'un de ces pirates aux Caraïbes... Le Molosse.

— Le Molosse ? Je n'ai jamais entendu parler de qui ou de quoi que ce soit qui réponde à ce nom !

— Ce surnom. On l'appelait le Chien, également. Voire le Chien italien ou le Molosse du pape, en raison d'un séjour à Rome dont il se flattait, bien avant de se faire appeler frère Pietro. Lui-même se plaisait à aboyer son nom en espagnol !

— Aboyer son nom ? Que voulez-vous dire ?

— Quand les Espagnols l'interpellaient, il jappait comme un roquet le mot "chien" en espagnol : *Perro*.

— Ce n'est pas des plus distingués, mais de la part d'un pirate...

— Nous retrouvons à l'île de la Tortue un pirate qui répondait au nom très français de Pierre Domiche.

— Et vous pensez qu'il s'agit du même homme.

— Tout coïncide. Le Molosse s'éclipse là, où et quand Pierre Domiche apparaît. Et inversement.

— Il n'était pas rare à cette époque de désigner quelqu'un par son prénom accolé à son métier ou à son pays d'origine. En rectifiant la transcription phonétique française, Domiche deviendrait d'Omis ? Et Pierre Domiche, Pierre qui vient d'Omis...

— Belle déduction ! Virginia a fait la même, mais cela lui a pris des années. Elle a longtemps cherché une ville ou une simple localité italienne se nommant Domis ou Omiche ou toute chose proche phonétiquement...

— Les pirates dalmates importunaient l'Empire romain à son apogée. L'Italie est indissociable de notre histoire.

— Le choix de son prénom d'emprunt, Pierre, ou Pietro, n'est pas à négliger. Le prénom vous est donné à votre naissance ; en choisir un autre, c'est affirmer une sorte de renaissance. Pour un Italien surtout, ce prénom possède une forte connotation religieuse. Pierre est le premier pape, le fondateur de l'Église…

— Il n'a pas changé de prénom, l'interrompt-il.

— Vous en avez donc entendu parler !

— Non, mais je suis croate, et en Croatie Pierre se dit *Pero*… Les Espagnols pensaient l'insulter en le traitant de chien, mais ils l'acclamaient – et, lui, il leur retournait bien le compliment. »

Ce n'est rien, mais elle se réjouit de cette trouvaille avec un sourire d'une spontanéité à la juvénilité troublante. Son regard l'embrasse aussitôt sans retenue, franc, enthousiaste, complice – loin, si loin de ceux qu'il suscite, depuis trop longtemps, lors de dédicaces ou de dîners, quand son interlocutrice cède au contraste de l'âge et découvre du charme dans l'expertise.

« Je suppose que vous lui avez trouvé d'autres identités… enchaîne-t-il pour se recentrer sur la vraie raison des séjours de l'Ivrogne.

— D'autres ? Plusieurs autres ? Non, aucune. Pourquoi ?

— Comme ça… Et, physiquement, avez-vous quelque chose ? Un homme plutôt banal ?

— Banal ? Pas lui ! Difficile à oublier : petit, trapu, une barbe hirsute et bouclée, des rides du nez jusqu'au sommet du crâne, tuant et buvant jusqu'à plus soif.

— “Jusqu'à plus soif”… Pourquoi Virginia s'intéressait-elle au Molosse ?

— Vous répondre demandera un peu de temps… Beaucoup plus que la toute petite minute que vous m'avez accordée…

— Vous me donnez le mal du pays, je vous accorde ce temps. »

Petrack se renfonce dans son fauteuil, satisfait. Une fois dans le vif du sujet, il ne se laisse jamais détourner de son travail. Elle peut minauder, se trémousser ou même se dévêtir langoureusement, si ça lui chante, elle n'existe plus sur le plan impérieux du désir – bien qu'il ait pleinement conscience de son envie de la connaître dans ce moment furtif qui suit l'extase et précède le commentaire, quand le corps délivré de la tension se relâche et que le mouvement des mains, la position des jambes, l'expression du regard ou l'infime frémissement des lèvres exposent l'âme secrète…

Il parvient à adopter ce sourire asexué qui autorise toutes les confidences. Elle lui retourne un sourire qui ne cherche pas à masquer sa satisfaction.

« En deux mots : on retrouve la trace du Molosse à Rome, bien après l'avoir perdue dans les eaux des Caraïbes. Jusqu'à ce soir, je pensais que son prénom d'élection sur l'île de la Tortue annonçait sa conversion en frère Pietro, car il s'est fait dominicain… Et que, d'une certaine façon, il a contribué à fonder une communauté déiste, *Libertalia*.

— *Libertalia*… La "colonie égalitaire"…

— L'exemple majeur de mon sujet de thèse : "Des opportunités politiques des pirates, des Frères de la côte à l'océan Indien".

— Misson aurait donc existé ?

— Il est avéré que des recruteurs ont parcouru les côtes de Madagascar en son nom.

— La polémique est officiellement close ?

— Plutôt endormie, comme tant d'autres…

— Le lien avec Pero d'Omis ?

— Carracioli était dominicain. Sa rencontre avec Misson est légèrement postérieure à l'arrivée de Pero d'Omis à Rome. Tous deux se sont fréquentés.

— Pero aurait influencé l'inspirateur de Misson ?

— Comment expliquer que Carracioli ait embarqué justement quelques mois après cette rencontre ?

— Peut-être… Vous m'étonnez. Fonder sa thèse

sur la dimension politique de la piraterie, pourquoi pas ? Mais l'illustrer par une communauté – libertaire et déiste – dont l'existence n'est pas attestée… Vous aimez prendre des risques, et jouer avec les paradoxes.

— Question de famille, puisque le sujet m'a été inspiré par la bibliothèque de ma grand-mère. Notre principal lien. »

Petrack se surprend à jouer avec l'idée qu'elle le désigne, lui, par ces mots, alors que cela signifierait qu'elle sait qu'il est monté à bord du *Nathalie* quand sa grand-mère s'y trouvait. Sa biographie publique ne laisse aucun doute quant à ses origines dalmates ou sa date de naissance, mais personne ne peut connaître ce détail ; il y a veillé. Nathalie poursuit en levant toute équivoque. Il n'est pas déçu, mais…

« Ma mère avait hérité de cette bibliothèque qui occupe une très grande pièce chez nous. Quand j'étais enfant, je n'en comprenais pas la raison, mais elle était toujours fermée à clé. Ce n'est que plus tard que j'ai remarqué les dispositifs pour préserver les manuscrits et les incunables qu'elle renferme. Toujours est-il qu'un soir, j'ai trouvé la clé. Je n'ai jamais oublié à quel point il était excitant de m'y faufiler en cachette de mon père et des domestiques.

— J'imagine, admet-il en essayant de se représenter ce que la transgression d'une règle si banale peut représenter pour une petite fille décidée à échapper à la surveillance de toute une domesticité…

— Beaucoup d'ouvrages portaient des titres austères, innombrables étaient ceux rédigés dans des langues que je n'identifiais pas. Ma curiosité d'enfant se trouvait plus volontiers attirée par les couvertures exotiques qui recelaient parfois des trésors : de belles planches imprimées rehaussées d'aquarelle patiemment passée à la main… Que de rêves s'ouvraient à moi ! Contrairement à tout ce qu'on m'inculquait, Virginia ne sacralisait pas ses livres. Les miens devaient être protégés par un film plastique et je n'avais pas le droit d'écorner la moindre page, même discrètement. Mais elle, elle s'autorisait à griffonner dans la marge, à souligner certains passages, voire en biffer rageusement au stylo plume ! Sans compter les taches. Et cela, quelle que fût la valeur de l'ouvrage… Cette liberté me la rendait encore plus sympathique. Avec l'âge, j'ai commencé à remarquer que ses choix étaient assez éclectiques. L'immense majorité de son fonds relevait des références les plus prisées, avec des pièces rares. Mais d'autres n'étaient que des éditions commerciales ordinaires. Oh, je ne dénigre pas leurs auteurs, certains ont connu leur heure de gloire, mais à l'évidence ils devaient vendre leur nom pour financer leurs recherches. Généralement, ces livres n'avaient guère retenu son attention, les pages de certains n'étaient toujours pas coupées. À l'exception d'un seul : deux pages de sa préface étaient pliées sur toute la hauteur – un tel sacrilège ne pouvait que captiver mon attention. Qui plus est, il était illustré… Le titre sonnait pompeux : *Histoire mondiale de la piraterie*, pas moins… Peut-être en raison de l'intérêt que Virginia lui avait manifesté, ou de ses illustrations que je trouvais terrifiantes à cette époque, mais je me suis attachée à ce gros livre, si lourd que je devais le poser sur le parquet pour le lire allongée. Je ne suis jamais entrée dans la Bibliothèque interdite sans le saluer de la main ou du regard… »

Depuis longtemps, il sait refréner ce réflexe qui incite à relever les coïncidences et les expériences communes, ces petites pulsions enthousiastes qui favorisent une complicité superficielle mais si délicieusement urgente. La tentation est rude, ils partagent beaucoup. En tirerait-il avantage ? Probablement pas. Mais elle ? En gardant cette information pour lui, il peut peaufiner ses premières impressions.

Petrack l'imagine à nouveau ce matin au moment de la touche de parfum, après avoir opté pour la jupe et la dentelle, son agenda non loin – cuir souple, ses initiales ferrées à l'or fin, feuilles bistre et tranche pourpre. Son écriture – ferme et raffinée, chaque lettre formée – fleure l'application d'une remarquable éducation. Enfant, il la devine cernée nuit et jour par un essaim de précepteurs et de gouvernantes ; la petite fille se flatte de répondre à leurs exigences, mais ce n'est jamais assez. Puis, il la voit la trentaine passée, savourant le plaisir encore vorace de saloper les pages de son bel agenda, étrenne régulière d'un père très occupé, qu'elle range à chaque Saint-Sylvestre dans une boîte élégante, veillant néanmoins à la chronologie.

Sa rébellion bourgeoise suit un processus de germination lente, initié par les forbans enluminés de la Bibliothèque interdite – à la clé accessible à une enfant sage. Sa vision du monde s'en trouve corrompue ; le sujet de sa thèse pue le romantisme bon marché.

Le commandant Petrack songe à ses propres cahiers, dans lesquels, à onze ans, il n'a rien laissé transparaître qui permette de suspecter qui il était, déjà : un voleur.

4

« Virginia avait entouré au crayon gras deux extraits de cette introduction, l'une en rouge, l'autre en bleu. Le maître d'ouvrage – c'est un livre collectif – citait d'abord Daniel Defoe, alias le capitaine Johnson, pour qui chaque pirate "s'imaginait être un capitaine, un prince ou un roi". L'auteur entend ainsi leur attribuer une certaine naïveté, propre à l'enfance, une propension à l'idéalisation d'un rêve.

— Un pirate idéaliste, la coupe Petrack, on peut y croire quand on a onze ans, et encore…

— Onze ans ?

— De quelle couleur avait-elle souligné Defoe ? s'empresse-t-il de demander.

— Rouge. Mais je ne suis pas sûre que cela signifiait quelque chose en soi… Les lignes suivantes infléchissent cet argument. Elles rappellent qu'ils étaient solidaires par nécessité – sur un navire, mieux vaut s'entendre ! –, et rebelles par nature ou circonstances. Bannis, ces hommes, mais ces femmes aussi, refusaient toute forme d'autorité, et cette tendance se transformait en une lutte au profit de valeurs contestataires d'égalitarisme, voire de collectivisme. N'est-ce pas ce qui distingue les Frères de la côte de tous les autres pirates de l'Histoire ?

— Cette vision politisée me laisse toujours dubitatif…

— Vraiment ? Leur liberté était tout, leur vie comme leur mort, sans aucune attache.

— Vous avez dit le mot juste : "leur" liberté, pas "la" liberté. Si l'on accepte que le pirate soit seul en guerre contre le monde, pourquoi se soucierait-il du bien-être d'autrui ? Les autres, tous les autres, sont ses ennemis.

— Pourtant, vous le savez certainement, Marx aurait eu pour ami Jean Lafitte…

— Lequel fut également esclavagiste… Vous voyez, évoquer leur idéal peut induire quelque confusion, il s'évalue difficilement selon nos propres critères. N'est-ce pas le plus gros écueil de l'Histoire, le passé révisé par des contemporains ? Nous aimerions qu'il en fût ainsi…

— Peut-être… » Elle écourte la digression.

Le commandant la regarde se redresser sans affectation sur son siège à la forme incommode – dans le vif de la conversation, l'étudiante en jean resurgit. Petrack a envie de se lever lui aussi pour faire quelques pas. L'évocation de l'*Histoire mondiale de la piraterie*, de Defoe, d'un « pirate idéaliste » l'a de nouveau ramené sur le quai du port de pêche et aux sermons de l'Ivrogne – Anton cherche à s'imposer…

« Je vous en prie, continuez, Nathalie… s'efforce-t-il de prononcer.

— La seconde citation, en bleu, conclut ce sujet. Elle émane de Voltaire : "Jamais les Romains ne firent des actions aussi étonnantes. S'ils avaient eu une politique égale à leur indomptable courage, les flibustiers auraient fondé un grand empire en Amérique." Elle introduit un court développement rappelant que l'alliance des flibustiers et des boucaniers des Antilles sapait la suprématie hispanique dans les eaux du Nouveau Monde ; ils pouvaient réunir une véritable flotte de guerre ou se lancer à l'assaut de places fortifiées, sous la bénédiction des Anglais, des Français et des Hollandais… Alors, pourquoi ne pas franchir le pas et s'approprier les Amériques ?

— Ce qui vous étonne, c'est qu'ils en aient le pouvoir mais pas la volonté ?

— J'ai écrit dans ma thèse : "Les flibustiers forment une fraternité parricide."

— Parricide ?

— Symboliquement. Par la rupture avec la morale de leurs origines et leur lutte permanente contre toute forme d'autorité. Et, comme tous les marins, ils épousent l'océan.

— Mais une fois en mer, tels des aveugles ils ne peuvent retrouver leur chemin. Un handicap définitif : il n'y a pas de retour possible. »

Quelle que soit la langue, Petrack associe tout synonyme de « mer » avec son homonyme en français – inclinaison qu'il revendique et explore depuis que l'Ivrogne l'a baptisé Morne-mer.

« Ce qui fait leur force leur vaudra également leur déclin. Leur navire délimite leur empire : il lui faut un capitaine, alors ils acceptent le commandement intransigeant d'un chef. Mais le temps d'une course, pas davantage. Ma grand-mère avait écrit en marge de Voltaire : "Il n'y a pas de rois chez les pirates, car être pirate, c'est être son propre roi", en grosses lettres rouges. Ces mots m'ont marquée plus que je ne l'imaginais : ils m'ont inspiré mon sujet de thèse.

— Les "opportunités politiques des pirates"…

— Je vous le concède, son titre annonce un énième essai sur les occasions ratées des Frères de la côte… De fait, la première partie de mon développement traite de la problématique de Voltaire. Cela posé, le second volet montre l'autre terme de l'alternative : non pas fonder un nouvel État, mais, ce qui est plus ambitieux, poser les bases d'une communauté idéale… Vous tiquez encore à ce mot ? Vous lui préférez "parfaite" ?

— C'est pire… "utopique" ? »

Nathalie se détache du dossier, ses épaules tombent légèrement. Cet échange lui plaît, ses lèvres s'étirent davantage comme si elle s'apprêtait à sourire. Le pensait-elle si imbu de son image qu'il ne saisirait pas les nuances de son discours ?

« Pour Thomas More, "utopie" signifie "nulle part", rebondit-elle. L'auteur d'*Utopia* n'emploie pas cette antinomie pour ancrer son assertion dans la fiction, mais pour déployer toute une série de paradoxes destinés à rendre plausible son propos. La capitale de l'île – car *Utopia* est une île – se révèle une ville fantôme ; son fleuve n'a pas d'eau ; son chef n'a pas de peuple ; ses habitants n'ont pas de toit et leurs voisins pas de pays… More peut ainsi critiquer la société bien réelle dans laquelle lui et ses lecteurs vivent.

— Ce n'est qu'un procédé littéraire.

— Probablement. Rien d'autre qu'un procédé…

— Vous ne partagez pas ce point de vue ?

— Quand j'ai étudié ce texte, je ne considérais pas les choses autrement… »

Elle froisse sa bouche et incline imperceptiblement la tête. Elle l'observe et ne relâche la tension de ses lèvres que pour poursuivre son idée.

« Les tentatives des Frères de la côte m'ont amenée à relativiser mon jugement. Voyez-vous, Misson n'était pas un seigneur et son peuple n'avait donc pas de prince ; les membres de sa communauté n'habitaient aucune ville ; leurs demeures ne possédaient pas de clôture. Quant à leurs voisins, il s'agissait ou bien des Occidentaux qui résidaient dans leurs bateaux, ou bien des indigènes, organisés en tribus et non pas en États.

— Ce qui n'a pas empêché ces indigènes de massacrer tout ce beau monde, excepté le Conservateur, qui se serait enfui… Hélas, les éléments achèvent le travail des hommes, il meurt bientôt lors d'une tempête… La fin est assez romanesque pour relancer la théorie du canular littéraire : nous ne sommes pas sûrs que *Libertalia* ait existé ailleurs que dans l'imagination de Defoe…

— Parfait ! La morale est sauve…

— Que voulez-vous dire ? »

Sa provocation l'amuse – quel professeur vient-elle de copier pour relancer son attention ?

« Les utopistes de Misson vivaient en bon voisinage avec les indigènes, explique-t-elle. Bien sûr, on trouve des rivalités partout et les meilleures réalisations subissent toujours l'injure de vandales. Mais, selon le principe des romans policiers, "À qui profite le crime ?", on peut se demander qui avait intérêt à l'échec de cette expérience.

— Vous insinuez que les grandes nations, qui se combattaient par pirates interposés, ont trouvé un terrain d'alliance dans la lutte contre de telles communautés ? Tout ça pour empêcher l'émergence de modèles sociaux concurrents au leur ?

— Aux portes du Nouveau Monde... Il ne s'agit pas d'un essai livresque, mais de l'expérience d'un monde nouveau. »

Encore une formule, regrette-t-il. Dans son tailleur de couturier – à un bouton de chemisier près –, elle préfigure la concession déjà en marche : Peter lui concédera de s'inscrire dans la lignée des femmes Derenoy en lui offrant une carrière universitaire.

« Nous en retenons ce que nous voulons, la coupe-t-il. Son ambition idéaliste annonce que *Libertalia* sera fatalement victime d'une diplomatie barbare. Mais l'essentiel n'est pas là, et votre vision trop lyrique. N'oubliez pas que ses citoyens sont polygames ! Et s'il s'agissait d'une banale vengeance d'adultère ? »

Au moment où elle s'apprête à répondre, il l'interrompt à nouveau : « L'esthétique des idéaux nous aveugle, l'esprit n'existe pas sans la chair. » Il plante son regard sur elle. Elle change de position, prétexte dérisoire pour lui échapper. « Mais est-ce important ? » lâche-t-il une fois que, mieux installée, elle redresse la tête pour répliquer. « Par définition, tout projet utopique est condamné. More ne propose qu'une fable dans le seul but de soutenir un discours réformiste. C'est une astuce, pas un modèle.

— Alors, Platon ! réagit-elle enfin. Son prêtre égyptien situe l'Atlantide dans une île, une fois encore. Et il précise bien que "Les citoyens et la cité qu'hier vous aviez imaginés comme fable, nous dirons aujourd'hui que ce sont nos ancêtres bien réels."

— Littérature et non pas philosophie !

— Une conviction qu'il affirme dans d'autres textes aux fondements philosophiques incontestables ! Tenez, dans un des dialogues de *La République*, il déclare que le seul régime politique susceptible de délivrer les hommes de leurs malheurs est celui "qui dans nos propos est actuellement matière d'un conte" !

— Ça reste une image, rien de plus…

— Ailleurs, il prétend plier sa fiction au monde réel. Ce n'est plus un artifice littéraire, mais bien un projet politique. L'Atlantide n'est pas un simple conte.

— Simple, peut-être pas ; mais conte, certainement…

— Vous n'y croyez pas… »

Il se recule dans son fauteuil et écarte les mains en signe d'impuissance : il ne peut pas changer sa nature pour lui complaire – et s'il devait partager cette crédulité, cela signifierait que l'Ivrogne avait raison et que, d'Anton au commandant, Petrack aurait perdu un demi-siècle…

« Platon, reprend-elle avec un sursaut d'assurance, allait jusqu'à réunir les deux âges les plus opposés de l'homme – l'innocence candide de l'enfant et la sagesse du vieillard : "Forgeons une législation en paroles nous qui, tout vieillards que nous sommes, inventons comme des enfants." »

Petrack secoue la tête et contemple son bureau. Derrière sa rigueur fonctionnelle, l'espace s'humanise moins par le luxe discret qui constitue sa marque que par la disposition de quelques objets qui lui sont nécessaires. Une pièce exclusivement vouée à la réflexion. Mais, de son fauteuil, à cet instant, partout où ses yeux se posent, il s'appelle Mornemer. Il refuse l'incursion de l'Ivrogne et se raccroche aux propos de la jeune historienne.

« Vous qui connaissez bien *Libertalia*, a-t-elle poursuivi, qu'en retenez-vous sur le plan de l'expérience utopique ?

— Ce que j'en sais, répète-t-il pour renouer avec le fil de ses propos, me laisse… le souvenir d'une étonnante candeur, plutôt maladroite et… terriblement adolescente. Où voulez-vous en venir ?

— *Libertalia* n'offre qu'un seul intérêt, le secret de son origine.

— L'imagination de Defoe ?

— Ma grand-mère possédait une édition originale du livre du capitaine Charles Johnson, celle de 1724, publiée à Londres, et elle n'a entouré qu'un seul passage, le nom de Carracioli.

— Le dominicain…

— Et, dans la marge, elle a noté au crayon rouge : "Pierre Domiche".

— Le pirate…

— Un pirate devenu dominicain… En fait, l'histoire commence véritablement ainsi. »

5

« L’année dernière, ma thèse m’a mérité une mention – la plus haute. Je n’en ai pas aussitôt informé mon père. Nous devions déjeuner ensemble le dimanche suivant et j’ai attendu la fin du repas pour le lui apprendre. “Bien”, m’a-t-il dit, et puis nous avons abordé d’autres sujets. En sortant du restaurant, son secrétaire m’a remis une petite enveloppe matelassée tandis que mon père me disait : “Tu peux faire mieux, je le sais. Ta mère s’était intéressée à ce pirate français. Prouve-moi que ce n’est pas du temps perdu.” Charmante mise en scène, non ? Mon père sait toujours tout avant tout le monde et se plaît à feindre le contraire… L’enveloppe contenait une clé.

— La fameuse bibliothèque ?

— Oui… Il savait cela aussi. »

Petrack corrige à nouveau son portrait matutinal : elle se maquille moins en fonction de son agenda que du jugement paternel – elle pense donc qu’il la surveille, ce qui n’a rien d’étonnant : pour tout contrôler, il faut tout savoir. Peter n’ignore rien de la démarche de sa fille unique, ni de leur présente rencontre. Petrack s’en doutait quand il a accepté de la faire monter, et cela a probablement joué dans sa décision.

Nathalie, Nathalie, *Nathalie*…

Nul besoin de fermer les yeux pour revoir Michael Derenoy, l'homme en blanc, saluer gauchement les pêcheurs croates ; il devine sa poignée de main molle et moite. Anton n'avait que dix ans lorsqu'il a aperçu la goélette pour la première fois, depuis le bateau de Petit-Loup. Ses bras ne parvenaient pas à manœuvrer les casiers, mais cette nuit-là il était devenu le voleur du port. Son premier trophée est accroché à la cimaise sur sa droite, un ridicule fanion blanc avec un dessin de tortue surchargé d'un triangle. Le cendrier aux deux sirènes, leur tout dernier méfait, Jak l'a dérobé l'année suivante lors du second passage du *Nathalie*. Le coffret à bijoux que l'Ivrogne leur avait abandonné trône sur sa gauche, enfiché dans une étagère bondée de livres. Il est toujours aussi vide, il n'y a pas retouché.

Le fils n'est pas à l'image du père, plutôt son antagoniste parfait. Peter ne cherche aucunement à inspirer la sympathie, il dédaigne les autres. Son secrétaire particulier lui a confié qu'il ne l'a jamais vu serrer la main de qui que ce soit, il se contente de saluer d'un coup de menton plus sec que discret. D'ailleurs, le jeune homme qui le suivait partout, faisant autant office de majordome que d'homme de confiance, jouissait de toute liberté pour interpréter les signes de son patron – n'étant pas son porte-parole officiel, ses propos n'engageaient que ceux qui y adhéraient. Ce n'est pas une mauvaise stratégie, le milliardaire texan s'évite bien des désagréments du monde des affaires en affichant cette façade sévère. Sa fortune compense sa discourtoisie, et ceux qu'il ne regarde pas durement s'en trouvent flattés.

« Pour qui connaît bien mon père, c'est finalement plutôt gentil, lui confie-t-elle. Sa façon à lui de me dire qu'il me fait confiance depuis longtemps, qu'il ne m'oublie pas et que… Il ne l'a jamais vraiment dit, pas ouvertement en tout cas, mais il désapprouve ma passion pour l'Histoire… Ma mère était généalogiste, la sienne archéologue, et lui roi du pétrole. Sa fille idéale parlerait dix langues, bûcherait dans une fac de droit et n'aspirerait qu'à concrétiser l'alliance économique du siècle par un solide mariage… En me remettant cette clé et en me confiant cette mission… Vous comprenez, son mariage constitue son unique écart dans toute sa brillante carrière, la seule fois où il s'est autorisé à laisser parler son cœur – en faveur d'une élève de sa mère… Il accepte mon choix, il veut juste que je sache ce que je fais et que cela en vaut la peine… Il aurait pu me le dire, tout simplement, mais… c'est mon père !

— Mon père n'a jamais compris que je n'aie pas choisi un apprentissage dès que l'âge m'y autorisa. Pour lui, je devais gagner ma vie sans attendre.

— Qu'avez-vous fait ?

— J'ai dit non…

— Vous avez dit non…

— Obéir ou *partir*. Je n'ai pas obéi. »

Petrack l'observe. Nathalie marque une pause de deux respirations. Peut-être s'accorde-t-elle d'analyser son conseil en guise de réponse ?

« En quoi mon mémoire sur *Libertalia* concernait-il ma mère ? Qu'avait-elle laissé dans cette bibliothèque que je n'avais pas déjà vu ? Mon père connaissait-il mieux que moi cette pièce fermée où je ne l'avais jamais vu pénétrer ? Je devais "faire mieux", mais mieux que quoi ? Que qui ? Cette enveloppe matelassée m'a posé bien des questions.

— Qu'avez-vous fait ? » lui retourne-t-il.

Sa curiosité l'étonne, elle est sincère. Fugacement, il revoit Jak, qui n'est jamais *parti*.

« Vous comprenez, poursuit-elle en se calant autrement contre le dossier, j'ai toujours cru que, une fois mon diplôme encadré, ma vie sombrerait dans l'horreur : une lutte incessante entre les rencontres mondaines programmées par ses analystes stratégiques et des plans de carrière prescrits par un cabinet de relations publiques… Je ne m'attendais pas à ça, pas de sa part… Jusqu'à cette enveloppe, à chacune de mes visites dans la Bibliothèque interdite, je m'étais obligée à tout remettre en ordre derrière moi, à ne laisser aucun indice de mon passage. Maintenant, je pouvais m'y établir, sortir n'importe quels livres, les abandonner ouverts pendant des semaines, y installer un bureau, mon bureau, et m'y cloîtrer pendant des journées entières sans comptes à rendre... Je devais "faire mieux", mais à ma manière, trouver ma place... Dans la lignée des gardiennes du passé... C'était, c'est encore exaltant et effrayant...

« Cela m'a pris des mois et des mois. Il y a tellement d'ouvrages... Parfois, une première rangée en masque une seconde, généralement des opuscules de moindre importance. J'ai trouvé aussi des classeurs où ma mère a rangé ses notes de travail. J'ai passé tout l'été à explorer ses travaux. Vingt années d'archives généalogiques parfaitement classées, répertoriées et indexées... Chaque week-end, chaque vacances, j'y suis retournée et j'ai persévéré... Rien sur Misson... Pourtant, j'ai tout lu, absolument tout. Sa rigueur professionnelle m'a touchée et je comprends qu'elle et mon père aient pu s'entendre. Peut-être était-ce finalement son but, que j'apprenne à la connaître... Peut-être a-t-il pensé que j'étais prête à deviner ce qu'elle représentait pour lui, et qu'il était d'accord pour me laisser libre de mes choix, si je m'en montrais digne... Commandant, je ne veux pas le décevoir, je veux trouver. Pas seulement pour moi, pour lui. Pour l'aider, à son tour, à comprendre notre passion commune pour l'Histoire – à *la* comprendre ? »

Petrack hoche la tête et revoit Peter, qu'il n'a rencontré qu'en une seule occasion, lors d'une visite à ses installations de forage en Alaska, voici une trentaine d'années. Le moment lui avait semblé propice, le lieu idéal – il rentrait lui-même d'une expédition qui faisait déjà parler d'elle. Ses renseignements étaient fiables : le *Nathalie* n'avait pas quitté son port d'attache depuis plus de trois années ; le Texan considérait la plaisance comme une pure perte de temps ; il ne montait à bord, quelques heures tout au plus, qu'une fois par an…

Serrés dans leurs fourrures, les deux hommes avaient fait quelques pas, suivis du jeune assistant. À son habitude, Derenoy n'avait pas pris la peine de lui répondre, il s'était écarté sans un mot. Son secrétaire avait commenté son refus. « Il ne vendra jamais la goélette. — Je ne lui ai pas proposé de l'acheter, mais de l'échanger ! — Monsieur Petrack, aucune de vos découvertes archéologiques, connues ou… inconnues, n'est hors de portée de sa fortune. — Je sais tout cela. C'est un voilier magnifique, je veux en faire mon navire. À quoi lui sert-il ? — C'est un bien familial. — Foutaises ! Son père ne l'a pas fait construire, il l'a achetée quand votre patron avait quoi, cinq ans ? — C'est sentimental. — Sentimental, lui ? — Il a rencontré son épouse à bord, ils y célèbrent cet anniversaire sans exception. — Sans quitter le port ? Je préfère ne pas l'imaginer ! » Le secrétaire lui avait adressé une grimace souriante. Petrack s'était aussitôt ravisé, se reprochant son emportement. C'était idiot de quitter cet homme sur une mauvaise impression, car il n'atteindrait jamais Derenoy que par son entremise. « Vous lui êtes indispensable. — Utile, tout au plus. — Non, je ne crois pas. Pour vous accorder d'exprimer intelligemment ce qu'il pense, il doit avoir une confiance absolue en vous. — L'avantage de ne jamais prononcer un mot, c'est que tout le monde spécule sur vos pensées ; vous savez, on ne prête qu'aux riches, comme on dit. Mon rôle se limite souvent à canaliser l'idée qu'on se fait de ce qu'il pense. — Étrange complicité, non ? — Nous formons une sorte de duo… — Il est le chanteur et vous… — Le pianiste. Sans lui, je n'existe pas. C'est une vie qui me convient. — Si on s'en tient à l'affiche, le pianiste peut être remplacé. Il ne vous reste pas fidèle pour rien. — Je suis également son chauffeur, son majordome et son valet de chambre ! — Cela vous amuse ? — Choisir les cravates d'un des hommes les plus puissants de ce pays, oui, cela m'amuse. Énormément... — Je suis d'excellent conseil pour le choix des cravates. — Vous n'en portez jamais ! Je n'ai pas vu une seule photo de vous... — Je suis croate et je reste fidèle à l'écharpe. Vous savez que la cravate en dérive. — Tiens donc ? — Oui, quelques milliers de Croates ont souhaité offrir leur épée à Louis XIII dans sa lutte contre les Habsbourg. Paris, capitale de la mode, déjà, s'est emparée de leurs écharpes fines et colorées. En soie pour les officiers, bien sûr... Les Français ne sont pas trop doués pour les langues : *croate* est devenu *cravate*. — Je ne savais pas... » Petrack lui avait retourné un franc sourire. Et fait adresser, chaque jour anniversaire de cette conversation, la cravate la plus extravagante qu'il ait trouvée de par le monde. Peter Derenoy n'en a jamais porté une seule, mais son secrétaire n'oublierait pas le Croate.

« Après des mois, n'ayant toujours rien trouvé, poursuit-elle, j'ai sérieusement commencé à me préoccuper de la manière d'annoncer mon échec. Après une nuit blanche à en peaufiner la meilleure formule, j'ai rejoint ma chambre, complètement épuisée. Impossible de dormir. Je ne sais pas pourquoi, je me suis mise à les imaginer ensemble. Elle était plus jeune que moi lors de leur première rencontre. L'été, Virginia lui confiait des petits travaux pour l'aider à financer ses études et l'invitait en croisière scientifique... Sinon, comment mon père aurait-il levé les yeux sur une pure universitaire ? J'ai souri. Je n'ai jamais connu ma mère, vous le savez, mais ses albums photo sont tous dans ma chambre – mon père refuse de regarder en arrière. C'est ainsi que j'ai réalisé que je n'avais pas cherché dans ses affaires d'étudiante. »

Il n'avait pas laissé échapper l'occasion. Peter Derenoy était effondré, sa femme venait de mourir en premières couches. À quarante-deux ans. Petrack s'était d'abord contenté d'émettre un vœu : « Si jamais il souhaite s'en défaire… » Son homme de confiance avait compris, il était habitué à saisir ces choses. « Mais je ne saurais attendre éternellement », avait-il cependant précisé. Ce qui signifiait qu'il fallait provoquer la transaction, et que c'était le bon moment. Le secrétaire avait donc rappelé à son patron que Petrack attendait toujours sa réponse, et qu'il transformerait la goélette en navire d'expédition – une façon d'honorer les deux femmes de sa vie. Derenoy l'avait cédée sur-le-champ, pour un dollar symbolique. Petrack avait versé le montant prévu de l'achat sur un compte chiffré des îles Caïmans destiné au secrétaire et comptait poursuivre l'envoi annuel des cravates, mais cela ne se justifia plus : Derenoy avait congédié son homme de confiance quelques jours plus tard. Ils savaient tous les trois pourquoi.

Avoir dû recourir à un intermédiaire, ne pas avoir pu lui-même arracher le *Nathalie* aux Derenoy lui avait laissé un goût amer. Enfant, Anton avait rêvé de récupérer *son* vaisseau lors d'un abordage sanglant et glorieux, Petrack n'a pas fidèlement satisfait à cette promesse. La ruse ne suffit pas, il faut aussi la force.

Nathalie, Nathalie, *Nathalie*…

« *Bon sang !* se dit-il. *Elle pourrait être ma fille ! Et même… ma petite-fille…* »

6

« La rencontre de mes parents date d'une année avant la mort de ma grand-mère, à son retour d'Égypte. J'ai inspecté ses cours, qu'elle avait classés par année, et puis j'ai été intriguée par un gros dossier de notes et de brouillons tout au fond du carton. Je me suis plongée dedans aussitôt, et j'ai bien fait. Sur l'une des premières feuilles, j'ai reconnu l'écriture de Virginia. Elle avait inscrit des noms et des dates, dont Misson et Carracioli. Misson était rayé, Carracioli entouré et ma mère avait tracé une flèche vers les noms : "Molosse" et "Pierre Domiche". La page suivante était consacrée à l'ébauche de sa note de synthèse. Ses conclusions confirmaient les intuitions de Virginia : les deux dominicains s'étaient rencontrés à Rome et Carracioli avait embarqué pour le Nouveau Monde peu après, juste avant de croiser Misson. Elle signalait également possible un lien avec les gorges de la Cetina, qui expliquait le séjour en Dalmatie.

— Mais pourquoi s'intéresser au Molosse ? Prouver l'existence de Misson représentait un défi plus excitant, non ?

— Virginia ne s'intéressait pas aux pirates, mais au vaisseau fantôme…

— Il n'y a rien à dire sur les vaisseaux fantômes.

— Vous n'y croyez pas, c'est ça… »

Depuis toujours, la thématique du bateau hanté l'agace au plus haut point, presque autant que celle des dragons, des loups-garous et des vampires : cette mythologie ordinaire pollue trop de conversations. La littérature et le cinéma ont beau s'emparer de ces chimères populaires avec une implacable régularité de métronome, il se trouve inévitablement un candide qui lui demande « Et si c'était vrai ? » et gâche un dîner mondain ou un entretien qui ne devrait pourtant pas quitter les rivages du professionnel.

« Au contraire ! Il en existe, réplique-t-il, et par milliers… C'est quoi, un bateau ? Un huis clos. Un simple virus peut s'y développer pendant des jours et des jours. Vous avez déjà ouvert la pharmacie d'un voilier, d'un bateau de pêche ? Vous avez une idée des compétences médicales du capitaine d'un cargo et de l'hygiène dans les ports ? Une fois son équipage contaminé, que devient un navire qui ne transporte que des morts ? Un bateau errant, sans âme qui vive… Une épidémie, une succession d'avaries, trop de tempêtes, une mutinerie, tout ça conduit à la candidature au titre peu enviable de vaisseau fantôme ! Et cela, depuis la nuit des temps… Même aujourd'hui, malgré tous nos équipements pour nous localiser ou pour appeler à l'aide : savez-vous combien de plaisanciers ne reviennent pas au port, chaque saison ? Avez-vous une idée du nombre de pêcheurs qui prennent trop de risques, au loin, sans la moindre possibilité de secours ? Et de transports mal entretenus, sous pavillons de complaisance, qui entrent en perte et profit, sans autre forme de procès ? La fréquence à laquelle des cargos croisent ou pourfendent des voiliers sans équipage est proprement hallucinante ! Renseignez-vous, statistiquement, le vaisseau fantôme n'est pas une possibilité, mais une certitude. Les sociétés d'assurances le savent bien… L'océan est vaste. Une voiture accidentée ne reste pas longtemps sans secours, mais un bateau…

— Ce ne sont pas des navires fantômes, mais sans vie…

— La différence étant quoi ? Sans homme à la barre, le navire dérive. Il ne stoppe pas pour autant. De loin, que semble-t-il faire ? S'il se comporte normalement, on le pense doué d'intelligence ; sinon, c'est qu'il est audacieux. Statistiquement, pour y revenir, les chances d'apercevoir un tel navire restent faibles ; celles de rencontrer un marin, à bord ou au port, qui en a croisé un… ne sont guère meilleures ; mais vous ne passez pas une année sans entendre l'histoire d'un marin qui a entendu l'histoire d'un marin qui a entendu l'histoire du marin qui a vu de ses propres yeux un vaisseau fantôme ! Et puis, quoi ! Pensez-vous l'imaginaire des marins si peu fertile qu'ils ne bâtissent sur de telles rencontres d'inépuisables légendes ? La vie, sur un navire, est trop monotone et ennuyeuse pour ne pas divaguer…

— Virginia…

— Virginia… »

Comment ne pas désavouer l'influence de Virginia sur l'Ivrogne ! À ses côtés, le jeune historien était devenu l'ombre du Bouffon-savant, de Qui-perd-gagne, du Déchiffreur – leur fantôme policé.

« Virginia avait trouvé un document, enchaîne-t-elle en ignorant sa réaction, une sorte de confession, où le Molosse évoque la fin de sa vie comme une descente aux enfers précédant sa… renaissance.

— Une sorte de confession… dans quelle langue était-elle rédigée ? se surprend-il à espérer.

— En italien, bien sûr, puisqu'il ne l'a écrite qu'une fois devenu dominicain, à Rome. En croate, ni ma mère ni Virginia n'auraient hésité quant à sa nationalité. Pourquoi ? »

Petrack ne réalise pas immédiatement que la jeune historienne attend sa réponse et il lui fait signe de poursuivre d'un coup de menton, involontairement à la manière dont Derenoy l'avait salué. Sa fille s'exécute aussitôt et il en est agacé – à moins que son humeur soit altérée par d'autres pensées, comme son incapacité à clore le chapitre du Pirate Sans Nom.

« Les premières pages n'offrent pas grand intérêt, sauf pour y puiser matière à romanesque. Il se vante d'une série ininterrompue d'affrontements et d'abordages, quand son navire se trouve happé par une succession de cyclones et d'ouragans dans les Caraïbes. Mais au moins il précise son périple, car malgré toute l'adresse de son capitaine à maintenir le cap, ils dérivent et, plutôt que de regagner l'île de la Tortue, ils s'éloignent des Bahamas, doublent Cuba, pénètrent dans le golfe du Mexique. Le bateau a souffert, les hommes sont épuisés. Les éléments ne leur accordent nulle clémence, un courant soudainement les entraîne. Aucune manœuvre ne parvient à le contrer. Il les dirige vers une île qu'une trouée de nuages éclaire obstinément dans la tempête. L'équipage prépare les chaloupes, c'est leur seule chance. Mais les récifs en décident autrement, éperonnant leur bateau juste avant que les embarcations touchent l'eau... »

Ses mains accompagnent son récit, elles ponctuent des phrases, marquent les tensions. Petrack se rappelle qu'elle s'est présentée en précisant qu'elle a « publié quelques articles sur les pirates ». Cette indication ne bouleverse pas son portrait, mais elle peut compter dans ses choix : l'université ne lui suffira pas. C'est vers le commandant Petrack, l'aventurier, qu'elle s'est tournée pour demander de l'aide.

« Une seule chaloupe échappe au désastre, tous les marins souquent face à la mort. Mais tandis qu'ils s'éloignent du courant, la houle les retourne et les flanque contre d'autres brisants. L'esquif n'offre plus aucune prise aux hommes qui se noient. Trois marins, des amis, des frères, se sont solidement agrippés les uns aux autres ; ils se débattent et puis ils se battent. Leurs corps sombrent et ne resurgissent pas. Il voit Capitaine – il le désigne ainsi, comme s'il n'avait que son titre pour tout nom – planter profondément sa dague dans la coque renversée et lui tendre son autre main. Il le sauve ainsi, lui maintenant la tête hors de l'eau, mais la houle les envoie cogner contre les rochers. La douleur fuse, sa jambe est broyée. Le Molosse s'évanouit alors. »

Elle change de position, adopte une posture plus agréable, provisoirement.

« Quand il se réveille, le Molosse ne bouge pas. Il fait le mort. C'est une attitude sage, car autour de lui, on s'affaire en silence. Qui sont-ils ? Des camarades, des survivants ? Des indigènes ? Des naufrageurs ? Au battement régulier des vagues toutes proches, il déduit qu'il se trouve sur une petite plage. Il entend également le souffle d'un homme qui dort à ses côtés et résiste à l'envie de se retourner pour l'identifier. Sa jambe le fait souffrir. Il entrouvre prudemment ses paupières, ne distingue pas de feu. Peut-être se rendort-il... La douleur revient, son corps le trahit. Aussitôt une main minuscule se pose sur son front. Des gouttes tièdes heurtent son visage. Des bras le soulèvent un peu, une main en coupe déverse une eau douce sur ses lèvres. Il ne cède pas. Boire, c'est s'exposer ; or, il ne sait toujours pas qui ils sont. Tout en luttant contre la douleur et la tentation de s'abandonner aux soins qu'on lui prodigue, il se dit que ses compagnons lui parleraient, mais aussi que des ennemis l'achèveraient. Alors, il n'en peut plus, il écarte ses raisonnements et boit avidement. Il peut ouvrir tout à fait les yeux pour savoir qui le soigne, mais en vain. Ses hôtes se tiennent derrière lui. Devant, qui arrime son regard, Capitaine... Les bras qui le maintenaient assis le relâchent lentement et il se rallonge volontiers. Il est vivant, mais épuisé. Il se rendort en rêvant d'un ruisseau paresseux qui sinue entre des pierres...

— Vous racontez bien, Nathalie, mais la substance reste pauvre...

— Écrire me tente beaucoup. Mon professeur prétend que c'est une faiblesse pour un historien... En fait, je ne retiens facilement que si je reformule… Le par cœur me prend un temps infini… Le Molosse ne se réveille qu'au matin, reprend-elle, et plutôt en bonne forme. Il ouvre les yeux, s'assoit, regarde tout autour de lui. Son capitaine semble moins bien en point, mais il survivra. Seuls quelques enfants veillent sur eux, leur offrant régulièrement à boire… La première journée se passe ainsi, dans l'attente. Il attend le réveil de Capitaine, pour parler un peu. Il attend le retour de ses sauveurs, pour les remercier et les jauger. Il attend d'aller mieux, pour explorer cette île.

— Tout naufrage est un drame, mais…

— Je vous l'accorde, commandant, jusque-là, rien que de très banal. Outre la guérison de sa jambe et le fait que pendant tout son séjour sur l'île, plusieurs semaines, il ne verra que des enfants.

— Aucun adulte ?

— Non… Des filles surtout, enfin des fillettes : la plus âgée semble ne pas avoir plus de dix ou onze ans. La communication se révèle difficile, car les enfants emploient un amalgame de mots et d'expressions issus de différentes langues. Il croit en reconnaître certaines, mais ne les nomme pas. Remarquez, à cette époque et dans cette partie du globe, cela n'a rien de très surprenant. La couleur de leur peau – ils se baladent nus, la plupart du temps – montre que leurs parents proviennent des quatre coins du monde. Deux ou trois semblent métis, ce qui peut indiquer qu'ils se cachent dans cette île depuis déjà quelques années.

— Et si vous en veniez directement aux parents…

— Le Molosse partageait votre impatience, commandant, il leur pose la question, la mime… mais impossible de se faire comprendre. Les enfants l'écoutent très attentivement, se mettent à gesticuler et puis s'en vont en chantant. Quand ils reviennent, c'est pour apporter de l'eau, jamais rien à manger… Vous imaginez, il est resté vingt-huit jours sur cette île sans jamais voir personne d'autre que ces gamins qui se succèdent pour les désaltérer, exclusivement… Pour des rejetons de boucaniers, c'est un comble, non ?

— De boucaniers ou de naufrageurs… Non, des naufrageurs ne confieraient pas la garde de rescapés à leurs enfants. Des boucaniers non plus, je suppose. Qui les laisserait si longtemps avec deux pirates ? Combien de temps, déjà ? Quatre semaines ? Vingt-huit jours… »

Elle hoche la tête et pince ses lèvres.

« Des femmes ? reprend-il. Pas assez nombreuses ou pas en mesure de les repousser…

— Des femmes de flibustiers ? hasarde-t-elle.

— La succession de cyclones qui a amené ce navire jusqu'à cette île a pu en détourner un autre qui tentait désespérément de la rejoindre… Imaginez que des flibustiers utilisent cette île comme repaire, juste pour des escales. À la fois proche et à l'écart de la *vuelta*, ils savent leurs compagnes et leurs enfants en sécurité, ici.

— Et la tempête les retarde, ou bien ils ont sombré…

— Mais les pirates n'élèvent pas d'enfants… Comme ils n'ont guère de vie à terre…

— Sauf ceux qui fondent des communautés…

— Certes, certes… Mais ces enfants ne sont pas nécessairement les leurs. Certains Frères de la côte rechignaient à exterminer leurs plus jeunes prisonniers. »

Nathalie grimace à la perspective d'un tel massacre.

« Ou bien, enchaîne-t-il, ils sélectionnaient de futures recrues… Dans cette île, seuls les plus farouches survivent… Ce qui nous rend plus forts ne nous rend pas meilleurs…

— Cela expliquerait leur diversité raciale… Dès le lendemain, reprend-elle, il décide de partir chasser, sa jambe n'est plus qu'un mauvais souvenir. Il a récupéré la dague de son capitaine et se taille une pique avant de partir explorer cette île en claudiquant.

— Il en fait une description ?

— Succincte. La crique où ils ont échoué est étroite, ouverte sur l'ouest et s'incurve vers le nord. Les récifs contre lesquels leur chaloupe a cogné forment une sorte de barrage un peu au large, comme des piliers d'une cathédrale écroulée, précise-t-il.

— Vraiment… La comparaison trahit l'empreinte religieuse. Mais, s'il est d'origine dalmate…

— Oui… Sa pique lui sert de canne pour escalader le chemin escarpé qu'empruntent les enfants. Ce n'est qu'au retour qu'il découvrira un sentier plus rapide, mais périlleux… Il redoute plus d'une fois de glisser. Parvenu sur un plateau recouvert d'une forêt arbustive, il ne trouve trace d'aucun gibier, ce qui le déçoit énormément…

— Pas le moindre gibier à chasser ? Pas même un cochon ? insiste-t-il en pensant à l'Île noire.

— Donc ce ne sont pas des boucaniers, en conclut-elle. Le Molosse repousse l'idée d'une retraite de flibustiers pour la même raison. Mais ça peut être une escale accidentelle, plutôt bien située…

— Pourquoi pas une île au trésor ! »

Le commandant Petrack lui adresse aussitôt ce sourire laborieusement appris, qu'il a travaillé devant un miroir puis sur vidéo pour inspirer la sympathie sur les photographies. Nathalie le lui rend, comme s'il venait de plaisanter.

« Il contourne les fourrés impraticables et découvre une pointe rocailleuse, qui borde une seconde crique, où gisent plusieurs épaves fracassées. Difficile de reconnaître son navire de si haut, trop de débris de bateaux roulent avec les vagues… D'aussi loin que porte son regard, il peut suivre le trajet du courant qui serpente jusqu'à ses pieds et qui a attiré leur navire. S'il devait dessiner cette île, il tracerait un triangle. La façade sud est constituée d'une longue falaise rectiligne. Il l'atteint assez rapidement lorsqu'il entreprend de faire le tour de l'île. À ses pieds s'étend un atoll étrange, doté de deux lagons imbriqués…

— … deux lagons ?

— En fer à cheval, l'un dans l'autre. Vous avez déjà vu un tel atoll ? Moi, non.

— Parle-t-il d'une cascade ? Une grande, une véritable cataracte…

— Une cascade ? Non, je ne me souviens de rien de tel… Et comment serait-elle alimentée ? C'est un plateau et l'île est toute petite. *A priori*, il en fait le tour en quelques heures, alors qu'il boite encore un peu.

— Ah, j'ai dû confondre un vieux souvenir… C'est un peu comme lorsqu'on entend les premières notes d'une chanson et qu'on est persuadé d'en reconnaître une autre. Une impression de déjà-vu. Vous savez ce que c'est.

— Pas vraiment, non.

— Cela viendra trop vite, avec l'âge.

— Ah… »

7

Le commandant Petrack fixe longuement ses pupilles comme pour en compter les éclaboussures mordorées, et se tait jusqu'à ce qu'elle détourne les yeux.

« Plus d'une fois, reprend-elle en s'occupant à frotter son poignet, le Molosse a tenté de suivre les enfants. Ils l'ont toujours semé. Ça ressemblait à un jeu pour eux ; ni ruses ni menaces n'ont rien donné. Il a passé des heures à les pister, à les épier, à sonder le sol, en vain. Ils s'évanouissaient chaque fois dans les fourrés du plateau pour réapparaître quelques minutes plus tard en train de nager dans la lagune ou de jouer avec des poissons…

— De jouer avec des poissons… Il y avait donc des poissons dans les lagons ?

— Évidemment, il y en a toujours. Ce qui est étrange, c'est qu'ils ne les pêchaient pas, ils les attrapaient et se les envoyaient d'un lagon à l'autre, pardessus la barrière de corail…

— D'un lagon à l'autre… Aperçoit-il d'autres animaux ?

— C'est un sujet qu'il aborde à nouveau, effectivement, après sa déception de ne trouver aucun gibier sur le plateau. Il se plaint beaucoup que les enfants ne leur offrent jamais à manger, mais seulement à boire. C'est une eau tiède qu'ils leur rapportent dans un tonnelet, mais il ne réussit pas à déterminer sa provenance. Il en boit volontiers, et constate qu'il oublie ensuite sa soif aussi bien que sa faim. Hélas, cela ne lui suffit pas, pas durablement : il rêve de cuire et de cuisiner, de faire ripaille et de s'enivrer ! Et puis, surtout, il n'en peut plus de dépendre d'une tribu d'enfants… Il leur réclame néanmoins le poisson, mais sans parvenir à se faire comprendre. Il pense l'île maudite, puisque aucun animal ne l'adopte. Excepté les crabes, qui y vivent en assez grand nombre, à l'écart, sur la plage ou les rochers. Bien sûr, ce genre de gibier n'augure pas de prouesses exceptionnelles, mais sa chasse n'en échoue pas moins : ils fuient à son approche. Il se tourne vers les oiseaux, mais seuls quelques cormorans survolent l'île, sans jamais s'y poser… Voilà tout. Une fois, il envisage de harponner ce que Virginia a identifié comme étant une orque naine, mais il ne sait pas nager et ne dispose que de sa pique. Aussi…

— Est-ce qu'il donne des précisions sur le corail ? l'interrompt-il en reconnaissant les Gardiens du Déchiffreur.

— Des précisions de quelles sortes ?

— Son état. La configuration de ce double lagon est étrange et… Il n'en a rien dit ?

— Non, enfin pas directement. Mais c'est une chose importante, dont je souhaitais vous parler. Donc, obsédé par le manège des enfants et leurs secrets, un soir il s'installe sur le bord de la falaise dans l'espoir de découvrir où ils se rendent pour passer la nuit… Il ne laisse aucun commentaire sur ce nouvel échec, il s'attarde sur sa difficulté à concentrer son attention. Son esprit vagabonde littéralement malgré ses efforts, il s'égare vers le large ou bien s'attache à la couronne de corail. Ce qui l'attire, plus particulièrement, et le fascine, c'est cet amas rocheux qui marque l'extrémité de la lagune. Depuis plusieurs jours, quelque chose l'interpelle, des formes confusément familières, mais dès qu'il tente d'en définir la nature, l'idée lui échappe. Un peu comme lorsqu'on cherche un mot, si évident, et que rien n'y fait... Ça finit par l'obnubiler, car selon les heures de la journée, il ne voit jamais la même chose. Selon lui, au petit matin, un brouillard tenace recouvre les lagons et quelque chose semble s'animer là-bas ; vers midi le soleil taille des motifs à la géométrie étrangement coutumière ; l'après-midi une nappe de brume suggère des silhouettes éphémères qu'il bute à nommer... Mais ce jour-là, alors que le soleil couchant irise l'horizon, enfin, dans ce contre-jour de flammes et de ténèbres, il reconnaît...

— ... un navire ! la coupe-t-il.

— Oui ! Vous êtes vraiment étonnant... »

Petrack se masse le visage. *Petit Hollandais... Petit Hollandais...*

« Au début, poursuit-elle après avoir laissé s'éteindre doucement son sourire, il croit à un mirage, un caprice de son imagination et des éléments. Mais l'impression persiste. Au crépuscule, des fumerolles s'en échappent et leurs volutes nébuleuses figurent des voiles. Parfois, des feux follets parcourent des mâts et des vergues à la manière du feu de Saint-Elme, alors que jamais il ne distingue de gréement. Pour lui, malgré les mirages de voilure, c'est une arche. Une arche gigantesque...

« Sur le moment, le Molosse se doute qu'il assiste, ou qu'il participe à quelque chose d'étrange, que cette vision pourrait bien être un signe qui lui est adressé, à lui... Mais le pirate apostat grogne à ces superstitions et retourne à la crique avec une seule idée en tête : il veut partir, fuir cette île... Ce n'est que bien plus tard, au moment où il amorcera la démarche de devenir le frère Pietro, qu'il interprétera cette apparition... »

Partir ? Fuir ?

Le commandant cherche une meilleure assise dans son fauteuil et réalise que la jeune femme n'a pas cessé de parler.

« … tableau vivant, une allégorie religieuse qu'il avait eu le privilège de contempler sur cette île : des enfants qui jouent, en s'échangeant des poissons, tandis qu'une arche, qui parfois s'auréole de lumière ou de fumées, veille sur eux… Cette métaphore, il la décryptera comme une condamnation de son ancienne vie, consacrée à renier Dieu, et une glorification de l'innocence de l'enfance…

— Oh, l'innocence… »

Pas à lui… Déjà, en soi, le mot l'importune. Associé à l'enfance, le poncif le révulse.

« Ce revirement illustre tout simplement l'emprise des croyances dont on a affligé son enfance, fulmine-t-il tout à coup. Ce qu'il a retenu n'est pas ce qu'il a vu, mais ce que d'autres lui ont appris à reconnaître… Vous savez, Nathalie, je me bats sans arrêt contre ces déformations voraces ! Les prêtres – mais ils ne sont pas les seuls, loin de là, à agir de la sorte – l'ont forgé à remarquer de tels signes et à les relier de cette manière, voilà tout. Il ne faut y voir qu'un conditionnement noyé dans le fatras de nos associations d'idées… C'est comme lire un texte dans une langue que l'on connaît à peine, quand on cherche à identifier quelques mots, à retrouver des enchaînements de lettres, pour recomposer des phrases. Même si ce que nous pensons lire relève du plausible, ça reste pure coïncidence – et certainement pas convergence ! »

Son propre emportement l'intrigue, comme une négligence improbable. Pour autant, prendre conscience de sa colère n'altère en rien son débit ; il enchaîne sans s'accorder de pause : « Quant à l'innocence des enfants… Balivernes et billevesées ! Voilà une triste comédie que nous leur imposons et qu'ils nous retournent bien. Mille preuves de leur cruauté et de leur perversité n'y changeront rien. Nous sommes programmés pour y croire, nous voulons y croire. Comédie ! Comédie ! »

Nathalie évite son regard et se mordille la joue.

Comment ne pas remarquer sa poitrine qui se soulève, mouvement ample et lent…

« Ma grand-mère, s'obstine-t-elle à poursuivre, était persuadée d'une convergence entre le choix du nom de frère Pietro et les péchés de son ancienne existence. Alors que, finalement, grâce à vous nous savons maintenant qu'il a moins changé de prénom que de nationalité… Pourtant, lui-même parle d'une confession…

— Confession ? rebondit-il encore. Sans blague. Elle pensait réellement que c'était sa vie de forban qui le chagrinait ? Mais enfin, vous êtes historienne, vous écrivez sur les pirates : ne négligez pas que ceux des Caraïbes, du moins dans les premiers temps, étaient souvent huguenots ! Et plus spécialement calvinistes, lesquels s'accommodaient fort bien de tuer l'Espagnol catholique ! Qui le leur rendait au centuple, sur mer comme sur terre.

— Justement, s'accroche-t-elle, il revient aux fondamentaux de son enfance. L'arche…

— Oh, je vous en prie, épargnez-moi le chapitre sur la rédemption ! Et puis, que savez-vous de l'enfance d'un pirate ? Qu'il soit des Caraïbes ou pas… »

Elle grimace. A-t-elle jamais commis crime plus audacieux en son château que le « vol » de la clé d'une bibliothèque ?

« Ce n'est pas seulement cette vision qui l'a changé, précise-t-elle. Mais bien le repentir… Quand il reverra l'arche dans la tempête, plus tard… »

Innocence, repentir. Tempête, tumulte : pourquoi son humeur fluctue-t-elle en écho servile de ses propos ? Et comment a-t-il pu se croire à l'abri d'une pareille faiblesse… Il devrait fermer les yeux, quelques secondes, se retirer, se ressaisir, cesser de fulminer parce que les mots qu'elle emploie malmènent de vieux souvenirs.

« … reconnaîtra comme l'arche de Noé…

— Quelle tempête ? » se ressaisit-il.

La jeune femme fixe le cendrier. Il compte trois

respirations, ses lèvres se séparent, puis se referment ; ils se taisent tous les deux ; encore trois respirations.

« L'objet de son repentir, articule-t-elle un ton plus bas, se situe, très exactement, entre ces deux apparitions de l'arche, quand il se consacre tout entier à quitter cette île.

— Racontez..., l'encourage-t-il d'un sourire maladroit qui vise surtout à réprimer une crampe d'estomac.

— Comment quitter cette île, et avec quelle embarcation ? Leur chaloupe n'a jamais atteint la crique où ils se sont échoués. La végétation de l'île est inadaptée pour tailler un radeau. La crique aux épaves est inaccessible. Le serait-elle, que le courant qui y aboutit rendrait tout départ impossible. Capitaine propose cependant d'aller s'y servir parmi les épaves. Mais comment ?

— Nous nous éloignons du sujet, non ? La construction d'une…

— Absolument pas, commandant. Son désir de fuir cette île est indissociable de sa prise de conscience. C'est ce qu'il va faire pour sauver sa vie, sa double trahison, qui change toute sa perception du monde.

— Soit… », capitule-t-il avec pragmatisme.

Seul, il se pelotonnerait dans son fauteuil préféré, celui en cuir rouge, qu'il cantonne dans la pénombre non pas à cause de l'usure des accotoirs – il refuse, obstinément, leur rénovation –, mais pour éviter toute distraction – fenêtre, ordinateur, tous ces dossiers en attente… Et là, dans ce recoin intime, il s'accorderait la plénitude du recul. La jeune femme – Nathalie, peu importe, vraiment ! – l'encombre en ce moment. Bien qu'il la regarde.

Il se résigne à l'écouter sans rien dire, et se surprend à attendre la fin de l'histoire – tout comme Anton, jadis…

« Ils doivent non seulement trouver le moyen d'y descendre, le dénivelé le plus favorable avoisine une trentaine de mètres, mais également celui d'en remonter ce qui leur sera nécessaire. "Il y a des drisses en bas", lui crie Capitaine en désignant des cordages sur l'unique petite plage de la crique aux épaves. Et sur ces mots, il s'empare du pique du Molosse et se sert de sa dague pour descendre à la force des bras… Vous imaginez la scène ? Un unijambiste d'à peine vingt ans…

— Unijambiste ? Vous en êtes sûre ?

— Oui. C'est extravagant de l'imaginer suspendu à une dague fichée dans la roche et cherchant à enfoncer dans la falaise un simple bout de bois taillé en pointe ! Au bout d'une quinzaine de jours, poursuit-elle, ils avaient assemblé une méchante barque dotée d'une petite voile. Le Molosse se disait prêt à prendre la mer, son jeune capitaine ne se pressait pas d'achever leurs préparatifs. En fait, il passait de plus en plus de temps à fouiller les épaves, sous prétexte d'y dénicher quelque chose d'utile qu'il ne trouvera jamais, s'amusant surtout du désordre que les enfants s'appliquaient à mettre dans tout ce qu'il ramenait à grand-peine sur la plage. Pour eux, tout était prétexte à jeu. Rien de tout cela n'exaspérait Capitaine, même quand ils l'imitaient en train de boiter… Le Molosse ne partageait pas cette sympathie, il se méfiait d'eux.

— *Eux* ? »

Trop, trop de choses se bousculent, il aspire à la quiétude.

« … lui reproche sa jeunesse, continue-t-elle inlassablement, se moque qu'il reste imberbe, loue son courage et sa force, mais il se défie de lui désormais. Capitaine parle par gestes avec les enfants, chante avec eux, surtout avec un qui ne le quitte guère. Superstitieux, le Molosse pense qu'il est possédé et refuse de jouer avec lui les bonnes d'enfants. Prudent, la nuit, il s'installe dans leur nouvelle chaloupe, de peur qu'il ne la sabote… Bientôt, il envisage de partir seul. Après quatre semaines dans l'île, il s'y résout. Aussi, un soir, le Molosse prétend avoir découvert deux bouteilles de rhum. Ils en boivent chacun une dans la crique aux épaves, et chantent toute la nuit. Quand Capitaine est endormi, le Molosse, dont la bouteille n'était que parfumée d'alcool, lui dérobe sa dague et escalade la paroi...

— En décrochant et en emportant les pitons que Capitaine avait plantés...

— Oui ! Même avec l'aide des enfants, il faudrait trop de temps au jeune capitaine pour regagner le plateau. Le Molosse serait déjà loin...

— Le Molosse en a fait beaucoup... Il craignait vraiment son compagnon... C'est cela, la première trahison ? »

Tandis qu'elle acquiesce et attend trois respirations pour reprendre son récit, Petrack ne peut que s'abîmer dans le parallèle entre l'Ivrogne et sa créature : prisonniers dans la crique, quatre semaines pour l'un, quatre décades pour l'autre...

Convergences ? Ou : mensonges ! influences ! coïncidences !

« Les vents se montrent favorables, mais dès qu'il se trouve hors de vue de cette île, ils lui deviennent contraires et l'exposent à un choix impossible. Ou bien il se laisse dériver vers le courant qui le ramènera fatalement sur les récifs, ou bien il rejoint trois frégates espagnoles qui, de leur côté, attendent un vent meilleur. Tandis qu'il hésite, une chaloupe vient à sa rencontre. À son bord, d'anciens soldats et peut-être aussi d'anciens pirates, ainsi qu'un officier sans uniforme : des mercenaires. Et si l'un d'eux le reconnaissait ? Que peut-il faire ? Il improvise... Il se présente comme l'unique rescapé du naufrage d'un galion chargé d'or en route pour la Sérénissime. Celui qui a des manières d'officier l'interroge habilement pour en apprendre davantage et prétend être à la recherche d'esclaves échappés. Si le Molosse abonde dans son sens, il ne se fait aucune illusion sur leurs vrais mobiles. Pour lui, ils chassent le pirate, et, à l'occasion, ils le sont aussi eux-mêmes. Leur désignant la direction de l'île, il mise sur l'appât de l'or et leur parle des naufrageurs, autant Noirs que Blancs, et se déclare béni de Dieu pour avoir échappé à leur vigilance, et insiste sur toutes ces épaves qu'ils dépouillent sans relâche… L'Espagnol à tête d'officier ordonne à ses hommes de l'emmener à bord, pour l'enchaîner le temps de vérifier ses assertions, mais l'un d'eux, plus cruel encore, suggère de le laisser filer à la grâce de Dieu, puisqu'il s'en dit béni, sans vivres ni arme. Le Molosse n'a pas son mot à dire, mais il sait que s'il les accompagne il n'en réchappera pas. Ils lui prennent toutes ses affaires et le laissent nu sur cette barque que le courant finira par… »

Trois frégates, des mercenaires, des naufrageurs : *La Fille du pirate* ?

« … elles ont disparu de l'horizon depuis une heure peut-être, et il s'inquiète. Pas en raison des nuages qui s'amassent à l'aplomb de l'île ou du vent qui se lève, mais des remords, écrira-t-il plus tard. Non seulement il a abandonné une première fois son capitaine en lui volant la seule embarcation qu'ils pouvaient construire, mais il l'a désigné à des mercenaires qui le viseront sans peine de leurs mousquets dans cette crique où il l'a laissé prisonnier. Or, malgré cette double trahison, il n'est pas sauvé ; et, comble de la vanité de sa fuite, d'ici la nuit, au plus tard demain, entraîné par le courant il viendra mourir aux pieds de l'homme à qui il doit plusieurs fois la vie. Comment ne pas voir là un signe ?

— Superstition et coïncidences », parvient-il à commenter d'une voix neutre.

Entre les incessants rappels de l'Ivrogne, qui l'incitent à la couper toutes les deux phrases, son désir de l'interroger à propos de « Capitaine » et la déferlante des allusions à sa propre enfance, son malaise avoisine la torture. Autant d'incitations impérieuses et malignes à *décrocher*. Il s'y refuse.

Or, depuis toujours, cette contrainte le presse, justement, à *fuir*. L'âge, la maturité, la célébrité, l'étude et l'expérience, rien n'a entamé cet épineux réflexe, qu'il satisfait autrement dorénavant, en s'isolant. Ce brusque besoin s'initie par une brève et douloureuse contraction de ses entrailles, invariablement déroutante. Son corps s'affaisse de l'intérieur, son visage se crispe malgré lui. Certes, il sait à présent en minimiser les manifestations les plus visibles, mais leur retentissement intérieur le laisse encore pantois. Parfois, peu souvent, mais ce soir c'est le cas, il le ressent comme une petite mort – l'image d'un fœtus calciné gisant dans son ventre lui apparaît alors : un mort-né.

« À l'approche du crépuscule, la houle le ballotte et le ciel s'assombrit soudain. Une tempête fait rage à l'horizon et elle l'intrigue. Il écope de ses mains, il contre le courant. Rien n'y fait. Au loin, toujours au même endroit, les nuées s'agglutinent et s'enroulent, les éclairs strient le ciel…

— Toujours au même endroit ?

— Depuis qu'il navigue sous les tropiques, il en a connu des cyclones et en a essuyé des ouragans, jamais il n'en a vu un s'acharner obstinément sur le même point. La tourmente stationne très exactement là où il situe l'île dont il vient. À sa base, tout à l'horizon, l'emplacement est marqué par un faible halo pâle ; au-dessus, c'est un puits de ténèbres, comme une tornade qui tenterait d'arracher l'île ; tout en haut, une infinie succession d'éclairs… »

Halo pâle, tempête, dérive : le radeau…

« … alors qu'il demande pardon et que… »

Le Déchiffreur avait demandé pardon avant de demander au Petit Hollandais : « Qu'attends-tu de moi ? » L'Ivrogne avait demandé pardon à Anton quand Anton allait lui demander : « Qu'attendez-vous de moi ? »

« … soudain, tandis que des vagues énormes bordées d'écume sculptent l'arche qui fonce sur lui, là-bas c'est une éruption volcanique, une explosion formidable. Puis, plus rien. Le calme est revenu. Les nuages se dispersent. Le courant s'évanouit. Les étoiles lui montrent le chemin…

— Quel chemin ? A-t-il fait le point ?

— Il n'en dit rien, hélas ! Il ne parle plus que de sa conversion : l'arche l'a épargné, bien qu'il se soit montré le dernier des hommes, renégat parmi les renégats… Virginia a tenté de reconstituer son itinéraire sur une carte, avec un point d'interrogation sur les bayous de Louisiane et une flèche désignant Rome. La confession du Molosse s'arrête Campo dei Fiori, où, devenu le frère Pietro, il situe sa rencontre avec Carracioli, précisément à l'emplacement du bûcher du dominicain Giordano Bruno, ce maître dans l'art de la mémoire qui croyait à la magie. Le frère y voyait… »

Petrack *décroche* à ces mots, pour sombrer dans une vision confusément maritime, une pensée nébuleuse, parasite et peut-être familière, où tout n'est qu'eau. Sa vie, tout entière et de toute éternité, apparaît ondulation. Il se voit dans un océan sans horizon, pâle et monochrome. Océan lui-même ? Fragment/portion d'océan ? Il est : mouvement et particules. Il ne contrôle plus rien, absolument plus rien, mais cette perte de maîtrise ne l'affecte aucunement, il est *invisible*. Il est : *houle*. Depuis toujours et à jamais, il dérive.

8

Il le redoute, depuis l'enfance. Il le sait, depuis toujours. Tel le Pirate Sans Nom dont le navire est happé puis broyé par un courant capricieux et invincible, Anton est voué à dériver sur un radeau.

Le rêve récurrent qui narre son errance préserve son mystère : l'aboutissement ne lui a jamais été dévoilé. Par-delà le froid, la tempête et l'attente, se niche une intrigue qui l'obsède, où se mêlent des relents de l'île fantôme, forme brouillonne qui se confond à un halo pâle dans les ténèbres. Le rêve du dernier voyage ?

La mort, certes, mais pas la fin.

Petrack récuse l'hypothèse de toute vie après la mort, ne croit pas à la séparation du corps et de l'esprit, s'étonne du concept de transmigration : « Je suis un ; après, il n'est rien » – les magazines ont répété sa jolie formule.

Que peut être une mort qui n'est pas la fin ?

Depuis l'école, le commandant sait décrocher sans fermer les yeux ; ils se fixent sur un détail et son visage tout entier ne trahit qu'une intense écoute ; un simple clignement de paupières le ramène à la réalité. Mais lorsqu'il concentre son attention sur la petite-fille de Virginia, c'est le vieil historien qu'il entend le baptiser Morne-mer.

Il bascule à nouveau et, cette fois, sa vision se

brouille vraiment; il perd pied. Au milieu des eaux, il a deviné... il soupçonne... il verra une muraille. Puis une déchirure. Et encore: un toboggan, un lac et un brasier; et puis du blanc, du blanc, du blanc partout. La lumière l'aveuglera. Des rires l'accueilleront. *Feu et Glace.* Non. Non... Cela ne sera pas, cela n'adviendra pas. Avant, juste avant, lui, il s'échouera. Il échouera? Ultime course. Radeau libre. Rien ne subsistera de lui, sinon la *houle* – à la fois flux et reflux, corpuscule. Dilution?

De toutes choses, la dilution marque la fin. Toute chose y puise, également, sa source – *la* source? *Vide et opposé.*

Et pourquoi l'affubler de ce surnom? Il l'entend insister « Morne-mer, le bien nommé », comme si cette précision détenait un sens en elle-même – à moins qu'elle relève d'un simple tic de langage. Combien de fois a-t-il tourné et retourné tous ces termes pour...

Petrack détend ses orteils, masse le dessus de ses cuisses, s'autorise un rictus qui satisfait la jeune femme – qui continue de parler, qu'il n'écoute plus.

« Morne-mer, le bien nommé... »

Bien sûr... Tout est en ordre – enfin!

Sa vision s'ordonne, son rêve épuisé: Capitaine, à la proue à langue de feu de son sloop agile, découvre sur l'horizon des mers du Sud l'île fantôme battue par la pluie, tel un dôme érodé, et... Tout s'explique!

« *L'Ivrogne... l'Ivrogne, vieux pirate, tu savais... Ah, tu savais ce que tu faisais!* »

Car ce que le commandant Petrack visualise, là, maintenant, droit devant, c'est un *morne* dans la *mer* – les créoles désignent les vieilles collines tropicales du terme de « morne »; l'île de la Tortue, Haïti en regorgent; comment n'a-t-il pas établi plus tôt ce rapprochement! Morne *et* mer: une île! L'Ivrogne a baptisé Anton comme une île. L'*Île noire*? Forcément. Il la lui a assignée. Pour qu'il la retrouve? Pour qu'il y retourne?

Petrack se redresse. Respirer, se donner une contenance. Il ne sourit pas, il se sent soudainement vide. Car, l'enthousiasme de la révélation écoulé, il ne reste qu'un jeu de mots dérisoire. Une blague, un sobriquet stupide bricolé dans l'urgence – l'Ivrogne était français et avait longtemps vécu dans les Caraïbes, ce surnom créole lui est venu comme ça, sans y penser, peut-être l'avait-il déjà entendu ou même déjà attribué à d'autres... C'est Anton qui a décrété qu'il s'agissait d'une énigme, et lui seul. *Morne-mer* relève donc d'un conditionnement consenti – il voulait tant qu'il présage d'un destin d'exception, d'une reconnaissance, d'une illumination... Et pendant cinq décennies, il a persévéré dans son erreur : chercher un sens par rapport à lui, et non à son inventeur ; or si *Morne-mer* possédait un sens, il n'existait que pour l'Ivrogne.

Le vieil historien disait encore : « Je ne voulais pas que cela finisse. » De quoi parlait-il réellement ? De l'Aventure Sans Fin ? De la quête du Pirate Sans Nom ? Ou de Virginia, sa dame de trèfle ?

Quel rapport avec l'Île noire ? Avec un *morne* dans la *mer* ?

Ce qu'il faut au commandant, vraiment, urgemment, c'est juste un moment de solitude, se retrouver et se souvenir. Rompre avec le défilé accéléré des sensations et des images qui rebondissent et s'entrechoquent, se replonger dans son passé, l'inspecter sans hâte, méthodiquement, chronologiquement, rationnellement.

Peut-il la congédier ? Il lui reste tant à dire. Et puis... S'il lève les yeux, c'est Nathalie Derenoy, du *Nathalie*, qui parle de fantôme, qui réclame son aide ; il la regarde et... Ne plus *décrocher*... S'il baisse les yeux, cette carte, la dame rouge... Pas une carte au trésor, mais, depuis l'Ivrogne, c'est un présage... Ne plus...

Il veut son fauteuil. Maintenant.

À défaut, cinq minutes de pause. Dans la cuisine ?

Le téléphone sonne. Le commandant Petrack saisit le combiné sans un regard pour la jeune femme, émet quelques onomatopées de circonstance, achève la communication par une grimace fugace suivie d'un « Oui », puis s'excuse : « J'en ai pour cinq minutes. Restez » et quitte la pièce.

La cuisine est minuscule, presque sans mobilier. Un évier, un frigo, une table haute et un tabouret de bar. Le jour s'y infiltre par une fenêtre tout en longueur, mais impossible d'apercevoir le ciel. Il a hésité entre un éclairage artificiel indirect imitant une belle lumière d'été et un spot malingre. Il aurait pu faire installer les deux systèmes. Le spot donne sur la table, il peut l'orienter s'il désire lire ou l'écarter s'il le souhaite. Juché sur le tabouret, aucune position n'est durablement confortable ; il s'y endort parfois. Le frigo ronronne dix minutes tous les quarts d'heure ; l'évier massif, d'origine, reste fêlé.

Les deux mains sur la céramique, il expire avec force par trois fois. Le temps de se redresser, de saisir un verre mis à sécher sur un torchon plié, de tirer de l'eau jusqu'à ce qu'elle soit fraîche, de remplir le verre et de le boire en quatre longues gorgées, il n'est qu'Anton. Ici, il ne triche pas. Longtemps, il a parcouru les boutiques pour dénicher des produits ménagers aux justes senteurs, qu'il a trouvés dans le quartier italien. Il aime nettoyer lui-même les surfaces blanches, longuement, à l'aide d'une vieille serviette humide savonnée avec économie. Les gestes réguliers (frotter, tourner, récurer, balayer) chassent toute pensée. Ce n'est pas exactement ça : idées, souvenirs, émotions, décisions, soucis, tout cela persiste, évidemment, mais rien ne se distingue plus. C'est… c'est une pensée sans saillie, globale. Comme au port de pêche, la nuit, quand l'Ivrogne racontait et qu'Anton fixait l'eau à ses pieds. Sans vigueur et selon un rythme imperturbable (faussement imperturbable : les variations étaient si subtiles, et permanentes, qu'elles s'oubliaient), la mer brassait algues et détritus, poussait reflets et écume, se laissait traverser par des ombres de canots, des rais de phare et des poissons argentés ou sombres.

« Qu'est-ce qui est important ? »

Patience...

Elle est la seule à l'avoir jamais suivi dans la cuisine, après qu'il s'y était réfugié à la manière d'un enfant blessé. Elle venait de dire : « J'ai du retard. — Tu veux dire que... — Quoi d'autre à ton avis. — Et... tu le gardes ? — Ça change quoi. — C'est un peu aussi... — C'est à moi de décider. — Mais... c'est important que nous... — Qu'est-ce qui est important ? » Elle était partie, l'avait informé un peu plus tard qu'elle ne garderait pas l'enfant. Il ne l'a jamais revue. Pas une nouvelle en plus de vingt ans ; il refuse, il est vrai, d'en obtenir qui ne soient pas issues de sa seule initiative.

Patience... Le surnom définissait moins son caractère que la qualité que Petrack avait cultivée pour la séduire. Il le lui avait dit, la première nuit, cela l'avait amusée. « Vous nommez ainsi toutes vos conquêtes ? *Peut-être, Perle, Paprika*... Toujours avec l'initiale de votre propre nom... — Le P de Petrack ? Non... Prudence, davantage... — Hum... Paranoïa ? » *Patience* avait le don du raccourci, du mot qui touche ; parfois, aussi, de la remarque assassine. Il ne l'avait pas reprise – il ne l'avait jamais reprise, même lorsqu'elle se trompait lourdement, convaincu qu'elle finirait par comprendre, quitte à ne jamais lui en faire part ; à présent, il en doute. Pouvait-il lui préciser que le P désignait sa vocation, et donc son destin, dont chaque femme constituait, en quelque sorte, un jalon, le P pour Pirate ?

Mais, à l'instant, il réalise que cette initiale fétiche lui a été suggérée bien avant qu'il se soucie des femmes. Convergences ? Le P était brodé sur les mouchoirs que le Déchiffreur a découverts dans le coffre échoué de la crique des naufrageurs... Était-ce à dire que chaque femme est un jalon du destin qui le conduit inexorablement vers l'Île noire? *Pourquoi pas*...

Au moment du rachat du *Nathalie*, Petrack avait hésité sur le nom à lui donner. Son ancien nom et toutes les marques qui rappelaient l'Ivrogne comme l'homme en blanc devaient en être soustraits. *Pourquoi pas* avait spontanément jailli dans son esprit pour être aussitôt rejeté. L'océanographe français Charcot avait déjà nommé sa première goélette ainsi – il a disparu en mer suite à une violente tempête, alors qu'il rentrait à Saint-Malo. Par ailleurs, l'indétermination de la locution l'avait agacé au point que cette première idée l'avait étonné. Il l'avait rebaptisé *Je le veux*.

Le surnom lui est revenu quand il a regardé la dame de carreau retournée – ce rapprochement a charrié son pesant de frustrations revanchardes, au point qu'à la seule pensée de la posséder il a fugacement empoigné son sexe, surpris par l'exigence de cette pulsion.

Nathalie, Nathalie, *Nathalie*...

« Délibérée, l'inclinaison charnelle allie possession et détachement, en résumant l'autre à l'accessoire. Ne pas s'investir, c'est se préserver, avait-il professé. — Vous voulez dire: régresser? » l'avait repris *Patience*, sur un ton à l'ingénuité parfaite.

Pour la troisième fois en moins d'une heure, la jeune femme réveille le souvenir bien préservé de *Patience*; cela ne s'est jamais produit auparavant et il regrette l'amalgame. Pire, il ne le comprend pas. Sauf à revenir au couple femme idéale, femme fatale – deux visages d'une seule? selon le *vide et opposé*? ou les deux sirènes?

Ces pensées lui rappellent qu'elle – *Pourquoi pas* – est toujours dans son bureau; il ne peut s'absenter davantage. Avant de quitter la cuisine, il s'accorde de sourire: il s'est isolé pour faire le point à propos de l'Île noire et a consacré cette interruption à un tout autre sujet (pas n'importe lequel...); décidément, il devra attendre pour songer tout à son aise à l'Ivrogne et à ses histoires, pour explorer ses souvenirs au creux de son fauteuil favori, le vieux, le bancal, le rouge.

« Reprenons, s'il vous plaît. Avant ce malencontreux appel, vous parliez du Molosse, mais, pour être sincère, le personnage m'ennuie dès qu'il se pense vertueux. Nul besoin d'afficher un diplôme de psychologie pour relever l'hallucination sous ce qu'il nomme une illumination, c'est-à-dire la réponse adéquate à son besoin d'être sauvé. C'est un marin, abandonné à la nudité, perdu dans les flots, qui navigue sur une barque dépourvue de voile, une sorte d'arche miniature que les flots modèlent grandeur nature. Bref, nous avons là les ingrédients qui déterminent une vocation soudaine : le remords d'un superstitieux, une succession de dangers palpables, voire une sorte d'apocalypse personnelle, il ne veut pas que cela finisse et… »

Il s'interrompt. Parle-t-il du Molosse, de l'Ivrogne ou de… de lui ?

L'intermède domestique ne l'a donc pas délivré de son malaise, mais peut-être s'agit-il d'autre chose. Jamais il n'a *décroché* pour sombrer dans le cauchemardesque et il doit remonter à la nuit où Anton a vomi dans les bras de l'Ivrogne et de Jak, celle où a été achevé le manuscrit du Pirate Sans Nom, pour ressentir ce mal-être, mélange d'angoisse, d'urgence et d'incertitude.

Il la regarde. Elle, dans son bureau, Nathalie. La pleine conscience de sa présence l'apaise. *Pourquoi pas*… Le surnom est aux antipodes du *Je le veux*, une invitation paisible qui dépouille Petrack du commandant et n'exige rien. Anton ? Un instant, rien qu'une brève seconde, il observe ses mains délicates et imagine ces doigts le toucher – c'est idiot, pas sans danger, mais il éprouve une amorce d'excitation qui le délivre du *tumulte*.

Quand il redresse son regard, elle lui sourit.

9

« Parlez-moi de Virginia. Que cherchait-elle ? »

Nathalie se déplace sur son siège et pousse ses jambes, qu'elle replie en se mettant un peu sur le côté. Cette posture n'est guère tenable, aussi elle se redresse.

« Virginia voulait des certitudes, lui répond-elle. C'était une scientifique, malgré tout. Mais elle ne récusait pas ses influences. Vous connaissez la légende du rocher de Percé ?

— Une histoire de vaisseau fantôme ?

— Pas exactement… Mes ancêtres ont accosté au Canada, dans la région de Frenchman Island, mais seule la première génération y est restée. Très vite, la famille s'est installée un peu plus au sud, dans le golfe du Saint-Laurent, à Percé. C'est une région magnifique, nous y avons encore une maison de famille qui donne sur le littoral. Virginia y est née et elle y est revenue chaque été de son enfance. Elle était fascinée par les oiseaux, des fous de Bassan qui y séjournent à la belle saison par dizaines de milliers. Ce sont des migrateurs, qui hivernent dans les tropiques. Leur vol offre vraiment un spectacle étrange… Juste en face de la maison s'élève un rocher tout à fait particulier, monumental à vrai dire. Je ne connais pas exactement ses dimensions, disons cinq cents mètres de long pour cent de haut et autant de large. C'est un massif calcaire que la mer a creusé. Jadis, il possédait deux arches, dans le sens architectural et non pas naval du terme; l'une d'elles s'est écroulée au milieu du XIXe siècle. Les touristes viennent le photographier. Mais, voyez-vous, quand on regarde le rocher à partir de la plage, sous un certain angle il évoque incontestablement la proue de l'arche biblique qui aborde la côte... Imaginez-le noyé dans le brouillard et vous partagerez le spectacle que ma grand-mère savourait chaque matin de la fenêtre de sa chambre... Elle rêvait alors de l'histoire de Blanche. En quelques mots: cette jeune fille vertueuse se lamente de son fiancé, qui se trouve en garnison en Nouvelle-France. Elle décide d'embarquer et quitte Saint-Malo...

— Saint-Malo?

— Oui, vous connaissez?

— Une simple escale, il y a longtemps.

— Percé et Saint-Malo se situent très précisément sur le même parallèle, n'est-ce pas singulier? Virginia y voyait une de ses convergences, comme elle aimait à dire, poursuit-elle tout en cherchant à améliorer son assise en se calant contre le dossier. Pas seulement pour cette raison, mais parce que le Sauvage le lui a fait remarquer dès leur première rencontre. Comme Blanche, il venait de Saint-Malo: cette légende les reliait avant leur naissance...

— Le Sauvage...

— Oh, je ne vous en ai pas encore parlé, forcément... Virginia et le Sauvage, c'est tout un roman. J'y reviendrai, parce qu'elle concerne également l'île du Molosse: c'est là où ils se sont connus. L'aventure de Blanche appartient à la même histoire, à sa manière.

— Je vous écoute... », l'invite-t-il à poursuivre, la laissant mener son histoire à son rythme.

« Pendant la traversée, des pirates abordent son navire et exterminent l'équipage. Blanche est la seule rescapée. Le capitaine décide de la faire sienne, alors elle l'implore. Elle lui raconte son amour, sa détermination à rejoindre son fiancé, comment elle a fui ses parents. Le pirate lui accorde ce vœu et fait voile sur le Saint-Laurent, mais à la seule fin de la posséder en vue de la côte... C'est horrible, quand on y pense ! Au moment de la prendre, Blanche parvient à lui échapper et se jette dans le golfe pour s'y noyer. Les marins la cherchent aussitôt, ils s'approchent du rivage et, au plus près, ils crient d'effroi : sur une pointe rocheuse se dresse le spectre diaphane de Blanche qui les damne, levant les mains aux cieux, en signe de malédiction. Alors éclate un orage d'une extrême violence et la foudre s'abat sur le navire, qu'il pétrifie... D'où le rocher de Percé...

— Tous les ingrédients d'une belle légende : le romantisme du voyage de la jeune amoureuse, la vilenie des forbans, la mort tragique d'une fiancée fidèle dont le prénom annonce la pureté virginale, et ce monument érigé par la nature pour rappeler aux simples mortels la puissance de ses éléments... Je conçois l'empreinte laissée dans l'imagination de la jeune Virginia – la bien nommée ! – par la contemplation quotidienne de cette fausse arche.

— Probablement... Certains matins, cependant, le rocher semblait s'animer. Virginia était fascinée par ce phénomène familier, elle en goûtait volontiers les délicieux frissons. Pourtant, elle n'a jamais perdu de vue que ce spectacle n'était qu'une illusion. Si un pirate sans cœur peut céder à cet impressionnant mirage, elle l'envisageait déjà comme une scientifique : elle examinait l'ingrédient d'une superstition... Malgré l'enthousiasme dont elle a fait preuve par la suite pour ses théories, elle n'a jamais oublié la leçon du rocher de Percé.

— Laquelle, précisément ?

— Les apparences sont trompeuses et jouent sur la première impression qui est réputée déterminante... Sinon, lorsqu'elle a fait la connaissance du Sauvage, elle s'en serait détournée. »

Petrack l'observe changer à nouveau de position. Il n'a pas d'autre fauteuil à lui proposer – ce bureau n'est pas destiné à recevoir, Jack Blackjack s'en est souvent plaint, il l'a grandement conçu pour cette raison.

« Le Sauvage est une rencontre qu'elle n'avait pas prévue, reprend-elle, comme toutes les grandes rencontres.

— Vous le pensez vraiment ? se surprend-il encore à répondre trop vite.

— Pardon ?

— Vous pensez que les rencontres importantes nous surprennent ?

— Peut-être tenons-nous là la raison pour laquelle Virginia abusait volontiers du terme de convergences. "Ni vraiment le destin ni tout à fait le hasard, pas tout à fait entre les deux non plus", disait-elle... Et vous ? »

Il prend le temps de la réflexion pour lui dire un banal « Ça dépend... », qui s'avère l'exact reflet de ce qu'il pense. Il ne l'attendait pas, elle ; il a tout fait pour que son ancien associé, lui, croie au fait du hasard...

« Nous pouvons avoir conscience du privilège de naître dans une grande famille, et en abuser..., semble-t-elle changer de sujet après s'être massé la nuque. Mais ici comme ailleurs il vaut mieux naître garçon que fille pour atteindre un minimum de liberté. Ma grand-mère s'est battue pendant des années pour avoir le droit de faire de véritables études ; en échange, elle acceptait d'épouser l'homme que son père lui désignerait. Elle avait assez de caractère pour imposer de nouvelles conditions à cette union chaque fois qu'un accord était en vue, elle était à bonne école pour agir de la sorte. Elle ne se marierait ainsi que son doctorat en poche. En retour, son père lui a imposé une limite d'âge ; Virginia a exigé des moyens. Sa thèse d'archéologie portait sur les vestiges précolombiens des Caraïbes, elle a donc demandé à mener ses recherches sur place. Son père a cédé, mais en lui imposant de ne partir qu'une fois fiancée... Et ainsi de suite... On raconte qu'elle a poursuivi cette négociation avec chaque prétendant et qu'elle a choisi mon grand-père, Mike, bien que de cinq ans son cadet, parce qu'il acquiesçait à toutes ses doléances, dont celle d'exercer son métier et de poursuivre ses voyages six mois par an. Virginia pouvait être satisfaite de sa victoire, car c'en était une. Mais je reste persuadée qu'elle n'avait pas mesuré la contrepartie de sa liberté professionnelle : un mois après avoir accepté sa bague, elle rencontrait un homme avec lequel elle aurait pu tout partager...

— Le Sauvage...

— Oui. Et, signe ou convergence, ils se sont connus sur l'île du Molosse... Encore qu'ils ne la nommaient pas encore ainsi entre eux, mais l'Île noire.

— Le Sauvage, l'Île noire... Deux noms français, qui n'avaient de valeur qu'entre eux. Mais en réalité ?

— L'île ne figure sur aucune carte, c'est lui qui l'a trouvée et désignée ainsi. J'aimerais vous raconter ce que j'en sais. »

Elle a ignoré sa question, la prenant assurément pour une simple remarque ; il regrette de ne pouvoir préciser qu'elle ne concernait que l'identité du Sauvage.

« Oui..., l'incite-t-il à enchaîner.

— C'était quelques mois avant le krach boursier de 1929, Virginia faisait escale à l'île de la Tortue, raconte-t-elle en savourant à l'avance l'anecdote familiale. Elle furetait à la recherche d'indices, dans l'espoir de découvrir une piste conduisant d'une manière ou d'une autre aux Mayas, à leur écriture hiéroglyphique ou à leurs pyramides. Les boucaniers sympathisaient volontiers avec les coupeurs de bois du Honduras, *Tortuga* avait connu assez de trafics pour la retenir plusieurs semaines... suffisamment longtemps en tout cas pour que son père finisse par l'y rejoindre. S'il l'avait laissée faire, elle aurait acheté de quoi faire sombrer la goélette sous la charge ! Parmi les pièces qu'elle convoitait figurait un manuscrit dont il lui avait refusé de se porter acquéreuse quelques jours plus tôt. Le document n'était pourtant pas censé l'intéresser : un pirate y racontait son enfance, et son journal était incomplet… Le vendeur avait insisté sur les illustrations, et elles lui avaient plu. Pourtant, il n'y en avait que deux. La première montrait une île perdue dans la brume, la seconde une vue plongeante sur une lagune avec, tout au fond, la silhouette fantomatique d'une arche…

— Une arche ?

— C'est ce qui l'a convaincue.

— Je veux bien le croire, mais ma question était plus… nautique. Une arche n'a pas de voile, donc pas de mât.

— Je ne connais que la description écrite de ce dessin. La coque était très nette, mais prisonnière d'un brouillard qui atténuait considérablement sa forme. Au-dessus du pont, les traits étaient si serrés et nombreux qu'ils laissaient place à tout ce que l'imagination s'attend à trouver : vergues, voiles, récifs, écume, fumées…

— Fumées…

— Je le concède volontiers : sa motivation provenait très certainement de la vision de la fenêtre de son enfance. Un intérêt plus sentimental que scientifique. Ou une intuition ? Toujours est-il que son père a cédé, mais trop tard. Le vendeur ne se trouvait plus en possession du manuscrit.

— Il l'avait vendu ?

— Non. Détruit, accidentellement… À la suite d'une partie de poker, il en était venu aux mains avec un autre joueur et, pendant la bagarre, une lampe à huile était tombée sur sa sacoche ouverte. Le fameux manuscrit a disparu dans les flammes. Cet escroc devait être un excellent bonimenteur, car il a convaincu mon arrière-grand-père de se rabattre sur une carte au trésor, tracée au stylo plume sur un morceau d'étoffe imprimée, où le vendeur avait lui-même ajouté quelques coordonnées ! Mais, voyez-vous, Virginia a toujours voué un culte particulier aux triangles ; et, de là, aux pyramides. Or, à partir de trois îles, cette carte en formait un. Cet intérêt n'a pas échappé au vendeur, qui a révélé que cette carte était l'œuvre d'un historien de valeur, qui l'avait établie en se fondant sur le journal du pirate qu'il lui avait, disait-il, généreusement prêté. Virginia a réclamé cette carte, elle a également exigé de rencontrer son auteur... Je crois, mais c'est mon sentiment, rien d'autre, que ses instances devaient beaucoup à l'attitude de son père – il l'aurait laissée faire, la première fois, elle aurait obtenu le manuscrit pour un meilleur prix... Le vendeur a sauté sur l'occasion : il pouvait les conduire sur l'une des trois îles et, en partant immédiatement, ils y retrouveraient cet historien...

— Et il s'agissait de l'Île noire, celle du Molosse...

— À l'époque, Virginia ignorait tout du Molosse, et même de Misson ; elle savait peu de chose sur les pirates en général. C'est ma mère qui a découvert les confessions du Molosse, très peu avant le décès de Virginia.

— L'Île noire...

— Son père avait beau être un homme d'affaires redoutable, et ne jamais se départir de son costume de mafieux, panama et mocassins bicolores, il ne savait pas lui dire non de vive voix. Généralement, ses refus, il les lui adressait par porteur... J'imagine combien il devait être heureux de l'accompagner sur cette île ! Le vendeur était du voyage, lui aussi, pour servir d'intermédiaire, ainsi que le pêcheur qui y avait conduit l'historien. Tous deux en dressaient un portrait déprimant : un fou, un savant, un mauvais joueur professionnel et un alcoolique fini !

— Prometteur, en effet...

— Ils ont abordé l'île par le sud, c'est-à-dire la lagune. Virginia espérait trouver les traces d'un rocher comme celui de Percé, même en tout petit. Mais il n'y avait rien de tel. Par contre, et vous aviez raison tout à l'heure de poser la question, les coraux étaient morts…

— Coïncidence…

— Virginia vous aurait répliqué : "Convergence…" Elle était sur le bateau quand ils lui ont ramené un homme d'une trentaine d'années, complètement ivre. Son père pensait lui administrer une belle leçon : cette incartade hors de son champ d'études au profit de sa vraie passion, les vaisseaux fantômes, se soldait misérablement. Pas d'arche, un guide hors d'état… Ah, il était loin de se douter de la complicité qui naîtrait de cette rencontre, et qui ne s'est jamais démentie.

— C'est elle qui l'a baptisé le Sauvage ?

— Oui. Elle l'a trouvé sur une île et il était nu.

— Elle avait peut-être une autre raison.

— Laquelle ?

— Elle était fiancée… En honorant sa promesse, elle se montrait, elle, civilisée.

— La Belle et la Bête ? Peut-être que nous partageons le même sentiment. »

10

« Mike était un homme excentrique, particulièrement gauche, éperdument amoureux. En dehors de la vie professionnelle, ou même plus précisément en dehors du périmètre de son bureau, qui était immense, mon grand-père semblait affligé d'une tare. Maladroit, pas à sa place, timide au point de paraître… plutôt idiot. Mais dans l'enceinte de son bureau, c'était un homme redoutable, autoritaire et inflexible… Je crains qu'il n'ait plus aimé ma grand-mère qu'elle, et en ce sens il est injuste qu'elle soit partie la première, non ? Il ne lui a jamais rien refusé. Il souhaitait profondément… l'épater, et quittait l'abri de son bureau dans ce seul but. Il échouait, bien entendu, chaque fois… Alors, il retournait s'enfermer, amassait une fortune et lui offrait ses rêves les plus farfelus. Elle ne lui en demandait pas tant. Elle n'attendait pas qu'il l'éblouisse. Peut-être qu'elle ne désirait qu'une chose, qu'il aime ce qu'elle aimait, l'archéologie… Quelques semaines avant sa mort, sur la terrasse à Percé, il me disait encore qu'il avait essayé, mais… ça ne prenait pas. “Ça ne prenait pas…” Ce sont ses mots. Sans ces efforts, aussi désespérés que constants, ma grand-mère serait-elle restée avec lui ? C'était une très belle femme, au visage énigmatique. »

Le commandant revoit ces yeux étroits, ces lèvres

fines, ce front haut, desservis par la trame de la revue nautique où il était si mal imprimé. Depuis le bateau de pêche où il cuvait sa colère, Anton avait aperçu de loin cette femme au port royal et avait décidé que cette goélette était *son* navire. La découverte de sa photo, quelques mois plus tard, avait réveillé ce sentiment : elle trônait, de biais, dans la cabine, devant un meuble couvert de bijoux. Elle était plus vieille qu'il ne l'avait imaginé, mais très belle. Il avait souhaité la haïr, car sa mère, bien qu'incontestablement plus jeune, ne pouvait rivaliser en rien – l'argent fait toute la différence, en avait-il conclu.

Patience avait ce genre de beauté intemporelle et se fichait de l'argent comme de l'apparence. Elle entrait et sortait de la douche comme elle se servait un verre, s'habillait sans attendre ou demeurait nue, passait à autre chose, affairée ou assise, tellement indifférente à son image… Ou si distante…

« Vous voyez, ces deux sirènes, dit-elle en désignant le cendrier, c'est elle. Une femme mûre, altière, sage, insaisissable. Et une femme jeune, enjouée, sensuelle et passionnée. Cet emblème lui a été offert pour ses vingt-cinq ans, par l'homme qui partageait sa passion. »

Petrack accompagne son regard sur le cendrier abandonné par l'Ivrogne, alias le Sauvage. La jeune femme l'a évidemment reconnu. Comment a-t-il pu imaginer qu'il n'en serait pas ainsi ?

Nathalie ramène ses longs doigts sur son pendentif et le fait tourner pour en exposer les deux faces – réplique parfaite de l'effigie du *Nathalie*.

« Mon grand-père a accepté cet emblème pour le *Nathalie*, poursuit-elle sans lever les yeux sur Petrack ni varier son ton. Vous imaginez ? Même si cette symbolique restait dans le secret des proches, cela revenait à admettre qu'un autre comprenait mieux sa toute jeune épouse que lui ! Or, Virginia et le Sauvage se retrouvaient tous les deux si souvent sur ce bateau, à chacune de ses expéditions. Ma grand-mère ne manquait pas d'appétit quand il était question de voyages… Ils partaient pour de longues semaines au moins deux fois par an, et se voyaient encore pour achever d'exploiter leurs dernières découvertes et préparer leur prochain départ. Ils théorisaient également beaucoup sur l'Histoire. Et les vaisseaux fantômes, bien sûr. Avec lui, elle pouvait parler de tout. Mike le savait et le comprenait… Il l'appelait lui aussi le Sauvage, mais ça ne devait pas être facile pour cet homme d'affaires qui ne se montrait sauvage que dans sa cage…

— Ont-ils été amants ?

— Est-ce important ? »

Ils se regardent et Petrack identifie la ressemblance. Virginia et Nathalie, les deux sirènes aux traits simples d'un tarot de Marseille, subjuguent plus qu'elles n'enivrent. Il comprend l'attachement du Sauvage, comme de Michael. Il aimerait répondre que non, mais ne dit rien.

« Leur dernière mission ensemble a eu pour destination le Nil, qu'ils désiraient remonter jusqu'à Assouan. Quelque temps après, elle est décédée d'un cancer foudroyant… Trois ou quatre mois plus tard, les deux hommes de sa vie se sont retrouvés sur le *Nathalie* pour achever le périple qu'elle avait prévu avec le Sauvage, mais je ne suis pas sûr qu'ils soient allés au bout de ce voyage. Après la Croatie, je pense qu'ils désiraient retrouver l'Île noire, revenir à la source… »

Tandis qu'elle vient d'incliner la tête vers le cendrier, il l'observe se mordiller la lèvre subrepticement. Le médaillon, qu'elle ne triture plus, oscille délicatement. Sa gorge se soulève et il redresse son regard pour l'écouter.

« Sur la fin de sa vie, ma grand-mère a relié l'Arche de Pero d'Omis à l'île du Chaos noir. Vous connaissez l'histoire ?

— Le *Manuscrit de l'île Éléphantine* ? Difficile de passer à côté…

— Mon université a beaucoup contribué à enfin déchiffrer ce texte, et... »

Petrack vient de lever la main et l'agite pour chasser cette dernière digression.

« Laissez-moi vous interrompre, s'excuse-t-il, mais j'aimerais préciser deux ou trois choses avant d'évoquer cette nouvelle légende. Votre grand-père s'est remarié très vite, avec une femme très jeune et très... séduisante. "Une gravure de mode fantasque", selon les magazines. Ça colle mal avec le culte amoureux qu'il vouait à Virginia, selon votre description. Autre chose, vous n'avez pas dit ce que faisait le Sauvage sur cette île, quand ils se sont rencontrés.

— Le Sauvage...

— Juste un point encore : continuer à désigner cet homme par son surnom lui confère une sorte d'aura que je n'ai aucune raison de cultiver. Quel est son nom ? Son vrai nom...

— Je n'en ai pas la moindre idée. Tout le monde le désigne ainsi dans la famille. J'ai examiné la comptabilité privée de mon grand-père après son décès, en vain. Il n'émargeait pas non plus dans les comptes du *Nathalie* ni ailleurs. À Saint-Malo, les archives municipales ont été détruites pendant la Seconde Guerre mondiale. J'ai perdu sa piste... Il parlait d'écrire un livre, dont je n'ai pas trouvé la moindre trace non plus, au sujet d'une légende, celle d'un navire pirate libérant les esclaves, le Pavillon blanc. Ma grand-mère se souvenait que le manuscrit du pirate, celui qui était illustré, s'achevait sur un pavillon étrange, une tête de mort sur fond blanc avec une jambe de bois à travers une orbite. Or, le Sauvage avait en sa possession une toile barbouillée du même signe. Et c'est lui qui a mis ma grand-mère sur la piste de Misson, dont le drapeau pirate était également blanc.

— Avait-il trouvé quelque chose ?

— Ce drapeau, justement dans cette île. Mais à part ça, non, rien d'autre... Quand ils l'ont récupéré, il était entièrement nu, et ivre, comme je vous l'ai dit… Quant à mon grand-père, c'est vrai qu'il s'est remarié très exactement un mois après ce dernier voyage en compagnie du Sauvage, au grand étonnement de tous… Il faut le comprendre. De son point de vue, cette union relevait du domaine des affaires. Elle était plus jeune que moi aujourd'hui, il avait presque cinquante ans. Une telle différence d'âge faisait jaser, encore plus à l'époque. Mais elle représentait deux avantages considérables pour un capitaine d'industrie : une alliance avec une autre famille, ce genre de mariage que mon père ambitionne encore à mon égard – au troisième millénaire ! – et, surtout, une parfaite femme du monde. Elle aimait et savait recevoir, paraître, faire la conversation avec tout le gratin. Virginia ne l'accompagnait jamais dans cet univers où il se sentait si terriblement mal à l'aise. Sa seconde épouse rattrapait ses bévues, les prévenait, même. Elle était… elle était une assistante idéale. La contrepartie se révélait dérisoire : des robes, des bijoux, des villas. Et mille et une réceptions extravagantes.

— Des croisières, aussi…

— Ils n'ont gardé le *Nathalie* que peu de temps avant de le céder à mon père. Naviguer, c'était se souvenir de Virginia. Sa seconde femme aurait fait cimenter la goélette au port, pour la transformer en pied-à-terre à proximité d'un casino… Mon père n'est pas davantage marin, il s'en est peu servi. D'après les dates, il semble que j'ai été conçue à bord, lors d'une rare sortie, qui est restée mémorable parce que l'équipage a perdu le contrôle du bateau pendant tout le temps d'une tempête. Ce qui serait resté une charmante anecdote familiale si ma mère… Il a donc revendu le bateau, au plus vite. Pour faire table rase du passé. Mais il n'a pas suivi plus loin l'exemple de son père, il ne s'est pas remarié. C'est dommage que le *Nathalie*, pardon, le *Je le veux*, n'arbore plus les deux sirènes et leur pyramide…

— C'était une pyramide ? esquive-t-il.

— Virginia y tenait beaucoup…

— En raison de son voyage en Égypte ou des pyramides mayas ?

— Non, ce serait plutôt l'inverse. La forme élémentaire du triangle est un modèle d'économie géométrique : impossible de délimiter un espace avec moins de données, trois points pour trois droites. Enfant, elle avait aimé y voir un symbole codé, une énigme à l'énoncé si minimaliste qu'aucune réponse ne pouvait être privilégiée – "Tout est possible", disait-elle. La carte du Sauvage, celle qu'il avait griffonnée dans une chemise, et que mon arrière-grand-père a achetée à prix d'or, était aussi simple et mystérieuse : chaque point marquait l'étape d'un "voyage sans fin"… À son retour d'Égypte, Virginia lui a demandé d'ajouter cette pyramide aux deux sirènes, en hommage aux trois qui représentent la gloire et la prospérité de l'Égypte, telle que l'annonce le *Manuscrit*.

— Le manuscrit ?

— Celui de l'île Éléphantine…

— Bien sûr. Vous voulez boire quelque chose ? »

Il se lève sans attendre sa réponse et se dirige vers le bar.

« Je prends un rhum. Et vous ?

— Vous n'avez pas quelque chose de moins fort, ou de chaud ?

— Un grog ?

— Normalement, je ne bois pas d'alcool.

— Je vous prépare un grog léger, je connais une bonne recette.

— Je préfère un simple thé…

— Si vous voulez. Qu'est devenu le Sauvage ? »

Le dos tourné, tandis qu'il s'affaire à chauffer une tasse d'eau, la question passe pour une simple politesse.

« Qui sait ? Il ne travaillait pas que pour ma grand-mère, je suppose, répond-elle en parlant plus fort. C'était un érudit, un historien de formation classique, avec un solide bagage, mais surtout un aventurier dans l'âme, incapable de s'asseoir derrière un bureau ou de se satisfaire des cent pas autorisés par l'estrade d'un amphithéâtre. Il louait donc ses compétences aux uns et aux autres. Sa sympathie naturelle devait l'inciter à fréquenter les scientifiques, mais leurs budgets sont mesquins et aucune ligne comptable n'accepte facilement la dépense d'un "déchiffreur".

— Un déchiffreur de quoi ?

— Officiellement ? De cartes, de rébus, d'énigmes… De toutes ces petites chausse-trapes qui gâchent une expédition et la privent de temps. Vous l'auriez probablement engagé…

— Moi ? »

Elle ne répond pas, ce qui l'arrange, lui. Elle enchaîne : « Mon père ne me parle pas de son passé, mon grand-père prenait le temps de me le raconter pour deux, mais sa relation avec cet homme était singulière. Il s'en sentait redevable, mais il ne pouvait pas l'apprécier. C'est pour ça qu'il s'en est débarrassé.

— Comment cela ?

— Oh, une sinistre histoire. Rien de très intéressant, je vous l'assure. Ça n'en vaut pas la peine.

— Pourquoi pas ? Terminons cette histoire le temps que votre thé infuse.

— Si vous voulez… Mon grand-père et lui se sont retrouvés l'été suivant sur le *Nathalie*. Mais sa nouvelle épouse était à bord. Ce devait être horrible, pour tous les trois. Entre ces deux hommes qui cultivaient la mémoire d'une femme qu'ils avaient aimée, chacun à sa manière, et cette jeune mariée… Le voyage s'est mal déroulé, très mal… Lors d'une escale, il y a eu cette histoire sordide, qui a servi de prétexte. Vous comprenez, elle pouvait se plaindre de son mari, mais elle n'avait pas à supporter le Sauvage.

— Que s'est-il passé ?

— Quelque chose d'embrouillé, d'assez incompréhensible. Une nuit, un voleur s'est introduit dans leur cabine, pendant leur sommeil. Vous connaissez le bateau, comment est-ce possible ? Avec le plancher qui grince et tant d'hommes d'équipage à bord... Le tout, sans effraction.

— Il y a des voleurs habiles... et chanceux.

— Il y avait surtout matière à faire peser les soupçons sur un familier, car un seul tiroir de la commode a été fracturé, celui des bijoux... Ce n'est pas le plus étrange, mais vous n'allez pas me croire : le voleur n'en a dérobé aucun ! Il a sorti leur coffret, a vidé un à un tous les bijoux pour les ranger soigneusement dans ce tiroir ; puis, il s'est éclipsé en emportant la boîte vide ! C'est moins un vol qu'une farce, non ? Ou un avertissement... La police a penché pour la plaisanterie, la jeune mariée pour le message. Et qui d'autre qu'un déchiffreur pourrait lui adresser une mise en garde codée de la sorte ?

— Quel message ?

— Je ne sais pas ce qu'elle a imaginé ! "Je suis ici chez moi." "Je reprends ce qui ne t'appartient pas."

— La boîte à bijoux était à lui ?

— Pas vraiment. Un petit coffre qu'il avait offert à ma grand-mère. Une vieillerie sans valeur, mais ils se faisaient ce genre de cadeaux, et mon grand-père ne disait rien.

— Qu'a-t-il répondu à ça ?

— Au début, il s'est défendu, et mon grand-père le soutenait, plus ou moins. Mais quand la police a proposé de relever les empreintes sur les bijoux, il a avoué. Que vouliez-vous que mon grand-père fasse ? Il a levé sa plainte et l'a congédié. »

11

Le commandant Petrack se retient de verser une larme de rhum ambré dans la tasse de thé de Nathalie. Il ferme les yeux et s'abandonne au parfum de jasmin – et se surprend, non pas à penser à Madame ou même à l'Ivrogne, mais à *Patience*.

« Mon cher, vous rendez-vous compte que vous vous retrouvez à chaque dîner mondain avec un psychanalyste à votre table ? Vous allez y perdre une fortune, il serait plus économique de consulter... » À la suite de quelle réception avait-elle dit ça, de ce ton égal qui trahissait l'aboutissement d'une longue maturation ? Elle lui avait souri, avec gentillesse, ce à quoi il ne s'attendait pas du tout. Il avait donc considéré la part de vérité que cette remarque éveillait en lui.

Pourquoi songer à cela, précisément et maintenant ?

Ah oui... Cette femme... Cette psy qui le draguait, ostensiblement, tellement prise par son jeu de séduction qu'elle ne voyait pas *Patience* se redresser et s'appliquer à découper son poisson en dés réguliers, une bouchée sur deux retournée pour en montrer la peau sombre, qu'elle organisait méthodiquement en échiquier – elle avait appelé le serveur pour refuser son assiette, sous prétexte qu'il y avait une reine de trop. « Votre passion pour les trésors n'est pas fortuite. Que cachez-vous, commandant ? — Vous parlez d'un secret ? — De quelque chose d'enfoui, en tout cas… — Mon enfance ne se constitue pas que de bons souvenirs, mais je n'en refuse aucun. Non, je ne vois pas ce que je me cacherais… — Sinon, ce ne serait plus un secret, voyons… — Selon vos théories, cela remonterait à avant mes six ans, n'est-ce pas ? — Pourquoi ? Vous situez un secret délicat après ? — Avant six ans, comme tout le monde, mes souvenirs authentiques sont rares. Ceux d'après ne me gênent pas. Aucun. Je suis clair avec mon passé. — Clair ? En voilà un terme ! Avez-vous un fantôme qui luit dans vos nuits ? » Il s'était demandé si, en couchant avec elle, elle se transformerait en psyché – il avait alors joué avec la perspective de la baptiser ainsi –, et n'avait remarqué qu'à ce moment la pâleur, toute spectrale pour le coup, de *Patience*.

Cette association d'idées le désarme. Comment son esprit raccorde-t-il cette anecdote négligeable à la conversation présente ? Craint-il, s'il se conduit en pirate avec la petite-fille de Virginia, de partager le sort de celui qui réservait à Blanche la sordide mise en scène de son viol ? Dès qu'il écarte cette déduction, trop superficielle pour être sérieuse, la douleur fuse dans sa poitrine – l'image du mort-né (une pierre ? des cendres ?) le traverse à nouveau comme en réponse à la malédiction de la vierge, fantôme et statue.

« Qu'attendez-vous de moi ? »

Ce n'était pas ce qu'il voulait dire – ça pue l'Anton, l'Ivrogne, le port et la grotte au trésor, *son* navire et Jak, *partir*…

« Nous sommes bien loin des vaisseaux fantômes, enchaîne-t-il, et encore plus de l'archétype des légendes ! Alors : qu'est-ce que vous voulez, Nathalie ? »

Cette fois, le prénom est prononcé sans tendresse. Ah, elle veut du *brutal* !

Elle décroise délicatement ses jambes et tire sa

jupe d'une main absente. Elle relève les yeux, néanmoins, et soutient son regard sans détour. Quand elle ouvre la bouche, ses deux mots sont précédés par un infime coup sec du menton : « Emmenez-moi. »

Oh.

« Quoi ? Vous voulez faire un tour en bateau ? Dans la goélette ? L'éponyme ? Voyons, mademoiselle, je n'organise pas des croisières nostalgiques. Et j'ai rebaptisé le voilier.

— *Je le veux…*

— Le bien nommé.

— Mon père m'a raconté comment vous…

— Peter, Virginia, le *Nathalie*… Toute la sainte clique. Et le comble : un Sauvage ! C'est vous qui courez après des fantômes.

— Des fantômes ? Je suis historienne, avant tout. Et je ne m'intéresse pas au passé par inclinaison chagrine, ce n'est pas mon genre. Croyez-moi. La confession du Molosse correspond au souvenir que ma grand-mère garde du dessin. Cette arche a existé. Ou son illusion, car le Sauvage la décrivait autrement. Lui aussi a vu ce manuscrit et il ne conteste pas la présence d'un navire, loin de là. C'est un fait, qui nous conduit à une piste. Je veux aller sur l'Île noire pour chercher des indices. Qu'ils aient raison ou se soient trompés, je veux juste en avoir le cœur net. C'est simple.

— Très simple, et c'est bien pourquoi vous n'avez pas besoin de moi pour satisfaire à ce caprice ! De mon côté, c'est clair, j'ai autre chose à faire !

— Vous avez dix mille choses à faire, c'est vrai. Tout comme il est vrai que si nous avions voulu récupérer le *Nathalie*, nous l'aurions déjà fait. Vous le savez. Nous le savons. Je suis venue vous voir, cependant. Commandant, il est clair que vous vous trompez de priorité. »

Elle n'ajoute rien, laisse le silence s'instaurer – pour combien de respirations ? –, afin de le pousser à la relancer ? Si oui, c'est vraiment la fille de son père !

Petrack, qui s'est détourné, jette un œil en sa direction – elle ne le regarde pas. Ses mains jouent avec le cendrier en bronze, son pendentif aux deux sirènes danse contre sa gorge. Quoi ? Qu'est-ce qu'elle a d'exceptionnel ? Ou de juste particulier ? Il la trouve jolie, c'est une question d'âge. Sa peau, ses seins, ses lèvres ? Mais il a épuisé tant de corps qu'il connaît bien l'émotion du désir d'une autre, sa force et ses leurres. Il se donne, quoi : deux nuits pour en faire le tour ? S'il baisse les paupières, est-ce seulement son visage qu'il voit ? Et zut ! Il n'y est pas. Ce n'est pas ça. Pas ça du tout. Il détourne les yeux et plante son regard sur l'étagère où s'incruste le coffret de Virginia. Il désire être seul, l'ouvrir, se souvenir, mais il désire aussi se battre, crier, cogner…

Techniquement innocent.

La douleur, maudite, ulcère sa mélancolie. Il oblique la tête et cherche *Patience* au fond de la pièce, dans le recoin sombre au fauteuil rouge – elle aimait passer à l'improviste, tard, et l'observer travailler à son bureau en s'appropriant sa place, les jambes par-dessus l'accotoir, un livre dans une main, un whisky dans l'autre –, et ne voit que la bouche de la jeune femme qui dessine deux ou trois mots muets, se contracte en une moue gracieuse – sensuelle ? –, puis s'entrouvre :

« Quand vous ne connaissez des contes de fées que les films de Disney, la découverte des travaux des frères Grimm a de quoi vous laisser pantois. Alors, que penser de leur psychanalyse par Bettelheim ? Virginia a suivi cette démarche par rapport aux plus vieux mythes. Une fois débarrassés de leurs interprétations moralisantes, nous arrivons à des légendes "païennes", qui parlent aux hommes de l'humanité, des allégories pragmatiques qui aident une espèce intelligente à survivre – "gloire et prospérité". Elle n'a pas souhaité s'en tenir là, elle s'est demandé ce qui les a inspirés… Imaginez qu'un archéologue ait trouvé un site dont l'origine remonte à la source même d'un des plus vieux et des plus partagés des mythes, n'envisageriez-vous pas d'aller y faire un tour ?

« Commandant, je suis historienne, insiste-t-elle, j'observe les faits, tels qu'ils sont et pour ce qu'ils sont, mais aussi pour ce que nous en faisons, au fil du temps... Bien sûr que les vaisseaux fantômes s'expliquent à la fois par l'accident et la superstition, de nos jours comme jadis, et sur toutes les mers. Sans jamais y souscrire, je peux, non, je dois m'interroger, en ma qualité d'historienne, sur leur universalité et ne négliger aucune piste. Croyez-moi, commandant, Virginia ne se laissait pas abuser par les contes de son enfance, elle traquait les indices d'un mythe fondateur, d'un archétype originel. Peut-être a-t-elle trouvé quelque chose qui l'explique ou nous en rapproche. Elle le pensait, et j'ai des raisons de le croire, des raisons nouvelles.

— Des raisons nouvelles...

— L'archéologie est une discipline téméraire, qui se fonde sur la découverte, avance-t-elle. La plupart du temps, ce que nous trouvons s'inscrit dans nos attentes. Pas toujours. Parfois, rarement, nous mettons au jour quelque chose qui nous surprend vraiment, voire qui nous perturbe. Mais certaines découvertes bouleversent notre conception du monde au point de nous faire douter du bien-fondé de les publier...

— "Ce sont les historiens qui font l'Histoire..."

— ... et qui la défont, oui. Précisément. Ce que Virginia pressentait, le *Manuscrit de l'île Éléphantine* l'établit.

— Celui sur la naissance du Nil ?

— Qu'en savez-vous ? »

Sa question le surprend et sème le doute : qu'a-t-il raté à ce propos ? Le meilleur profit généré par ce manuscrit ne tient-il pas à son exploitation commerciale ? Plusieurs scientifiques ont profité de l'aubaine pour réclamer le renforcement de leurs budgets, leitmotiv dont la presse a largement fait écho, assez pour forcer la main aux pouvoirs publics – du moins, des promesses ont été retransmises par journal télévisé interposé. Quoi d'autre ?

« Je rends volontiers hommage à la sagacité et à la persévérance des chercheurs qui ont déchiffré une langue si ancienne, mais pour le reste... Le grand public raffole de mystères antiques et de rituels extravagants, la presse ne s'est pas privée de l'en rassasier ; des équipes de scénaristes doivent déjà bûcher le sujet en Californie ou à Vancouver. Mais moi...

— En êtes-vous si sûr ? insiste-t-elle.

— Quoi ? Tout ce bazar médiatique aurait occulté l'essentiel du manuscrit ? » en déduit-il.

Belle performance d'invisibilité ! En toute autre circonstance, le commandant Petrack se serait morigéné pour avoir répondu si vite et si ouvertement. Difficile de trahir davantage son intérêt professionnel pour la question...

« Mon université a participé au déchiffrement. L'un de mes professeurs m'a prise pour assistante. Je ne prétends pas avoir gagné cette place au seul mérite, ma nomination était implicite : mon père subventionne son département... Ce qui m'a donné accès à son ordinateur. Or, son mot de passe, c'est le prénom de sa femme, en grec. Pas très malin... J'ai copié la transcription intégrale du manuscrit.

— Vous me dites que vous l'avez volée ?

— Absolument. »

L'idée lui plaît, beaucoup ; il aimerait le lui dire, il n'en fait rien.

« Plus que tout autre, commandant, vous imaginez l'exaltation qui a accompagné nos travaux. Participer à une telle découverte est un privilège. Mes collègues étudiants étaient ravis, grisés par la faveur qui nous était accordée. Je partageais leur fébrilité, mais... je remarquais certaines choses. Les chercheurs irradiaient devant les caméras ou lors des réunions, mais, entre eux, au laboratoire, ils chuchotaient et aucun ne répondait jamais à mes questions sur les motivations de ce prince sans nom. Alors, j'ai voulu savoir. Ou bien j'étais idiote et présomptueuse, ou bien j'avais raison… Comment expliquez-vous que le Nil jaillisse soudainement et précisément au moment et à l'endroit où se déroule la cérémonie ? Et quel était l'objet réel de celle-ci ? Au monde entier, cette poignée d'universitaires n'a livré qu'une version expurgée du texte. Même la communauté scientifique s'est laissé berner : la découverte d'un manuscrit entier reste exceptionnelle ; entier et bien conservé, cela relève du miracle. On y est trop habitué : la montagne des archéologues n'accouche jamais que de maigres souris. Pas cette fois. Le texte est complet et tout a été traduit.

— Mais tout n'a pas été divulgué… Que disent les passages censurés – ceux que vous avez dérobés ?

— Ils disent que Virginia avait raison ; ils disent qu'eux, ils avaient tort. Tous, pendant ces années où ils l'ont tenue pour folle. Voilà ce qu'ils disent !

— Racontez… »

Petrack se cale confortablement dans son fauteuil, songe qu'il devrait l'inviter à quitter ce siège, puis écarte cette pensée : l'inconfort l'incitera de plus en plus à aller à l'essentiel, sans se préoccuper des tournures, et peut-être, ainsi, à en dire plus que prévu.

12

« Mon professeur s'est ingénié à "dépoussiérer" ce texte, selon son expression, reprend-elle après avoir résumé le manuscrit. Pour lui, le scribe a menti. Sa mission consistait à établir une description antérieure aux événements, conformément aux vœux et au rêve d'un monarque qui n'est jamais nommé. Rien qu'avec ce détail, ça ne colle pas. Vous n'ignorez pas l'importance du nom dans l'Égypte ancienne. Le connaître, se trouver en mesure de le prononcer, c'est disposer d'un pouvoir puissant sur celui qui le porte, jusque dans l'au-delà… Or ce grand prince, ancêtre du tout premier pharaon, périt et se transmute en pierre… Son sacrifice, dont ce manuscrit est le témoignage anticipé, devrait l'honorer davantage, non ? Les hurlements des premiers-nés qui l'accompagnent ne sont pas les cris de joie annoncés, mais, c'est explicitement indiqué, des cris de terreur. Comment le commanditaire de ce "reportage" a-t-il pu le laisser écrire cela ? Où est son intérêt à le faire ? C'est en contradiction parfaite avec son mobile… Alors, est-ce un faux, tout bêtement ? Ou bien avons-nous affaire au travail d'un copiste, peut-être contemporain des faits, qui aura altéré son rapport, pour diverses raisons ?

— Vous ne disposez vraiment d'aucun indice quant à son nom ?

— Pas le moindre… Autre étonnement : la place du scribe dans ce récit. Non seulement c'est un subalterne, mais un esclave, qui se voit autorisé à s'attribuer un rôle essentiel : découvreur des anciennes légendes, confident du monarque et commentateur de son grand œuvre… Mais est-ce réellement la version "autorisée" qu'il nous a transmise ? A-t-il seulement survécu à l'explosion finale ? Comment ses tablettes ont-elles échappé à la destruction ?

— Le *Manuscrit* n'a pas été retrouvé à proximité de l'île Éléphantine, mais dans la région du Caire, non ? Les tablettes ont donc été gravées avant leur voyage vers l'île du Chaos noir, et laissées dans leur palais. Tout au plus, ont-ils emporté une copie conforme…

— D'autres points sont également sujets à contestation. Prenez l'épisode des Gardiens, il faut ramener l'interprétation de leur manège aux faits : ce sont des bêtes sauvages qui défendent leur territoire. Ou encore, tout au début, la description de l'île, qui annonce les pyramides quand on la regarde d'un certain côté… Est-ce une coïncidence, une prémonition ou une escroquerie ?

— Cela fait beaucoup, effectivement.

— Voilà l'approche officielle de mon professeur : cette pièce est une belle antiquité destinée au musée, son texte un récit propre à enflammer l'imagination, son contenu une énigme douteuse réservée aux historiens en mal de notoriété…

— Réaction prévisible, et plutôt sage, non ? Les universitaires sont des gens prudents.

— Et vous ?

— Plus qu'on se plaît à l'imaginer…

— Reste la nef… Qui ressemble bien peu à l'arche telle que nous la présente le mythe revu et corrigé du Déluge, qui est bien désignée comme telle, mais parfois aussi comme le Vaisseau ardent.

— Cette double appellation rappelle les deux interprétations du dessin de l'Île noire, conclut-il. Virginia partageait la même vision que le Molosse, mais pas le Sauvage, non ?

— C'est exact. Le Sauvage évoquait déjà un Vaisseau ardent, presque quatre-vingts ans avant la découverte du *Manuscrit de l'île Éléphantine*.

— C'est curieux…

— Plutôt. Mais ce texte nous apporte du moins une réponse : cette nef a existé. Concrètement. Quelque chose dont la nature nous échappe et qui nous paraît irrémédiablement improbable. Une sorte d'alliance de feu et de glace des premiers jours du monde, reliques du Chaos originel. Il nous en parle comme d'un conglomérat d'ébène pétrifié, nappé de brume, parcouru de flammèches, provoquant des comportements aberrants à son approche. Selon l'angle sous lequel on le regarde, et cela dépasse la question de l'arche ou du Vaisseau ardent, son aspect diffère. Île, forêt, dragon, nef ?

— D'après vous ?

— Au premier contact des hommes, cette île, située en plein désert, s'embrase… L'incendie s'étend sur des semaines entières, sans s'épuiser, sans même consumer le pont de bois qui vient de la rejoindre. Mon professeur et ses pairs ont tronqué ce texte en prétextant une agréable variante du folklore mythologique, gardant pour eux les fragments qui mentionnent le phénomène du Vaisseau ardent.

— Cette précaution n'est que provisoire, le premier qui sortira une théorie valable sur ce phénomène aura sa part de "gloire et prospérité", non ?

— "Pour juger d'un homme, ce n'est pas cet homme qu'il faut examiner, mais l'enjeu auquel il se trouve confronté", mon père me l'a assez souvent répété… Notre conception du monde se développe sur notre conviction intime qu'il existe une vérité, unique, universelle et intemporelle. Mais si cette fondation bouge, comment réagir ? Cette histoire dérange, commandant, elle s'accorde mal à notre perception du passé ; nous préférons finalement nous en tenir à notre répertoire et réfuter des arguments plus solides. Pensez au sort réservé à Darwin dans nos écoles où l'évolution doit être présentée comme une simple hypothèse, à parts égales avec le jardin d'Éden. Cette arche qui brûle et qui se rebiffe, ce fleuve qui jaillit, qui décime la foule et qui permet l'Égypte, ce prince orgueilleux qui meurt statufié en dieu bienveillant, mais anonyme… Comment l'accepter ? Selon moi, les faits importent moins, ici, que l'incohérence symbolique. La logique mythologique n'est plus respectée. Peut-être détenons-nous là l'essence d'un mythe intact, non revu, non corrigé, non arrangé… Un compte rendu d'un événement réel, dans sa forme primitive.

— Vous croyez sérieusement au Vaisseau ardent ?

— Ce manuscrit n'est pas le seul à le mentionner. »

Comme pour appuyer ses assertions, la jeune femme extrait de son grand sac un porte-documents en cuir noir, gravé à ses initiales, et le pose devant elle, sans l'ouvrir ni le pousser vers lui.

« J'ai toutes les preuves de ce que j'avance, là. »

Une sacoche fermée, dissimulant un manuscrit rare, des cartes de poker sur la table et un silence nocturne qui dure… Cette scène, Qui-perd-gagne l'a déjà jouée avec Blackjack, premier du nom.

« Elle n'en savait rien ! explose-t-il. Sans des années d'études préparatoires et sans le recours à un supercalculateur, cette traduction était impossible ! Comment Virginia pourrait-elle en avoir eu connaissance, elle est morte voici un demi-siècle.

— Je viens de vous le dire, d'autres légendes mentionnent…

— … des légendes ! Rien de plus sérieux ?

— Ses notes font allusion à l'arche des origines, dans une oasis sacrée, qu'un monarque aurait profanée en sacrifiant de nombreux nomades… Elle y associe, nommément, la première crue du Nil et la naissance de l'Égypte… Il y est fait aussi mention d'un vaisseau gigantesque, aux voiles de feu, à la coque de brume… Les événements concordent, seul le point de vue change.

— Une autre de ses convergences…

— Pas n'importe laquelle, commandant… Ce sont ses toutes dernières notes au retour de leur voyage en Égypte. "Le Sauvage m'a rapporté une Légende Nomade." Suivent quelques lignes que je viens de vous résumer.

— Seulement quelques notes ?

— Le Sauvage avait insisté pour qu'elle se contente d'écouter et n'en rien transcrire. D'un certain côté, c'est ce qu'elle a fait, puisqu'elle s'est limitée à signaler que cette légende confirmait tels et tels points de sa théorie. Elle laisse entendre que ses révélations l'incitent à aller plus loin, et l'aident à trancher dans toutes les hypothèses qu'elle a élaborées jusque-là. »

Sa réaction montre qu'à l'évidence la jeune femme n'en sait pas plus… Petrack soupire plus bruyamment qu'attendu et se lève parce que ses jambes l'exigent – il doit paraître cent ans ! Trop de pensées l'assaillent, trop de réflexions l'appellent – il doit se calmer, prendre le temps d'ordonner tout cela… Jak éprouvait-il un tourment semblable quand il dansait comme un ours ?

« Rien d'autre ? » lâche-t-il en laissant ses pas le conduire jusqu'au bar où ses mains retrouvent la bouteille de vieux rhum. Aussitôt, et il est heureux qu'elle ne puisse le voir, il entend l'Ivrogne insister sur l'interdiction de transcrire la Légende Nomade qu'il leur raconte. Anton, lui, l'a intégralement recopiée, le soir même, le soir où l'Ivrogne s'est noyé.

Il se souvient aussi que l'Ivrogne lui avait expliqué que le texte rédigé par le premier scribe du monarque devait l'être dans une langue si ancienne que nul ne pourrait le déchiffrer. Et que, en ce sens, bien que différente par son point de vue et sans cesse déformée à force d'être transmise de mémoire, la Légende Nomade se rapprochait plus de la vérité que le manuscrit illisible. Cela l'avait beaucoup amusé, mais il en était à son troisième flacon.

Dans son dos, n'ayant rien remarqué du malaise qui l'oblige à ne pas broncher, Nathalie enchaîne sur son premier projet de thèse, à partir d'une saga viking méconnue, dont elle a découvert la trace par hasard dans la Bibliothèque interdite.

« La thèse sur le vaisseau fantôme, l'interroge-t-il encore trop brusquement, celle de votre premier mensonge ?

— Un bon mensonge intègre beaucoup de vérités, répond-elle du tac au tac sans relever autrement l'allusion. J'ai véritablement envisagé d'y consacrer ma thèse, j'ai même commencé un plan… Hélas, très vite je me suis rendu compte que je manquais de matériel. Un tel devoir exige des recoupements, des confirmations par différentes sources, des extraits d'auteurs patentés, bref : de la rigueur. Or, mon document de départ se présente comme une petite pièce de théâtre. Le Sauvage, qui le signe sans indication de date, affirme en préambule que tout y est authentique, mais faute de partager les textes dont sa prose est issue, je ne pouvais rien en dire à l'université… Je n'ai rien trouvé et j'ai cessé de perdre du temps. Cette décision m'a amenée à penser que "Le Fléau des mers" pouvait très bien avoir été écrit pour occuper ses nuits à bord et divertir Virginia, qui dormait dans une cabine voisine. Malgré tout le crédit que j'accorde au personnage, vous comprendrez mes réticences et mon soupçon : ce divertissement n'était-il pas aussi, ou surtout, un jeu entre eux deux, une sorte de message codé dont les nuances échapperaient à mon grand-père ? Parce qu'il y est quand même question de la fidélité d'un marin à une seule femme, dans cette culture polygame, femme dont il peut seulement rêver… D'ailleurs, ce Viking est l'*homme qui dit le chemin*, nommément le gendre de celui qui guidera Erik le Rouge jusqu'au Groenland – l'allusion est claire, non ?

— J'y vois de quoi inspirer une thèse sur la sublimation du malheureux amoureux, rien sur le vaisseau fantôme. Ardent ou pas.

— Virginia a cerclé de rouge tout ce qui désigne le Fléau des mers comme l'archétype des vaisseaux fantômes, car lorsqu'il entre en contact avec d'autres bateaux, il les transforme en Pierre de brume, des vaisseaux fantômes à leur tour. Et ses marins en Cendres mêlées. À noter qu'il est le seul doté de ce pouvoir… Sa description concorde avec la confession du Molosse et la Légende Nomade : flammes et brouillard. Quoique le Sauvage parsème son texte d'une sorte de mantra, "Feu et Glace".

— "Feu et Glace" ?

— Oui, et le *Manuscrit de l'île*… »

Les yeux fermés, Petrack manque la suite : cette expression, jamais l'Ivrogne ne l'a utilisée en présence d'Anton, mais Anton l'a lui-même dite, après avoir découvert qu'il avait achevé les Mémoires du Pirate Sans Nom, et tout à l'heure, encore, lors de son malaise.

« … seule chose qui manque se rapporte à l'enfant.

— L'enfant ?

— Oui ! Des textes qui évoquent ce genre de vaisseau fantôme, on en retrouve. Vous connaissez la légende de la baie des Chaleurs ?

— Oui. Un spectre est par nature immatériel, d'où le brouillard…

— Et les feux follets…

— Les Saint-Elme.

— Mais n'avez-vous jamais entendu parler d'un vaisseau fantôme qui enlève des enfants ?

— Et vous ? »

Pourquoi l'Ivrogne n'a-t-il jamais parlé de ce Fléau des mers ni fait la moindre allusion aux Vikings ? Pourquoi n'en avoir rien dit ? Pourquoi l'avoir caché ? Combien d'autres histoires… si seulement…

« Des guerriers, des vierges, des marins, tout ce que vous voulez, mais un enfant par-ci par-là…

— Vous êtes sûre ? Virginia n'a établi aucune… convergence ?

— Non. Pas cette fois… Elle a souligné ces passages en bleu. En marge de l'un d'eux, elle avait noté : "D'où le tient-il ?" Un temps, j'ai pensé qu'elle suspectait le Sauvage d'avoir inventé cette histoire, que ce n'était effectivement qu'un amusement. Peut-être a-t-elle partagé ce sentiment, mais, plus tard, elle a classé cette pièce avec les éléments majeurs de sa quête… Après avoir biffé cette annotation.

— Comment le savez-vous ?

— Son écriture a changé sur la fin, les dernières semaines je veux dire. Elle utilisait alors un crayon à papier très gras, plus rien d'autre. Et elle tremblait, la pauvre. »

Petrack hoche la tête, non par compassion mais par satisfaction : son intuition était juste, Virginia n'a accrédité cette fiction qu'après avoir entendu la Légende Nomade. Mais elle a respecté son serment, elle n'en a pas partagé le secret. De même que l'Ivrogne n'a jamais trahi l'île, pas même en faveur de la belle aventurière qui est venue l'y chercher. Le vieil homme a probablement regretté son silence comme sa réserve, d'où son report sur le jeune voleur croate, qui s'est désigné à lui en s'emparant du coffre chéri qu'une autre convoitait. Et s'il est mort avant d'avoir tout dit, hélas, Anton est cependant devenu le commandant Petrack, l'explorateur que les médias célèbrent, un homme sans attache, un homme déterminé qui détient désormais plus d'informations sur l'Île noire que le Sauvage et Virginia réunis – grâce à Nathalie, spoliée du *Nathalie*, qui lui apporte les pièces du puzzle qui lui manquent depuis cinquante ans…

13

Adossé au bar, il l'observe. Debout, il la domine ; surtout, il la découvre pleinement de profil. Son fauteuil ne pivote pas, elle doit se tordre légèrement pour le regarder. L'accotoir au design élancé l'expose tout entière. Nathalie s'en sort plutôt bien, et pas seulement en raison de sa jeunesse ou de ses atours.

« Vous devez me trouver terriblement sensible, se justifie-t-elle.

— Certainement pas dans le sens de *délicate*, se surprend-il à répondre avant de se ressaisir. Je subodore beaucoup d'atavisme dans cette implication sentimentale. »

Il ferme les yeux, chasse son désir – lui, *brutal*, elle, *délicate* – et retrouve le cheminement de ses propos.

Elle vient d'évoquer son principal professeur d'archéologie, celui-là même qui a escamoté l'essentiel du *Manuscrit de l'île Éléphantine*. Lors de l'introduction à son cours, il leur a donné une définition de la quête de l'archéologue : « remonter à la source des mythes ». La jeune étudiante avait considéré cette approche comme « romanesque/romantique », a-t-elle tenu à préciser. Mais aussitôt, Nathalie a énuméré les causes accidentelles qui ont altéré les mythes originels (travail de la mémoire, déformation de la transmission orale, erreur de traduction, d'interprétation, de recopie...) ou conduit à leur perte (incendie, tremblement de terre, faits de guerre…) et le commandant soupçonne que c'est davantage l'élève que le maître qui récite sa leçon.

La sacoche qu'elle a posée devant elle, sans en avoir révélé l'exact contenu, peut être celle, à la fois luxueuse et très légèrement défraîchie, qui l'accompagne dans les amphithéâtres depuis deux ou trois années. Tandis qu'il lui accorde vingt-trois ans, à une année près, il se demande combien de classes cette élève brillante, qui s'enorgueillit d'avoir obtenu une mention – « la plus haute » –, a sautées pour présenter sa thèse si jeune. Elle reste encore une enfant – mais qui ne l'est pas ?

« Il a même qualifié de criminelle la destruction volontaire des sources, insiste-t-elle. Et de nous citer la découverte de l'Évangile de Judas, qui le décrit davantage comme le favori de Jésus, du moins l'apôtre qui l'a le mieux compris, et non plus l'archétype du traître.

— Point de vue qui n'a guère entraîné de remous, l'incite-t-il à poursuivre.

— Justement. Nous préférons honorer nos anciennes croyances plutôt que de mettre en cause les fondements de nos certitudes. Pourtant, cette anecdote a rappelé qu'il existait plusieurs dizaines d'évangiles dont nous ne saurons jamais rien, parce qu'un père de l'Église les a sciemment et consciencieusement détruits, des siècles après leur rédaction… Sans compter tous les textes philosophiques qui ont subi le même sort… Mais ça n'a rien changé.

— Les religieux s'en sortent toujours. Ils gèrent leurs contradictions en en faisant des mystères… Ça renforce la foi, ils le savent et en usent.

— Sur ce plan, Platon ne vaut pas mieux : à défaut d'obtenir l'autodafé de ses contradicteurs, il les a snobés en ne les citant pas une seule fois. Bien réussi : en cours de philo, avant lui c'est le néant… "C'est du vandalisme, c'est terriblement humain et ça remonte à la nuit des temps", nous a-t-il affirmé de façon prémonitoire avant d'ajouter : "Nous ignorons tout des motivations des premiers censeurs." Voilà ce qu'il nous a promis, nous allions œuvrer pour "rétablir la vérité"…

— *Veritas*…, l'interrompt-il. La devise des dominicains.

— Il nous a laissé entrevoir qu'avec un peu de chance et beaucoup d'application, peut-être l'un d'entre nous, un jour, aurait la chance – le privilège – de déterrer un indice susceptible de bouleverser notre vision du monde. L'archéologie est la science la plus nécessaire à l'humanité. »

Le commandant Petrack n'a jamais partagé cette inclinaison pour les grands idéaux, aucun et d'aucune manière. Il l'observe chez les autres et s'en amuse parfois, quand il ne l'utilise pas : c'est un levier puissant. Il lui suffirait, maintenant, de dire un mot sur la recherche de la vérité, et Nathalie le suivrait…

« Pourtant, vous n'êtes pas archéologue.

— Mon père s'y est refusé, catégoriquement. Historienne, je peux m'engluer sagement dans une métropole universitaire. Quel riche héritier voudrait d'une épouse partie gratter la poussière neuf mois par an ? Voyez-vous, Virginia a trop voyagé avec le Sauvage pour me le permettre…

— Je peux imaginer sa réticence…

— Virginia avait trouvé un indice, ils en ont dissimulé la preuve. »

« Neuf mois » a-t-elle dit ? Comment l'imaginer mère, alors qu'elle est toujours elle-même si jeune, pétrie d'idéal, soumise à son père et si facilement déçue par son professeur qui, à ses yeux, n'a pas encore acquis le droit de mentir ou de trahir…

« Ma famille, reprend-elle, du moins depuis notre arrivée dans le Nouveau Monde, je vous l'ai dit, se caractérise par un attachement sentimental à la notion de renaissance. Nous avons été chassés de notre pays après avoir été dépouillés de tous nos biens et titres. Nous étions des émigrants ordinaires, mais nous avons fondé un empire. Nous comptons parmi les familles les plus influentes du plus puissant des pays du monde…

— … "du plus puissant des pays"…

— Nous aimons à le croire.

— Je n'en doute pas.

— Virginia n'y a pas échappé. Sa vision quotidienne du Rocher ne pouvait qu'étroitement associer les mythes de l'arche et du vaisseau fantôme…

— Elle a vraiment pensé que le Molosse avait vu l'arche ? Celle du Déluge…

— Que savez-vous du Déluge ?

— Dites… »

Il veut l'entendre de sa bouche, savoir quels mots elle emploie, quels épisodes la touchent et comment.

« Pour la plupart d'entre nous, cet épisode de la Genèse est avant tout une illustration : l'arche, cette barque gigantesque, couverte d'un pont et dotée d'une coque tout à fait impropre à affronter la houle. Noé y conduit tout un troupeau disparate, chaque espèce animale est représentée par un couple unique… Suivent quarante jours et nuits de pluie pour seulement huit hommes et femmes de sauvés… Car Dieu a reconnu la foi de Noé et l'a autorisé à sauver les siens. Il lui confie de nouvelles lois, moins strictes que les précédentes, mais toujours contraignantes. Par exemple, puisque Noé a pris la précaution d'embarquer un cheptel, Dieu concède aux siens de manger de la viande…

— De son côté, Misson, pour ne pas le perdre de vue, n'a-t-il pas prêché en faveur de l'abstinence pour finalement préconiser la polygamie ? Les lois et les règlements ne survivent pas sans une once d'hypocrisie.

— Selon une thèse apocryphe, continue-t-elle, Noé vivait dans une vallée baignée par un fleuve capricieux. Le niveau des crues décennales augmentait régulièrement, mais il était le seul à s'en inquiéter.

Noé redoutait l'inondation du siècle et personne ne l'écoutait. On s'est moqué de lui quand il a entrepris de construire un bateau en pleine montagne...

— Nous passons ainsi du rêve inspiré, qui justifie Dieu ou le destin, quel que soit son nom, à la simple prudence d'un individu qui se réclame de son libre arbitre, y compris contre l'avis de ses semblables... L'homme qui subit ou l'homme qui agit... Noé me plaît davantage comme ça.

— Noé vous plaira encore plus quand vous connaîtrez son métier: viticulteur! Certains le tiennent même pour l'inventeur de la viticulture. Et la Bible elle-même prétend qu'il s'est enivré... »

Petrack sourit volontiers – l'Ivrogne devait apprécier! Il tente de se représenter Noé avec la tête du vieil historien, défiant les flots une flasque de mauvais rhum à la main, mais lorsque l'eau se retire de la montagne engloutie, l'océan (la mer) révèle son sommet (le morne): c'est alors une île. L'île fantôme, l'Île noire, l'île du Sauvage.

« Entre ces deux versions, reprend-elle, le Coran atténue la portée du Déluge, qui se limite au peuple de Noé. Et précise que l'arche a embarqué deux nouvelles espèces animales: le cochon, pour nettoyer les excréments, et le chat, pour contrer les rongeurs. Virginia a relevé l'anecdote dans son argumentaire sur les convergences entre l'Égypte et les boucaniers.

« Dans tous les cas, la distorsion religieuse du Déluge assujettit l'homme à la volonté divine. S'il s'en écarte, il risque le châtiment suprême, c'est-à-dire l'élimination de tout un peuple, voire de l'humanité entière! Cependant, quelques-uns, très peu, peuvent espérer être sauvés, s'ils se montrent dignes de la clémence céleste. De ces élus méritants renaît une humanité. Il y a une séquence à deux temps: désobéissance/punition et repentance/renaissance.

— C'est une doctrine simple à comprendre, et d'autant plus efficace », affirme-t-il mécaniquement, comme Anton répondait à son maître tandis qu'il *décrochait*. Puis il plonge ses yeux dans les siens et ajoute : « L'exode atlantique des Derenoy…

— Oui… Ce qui fascine Virginia dans ce mythe, c'est son universalité. L'une de ses plus anciennes versions est celle des crues du Tigre et de l'Euphrate. Zeus les fait sortir de leur lit pendant neuf jours entiers afin de détruire l'espèce humaine. Prométhée réussit à prévenir son fils, Deucalion, et sa femme Pyrrha, qui échappent à la noyade en trouvant refuge dans un coffre, qui échouera sur le mont Parnasse. Deucalion adresse un sacrifice à Zeus, qui laisse naître de ce couple une nouvelle race d'homme…

— Dans un coffre…, répète-t-il en songeant au Bouffon-savant débarquant dans le quartier Montparnasse à Paris.

— Selon l'épopée sumérienne de Gilgamesh, les dieux en ont assez du bruit que font les hommes qui les empêchent de se reposer. Aussi, ils incendient la Terre et la noient pendant six jours et sept nuits. Mais, Athrahasis, prévenu en songe, construit une arche où il installe des représentants de toutes les espèces vivantes. Les dieux lui accordent l'immortalité, cependant, désormais ses descendants vivront moins longtemps, ils souffriront de maladie et ils seront même parfois stériles…

— Outre l'arche, on retrouve ensemble le brasier et l'eau…, ajoute-t-il en se souvenant du malaise réveillé par les mots “Feu et Glace”.

— Oui… Au Brésil, Monan, père de l'homme, détruit lui aussi sa création par l'eau et le feu… Virginia s'intéressait aux sources précolombiennes des Caraïbes, car en Amérique du Sud les légendes liées au déluge n'évoquent pas une arche, mais des montagnes. Bien que chez les Araucans, au Chili, les Indiens se réfugient sur trois pics volcaniques, qui ont la faculté de flotter, comme un radeau… »

Des mornes, des Pierres de brume ? Un radeau ?

« Même désacralisé, ce mythe n'a rien d'une comptine, ne s'arrête-t-elle pas. Toujours au Brésil, il existe une variante intéressante. Maira-atá est un grand sorcier, qui connaît l'avenir en consultant les esprits. Il a deux fils, Ariconte et Tamendonare, des jumeaux qui se haïssent. Leur mère est capturée par les Indiens, qui la tuent, la découpent et la mangent. Pour se venger, les deux frères s'unissent et tapent violemment le sol, d'où jaillit une fontaine. Son jet est si puissant qu'il atteint les nuages et inonde la Terre entière. Certains prétendent que les Indiens qui ne périssent pas sont transformés en animaux féroces. Pour échapper à la noyade, les jumeaux et leurs femmes grimpent sur les plus grands arbres, au sommet d'une montagne. Quand l'inondation se résorbe, ils donnent naissance aux deux peuples ennemis qui occupent cette région du monde…

— C'est un peu comme dans la seconde version de Noé, le divin n'entre plus en scène, seul l'homme est en cause.

— Oui. L'homme et les éléments.

— Une fois l'arche, une fois des jumeaux…, reprend-il en songeant soudain aux deux sirènes du *Nathalie.* Dans les deux cas, une montagne et la mer… »

Morne-mer, le bien nommé…

14

Nathalie étire ses jambes, se penche et les masse sous le genou avant de se redresser lentement tout en rectifiant sa jupe.

« Virginia n'a pas commenté la question de la symbolique des jumeaux, elle n'y a pas consacré la moindre ligne... Une rapide analyse permet de relever que les dieux n'y figurent pas, la magie n'est mentionnée que par l'intermédiaire de leur père, qui est sorcier. Bien sûr, la morale est claire : nul besoin d'invoquer le ciel, même lorsqu'il est le seul maître de son destin, l'homme reste le premier ennemi de l'homme... Mais quel lien faut-il voir avec l'arche ?

— Le Déluge ? » suggère-t-il en regagnant le fauteuil dont l'ergonomie avancée ne lui suffit plus – le rouge demeure sans égal.

Doit-il lui livrer les indices de la Légende Nomade, alors que l'Ivrogne n'a pas révélé à Virginia ses découvertes dans l'Île noire ? Ce qui l'en retient, c'est qu'à cet instant il réalise que Nathalie ressemble plus au Sauvage, dont elle n'est certainement pas la petite-fille adultère, que lui à l'Ivrogne, dont Anton demeure l'héritier véritable et exclusif.

« C'est peut-être le sens de ses recherches sous les tropiques..., hasarde-t-elle.

— Si l'arche a jamais existé..., la reprend-il.

— Pas l'arche de Noé, qui relève du mythe. Mais

la nef qui l'a inspirée. Celle du *Manuscrit de l'île Éléphantine*... Quand elle a quitté l'île du Chaos noir, où est-elle allée ?

— L'Île noire ? Elle aurait mouillé pendant des millénaires dans une île des mers du Sud, c'est bien ce que vous suggérez ?

— Le Molosse l'a vue, insiste-t-elle, pas Virginia.

— Elle serait donc repartie entre-temps...

— Elle a certainement laissé des traces.

— De quoi parlons-nous ? L'arche de Noé, si farfelu que cela paraisse, je pourrais presque y croire, mais...

— Nous parlons de la toute première nef, qui n'est peut-être pas l'œuvre des hommes. L'Arche n'en est peut-être qu'inspirée... »

Pierre de brume ?

« Géologues et archéologues unissent volontiers leurs efforts pour trouver la preuve d'un cataclysme qui aurait inspiré le Déluge, poursuit-elle, mais personne ne fouille du côté de l'Arche. Quel est son modèle, son origine, sa source ? Doit-on évoquer l'arche grâce à laquelle Iris et Osiris échappent au déluge – une arche qui s'appellerait *Agastaya* chez les hindous, *Al Sufina* chez les Arabes, et... *Argo* chez les Romains ?

— *Argo* ? Des argonautes ? demande Petrack en pensant au roi de trèfle qui marque les pages de ses livres.

— Virginia a brassé les plus anciennes mythologies, et des théories plus intuitives que démontrées, pour traquer les toutes premières apparitions d'une nef mystérieuse, qui voguait aussi bien sur la mer que dans les airs.

— Vous parlez de la constellation *Argo Navis* ?

— Nom partagé par la nef que Jason et ses compagnons ont empruntée pour aller conquérir la Toison d'or. La mythologie hellène prête la construction de ce navire à plusieurs Argos, cette confusion se prête à toutes les interprétations... Toujours selon les Grecs, la constellation éponyme a été placée dans le ciel par Poséidon, ou Athéna pour d'autres, pour guider ceux qui traversaient "les mers du Sud"... À moins qu'elle ne soit le modèle du tout premier navire construit, à bord duquel les Danaïdes ont navigué d'Égypte à Rhodes... Ou encore qu'elle remonte aux ancêtres des Grecs puisqu'on la retrouve dans la mythologie slave...

— L'arche de tous les déluges n'en serait donc qu'un avatar ?

— Virginia s'est posé cette question : et si ce bateau était le vaisseau des morts ? Celui qui conduit les vivants au pays des morts, par-delà le fleuve Océan. Pendant le parcours d'une rive à l'autre, quittant leur ancien monde pour se diriger vers un nouveau, ses passagers ne sont ni encore des vivants ni déjà des morts, mais bel et bien des spectres. »

Cendres mêlées ?

« Les prêtres du *Manuscrit* ont déjà suggéré un rapprochement semblable, avance-t-il, non ?

— Cette fois, ce n'est pas elle qui établit la convergence, et pour cause...

— Bien sûr. Elle songeait au vaisseau fantôme de sa fenêtre...

— Aimez-vous Wagner ? »

Wagner, maintenant... Et pourquoi pas les Walkyries ? À force d'hypothèses alambiquées, de nouvelles pistes inédites, de hardis rapprochements, Nathalie le convie à une autre vision de l'Histoire, lui qui peine depuis l'enfance à ne pas décrocher vers l'*autre côté des choses*.

Il la regarde : Nathalie Derenoy, fille de Peter, petite-fille de Virginia et de Michael, qui court après un mythe familial.

Et lui, après quoi court-il, dorénavant ?

Il ferme les yeux, se représente la jeune historienne à bord de la goélette, ne l'imagine pas en string sur un transat, mais, coude à coude, tous deux appuyés sur le bastingage, défiant au petit matin l'horizon et les vents; Nathalie tient une carte enroulée dans la main. Quel genre de carte?

Pas une carte aux trésors – il réalise alors à quel point la perspective du trésor lui échappe ce soir. Ce qui le ramène à nouveau à l'Ivrogne, à son discours sur le « vrai » trésor. Évoquait-il, inconsciemment, sa dame de trèfle?

« Wagner? » répète-t-il.

Elle ne lui répond pas, pas aussitôt. Elle se lève, s'accorde trois pas, hésite un instant, évite de s'attarder sur le fauteuil dans l'ombre, se dirige vers le bar. Sa dévotion à la mémoire familiale ne la lie pas au rhum, qu'elle délaisse, mais au whisky, dont elle se sert. Un double. Sec.

Un autre mensonge? Tandis qu'elle lui tourne encore le dos, Petrack lui sourit: fini la comédie de la sage étudiante qui ne boit pas d'alcool, la femme se détourne de l'enfant, enfin – et revendique de mentir. Cela ne lui déplaît pas.

« Virginia adorait l'opéra, déclare-t-elle finalement en faisant balancer son whisky à hauteur du visage. Sa préférence allait aux italiens, mais elle appréciait tout particulièrement l'œuvre de Wagner, *Der Fliegende Holländer*. Littéralement, il s'agit donc du "Hollandais volant", mais en français cet opéra s'appelle *Le Vaisseau fantôme*.

— *Le Vaisseau fantôme*...

— Oui. Je n'apprécie pas particulièrement, on dirait une musique composée pour un mauvais film d'action, un de ceux avec grands renforts d'effets spéciaux, si vous voyez ce que je veux dire.

— Je ne l'ai plus en tête, mais je crois que l'ouverture pourrait me revenir...

— *Der Fliegende Holländer* se fonde sur une légende qui remonte au XVIe siècle. Plusieurs, en fait, comme souvent. Toutes concernent des capitaines hollandais qui se distinguent par la rapidité de leurs courses. Ils ne naviguent pas, littéralement: ils volent... D'où le titre. Bien sûr, seul un vaisseau maudit peut réaliser un tel exploit. Les rares divergences qui apparaissent se rapportent à la cause de la malédiction qui pèse sur lui. Le plus souvent, le capitaine s'est contenté de blasphémer et d'insulter le Tout-Puissant lors d'une terrible tempête. Cette version classique relie ces légendes à tout le folklore des vaisseaux fantômes. »

Elle rejoint sa place, mais ne s'assoit pas aussitôt. Elle s'accoude au dossier, ses épaules oscillent, guidées par sa pensée ; plus spontanée que jamais.

« Le "Tu ne blasphèmeras point" est une loi vite oubliée sur un bateau, poursuit-elle. La religion s'en accommode : puisqu'il n'y a pas de prêtre à bord pour rappeler les marins à l'ordre, autant que la superstition serve à quelque chose... Mais d'autres légendes parlent d'un pacte signé avec le diable, un marché : son âme contre l'immortalité.

— Faust ?

— Exactement. Et c'est ce qui est intéressant, car l'association des deux thèmes, Faust et le vaisseau fantôme, n'est pas si fréquente... C'est aussi un thème secondaire du Déluge : l'humanité est sauvée, mais les nouveaux hommes vivent moins longtemps que les anciens... Neuf cent cinquante ans, tel est l'âge de Noé, selon la Bible... D'où l'intérêt de Virginia. Heinrich Heine transcrit cette légende en 1830. Cependant, il ne peut s'empêcher de lui ajouter une fin heureuse, enfin si l'on veut. Le sinistre navire aux voiles rouges est libéré de son maléfice grâce à l'amour d'une femme, qui se sacrifie pour sauver le beau et ténébreux Capitaine noir – c'est son nom, je n'invente pas. Richard Wagner s'en inspire peu de temps après, en 1843, et compose son opéra. À son tour, il apporte sa touche à l'intrigue, notamment dans les toutes dernières scènes. Désormais, quand la jeune femme offre de mourir pour lui, le Hollandais renonce à son salut afin que la belle garde la vie sauve. Touchant, non ? Tellement chevaleresque... Et l'opéra, ce condensé d'idéal vertueux, s'achève sur la rédemption du Capitaine noir...

— Sa rédemption... »

Ses yeux, étirés, tantôt bleus, tantôt verts, ne le quittent pas. Son verre écarte et écrase sa lèvre inférieure ; ses canines toquent, très rapidement, par deux ou trois fois, contre le bord. Debout, elle se laisse dévisager.

« Sur la plupart des photos qui la représentent, à croire qu'elle a tenu à détruire toutes les autres, ma grand-mère arbore ce visage austère et lointain de femme inaccessible qui a tant séduit mon grand-père. Qui la suspecterait de céder dans l'intimité au romantisme wagnérien ? De fait, elle n'a jamais possédé d'enregistrement de l'opéra, mais une édition originale de son livret. Annotée au crayon gras malgré l'autographe de Richard Wagner. Un présent du Sauvage, évidemment... Toute leur relation est jalonnée de tels indices...

— Qu'a-t-elle écrit ?

— Pas grand-chose. Elle a essentiellement entouré au crayon bleu *Fliegende* et au crayon rouge *Holländer*. Mais elle a confié le livret à ma mère, quand elle était encore son élève. C'est le seul lien flagrant qui existe entre le Molosse et le Capitaine noir : Virginia lui a demandé de retrouver l'identité de ce "Pierre Domiche" et de localiser les itinéraires du Capitaine noir.

— Localiser les itinéraires du Capitaine noir...

— Ma mère était généalogiste, la première requête se concevait parfaitement. D'ailleurs, elle a gardé de nombreuses notes à ce sujet. Mais un itinéraire ? Et là, hormis la demande initiale de ma grand-mère, je n'ai rien trouvé, rien de concluant. Ma mère a noté, au crayon à papier maigre et sans appuyer, quelques noms de ports allemands, scandinaves et hollandais, comme on pouvait s'y attendre. Je ne crois pas qu'elle ait pris cette recherche très au sérieux, et je le regrette. Elle a dû penser que son professeur la testait... Et puis, cet été-là, elle a croisé le regard de mon père. »

Il devine sans peine pourquoi Virginia a chargé sa mère de cette mission. L'Ivrogne a assez insisté sur la fascination que Coupe-jarret avait éprouvée pour le sloop aperçu au soleil couchant du jour de ses sept ans. Il l'avait vu en dragon et vouait une admiration sans bornes à son jeune capitaine, si rapide et audacieux qu'il éveillait de nombreuses jalousies. Plus tard, le Petit Hollandais avait souhaité embarquer à son bord, au point de revenir au port de tous ses crimes. Ainsi, le seul lien qui existe entre l'île du Molosse et le *Holländer*, c'est l'Ivrogne et sa quête inaboutie d'une preuve attestant l'existence du Pirate Sans Nom…

« Vous hésitez… », lui dit-elle avant de se mordre la lèvre, et cela suffit pour l'empêcher, lui, le commandant Petrack, bientôt soixante ans, de répondre. Elle en profite pour s'asseoir, les jambes sur le côté, un bras en travers – et tout ce mouvement la rend d'autant plus désirable que, une fois blottie au fond du siège, elle semble soudain étonnamment vulnérable.

« Virginia est fille unique, reprend-elle avec une fougue qui le surprend, en se mariant elle obtient de conserver le nom de Derenoy – ce qui n'est guère d'usage, mais la famille est riche et puissante désormais… Et puis, elle se distinguait déjà par son prénom, bien qu'elle n'y soit pour rien… Alors oui, forte de ce nom elle abuse du privilège, qu'elle considère peut-être comme un devoir, de suivre ses intuitions, d'avancer en pionnière. Elle poursuit sa quête parce que son sentiment l'exige. Pour elle, quelque chose nous échappe, quelque chose échappe à la raison commune. Le mythe est la face cachée des choses, de l'Histoire.

— *L'autre côté des choses* ?

— Elle l'affirme, haut et fort. Mais que doit-elle faire, alors ? Attendre de disposer de toutes les preuves, approuvées et certifiées par un aréopage constitué de ses pairs les plus éminents ? N'est-ce pas risquer de passer à côté de l'essentiel ? Voyez ce que ses éminents collègues autorisés ont fait du *Manuscrit*... Elle n'avait pas tort, elle le savait. Sa démarche n'est pas académique, mais elle progresse. Elle n'affirme rien, elle ne propose aucune conclusion qui figerait sa théorie, elle ne la formule même pas... Elle se contente de convergences, qu'elle expose dans la crudité des faits et de sa vision. C'est tout. Elle n'en tire rien. Elle place les pièces d'un puzzle par vraisemblance, elle ne force pas. Un ordinateur mesurerait les probabilités d'alliance des pièces une à une, parce que programmé selon des critères du moindre risque d'erreur ; elle ose un regard d'ensemble, elle se laisse tenter par ses sentiments, l'esthétique, une vision... Virginia n'est pas raisonnable, c'est vrai, mais elle n'est pas folle. Ni simplement fantaisiste ou naïve. Elle avance. Elle ne s'arrête pas, elle avance... Parfois à pas de géant, parfois... »

Nathalie n'achève pas sa phrase. Ses doigts se posent sur le cendrier après qu'elle a fini son verre. Petrack ne tente pas d'écourter le silence. Dans cette posture, s'appropriant le fauteuil comme s'ils se connaissaient de longue date, Nathalie lui évoque plus que jamais *Patience*. Elle le regardait travailler pendant des heures parfois, ou l'accompagnait ; mais, par contre, elle ne participait pas du tout à ses recherches. Elle se contentait de l'écouter et il appréciait qu'elle s'abstînt d'intervenir ou de commenter. Il est vrai que les méandres de sa réflexion s'accordent mal à la discussion : pour argumenter et contre argumenter, il se suffit amplement, et ce, depuis toujours... Aucune autre ne s'est réellement penchée sur ses travaux ; plusieurs se sont enthousiasmées à la perspective de partir à la recherche d'un trésor perdu ; certaines ont investi dans une tenue adéquate, étrennée dans l'exaltation, mais servant peu. Trop peu. Mais ce soir...

« Les convergences de Virginia... », commence-t-il en songeant à l'Ivrogne, qui ne procédait guère autrement. N'achevant pas sa phrase, il ne relève que lentement les yeux vers elle. Égarée dans ses propres pensées, Nathalie fixe la dame rouge et maltraite sa lèvre inférieure. Après trois profondes respirations, elle redresse la tête, hésite encore tout en le regardant sans détour, puis se décide.

« C'est pourquoi j'ai besoin de vous, commandant. Vous ne vous arrêtez pas à l'aspect ordinaire des choses. Vous réfutez la part d'imaginaire des mythes et des légendes, mais vous creusez là où ils pourraient révéler une trace de vérité. Vous ne récusez pas une hypothèse sans l'avoir sondée. Vous l'expliquiez vous-même, tout à l'heure : vous reprisez…

— Ah, cela… Oui, je reprise… Mais pour rétablir les faits dans leur intégrité – les faits, et seulement eux.

— L'Histoire reste une interprétation… Elle omet, résume, déforme par nécessité. Elle n'est qu'un reflet. Vous êtes sceptique, commandant, mais vous restez ouvert. J'apprécie cela, et je ne demande rien d'autre. Car je n'ai besoin ni de quelqu'un qui veut y croire ni de quelqu'un qui ne veut pas y croire… Qu'il soit le Fléau des mers ou l'arche, ou la nef de l'île du Chaos noir, si le Vaisseau ardent a existé, il a peut-être abordé l'Île noire. Allons-y et cherchons sa trace. C'est tout ce que je veux, savoir si Virginia avait raison. »

Virginia n'est qu'un prétexte, aimerait-il lui rétorquer. Sa grand-mère partage avec sa mère le fait terrible d'être morte sans l'avoir connue. Nathalie bataille contre une double absence et se réclame de « la tradition familiale, du côté des femmes »… Ou contre une présence ? Car c'est Peter, son père, qui lui a assigné cette tâche, qui la contraint à se montrer digne des travaux inachevés de son épouse. Mission ingrate et impossible, qui l'a conduite précisément chez l'ennemi. Petrack se dit qu'il devrait la chasser pendant qu'il en est encore temps. Et *partir*, dès l'aube, seul, à la recherche du trésor…

« Il n'y a qu'un moyen de savoir, se surprend-il à répondre. Vous avez les coordonnées de cette île ?

— Non, lui répond-elle d'un ton sincèrement désolé. Entre l'île de la Tortue et le golfe du Mexique. C'est terriblement imprécis pour une si petite île…

— Disons l'entrée du golfe du Mexique, un peu à l'écart des grandes routes de l'époque, jusqu'en aplomb de la Louisiane où pas mal de flibustiers œuvraient… C'est ce que vous avez dit, non ? Nous cherchons un îlot… Nous avons sa forme : la falaise au sud, bordée de cette lagune singulière ; la pointe au nord qui fait penser à un triangle… Ça va prendre des heures, si on a de la chance.

— Des heures pour quoi ? »

Il s'étonne d'avouer si facilement son enthousiasme, mais il n'oublie pas une seconde que s'ils cherchent la même île, ils ne la cherchent pas pour les mêmes raisons. Une fois l'îlot repéré, Nathalie procédera avec méthode, mais son exploration demeurera superficielle : les criques, le plateau, la lagune et sa couronne de corail mort. Tandis que lui, grâce aux confidences tardives du Déchiffreur, il se souvient des indices permettant d'accéder au trésor sans perdre de temps : la trappe…

« Pour examiner cartes et photos aériennes. Je peux mettre quelqu'un dessus.

— J'ai déjà examiné les cartes et je n'ai rien trouvé.

— Les cartes… Trop souvent, la représentation d'un îlot se limite à une approximation. Les deux lagons ne seront pas signalés… Il nous faut des précisions, des repères. Virginia signale-t-elle d'autres îles en vue ?

— Non.

— La zone à inspecter est extraordinairement vaste. Un îlot perdu dans les mers du Sud… Ah, il nous faudrait un indice ! »

Petrack s'est levé : pour lui, l'action se pense debout, et marcher varie les points de vue – en tapant ses cuisses ou en frappant des mains, il convoque imaginaire et raison pour leur assigner leur ouvrage. Quelques minutes de ce manège suffisent généralement, mais il lui répugne d'en offrir le spectacle. Pourtant, cette énigme est là, à sa portée, et Nathalie ne le considère pas comme une curiosité ; peut-être même devinerait-elle ce qu'il fait.

Il n'ose pas – bientôt soixante ans et une timidité de gamin !

15

Une fois debout, tellement conscient de son regard, Petrack se dirige machinalement vers le bar où trône un flacon ciselé de sa cuvée spéciale de vieux rhum – et songe au tord-boyaux avec lequel il monnayait les confidences de l'Ivrogne.

« Et si Virginia et ses convergences étaient l'indice qui nous manque ? s'entend-il relancer en se retournant à mi-chemin.

— Comment ça ?

— Dès leur première rencontre, à vous en croire, le Sauvage remarque qu'ils sont nés tous deux sur le même parallèle, mais chacun de son côté de l'Atlantique.

— Oui.

— Or, Virginia s'intéresse aux traces précolombiennes de cette région. Elle se rend dans les Caraïbes alors qu'elle tente un rapprochement entre les pyramides mayas et égyptiennes, elle aurait pu…

— Et vous pensez vraiment qu'elle a trouvé quelque chose qui…

— Non ! Absolument pas ! Mais, ne serait-ce qu'un instant, j'épouse sa logique, dit-il en revenant lentement sur ses pas. Juste pour voir… Parce qu'à défaut de lui donner raison, cela nous conduira sur ses traces et donc jusqu'à cet îlot… Bien… L'Île noire ressemble à une pyramide, le Sauvage a dessiné une carte composée de trois îles disposées en triangle. Vous l'avez dit, elle est également très attachée au symbole de cette figure. Alors, oublions la rigueur des géomètres et des cartographes, pensons avec elle et tenons ces convergences pour un signe... Tenez. »

D'un geste large, presque théâtral, pas tout à fait, il déblaie son bureau et repousse le porte-documents. Il sort du tiroir central un planisphère qu'il étend sur la table, posant le cendrier dans un angle et, avec davantage de précautions, le jeu de cartes dans un autre. En présence de caméras le commandant Petrack n'agirait pas différemment : l'excentricité fait partie de son personnage, à dessein. Pour tous, il suit des « intuitions fulgurantes », tente des « rapprochements inédits », ose des « associations improbables ». Son discours est rodé, ce n'est qu'un exercice de rhétorique, un canevas d'accords et d'enchaînements qu'il décline à la manière d'une improvisation jazzy. Outre qu'il peut laisser transparaître *l'autre côté des choses* sans compromettre sa réputation, le prestige de ses « visions audacieuses » masque des procédés moins respectables pour obtenir des informations, et fait oublier ses inévitables échecs.

À voir ses yeux, cette entorse méthodologique ravit la jeune historienne.

« Virginia n'était ni marin ni aviatrice, je ne me trompe pas ?

— Non.

— Alors, elle se serait servie de ça. »

Petrack ouvre un second tiroir, y récupère une règle transparente et une boîte de punaises colorées. Il dispose celle-ci sur un autre coin de la carte et cale le dernier à l'aide de son carnet d'adresses.

Nathalie se dresse sur son siège et tend le cou pour lire le planisphère à l'envers. Elle sourit.

« Bien, reprend-il en déplaçant ses mains à la manière d'un guérisseur. La première pyramide égyptienne, en pierre, se situe à Saqqarah. Plaçons une punaise... rouge... approximativement sur Le Caire.

Nous affinerons plus tard, tenons-nous-en à la notion de convergence.

— J'en place une autre au Mexique ? »

Elle s'est levée et penchée. Tous deux contemplent le monde. Il se redresse et la laisse faire.

« Une bleue ? suggère-t-il. Pour respecter son code couleur… Peut-être un peu plus au sud. Voilà. »

Elle a plaqué sa main gauche sur le rebord du meuble, l'autre délaisse l'Amérique du Sud et survole l'océan. Petrack observe ses propres mains – doigts plus épais, peau moins souple, quelques taches qui apparaissent…

« Et ensuite ? demande-t-elle.

— Nous avons la base de notre pyramide, qui est vaguement isocèle. L'axe médian sur lequel se situe la pointe peut se déterminer facilement. Passez-moi la règle plate. »

Elle se recule, se tord légèrement pour glisser sa main droite vers la règle qui est du mauvais côté – cette torsion l'oblige à se cambrer et Petrack se détourne de son corsage.

« Évidemment… Rien pour le sud.

— Non, opine-t-elle. Juste l'océan. La zone est déserte, à moins de s'écarter de l'axe.

— C'est une région d'essais nucléaires. Donc inhabitée.

— Que cherchons-nous ?

— Excellente question. Une convergence. Peut-être une troisième pyramide. Je n'en ai aucune idée. Et vous ? »

Ils se sourient et grimacent en même temps.

« Et vers le nord ? tente-t-elle.

— L'île de Baffin, répond-il sans conviction.

— Les Inuits ?

— Ou la baie de Baffin…

— Dans ce cas, ce n'est pas mieux. »

Ils scrutent le planisphère, l'un en face de l'autre, dans une parfaite symétrie.

Refusant le manège du pendentif qui oscille

comme un pendule à l'aplomb du Groenland, Petrack hausse les épaules, soupire et s'assoit lourdement dans son fauteuil qui recule de un mètre.

Bientôt soixante ans. Et encore de ces fulgurantes trouvailles d'Anton, dix ans. Une pyramide sur une mappemonde… Difficile de se ridiculiser davantage – tout ça, autant l'avouer, pour les beaux yeux d'une gamine !

« C'est stupide, fulmine-t-il. À quoi bon plier la réalité à nos caprices ? Nous finirons toujours par trouver quelque chose – une "convergence", n'importe laquelle ! »

Elle le regarde, tord ses lèvres et fronce les sourcils, puis replonge sur la carte.

« Peut-être que le raisonnement est bon, dit-elle en balayant le planisphère des yeux, mais les données de départ inexactes.

— Que proposez-vous ?

— Gardons le triangle, mais oublions les pyramides. Pensons au lien entre Percé et Saint-Malo. Reconstituons la carte du Sauvage ! »

La carte du trésor… Une fausse carte, bâclée sur une chemise jaune à motif floral pour égarer quelques espions à la solde de Blackjack. Devrait-il le lui dire, s'il le pouvait ?

« Vous savez, toute petite, j'ai sincèrement cru réinventer les mathématiques. Vous imaginez ça ? Je trouvais si souvent le même résultat que mon professeur, sans jamais suivre son cheminement… Il m'a fallu du temps pour admettre que plusieurs erreurs peuvent s'annuler…

— Que voulez-vous dire ?

— La théorie découle de l'expérimentation. C'est ce que nous faisons, nous cherchons.

— Sans trouver.

— Combien de découvertes sont dues à des erreurs ? Tout à l'heure, quand vous avez posé la règle, je me suis fait une drôle de remarque : jamais les Égyptiens n'auraient construit une pyramide sur une base aussi bancale. Regardez !

— Un planisphère n'est qu'une représentation de la Terre. Plutôt, une vision, une convention, une facilité. Les cartes maritimes ou d'état-major sont bien différentes… Il ne faut pas y voir plus de ressemblance que lorsqu'un enfant dessine un visage en trois coups de crayon. Même si on reconnaît qui il a dessiné…

— Mais si nous relions l'île Éléphantine à l'entrée du golfe du Mexique, en suivant le même parallèle… Regardez : nous passons juste au nord de Cuba, sur la *vuelta*…

— C'est troublant, je vous l'accorde. Mais ça ne se tient uniquement parce que… c'est précisément ce que nous recherchons à démontrer…

— Mais c'est vous qui affirmez que… »

Le commandant Petrack se renverse dans son fauteuil, puis sourit sans rien regarder.

Quand elle se rassoit, finalement, il aimerait y croire.

16

« Accordons-nous une pause, Nathalie, lui propose-t-il tout en se dirigeant à nouveau vers le bar. Pour ma part, je cède au rituel du grog. Vous en voulez un ?

— Je crois que pour ce soir, j'ai eu ma dose…

— Une autre tasse de thé, alors ? Thé irlandais, si vous préférez.

— Je suis plutôt café…

— Expresso, je me trompe ? Dans les cafés de Rome, l'arôme du percolateur me suffit parfois : une bonne respiration et mon sang bout jusqu'à l'extrémité des doigts… »

Petrack s'en veut de cet accès de familiarité. Il doit se concentrer sur le trésor. Et puis…

Il la regarde à nouveau. Elle esquisse un sourire et il a envie d'avoir vingt-trois ans.

« Vous savez, dit-elle, je n'ai pas souvent l'occasion de discuter ainsi. Les autres étudiants n'oublient pas que ma famille subventionne l'université qui m'accorde une mention. Quant à mes professeurs, je les suspecte d'essayer d'attirer les faveurs de mon père. Pour une bourse de recherche, l'un d'eux a même tenté de m'avoir dans son lit, celui dont le mot de passe est le prénom de sa femme… Et je ne vous dis rien des effets de la réputation de Virginia ! Ce n'est pas souvent que je trouve quelqu'un avec qui parler.

Je suis sûre que vous me comprenez ; en tout cas, vous êtes le seul à le pouvoir... »

Tandis que ses mains s'occupent de tasses, de soucoupes et de petites cuillers, il revoit *Patience*, la nuit où elle a décidé de *partir* – ses mains tentaient de la toucher, de la tenir, de la reprendre. Elle s'était esquivée, sans une parole. Parfois, trop souvent, la vision terrible de son corps se tordant pour lui échapper le frappe de plein fouet.

« Avez-vous remarqué que dans mes interviews, s'efforce-t-il de reprendre d'un ton égal, je raconte toujours plus ou moins les mêmes histoires ? Je peux les ressortir mot pour mot dans les conversations mondaines... Personne ne s'en étonne, jamais, pas même les journalistes... Les gens sont des enfants, Nathalie, ils aiment, inlassablement, réentendre les mêmes contes ; cela les rassure et, de ce fait, le narrateur devient quelqu'un... comment dire ? Un proche. C'est ça, quelqu'un de familier, un intime dont la voix est dorénavant nécessaire. Vous êtes sûre que vous n'en voulez pas ?

— Sans façon... Et puis, si : je vous accompagne pour un grog, finalement... Jamaïquain, comme vous.

— Pourquoi pas... »

Petrack se retourne et lui tend une tasse : il n'a pas attendu son accord pour préparer deux grogs.

« Vous n'êtes pas comme je l'imaginais. Par moments, vous... »

Elle n'ose poursuivre. Il la regarde, trop longtemps peut-être, probablement trop précisément, et s'oblige à avancer jusqu'à poser sa tasse à un bras de distance, puis rejoint sa vraie place, le plateau de son bureau comme un océan entre eux. Là, après avoir maîtrisé un soupir, il fait rouler son siège jusqu'à son ordinateur, qu'il relance.

« Oublions l'outil qu'aurait utilisé Virginia, puisqu'elle n'a pas trouvé.

— À quoi pensez-vous ?

— J'accède à des clichés satellitaires de très haute définition, avec mise à jour quotidienne…

— Je ne comprends pas…

— Nous allons ratisser le trente-quatrième parallèle, de Cuba au centre du golfe du Mexique. Même par temps clair, dans ces latitudes la précision des photos ne sera pas toujours suffisante, ce n'est qu'un îlot… Mais il y a des récifs autour, peut-être la trace d'un courant… Au moins, nous pourrons éliminer quelques secteurs…

— Je peux ?

— Oui, venez… Au pire, il restera quelques zones seulement à inspecter.

— En bateau, ça va prendre des semaines…

— L'avion est un meilleur outil pour ce genre de repérage. Je connais le pilote idéal…

— … mais nous ne pourrons pas nous y poser… »

Petrack refrène son acquiescement au « nous », s'oblige au silence.

Le programme achève ses routines initiales, affichant une image recomposée du globe.

« Je peux m'en occuper ? »

Il acquiesce, s'écarte, la laisse faire. Elle se penche aussitôt, entraînant une bourrasque de senteurs. Il se recule au plus profond de son fauteuil. Après la saisie de quelques chiffres, son profil s'incruste en silhouette chinoise sur le fond azur du moniteur qui affiche une constellation éphémère. Des îles, des archipels, des récifs… Ses yeux brillent du reflet des découvertes annoncées. Sa langue humidifie ses lèvres qui ne se referment pas. Elle bouge sans cesse, jamais de beaucoup. Ses mains commandent agilement et sa tête commente silencieusement. Grimaces, rictus, plissements des paupières, pincements de nez ponctuent sa recherche. Avec le temps, elle s'est appuyée sur ses coudes et ses doigts se sont répartis sur le clavier pour ordonner sans attente les déplacements cardinaux de l'écran et le zoom de la caméra virtuelle. Elle ne se retourne plus vers le commandant après s'être assurée qu'elle ne lui masque pas le moniteur. Il tente d'en suivre les images avec l'attention de l'assistant ou de l'élève – mais le jeu continuel de ses épaules anguleuses, mais son dos qui se creuse, qui se love, mais ses hanches qui oscillent comme la houle, mais ses jambes qui se tendent et piaffent, mais ce corps tout entier ployé à même son bureau… Petrack retient ses mains qui aspirent à l'apprendre par cœur, à glisser sur elle jusqu'à mémoriser l'empreinte de chacune de ses formes, sans en négliger aucune, sans en privilégier aucune, à s'imprégner des moindres sensations de contact de son corps – ses yeux s'en repaissent, la sculptent, épousent ses plus infimes trémoussements comme un moule enveloppe sa matrice. Il pourrait la toucher, là…

17

« Mon grog est froid, bougonne-t-il en se tenant à l'écart. Un autre ?

— Vous me faites penser au Sauvage... C'est vrai, je l'imagine un peu comme ça, lui répond-elle en penchant sa tête vers lui.

— Je ne sais pas comment je dois le prendre.

— Ne vous fâchez pas... C'est plutôt gentil. Il préparait toujours du grog pour Virginia. Mais il y ajoutait quelque chose...

— Quoi donc ?

— De la poudre magique... C'est ce qu'il disait.

— De la poudre...

— Une poudre secrète, en fait. Enfin, ce n'était pas un secret si bien gardé...

— De la poudre à mousquet. Voilà ce que c'était !

— Mais non ! Quelle idée... De la cannelle !

— Ah... De la cannelle... »

Oh, ces yeux rieurs, couleur océane, du bleu des mers chaudes au vert de la houle d'automne...

« C'est pour ça qu'elle le nommait le Sauvage ?

— Vous le voyez comme un défi ? C'est typiquement masculin. En fait, c'est plutôt un sort... une réponse à son philtre aromatique, vous voyez ? Un charme, avec sa part de mystère.

— De mystère ?

— D'énigme. C'est un déchiffreur. Elle lui dit qu'elle sait, et il comprend.

— Qu'est-ce qu'elle sait ?

— Il s'est présenté nu, mais se révèle être un parfait gentleman.

— Un parfait gentleman ? En voilà un mythe ! Cet échange de civilités leur permet de se rejouer *La Belle et la Bête*…

— Que voulez-vous dire ?

— Une fois qu'elle s'est ouverte à elle, la Bête conseille à la Belle de quitter le jardin et de fermer sa porte, lui rappelle-t-il tout en songeant que minuit n'est pas plus une heure où s'attarder dans un jardin que dans un bureau.

— Virginia devait suivre le conseil…

— Mais avant, il cueillait une rose et lui préparait son philtre…

— Un grog à la cannelle, l'effet n'est pas violent. Lui, par contre, buvait son rhum nature, sans eau ni sucre ni rien…

— L'Ivrogne…

— Pas du tout… Il avait la réputation d'être un fin connaisseur en matière de rhum, mais jamais il n'est mentionné qu'il ait été ivre. Ni par Virginia ni par mon grand-père… Enfin, pas depuis leur première rencontre, bien sûr. »

Petrack esquisse un sourire qui se fige – il s'est trompé, pendant tout un demi-siècle. Jak a eu tort de baptiser l'Ivrogne ainsi. Le vieil historien, maintenant c'est évident, n'a sombré qu'après la mort de Virginia – d'où ses yeux larmoyants, ses défis continuels au phare : il ne l'a jamais quittée en pensée, la dame de trèfle était la plus puissante de ses étoiles.

Mais alors qu'il réalise son erreur, Anton revoit l'Ivrogne glisser du quai en croisant ses bras sur sa poitrine – son visage et cette croix lui apparaissent tout à la fois comme l'étendard emblématique des flibustiers et la position d'un pharaon enfermé dans son sarcophage d'or…

« Alors ! » lance-t-il nerveusement.

Elle se détourne vers lui, ses yeux en amande s'arrondissent et se voilent, puis se noient dans l'écran.

« Il faut zoomer davantage, bougonne-t-il en prenant conscience que le *tumulte* se lit sur son visage.

— Si vous voulez.

— C'est un tout petit îlot. Il faut élargir le balayage… Et zut, ça va prendre encore des heures. »

Elle ne lui cède pas la place. Elle ne s'écarte pas. Elle reste tellement penchée…

Cette inertie l'agace, il rapproche bruyamment son fauteuil en tendant sa main bien visible vers le clavier. Il se répète qu'il veut reprendre les commandes, récupérer son poste, affirmer son autorité, revendiquer sa propriété – et voit sa main hésitante progresser vers son épaule, ses doigts qui tremblent s'y poser avec douceur… Tout n'est que prétexte, il a autant d'astuce qu'un gamin qui bâille pour glisser son bras derrière le siège de sa copine.

« C'est inutile, tranche-t-il en stoppant son fauteuil. Je mettrai une équipe là-dessus dès demain. »

Elle incline la tête vers lui. Elle ne se déplace pas encore. Elle attend, attend…

Il la regarde et il se fait peur – si elle est la dame rouge, son corps réclame l'érotique d'un roi.

« S'il vous plaît… », insiste-t-il d'un ton sec, trop aigu. Voilà qu'il jappe, maintenant, pour revendiquer son espace !

Ses épaules marquent un soupir ; elle se redresse avec lenteur – elle s'étire, plutôt ; elle ondule et elle se dévoile, elle s'assemble et elle se réordonne debout, toute droite, toute reins et seins – et marche vers sa place du pas lent d'une reine blessée.

« *C'est fini* », se dit-il en songeant à *Patience* qui aimait à parler « des moments magiques ». S'il en fut, celui-ci est passé.

« Tant mieux ! Il n'y a pas de magie, juste des comédies. — Vous êtes en colère ? — Et pourquoi pas ? » À propos de quelle autre P, foucade d'une seule nuit, assurément, *Patience* avait-elle tenu ce discours, elle qui supportait ses frasques publiques sans broncher ? « Si l'arbre de votre voisin vous pourrit la vie, gâche votre fenêtre et vous tient dans l'ombre, comment allez-vous déguster le fruit quand il tombe de votre côté du mur ? En montrant les dents ! Pour mordre. Et dévorer… Que le fruit se révèle abominable ou délicieux, qu'il soit bien mûr ou encore un peu trop ferme, peu importe : c'est la colère qui l'emportera. Qui vous emportera, mon cher. » *Psyché* ? Mais il n'avait pas couché avec cette psy !

D'où vient cette colère ? *Psyché* avait-elle raison ? *Techniquement innocent.*

« La dernière fois que je me suis rendu à l'île de la Tortue, il y a quelque temps, pour y effectuer des fouilles, Jeanne m'avait précédé…

— Jeanne ? Qui est Jeanne ?

— L'ouragan. Les tropiques ont toujours été célèbres pour leurs tempêtes, mais maintenant… Trois heures de pluie, pas plus, ont produit cinquante centimètres d'eau. Vous imaginez le ruissellement ? L'érosion brutale, les glissements de terrain, les bouleversements du sous-sol ? Ça ne fait que commencer. Vous connaissez la suite, et ce n'est qu'un début… Tout était dévasté, je me suis déplacé pour rien et je n'y retournerai pas avant longtemps. Peut-être plus jamais. À quoi bon ? »

Elle ne comprend pas, s'assoit, grimace un peu. Il se penche vers elle, plaque bruyamment ses mains sur son bureau. La colère le submerge – il la regarde : Nathalie, fille de Peter Derenoy.

« Le mythe du Déluge remonte à la crue du Tigre et de l'Euphrate, disiez-vous. Et vous souhaitez débarrasser les mythes de leur part divine afin de ressortir les faits initiateurs dans leur crudité. N'est-ce pas une façon de mettre l'homme devant ses responsabilités ? En l'occurrence, son inconséquence, martèle-t-il pour contrer le *tumulte*. Eh bien, nous y voilà.

— Vous êtes écologiste ? Je ne savais pas, riposte-t-elle.

— Et vous, vous aimez vraiment l'archéologie ?

— Bien sûr, mais je ne vois…

— Au point de la qualifier de "science la plus nécessaire à l'humanité", non ?

— Oui, mais…

— Comme vous avez défini votre famille comme l'une des "plus influentes du plus puissant pays du monde" ?

— J'ai dit ça, effectivement, mais…

— Alors, ouvrez les yeux ! Regardez ce que votre pétrole cause à notre environnement. Je ne parle pas des ours polaires, pour ce que j'en ai à faire ! Mais vous savez ce que c'est, un chantier archéologique. On travaille au pinceau, pas à la dynamite. On stoppe pendant des mois la construction d'une autoroute ou d'un hôpital pour exhumer quelques poteries brisées. Mais là, Nathalie, enfin… Les glaciers régressent, le Groenland rétrécit, les courants s'inversent, les cyclones se succèdent sur nos Caraïbes. Quelques mètres de plus et l'Atlantique dévaste tout ce que nous aimons ! »

Elle redresse la tête et fait front alors qu'il souhaite tellement que son silence l'aide, lui, à se taire enfin.

« Nous n'y sommes pour rien. Et de toute façon, ce n'est pas prouvé. Nous avons des études qui montrent que…

— Balivernes ! Billevesées ! Pas entre nous. La planète se transforme parce que nous produisons trop de gaz carbonique. Qui y a intérêt ?

— Mais ce n'est pas notre faute si les gens…

— Vous faites élire des sénateurs, le dernier vice-président a pointé officieusement dans une de vos filiales, vous investissez sans cesse dans l'industrie automobile. Et vous niez votre responsabilité ?

— Ce n'est pas la première fois dans l'histoire de l'humanité…

— L'épisode à l'origine de l'expansion des Vikings ?

Comparé aux données actuelles, ce dérèglement n'est qu'un incident insignifiant.

— Les choses ne se passent pas comme ça, se défend-elle. Ce serait trop simple si…

— Mais soyez objective ! Vous êtes une scientifique, oui ou non ? Comment pensez-vous accéder à un minimum de crédibilité si vos émotions l'emportent toujours aussi facilement sur les faits ! Plus de dioxyde de carbone, plus de gaz à effet de serre, réchauffement. C'est une séquence difficile à comprendre ou vous refusez de l'admettre ? Sécheresse, crues, pluies torrentielles, cyclones : que vous faut-il encore pour vous rendre à l'évidence. Un nouveau déluge ?

— J'ai eu tort de venir. »

Ses mains tremblent, son visage le fuit. Va-t-il insister à la seule fin de pouvoir choisir de la consoler ?

« Non… Vous avez seulement tort de nier toute implication de votre famille, grogne-t-il en tentant de se calmer. Votre fidélité vous aveugle, vous n'avez aucune dette envers eux.

— Mais ça ne vous regarde pas !

— Alors pourquoi êtes-vous là ? Pour vous régaler d'un Noé apocryphe ? Mais, Nathalie, vous respectez à la lettre l'un des commandements les plus sclérosants qui soient : "Tu honoreras ton père et ta mère." Grandissez ! »

Faut-il être vieux pour lancer cela…

Cette fois, si elle ne bouge pas, c'est qu'elle craint que ses jambes ne la trahissent.

« Vous vous trompez et…

— Que vous soyez assise du mauvais côté de la branche que vous sciez, ça m'est égal. Que vous chantiez pour ne pas entendre les cris de ceux qui vous alertent, qu'est-ce que ça peut me faire ? Que vous convoquiez des experts nobélisés par douzaines pour attester que, jusqu'à présent, non, vous n'êtes pas tombée, si vous voulez ! Mais si je me trouve malencontreusement sous votre branche, alors oui, ça me regarde. Et tant pis pour votre ego. Mes intérêts avant les vôtres… Soyez objective, bon sang, au moins cinq minutes… »

Elle vient de lisser sa jupe et d'ajuster ses manches. Elle pousse vers lui de quelques centimètres sa sacoche d'étudiante avec la mention la plus haute ; les documents lui reviennent désormais. Elle peine à maintenir ses paupières ouvertes et à ne pas céder aux larmes. Elle attend quelque chose pour s'en aller ou pour rester. Quoi ? Son aval ? Un signe ? Deux, trois, quinze respirations ? Elle pourrait tout aussi bien réciter une prière ou compter jusqu'à cent…

Petrack se laisse retomber dans son fauteuil et pose son visage dans ses mains.

Elle respire profondément et d'un ton neutre déclare que « tout est dedans », désignant d'un coup de menton atavique le porte-documents.

Il écarte ses mains, elle ne le regarde pas.

« Même le livret de l'opéra. Avec sa dédicace », précise-t-elle après un moment.

« Restez », lui concède-t-il en se détournant de la houle qui plaque et qui détache la dentelle contre sa gorge, réalisant après coup qu'elle ne cherchait pas à partir.

18

« Il reste encore une piste, commandant.

— Laquelle ? »

Ses yeux se durcissent, ses lèvres se contractent, ses mains jouent avec le médaillon.

« Le livre de bord… du *Nathalie*.

— Bonne idée. Si Virginia n'a pas relevé elle-même les coordonnées, d'autres se devaient de noter ces choses… »

Ses doigts en pince rougissent et blanchissent sous l'effort.

« Eh bien ? insiste-t-elle.

— Eh bien, quoi ? »

Petrack se recule sur son siège. De cette longue soirée, elle ne lui est jamais apparue aussi anguleuse et rigide – dame de carreau.

« Vous ne regardez pas ?

— Regarder quoi ? »

Petrack peine à réaliser la rudesse de son ton. Pas de magie, se répète-t-il, juste des comédies, précaires.

« Les livres de bord du *Nathalie* n'ont jamais quitté la goélette.

— Qu'en savez-vous ?

— C'est de tradition. Et tout a été si vite… Dois-je mettre les points sur les "i", commandant Petrack ? Vous avez pris le *Nathalie* dans la semaine de ma naissance… C'est-à-dire… de la… Jamais mon père n'a fait preuve de faiblesse en affaires, mais vous… vous…

— Qu'en savez-vous ! Le ménage avait été fait, la goélette m'a été livrée nue, sans même un grain de poussière.

— Ce n'est pas ce qu'il m'a dit.

— Parce que vous croyez toujours ce que vous dit votre père ?

— Pourquoi me mentirait-il ?

— Pour vous permettre de devenir comme lui ? Pour vous apprendre à vous défier des autres ? De tous.

— Vous croyez que je vous ai menti ?

— Plusieurs fois. Pour des broutilles, mais plusieurs fois.

— J'ai cru en une certaine connivence… que je pouvais avoir confiance en vous…

— La confiance ne se mérite pas, elle s'accorde. »

Cette dispute de vieux couple lui fait horreur. Elle évite de le regarder et s'adonne à des gestes familiers – elle titille le lobe de son oreille gauche, se gratte le coude en relevant la manche de son chemisier, revient au médaillon. Assis derrière son vaste bureau, Petrack ne décolère pas : depuis des heures il réclame de se retrouver seul et il a « raté » toute occasion de la laisser partir.

« Tout ce que je veux, c'est aller sur cette île. Et vous êtes le seul capable de m'aider. Nous pouvons établir un contrat, si ma complicité ne vous suffit pas.

— Confiance, complicité…

— Je vous parle d'un marché, commandant Petrack.

— J'ai bien entendu.

— Alors, votre réponse ? »

Le commandant Petrack se contente d'une grimace insondable – à la proue du *Je le veux*, un photographe immortaliserait la pose.

« Qu'espérez-vous, Nathalie ?

— Je vous l'ai dit. Ça vous semble si difficile à croire ? Mon père me met à l'épreuve et je veux lui montrer que j'ai trouvé et que j'ai réussi, sans rien lui demander. C'est puéril, et même pitoyable si vous le voulez ; c'est ainsi. Commandant… Il m'a ouvert la bibliothèque de ma mère ! Et lancée sur une mission que sa propre mère a confiée à la mienne. Depuis toujours, il me force à le rendre fier, il me fixe des objectifs impossibles. Cette fois, c'est la dernière. Je tourne la page. Non. Le chapitre est clos. Je veux écrire le mot fin. Ça vous va ?

— Quitte à vous allier avec moi.

— La fin justifie les moyens. »

En hochant la tête pour manifester qu'il a consciencieusement enregistré ses propos, Petrack se répète ces derniers mots. *Patience* partageait le secret de ces petites phrases dévastatrices qui fixent à jamais les positions de l'un et de l'autre ; il ne se fait pas d'illusion quant à sa propre capacité à générer dix réponses foudroyantes ; mais ces mots…

Quelle différence existe-t-il, en fin de compte, entre *Chacun vient en son temps* et *La fin justifie les moyens* ? Ou entre *Qu'attendez-vous de moi* ? et *Qu'est-ce qui est important* ?

Tout cela n'est qu'une comédie, certes, mais quel y est son rôle ? Et à quoi bon se réclamer d'un nom – le « commandant Petrack », ça vous classe un jeune voleur – quand vous n'êtes qu'une pièce dans la main d'une autre ? *Patience, Pourquoi pas*… « Pardon » est une parole facile, un mot de civilisé…

« Vous hésitez, maintenant ? Si c'est une question d'argent, je peux vous défrayer. »

Il lui faut quelques secondes pour saisir le sens de sa phrase.

« Les frais ? Ah, oui… Mon salaire… Ma part… C'est, peut-être, l'un des très rares avantages de l'âge : l'enthousiasme demeure tout autant nécessaire, mais il ne s'enflamme plus pour des chimères. Or, dans ce genre d'affaires, l'argent n'est rien, vous le savez. Vous paierez, ou bien je paierai, ou d'autres…

— Bien sûr, l'argent ne compte pas. Disons, cependant, que ce qui est historique est à moi, mais nous l'offrirons ensemble aux musées. Quant à ce qui ne l'est pas, ou que nous ne jugerons pas nécessaire de considérer comme tel, c'est à vous, je ne veux rien en savoir. La chasse-partie vous semble-t-elle équitable ? »

Jamais, jamais personne ne s'est campé en face de lui, dans son bureau encore moins qu'ailleurs, pour lui cracher à la figure qu'il n'est qu'un pirate sous ses allures de gentilhomme !

« Voyez-vous, Nathalie, ma vie a été une succession de défis, les plus durs ont été ceux de ma jeunesse. L'expérience m'a aidé à résoudre les suivants avec plus d'efficacité, c'est-à-dire moins d'efforts. Moins de mérite… Ma fortune est faite, mon nom est connu, même dans la presse à scandale où l'on me prête beaucoup… Quelle vraie raison aurais-je de quitter ce bureau ? Il est confortable et pratique. Quand je veux voir quelqu'un, je le convoque. Tous mes souvenirs importants m'entourent. Si je veux prendre l'air, j'ai ce bateau. Si une affaire se présente, j'ai dix collaborateurs… Quand j'avais onze ans, je me suis juré d'être l'homme que je suis depuis… voici déjà une bonne quinzaine d'années. Voilà ma seule erreur, je n'ai pas vu assez grand, assez loin… Et maintenant ? Rassurez-vous, ce n'est pas un problème, je ne sais pas m'ennuyer. Dix mille choses meublent mes journées… Alors, bien sûr, je peux consacrer quelques heures d'une soirée qui ne s'annonçait pas exceptionnelle à m'amuser avec des convergences fantasmagoriques sur des pyramides et des parallèles, et je peux envisager d'y assigner un de mes adjoints, mais… Ce n'est pas très important.

— Certes, ce n'est pas suffisant… Pourtant, vous avez prononcé le mot juste : chimère. L'apanage de mon âge, c'est l'empreinte encore sensible de l'enfance. Je n'ai pas oublié les trésors de la Bibliothèque interdite. Ni mes rêves d'alors. Virginia appréciait les légendes sans y croire, et certaines légendes disaient vrai, finalement… Mais regardez-vous. Rongé par l'incrédulité, vous vous enfermez dans ce refuge douillet. C'est ça, votre chimère, ce bureau si confortable ? Ah, certes : vous en avez peut-être rêvé à onze ans, mais l'auriez-vous supporté alors ? Faites entrer Anton, montrez-lui le musée que vous avez fait de vos bons souvenirs et qui vous êtes devenu… Voilà ce qui est important. Anton.

— Comment osez-vous ! »

Elle se mord la lèvre. Petrack a tapé sur le bureau du plat d'une main.

« Je vais partir.

— Si vous voulez !

— Vous… Non. Plus maintenant. Bien sûr… Nous aurions pu…

— Je vous appelle dans dix jours.

— Comment ? Vous allez quand même…

— Nous n'avons plus aucune illusion l'un sur l'autre.

— Mais…

— Cela a le mérite d'être clair. En affaires, ce n'est pas si fréquent.

— Bien. Vous allez m'appeler ?

— C'est ce que j'ai dit. Dans dix jours.

— Dix jours. »

Elle réunit ses mains sur ses genoux, la tête légèrement baissée, n'osant plus relever les yeux vers lui. Elle peut entendre la respiration sonore de l'homme qui lui fait face – elle sent son regard peser. Elle ne part pas.

Petrack se répète qu'il ne doit pas convoquer Anton. Non, surtout pas. Pas de cette manière. Pas l'enfant. Depuis presque cinquante années, cet Anton-là n'existe plus, métamorphosé en commandant Petrack – un homme solide.

Techniquement innocent.

Pourquoi brasser ces souvenirs, le tenter ?

Et elle, Derenoy, qui reste là, captive. Accessible. *Délicate* ?

Captive…

Ce mot réveille le désir irrépressible d'éprouver la résistance de ses seins gravés dans ses paumes qui le torture depuis son arrivée, de s'abîmer dans ses odeurs secrètes, de se rassasier du velouté de sa peau souple et ferme…

Nathalie, Nathalie, *Nathalie*…

Il l'a baptisée *Pourquoi pas* – détient-il un pouvoir sur elle ? *Ce* pouvoir ?

Va-t-il la nommer ?

Ses mains s'agrippent à son bureau pour s'interdire tout mouvement, mais ses jambes repoussent son fauteuil et il se retrouve debout.

Elle n'a pas bougé, tête baissée.

Qu'accepte-t-elle ?

Reprendre le contrôle. Ne pas se déplacer d'un seul pas, rester ici. Respirer, écouter. Ne pas s'approcher, ne pas la toucher. Ses pieds contractés, ses orteils détruisent l'équilibre : le jeu consiste à rendre *invisible* la tension qui le supplicie. Ça ne marche pas, ça ne va pas aller ; cette fois, ça ne va pas suffire. *Décrocher* ? Délibérément ? Les décrochages érotiques aboutissent à l'expression brute du *tumulte* – possession, sujétion, déflagration. Les fantasmes servent à ça, après tout, grimacer sous le masque. Demeurer *invisible*.

Sans aller jusque-là : et s'il la regardait autrement, crûment, comme une maîtresse de un an ? Nue mais connue. Sans se cacher, la détailler…

Toujours pas suffisant. L'imaginer vraiment, alors – voilà : s'imaginer avec elle, s'imaginer la prendre. Comment la prendrait-il, elle ? Elle a dit : « Brutal ? » Soit. Un assaut, muet.

Donc, il s'imagine debout, précisément là, de ce côté de son large bureau. Elle baissera la tête, comme ça. Il la rejoindra en quelques pas, sans hâte. Elle l'entendra sans le voir, ne relèvera pas la tête, ne bougera absolument pas. Elle attendra. Il s'en approchera à la toucher, mais ne la touchera pas. Pas encore. Il s'interrogera : — *Comment la toucher ? — Le moins possible. — Préserver le contact ? — À sa seule possession.* Oh, cette perspective agite son corps, il tremble déjà. Elle aussi, qui attend. Puis, assez vite, il s'enivrera de ses odeurs – quelle colère ! –, passera une main sous chaque épaule, la hissera pour la décoller du siège, la poussera vers le bureau, sans violence, fermement, et elle se laissera incliner contre la table, étendue, pliée, bras déployés, immobile, silencieuse, tellement soumise. Son fantasme exigera de la contempler – qu'elle attende ! Il se placera derrière, sa jupe retroussée, la soie baissée. — *Frémira-t-elle ? — Peut-être. Peu importe.* Il attendra. — *Longtemps ? — Longtemps. — Comment sera son visage ? — Plutôt caché.* Pas trop, pour paraître Derenoy. Là, devant lui, couchée, cassée, docile. Alors, il ira très vite. Un instant, il fermera les yeux – la goélette, le port, l'écume. Puis, soudain, yeux grands ouverts, il sera la *houle*. Pas une caresse. Juste la bousculer. Encore et encore, être la tempête ; se repaître des secousses du ressac ; crier, hurler, vociférer sa rage – pas pour elle, jamais, tout en silence, en secret, *invisible*. Nathalie, Nathalie, *Nathalie*… Il triomphera, enfin, après longtemps d'un violent travail – elle, corps abandonné, lui, instrument de la lointaine revanche, dieu exécuteur de cinquante années de vaine expiation. Puis, il ne lui accordera nulle trêve pour l'apaisement des sens. Il s'écartera aussitôt pour ne plus la toucher. Abandonnant sa haine entre ses reins – qu'elle la consume ! Et elle attendra. Il attendra. Il la regardera – que son regard la brûle ! Il attendra qu'elle revienne. Il attendra la lucidité, la stupéfaction, la gêne. Il attendra encore qu'elle s'en aille, vraiment ! dans l'indifférence du roi – elle et sa cohorte de souvenirs misérables. Oui, enfin, il la laissera *partir*…

Il en fut ainsi.

19

Il est resté debout, penaud, vaguement honteux.

Il se répète qu'elle n'a pas dit non, à aucun moment.

Il ne se souvient pas qu'elle ait manifesté le moindre émoi.

Il refuse de considérer l'imprudence ahurissante de l'un comme de l'autre.

Il n'éprouve nul soulagement, nul apaisement, nulle délivrance.

Il redoute qu'elle ait pensé s'offrir en conclusion d'un pacte.

Il ne comprend pas la fureur qui l'a emporté.

Il se ment encore et il le sait.

Le commandant Petrack n'est pas un homme de remords. Des regrets, oui, comme tout un chacun, et par wagons si l'on y tient. Mais s'il est une qualité à laquelle il s'attache, et qu'il apprécierait savoir associée à sa mémoire, au moins pour quelques-uns, plutôt quelques-unes d'ailleurs, c'est d'être conséquent. Petrack pèse ses décisions et il les assume, toutes. Sans exception. Rien d'un aveuglement systématique ou maniaque dans cet empressement à revendiquer ses choix. Il est ainsi, et depuis toujours. Il pense beaucoup et agit sans hâte, il rumine chaque élément de chaque scénario possible – au théâtre, il serait tout à la fois auteur et acteur, directeur et accessoiriste, public et fauteuil, projecteur brûlant et décor remisé, voisin d'immeuble également, badaud traversant la chaussée, clochard assoupi sous l'affiche ou petit chien trottinant sur le trottoir d'en face, taxi cherchant le nom d'une rue, critique trop en retard pour entrer et qui rédige déjà sa rubrique, vieux ticket griffonné d'un numéro de téléphone incomplet… Jamais, non jamais aucune pulsion n'a dicté ses gestes, du moins sans qu'il y agrée, et son consentement jamais ne manque ni de recul ni de calcul.

Sauf cette fois.

L'exutoire imaginaire auquel il s'est d'abord livré n'a rien d'une nouveauté, il recourt sans état d'âme à cette diversion depuis qu'il a intégré deux évidences : personne n'est responsable de ses pensées, au contraire de ses actes ; s'interdire une pensée revient à s'exposer à son retour, amplifiée ou déguisée, au risque avéré de perdre le contrôle et de passer à l'acte. L'économie psychique prêche donc en faveur d'un fantasme sans censure, pleinement assumé, afin de percer l'abcès, d'évacuer l'obsession obscène. D'où un catalogue érotique de scènes et de situations dans lequel il puise pour ne pas succomber à l'emprise de l'instant. Ce déplacement modique l'ancre dans le répertoire. L'exagération, le libre cours, voire l'ignoble, parfois le banal, peu importe. Cela ne compte pas. Quelques images défilent, son corps les mime, *invisible*, puis, délivré du *tumulte*, il rouvre sa conscience entière au réel, sûr de ne pas dériver.

Sauf cette fois.

Il aspirait à la quiétude, il réclamait d'être seul et il était enfin parvenu à lui signifier son congé. Elle n'a pas bougé, elle a gardé la tête baissée. Et lui en a conclu quoi ?

Doublé par la chair…

Doublé ou dupé ? Et si l'envie n'avait été qu'un prétexte, un simple leurre, que le désir impérieux se soit imposé pour refouler une pensée autrement plus dangereuse ?

Mais quelle pensée ?

Il se souvient de s'être représenté en dieu vengeur. Pour la punir, elle ? Non : ce n'était qu'un jeu, consenti sinon partagé.

Ou bien le châtiment s'adresse à lui – tant le remords, pour qui a su l'éviter jusque-là, se révèle une bien amère surprise.

Quel remords ?

Mais alors que, au lieu de l'expulser, il s'en emparait ; mais tandis que, muet, il criait : Nathalie, Nathalie, *Nathalie* ; mais bien qu'il la vît, elle, crique, et qu'il se voyait, lui, déferlante ; il succombait à l'abandon. Et qu'avait-il pensé ? Qu'avait-il pensé, juste à ce moment-là ?

Techniquement innocent.

Aussitôt, des myriades de pensées concomitantes le submergent. Hypothèses, déductions, analyses. Jusqu'à la conscience, très nette, que « la réponse *fuit* la question ». Et le voilà spectateur de sa propre impuissance à lâcher prise : Petrack sonde Petrack las du Petrack empêtré dans l'entrelacs des Petrack pensants Petrack… et contemple, simultanément, l'étrange phénomène, cette valse-hésitation, cette divagation fluide et vaine : diversion après diversion, autre, confuse et diffuse, l'idée qui le fuit ne cesse de se rapprocher. À croire que cette aspiration vagabonde – ô vertiges du vortex conceptuel – ne mène pas à l'illumination, mais se résume à cette seule et inexorable dérive.

Le radeau ?

Il se demande si, cette nuit, il échappera à ce rêve ; si cette nuit sera celle où Petrack a vaincu Petrack…

Il se lève et fait quelques pas, soulagé. Pourtant, à bien y penser, l'idée qu'il vient de céder à un mouvement de folie n'est ni vraisemblable ni honorable ; pourtant, à bien y réfléchir, la notion de culpabilité ne tarde guère à resurgir.

Petrack s'étire, masse ses reins, évite le « *Qu'est-ce qui m'a pris ?* » qui se doit d'accompagner la prise de conscience de la tyrannie passagère d'un moment d'égarement.

« *Tout va bien*, répète-t-il, *tout va bien*. »

Bien sûr que non. Ça ne va pas ! Le mal qui le ronge gronde depuis plus longtemps… Le mal ? Le remords. Et puisqu'il s'agit de ça, autant l'admettre : si le mal ne tient pas à cette nuit, à quelle autre remonte-t-il ? « *Oui : à quelle autre !* »

Il s'est retrouvé à genoux, un peu désorienté.

Il s'est relevé, étonné, sans la moindre idée de son malaise.

Il a recouvré sa place, dans son fauteuil, devant son bureau.

Il a caressé le planisphère, feuilleté les pages de son carnet d'adresses.

Il a envoyé quelques mails, peu nombreux et brefs, ses ordres.

Il est fatigué, mais le sommeil le fuit comme lui-même fuit son rêve.

Il doit attendre un peu avant de regagner son havre rouge.

Il se souviendra alors ; cette fois, oui, il se souviendra de tout.

Mais à quelle autre ? Tant de nuits importantes jalonnent son existence…

Petrack écarte le projet de les examiner toutes, l'une après l'autre. Même s'il a tant souhaité se retrouver seul pour se souvenir, ce n'est pas ce travail de mémoire auquel il aspire. Il doit se consacrer à son enfance, et non passer en revue les nuits d'un homme de bientôt soixante ans ! Ou bien s'économise-t-il dans l'attente passive d'une… révélation ?

Son regard se porte sur le jeu de cartes. La dame rouge est toujours là, couchée sur son bureau. Il cède à l'envie de la soulever pour dévoiler celle de dessous. Ses doigts caressent leur contour, lentement, délicatement, et, sans les séparer, il détache la paire, l'amène à lui. Il la repose sans regarder. Il rapproche le porte-documents de Nathalie, en tire légèrement les dossiers, découvre son écriture et parcourt leurs titres. Il renonce à les ouvrir. Il doit faire place à Anton ; le commandant prendra le relais plus tard.

Tandis qu'il se lève pour rejoindre le recoin au fauteuil rouge, il bifurque pour se servir un verre de vieux rhum ambré et entend l'Ivrogne l'encourager : « Chacun vient en son temps. »

Soit.

Assis et les yeux clos, Petrack prononce mentalement son prénom. Anton.

Il se balance sur son siège, il a à nouveau onze ans.

Il regarde l'Ivrogne glisser, les bras serrés, la tempe en sang.

Il hésite à plonger, et puis il se lance à sa poursuite, malgré le froid.

Il remonte à la surface, Jak ne l'aide pas, Jak bredouille de trouille.

Il déplie la précieuse carte et la carte aveugle s'efface trop vite.

Il plaque le buvard sur son visage, cherche le trésor, ne voit rien.

Il voulait tellement vaincre le pirate, *partir*… il doit tout reprendre.

Il lisait l'*Histoire mondiale de la piraterie* dans… comment disait-il déjà ?

20

La fenêtre qui ouvre sur l'océan se détache à peine de la pénombre. Fatigue et ankylose le disputent à la perspective d'une boisson chaude – un grog, sans cannelle, assurément. Blotti dans le recoin sombre de son bureau, calé dans le vieux fauteuil, les évocations de son enfance éparpillées à portée de main ou de regard, Petrack ferme les yeux une seconde.

Il vient de se repaître de cette riche période où, du mystère du rhum volé aux voleurs du port, des farces du Bouffon-savant au manuscrit de Black-jack, de l'insaisissable trésor du Pirate Sans Nom au « Croyez-vous aux vaisseaux fantômes ? » de Virginia, Morne-mer bataille entre l'envie d'y croire et la peur d'y croire…

Quelques heures bien employées, et agréables, finalement. Rarement s'est-il accordé ce travail de mémoire, ayant jusque-là privilégié d'autres approches, moins chronologiques ou globales que thématiques. Bien sûr, il lui reste encore des souvenirs à explorer, très peu.

Deux nuits, en réalité, seulement deux. Celle des vaisseaux fantômes et celle de la Légende Nomade, c'est ainsi que le commandant Petrack les caractérise. Anton, lui, n'a retenu que les dernières minutes de la seconde, quand le vieil historien lui a concédé un nom, après bien des tergiversations, dont il n'était pas trop sûr, et auquel Anton n'a jamais adhéré : « Morne-mer, Le Pirate Sans Nom s'appelait Mortimer. Du moins, on le suppose. »

Mortimer ? Trop anglais et trop commun. Les recherches que Petrack a diligentées n'ont rien donné de probant. Le commerce maritime de la Frise favorisait de tels brassages entre les peuples ; plusieurs flibustiers arboraient ce patronyme sous les tropiques... Ce n'était peut-être aussi, une fois encore, qu'un surnom... Et puis, ou surtout, sa sonorité fleurait l'improvisation maladroite, voire le lapsus. Pour de jeunes Dalmates, l'un déjà bien énervé, l'autre bientôt enivré, entre « Morne-mer », prononcé par un Français à la française, et « Mortimer », déformé par un accent néerlandais jamais entendu, la différence relève de l'emprise d'un mauvais rhum, de la précipitation, de l'agacement.

Jak avait riposté, Anton n'avait rien répondu.

Petrack soupire. Il doit poursuivre avec méthode, traquer dans l'évocation de ces deux nuits l'indice raté lors de ses précédentes tentatives de localisation de l'îlot.

Son corps et sa tête réclament une pause. Pas un de ces brefs répits qu'il s'accorde régulièrement pour gagner quelques heures sur le sommeil – dix minutes les paupières closes, les mains ramenées sur sa poitrine, en se laissant sombrer jusqu'à la frange de l'endormissement. Curieusement, il songe qu'il a rangé, quelque part dans le bar, dans une petite boîte hexagonale en bois exotique, une réserve de biscuits énergétiques. Le courage lui manque cependant pour se relever. Il pourrait aussi s'avachir un instant, bâiller, étirer ses mollets, trouver un coussin pour soulever ses pieds... Ou bien se frictionner le visage, plisser les yeux, se frotter la nuque... Boire apaiserait peut-être les turpitudes de son estomac. Un verre d'eau, dans la cuisine alors.

Ou bien un rhum.

L'Ivrogne a donc cessé de boire sans mesure une fois baptisé par Virginia…

Petrack se lève, lourdement. Cent ans, oui, et dans chaque jambe. Le temps de quelques pas et il renonce au rhum. Il appuie son dos contre le bar, libère une barre chocolatée de son enveloppe en cellophane et contemple son bureau. Nathalie… Quel âge a-t-il pour se permettre tant d'inconséquence ?

Nathalie… *Pourquoi pas*… qui n'est pas Nathalie Derenoy, qui est plus que la petite-fille de Virginia, bien davantage que Nathalie du *Nathalie*, plus du tout celle du Nathalie, Nathalie, *Nathalie*, mais la fillette qui partage avec Anton la fascination intacte de l'*Histoire mondiale de la piraterie*, dans son édition illustrée… Et qui lui a laissé son cartable.

En cet instant, elle lui manque – il l'aimerait endormie au clair de lune, nue sous un drap défait, dont il déplacerait le jour avec lenteur tout au long d'une nuit indolente…

Cette paix l'intrigue : il peut désormais considérer Nathalie sans que ses sentiments soient pollués par de vieilles rancœurs. Le sexe, à lui seul, ne saurait suffire à les épuiser. Mais peut-être à les déconnecter ? La fureur qui l'a à nouveau frappé après son départ ne tient donc pas, ou plus, à elle – il pourra la revoir, l'inviter à bord, se montrer sous son vrai jour… Cette perspective le charme, il répète son prénom. Plusieurs fois. *Pourquoi pas* n'est qu'un surnom de circonstance et, d'ailleurs, l'usage de sobriquets l'ennuie. Elle sera : Nathalie. Petrack regagne le fauteuil des invités.

Il ouvre les dossiers qui dépassent du porte-documents : « Le Fléau des mers », *Manuscrit de l'île Éléphantine*, « Confession du Molosse (frère Pietro, alias Pierre Domiche) », « Wagner ».

Il pourra lui confier que, à onze ans, il avait mal orthographié Wagner – inutile de se replonger dans le bon cahier pour s'en souvenir : il s'était plaint auprès de la bibliothécaire de ne rien trouver sur un musicien aussi important à la lettre V. Quelle honte – Petrack s'en amuse. Puis son sourire se fige. Wagner… L'Ivrogne l'avait évoqué aussitôt après sa rencontre avec Virginia, sur le *Nathalie*. Anton, tout habitude et rigueur, avait consigné ses propos sans leur accorder plus que le rang de l'anecdote.

Petrack cherche une meilleure position pour renouer avec son investigation autobiographique, n'en retient aucune d'agréable mais repousse toute idée de quitter ce siège. Aussitôt qu'il baisse les paupières, il se retrouve sur les quais du port de pêche.

« Vous auriez pu revenir sur l'Île noire avec elle, serinait Anton à l'Ivrogne, et faire semblant de découvrir "par hasard" les peintures rupestres. Ça lui aurait plu, à Virginia, tous ces vieux dessins de bateaux… Et là, tout lui raconter…

— J'ai bien failli le faire dès ce soir-là, Morne-mer ! Malgré tous mes scrupules… Virginia se tenait sur le gaillard arrière et elle fredonnait un opéra qui parle d'un vaisseau fantôme, aux voiles rouges, et dont le capitaine était hollandais…

— Comme le Pirate Sans Nom !

— Oui. Cette autre convergence devrait te plaire aussi : l'opéra se déroule à la même époque.

— C'est vrai ?

— Wagner l'appelle le Capitaine noir… Une façon de le dire pirate.

— Alors, mais c'est lui ! s'était-il laissé submerger par l'envie d'y croire.

— Non. Hélas, non… Celui-là n'a jamais traversé l'Atlantique. Et il rêvait de tout autre chose que d'or…

— Allons bon, lui aussi…

— Ce qu'il désirait le plus au monde, vois-tu, c'était de devenir immortel…

— Immortel ! était intervenu Jak. Alors, il ne craindrait pas la mort. Plus d'abordages, plus de trésors !

— Je n'avais jamais songé à cet aspect des choses,

Tempête ! Wagner n'aurait pas dû négliger cette piste… Sauf que l'immortalité reste l'apanage des dieux, et, bien sûr, l'obsession de quelques idiots séniles et jeunes nantis angoissés… Mais le Capitaine noir renonce à tout, pour l'amour d'une femme.

— Lui aussi, avait répété Anton sur un tout autre ton.

— Oui, lui aussi… Tu penses que j'ai fait de même et que ça n'en valait pas la peine… À ton âge, et même jusqu'à ce jour-là, je partageais ce sentiment : je pouvais admettre de tomber amoureux, j'en avais fait tant et tant de fois l'expérience, je n'imaginais pas que cela puisse jamais durer. Ni me changer… Comment dire ? Virginia ne savait pas que je l'écoutais chantonner, elle était… Vois-tu, Morne-mer, si étrange que cela puisse t'apparaître, les plus grands trésors ne rivalisent pas avec certaines femmes, en tout cas pas pour certains hommes… Peut-être devais-je cette transformation à l'île, mais je me sentais prêt à une autre vie. »

Anton avait haussé les épaules, il désespérait de ne jamais réentendre parler du Pirate Sans Nom. L'Ivrogne l'avait regardé bizarrement.

« Cela ne doit pas te chagriner, mon enfant. La vie naît de l'amour, et nous ne cherchons rien tant que la vie. Beaucoup d'autres choses nous occupent, certes, mais en fin de compte, au soir de notre existence, que celle-ci soit presque vide ou incroyablement pleine, la seule chose qui importe, c'est la vie qu'on laisse derrière soi. »

C'était la première fois – et heureusement la dernière, pour Anton, onze ans – que le vieil homme l'appelait ainsi. D'ailleurs, il avait évité de croiser son regard. Petrack était déjà devenu commandant quand, en relisant ce passage, il avait compris ce que l'Ivrogne essayait de lui dire… ou plutôt, de l'amener à deviner…

Cette digression l'importune et il rouvre les yeux. Il sort le livret de l'enveloppe, puis regarde attentivement l'un et l'autre. « Wagner ». L'écriture de Nathalie s'avère plus nerveuse et moins large que celle qu'il lui a imaginée, mais il reste convaincu que la lecture de ses devoirs d'il y a deux ou trois ans, peut-être moins, lui donnerait raison. Cette évolution – supposée, il en a conscience – lui est plaisante. Virginia affiche joyeusement son envolée lyrique, en faisant fi des conventions, tandis que sa belle-fille est appliquée, méthodique, ordonnée, mesurée, mais non sans fantaisie dans ses majuscules délicatement stylisées. Si Nathalie avait hérité du pire de ces deux femmes… elle envisagerait déjà de divorcer d'un parti industriel texan.

Mu par une curiosité soudaine, Petrack repose le livret et ouvre l'enveloppe du Fléau. Hélas, le Sauvage a dactylographié son texte. Petrack ne saura donc rien d'autre de lui que les souvenirs brassés cette nuit… Il revient à l'opéra, feuillette toutes les pages, trouve les mots redoutés : « Harns : Mortimer ? »

L'association des deux noms s'achève par un point d'interrogation… Ainsi, le vieil historien tenait son Mortimer d'une recherche inachevée, travail d'été mené par une étudiante en marge de sa spécialité.

Improviser Morne-mer sur ce souvenir ressemble bien au personnage. L'Ivrogne était vraiment ivre lorsqu'il avait bricolé son sobriquet, et il n'avait certainement pas calculé toutes les interprétations auxquelles son jeu de mots se prêtait !

« Mortimer ? » s'était moquée *Patience* qu'il avait consultée, d'un air faussement négligeant. « On vous aura fait une bonne farce, mon cher. — Comment ça ? — J'ignore si jamais un pirate a porté un tel nom, mais j'ai lu récemment une anecdote à ce sujet. Peut-être l'inspiration de votre source ? — Ma source est plus ancienne que la notion de magazine. — Mais je ne sais pas si je dois… — Je vous en prie… — C'est que, voyez-vous, cette petite histoire insiste, assez lourdement, hélas, mais de façon tout à fait justifiée, sur le rôle des femmes auprès des hommes.

Des grands hommes, bien sûr, puisqu'il ne saurait toujours s'agir de petites femmes. — Je n'ai jamais douté de leur influence. — Jamais assez, en tout cas. Donc, Mortimer fut le premier nom que son créateur donna à un personnage tout à fait fictif. Et grâce auquel il a fait fortune. — Est-ce là tout ? — Quand il montre sa petite souris à son épouse très légitime, elle, et qu'il la désigne de ce nom ridicule – vous savez comment sont les hommes –, elle le lui dit : "Ce nom est vraiment ridicule." Et Walt Disney l'écoute… Réfléchissez à cette morale : Disney serait-il devenu Disney avec une souris nommée Mortimer ? Voyons, n'importe quel chat l'aurait croquée avant… »

Comment ne pas relever, également, que Mickey, alias Mortimer, s'est animé l'année où le Déchiffreur quittait l'Île noire, dans un dessin animé le présentant en marin ?

Et aussi cette suite logique : Michael, Mike, Mickey.

21

« Quand, pour m'inviter à la suivre, Virginia m'adresse ce ravissant jeu de lèvres : "Vous croyez aux vaisseaux fantômes ?", dans ses yeux j'ai reconnu ma belle étoile. J'ai opiné de la tête, Morne-mer, même si je n'y croyais guère... Son beau visage grave qui me laissait sans voix alliait à la fois les vertus de l'énigme et celles de la familiarité : elle était toutes les femmes et demeurait unique... Du moins, je l'ai toujours vue ainsi, mais beaucoup d'hommes l'ont également regardée de cette manière singulière, comme s'ils la reconnaissaient ou avaient hâte de la connaître enfin. Elle le savait, ne s'en préoccupait guère et son charme en était d'autant plus redoutable. »

Anton s'en fichait, mais Jak rigolait encore du tableau : l'Ivrogne tout nu devant une fiancée...

« Un peu plus tard, une fois correctement vêtu, Tempête, je l'ai rejointe sur le gaillard d'arrière, pour regarder mon île s'éloigner. J'ai vraiment envisagé de tout lui dire... Hélas, je venais de me doucher, et mon corps, bien réel, récusait les souvenirs de mon séjour, peut-être imaginaires. Alors, j'ai réalisé qu'entre tous mes aïeux, qui formaient un étrange équipage dans ma tête, et mes délires, qui couvaient le retour d'une terrible tempête, il me fallait un capitaine. Sinon... Accoudés sur le bastingage, côte à côte et silencieux, j'ai pensé qu'avec elle je garderais le cap… Voilà la raison de trente années de ma vie, les plus belles, Morne-mer, les meilleures.

« Quand l'île s'est dissipée dans l'horizon, elle a repris la parole, pour évoquer son premier devoir universitaire. Une légende de vaisseau fantôme, bien sûr. Elle avait choisi un sujet qu'elle connaissait parfaitement, puisque le phénomène qu'elle décrivait se déroulait au large du port de Caraquet, un peu au sud du village de ses grands-parents, dans la baie des Chaleurs. Depuis la fin du XVIIe siècle, presque chaque été, au crépuscule, baignées des nappes d'une légère brume, des boules de feu s'y déplacent entre l'écume des vagues. Parfois elles figurent un feu de broussailles en plein océan, mais le plus souvent on y devine les voiles en feu d'un navire impalpable… De l'avis commun, plus on s'en approche, plus ce feu s'éloigne ; et si l'on s'obstine, d'un seul coup, il disparaît pour resurgir juste derrière vous… L'illusion reste assez troublante pour avoir tenté plus d'un marin audacieux. J'ai lu le récit de deux frères qui ont voulu le prendre en tenailles, en venant chacun d'une direction opposée. Ils se sont tant rapprochés, sans jamais parvenir à toucher la fameuse coque, qu'ils se sont heurtés l'un l'autre en plein brouillard…

« Pour son devoir, Virginia avait compulsé une documentation qui réunissait plus de mille témoignages, assez concordants d'ailleurs, sur ce qui était désigné comme le *bateau sorcier*, le *bateau du diable*, le *bâtiment forban*, le *vaisseau du mauvais temps* ou encore le *feu du mauvais temps*. Ces dénominations s'expliquent par une constante météorologique : l'automne qui suit son apparition – mais on le voyait quasiment chaque année ! – essuie de nombreuses tempêtes, et, exceptionnellement, quand l'automne est clément, c'est l'hiver qui se révèle terrible… "Conjectures", affirmai-je. "Convergences", répondit-elle… Les littoraux n'ont pas tardé à relever les conséquences de ces apparitions, décrétant que ce navire de triste augure ne pouvait qu'être maudit ! La faute en incombait forcément à son équipage, que la plupart des variantes déclarent pirate. Dans tous les cas, ces hommes ont commis des exactions telles que les cieux les ont condamnés à un châtiment éternel, sans le moindre espoir de rémission. Ainsi, depuis deux siècles et demi, leur bateau hante toujours la même région et ne se manifeste que sous certaines conditions – bien que presque chaque été – dans le dessein de rappeler aux simples mortels de craindre les cieux. Voilà ce que les gens croient, matelots.

« À différentes reprises, des scientifiques se sont penchés sur la question, certains ont tenté d'expliquer ce phénomène par des exhalaisons de phosphore… Rien n'a été prouvé et toutes les hypothèses restent ouvertes. J'ai séjourné plusieurs fois durant l'été dans cette région, où Virginia possédait une maison de famille. Hélas, je n'ai jamais constaté par moi-même ce phénomène. J'arrivais toujours trop tard ou renonçais trop tôt. Des amis que j'ai là-bas l'ont vu, encore récemment, et je peine à douter de leur parole.

— C'était le Vaisseau ardent ! s'était exclamé Anton.

— Vois comme l'envie d'y croire obscurcit notre jugement, Morne-mer ! Tu viens de me fournir l'exemple de ce que je voulais démontrer : l'homme se caractérise par une imagination bornée par l'urgence de tout expliquer. L'intelligence n'est qu'un instrument pour satisfaire à ce besoin, les uns élaborent des théories, les autres soupçonnent de la magie. Mais pour tous, ces flammèches et ces fumées ne peuvent être qu'un navire, puisque ça flotte !

— Mais du feu sur l'eau !

— Les vrais marins savent de quoi il retourne, ne serait-ce que par ouï-dire : les Saint-Elme ! Lesquels se rencontrent sous toutes les latitudes et à toutes les époques, lesquels se produisent lors d'une grande tempête ou aussitôt après. Ces épisodes météorologiques présagent-ils pour autant d'une mauvaise arrière-saison ? Les jardiniers possèdent des dictons redoutables pour prédire le temps, lesquels marchent toujours par paire : l'un dit que le temps sera favorable, l'autre défavorable. Ensemble, ils n'ont aucun sens, séparément on se souvient qu'ils ont toujours raison… Peu inventif, mais orgueilleux : tel est l'homme…

— Et les Saint-Elme ?

— Ce sont des feux qui voltigent sur les flots ou qui se réfugient sur la tête des mâts, voire dans les hunes, et qui y demeurent longtemps, parfois jusqu'à une demi-heure. Le plus souvent, le feu s'épuise sans occasionner de dégâts ; la boule de feu peut aussi descendre tout le long du mât et parcourir le navire. Jadis, les marins la poursuivaient alors à coups de pique… Il est arrivé qu'une centaine de bâtiments en soient simultanément la proie, le feu sautant de l'un à l'autre, illuminant une flotte tout entière, salué par les cris des équipages… Homère les estimait d'un présage favorable et les désignait sous le nom de Castor et Pollux, les dieux jumeaux protecteurs des marins. Par contre, quand le feu se déposait sur la proue ou le beaupré, il y voyait un augure néfaste qu'il nommait Hélène – celle-là même dont Pâris ne captura que le fantôme. Depuis le Moyen Âge, ces feux volants sont appelés *Corpo Santo* ou Saint-Elme, du nom de saint Érasme, patron des marins. »

Anton avait accueilli le scepticisme de l'Ivrogne avec un certain soulagement, avant de déchanter : pour le « beau visage » de Virginia, le jeune historien avait donc eu envie d'y croire…

« Qu'est-ce qu'une légende, Morne-mer ? Une allégorie qui puise son origine dans un passé très lointain, qui célèbre le souvenir d'événements hors d'atteinte. Voilà une caractéristique importante, qui vaut pour les mythes, comme le Déluge. Mais pense aux vaisseaux fantômes : ce qui les singularise, vois-tu, relève du fait que la mer actualise cette légende, régulièrement, et la garde ainsi présente à nos esprits. Elle l'alimente, elle la renforce ; elle ne la laisse pas s'endormir, elle maintient nos mémoires et notre sensibilité en éveil… "Comme si elle cherchait à nous dire quelque chose", ajouta Virginia, qui fréquentait de telles légendes depuis sa prime enfance, dans une région où le plus grand nombre les tenait pour vérité.

« J'envisageai soudain la notion de bateau fantôme, jusque-là plutôt générique, comme un ensemble extraordinairement plus vaste, fondé sur un archétype qui refusait l'oubli. Je découvris tout un corps de légendes, qui nourrit et qui se nourrit de faits usuels – bateaux sans équipage, phénomènes météorologiques ou physiques. Devinant mon intérêt, Virginia commença à évoquer la théorie qui l'animait : la convergence d'un mythe et d'une légende – le Déluge et les vaisseaux fantômes. D'un côté, les cieux exterminent les hommes, mais c'est un navire qui représente leur salut. De l'autre, un équipage est condamné à l'errance éternelle par les cieux, leur navire annonce de terribles intempéries… Virginia aurait aimé en déduire que l'arche nous sauve d'un Déluge que le vaisseau fantôme annonce – d'où la permanence de l'avertissement…

« Elle ne s'arrêtait pas là – Virginia ne s'arrêtait jamais ! Juste avant que nous quittions le pont pour dîner, elle m'a encore surpris en attirant mon attention sur le fait que la mémoire collective se complaît dans la description des *vaisseaux enfer*. Mais il en existe d'autres, qui exaucent les vœux de ses matelots, les *vaisseaux paradis*. Pourquoi les ignorer, les éradiquer de nos mythes et légendes ? S'ils relèvent, eux aussi, du sortilège, ils sont donc une bénédiction… Ou du moins, ils devraient être considérés comme tels, avançait-elle.

— Je n'en ai jamais entendu parler.

— N'est-ce pas étrange, Morne-mer ?

— Pourquoi ? Ils sont beaucoup moins nombreux, c'est tout.

— Ou bien on a voulu nous les faire oublier…
— Je ne vois pas l'intérêt.
— Les vaisseaux fantômes portent malheur à qui n'honore pas les cieux… Ça, c'est malin…
— Que voulez-vous dire ?
— Tu sais ce que c'est, la propagande ?
— Bien sûr.
— Alors, Morne-mer, tu tiens l'idée… »

Anton avait haussé les épaules. Il devait réagir, recadrer les propos de l'Ivrogne, qui s'égarait dans les méandres de ses souvenirs amoureux, et pour mener quelle existence ! Une fois attaché au service de cette fille de riche, le Déchiffreur s'était comporté en petit chien satisfait, le meilleur de sa vie tenant à l'assiduité de ses promenades en laisse avec celle qui ne serait jamais sa maîtresse.

22

Anton avait donc fomenté un plan. Un: le soir suivant, sous prétexte d'accorder à Jak une nuit loin du port, ils avaient délaissé l'Ivrogne, qui devait bêtement rester planté sur le ponton à les attendre – grand bien lui fasse! Deux: ils ne viendraient pas le lendemain avec une flasque ou deux, mais toute une caisse de tord-boyaux, la dernière en fait. En digne fils d'aubergiste, Jak s'était offusqué à l'idée de gaspiller toute leur réserve en une fois, mais, en raison de leur escapade de la veille, il ne se trouvait plus en position de lui refuser cette faveur – donnant-donnant. Trois: en alternant bousculades et récompenses, Anton espérait déstabiliser le vieil homme et, sinon le conduire au seuil du trésor du P.S.N., du moins le sortir des vaisseaux fantômes – le bâton et la carotte. Quatre: l'Ivrogne n'avait jamais ingurgité plus de un litre en une nuit. S'il s'en accordait cette fois le double, il resterait encore plus de la moitié des flacons. Où les cacherait-il? Le Sauvage n'avait pas été débarqué du *Nathalie* sans aucun bagage. Capitaine et Tavernier avaient fouillé en vain tous les refuges possibles de l'Ivrogne, à la recherche de ses livres et de ses carnets. Où irait-il abriter le rhum? Ivre et pressé, l'historien se montrerait moins prudent et regagnerait sa cachette une fois les enfants partis, hors d'état de remarquer qu'ils étaient revenus l'espionner – quand le chat n'est pas là, les souris dansent. Cinq : Anton avait repéré depuis longtemps un potager qui offrait une belle vue d'ensemble sur le port de pêche, mais, d'une part, impossible à traverser sans y laisser ses traces, et, d'autre part, éclairé par le lampadaire du bout du quai. Au premier coup de fronde, il avait cassé la lampe pour la seconde fois ce mois-ci – pas vu pas pris.

Un. Jak avait chanté. Pendant l'été, son répertoire de chansons paillardes était passé du 45 tours, face A face B, aux trois microsillons 78 tours hérités de son grand-père.

Deux. Jak avait rechigné, Jak avait cédé. Puis, Jak s'était égosillé sur tout le long du chemin, marchant à la cadence des paroles égrillardes qu'il accompagnait de mimiques obscènes, oubliant sans arrêt qu'Anton tenait l'autre poignée de la caisse qui lui cisaillait la paume.

Trois. L'Ivrogne les avait salués d'un « mes bons princes » tout en démontrant que, sur le sujet des claquettes, il ne leur avait pas menti. Ensuite, ricochant sur le titre, il avait raconté sa rencontre avec le Prince nomade. Anton l'avait coupé plusieurs fois, mais Jak l'avait relancé sur les détails croustillants des choses qui se perpétuaient dans l'eau.

Quatre. L'Ivrogne se montrait à hauteur de sa réputation d'ivrogne. Mais, contaminé par la débauche évoquée ou enclin à limiter la perte, Jak avait également participé à l'écoulement des stocks de mauvais rhum. Après une période d'absorption étonnamment grivoise, Jak s'était tu, tout entier consacré à l'art de se maintenir sur deux pieds sans choir.

Cinq. Peut-être intrigué par le changement de tonalité entre Anton et l'Ivrogne, Jak était sorti de sa torpeur, s'était amusé de l'idée d'un pirate immortel, puis s'était outré du mensonge de l'historien. « Mortimer, Morne-mer », avait-il dû tenter d'articuler, « c'est la même chose. Ivrogne ! » Et de lui balancer une bouteille aux trois quarts pleine. Jak n'a jamais été bon tireur, même au jeu du caillou. Le verre avait percuté la tempe du vieil homme, qui s'était mis à vaciller sur ses longues jambes, et qui était tombé.

Petrack aimerait en rester là. Objectivement, ce serait une erreur, mais…

S'il ferme à nouveau les yeux, il se souvient très distinctement du jardinier qui se tenait parfois dès l'aube dans son potager, à sa bordure la plus proche de la mer, en aplomb d'Au bout du monde, campé droit sur ses jambes, une main en casquette comme s'il jaugeait la marée. Ses légumes subissaient les ravages habituels des embruns, malgré l'élévation de ses plantations et du muret érigé en rempart, mais, disait-on, il s'obstinait année après année à tenter des cultures exotiques. Les commérages prétendaient encore qu'il n'avait jamais touché la mer du bout des pieds ni quitté son quartier pour s'enfoncer plus loin à l'intérieur des terres. S'il ferme vraiment les yeux, Petrack n'oublie pas la promesse qu'il s'était faite de n'être jamais comme ce jardinier du front de mer dont la silhouette figurait une statue en vigie.

La posture du jardinier ramène Petrack au poème de Baudelaire, sa vision pétrifiée au destin du monarque de l'île du Chaos noir.

Et sa fronde ? En dehors du prétexte d'épier l'Ivrogne, quelle était la nécessité de viser la lampe du réverbère ? Il avait vu ses yeux pleurer tant de fois, fixant le large pour éviter la lumière artificielle qui l'éblouissait, préférant défier obstinément le phare plutôt que se tourner vers eux…

« Pour l'historien, avait commencé l'Ivrogne, la notion du temps est primordiale, il dédaigne l'éphémère et courtise la durée. "Qu'est-ce qui relève de l'échelle de l'Histoire ?" Il y a seulement un an, te rends-tu compte, une année seulement, Virginia et moi regardions ensemble les pyramides dans le grand désordre du Caire. Nous envisagions qu'un jour elles ne seraient plus que trois petits tas de sable bientôt dispersés par les vents. Voici quatre mille ans, elles exultaient la puissance ; aujourd'hui, ces monuments érodés piègent les touristes avides de couchers de soleil. Combien d'années avant qu'il ne devienne difficile de ne pas photographier avec elles les épanchements disgracieux de la cité, ces gigantesques bazars de pierre et de toile ? Et plus tard, quand le vent aura fini d'user la roche, Morne-mer, pas demain bien sûr, ni dans un siècle ou deux, mais dans une quarantaine ou une centaine de siècles, penses-tu qu'il restera un seul mur debout pour témoigner qu'ici s'élevait une puissante et vaste ville d'un pays nommé Égypte ? Virginia vouait pourtant aux pyramides une vraie passion, mais cette fois elle peinait à y reconnaître les triangles magiques qu'elle se plaisait à deviner jadis ; elle y voyait plutôt des marques d'orgueil.

« Alors que Virginia effectuait des recherches sur les pyramides qui renferment des navires destinés au passage des morts, elle avait eu écho d'une légende sur un vaisseau fantôme, si ancienne qu'elle avait généré sa propre légende. Nous étions sur sa piste, nous nous apprêtions à regagner les sources du Nil, ses sources légendaires, bien sûr, l'île Éléphantine, pas le lac Victoria. Elle n'a pas pu m'accompagner, je me suis donc enfoncé seul dans le désert de Nubie à la recherche d'un Prince nomade, qui en savait plus. J'ignorais son nom et je n'avais même aucune certitude quant à son existence, il constituait en lui-même une autre légende...

— Elle cherchait un vaisseau fantôme en plein désert !

— Par certains aspects, le désert n'est pas si différent de l'océan. Immensité et solitude, un paysage toujours semblable et toujours mouvant, ceux qui le défient souffrent et l'aiment, et l'eau que l'on peut boire est la plus précieuse des choses... Une oasis vaut bien une île, toutes deux restent une escale, si l'on veut. Et puis, vois-tu...

— Vous l'avez trouvé ? l'avait coupé Anton pour le recentrer sur le sujet.

— Non ! Lui m'a trouvé ! Et il m'a désaltéré. Avec de l'eau… Mais nous avons joué au poker pour un verre de rhum. Que j'ai gagné, mon hôte possédant un sens aigu de l'hospitalité. Ensuite, nous avons passé une nuit à parler de nos vies, du poker, du rhum, de mon jeu de cartes et de la valeur de l'eau. Je lui ai également parlé de Virginia, de ses idées, de son état, assez brièvement et… et le Prince nomade m'a souri. Il m'a proposé de jouer en élevant la mise. J'ai accepté, tu sais que j'ai toujours relevé les défis. Mais je n'avais pas grand-chose à parier. "Que jouons-nous ? lui demandai-je. — Vos cartes, bien sûr. — Mais si je perds, je ne pourrai plus jouer ! — Vous pourriez tout aussi bien jouer avec d'autres cartes. — Non, jamais, lui répondis-je très honnêtement. Non, plus maintenant. — Alors, il faut que ma mise soit équitable. Que diriez-vous d'une Légende ? — Quelle légende ? — La Légende." Quel bonheur ! Quel honneur, Morne-mer… Car la Légende Nomade ne doit jamais être écrite afin d'être préservée, de même qu'elle ne doit être dite que pour être perpétuée. Dans toute son existence, le Prince nomade ne l'a dite que deux fois. Quant à moi, je ne l'ai confiée qu'à Virginia. Telle est sa valeur.

— Elle parlait de quoi ?

— Écoute, Morne-mer. Écoute et retiens-la. »

Anton avait consciencieusement enregistré cette histoire qu'il transcrirait le soir même. Il n'avait posé qu'une question, à propos du sort du jeune enfant qui avait été enlevé.

« Je l'ai longtemps considéré comme une énigme. Cet enfant de noble parentèle, bien qu'en fait son père soit un esclave, est à la fois Fils du Vent et Cœur de pierre. Or, c'est lui que le Vaisseau ardent choisit d'emporter, après avoir délaissé les dix autres enfants… Virginia voulait voir là l'inspiration du mythe du Déluge : elle associait une notion d'espoir à cet enlèvement, le symbole de la renaissance d'une humanité meilleure, sans barrière ni clivage… Ce qui me semblait plutôt une bonne idée… à condition qu'il revienne ! Sur le moment, j'étais surtout sensible à la thèse inverse, celle d'une occasion ratée : à la fois Homme qui marche et Homme qui demeure, cet enfant figure l'unique lien entre deux peuples ennemis, tel un Ancien – mais il disparaît. »

Vide et opposé ?

23

Petrack se réveille, surpris de s'être assoupi. Ses jambes sont pliées et ramenées sous lui, son corps s'est réfugié dans un coin du fauteuil, sa main a gravé sur son visage une empreinte distordue. Était-il sur son radeau ou à bord de la goélette ? Quittait-il l'Île noire ou dérivait-il vers *la mort qui n'est pas la fin* ? Son regard était fixé sur un point de lumière agonisante – rien de plus qu'une tache ténue qui se dissipait, se diluait, ou bien était-ce l'envie d'y croire encore qui modelait ce résidu crépusculaire entre ciel et mer…

Une autre question l'assaille aussitôt : si le Vaisseau ardent se révèle polymorphe, passant d'une arche à un trois-mâts aux voiles rouges, peut-il également adopter la forme d'un simple radeau ? Qui n'est, par définition, qu'une planche de salut…

Mais le salut de qui ?

Il se reprend : cauchemar et hypothèses, ce brassage infini de convergences et de spéculations ne vise qu'à reculer le moment où il devra affronter les dernières minutes de la dernière nuit. En avoir pleinement conscience n'aide pas Petrack à s'y résoudre. Y penser crispe son ventre.

Techniquement innocent.

Il se lève, plus facilement qu'il ne l'avait redouté, et se dirige vers le bar. Pour grignoter à nouveau. Et trouve la bouteille de rhum ambré. Or, le rhum, c'est l'Ivrogne ; l'Ivrogne qui est mort, cette nuit-là.

Maintenant ?

Doit-il revivre cet épisode maintenant ? Une fois pour toutes...

Le souffle lui manque – aussitôt, il se concentre sur la cadence. C'est une technique de relaxation et de concentration qui lui est familière. Il écoute passer son souffle, le visualise franchissant ses poumons, sa gorge, sa bouche, jusqu'à se confondre avec son mouvement, l'accompagner. Il le sent l'effleurer à son retour ; caressant sa langue, inondant sa trachée, irradiant ses poumons ; il l'éveille, lui redonne délicatement mais puissamment vie. Une technique prise à l'Ivrogne ?

Un soubresaut rompt la cadence. Des réminiscences d'imagerie médicale polluent sa perception, les molécules se dissipent et se diluent dans l'immensité, dans son sang, telles des gouttes dans un océan rouge où il dérive et...

Inspiration, expiration – l'air, ce n'est rien ; l'air, c'est tout.

Vide et opposé.

Le commandant Petrack rebondit sur cette diversion opportune.

Depuis une bonne cinquantaine d'années, cette énigme philosophique lui tient compagnie. Elle l'a intrigué, puis il l'a amadouée. Petrack analyse sans cesse faits et idées à son aune, c'est devenu un réflexe, une façon d'avancer ; l'exercice ne constitue rien d'autre qu'un support à sa réflexion, surtout pas un but ni même un critère. Proche en cela de l'écoute de sa respiration, la grille de ces deux termes l'aide à mettre à plat les éléments de sa pensée.

Mais, tout à l'heure, en revivant l'épisode où il s'en est entiché, il a pleinement réalisé que, ces mots, ces deux mots essentiels, jamais l'Ivrogne ne les a prononcés ainsi : c'est Anton qui les a arrachés de leur contexte pour les rapprocher, les assembler et leur forger un sens – « Le seul rapport qui existe entre le Pirate Sans Nom et le Pavillon blanc, c'est qu'aucun n'appartient à l'Histoire. L'un est né de son vide, l'autre de son opposé ; ignorance et imaginaire… » Inutile d'éloigner d'un nouveau cran sa réflexion pour explorer les raisons qui l'ont amené à remarquer et adopter ces mots, car le subterfuge ne marche plus. L'analyse ni l'introspection ne lui offrent plus de refuge : il doit se souvenir. Se souvenir des faits.

La carte aveugle.

Las des digressions sur les vaisseaux fantômes, il avait rappelé à l'Ivrogne la carte extirpée de la gueule du monstre de pacotille. Ce jour-là, Anton avait eu l'intuition que le vieil homme s'était toujours trompé, et que lui, un enfant de onze ans, pas n'importe lequel, le voleur du port, il avait tout compris. Anton voulait en savoir plus, en avoir le cœur net.

« Un vieux bout de papier ! lui avait répondu l'historien en cognant sa bouteille au niveau de son cœur. Une droite et trois points en triangle isocèle, des indications inexploitables. Une fois à bord de la goélette, je me souvenais l'avoir trouvée avec la même certitude que je me souvenais de mes cicatrices. J'avais toutes les raisons du monde d'en douter…

— Mais elle était vraie ou pas ? avait-il glapi.

— Ah, Morne-mer… Tu voudrais tant y croire, tu voudrais tant que je t'offre la preuve qu'il s'agit de la carte du fabuleux trésor… Alors, réponds toi-même : qu'est-ce qui est vrai ? Ton désir, ma mémoire, ce papier ? »

Oui, la dispute avait commencé là. Anton s'était senti floué, un piège se refermait sur lui, brisant ses espoirs l'un après l'autre – le trésor, l'île et le Pirate Sans Nom : mensonges, inventions, duperies…

« Tout est faux, alors ! Vous avez tout brodé sur vos délires !

— Pourquoi m'écoutes-tu si mal, Morne-mer ?

— Depuis le début, jamais, pas une fois vous

n'avez dit un nom ! Pas un seul… C'est bien la preuve que rien n'est vrai.

— Les menteurs essaiment leurs entourloupes de repères authentiques et de vérités apparentes !

— L'Île noire ! L'île fantôme ! Si cette île avait existé, pourquoi ne pas dire son nom ?

— Elle n'a pas de nom !

— Et vous ? Bouffon-savant, Qui-perd-gagne, Déchiffreur…

— Et je pourrais ajouter le Nègre, pour un certain éditeur, le Sauvage et, pourquoi pas, l'Ivrogne ! Est-ce à dire que j'ignore mon état civil ?

— Tout n'est qu'invention.

— Parce que Capitaine et Tavernier, c'est mieux que Tempête et Morne-mer ? Ou mieux que gamins et moussaillons ?

— Et le Prince nomade. Et Blackjack. Et Virginia, avait insisté Anton persuadé de toucher l'Ivrogne au cœur.

— Quoi, tu aurais voulu que je l'appelle Blanche ? »

Anton s'était approché de la caisse. Jak jouait avec le goulot d'un carafon, le tirant pour le relaisser tomber. L'Ivrogne leur tournait le dos.

« Nommer n'est pas sans risque, avait marmonné le vieil homme.

— Quoi encore ?

— Les Égyptiens pensaient qu'en prononçant le nom d'un mort on pouvait l'empêcher de regagner…

— Superstition ! Légende ! Mensonges, mensonges, mensonges ! »

Jak avait sorti la bouteille et la tenait par le goulot, à l'envers : une envie de la balancer à la flotte, histoire d'enrager l'Ivrogne ?

« Tu as tout et tu n'écoutes pas, Anton Petrack. »

D'où le vieil homme tenait-il son nom ? Son prénom, peut-être Jak l'avait-il lâché par inadvertance ou un marin prononcé sur un quai près duquel l'Ivrogne dormait. Encore que rares étaient les marins qui connaissaient leurs prénoms, et aucun ne les avait jamais utilisés. Jak, en sa qualité de fils d'aubergiste, était plus facilement identifiable que lui ; personne ne connaissait le nom d'Anton.

« Tu ne m'impressionnes pas, lui avait-il rétorqué.

— Mais c'est précisément maintenant que tu me tutoies... à nouveau !

— T'es qu'un voleur, était intervenu Jak avant de coller le goulot à sa bouche pour une longue rasade.

— Un voleur et un menteur ! avait insisté Anton.

— Nous en avons déjà parlé, non ? L'affaire est réglée. Tu n'as donc rien compris : je t'ai laissé le coffre !

— Le coffre ? Tu parles ! Un coffret avec un cendrier dedans. Ah oui, l'affaire est réglée. Je suis heureux. Ravi. Merveilleux !

— Ce coffre était à Virginia.

— Oh... ce petit coffre était à Virginia, alors, si elle l'a touché du bout de ses ongles vernis...

— C'était mon cadeau le plus précieux ! Je l'ai trouvé, elle l'a sauvé et je le lui ai offert. Voilà l'histoire. Virginia l'a gardé au plus près d'elle. Jamais elle ne s'en est séparée. Elle y rangeait ses bijoux et bien d'autres choses d'importance. Te le laisser n'était pas rien, Morne-mer.

— Oh, ne m'appelle plus Morne-mer ! Anton Petrack, c'est mieux, non ? Tu peux me faire revenir d'entre les morts... »

L'Ivrogne avait inspiré une longue bouffée d'air et regardé Anton droit dans les yeux.

« Désires-tu aller jusqu'au bout de l'histoire, Morne-mer ? Le désires-tu vraiment ?

— Quoi, je n'ai pas apporté assez de rhum ?

— Tous les coffres des pirates ne sont pas enterrés dans le sable des îles des Caraïbes. Et les joyaux, les pierres précieuses ou l'or ne font pas les plus grands trésors. Le Pirate Sans Nom, lui, allait jusqu'au bout des choses.

— C'est quoi, ça ? Une énigme improvisée ? Un autre sermon ? Encore ! Je m'en fiche de tes délires, l'Ivrogne le bien nommé. Si tu ne sais pas son nom, si tu ne connais pas de meilleure histoire, peut-être me diras-tu enfin ce qui est advenu de la carte ? Tu sais, ce bout de papier, entre rêve et désir… »

L'Ivrogne avait arpenté les planches du ponton d'accostage en agitant les mains pour ne pas en entendre davantage. Puis, il s'était retourné et avait dardé son regard sur lui.

« Me suis-je trompé, Morne-mer ?

— Mauvaise question. Combien de fois me suis-je trompé serait mieux, non ? Et, l'idéal : combien de fois ai-je trompé Anton Petrack ?

— La carte existe, elle est là. Mais il est clair que tu ne saurais pas quoi en faire », avait-il susurré en frappant sa poitrine de la main droite, au niveau du cœur. L'avant-veille, il avait fait ce geste plusieurs fois.

« Quoi, tu caches cette carte dans ta poche ? Ça ne serait pas plutôt un relevé de consignes, non ? T'as bu combien de bouteilles cette semaine, tu vas gagner combien en les rapportant ? Tu t'es cru le plus malin, mais c'est terminé. La source est tarie, pour le rhum, tu vas devoir te débrouiller tout seul à présent. Ton histoire est terminée. »

Le vieil homme avait tenté un pas vers la caisse de rhum. Jak l'avait défendue en brandissant son carafon presque vide. L'Ivrogne avait stoppé net.

« On ne sait jamais quand une histoire est terminée, Morne-mer, avait-il repris. Chacun vient en son temps et tient son rôle, à sa manière… Comment nous juger ? Comment pouvons-nous nous-mêmes comprendre ? Tu es Morne-mer et tu as déjà compris bien des choses. Souvent de travers, certes, mais il faut du temps, tellement de temps… Et cela ne suffit pas toujours. Comment te convaincre ?

— En répondant à une de mes questions, par exemple. Ce serait un début pour bien terminer, non ?

— Quoi ? Le nom du Pirate Sans Nom ?

— Vous le connaissez ? »

À la simple perspective de cette révélation si longtemps refusée, Anton avait instantanément renoué avec le vouvoiement. L'Ivrogne avait esquissé un imperceptible sourire, plus manifeste dans son regard que sur ses lèvres.

« Morne-mer, le Pirate Sans Nom s'appelait Mortimer, du moins on le suppose.

— Mortimer, Morne-mer, avait articulé Jak, c'est la même chose. Ivrogne ! Capitaine… »

Et de lui balancer sa bouteille.

« Salaud ! Salaud, salaud ! » continuait Jak.

L'instant d'avant, l'Ivrogne souriait encore. À présent, du sang s'échappait de sa tempe. Il titubait. L'historien s'écroulait. En tombant, le vieil homme avait croisé ses bras à hauteur de sa poitrine.

24

Jak... « Jakova... » Petrack répète à voix haute le prénom, deux ou trois fois, puis à voix basse et soupire. Jak est mort, après avoir survécu, après avoir miraculeusement défié bombardements et snipers, voici bientôt cinq ans. Avec l'auberge de ses parents, il possédait un restaurant en frontière bosniaque et projetait d'en acheter un autre, sur le port de plaisance de leur enfance. Assisté d'une femme énergique qui lui avait donné deux filles, Jak était devenu un commerçant respectable... Il ne l'a revu qu'une fois, avant de s'établir à Portland, Maine, pour lui confier son rachat de la goélette. « Tavernier, ça y est. Je l'ai repris, il est à moi. — Quoi ? — *Mon* navire. — Ben, t'as jamais eu de bateau... » Jak était ainsi, tout entier dans l'instant, et cet instant, leur instant, était révolu. Pourtant – Petrack l'avait réalisé le jour des funérailles, auxquelles il n'avait pas même envisagé de se rendre, incapable cependant de passer cette journée de façon ordinaire –, Anton avait envié en secret l'audace tranquille de son ami : Jak n'avait peur de rien, il fonçait, ses impulsions ne s'encombraient pas de mille calculs. Quelle paix de l'âme, cette simplicité... En mourant, Jak avait également tué sa femme et ses deux filles. Sur une route de montagne. Il suivait depuis trop longtemps un semi-remorque qui se traînait et ne se rangeait jamais. Après avoir heurté de pleine face le camion qu'il n'avait pas pu voir arriver, sa voiture avait glissé sur le bas-côté pour gicler de la route. Étaient-ils déjà tous morts ou l'un d'entre eux avait-il regardé le flanc de la montagne défiler par la vitre ? Petrack a revécu la scène des dizaines de fois et se demande, pour eux comme pour tous ceux dont le décès le touche, quelles furent leurs dernières pensées. Et quelles seraient les siennes ? Souvenir d'enfance, le corps de sa première maîtresse, de la dernière, un bête paysage de carte postale ?

À quoi avait pensé l'Ivrogne tandis qu'il s'enfonçait dans l'eau glaciale du port ? À Virginia, au Pirate Sans Nom, au Vaisseau ardent – à lui ?

Jak s'était-il senti coupable ?

La disparition du vieil homme n'avait été évoquée par personne, jamais. Pas même entre eux.

Les deux enfants avaient déserté peu à peu le port, de jour comme de nuit. À l'école, ils siégeaient côte à côte, s'entraidaient volontiers, ne traînaient plus trop ensemble en dehors. Anton avait récupéré quelques affaires essentielles dans la grotte aux trésors, dont l'*Histoire mondiale de la piraterie* et une lampe torche assez légère pour lire sous la couverture.

Jamais Jak n'a mentionné, de près ou de loin, le fait qu'il avait jeté sa bouteille sur l'Ivrogne. Il avait bu, certes, mais pas au point de l'oublier. C'était comme si le vieil homme était tombé tout seul. Qu'Anton ait plongé avait davantage perturbé Jak : sur le chemin du retour, il lui avait dit cent fois qu'il ne savait pas nager.

Jak était-il devenu aubergiste parce qu'un aubergiste se tient de l'autre côté du comptoir ? L'alcool passe entre ses mains : il est donc *techniquement innocent* de tout ce qui advient ensuite…

Il a vu Jak balancer sa bouteille en direction de l'Ivrogne.

Il a vu le carafon percuter la tempe du vieil homme.

Il a vu l'Ivrogne qui souriait grimacer tout en s'affalant.

Il a vu son corps rouler sur le ponton et chuter dans l'eau.

Il est innocent, juste témoin d'une bêtise de Jak.

Il est innocent, innocent : il ne l'a ni bousculé ni frappé.

Il est innocent, même s'il s'est disputé avec lui.

Il est *techniquement innocent* – au contraire, il a plongé.

Faux.

Tant d'années se sont écoulées, sans jamais remettre en doute cette certitude. Ces mots, très ordinaires, ces deux mots ont toujours vraiment signifié quelque chose pour lui. Ils exprimaient toute une pensée, ils résumaient un développement fiable, précis, au déroulement irréprochable. Une théorie simple, limpide et évidente. *Techniquement innocent.*

Comment a-t-il pu se satisfaire d'une telle ineptie ? Un demi-siècle sans suspecter cette misérable excuse… Rempart inexpugnable où il trouvait refuge voici encore quelques minutes, ces deux mots ne représentent soudainement plus rien.

Un quelconque soulagement vient-il souligner cette victoire tardive de la raison ? Ou la moindre peine ? C'est atterrant : il n'éprouve qu'une espèce de colère à l'encontre de soi – même pas du regret, mais de la consternation quant à sa lucidité… Et c'est tout ?

Faux.

Petrack se renfonce dans son fauteuil. Les doigts de chaque côté de son front, les paupières fermement closes, il s'écoute inhaler et exhaler plusieurs profondes bouffées d'air.

Le froid l'avait saisi. Il avait failli renoncer aussitôt, remonter avec la précipitation d'un chien jeté à la baille. Mais il en avait décidé autrement. Les bras que l'Ivrogne avait ramenés sur sa poitrine s'étaient libérés de l'emprise de sa volonté ; ils s'ouvraient et sa main gauche se tendait vers Anton.

C'était une nuit sans lune. La lampe du réverbère était brisée. Il ne l'avait pas vu écarter les bras, il l'avait touché.

Un contact effrayant. Juste l'extrémité de quelques doigts. Anton avait retiré sa main. Si vite que son épaule en avait souffert. Il avait pris alors conscience qu'il s'enfonçait. Qu'il allait manquer d'air. Que... Il s'était repris. Il s'était dit : Stop. Vas-y. Tu le peux. *Je le veux*. Il avait déplié son bras, il avait remué ses jambes, il s'était tordu pour redescendre. Oui, il avait fait preuve de cette volonté, de cette force de caractère. Il avait tendu son bras vers les abysses. Cela n'avait pas suffi, leurs deux mains avaient été séparées trop longtemps, bien trop longtemps. Anton avait dû battre des pieds pour s'enfoncer davantage. Combien de brasses avaient été encore nécessaires pour le rejoindre ? Anton n'avait pas flanché, il allait le retrouver. Et puis, il avait effleuré à nouveau le bout de ses doigts. Ce n'était pas moins horrible que la première fois. Il s'y était cependant agrippé – d'un doigt d'abord, de trois, à pleine main. Sans attendre, il avait tendu son autre main pour le saisir au poignet, avec fermeté, malgré la manche de sa veste qui venait frôler sa peau. Anton ne l'avait pas lâché. Même alors que le corps de l'Ivrogne se révélait plus lourd qu'il ne s'y attendait, et qu'il l'entraînait toujours plus bas.

Petrack rouvre les yeux. Voilà ! Tout espoir de sauver l'Ivrogne était donc bel et bien irréaliste ! Anton ne pouvait pas – il-ne-pou-vait-pas – sauver le vieil homme. Pas un adulte. Pas le corps d'un adulte peut-être déjà mort. Trop lourd à remonter à la surface. Impossible. Voilà. Il avait essayé, bon sang. Il avait essayé, de toutes ses forces, mais c'était impossible. Impossible.

Faux.

Pourquoi pas *techniquement méritant* !

Il n'avait pas essayé. Il n'avait même pas plongé par compassion. Quand la bouteille avait salement heurté l'Ivrogne, Anton avait tardé à réaliser que son sourire s'effaçait. Quand il avait roulé sur lui-même, Anton s'en était soucié comme d'une guigne, trop en colère. Et puis, Anton avait compris. Il avait compris que c'était fini, que l'Ivrogne disparaissait. Anton avait tout compris. Il emportait la carte avec lui. Dans sa chute, le vieil historien l'avait protégée. En ramenant ses bras, pour lui épargner les désastres de l'eau. Anton en avait donc déduit, aussitôt, en une fraction de seconde, lui qui pensait si vite, lui qui analysait tout, il avait deviné, non : il avait compris que le vieil homme la cachait depuis toujours dans la poche intérieure de sa veste, que cette carte comptait donc bien plus qu'il ne l'avait dit ou laissé entendre, au point même de ne pas écarter ses mains pour se raccrocher au ponton, mais de les rabattre sur sa poitrine pour la préserver, pour la sauver de l'eau, elle. Voilà ce qui l'avait décidé, à plonger, à retrouver sa main, à ne plus la lâcher, à s'y agripper.

Et puis, après tout, c'était ce que l'Ivrogne voulait. Ça ne pouvait être que ce qu'il voulait. Sa carte, il lui en parlait depuis des nuits et des nuits. Il la lui faisait miroiter. Il la lui avait quasiment promise. Elle était pour lui. Pour lui. Anton avait plongé, il avait saisi sa main. Il l'avait perdue, puis reprise. Cramponné à son poignet, il avait remonté la manche de sa veste avec l'autre main, puis tiré dessus comme s'il remontait le seau du puits. L'Ivrogne tombait encore, moins vite, ou bien il commençait à tourner sur lui-même. Anton avait écarté un pan de la veste qui se repliait sans cesse, puis, à tâtons, il avait trouvé la poche. La carte n'était pas venue facilement. Elle coinçait. Il tirait dessus. Le corps vrillait. La veste le gênait, un rabat s'ouvrait, un autre pan se rabattait. Ses bras libérés venaient battre contre lui. Anton s'enfonçait avec le corps d'un mort. Un moment, la tête de l'Ivrogne avait bien failli le taper... Anton avait eu peur, réalisant pleinement ce qu'il faisait. Peur de mourir. Peur de ne pas y arriver. Surtout, peur de manquer de temps, de courage, de force, d'air. Il avait onze ans, bon sang. Il dépouillait un mort. Il lui volait son bien. Bien que. La carte était à lui, non? Il la lui avait désignée. Il la méritait. Ô combien. La carte était enfin venue. En formant un mauvais pli dans la poche. En l'en sortant, elle s'était légèrement entrouverte. À peine. Assez pour que l'eau y fraie son chemin et entame sa besogne dévastatrice. Il n'en savait rien alors, bien sûr. Le précieux document dans sa main, il avait rejoint la surface. Il voulait vivre. Il s'éloignait du cadavre. Il ne voulait pas mourir. Ses poumons réclamaient de l'air, il redoutait d'ouvrir la bouche, il voyait l'eau inonder sa trachée. Il se démenait pour survivre, bon sang! Et puis ce froid... ce froid terrible maintenant qui brisait ses tempes...

Jak l'avait pris pour un héros; pour un idiot aussi. Anton n'avait rien dit. Quand il avait montré la carte, il n'avait pas menti: « C'est tout ce que j'ai pu ramener. » Le vieil homme était trop lourd pour le remonter avec lui, cette évidence suffirait à tous. Pas d'autre témoin.

Le *techniquement innocent* ne servait donc qu'un seul mobile: masquer qu'Anton n'était qu'un naufrageur.

Cet aveu ne change rien! Toujours pas une libération ou le commencement d'un frisson d'apaisement... Rien.

« Récapitulons. J'ai provoqué l'Ivrogne pour créer une crise, pour l'acculer, pour forcer les choses. Bien. Jak pétait les plombs. Il tenait une bouteille qu'il s'apprêtait à jeter, ou à finir. Je n'ai rien vu venir, parce que j'étais tout entier dans mon objectif. Soit. C'est comme ça qu'on avance. Ça n'excuse rien, mais c'est la vie. Voilà. Je suis coupable de ça : j'ai créé les conditions de cet accident… Un accident ? Admettons. Jak la balance, sa fichue bouteille. Il ratait sa cible une fois sur deux. Peut-être n'a-t-il même pas visé l'Ivrogne. Il avait bu. Mais il l'a atteint. Et moi, je m'en fiche. Je continue à interroger l'Ivrogne et l'Ivrogne continue à me sourire. À me sourire ? Passons… Quand il tombe, il n'est pas encore mort. Mais il glisse. Il ne tente pas, nom de Dieu, il ne tente même pas de s'empêcher de tourner, de glisser, de tomber ! Merde ! Il fait quoi ? Il rabat ses mains. Il a compris. Il sait que nous ne nous reverrons plus. Alors, il protège la carte. Ma carte. Celle qu'il me destinait, depuis le début, le tout début. Je n'ai rien fait d'autre que ce qu'il attendait de moi. Je suis innocent. Je suis coupable. Je suis un salaud. Mais j'ai onze ans. Et il me tourmentait, il me manipulait depuis des jours et des jours pour m'amener à la vouloir, sa carte. Sa fichue carte. Toutes ces histoires. Tous ses "Chacun vient en son temps", ses "Je ne voulais pas que cela finisse". Il m'a provoqué, merde ! Merde ! »

Faux.

Comment une carte si ancienne aurait-elle pu s'effacer aussi facilement ? Elle s'était révélée aussi fragile que du papier buvard. Les trois taches s'estompaient déjà à sa sortie de l'eau. Le temps de la déplier vraiment et toute l'encre bavait. Aucune inscription n'était plus lisible. Anton avait cependant collé ce faux grossier sur son visage ! Il y croyait.

Pourquoi l'avoir dupé, lui, de cette manière ? Le vieil homme n'éprouvait-il qu'un plaisir sadique à jouer avec lui ? À lui lancer son Morne-mer/Mortimer ?

« Un trésor ne vaut que par sa carte ! » Qui a dit cela ? Et qu'est-ce que ça veut dire ? Que la carte au trésor est moins une énigme qu'une promesse ; une combinaison habile d'exaltation, d'aventure et de mystère. Voire une canalisation de l'ardeur, où se perdre, comme dans l'acte sexuel, ce bouillonnement triangulaire d'imagination, de confrontation, de sensations – oui, jusqu'à l'extase.

Mais un *vrai* trésor ?

Anton voulait croire à cette histoire extraordinaire – le vrai trésor, c'était ça ?

« *Voilà mon tort. J'y croyais et je refusais de le reconnaître.* »

« *J'avais onze ans.* »

« *Il m'a trahi.* »

Debout, incapable d'évacuer les larmes qui gonflent ses yeux, Petrack décroche le cadre du pavillon à la tortue sur fond de pyramide. L'autre face est également vitrée. L'épaisseur du cadre l'y autorise sans le laisser soupçonner. Au revers sont conservés les restes de la carte de l'Ivrogne, disposés à la manière d'un puzzle incomplet. Pourquoi les avoir gardés, ces vestiges de sa crédulité enfantine, sinon parce qu'il veut y croire encore ?

Des vestiges ou des reliques ?

« *Reliques signifierait que tu l'aimais bien. Et alors ? Quel mal à ça. Onze ans. Et il t'aimait bien…* »

« Il m'a trahi. »

Faux.

« *Pas lui. Tu le sais. Tu n'en as pas la preuve, mais… tu le sais.* »

Des larmes se succèdent sur ses joues, lourdes et fraîches, vaguement piquantes.

Petrack se souvient que dans l'Île noire, à un moment, l'Ivrogne est tombé et, son corps recroquevillé, il a demandé pardon.

« Pardon. »

25

Petrack guette le petit jour par l'étroite ouverture de sa cuisine. Une vieille glace surmonte l'évier. Il contemple un moment les traces abandonnées par ses larmes, observe les rides encore contractées autour des yeux – c'est donc cela, la tête de Petrack ayant pleuré. Il fait couler l'eau du robinet assez longtemps. Ses mains tambourinent son visage après l'avoir aspergé. Plus de larmes. Il ne se quitte pas des yeux. Il se regarde buvant à petites gorgées, puis après avoir reposé son verre. Où est Anton ?

Le miroir a refaçonné matin après matin le souvenir de son apparence, si étrangère à sa perception réflexe. Sa mémoire réclame des corrections, elle se laisse aisément convaincre. Sans les photos, il ne saurait plus grand-chose, spontanément, de Petrack à trente ou quarante-cinq ans, moins encore à onze ou seize ans. La mesure de son âge provient moins de son reflet, de ses sensations ou de ses pensées – il remarque toujours les femmes du même âge, et, gourmandise qui n'est pas pour lui déplaire, celles de générations qu'il a déjà remarquées – que des repas de famille, qu'il déteste. Qu'il délaisse, de plus en plus, sans parvenir à rompre une fois pour toutes. Le dernier remonte à huit ans, le précédent à six années plus tôt. Son lien avec sa famille se résume probablement à une sorte de curiosité : les individus qu'il y côtoie l'intéressent moins que l'image qu'ils lui renvoient. Ceux de son nom l'appellent l'Américain, depuis plus de trente ans; ce surnom explique que sa photo paraisse dans les magazines: c'est un Américain... Ses aventures ne semblent impressionner que les enfants, encore que brièvement; les autres, machinalement, s'inquiètent de le voir un jour marié et père de famille. À table, une hiérarchie séculaire fondée sur l'âge dicte à chacun sa place. Petrack ne commet plus l'erreur de s'installer instinctivement avec les plus jeunes, mais seulement depuis une vingtaine d'années. Il pourrait briguer le siège du doyen, un oncle insignifiant, sachant que cet honneur ne lui sera jamais concédé – il est l'Américain, trop étranger pour présider la famille. Après une heure ou deux, quand la digestion exige de poser sa fourchette et de se retirer des conversations, Petrack lorgne immanquablement vers l'autre bout de table, vers les enfants, et y cherche le souvenir d'Anton. En vain.

Ceux de son nom... « Les » Petrack... Sous le masque du commandant, est-ce lui, Petrack ?

Si jamais le fait de prononcer le nom véritable d'un être permettait de le ramener du pays des morts, fût-ce à son corps défendant, la seule personne qu'il envisagerait de rappeler ne lui avait pas accordé ce pouvoir. Faux. Anton ne lui avait pas demandé son nom, il n'avait pas tenté de le savoir de son vivant.

« Quand ça ne va pas, que je ne suis pas contente de moi, que je me sens tendue, vous voyez ce que je veux dire, je change de pièce. Là, je respire lentement et profondément, plusieurs fois. Ensuite, je bois un grand verre d'eau, à petites gorgées. Après, j'ai un moment de vide, assez étonnant et finalement délicieux. En tout, cela ne prend que quelques minutes, moins qu'une cigarette. — Et ? — Je peux revenir, différente. C'est aussi efficace qu'une douche après le footing. Ça va mieux, comme si c'étaient les choses qui m'ennuyaient qui avaient changé pendant ce temps. Essayez… — Mon bureau occupe toute la pièce, je ne me vois pas errer sur le palier… — Et votre recoin ? — Il fait partie du bureau. Il est dans la même pièce pour cette raison : chaque fauteuil est la contrepartie de l'autre. — Il vous reste le placard. » Selon le conseil de *Patience*, il l'avait transformé en cuisine. La rupture ne s'annonçait pas assez franche à son goût, d'où son option décorative. En respectant la métaphore de la douche, en pénétrant dans cette pièce secrète il se défaisait des habits du personnage public pour s'y retrouver nu, simplement Petrack. Tel était du moins son intention initiale.

« Faites entrer Anton. »

La réplique de Nathalie sonne juste, à présent et dans cette pièce, qui se révèle soudain, par ses dimensions réduites, sa lumière artificielle et son secret, une cellule – dont Anton ne risque pas de *partir*.

Si ce n'était sa conscience aiguë du risque d'indigestion, il se régalerait d'une introspection en millefeuilles : une couche de l'antinomie évasion/prison, une couche de *vide et opposé*, une couche de Petrack comme corps unique du couple commandant Petrack et Anton, tels deux jumeaux ennemis, une couche encore du « quand suis-je devenu le commandant Petrack ? » et son dédale aux nombreux barrages *fuir, invisible, partir*…

« Faites entrer Anton, montrez-lui le musée que vous avez fait de vos bons souvenirs et qui vous êtes devenu… Voilà ce qui est important. Anton. »

Anton est cependant déjà partout, dans la cuisine, dans le fauteuil aux accotoirs usés, dans le coup d'œil autorisé du bon côté de son bureau, dans le coffret si bien protégé – une présence sous contrôle.

Et s'il le convoquait ?

Aussi loin que porte sa mémoire, Anton a toujours tout contrôlé. Le commandant Petrack *est* Anton, ou du moins son vœu fidèle. Le convoquer ne changerait rien.

Faux. Archifaux. La force qui anime le commandant Petrack provient du dégoût de soi qu'inspirent à Anton, depuis toujours, ses saillies involontaires, puériles et ridicules. Toute la justification de son tempérament résulte de son obsession à contrer ce trait de caractère. Sa décision farouche de domestiquer ses débordements en découle également. Être petit, être trop intelligent, il l'aurait accepté s'il n'avait redouté ces échappées imbéciles. Sa réussite, sur ce point, est exemplaire ; elle ne souffre que de rares exceptions – les doigts d'une seule main suffisent amplement à les dénombrer. La plus ancienne... la seule qui mérite d'être comptée, en fait, celle-là... Celle-là remonte à l'Ivrogne, le soir où, précisément, Anton a vomi toutes ses tripes et que le vieil homme lui a demandé pardon.

Le lendemain matin, Anton avait découvert un long paragraphe de sa main qu'il n'a pas conscience d'avoir écrit.

Ainsi, Petrack est-il arrivé au terme de son cheminement. Il s'est souvenu de tout, de sa culpabilité envers l'Ivrogne à ce texte inspiré. Une nuit étrange et fructueuse, somme toute. Difficile, parfois, déroutante, souvent, mais productive. Maintenant, il sait ce qu'il a à faire. Il se lève, rejoint son bureau, en savoure l'ordonnance, s'installe dans son fauteuil à l'ergonomie remarquable et d'un geste familier sort son ordinateur de l'état de veille. Le temps de lancer le programme idoine, une bouffée de puissance irradie son corps – il est le commandant Petrack, dans toute sa splendeur, un homme efficace, maître de soi, redoutable.

« Une vie de combat, une heure impuissant. Tout a changé. Me voici seul et désemparé. Le plus ancien d'entre eux m'avait averti d'un jour semblable. Je ne l'imaginais pas si proche. Dois-je suivre son conseil, tout abandonner ? En riant, il m'avait dit de m'agenouiller sur le bord extrême de la falaise, de me couvrir le visage du parchemin confié à la garde du monstre et d'étendre les bras en croix. J'ai trouvé le précieux document. Trois points y forment un grossier triangle, deux sont reliés par une droite, des chiffres figurent des coordonnées. Je puis les compléter. Comment maintenir le portulan contre mon visage dans cette posture singulière ? Les vents d'une nouvelle tempête me répondirent. Je me tournai vers le quatrième point, dénué de toute illumination. Le masque a patiemment absorbé mes dernières larmes. Mon âme apaisée, la carte aveugle montrait la voie. Je dois partir, à présent. Je vais chevaucher le dragon, gardien du vrai trésor. Il est là, qui m'attend. Il me guidera. L'or n'est rien. Eux sont tout. »

L'écran affiche la représentation numérisée en haute définition de la page de son cahier d'écolier. Le papier brouillon, tavelé d'imperfections mordorées, les lignes étroites, stries bleuâtres que les pixels pointillent parfois, son écriture ferme et rapide, pleins et déliés d'encre violacée, y ressortent avec une précision qui autorise l'authentification et suggère même quelque familiarité, mais… la confrontation avec l'original n'a rien à voir. Sur l'ordinateur, photocopié ou imprimé dans un livre, le manuscrit perd de son aura – comme privé de sa… *magie* ? C'est ce qu'il a toujours souhaité.

Seconde étape du processus, la page suivante présente sa transcription sur traitement de texte, laquelle extirpe de la source toute velléité rebelle. Il avait constaté ce phénomène avec la machine à écrire, qui opérait déjà un dépouillement similaire. Par contre, la rigidité de la typographie qui uniformisait toute frappe leur conférait, par cette banalisation même, une sorte d'universalité, au risque d'en valoriser artificiellement le contenu. L'informatique a permis d'aller plus loin, de procéder en peu de gestes à des présentations d'une extrême variété – opérations qui invitent à d'autres points de vue, voire à des redécouvertes du texte. *A contrario*, puisque paresse et conventions cantonnent leur usage à quelques choix d'attributs standardisés dans la plupart des logiciels, ces mises en forme prédéfinies achèvent, parfois, la phase de désinvestissement émotionnel. Le texte autre, l'analyse peut commencer.

Au fil de ses relectures, il a complété son dispositif, greffant cette transcription de commentaires et d'annotations, une bonne vingtaine de pages. Plusieurs fois, il s'est laissé entraîner à une explosion exponentielle d'hypothèses. Périodiquement, il reprend tout de zéro. Mais si l'aseptisation informatique favorise la formulation de synthèses, elle ne l'a jamais aidé à conclure. Depuis quelques années, il a adopté un programme d'organisation de la pensée, au développement duquel il contribue par ses observations et ses finances. Toute remarque peut se voir attribuer une famille, une couleur, une forme, des mots-clés, des valorisations en fonction de différents critères (certains objectifs, d'autres subjectifs – avec, pour ces derniers, de savants algorithmes de pondération, d'équivalence, de contraste). Ces paramètres dialoguent entre eux, toute nouvelle entrée suggère de l'appliquer, par déduction, à d'autres notes, voire à créer des regroupements. Ces matériels peuvent être présentés par liste ou par diagrammes, de différents modèles. Petrack apprécie les phylactères tridimensionnels, qu'il peut déplacer et corriger, ces modifications étant répercutées immédiatement dans la base de données qui, outre leurs sauvegardes, gère les historiques et permet même d'en dresser une succession (chronologique ou thématique). Les hypothèses qu'il en déduit sont analysées selon leur probabilité, mais aussi comparées entre elles – parfois, une information infime insinue une suite logique qui aboutit à une conclusion opposée…

Le commandant fait défiler le fichier, puis revient à l'image de son cahier : ce soir, il doit fonctionner comme Anton enfant. Sinon, à quoi bon ?

Ce qui le frappe, ce sont les doubles sens, qui pullulent. Le « Je ne l'imaginais pas si proche » est, à ce propos, exemplaire. De qui ou de quoi s'agit-il ? « Le plus ancien d'entre eux » ou « un jour semblable » ? L'équivoque est-elle volontaire ou accidentelle ?

La phrase qui commence par « En riant » tient de l'absurde. Se couvrir le visage, se mettre les bras en croix, le monstre… Mais le mémorialiste parle d'un dragon. Se rapporte-t-il au monstre (de « à la garde du monstre ») ; constitue-t-il une indication mythologique (renforcée par « le gardien du vrai trésor ») ? À moins que ce dragon soit l'évocation du sloop des Petits ? D'où « chevaucher le dragon » équivaut à embarquer. Mais sur quel navire ? Puisqu'il n'a vu qu'épaves ou cendres… Et que devient alors : « Il est là, qui m'attend. Il me guidera » qui sous-entend un être doué de raison ?

« Trois points y forment un grossier triangle » peut représenter le plan de l'Île noire (la pointe rocheuse, les deux extrémités de la falaise). Ces trois points désignent l'est, le nord et l'ouest, or il écrit encore : « Je me tournais vers le quatrième point, dénué de toute illumination. » Si « quatrième » laisse entendre les quatre points cardinaux : selon le triangle c'est le sud ; selon « dénué de toute illumination », c'est le nord. Ou bien ces trois points figurent une carte plus vaste (« des chiffres figurent des coordonnées »), voire un itinéraire (« deux sont reliés par une droite »).

« Une vie de combat, une heure impuissant » est suivi de toute une interrogation sur ce qu'il doit, puis va faire, donc sur l'avenir. Cette phrase prêche pour une géométrie temporelle, trois points pour : hier, aujourd'hui et demain. En solfège, la mesure en trois temps, battue avec la main, dessine un triangle ; le temps fort en haut. Or la base (« deux sont reliés par une droite »), déjà comparée à un itinéraire, peut tracer son périple de l'Ancien Monde (Harlingen) au Nouveau Monde (Caraïbes), voire à sa biographie – du début du manuscrit (les Petits) à sa fin (le moment présent)… L'avenir, temps fort, correspond aux derniers mots (après « Il me guidera. L'or n'est rien », signes d'une rupture, d'un changement de cap) : « Eux sont tout. »

Qui sont-ils ?

Son attention se relâche, concession involontaire à l'annonce de son échec : quoi qu'il fasse, Petrack n'arrive pas à connaître la fin, à résoudre l'énigme. Ses yeux, cependant, relèvent une phrase dont, cette fois, le sens le touche : « Le masque a patiemment absorbé mes dernières larmes. Mon âme apaisée, la carte aveugle montrait la voie. » De qui le mémorialiste parle-t-il ? De Petrack dans sa cuisine ? De Petrack convoqué dans sa cuisine après s'être souvenu de la mort de l'Ivrogne, après avoir enfin assumé sa culpabilité au profit de la carte au trésor…

Faux.

Selon le paragraphe inspiré, la carte trouvée par l'Ivrogne n'est pas l'œuvre du Pirate Sans Nom, mais de ceux qu'il nomme « Eux ». De ce fait, elle ne conduit donc pas au trésor du Petit Hollandais.

Tandis que son buste s'incline vers le clavier pour saisir cette pensée, Petrack relie dans cette phrase « la carte aveugle montrait la voie » au conseil du « plus ancien d'entre eux ». C'est-à-dire le plus sage ? Lequel indique qu'il faut être rendu aveugle par la carte afin qu'elle se révèle. Anton l'avait bien plaquée sur son visage, s'était tourné vers le nord et n'avait rien vu, rien senti, rien deviné, rien perçu…

« Ce n'est pas l'obscurité, mais c'est la lumière qui aveugle, commente-t-il à voix haute en s'éloignant de l'écran, et la lumière, c'est la raison. »

L'idée d'éteindre l'ordinateur sans sauvegarde le tente… Il suffirait de le débrancher pour contourner les routines automatiques de préservation des données.

Faux.

« Ce n'est pas l'ordinateur qu'il faut éteindre, c'est

toi. Et si tu dormais un peu, histoire de voir la fin de ton rêve ? »

Le rêve, hélas, dédaigne celui qui le revendique.

Paupières closes, le front contre ses bras croisés sur le bureau, c'est Nathalie qui obsède sa somnolence. Comment ne pas la considérer autrement que couchée contre ce plateau. Comment ne pas souffrir de ne pas la connaître entièrement, nue. S'il tente d'échapper au fantasme, il se rejoue toutes les fois où son regard s'est perdu sur le médaillon qui ballottait dans sa gorge. Les fameuses sirènes… quand elles agaçaient la naissance de ses seins… dans l'écume de la dentelle… elle était… Capitaine à sa proue… fendant la houle… elle était *Nathalie*…

Petrack se redresse – il en veut plus.

Il ferme les yeux et songe aux objets qui cantonnent Anton à une simple présence. Tout est à sa place, il s'imprègne parfois de leur proximité pour redevenir le commandant Petrack, les touchant tous, les manipulant au besoin. C'est un rituel personnel, comme s'il dressait un inventaire protecteur.

Faux. Pas tous… Il y a un objet, un seul, qu'il n'a jamais déplacé. Ni même rouvert depuis l'enfance – à quoi bon, puisqu'il est vide et qu'il ne l'a délaissé qu'après en avoir sondé le fond à la recherche d'une cache secrète.

Petrack étudie le coffret de loin. Enfoui dans l'étagère sur sa gauche, c'est le plus anodin de ses souvenirs. Jusque-là, le cendrier volé par Jak, que les doigts de Nathalie délinéaient tout à l'heure avec une voluptueuse absence, symbolisait mieux que tout autre sa rencontre de l'Ivrogne.

« C'était mon cadeau le plus précieux ! lui avait-il confié. Je l'ai trouvé, elle l'a sauvé et je le lui ai offert. » Il l'a toujours considéré comme une banale boîte à bijoux, peut-être un peu trop grand pour cet usage, mais Virginia était si riche… Cette nuit, le commandant pense au petit coffre que le Déchiffreur avait trouvé dans la crique des naufragés, et dans lequel il avait abrité le Pavillon blanc.

À l'évidence, mais il ne le réalise que cette nuit, l'Ivrogne n'a adressé à Anton aucun avertissement, aucune leçon de morale : il lui a légué le coffre du Pavillon blanc.

Petrack se lève, retire le coffre de l'étagère qu'il n'a pas quittée depuis qu'il a inauguré ce bureau, et l'ouvre. *Vide*. Il se souvient de ses efforts pour découvrir une cachette dans le fond et inspecte consciencieusement le couvercle. *Opposé*. Cet examen, il lui a déjà consacré des heures, n'omettant rien. Sous une forte lumière, à la loupe de détective, il avait intégralement décortiqué le coffre, étalant chacune de ses pièces sur une vaste table sous néon, étudiant une à une ses composantes. Il avait commencé par rechercher un double fond, puis une double paroi. Cornières, poignée, serrure avaient été restaurées, il les avait démontées et remontées sans incident. Le bois du couvercle n'offrait guère d'épaisseur pour abriter une cachette. La toile d'origine qui le tapissait avait cédé après une vaillante résistance, pour se déchirer. Elle ne masquait rien que l'irréversible marque du temps et de l'eau salée sur le bois. Le commandant Petrack l'avait donc démontré, ce coffre ne renfermait rien.

Mais qu'en dirait Anton ? Il crierait de sa voix de fausset une de ces intuitions infantiles : « Cherche encore ! C'est *invisible* ! »

Soit.

Les yeux fermés, Petrack caresse en aveugle l'extérieur puis l'intérieur du coffre, les arêtes, les angles, le fond, les côtés, le couvercle. Il se pique un doigt à une minuscule écharde. Il l'arrache avec la pince à épiler qu'il est allé chercher dans sa cuisine, regarde d'où elle provient. Dans un coin de la base, cet infime éclat paraît se prolonger. Un cheveu, un poil de pinceau, un coup de crayon de l'ébéniste ? Il parvient à y insérer un ongle. Rien ne bouge, mais il refuse d'abandonner. Avec sa loupe, un cutter et la pince à épiler, Petrack se remet à l'ouvrage. En longeant cette fine ornière, la lame bute contre un obstacle invisible. Il recommence, sans résultat. Il lui semble que s'il pouvait pousser, forcer ce cran, une serrure indiscernable serait libérée; puis il inverse son raisonnement et tente au contraire de l'extirper. Il introduit délicatement la pointe du cutter, n'appuie pas, dépasse le point de résistance, enfonce la lame juste derrière et revient en arrière en accentuant son angle pour s'assurer une meilleure prise. Au troisième essai, il réussit à saisir quelque chose. Une minuscule épingle sort sa tête du bois. Il la dégage entièrement. Rien ne se produit. Il éclaire le coffret, l'examine à nouveau, le tâte avec précaution. Rien. Il soupire, refuse de renoncer. Il l'empoigne et le soulève afin de le retourner, mais la structure a pris du jeu. Avec une patience qu'il s'impose, il entreprend de la libérer des charnières qui maintiennent le couvercle. Une fois celui-ci déposé, le coffre se dissocie en deux caisses imbriquées.

Les deux parois qui composent les côtés et le fond du coffret s'épousent si étroitement qu'aucun vide ne les sépare. Indécelable au son, seule la tranche supérieure de la caisse pourrait dénoncer l'existence des deux planches accolées, mais, outre qu'elles semblent soudées, elles ont été si minutieusement polies que leur liséré de séparation était devenu invisible. Il dégage la structure intérieure avec d'infinies précautions, et tout autant de difficultés. Puis il sourit et respire profondément. Sur les deux faces mitoyennes du fond, un texte a été patiemment manuscrit sur le bois clair. Une expertise sera à entreprendre, bien entendu, mais, intuition ou expérience, peu importe : il sait que l'encre noire imprègne le bois depuis trois cents ans.

Petrack hésite, se calme. Quand ses mains ne tremblent plus, il ausculte l'étrange document, détermine le sens de lecture, ajuste sa vue, identifie son début, frotte ses yeux, les plisse, regarde encore :

Journal de Dragon

Quoi ?

Journal de Dragon
Mortimer est mort…

Mortimer ?
« L'Ivrogne, tu avais donc raison… »

26

Journal de Dragon

Mortimer est mort… La fureur l'a emporté. Adieu, enfant maudit !

Guidés par des feux de bonté, les trois navires qui arboraient des pavillons qui n'étaient pas les leurs ont vomi des soldats apatrides et non des marins égarés. Les enfants leur ont ouvert les bras, ils ont enfoncé leurs épées dans leur poitrine, tranché leurs mains et leurs pieds, laissé leurs corps décapités sur l'étroite plage.

Quand les hurlements de la bête fauve sont parvenus jusqu'aux assassins, ils l'ont dédaignée. Ses crocs n'ont pu saigner leurs viscères en d'effroyables représailles, car ses griffes enragées ont cédé à l'indifférence de la falaise qui l'emprisonnait. Ils se sont moqués de l'infirme qu'ils n'ont pas reconnu. Trois jours, il m'aura fallu trois journées entières pour me libérer. De quoi ? De qui ? Cette liberté, en méritais-je l'octroi ?

Bien qu'irrémédiablement sourd à toute compassion, mon corps coupé briguait à les venger, eux ! L'ignominie de mon âme m'apparut alors comme un éclair nie la nuit. Je m'écroulai au souvenir de leurs manières généreuses et joyeuses, enfants qui m'avaient recueilli et soigné. Je ne le méritais pas, je ne méritais rien. Pas même ma colère.

Ni homme ni bête, je ne valais pas mieux que ces

mercenaires. J'étais des leurs ! Ils me chassaient, je ne songeais qu'à les pourchasser. Leur boucherie odieuse valait non seulement les tortures que je préméditais à leur égard, mais aussi celles que j'avais consommées, tant de fois, ne les réservant pas aux seuls combattants… Mon nom me répugnait. Mortimer.

À la naissance de la pointe rocheuse, j'ai crié : « Pourquoi moi ? » Je me suis assis, dominant le théâtre du monde, l'enfer dans la crique sur tribord, le paradis dans la crique sur bâbord, toutes deux baignées de la même houle. Au crépuscule, une armée de crabes a franchi cette frontière pour rejoindre le ballet des orques parmi les épaves, tandis que des cormorans s'apprêtaient à plonger dans la falaise. À l'aube, l'île a chanté ; elle m'a appelé. Je me suis levé et retourné. Je découvris qu'en son centre la falaise était éventrée et qu'un puissant torrent d'une eau chaude se déversait de cette fissure dans le premier lagon. La double couronne de corail était éboulée, couleur cendre pâle. Le soleil renaissant révéla peu à peu des orques endormies près des corps déchiquetés. Certaines dépouilles semblaient encore parcourues de soubresauts ; je soupçonnai les crabes d'œuvrer dans leurs entrailles et d'avoir entamé leur besogne sans attendre le trépas. Des cormorans approchaient par bandes bruyantes et tournoyaient longuement sans se poser ni tenter de se nourrir. Parfois, l'un d'eux fondait sur un mort, puis tous les autres, et enfin, à dix ou vingt, ils le soulevaient et le relâchaient. Les orques par dizaines se ruaient ensuite sur la carcasse disloquée et l'écrasaient avec une sauvagerie frénétique. Les crabes apparaissaient juste après…

L'ombre rougeoyante aux formes changeantes, qui figurait, d'ici et maintenant, un bateau à la coque d'obsidienne, aux mâts d'ébène et aux voiles d'un brouillard de sang, l'ombre rouge me voulait.

Je baignai mon visage de cette eau chaude et la portai à mes lèvres pour la première fois. Mes pensées s'éclaircirent au fur et à mesure que l'eau vierge pénétrait mon corps et libérait un bien-être apaisant.

« Dragon, Dragon… », répondais-je.

Je sus, alors, que je n'avais rien à craindre. Le Vaisseau ardent veillait sur moi. Il me suffisait de m'approcher du bord de la falaise pour le rejoindre. Pas un instant je n'ai hésité et je ne pense pas que mon projet eût le temps d'être entièrement formulé quand je plongeai dans la maigre cascade. Un torrent rugissant accompagna mon saut. J'aperçus le corps maudit de Mortimer se battre et se débattre, emporté par le débordement des eaux. Je pensais que j'ai tué, souvent et beaucoup ; que je n'ai jamais été touché par aucune arme que ne tenait pas ma main. J'observais ce monstre détaché de moi et qui était moi, batailler contre l'eau qui le portait, assener ses coups avec art et beauté, fendre et percer, agiter son sabre… Je le voyais pour la première fois, vain, étranger aux regrets et aux espoirs, animal. Sa chute s'accéléra alors, l'eau chaude le broya. Je détournai mon regard, je regardai la lagune que je rejoignais.

Je traversai le premier lagon avec la même agilité qu'enfant je me baignais dans le port d'Harns. Je contournai le second en passant sur le corail sans m'étonner ni m'émouvoir que je marchais à nouveau sur mes deux jambes. Les crabes se hâtaient d'achever leur grand œuvre, les orques s'écartaient à peine, quelques oiseaux fondaient sur moi et m'évitaient sans un cri.

Le Vaisseau ardent s'ébroua dans une avalanche de flammes et de glace. Il déploya ses ailes et sa longue queue fouetta la surface de l'eau pour me saluer.

« Dragon, où allons-nous ? »

J'entendis alors les rires des enfants quand le plus jeune m'offrit la carte aveugle sur laquelle il venait de barbouiller un triangle et d'imiter l'écriture cunéiforme que je tentais de lui enseigner. Je levai les yeux vers lui et contemplai le sloop de mon enfance dont j'avais tant rêvé – si rapide, impatient de bondir sur la crête des vagues, de s'envoler. Je montai à bord et il s'anima. Ses voiles se hissèrent, l'alizé les fit enfler et nous nous arrachâmes au lagon. Je ne retrouvai cependant aucune sensation du marin que j'avais été – mon expérience de la mer s'avérerait inutile. Dragon ne s'éloignait pas de l'île. Il attendait. Ainsi, il ne m'obéissait pas davantage que je ne devais, moi, le servir. Nous ne pouvions voguer que de conserve. Il était prêt, assurément ; peut-être ne l'étais-je pas ? Je découvris qu'il se manœuvrait ainsi que j'imaginais le contrôler jadis dans mes jeux. Enfant, je ne doutais pas de mes pouvoirs ; avec lui je les reprends : il me suffit de penser pour qu'il agisse. Ce que j'ai perdu serait-il ainsi plus fort que ce que j'ai acquis ?

Tandis que je songeais au jour où ma mère m'a été prise, le Vaisseau ardent se rapprocha de l'île. Je retournai sur le corail, mais je tombai alors, découvrant avec stupeur que ma jambe m'avait été reprise.

Quelque naufrageur ou naufragé à venir aura tôt fait d'exhumer le journal que j'ai laissé dans un coffre mal enterré. Il relate et expose sans dissimulation mes gestes et mes pensées ; je n'en ai pas écrit un mot pour confesser mon passé ou le jeter hors de ma vue. Las, ma besogne faite, je reste ce que je suis, je ne puis devenir autre : Mortimer, un pirate. Cet exercice m'a moins transformé que cette jambe dont je me suis séparé parce qu'elle m'empêchait d'avancer. M'amputer à nouveau n'y changerait rien. Je ne suis digne ni d'Eux ni de lui.

Inutile, telle fut et telle demeure mon existence. « L'or n'est rien. Eux sont tout », ajoutai-je encore tout en tournant ma colère contre le Vaisseau ardent qui, malgré les pouvoirs de l'île et l'alliance des bêtes des trois règnes, n'a pas réussi à protéger dix enfants !

« Dragon, Dragon, qu'attends-tu de moi ? »

Le Vaisseau ardent a besoin d'un Capitaine, de mon espèce et de ma race. Il nous considère sans amour particulier, mais avec intérêt. Le chant des enfants lui manque et les enfants ont vu quelque chose en moi que lui aussi apprécie. Le Vaisseau ardent me perçoit à la fois comme un allié et comme un péril ; il me l'a dit. Sa magie s'épuise tandis qu'un pouvoir grandit et menace la Source. Saurai-je l'aider ? Il me parle d'Eux, me fait entendre leurs chants – ceux du lac, mais également certains que je ne reconnais pas. J'ai le choix. Au seuil de l'humanité, vais-je renoncer à renaître enfin ? À nouveau à son bord, où je ne veux qu'une jambe, que serai-je ? Ni chair ni flamme, juste des cendres. Ni esprit ni eau, juste un nuage. La mort, certes, mais pas la fin. Ai-je peur ? Non. Pour Eux, je le veux.

Je rédige ces ultimes précisions que je dissimule

dans le fond d'un coffre que je renvoie aux épaves, après l'avoir rempli de choses anodines. Il te revient, à toi qui as vaincu ces ruses. Je te livre tout ce que je sais. Je te dis tout ce que je n'ai pas confié à mon journal. Lis-moi et rejoins-nous. Viens. Nous t'attendons. C'est maintenant qu'il te faut partir.

27

Petrack a reposé la lettre de Mortimer. Il la contemple sans la voir, ne la quitte pas des yeux.

Petit Hollandais, Petit Hollandais – Mortimer : qu'attends-tu de moi ?

Toute une partie de lui crie à l'urgence, exige de numériser ce document, au moins d'en saisir le texte et d'effectuer une sauvegarde cryptée sur un serveur distant et…

Le coffre sur son bureau, entre le jeu de cartes, retourné, et son carnet d'adresses, encore ouvert au A d'Albatros, occulte un large tronçon de l'hémisphère Sud du planisphère.

S'il le pouvait, il courrait jusqu'au port pour lui annoncer la nouvelle. Il apporterait une bonne bouteille. « Moi aussi j'ai une histoire ! » clamerait-il avec un sourire espiègle qui se verrait. Jak n'en serait pas si étonné, il aimait l'écouter en partageant biscuits et chocolat. L'Ivrogne n'en reviendrait pas… « Vous aviez raison. C'était son île, sa crique et son coffre ! Vous y avez rangé son drapeau. Les Gardiens ont dansé pour vous leur peine. Vous avez goûté la rage du Pirate Sans Nom, des capitaines du Pavillon blanc, du mémorialiste, du Capitaine du Molosse, de Mortimer le Petit Hollandais… Vous l'avez bue et elle vous a submergé. Elle vous a tout montré. Les squelettes, la caverne, les peintures. C'étaient bien des enfants. Ils venaient de partout, depuis tellement longtemps... Chacun s'est dessiné le jour de son arrivée, avec le Vaisseau ardent, Fléau des mers, arche de Vie. » Petrack bouge sur son siège. « La carte que Mortimer a replacée dans la bouche du monstre, je saurais m'en servir maintenant. J'ai compris. L'autre fois, j'ai fait une erreur : je voulais tellement voir quelque chose. Ah, l'Ivrogne... Tu me manques, tu sais. » Petrack se redresse, le visage chiffonné. « Ça me plairait bien, je crois, d'aller jusqu'au bout de l'histoire. »

On ne sait jamais quand une histoire est terminée, Morne-mer. Chacun vient en son temps et tient son rôle, à sa manière...

Mais l'Ivrogne est mort et ce manuscrit dépasse toute valeur marchande.

Est-ce l'idée d'une magie qui le bouleverse et l'épuise, ou la perspective que cette magie est agonisante, mais Petrack croule d'une fatigue subite.

Le rêve le réclame.

L'espar rutile de mille reflets capricieux, des scorpions à l'abordage. Des torches de cormorans assaillent le ciel. Des poissons vert sombre et argentés s'assemblent à ses pieds. L'eau glacée du port pénètre ses narines. Il se débat et aucune lumière ne le guide. Quand les algues relâchent sa main, il tente de remonter sur son radeau. Il colle la carte sur ses yeux, n'y voit plus rien, aveuglé par les ténèbres, aveuglé par le halo pâle qui perce ses paupières rougies. Alors, il la regarde, nue, qui attend, ne dit rien, se laisse faire. Il a froid, si froid. Feu et Glace. Ses lèvres tremblent. Il pleure, enfin. La houle et le tumulte l'emportent ; il se rapproche. La tempête se concentre sur l'Île blanche. Vaisseau enfer, vaisseau paradis. Saint-Malo et Percé. Les Anciens n'étaient pas moins orgueilleux et inconséquents. Les premiers-nés des dignitaires hurlaient. Il a six ans, sa mère quitte l'Ancien Monde, reine du Nouveau Monde. Il aurait tant aimé goûter l'eau commune aux hommes. Le vrai trésor. La Dame rouge, Mortimer. Vaisseau ardent, Navire des temps premiers, Nef des Origines, arche de Vie. Les Petits ne m'étaient rien. Ne pas fuir. Partir. L'or n'est rien. Invisible. Eux sont tout. Derrière la paroi de glace dans la lumière ardente, ils dansent, et chantent, nus, tous les dix. *La mort, certes, mais pas la fin.*

On ne sait jamais quand une histoire est terminée, Morne-mer.

Faites entrer Anton.

Anton se redresse, bâille, se frotte les yeux et s'étire. À l'école, le maître expliquerait que la carte devant lui n'est qu'une représentation conventionnelle en deux dimensions du globe terrestre, particulièrement récente à l'échelle de l'Histoire, sans aucun rapport avec les cartes des navigateurs du Nouveau Monde et encore moins avec les figurations du temps où la Terre qui était plate, et bla-bla-bla et bla-bla-bla. Si ce n'était son vœu d'invisibilité, Anton objecterait que, même s'ils avaient tort, ceux qui l'ont dessinée pensaient avoir raison. La carte comporte trois points, comme le triangle de Virginia. Aussitôt, Anton plaque sa pelle sur son épaule et part creuser.

Deux punaises, rouges, tracent une droite sur le parallèle de l'île du Chaos noir et traverse l'Île noire quelque part dans le golfe du Mexique.

Le Journal du Dragon élimine toute incursion au sud de l'Équateur. Dans son rêve, Anton avait froid, et l'Ivrogne, lui, regardait toujours au nord.

Est-ce suffisant ? Les trois points de la carte aveugle suggèrent plus qu'ils ne forment une sorte de pyramide, un triangle isocèle, bien imparfaitement. La pointe oscille aux alentours du Groenland, les écarts la situent tantôt sur terre, tantôt en mer… Il revient à la base, pose la règle transparente sous les deux punaises.

Plus au nord, ses doigts retrouvent l'axe qui unit

dès l'enfance le Sauvage et Virginia – Saint-Malo et Percé. L'idée est séduisante, mais l'indice se rattache à une autre histoire et marque un point de rupture dans le récit de l'Ivrogne. Pas de punaises pour ces deux sites, donc.

Le jour où l'Ivrogne établit cette convergence, Virginia fredonnait Wagner. La mère de Nathalie, élève de Virginia, note sur le livret : « Harlingen : Mortimer ? » Il cherche le port frison et y fiche une punaise verte. Du doigt, il suit le parallèle qui traverse l'Atlantique tout en imaginant le voyage d'exil de la mère du Petit Hollandais. Mais son ongle rencontre les Derenoy qui débarquent à Frenchman Island… Seconde punaise verte.

Il déplace sa règle, la cale sur les punaises du côté droit du triangle qu'il est en train de construire. Il trace un trait au crayon et le contemple barrer la Croatie, au niveau de la côte dalmate. Il se penche pour déterminer par quel endroit passe le méridien. Pero d'Omis et les gorges de la Cetina ? Non, un peu plus haut, un peu plus à l'ouest. La ligne coupe le port de *son* enfance… Il se lève, tourne en rond, se rassoit.

Son intuition l'accable. Il ne raisonne pas, il délire. Le commandant enrage. Anton insiste. Petrack cède, car il a forcément raison, bien que selon une logique démente.

Le parallèle qui lie Anton au commandant Petrack part du théâtre du voleur du port pour aboutir dans le bureau de Portland… Punaises jaunes.

Trois points sur le côté droit, deux à gauche, tous alignés horizontalement.

Un coup d'œil situe l'Île noire à l'aplomb de la Louisiane – d'où proviennent les Blackjack, le grand-père et l'ancien associé ; Jack y réside encore. Un instant, le désir de le confirmer pousse sa main vers son ordinateur. Elle s'arrête avant : Anton ne cherche plus l'île du Pirate Sans Nom.

Ni son trésor.

La pointe du triangle, troisième point de la carte aveugle, tombe dans la calotte glaciaire du Groenland.

C'est impossible. Le Vaisseau ardent a beau avoir été vu en plein désert, puis en mer, il ne peut trouver refuge dans la glace.

Feu et Glace.

Cet enchaînement, c'est de l'Anton tout craché. L'envie d'y croire. Il n'est pas si malin, en fin de compte. Des légendes, des interprétations, des déductions d'aliéné mental, voilà tout ! Au commandant d'analyser ces informations – comment une carte aurait-elle pu être tracée voici des siècles pour dire où il devait naître et vivre ! Folie, aveuglement !

Convergence.

Il revoit Nathalie – à la fois le médaillon aux deux sirènes et elle, crique, quand il était, lui, houle.

Soit.

La mort, certes, mais pas la fin.

« Enfin, ma fin, probablement. »

En moins d'une heure, Petrack a pris ses nouvelles dispositions. Ordres et contre-ordres passés, il lui reste encore un peu de temps avant de rejoindre l'aéroport. Et ensuite, quelques jours à peaufiner son plan, pendant lesquels il achèvera de programmer le virus qui s'activera le moment venu.

Il range son bureau, enlève les punaises et disperse la boîte au centre de son tiroir. Tout est en place : le carnet d'adresses laissé ouvert, le cendrier bien en vue, le coffre enfoncé dans son étagère. Il ne bat pas les cartes, replace les deux dames – croisée au trèfle, l'arcane du carreau s'inverse. La Dame rouge…

« Nathalie », prononce-t-il à voix haute comme, après son départ, il a redit « Anton ».

Il sort une liasse de feuilles vierges et le stylo plume qu'il n'utilise plus que pour signer. Longtemps, il n'écrit rien. Que lui dire ?

Tout lui révéler maintenant équivaudrait à l'inviter

à le suivre. S'il se trompe, et s'il en revient, il sera toujours temps de tout lui expliquer. Il s'excusera, il saura la convaincre. Pendant quelques secondes, voilà qu'il rêve à sa promesse, explorant avec elle le golfe du Mexique, entre Louisiane et Cuba, bien qu'il présume que la nature volcanique de l'îlot justifie en soi son absence des cartes maritimes et des photos aériennes récentes. Peu importe, il trouvera les mots – tant de choses à se faire pardonner qu'il n'a jamais dites, et qu'il lui dira.

Il hésite. Et s'il n'en revient pas ? Impossible de disparaître sur ce souvenir.

Il écrit : « Pardon. » Puis, après un moment, il signe : « Anton. »

Tout est dans ce mot, mais ce n'est pas suffisant.

Alors, Petrack prend de nouvelles feuilles et rédige une longue lettre, si longue qu'il retarde son vol. La taper irait plus vite, mais il tient à l'écrire à la main – et se surprend à regretter ses crayons à papier. Il relit ces cinq pages, ne peut rien ajouter. Il ferme les yeux, se balance légèrement, entrevoit les conséquences… Il la complète d'un post-scriptum, plie les trois feuilles ensemble, puis trace quelques lignes pour Peter sur une nouvelle feuille, au cas où, qu'il plie séparément et insère aux autres. Il glisse l'ensemble dans une enveloppe opaque qu'il referme.

Et s'il se trompait ? Peut-il décider de lui transmettre à son tour cette mission ? Sa première version, pour lapidaire qu'elle soit, lui apparaît finalement plus judicieuse, ouverte à toutes les déductions et, surtout, une invitation à l'oubli – un bientôt sexagénaire qui demande pardon, cela confine au ridicule… Est-ce à lui de choisir ? Qu'a-t-il choisi, jusqu'à aujourd'hui ? En toute honnêteté…

Le procédé lui semble lâche – c'est une faiblesse que le commandant ne saurait envisager, Anton l'accepte –, mais il plie trois feuilles vierges avec celle du « Pardon » et remplit une enveloppe en tous points identique à la précédente. Ensuite, il libelle ses toutes dernières instructions sur un papier à en-tête, y joint un chèque, les deux enveloppes sur lesquelles il a écrit « Nathalie Derenoy », mais, au moment d'enfermer le tout dans une troisième, Petrack hésite à remplacer la page du « Pardon » par une feuille vierge – parce que, « Pardon », parfois ça vous poursuit toute une vie –, mais ne parvient pas à s'y résoudre. Sa main adresse l'ensemble à un cabinet d'avocats texan, pris au hasard dans un annuaire.

Voilà, il ne peut plus rien d'autre pour elle.

Il ne lui reste pas assez de temps pour fermer les yeux et aller au bout de son rêve. Tant mieux. Cette fin, il veut la vivre.

Maintenant, Anton Petrack va *partir*.

Au moment de quitter le bureau, pour le Petit Hollandais et pour l'Ivrogne, comme un voleur Anton Petrack plonge sa main dans la réserve du bar et fourre une bouteille de vieux rhum ambré dans sa poche.

II

Voiles rouges

1

En écho au ciel porteur de grain, la fumée assombrit le plafond bas. Malgré la chaleur étouffante et la moiteur insoutenable, nul ne songe à entrouvrir de fenêtre – ni ne concède au jour la moindre chance de s'insinuer entre les tables. Elle balaie de nouveau l'auberge des yeux.

Des rires viennent de précéder une chanson qu'un borgne aux jambes arquées entonne vaillamment, juché sur une table. Il tape la mesure d'un pied en faisant déborder un cruchon. Ils portent tous des bottes, pour la plupart cloutées. Dans le premier couplet, il est question de courses et de charivaris, dans le deuxième de l'enlèvement d'une vierge et d'une populace effrayée. Entre créole et rhum, difficile de comprendre toutes les paroles… Son large ceinturon de cuir, doté d'une boucle métallique disproportionnée, enserre un étroit tricot que la sueur colle à son torse de freluquet. Ses compagnons, qui arborent des gilets largement ouverts sur d'abondantes toisons auburn, l'accompagnent joyeusement au refrain. Ils appellent mes frères à boire et à aller ensemble, toujours ensemble, mes frères, à boire, ensemble toujours mes frères. Le chanteur au timbre nasillard est pourvu d'une chevelure rousse, étonnamment bouclée, que poursuit une courte barbe vilainement clairsemée. Une sale balafre déchire le haut de sa joue de trois stries parallèles. La strophe suivante s'engage par un duel dans le rugissement du vent.

Les têtes dodelinent au rythme des chopes levées et des bras de fer improvisés. Les biceps écartèlent des tatouages bariolés – femmes/fauves/fresques et têtes de mort. Les poings qui s'agrippent s'ornent de bagues grossières aux reflets argentés. Le cuir et le noir prédominent parmi la clientèle – bottes, pantalons, gilets et vestes, casques – sans qu'elle en déduise de justification pratique. Une panoplie ? Une revendication, plutôt.

Un vainqueur se dresse en renversant son banc et, tel un Viking, hurle une sorte de long mugissement rauque et caverneux, en brandissant ses bras repliés de chaque côté de ses épaules, la mâchoire inférieure rentrée, le visage crispé virant au cramoisi. Puis, il se baisse pour relever son siège et reprend sa place dans l'indifférence revenue. Une femme se révèle à la même table, jusque-là avachie sur une épaule dont le bras vient de s'emparer du cruchon. Sa veste noire bâille sur un corsage aussi serré que peu boutonné, un pendentif s'agite entre ses seins, une tête de mort ; la même, exactement, qui est dessinée sur le dos de la veste de son voisin d'en face. Ou sur les bijoux, nombreux et clinquants, qui encombrent oreilles, narines, cous, doigts et poignets. Ou encore souvent sur le tissu coloré qui coiffe la plupart des visages, peu amènes ou étrangement juvéniles. À deux tables, une autre réclame un adversaire viril pour se mesurer à elle et gonfle ses muscles avant d'avaler cul sec son verre de rhum.

L'apparition de ces femmes ne la rassure pas. Boire, jouer, grogner : ils et elles se ressemblent tous et toutes. Parce que la tempête leur interdit toute sortie, ils et elles s'agglutinent dans cet obscur marigot des bayous où ils ont leurs habitudes – et les manières d'une compagnie de soldats à deux pas de sa caserne. Tandis que tout à l'heure elle se pressait d'y entrer pour fuir la pluie, une espèce d'ours tout en noir l'a bousculée sans égard, en lui écrasant la poitrine d'un mouvement bien appuyé du coude. Elle s'est tapie d'emblée dans la pénombre de l'embrasure, persuadée d'avoir affaire à une clientèle exclusivement masculine.

Le chanteur, que personne n'écoutait plus, pousse trop loin sa voix, qui déraille et le fait tousser. Des rires saluent la prestation. Des joueurs de cartes cognent leurs verres contre la table, puis lorgnent vers le comptoir. Accoudé du mauvais côté du bar, d'un grondement le patron leur délègue ses filles, qui s'empressent d'y aller côte à côte en jouant des hanches. Dehors, peinte dans le style des ports anglais, l'enseigne représente les jumelles en adolescentes opulentes, riant dans leurs amples robes qui virevoltent de sorte à dévoiler leurs jambes nues, hissant bien au-dessus de leurs têtes l'une un tonnelet de rhum et l'autre un large plateau de chopes en grès.

À leur sujet, elle sait déjà qu'on parle d'un concours – sur son chemin, à l'énoncé du nom de l'auberge, personne n'a compris laquelle elle cherchait ; pour tous, c'est l'auberge des jumelles, et il faut bien expliquer pourquoi. Elle est trop loin pour en juger, mais quelques tatouages irrévérencieux parodieraient cette image depuis que les deux sœurs ont annoncé leur intention de récompenser, ensemble et en s'en inspirant, la plus généreuse de ces représentations licencieuses – plusieurs se vanteraient d'avoir remporté le trophée, sans démenti de la part des intéressées. Cette rumeur suffirait à justifier l'affluence de cette taverne isolée à la lisière des marais. Les jumelles avoisinent la bonne trentaine, qu'elles dépassent peut-être, et se faufilent entre les tables vêtues de façon identique, privilégiant les atours chatoyants. Les habitués les distinguent probablement à quelques parures discrètes, ignorant si elles les échangent dans la journée – plus d'un prétendant infidèle pourrait s'y laisser prendre.

« La dame, elle veut quoi ? »

Celle des deux qui vient de se coller sur sa gauche mâche un chewing-gum tout en auscultant son décolleté pourtant discret. Elle a parlé assez fort pour que les premières tables se fassent plus silencieuses. La jeune femme surprend alors un sourire maladroit tenter de lui déformer le visage, comme si elle tenait à afficher une sympathie et une décontraction qu'elle n'éprouve aucunement. Elle réalise qu'elle n'est pas du tout habillée comme il convient, et, après une courte pause, respire profondément pour bannir l'idée de sa différence. Quand sa poitrine se gonfle, quelqu'un la siffle. Les mouvements de chaises s'amplifient jusqu'à stopper le chanteur qui s'égosillait à propos d'une autre poursuite infernale qui s'achevait ici, au sud de la Louisiane.

« La dame, elle veut quoi ? »

L'autre s'est plaquée sur sa droite, réussissant à la surprendre, répétant les mêmes mots selon les mêmes intonations. Autres sifflets dans le silence complet – ils se connaissent tous, elle est seule. Mais la jumelle lui sourit, plus curieuse que moqueuse.

« La dame, elle a soif… », répond-elle pour montrer qu'elle a de l'humour.

Les deux sœurs échangent une grimace, soupçonnant un sens caché à cette ironie mondaine.

« Elle a soif », mâchouille celle de droite en poursuivant l'examen de l'autre.

« Elle a soif », lui retourne en écho parfait celle-ci, qui lui sourit aimablement sans plus rien mastiquer.

« Je cherche quelqu'un », se lance-t-elle en dominant mal un léger chevrotement.

Elles se regardent et répliquent à l'unisson : « On en est toutes là. » Puis, après l'échange d'un clin d'œil étudié – celle de droite, paupière gauche ; celle de gauche, la droite –, elles pouffent si longtemps que la jeune femme se sent vraiment exclue.

« Je cherche M. Blackjack. Jack Blackjack, les interrompt-elle.

— Et qui vous êtes ? » l'interroge celle de gauche, renouant avec son chewing-gum et reprenant son inspection en détaillant ses hanches.

« Aucune importance.

— Pas un nom facile, lui retourne celle de droite en inclinant amicalement la tête.

— Il ne me connaît pas.

— Ne saurait tarder, lui réplique-t-elle en se mouillant les lèvres.

— Et que lui voulez-vous ? » demande l'autre en impulsant à ses seins des soubresauts suggestifs.

Nathalie ferme les yeux – *trois, deux, un...* –, les rouvre, examine celle de droite, de la poitrine au bassin, puis plante ses yeux sur celle de gauche, des cuisses à la gorge.

« J'ai mieux à lui proposer.

— Pas sûr...

— À voir...

— C'est pas dit...

— On lance un pari ? »

Elles se tournent ensemble vers la salle, mais un ordre retentit du comptoir avant qu'elles relancent le spectacle : « Y'en a qu'ont soif ! » Avant d'obéir, elles reviennent vers elle, sans la quitter des yeux, mâchant toutes deux.

« L'avez jamais vu, c'est ça ?

— Mais lui, qui sait ?

— Difficile à rater.

— Mais lui mate.

— Touche et flatte.

— Hum... Blacky...

— Blacky, Blacky... Hum...

— Blacky sera ravi...

— Ma mignonne...

— Mignonne jolie... »

Blacky ? La vulgarité des jumelles l'étonne moins que la familiarité dont elles se prévalent. Ce qui relève une erreur : Nathalie ne s'est pas correctement préparée, se contentant de quelques photos publiées lors de son dernier non-lieu en illustration d'un article qui signalait que l'ancien associé du commandant Petrack avait rejoint les bayous de son enfance. Il est ici chez lui, parmi les siens, et elle ne sait pas vraiment à quoi il ressemble. Les clichés datent de quelques années, elle ne doit pas s'attendre à le croiser engoncé dans le même costume, le regard pitoyable, les lèvres flétries à force de clamer son innocence…

« Une rupture tactique, avait tranché son père. Petrack excelle à se présenter en victime. Blackjack défrayant la chronique, il a dédommagé ce musée et son gouvernement avec un peu trop de générosité. Et d'empressement : il n'a pas hésité une seconde. — Vous lui en voulez encore. — Ce n'est pas un imbécile. Blackjack, lui, s'est littéralement jeté sur la plus belle prise. Un bien national, mais les collectionneurs que le recel ne rebute pas abondent. Ce n'était qu'une question de temps pour remonter sa piste… Avec ses antécédents, la presse en a aussitôt fait un pilleur de tombes. Cependant, nombre de pièces de moindre valeur n'apparaissaient pas sur l'inventaire officiel. Le conservateur se servait régulièrement, depuis plus de vingt ans ! Au final, le commandant a arrondi sa fortune, s'est refait une virginité et a poursuivi ses affaires en toute impunité… — Vous n'approuvez pas ma démarche. — Écoute-moi. À l'origine de cette affaire, Petrack ne s'intéressait qu'à cette seule pièce ; Blackjack l'a appris au bon moment et il a tout fait pour prendre son associé de vitesse. Jusqu'à ce qu'il soupçonne le piège que Petrack lui avait tendu, une fois refermé… Tu te crois plus forte que lui ? » Espérait-il la voir relever le défi, histoire de forger son expérience d'une humilité dont il n'a jamais montré la moindre trace ? Elle avait baissé les yeux, et marmonné un « Tu ne sais pas, tu n'as jamais su, de quoi je suis capable », une fois qu'il était parti.

« T'es quoi, toi ? Encore une journaliste ? lui lâche dans un nuage de fumée le géant qui l'a consciencieusement effleurée tout à l'heure. C'est ça ? Un magazine de mode, peut-être. Ou bien tu cherches à t'acoquiner ? Ça peut se faire, hein les gars ? »

Elle se redresse pour gagner quelques millimètres et cligne des paupières à cause du cigare. Son front n'atteint même pas le niveau de sa pomme d'Adam ! Elle se sent moins minuscule que ridicule dans ses mocassins italiens, son chemisier parisien, son jean à deux cent cinquante dollars, et des rubis aux oreilles. Dans sa garde-robe, cette tenue s'imposait : autre preuve de sa mauvaise préparation. Elle aurait dû attendre, rien ne la pressait à ce point, sinon son caractère Derenoy.

« Il m'arrive d'écrire dans des revues, mais je ne suis pas là pour faire un reportage. Quoique vos amis m'inspirent un sujet, assez dans mes cordes. Il s'agit d'une reconstitution historique ? Je suis historienne et je n'ai encore rien écrit sur les fan-clubs de Laffitte, le flibustier. »

L'attaque relève d'une folie puérile, mais quand elle se sent menacée, ou bien Nathalie se fige ou bien elle mord. Au jardin d'enfants, elle était redoutable ; entre filles, au pensionnat, deux accrochages lui avaient valu une année de paix royale ; à l'université, la riposte avait aussi souvent échoué que fonctionné. Mais, de toute façon, quoi qu'elle se dise, elle se recroqueville et puis elle recommence.

« Le costume est imparfait, renchérit-elle malgré tout. La légende noire exigeait davantage de couleurs. Et… oui : de l'extravagance. Cela dit, vos déguisements sont charmants… C'est un goûter d'anniversaire ?

— Vous feriez de la Harley en Chanel ?

— Non, mais…

— Dommage. En tailleur, vous seriez vraiment sexy. Suivez-moi.

— Non ! »

L'ours se penche exagérément vers elle, cigare fiché en bouche.

« Vous voulez voir Blackjack ? Alors, suivez-moi », ordonne-t-il en libérant un nuage de fumée.

Nathalie refuse de détourner les yeux, mais n'y parvient pas. Elle en profite pour chercher les jumelles – et s'étonne de sa naïveté : en quoi les jumelles pourraient-elles l'aider ?

En plus, il pleut.

2

« Tu sais ce que tu fais ? — Oui. — Alors, je vais répondre à ta question. Je n'emploie aucun détective pour surveiller ses faits et gestes. Donc, je n'en sais pas plus que toi. Le personnage m'intéresse, mais pas à ce point. Je peux te communiquer son dossier. — Vous l'avez donc surveillé. — C'est de la préhistoire. Tu sais vraiment ce que tu fais ? »

Sous cette pluie battante, elle n'en est plus aussi sûre que ce matin. Elle trottine dans la gadoue derrière cette masse ambulante qui ne rentre même pas la tête. Ses cheveux dégoulinent et ses mocassins sont perdus. Elle l'a suivi parce que sa propre audace l'a paniquée. Elle ne sait pas où il la conduit. Entre la chaleur et l'averse, son corsage adhère à sa poitrine. Il n'en détournera pas les yeux. De la folie, tout ce voyage n'est que folie. « C'est encore loin ? » S'il l'entend, il ne le manifeste pas. Nathalie imagine lui fausser compagnie, son coupé n'est pas si loin. Avec cette ondée, elle va saboter le cuir des sièges – aussitôt, cette pensée l'épouvante : qu'a-t-elle retenu de l'histoire de sa famille ? Est-elle devenue une aristocrate moderne et rien d'autre ? En traversant l'Atlantique, ses ancêtres ont abandonné tous les privilèges attachés à leurs titres, mais ils ont conservé intacte la devise qui leur valait leur rang, dans ce nouveau continent comme dans l'ancien. « Aller jusqu'au bout des choses. » Bien sûr, cette maxime reformulée par Virginia n'est pas celle gravée sur les armoiries, mais une transcription contemporaine qui revisite le principe – en vieux français, une sorte de : « Ne point démériter, jamais. » Elle se redresse et brave la pluie en visualisant ses aïeux débarquer à Frenchman Island – « D'accord : je suis une Derenoy, sans particule » – quand l'ours oblique sur la gauche. Entre les arbres, elle aperçoit la forme allongée et caractéristique, mais parfaitement incongrue ici, d'un wagon. Un tripot clandestin ? Qui l'entendrait crier ?

Une fois franchie la porte, son guide s'essuie les pieds et attrape une serviette pour se frictionner les cheveux. Il la passe autour du cou et laisse ses mèches ébouriffées recouvrer plus ou moins leur place. « Tenez. » Il lui présente une autre serviette et attend qu'elle se décide à se hisser sur le marchepied, accordant toute son attention à son cigare que l'ondée a presque éteint. Dès qu'elle l'a rejoint, il pousse la porte d'accès au compartiment. Elle glisse un œil avant même d'entreprendre de se sécher. À l'évidence, ils sont seuls. Le wagon est climatisé, réaménagé avec soin. Elle calcule qu'elle a encore le temps de s'enfuir. « Aller jusqu'au bout des choses », se répète-t-elle.

« Je cherche Jack Blackjack.

— Jackpot !

— Pardon ? Oh… Vous auriez pu me le dire que c'était vous. »

Il ne prend pas la peine de lui répondre et cherche un briquet à alcool sur le bureau. Table en merisier, lampe de banquier, deux larges moniteurs panoramiques où défilent des gros plans de chromes de motos.

« Je ne vous voyais pas si grand.

— Vous savez, les photos… »

Ce n'est pas tant la taille ou la tenue de motard que l'embonpoint qui l'a trompée, sans compter la barbe et les mèches grisonnantes.

« Bien. Maintenant que vous m'avez trouvé…

— Je… Je m'appelle Nathalie Derenoy…

— Superbe… Ça ne me dit absolument rien. Je ne vous vexe pas ?

— Non, bien sûr.

— Si nous allions directement au fond des choses ? »

Il plante droit son regard sur ses bouts de seins, qu'elle ne peut cacher, qu'elle ne peut rentrer davantage. Il s'amuse de sa gêne, elle décide de l'ignorer.

« J'ai rencontré le commandant Petrack et…

— Tiens donc…

— Quoi ?

— Ne soyez pas sur la défensive… Petrack, c'est du passé. »

Il écarte les bras avec une expression convaincante de désolation impuissante, mais, brièvement, ses mains se crispent comme pour étrangler un bœuf. Elles sont assez grandes pour ça. En fait, elles sont plus larges que ses cuisses, il pourrait la broyer.

« Sacré lascar ! Hein ? »

Elle doute soudain qu'il soit l'homme de la situation, mais elle est là, pleinement consciente qu'elle n'a pas d'autre espoir.

« Nous nous sommes rencontrés voici quinze jours, exactement. Nous devions nous revoir au bout d'une semaine, dix jours tout au plus. Il ne m'a pas rappelée et je n'arrive pas à le…

— Il y a deux semaines ?

— Oui.

— À Portland, donc.

— Oui. Pourquoi ?

— Vous voulez dire : dans son bureau ?

— Évidemment.

— Vous n'avez pas dîné ensemble, alors.

— Je ne vois pas…

— Dans son bureau ! Ce n'est pas vrai…

— Je ne vois pas ce qu'il y a d'étrange à cela. J'avais dîné dans l'avion et…

— Donc, vous l'avez vu après dîner.

— Et alors ?

— C'était la première fois ? Je veux dire : vous vous êtes rencontrés il y a quinze jours… pour la première fois ?

— Je ne suis pas venue vous parler de ça.

— Vous avez quelque chose à cacher ?

— Non !

— Vous lui avez téléphoné et vous êtes montée directement à son bureau. C'est bien ça ?

— Je ne vous répondrai pas.

— Bravo… Notre ami commun est – comment dire ? – un homme si prévisible, pétri d'habitudes et de tics. Vous avez visité Portland ? Petrack a choisi le Maine pour être à l'abri de toute tentation. Ce bureau est un refuge. Il aime s'isoler là-bas pour mijoter ses plans, peser le pour et le contre, se demander si… vérifier que… Tout est prévu à cet effet, notre ami ne laisse rien au hasard… Jamais. Tenez, ses déjeuners, il les prend toujours seul. Parfois, il honore l'un de ses collaborateurs en l'invitant à l'accompagner. Un seul à la fois, remarquez bien, jamais deux. Cette exception flatte l'homme, qui se montre d'autant plus fidèle ; quant à notre cher commandant, il a économisé une heure… Portland est stratégique, une fois dîné, il ne reçoit plus. Sa vie mondaine se passe ailleurs. Voilà pourquoi il est fort improbable qu'il vous ait accordé un rendez-vous pris de longue date là-bas et à cette heure-là. Et donc, s'il vous a reçue à l'improviste, c'est qu'il s'est accordé une pause dans une soirée dûment planifiée et probablement quelque peu rébarbative. Vous l'avez ainsi contacté au tout dernier moment et, jouant de chance, vous avez… joui de l'effet de surprise. N'est-ce pas ? C'est bien ainsi que cela s'est passé ?

— Ce n'était pas une rencontre mondaine.

— Vraiment ? Vous l'avez appelé et il vous a prise.

— Vous êtes répugnant !

— C'est lui qui est répugnant ! Il vous promet de vous rappeler et il disparaît. C'est un grand classique, mademoiselle… Nathalie, il vous a eue. Et bien eue… »

Elle ne se sent pas à la hauteur, paralysée. Incapable d'esquiver son avalanche d'accusations, d'allusions, d'assertions – autant lui raconter comment Petrack l'a renversée sur son bureau. Elle n'est pas à la hauteur.

« Allez ! Vous me comprenez à mi-mot, c'est donc que mes déductions valent bien celles de notre Sherlock Holmes des mers… Quel titre idiot ! Vous savez que c'est lui qui l'a suggéré ? Je peux aller plus loin, dans l'analyse s'entend. Vous portiez un tailleur, c'est évident.

— Et alors ?

— Et alors ? En jupe pour Petrack et en jean pour Blackjack. Pauvre Blacky… »

Nathalie prend le parti de se taire. Ou plutôt, elle ne se voit pas d'autre choix. Elle endure le déluge de piques comme elle a défié la pluie, avec une digne résignation – du moins, elle espère en offrir l'illusion.

« Ah, Petrack, mon ami Petrack : quel est ton secret ? Vous avez quoi ? Allez, vingt-deux, vingt-trois ans ? J'ai deux fois votre âge et le commandant une bonne quinzaine d'années de plus que moi : qu'est-ce qui vous attire, toutes ? Le luxe ? Je suis aussi riche – ne le répétez pas aux services fiscaux. Vous faire prendre en photo ensemble ? Glisser votre pied menu dans le monde éphémère des starlettes ? Comment peut-on choisir une femme selon son seul impact médiatique ? Moi, au moins, quand je donne dans le scandale, c'est à mon corps défendant et jamais pour un potin d'alcôve… Mais, au final, à soixante balais, ce n'est quand même plus la forme olympique, non ? Je me trompe ? Dites-moi… Oui, je sais, c'est odieux. Mais lui, il est comment ? »

Cette question empeste la jalousie – pas étonnant qu'il arbore un cigare à cinquante dollars…

« Nous avons travaillé ensemble pendant de longues années, et partagé de nombreuses aventures

– dans tous les sens du terme, croyez-moi sur parole ! Dans tous les sens… Je connais ses petites habitudes. J'allais dire : ses vices. Excusez-moi. Vos yeux brillent. Ah, cette lueur… Pauvre Nathalie : quel dilemme, non ? Vous me haïssez déjà pour les raisons mêmes qui font que vous avez besoin de moi… L'essence même d'une grande tragédie… Je le connais par cœur notre commandant. Vous aimeriez que je vous le retrouve… Vous avez du caractère et vous n'admettez pas n'avoir été qu'une pause. Je vous comprends. Petrack a eu tort. Vous valez beaucoup mieux que cela. Moi, je vous aurais invitée à petit déjeuner. »

« Blacky » n'est certainement pas stupide : s'il avait eu la moindre chance de la glisser dans son lit, ce que ses yeux réclament, ses propos lui gâchent irrémédiablement cette perspective. Aucune femme ne lui céderait après un tel flot d'insultes, et il le sait… Il le sait pertinemment. Cette insistance délibérée vise donc autre chose – bien qu'un juste dosage d'insultes et d'usure, se reprend-elle, se révèle parfois d'une efficacité déconcertante.

« Petrack possède un charme fou », articule-t-elle avec lenteur, en détournant le regard. « Il y a des hommes, comme ça… »

Elle se compose une moue nostalgique et, après avoir décompté à partir de dix, elle soupire légèrement et regarde Jack Blackjack dans les yeux, comme si elle sortait d'un rêve éveillé.

Elle en fait peut-être trop.

Mais il se tait, enfin.

Et il ne fixe plus ses seins.

Elle en profite pour l'examiner ouvertement, maintenant, pour le jauger à son tour. Il lui offre le spectacle de ses bottes croisées sur le bureau. Un pantalon en cuir serré, le motif de la ceinture se cache sous un pli du ventre. Il porte un tricot blanc, d'une taille trop juste, à la Marlon Brando – mais avec des épaules tombantes, énormes mais tombantes. Elle se dit qu'il fait plus de deux fois son poids.

« Vraiment, un charme fou, insiste-t-elle… Mais je n'ai pas cédé. »

Blackjack la dévisage. Nathalie souhaite savourer cette minuscule victoire, mais la suffisance de l'ancien associé de Petrack sabote ses certitudes. Elle laisse néanmoins s'épanouir sur ses lèvres un sourire de gourmandise, qui ne lui semble pas être une pure feinte. Elle l'accentue délibérément, comme une adolescente qui joue avec le désir d'un homme, se délectant de son impatience. Puis elle ajoute, d'un ton badin et enjoué : « Jamais la première nuit ! »

Ça, c'est une erreur. Ses derniers mots fonctionnaient à merveille à l'université, où ils tenaient lieu de plaisanterie, presque un signe de reconnaissance entre filles ; pas ici, pas maintenant, pas avec lui.

« Alors, il faut nous revoir… Bientôt… »

Jack Blackjack a ramené une jambe vers lui pour s'engoncer dans son fauteuil, confiant au bombé du cuir le soin d'illustrer ses propos. Nathalie détourne les yeux en se traitant d'idiote.

« Quant à notre cher commandant, reprend-il en se vautrant davantage, ne vous inquiétez pas. Le charmant homme n'est pas du genre à laisser passer une occasion, aucune. Il vous recontactera.

— Vous ne m'avez pas écoutée : personne ne sait où il est. J'ai fait ce qu'il fallait pour le retrouver, en vain. Je crois que Petrack a disparu.

— Vous le connaissez bien mal ! Laissez-moi vous donner un conseil en or : laissez-le venir. Ignorez-le, amenez-le à douter de lui. À soixante ans, il reviendra – convaincu de l'avoir décidé tout seul… Je suis certain qu'il pense à vous ! Ou au moins à la photo que ça va faire. Vous savez, avec une nouvelle et jolie femme à son bras, si jeune. Quel est le meilleur journal ? Quand boucle-t-il son édition ? Quel photographe convoquer ? Bref, le cadre sera romantique, vous serez conquise et la misérable affaire qui l'a amené à vous négliger passera dans l'ombre… »

Bien qu'il le surveille – lui aussi ! – d'assez près pour se souvenir d'où il dînait il y a quinze jours, que sait-il d'autre qui puisse réellement l'aider ? Mais sans lui, quelles sont ses chances ?

« Vous seriez en mesure de me dire où il est ? »

Nathalie a réussi à prononcer ces mots sans implorer, mais c'est très insuffisant pour le convaincre de relever ce défi.

« Si personne n'a été en mesure de vous répondre, c'est qu'il l'entend ainsi.

— Donc, vous l'ignorez. Et vous n'avez pas le moyen de le savoir.

— Nous ne sommes plus associés, mais nous sommes restés en excellents termes… Croyez-moi, s'il devait lui arriver quoi que ce soit, je serais le premier averti. Pour moi, il s'affaire à quelque projet à la limite de sa réputation ! Quand il aura l'esprit plus disponible, bientôt, il vous…

— En fait, le coupe-t-elle, nous envisagions une croisière sous les tropiques… Pas romantique, du moins pas seulement romantique. Nous étions en affaires. Vous n'en saviez rien non plus ? »

Nathalie quitte son siège sans attendre la réaction de Blackjack. Un rapide coup d'œil la convainc, elle vient de marquer un point. L'avantage est certes fragile, ce n'est peut-être qu'un étonnement. Elle doit s'en aller sans lui laisser le temps de la repartie. La prochaine fois, il lui en dira plus. Si jamais elle a besoin de le revoir.

« Ne vous dérangez pas, je connais le chemin… »

3

Ses mocassins sont morts. Nathalie s'installe au volant et tourne la clé de contact sans attendre. Le coupé ne s'embourbe pas et elle en est étonnamment soulagée. Les sièges se souviendront longtemps de sa visite dans les bayous. Tant mieux ! Elle le mérite bien, et elle ne doit pas oublier cette rencontre. Elle accélère tout en décidant de rentrer d'une traite, sans un seul arrêt. C'est un échec total. Elle n'obtiendra jamais rien de Jack Blackjack – le Blacky de ses dames ! Un obsédé abject, qui l'a amenée à définir Petrack : un « charme fou ». Pour un peu, elle en aurait la nausée – elle a comme un arrière-goût de trahison dans la bouche. Un charme fou… Avant, oui, et sans aucun doute, mais en quittant son bureau… Elle s'est retrouvée dans l'ascenseur, puis dans sa chambre d'hôtel, le lendemain matin dans l'avion, son trouble intact. Entier, surtout, qui la laissait désemparée. Pendant le vol, loin de Portland dorénavant, elle s'est résolue à aborder la question sans détour. Mais quelle était la question ? Elle a brassé des tas de concepts dans sa tête, puis des phrases, et s'est arrêtée sur une formule qui l'a apaisée. « Agréable ? Pas sûr… Curieux, alors ? Certainement. Peut-être agréablement curieux ? Pas tout à fait. Curieusement agréable serait plus juste… »

« Curieusement agréable » ? Aujourd'hui, elle

suspecte le jeu de mots d'avoir refaçonné son souvenir, sans pour autant avoir levé le voile sur son ambivalence.

Au troisième croisement, elle doit s'arrêter pour consulter la carte. Elle ne reconnaît pas la route. Trois heures plus tôt, elle roulait le toit décapoté, persuadée que Jack Blackjack saisirait sa chance : si Derenoy est un nom qui ouvre bien des portes, il sait également refermer certains dossiers... « Tu t'es mal préparée ! » crie-t-elle tout en frappant le volant.

La pluie ne cesse pas. Le cuir du toit souffre et gronde comme s'il s'apprêtait à capituler. L'eau qui heurte le capot produit un son plus clair, mais étouffé. Nathalie a figé l'essuie-glace et la trace en éventail du balai s'est rapidement effacée. Contre le pare-brise, les gouttes glissent, ne se mêlent pas les unes aux autres en filet, disparaissent trop vite, sans accorder le dérivatif de leur poursuite. Rangée sur le bas-côté, la carte dépliée abandonnée sur le siège passager, Nathalie garde les yeux ouverts. Elle a envie d'une cigarette.

Il est temps, décide-t-elle. Il lui en coûte de l'admettre dans l'intimité de l'habitacle de son coupé immobilisé sous la pluie, mais Jack Blackjack a raison : Petrack l'évite. Il ne veut pas la revoir. Ne pas reconnaître ce fait n'arrangera rien. Elle décide de l'énoncer à voix haute : « C'est ma faute. »

Contre toute attente, l'aveu ne la soulage en rien. Tout au contraire.

Ses amies aiment se vanter sur l'art de garder un garçon. Les recettes s'avèrent simples, incroyablement primaires, voire infantiles. Elles les répètent à l'envi, car celles-ci se déclinent indéfiniment. Il n'y a que deux fondamentaux à retenir, ils fonctionnent dès la première nuit comme après vingt années de vie commune, assurent-elles en se réclamant de confidences furetées dans les magazines. En un : l'admiration – en parlant. Passer du : « Oh, tu en as un beau camion. Tu me montres comment tu joues avec ton beau camion ? » au : « Tu es comme ça chaque matin ! » En deux : la reconnaissance – en chantant. Crescendo, soupirs et points d'orgue de gémissements/frémissements. Danser des yeux et jouer du bassin n'est même plus nécessaire pour devenir la fille la plus indispensable de toute la galaxie…

Nathalie ne peut ni le un, ni le deux, ni la prime. Ses compliments tombent comme un bon mot raté. Quant à crier ou gesticuler… Non, hélas non. Jamais, pas une seule fois.

Les cloisons de l'hôtel de Portland, choisi à la hâte, lui ont offert un festival de jouissances diversement orchestrées dont les hôtels qu'elle fréquente ordinairement la préservent, le plus souvent. Outre les inévitables tambourinements des lits contre les cloisons et les indispensables échappées stridentes qui précèdent l'accalmie des couloirs, elle a eu droit à un récital de chant itératif, suite ininterrompue de « Ah. Ah. Ah. Oh-hi… » d'une soprano assourdissante. Nathalie sourit de sa moquerie, mais elle avait fini par regarder sa montre et s'était demandée si un homme pouvait réellement tenir si longtemps.

Qu'a-t-il pensé de son silence ? N'a-t-elle jamais souhaité garder un homme ? Saurait-elle le faire, si elle le désirait vraiment ?

« Il ne s'agit pas de cela ! crie-t-elle. Tu l'as blessé. Dans sa fierté de mâle. Il préfère donc ne plus te revoir. Ce n'est pas plus compliqué que cela. »

Les hommes sont-ils si simples, et cependant déconcertants ?

Petrack est l'ennemi. Il le reste. Elle veut juste le revoir. Elle n'a rien décidé d'autre.

Nathalie tourne la clé de contact. Le moteur vrombit. Elle l'éteint.

Un ennemi ? Petrack lui a parlé d'égal à égal. Il connaissait déjà la plupart de ses découvertes récentes. Il a accepté les convergences de Virginia, comme si elles lui étaient familières. Il s'est même montré enthousiaste à l'idée de retrouver l'Île noire !

Elle ne s'était pas trompée, il serait un allié précieux. Un allié… Cette entente immédiate l'a déroutée…

Penchée sur l'ordinateur à effectuer pour lui les recherches, ses hanches ont tenté de l'atteindre, plusieurs fois. Plus elle se concentrait sur le moniteur, plus elle sentait ses reins se creuser vers lui – au point qu'elle a craint de passer pour une fille facile. À sa propre surprise, cette pensée inopportune n'a pas altéré son manège.

Et puis, il y a eu cette chamaillerie soudaine. Aucun n'entendait céder. Ils se sont éloignés l'un de l'autre, ce gigantesque bureau entre eux. Il l'a congédiée sur la promesse de la rappeler. Mais elle ne s'est pas levée. Son corps l'attendait, ne lui a pas résisté. Docile, elle s'est abandonnée – presque.

« Comment as-tu osé ! — Vous m'avez demandé de faire mieux, alors j'ai fait ce qu'il fallait. — Tu n'as pas besoin de lui. — Maman explorait la piste croate. — Non ! Ma mère lui avait donné pour mission de retrouver l'origine du Molosse, pas de se lancer sur ses traces. Ça, c'était son domaine exclusif. » Nathalie a été troublée par le ton de cette remarque. Jusqu'à ce matin, elle n'a jamais envisagé son père en petit garçon, ni Virginia en mère absente. Elle a néanmoins repris : « Et si Virginia avait raison ? Si Maman avait découvert le bon indice ? Petrack est né à quelques kilomètres seulement d'Omis. — Coïncidence. — Et son insistance pour acheter le *Nathalie* ? — Ne me parle plus jamais de ça ! — Mais tout ce dossier sur lui. Enfin, vous l'avez fait espionner ! Vous possédez des caisses de documents, de photos, de preuves. Qu'attendez-vous ? Vous avez de quoi le faire tomber dix fois. — Ne me parle plus jamais de lui. Est-ce clair ? Est-ce bien clair ? Je t'interdis de le revoir. » Elle a sauté dans sa voiture, décidée à obtenir de l'ancien associé de Petrack l'aide que son père venait de lui refuser. Tout en conduisant, elle s'est interrogée sur la contrepartie que Jack Blackjack réclamerait. Une réhabilitation, sans aucun doute. Un cabinet de lobbying s'en chargerait.

Loin de sourciller à son nom, Jack Blackjack ne l'a même pas prise au sérieux !

« Virginia aurait mieux négocié. Jamais son père ne lui aurait refusé son appui. Elle aurait su acheter Blackjack... » Nathalie klaxonne rageusement. « Elle n'a pas succombé au Sauvage, elle ! »

Être comme Virginia, une aventurière platonique...

Elle tourne la clé de contact, allume les phares. « Je m'appelle Nathalie Derenoy. Oui, la fille de Peter Derenoy, le pétrolier. Je suis célibataire, fraîchement diplômée et mon père a chargé ses analystes de me trouver un beau parti. Sinon, quoi dire d'autre ? Ah, oui... Je ne couche jamais le premier soir, sauf avec l'ennemi. Et, au lit, je possède une particularité unique au monde : je simule ! Ce n'est pas nouveau ? Oh, mais je ne vous ai pas dit : je simule que je suis frigide... »

Nathalie lance sa décapotable sur la route. Elle n'y voit pas assez pour aller vite. Elle n'a plus autant envie de rentrer.

4

L'annonce l'a surprise au lit. Six heures vingt-deux. Le radio-réveil déverse son flot d'informations, sans publicité ni musique. Ils vont la répéter. Des relents de songes tourmentés lui rendent toutes choses pénibles. Peut-être n'est-elle pas encore tout à fait dans le rythme de la course-poursuite matinale ? Elle ne peut y croire. Six heures vingt combien ? « Nous avons été les premiers, ce matin, dès notre flash de cinq heures, à vous faire part de la nouvelle : le commandant Petrack a disparu en mer. » Nathalie tire la couette pour se couvrir les yeux, tandis que ses pieds s'évertuent à en pincer l'autre extrémité. « Selon les propres consignes de l'explorateur le plus populaire de ces vingt dernières années, l'information n'a été révélée qu'à minuit, par un communiqué de presse. » Elle a trop froid au ventre. En chien de fusil, le nez dans son coude, l'autre bras coinçant son visage au niveau de l'oreille, elle veut simplement dormir, juste un peu. « Son entourage ne cache pas ses plus vives inquiétudes... » Son entourage... Le mot réfute les manœuvres oniriques. Envie de crier : « Je suis son entourage ! » Elle ronchonne tout au plus un « Je suis... » et se demande : « *Je suis quoi ?* » Elle repousse un pan de la couette et dresse la tête pour déchiffrer l'heure. Six heures vingt-six. En quoi être sa dernière amante l'autorise-t-elle à se compter parmi ses proches ? Sa main fouille la table de chevet jusqu'à son portable. Pas de message, évidemment. Elle apprend l'annonce de sa mort – elle le sait, maintenant, elle le sent : Petrack est mort – par la radio. Comme n'importe qui. Comme n'importe quelle maîtresse, conquête, aventure, coucherie, petite chose… Six heures vingt-huit. Envie de vomir. « … n'en savons pas davantage pour le moment. Nous vous rappelons les faits essentiels : voici plusieurs semaines, le commandant Petrack s'est embarqué sur son célèbre voilier pour naviguer en solitaire dans les régions arctiques. Nous venons donc d'apprendre que le *Je le veux* a été officiellement déclaré perdu en mer, à minuit, cette nuit, après un délai convenu sans donner de nouvelles. Une conférence de presse est prévue pour midi. Elle devrait, du moins nous l'espérons, répondre aux questions que ce communiqué soulève : pourquoi l'Arctique, pourquoi en solitaire, pourquoi ce silence, pourquoi aujourd'hui ? »

La salle de bains l'inonde d'une lumière indécente, horriblement accusatrice. Le miroir lui retourne une tête de lendemain de cuite. « *Ce n'est pas juste.* » Elle repousse l'interrupteur. Le jour filtre mollement par le verre brouillé de la fenêtre qui s'étire sur toute la largeur de la pièce. Elle s'assoit sur le rabat des toilettes, emmaillotée dans son peignoir blanc, capuche ramenée, une main sur le ventre, l'autre accrochée à l'épaule. Six heures trente-cinq. Comment attendre midi ? Elle se balance pour ne pas pleurer.

Son bras ne parvient pas à se tendre jusqu'à la porte coulissante de la douche. Le jet brûlant la sortirait de sa torpeur ; un instant, toute sa vie se résumerait à cette stimulation impérieuse du corps, délivrée des ultimes réminiscences nocturnes. Et de ce mal au ventre. Ses règles s'annoncent enfin. Pour discrètes qu'elles soient, les douleurs prémenstruelles lui gâchent de la plus agaçante des manières deux pleines journées toutes les quatre à cinq, voire six semaines, exceptionnellement sept. Un manque de régularité qui ne s'en prend qu'aux dates, hélas jamais aux symptômes qui la laissent comme désorganisée.

Quarante nuits exactement sans aucune nouvelle, vingt-cinq soirées à s'angoisser, et ses règles qui se décident enfin à s'annoncer le matin où elle apprend sa mort…

« Tout a un sens. — Je n'y crois pas. — Le sens qu'on lui accorde, pour le moins. Il existe une différence entre déterminer et interpréter, mais sur le plan psychologique elle ne compte pas. Tout est perception. — Vous y croyez ? — Quel sens dois-je attribuer à ta question ? »

Six heures cinquante-trois. Plus que sept minutes pour se frictionner, se sécher les cheveux, s'habiller, se maquiller : autant renoncer.

« Il a l'âge d'être ton père. — De mon grand-père, oui ! » Sa thérapeute ne sourit jamais à aucun de ses traits d'humour, elle les tient pour signifiants. « *Ce sont les vieillards qui meurent* », ose-t-elle en se décidant à entrer dans la douche. « *Mais pas en mer* », se corrige-t-elle en renonçant à quitter le dessus des toilettes. Cinq heures et six minutes avant la conférence de presse. Qui constitue son entourage ?

Pourquoi ne lui a-t-on rien dit ? Ces dernières semaines, elle a assailli son secrétariat d'appels téléphoniques, on ne lui a rien dit.

Pieds nus, elle cesse sa course en se dressant sur la pointe des pieds pour ne pas l'ébruiter et, tout en tournant la poignée de la porte de la salle à manger, elle calme sa respiration pour feindre une arrivée en toute sérénité, ajuste sa robe, replace une mèche. À quelques secondes près, son père lui resservirait le couplet sur la nécessité de la discipline : « Une journée qui commence dans le désordre… » Son âge ne change rien à l'affaire, il ne la considère jamais autrement qu'en élève.

Il ne bronche pas, ne lève même pas la tête. Il

n'écoute jamais la radio avant de regagner son bureau, pour ne pas céder à un rythme qui ne lui appartient pas totalement, mais son secrétaire l'a prévenu de l'essentiel. Sept heures une.

D'un coup de menton, il signifie un « Tu sais ? » et ne remarque rien. Elle opine de la tête, son brushing raté. Des larmes inondent alors ses yeux, ce n'est pas le moment ; elle détourne son visage et se souvient de son injonction : « Ne me parle plus jamais de lui. Est-ce clair ? Est-ce bien clair ? » Elle lui tend la corbeille de pain, comme si elle s'était méprise sur son geste. Il n'ajoute rien.

Soudain, ce silence/indifférence/distance la déborde. Elle ne veut plus faire semblant depuis tant de matins semblables, de petits déjeuners ponctuels à boire du café au lait dans un bol – « *Une autre tradition familiale, encore que pure invention, Père, le café n'est arrivé à Paris, au* Procope*, dans le passage couvert qui relie l'Odéon à la Seine, quartier Saint-Germain-des-Prés, qu'à la fin du XVII*^e^ *siècle, en 1686 précisément, premier café de bonne société où Voltaire a ses habitudes, où Benjamin Franklin rédige la Constitution des États-Unis, quelques années après l'exode des Derenoy sans particule, tu vois, Papa, je suis précise, j'ai retenu ma leçon, je suis parfaite, comme tu as tant et tant envie de le croire, petite fille modèle et…* »

Quand Nathalie relève son regard pour défier ouvertement son père, son visage la choque. Il n'exprime aucune tension – ni colère ni victoire. Il fixe obstinément un horizon que le mur immaculé de la salle à manger lui refuse. Vide, terriblement dépouillé, spolié, ruiné. Son père vient de prendre dix ans. « *Oh, Papa…* » Ses cheveux ne sont pas plus gris que deux minutes plus tôt, mais ses traits accusent une défaite profonde. Rides marquées, cernes sombres, yeux éteints. Elle l'a déjà deux ou trois fois surpris éprouvé, mais il s'est toujours ressaisi bien avant de s'apercevoir de sa présence.

Ce matin, il ne lutte même pas, il se laisse aller, et se donne à voir. La disparition de Petrack le prive d'une vengeance qu'il ne pourra plus mener. Il a trop attendu.

Elle a alors un réflexe de toute petite fille, une envie soudaine d'épouser sa cause, de laver l'honneur des Derenoy, de rapporter la goélette dans le patrimoine familial, coûte que coûte. D'ailleurs, en se rendant à Portland, elle y a songé, sérieusement. Elle pourrait le lui dire : « Je voulais vous la rendre, je le voulais tellement... »

Intention généreuse, qui aviverait l'écho de sa propre faiblesse : sa fille qui fantasme de lui rapporter le bien précieux qu'il a stupidement perdu à sa naissance. Une tâche qui lui revenait, à laquelle il a travaillé, pour laquelle il était prêt, depuis longtemps. Il ne s'y est pas résolu. Pourquoi ? Quelle importance ? Nathalie découvre qu'il n'existe pas de plus terrible châtiment pour un homme tout entier tourné vers l'action et le pouvoir.

Elle se redresse sur sa chaise et considère à nouveau son père, prisonnier de ses pensées intimes – tout ce qui le relie à son épouse l'entraîne dans un monde hors de son atteinte. Il ne lui parle jamais de sa mère. Sept heures sept : elle se force à l'observer comme s'il s'agissait d'un autre, sa silhouette lui paraît quelques secondes étrangère.

Elle chasse alors la voix de Petrack qui l'invite à se lever et à partir – « Nathalie, vous respectez à la lettre l'un des commandements les plus sclérosants qui soit : "Tu honoreras ton père et ta mère." Grandissez ! »

Elle achève son petit déjeuner sans plus relever les yeux et, au moment de quitter la table, elle l'embrasse sur le front, comme il le faisait quand la toute petite Nathalie manquait de courage. Mais son baiser est plus appuyé qu'aucun des siens, et elle a posé ses mains sur ses épaules. Elle choisit de ne pas céder à l'égoïsme de lui faire part de sa révélation – « Père, je ne suis plus une petite fille. Je ne sais pas si c'est mieux, mais j'ai changé » – et s'éloigne à reculons.

Il n'a pas bougé. Elle ne lui dira rien.

Comment attendre dans sa chambre l'inévitable confirmation télévisée ? Elle écarte une nouvelle fois l'idée de se rendre tout droit à Portland, puisque personne ne la laissera accéder au bureau. Elle ôte la robe réservée aux matins en retard, celle qui s'enfile en un tour de main et qui la couvre jusqu'au cou et cache qu'elle n'a pas pris le temps de se sécher. Plusieurs pantalons s'étalent sur le lit. Quel pull emporter ? Garder une tête pareille n'arrangera rien. Elle a le temps d'un second shampoing, patiemment méthodique cette fois, d'un vrai bain et de dix mille soins.

Nathalie se glisse dans sa salle de bains en maintenant la porte ouverte pour surveiller les flashs d'information. Depuis l'adolescence, son application aux opérations cosmétiques amortit une effervescence qui la déborde. C'est un répit douillet qui accélère la cicatrisation de ses blessures, un dialogue de tous les rôles ; elle s'y adonne posément, consciencieusement, comme un ébéniste polit son œuvre pendant des heures, imagine-t-elle, ou un jardinier dorlote ses fleurs. Ces gestes familiers apaisent son âme, mais ils agissent également sur son corps ; ils modèlent/composent/révèlent un personnage qu'elle apprécie de plus en plus, bien plus que le double du miroir – la conviction d'être, un jour, triomphante, l'héritière… Une *battante*.

Toutes les chaînes bombardent les mêmes nouvelles et étoffent leurs rétrospectives improvisées d'extraits des émissions consacrées à l'explorateur. Sa disparition les prend de court. Elles le répètent à chaque flash et chamboulent leur programme. Que l'une annonce la rediffusion du premier documentaire qui a lancé le commandant Petrack, et l'autre promet le film qui a couronné sa carrière. Les interviews se succèdent. Des animateurs se livrent au jeu des conjectures. Dans quatre heures, la conférence de presse. Rien qu'elle ne sache déjà.

Assise en tailleur au milieu du lit, un sèche-cheveux à la main, emmitouflée dans son fidèle peignoir, elle songe à ses seize ans, quand elle était la Nathalie de l'instant sans concession, fermée à la logique d'un monde contradictoire qui réclamait d'elle une responsabilité que lui-même n'assumait pas – dans la rue, l'air de rien, très incidemment, des passants d'un autre âge s'arrangeaient pour la toucher, alors qu'on lui interdisait d'être sérieusement amoureuse. « *Qu'est-ce que c'est, être adulte ?* » se demandait-elle en se rendant à chaque petit déjeuner. Cette question ne l'intéresse plus, depuis longtemps ; elle appartient au lot des interrogations inutiles, un passage obligé de rhétorique déjà oublié. L'air chaud contre sa tête, le ronronnement du moteur si proche, des gestes simples, mécaniques, rituels, tout est là. Ses longs cheveux fins exigent un minutieux séchage. Parfois, elle se brûle un peu ou une mèche se soulève étrangement ou, fortuitement, elle tire sur quelques cheveux – et un puissant frisson parcourt son corps du haut de la nuque au bas du dos. Être adulte, c'est ne plus être assujettie à l'accidentel, mais le provoquer.

Les gosses qui font ça se retrouvent presque toujours enceintes.

Presque trois heures et quarante-cinq minutes encore à attendre, et attendre, et attendre. Penser à la mort de Petrack ne l'aide pas à se sentir plus grande, enfin adulte. Il n'y aura pas de croisière, jamais. Dans la crique de l'Île noire, il ne la prendra pas pour la contempler ensuite, silencieusement, infiniment, non pas comme une femme, comme n'importe quelle femme, mais pour se régaler, s'enivrer, s'imprégner du comment, elle, Nathalie, précisément, est une femme, un corps, ce corps, son corps, s'émerveillant d'elle, si attentivement, si lentement, qu'elle se laissera emporter par le plaisir.

Ce n'est peut-être qu'un fantasme, mais cette

pensée l'obsède depuis quarante nuits : il l'a prise, il l'a contemplée.

Ses lèvres amorcent une grimace, articulent un mot et se referment aussitôt.

Nathalie renifle, incline son visage un instant, puis regarde droit devant et le dit d'une traite, mais dans sa tête seulement. « *J'aurais crié. Cette fois, j'aurais crié.* »

5

Derrière le présentateur qui reçoit deux invités, en plan fixe le commandant Petrack se tient à la proue du *Je le veux*, le regard sur l'horizon. Il n'a pas du tout l'air d'un vieillard. Aurait-il apprécié le choix de cette image emblématique ? La photo date un peu, une bonne quinzaine d'années pour le moins : juste une pointe de cheveux gris. Une belle lumière l'oblige à plisser les yeux, comme s'il défiait les Sept mers… « Un conquérant », pense-t-elle. Elle s'étire et remet le son.

Les deux journalistes se chamaillent complaisamment sous l'œil gourmand de l'animateur. La diatribe porte sur l'association de Petrack et Blackjack, introduite tout à l'heure par un : « L'énigme de cette association, peut-on parler d'amitié, reste entière. » Avant de céder l'antenne pour une page de publicité, tout en donnant rendez-vous pour une nouvelle partie de cette émission spéciale, rappelant la conférence de presse et annonçant une surprise sur laquelle il n'en dira pas plus, pour le moment, le présentateur relance le débat pour quelques secondes : « Ils formaient, quand même, une espèce de duo, le gentleman et le voyou… — … et la crapule ! — Un rebelle, plutôt. Le personnage vous déplaît ? Tous ses procès se sont soldés par des non-lieux, vous l'oubliez un peu vite. — Blackjack orchestre ses procès de sorte à en tirer une publicité perverse, oui ! — Pour quel profit ? — Toute la question est là : lequel profitait de l'autre ? Petrack n'a jamais eu besoin de cet aventurier de seconde zone. — Son image en a pâti ? » interroge l'animateur qui donne en même temps le signal à la régie et évoque le prochain thème de cette émission spé…

Le temps de retrouver la télécommande dans un pli du lit et Nathalie change de chaîne lorsque l'animateur prononce le mot « suicidaire ». Quand elle revient sur le bon canal, l'écran exhibe toute une pléiade d'athlètes défilant au ralenti dans l'éclairage mordoré d'un film épique pour des chaussures de sport dont elle ne retient pas le nom. Elle supporte les univers sonores de toute une série incohérente de spots sans dévier du mot.

« Oui, avant de revenir sur le point de notre débat, avec nos invités que l'on ne présente plus, dans le cadre, je vous le rappelle, de cette émission spéciale consacrée depuis ce matin à la disparition du commandant Petrack, que nous avons apprise cette nuit, je voudrais vous annoncer l'intervention d'un invité-surprise, en exclusivité et en direct sur notre chaîne, juste après la retransmission de la conférence de presse où nous seront données davantage de précisions quant aux circonstances de cette tragique disparition. Pour les téléspectateurs qui nous rejoignent, un bref résumé des révélations de nos journalistes. Depuis un peu plus de quatre semaines, le célèbre explorateur a pris la mer à bord du *Je le veux*, sa célèbre goélette, en solitaire. Selon les derniers relevés de sa balise, voici quelques jours, on ignore combien exactement, et je parle toujours au conditionnel, il se dirigeait vers le Grand Nord, au large des côtes ouest-islandaises, semble-t-il. Pourquoi a-t-il tenu à naviguer sans son équipe habituelle, vers quelle destination se rendait-il, et dans quel dessein, nous le découvrirons avec vous dans une trentaine de minutes maintenant, lors de la conférence de presse annoncée par ses plus proches collaborateurs. Mais nous en revenons tout de suite à notre débat, avec la question qui s'impose: peut-on parler d'une expédition suicidaire? "Une dernière fois l'aventure?" Quel âge avait-il exactement? — Effectivement, je crois qu'on sous-estime la question de l'âge. Petrack approche – approchait, serait-il peut-être plus exact de dire, hélas – des soixante ans. Je l'ai vérifié encore tout à l'heure, pendant une pause: ses biographies concordent sur l'année de sa naissance, mais pas sur le mois. Et Petrack n'a jamais commenté ce point! — Il refusait de fêter son anniversaire. — Et pourtant, il aimait les fêtes! — Ce refus de dévoiler la date de sa naissance est assez symptomatique d'un aspect peu médiatisé de sa personnalité... — Oui. Je rappelle que vous l'avez très bien connu. Vous étiez un proche, si l'on peut dire, ce n'est pas un honneur que beaucoup ont partagé... — Nous nous voyions assez souvent, c'est vrai. Cette date n'est pas la seule chose dont il ne parlait pas. Il ne se confiait que rarement sur son enfance... — Une enfance difficile? — Je crois qu'on peut le dire. — Le communisme. — Oui. La pauvreté. — Il en a souffert? — Il restait très discret sur cette période. — On peut parler de pudeur? Ou bien, il faut voir, dans cette enfance qui s'est déroulée en Yougoslavie, sous Tito, un régime communiste, en marge du bloc soviétique, mais quand même, de souffrance, de spoliation, de frustration, bref tout ce qui peut donner envie de se battre. Survivre, quoi. — Petrack est le dernier-né d'une famille plutôt modeste, avec un écart considérable avec le plus jeune de ses frères. Une famille dont il s'est détaché le plus vite possible: il a embarqué à quatorze ans... — Pour triompher ici, aux États-Unis... Mais alors, comment passe-t-on de la solitude d'une enfance frustrée à une "expédition suicidaire", malgré vingt, trente années, à triompher dans la case de tous les succès? Expliquez-moi! — La contradiction n'est qu'apparente. Devenu le commandant Petrack, l'homme que l'on sait, que pouvait-il attendre de plus ? — Soixante ans, c'est encore jeune ! — Son père est mort à cet âge. — Je ne savais pas. Mais ils n'étaient pas si proches que... — Absolument pas, mais je ne crois pas aux coïncidences. Et, depuis quelques années, Petrack n'entreprenait plus rien, enfin, plus rien d'envergure. — Depuis l'affaire dont nous parlions tout à l'heure. — Depuis sa rupture avec Jack Blackjack. — Petrack en a été affecté ? Je veux dire, personnellement ? — Ah, la pudeur d'Anton ! Il se refusait à tout commentaire. Mais vous le connaissiez également et vous n'êtes pas sans savoir l'importance qu'il accordait aux symboles. Soixante ans représentaient quelque chose, une étape. — Vous voyiez Anton dépressif ? — Difficile d'affirmer quoi que ce soit... Il traversait une phase d'abattement, certainement. Il ne voyait pratiquement plus personne. Moi-même, je n'ai pas pu l'approcher depuis le début de l'année. — Je ne l'ai pas connu autant que vous, mais je penche davantage pour un coup de tête. Enfin, il est parti seul ! Sur une simple goélette ! — Ce n'est pas la première fois. — Dans l'Arctique, si. — Le *Je le veux* avait été équipé de tout ce qu'il faut pour ça, depuis des années. — Pour du cabotage de plaisance, pas pour la navigation polaire... — Quels sont les risques ? — Les icebergs qui dérivent, de plus en plus nombreux. — Comme pour le *Titanic* ? — Non, pas avec des instruments modernes de navigation... Mais, à cette période de l'année, il leur arrive de basculer et de provoquer des vagues gigantesques auxquelles une goélette, fut-elle affrétée pour l'Arctique, ne saurait résister. — Un tsunami ? — Peut-être pas quand même... — Mais on me fait signe. Oui. La conférence de presse va commencer dans un instant. Pub. Ne zappez pas. »

Encore deux minutes avant midi. Elle tâte la jambe de chaque pantalon et soupire. « Une enfance difficile », « la case de tous les succès », « soixante ans, c'est encore jeune », « dépressif », « Il ne voyait pratiquement plus personne ». Elle se souvient de l'étincelle qui brillait dans ses yeux quand ils cherchaient à localiser l'Île noire – pensait-il à l'île ou à elle ?

« Nous reprenons l'antenne dans le cadre, je vous le rappelle, d'une émission spéciale consacrée à la disparition du... Mais voici que commence la conférence de presse à la suite de laquelle, sur notre chaîne, en exclusivité, pour vous, un invité-surprise prendra la parole... Voilà... Ça commence... Vous êtes en direct sur... »

Le visage abattu, le second du commandant Petrack, que chacun appelle son lieutenant, fuit la caméra des yeux et ânonne un texte, s'excusant maladroitement du fait qu'il ne répondra à aucune question. « Il l'a interdit », répète-t-il en regardant les journalistes mais pas l'objectif. D'une voix trop basse et monotone, il retrace les principales étapes de ces six dernières semaines.

Cette fameuse nuit – leur nuit ! –, Petrack a ordonné le départ du *Je le veux*, qui était alors amarré à un quai de Portland. Le temps de préparer, en pleine nuit, la goélette, et le commandant fixait sa destination. Deux jours plus tard, le voilier faisait escale dans le golfe du Saint-Laurent, mouillant au large de Percé. Le commandant n'a rejoint son équipage qu'à ce moment et a manœuvré son navire jusqu'à la baie des Chaleurs, où il a donné congé à ses hommes. Naviguant dorénavant en solitaire, il s'est rendu à Frenchman Island. Son arrivée a été notée là-bas, neuf jours après avoir quitté Portland. Il y a séjourné une nuit et fait quelques approvisionnements avant de quitter la mer du Labrador pour prendre la direction de l'Islande. Deux jours plus tard, par radio, il a averti son équipe qu'il coupait le contact, expression qui signifie qu'il débranchait sa balise de localisation.

Le lieutenant relève la tête, aperçoit la caméra,

cherche visiblement des visages familiers parmi l'assistance.

« Voilà. C'est tout. Depuis, nous ne savons plus rien.

— Pourquoi avoir attendu quatre semaines pour…

— Tout allait bien, c'est ce qu'il nous a dit, se défend-il. Et il nous a donné une consigne code rouge. Ça veut dire que nous ne devions prendre aucune initiative. Nous ne devions rien faire pendant vingt-huit jours exactement à compter de cet appel.

— Et vous avez obéi, malgré les risques ? »

Piégé par le jeu des questions, peut-être parce que torturé par la culpabilité, il répond et il en dit trop : « Ce n'est pas la première fois qu'il nous fait un code rouge. En fait, je ne pensais pas qu'il était en mer. Pour moi, il avait confié le *Je le veux* à un skipper ou, une fois la balise déconnectée, il l'avait ramené discrètement au Canada, où il aurait pu y louer un véhicule pour explorer un secteur à l'abri de toute publicité et indiscrétion.

— Il était coutumier du fait ?

— Ce n'est pas ce que je voulais dire et…

— Pourquoi vingt-huit jours, d'après vous ?

— Le commandant aimait bien les énigmes. Tout le monde s'est posé la question : il a dit vingt-huit jours, pas quatre semaines ou un mois. Ça pouvait avoir un sens, ou pas. C'était comme ça, avec lui.

— Et maintenant, que comptez-vous faire ? »

Le lieutenant secoue la tête, comme pour rappeler qu'il ne répondra pas aux questions, et lance un regard de détresse vers les coulisses. Retour immédiat sur le plateau où le présentateur improvise : « Pub. Ne zappez pas. Dans un instant, notre invitée-surprise interviendra, en direct, et en exclusivité, sur notre… »

Ainsi, le *Je le veux* n'a pas mis cap au sud. Ainsi, Petrack a vu l'arche de Percé. Ainsi, le dixième jour, plutôt que de l'appeler, Petrack dormait tranquillement à Frenchman Island.

Nathalie ramène ses genoux contre son ventre et les enlace. Elle regrette d'avoir arrêté de fumer le jour de la remise de son diplôme. Elle ne se rappelle même plus pourquoi.

Tandis que l'animateur s'excuse des « conditions techniques » de cette vidéoconférence « improvisée », mais « exclusive », et « en direct », le regard grave et le sourcil inquiet, Jack Blackjack se révèle à l'écran. Il répond au salut du présentateur par un hochement de tête. Visiblement, il lui tarde de s'adresser à la caméra. Dans sa chemise kaki, ouverte sur son polo blanc, avec son foulard de motard, seul signe destiné aux initiés, mais noué à la Croate, Jack Blackjack figure un explorateur sur le départ. Du geste de la main, bien appuyé par une grimace de dégoût, il écarte l'objection que soulève l'animateur au nom de ses détracteurs.

« Petrack et moi avons toujours été très liés. Nos différends professionnels n'ont jamais affecté cette amitié. J'ai vaguement écouté votre chaîne, et beaucoup d'autres, ce matin. Je ne suis pas là pour faire des commentaires, mais je suis étonné de lui découvrir tant d'intimes ! Plusieurs l'appellent par son prénom, jusqu'à ce jour aucun ne s'est jamais adressé à lui de la sorte. Mais passons à l'essentiel. Vous enterrez le commandant Petrack un peu vite. Je tiens à rassurer ses hommes, ses fidèles compagnons, qui n'ont rien à se reprocher : ses ordres étaient stricts, il n'aurait jamais toléré la moindre discussion à leur égard. Le commandant Petrack a ses raisons et ses manières, mais ce n'est pas un imprudent. La balise du *Je le veux* est un peu trop repérable pour un explorateur qui n'aime pas la publicité incontrôlée. Mais en marin avisé, il a doté sa goélette d'une seconde balise de localisation, connue de moi seul. Son équipage en ignorait l'existence jusqu'à cet instant – que ses hommes me pardonnent de ne pas les avoir mis dans la confidence : le commandant Petrack m'a invité à la discrétion.

— Ainsi, vous…

— Le *Je le veux* a remonté les côtes orientales du Groenland. Le signal de la seconde balise s'est interrompu alors qu'il se détournait vers l'Islande, vraisemblablement pour se rendre à Reykjavík, à minuit très exactement cette nuit. D'où ma présence à votre antenne, et mon inquiétude. Que ses nouveaux amis proches, si nombreux, patientent un peu avant de publier leurs souvenirs : rien n'est perdu. Mes hommes y travaillent depuis cette nuit, je pars moi-même, sur-le-champ, lui porter secours. Petrack est l'homme le plus prévoyant que j'ai jamais rencontré, selon ses désirs je suis depuis longtemps préparé à cette éventualité. Je ne dois pas en révéler davantage, ni solliciter l'aide de quiconque. Parce que la confidentialité qu'il a exigée de son lieutenant, il me l'a demandée aussi. Mais n'ayez crainte : je me réserve le droit d'outrepasser ses volontés si, dans les vingt-quatre heures, je n'ai pas retrouvé sa trace. Voilà.

— J'en prends la responsabilité, au nom de notre chaîne, mais nous allons nous joindre à vous pour…

— Ceci n'est pas un show. Si vous connaissiez le commandant Petrack comme moi, vous quitteriez effectivement votre studio pour m'accompagner, immédiatement, mais sans cameraman. Petrack l'aurait fait pour un ami véritable. Il a toujours été comme ça. Je le lui dois. Voilà. J'y vais et je vous le ramène. »

Jack Blackjack se lève sans attendre et quitte le champ. La caméra demeure braquée sur la place qu'il occupait l'instant d'avant. Nathalie reconnaît le wagon. Pile au centre de l'écran, un cadre montre le commandant à la proue de son navire. Elle ne se souvient pas avoir vu cette photo dédicacée quelques jours plus tôt. Le présentateur reste muet. La caméra effectue un zoom avant, resserrant son cadrage sur le visage de Petrack tenant la pause. L'animateur reprend la parole, résumant avec aplomb les informations délivrées par Jack Blackjack, comme s'il venait de l'interviewer. Qui actionne l'objectif depuis le wagon ?

Elle en veut à l'aventurier de ne pas l'associer à sa mission de sauvetage – Blackjack le sait, elle est aujourd'hui la seule à ne pas voir en Petrack le commandant légendaire. Mais il l'a exclue, délibérément… Pour s'approprier seul le mérite de cette opération ? Pour se refaire une légitimité médiatique à vil prix ? Ou parce qu'il connaissait Petrack mieux qu'elle, et que pour l'homme public cette étudiante n'était effectivement qu'une passade ?

Nathalie incline la tête. Les yeux de Petrack fixent un horizon fictif. Effectivement, toutes ses photos se ressemblent. Elle fouille dans sa mémoire : chaque fois, il n'y a que le contexte qui diffère. Pyramides, banquise, rivages des Caraïbes… Dans mille ans, l'archéologue qui découvrira cette collection de clichés sera-t-il à même de comprendre qu'il doit éliminer les points de ressemblance pour ne relever de ce puzzle composite qu'un jeu de piste ?

Et elle, que doit-elle retenir de ce silence ? De cet itinéraire ?

6

Nathalie redresse la tête et remonte sur son visage sa grosse veste en laine. Le crachin l'oblige à plisser les yeux. Trois nouveaux pas sur le ponton d'accostage et elle s'arrête. Une plaque discrète marque l'emplacement du *Je le veux*. Lors de son premier séjour à Portland, elle était arrivée trop tard – et repartie trop vite – pour se rendre au port. Aujourd'hui, la place est vide. Elle n'aura vu la goélette qu'en photos.

Le nez emmitouflé dans le col de sa veste, elle laisse tomber ses paupières, incline la tête. Son amant de soixante ans est parti sans lui adresser de message : doit-elle ménager l'espoir qu'il comptait le faire plus tard ? Elle renifle et sort le paquet acheté à l'aéroport, le tourne dans ses mains, cherche à l'ouvrir, maudit la pluie, s'essuie les yeux, dégage enfin la première cigarette. En deux jours, le sujet a presque disparu des journaux télévisés : pas de nouvelle image, pas d'info ; on ne s'étonne même pas du silence de Jack Blackjack. Elle n'a pas acheté de briquet.

Quelle importance ?

Passer à autre chose…

« Attendre est un luxe au-dessus de mes moyens. Renoncer est pire. » Son père chérit cette maxime. Nathalie replace difficilement la cigarette, enfourne le paquet dans sa poche, fait encore quelques pas. Tout au bout d'un quai de Portland, le temps d'une cigarette elle respire profondément l'air du large. Puis, elle fait signe au chauffeur qui la conduit à l'aéroport où un avion-taxi l'attend.

La chambre est légèrement humide et froide. Plus petite que dans son souvenir – c'est chaque fois la même impression, comme si une part d'elle oubliait obstinément de grandir. Enfant, elle appréciait l'angle coupé où la fenêtre en bois blanc donne sur un étroit balcon, recoin privé d'où elle surveillait discrètement la plage. La tapisserie, très années trente, est une réplique exacte de l'ancienne. Difficile de distinguer ce qui est d'origine.

Les meubles embaument l'encaustique à la cire d'abeille ; enfant, elle plaquait sa main grande ouverte sur chacun d'eux et la sentait ensuite ; elle établissait ainsi des classements dans sa tête : le meuble le plus moite, le meuble le moins ciré, le meuble le plus dégueu. À quels jeux secrets se livrait Virginia ?

Virginia a quitté Percé avant d'avoir seize ans. Enfant, Nathalie y venait régulièrement et tentait d'imaginer Virginia au même âge. Elle voyait sa grand-mère légendaire s'approcher de la fenêtre et contempler l'étrange navire dans sa chemise de nuit diaphane, caressée par une brise capricieuse du grand large ; elle partageait son corps de fillette, sa silhouette, et presque son propre visage ; mais lorsque Nathalie se concentrait pour la regarder, elle découvrait une très, très vieille dame qui ne souriait pas.

Sa nurse la consolait en l'emmenant à la cuisine et sortait du four des cookies qui semblaient n'attendre qu'elle pour apparaître. Elles riaient ensemble. Le matin, elles se serraient parfois très fort. Nathalie ne lui a pas confié son terrible secret : elle, elle n'a jamais surpris la proue bouger.

Parce que maudite ?

Aucune autre pièce n'offre une vue prêtant à confusion. Partout ailleurs, le rocher reste ce massif troué que les touristes photographient à marée basse. Peut-être n'est-ce arrivé qu'une ou deux fois, ce qui serait amplement suffisant pour impressionner la jeune Virginia. Et puis, Nathalie ne vient pas là chaque année, et exclusivement en été. Elle n'a jamais été très matinale, non plus. Ni guère patiente… L'illusion naît probablement à force de la désirer – en est-il ainsi pour tous les vaisseaux fantômes ?

Elle chasse ses scrupules qui l'invitent à rejoindre la fenêtre pour fumer : le lit empeste déjà, mais personne ne viendra avant des mois, elle n'a pas de comptes à rendre. À jeun, ces premières bouffées l'étourdissent – un vertige aussi prenant que la première gorgée d'un alcool fort. Réveillée depuis au moins un quart d'heure, elle n'a pas le courage de chercher sa montre dans la pénombre de cette chambre qui lui demeure finalement étrangère – literie mollasse, couvertures plombées, draps rêches. Elle se sent indisposée, incapable de se résigner à éteindre sa cigarette dont la lueur rivalise encore avec le petit jour.

La veille, des amis de la famille l'ont retenue à dîner. Ils ne comprennent toujours pas le battage médiatique autour de la chasse des bébés phoques et lui en parlent à chaque visite – parce que citadine ? « Mais elles étaient où, les caméras, se sont-ils insurgés, quand les phoques n'ont pas pu traverser le golfe ? Les autres années, ils vont sur la glace pour se reproduire. Cet hiver, pour la première fois, la glace est devenue si fragile qu'elle cédait sous leur poids. Les plus prudents sont restés sur les rives, impuissants. Les autres ont essayé et… »

Cette nuit, elle a rêvé d'un ours blanc qui pleurait, dérivant sur un bloc de glace à contre-courant. Elle était dans sa baignoire et regardait un documentaire. Au loin, des écologistes abandonnaient tout espoir de sauver dix bébés phoques et pliaient bagage. La caméra s'était rapprochée toute seule de ce qui était maintenant une forme sombre et elle avait eu un petit cri de stupeur quand elle avait découvert qu'il s'agissait d'un pêcheur, avec un très gros ventre, emmitouflé dans plusieurs épaisseurs de fourrure rouge. Le zoom serrait de plus en plus le visage transi ; ce n'était plus un homme, mais une femme qui avait peur de se noyer. Aussitôt, un vertigineux travelling arrière l'arrachait d'une piscine lors d'un championnat interscolaire, la montrant, elle, Nathalie Derenoy, toujours en plein écran et toute nue.

La cigarette finie, son mégot l'embarrasse. Elle se lève à regret pour le jeter dehors. Les vitres sont si froides qu'elle hésite à ouvrir la fenêtre. Elle écarte le voilage pour observer le rocher. Sa tête chavire et elle s'appuie contre le chambranle. La brume capricieuse filtre les premiers rayons de soleil qui délavent le massif rocheux. À genoux, à hauteur d'enfant, elle contemple la proue majestueuse du gigantesque navire laiteux qui transparaît. Mais sa coque n'oscille pas avec la houle, mais ses voiles ne se gonflent pas comme des nuages éphémères.

Elle baisse les yeux et suit la petite Nathalie qui s'échappait pour courir pieds nus sur le sable glacial, qui était Blanche qui dressait les mains au ciel pour damner les forbans sans cœur, qui était Virginia qui exultait de triompher des sceptiques, qui était la Grande Absente qui laissait pendre ses bras jusqu'à ce que la vitesse les oblige à se relever, s'envolant pour disparaître si vite dans le brouillard.

Elle redresse son regard et inspecte le rocher, simple curiosité calcaire et pittoresque.

Petrack a-t-il fait de même ? Serait-elle revenue à Percé s'il ne l'y avait précédée ?

Une crampe lui noue l'estomac. Envie de s'enfouir sous les couvertures, de fermer les paupières, de ne pas calculer son retard, d'être simplement malade. Elle descend à la cuisine.

La bouilloire tarde à siffler. Le four ne trahit nulle magie d'un plat bientôt prêt. Les aiguilles de la vieille pendule tournent dans le vide depuis des années, avec pour seul témoin une femme de ménage qui change la pile deux fois par an, aux passages de l'heure d'été et d'hiver, et qui repart sans avoir prononcé un mot et après avoir consulté sa propre montre… Sont-ils riches à ce point-là que sa famille garde cette maison comme d'autres confectionnent un album de photos, pour se souvenir ?

« Tout s'achète. » Cette affirmation de son père l'avait impressionnée, enfant, puis écœurée, adolescente, quand elle avait commencé à se demander ce qu'il avait acheté ainsi et qu'elle croyait jusque-là intimement lié à elle.

« *Qu'est-ce que je veux ? Qu'est-ce que je fais ici ?* »

Dans les contes, l'insouciance du Génie pervers l'autorise à (mal) traiter roi ou manant à égalité. La bonne fée qui accorde trois vœux ne s'adresse qu'à des imbéciles qui s'empressent de répondre sans réfléchir ; puis, quel que soit leur rang, ils comprennent, mais il est trop tard. Tout ça pour nous dire que nous sommes tous égaux et stupides ? Ou que nous préférons obstinément esquiver ce qui est important ? Ce qui nous manque.

Le raclement de la chaise sur le sol pavé fait écho à la stridulation de l'eau chaude. Entre ses mains, la tasse brûlante soulage ses membres transis. Elle se penche pour réchauffer son visage, cherche à distinguer un effluve de bergamote. Elle apprécie cet endroit, la cuisine de Percé. Petit déjeuner fumant, de larges tranches de pain tartinées de beurre de cacahuètes… Elle était parfois encore en pyjama, pas même coiffée, la plupart du temps pieds nus, et sa jambe maigrichonne battait contre les montants de la chaise. Surtout, elle n'arrêtait pas de parler. C'était bon de déjeuner sans faire attention au bruit de sa petite cuiller.

Avec son père, depuis toujours elle attend et redoute le froissement des pages boursières, le craquement du pain toasté et la maxime du jour qu'il commente abondamment ou qu'il lui abandonne à l'état brut pour l'inciter à réfléchir. Au « Tout s'achète » du lundi répond le « Rien n'est gratuit » du mardi.

En dehors de Percé, les nurses, sévères, finissaient invariablement par céder à ses exigences. « Qu'est-ce que tu veux encore ? » la tannaient-elles. Car l'adulte accédait aux caprices de l'enfant, pourvu que Nathalie l'ordonnât correctement… Lui apprenaient-elles réellement à commander, selon les instructions secrètes de son père ?

Sa thérapeute lui avait expliqué pourquoi : « Quand un nourrisson a soif, il a mal. Ses cris sont exclusivement l'expression, le prolongement, l'accompagnement de son état de manque. Vois-tu, les règles ne sont plus les mêmes depuis qu'il vit dans le monde aérien. C'est une découverte douloureuse. La notion de caprice, pour répondre à ta question, est une invention de ceux qui l'entourent. Eux savent dire qu'ils ont soif, ils ont oublié que, nourrissons, ils ne le savaient pas. »

Nathalie s'ennuyait à ce rendez-vous bihebdomadaire, programmé à titre préventif depuis qu'elle est prépubère : « Ça va te faire du bien de parler avec quelqu'un d'autre. C'est une femme. Elle a écrit un livre sur les enfants. » Parler avec quelqu'un d'autre ? D'autre que qui ? La thérapeute qui avait écrit un livre sur les enfants s'adressait à elle comme à la télévision, où elle racontait chaque semaine exactement les mêmes choses à des millions de gens, mais en mieux maquillée.

« Toute l'éducation repose sur le verbe : il faut nommer ce que l'on ressent pour avoir une chance de le surmonter. Le tout-petit se corrige pour dire qu'il a soif, l'enfant pense à dire qu'il veut boire. — Et l'ado ouvre le frigo. Sans dire un mot… — Il pense que parler n'est plus nécessaire… Maman a fait les provisions. — Parce qu'elle en a marre d'entendre ses enfants se plaindre qu'il n'y a jamais assez de soda ?

Elle redoute ce manque ? — Elle ne veut pas manquer à son devoir de maman. — Je ne comprends pas. » L'autre adorait jouir sur ces mots : « Je ne comprends pas. » Elle se tortillait sur sa chaise, agitait ses lèvres, inspirait profondément et souriait – tout juste si elle ne gémissait pas. « Eh bien, vois-tu, c'est une progression. De la frustration égocentrique, les mots nous guident vers l'anticipation altruiste. Je ne parle pas de motivation, bien sûr, mais de comportement. — Et le mot qui compte, c'est "manque". — Ou "dire" ? Dire fait vivre ? Dire, c'est vivre ? — C'est une formule ? — C'est ainsi que je le formule. — Vous jouez avec les mots. Comme on joue la comédie ? — Pourquoi ce jeu de mots ? — Vous le savez bien. — Que veux-tu dire ? Comment veux-tu que je saisisse ce que tu ressens, précisément en ce moment, si tu n'emploies pas les mots corrects ? — Il serait plus correct de dire que c'est une nurse qui remplit le frigo à la maison. Et pour être précise, je dois ajouter que c'est le majordome qui dresse la liste des courses, et un livreur qui les apporte jusque dans la cuisine. Quant à ma mère, elle est morte à ma naissance. Elle ne m'a rien appris. Pas un mot. »

Elle l'avait dit. Elle avait seize ans et se réjouissait de son audace. Mais l'autre avait hoché la tête, maîtrisant à la perfection son envie de sourire, et Nathalie s'était sentie manipulée, une nouvelle fois, pas du tout soulagée.

Elle soupire et boit son thé. Elle s'en fiche bien de cet avatar de simulacre de faux-semblant de substitut maternel – nurses, préceptrices, amies choisies, elles sont légion à s'être partagées chaque facette du rôle. Aucune n'est restée. Sa thérapeute est la plus persévérante – un gouffre financier.

Son père ne s'est pas remarié. On ne lui prête aucune aventure. À sa grise mine, elle le suppose abstinent émérite.

Ce qui explique ses conseils, mauvais aphorismes exutoires de l'humeur matinale ; en ce début de semaine : « Un chef peut se tromper, il ne peut pas hésiter », « Ce ne sont pas les conseillers du roi qui règnent », « L'Histoire n'a jamais fondé sa chronologie sur les bons mots des philosophes », « L'important n'est pas d'avoir raison, mais de maîtriser le déroulement des choses. »

Pourquoi est-elle en colère ?

Et contre qui ?

Elle se souvient aussi qu'elle doit refaire un calcul – une de ces arithmétiques compliquées, alors qu'elle est nulle en calcul mental et que tout s'embrouille bien avant d'avoir posé les chiffres qui conviennent. Partir d'aujourd'hui, retourner en arrière ?

Elle regarde la porte du frigo, sans un papier collé dessus : où sont ses dessins, ses mots, ses listes ?

La bonne fée lui a donc consenti son premier vœu : un thé. Que désire-t-elle encore ?

« Une seule chose ne changera pas : toute ta vie, c'est au moment où tu seras le moins disponible pour peser les choses que tu devras prendre une décision. Là, immédiatement, tout de suite. Tu dois savoir ce que tu veux, Nathalie. Pour cela, tu dois pouvoir t'en souvenir, en toutes circonstances. Trouve une formule toute simple. Ne retiens que trois ou quatre mots. Des mots très ordinaires. Pas davantage, choisis les bons. Et fie-toi à eux. »

Petrack pensait-il différemment lorsqu'il a choisi de rebaptiser le *Nathalie* en *Je le veux* ? Son père et son amant ont-ils tous les deux raison ?

Quel est son deuxième vœu ? Que veut-elle ?

« *Je ne suis pas une historienne de bibliothèque. Ni vraiment une romantique ou une platonique. Je veux aller plus loin que Virginia. Je...* Je veux faire mieux. »

7

Elle allume la radio qui n'attend pas une minute pour lui parler de Petrack. Ce n'est pas vraiment ce qu'elle espérait entendre, mais, après tout, telle est la condition de son vœu : savoir.

Jack Blackjack réfute la remarque du journaliste : « L'échec viendra quand les recherches seront abandonnées et pas avant. Et ce ne sera pas mon échec, mais la disparition du commandant Petrack. Comme je l'ai annoncé, j'ai communiqué aux autorités compétentes toutes les informations nécessaires au bout de vingt-quatre heures. Nous œuvrons donc de concert depuis maintenant un peu plus de trente-six heures. Nos recherches n'ont encore rien donné et nous avons décidé d'un commun accord d'élargir cette opération à toutes les bonnes volontés. — Vous étiez très affirmatif au moment de votre départ : vous étiez tout à fait sûr de retrouver le *Je le veux*, seul et sans délai. — Nous avons fouillé le secteur, très minutieusement. Nous n'avons découvert aucun signe de la goélette. — Le commandant Petrack aurait-il pu éteindre cette balise volontairement, elle aussi, pour échapper à toute surveillance ? — Ce modèle de balise émet en permanence, elle ne peut pas être déconnectée. Les satellites captent son signal et le retransmettent. Comment aurait-il fait ? — Vous n'aviez pas dit qu'elle émettait en permanence.

— J'ai simplifié les choses. C'est vous qui, en coulisse, m'avez demandé d'éviter tout jargon… — Vous croyez qu'il y a encore un espoir ? — Je vous le répète : nous poursuivons les recherches. Nous ne les abandonnons pas, au contraire : nous les amplifions. — Pourtant, vous n'êtes plus sur place. — Mon équipe patrouille toujours, sans arrêt. — Le bruit court que vous avez été évincé de cette opération, qu'on vous reproche votre manque de coopération… — Toujours la même histoire ! Petrack m'a appelé et j'ai répondu présent. Il y aura bientôt plus de caméras que de sauveteurs sur place. Moi, je vais là où je peux être le plus utile, comme toujours. »

Ce n'est plus la cuisine de Percé. Ou bien elle n'est plus Nathalie. Userait-elle son dernier vœu pour que tout redevienne comme avant ? En remontant jusqu'à quand ? Et pour changer quoi ?

Elle se décide à retourner dans la chambre de Virginia pour récupérer ses cigarettes et écouter le message que son père a dû lui laisser à son départ du Texas, à l'évidence une variation concise sur le thème du « Rappelle ». Elle ouvre la fenêtre et se rend sur le balcon, son téléphone toujours éteint. Ce rocher disparaîtra un jour, bien après avoir perdu sa seconde arche. Aucune jeune fille ne l'imaginera plus se mouvoir dans les volutes de sa cigarette. Cette illusion deviendra une légende, qui finira par être oubliée. Son troisième vœu serait-il d'y croire comme Virginia ? Elle allume une autre cigarette et observe l'imposant rocher immobile à travers sa fumée. Virginia fumait-elle en cachette ?

Son père n'a pas encore remarqué son absence. Ou il sait très précisément ce qu'elle fait à l'instant même et n'estime pas devoir la contacter – stratégie retenue selon quel axiome ?

Le message que lui a laissé Jack Blackjack sur son portable la libère de l'indécision : elle a mieux à faire que se noyer dans des calculs qui peuvent attendre. Elle n'a rejoint la maison familiale qu'afin d'entamer un pèlerinage généalogique sur les traces de Petrack, voilà enfin l'occasion de se montrer utile. « Vous êtes la dernière à l'avoir vu avant qu'il prenne cette décision. Rejoignez-moi à Portland, reconstituons ensemble les heures qui ont précédé son départ. Peut-être verrez-vous quelque chose, n'importe quoi… Tout indice peut s'avérer décisif. Venez. Je vous attends. » Le ton est sans arrogance, très différent de lors de leur précédente rencontre, quand il a feint d'ignorer qui était Nathalie Derenoy – mais il a su trouver le numéro de son téléphone portable qu'elle ne communique qu'à ses proches.

Nathalie se dit qu'il ne l'a contactée qu'après plus de soixante heures de vaine exploration au large de l'Islande, et uniquement parce qu'il la considère comme sa dernière chance de comprendre le commandant. Or, elle ne comprend pas Petrack. Cet appel, du moins, met un terme au doute insidieux qui la taraude, elle qui redoutait tant d'envisager calmement que Petrack, une fois reboutonné, l'avait abandonnée. Par ce message, Blackjack lève la suspicion, lui ne le pense pas. Mais dans le bureau de Portland, elle devine que Blacky aura vite fait de résumer trois heures d'exaltants débats à dix minutes d'ébats muets.

Afin d'esquiver toute insinuation de sa part, elle décide d'insister d'emblée sur le fait que l'itinéraire connu de Petrack – Percé, peut-être la baie des Chaleurs, Frenchman Island… – emprunte à leur nuit le meilleur de sa propre histoire. À partir de là, Jack Blackjack devra bien l'écouter. Mais, hormis le Fléau des mers, qui annonce la découverte du Groenland, elle ne voit rien dans leurs discussions qui justifie son cap vers le Grand Nord. Évoquer ce divertissement théâtral en passant sous silence leurs autres échanges n'aurait pas non plus de sens ; toutes leurs discussions les conduisaient vers l'Île noire, dans les eaux chaudes du golfe du Mexique. « Dans dix jours… »

Elle devra donc aussi évoquer Virginia et ses vaisseaux fantômes ; mais le reste, elle le confinera à l'anecdote, quitte à laisser entendre à une croisière plus romantique que professionnelle. Après tout, honnêtement, elle s'en serait contentée.

« Dans dix jours », c'est aussi une expression – comme on dit quinze jours pour deux semaines qui en font quatorze, soit une demi-lune, la moitié d'un cycle menstruel idéal.

Nathalie hésite à répondre à Blackjack, et tranche pour un message textuel des plus concis. Elle ne souhaite pas lui parler maintenant, encore moins risquer de l'entendre changer d'avis quant à son invitation. Elle commande un avion-taxi et transmet aussitôt l'heure de son arrivée au bureau.

Ses bagages sont prêts – en fait, une sorte de fourre-tout façon Far West qu'elle n'a pas déballé, se contentant de piocher dedans. En attendant le taxi, elle regarde une nouvelle fois la bibliothèque de cette chambre, qui n'offre aucun attrait. Sur les trois courtes étagères qui comblent une niche creusée dans le mur, s'étale en quelques volumes fins toute une littérature pour adolescente que Virginia n'a jamais pris la peine d'emporter. Nathalie a essayé d'en lire un ou deux, plus jeune, et s'est réjouie de ne pas être née au début du XXe siècle. Elle caresse les reliures époussetées du bout d'un doigt et soulève légèrement quelques livres pour vérifier s'ils sont déplacés à l'occasion du ménage bisannuel. Elle se trouve mesquine, mais descend à la cuisine à la recherche d'un chiffon et de cire. Le moment n'est peut-être pas idéal pour entreprendre de récurer, mais elle ne voit pas comment mieux occuper la demi-heure qui lui reste.

En refermant la porte de la chambre, elle regarde la fenêtre dans l'angle cassé. Comment imaginer l'impact d'une telle vision sur Virginia, à onze ou seize ans ?

Ce sentiment, elle l'a déjà éprouvé lors d'une soirée

au campus entre filles quand plusieurs avaient tenu à partager leurs expériences mystiques. Entre tentatives de spiritisme et délires gothiques, l'une d'elles avait avoué avoir entendu des voix – « La voix de Jésus, par deux fois ». La crise de fou rire qui s'était aussitôt ensuivie n'avait pas épargné Nathalie. Une fille très sérieuse, un peu triste, avait brisé cette raillerie en quelques mots : elle avait vu sa sœur léviter. Elle s'était refusée à en dire davantage. Un long silence avait accompagné sa révélation, chacune tentant de se figurer la scène – était-elle assise ou couchée ? en train de méditer ou de s'endormir ? s'était-elle lentement détachée du sol de quelques centimètres à peine ou retrouvée collée près du plafond ? pendant combien de temps ? combien de fois ? avait-elle hurlé ? Par la suite, Nathalie avait hésité à se lier avec cette étudiante, mais elle l'observait souvent. Elle l'estimait et aurait aimé la croire, mais Nathalie ne le pouvait pas.

Des chiffons, des éponges, le placard à balais en regorge, mais elle n'a pas trouvé de cire. Elle retire toute une rangée de romans à l'eau de rose et examine l'étagère du bas, qui mériterait d'être décapée. Elle peut au moins tout essuyer. En passant le chiffon dans l'angle du mur, elle dégage deux ou trois esquilles et heurte un bout de papier triangulaire coincé contre la paroi peinte du fond. Il ne vient pas facilement, ce bout d'enveloppe adhère littéralement au revêtement mural et elle craint de tirer trop fort. Le bois a gonflé et la planche refuse de céder un millimètre. Il ne lui reste que dix minutes pour descendre, fermer la maison et monter dans le taxi. Elle s'apprête à renoncer lorsqu'elle se dit que la meilleure cachette pour une universitaire est une bibliothèque sans le moindre bon ouvrage. Virginia a-t-elle dissimulé quelque chose ? Avec un dictionnaire de latin décrépi, elle cogne à toute volée contre le rebord de l'étagère jusqu'à l'arracher.

Elle préfère attendre avant d'ouvrir l'enveloppe

que Virginia a abandonnée à l'abri d'un rempart de livres insipides. Après le décollage, elle la décachette délicatement et en extirpe quelques feuillets intitulés : *Voiles rouges*. Une œuvre typiquement adolescente, découvre-t-elle, qui annonce la théorie syncrétique qui animera toute son existence. Mais, dès les premières lignes, Nathalie peine à se concentrer, à accepter les convergences de sa grand-mère, qui l'ont tant séduite, qui ont décidé de sa vocation, qui comblent la Bibliothèque interdite et toutes ses promesses, car ces premières lignes changent tout, absolument tout.

Dans sa dédicace, Virginia destine son essai – et par là même ses recherches ultérieures, c'est-à-dire sa vie entière – à sa « grande sœur ».

Impossible. Sa grand-mère était fille unique. S'adressait-elle ainsi à une amie ? Pourquoi la nommer de cette manière – et non pas par son prénom ? Pour combler un manque ? Sa grand-mère s'est toujours suffi ! Et puis, pourquoi l'a-t-on appelée Virginia ? Selon les dogmes familiaux, comme elle-même et toutes les premières-nées Derenoy, elle aurait dû se prénommer Nathalie. Virginia est née dix mois après le mariage de son arrière-grand-mère : comment pourrait-elle avoir déjà eu une grande sœur dans ce monde si puritain ?

Une jumelle, alors.

Percé compte-t-il la tombe d'une Nathalie née au début de l'autre siècle ? La jeune femme a ouvert l'enveloppe trop tard pour s'y rendre.

Son père sait-il quelque chose ? Non : que sait-il ?

Peut-elle encore croire aux travaux de Virginia, du Sauvage – de sa mère ?

Petrack est-il venu à Percé pour franchir les grilles du petit cimetière où elle ne s'est rendue qu'une fois, tout enfant ? A-t-il entendu parler de la légende du trésor enterré parmi les morts qui l'avait tant effrayée ? Et de celle du chevalier enseveli dans son armure dorée et juché sur son cheval, prêt à de nouvelles conquêtes ? A-t-il découvert cette pierre tombale qui l'avait fait fuir, lors de cette unique visite, celle gravée d'une tête de mort surmontant deux os croisés, à la manière des momies des pharaons et des oriflammes des pirates ?

8

« Ah ! regardez-moi ça... Entrez, entrez ! Hein ! Tout Petrack... »

Blackjack gâche tout. Les bras écartés, les mains ouvertes, il pivote tout autour de son sourire de nouveau propriétaire.

« Tout est propre, tout est en ordre... Ah ! Petrack, Petrack... Petrack, mon ami ! Incapable de t'éclipser sans faire le ménage... Je n'ai jamais rencontré un homme plus maniaque que lui, je vous le dis. Entrez ! »

Le seul désordre qu'elle a relevé six semaines plus tôt tenait au porte-documents qu'elle avait apporté. Et à leurs tasses. Son regard s'accroche au bar où il préparait un grog tandis qu'ils évoquaient l'Île noire. Elle fait un pas vers le bureau et, en posant son sac à côté de l'ordinateur, elle vérifie discrètement du dos de la main que l'écran est encore chaud, bien qu'éteint. Ses yeux se fixent sur la chaise qu'elle a occupée et elle lutte contre l'ingérence de souvenirs peu appropriés. Le planisphère a disparu et les objets qui le calaient ont retrouvé leur place originelle : le cendrier, le carnet d'adresses, fermé cette fois, le jeu de cartes...

Jack Blackjack continue à inspecter la pièce en hochant la tête. Son spectacle doit lui être pourtant familier et il a disposé de tout le temps voulu pour fouiller à son aise. Nathalie se demande ce qu'il attend d'elle, et se dit qu'il n'a rien trouvé. Elle se surprend à s'en réjouir, alors que cela compromet les chances de Petrack – s'il en reste.

En prenant place dans le fauteuil du commandant, Blackjack s'arrange pour la frôler. Elle déteste quand les hommes font ça, cette façon qu'ils ont de s'affirmer comme une menace dormante. Elle refuse de s'asseoir tout de suite, et surtout pas dans l'autre siège. Elle s'appuie contre le bar, fait semblant d'observer les lieux à son tour.

Assis, Jack Blackjack paraît plus petit, pas moins large. Il évoque davantage une vieille montagne qu'un ours. Il ne s'est visiblement pas rasé depuis son départ, bien qu'il embaume comme au sortir de la douche et que sa chemise accuse encore un pli de repassage à l'épaule. Une manière d'attester son empressement à porter secours ?

« Nous étions très proches, reprend-il d'une voix sourde. Et si différents… Rares sont ceux qui ont compris notre amitié. Les Chinois prétendent que le *yin* ne saurait exister sans le *yang*. Peut-être ont-ils raison, après tout ! C'est plus qu'une même passion qui nous reliait, et ce ne sont pas…

— Vous parlez de lui au passé, le coupe-t-elle. Je vous ai prévenu il y a un mois !

— Votre inquiétude ne me suffisait pas…

— Ce n'était pas un caprice, nous devions partir ensemble !

— Pour une croisière, sur l'ancien *Nathalie*…

— Ce n'était pas…

— Oui, oui… Vous me l'avez déjà dit : c'était, en fait, une expédition tout à fait professionnelle. Si vous y tenez… Vous savez, j'ai vu Petrack, profondément amoureux, tromper sa belle juste pour détourner l'attention des journaux. Alors, le connaissant comme moi je le connais, devais-je vous prendre au sérieux ? Quelques jours de retard et vous vous affolez… »

Les mots l'atteignent et elle se tait.

« N'omettez pas ce fait : au moment où Petrack s'est senti en péril, c'est moi qu'il a appelé… Je vais vous parler en toute franchise, Nathalie. Je me fiche de ce que vous avez fabriqué ensemble dans ce bureau, cela vous regarde. Vous n'avez pas idée du nombre de secrets que nous avons partagés…

— Pas assez, semble-t-il.

— Nous ne sommes plus associés. Pourquoi me communiquerait-il le détail de ses plans ?

— Mais il vous laissait suivre tous ses déplacements avec la seconde balise.

— Vous voyez : vous aussi, vous en parlez au passé !

— Pourquoi m'avoir demandé de venir ? »

Il recule, écarte ses bras et pose ses mains sur le rebord du bureau.

« Je ne suis pas idiot, vous n'êtes pas si naïve. Évacuons la croisière et tout ce qui tourne autour, d'accord ? Quels autres sujets avez-vous abordés, qu'avez-vous dit ou fait, l'un ou l'autre, qui ait un rapport avec son départ, de près ou de loin ?

— Nous avons brassé tellement d'idées… Mais nous n'avons envisagé aucune autre destination que les Caraïbes, de l'île de la Tortue au golfe du Mexique. Nous avons essentiellement exploré les thèses de ma grand-mère à propos des vaisseaux fantômes et j'ai donc également parlé de Percé et de Frenchman Island, en raison de nos attaches familiales. Mais je ne me souviens de rien qui soit de nature à motiver ces escales, je ne sais pas pourquoi il les a choisies.

— Peu importe : si Petrack s'y est montré, c'est que ces étapes ne comptaient pas.

— Vous le croyez vraiment ?

— Oui.

— Ah… sinon, je lui ai parlé d'une légende viking peu connue, et à vrai dire incertaine… La poursuite d'un vaisseau fantôme, un vaste périple au terme duquel ces Vikings auraient aperçu les rivages de ce qui deviendra le Groenland.

— Voilà qui est plus intéressant, à première vue. Petrack s'entichait parfois de telles légendes, contre l'avis de tous ! Et du mien, bien des fois. Pourtant, les faits ont souvent récompensé sa ténacité. Peut-être désirait-il retrouver une épave…

— Tout le récit se déroule en mer, dans le détroit du Danemark ou en mer de Baffin, difficile à savoir. À la fin, les Vikings longent les côtes du Groenland, mais sans y faire escale… Le chef de l'expédition ordonne à ses hommes de rejoindre Erik le Rouge, qui demeure alors en Islande. Quant à lui, il continue seul, mais dans une simple barque.

— Bref, vous n'avez rien. Dommage.

— Et vous ? L'ordinateur n'a rien donné ? »

À la manière d'un écolier, Blackjack fronce les sourcils tout en scrutant l'ordinateur à la recherche de l'indice qui l'a dénoncé. Nathalie retient son sourire et lui adresse un coup de menton.

« Rien. J'ai fait une recherche sur les dates de modification sur l'ensemble du disque, mais je n'ai rien trouvé. Non seulement sa corbeille est vide, mais vidée de manière sécurisée : impossible de récupérer les données effacées. L'historique de ses consultations montre qu'il a passé plus d'une heure sur un site de photos-satellite – les Caraïbes, je présume ?

— Oui.

— Je m'en doutais, vous les regardiez ensemble. Ensuite, plus rien pendant quelques heures, et puis des mails. Là encore, les éléments supprimés ne sont pas récupérables. Il ne reste dans sa boîte d'envoi que trois mails, quasi identiques. Leur contenu est des plus lapidaires : "Opération annulée. Petrack."

— À qui les a-t-il adressés ?

— À son lieutenant, à son contact aux Caraïbes et à son pilote favori. Je n'ai rien trouvé qui permette de deviner ce qu'était cette opération. Mais…

— Notre croisière, peut-être…

— Annulée. »

Elle le regarde et il hausse les épaules, l'air de dire

qu'il n'y peut rien et qu'il s'en fiche. Elle se rapproche de l'ordinateur, puis renonce à vérifier ses assertions. Il opine de la tête comme s'il répondait à ses pensées : nous sommes obligés de nous faire confiance. Elle cherche où s'asseoir, mais elle n'a pas d'autre choix que de rejoindre son siège. Ce n'est pas aussi difficile qu'elle le redoutait, au contraire. Elle caresse le cendrier et retrouve son aplomb – *Je veux faire mieux*...

« Et aucun des trois n'a répondu ? reprend-elle.

— Aucun.

— C'est étrange...

— Pas vraiment. On ne discute pas avec...

— Je ne parle pas de ça, l'interrompt-elle. Pourquoi adresser ce mail à son lieutenant ? Lors de sa conférence de presse, celui-ci a déclaré avoir reçu ses ordres directement de Petrack le matin qui a suivi notre rencontre, non ?

— Oui, c'est ça...

— Mais vous n'avez pas retrouvé la trace de ces nouvelles instructions, pas plus que celles qui ont été annulées d'ailleurs... Il aurait envoyé, et sauvegardé, ces trois mails exclusivement pour des contreordres aussi lapidaires ? Ça n'a pas de sens. J'ai du mal à l'imaginer utilisant tantôt le téléphone, tantôt Internet...

— Vous pensez que c'est intentionnel ?

— Ne cherchons-nous pas un indice ? S'il a effacé certains messages, il existe une raison pour qu'il ait laissé ceux-là.

— Admettons... Je me suis posé la même question, car il s'attendait manifestement à ce que quelqu'un ausculte ses disques durs... Le courrier au lieutenant est effectivement le plus inutile des trois. Comment le justifier ?

— Pour éveiller notre attention sur les deux autres ?

— Selon ce raisonnement, ma chère Nathalie, déclare-t-il en se renfonçant dans le fauteuil du commandant, celui envoyé à son contact tropical prend un tout nouveau sens, pour moi.

— Lequel ?

— Ce message vous est adressé : c'est sa lettre de rupture…

— Soit… Et pour vous, que signifie-t-il ? »

Jack Blackjack se penche vers elle en posant ses bras croisés contre le plateau. Ses lèvres ne sourient que d'un côté, creusant des rides qui rejoignent ses pattes-d'oie.

« Ma foi, l'annulation de votre croisière ainsi confirmée, ce mail devient l'indice qui vous écarte. Il ne reste que la piste du pilote. Dois-je en conclure que vous ne m'êtes plus d'aucune utilité ? »

9

« Pour autant, je ne vous chasse pas. Mais vous le saviez déjà. Si nous en venions à l'essentiel ?

— Aller dans le détail ? Je vous l'ai dit, seule cette légende viking nous…

— Non ! Enfin, Nathalie, chère Nathalie… Vous savez bien que vous ne m'avez pas tout dit. Pas encore… »

Elle détourne son regard et s'abîme dans la contemplation des deux sirènes du cendrier, laissant les commissures de ses lèvres trembler à peine. Que Blackjack en conclue ce qu'il veut ! Son père la féliciterait pour cette improvisation, mais que ferait-il maintenant ? Que doit-elle feindre de savoir pour qu'il ne la chasse pas immédiatement ?

« Bien… Puisque vous ne dites rien, je serai bon prince : à moi d'ouvrir le bal… L'enfance de Petrack. N'est-il pas étonnant qu'un homme qui apprécie tant de s'exposer, de s'exhiber dans les journaux les plus mondains, demeure d'une pudeur maladive quand il s'agit de son enfance ? Beaucoup s'interrogent, bien des hypothèses ont été avancées, mais nous, nous savons pourquoi. »

Elle ignore totalement où il compte en venir, mais elle s'interdit toute réaction. L'effort à consentir la surprend par son ampleur, elle doit mobiliser toute son intelligence pour s'y contraindre. Sa respiration s'est malgré tout accélérée, témoin de son embarras – Blackjack ne s'est jamais gêné pour s'intéresser à sa poitrine. Elle baisse rapidement son regard vers son décolleté, comme si elle redoutait qu'il ne se soit trop ouvert, et redresse la tête en se pinçant légèrement les lèvres. Jack Blackjack accompagne son mouvement, se méprend et soupire.

« Vous êtes... À nous deux, nous en savons beaucoup plus sur lui que tous les journaleux qui l'ont espionné. Combien ont pénétré dans ce bureau ? Et parmi ces rares privilégiés, lesquels ont soupçonné que, de ce siège, le commandant Petrack pouvait contempler sa jeunesse ? Nous, nous savons... Soit, vous ne dites rien, vous m'incitez à commencer. Pourquoi pas ! Je vous dévoile son coffre secret... »

Tout en la dévisageant, Jack Blackjack ouvre le tiroir et y plonge profondément la main. Aussitôt, il la retire. Deux punaises s'attachent encore à ses doigts.

« Quel imbécile ! Mais regardez... Il a renversé toute une boîte de punaises... Ah, le con, le con !

— Quoi, vous ne vous attendiez pas à ce que le coffre soit piégé ?

— Mais non ! »

Blackjack se lève tout en lui montrant la petite clé qu'il a rapportée du tiroir. Sans cesser de bougonner, il dégage l'encyclopédie blanche. Il suce les deux ou trois gouttes de sang qui perlent sur la tranche de sa main, puis il retire la fausse cheville et enfonce la clé. Il s'écarte ensuite et, tout en mâchouillant encore sa paume, il lui désigne la porte ouverte du coffre.

« Regardez ! Tout est là. Tout ce que vous souhaitiez savoir...

— Regarder quoi ?

— Comment ça ? »

Il virevolte et s'exclame : « Qu'est-ce qu'il a fait ? Le coffre est vide...

— Pas tout à fait vide, il y a quelque chose au fond. Une lettre ?

— Non, rien… Une carte. Petrack adore les cartes à jouer.

— Laquelle ? S'il aime les énigmes, elle a peut-être un sens…

— Un roi.

— Un roi rouge. Montrez-la-moi.

— Ah, laissez tomber ! Puisque je vous dis qu'il n'y a rien. »

Debout de dos, les bras légèrement écartés, la tête baissée, dodelinant sur ses jambes massives, la montagne devient soufrière. Nathalie ne se sent pas menacée, mais elle prend conscience de la fragilité de Blackjack : un homme capable d'absorber des tonnes de provocations et d'injures sans broncher, et puis de se déchaîner pour une vétille. Il garde le roi dans sa main meurtrie et se tait. Qu'est-ce que cette carte signifie pour lui ?

Petrack se doutait que son ancien associé connaissait ses mots de passe et ses combinaisons, il avait prévu qu'il pénétrerait dans son bureau, qu'il éplucherait le contenu de son ordinateur, qu'il fouillerait dans son tiroir, qu'il ouvrirait le coffre secret… Aurait-il monté toute cette mise en scène s'il pensait revenir ?

Cette pensée lui fait mal, car la raison veut qu'il n'y ait plus d'espoir. Or elle se surprend trop souvent à y croire.

Jack Blackjack fait trois pas et lui désigne de la tête le cadre au pavillon blanc.

« Évidemment, vous savez ce que c'est. Comment disait-il déjà ? Il avait une formule qu'il répétait à l'envi. Ah, oui : son "premier drapeau pirate"… Ça ne vous a pas échappé, mais sachez qu'il dissimulait autre chose au revers de ce cadre. Tenez, voyez-vous même…

— Pas de chance : toujours rien…

— Mais enfin… Il gardait là une vieille carte complètement délavée. Impossible de discerner autre chose que trois gros points…

— Une carte ?

— Une vieille carte, une carte au… Pourquoi… pourquoi Petrack a-t-il enlevé ce qui le rattache à cet aspect de son enfance ? Tout était parfaitement à l'abri, ici. À moins que… non, il ne les a pas déplacés. Il les a emmenés ! Souvenez-vous, faites un effort. Il a bien dû vous dire quelque chose…

— Sur son enfance ? Nous avons juste mentionné que ma grand-mère s'est rendue…

— Ah, je vous en prie ! Allons droit au but. Vous voyez bien que tout cela est lié.

— Mais de quoi parlez-vous, enfin ! »

Il la regarde et ses traits se détendent soudain.

« En fait, vous ne savez rien. C'est ça ?

— Pardon ? Que devrais-je savoir ?

— Ce pavillon, là !

— Son "premier drapeau pirate" ?

— Avec une tortue et une pyramide… Ce n'est pas possible : vous ne le reconnaissez pas ? Et il ne vous a rien dit !

— Mais de quoi parlez-vous !

— Ce n'est pas vrai : elle ne sait rien… Elle s'est laissée… Petrack était un voleur, dès l'enfance, et il l'est resté. Ce fanion est son premier butin, d'où cette formule à double sens, dont il s'amusait beaucoup… Je m'étonne qu'il n'ait pas pris plaisir à vous la sortir !

— Je sais que Petrack n'était pas aussi respectable qu'on voulait bien le croire. Et le fait qu'il ait commis quelques vols à ses débuts…

— Quelques vols à ses débuts ? Je ne parle pas de ça, bien qu'il y ait à dire, mais de son enfance. Quand il avait dix ans. Ce pavillon ne vous dit rien, vraiment rien ? *Nathalie*…

— Eh bien, quoi ?

— Vous ne devinez pas ?

— Arrêtez avec votre jeu, vous ne m'impressionnez pas. Votre démonstration a plutôt échoué, jusque-là. Ouvrir un coffre vide, retourner un cadre vide… Alors, vos insinuations, votre arrogance, vous pouvez…

— C'est son tout premier trophée, il l'a volé sur le *Nathalie*, lors de sa première visite en Yougoslavie… »

Respirer ulcère sa poitrine. Une poigne invisible broie son plexus – du dedans ou du dehors. Une contraction nauséeuse encombre le fond de sa bouche. Qu'ignore-t-elle d'autre ?

« Ainsi, il ne vous a rien dit… »

Jack Blackjack lui apporte le cadre et le lui tend. Elle ne voit pas s'il sourit, elle agite la tête pour le refuser. Il dépose le fanion juste devant elle et contourne le bureau pour retrouver la place qu'il s'est appropriée.

Ses yeux doivent briller, elle ne va pas pouvoir retenir ses larmes plus longtemps. Sa tête se vide de son sang, qui tarde à refluer.

« Tu es sûre de ce que tu fais ? » Qu'est-ce que son père, qui n'a rien dit pour la jumelle de Virginia, qui n'a rien fait contre Petrack, lui a caché d'autre ?

Et si Blackjack avait raison, et si Petrack ne l'avait pas aimée mais dupée. Cet amateur de rébus avait-il scandé : Nathalie, *Je la veux, je la veux !*

« Petrack, Petrack ! Voici donc la dernière de tes victimes… Enfin, la dernière connue. Pauvre petite chose…

— Salaud.

— Qui est un salaud ? Tu peux me reprocher mon style, peut-être, mais je suis honnête avec toi. T'ai-je jamais fait croire que je t'aimais ? Eh ! je ne t'aime pas. L'arnaqueur, ce n'est pas moi. Regarde la vérité en face : tu ne peux t'en prendre qu'à toi. Qu'est-ce que tu croyais en venant à sa rencontre ?

— Ce n'est pas…

— Tu le défends encore ?

— Qu'est-ce que vous cherchez ? À m'humilier ? »

Elle se mord la lèvre. Autant claironner qu'elle est prête à s'effondrer, qu'à la prochaine charge elle lui cédera la victoire ! En fait, sa stratégie est basique :

il la pousse à haïr Petrack. Il la manipule même très ouvertement et sans ménagement, à visage découvert, pour affirmer ainsi que Petrack l'a manipulée, lui aussi, mais sournoisement. Uniquement afin de lui arracher des informations qu'elle ne possède pas ?

Aucune maxime paternelle ne vient à son aide.

La sienne, toute neuve, se révèle totalement inappropriée.

Au moment où elle parvient à redresser la tête, résolue à darder ses yeux sur les siens, sans ciller, sans pudeur pour ses larmes, Jack Blackjack attaque à nouveau :

« Et le téléphone, il t'a fait le coup du téléphone ?

— Quoi, le téléphone ?

— Ne me dis pas qu'il n'a pas reçu un appel en pleine nuit ? Au beau milieu d'une discussion...

— Non. Oui. Peut-être, mais...

— Incorrigible ! Il est incorrigible. Tiens, je te le fais. À trois, le téléphone sonne : un, deux... »

Avant que Nathalie rassemble ses pensées, le téléphone retentit. Blackjack mime la stupéfaction, regarde le combiné le temps de trois sonneries comme s'il n'y croyait pas, puis il décroche dans un geste théâtral.

« Allô ? Oui ? Ah, enfin ! Tu tombes à pic, mon vieux : nous parlions de toi... Oui, oui, elle est là... O.K., je te la passe... Nathalie, c'est pour toi !

— Hein ? Allô... Allô... Mais il n'y a personne...

— Évidemment ! C'est un truc... La commande se trouve sous le bureau, ça marche avec le pied. Viens voir, c'est bien fait.

— Ça vous amuse de torturer les gens ?

— Mais non, mais non... Je t'ouvre les yeux, je n'invente rien, moi. En quoi suis-je responsable de ce que tu veux croire ? Tu voudrais que je triche, à mon tour ? Je suis honnête avec toi. Direct, peut-être trop, mais... Allez, suis-moi, l'invite-t-il à se lever. Après, il s'est isolé par là, non ? Allez, viens ! »

Il se dirige vers la porte que Petrack a empruntée

après son faux appel – pour l'observer par un judas ? Pour se moquer d'elle ? Parce qu'il ne la supportait plus ?

Après trois respirations, Nathalie se lève avec mollesse, en s'appuyant sur le bureau. Près du téléphone, Blackjack a abandonné la carte à jouer qui était dans le coffre, sa figure cachée.

« Viens ! insiste-t-il de l'autre pièce. C'est moi qui lui ai trouvé l'adresse de l'artisan, insiste-t-il. Un vieil homme, un réfugié de longue date. Il a reconstitué la cuisine de son enfance, d'après photos… Tu peux comprendre ça, toi ? Parfois, il s'y enfermait pendant des heures. Il était vraiment… spécial. »

Elle renonce à retourner la carte et le suit dans la cuisine, qu'elle regarde comme si elle visitait un pavillon témoin. Tandis que Blackjack se vante d'avoir si souvent aidé son associé dans mille aspects de sa vie privée, elle fait couler de l'eau et glisse son poignet sous le jet rafraîchissant qui l'apaise. Elle relève son visage vers la glace qui surplombe l'évier. Blackjack continue de deviser, mais elle n'entend plus rien. Devant elle, un peu sur la droite, coincée dans une attache du miroir, il y a une carte, légèrement de travers. La dame de carreau. À sa première visite, le paquet était ouvert. N'était-ce pas une figure rouge qui était retournée sur le dessus du jeu ? Pas un roi, elle en est sûre. Dame ou valet, cœur ou carreau : est-ce que cela a encore le moindre sens ? La dame rouge regarde la paillasse. Sur un torchon, elle voit leurs deux tasses, dont les anses se croisent. Elle en prend une et, avant de s'en servir pour boire, elle l'examine. Aucune trace de goutte d'eau. Elle n'a donc pas séché. Pourquoi laisser les deux tasses ici après les avoir essuyées ? Est-ce réellement un message ?

Une adolescente : Nathalie se reproche de se comporter comme une adolescente, incapable de se rendre à l'évidence. Pourquoi s'évertuer à espérer ?

À y croire ? À inventer des signes ? Grandir, c'est admettre que souffrir plus tard n'évite pas de souffrir.

« Il n'y a rien à voir, ici », décrète-t-elle sans écouter ce qu'il s'obstine à débiter. Aussitôt, elle regagne le bureau et retourne l'autre carte. Le roi de carreau. Seulement, Petrack a grimé la figure royale et c'est assez ressemblant.

« Oh, il ne vous a pas raté : sans le bandeau sur l'œil, lui lance-t-elle, je vous aurais pris pour un motard. Mais là, c'est indéniable : vous êtes un pirate ! »

Il la rejoint en un instant et la fusille du regard, tendant sa main pour récupérer la carte. Il se maîtrise de justesse pour ne pas la lui arracher.

« Pourquoi a-t-il ajouté "DJ" de chaque côté. Cela a un sens ?

— Aucun. Pas davantage que de dessiner sur ce jeu. Il avait une grande valeur à ses yeux, sentimentale, outre le fait que c'est une pièce rare que bien des collectionneurs lui envient. »

Finalement, en cet instant, elle et Blackjack sont à égalité. Petrack n'a-t-il rien laissé au hasard ?

En quoi *Je veux faire mieux* peut-il l'aider ?

« Nos alliés, nous les acceptons, à défaut de les choisir. Alors, il faut jouer le jeu, tant que nécessaire. — Et ensuite ? avait-elle demandé. — Ensuite, eh bien, tu es libre. Tu n'as plus aucune obligation envers eux, pas même celle de les en avertir. — C'est démoniaque… Vous vivez dans un monde étrange, père. — Oui… Comme tous les pères, je t'en ai préservé aussi longtemps que possible. Tu peux ouvrir les yeux maintenant : voici ton monde. »

D'accord.

Pactiser avec Blackjack est indigne. Mais ce dégoût de soi, son père lui en a déjà parlé : « Il t'abat ou il te redresse. À toi de choisir. » Il lui était alors apparu comme un monstre. Elle se sent en devenir un – puisque *Je veux faire mieux* signifie savoir, alors elle fera ce qu'il faut.

« Il n'a rien griffonné sur la dame dans la cuisine, reprend-elle.

— Non.

— La dame de carreau. Nous invite-t-il à faire alliance pour le retrouver ? Après tout, il met en scène des indices pour distribuer les rôles, non ? »

Blackjack ne lui renvoie pas un regard amène, mais il approuve d'un mouvement de tête.

« Et s'il a emporté ses souvenirs, il nous a laissé trois mails pour que nous nous concentrions dessus. Or, il nous reste l'énigme du troisième, enchaîne-t-elle. Parlez-moi de ce pilote.

— José ? Un solitaire. Le meilleur pilote que je connaisse, le plus imprévisible aussi. Il a refusé des offres ahurissantes pour rester libre. Ce qui ne l'empêcherait pas de vendre sa mère pour une heure de vol, ce qu'il a peut-être déjà fait. Bref, un anarchiste. À part ça, plutôt gentil garçon. Normal, quoi. Ils se connaissent depuis longtemps…

— Des trois, José serait celui auquel Petrack ferait le plus confiance ?

— Probable.

— Alors, c'est lui qui en sait le plus.

— C'est possible, l'Albatros est un homme de confiance. Enfin, il remplit sa part de contrat, quoi qu'il arrive, et sans jamais une question…

— L'Albatros ?

— Petrack a toujours donné un surnom à ses collaborateurs.

— Et pour vous ?

— J'étais son associé.

— Pour un pilote, c'est un joli surnom. Vous savez, Baudelaire… »

Même si Petrack a affirmé ne pas connaître la poésie française, cette référence lui redonne une raison de ne pas tout à fait le détester. « DJ » est-il le sobriquet dont il désignait son associé ?

Et elle ? Comment l'a-il appelée, elle ? Elle ne saura jamais s'il l'a gratifiée d'un surnom.

« Son carnet d'adresses était ouvert à ce nom, se ressaisit-elle. Enfin, c'était le plus visible de la page… Je ne me souviens pas avoir vu d'adresse électronique, juste des numéros de téléphone. »

Elle ouvre le carnet et le feuillette. Pour la plupart des contacts, la ligne correspondant au mail est renseignée, pas pour l'Albatros.

« C'est étrange, non ?

— Qu'est-ce qui est étrange ?

— Rien ne pressait. Pas à ce point. Passe qu'il exige qu'on prépare la goélette au beau milieu de la nuit, mais le pilote… Pourquoi le réserver sans attendre ? Mais le plus étrange, c'est de le décommander aussitôt…

— Tu penses à quoi, un code entre eux ?

— Peut-être. Ou juste un message pour nous. Après tout, il ne l'a pas effacé afin que nous le trouvions… Il veut que nous entrions en contact avec l'Albatros. »

10

La pluie n'arrête pas. Des bourrasques s'évertuent à démembrer le hangar. Par vagues assourdissantes, les plaques récemment ajoutées pour doubler les tôles se gondolent pour claquer parfois sèchement. À chaque nouvelle rafale, elles menacent de s'extirper de leurs rangées de rivets, lesquels concèdent par endroits un jeu infinitésimal. La tempête dure depuis quinze jours.

« C'est bruyant, mais ça tient. »

Nathalie plisse les yeux et étire les lèvres pour manifester une confiance polie, mais elle ne comprend pas que le bâtiment ne soit pas mieux sécurisé. Blackjack file à grandes enjambées devant elle, sans l'attendre ou comme s'il était chez lui – mais n'est-ce pas l'impression qu'il donne toujours ? L'aérodrome ne compte que deux hangars, celui dans lequel ils sont entrés n'est pas le plus grand. Tandis qu'il braque sa torche sur divers points de la charpente métallique, l'aviateur leur propose de l'attendre dans son bureau. Blackjack s'y rend aussitôt, mais elle en a assez de sa compagnie et décide de suivre le pilote qui continue son inspection. Des fûts, un moteur juché sur des tréteaux, une hélice posée par terre, des tuyaux d'incendie, deux armoires qui regorgent d'outils, de pièces dans des cartons déchirés et d'ustensiles de mesure noirs ou argentés, un pick-up et une remorque occupent la majeure partie de l'espace. Elle s'arrête en découvrant que le sable répandu sur le sol est saturé d'huile. José s'approche de la bâche haubanée qui recouvre en partie un avion, dévoile quelques portions peintes en jaune, les examine brièvement et revient vers elle.

Entre sa barbe négligée et ses cheveux rebelles, son sourire l'invite à se détendre. Son regard sous tension s'encombre de rides éphémères, que le vert pâle de ses yeux estompe. De loin, elle lui accorde une petite quarantaine ; de près, elle ne sait plus.

« Alors, c'est vous, Nathalie ? »

Elle acquiesce vivement. Il l'a reconnue. Petrack lui a donc parlé d'elle, puisque Blackjack ne s'est pas donné la peine de la présenter.

« Vous ne devriez pas être là. »

Bien qu'elle estime ne pas avoir à se justifier, elle n'a pas le temps de trouver les mots pour demander pourquoi, qu'il la distance en marmonnant un « Mais vous l'êtes ! » plutôt malicieux. Elle lui emboîte le pas.

Une dizaine de marches métalliques permettent d'accéder au baraquement aux larges vitres qui lui tient lieu de bureau et d'entrepôt. À l'évidence, José y a également élu domicile, le meublant à la manière d'une caravane de célibataire. Il n'existe pas une parcelle de mur qui ne soit tapissée de photos et de reproductions, composant un pêle-mêle encyclopédique de l'aviation, selon une chronologie élective. Les seuls portraits de cette fresque représentent des pionniers de l'aviation posant près de leur engin en vues de pied afin d'englober l'appareil, parfois avec leur mécano. Les étagères d'une bibliothèque trapue, qui occulte une fenêtre, débordent de cartes et de manuels techniques, de plans et d'éclatés qui se répandent jusque sur le bureau, qui est une authentique brocante des années cinquante, en tôle pliée verte. Dans son unique et profond tiroir latéral, bloqué à mi-course, elle s'attend à découvrir un fouillis de pièces de rechange et d'instruments de vol. José n'y enfouit qu'une réserve d'alcool blanc, un verre renversé sur chaque goulot.

Nathalie ne cesse de se répéter le « Vous ne devriez pas être là », mais une brusque lassitude s'empare d'elle et, relevant la tête pour glisser son regard entre le meuble et la cloison, elle s'attarde sur un morceau de bâche qui bâille et expose l'extrémité d'une aile. «*Je suis là.* » Mais au terme de quel étrange périple, la voilà donc au bout du monde, dans ces installations rudimentaires battues par un vent mauvais – et en quelle compagnie... Elle pose une main sur son ventre et ne parvient pas à déterminer si ce contact l'apaise ou l'angoisse.

Elle contre une nausée soudaine, brassant son lot de certitudes brisées et d'espoirs trahis, et s'efforce de s'adresser au pilote : « Alors, c'est vous l'Albatros... »

Il la regarde comme peu d'hommes, avec franchise et pourtant sans insistance, et cela n'a rien d'intimidant. Elle sourit à ce beau visage dont le teint hâlé se fond aux mèches d'un châtain nuancé.

« "Ses ailes de géant l'empêchent de marcher." Petrack doit beaucoup vous apprécier pour vous avoir choisi un surnom aussi flatteur, enchaîne-t-elle en se réjouissant d'en parler comme si elle le croyait encore en vie.

— Vous me flattez ? Peu de gens font le rapprochement, mais je ne pense pas non plus que Baudelaire soit seul en cause, sinon ce ne serait pas Petrack !

— Quelle autre raison voyez-vous ?

— Il m'a baptisé ainsi après une avarie qui nous avait obligés à nous poser au milieu de nulle part. Réparer ne demandait pas des compétences extraordinaires et nous y sommes parvenus en quelques heures. Décoller posait davantage problème. La piste, un simple champ, était un peu courte et le vent nous était contraire. La météo jouait aussi contre nous et nous étions malgré tout pressés... Il m'a interrogé du regard et je lui ai dit que nos chances étaient minces. J'ai ajouté que, seul, je ne raterais pas l'occasion d'essayer ça ! Ça l'a un peu étonné, nous nous connaissions à peine à l'époque. Il m'a demandé pourquoi et je lui ai répondu que rien ne m'empêcherait jamais de voler. Il m'a retourné un drôle de regard ; je crois qu'il avait peur que je sois un peu fou… Pour le rassurer, du moins d'une certaine manière, je lui ai raconté un souvenir d'enfance. Je devais avoir dans les onze ans et des pêcheurs m'avaient confié un jeune albatros qui s'était cassé une aile dans les haubans. La pauvre bête a mis des semaines à guérir. J'ai fait tout ce que j'ai pu. Mais qu'elle était malheureuse, clouée à terre ! Je partageais sa peine… Chaque jour, l'oiseau réclamait les airs. Il ne pouvait pas s'envoler seul, il fallait que je le conduise au bord d'une falaise… Son aile semblait forte, mais qu'est-ce que j'en savais ? Comment courir ce risque, sans être sûr qu'il était vraiment prêt…

— Vous n'avez pas pu le lâcher.

— Au début, je lui montrais le large et il ne s'agitait pas trop. Par la suite, je m'approchais de moins en moins du bord, et lui… Je lui ai rendu sa liberté le jour où je me suis rendu compte que je craignais plus pour moi que pour lui.

— Je sens que la fin est triste.

— Dans le sens où nous avons perdu tous les deux, oui. Mais qu'avions-nous à gagner, l'un comme l'autre, à retarder encore l'échéance ? Quand j'ai fini de raconter mon histoire, Petrack m'a dit qu'il était avec moi. Et nous avons eu de la chance… La fois d'après, quand nous nous sommes revus, il m'a appelé l'Albatros. Il me semblait inutile de lui demander pourquoi…

— C'était aussi un exploit de réussir cet envol, non ?

— C'était amusant. »

Nathalie se tourne vers Blackjack pour l'interroger du regard. Avachi sur la banquette, la tête sur un sac de couchage roulé en guise de coussin, il les écoute distraitement et garde le silence. Visiblement, ce n'est pas la première fois qu'il monopolise le divan. Ses yeux ne se portent jamais sur le pilote.

« Alors, Jack…

— Tu sais pourquoi on est là.

— J'aimerais croire en une visite de courtoisie, mais… Toujours bredouille, c'est ça ?

— Tu vas m'aider.

— T'aider ? Tu es un client régulier, je fais le boulot que tu me demandes et tu me paies la somme convenue. Ni plus ni moins.

— Mais enfin, intervient-elle, nous cherchons Petrack ! C'est aussi votre ami, non ? »

Les deux hommes ne se quittent pas des yeux, elle ne s'attendait pas à une telle tension entre ces deux proches du commandant.

« Que vous a-t-il écrit ? reprend-elle plus doucement.

— Petrack ? Il ne m'a rien écrit.

— Mais si. Nous savons qu'il vous a laissé un message électronique.

— Comment pouvez-vous le savoir ? Bien sûr, vous revenez de Portland… D'où tiens-tu ses mots de passe, Jack ?

— Je t'ai connu moins regardant.

— Soit… Que disait ce mail ?

— “Mission annulée”, répond Nathalie.

— Désolé, mais je n'ai rien reçu de tel.

— Il vous l'a pourtant envoyé… Vous ne relevez pas vos mails ? Ça fait plus d'un mois et demi et…

— Nathalie… Je l'ai eu au téléphone, plusieurs fois, mais je n'ai pas reçu de mail de sa part depuis plus de trois mois.

— Mais puisque je l'ai vu…

— Je vous crois… Mais ce que vous avez vu, c'est un mail avec mon nom. À quelle adresse était-il libellé ?

— À la vôtre, évidemment !

— Non, pas évidemment. L'ordinateur affiche un nom, associé à une adresse électronique, dont le libellé, la plupart du temps, reste masqué. Il a pu créer cette adresse lui-même sans me la communiquer.

— Quel intérêt ? Pourquoi vous créer un compte spécifique sans vous en informer ? Ça n'a aucun sens !

— Mais si : vous êtes là… »

Le vent redouble, Blackjack secoue la tête d'impuissance.

« Il a envoyé le même message à d'autres, se résigne à intervenir Blackjack.

— Exactement le même message ?

— Oui, acquiesce Nathalie.

— Pas tout à fait, la corrige Blackjack. Il a fait une faute dans le tien. Et ce n'est pas "mission", mais "opération".

— Petrack ne fait pas de fautes. Qu'a-t-il écrit exactement ?

— Tiens, lis toi-même. »

Blackjack sort de sa veste les trois versions imprimées des mails et, tandis qu'elle s'étonne d'une telle précaution, Nathalie se reproche de ne pas avoir insisté pour lire elle-même chacun des messages. C'est moins le fait de s'être trompée sur un mot qui la chagrine, que l'aveu de faiblesse dont elle découvre ainsi l'ampleur : elle a fait confiance à Blackjack, pour la même raison qu'elle s'apprête à faire confiance au pilote – seule, aurait-elle encore de l'espoir ?

« Effectivement, il a écrit "Annuler" à l'infinitif, relève José.

— Ça change quoi ? lui demande-t-elle.

— Il faut prendre le mot "opération" au sens arithmétique. Le message devient clair : si vous trouvez ce faux courrier et me l'apportez, c'est que je détiens un renseignement qui est en mesure d'annuler une opération.

— Je n'y comprends rien.

— Demandez à Blackjack de vous parler du mouchard.

— Quel mouchard ?

— Comment notre héros l'appelait-il à la télévision ? Ah oui : la "seconde balise"... »

Jack Blackjack se redresse, le regard mauvais.

« Tu ne dis rien ? insiste le pilote. Pourtant, arrivé là, tu le lui dois, non ? Alors, à moi de parler. Après tout, je connais des détails qui t'ont nécessairement échappé... Et puis, de toute manière, nous devons attendre une accalmie pour partir.

— Il n'y a rien que tu puisses dire que je redoute, ou que j'ignore, se contente de lui répondre Blackjack en se servant un verre de rhum blanc.

— Partir ? répète-t-elle.

— Oui. Petrack a vraiment besoin d'aide et il vient de m'indiquer où chercher. Sans cette tempête...

— Je vous écoute.

— Voyez-vous, Nathalie, Petrack n'a jamais pensé que notre ami Jack accepterait si facilement la fin de leur association. Celle-ci fonctionnait selon une juste répartition des tâches, où il laissait à Jack le soin de monter en première ligne, en contrepartie de quoi celui-ci a gagné une fortune et sa mauvaise réputation. Mais le tableau les représentant en duo classique d'un calculateur et d'un risque-tout ne m'a jamais convaincu, ayant vu Petrack à l'œuvre avant et après... Il se défiait de Jack, parfois ouvertement, et il a préparé de longue date les conséquences de leur rupture professionnelle. Persuadé que Jack mettrait tout en œuvre pour continuer à l'espionner, il a choisi de lui faciliter les choses, pour mieux les contrôler. D'où l'embauche de son nouveau lieutenant... C'est un homme extrêmement compétent, mais aussi un joueur. L'idéal corruptible... Petrack lui a accordé assez de réussites pour que Blackjack, le bien nommé, ait pleinement confiance en lui. »

Nathalie revoit le visage du jeune lieutenant lors

de la conférence de presse. Elle avait attribué sa pâleur à la culpabilité qu'il éprouvait pour avoir suivi scrupuleusement les ordres de son patron, alors qu'il devait peser la part de sa trahison dans sa disparition.

« Pour autant, Petrack ne mettait pas nécessairement son équipe au courant de ses projets. Ni de ses déplacements. Il lui est arrivé de partir en solitaire avec le *Je le veux*, ou de louer un autre équipage pour quelques jours. Comment son ex-associé supporterait-il de perdre ainsi sa trace ? Jack a donc fait installer une seconde balise de localisation, clandestine celle-ci. Ce mouchard transmettait les coordonnées de la goélette en permanence, de manière passive. Petrack l'a assez vite découvert, mais il a choisi de la laisser en place... Ainsi, son nouveau concurrent jouissait de cet avantage exceptionnel, tant qu'il l'acceptait, lui ! À la pêche, on ferre un gros poisson comme ça : il bouffe le vers, et c'est tellement bon qu'il bouffe aussi l'hameçon. Un autre verre, Jack ?

— Tu ne m'apprends rien.

— L'histoire n'est pas finie... Une balise envoie un signal, les satellites le captent et le renvoient sur Terre. Bien entendu, chaque balise se distingue par un identifiant unique. Le principe est simple, si simple qu'il s'avère impossible de tricher tout au long du processus d'émission et de réception. Voilà les données du problème. N'importe qui, dûment équipé, peut donc relever la position exacte du mouchard en temps réel, mais seules deux personnes pouvaient relier son identifiant au *Je le veux*. Et ces deux-là n'utilisent qu'un nombre limité d'ordinateurs pour le faire ; or un ordinateur, ça se corrompt... Petrack a donc développé un virus destiné à berner nos deux compères en leur offrant, quand il décidait de l'activer, une mauvaise interprétation du signal. Il les a littéralement “promenés”... Son programme calcule une dérive réaliste, qui tient compte du trafic maritime, des caractéristiques géographiques et de toutes sortes de choses. Ce sont des algorithmes complexes à programmer, il y a parfois vraiment énormément de paramètres à prendre en compte. Mais ainsi, quand il imposait le silence à sa balise officielle, le mouchard semblait indiquer un itinéraire tout à fait plausible… Bien sûr, cette ruse devait être réservée à des occasions exceptionnelles, et sur une courte durée.

— Vous le saviez ?

— Je l'ai laissé infecter mon ordinateur, puisque Jack s'en sert parfois.

— Et vous n'avez rien fait !

— Même en enfreignant ses consignes, cela m'était impossible, du moins jusqu'à aujourd'hui. Reprenons le cours des événements. Petrack a arrêté l'émission de sa balise officielle assez tôt, avec l'ordre formel de ne rien tenter avant vingt-huit jours. Quelle raison aurais-je eu de m'inquiéter ? Ou de contrevenir ? Passé ce délai, son ancien associé révèle l'existence d'une seconde balise, et prétexte de quelque accord entre eux pour se donner vingt-quatre heures afin de le retrouver le premier, se fiant à ses données. Mais, forcément, il ne trouve pas la goélette là où elle n'est jamais allée… Le jour suivant, il est dans l'obligation de fournir l'identifiant du mouchard aux autorités maritimes. Logiquement, cette fois le *Je le veux* aurait dû être localisé. Et les secours ne devraient plus explorer le secteur où Petrack a envoyé Jack… Qu'est-ce qui est arrivé, Jack ?

— La balise n'émet plus, grogne-t-il.

— Depuis quand ?

— Elle s'est arrêtée avant même que je ne parte. J'ai pensé qu'il avait coulé. Je n'ai pas perdu de temps.

— Alors, c'est trop tard, se désole-t-elle.

— Peut-être pas, Nathalie. Mon ordinateur a enregistré et mémorisé ses déplacements, comme ceux de Blackjack et même celui du bureau de Portland.

Il est donc possible, en désactivant le virus, de retracer son itinéraire. Et vous venez de m'apporter le message qui m'ordonne de le faire : "annuler" cette "opération". Notez l'inversion… il a écrit : "Opération annuler." Je dois donc lire le code à l'envers. Du pur Petrack…

— Donc, vous aviez le code !

— Vous venez de me l'apporter ! Il est dans l'adresse électronique qu'il m'a créée…

— Cette adresse ?

— Une adresse à peine prononçable… Enlevez les lettres de mon surnom, disséminées dans l'adresse, il doit rester dix lettres… Oui, c'est ça. Considérez pour chacune sa position dans l'alphabet et faites-en la somme algébrique. Par exemple, pour ce Z il faut ajouter deux à six. Inversez l'ordre de ces chiffres, et vous obtenez un nombre – le code de désactivation du virus. Vous voyez, il fallait que vous m'apportiez ce message, je ne pouvais rien faire seul… Petrack avait tout prévu, comme toujours. Excepté votre présence… »

Loin de tenter de se rapprocher de l'Islande, le *Je le veux* avait remonté le détroit du Danemark, sans jamais vraiment s'éloigner des côtes orientales du Groenland, les moins hospitalières – seuls deux villages inuits les peuplent. Le plus septentrional des deux, Ittoqqortoormi, situé non loin d'une station scientifique, date du siècle dernier et ne compte que cinq cents âmes. Contrairement aux suppositions de Nathalie, le voilier n'a donc pas suivi l'itinéraire supposé du Fléau des mers, par la côte sud-ouest, une route plus facilement navigable. Quand le signal a cessé d'émettre, le mouchard indiquait que Petrack s'était engagé dans le fjord de Scoresbysund, réputé pour être encombré par de nombreux icebergs.

« Nous ferons escale à l'aéroport de Kulusuk. En cas de besoin, nous pourrons nous poser à la station.

— José, tu es sûr de ton code ?

— Absolument.

— Mais tu vois jusqu'où la balise est allée…

— À l'intérieur des terres, oui… La glace fond, le Groenland se redessine… Plus vite que je ne renouvelle mes cartes, on dirait. Celle-ci date d'il y a trois ans, tout au plus. La goélette est allée plus loin qu'elle n'aurait dû, dans tous les sens du terme !

— Alors, qu'est-ce qu'on fait ? demanda-t-elle. Vous ne croyez pas qu'on devrait communiquer ces informations aux autorités ?

— Petrack ne l'a pas souhaité, lui répond José. Sinon, il aurait signé de son nom public : "Commandant Petrack". En se limitant à son patronyme, il m'ordonne de ne pas ébruiter les choses… Ce que je vais respecter… dans un premier temps. Et sans plus attendre.

— Tu prends le risque ? lui demande Blackjack. Malgré ce temps ?

— C'est jouable. Tu m'accompagnes ?

— Et comment ! »

Aussitôt, les deux hommes œuvrent de concert, sous le regard déconcerté de Nathalie. Blackjack compulse des cartes, joue avec l'ordinateur du pilote, sans lui demander le moindre mot de passe ; José, lui, pense météo et calcule le carburant qui lui sera nécessaire. Le spectacle de cette complicité soudaine lui est incompréhensible – ils se détestent, s'espionnent, se trahissent, mais ils travaillent ensemble et, manifestement, y trouvent plaisir…

« Moi aussi, je viens, annonce-t-elle. Qu'est-ce que je peux faire ?

— Non, Nathalie, vous ne venez pas, lui rétorque le pilote. C'est trop risqué et, sauf votre respect, vous représentez une surcharge. Pas de beaucoup, je vous l'accorde mais, avec la tempête qui sévit, notre autonomie de vol est compromise. Nous allons voyager léger, afin de nous charger de tout le carburant possible.

— Et lui, alors ? Il fait deux fois mon poids ! Plus même…

— Copilote, mais surtout navigateur. Nous n'allons pas voler en ligne droite, vous savez, et il ne faudra pas trop compter sur les indications au sol pour nous repérer. Je suis désolé, Nathalie, mais vous allez devoir attendre ici.

— Non. Je vous engage. Un nouvel avion, votre propre hangar et dix ans de kérosène. Ça vous va ?

— Ah, les milliardaires ! Votre père connaît bien les régions polaires, il me tuera de ses propres mains s'il apprend que j'ai cédé à un tel marché. Et puis, Nathalie, on ne m'achète pas.

— Mais Blackjack le fait !

— C'est autre chose. Je m'amuse… »

Elle sort une cigarette – la dernière, déjà – et cherche son briquet. José, l'air sincèrement navré, lui demande de ne pas l'allumer. Il n'invoque pas de raison de sécurité, pas ici, dans son bureau, mais le fait qu'il vient d'arrêter et que l'odeur du tabac lui est devenue insupportable. Un instant, elle pense le défier, puis elle calcule que si elle obtient gain de cause, il ne lui en restera pas d'autre avant longtemps.

« D'accord, mais vous m'emmenez, tente-t-elle. Je veux jouer avec vous…

— Tu vas nous gêner, la rabroue Blackjack sans lever les yeux vers elle.

— Je ne changerai pas d'avis.

— Pourquoi t'obstines-tu ? Il t'a laissée tomber.

— Blackjack, vous n'arrêtez pas de me mentir, comment pourrais-je encore vous croire ? Petrack n'était pas votre ami, il n'a pas fait appel à vous. Vous me répétez qu'il m'a…

— Mais, l'interrompt-il, qu'est-ce qu'une fille de bonne famille peut comprendre à la fraternité virile ? Nous venons de la rue et c'était un jeu entre nous, une base plus solide que bien des amitiés. Il a engagé mon espion, j'ai soudoyé les siens… Tu penses ce que tu veux, mais en gardant ce mouchard, il m'a mis dans le coup. Il m'a laissé ses codes d'accès pour que j'apporte à l'Albatros le chiffre nous autorisant à le retrouver. À nous deux, pas à toi ni à personne d'autre ! »

José le connaît mieux qu'elle. Blackjack, son père, tout le monde le connaît mieux qu'elle. Ses souvenirs se résument à une nuit, à peine, passée à se mesurer l'un à l'autre, dans une joute brillante – *subtile* – qui s'est achevée par cette étreinte – *sauvage* – qui l'étonne encore. Quelques heures en tout et pour tout, et pas une seule parole tendre à chérir.

Et tous lui disent de renoncer.

« Ça vous arrange de voir les choses comme ça, répond-elle d'un ton las. Vous avez toujours pensé que Petrack resterait conforme au frère d'armes que vous avez connu – c'est la bonne expression ? Pourtant, ce n'est pas l'homme que j'ai rencontré. Ma famille se mesure à lui depuis longtemps, vous le savez bien, je ne l'ai pas abordé sans préparation. Mais il était... si différent... Depuis quand, l'un ou l'autre, lui avez-vous parlé en tête à tête ? Des siècles... Je suis la dernière à m'être entretenue avec lui, et la seule personne à qui il se soit vraiment ouvert... Vos règles sont obsolètes, tout ça c'est dépassé, ce n'est plus recevable... Il a voulu que je vienne, il a tout fait pour. Non ? Ce n'est pas à vous de décider s'il avait raison ou non. Il a voulu que je vienne...

— Elle marque un point, intervient José. Petrack m'a parlé de leur projet de croisière sous les tropiques, qui n'était que partie remise... De sa part, c'est un indice, non ?

— Il a dit ça ? José, je vous en prie... Je veux savoir ce qui lui est arrivé. Je veux y aller... Je... c'est important. C'est vraiment important. Vous comprenez ? »

11

À leur arrivée à Kulusuk, José a démonté les sièges passagers du bimoteur, à l'exception d'un seul, situé juste derrière le sien. Ensuite, tous trois ont chargé l'avion de couvertures supplémentaires, d'une nouvelle réserve de vivres et d'un canot pneumatique. La météo les tient au sol pour l'instant, mais ils sont prêts. José discute avec d'autres pilotes tandis que Blackjack se promène dans les hangars après avoir sorti de son sac de voyage une pleine boîte de ces cigares qui prennent des heures pour se consumer. Du coup, Nathalie l'imite en fumant, elle, sa dernière cigarette, installée à une table de la cafétéria, contre une fenêtre qui donne sur le tarmac.

« Tu ne rachètes pas de cigarettes ? Tu voulais payer ta place et tu n'as même pas de quoi t'offrir un paquet ? la taquine l'Albatros en la rejoignant.

— Au retour.

— Donc, il te reste assez pour me payer un café. J'ai besoin de rester éveillé...

— Assieds-toi José.

— Qu'est-ce que tu lis ?

— Le journal intime de Virginia, ma grand-mère, quand elle n'était qu'une petite fille. Enfin, des morceaux choisis. Elle a arraché quelques pages de son journal pour les cacher dans la chambre qu'elle a quittée en allant à l'université.

— Intéressant ?

— Je ne sais pas…

— Ah…

— Oui et non. Ça remet beaucoup de choses en cause… Tu vois, Virginia a consacré sa vie à étayer une théorie sur l'origine des vaisseaux fantômes, qu'elle reliait au mythe du Déluge. Elle fonctionnait sur la notion de convergences, mais elle n'a jamais cessé de chercher des preuves objectives à ses assertions. Et elle pensait en avoir trouvé une, au large de Cuba, d'où cette croisière… Petrack a fait escale à Percé et à Frenchman Island, deux sites étroitement liés à l'histoire de ma famille. Mais depuis, Blackjack m'a révélé certains faits qui relient Petrack aux Derenoy, lorsqu'il était enfant, en Croatie… Je ne sais pas quoi en penser, il aurait pu m'en parler lui-même, non ?

— Parfois, à force d'attendre le bon moment…

— Je suis allée à Percé pour me mettre à la place de Virginia, voir le rocher qu'elle apercevait de sa fenêtre et qui, sous cet angle seulement, ressemble un peu à un navire. Tout le monde dans la famille sait qu'elle l'a vu bouger. D'où son obsession… Mais en lisant *Voiles rouges*, c'est ce qu'elle a écrit sur l'enveloppe et ça sonne comme un titre de roman, je ne sais plus… Entre les lignes, c'est l'histoire banale d'une fillette pleine d'imagination et d'un secret de famille, dans une région marquée par des légendes tenaces…

— Tu veux m'en lire quelques extraits ? Il nous reste une heure, pour le moins.

— Elle avait dix ou douze ans alors, ce n'était qu'une gamine qui abordait la puberté. Je crois qu'elle a tout inventé…

— Vraiment ? Si elles ont marqué toute sa vie, ces pages ne méritent pas d'être jugées si durement, non ? »

Merci Noé de nous avoir sauvés, nous tes enfants de la centième génération. Père de l'humanité, nous te sommes infiniment reconnaissants : nous héritons un monde que tu as choisi. Bien sûr, nous ne partageons plus la crédulité de nos ancêtres, car il est évident que tes proches ne comptaient pas autant de races humaines que j'en croise dans les rues de New York. Par contre, d'où viennent les mauvaises herbes qui envahissent chaque printemps mon balcon ? Mésalliances, dégénérescence ? Et tous ces cafards ? Des clandestins ? Ton arche était-elle si grande pour s'en embarrasser ? Et puis : n'as-tu rien oublié ? Le curé affirme, quand on le presse, que tu n'es qu'une parabole (mais il ignore mes autres questions : les textes sacrés se résument-ils à des historiettes vite ficelées ? que tient-on aujourd'hui pour vrai qui fera rire demain ?). Tout ça pour nous dire que nous sommes sauvés. De qui, de quoi ? Des végétariens ?

« Il y avait une fille de cet âge, dans ma classe, qui faisait des rédactions superbes, commente José. Mais elle n'aurait jamais critiqué quoi que ce soit…
— Celui-là était sur le dessus. Voici le suivant. Ils ne sont pas datés, hélas. Je ne sais pas s'ils sont classés ou non… »

Noé qui fait le vin et qui ne le boit pas a peur de l'eau.

L'inondation menace, Noé pense à son salut et construit le vaisseau qui le sauvera, lui, sa famille, ses voisins, son poulailler et son potager. Ce noble navire, il en dresse lui-même les plans : une grosse barque tout en bois avec un toit. Et une cheminée ?

« Elle avait du caractère… »

Noé s'inquiétait des pluies, chaque année plus précoces et fortes. De mémoire d'homme, jamais les cieux ne noyaient le raisin comme aujourd'hui. À chaque récolte, on entendait ses cris, et on se moquait de ses lamentations. Noé le fou, disait-on de lui.

Après vingt jours de pluie, tandis que l'arche

commençait à se remplir, l'espion du roi vint au palais rendre ses comptes. Le roi fit convoquer Noé le prudent. Noé se présenta au palais, obséquieux et humble. Sommé d'expliquer ses plans, Noé se désola de ne point pouvoir satisfaire aux désirs que le roi n'exprimait pas encore : il n'avait plus de place. Il emmenait femme, enfants, frères et cousins, et puis les plus belles bêtes d'élevage, des animaux de compagnie, ceux du jardin zoologique et les fauves du désert qui n'étaient pas si faciles à attraper…

Le roi menaçait de s'emporter lorsque Noé lui demanda ce qu'un aussi grand souverain préconiserait de sauver… Le roi se mit à réfléchir. Noé privilégiait les liens du cœur, quand ils ne s'opposaient pas à son projet de recréer un monde identique à celui que les flots condamnaient. « Le roi est l'ordre, il doit être sauvé en premier », dit le roi. « Sans lui, aucune renaissance n'est possible. » Noé acquiesça et il raya de sa liste une vieille tante boiteuse pour inscrire le glorieux nom du roi. « Le roi doit avoir un héritier », ajouta le roi. « J'ai trop d'enfants déjà, dont le caractère est tumultueux, et je dois penser à fonder une nouvelle tribu. » Sur son indication, Noé raya de sa liste les amis, les voisins et les lointains cousins, pour vingt des plus belles des plus jeunes des plus vierges du grand harem. « Nous devons honorer nos dieux », précisa le roi. « Un grand roi ne peut régner sans un prêtre à ses côtés. » Le grand prêtre était vieux, son apprenti, un bel éphèbe, faisait mieux l'affaire. « Un médecin est nécessaire », remarqua le roi, « et ses herbes et son alambic. » Noé approuva l'intérêt de l'alambic et le vieux médecin ne pesait pas bien lourd. « Je veux mon perroquet », exigea le roi. « Tu lui trouveras une femelle, avec de jolies plumes, et qui parle, mais pas trop. » Noé en avait vu au jardin zoologique. « Quelle place reste-t-il ? » s'enquit le roi. Noé fit ses calculs, plusieurs fois : hormis sa proche famille, il ne restait guère de place. « Est-ce assez pour mon or, mes plus beaux joyaux ? » insista le roi. « Nous allons créer un monde nouveau. Gardons le meilleur et laissons-le prospérer ! Et puis, il nous faudra honorer les cieux d'être saufs ! » Noé courba l'échine et accepta le dernier caprice du roi.

Le roi céda au conseil avisé de Noé, qui ne pensait pas que trop attendre fût prudent : quand les eaux auraient monté, à l'heure de périr qui craindrait s'en prendre au grand roi en son palais ? Le roi, ses femmes, son éphèbe et son médecin regagnèrent donc l'arche à la nuit, avec le perroquet, après que Noé eut fait transporter l'or par des hommes que nul au palais ne connaissait.

Le roi s'étonna de trouver le navire, qui ressemblait si peu à une arche, déjà occupé. Il y avait déjà là le grand prêtre et vingt jeunes nonnes, le grand argentier et vingt jeunes apprenties, le grand capitaine et vingt jeunes esclaves – et tous leurs biens les plus précieux... Le roi s'indigna et Noé fit signe à l'un de ses hommes. Cet homme fit signe à d'autres qui, comme lui, portaient fouet et dague à la ceinture. Chacun s'approcha d'un grand hôte, et quand Noé se démit de ses frusques, ils enfoncèrent leurs dagues loin dans les cœurs du roi, du prête, de l'argentier et du capitaine. Dans l'élan, ils liquidèrent les éphèbes et les médecins. Puis ils réunirent les vierges, l'or, les herbes et les perroquets, et se les partagèrent.

Les pirates acclamèrent Éon l'usurpateur, le frère maudit de Noé.

« Éon ? Le chevalier français ?

— Fille ou garçon.

— Elle me plaît de plus en plus, ta grand-mère... Continue...

— Je pense qu'il manque un texte. Il y avait visiblement une suite à cet épisode... »

Après le quarantième jour, les cieux congédièrent les nuages et purent contempler leur œuvre. Le monde n'était qu'un océan et seules deux embarcations avaient survécu.

Comment ça, deux embarcations ? Il ne devait y en avoir qu'une !

L'arche de Noé mouillait à l'aplomb de ses coteaux. Très loin, voguant habilement, un vaisseau à grande voile défiait le fleuve sans fin. À son bord, ils reconnurent Éon et les siens. Les jumeaux avaient donc triomphé de l'épreuve du Déluge… Ils méritaient tous deux de fonder le Nouveau Monde, mais il ne pouvait y en avoir qu'un. Que faire ?

Les cieux hésitaient. Noé, homme de bonté et de prudence, avait sauvé les siens, jeunes ou vieux, ceux de son sang, qui étaient chers à son cœur. Il avait songé à leur bonheur et choisit les plantes qu'ils appréciaient, les animaux qui leur seraient nécessaires. Éon s'était entouré d'hommes vaillants et braves, et de tant de vierges que leur tribu couvrirait bientôt l'ancienne terre, mais dans l'or ils sculpteraient de nouvelles idoles.

L'idée fut avancée de condamner Noé au repentir. Il pleurerait les vies qu'il n'avait pas sauvées pour avoir le cœur étroit et contemplerait les conséquences de ses choix malheureux. Éon serait condamné à l'éternelle beauté. Il jouirait des vierges et la vieillesse leur serait épargnée. Noé reconstruirait sa maison et son village là où ils avaient existé, il replanterait ses vignes aux mêmes coteaux. Éon errerait sur les mers et jamais n'accosterait ; rares seraient ceux qui le verraient et chacun craindrait de lui ressembler ; il serait maudit et nul ne s'en approcherait.

« Elle mélange habilement deux versions d'un même mythe, commente Nathalie. Le Déluge est généralement associé à l'arche ou tout substitut flottant. Mais, en Amérique du Sud, il est lié à deux frères jumeaux, qui se haïssent mais s'unissent pour venger leur mère.

— C'est plus que ça. Les notions de culpabilité et de châtiment sont très fortes pour une fille de cet âge.

— On dit que les secrets de famille sont perçus par les enfants dès leur plus jeune âge. Ils le prennent pour eux, un peu comme des enfants se pensent à l'origine du divorce de leurs parents.

— On se croit toujours responsable des malheurs qui nous frappent. Divorce, décès, tensions dans la famille… »

Les orphelines aussi ? se demande-t-elle.

« Le mieux serait de mettre Éon de côté. Si Noé échoue, on ira le chercher. — Mais où le cacher ? — Noé vit au désert, envoyons Éon au pôle. — Ne pourrait-on le laisser errer ? — Tant qu'ainsi il nous sera utile. Mais après ? — Nous le mettrons dans la glace ! N'est-ce pas ce que l'on fait, usuellement ? Il sera bien préservé. — Mais quand saurons-nous qu'il nous sera plus utile dans l'eau que sur les eaux ? — Il arrivera un temps où les vaisseaux fantômes feront rire. Nous les retirerons alors de leurs pensées. »

« Dans la glace ?

— L'hiver, on peut traverser le Saint-Laurent à pied. Du moins, on le pouvait à cette époque. »

Voiles rouges.

Chaque nuit, les hommes incendient la voilure dans l'espoir d'assécher le bois imbibé de l'eau du Déluge. La brume qui s'en échappe masque les flammes.

Rouge comme le feu.

Les cieux hissent les voiles rouges ; les cieux ignorent la pitié.

Rouge sang ? Du sang versé ? Le sang des dignitaires ou le sang des vierges ? Ce matin, à mon tour, j'ai saigné. Pas toi.

Les vignes rouges de Noé ! Noé qui fait le vin – rouge, rouge ! – et ne le boit pas ; Éon qui s'enivre du vin volé.

Dans tous les mythes du Déluge, on parle ou de l'arche ou des jumeaux.

Et nous. Qui en parlera ?

« On lui a caché l'existence de sa sœur jumelle ?

— On me l'a bien cachée, à moi…

— Que dit-elle encore ? »

J'ai saigné, ce matin, pour la première fois. Me voici devenant femme.

J'ai vu l'arche nimbée de brume qui approchait, je lui ai fait signe. Je t'ai appelée.

Ô ma sœur, ma grande sœur… Est-ce toi dans le reflet de la fenêtre, ou mon fantôme ?

Ainsi, aujourd'hui, je cesse de jouer. Je cesse d'être sage. Je deviens toi et moi, toi en moi.

Nous serons.

Non : soyons !

« Elle dit ma "grande sœur". Si elle avait été l'aînée, elle se serait appelée Nathalie. C'est une tradition dans notre famille. Quand cette Nathalie est-elle morte ? Combien de temps a-t-elle vécu ?

— Quand un seul des jumeaux survit, c'est souvent que l'autre est mort-né.

— Voici le dernier texte. »

Éon s'était réservé la plus jeune des vierges qui était également la plus belle. Elle se refusa et se jeta dans les eaux pour se noyer. Mais depuis le Déluge, elle buvait chaque jour l'eau des origines, et quand son corps toucha l'océan, ses jambes se transformèrent en nageoire. Depuis, elle guide le vaisseau fantôme et l'éloigne sans cesse de sa terre natale, elle le conduit comme les cieux l'exigent, au nord, toujours plus au nord…

« Elle fait référence à la légende de Blanche, une vierge morte à Percé, qui, en maudissant les pirates qui voulaient la violer, a pétrifié leur navire. D'où le rocher… Regarde ce pendentif. Il me vient de Virginia. Côté nacre, une belle jeune sirène. Le revers est gravé. C'est le même visage, mais en plus âgé. Le *Nathalie* arborait aussi ces deux sirènes enlacées, l'une jeune et rieuse, l'autre triste et plus âgée… Sa sœur représente l'éternelle beauté, celle dérobée par les pirates… Virginia a toujours vécu sous ce double signe, je le crains. Mon grand-père était une sorte de Noé, un homme profondément bon et raisonnable, efficace dans son métier. Selon Virginia, les cieux n'ont pas choisi Noé pour ses mérites, mais pour son caractère : il se sentait coupable et serait malléable. Éon préfigure son compagnon de voyage et de passion, un lettré fantaisiste, qu'elle a nommé le Sauvage. C'est l'historien qu'elle a trouvé sur l'îlot des tropiques... Tu vois, toute sa théorie n'est qu'un savant échafaudage pour compenser la perte de sa sœur.

— Petrack m'a surnommé l'Albatros.

— Quel rapport ?

— Enfant, j'ai pleuré la mort du grand oiseau, et me voilà pilote... Le suis-je devenu à cause de cet oiseau que j'ai tué, malgré tout, ou ai-je tenté de le sauver parce que j'avais envie de voler ?

— J'ai tort de ne plus y croire ?

— Ta grand-mère a laissé ces textes derrière elle, dans sa chambre de petite fille.

— Qu'elle ne les ait pas emportés à l'université ne signifie pas qu'elle les ait oubliés.

— Ce serait dommage d'oublier ça. »

Blackjack entre alors dans la cafétéria de l'aérodrome et confie ses cigares à la serveuse.

« La météo nous donne le feu vert, les informe-t-il ensuite.

— On y va ! Tu laisses tes cigares ? demande le pilote.

— On peut fumer dans ton zinc ?

— Toujours pas. Qu'est-ce que tu as emporté à la place ?

— Un peu de dynamite.

— Pour quoi faire ? s'inquiète-t-elle.

— Quoi ? Si tu retrouves le *Je le veux* coincé dans la glace, lui retourne l'aventurier, tu sors ton briquet ? »

Sur ces mots, Jack Blackjack leur fait signe de se presser et se dirige vers la porte.

« Vous croyez qu'on a une chance de le retrouver vivant ? leur demande-t-elle juste avant de se lever.

— Pour quelle autre raison me démènerais-je autant ? » lui retourne Jack Blackjack sans un regard.

Le pilote n'a rien dit, se contentant de lui sourire. Mais, dans le reflet de la vitre, elle l'a vu darder ses yeux verts sur le dos de Blackjack. Elle lui donne raison, l'ancien associé de Petrack n'est qu'un menteur.

12

Depuis qu'ils survolent le fjord de Scoresbysund, rien ne va plus. Comment reconnaître le continent immaculé, craquelé comme le vernis d'une vieille toile ? De sa frange émiettée, plus brune que blanche, fuse un écheveau de lézardes, failles où convergent les effluents inédits qui auréolent les grands glaciers qui se disloquent. La banquise sombre.

Bientôt, des rafales ont salement brinquebalé l'avion ; puis des éclairs ont aveuglé les cieux. Aussitôt retombé dans les ténèbres, ce désordre furibond les a abandonnés aux bourrasques sauvages ; tandis que dans la nuit éphémère, la mer en furie crache l'écume à l'assaut des icebergs qui se détachent par chapelets. Droit devant, des nuées noires se précipitent encore pour accabler l'espace, à nouveau embrasé.

La boussole tournoie sans relâche, l'altimètre singe une danse macabre. Emprisonné de nuages, l'appareil se révolte, il lutte pour échapper à tout contrôle et se fondre à la colère des cieux. La jauge de carburant amorce une chute irréversible – la tempête épuise les réservoirs plus vite que prévu.

« Il faut rentrer, supplie-t-elle une nouvelle fois.

— Pas encore, psalmodie Blackjack.

— De toute façon…, commence José.

— Je vous en prie…
— Patience, nous approchons. N'est-ce pas ? José ? »

Nathalie ne se penche plus pour observer le pilote. Mains calmes, épaules sereines, tête aux oscillations lentes – elle refuse de revoir le sourcil d'étonnement et le rictus béat sculptés sur le côté droit de son visage ; elle ne voit que ça. À côté, Blackjack s'agite par saccades. Il se tourne d'un bloc vers la vitre, mais dans la fente étroite de ses paupières ses pupilles glissent vers les instruments de bord ; quand il s'incline vers cette débauche de cadrans, il bloque sa mâchoire comme un homme perdu, ou comme un fou. Elle se cale dans son siège, serre la ceinture et enfonce ses ongles dans son assise.

« Nous ne sauverons pas Petrack, il est peut-être déjà trop tard pour nous sauver nous-mêmes… » Tout à l'heure – il y a dix mille ans – ces mots n'ont pas franchi ses lèvres ; leur écho l'accable à chaque respiration.

Il serait agréable de fermer les yeux et de partir en espaçant son souffle, en se répétant avec douceur qu'elle s'endort, que tout ira bien, qu'elle ne sentira rien, qu'elle peut fredonner dans sa tête une comptine joyeuse pour l'accompagner jusqu'au matin tiède sur la longue et paisible allée des rêves. Mais elle a toujours eu peur du noir.

Elle ignore, également, ce que ce mot, réputé usuel, qui ulcère sa gorge trop étroite, signifie pour elle, « Maman », et se désole de ne le savoir jamais. Elle ne sera pas mère. Tout à l'heure, peut-être dans une seconde, l'avion s'écrasera enfin pour les broyer tous. Qui retiendra ses larmes ?

Jack Blackjack peste et fulmine. Ce n'est pas son premier cyclone et, que cela soit clair, il ne cédera pas. Une fois, il a même gueulé : « Assez ! »

Assis, debout, assis, debout, assis : au début, dans son ample manteau de fourrure il a bravé l'ivresse funambule pour aller et venir du cockpit à son sac. Plus maintenant. Il tient à deux mains l'image prise par satellite qu'il a imprimée dans le bureau de José et qu'il lui a plaquée sous le nez : « Tu vas là. Fût-ce les Portes de l'enfer... » La photo date de plus de deux ans. Il a vertement maudit José de ne pas avoir souscrit à un service plus efficace : chez lui, ou à Portland, il aurait pu zoomer sur un cliché haute résolution de moins de trente-six heures. Entre le grain de l'imprimante et l'éloignement de l'objectif, il n'y a rien à voir. Ou, plutôt, juste un trait approximatif sur fond uniformément blanc : une crevasse infime égarée au sein d'une banquise infinie ? Dans son tracé, quelques points clairs : blocs de glace ou pixels délavés ?

À cet instant, José a dix ans – il est cet enfant glorieux qui vient de jouer des coudes pour s'asseoir au tout premier rang des chariots qui défient les boucles vertigineuses du grand huit à la fête foraine, son cadeau d'anniversaire.

« C'est magique : je vole ! »

Le pilote écarte lentement ses mains, les paumes en l'air. Palonnier et manche continuent à virer et à s'incliner, l'avion maintient sa route de lui-même... Le temps d'arracher un hoquet de stupeur à Blackjack, et José a solidement empoigné les commandes et bandé férocement tous ses muscles pour imposer son propre cap. L'appareil ignore superbement et sa volonté et ses efforts.

José a alors tourné un visage illuminé vers Nathalie.

« Qu'est-ce qui t'arrive, l'Albatros ? Tu vas nous tuer. Est-ce vraiment ce que tu veux ? » tonitrue Blackjack.

Elle a vu José, devenu fou, José qui ne contrôle plus rien, et elle a voulu crier – impossible. Nausée, frayeur : son ventre s'est affreusement tordu.

« Tu veux ma place ? » se contente de lui retourner le pilote qui se dégage déjà de son harnais.

Elle refuse ce qui se passe, incapable de se recroqueviller ou de fermer les yeux.

« Je ne suis pas idiot », grince Blackjack en glissant sa main vers la poche intérieure de son manteau.

L'Albatros étire brièvement son dos, soulage ses cervicales, puis se cale plus confortablement et reprend le palonnier.

Des larmes, des larmes stupides, dévalent une de ses joues, une seule.

« Je ne commande plus rien depuis longtemps, poursuit posément l'Albatros. Nous aurions dû nous écraser dix fois, et au moins cent fois nous noyer. Mais, nous volons… Tu ne saisis pas ? Nous devrions être morts. La tempête… cette tempête nous maintient en vie…

— Ça n'a aucun sens, proteste Blackjack.

— Effectivement… Aucun sens… »

Soudain, une inépuisable série d'éclairs circonscrit le dôme céleste. La carlingue oblique aussitôt, en émettant d'inquiétants grincements. Ils perdent de la vitesse. Au loin, droit devant désormais, une pâle réminiscence de ce flamboiement sidérant miroite sur la surface blanche.

Nathalie secoue la tête, incapable de sortir d'un : « Mais qu'est-ce qu'on peut faire ? » Question ou constat ? Appel à l'aide ou invitation à leur faire enfin entendre qu'ils sont déjà morts…

Blackjack se tourne vers elle. Elle se fait plus petite. Il attend qu'elle relève son regard – elle est soulagée de constater qu'il ne la méprise pas. « Ça va aller. On y arrive, finalement. »

Lui répond-il vraiment ? Peut-être s'adresse-t-il au pilote ? Ou bien se parle-t-il à voix haute, maintenant que ce genre de scrupule n'a plus aucune sorte d'importance ? Mais, au moins, il a pris une décision. Leur choix.

Petrack en a probablement fait son associé pour ce trait de caractère. Il a toléré son mouchard – pour se réserver de l'appeler à son secours ? Mais en lui adjoignant José. Pour quelle qualité ? Ce calme effrayant ?

« Regardez. Là », énonce l'Albatros.

Qu'a-t-il dit ?

Un halo diaphane se rapproche.

Qu'est-ce que c'est ?

Les nuées se dispersent et la clarté vacillante révèle en dessous d'eux une traînée sombre. Nathalie croit distinguer une piste d'atterrissage sommairement aménagée. Elle tend la tête. Non, ça ne peut pas être ça, pas davantage que cette lumière ne signale un village. Elle suit des yeux le geste de Blackjack qui exhibe l'image qu'il a imprimée. Elle opine : c'était bien une crevasse, phénoménale, qui trace jusqu'à cette lueur.

La faille s'élargit. Profonde, accidentée. Un vrai canal, avec ses propres icebergs.

L'avion chavire brutalement sur son flanc, se redresse et plonge à nouveau pour se faufiler dans la brèche.

De chaque côté du gouffre, des ours blancs, dressés sur leurs pattes, les menacent des griffes et des dents.

« Maman. »

L'appareil suit le bras de mer en tournant sur lui-même, happé par un invincible vortex.

À flanc de crevasse, des anfractuosités lâchent des torrents de pingouins qui grouillent pour s'en libérer.

« Le chariot du grand huit s'est détaché, je vole… »

L'appareil se cabre, pique dans l'abîme, puis il reprend de l'altitude.

Des phoques affolés tournoient au pied d'un minuscule glacier phosphorescent.

« À moi, les Portes de l'enfer ! »

Ils s'élèvent dans les airs, stoppent mollement et restent un instant suspendus, puis ils sont emportés. Le temps de se demander si c'est l'appareil qui vrille ou un cyclone qui fait défiler les nuages, et l'avion s'immobilise de nouveau. Pas longtemps. Les trois passagers s'évanouissent tandis qu'ils amorcent une chute libre.

Au sommet du glacier rayonnant, une tache ténue et sombre, difficilement perceptible, ne cesse de grossir. Bientôt, elle ressemble à un vaste trou noir. L'avion s'y engouffre, perdant ses ailes, puis il glisse, telle une luge endiablée convoyée dans un toboggan tortueux…

13

Il n'est pas l'heure d'ouvrir les yeux. Les rideaux filtrent un dimanche matin de bord de mer. Plutôt midi ? Ses tempes enfoncées et sa bouche pâteuse attestent un samedi soir. Elle ne se souvient de rien, si ce n'est une litanie de cauchemars confus et absurdes. Nathalie veut ramener plus de drap sur son visage. Elle en est empêchée. Son épaule l'élance salement. Une ankylose de mauvaise position ? Elle insiste et la douleur fuse, refoulant d'un seul coup les sensations de l'éveil : ce n'est pas une chambre, pas un lit, pas un dimanche. Son avion s'est écrasé.

« Ressaisis-toi ! »

Tout son côté gauche forme un amas susceptible. Son visage, un nœud de grosse corde marine. Sa bouche bave du sang. À cette idée, son ventre se creuse, cruellement, libérant les souvenirs précis de la tempête, et elle vomit.

La voix de son père n'ajoute rien (il rugit ainsi, toujours à l'improviste, une façon bien à lui de la rappeler à l'ordre, de l'obliger à se tourner pour se faire gronder – mais de quoi ? Ça, elle ne le saura pas, car il n'est pas là, le cri ne retentit que dans sa tête ; elle ne s'y fera jamais) et elle énumère d'elle-même les consignes qu'il n'aurait pas manqué de lui dicter en pareilles circonstances : l'avion est-il stabilisé ? Quels sont les risques d'explosion ? De quels indices se préoccuper ? Es-tu sérieusement blessée ? Que vas-tu mieux faire, maintenant ? Est-ce ainsi qu'il convient de réagir ? Papa ?

Avant même d'apprendre à écrire, Nathalie a été consacrée championne des listes. Elle déplaçait sur la porte du frigo des mots aimantés ; tout au début, elle les agençait plus ou moins à la verticale et selon leur longueur ; puis elle en privilégiait quelques-uns, dont elle reconnaissait le dessin et qu'elle répétait de mémoire ; enfin, elle les répartissait en deux colonnes et épelait chacun comme au concours d'orthographe. Elle s'y adonne depuis machinalement. Elle rédige des séries d'items comme autant d'itérations mathématiques, établissant des liens, pondérant les options ; puis, sûre de ne rien omettre, elle visualise ses notes. Mais leur représentation se trouble alors, les mots se réduisent à de simples suites de lettres, des successions de traits et de petits pâtés : l'exercice les vide de leur sens. C'est le processus. Épuisée, elle peut s'endormir. L'illumination lui vient au réveil, comme un élan – et avec une telle évidence qu'elle n'a jamais cédé au projet, ou trouvé le courage, de comparer ses conclusions à ses listes. Elle se demande néanmoins si les mots croisés produiraient le même résultat. Mais elle est trop fatiguée pour remettre en cause un procédé à l'efficacité éprouvée – recenser, dormir, décider.

Avion, tombée, blessée. Explosion, sortir, blessée. Dormir. Trop envie. Pas opportun. Réagir ?

D'un côté, elle réalise qu'elle est coincée derrière le siège du pilote, toute recroquevillée, trop à l'étroit, incapable de bouger. De l'autre, elle regarde une série télévisée où des internes de première année échangent des truismes discordants sur l'interdiction de bouger les grands blessés ; elle change de chaîne jusqu'à dénicher un western où le cow-boy se précipite pour déplacer le corps inerte de son ami, Flèche-au-cœur, qui lui confie cependant qu'il ne souffre pas. Pas encore, du moins. Car, mais peut-être est-ce à l'université – lors d'une démonstration de dissection légiste ? –, elle se souvient d'un cours où il était professé que, en état de choc, quelque chose – mais quoi ? ce mot n'apparaît plus sur aucune liste ! et puis, les médecins communiquent par sigles : autant, C.Q.F.D., mélanger toutes les lettres – fait que la douleur s'avère parfaitement supportable ; cette grâce, c'est là un fait dûment établi, cette grâce ne dure pas.

Le siège du pilote ? Nathalie recouvre espoir – elle n'est pas seule.

Il y a Blackjack aussi, rustre mais fort. L'Ours saura quoi décider.

Tout juste bonne à grincer une plainte, sa bouche lui refuse d'appeler à l'aide.

Sa main droite entreprend alors d'escalader le dos du fauteuil – c'est un jeu délicieux auquel elle s'adonnait volontiers, toute petite, ses doigts figuraient un animal à courtes pattes qui gravissait l'accotoir pour fondre sur sa proie, bouton de manchette ou stylo plume… Grimper de quinze centimètres épuise ses forces et le geste retrouvé l'invite furieusement à enfouir sa tête contre le cuir et à accepter la moiteur lénifiante de cette chaude journée… *Chaude* ? Nathalie étouffe cette sensation délirante, renonçant d'envisager ce qu'elle implique en termes cliniques – et note, cependant, tout en marge : fièvre, infection, agonie.

Elle soupire, produisant un grognement bizarre, et agrippe le siège plus fermement.

« Ça va ?

— Han ! » hoquette-t-elle.

La voix du pilote l'a surprise. Sa réponse a déchiré sa gorge.

« Je ne savais pas si tu dormais encore… Tu ne me répondais pas… Nathalie. Nathalie ? Tu t'es rendormie ?

— Han non.

— Tu es blessée ?

— Crois. »

Sa mâchoire renâcle à s'ouvrir suffisamment; son cou lui fait terriblement mal; une seule paupière s'entrouvre; ses narines produisent un ronflement gênant; du sang, coagulé, fripe tout son visage... Voilà qu'elle dresse l'inventaire de ses bobos, maintenant, se lamente-t-elle tandis que le pilote s'acharne à combler le silence en l'incitant à achever ce catalogue morbide. « Tu tiens le coup? Est-ce grave? Tu peux bouger? » Non seulement il s'évertue à énumérer exactement les questions à placer du mauvais côté du tableau, celles dont tout le monde sait qu'on ne peut les compenser, mais en plus il croit indispensable de tout répéter en articulant et en parlant haut comme si elle était stupide! Alors que non! Parce que ce qu'il ne sait pas, l'Albatros, c'est que le coup des listes, c'est justement fait exprès: ça sert à retarder les échéances incontournables, à épater la galerie, à faire diversion, à ne pas paniquer, à ne pas comprendre, à finir par dormir très fort, très loin, très longtemps, à éviter le constat irréfutable, à ne pas rédiger de procès-verbal – c'est ça, *verbal*, à ne pas dire qu'elle est blessée, oui, et plutôt salement, voilà, c'est dit, « Blessée! » « Blessée! » « Blessée! », et qu'elle ne s'en sortira pas: c'est mieux, dit comme ça?

« Tu es sous le choc. Je suis sûr que ça ira. Nathalie, écoute-moi: je ne comprends rien à ce que tu marmonnes. J'ai une trousse de premiers secours à l'arrière. Pour l'atteindre, il faut que je me dégage, et pour cela je vais devoir reculer mon siège. Mais tu appuies dessus de tout ton poids... Tu pourras le supporter? Ça risque de te faire un peu mal... Nathalie?

— Han? »

Trop tard. Elle a envie de pleurnicher, de céder une toute dernière fois, de se raccrocher à n'importe quoi – la trousse de secours convoque l'image de cette infirmière gentille, celle qui lui a offert de la glace à la vanille en plein hiver –, mais c'est trop tard, désormais. La brèche est ouverte : la réalité l'envahit, les mots ont tout gâché. Plus de rêves, plus de souvenirs, plus de régression douillette. Elle est redevenue une grande personne – mais à quoi bon redevenir une grande personne mortellement blessée dans un avion écrasé dans les confins de l'Arctique ?

« Mordue la langue…, se justifie-t-elle. Et toi ? »

Prononcer distinctement autant de mots lui a coûté.

« Pas grand-chose », lui répond le pilote, les cheveux et le visage trempés. « Un peu mal à une jambe. Pour le reste, ça va. Alors, dis-moi où tu as mal.

— Partout. À gauche. Bras, côtes… Sais pas. Grosse fièvre… Blackjack ?

— Ne t'inquiète pas pour lui. Il va bientôt revenir.

— Revenir ? »

La perspective qu'il les ait abandonnés ne résiste pas au fait qu'ils se sont écrasés en pleine banquise – où personne ne s'aventure seul. Et puis : pour quoi faire ? Certainement pas pour aller chercher des secours…

« Parti où ?

— C'est Blackjack…

— Vérité, insiste-t-elle en économisant ses mots.

— En vérité… je n'en sais rien. D'où je suis, je ne vois pas plus loin que le bout du nez de mon avion, ce qui n'est plus grand-chose. Voilà du moins ce que je vois : nous nous sommes plantés dans un banc de sable.

— Sable ? Plaisante…

— Je ne plaisante pas, Nathalie. Du sable clair, remarque. Baigné par une eau cristalline. Plus loin, tout est blanc. Une muraille de glace. Bref, la banquise… Mais son éclairage…

— Oui ?

— C'est invraisemblable. Tu sens cette chaleur ?

— C'est la fièvre, s'efforce-t-elle d'articuler comme si la lucidité exigeait de formuler intelligiblement.

— J'y ai pensé aussi. J'y ai même cru ; mais non,

ce n'est pas ça. Il fait chaud… Tu sais ce que faisait Jack quand je me suis rendu compte qu'il avait quitté l'avion ? Il était assis dans l'eau… Son manteau retroussé sous ses bras. Et il regardait tout autour, à gauche, à droite… il tordait la tête pour regarder tout en haut…

— Regarder quoi ?

— La paroi scintille, il regardait les reflets. Je crois que dans notre chute un débris de l'avion a mis le feu à… à je ne sais vraiment pas quoi ! Pour produire une telle lumière… Ça doit être un incendie colossal… J'ai très envie d'y aller voir, mais on va s'occuper de toi d'abord.

— Veux bien. »

La sollicitude de José apaise instantanément ses craintes et elle lui dit qu'elle est prête, s'abîmant dans la vision d'un bambin difforme prénommé Jack, barbotant dans cinq centimètres d'eau sur la côte ouest, que distrait le vol capricieux d'un cerf-volant. Elle serre les dents et soulage le siège de la pression de son poids. José met néanmoins des heures pour sortir sa jambe, s'arrêtant à tout bout de champ pour lui demander si ça va. Comment lui répondre sans hurler que non ?

Une fois passé, avec une hésitation bienveillante, José pose sa main sur son front. Elle l'enveloppe imparfaitement – il n'a pas de grandes mains. Un long frisson court aussitôt de ses épaules à ses hanches, si impromptu et si puissant qu'elle croit sangloter. Il s'éloigne juste à temps. Le soubresaut annoncé se dissipe dans ce conglomérat ombrageux qui la ceinture du bassin à la poitrine. La vague de froid reflue jusqu'à lui piquer les yeux. L'avion empeste.

« Sois forte. »

Nathalie acquiesce sans comprendre. Déjà, toute petite, elle a appris à stopper net ses pleurs quand il brandissait son index pour imposer le calme : elle savait ravaler ses larmes et respirer par brèves saccades pour maîtriser ses frémissements. Puis, venait le sermon. « Les moments de faiblesse sont inévitables ; c'est comme un mauvais rhume, ça arrive. Mais tu ne vas pas te laisser abattre à cause d'un tout petit rhume, non ? Ni même d'un gros, tu n'es plus une enfant. Tu es comme moi, Nathalie. Moi aussi, j'ai des rhumes. Ça t'étonne ? Eh bien, si tu m'écoutais vraiment, tu aurais déjà compris que je ne le montre pas quand j'en ai un. Pas même à toi. Et tu sais pourquoi ? Parce que je suis plus fort que le rhume. Et parce que ça ne regarde personne quand j'ai mal. Tu entends, personne ne doit savoir quand tu vas mal. Il ne faut pas se montrer faible, jamais. »

Elle est forte. Oui, elle l'est. José ne revient pas. Qu'est-ce qui peut le retenir, dehors ? Si loin… Le temps paraît toujours moins long les yeux fermés, quand les pensées chantent. On ne pourra pas le lui reprocher : après tout, elle n'arrive même pas à relever complètement ses paupières. Autant les laisser se reposer. Un tout petit peu, pas plus. Pour montrer qu'elle n'a pas peur du noir.

Au moment où une voix irréelle appelle au loin : « Nathalie… Ohé, Nathalie… », une sorte de vilaine crampe, une légère crispation au niveau du bas-ventre, trop éphémère pour la localiser avec précision, la réveille. Un ovaire ? Une sueur froide inonde son dos et ses tempes. Elle n'a plus mal, mais elle redoute que cela revienne.

« Tiens, bois… Attention, c'est chaud.

— Chaud ? »

José se penche et pose son quart sur ses lèvres tuméfiées. Le simple contact la fait tressaillir. Elle se force à entrouvrir la bouche. Le rebord bute contre ses dents.

« Oui, l'eau du lac est assez chaude, poursuit-il. Je ne sais pas, dans les trente-cinq degrés. Peut-être plus. C'est incroyable, non ? Et elle est si bonne…

— Bonne ? »

La première gorgée la surprend, elle ne l'a pas cru

à propos de sa température… La deuxième l'oblige à cracher le sang et les glaires qui encombrent sa gorge. Elle ingurgite le reste en tirant à soi la main du pilote.

« Encore !

— Oui. Évidemment. J'y retourne.

— Reviens, vite. Soif.

— Promis. »

Elle l'écoute s'éloigner en claudiquant, bifurquer et s'asseoir gauchement sur le rebord de la porte avant de se laisser mollement tomber sur le sable. Il ne lui a pas rapporté la trousse d'urgence qu'il était parti chercher. Elle préfère ne pas lui demander pourquoi.

À son retour, elle l'interroge sur l'incendie – c'est une question qui devrait la soucier, mais elle n'arrive vraiment pas à écouter la réponse et ne retient que : « Plus tard. Ferme les yeux et laisse-toi faire… » Elle n'insiste pas et il lui redonne à boire. Sa prévenance bon enfant lui fait l'effet d'une vague de bien-être qui se répand dans son corps, chaleureuse et vivifiante, comme un profond soupir de détente. L'eau roule dans sa gorge et se propage par ses vaisseaux sanguins dans toute sa poitrine ; elle la sent affluer jusqu'à l'extrémité de ses doigts, caresser son épaule, contourner ses côtes et les soulager, baigner son bassin, inonder son ventre, infiltrer ses jambes, s'accorder à une lente et longue expiration pour jaillir soudainement contre son front, irradier ses tempes, se disperser dans sa figure. Sourit-elle ?

José lui déverse précautionneusement la fin de son quart sur le visage. D'une main, il accompagne le ruissellement sur ses paupières, le long de ses joues, autour de ses lèvres, glissant sur son menton pour effleurer la naissance de son cou. Elle s'abandonne, tend légèrement la tête vers lui, gagnée par l'envie de tout oublier. Sa langue en profite pour récupérer goulûment quelques gouttes qui s'attardaient près de sa bouche. Elle bloque ses mâchoires, indignée par l'équivoque à laquelle elle vient de se laisser aller.

Ses paupières se décollent enfin, elle peut vraiment ouvrir les yeux. José n'a rien remarqué.

« L'eau est chaude.

— Je te l'avais dit !

— Sa température n'a rien à voir avec l'incendie. Ce n'est pas possible…

— Quels progrès dans ton élocution… C'est une source chaude, tout un lac. C'est étonnant par ici, mais pas exceptionnel. Par contre, cette luminosité… »

Elle s'apprête à lui parler de l'incendie quand elle remarque que ses cheveux dégoulinent comme s'il avait carrément plongé sa tête dans l'eau, mais elle le surprend alors faire semblant de s'essuyer la bouche afin de se lécher le revers de la main.

« Quoi ?

— J'ai encore soif, prétexte-t-elle pour expliquer ses yeux ronds.

— Le quart est vide. J'y retourne. »

Quelle impatience ! José lui a répondu avec la tête d'un gamin qui vient de trouver un billet de dix à la porte d'une pâtisserie…

Une fois levé, elle constate que le bas de son pantalon est également trempé, jusqu'à mi-cuisse. Elle se dévisse le cou pour l'observer s'éloigner. Il ne boite plus.

En l'attendant, Nathalie ferme les paupières pour s'imaginer avachie dans sa baignoire, eaux bouillantes et vapeurs parfumées, les remous programmés la libérant peu à peu de toute la tension d'une journée d'université. Elle prolonge cette pensée agréable et sa main se lance, à tâtons, en quête d'une coupe de champagne… Non : en quête d'une coupe de cette eau… Et même, de toute une bouteille !

« Ah, te voilà !

— Tu as soif ? Essaie d'en garder pour finir de te débarbouiller… Hé ! pas si vite… Bon, la prochaine fois, je te verse le gobelet sur la tête !

— Je pue ?

— Je cherchais une formulation plus délicate, mais ce n'est rien de le dire…

— Tu t'es baigné ! riposte-t-elle.

— Et tu ferais bien d'en faire autant, lui retourne-t-il d'une façon trop monocorde.

— Tu n'es pas blessé comme moi…

— J'avais besoin de me changer les idées.

— Pourquoi ? demande-t-elle tout en sachant sa question déplacée.

— À cause de mon avion, bien sûr… Enfin, de ce qu'il en reste.

— Comment cela ? Que veux-tu dire ?

— J'ai perdu mes ailes. »

Un petit garçon. Oui, et capricieux : voilà qu'il parle de son avion comme s'il venait de retrouver son jouet cassé.

« Mais…, se ressaisit-elle. On peut le réparer, n'est-ce pas ?

— Réparer ? Non, on peut pas.

— Comment allons-nous repartir ?

— Je présume que Blackjack partage cette inquiétude.

— Blackjack. Je l'oubliais. Où est-il ?

— Mauvaise question. Où sommes-nous me paraît plus approprié… »

Nathalie détourne son regard, José veut plaisanter, mais il devient cynique.

14

José ne revient pas. Elle n'en peut plus d'attendre et se hisse maladroitement de quelques millimètres pour l'observer par le hublot. Impossible d'en faire plus, les sièges la coincent. C'est inutile, également : une sorte d'écran d'un blanc aveuglant sur lequel dansent les reflets furtifs du brasier occupe tout son champ de vision. Elle ferme les paupières et s'imagine plonger une main dans le lac, juste le bout des doigts… Ce désir la submerge au point qu'elle brave ses peurs et s'extirpe d'un coup – elle s'était préparée à hurler sous la douleur, elle n'émet qu'un hoquet d'étonnement : elle n'a presque plus mal. Elle sent à peine ses côtes, comme à la fin d'une convalescence heureuse.

Elle regagne le rebord de la carlingue à quatre pattes. Ses yeux suivent les traces de José sur le banc de sable fin. Assis sur ses talons, au plus près de son cockpit, il caresse délicatement la surface scintillante du lac, dont il trouble la belle transparence d'infimes vaguelettes. Son visage poursuit les miroitements comme un enfant dodeline la tête au chant d'une berceuse.

En se penchant un peu en avant, elle tente de scruter les abysses qui ne s'assombrissent presque jamais. Aucune image ne s'associe à ce qu'elle accepte d'appeler un lac, sinon un souvenir confus de thermes aseptisés alimentés par une source géothermique. Elle fait la moue à la recherche d'une explication, sans rien trouver. Elle insiste en essayant d'ordonner son observation. Tandis que, sous « aseptisé », elle classe mentalement les mots « chlore », « faïence », « blancheur » et « clinique », elle remarque qu'elle ne pourra rien contrebalancer sous la rubrique « source naturelle » : elle n'aperçoit (il n'y a) ni algue ni galet, ni coquillage ni poisson. Devra-t-elle envisager un regroupement intitulé « milieu artificiel » ?

Des rochers érodés affleurent à la surface de l'eau. De vrais rochers ou bien des structures en bois ? Comme des coques retournées ? C'est-à-dire : des épaves ? Elle plisse les yeux et, cédant à une sensation de bord de mer, elle les voit comme autant de haltes pour la baignade – elle pourrait s'y allonger tout à son aise et abandonner son corps trempé au soleil. Elle ferme complètement les paupières et se concentre sur le décompte : « vingt, dix-neuf, dix-huit... » À zéro, elle les rouvre pour les refermer une demi-seconde plus tard. L'image rémanente évoque une carte postale colorisée : le reflet d'un défilé de nuages cotonneux dans la limpidité turquoise d'un lac.

Autant dire une illusion, une imposture de l'esprit réticent.

Car il n'y a pas de nuages. Car il n'y a pas de ciel. Aussi loin qu'elle peut le constater en passant seulement la tête par la porte, le panorama qui l'éblouit, cette muraille d'un blanc insoutenable qui cerne tout leur horizon, cette paroi immaculée s'incurve au-dessus d'eux : la glace les chapeaute en une voûte diaprée ininterrompue.

« Où sommes-nous ? »

Depuis qu'elle a incidemment découvert, lors d'une excursion scolaire, que la cascade d'un jardin public fort réputé se trouvait alimentée par un simple robinet, en tout point semblable à celui qui était caché sous l'évier de la cuisine (peut-être plus gros, mais pas tellement), et que sa famille investit dans les structures touristiques où tout n'est que trompe-l'œil, automates et trouvailles cinétiques, la petite Nathalie s'est voulue experte en trucages. Mais, tandis que « base secrète », « igloo gigantesque » et « parc d'attractions » s'amassent pêle-mêle sous la rubrique « milieu artificiel », son intuition la guide vers une autre piste, qui exclut toute intervention humaine, ce qui ne la rend pas plus réaliste. Ni plus rassurante.

L'éclairage est, de loin, l'élément le moins familier, voire étrange et quelque peu inquiétant. Les parois reflètent l'incendie dont José n'a pas voulu parler, ou si peu. Il disait avoir aperçu des flammes à l'approche des berges, et donc sur l'eau… Elle redoute aussitôt de voir ce flamboiement vaciller et mourir, et avec elle son existence sombrer dans les ténèbres boréales. Le brasier miroite sur l'enceinte de glace, mais cette source fabuleuse ne suffit pas à expliquer ni l'uniformité ni l'intensité lumineuse, presque fluorescente – le glacier semble irradier… Elle se tourne vers le pilote, qui n'a pas bougé. Que sait-il ? D'où il est, il en distingue l'origine. Le cockpit la lui cache. Elle n'est pas pressée de quitter l'avion.

Sous ses pieds, le banc de sable blanc s'étiole en une langue serpentine jusqu'au rivage. Après peu de plage, un chaos de rochers ventrus s'épaule contre la glace. Espacés sur la berge, ils s'entassent au fur et à mesure que le sol monte, jusqu'à générer une éminence improbable. L'escarpement n'accueille aucune végétation – sans repères, il est difficile d'évaluer la taille de ces formations depuis la carlingue : la plupart doivent atteindre deux étages d'immeuble. D'un gris constant, ils ne sont que renflement et protubérance ; bulles magmatiques colossales figées par un gel soudain, ils évoquent d'énormes tubercules gélatineux fossilisés, des braises et des cendres titanesques. Cependant, dans le détail, pas une bosse, une corne, un ergot ou un mamelon qui ne soient brisés par une coupe nette à l'arête saillante; certains sont creusés comme une pomme croquée, d'autres se soutiennent selon la symétrie parfaite de deux cellules qui se séparent. Leur disposition lui évoque celle d'un tas de champignons ou de fruits monstrueux mal empilé sur l'étal d'un marché gargantuesque. Mais la manière dont ils s'imbriquent l'invite à courir, à se faufiler dans les labyrinthes secrets que le hasard a tracés entre les rocs pansus. Elle ferme les yeux et secoue la tête pour chasser cette envie incongrue.

Si elle se tourne sur sa droite, ce paysage sans vie décline jusqu'à céder la place à un paysage lunaire de dunes désertiques savamment enchevêtrées, parsemées d'étendues sableuses puis rocailleuses, aux étranges moirages et aux ombres captives. Plus loin, presque dans l'axe de l'avion, le ruban de sable qui borde l'eau se fond en une ligne discrète. Cet ersatz d'horizon se confond peu à peu en une plage claire, qui s'étire en une ligne brune progressivement tavelée de vert, comme si une savane succédait à la rocaille – ce qui ne se peut. Pour identifier l'origine de cette confusion, Nathalie devrait se pencher davantage, mais son attention se rive à un galion qui se présente par l'arrière. Elle ne se souvient pas d'en avoir vu de si imposant. Une flottille d'épaves cerne l'antique navire qui paraît avoir été le seul épargné…

Quand elle détache enfin ses yeux de cette apparition insolite, son regard revient en arrière en longeant dunes et chaos, et s'arrête plusieurs fois sur de petits monticules pyramidaux éparpillés sur la plage, brun et rouille, qui scintillent en or et argent. Elle s'empêche de demander au pilote son avis sur la nature et l'origine de ces amas, car elle devrait solliciter son opinion sur une telle liste de « choses » et de « phénomènes » qu'elle préfère y renoncer pour le moment.

Elle se penche de l'autre côté, vers la queue de l'appareil. La pyramide rocheuse s'affaisse brutalement et plonge dans l'eau. Lui succède le rempart nu, que caresse le lac sans remous. Probablement par un effet du chatoiement de l'incendie, la glace semble légèrement rosée, ou animée d'ombres rougeoyantes. En se tournant davantage, elle discerne bientôt une falaise abrupte, nettement plus haute que le premier escarpement, bien qu'encore considérablement éloignée de la courbure de la voûte. Plus brune que grise, mais également dénudée, elle culmine dans un à-pic intimidant, s'enfonçant droit dans le lac.

Le moignon de l'aile l'empêche d'approfondir son inspection et elle s'attarde sur le paysage que devaient former ces deux élévations avant leur éboulement, qui délimitaient un passage arraché à la montagne par un fleuve furieux et qu'un barrage de glace occulte désormais… Parfois, brièvement, mais son imagination se montre particulièrement fertile depuis l'accident, elle pense deviner ici ou là sur ce mur blanc l'esquisse d'une forme translucide ; mais ce ne sont que les caprices du brasillement du feu, un jeu de brillances et de contre-jours qui simulent un relief emprisonné. Cependant, sculptée à l'intérieur du glacier, se dessine non pas une porte gigantesque issue de mains d'homme, mais quelque chose, un délire de la nature, qui, à cet emplacement, indéniablement le suggère.

Troublée, elle en détache difficilement les yeux, se remémorant le dernier cri de Jack Blackjack dans l'avion, les « Portes de l'enfer »… Elle cherche l'ancien associé de Petrack sur le rivage, en vain, et observe l'Albatros qui joue avec l'eau, comme un enfant rêvasse au bord de la mer.

« Aide-moi ! » réclame-t-elle soudainement. José s'exécute avec une nonchalance typiquement masculine, un soupçon de ravissement aux lèvres quand il tend les bras vers elle. Elle s'accorde de glisser mollement contre lui, soucieuse de ménager ses côtes ; il la saisit par la taille, elle s'accroche à son cou. Lorsque ses pieds atteignent le sol, ses jambes se dérobent; mais il se baisse et la rattrape à temps; il la soulève dans ses bras. Il la porte jusqu'au lac, mais ne la libère pas. Il avance un peu et se laisse tomber lourdement sur les genoux, sans la lâcher. Elle a les fesses dans l'eau, maintenant, juste le bout des fesses. Ça chatouille. Elle se débat et ils roulent tous les deux dans l'eau.

Elle ne comprend pas pourquoi, mais José se redresse trop tôt. Elle se relève sans effort et reste en appui sur ses coudes, sans le quitter des yeux. Lorsqu'il finit par s'en apercevoir, il récupère son quart, qu'il avait attaché à sa ceinture, et s'en sert pour l'asperger à deux ou trois reprises. Elle tend la main pour se protéger et tente d'attraper la sienne. Trop rapide pour elle, il l'évite et s'absorbe dans la contemplation de l'emplacement où manque l'aile. Il ne sourit plus.

Ce n'est pas drôle! Pas drôle du tout. Elle a envie de jouer, de barboter, d'éclabousser ce garçon à la mine trop sérieuse. Peut-être de faire l'amour, aussi. Oui, bien sûr. Mais voilà: l'avion est cassé, et l'Albatros ne peut plus s'envoler. Ah la la! Tu parles d'une affaire, toi. Quand on est coincé dans ce… dans cette espèce de… de quoi: d'igloo tropical/d'oasis glacée/d'île sous cloche? Vraiment. Si c'est pour faire la tête. D'accord, c'est moche, mais on peut quand même s'amuser, non?

Elle s'allonge et retient longtemps sa respiration – sans bouger, sans faire une seule bulle, rien. Si elle tend le menton à la façon paternelle, le bout de son nez atteint presque la surface. Elle pourrait faire des vagues avec, si elle voulait.

Mais elle a une autre idée, et ça…

Tant pis. José ignorera toute sa vie comment elle sait bien faire le poisson, ouvrant la bouche et fermant les yeux, fermant la bouche et ouvrant les yeux – ses nageoires battent parfaitement la mesure.

José boude, maintenant, ou quelque chose comme ça. Trop bête pour jouer: qu'il reste dans son coin!

Elle écarte les bras et les jambes, plie les genoux, remonte son bassin, attend un temps, puis s'étend et les resserre très fort : tant pis pour lui ! Et puis, zut ! Elle gonfle sa poitrine et se cambre jusqu'à faire saillir ses gros seins hors de l'eau. Elle les agite. « Viens ! » La bulle, énorme, éclate aussitôt à la surface, mais le son s'est dissipé dans le lac.

Raté ! Tant pis pour toi. T'as raté ta chance !

D'ailleurs, elle sait très bien aussi jouer toute seule, si c'est comme ça. Elle expire un dernier chapelet de bulles, et songe qu'elle pulvérise son record : depuis combien de temps n'a-t-elle pas respiré ? Qui le sait ? Hein ? Eh bien, le temps d'énumérer : « regarder le garçon », « penser à réparer l'avion », « faire la marée », « expliquer ce qu'est “faire la marée” (sous les couvertures, s'enrouler dans un sens, se dérouler dans l'autre, en faisant le chant des vagues) », « le garçon », « le poisson », « les gros seins »... Pas mal ! Et c'est pas tout : « boîte à neige » ! Non : elle a noté « l'oasis », et puis...

C'est pas très rigolo de tout relire, parce que c'est jamais assez bien rangé, et puis qu'elle pense à l'orthographe aussi, et tout, et tout. C'est du travail, faire ses devoirs, et le travail, et faire ses devoirs, ça te ramène à la maison, aux livres qu'il ne faut pas corner, à s'essuyer les mains pour pas salir, à pas s'énerver parce que vous avez toujours la tête sous l'eau, Mademoiselle, et que si Monsieur votre père savait ça... O.K./d'accord/oui/bon/ça va : la Mademoiselle, elle va se montrer gentille et toute sage toute sage...

Aussitôt, ses poumons s'affolent, son métabolisme panique.

Elle se redresse et recrache l'eau qu'elle a absorbée en inspirant trop tôt.

« Dommage que je ne t'aie pas chronométrée...

— Ça fait du bien, lui répond-elle en toussant.

— Je t'avais dit que tu avais grand besoin d'un bain... »

Finalement, ce garçon n'est pas trop nul. Mais il a toujours l'air aussi triste. Est-ce qu'elle a encore envie de faire l'amour avec lui ?

« L'aile est cassée », lui dit-elle.

15

Nathalie se laisse captiver par le spectacle du pilote qui regagne son avion. Sa fascination pour le garçon décroît lentement, et elle se sent vaguement coupable de quelque chose – déjà, toute petite, dans les plus grands musées, elle se reprochait de trop guetter les cafétérias qui vendaient des glaces, sans pouvoir s'en empêcher. Elle sait qu'elle devrait s'intéresser à l'origine de l'étrange clarté, mais son insouciance et son audace commencent à encombrer ses pensées, et elle n'a pas envie de s'occuper de ses scrupules. Plus tard…

José a rejoint sa place, au poste de commande. Elle l'observe secouer la tête, les deux mains posées sur ce qui reste de la dérive. Dans la vitre du cockpit jouent les reflets de flammes.

Derrière l'appareil, la haute falaise qui s'adosse à la muraille blanche se révèle dans toute sa splendeur crue. Elle contemple son second versant qui décline dans un foisonnement de strates brisées, une débauche hirsute; puis le relief s'aplanit, assez rapidement. Ce conglomérat mordoré, aux multiples facettes anguleuses, triomphe en désordre avant de courir en d'innombrables raidillons vers l'orée d'une forêt au verdoiement extravagant. Des arbres, ici… Des arbres, lourdes et larges frondaisons, feuilles grasses et luisantes, qui rivalisent en opulence…

Leur présence la gêne, elle s'attarde sur la mince plage qui borde la forêt comme la falaise. Si elle se penche davantage, elle peut la suivre jusqu'à ce que les arbres s'espacent, mais l'incendie alors s'ingère dans son champ de vision.

Elle passe promptement ce qui n'est, somme toute, qu'un brasier à l'épaisse fumée.

Elle pivote sur elle-même afin de reprendre sa découverte du glacier. La vaste muraille de glace poursuit son encerclement. Après que la forêt décroît pour s'effriter en quelques taillis, ceux-ci à leur tour s'éclaircissent en bosquets épars, puis en une suite de fourrés ras et rares qui s'achèvent en une maigre savane. L'improbable végétation disparaît ainsi, comme épuisée, et se laisse vaincre par la rocaille nue des dunes désertiques qu'elle a observées en premier, dans l'axe du fuselage, derrière le galion et les épaves.

Nathalie réalise qu'elle s'est retournée vers l'avion, moins parce qu'elle cherche la compagnie du pilote que parce qu'elle fuit quelque chose. Mais elle doit convoquer toute sa volonté pour se redresser et se diriger vers le banc de sable. L'eau l'attire et la retient. Chaque pas est un déchirement. Elle avance, cependant – mais ce n'est que lorsqu'elle se détache de l'eau qu'elle comprend pleinement ce qu'elle fait : elle marche, elle respire, elle sourit à l'Albatros – elle est guérie. Depuis qu'elle est entrée dans l'eau, elle a tout simplement oublié ses douleurs, aussi subitement que lorsque, dans une de ces anciennes réclames, un pionnier avale une large cuillerée d'un élixir de colporteur. À présent qu'elle foule le sable clair, y abandonnant une empreinte humide légèrement évasée, elle sait qu'elle lutte contre l'envie d'y retourner. Pour se baigner encore ? « *Non,* se reprend-elle, *pour m'y noyer…* »

Elle se précipite sur le sable et se retrouve du mauvais côté de l'appareil. Le banc de sable forme une presqu'île plus importante qu'elle ne l'avait soupçonné. Elle renonce à rejoindre José, pour ne pas devoir contourner la carlingue et donc à nouveau tremper ses pieds.

José ne la regarde pas, il fixe l'incendie. Nathalie hésite à l'imiter. Dans la direction des derniers taillis, elle a vu ces sombres nuées… comme posées sur le lac, nimbées d'un brouillard pâle… Elle ferme les yeux et respire profondément. Elle se tourne vers le feu. Elle entrouvre les paupières, derrière le peigne de ses cils s'étend une nappe diaphane tout autour d'un caprice rouge et noir, flammes et fumées, lumières et ténèbres. Elle se pince la lèvre et décide de l'affronter.

C'est un navire immense qui brûle. La brume tumultueuse brouille sa silhouette, ou bien celle-ci… La jeune femme tressaille : elle reconnaît ce bateau. C'est l'arche qu'elle contemple, l'arche de Noé : cette énorme barque avec sa cabane en grosses planches plantée au beau milieu du pont, tout droit issue d'une Bible illustrée de son enfance. Mais, l'instant d'après, cette vision se dissipe et le navire en feu se dote d'une voile pour prendre des allures de drakkar. Cette forme se maintient assez longtemps pour éveiller en elle le souvenir du mot « cogue » et l'associer à une autre image, une gravure sur bois plutôt sommaire cette fois, récemment entrevue dans un dictionnaire, lorsqu'elle décryptait les annotations de sa mère sur l'opéra de Wagner. Ce bâtiment hollandais, d'inspiration scandinave, a été conçu pour échapper aux pirates qui nuisaient aux échanges entre les ports de la Hanse. Également caractérisé par son mât unique et sa voile carrée, il est visiblement équipé de canons.

Nathalie redoute d'être sous l'influence de Virginia, entre ses écrits de jeunesse et la quête dont elle a repris… le flambeau. Elle se frotte les yeux, les ferme puis les rouvre après avoir décompté à partir de dix, mais les deux vaisseaux lui apparaissent alors simultanément…

L'hallucination se perpétue, selon le jeu des flammes et des fumées, l'un ou l'autre se succède, avec ou sans voiles, mais souvent les deux, ensemble, occupent le même emplacement…

Une méchante douleur froide sourd de ses entrailles à sa tête, jusqu'au vertige. Elle ne parvient pas à détacher ses yeux du phénomène – qu'est-ce qui lui arrive ?

« C'est un clipper, la surprend José. Et un grand !

— C'est ce que tu vois ?

— Absolument : un clipper. Je n'ai pas de mérite, c'est le seul voilier marchand que je sache reconnaître, le dernier construit en fait. Trois-mâts, un long beaupré, taillé pour filer neuf nœuds pour le transport des denrées périssables. Les capitaines faisaient volontiers la course entre eux, sur la route du thé ou en contournant le cap Horn…

— Je ne m'attendais pas à tant de précisions nautiques de la part d'un aviateur.

— Au dernier Noël que j'ai fêté, il y a bien longtemps, j'ai reçu une maquette à construire.

— Un clipper.

— Oui. Mes parents n'ont jamais cru que je volerais. Je crois qu'ils voulaient me dissuader de ce rêve.

— Pourquoi ?

— Peur que je tombe ? Ou peut-être entendaient-ils seulement tester ma motivation ? J'ai suspendu le bateau au plafond, dans un coin de ma chambre, comme un mobile. Quand on manœuvrait la porte ou la fenêtre, le courant d'air gonflait ses voiles…

— Ils ont dû apprécier.

— Ils ont détesté. »

José sourit à cette évocation. Nathalie aimerait parvenir à l'imiter.

« C'est à cause de nous qu'il est en feu ? demande-t-elle pour échapper à son trouble.

— J'aimerais le croire.

— Tu parles sérieusement ?

— Je ne suis pas sûr que les probabilités conservent

un sens, ici. Mais, disons qu'il y a relativement peu de chances pour qu'un bout d'aile se soit détaché de l'avion pour se ficher non seulement sur ce bateau, mais précisément sur des matériaux immédiatement inflammables… Je ne sais pas depuis combien de temps nous nous sommes crashés, mais ça fait plus d'une heure que je surveille cet incendie.

— Et alors ?

— Eh bien, il ne varie guère. »

La nausée s'est estompée d'elle-même, et si elle garde les mains croisées contre son ventre, c'est pour apaiser le malaise que ce feu inspire – c'est un navire, c'est un incendie, ça bouge comme par grand vent. Elle délire ?

« Ce n'est pas possible, susurre-t-elle.

— Non. Bien sûr que non. Mais c'est un fait.

— Ça semble facile pour toi. Je ne m'explique pas… tout ça…

— Pour devenir pilote, j'ai étudié l'aérodynamique. Je possède un brevet qui en atteste : je sais pourquoi et comment un avion vole. Pourtant, c'est toujours resté une aventure, avec son lot de mystères. Chaque fois… Se retrouver au-dessus du sol, doubler les nuages… »

Nathalie opine sans conviction. Elle a pris si souvent l'avion, depuis toute petite, qu'elle ne voit pas de réelle différence entre rouler vite et voler haut.

« Je n'aime pas ça, dit-elle. Ça fait peur, non ? On est où ? C'est quoi, tout ça ?

— Pas la moindre idée.

— Et ça ne te gêne pas ?

— Non, pas trop. Enfin, pas pour le moment… Ça aurait pu être pire.

— J'ai appris à tout analyser pour tout contrôler. Et là, je ne comprends rien.

— On m'a inculqué les mêmes réflexes. Plutôt pour me protéger. Tu vois le genre, j'entre dans une nouvelle classe, je repère la fenêtre, le radiateur et les garçons qui ont une bonne tête.

— Pas les filles ?

— Elles étaient toutes au premier rang. Pas toi ?

— Si. Jusqu'à ce que je prenne conscience que les garçons intéressants étaient tous au fond.

— Tu vois. Tu as regardé l'autre navire ?

— Le galion ?

— Sorti de mon clipper, je ne sais plus rien en voile. Mais tous ces mâts… Sous cet angle, on dirait qu'il y en a une dizaine…

— Un vrai bouquet… Tu as raison, c'est beaucoup trop pour manœuvrer.

— Donc, ils ont été ajoutés après.

— Après être arrivé ici ? Tu veux dire qu'il y aurait eu des survivants ?

— Nous sommes des survivants ! D'autres ont pu nous précéder.

— Nous étions en avion.

— Ils ont moins souffert que nous. En tout cas, ces deux-là. Les autres ont dû se fracasser en atterrissant.

— En atterrissant ? »

José se penche vers elle, un franc sourire aux lèvres qui la réconforte. Elle se laisse aller et le lui retourne. Elle s'apprête même à répondre à sa blague d'un « Tu te crois dans ta chambre ? », quand il l'invite à regarder à gauche et à droite.

« S'il existait un chenal conduisant ici, reprend-il, nous devrions en voir au moins la trace, non ? Dans cette région du monde, le réchauffement est sévère, les glaces fondent plus vite que jamais. La couche qui nous emprisonne est donc plus fine et fragile qu'elle ne l'a jamais été depuis des millénaires. Or, les berges ne désignent qu'un seul passage, et tu vois de quelle manière il se trouve obstrué. Alors, comment sont arrivés ces bateaux ?

— Tu en déduis qu'ils auraient volé ? Sérieusement ?

— J'étais aux commandes pendant la tempête qui

nous a conduits ici. J'ai une petite idée de ce dont elle est capable.

— Ce n'est pas possible…

— Toujours pas… Pourtant… Enfin, tu sais ce que peuvent faire certaines tornades…

— Mais des bateaux qui volent…

— Pas besoin de voler pour tomber ! Regarde tout en haut, pile en surplomb de mon avion. Tu vois ?

— Quoi ? Cette tache sombre ?

— Oui… C'est une ouverture. La seule de ce vaste dôme… Nous sommes arrivés par là. »

José se renverse et recule pour mieux contempler ce point.

« Quand la tempête a commencé, poursuit-il sans en détourner les yeux, nous avons longtemps suivi une faille. Tout au bout, il y avait un point lumineux.

— Je m'en souviens. Tu penses que le halo venait d'ici ? D'un si petit trou… J'avais l'impression que c'était tout un iceberg qui irradiait… Nous sommes dans un iceberg ?

— Un glacier, je pense, formé sur un ancien volcan. Du moins, ça me semble le plus probable… L'appareil ne répondait plus, il se dirigeait droit dessus, et puis nous avons été projetés plus haut. La dernière chose dont je me souviens, juste avant de m'évanouir, c'est que l'avion venait de se stabiliser, un peu comme une balle lancée en l'air, et qu'il amorçait sa chute. J'ignore si notre descente est restée strictement verticale, mais nous étions juste au-dessus… et… Eh bien, nous avons survécu.

— Nous aurions dû nous écraser.

— À part les ailes, l'avion n'a pas souffert. Regarde-le : on dirait qu'il a été gentiment déposé sur le sable. J'ai déjà réalisé une bonne demi-douzaine d'atterrissages forcés, mais là… Dans de bonnes conditions, avec de la chance, on s'en sort. Regarde : ce n'est plus qu'un gros cylindre, une espèce de sous-marin raté, à peine froissé… Ce n'est pas tout : nous sommes tombés comme ça… tout droit… sans ailes et sans autre dommage. Et ça, tu vois, ça, ce n'est pas possible… »

José fait deux pas en direction de l'épave qu'est devenu son avion. Elle ne l'accompagne pas. Il a dit qu'ils sont entrés « dans » un iceberg… Non : un glacier, se reprend-elle, creux, lumineux et silencieux, un trou dans la glace. Les mains en visière, elle scrute alors le navire en feu, tantôt cogue, tantôt arche, décidément trop souvent les deux à la fois. Le crépitement de la fournaise ne devrait-il pas se trouver amplifié dans cette caisse de résonance, ou se multiplier par l'écho ? Or, elle l'entend à peine. Elle tente d'apprivoiser sa vision et se concentre sur les voiles. Le brasier crache des flammes qu'emprisonne une fumée sombre et capricieuse, mais la coque est enveloppée par une brume plus tumultueuse encore, bien que laiteuse… Peut-être devrait-elle consulter José sur cette question, lui qui ne reconnaît que son clipper. Quand Nathalie les distingue, les voiles reflètent distinctement l'incendie – pour figurer les *Voiles rouges* de Virginia et de ses vaisseaux fantômes ?

Ou celles du dessin de l'Île noire ?

Tandis que le Molosse, lui, ne voyait que l'arche…

Et pourquoi ne pas admettre qu'elle, l'héritière, l'étudiante de la subvention, l'intrépide aventurière a retrouvé le Vaisseau ardent du *Manuscrit de l'île Éléphantine* ? Lequel brûlerait depuis quoi… cinq mille ans ?

« Ce n'est pas possible. »

16

Avant leur départ de Kulusuk, José a avancé que Virginia s'est ouverte pendant son enfance à des perspectives que beaucoup répugnent à envisager, que la plupart des gens, en fait, traitent par le mépris. Selon lui, écrire *Voiles rouges* l'avait probablement autorisée à sentir, à deviner, à saisir des phénomènes inaccessibles aux autres. Puis, tout en marchant vers son avion, non content de plaider en faveur des chimères, il en a parlé comme d'une stimulation, déterminante et nécessaire, osant même une « convergence » audacieuse avec les fantasmes, « cette envie d'avoir envie », suscitant aussitôt les sarcasmes de Jack Blackjack. « La raison est vertueuse, mais l'imagination... », a répliqué le pilote d'un ton faussement pédant.

Elle a refusé de prendre parti. Contre Virginia, les découvertes et les révélations de ces dernières semaines n'ont cessé de donner raison à son père et à l'université : derrière le divertissement, mythes et légendes ne se justifient qu'en fonction de leur valeur morale. Les considérer comme des guides éthiques se rapproche d'ailleurs davantage de la vérité historique : ces récits ont été inventés, gardés, modifiés et sans cesse adaptés parce que, bien que partisans et partiaux, ils participent au fondement de la civilisation, au moins un temps et quelque peu. Son métier les envisage et les replace dans cette perspective, méritoire et suffisante.

Cette réflexion, maintenant et ici, lui fait l'effet d'une illumination, qui n'est pas la révélation attendue. Rendue au terme de sa quête, elle le découvre enfin : jusqu'à aujourd'hui, elle s'est trompée. Dans le sens qu'elle s'est abusée elle-même, car jamais elle n'a réellement cru aux vaisseaux fantômes. Nathalie croyait en Virginia. Ou le désirait tellement qu'elle l'a suivie de toute son âme, dans ce qui se révèle, finalement, un prolongement de l'enfance, une sorte de jeu – peut-être d'enjeu, un régal pour thérapeute. Une fièvre identitaire, également, hautement nécessaire. Mais, désormais, ici et maintenant, elle le sait : Nathalie veut en finir avec l'enfance, ses contes et ses promesses, elle veut intégrer la réalité…

« On va voir ce que c'est ? »

Elle suit son regard et constate qu'il ne désigne aucun navire, mais les petits tas qui brillent sur l'autre plage. D'un bref mouvement de tête, elle accepte la proposition – et refuse d'analyser le soulagement qu'elle éprouve à ne pas clore tout de suite le chapitre de son enfance. L'Albatros n'a pas attendu sa réponse pour se diriger vers le cockpit à grandes enjambées. L'appareil barre le passage vers le rivage, scindant le banc de sable triangulaire quasiment à sa pointe. En le contournant par l'arrière, ils peuvent, de justesse, garder les pieds au sec ; passer par-devant les oblige à se mouiller au moins jusqu'à mi-jambe.

Protégé par d'épaisses chaussures de type militaire, les mollets gainés d'un tissage imperméable, José vient de le doubler sans ralentir son allure, accordant à la cabine une délicate caresse du bout des doigts. Elle envie sa désinvolture et tente de l'imiter en se forçant à emprunter le même chemin. *Cette envie d'avoir envie*… Dans l'eau, tout à l'heure, elle a exhibé ses seins – ses « gros » seins –, libérant joyeusement sa libido de toute censure… Outre ses qualités sédatives, cette eau possède-t-elle des caractéristiques hallucinogènes ? L'impérieux désir de s'y « noyer » prêche en faveur d'une dépendance fulgurante. Nathalie se prépare à résister vaillamment à l'insidieux appel du lac, mais elle admet qu'elle n'est pas prête, bifurque au dernier moment et se décide pour l'arrière.

« Qu'est-ce que c'est ? » lui crie-t-elle avant qu'il ait atteint le premier monticule.

Le tas le plus proche se situe au pied du chaos rocheux. José secoue la tête, incapable de dire un mot, mais elle a déjà compris. Elle espérait une réponse simple, et elle l'est d'une certaine manière, bien qu'elle ne le soit pas dans la mesure où elle appelle d'autres questions qui, elles, ne sont pas si simples. Fines ou grossières, droites ou tordues, pleines ou percées, parfaitement rondes ou maladroitement formées, elles proviennent de partout et depuis la nuit des temps. José y plonge la main, en extrait un échantillon généreux qu'il ramène pour l'ouvrir au niveau de ses yeux et regarde défiler doublons et pistoles, écus et deniers. Les pièces giclent alors à ses pieds, et reforment un monticule précieux d'or et d'argent, de bronze et de fer.

Nathalie dépasse le pilote. Aussi loin qu'elle puisse voir, la plage en accueille de semblables sur toute sa longueur. Le sable lui-même scintille à de nombreux endroits ; et en bordure du lac, là où l'eau ne semble pas trop profonde, il y en a ; peut-être également dans l'ombre des roches et des fourrés, elle distingue quelques brillances… Tandis qu'une partie de son cerveau aligne les items selon leur vraisemblance – minerais, pierres, coquillages, ferraille… – une autre enregistre que toutes les formes qui s'empilent jusqu'à hauteur d'homme ne luisent pas. En fait, elles diffèrent par les dominantes chromatiques et la vigueur de leurs reflets… Ainsi, tel tas n'est qu'émeraudes, tel autre que rubis… Ailleurs, les joyaux se marient en d'incroyables panachages polychromes, mêlent diamants et monnaies. Des piles plus modestes et dispersées suggèrent d'autres parentés géométriques – étoiles, cercles, hexagrammes –, mais brillent tout autant au gré de l'incendie : des médailles, des décorations militaires et des insignes honorifiques… Combien y en a-t-il ? Quel trésor…

Pour quoi, comment, par qui cette disposition stupéfiante ?

Elle se détourne du spectacle insolite qui malmène sa résolution récente d'incrédulité.

Son regard évite de justesse l'incroyable incendie et ausculte les fonds du lac – au bord duquel elle se tient avec quelle prudence… À cet endroit, les berges descendent en pente raide. En se penchant davantage, puisqu'elle refuse absolument de se mouiller les pieds, peut-être pourra-t-elle distinguer l'origine de ses élégants miroitements sous-marins…

Mais, de là, les brillances ne délivrent pas leur secret. S'approcher davantage ne donnerait rien, inutile d'y songer ; il faudrait plonger.

Sa respiration s'accentue. Son corps s'ébranle. Ses pensées n'en dévient plus.

Plonger… Le danger est évident – n'est-ce pas tentant ?

Et en faisant très vite ?

Elle regarde à gauche et à droite, n'aperçoit pas le pilote – c'est le moment !

« Il faut rester lucide », décrète-t-elle en se redressant. « Ne pas penser comme une enfant qui ferme les yeux pour ne plus être vue. » Elle recule et peine à détacher son regard de l'eau, puis parvient à se retourner vers José.

« Quoi ? lui demande-t-il.

— Comment ces pièces sont-elles arrivées ici ? »

Voilà : de nouveau elle réagit normalement, en digne héritière. Le mystère du lac plie devant l'énigme archéologique : c'est son domaine et elle va s'employer à résoudre la question de la provenance d'une telle diversité de monnaies, de gemmes et de médailles, et par là même, peut-être aussi celle de leur abondance. Observer hors tout *a priori*, distinguer les faits signifiants, penser et peser, raisonner en toute objectivité : elle sait quoi faire. D'un point de vue pratique, puisque la réalité s'enracine ainsi, elle commencera par réunir un échantillonnage d'une dizaine de prélèvements d'une brassée chacun. Elle pourra les entreposer sur le banc de sable et les classer pour en dresser l'inventaire précis. C'est-à-dire identifier les monnaies et décorations – pays, époques ; les quantifier ; déterminer origines et/ou périodes. Un de ses professeurs a consacré une monographie sur une lecture de l'*Histoire par le biais de la numismatique* ; elle s'en souvient assez et ne devrait pas commettre d'erreurs importantes. Les distinctions militaires et honorifiques solliciteront sa culture générale, elle est solide. Ensuite... Ses connaissances en joaillerie, s'il s'agit bien de pierres précieuses, se bornent aux meilleures vitrines des beaux quartiers de diverses métropoles. Elle peut apprécier une taille, évaluer son prix, mais n'en sait pas davantage...

« Et si nous passions au galion ? propose José.

— Réalises-tu l'importance de la découverte que nous venons de faire...

— Je sais reconnaître un trésor quand j'en trouve un.

— Alors, nous devrions nous concentrer sur celui-ci, non ?

— Allons au moins voir de quoi il a l'air, de plus près.

— Pourquoi ? Qu'est-ce que ça a de si urgent ?

— Ce trésor n'est pas venu tout seul jusqu'ici, et c'est le dernier bateau qui flotte sans brûler, lui fait remarquer José qui se laisse choir dans le sable pour ôter brodequins et chaussettes.

— Tu veux dire que... Bien sûr, ces tas ne se sont pas formés tout seuls...

— Ça ne date pas d'hier...

— Que sont-ils devenus ?

— Les survivants ? Tout le monde meurt, un jour ou l'autre. »

Elle opine du chef en regardant tout autour d'elle. Sous « glacier », elle place « chance » et « pittoresque », car ils auraient pu s'abîmer dans une crevasse dépourvue de source chaude, voire s'écraser contre un iceberg, couler dans l'eau glacée… La paroi l'attire, elle aimerait s'en approcher, la toucher aussi. Les dunes rocailleuses, et tous ces dédales dans l'enchevêtrement des roches pansues, aussi la tentent. La forêt, la falaise… Elle renverse la tête. Le dôme de glace forme une cloche monumentale qui repose sur le lac aux berges étroites. Ils sont comme ces insectes des plages qu'elle emprisonnait en posant un verre par-dessus. Sauf que les insectes de son enfance s'en sortaient toujours, soit leur geôlière devait rentrer, soit ils creusaient un souterrain.

Que disait son père à propos des rhumes, petits ou grands ?

Où est Blackjack, depuis tout ce temps ?

« On y va ? »

C'est un vaisseau énorme, proprement gigantesque, jaugeant plus de mille tonnes. Un navire marchand, mais armé d'une vingtaine de canons sur chaque bord. Incroyablement conservé, alors que tant d'épaves fracassées l'entourent. Et pourvu de dix mâts… Soit cinq à six de trop. Leur disposition exclut d'emblée toute audace nautique : ils ne sont pas alignés. Les surnuméraires, pour la plupart de simples bas-mâts, s'écartent du milieu du pont, un sur deux à tribord, l'autre à bâbord. Des filins relient les extrémités extérieures de chaque vergue, des voiles y sont grossièrement attachées. Ces toiles ne se destinent pas à voguer, mais à couvrir ; ce ne sont que les bâches d'un chapiteau à ossature navale.

Les cordages redescendent jusqu'à la coque, qui a été peinte, jadis, d'un rouge laqué. La ligne de flottaison signale une assez lourde charge que les cinq ancres qui pendent par bâbord ne suffisent à expliquer, bien qu'elles rasent l'eau.

Tout aussi surprenant, un amas de figures de proue tapisse le château arrière, tandis qu'à l'avant une étrange construction étoffe le beaupré. Digne d'une structure conceptuelle, ce fagot de mâture scintille selon les caprices de l'incendie, comme si chaque espar a été recouvert d'une constellation de rubis et de saphirs, d'améthystes et de grenats. En outre, des filets pendouillent à la martingale, certaines mailles comblées d'un canevas de perles parsemées de diamants, formant des séries de triangles, hauts comme une large cape, pointes en bas. Le lac joue avec leurs reflets clairs, semant davantage de confusion, car à la surface de l'eau affleurent, en une parfaite symétrie, quelques récifs menaçants, visiblement artificiels, qui miroitent eux aussi, comme hérissés d'aigues-marines et d'opales.

« Tombé du ciel ? le nargue-t-elle sans conviction.

— Ceux qui l'ont transformé, qui soient-ils, avaient perdu tout espoir de pouvoir à nouveau naviguer.

— Je te l'accorde, ça n'a plus rien d'un navire... C'est peut-être l'explication des joyaux à la proue. Ils évoquent un rite, bricolé en fonction des circonstances et des matériaux, pour amadouer quelque divinité...

— Comme toujours... Mais je ne crois pas qu'il s'agisse d'un temple ou d'une enceinte sacrée. Je le vois plutôt en refuge, un simple abri... Une fois dépliées, ces voiles forment une tente à la mesure du bâtiment, qui devait servir à les protéger du froid. Cela peut expliquer les autres épaves, bateaux sacrifiés en petit-bois. Les voiles rabattues empêchaient la chaleur de se dissiper dans toute la caverne...

— Tu crois qu'il y a encore un espoir ?

— Le genre humain est assez doué pour garder espoir. On pourrait s'inventer un dieu congelé, nous aussi... Non ? Tiens, regarde. »

Nathalie suit le point que José désigne. Le brasier

embrase les joyaux de la proue du galion, qui figure ainsi, dans ce contre-jour précis, une mâchoire monstrueuse que surmonte un jet de flammes.

« Tu vois ce que je vois ? demande le pilote.

— Je ne préfère pas…

— Derrière.

— Derrière quoi ?

— Derrière le brasier, la silhouette.

— Blackjack ?

— Blackjack revient… »

17

À grands signes, Jack Blackjack les invite à le rejoindre. Le pilote n'hésite pas et elle n'a guère d'autre choix que de lui emboîter le pas.

Une fois dépassé le galion, ni pièce ni gemme ne brasillent sur le sable immaculé. Tandis que la végétation qui la borde s'épaissit et gagne très lentement en hauteur, la plage rétrécit à vue d'œil. Au plus près du brasier, Nathalie estime qu'elle ne doit guère s'étendre sur plus de trois mètres – cette préoccupation ne lui ressemble pas, mais elle chasse cette distraction en se recentrant sur Blackjack, ce qui n'a rien de difficile.

« Incroyable d'être en vie », lance celui-ci de loin sans s'inquiéter s'ils l'entendent ou le comprennent. Il marche en inspectant tout autour de lui, en grimaçant et en marmonnant sans cesse. À dix mètres d'eux, il s'arrête une première fois et écarte les bras en secouant la tête. Il se baisse à nouveau à deux pas de là pour ramasser quelque chose, qu'il délaisse tout aussitôt. Il se penche quelques secondes plus tard pour observer attentivement un fourré et se redresse en faisant signe que non. Puis, il hausse les épaules, leur adresse un geste d'impuissance et se plante devant le pilote.

« Nous sommes dans un monde de fous, l'Albatros.

— Tu as fait le tour ?

— Dans la mesure du possible… J'ai longé la glace, au plus près et tout du long, mais je ne suis pas monté encore jusque là-haut. La forêt ne semble pas particulièrement profonde, mais c'est à s'y perdre. Tous les arbres se ressemblent. Pourtant, si tu reviens en arrière et que tu te retournes, tu jurerais n'être jamais passé par là…

— Pas d'issue évidente…

— Non. Plan B. On s'installe. »

Elle s'était habituée à l'absence de Blackjack, en quelque sorte. Il était parti et elle avait refusé de le juger – parce qu'à son retour, avait-elle songé malgré elle, il pourrait bien les sauver. Cette idée avait frayé un chemin douillet : Petrack avait judicieusement choisi ces deux hommes, l'un pour lui tenir compagnie, la consoler, la distraire ; l'autre pour résoudre les difficultés. Ce « On s'installe » impose de considérer la réalité en face, de biffer définitivement cette liste qui ne contient qu'un mot, incongru mais subtil, puisqu'il peut signifier tout autant « rêve », « délire », « hallucination », « imagination » que « trêve d'incrédulité »… « On s'installe » : dans deux ou trois heures, elle ne franchira pas le sas opaque à contresens pour renouer avec le tumulte ordinaire de la rue et en finir avec les illusions bercées d'air conditionné et de pop-corn. Elle rature méchamment « cinéma ». Ils sont prisonniers.

« Nous avons des problèmes majeurs à résoudre, poursuit Jack Blackjack en ne s'adressant qu'au pilote, comme manger et se prémunir du froid.

— Manger ? Je n'ai absolument pas faim, lui réplique un José narquois. J'ai l'impression de sortir de table ! Peut-être un peu soif, mais je crains quelque gourmandise. Quant à se réchauffer… »

Les deux mâles gâchent tout. L'un grogne, l'autre esquive et revient à la charge. En quelques mots seulement, ils lui font regretter son désir de se retrouver dans le monde réel.

« Cette végétation craint le gel, fait remarquer le

pilote, or elle ne se porte pas si mal. Nous sommes dans l'Arctique, l'alternance du cycle quotidien ne compte pas. En d'autres termes, nous n'avons pas à redouter la tombée d'une nuit subitement glaciale, comme au Sahara. »

Les voilà qui analysent tout, plutôt que d'assimiler lentement les choses dans leur globalité, ils vont discuter du moindre détail, ergoter, disséquer jusqu'au plus petit élément du mystère pour en ressortir une théorie mécaniquement parfaite et parfaitement inutile.

« Nous croyions la calotte glacière éternelle, riposte l'aventurier, nous hésitons encore à admettre le contraire... Je ne suis pas comme ça, moi. Je suis un homme prévoyant. Je ne me laisse pas aveugler par les leurres qui m'arrangent !

— Heureux de vous revoir ! »

Ce n'est pas ce qu'elle voulait dire, mais c'est vrai aussi que l'arrogance de Blackjack l'agace : il s'obstine à feindre de l'ignorer.

Et puis, cette dispute la ramène à Portland.

« Tu te portes comme un charme, petite. Tout à l'heure, tu geignais.

— Et vous n'avez rien fait pour moi ?

— Pour toi ? Oh que si, je t'ai accordé de dormir encore. C'est mieux que de souffrir, non ? »

Elle le hait, elle avait tant misé sur lui.

« Que penses-tu de ça ? demande José pour calmer le jeu.

— Cette caravelle n'en finit pas de brûler, lui répond Jack Blackjack. J'ignore quel combustible recèlent ses cales, mais je donnerais cher pour en avoir une réserve ! Cher ! Avec tout cet or, n'est-ce pas comique ? L'Albatros ? Petite ? Enfin quoi, nous n'avons jamais été si riches, même en parts égales. Et pour en faire quoi ?

— Quelle caravelle ? demande-t-elle.

— Je croyais que l'étude des pirates impliquait quelques compétences en matière d'identification navale. Ton université aurait négligé ce point ? Pense à Christophe Colomb, au film si ça peut t'aider !

— Quelle caravelle ? répète José en affichant un sourire des plus niais.

— Enfin, l'Albatros… Pas très grand, petit tonnage, faible tirant d'eau, gaillard d'avant et château arrière réduits… C'est une caravelle au gréement classique : une voile carrée au grand mât et des voiles latines sur le mât d'artimon. Ça ne peut être que ça !

— Deux mâts ? Pour moi, c'est un long clipper, lui répond-il en fixant le navire. Un beau trois-mâts.

— Deux ! explose Blackjack. Enfin, tu ne sais plus compter ?

— Je n'en vois pas pour l'instant, lui rétorque Nathalie. Tout à l'heure, il n'y en avait qu'un.

— Un navire sans mât ! s'étonne Blackjack.

— Comme une barque ? Non, une arche ? »

Elle sourit à José, qui n'a pas oublié leur conversation dans la cafétéria. Cette complicité l'enhardit.

« Et les voiles, vous les voyez de quelle couleur ? interroge-t-elle Blackjack.

— Blanche… Non. Attends. Avec cette fumée, je ne… Elles sont rouges.

— Comme dans l'histoire de ma grand-mère.

— Quelle histoire ?

— Celle que je lisais à Kulusuk… *Voiles rouges*.

— Ah, son journal intime… J'aurais dû m'en douter… Tu es pourtant censée avoir une formation scientifique, mais tu penses comme une… Bref, tu es charmante… Je commence à comprendre la faiblesse de Petrack. »

L'injurier comme une hystérique ou l'ignorer comme une adolescente boudeuse ?

« Qu'avez-vous trouvé d'utile pendant votre petite promenade digestive ? »

Blackjack lui retourne un regard torve, qu'elle savoure pleinement.

« Rien. Enfin, rien dans tes cordes. »

Lui marteler le visage avec ses petits poings graciles ou embrasser l'autre goulûment ?

« Bien, reprend-il en chassant ses objections de la main, nous n'avons pas de temps à perdre. L'Albatros, j'ai besoin de toi. Nathalie, si tu nous trouvais quelque chose à manger ? Rhizome, tubercule, peut-être quelques baies comestibles… Tu sauras en reconnaître ?

— Ça suffit, Blackjack ! Être fort en gueule ne…

— Ton âge et ton sexe m'inclinaient à te ménager, mais si tu y tiens…

— Mon sexe et mon âge…

— Soit ! l'interrompt-il derechef. Tu n'as pas l'habitude qu'on te dise non, ça se voit. Bien ! Tu as du caractère, inutile de l'étaler à tout bout de champ. Il nous a causé assez d'ennuis comme ça.

— Moi ! Mais en quoi…

— J'étais contre, souviens-toi, je ne voulais pas que tu viennes. Cinquante kilos, pour un tel trajet et avec cette météo, c'était couru d'avance. Et ça n'a pas manqué. Mais tu as insisté et tu as gagné. Ce n'est pas à moi d'assumer l'inconséquence de José. C'est à lui de s'occuper de toi, pas à moi ! Ça va le changer.

— Mais je ne…

— Jérémiades ! L'Albatros, enchaîne-t-il en lui tournant le dos, j'ai trouvé quelque chose d'étrange.

— Ici, c'est vraiment étonnant… »

Le pilote n'a-t-il que l'ironie pour caractère ?

« Autre chose… Mais je n'en suis pas sûr. »

Alors qu'elle contre l'envie de se planter sous son nez, l'aventurier incline la tête et s'adresse à elle :

« Quelque chose d'un domaine qui t'est peut-être encore familier, petite.

— Lequel ?

— T'y connais-tu en empreintes animales ? Je ne te demande pas si ton papa chassait l'opossum, mais s'il t'emmenait au zoo…

— De quel animal s'agit-il ? les coupe José.

— Aucun que je connaisse.

— Et tu as chassé un peu partout dans le monde.
— Jamais aussi gros.
— Aussi gros ? Tu m'inquiètes…
— Tant mieux. Allons, suis-moi et dis-moi ce que tu en penses. »

José le suit comme un petit chien, sans un regard pour elle. C'est décevant, de moins en moins surprenant. Trop calme pour ne pas être mou ?

« À propos, lui lance le pilote sans se retourner vraiment, j'accepte pour l'avion. Le hangar, je m'en arrange, mais un nouvel avion, et un peu de carburant, je ne dirais pas non… »

La blague vient trop tard, elle ne la fait pas rire. Elle n'ignore pas que José tente de lui dire ainsi qu'il est de son côté, mais, décidément, il s'y prend trop mal. Tout en critiquant sa docilité vis-à-vis de l'autre, elle se déteste elle-même : elle trottine déjà pour les rejoindre.

Tous deux marchent bon train devant, côte à côte, et sur le même temps – comme tous les hommes ou seulement d'anciens militaires ? Ils s'arrêtent de concert, à faible distance de l'incendie, là où le rivage s'incurve et où, à vue d'œil, la bande boisée semble la moins large de tout le périmètre. Le brasier ne dissipe pas une chaleur violente, comme elle l'avait d'abord envisagé, tout comme la proximité de la paroi de glace ne s'accompagne pas d'un rafraîchissement notable.

José s'est accroupi tandis que Blackjack dessine dans l'espace, l'index pointé sur une empreinte – une empreinte phénoménale. Nathalie pourrait dormir en chien de fusil à l'intérieur. La trace est partielle, le talon à peine marqué disparaît dans l'eau. Tout le poids a porté sur l'avant du pied et les griffes profondes suggèrent que le prochain pas se trouve en lisière de la plage et de la végétation. Mais ils n'en découvrent pas d'autre, même plus loin.

« Tu réalises ce que sa dimension signifie, l'Albatros ? Un animal doté de tels pieds pourrait mesurer…

je ne sais pas, vingt, trente mètres de haut ? Plus ? Rien de connu, sinon à remonter de quelques dizaines de millions d'années…

— Où se cacherait-il, enfin ! Les trois quarts de ce rivage ne pourraient pas dissimuler une vache, et tu as parcouru la forêt où il ne pourrait tenir caché qu'à plat ventre !

— Dans l'eau…

— Avec de telles griffes ! J'imagine mal un monstre aquatique, ou même semi-aquatique, sans l'esquisse de palmes… L'eau est si claire et si calme. Non, nous l'aurions vu. Il devrait remonter pour respirer, ou il aurait trahi sa présence…

— Mais, les interrompt Nathalie, sommes-nous bien sûrs de voir la même chose ? Aucun d'entre nous ne décrit le Vaisseau ardent de la même manière, alors…

— Un vaisseau ardent ? soupire Blackjack en levant les yeux au ciel.

— Tu l'appelles comme ça parce qu'il ne semble pas se consumer ? lui demande José.

— Comment le désigner autrement ? Arche, cogue, clipper ou caravelle ? Ce que je veux dire, c'est que ce brasier qui ressemble à un navire n'est qu'une vision, que nous interprétons chacun selon nos propres références. Tout comme cette empreinte, en soi, n'est pas autre chose qu'un dessin, qu'une forme inscrite dans le sol. Ce relief n'est pas ce qui l'a créé. En archéologie, on ne confond pas…

— Ce que nous voyons est clair, la coupe Blackjack. Le contour, les griffes…

— Spéculation ! Suggestion, riposte-t-elle.

— C'est un monstre ! se fâche-t-il. Quoi, qui a ri ? »

Jack Blackjack fonce sur José, le dépasse, fait encore trois pas vers les fourrés, en écarte quelques-uns du bout des pieds.

« Tu fais le ventriloque maintenant, l'Albatros ?

— De quoi parles-tu ?

— Mais là ! Comme des rires. J'aurais juré que…

— … que Godzilla se cache derrière une touffe d'herbes ?

— Très drôle.

— Ou alors, nous avons affaire à des lutins facétieux, poursuit José.

— Laisse tomber ta mauvaise farce, lui retourne Blackjack. Tu m'en veux parce que je te confie la petite demoiselle… Tu devrais me remercier, sait-on jamais… »

Les deux hommes se toisent et elle se sent fragile, comme s'ils tournaient autour d'elle, à nouveau prêts à bondir l'un sur l'autre ; mais, bien sûr, José abdique.

« Bien, il est temps de retourner à l'avion, décide le mâle dominant.

— Pour quoi faire ? Moi j'ai envie d'aller jusqu'à cette falaise », le contredit la femelle en jeu. « Tu viens avec moi, José ?

— C'est inutile, j'en viens.

— Je ne vous ai pas demandé votre permission, le défie-t-elle puisqu'il faut bien que son autorité soit contestée par quelqu'un.

— Nous avons plus urgent à faire. Il faut établir un camp, nous organiser, voir de quoi nous disposons. José pourrait vérifier sa radio, par exemple. Et toi, apprendre à te rendre utile.

— Tu ne dis rien, José ?

— José comprend plus vite les choses que toi, petite. C'est une question de sécurité, nous devons rester groupés.

— Ce n'est pas moi qui ai fait bande à part jusque-là, non ?

— Parce que, jusque-là, nous ignorions l'existence de cette empreinte. Tu vois, je n'ai pas dit "du monstre"… Est-ce que je surestime le risque ? La question ne m'intéresse pas : la prudence exige que nous considérions que j'ai raison. Petrack m'appréciait aussi pour ça, l'Albatros le sait : j'envisage toujours le pire ! Et je suis toujours en vie, moi… »

Nathalie hausse les épaules – déjà, le pilote leur tourne le dos, lorgnant vers les restes de son avion, étranger à leur différend.

« Envisager le pire » aurait pu être la devise de son père.

18

Jack Blackjack marche en tête, engoncé dans son accoutrement boréal – sa seule concession à l'exception climatique tient à la façon dont il porte son manteau, comme un poncho. De dos, il ressemble plus que jamais à un ours, un ours des montagnes égaré sur la banquise. Il avance en éclaireur, l'œil aux aguets. Ses lourdes chaussures creusent un chemin qu'ils suivent sans échanger un mot, ni un sourire quand elle signale d'un geste à José qu'eux, au moins, vont pieds nus. Son père lui ferait remarquer que cette précaution, pour inconfortable qu'elle soit, l'autorise à courir au plus près de l'eau, ou à faire un écart par les rivages pierreux sans se soucier de coupure ou de foulure… « Se préparer au pire n'empêche pas d'accueillir le meilleur comme il se doit ; la réciproque, jamais. Et ne tergiverse pas : il n'y a pas d'exception. » Adolescente, son père lui a lâché cette formule à l'emporte-pièce pour expliquer l'embauche d'un chef de la sécurité, qu'elle a soupçonné de n'être que son espion attitré – les attentats ne justifiaient pas tout, mais le périmètre de sa chambre était sacré. Et, par moments, elle appréciait cette qualité.

À peine arrivés au banc de sable, Blackjack décrète d'y établir leur « camp de base ». L'avion ne semble offrir qu'un abri dérisoire contre le monstre, affirme l'aventurier, sa porte ayant été voilée, mais il assure que ce sera suffisant : une fois à l'intérieur, la bête ne les verra ni ne les sentira plus. Nathalie trouve l'argument ténu – il renforce sa sensation d'être traitée en enfant. Tandis qu'il s'octroie le premier « tour de garde » – elle a vraiment horreur de toute cette terminologie guerrière –, il leur confie d'inspecter la carlingue, à la recherche de tout ce qui peut être utile.

Ce n'est pas un ordre qu'un pilote est en mesure de contester. Le moteur semble intact, mais il ne reste guère de carburant et la batterie est morte. La radio n'a pas été épargnée par la chute. Elle continue d'émettre un sifflement chuintant continu, mais son écran ne fournit plus la moindre indication. Nathalie fouille l'intérieur, l'inventaire ne lui demande que quelques minutes. Sous les sièges : deux gilets de sauvetage, trois couvertures, un tournevis, trois carnets de notes et un stylo. À l'arrière : une caisse avec divers outils, immédiatement réquisitionnés par José, une autre pleine d'aliments déshydratés, mais juste de quoi tenir une semaine pour une personne, une pile de gobelets en plastique, qui lui font penser à un pique-nique, une torche électrique, des cartes routières de la côte ouest…

« Impossible de mettre la main sur la trousse de soins d'urgence, semble s'excuser le pilote avec des heures de retard. Je suppose qu'elle a été éjectée pendant la chute.

— À quel moment ? Toute la question est là, commente l'aventurier.

— Quelle importance ?

— Quelle importance ? Ah, petite, tu n'es décidément douée d'aucun sens pratique. Prie pour qu'elle soit tombée avec nous, et non à l'extérieur… Il manque autre chose, José ? enchaîne-t-il sans lui laisser l'occasion de riposter.

— L'autre caisse de vivres. Celle avec les boîtes de

conserve. Et le canot gonflable. Mais je pense que tu l'avais remarqué…

— En effet. »

Nathalie n'ajoute rien, elle se surprend à contrôler sa respiration. Elle n'y avait pas encore songé, mais en l'absence de canot, elle ne pourra pas s'approcher du Vaisseau ardent, car il est hors de question qu'elle risque à nouveau un orteil dans ce lac – encore plus ici qu'ailleurs, elle entend contenir sa libido.

« Et mon sac ? Tu sais, le gros ?

— Je ne l'ai pas vu, se désole José. Et toi, Nathalie ?

— Non… C'est grave ?

— J'y avais rangé mon arme.

— Une arme ? »

Dans ce contexte, le mot « arme » l'exaspère et l'effraie, jusqu'à ce qu'elle pense à la créature qui a laissé cette gigantesque empreinte et associe ce mot à celui de « cible ». Ses compagnons partent explorer les alentours à sa recherche, et elle se retient de leur rappeler d'être prudents.

Seule pour la première fois depuis son réveil, dans le fond de la carlingue elle déboutonne son chemisier et s'examine. Elle palpe ses épaules et ses côtes, appuie dessus, se penche, se plie, et se rhabille précipitamment, de peur d'être surprise. Elle peut justifier la disparition des douleurs par quelque analgésique naturellement mêlé à l'eau, mais comment expliquer l'absence de cicatrices, d'ecchymoses, d'éraflures ? Combien de temps pourra-t-elle le cacher ?

Quand ils rentrent, bredouilles, José s'installe directement dans son siège et Blackjack fait signe à la jeune femme.

« Nous avons des choses à discuter tous les trois, lui objecte-t-elle.

— Faisons d'abord un feu. Suis-moi. Je te montre. »

Nathalie cède au caprice des listes. Un feu, ça sert à cuire des aliments – s'il croit pouvoir la reléguer à la pluche et à la soupe, il va déchanter ! Ça sert aussi à effrayer les loups, bien que s'en prémunir de la sorte revienne à attirer leur attention. Un feu sert également à se réunir pour la veillée. Le dernier item la convainc, elle accepte de l'accompagner.

Blackjack se dirige vers les rochers enchevêtrés en lui confiant son intention de dresser une carte précise des innombrables passages souterrains du site qu'il a baptisé le Chaos de pierres. Les énormes rochers effondrés s'encastrent en un dédale d'alvéoles et de galeries, qui offrent autant de cachettes, aussi bien pour eux que pour le « monstre » – inutile d'examiner la liste qui s'étire sous ce mot. Presque à l'extrémité de l'éboulement, plusieurs cavités sont obstruées par une concentration de planches, certaines intègres, d'autres brisées, d'autres encore broyées. Aucune explication logique ne justifie ni cette profusion ni cet emplacement, et encore moins cette répartition selon leur état. Ces entassements évoquent les abords de certains rapides, quand les remous précipitent obstinément le bois flottant contre quelques obstacles naturels jusqu'à former un barrage inexpugnable.

Lorsque leur premier feu brille, ils s'installent tous les trois autour et demeurent silencieux.

Beaucoup des questions qui ont encombré ces dernières heures apparaissent maintenant futiles à la jeune femme. Pourquoi demander aux autres s'ils pensent qu'ils vont s'en sortir ? Outre l'aveu de sa propre faiblesse, qu'en savent-ils ?

« Tout ce que nous avons à faire, entame Blackjack comme s'il lisait dans ses pensées, c'est tenir. Le plus probable, c'est que les secours mettront du temps à nous retrouver. Beaucoup de temps. En vol, nous avons signalé notre position à plusieurs reprises, mais avec cette tempête nous pouvons avoir été considérablement déportés. Partout ailleurs, ça ne poserait pas de vrai problème. Mais nous sommes loin de toute base suffisamment approvisionnée en carburant pour autoriser les patrouilles nécessaires. Surtout si la tempête persiste.

— Et nous ne sommes pas visibles, complète le pilote.

— J'y venais. De l'extérieur, notre... je ne sais quoi, ressemble à un iceberg. C'est du moins ce dont je me souviens. De l'extérieur, donc, les secours concluront qu'il n'existe aucune probabilité pour que nous ayons trouvé refuge à l'intérieur de... de cette caverne. Ce qui signifie que les secours vont tarder. Nathalie représente, dans cette opération, notre plus grand atout : son père ne baissera pas les bras facilement et il a les moyens d'entretenir une flottille à cette seule fin.

— Heureuse de me rendre enfin utile...

— Cette caverne possède des caractéristiques perturbantes. Cette caravelle en feu, ce galion insolite, l'or et les gemmes, le lac, le climat, ce paysage même et l'empreinte de cette bête monstrueuse : il y a vraiment de quoi se poser des questions. Ce n'est pas la première fois que je suis confronté à une situation étrange, bien que celle-ci dépasse tout ce que j'ai connu. Je sais que pour certains esprits simples il y a de quoi paniquer, voire délirer... Le danger, justement, c'est le laisser-aller. Nous ne tiendrons qu'en obéissant aveuglément à une discipline. Cela peut paraître superflu, voire idiot aujourd'hui, mais dans une semaine, ou deux, un mois peut-être, cette discipline sera notre planche de salut. Des objections ? »

José ne décroche même pas les yeux du jeu des flammes. Incapable de retenir sa tête qui fait signe que non, Nathalie répond autant à Jack Blackjack qu'au trouble où la plonge le spectacle permanent du Vaisseau ardent.

Elle n'écoute plus. Elle songe qu'elle devrait exulter, que sa découverte réalise son vœu le plus cher en l'inscrivant dans la lignée Derenoy des femmes savantes... Ou bien, elle la contraint à réincarner Virginia ; elle n'existerait donc qu'en qualité d'ombre – petit phénomène dérisoire condamné à disparaître avec la dernière flamme... Elle devrait pourtant se réjouir, s'empresser de dresser la liste de toutes les énigmes/hypothèses/théories qu'elle résout, et encore de toutes celles, plus nombreuses assurément, qui s'ouvrent. Mais elle se sent : défaite/impuissante/vaincue... Triste, également. Et vide. Comme si cette révélation ultime se résumait en une subite prise de conscience que rien n'est important, que tout est vain.

Après tout, au comble du plaisir, elle ne dit rien.

Et puis, confrontée à la source d'un mythe, que faut-il faire ? Que devient le mythe ? La quête achevée, il convient d'entreprendre quoi ? Comment ? Elle n'a que vingt-trois ans – Blackjack lui donne du « petite », José la cajole comme une enfant, ce qu'elle est, incontestablement... Aucun diplôme ne prépare à répondre à ces questions.

« Les alpinistes n'escaladent pas des montagnes pour jouir de la vue qu'offrent leurs sommets, même s'ils en parlent. Leur moteur n'est pas une carte postale ! C'est l'effort qui compte et... — Mais qu'est-ce qu'ils font quand ils sont arrivés en haut ? — Ils se réjouissent de leur victoire, Nathalie, et l'instant d'après ils ne pensent plus qu'à leur prochaine conquête. » Ce qui l'avait chagrinée dans cette énième leçon paternelle, c'était le sentiment de vide vertigineux qui sépare l'exploit achevé de l'exploit annoncé. « *Ainsi, au sommet des montagnes, se niche la mélancolie ?* » en avait-elle conclu.

« Pour ma part, écoute-t-elle de nouveau Blackjack poursuivre, je ne vais pas me contenter d'attendre. La radio est notre priorité absolue. José, je te confie cette mission. Répare-la et ne te laisse pas arrêter par le phénomène des aurores boréales.

— Leur perturbation électromagnétique ne devrait pas nous toucher si loin du pôle, lui fait-il remarquer, mais la tempête qui nous a déportés jusqu'ici n'était pas normale non plus... La présence de minerai pourrait les amplifier... Sans l'écran, comment savoir ce qui marche ?

— Cherche, fouille, invente ! Mais trouve le moyen d'émettre un S.O.S. N'importe quoi : l'essentiel, c'est de nous signaler. Nous sommes trop loin de tout pour que les secours ne négligent la moindre piste, d'un côté ou de l'autre... De mon côté, je vais explorer cette caverne. Nous devons tenir et donc mobiliser toutes les ressources dans cette seule perspective.

— Et moi ? demande-t-elle après un silence trop long.

— Outre le feu et la bouffe ? Rassure-toi, il te restera assez de temps pour t'adonner à ta passion. Ce trésor archéologique fera ta gloire, déclame-t-il en désignant les monticules sur la plage d'un large geste, à condition de bien t'y prendre. Ne perds pas une seconde : concentre-toi sur le rare et l'inconnu. Les chargements les plus récents n'offrent aucun intérêt, sinon d'expliquer le phénomène qui les a conduits jusqu'ici. Ne les néglige pas pour cette seule raison, mais ne gaspille pas ton temps. Une fois dehors, ton prénom ne sera plus inconnu ! »

L'argument la touche, mais tout autrement. N'est-il pas affligeant qu'elle atteigne son but alors qu'elle vient de réaliser que c'est là une mission ingrate et impersonnelle – un simple vœu de petite fille... ?

« Vous pensez vraiment que nous allons nous en sortir ? ne peut-elle s'empêcher de demander.

— Il le faut ! Je n'ai pas l'intention de rester ici.

— Ici..., reprend-elle. Mais où sommes-nous, exactement ? On dirait l'île mystérieuse des contes de mon enfance...

— Décidément, tu es bien jeune... Moi, je ne sais plus rien de ma propre enfance ! Et c'est heureux. Cela me permet de voir les choses comme elles sont. Et pour moi, c'est une fontaine à vœux. De celle où des imbéciles jettent leurs pièces et tiennent en grand secret leurs souhaits misérables. Mais l'heure de la récolte a sonné, cette fontaine est la plus riche des banques ! »

Jack Blackjack se frotte les mains et grimace de son bon mot en opinant du chef.

« Considère cet endroit comme tu le veux, reprend-il, mais en fait ce n'est qu'un phénomène naturel extravagant. Un de plus. Car ce n'est pas le premier, et les hommes en découvriront bien d'autres d'ici la fin de ce siècle ! Quant à ton Vaisseau ardent, il est bien réel. Crois-moi. Depuis que nous sommes ici, quatre heures bientôt, cette caravelle brûle sans arrêt, et il y a fort à parier qu'il en était ainsi à notre arrivée. Nous n'y sommes pour rien, voilà la vérité... Quant à l'expliquer, nul besoin de surnaturel. Nous ne sommes plus au Moyen Âge, où la foudre était considérée comme d'origine divine, ni aux temps bibliques, quand une longue pluie ne saurait relever de l'accident climatique ! Non, nous sommes des hommes raisonnables, et nous savons que la science, si avancée soit-elle, est loin, encore, d'avoir réponse à tout... Je ne suis pas physicien, encore moins chimiste, mais je constate que ce bois brûle sans se consumer. Pourquoi, comment : ces questions ne sont pas mon affaire. Quelque matière inconnue imprègne cette coque, voilà ce qui m'intéresse... À combien estimes-tu toutes les pièces et toutes les pierres qui jalonnent cette plage, petite ? Ajoutes-y ce galion gorgé d'or, si tu veux. Ton chiffre n'atteint pas le dix millième de la valeur de cette matière !

— Vous pensez à l'argent ? Ici... Alors que...

— Es-tu la fille de ton père ? Moi, je suis un homme pratique, je cherche à tirer mon profit de toutes choses. Oh, bien sûr, je te comprends : comme toi, j'aime rêver et certains rêves me plaisent infiniment, mais nous trouverons autre chose, l'homme n'a jamais été chiche en croyances... Et toi, quel profit vas-tu tirer de tout cela ? Penses-y ! Ici, tu es à même de débarrasser les vaisseaux fantômes des divagations superstitieuses qui les encombrent. Réduis leur mystère à la banalité d'un éclair, achève par cette fabuleuse découverte la quête entreprise par ta grand-mère, deviens le Benjamin Franklin des vaisseaux fantômes, ils en ont grand besoin ! Qui se souviendra de Virginia après cela ? Sois une Derenoy, à ta manière : les légendes ne doivent pas faire écran au progrès… Ton père appréciera, ça ne fait aucun doute. »

19

La thèse de Jack Blackjack présente au moins le mérite de la délivrer du rôle d'héritière. Nathalie devine qu'elle l'accepte également, en l'état des choses, parce que toute autre hypothèse saboterait les conditions de leur survie – la raison n'y résisterait pas ; seuls les fous et les enfants croient en la magie. Du reste, aucun n'a plus abordé le sujet, chacun se contentant de constater la durée de la manifestation. Ce qui ressemble à un bateau brûle toujours, sans jamais se consumer.

Elle s'attache donc à considérer le Vaisseau ardent comme un phénomène de foire qui ne sera bientôt plus qu'une attraction de parc scientifique où se presseront les garçons… Bien sûr, la justification ingénieuse de Blackjack demeure insatisfaisante, mais sur quelle certitude peut-elle étayer ce sentiment ? Sur l'intuition d'une très, très jeune femme ? D'une élève trop brillante prise en flagrant délit d'incompétence ? Si l'incendie ne figurait pas un navire, elle le négligerait… Et plus elle y pense, et moins elle est certaine que cette vision soit due au feu ; l'eau pourrait en être seule responsable.

Quant au fait qu'aucun n'identifie le même navire, cela relève de la divergence ordinaire des témoignages : les séries policières s'en servent sans arrêt. Et puis, elle est bien placée pour le savoir, ces incohérences sont une plaie pour l'historien, elles polluent son travail, et d'autant plus lorsqu'il se penche sur les chroniques des légendes, comme celle de la baie des Chaleurs…

Le défaut de cycle diurne les affecte différemment. La luminosité demeure constante, la température identique ; le brasier ne varie pas. Jack Blackjack a tranché, en brandissant son poignet tel un chef de tribu son sceptre : sa montre coordonnera leurs biorythmes. Ainsi, dès leur première « nuit », il a décrété que le jour commencera à cinq heures ; les quarts dureront deux heures, deux travailleront pendant que le troisième se tiendra en sentinelle ; de cinq heures à huit heures de l'après-midi, ils se retrouveront pour partager la soirée ; ensuite, chacun restera de garde pendant trois heures.

Cette routine ne l'a rassurée pleinement qu'après la troisième veillée passée auprès de l'appareil. À la longue, cependant, quelques tabous implicites se sont révélés. Des choses discrètes, qui ne se remarquent qu'à peine, dont aucun n'ose relever l'absence. Personne n'évoque plus Petrack, ce qu'elle conçoit, bien qu'à regret. Mais nul ne parle non plus du lac, enfin, de ses effets. Pourtant, tous trois se gardent d'entrer en contact avec l'eau. Ils se désaltèrent en recourant aux gobelets de l'avion, qu'ils trempent en veillant à ne pas se mouiller les doigts. Ils boivent ensemble, en même temps et en silence, à chaque changement de quart. Aucun ne déroge à cette règle tacite, qui s'est imposée après un échange de regards inquiets et désemparés. Ils ne commentent pas davantage le fait que quelques infimes gorgées leur suffisent pour se libérer de la faim comme de la fatigue. Ces secrets partagés renforcent le rythme qui cimente la cohésion de leur groupuscule, et de là instaure une discipline à laquelle chacun se plie sans un mot.

Il leur faudra attendre le terme d'une semaine pour que Jack Blackjack annonce le premier ajustement dans ses mesures. Il concerne le monstre, dont la menace lui est apparue moins importante depuis qu'il a mené une expérience. À côté de l'empreinte, il a creusé le sable de différentes manières. Chaque jour, il a inspecté ses traces témoins. Elles n'ont pas évolué. L'absence de signe d'érosion, conjuguée à différents constats – pas de vent, pas de marée ni d'animal, bref aucun facteur habituel d'usure ou de détérioration –, l'amène à conclure à l'impossibilité de dater cette trace. Par ailleurs, la bête ne s'est aucunement manifestée depuis leur arrivée.

« Tout danger n'est pas écarté, mais nous disposons d'assez d'éléments pour relâcher notre surveillance. Provisoirement…

— Judicieuse initiative.

— Quoi, José !

— Il faut une petite heure pour faire le tour du lac, et nous n'avons pas trouvé d'autre empreinte sur le rivage. Ni de ce monstre ni d'aucun autre animal, qu'il marche, qu'il vole ou qu'il nage… Cette créature titanesque est donc vraisemblablement végétarienne, ce qui signifie que nous devons surtout veiller à ce qu'elle ne nous écrase pas par inadvertance… Si elle vit encore. À moins, bien sûr, que ce monstre n'hiberne et ne se réveille qu'à l'odeur des feux de camp des naufragés…

— Je m'étonnais que tu ne te sois pas manifesté plus tôt, lui retourne l'aventurier. La bête peut être omnivore et se suffire de boire de temps à autre, non ? Tant que je ne l'ai pas vue, comment décréter que tout risque est exclu ? Ma prudence est à la mesure de ma responsabilité. Contente-toi d'accompagner la petite ou de la surveiller à portée de voix. Moi, je poursuis ma tâche.

— Seul ? »

À la place du pilote, Nathalie aurait répondu : « Pour nous administrer la démonstration de ton courage exemplaire ou juste pour avoir la paix ? » Mais José n'a pas insisté.

Lors des veillées, chacun n'intervient que pour rendre compte de l'avancée de sa tâche ou s'inquiéter des progrès ou difficultés des autres. Blackjack entend établir, il en parle désormais chaque fois, une cartographie exhaustive de la caverne. Pour assumer ses prétentions de géomètre, et dans l'attente de dénicher la moindre corde, ce soir il a noué les lacets de leurs chaussures. Grâce à la couverture d'un des carnets de José, ornée d'une règle imprimée à double graduation, en pouces et en centimètres, il vient de certifier la longueur de son substitut de chaîne d'arpenteur.

À la manière de sa thérapeute, Nathalie joue avec l'idée de lui faire remarquer que l'ampleur de cette tâche, combinée à la miniaturisation de son « outil », l'assure de n'en jamais parvenir à bout – l'Ours lui semble soudain plus pataud que menaçant…

Elle aimerait en rire, mais cette digression convoque d'autres souvenirs. « Parfois, nous compliquons les choses à seule fin d'en retarder l'échéance, ce qui nous permet de nous gratifier d'une bonne volonté indéniable. Comme c'est confortable… Vous êtes d'une intelligence rare, mais ce trésor d'ingéniosité se retourne contre vous. Ce dilemme vous rend… stupide. Entendez-vous demeurer stupide ? » Malgré l'écran, le regard d'un bleu d'acier, la formule d'une acidité trop familière, sa psy l'a touchée au moment où elle tergiversait sur l'opportunité de rencontrer le commandant Petrack. Nathalie a suivi à la lettre la consigne qui ne lui était pas adressée ; elle est aussitôt partie pour Portland, pour forcer la porte de son bureau.

Où l'ennemi – charmant – l'a prise, sans un mot ; où l'étudiante – consentante – s'est laissé prendre, sans un gémissement. Tels deux adolescents empressés.

Une main contre son ventre, elle tourne la tête et ses yeux cherchent machinalement l'horizon, en vain.

Quand José a proposé de construire un radeau afin d'explorer les épaves et le galion, tous trois ont immédiatement discuté des moyens et techniques à mettre en œuvre, pas de leur refus de nager. À l'évidence, l'entreprise se trouvait d'emblée condamnée par l'absence d'outil pour assembler les planches, mais ils étaient là depuis trop longtemps à faire et refaire les mêmes choses, et rester sans rien tenter de neuf devenait insupportable. Tandis que les deux hommes ont passé en revue toutes les combinaisons possibles, fastidieuses énumérations, Nathalie s'est imaginée approcher le Vaisseau ardent… Mais comment aborde-t-on un brasier sans se brûler ? Le *bateau sorcier* de la baie des Chaleurs, également baigné par la brume, se traversait, lui, sans se laisser accoster… Ces souvenirs et réflexions ont accompagné l'inévitable conclusion de ses deux compagnons : ils ont renoncé au radeau.

José a rivé son regard sur les vestiges de son appareil, incapable de se distraire durablement de ce navrant spectacle. Elle s'efforce de considérer la carlingue à jamais immobilisée telle qu'il la voit : de loin, sa silhouette toute tubulaire s'auréole d'un léger brouillard qui délave ses peintures, à tel point que la carcasse se fond au paysage opalescent et s'y intègre comme les ruines de l'ancienne colonnade d'un temple effondré. L'Albatros semble parfois se pétrifier à cette sinistre vision ; ses yeux verts se grisent brièvement, son visage se ternit, des ridelles nouvelles se creusent ; puis José hausse les épaules ou tente une blague par trop cynique.

Ou bien il retombe dans la nostalgie déclamatoire et parle des avions qu'il a pilotés, non pas en évoquant le souvenir de ses vols, mais en récitant leurs descriptifs techniques, argumentant sur leurs distinctions et particularités, leurs performances. Ces tirades documentaires, maigres compensations à l'amputation de son « appareil », virent ce soir au devis de garagiste : José inventorie pannes et pièces cassées, puis liste sa « commande au Père Noël » – dont un poste à soudure, la seule chose qui lui manque vraiment, finit-il par prétendre.

« Ça et une corde de dimension acceptable », n'ose-t-elle ajouter.

Au moment de s'endormir, Nathalie se répète qu'elle est une très jeune femme entre deux baroudeurs. Elle s'arrange pour se reposer quand le pilote est de garde, et se couche de sorte à apercevoir Blackjack d'un simple mouvement de paupières quand c'est l'aventurier qui veille. Nuit après nuit, depuis maintenant plus d'une semaine, elle peaufine la liste qui s'étendait sous la question « Et s'il tendait la main ? », qui est vite devenue : « Quand la tendra-t-il ? », pour se reformuler sans point d'interrogation.

La question du sexe.

Dans un huis clos (que chacun considère comme probablement définitif).

Deux hommes, une seule femme. Deux : la satisfaction n'est qu'un aspect. Seule : sa préférence ne compte pas – la « posséder » représente à la fois un attribut et un privilège du pouvoir. Femme : elle sera donc un objet de conquête, d'où : concurrence, lutte, domination.

Pour elle : victime/esclave/sujet ou amante/maîtresse/courtisane, elle est, reste et demeure à jamais l'enjeu.

Si maternité, étant unique, ça revient au même. De quoi souhaiter être stérile.

Matière à débat stratégique : quémander la protection du gentil albatros ou flatter l'orgueil puéril du méchant ours ? S'offrir aux deux, affirmant à l'un qu'étant le plus fort il n'a ainsi rien à craindre du plus faible, du moins tant qu'il accorde au plus faible de partager (quelque peu, rarement, sans fantaisie) ses faveurs, rappelant à ce dernier et à bon escient tout ce qu'il risquera de perdre (elle, sa vie) s'il conteste son rang ?

Noé s'était montré plus intelligent : plusieurs hommes, plusieurs femmes. D'ailleurs, le rapport idéal (consanguinité/fécondité) serait de : trois hommes pour sept femmes.

Petrack mort, sous le mot « fidélité », que reste-t-il ?

Plonger au plus vite, littéralement, pour faire son deuil ?

20

Dans toute autre caverne, seule la pénombre sculpterait l'empilement de courbes et de rondeurs ; dans une cave aux multiples voûtes, quelques torches oubliées trahiraient le secret des portes en ogives, des tortueux corridors et des escaliers dérobés ; à l'intérieur du Chaos de pierres, un vertige d'ombres et de lumières joue à cache-cache. La paroi de glace éclaire de toutes parts plusieurs étages d'éclats de montagne cendrée – tel un premier crépuscule observé d'un avion au-delà des nuages, la raison s'y retrouve aussi piégée qu'à colin-maillard.

« Tu t'es encore trompé, soupire Nathalie. C'est normal qu'un pilote se perde aussi souvent ?

— Tu sais maintenant pourquoi je n'ai jamais fait de lignes régulières…

— Ce n'est pas par conviction ? Le refus des horaires, des règlements, tout ça… De l'uniforme, aussi.

— L'uniforme va tellement bien aux hommes, ça a ses avantages.

— C'est vrai… »

Elle l'observe diriger le faisceau lumineux au hasard de sa curiosité.

« Sans carte mais avec une torche, reprend-il, c'est bien plus amusant, c'est comme se promener dans un grenier.

— Tu joues à l'explorateur ?

— À chacun sa méthode. DJ dresse un plan pour se diriger, moi j'improvise.

— "DJ" ?

— Jack Blackjack ! Son prénom se retrouve dans son nom, d'où le surnom que lui donnait Petrack, Double-Jack. Et, pour le mettre vraiment en rogne, DJ…

— Comme disc-jockey ? Une façon de lui dire : "Je sais que tu connais la musique" ? ajoute-t-elle en repensant aux initiales du roi de carreau adressé par Petrack à son ancien associé.

— Peut-être…

— Quand Blackjack m'a parlé de toi, enfin de l'Albatros, je lui ai demandé s'il avait également un surnom. Il m'a assuré que non…

— Du pur Blackjack !

— Et pour Blacky ?

— Réservé aux dames. »

Ils se sont arrêtés pour observer les dix chemins possibles. Blackjack, lui, s'oriente sans mal, marche d'un pas vif, ne ralentit jamais et regarde partout – sauf là où il pose les pieds. Quand il les a accompagnés pour leur apprendre à déjouer les pièges des roches ventrues jusqu'à la réserve de bois, au retour ils ont peiné à le suivre les bras chargés. L'aventurier le leur a reproché en marmonnant qu'il n'avait pas besoin d'escorte, mais d'aide. De quoi les convaincre de se débrouiller sans lui. Ils s'occupent donc dorénavant du bois – ce qui est probablement ce qu'il espérait.

Et puis, que faire d'autre ? Nathalie a fini d'étaler ses collections numismatiques sur le banc de sable, de l'autre côté de l'avion, sur la partie la plus spacieuse, ce qui l'a autorisée à confirmer son intuition : les pièces et les médailles proviennent des quatre coins du monde, de toutes les époques, et plusieurs monnaies lui sont inconnues. José a rapidement épuisé son goût pour la mécanique, puisqu'il ne peut rien réparer, et il lui tarde d'explorer les épaves, dans l'espoir de récupérer quelque chose d'utile. Il cherche moins du bois que de quoi l'attacher, ce qui explique probablement qu'il s'égare si volontiers. Ne pas renoncer au radeau n'est peut-être qu'un refuge réflexe, ou le signe qu'il n'abdique pas facilement. Elle ne tente pas de trancher.

« Je crois que nous nous sommes perdus, répète-t-elle.

— Perdus ? Non, nous éprouvons quelques ralentissements à rejoindre notre stock. Il manque vraiment du bois ?

— Tu sais qu'il se brûle vite.

— Mais ça peut attendre, non ?

— Qu'est-ce que tu as en tête, José ?

— Rien… Mais nous n'avons plus le choix : pour retrouver notre route, nous devons grimper.

— Grimper ?

— Oui. Comment s'orienter de l'intérieur ? La lumière ne nous aide pas, au contraire.

— Bien manœuvré.

— C'était involontaire.

— Ça te dirait une thérapie ? On pourrait l'analyser comme un acte manqué.

— Manqué ? Je préfère appeler ça une réussite spontanée. »

Sans attendre, le pilote escalade les roches sans grâce, mais avec une détermination prévisible. Voler lui manque avec une évidence touchante. Lors des veillées, dès qu'il relâche son attention, il lève les yeux vers le pinacle de la grande falaise. Il redoute de rester sans activité et guette la moindre occasion de s'occuper. « Hier », il a aligné les pièces avec un souci maniaque de la géométrie qui a duré tout son tour de garde. Elle l'a observé. Il n'a pas contrarié son classement et s'obligeait à ne fixer que le Vaisseau ardent lorsqu'il s'accordait une brève pause. Cette fois, il n'a pas su résister à l'appel des hauteurs ; Nathalie trouve poignante cette obsession de petit garçon.

« Nous y sommes presque... », exulte-t-il.

Seulement deux rochers les séparent du sommet de la pyramide. En contrebas, les rocs érodés s'emboîtent et s'imbriquent de sorte à dessiner un accès zigzaguant jusqu'à la muraille blanche.

« Qu'est-ce que tu attends ? lui demande-t-elle. Je sais que tu as envie de monter.

— C'est toujours plus beau, d'en haut.

— Eh bien, vas-y !

— Je ne sais pas... Depuis que nous sommes ici, je rêve que je vole. Je veux dire, dès que je ferme les yeux, que je dorme ou pas, je ne pense qu'à ça... Je vole, comme un oiseau. Mais sans la pantomime des ailes. Je contemple ce paysage et... Et puis, j'ouvre les yeux, je regarde tout autour de moi, et j'ai envie de les refermer pour ne plus les rouvrir... Ça n'a jamais été aussi fort.

— Je t'ai connu plus optimiste.

— J'ai cru... Tu sais, en arrivant, les premières heures... C'était si étrange. Tout s'arrangeait, tout semblait possible. Ou égal, je ne sais pas. Nous étions vivants, jetés par la tempête dans cette oasis blanche, et l'eau, cette eau... J'ai cru que cela durerait, que tous nos vœux seraient exhaussés... Mais, après ton réveil, quand nous avons contourné l'avion, tous les deux, tu t'en souviens ? Pour la première fois de ma vie, j'en ai fait le tour sans me baisser ni m'écarter du fuselage, exactement comme pour éviter un minibus abandonné sur un parking. Et j'ai perdu espoir. C'est ça, tu comprends, la réalité : cette carlingue sans ailes... Alors grimper, oui, j'en ai envie. Mais non, je m'y refuse si c'est pour voir mon avion de par en dessus.

— Peut-être que tu verras les choses autrement ?

— Tous les oiseaux replient leurs ailes une fois posés, tu l'as remarqué ? Pas les avions. Ils se tiennent prêts, ils n'abdiquent jamais ; il leur en faut, encore et encore... Ce n'est pas vrai, bien sûr, mais je n'ai jamais regardé un avion sans y penser.

— Un pilote de ligne ne pense pas comme ça.
— Alors, j'aurais peut-être dû… »

Ajouter combien cette injustice la révolte ne l'aidera pas. Elle lui sourit et reporte son attention sur la coulée qui conduit au mur de glace.

« Tu l'as déjà touchée ? lui demande-t-elle.
— La paroi ? Non.
— Je n'en ai jamais été aussi près. Il ne fait pas trop froid… La lumière n'est pas aveuglante.
— Tu es tentée ?
— Tu ne l'es pas ?
— Blackjack l'a touchée. Enfin, il l'a tambourinée…
— Et alors ?
— Il s'est déplacé de quelques mètres et il a recommencé… On y va ?
— D'accord. Mais je passe devant, ça serait dommage de se perdre !
— Pas grave, je garde la torche. »

Le glacier forme un gigantesque écran hémisphérique sur lequel l'incendie qui ne s'est pas calmé brouillonne en permanence des motifs kaléidoscopiques. Pragmatiques, afin d'essayer de déterminer l'origine ou la nature de cette glace luminescente, les deux hommes ont déjà contourné le Chaos de pierres, qui interpose sa masse entre le brasier et la glace. Mais ils n'ont pas trouvé un seul endroit à l'abri des reflets ; la coupole l'inonde jusqu'à son moindre recoin et il n'existe pas une parcelle de roche ou de paroi glacée indifférente à son spectacle. Nathalie, elle, n'a pas encore osé s'approcher du mur.

Cette fois, elle se tient debout devant l'immensité immaculée. C'est lisse, pas si froid. Elle l'observe, la sonde, tente de s'en pénétrer. Elle balance entre crainte et respect. C'est un mystère, elle le sent. Son souffle emplit ses poumons tandis que sa main droite se tend, légèrement pliée en arrière, paume devant, comme si elle s'apprêtait à repousser un obstacle. Au moment du contact, son bras s'arrache à sa volonté et se rétracte, heurtant son épaule. José hoche la tête. Nathalie avance à nouveau sa main, les doigts en avant, à peine écartés, souples, pour toucher.

« Ce n'est que de la glace, dit-elle.

— Déçue ?

— Je devrais être rassurée, non ? »

Le pilote hausse les épaules avant de faire quelques pas vers la gauche. Elle en profite pour lécher l'extrémité de ses doigts.

« Regarde : il y a un passage par là. »

Le temps de se retourner et elle le voit achever de glisser dans un puits. Penchée au-dessus de l'anfractuosité, elle ne distingue rien.

« Tu es blessé ?

— Non.

— Pourquoi tu n'éclaires pas ?

— C'est mieux comme ça.

— Je ne saute pas sans savoir où je vais atterrir !

— Dans mes bras !

— Je ne suis pas folle.

— Si tu te blesses, je t'offre à boire !

— Tu t'entends ? » soupire-t-elle en se laissant tomber.

Le passage ressemble à une grotte si basse qu'ils ne peuvent y progresser qu'accroupis. La galerie, assez étroite, bifurque plusieurs fois de suite, ce qui explique leur sensation toute nouvelle de s'enfoncer vers l'obscurité. Mais, juste avant de franchir le dernier coude, ils distinguent un halo blanchâtre. Là, les rochers qui s'encastrent dans la glace ménagent une surface nue, de la grandeur d'une fenêtre. Moins aveuglante, peut-être plus translucide dans la pénombre, la glace paraît ici dotée d'une profondeur : d'infimes striures la sillonnent, se rejoignent ou s'entrecroisent, évoquant une jeune ramure en hiver. Ces répliques de filaments, noyés dans la chair pâle de la banquise, les fascinent. À quatre pattes, ils se tiennent immobiles et silencieux. José allume la torche et les veinules disparaissent. Nathalie écarte la lampe et José l'éteint. Tous deux posent alors leurs mains sur la glace.

« On dirait…, susurre Nathalie, on dirait une membrane… Avec ces nervures…

— … rouges. D'un rouge si sombre…

— Comme du sang. Ou des traces de ruissellements sur une vitre, après la pluie.

— Sauf que c'est discontinu.

— "Discontinu" ? Quelle poésie !

— Désolé, mais… Cette muraille ne s'est pas faite en un jour. Ces traces peuvent remonter à avant l'effondrement des rochers, l'érosion aura laissé des dépôts minéraux qui auront attaqué l'épaisseur de glace avant de s'en trouver prisonniers.

— C'est plus fort que toi ? J'ai horreur de cette préoccupation typiquement masculine…

— Je pense à ma mission. Tu sais, la radio… J'aimerais croire que c'est du sang ou du corail, si tu veux, ça serait joli… mais je redoute que ce ne soit tout bêtement de la rouille. Si c'est partout pareil, je n'ai plus à m'inquiéter pour la radio. Avec cette trame ferreuse et sous ces latitudes, le glacier doit faire office de cage de Faraday. C'est un peu simplifié, mais en gros c'est ça. Les ondes d'aucune radio ne peuvent traverser l'enceinte de glace…

— Alors, la radio…

— Elle ne sert plus à rien.

— Comment allons-nous faire ? »

21

L'information est conséquente, elle n'en a cure. Elle veut rentrer, avec du bois pour le feu de la veillée. Il faut tenir, a dit Blackjack. Se fondre à cette discipline imbécile et ne pas penser, ne pas rêver, obéir à l'adjudant, ne pas céder à Virginia. Tenir. Au moment de s'engouffrer dans le sas, son attention est attirée par le départ d'une autre galerie que révèle le panneau de glace dans la pénombre. Cependant, après quelques pas, le tunnel est en partie obstrué par ce qu'elle prend d'abord pour des décombres. De rage, elle tente de dégager le passage. Elle ne trouve aucune prise. Ses doigts raclent contre du bois bombé. Elle caresse les planches assemblées : c'est un canot, retourné – en parfait état.

José examine sa découverte et lui conseille d'aller chercher Blackjack. Il insiste, prétextant que l'extraire sans l'abîmer ne sera pas simple. Elle cède, sachant le pilote pressé de mettre la barque à l'eau pour explorer les épaves, à la recherche de tout ce qui pourrait leur être utile, ou pour simplement échapper à ses pensées.

Sur le chemin, elle se répète que cette trouvaille change la donne. Ils ne dépendent plus exclusivement de la persévérance des recherches lancées de l'autre côté. Quitter le glacier lui semble pour la première fois possible, même si elle ne saurait dire en quoi le canot les y aidera. L'idée de s'approcher du Vaisseau ardent, ou du moins d'en faire le tour, ne l'effraie plus. Elle décide d'utiliser les carnets trouvés dans l'avion pour noter ses observations et déductions.

Jack Blackjack l'écoute et la consigne aussitôt au camp de base, l'écartant comme si elle ne comptait absolument pas. L'abandonnant à sa colère, l'aventurier s'est engouffré dans le Chaos de pierres selon des indications pourtant si succinctes qu'il aurait dû réclamer qu'elle le guide... Et maintenant, il tarde à revenir. Est-ce leur orgueil de mâle qui leur interdit de solliciter son aide ? Quand elle se décide à enfreindre la consigne et à les rejoindre, elle les aperçoit qui sortent des rochers. Ils ne tentent pas un instant de rapporter la frêle embarcation au banc de sable, non : ils l'essaient ensemble. Certes, ils s'en rapprochent en longeant plus ou moins le rivage, mais ils ne se pressent pas. Elle part à leur rencontre et ils obliquent vers elle. Elle ralentit sa course. Ils ne sourient pas – ne devraient-ils pas jubiler ? Elle marche à présent. Ils la regardent à peine – comme s'ils l'évitaient ? Elle s'est arrêtée alors qu'ils accostent sur la plage et que l'aventurier saute le premier, lui qui est toujours chaussé. Il lui tourne le dos et tire le canot sur le sable. José hausse les épaules et quitte l'embarcation pour aider Blackjack. Nathalie s'approche, mais n'ose pas toucher le canot, comme si elle attendait leur assentiment. José lui désigne alors le dessin.

Si le canot lui est inconnu, il n'en va pas de même de l'effigie qui orne l'avant de sa coque, anormalement située à l'intérieur de celle-ci. En plus petit, c'est la réplique fidèle des deux sirènes du *Nathalie*.

« Petrack ?

— Aucune trace », la rassure José, qui, visiblement, a immédiatement identifié le canot de la goélette et l'a éloignée de crainte d'une découverte macabre. Elle songe que ses compagnons ont dû convenir d'un code, sinon l'aventurier ne l'aurait pas écartée. Cette précaution l'exaspère.

« Nous avons fouillé tout autour. Nous n'avons rien trouvé d'autre, absolument rien.

— Hormis la balise », complète Blackjack.

Elle acquiesce mécaniquement, elle n'écoute pas.

« Le mouchard était accroché au canot, insiste José. C'est donc lui que nous avons suivi, pas le *Je le veux*. Et la balise continue d'émettre, seulement le glacier bloque la diffusion.

— Je ne comprends toujours pas pourquoi il a fait ça, maugrée Blackjack. Puisqu'il connaissait l'existence de cette balise, pourquoi la déplacer ?

— Pour nous faire venir là ? »

Elle regrette aussitôt ses paroles : c'est ce qu'elle aimerait croire, là, à l'instant, que tout ceci possède un sens, que rien n'est accidentel, qu'il est…

« Il est peut-être vivant, se rattrape-t-elle. Le *Je le veux* aurait…

— Il ne nous aurait pas fait ça, l'interrompt l'Albatros. Jamais…

— Il l'a fait exprès, le salaud ! explose l'Ours. Pour nous égarer !

— Le "salaud" ? C'est ainsi que vous traitez votre ami ?

— Petrack, mon ami ? N'as-tu rien compris ? Face aux caméras, nous étions frères. Mais, l'Albatros m'en est témoin, nous sommes toujours demeurés rivaux. Notre association nous permettait de nous surveiller mutuellement, c'est tout. Cela t'étonne ? C'est un ciment qui en vaut d'autres. Et, de nous deux, crois-moi ! Petrack n'était pas le plus scrupuleux.

— Je ne vous crois pas.

— Preuve que tu ne l'as pas fréquenté bien longtemps !

— Il a appelé à l'aide…

— Jamais ! Jamais je n'ai rencontré quelqu'un d'aussi orgueilleux que lui ! Petrack, demander de l'aide ? Tu le connais bien mal pour l'imaginer s'abaisser à attendre quoi que ce soit des autres, petite. Ceci n'est qu'un traquenard, dans lequel il m'a entraîné, moi, pour se venger de je ne sais quelle affaire.

— Nous sommes trois. Il s'est arrangé pour que nous soyons là tous les trois, insiste-t-elle.

— Hypothèse bien présomptueuse ! Combien de temps, déjà, as-tu passé à ses côtés ?

— Le temps n'a rien à voir à l'affaire, intervient José. L'amour n'obéit à aucune règle.

— L'amour ? Alors, nous ne parlons pas du même homme. Le mien est plutôt petit, assez connu, toujours impeccable… irréprochable, même. Sans rire : lui, aimer ? J'ai perdu le compte de ses aventures voilà bien des années, et pourtant il n'a jamais accordé ses faveurs gratuitement. À aucune.

— Vous êtes ignoble.

— La vérité est ignoble, mais c'est la seule chose dont je suis sûr.

— Vous n'avez donc jamais envisagé de le sauver…

— Et il le savait ! Ce canot et la balise en attestent.

— Il y a là un paradoxe digne de Petrack, soulève José. Il a truqué le système de localisation, mais il a placé le mouchard dans le canot de sauvetage… Ce n'est pas quelque chose qui s'improvise ou s'effectue en plein naufrage. Petrack savait pertinemment ce qu'il faisait, comme toujours… Je crois que Nathalie a raison, nous sommes trois à avoir suivi le signal. Toi et moi étions nécessaires pour arriver sur place. Pas elle.

— Tu as dit toi-même qu'il ne souhaitait pas qu'elle vienne.

— Effectivement, il s'y refusait. Mais à la manière d'un gamin amoureux : il espérait quand même qu'elle le suive. Que nous l'emmenions… si elle tenait vraiment à le retrouver, lui…

— Une amourette ne lui aurait pas tourné la tête à ce point, concède Jack Blackjack. Mais si ce que tu avances se trouvait fondé, cela signifierait donc qu'il entendait qu'elle joue un rôle, une fois que nous nous serions rendus ici.

— Quel rôle ? »

Elle a presque crié. Ils la regardent tous les deux et, bien qu'ils ne la regardent pas comme ça, elle se devine soudain vulnérable. Comme dans une partie d'échecs, José vient de bouger une pièce et le jeu tout entier s'en trouve encore changé ; les perspectives sont chamboulées, les plans et les calculs relégués à un passé révolu ; tout est trop nouveau, inattendu, imprévisible, rien ne se présente comme il faut ; la partie est finie d'avance. Perdue, elle se sent perdue/vidée/privée/spoliée/trahie/petite/toute petite/faible/confuse/tellement fragile…

Anton… Sa disparition, la brutalité de leur étreinte, cette aventure depuis, tout cela forge le mythe de l'Ennemi charmant ; l'homme, au quotidien, elle le devine à la manière dont ils en parlent, aurait sapé sa légende amoureuse.

De retour au camp, elle obtient le premier tour. Blackjack lui recommande de veiller sur le canot, leur « bien le plus précieux ». Elle ne cherche pas de repartie. La lourdeur de ses paupières agit déjà tel un philtre de sérénité et lui inspire des dérivatifs familiers et anciens – images grappillées dans le jardin de son enfance, ritournelles fredonnées à mi-voix dans la Bibliothèque interdite, souvenirs des jeux de rôles où la plongeaient films et livres…

Au jardin d'enfants, elle implorait avant d'exiger ; ensuite, très vite, elle mordait. « C'est mal. Tu n'es pas jolie. » Les avertissements de la responsable s'étaient accumulés. Son père, après longtemps, était finalement intervenu, mais il ne s'était pas déplacé : il s'était contenté de la faire retirer pour lui éviter la honte de l'expulsion – tandis qu'elle s'endormait chaque soir en l'imaginant ouvrir le portail à toute volée pour les effrayer tous et toutes, sauf elle ; elle se redressait et se levait calmement et se dirigeait vers lui et tenait son pantalon impeccable d'une main et elle dénonçait de l'index ses ennemis, un à un… Consignée dans sa chambre, elle avait disposé toutes ses poupées sur son lit, puis elle avait jeté sa couette par-dessus et leur avait tourné le dos. Une fois bien seule, elle pouvait se mordre sans être trahie. La gouvernante l'avait surprise en train de pleurer à chaudes larmes, deux arcs rosés – pas rouge sang – s'estompant déjà de son bras, mais son père, eh bien, Papa…

Ce soir-là (non, c'en était un autre, un peu plus tard, mais un de ces soirs semblables, donc), elle s'était réfugiée dans la Bibliothèque interdite, pour la première fois. Elle s'y était même endormie… Comment avait-on pu l'y laisser toute la nuit ? Et comment avait-elle découvert la clé, malgré les domestiques qui la surveillaient ? Tout avait été manigancé, nécessairement, réalise-t-elle. Ça partait d'un bon sentiment, se corrige-t-elle. Peut-être, rectifie-t-elle encore. Elle admet qu'il avait ainsi tout arrangé pour lui offrir l'illusion qu'elle pouvait s'en sortir toute seule – qu'elle était grande. Mais à quel prix ? Et pourquoi agir de la sorte, sinon afin de ne pas s'impliquer directement, de ne pas se risquer à la prendre dans ses bras, de ne pas lui demander comment tu vas ? Mal. J'ai mal, Papa. Et de pleurer, ensemble, puisqu'ils n'y pouvaient rien, de toute manière, ni l'un ni l'autre ; car, ainsi, ils l'auraient délivrée, la Grande Absente. Au lieu de la remplacer par les fantômes polymorphes de Virginia.

« *Je veux faire mieux…*, se surprend-elle à déclarer à voix haute.

— Quoi ? lui demande José qui ranime le feu qu'elle a négligé.

— Mon père ne m'a jamais vue, lui confie-t-elle sans se soucier de l'âtre. Il me regardait et me disait que j'avais ses yeux. Il souriait. Alors, je courais dans la salle de bains et je laissais couler l'eau chaude. Quand il y avait suffisamment de buée sur la glace, j'essuyais une barre à hauteur des yeux et je l'imaginais. Mais, chaque fois, je ne voyais que moi… »

José remue les braises pour occuper ses mains.

« "Manipulée, jamais consolée" : depuis des années, je répète ces mots comme une comptine. C'est vrai : à la fin, c'était devenu une berceuse. Pour lui aussi, ma présence le reliait au mystère de sa vie : Maman est morte pour me faire naître. Ma vie a donc un sens particulier ? Malgré mes révoltes, je l'ai cru : je suis née pour accomplir… quoi ? Il ne l'a jamais dit. Pas clairement. Sans relâche, il m'a amenée à faire mieux, toujours mieux… C'était trop. J'ai fait tout ce que j'ai pu, José, je t'assure que… "Je veux faire mieux, je veux tellement faire mieux…" Alors, tu comprends pourquoi, maintenant, je suis en colère. Parce que depuis neuf jours, plus rien de tout ça ne compte – c'est fini. Fini. Je suis libre. Je n'ai plus à me soucier de lui. À devenir exemplaire, formidable – admirable… Libre. Libre ? Mais non. J'ai seulement changé de prison. Je ne peux toujours pas être moi. Je dois surveiller mes arrières, justifier ma présence, et me trouver un rôle, maintenant ! Un rôle… José, pourquoi je suis là ? »

Le pilote hésite. Jouer avec les brandons a assez duré. Que peut-il dire ? Doit-il la regarder ? S'approcher ? Nathalie épie sa silhouette sans tenter de le dévisager – elle n'en sera jamais amoureuse. Elle se sent bien avec lui, vraiment à l'aise, en confiance… Mais…

« Je voudrais être une vieille femme, et me baigner tout le temps !

— J'aimerais vivre assez longtemps pour voir ça ! »

Il a ce joli sourire espiègle et, par moments, un regard qui lui donnerait quand même de délicieux frissons.

« C'est un drôle d'endroit. Maintenant que nous avons ce canot, je… »

José laisse sa phrase en suspens. Elle lève les yeux vers lui.

« Depuis que nous sommes ici, reprend-il, c'est comme si le temps s'était arrêté, plus rien n'a d'importance. Nous sommes dans un glacier, tout creux, où il fait aussi chaud qu'aux Caraïbes. Ce bateau brûle, mais ne bouge pas. Cette eau est... spéciale ! Nous avons trouvé la trace d'un monstre, alors qu'aucun animal ne vit ici. Nous ne sommes pas les premiers, les autres ont disparu en laissant tout leur or en petits tas ordonnés... Nous sommes... nous sommes dans un autre monde. Pas de radio, pas de balise, coupés du nôtre... Survivre ? Cela n'avait pas vraiment beaucoup de sens jusqu'à présent, puisque nous ne pouvions pas repartir. Mais avec ce canot...

— Pour moi aussi, ça a tout changé. Plus rien n'est comme avant. J'ai l'impression de me noyer.

— C'est comme renaître.

— Oui. »

III

Tchac !

1

Le silence s'étire, elle s'étend. Ses mains et ses pieds écartent la substance translucide. Elle se libère, la bulle se liquéfie. L'eau la submerge, elle les entend rire. Elle nage avec aisance, les jambes regroupées, ses pattes en mouvement. Toujours plus bas, toujours. Elle épouse sa silhouette animale. Ils nagent vite, mais elle s'enfonce aussi aisément qu'eux. Leur chant est un guide. Ils vont loin, si loin. Elle ouvre la bouche et respire. L'eau l'envahit, elle n'a pas peur de suffoquer. Elle peut chanter, à présent. Leurs rires s'accordent, ils la frôlent, la dépassent. Elle décide de les toucher, tous. Elle vire, elle file. Les yeux fermés, elle va plus vite, elle n'en rate aucun. Ils font de même. Bataille! Ils s'attrapent, se bousculent, s'accrochent les uns aux autres. Ils forment une roue gigantesque, qui bascule dans toutes les directions, et qui éclate tout à coup; mais tous se précipitent vers son centre; les corps se mêlent, se frottent, s'enlacent, ce n'est plus qu'un nœud, qu'un cœur. Ils crient dans l'éblouissement aveugle de leur union, elle ressent la pulsation de leur jubilation comme s'ils n'étaient qu'un. Ils se rapprochent encore, se contractent, se taisent soudain sous la tension, puis ils se séparent et giclent dans tous les sens. Les sirènes identiques rient. Et jouent. Elle leur montre les créatures, furtives, qui hantent les abysses amniotiques. Elle les caresse d'une pensée et s'abandonne à une chanson. Les deux sirènes se lovent l'une contre l'autre, tout en elle ; et les autres, qui partagent leur ravissement, sourient. Ils chantent tous ensemble. Tout en rond. Tout est rouge.

« Qu'est-ce qui se passe ! » peste Jack Blackjack.

Nathalie sursaute comme une enfant surprise deux doigts en crochet dans les confitures – une main à plat sur son ventre, l'autre contre ses cuisses. José a gardé ses bras ramenés sur son visage pour masquer la lumière. Calé sur un coude, Blackjack inspecte nerveusement le rivage. Ses compagnons ne l'ont probablement pas vue.

« Je rêvais, répond José. Je crois que j'ai crié, parce que je sautais de cette falaise, mais je ne tombais pas. Je volais…

— Ce n'était pas un cri, grogne Blackjack. Vous chantiez, tous les deux.

— Tous les deux ? répète Nathalie en réanimant maladroitement le feu.

— Ouais, mais pas la même chose. Et puis…

— Quoi ? Je sais que je chante faux, ironise le pilote.

— Je le sais aussi. Mais cette fois, c'était comme si vous tentiez de faire un chœur…

— Je ne me souviens de rien, ment-elle.

— Pourtant, à ce moment-là, tu as changé de voix. Et puis, il y avait… comme un phénomène d'écho…

— Ce n'est pas la première fois que tu entends des voix, l'asticote José.

— Tu dormais, pas moi ! Et pourtant, ce n'était pas mon tour de veille. Tu t'es assoupie, n'est-ce pas, petite ?

— C'est le feu, s'excuse-t-elle trop vite.

— Comment te faire confiance ? » soupire-t-il à la manière d'un vieil acteur qui fait son entrée.

Nathalie se lève et avance jusqu'au nez de l'avion, à côté duquel ils ont installé le canot – à l'écart de l'eau. D'un simple coup de tête, elle interroge le pilote, qui n'a visiblement aucune envie de poursuivre sa « nuit ». Il acquiesce de même et se redresse déjà pour prendre son tour de garde avant l'heure.

« Par pitié, Blackjack, énonce-t-elle de son ton le plus monocorde, ne regardez pas votre montre. L'heure n'est pas venue, mais je n'en peux plus et je vais me coucher. Dites-vous que la "petite" a sommeil… »

Elle n'attend pas sa réponse et regagne à pas lents la cabine pour s'installer sur le siège du copilote, d'où elle pourra garder un œil sur le canot aux deux sirènes et un autre sur le Vaisseau ardent, qui ne figure plus qu'une arche approximative depuis qu'elle a parlé au pilote de se noyer.

Dans son dos, l'Ours marmonne quelque chose et l'Albatros pousse un morceau de bois dans le foyer.

« Ce n'est pas drôle ! » s'exclame-t-elle à peine assise. Et c'est même lamentable, pense-t-elle, incapable d'attribuer ce sabotage à l'un ou l'autre.

« Peut-être ne comprenez-vous pas l'intérêt de ma démarche, reprend-elle d'un ton plus adulte, mais je travaille sur la seule chose concrète dont nous disposions. Ça ne vaut peut-être pas le Nobel de l'énergie perpétuelle et c'est probablement moins esthétique qu'une mosaïque, mais ces pièces datent ce phénomène et…

— Mais de quoi parles-tu ?

— Ça me rassure que tu me poses la question José. C'est donc votre œuvre ?

— Peut-être nous feras-tu la grâce d'expliquer ce qui t'agite ? lui retourne un Blackjack imperturbable.

— Mes pièces ! Pendant mon tour de garde, l'un de vous les a remises en pile ! Comme sur la plage.

— Tu te moques de nous, petite ! Elles étaient étalées quand j'ai rejoint l'appareil. Elles brillent assez pour ne pas les manquer ! Comment aurais-je pu ressortir de l'avion et en faire le tour sans que tu t'en aperçoives ! Je sais que tu as dormi, Nathalie, mais quand même : je ne vois pas comment manipuler ce millier de pièces sans me faire remarquer !

— Je crois que je m'en serais rendu compte aussi, ajoute José.

— Vous êtes de mèche, tous les deux ? C'est ça ?

— Non, c'est pire, gronde Blackjack en regardant tout autour. Nous ne sommes pas seuls. »

Les deux hommes regagnent l'intérieur de l'avion pour vérifier ses dires au plus vite. De fait, un monticule de pièces chatoie de l'autre côté du banc de sable blanc.

« Je ne distingue aucune empreinte. Venez ! » lâche Blackjack avant de se ruer dehors pour contourner la carlingue. José et Nathalie le suivent de près.

« Nous ne sommes pas en sécurité, ici. L'avion nous gâche la vue de ce côté du lac… Bon sang, l'Albatros, il n'y a pas la moindre trace… Pas même une goutte d'eau sur le sable… Et pourquoi, pourquoi faire ça ?

— Peut-être que le fait d'empiler les pièces…, commence-t-elle.

— Quoi ? Dis ce que tu as à dire, petite.

— Le tas est reconstitué à l'identique… Comme si nous n'avions pas respecté les choses telles qu'elles étaient, ou telles qu'elles doivent être. Enfin, ils… Et zut, je rentre dans votre jeu. Vous avez voulu me donner une leçon, c'est ça ?

— Ce n'est pas un jeu, bougonne l'aventurier.

— Alors, si c'est vrai, au moins ils ne nous ont pas attaqués, soupire-t-elle en sondant les rivages. C'est plutôt bon signe, n'est-ce pas ?

— Pour moi, c'est un avertissement, la reprend Blackjack. Une mise en garde. “Regardez de quoi nous sommes capables !” Voilà ce que ça veut dire… Ils sont plusieurs, passablement entraînés, rapides et discrets ; ce ne sont pas des amateurs. Ils sont venus en barque, avec des ramages pour effacer leurs traces. Bien. Nous n'en apprendrons pas davantage en nous attardant. Retournez dans l'avion et prenez le strict nécessaire, je prépare le canot.

— Qu'allons-nous faire ? demande-t-elle.

— Je ne sais pas où ni qui ils sont, mais ils nous écoutent ou nous épient. Fais-moi confiance, j'ai connu des situations plus inquiétantes. Ils ne savent pas à qui ils ont affaire ! »

Jack Blackjack les précède et dépasse l'appareil sans un regard en arrière.

« Ils étaient là ! vocifère-t-il aussitôt parvenu de l'autre côté. Pendant que nous étions de l'autre côté, ils sont venus là... »

Sans plus prononcer un mot, il désigne, près du feu, disposés en triangle, trois scions sur lesquels sont enfilées des fleurs.

D'égale longueur, les trois baguettes ne se ressemblent guère. La plus chargée compte une dizaine de variétés florales, à larges corolles et multicolores, la plupart garnies de leurs feuilles, grasses et opulentes. Plus discrète, la deuxième se compose de fleurs délicates, d'un jaune ou d'un bleu pâles, alternées par deux ou trois. Une tresse d'herbes, succession claire et sombre, court tout du long pour former, vers la pointe, un motif qui s'ouvre comme des pétales, chaque brin noué après une élégante boucle. La dernière, légèrement arquée, semble nue : toutes les fleurs s'agglutinent vers l'extrémité qu'a empoignée Blackjack. Elles sautillent à chacun de ses mouvements, si bien qu'il paraît armé d'une cuiller à pot, le sabre cher aux corsaires malouins.

« Des fleurs, hasarde-t-elle en maîtrisant difficilement l'amorce d'un rire nerveux, c'est généralement plutôt un signe de bienvenue, non ?

— Après dix jours ! Des fleurs transpercées ? Ce n'est pas la même chose qu'un collier haïtien, bon sang ! Ça n'a rien de pacifique.

— Des brochettes de fleurs... Quoi, Jack ? Comment les décrire autrement ?

— C'est tout ce que tu trouves à dire, l'Albatros, des "brochettes de fleurs"... Ce n'est pas croyable.

— Qu'est-ce que j'y peux ? Si près du feu, ça me

ramène loin en arrière, à l'époque où je grillais des marshmallows... Souvent j'en embrochais une demi-douzaine à la fois. Je mélangeais les couleurs et je les tassais, ensuite...

— Comme s'il était question de ça ! »

Nathalie observe José : il parle sérieusement. Si sa remarque exaspère Jack Blackjack, elle l'apaise étrangement.

« Dans un restaurant, à New York, ils servent toutes sortes de fleurs, renchérit-elle. En salade ou confites, en purée... sans compter les desserts. José a peut-être raison : et si elles étaient embrochées pour que nous les mangions ?

— Je ne suis pas un sauvage ! » éructe Blackjack en girouettant tout autour du feu. Les amples mouvements de son sempiternel manteau passé sur le dos lui donnent décidément des allures de baryton en quête d'applaudissements.

« Ni un imbécile... Ils sont forts, habiles et audacieux... Nous ne serons en sécurité nulle part, conclut-il en stoppant face au Chaos de pierres.

— L'avons-nous été jusque-là ? observe José. Depuis notre arrivée, nous n'avons pas suspecté une seule fois leur présence... Il semble évident qu'ils nous connaissent bien et qu'ils ne nous craignent pas. N'en est-ce pas la démonstration ? Et que font-ils de cet avantage ? Ils remettent l'or en place et nous offrent des fleurs... en dessert. S'ils étaient hostiles, je préfère ne pas imaginer où nous en serions.

— Peut-être qu'ils attendent que nous répondions à leur signe, s'avise Nathalie.

— C'est ça, oui : montrons-leur que nous ne nous laisserons pas faire ! »

Un adjudant, indéniablement formaté pour penser au pire – susceptible de faire dégénérer tout imprévu en crise. Nathalie refuse de lui abandonner l'initiative.

« Nous devrions... non, nous *devons* nous réjouir de leur offrande. Voilà ce qu'il faut faire, et non pas suspecter un piège, insiste-t-elle. Que vont-ils penser de nous ?

— Que, dorénavant, nous ne serons plus aussi imprudents... Si leurs intentions étaient bienveillantes, ils seraient venus à nous, les bras chargés de fleurs ! Pas avec des fleurs empalées.

— Parce que, à leur place, vous vous seriez précipité ? Mais vous ne vous êtes pas vu ! »

Jack Blackjack se contente de lui répondre d'un haussement d'épaules.

« J'ai entendu des rires, déjà, leur rappelle-t-il, vers l'empreinte la première fois... et tout à l'heure encore, tandis que vous dormiez. J'aurais dû suivre mon instinct et ne pas vous écouter !

— Parce que tu nous écoutes ? bafouille José.

— Que dis-tu ? Articule au moins ! Ce n'est pas vrai...

— C'est bon, s'excuse José, des pétales collés aux lèvres, c'est même drôlement bon ! Et ça fait du bien : j'ai faim ! Merde ! Pour la première fois depuis dix jours, j'ai faim !

— J'essaie, moi aussi, se décide-t-elle.

— D'ailleurs, je ne suis pas sûr que ce soit un cadeau, continue José.

— Quoi ? lui demande-t-elle en s'arrêtant.

— D'avoir de nouveau faim...

— C'est ça, donnez-vous en spectacle ! »

Tandis que Nathalie et José goûtent chaque variété de fleurs, Blackjack fourrage dans l'avion et ne laisse personne ignorer qu'il a décidé de charger le canot tout seul.

« Ça donne soif, annonce José en avançant vers le lac.

— Puisses-tu t'étouffer..., lui rétorque Blackjack. Mais, tu bois comme un chien ! Tu lapes à quatre pattes, encore une fois... »

Nathalie résiste pour ne pas l'imiter.

« Je ne suis pas comme ça, moi ! hurle Blackjack

à l'adresse du Chaos de pierres. Hé, vous ! Qui que vous soyez ! Où que vous vous cachiez ! Je suis Blackjack, Jack Blackjack ! Ne me sous-estimez pas... », ajoute-t-il, les dents serrées.

2

Pas de gobelet en vue. Les fleurs jaunes se révèlent plutôt salées, contrairement aux bleues. Elle aimerait au moins s'humecter les lèvres. Elle a sa dignité et elle ne se donnera jamais en spectacle comme José – il semblerait que ce n'est pas la première fois qu'il lape à la manière d'un chien ! Elle, elle est d'une nature prudente et réservée. D'une éducation irréprochable. Alors, pour une fois... Elle se penche, à peine, et mouille, précautionneusement, l'extrémité de deux doigts seulement, index et majeur. Voilà, c'est tout. Elle en caresse sa bouche, sans appuyer. N'est-elle pas exemplaire ? Elle prélève l'équivalent d'une infime gorgée dans sa paume et réprime la tentation d'y enfoncer la tête entière. Elle a du caractère, et savoure cette victoire prodigieuse en frottant sa main humide sur son visage. Des filets s'échappent et dégoulinent le long de son poignet, se frayant un chemin rapide sur son avant-bras. Quelle idée, aussi, de boire comme un chien ! Et pourquoi pas, après tout ? C'est bon de se lécher les pattes.

L'Ours a grogné, l'Albatros s'est envolé.

Au bord de la mer, elle a toujours fait ça : se mouiller les joues, le menton, les épaules et le nombril, juste avant de plonger. La température est idéale. L'eau délicieuse. En clignant d'un œil, puis de l'autre, au rythme des cris des deux garçons qui jouent avec leur monstre à eux, elle crée des vagues minuscules qui donnent trois cyclopes et un nez large comme une pelle à neige.

Elle se redresse. Ils ne l'ont pas vue. Là-bas, sur le rivage, ils se tiennent de dos tous les deux, accroupis les yeux rivés au sol, les mains à plat, les doigts écartés ; ils caressent le sable sans le toucher. Des Indiens, comme dans les westerns ! Des pisteurs qui déchiffrent le langage abscons réservé depuis toujours aux garçons. Déjà, au jardin d'enfants, ils observaient intensément une touffe de pissenlits et s'échappaient en courant. Parfois, ils lui tiraient dessus. Sans même regarder si elle était morte.

Elle plonge la tête en délivrant un chapelet de bulles.

Maintenant, elle les entend distinctement. D'abord, un cri unique, comme un lâcher d'enfants dans une cour de récréation, et puis, plouf, une explosion de feu d'artifice dans tous les sens ! En s'enfonçant davantage et en retournant la tête, elle peut distinguer à travers l'eau un albatros qui balaie le ciel de ses ailes en essayant de prendre son envol. Pauvre petite chose qui s'affole gauchement – tu ne décolleras pas comme ça. Elle l'aiderait volontiers, mais l'ours, très loin, qui veut le mordre, l'ours ne l'a pas vue. Il dandine dans son coin, il braque ses yeux à gauche, et puis en haut, et encore en bas, à droite, derrière – qu'est-ce qu'il attend ? Elle ferme les paupières et chante avec eux.

Ils la contemplent avec ravissement. Sourires. Que voient-ils ? Une naïade blanche ou océanide noire ? Ou noire et blanche, toute ronde, si rapide ; ils l'admirent… Sa grâce les émerveille. Elle leur montre son ventre, le caresse. Qu'ils sont beaux… J'arrive, je me joins à vous…

« Nathalie ! »

Je joue ! Je nage.

« Nathalie… »

Hé ! faut pas regarder, j'suis toute nue…

« Nathalie ! »

Nathalie ? Hum, comme ma poupée rouge ? La vieille ? Elle est perdue. Je m'en souviens à peine. Inutile de l'appeler. Et puis, les poupées, elles entendent pas pour de vrai… Moi, je suis… je suis un animal ! Un grand. Hum… Bizarre. Et pas très sexy. Mais je nage si bien – et je tiens longtemps sous l'eau… On joue à Qui suis-je ?

Ils acceptent, la contemplent, lui sourient, tendent leur main vers elle quand un chasseur l'extirpe.

« Je ne suis plus un bébé, tu vas salir ma robe ! » crie-t-elle à José qui l'arrache du lac.

Une robe toute blanche. Blanche… Avec du rouge partout sur la glace. En morceaux, la banquise !

« Quoi ? J'ai cru que tu te noyais.

— Et alors ? J'allais devenir… Oh, zut. José ? »

Elle s'ébroue, dans ses bras, un pied encore dans l'eau.

« Qu'est-ce que j'ai fait ?

— Pas grand-chose.

— Mon chemisier ?

— Je l'ai repêché. »

Elle se dégage de son étreinte et, tout en masquant sa poitrine, vérifie qu'elle n'a pas enlevé son pantalon ; elle le reboutonne avant de remettre son chemisier. José s'est trempé jusqu'à mi-cuisse en venant la sortir du lac, et les bras aussi. Tant mieux, il va bientôt penser avoir déliré. Qu'il doute au point d'oublier tout ça…

« Et Blackjack ? s'enquiert-elle.

— Trop occupé par ailleurs. Il n'a rien vu.

— Ah… Et qu'est-ce qu'il y a, ailleurs ?

— Des empreintes.

— Des toutes petites ?

— Non. Pourquoi toutes petites ? Deux nouvelles empreintes du monstre, énormes.

— J'arrive. »

Jack Blackjack la regarde et hoche la tête de désespoir.

« Nous parlerons une autre fois de ton jeu de hanches et de ses effets pervers sur notre Albatros, l'accueille-t-il. Regarde ces deux "dessins". Parfaitement nets et identiques à l'autre. La répétition exclut le hasard, définitivement…

— Deux traces, tournées vers le rivage, complète-t-elle en croisant les bras. Ne devrions-nous pas en trouver une troisième, en complément du pas ?

— C'est ce que je m'évertue à lui faire entendre, intervient José.

— Elles n'étaient pas là il y a une heure, ajoute-t-elle. Comment… comment un tel monstre aurait-il pu sortir de l'eau, à quelques dizaines de mètres de nous, pile sous nos yeux, sans se faire remarquer !

— C'est l'apparition de cette créature qui a tout déclenché, tranche Blackjack. Pour survivre, nos hôtes ont dû déployer de remarquables qualités de discrétion, mais cela n'a pas suffi. Ils redoutent le monstre. Et c'est une bonne chose.

— En quoi est-ce une bonne chose ? demande-t-elle.

— Un ennemi commun constitue une base d'alliance solide et sûre, souvent la meilleure. Les piles de pièces forment probablement un piège, pour signaler la sortie du monstre. C'est plutôt dérisoire et maladroit, j'ai de bien meilleures idées à leur soumettre… Oui, cet ennemi commun est une aubaine.

— Et les fleurs seraient donc bien des signes de bienvenue, comme je l'ai dit.

— Plus que cela, petite. Ils demandent notre aide…

— Ben oui. Bla a raison. C'est sérieux. J'veux dire, le Monstre. Faut s'en occuper. »

Tout nu, encore ruisselant, le garçon qui vient de parler ne semble guère avoir plus de neuf ans.

3

Blackjack et Nathalie reculent d'un pas, José incline la tête en grimaçant d'un seul côté du visage. L'enfant recule d'un pas et incline la tête en grimaçant d'un seul côté du visage.

« Mon pauvre petit, commence Nathalie.

— Je ne suis pas petit ! Plo est petit, moi je suis le plus gros de tous.

— Ce n'est pas possible. Je rêve ! Dites-moi que je rêve, grogne Blackjack.

— Ben si : tout est possible, lui répond l'enfant. Tout le monde sait ça.

— Qui es-tu ? lui demande José.

— Tom… Ah, j'allais oublier : et je suis le Maître du Secret…

— D'un secret ? insiste José.

— Du Secret. C'est pour vous en parler que je suis là.

— Et tu es là depuis longtemps ? lui demande Nathalie.

— Là ? Pas beaucoup.

— Et où est Plo ? s'inquiète José. C'est bien le nom que tu as dit ?

— Plo est invisible.

— Ah… Tu veux dire qu'il n'existe pas ? poursuit le pilote.

— Ben non.

— Alors, il serait si petit que…

— N'importe quoi ! Il est pas si petit. Tu le vois, toi ?

— Non.

— Ben, c'est ce que je dis : Plo, il est invisible. Et si on s'occupait du Monstre ?

— Il y a donc bien un monstre ? Tu l'as vu ? Il te pourchasse ? l'interroge Blackjack.

— Oui. Non. Difficile à dire, Bla, répond-il en inclinant la tête jusqu'à se toucher l'épaule.

— Il ne faut pas avoir peur, le rassure Nathalie.

— Ben, pourquoi je lui ferais peur ?

— Il se fiche de moi ? »

Campé sur ses deux jambes, Jack Blackjack gonfle le torse, une main sur les reins, glissée sous son manteau.

« Et je ne m'appelle pas "Bla".

— Blackjack ! le corrige Nathalie. Ne soyez pas susceptible, voyons… Ce n'est qu'un enfant, et vous… Il y a plus urgent.

— Nath a raison, approuve Tom.

— Tu sais comment je m'appelle ?

— Nath, Bla et Jos, les désigne-t-il en penchant la tête de l'autre côté. Alors, Bla, le Monstre : Bataille ?

— Bataille ! »

Juste derrière Tom, quatre autres enfants viennent de jaillir de l'eau, visiblement ravis de leur effet. Trois garçons et une fille, entre huit et onze ans. Des quatre couleurs, également nus. Ils rejoignent Tom d'un pas décidé et l'encadrent tout en répétant : « Bataille, Bataille, Bataille… », chacun à son rythme, dans sa propre tonalité, sans la moindre unité.

Dès que Nathalie l'a aperçu, le premier des quatre s'est confondu au souvenir de la couverture d'un roman de son enfance, qui représentait un jeune chasseur amérindien surprenant un grizzly au seuil de sa grotte. Le garçon lui sourit à peine, bien qu'il ne la quitte pas des yeux, subjugué comme un fan qui tombe nez à nez avec son idole. Son voisin immédiat, dont la stature trapue et les pommettes saillantes évoquent les steppes de Mongolie, la regarde puis fixe José et reproduit son sourire en coin. Puis, tous deux fléchissent les jambes quand le pilote se baisse pour se mettre à leur hauteur. La fillette à la peau laiteuse et aux longs cheveux d'un blond nacré, au port fier et calme, observe José, contemple Nathalie et défie Blackjack si ouvertement que la jeune femme souhaite intervenir. Seulement, elle échoue à se détacher du regard franc du dernier garçon, couleur ébène, qui s'incline et les salue, non sans grâce naturelle et élégance. Puis, elle reconnaît son regard. Elle l'a déjà rencontré, il s'approchait d'elle et son sourire l'invitait à se noyer ; dans sa vision aquatique, elle lui tendait la main pour qu'il l'entraîne.

Blackjack jauge chaque enfant, ignore la fillette. Il a beau serrer les dents, sa mâchoire oscille. D'ailleurs, il se balance imperceptiblement sur ses jambes, les muscles bandés.

Le dos au lac qui scintille, presque à contre-jour du Vaisseau ardent, les cinq enfants amplifient leur cacophonie en dodelinant de la tête et des épaules. « Bataille… Bataille… Bataille… » Puis d'autres voix discordantes leur répondent en écho, venant des dunes. Ils ne sont que deux cette fois, une fille et un garçon, noire et blanc, lui tout petit, elle à peine plus grande.

Jack Blackjack darde son regard sur les nouveaux arrivants, ne trouve aucune pierre assez large ou suffisamment haute pour les avoir cachés, scrute de tous côtés, examine chacun des deux groupes et, dans un ample mouvement de sa lourde cape, il ramène sa main de sous son manteau et pointe un revolver dans la direction des deux derniers arrivés.

« Jack ! crie le pilote.

— Rangez cette arme, enfin ! Qu'est-ce qui vous prend !

— C'est un piège. »

Les enfants cessent leur litanie et se penchent en

avant pour se fouetter lentement les fesses d'une main après l'autre, tout en fixant l'arme.

« Jack, qu'est-ce qui te prend ? tente de le raisonner José. Ce ne sont que des enfants. Et ils sont tout nus. Que veux-tu qu'ils…

— Ah, taisez-vous, lui réplique Blackjack. Êtes-vous si naïfs ? Des gosses seuls dans un endroit pareil !

— Les menacer n'avance à rien, dans tous les cas », le désavoue Nathalie.

Tout en parlant, José s'est interposé entre l'arme et les deux enfants, et quand Nathalie se déplace pour se dresser à son tour devant les cinq autres, le pilote demande à l'aventurier d'où vient son revolver. Pour toute réponse, Blackjack laisse tomber son manteau – tandis que les deux enfants que José masquait s'écartent afin de ne rien perdre du spectacle.

« Je sais ce que je fais, je nous sauve la vie… Comme s'il n'y avait qu'eux ! Vous allez vraiment gober ça ? »

Aussitôt, les sept enfants avalent une énorme bouchée imaginaire. Puis, le plus petit garçon se redresse, avance d'un pas en direction de Blackjack et lui demande en le fixant droit dans les yeux : « On joue ? »

Tom acquiesce et avance lui aussi d'un pas.

« Je suis Tom, et il est Temps de…

— Qu'est-ce que c'est ? le coupe le petit garçon.

— Des adultes, lui répond la petite fille noire qui l'accompagne. Enfin, Plo, je te l'ai déjà expliqué… Tu as déjà oublié ?

— Bientôt morts, lâche l'autre fillette pâle.

— Quoi ? aboie Blackjack.

— C'est Tœ qui le dit, lui répond-elle.

— Je sais encore en reconnaître, Kum, proteste Plo de son côté. Mais qu'est-ce qu'il tient dans sa main ?

— Ah, ça ? Hum… Ça doit être une arquebuse, affirme Kum avant de gonfler ses joues et de se gratter le sommet du crâne. Oui, une arquebuse naine.

— À quoi ça sert ?
— Les adultes ?
— Non… Bientôt morts. L'arquebuse naine. »
Aux ombres gigantesques que dessine le Vaisseau ardent contre la paroi immaculée, Nathalie devine que le brasier s'accroît. Elle ne se retourne pas pour confirmer son impression et se convainc que cela n'a pas d'importance, en tout cas pas en comparaison de ce qui se passe sous ses yeux.
« Une arquebuse sert à chasser les monstres. »
La réponse vient de jaillir des dunes, très exactement de l'endroit d'où sont déjà sortis Plo et Kum, obligeant Blackjack à reculer vers le Chaos de pierres pour tenir les trois groupes d'enfants dans son champ de vision.
« Une arquebuse naine… sert à chasser les monstres nains, affirme d'un ton savant le plus mat des deux nouveaux garçons.
— Comme les papillons ? s'enquiert l'enfant aux cheveux roux qui l'accompagne.
— Je ne crois pas, Zach. Selon le Registre, pour chasser les papillons, il faut des aiguilles et une planche. Ce qui est ennuyeux, parce que nous n'avons pas d'aiguilles. Vous avez des aiguilles ?
— Des aiguilles ? répond Nathalie. Peut-être… Mais…
— Dommage, l'interrompt le jeune Berbère. Nous n'avons pas non plus de papillons. À quoi va servir l'arquebuse naine ?
— Par contre, nous avons des planches, répond le jeune garçon aux traits mongols avec une expression gourmande. Plein de planches. Des petites et des grandes. Des entières et des cassées. Des peintes et des pas peintes. Parmi les peintes, nous avons des rouges, des jaunes, des noires, des…
— Une fois, le coupe Plo en avançant encore d'un pas vers l'aventurier, nous avons eu un coucou. Le coucou se chasse à la hache ! Il faut être rapide, comme Tœ.

— Qu'est-ce que c'est que ce cirque ! vocifère Blackjack.

— Pour un cirque, le corrige le jeune Berbère, il faut des Attractions zoologiques d'acclimatation en règle. Or, en ce moment, nous n'avons pas, non plus, d'Attractions zoologiques d'acclimatation en règle.

— … et parmi les vertes, il y a celles avec les feuilles et celles sans les…

— Mais nous pouvons partir en Excursion exotique ! se réjouit Kum. Allons chasser !

— Il nous faudra aussi des accoutrements idoines, intervient le garçon noir dont Nathalie a reconnu le regard. Facile, je les ai tous classifiés !

— Ben, et le Monstre ? demande Tom. Ça ferait une belle Attraction zoologique d'acclimatation d'excursion exotique de cirque en règle et puis…

— Ça suffit ! La ferme ! explose Blackjack.

— Bon sang, Jack !

— Alors, fais les taire.

— … après, j'ai classé les planches qui se pliaient et celles qui ne se pliaient pas, mais elles n'étaient plus de la même longueur, alors…

— Jack, baisse ton arme. On a tous compris…

— … les pliées en trois je les ai rangées avec les ficelles, qui sont en boule, mais par couleurs, aussi…

— Au retour de la chasse, explique Kum aux autres enfants qui se détournent pour l'écouter avec attention, nous ferons une Fantasia totémique !

— Des lâches, oui ! Leurs parents les envoient pour nous ramollir, histoire de frapper quand nous baisserons notre garde… Je ne me laisse pas avoir comme ça, moi ! Il n'est pas né celui qui…

— On joue ? insiste Plo en faisant encore un pas vers lui.

— C'est un piège », marmonne Blackjack en reculant encore d'un pas vers le Chaos de pierres, pivotant sur lui-même pour tenir en respect l'un après l'autre les trois groupes d'enfants. « Une diversion et quand nous nous…

— Ben oui », le coupe Tom.

Aussitôt, un scion cingle sur son poignet. Blackjack lâche son arme. Un nouvel enfant se précipite, la relève et la jette loin dans le lac.

« Je suis Tœ, le plus vif de tous », dit le jeune Asiatique, qui n'a pas dix ans, en fixant Jack Blackjack. « Et j'ai la charge des Histoires Qui Finissent Bien. Bataille !

— Bataille ! » reprennent les neuf autres à l'unisson.

Les dix enfants s'élancent alors vers l'eau et disparaissent immédiatement dans ses profondeurs.

Jack Blackjack écrase du pied la brochette fleurie que Tœ a abandonnée, après avoir été la récupérer près de l'avion, sous sa barbe – la moins belle des trois, précisément celle que l'aventurier a maniée à la manière d'un sabre malouin.

Au moment où Nathalie pénètre dans l'eau, à leur suite, José la ceinture et la ramène sur la plage. Elle ne dit rien, ne se débat pas vraiment, mais du bout du pied elle tente d'atteindre le sable humide.

Aucun des enfants ne refait surface.

Blackjack ravage les deux empreintes qui l'ont dupé, en insultant la paroi blanche où, entre brillances et ombres, l'incendie triomphant singe une parade surréaliste.

« Où sont-ils ? finit-elle par demander.

— Je ne sais pas, lui répond José en la forçant à s'éloigner de l'eau. Je ne les ai toujours pas vus remonter.

— Ce n'est pas possible. »

4

Nathalie demeure assise à bonne distance du rivage, là où l'a déposée le pilote, qui la surveille toujours du coin de l'œil. S'il ne s'était pas occupé d'elle, José se serait volontiers rué sur Blackjack.

« Je sais me contrôler, maugrée l'Ours furieux.

— Comme lorsque tu as marqué les jumelles ? » le provoque l'Albatros.

Jack Blackjack fait trois pas vers le lac et ignore l'allusion.

« Je n'aurais jamais tiré ! Suis-je le seul, ici, à rester lucide ? Combien de fois me faudra-t-il vous le répéter : des enfants aussi jeunes ne sauraient survivre sans adulte. Comment feraient-ils, voyons ! Et ceux-là ne sont pas intervenus, malgré mon arme. Voilà qui donne à réfléchir, non ? Je n'ai pas été assez réaliste ?

— D'où vient ce revolver ? insiste José. Comment te croire ? Tu as prétendu avoir perdu ton arme avec ton sac, et maintenant tu nous affirmes que tu n'aurais pas…

— Mais, je l'ai perdu, mon sac ! Me connais-tu si mal, l'Albatros ? Ce revolver, je l'ai toujours sur moi…

— Pourquoi le cacher, alors ?

— Ta colère t'aveugle. Tu n'es pas l'homme de la situation, car il y avait certainement mieux à faire qu'à me surveiller, moi, comme si j'étais dingue…

Et toi, Nathalie, as-tu remarqué quelque chose ? Quoique j'en doute…

— Ils sont dix, soupire-t-elle.

— Bien : tu sais compter… Est-ce vraiment tout ? Voyons ce que j'ai appris de mon côté, malgré vos jérémiades. Ils sont dix, effectivement. Huit garçons et deux filles. Impubères, pas même un seul adolescent parmi eux ; mais tous en excellente condition physique. Leur audace laisse entendre qu'ils sont familiers des lieux ; ils sont donc là depuis un certain temps. Ils viennent des quatre coins du monde et, pourtant, ils parlent tous anglais. Du vieil anglais, genre Shakespeare, enfin quelque chose de trop scolaire pour être d'un usage quotidien… Par ailleurs, pas un adulte n'a réagi à mes menaces, qui étaient suffisamment persuasives pour que vous, vous y ayez cru. Bien que me connaissant ! Aucune mère, aucun père ne serait resté sans rien faire. J'en conclus, donc, que nous avons affaire à une classe internationale et qu'il ne reste que deux ou trois accompagnatrices avec eux, tout au plus. Qui se savent en position de faiblesse, au point d'être débordées par leurs mioches. Blessées ? Trop jeunes ? Apeurées ? »

Nathalie hausse les épaules, mais renonce à envenimer les choses.

« Quand je dis une classe, poursuit Blackjack, je cherche un dénominateur commun, hormis l'âge. Qu'est-ce qui peut réunir des enfants d'origines si différentes… Peut-être sont-ils les rejetons de chercheurs d'une mission internationale stationnés dans l'Arctique, ou des lauréats d'un concours quelconque avec voyage polaire à la clé ! Je ne me souviens pas avoir entendu parler de leur disparition, mais je ne m'intéresse pas beaucoup à ces choses-là. Et vous ? Ça ne doit pas être très vieux. Cela évoque des souvenirs ? Suis-je, ici, le seul à réfléchir ?

— Pourquoi sont-ils nus ? demande Nathalie. Cela doit avoir un sens, non ?

— Ils sortaient de l'eau et je ne pense pas qu'ils

aient apporté de maillots pour visiter le pôle Nord… Pour moi, cette précaution prouve qu'un adulte a pensé à leur demander d'épargner leurs vêtements. Ils n'en ont guère besoin maintenant, mais quand ils devront sortir d'ici, ils apprécieront de les retrouver en bon état.

— Vous avez bien gardé votre manteau, jusqu'à présent…

— Ils me semblent bien trop turbulents et indisciplinés, relève José, pour que deux ou trois jeunes monitrices effarouchées, pour reprendre tes propos, aient réussi à les faire taire pendant dix jours… Dix jours, ce n'est pas rien.

— Je les ai entendus, moi, se borne à répondre Blackjack. Mais, déjà, vous doutiez de moi…

— Où sont-ils ? demande Nathalie qui ne l'écoute plus. José, tu les as vus remonter à la surface ?

— Ils battent tous les records… »

Elle incline légèrement son visage et s'apprête à lui sourire.

« Ma parole, vous délirez, tous les deux ! l'interrompt Jack Blackjack. Personne ne peut rester en apnée pendant dix minutes ! C'est une loi physique. Donc, il existe des cachettes que l'on peut rejoindre sous l'eau. Voilà une réponse simple à ce fabuleux mystère… Des épaves ? Des grottes, que sais-je ? Mais nous pouvons en déduire que ce sont de bons nageurs, peut-être tenons-nous là le thème de leur concours… Non, vraiment, je ne vois rien qui remette mon analyse en question. »

Tout en parlant, il est venu se planter devant elle – un peu trop près, le dos au lac, mains sur les hanches, le bassin en avant. Elle répugne à redresser la tête, se penche un peu plus sur le côté, ne quitte pas l'eau des yeux.

« J'aurais cru qu'ils tenteraient de récupérer le canot, relève José.

— Nous étions juste à côté, remarque Nathalie.

— Pas quand nous examinions les empreintes…

— Tu as raison. C'est étrange.

— Par je ne sais quel miracle, ce canot est la dernière embarcation en état d'affronter l'extérieur, intervient Blackjack. Des gosses s'empresseraient de jouer avec ; qui d'autre qu'un adulte prendrait en compte la nécessité de le préserver ? Au contraire, le canot était caché, dans un recoin particulièrement inaccessible. Ce n'est pas un hasard. Et les enfants se sont montrés après que nous l'avons trouvé. Sa possession nous procure un avantage évident, que nous devons protéger. Ces monitrices savent maintenant qu'elles ne le récupéreront pas aussi facilement. Ce n'est pas pour rien qu'elles ont envoyé les gamins s'en prendre à moi, dans un premier temps…

— Tu étais armé ! lui rappelle le pilote.

— José, José… Ne me sous-estime pas, jamais. Je ne suis pas de ceux qui baissent les bras quand le sort s'acharne, moi. »

Jack Blackjack s'est lentement redressé avant de tourner la tête vers le pilote. Sa poitrine se soulève, ses poings se sont resserrés. Ses derniers mots ravivent un souvenir qui dérange la jeune femme : dans la tourmente, juste avant l'accident, José a lâché les commandes et, avec un regard de fou, il a laissé l'avion voler tout seul…

« Blackjack, ô Blackjack, grince le pilote sans élever la voix, je ne te sous-estime pas… Tu as raison, et plus qu'à ton tour : il y avait bien un piège, comme tu l'avais prédit, pour te prendre le revolver que tu nous avais caché… Et un monstre, dont tu déduisais déjà ce qu'il mange en étudiant ses traces ; celles qui menaient au piège, justement. J'attends tes conclusions quant aux brochettes de fleurs, ces armes qui se sont montrées redoutables. Et que diras-tu maintenant des pièces et joyaux si soigneusement empilés ? Et, pendant que nous y sommes, à propos de cette étrange manière de ranger les planches pliées en deux ou en trois, pour celles qui ne sont pas peintes ? Car je ne doute pas que tu en aies déjà inféré quelques précieuses informations…

— Même si c'est la seule embarcation intacte, ce canot est bien trop petit pour dix, improvise-t-elle pour éviter que la querelle ne s'envenime.

— Ce qui confirme ma théorie, s'empresse de lui répondre Blackjack que cette dispute ennuie. Les monitrices ont épargné le canot dans l'attente de l'occasion d'aller chercher de l'aide.

— Mais les enfants ? Elles les auraient abandonnés ?

— Pour les sauver. »

« *Et nous ?* » pense-t-elle. Elle est tentée de lever les yeux vers cette cheminée dérisoire par laquelle ils sont arrivés. « *Les enfants aussi ?* » Elle évite de contempler la voûte blanche, dépourvue d'étoiles, d'oiseaux comme de nuages. Dans cette lumière sans ombre, permanente, immuable, qui lui pèse comme le couvercle drapé d'un cercueil, le glacier réduit à sa mesure unique tout ce qu'il a ingurgité. Excepté le Vaisseau ardent, dont les flammes luttent comme un incendie qui ne veut pas mourir.

« Regardez ! Les revoilà… »

À l'unisson, les dix enfants viennent de jaillir de l'eau, au pied du galion dont ils escaladent maintenant la coque pour en passer le bastingage en même temps. Aussitôt, ils entonnent à tue-tête chacun une chanson dans une langue différente, autant qu'il soit possible d'en juger. À présent, le dos couvert d'une cape chatoyante, ils grimpent aux mâts. La distance ne permet pas de les reconnaître tous, le contre-jour provoqué par le Vaisseau ardent confondant leurs couleurs. Plo et Tom, qui se distinguent l'un par la taille, l'autre par la corpulence, montent aux plus petits mâts.

« N'est-ce qu'une simple coïncidence, s'interroge le pilote à voix haute, mais les mâts me semblent à la mesure de l'agilité de chacun. Oui, j'en prends le pari : ils vont atteindre leur sommet en même temps ! »

Parvenus chacun sur sa grand-vergue dans un bel ensemble, les enfants détachent leur cape pour les accrocher à chaque fusée, dévoilant dix pavillons différents – un arc-en-ciel sans motif ni ordre. La cacophonie ne s'interrompt qu'à ce moment, pour laisser retentir un nouveau : « Bataille ! » Hurlé en même temps, le signal sert de point de départ à une débandade générale, dispersion grouillante dans les vergues grâce à un système de drisses et d'échelles de corde attachées jusque-là en marchepieds. Les plus téméraires, presque tous, finissent par trotter sur un espar pour se jeter à la baille…

Ils disparaissent à nouveau.

« Quelle monitrice leur laisserait faire ça…, soupire-t-elle.

— Un vrai numéro de cirque, acquiesce le pilote. Ça n'a rien d'une improvisation.

— Qui sont-ils ? » dit-elle.

Blackjack s'est décalé de quelques pas pour suivre leur progression, ou pour surveiller le canot, dont les enfants s'éloignent tous.

« Ils connaissent nos prénoms, relève-t-elle, ils nous observent depuis notre arrivée.

— Je n'appelle jamais aucun d'entre vous par son prénom, riposte Blackjack. Il leur a suffi de surprendre une seule de vos conversations, où vous parliez de moi…

— Mais ils savaient que tu portais une arme sous ton manteau… »

La remarque de José ne provoque pas la réponse cinglante à laquelle elle s'attendait ; Blackjack prend ce point au sérieux.

5

Cette fois, les dix jeunes nageurs ne tardent pas à se montrer: ils regagnent le rivage au plus court, en brasses désordonnées, rivalisant d'éclaboussures, plongeant pour ressortir le plus souvent pile au même endroit. Seul l'un d'eux poursuit sa route avec calme et mesure. Nathalie le suit des yeux jusqu'à ce qu'il disparaisse derrière le Vaisseau ardent, après l'avoir contourné par tribord. La jeune femme se détourne et retrouve les neuf qui se réunissent sur la plage et y forment un grand cercle. Tous en même temps, puis l'un après l'autre, ils effectuent une danse ou un mime différent, sans prononcer un mot, puis crient à l'unisson – mais pas la même chose – et s'éparpillent en deux groupes parmi les bosquets et les fourrés.

« Ils ne se cachent plus, note-t-elle. Ça doit leur paraître bon…

— Je ne sais pas… Ils ne sont pas restés groupés, observe José. Si j'étais consigné depuis dix jours, je filerais jouer avec tous mes copains.

— Tu n'as jamais eu de copains, lui rétorque Blackjack. Enfin, jamais de ce genre-là…

— Tu as raison, reprend-elle en ignorant la pique. Ils agissent exactement comme s'il ne s'était rien passé… Comme si… comme si nous n'étions pas là.

— Au moins, une chose est sûre. S'ils ont eu peur de nous avant, ce n'est plus le cas !

— N'oubliez pas que l'un d'eux a dit que nous serions bientôt morts, intervient Blackjack. Si ce n'est pas une menace…

— La fillette ? Je tremble… Bon sang, si des adultes les accompagnent, ils n'ont plus la moindre raison de se cacher ! Nous n'avons vraiment rien de redoutable, Blacky.

— Ne m'appelle plus ainsi !

— Je crois que ceux-là reviennent vers nous, les interrompt-elle. Je vous en prie, cette fois, laissez-moi leur parler… Si vos déductions sont justes, comme j'ai l'âge d'être l'une de leurs monitrices, ils devraient plus facilement m'accorder leur confiance.

— Celle des monitrices nous serait plus utile… Mais si tu y tiens. Essaie surtout de savoir qui est avec eux, et ce qu'ils ont fait pendant tout ce temps. »

D'une foulée alerte, Tom marche en tête. Visiblement, sa bouche a du mal à retenir tous les mots qui cherchent à s'en échapper. Il porte maintenant une culotte de lin, usée, trouée et déchirée, ceinte de plusieurs sautoirs de perles grossièrement noués. Une large sangle de cuir lui barre le torse, mais aucune épée ne pend à son côté. Le tricorne qui le coiffe est beaucoup trop grand pour lui et verse sans arrêt en arrière, si bien qu'il s'ingénie à le remettre en place à tout bout de champ – ce qui l'oblige à trottiner ensuite pour repasser devant les autres.

Sobrement vêtus de toges multicolores aux reflets soyeux et aux dominantes soigneusement assorties à leur peau, la fillette au teint pâle et l'enfant noir de sa vision se tiennent la main et avancent d'un pas royal. Le garçon penche la tête pour la dévisager ; Nathalie l'observe en évitant de s'attacher à son sourire dont la jovialité naturelle la déconcerte.

Un peu en retrait, le jeune Amérindien est le seul à s'être chaussé, ayant opté pour des cuissardes parfaitement adaptées à sa taille. Une fibule finement ouvragée maintient son jabot immaculé à sa cotte de mailles, trop large, qui déborde de ses trois ceinturons. Il dépasse les autres, qui s'arrêtent et s'écartent, pour venir la saluer, ignorant les deux hommes.

« Je suis Bly, dit-il sans dévier son regard, le plus aimable de tous, Maître de la Lumière. » Sur ces mots, il s'incline et fait virevolter un chapeau imaginaire. Quand il se redresse après sa troisième révérence, il cligne trois fois des deux yeux et ajoute : « Et j'ai la charge des Yeux Fermés. »

La fillette s'avance d'un pas et se présente à elle : « Je suis Ragn, la plus paisible de tous. Et j'ai la charge des Bonsoirs.

— Et moi, je suis Buld, le plus élégant de tous, Maître des Travestissements », déclare son compagnon. Il recule, ouvre ses bras, pivote très légèrement sur lui-même, le visage coupé en deux par un sourire satisfait. « Et j'ai la charge de l'État Originel. »

À deux enjambées de Blackjack, Tom fixe intensément l'aventurier, ce qui l'oblige à renverser la tête en arrière. Blackjack soupire et se frotte le front, geste aussitôt repris par l'enfant qui en laisse tomber son couvre-chef. L'aventurier s'agenouille pour le ramasser et le lui tendre.

« Voilà, mon petit bonhomme ! déclame-t-il.

— Merci, Bla.

— Appelle-moi Blackjack, l'invite-t-il.

— C'est trop long.

— Juste deux syllabes, voyons…

— Deux quand même.

— Alors, appelle-moi Jack ! Mes amis m'appellent Jack. »

Tom se tourne vers les autres enfants et les consulte du regard.

« Bla, dit Ragn.

— Bla, Bla, répète Buld.

— Bla, Bla, Bla… », insiste Bly.

Jack Blackjack se relève et écarte les mains en signe de désolation, comme pour prendre à témoin

José et Nathalie de l'échec de sa démonstration de bonne volonté.

« Bonjour, les enfants, articule Nathalie de sorte à se rappeler à l'aventurier. Que voulez-vous ?

— C'est pour le Monstre, déclare Tom.

— Me diras-tu enfin à quoi il ressemble ? intervient Blackjack. Dis-moi tout ce que tu sais.

— Ben, c'est terrible. Il nous est tombé dessus. Plouf ! Jour de Bulles ! Mais, depuis, rien.

— Hein ? C'est tout ! C'est vraiment tout ce que tu as à en dire…

— Des fois, on ne voit pas ce qui nous tombe dessus.

— Me voilà bien avancé : il ne l'a même pas vu !

— Parce qu'il est malin, le Monstre. Il ne se montre pas aussi facilement, parce qu'il se méfie…

— Et il se méfie de quoi ?

— Ben, de moi. Je veille…

— Si vous permettez…, insiste Nathalie. Tu viens de dire qu'il vous est déjà "tombé" plusieurs fois des choses dessus… Tom, cela fait longtemps que vous êtes là ?

— Faut demander à Limn.

— Limn ? répète-t-elle en le cherchant des yeux.

— Limn est invisible, lui répond Tom après avoir aussi regardé tout autour de lui.

— Et c'est reparti… », abandonne Blackjack, qui lève les mains au ciel en signe d'impuissance et les rabat en écarquillant les yeux en signe de renonciation.

« Mais toi, insiste la jeune femme, tu ne t'en souviens pas ?

— J'ai la charge du Secret, pas du Registre. Limn est le plus ancien de tous.

— Comment ça, tu veux dire que vous n'êtes pas tous arrivés en même temps ?

— Ben non, Nath. Limn est le premier venu et Plo la plus fraîche recrue.

— Je croyais qu'il était le plus petit, le taquine José.

— Aussi.

— C'est dit : je renonce », soupire Blackjack qui s'écarte de quelques pas vers le Chaos de pierres afin de récupérer son manteau. « Oh non… », geint-il bientôt.

À hauteur du banc de sable où repose l'avion, Kum vient de surgir des roches cendrées, suivie à la queue leu leu par le garçon à la peau constellée de taches de rousseur et le jeune Mongol, puis par Tœ et Plo, lequel traîne derrière lui le manteau dont il a noué les manches à son ceinturon. Sans un crochet vers le canot, tous quatre marchent très précautionneusement dans les pas de Kum et reproduisent tout aussi scrupuleusement sa danse clownesque – hissant haut le genou et le bras replié du même côté, doigts ouverts et tremblotants, en tournant la tête en sens inverse et la baissant en expirant un long « chut » jusqu'à vider ses poumons.

« Que font-ils ?

— Ben, ils viennent vers nous, Bla.

— Ce n'était pas le sens de ma question. Mais tu le sais très bien… C'est une espèce de jeu, c'est ça ?

— Ils reviennent d'Excursion exotique, intervient Bly tout en roulant des épaules et en se déhanchant à son tour.

— En Grand Silence, précise Tom en reproduisant leur "chut".

— Ils rapportent quelque chose, s'enthousiasme Buld avant de l'imiter.

— Je ne vois rien, s'étonne le pilote.

— Kum nous le criera.

— Bien sûr… », répond José, qui s'amuse visiblement du défilé grotesque.

Si Tom et Buld se dirigent aussitôt vers les chasseurs, Ragn et Bly se rapprochent de Nathalie.

« Et que fait Plo avec mon manteau ? ne peut s'empêcher de demander l'aventurier.

— Il efface leurs traces, à cause du Monstre, lui explique Tom. Comme ça, il sait rien, le Monstre.

— Tu parles…

— C'est Kum qui l'a dit.

— Kum a l'air d'avoir beaucoup d'autorité, tente Nathalie.

— C'est notre Maître de Chasse, s'empresse de lui répondre Ragn.

— Personne ne l'égale pour capturer les Attractions zoologiques d'acclimatation en règle ! s'enthousiasme Bly.

— Vous parlez de chasse alors qu'il n'y a pas le moindre gibier, ici…, proteste sourdement Blackjack.

— N'est-ce pas là, précisément, la preuve de son immense talent ? lui retourne Buld sans la moindre ironie.

— Tout à l'heure, Kum s'est bien préparée, s'impose Bly. Avant de partir en Excursion exotique, chacun a invoqué son totem secret, dont il ne doit jamais prononcer le nom. Puis, nous avons tous imité le nôtre avant de chanter tous ensemble son cri.

— Chanter ? relève le pilote. Je ne me souviens que d'un hurlement.

— Nous formions un chœur.

— Si vous voulez… N'empêche, si vous l'imitez et si vous poussez son cri, votre totem ne doit pas rester secret bien longtemps.

— Le mien, personne ne l'a jamais deviné ! s'exclame Buld.

— Moi, j'en change tout le temps, confie Tom. Comme ça, le Monstre, ben, il se doute de rien.

— Comment avez-vous pu rester aussi silencieux depuis dix jours ? s'inquiète la jeune femme.

— Nous étions en Quarantaine ! Consignés.

— Je ne… »

Nathalie laisse sa remarque en suspens. Les chasseurs approchent et les enfants se mettent littéralement à danser. De part et d'autre de la jeune femme, Ragn et Bly tentent de modérer leurs mouvements

– tous deux se regardent intensément, ou bien c'est elle qu'ils regardent.

« Kum va entonner son cri de chasse », lui confie Ragn en frémissant.

Les premières vocalises de Kum évoquent le vrombissement sourd d'un essaim d'insectes se rapprochant, elles muent rapidement en une stridulation perçante, grimpent encore dans la gamme, tant que la fillette peut, et elle ne manque pas de souffle malgré sa frêle silhouette, puis elles retombent d'un coup dans un « beurk » parfaitement distinct, qu'amplifient les huit autres qui se joignent à elle, un doigt dans la bouche.

Blackjack écarte cette vision d'un revers de la main, mais le Maître de Chasse se plante devant lui et, avec quelque solennité, brandit son invisible trophée.

« Je suis censé m'émerveiller ? demande-t-il en tournant des yeux.

— Je suis Kum, la plus intrépide de tous. Et j'ai la charge des Doux Réveils. Voici mon trophée : un oliphant rose.

— C'est une mauvaise plaisanterie ou elle se fiche de moi ? En plus, elle ne montre rien…

— Je suis Zach, se présente le garçon aux cheveux roux, je suis le plus serviable de tous et j'ai la charge de la Ronde des Rêves. En ses mots simples, Kum expose l'irrévocable crudité des faits. La chasse fut difficile et, pour tout dire, périlleuse. Nous avons affronté maints dangers et triomphé de mille embûches aussi soudaines qu'impromptues et pourtant familières ; nous en avons ri, ah ! ah !, comme il sied, et sommes passés outre, notre mission ne souffrant nul retard. Ainsi, nous voilà, tous vivants et non peu fiers de notre exploit, car tu dis vrai, Bla, l'Attraction zoologique d'acclimatation en règle ne se voit pas, elle n'en est que plus délicate à surprendre – en regard, la rapporter ne fut qu'un jeu d'enfant.

La voici… Ton incrédulité atteste de notre mérite. Je suis Zach, le Maître des Grandes Aventures…

— Pour ma part, je suis épuisé, déclare le garçon aux traits mongols, cette chasse n'a que trop duré…

— Tu dois te présenter, lui souffle Tœ.

— Maintenant ?

— Oui.

— D'accord… Je suis Sim, le plus ordonné de tous. Et j'ai la charge des siestes. Ça va comme ça ?

— Pas tout à fait…, soupire Tœ.

— Quoi ? Ah… La charge de La Sieste est Annoncée, Ici et Maintenant.

— Et…

— Et je suis le Maître des Planches…

— Voilà ! » acquiesce Tœ.

6

Nathalie observe chacun des enfants. Après s'en être étonnée, l'hypothèse d'un groupe perdu dans la banquise lui semble à présent judicieuse. Quand Jack Blackjack l'a énoncée, elle a d'abord estimé que leur disparition ne pouvait remonter qu'à quelques semaines, tout au plus un mois ou deux. Mais elle s'en souviendrait, ou bien on en parlerait encore de temps à autre à la télé – or, elle vient de passer assez de temps dans sa chambre pour ne rien rater des programmes les moins courus. L'assurance que manifestent ces enfants, et leurs manières, l'incite à penser en années, c'est-à-dire lorsqu'elle était à l'université, totalement absorbée par ses études. Cependant, Plo n'a manifestement pas plus de sept ans. À quel âge un enfant peut-il voyager dans les régions polaires ? Selon ce compte, l'accident daterait d'entre quelques semaines et deux années. Deux années ? Impossible. Un an, peut-être… Non. Six mois ?

« Mais d'où venez-vous… », lance-t-elle à la cantonade.

Pour toute réponse, les enfants lèvent le nez et désignent la tache sombre par laquelle l'avion est tombé.

« Je vois, soupire-t-elle. Et comment êtes-vous venus ?

— À dos de Dragon !

— Bien… Tom est arrivé à dos de dragon. C'est très poétique, Tom… Et toi, Buld ?

— Moi aussi, lui répond-il sans se départir de son immense sourire.

— Moi, je portais une belle armure et je brandissais mon sabre, s'exalte Bly.

— Nous sommes tous arrivés à dos de Dragon, précise Ragn.

— En passant par le trou là-haut, c'est ça ?

— Oui, Nath, c'est ça.

— Vous ne vous souvenez de rien d'autre ? »

Ils secouent la tête dans un bel ensemble.

« Tu n'avanceras à rien comme ça, intervient Blackjack. Ce qu'elle veut savoir, articule-t-il, c'est pourquoi vous êtes là. Alors, vous êtes quoi ? Une classe en voyage ? Les gagnants d'un grand concours ? Qu'est-ce qui vous a réunis ? »

Les dix regards se tournent vers le Vaisseau ardent. Les trois adultes les imitent et demeurent silencieux. Nathalie peine à reconnaître l'incendie. Certes, il façonne toujours une sorte d'arche, fugacement, imprécise, mais quelque chose d'autre a changé. Le feu n'a pas gagné en hauteur et les brumes ne se sont pas étendues, mais le brasier semble plus virulent, comme impétueux. Les flammes jaillissent et disparaissent en un instant ; les fumées sont fouettées par une invisible tornade. Est-elle la seule à ressentir la colère qui en émane ?

« Ça les dépasse, ils ne savent rien », tranche l'aventurier.

La jeune femme acquiesce, bien que pour d'autres raisons. Ses propres souvenirs de leur chute ne sont pas clairs – que répondrait-elle à leur place ? Sa mémoire est parcellaire, confuse, un lot d'images éparses – sa peur, omniprésente, son ventre, torturé ; l'idée qu'un géant belliqueux, un Titan peut-être, venait d'attraper l'avion en plein vol et le brinquebalait, pour les punir… L'éclair de folie dans les yeux de l'Albatros, la silhouette houleuse de l'Ours ; la tempête partout, les nuages qui se précipitent… Et puis, se dit-elle, quand elle avait leur âge, elle a bien cru vaincre la Bibliothèque interdite ! Cette victoire, elle en a fièrement préservé le secret pendant seize années, si intimement persuadée d'en avoir triomphé seule… Elle ne peut d'ailleurs toujours pas la nommer autrement, la « Bibliothèque interdite »… Alors, quelle vision ces enfants ont-ils gardée de l'accident ? Doit-elle les forcer à préciser davantage les choses ? Ne serait-ce pas aussi vain que cruel ?

Dans cette perspective, estime-t-elle, « À dos de dragon » devient une réponse tout à fait recevable. De « dragon » elle fait partir deux flèches, l'une vers « vol », l'autre vers « flammes ». Sous « vol », elle place « avion », en songeant que l'espace aérien du Groenland est emprunté par nombre de vols internationaux. Sous « flammes », viennent « explosion » et « incendie ». Le mythe du dragon est un dénominateur culturel commun que ces enfants partagent naturellement : l'adopter pour figurer leur traumatisme collectif constitue un expédient psychologique remarquable afin d'accepter leur survie (combien d'autres sont morts ? dans quelles conditions ? des parents ?). L'image mythologique est à la fois voisine de la réalité (sublimée, à peine refoulée) et inscrite dans la légende (dompter le dragon, en faire sa monture, relie « survivant » à « héros »). « Pertinente » et « judicieuse », pourrait-elle glisser quelque part…

Ce raisonnement la contente, sa thérapeute n'aurait pas échafaudé une meilleure théorie – « Quel plus beau piège que les souvenirs-écrans, pourrait-elle pavoiser, ces culs-de-sac de la conscience qui singent le soulagement de l'aboutissement, mais qui cadenassent la vérité. Mes très chers amis, rendez-vous la semaine prochaine, pour l'analyse d'un cas collectif, où chaque acteur du traumatisme brode sur la trame d'une hallucination consensuelle » : pour le coût, elle en ferait deux émissions… Mais tandis que cet autosatisfecit agit comme la première sensation d'un baume, José plonge à pieds joints dans l'extravagance des découvertes qu'elle entendait fuir.

« C'est comme quand vous dites qu'il vous tombe des choses dessus ? Je veux dire… le monstre…

— Décidément, le reprend Blackjack, tu es ridicule… Pour ma part, mon opinion est faite. Il n'y a plus rien à en apprendre, ici, et j'ai mieux à faire qu'à les encourager dans leur délire.

— Ben, Bla, tu veux plus m'aider à chasser le Monstre ?

— Parce que tu t'imagines que je n'ai pas deviné qui a dessiné ces fausses empreintes ?

— J'en fais tout le temps des fausses ! Comme ça, le vrai, il se dit : "Oh, ben, je reste dans l'eau, moi !"

— Et tu crois vraiment qu'un vrai monstre se cache au fond du lac ?

— Je l'ai entendu tomber, et j'ai rien vu ! Mais depuis, quand il respire, il y a des bulles dans le lac, et rien ne nous tombe dessus. Parce qu'il respire… Plo a encore du mal à faire la différence, mais c'est normal, j'veux dire, c'est le plus petit de tous.

— Quel rapport ? s'enquiert Blackjack qui lorgne son manteau que le garçonnet tient toujours derrière lui.

— Ben, c'est Plo qui a la charge des Jours de Bulles.

— C'est moi ! exulte le petit garçon en se hissant sur la pointe des pieds.

— Et qu'est-ce que c'est que ces jours de bulles ? lui demande le pilote.

— Les Jours de Bulles ?

— Exactement.

— Tu ne sais pas ?

— Non !

— Tout le monde sait. Demande-leur !

— Je crois comprendre que c'est à toi, et à toi seul, que je dois poser la question.

— Pour De Bon ?

— Alors, qu'est-ce que c'est ?

— Y a bulles tout tombe dessus voilà.

— Moins vite… », réclame le pilote.

Les enfants encouragent Plo en tambourinant leurs côtes du bout des doigts. Il se tord les mains et se déboîte la mâchoire avant de reprendre : « Des fois, le lac, il fait des bulles. Tu comprends ?

— Je crois.

— C'est vrai ? Et puis, il nous tombe quelque chose dessus. Tu comprends ?

— Quel genre de choses ?

— De tout. Des bateaux, par exemple. Surtout. Des gros et des petits. Entiers ou en morceaux.

— D'où toutes ces épaves, n'est-ce pas ? La plupart des bateaux se sont fracassés en tombant ici. Mais ce galion ? Il est énorme…

— … alors, poursuit Plo, c'est à moi de prévenir tout le monde…

— Le Palais ? demande Zach.

— … et tout le monde se cache, à mon Signal, pas avant bien sûr…

— Le palais ? Tu parles de ce navire ? Ça ne ressemble pas à ce que j'appellerais un palais.

— Ne trouves-tu pas qu'il prend belle tournure ? lui demande l'enfant en désignant fièrement le galion. C'est notre Grand Chantier.

— Sur le second point, je suis d'accord… Pour un chantier…

— … mais, moi, continue Plo sans plus s'arrêter, je dois savoir ce qui nous tombe dessus…

— Nous y travaillons beaucoup, reprend Buld.

— Le Grand Chantier exige les meilleurs matériaux, intervient Sim, il nous faut beaucoup de planches, de toutes les classifications.

— … je reste et je regarde, et si c'est habité, zou, je lance l'autre Signal…

— Vous êtes en train de dire que la plupart de ces épaves étaient en meilleur état quand elles vous sont… “tombées dessus”, et que c'est vous qui les avez démantelées ? Ce n'est pas possible, ça représente des années et des années de travail !

— Tout est possible, le corrige Tœ.

— … faut pas se tromper de Signal, c'est important, je dois pas me tromper…

— L'art des planches est un défi entre l'eau et le temps, poursuit Sim. Tout le monde sait ça.

— Nous l'avons tous moult fois et dûment constaté, approuve Zach.

— … alors commence la Quarantaine. T'as tout compris ? Je suis Plo, le plus petit de tous, Maître de la Quarantaine…

— Chacun, en arrivant, apporte sa contribution, précise Sim. Nous avons expérimenté de nombreuses catégorisations, mais seule ma classification importe.

— … c'est pas facile, et ça rouspète, mais faut attendre…

— Comme pour le canot ? le taquine Tœ.

— J'explorais une nouvelle branche de systématique : les planches qui ne ressemblent pas à des planches !

— … je donne le bon Signal, alors, tu sais, encore un autre, c'est difficile de ne pas se tromper, et chacun le sait, la Quarantaine est finie…

— Vous avez commencé votre… "grand chantier" depuis longtemps ? tente Nathalie.

— Oh, ça fait des siècles…, soupire Ragn.

— … alors, on joue ? » conclut Plo.

7

« Pas si vite, bonhomme ! »

Jack Blackjack a rappelé Plo, qui courait déjà vers le galion, pour lui réclamer des précisions sur la Quarantaine, assez habilement pour s'assurer qu'aucune monitrice se cache dans le glacier. L'aventurier n'insiste guère, autant en raison de la sincérité évidente des réponses du garçonnet que de leur naïveté. Plo lui avoue fièrement les avoir beaucoup espionnés, et le prouve par de nombreux détails, mais il demeure incapable d'expliquer comment.

« Je ne sais pas parce que je suis le plus petit de tous, s'excuse-t-il à tout bout de champ.

— Et tu affirmes que c'est toi qui as décidé que la quarantaine s'achevait, insiste Blackjack.

— Euh, oui… J'ai donné le Signal.

— À cause du canot, c'est ça ?

— C'est pas ma faute ! C'est Sim qui l'a dit !

— Tu es le Maître de la Quarantaine, ô plus jeune recrue, lui répond Sim en se retenant de rire. C'était juste une suggestion…

— Mais tu m'as dit : "Vas-y, c'est bon ! Donne le Signal !"

— Moi ? Mais… je ne suis que le Maître des Planches… »

Sans attendre la fin de sa réponse, Plo se rue sur

Sim, qui déguerpit. Zach et Buld les prennent aussitôt en chasse.

Blackjack hausse les épaules et lance à José, en aparté : « C'est dans ces moments-là que je regrette le plus de ne pas pouvoir fumer un bon havane !

— Tu les aurais mis dans ton sac…

— Pas tous. Pas tous… »

La complicité des deux mâles agace la jeune femme. Elle décide de s'en éloigner et fait quelques pas ; Ragn et Bly se lèvent et l'accompagnent. Elle s'arrête et ils stoppent à sa hauteur. Elle avance de dix mètres et les neuf la suivent.

« Tu veux visiter notre Palais ? » lui propose Bly.

Nathalie soupire en réalisant qu'involontairement elle vient de se rapprocher du galion. La structure du bâtiment aux dix pavillons et à la figure de proue hirsute semble miraculeusement indemne, prête à la manœuvre, pour peu que l'on ignore sa forêt de mâture et que l'on fasse abstraction des quatre ancres surnuméraires qui pendent d'un seul côté de sa coque.

Depuis dix jours, aucun d'eux trois n'a bravé le lac pour le visiter – et encore moins s'approcher du Vaisseau ardent.

« *L'eau est la réponse à tout, n'est-ce pas ?* »

C'est une question purement rhétorique, qui n'a pas franchi ses lèvres. Elle ne s'attend pas à ce qu'ils saisissent son écheveau d'implications, bien que tout puisse se résumer à un seul mot : délire.

« Tu en as peur ? lui demande Ragn.

— Du monstre ?

— Non. Tu sais, de l'eau…

— Tu l'as remarqué ?

— Tous nos visiteurs finissent par en avoir peur », opine tristement Bly.

Le garçon se tient sur sa droite et fixe intensément le navire. « Tous nos visiteurs », a-t-il dit… Elle se penche vers lui et laisse sa main glisser contre ses cheveux crépus. Quel sens ces mots ont-ils ? Bientôt, elle sent la tête de Bly s'abandonner dans un infime balancement, prolongeant la caresse. Il n'est qu'un petit, qu'un tout petit garçon… De l'autre côté, la petite fille se colle contre elle. Nathalie pose sa seconde main sur l'épaule si menue.

« Et pourtant, leur confie-t-elle, j'adore nager… Quand j'avais votre âge, je passais des heures dans l'eau et ce n'était pas si facile de m'en faire sortir ! Je suis même devenue excellente. Une fois, j'ai gagné une médaille pour mon collège…

— On peut gagner des médailles en nageant ?

— Oui, Ragn.

— C'est pratique. On nage tout le temps, nous. »

Soudain, Bly la regarde et cligne des yeux. « Je sais ! J'y vais. » Sans attendre, il détale en retroussant sa cotte de mailles d'une main tandis que de l'autre il l'agrippe par son col pour la faire passer par-dessus sa tête. Il atteint le rivage avant de s'en être débarrassé et plonge encore tout entortillé dedans. La fillette lève ses yeux bleu pâle vers la jeune femme : « Il va vite revenir, avec le canot. »

Jack Blackjack l'aperçoit, juge de la direction empruntée par le garçon dont seuls les pieds sortent de l'eau, devine son intention et peste un : « L'imbécile ! S'il croit arriver avant moi ! » en se dirigeant à grandes enjambées vers le banc de sable. Bly bat des pieds aussi bruyamment qu'efficacement, prenant peu à peu de la vitesse. L'aventurier a déjà allongé sa foulée quand le garçon achève de se dépêtrer de son habit, l'abandonnant aux abysses. Blackjack se met à courir au plus court le long du rivage, mais il dérape sur les pièces échappées d'un monticule.

« Bla va encore déranger toute ma classification ! se lamente Ragn.

— Pas grave, la console Tœ. Tu peux recommencer.

— Ragn, tu veux dire que c'est toi qui as fait tout ça ? lui demande Nathalie. Toutes ces piles… »

La fillette agite fièrement la tête en signe d'approbation. Nathalie essaie de calculer la somme de travail que représente l'entreprise, mais elle abandonne – compter brouille ses pensées.

« J'espère que tu ne m'en veux pas d'avoir prélevé des échantillons ? parvient-elle tout juste à dire.

— Oh, non. Tu as eu une bonne définition. Le Maître des Planches veut toujours des classifications de bâtisseur : les grosses pièces d'un côté, les trouées de l'autre. Tœ a raison, je peux recommencer. Parce que, moi, je crois qu'il faut définir des alliances par principes ornementaux : les cailloux à lumière ne vont pas avec les bouts de fer boudeurs. Mais les clochettes vont avec les guirlandes, non ?

— Certainement… L'important, c'est le plaisir qu'on y prend, se surprend-elle à l'encourager.

— Bien sûr, mais on ne peut pas faire n'importe quoi non plus, ça serait dommage. Je les classifie pour savoir comment les clouer sur la coque.

— Et moi, je m'occupe des clous ! » déclare Plo qui, dorénavant coiffé d'un heaume des croisades, se plante à côté de Tœ, jambes écartées et bras croisés.

« Parce que tu appelles ça classifier ? lui retourne Tœ après un regard appréciateur. Je croyais que tu les faisais reposer…

— C'est Sim qui l'a dit ! se justifie Plo derrière son masque de métal.

— Ça y est ! » les interrompt Buld.

Bly achève sa traversée. Il n'est pas encore sorti de l'eau qu'il se retourne vers son poursuivant pour hurler de joie. Mais le jeune Berbère jaillit alors du canot pour bombarder le nageur avec tout ce qui lui tombe sous la main.

« Qui est-ce ? demande Nathalie.

— C'est Limn, lui répond Ragn.

— Mais comment est-il allé là-bas sans que nous le voyions ? Nous n'avons pas cessé de surveiller le canot… »

La question de José reste sans réponse. Tous les enfants encouragent Bly qui renvoie à Limn ses projectiles. Quand ils entendent le juron de Blackjack, qui incrimine ses chaussures et les pièces, les deux garçons s'allient pour vider l'embarcation, Bly balançant les affaires entassées par l'aventurier le plus loin possible, en direction des roches pansues, Limn rivalisant de force en les expédiant dans le lac. Leur tâche achevée, ils mettent le canot à l'eau, précisément au moment où Blackjack pose le pied sur le banc de sable. Ils ne l'attendent pas et gloussent, braillent et glapissent de concert ce qui peut être le cri de leurs totems respectifs ou toute autre divagation jubilatoire, tout en souquant maladroitement dans la direction de la jeune femme.

Le canot à peine échoué, ils sautent à l'eau et concourent pour atteindre le Palais à la nage.

« Je crois que nous devrions les suivre, propose José en se munissant d'un aviron. Tu viens ? Il y a de la place pour Ragn, si elle ne veut pas mouiller sa toge. »

La fillette accepte gracieusement et esquisse une révérence. La barque n'a pas quitté le rivage que déjà les neuf enfants escaladent la coque.

C'est un canot étroit et inconfortable, d'un bois noble mais dur, dont les jointures ont souffert. José manie les avirons avec aisance ; l'immense voilier se rapproche à vive allure. Derrière son dos, elle distingue le dessin de la chevelure d'une des deux sirènes – la plus âgée. Au moment où elle s'apprête à céder à l'envie de s'extraire de cette tornade d'événements en fermant les yeux, elle surprend José en train de ricaner. Il fixe le rivage et Nathalie se détourne pour suivre son regard. Jack Blackjack s'éreinte à ramasser ses affaires. Comme si l'aventurier prenait subitement conscience du spectacle pitoyable auquel il se livre, il abandonne sa tâche. Ayant réuni son attirail d'arpenteur, il part explorer le Chaos de pierres à grandes enjambées. Elle l'imagine volontiers taraudé par l'idée que Limn a regagné le banc de sable sans se montrer. Est-il passé par quelque souterrain qui aura échappé au géomètre ?

Outre que la pantomime de l'Ours achève de saper l'estime que son pragmatisme lui avait inspirée, son agitation a gâché l'abandon auquel la jeune femme aspirait. Les questions qu'elle refoulait en profitent pour se réapproprier ses pensées – qui est Limn ? qui sont ces enfants ? Ils abordent juste à temps le galion. Elle observe les ancres suspendues à son flanc. De si près, elles déploient leur pleine mesure : gigantesques, à l'échelle de la coque qu'elles inclinent fortement. Tout aussi étonnants, vus en contre-plongée, les mâts en surnombres, comme les voiles grossièrement lovées et attachées aux extrémités des vergues, n'évoquent aucune image navale, mais plutôt la structure d'un barnum forain délaissé depuis trop longtemps dans un village texan pour cause de faillite.

Nathalie ne s'inquiète de la proximité de l'eau que lorsqu'elle prend conscience qu'elle va devoir escalader cette coque par le gaillard d'arrière. Et si elle tombait ?

Mais si elle sautait…

Étrangement, c'est la présence de Buld qui l'en dissuade. L'enfant noir qui est venu les accueillir lui sourit et la rassure. La jeune femme se lève et José l'aide à enjamber le plat-bord. D'autres mains la guident, des regards l'accompagnent et lui montrent le chemin. Elle se laisse conduire, ne distingue qu'une foule de sourires, s'aperçoit à peine qu'on la fait grimper sur une ancre et, de là, qu'on l'aide à rejoindre un escalier en colimaçon, puis un palier de madriers ; elle contourne alors une double trappe, grande ouverte, pour monter à une échelle qui s'appuie contre la charpente d'un gibet ; elle pénètre ensuite dans une succession de tonneaux qui forme un tunnel brinquebalant et permet de grimper le long de la coque. Elle n'atteint pas pour autant le pont, mais doit traverser une cabane de jardin située dans une sorte de mirador. Des planches sont assemblées là pour former un toboggan instable, qui oscille au gré d'un mécanisme qu'elle entend grincer mais ne voit pas, et qui menace tantôt de l'envoyer par-dessus bord, tantôt de la projeter contre un mât. Ragn la pousse et glisse avec elle. Elles atterrissent toutes deux dans un matelas de fourrures.

Aussitôt, Bly en sort, tout nu.

8

Les enfants ne tiennent pas en place. C'est une vérité universelle, mais le galion n'a rien d'un jardin public conçu par un cabinet d'architectes supervisé par un cabinet d'avocats. Nathalie ne cesse de s'agiter. Ses yeux l'alertent dès que l'un grimpe hardiment ou saute de trop haut. Ses jambes la conduisent d'un bord à l'autre, de la dunette à la figure de proue. Ses lèvres distribuent, à l'improviste, des sourires bienveillants, ou bien grondent, ordonnent, supplient. Ses mains, si elle ne croisait pas obstinément ses bras, marqueraient à son passage tel ou telle d'une caresse sur l'épaule ou contre la joue. Sa tête se montre incapable de déterminer s'ils la suivent sans arrêt ou s'ils s'arrangent pour se retrouver bien vite et par le plus manifeste des hasards sur son chemin ; mais elle soupçonne qu'en réalité c'est elle qui, tout hormones et réflexes, ne supporte pas de les avoir hors de portée…

Ce rôle n'est pas pour elle. Depuis plus d'une heure qu'elle arpente le pont, elle n'a maîtrisé aucune pensée, à l'image de ces enfants, elles lui échappent toutes. Elle devrait observer, mémoriser et déduire, mais elle ne saurait rien décrire – « capharnaüm » s'est assis sur toutes les listes, tel un gros éléphant sur un échafaudage de cubes-alphabet dans un livre pour tout-petits.

D'où son erreur vis-à-vis de Bly. Tandis que les autres paradent dans leurs invraisemblables atours, lui seul se complaît à demeurer tout nu. « Tu devrais te couvrir », lui a-t-elle simplement recommandé. Comme le garçon tardait à comprendre, elle a insisté. « Enfile un truc. Ne reste pas comme ça. » Et comme il ne se décidait toujours pas à bouger, elle l'a disputé. Pas si méchamment. « Va mettre quelque chose sur toi ! Allez ! »

Le temps de s'interroger sur la nécessité de lui exposer les raisons de sa remarque, option contrebalancée par le désir de le maintenir dans l'innocence, Bly revenait après avoir pris ses recommandations au pied de la lettre. Chapeauté d'une perruque blonde, brandissant en étendard un pantalon passé au fil de son épée, une chemise correctement endossée mais entièrement dégrafée, il l'a écoutée lui expliquer la partie de son corps qu'il doit masquer, sans sembler comprendre et tout en se touchant devant elle allégrement. Pour sa défense, il n'est pas le seul à se laisser aller en présence des autres, en la matière les fillettes n'étant pas à la traîne. Tout en sachant qu'elle avait tort, Nathalie a élevé le ton. Statufié, le pauvre garçon n'osait même plus respirer... Dans un ample mouvement, Ragn a alors retiré sa toge pour en revêtir Bly ; puis, les contemplant tous les deux, très fière de son initiative et néanmoins nue à son tour, elle s'est enfuie pour ne réapparaître que parée d'une nouvelle tenue, une simple liquette intégralement épinglée de médailles.

« Je les ai toutes gagnées. Elles viennent du lac ! »

Nathalie aurait dû alors la féliciter, ou justifier son énervement, ou bien encore se lancer dans une leçon collective de pudeur élémentaire... Au lieu de quoi, elle s'est surprise à lui contester cette habile victoire en chapitrant Bly sur son imprudence : tout à l'heure, pour aller récupérer le canot, il a plongé les bras tout emberlificotés dans une lourde cotte de mailles. Il aurait pu se noyer, mourir. Il faut faire attention.

Ragn n'a rien dit. Le garçon s'est apprêté à lui répondre, mais il a baissé les yeux. Ce silence est vite devenu insupportable. Nathalie a donc ajouté la première pensée qui s'est correctement formulée dans son esprit : « Vous ne grandirez jamais à ce rythme-là… »

Heureusement, José est intervenu précisément à ce moment, tout goguenard.

« Tu as vu la cabine du capitaine ?

— Pas encore.

— Viens, c'est la salle du trésor d'un incroyable musée !

— Ça, José, c'est devenu banal, ici…

— Sauf que cette fois, il y a eu pillage. Les voleurs ont emporté les vitrines… »

José exulte. Comment fait-il ? Tœ ne le quitte pas, Plo et Tom se chamaillent pour tout lui montrer, il s'amuse et s'émerveille comme devant les devantures animées des grands magasins à Noël.

« Je te suis », répond-elle en lui emboîtant le pas. Avant même d'avoir décompté de cinq à trois, elle entend les deux enfants se joindre à eux.

En descendant du château d'arrière, elle écoute José questionner ses acolytes au sujet des ancres, qui se révèlent n'être pour eux qu'une balançoire, un hameçon, un sautoir, un balcon et un plongeoir… Acceptant le fait comme si cela allait de soi, José devance leurs explications en admettant que placer l'ancre originelle à bonne hauteur relève de l'aptitude à gouverner poulies et engrenages, ce qu'ils contestent : c'était un accident. Quant aux autres, pour Plo ce n'était pas sa faute, pour Tom le piège relève du Secret, pour Tœ il suffisait de reproduire les conditions de l'accident primaire pour que, des causes identiques enchaînant des effets similaires…

Nathalie se désintéresse de la suite. L'humeur des deux enfants qui la suivent sans la moindre hésitation la chagrine. Comment les consoler ? Cette brèche maternelle l'étonne, si peu crédible chez elle, et, le temps de pester, elle se retrouve accroupie devant eux à leur proposer un jeu. Pas n'importe lequel : « Quand j'étais petite, je ne savais jamais comment m'habiller, qu'est-ce qui va avec quoi. J'ai dû apprendre… On peut le faire en s'amusant, insiste-t-elle. Ça vous dirait ?

— Un jeu avec toi ?

— Oui, Bly.

— Pour les autres aussi ?

— Bien sûr, Ragn. Si vous le souhaitez. »

Dans leurs yeux se disputent étonnement et ravissement, mais Nathalie ne trouve pas de meilleure idée. « Rattrapons-les » est la seule chose qu'elle peut ajouter.

Elle s'attarde cependant un instant pour jeter un dernier regard en direction du Vaisseau ardent. La vigueur du brasier semble s'atténuer, ou bien sa sombre fumée occulte son cœur rutilant. Mais que sait-elle des feux ? Sorti des reportages catastrophistes et des effets spéciaux des films à gros budget, rien qui ne tienne tout entier dans l'âtre d'une cheminée. Cette incompétence l'agace, d'autant plus qu'elle la trouve parfaitement excusable. « *Un incendie ne se fatigue pas,* se reproche-t-elle imaginer ressentir, *il s'épuise faute de combustible. C'est tout.* » Forte de ce raisonnement, elle suit les enfants.

Un mât entrave l'accès habituel des cabines, bien que les portes qu'il obstrue aient été éclatées à la hache depuis ; les escaliers qui y conduisent ont également été démembrés en planches sur les instructions de Sim. Tous les trois regagnent l'entrepont et passent par la grande écoutille au-dessus de laquelle a été déménagée la Planche du Condamné. Les enfants sautent sans hésitation, se réceptionnant sur un lit de vison et de brocart en couches si nombreuses qu'il dépasse Plo en hauteur. Elle les imite sans enthousiasme. Il leur faut ensuite récupérer des cordes qui pendent de vergues détournées à cet effet et grimper depuis la cale jusqu'au bon niveau, puis se balancer jusqu'à pouvoir bondir sur le plancher intermédiaire. José, qui les a déjà observés faire, l'a attendue et lui montre comment attraper une corde à la volée pour s'engouffrer dans le dortoir de l'équipage. Elle déteste ça.

À l'évidence, les enfants négligent l'usage initial des hamacs, parfaitement entretenus, les ayant convertis en étagères ou poches de rangement, non pas pour y entasser leurs effets personnels, mais toute une quincaillerie de clous et de vis, d'écrous et de boulons. Contrairement aux piles sur la plage, aucun ordre ne semble prévaloir, ce qui n'empêche pas Plo de les examiner un à un en dressant ou repliant ses doigts comme s'il les comptait. Parfois, il extirpe un échantillon, l'étudie en plissant les yeux et, après avoir hoché la tête, le repose délicatement ou le lance dans un hamac quelconque.

Les cabines qui précèdent les appartements de l'officier ralentissent le groupe. Nathalie se contente de suivre le mouvement, comme lors de ces visites scolaires au musée d'histoire naturelle, galerie de l'ossuaire des dinosaures, reconstitution fidèle et à l'échelle des miniatures en vente au magasin de souvenirs. Dans l'une, un entrelacs de guirlandes de postiches enrubannés ; dans l'autre, des montagnes de porcelaines décorées et de flacons de cristal ; dans une troisième, la plus riche des salles d'armes, plusieurs dizaines d'épées, de rapières et de sabres hérissent les cloisons, sauf que leurs lames servent de présentoirs à des colliers et des bracelets, tandis que les dagues les plus effilées, plantées au sol et au plafond, sont recouvertes de bagues dépourvues de toute pierre ; dans une quatrième, des petits meubles, peints ou marquetés, se disputent la place avec des tonnelets vides.

Sur le pas de la porte qui termine le couloir, le garçon aux allures berbères, qui ne paraît pas plus vieux que Tom et est certainement plus jeune que Tœ, les accueille d'un: « Je suis Limn, le plus ancien de tous, et j'ai la charge de la Nuit Qui Vient. »

Alors qu'elle s'apprête à l'interroger sur la signification du « plus ancien de tous », Tom s'interpose pour déclarer d'un ton solennel: « Et moi, j'ai quelque chose à déclarer. D'important, j'veux dire.

— Je t'écoute.

— Ben, voilà. Je suis Tom et il est Temps de Parler.

— Non, non, lui rétorque Limn.

— Ah bon? Je vais jouer, alors? »

D'un simple clin d'œil, Limn délivre Tom de ses obligations cérémonielles, et le Maître du Secret s'éclipse pour filer dans la cabine. Zach, Kum, Sim et Buld s'engouffrent à sa suite.

« Suivons-le, propose Tœ.

— Notre Champ de bataille… », annonce Limn, majestueusement, en leur ouvrant grand la porte.

Tous ensemble, les neuf autres reprennent le dernier mot, sourdement.

José ne l'a pas trompée. Les reliefs de la plus prodigieuse, ou de la plus extravagante, des concentrations d'œuvres d'art qui lui ait été donné de voir, elle qui fréquente les musées du monde entier depuis sa prime enfance, s'amoncellent dans cette vaste pièce dont deux cloisons ont été en partie démontées. La lumière du glacier y pénètre par le sabord agrandi par un coup de canon tiré, à en croire l'éventrement, de l'intérieur. Le centre de la cabine a été déblayé au détriment des recoins, où les statues agrégées prennent des allures de sculptures métissées. Ces enchevêtrements compacts escaladent les parois et atteignent le plafond recouvert d'un treillis irrégulier de drisses et de chaînes où sont suspendus des faucons et des raies de porcelaine, des chevaux ailés et des angelots. En pierre ou en bois, taillées dans l'os ou forgées dans des métaux rares, peintes ou brutes, les sculptures, qui couvrent toute l'histoire humaine, à vue d'œil depuis le néolithique jusqu'aux prémices de l'art moderne, se trouvent réduites à la fonction de soldats de plomb. Au milieu de ce désordre iconoclaste, sur des tables à l'équilibre précaire – des haches plantées à même le plancher servent de pieds, certaines statues trop lourdes de tréteaux, tandis que les plateaux peuvent aussi bien être des panneaux richement illustrés, scènes spirituelles d'une grande dévotion ou divertissements lubriques, que de vulgaires planches drapées de tapis précieux –, plusieurs armées de poupées, de dieux courroucés et de déesses enceintes, d'animaux féroces et de guerriers aux yeux d'émeraude, convergent vers l'épicentre. Bordé de sable blanc, un large tonneau rempli d'eau jusqu'au rebord figure un lac où baignent dix maquettes navales, qui accueillent chacune un roi ou une reine, pièces sublimes de jeux d'échecs en vieil ivoire et en ébène, en opale ou en rubis.

« C'est vous ? » demande José en désignant les dix capitaines des quatre coins du monde.

Limn opine, fasciné par le spectacle de leur Champ de bataille.

« Dix navires… Il manque le galion et les épaves, relève le pilote.

— Des épaves ? Transformation ! s'exclame Sim en décrochant un chérubin en biscuit qui s'écrase sur un navire.

— Je n'ai pas donné le Signal ! » s'offusque Plo qui se jette sur une table, dévastant une escouade de masques océaniens et le campement d'un empereur chinois, pour frapper du plat de la main la surface de l'eau. « Bulles ! »

La bataille se livre alors, pour l'essentiel, sous les tables. Les rires s'accompagnent de séismes, des lambeaux de vêtements voltigent et coiffent les belligérants immobiles. Une tête, un bras, des pieds surgissent et disparaissent.

Seule Ragn se tient à l'écart et se compose une mine attentive, à l'image de Nathalie. La jeune femme fixe les dix maquettes, puis balaie du regard toute la pièce, avant de soupirer à l'adresse du pilote : « Ils ne respectent rien...

— Ce sont des enfants, lui répond-il.

— Je n'ai pas été élevée comme ça.

— Moi non plus, je l'ai assez souvent regretté.

— On ne peut pas grandir sans repères...

— Qui te dit qu'ils n'en ont pas ?

— Mais regarde... tout ça... Ils cassent tout ! Ce navire ne pourra jamais reprendre la mer.

— Tant mieux, approuve Ragn.

— Elle n'a pas tort : dix enfants sur un galion traversant la banquise...

— Peut-être, mais... José, nous avons des devoirs envers eux, non ? Ça y est, je l'ai dit.

— Oui... Mais quels devoirs ? Si tu parles de discipline, n'oublie pas de consulter notre expert... Sinon, regarde-les. Comment dire ? Ce sont des enfants libres, Nathalie. Notre devoir est de ne pas gâcher ça, de le respecter, justement... C'est... c'est un avant-goût d'*Utopia*.

— Littérature...

— Dans l'avion, tu as parlé de *Libertalia*.

— Comme d'un paradoxe, qui s'est terminé dans le sang. Avec quatre-vingt-dix-neuf chances sur cent de n'être, lui aussi, que littérature...

— D'accord. Mais en pensant ainsi, tu rentres dans le rang de ceux qui savent, de ceux qui auront toujours le dernier mot avec des tonnes d'arguments, de ceux qui se réclament de la raison et qui le démontrent, point par point... Et alors, oui, selon toute logique, la raison qu'ils invoquent reste et ne pourra demeurer que de leur côté. Rassurée ? Mais s'il existait la moindre chance...

— Mais enfin, on ne peut pas faire semblant d'y croire juste au cas où... Je ne suis pas aveugle, mais... Je ne veux pas me laisser berner par l'envie d'y croire, tu comprends ? C'est un processus trop mécanique : si je veux y croire, c'est que j'y crois déjà...

— Rien ne te presse de choisir… N'accepte rien, mais ne réfute rien… Ouvre simplement les yeux. Tu as souvent vu des enfants comme ça ? Aussi libres, aussi joyeux… »

9

Tandis que le jeu se déplace soudainement, rampant et glissant par les cloisons ravagées, et que José suit le mouvement, par simple curiosité ou pour s'y mêler de quelque manière, Nathalie peut embrasser pour la première fois la salle du Champ de bataille nue.

Enfant, elle a été élevée dans le luxe, et elle ne s'en est certainement jamais privée : à ses yeux, considérer quelques joyaux comme de banals jouets n'a rien d'irrévérencieux. Mais on lui a inculqué une obsession presque maniaque pour l'ordre, l'intégrité des choses, du moindre objet. Elle entretenait elle-même ses affaires, les rangeait, les protégeait. Elle en était « responsable » – et comptable, en ultime instance, devant son père, pour toute détérioration ou imprudence. Aussi, le spectacle d'un tel massacre la désole et l'irrite. La valeur marchande de tous ces trésors importe peu en regard de leur valeur scientifique ou artistique. À l'image du minuscule périmètre fermé par la muraille de glace, dans cette cabine agrandie à coups de boulets, dix enfants dévastent bel et bien le plus formidable des gisements archéologiques. Si leur insouciance séduit le pilote, si leur impertinence exaspère l'aventurier, ce qui l'afflige, elle, c'est l'irrespect dont ils témoignent – pour tout dire : leur absence totale d'éducation.

Elle découvre alors que ce mot vient de changer de définition ; depuis toujours insupportable, hideux, exécrable, il s'impose désormais comme une nécessité, rien de plus, rien d'autre que la banale prise en compte de la réalité.

Est-ce aussi simple que cela, grandir/mûrir : changer les définitions de son dictionnaire personnel ? Elle ferme les yeux et s'imagine filer dans sa chambre pour s'attabler à son bureau en noyer massif afin de réviser ses listes. Au lieu de cela, elle part s'isoler dans la cuisine, plus décidée que jamais à laisser le frigo fermé, la porte nettoyée et ses listes à l'intérieur. Elle rêvasse, assise, le dos contre sa porte. Elle n'attend aucune visite. Elle ne veut penser à rien de précis. Se contenter d'être là. Confortable. Seulement, ce n'est pas suffisant, elle ne trouve pas la paix. Ses yeux parcourent placards et ustensiles : il y a de la vaisselle à faire, des choses à ranger et la pendule sonore. Alors, elle s'abîme dans le spectacle permanent de la fenêtre, la seule qui s'offre à elle, celle qui donne ailleurs, celle qui a été creusée dans la coque. Ainsi, elle le revoit, et elle ne voit plus que lui.

Avec une invraisemblable rapidité, d'ailleurs, un peu comme dès la deuxième nuit dans un hôtel de bord de mer, quand les rideaux filtrent le balayage intermittent du phare du port, elle s'est habituée à sa présence. Par moments, fugacement elle reprend conscience de l'existence, indiscutable, du Vaisseau ardent. Sa proximité suggère alors quelque chose d'effrayant. Il est là. Simplement. Fort ou faible, discret ou virulent. Toujours là. Mais personne ne voit le même navire. Et elle, parfois, elle en voit deux…

Il ne devrait pas être là. Il appartient à un autre monde.

Enfant, Nathalie baisserait les paupières et tout redeviendrait comme avant.

Ragn se tient assise devant elle, face à l'écoute, ses fines jambes croisées comme des allumettes articulées, le dos parfaitement droit. Sa tête dodeline avec une grâce charmante – « Que voit-elle ? » se demande la jeune femme, ne réalisant qu'ensuite qu'elle se tient elle-même debout, juste derrière Ragn, en appui contre le chambranle de la porte, les yeux dans le vague, suivant la silhouette oscillante de la fillette qui se détache en contre-jour sur le brasillement du lac.

« *Ne grandis pas trop vite, parce que, après, tout devient trop compliqué.* » Elle aimerait le lui dire, ignore pourquoi elle ne le fait pas, comme pourquoi elle y pense maintenant.

Elle se détourne – cette envie de s'asseoir contre Ragn, de passer ses bras tout autour de ce petit corps, d'attendre qu'elle prenne appui sur elle, de demeurer toutes les deux silencieuses et mélancoliques, c'est un vœu de fille unique, rien d'autre, le désir d'une sœur (et, pourquoi pas : une sœur jumelle ?)...

Nathalie soupire et surprend Ragn maîtriser son réflexe mimétique.

« Je retourne sur le rivage, annonce-t-elle.

— Je viens avec toi ! »

De fines lèvres roses lui sourient dans un halo lunaire.

« Si tu veux. Mais partons vite. »

Où porter les yeux ? Devant, le Vaisseau ardent ; tout autour, des ruines ; et là, cette petite fille déjà prête...

« Est-ce qu'il existe un autre chemin pour rejoindre le canot ? J'ai horreur de me balancer au bout d'une corde.

— Facile... »

Sans plus attendre, Ragn bondit, virevolte et court vers le sabord, faisant tintinnabuler sa floraison de médailles.

« Non, je ne plonge pas ! s'écrie Nathalie.

— Il y a une échelle, Nath.

— Je ne grimpe pas davantage le long de la coque, échelle ou pas échelle ! »

Mais, déjà, la fillette disparaît avec une souplesse toute féline par-dessus bord.

« On ne grimpe pas, on descend. »

La voix de Limn vient de sous une table. Plus précisément, d'une étroite armoire chippendale qui, couchée sur le côté, sert de support.

« Ce n'est pas confortable », se contente de commenter le jeune garçon, en se contorsionnant pour s'en dégager.

« Tu te cachais ? »

Limn n'a pas à répondre : dans l'embrasure de la porte, un bras, un bout de hanche et un morceau de tête de Bly apparaissent une fraction de seconde, avant de s'éclipser. Le bel enfant rouge s'apprêtait à exulter, mais au lieu de crier sa victoire pour avoir découvert la cachette de Limn, il a pris tout seul conscience de sa nudité recouvrée et s'est enfui.

Sa leçon – quel mot dans sa bouche… – a donc porté. Les choses sont peut-être aussi simples que cela.

« Tu me montres le chemin, Limn ?

— Sans se mouiller ?

— Absolument.

— Dommage. Il y a encore plein de médailles tout au fond. Ragn veut toutes les avoir.

— Ah oui ? Une autre fois, peut-être.

— Ragn va être contente.

— Pas si je trouve une médaille avant elle !

— Oh si ! Elle les a toutes gagnées comme ça.

— Elle ne les a pas trouvées elle-même ?

— Pour quoi faire ? Plus on lui en donne et plus elle en gagne. »

Aucune réponse n'est-elle donc évidente avec eux ?

« Alors, c'est toi le plus ancien de tous ?

— Je suis également le Maître du Registre.

— Du registre… Et quand es-tu arrivé ?

— Tu poses là une question bien embarrassante. Nos visiteurs ne tombent pas régulièrement et tous ne parlent pas une langue qui nous est connue ;

quand ils se montrent courtois, bien sûr, et ne tentent pas de nous manger.

— De vous manger !

— Toutes sortes de dangers nous guettent, se contente-t-il de lui répondre. D'où la Quarantaine.

— Le registre, la quarantaine, vos visiteurs… Mais tu n'as toujours pas répondu à ma question…

— Selon quel calendrier désires-tu que je te réponde ? Vous n'utilisez pas tous le même, bien que cela semble très important pour vous. Ici, poursuit Limn avec sa belle assurance, le temps est différent. Comment parler d'une journée, d'une année, en étant sûrs, l'un et l'autre, de parler de la même chose ? Le temps d'un jeu, chacun sait ce que c'est, ou le temps d'un rêve. Mais un siècle ? Une seconde… »

La jeune femme ferme un instant les yeux pour retourner dans sa cuisine.

« C'est vrai que tu ne peux même pas prendre la lune comme repère, songe-t-elle à voix haute.

— Pas seulement moi. Les autres non plus… »

Elle lui sourit, incapable de déterminer si ses réponses sont intentionnellement à double sens. Peu importe. Sans aucun doute, Limn lui semble le plus qualifié des dix pour lui parler du Vaisseau ardent. Elle tourne la meilleure façon de formuler sa question et se surprend à lui demander : « Tu as vu le canot tomber ? »

Des larmes s'annoncent, son ventre se crispe – les enfants représentent son dernier espoir et elle découvre qu'elle espérait encore.

« Plo nous a avertis. Mais nous n'avons pas eu besoin de Quarantaine.

— Tu veux dire que…

— Le canot était vide.

— Comment sais-tu quel était le sens de ma question… José t'en a parlé ?

— Non, pas lui. »

Un relent de torpeur adolescente la guette, comme avant de se retrouver seule face au néant – une envie de couette en pleine journée, de vertige en boîte de nuit, d'abandon sous une douche brûlante.

« *Le canot était vide* », se répète-t-elle, incapable de dépasser cette vérité qui en annonce une autre, qu'instinctivement elle tarde à affronter.

Cette fuite l'amène à s'inquiéter de l'image qu'Anton a emportée d'elle – celle d'une fille facile, de ces filles qui ne méritent pas un mot ? Et se demande si elle a le droit de l'appeler Anton.

Mais quand elle redresse son visage et découvre Limn qui l'observe intensément, elle réalise que si Anton est mort, il ne sert plus à rien de croire aux vœux, puisqu'ils nous sont refusés comme ils nous sont accordés, arbitrairement. Ce fait accepté, à quoi bon rêver ? La récompense n'entre pas davantage en compte que la compassion ; les choses adviennent ou non, dans une indifférence aveugle que nous prétendons contester avec des chimères tenaces.

« Tu as dit que ce n'est pas José qui t'en a parlé. Mais, alors qui ?

— Mortimer.

— Mortimer ?

— Mortimer, le terrible pirate.

— Ah, ce nom ne me dit rien. Limn, qui êtes-vous ? ose-t-elle enfin.

— Nous sommes son équipage.

— Son équipage ?

— Oui. Nous sommes des pirates. »

10

À peine parvenue sur le pont, elle doit féliciter Bly qui s'est précipité pour lui présenter sa nouvelle tenue.

« Quelle élégance ! J'ignorais qu'il existait des armures de cette taille. Elle doit peser des tonnes. Dommage qu'elle soit si rouillée…

— Pourtant, je la lave souvent, déplore une voix déformée par son casque.

— Mais plus tu la laves et plus elle rouille !

— Tu es sûre ?

— Je crois qu'il vous reste beaucoup de choses à apprendre… »

Oui, et c'est là une chose agréable. Elle devrait aménager sa cuisine sur ce pont, avec une baie vitrée pour les regarder jouer, une grande armoire à droite pour boucher la vue du Vaisseau ardent, un meuble de rangement à gauche pour ignorer le banc de sable, sa carlingue immobilisée et la montre de l'aventurier. Quant au frigo, eh bien, autant le confier aux abysses – enchaîné et cadenassé, tous les mots, entamés ou en réserve, enfermés à l'intérieur ! Même pas besoin du canot, elle réside sur une île.

Ce plan clairement exposé, Nathalie commet l'imprudence de laisser ses yeux vagabonder. Lorsque son regard aborde le Vaisseau ardent, elle s'en détourne aussitôt. Elle ne sait pas ce qu'elle a vu, ou cru apercevoir, et elle échoue à s'en souvenir parce que ses pensées se focalisent exclusivement sur le nom du pirate de Limn, Mortimer. Ce nom ne lui est finalement pas étranger, elle jurerait l'avoir lu. Et même assez récemment. Elle ne visualise pas encore le document, mais elle se souvient maintenant qu'il s'agissait d'une note manuscrite, rédigée par sa mère à l'occasion d'un travail qu'elle a effectué un été pour Virginia. Elle a remarqué ce nom dans le vol à destination de Portland…

Mille questions affluent alors, qui toutes renvoient à Anton, l'Ennemi charmant qui a éteint sa balise après s'être montré à Frenchman Island, là où ses ancêtres ont accosté – pour lui dire d'honorer son propre nom, afin de l'inscrire, elle, encore davantage dans la lignée des femmes Derenoy ?

Or, depuis toujours, Nathalie suspecte son patronyme de masquer un rébus, puisqu'il a été réorthographié à leur arrivée dans le Nouveau Monde, selon une phonétique empreinte de vieux français. L'interprétation soucieuse de la tradition familiale traduit Derenoy par un triomphal « ceux qui sont nés à nouveau » – alors que sa vision aquatique insiste sur les deux dernières syllabes et précise que, pour renaître, il faut préalablement mourir, en l'occurrence se noyer. L'anagramme, en français, une fois ôtée la particule contestée, ne laisse d'ailleurs aucun doute : Derenoy – De = R.E.N.O.Y. = NOYER.

(Ou, phonétiquement, re-noie : « ceux qui se noient à nouveau » – revers d'une renaissance ?)

Elle s'assoit. Bly vient prendre place à côté d'elle, sans la toucher, occupé à frotter ses taches de rouille du revers de la main. Ragn le suit de peu et s'installe en nouant un bras autour de sa taille ; puis, après l'avoir un instant collée contre son ventre, elle pose sa tête sur sa cuisse.

Est-ce là – et seulement là – son rôle ? Doit-elle sacrifier sa formation (l'université n'est que l'aboutissement d'un patient conditionnement) à son instinct (cette soudaine responsabilité envers des petits, qui ne sont pas de jolies poupées à remettre, ensuite, dans un coffre) ?

Elle se souvient précisément, à présent, où sa mère à écrit « Mortimer ». Il était inscrit en marge du livret de l'opéra, *Der Fliegende Holländer*. La note mentionnait également le nom d'un port frison – Harns, dont les baleiniers émérites osaient défier la banquise.

Ainsi, voilà que Wagner la rejoint dans ce glacier. Où elle retrouve également trace de la confession du Molosse, du *Manuscrit de l'île Éléphantine*, du Fléau des mers, du bateau des morts et des vaisseaux fantômes, des théories et convergences des mythes et légendes du et des déluges. « *Cela ne finira donc jamais ?* »

Enfant, Nathalie feignait de croire à toutes ces légendes, au nom de la Grande Absente, pour satisfaire les « Tu peux faire mieux » de son père, et elle le désirait réellement, si fort, alors que déjà, dans le tréfonds de son cœur, elle suspectait malgré tout honorer une pure métaphore.

Elle se tourne vers le Vaisseau ardent. Le brasier qui embrasait le glacier à leur arrivée a beaucoup perdu de son éclat. En quelques heures, depuis que les enfants se sont présentés, sa vigueur s'est dissipée. Désormais, le feu couve, tout au plus. Quelques rutilances irradient les fumées qui s'enroulent, se contractent et se déploient, pour former à fleur de lac la silhouette sombre de la nef, qu'une brume laiteuse emprisonne puis relâche, simples esquisses. Entre halo et brouillard, des flammèches percent les volutes qui se referment, comme à regret, avec une étonnante langueur. La géométrie de ces béances figure des voiles éphémères, pâles et rosées. Un drapeau clair s'en détache par moments. Parfois, elle soupçonne aussi un rocher étiré doté d'un bec plus ou moins prononcé.

Pourtant, elle le sent, elle le sait, ce n'est pas que

du feu ou de la brume, c'est davantage qu'une vision. Il émane du Vaisseau ardent une puissance qui veille.

Est-ce cette puissance contenue qui captive votre regard ? Ou votre regard qui menace de la libérer ?

Nathalie réalise alors qu'elle l'évoque comme une personne, qu'elle s'applique inconsciemment à ne pas visualiser de majuscule à « lui », que si elle la « Lui » attribuait, le Vaisseau ardent l'emporterait, elle, annihilant sa personnalité, la confondant à « Ses » desseins – pour un peu, elle en parlerait comme d'un dieu.

Ce qu'elle ressent, intimement, et peut-être d'autant plus nettement qu'il brille moins à présent, c'est un lien. Un lien qui peut la perdre, ou bien la sauver, dans lequel elle peut se noyer, ou bien renaître... Rien d'autre ne compterait alors. Tout serait là. Elle l'accepterait.

Est-ce donc là son rôle ?

Cette pensée, elle n'en veut pas. Elle la réfute. Définitivement... Ce qu'elle veut ? Eh bien : dormir. Tout simplement. Se coucher, rabattre un bras sur ses yeux et l'autre en défense contre son ventre ; voilà, elle sait ce qu'elle veut. Dormir. Dormir. Est-ce si compliqué ?

« Virginia était une battante. Une Derenoy. » Son père a-t-il jamais prononcé cette phrase ? Elle hante pourtant sa mémoire, instruction martelée par cette voix si peu câline qui aime la surprendre pour la rappeler à l'ordre. Sur ce trait de caractère vénéré s'est fondée toute une éducation, qu'elle a exécrée. Elle, une « battante » ? Oh oui, elle l'a été, et combien ! Chaque matin, pour son numéro positiviste. Mais de telles résolutions ne survivent pas à l'émerveillement que leur démonstration suscite : la marionnettiste, qui offre de la douche à chaque fin de petit déjeuner l'illusion d'une Nathalie Sans Peur, en secret s'est épuisée. Maintenant, elle veut dormir.

Anton a-t-il ouvert le livret ? A-t-il lu le nom de Mortimer ?

« Qui est Mortimer ? » demande-t-elle à la cantonade.

Les dix s'interrompent aussitôt et la rejoignent. Ils s'assoient autour d'elle en formant un cercle.

« Qui est Mortimer ? répète-t-elle.

— Le terrible pirate ? s'exalte Plo.

— Un expert ès monstruosités, affirme Zach.

— Sans lui, complète Sim, nous aurions commis la bévue de disposer les six nouveaux mâts dans le même axe que les autres. Un peu comme si nous plantions des planches…

— Enfin, c'est Limn qui l'a dit, précise Tœ.

— Limn ? demande José qui les a suivis.

— Seul Limn converse avec Mortimer, le terrible pirate, confirme Bly.

— Et vous ne vous êtes jamais demandé si Limn ne vous avait pas fait une simple farce ? relève le pilote.

— Avec Limn, rien n'est simple », se contente de répondre Buld.

Limn approuve de la tête, indication qui n'atténue en rien l'équivoque.

« Mortimer est le dernier à avoir chevauché Dragon ! enchérit Kum.

— Quand les flammes sont très hautes, poursuit Ragn en désignant le Vaisseau ardent, on voit son drapeau très distinctement : tout blanc, avec la jambe en bois qui traverse un œil !

— Pile dedans ! s'exclame Tom en enfonçant son poing contre son orbite.

— Le Pavillon blanc ? s'étonne Nathalie.

— Tu le vois aussi, Nath ? Tous les adultes ne le voient pas… »

L'Albatros hausse les épaules et lâche un petit rire. Comment pourrait-il distinguer l'oriflamme, lui qui ne voit qu'un clipper, simple navire marchand, proie des forbans… Et pourquoi voit-elle tantôt le bateau pirate, tantôt la barque qui symbolise le salut de l'humanité ?

« Votre description de son oriflamme lui donne

dans les trois cents ans, à votre pirate, relève José. Mais si Mortimer vous conseille, c'est qu'il est possible de lui parler, non ?

— Il n'y a que Limn qui le peut », lui rétorque Buld.

Limn acquiesce, le regard égaré vers le Vaisseau ardent.

« Mais je peux vous raconter son histoire ! le coupe Zach.

— Il est trop tôt, nous ne sommes pas prêts à rêver, précise Bly.

— Et quand le seras-tu ? demande la jeune femme.

— Quand j'aurai dit les Bonsoirs, lui répond Ragn.

— Et quand les diras-tu ? rebondit le pilote.

— Quand l'histoire sera bien terminée, Tœ nous le dira.

— Vous êtes étranges, s'enthousiasme José, mais vous me plaisez ! Soit, nous attendrons, bien que pour moi la journée tire à sa fin depuis un bon bout de temps. Mais avant d'aller prendre un peu de repos, j'aimerais quand même savoir pourquoi Mortimer ne parle qu'avec Limn, et pas avec les autres.

— Ben, quand il est arrivé, c'était un adulte…

— Pas seulement, Tom, le corrige Zach. Souviens-toi : il était déjà mort.

— Oui, mais pas beaucoup.

— C'est vrai », opine Limn.

11

« Ça te tente de faire un tour en barque ? »

José rit de sa propre blague, mais il attend visiblement une réponse.

« Tu dis ça parce que tu as peur que j'explore les épaves sans toi ? lui retourne-t-elle du tac au tac.

— Tu en serais bien capable, sauf qu'explorer les épaves ne t'intéresse pas.

— J'ai déjà assez à faire ici.

— Mais tu le regardes sans arrêt, *mon* clipper…

— Ce n'est pas un clipper…

— Que tu dis. »

Bly et Tœ suivent leur échange, plutôt distraitement : tous les autres sont partis nager, à la recherche de médailles, et Ragn, qui en a déjà gagné une bonne trentaine, ne tient pas en place.

« Il faudra bien que je sache ce que c'est, reprend-elle.

— Tu n'iras pas seule. Et ça n'a rien d'urgent.

— Tu as peur ?

— C'est peut-être vrai que, sur ce galion, je me sens comme un gosse, mais, vois-tu, j'ai toujours été un gosse prudent. Je partage ta curiosité, mais le fait de ne pas avoir la moindre idée de ce que c'est, cela a tendance à me dissuader de m'en approcher trop vite.

— Je te croyais plus audacieux, l'Albatros, voire franchement casse-cou.

— Consacrer toutes ses économies pour payer son avion plaide en faveur des risques calculés… Tu sais, le fait que cet incendie a périclité si soudainement m'a rendu sceptique. Avant, nous n'étions pas d'accord sur le navire qu'il suggérait, cette fois la discussion est close : il n'y a plus grand-chose à voir.

— Raison de plus pour y aller.

— Je ne te laisserai pas prendre le canot. Nathalie, écoute-moi ! Jusqu'à présent, nous étions fascinés par le manège extravagant de ces flammes, et nous le pensions voué à l'éternité. Nous nous sommes trompés, tous, quelles que soient nos théories… Peut-être nous sommes-nous laissé abuser par son spectacle. Et si le feu ne comptait pas, mais l'eau ? Nous nous en défions de cette eau depuis notre premier contact, non ? Le Vaisseau ardent repose complètement dessus, il transpire une brume qui en provient… Ou bien, c'est l'inverse. Qu'est-ce que j'en sais ? Et si c'était lui qui contaminait le lac ?

— Mais…

— Je ne vois nulle part ailleurs ni de cette fumée ni de ce brouillard, lesquels ne se déplacent jamais d'un iota. Que sont ces émanations ? Sont-elles uniquement hallucinogènes, ou bien plus ou moins toxiques ? Laisse-moi terminer, Nathalie, je t'en prie… En fait, ce qui m'effraie, c'est qu'il m'attire, tout comme toi. Je dirais même que parfois j'ai la sensation qu'il me parle. Enfin, qu'il s'adresse à moi, qu'il… qu'il est ancré en moi, depuis longtemps. Depuis bien avant… mais cela ne se peut pas. C'est juste une impression, tu comprends, comme l'appel du vide quand tu vas trop près du bord d'une falaise…

— Et où envisageais-tu de m'emmener, alors ? Ce n'était pas juste pour faire un tour.

— Non. Bien sûr que non. Je crois que nous devons parler, tous les trois. La donne a changé, il y a les enfants…

— Blacky voudra garder le canot.

— C'est évident. Mais à moins de le fracasser, comment pourrait-il nous en interdire l'accès durablement ? Dès qu'il dormira, et sa montre lui dira précisément quand, nous le lui chiperons à nouveau !

— Tu parles vraiment comme un gosse. »

Elle se laisse guider par le pilote, en s'efforçant de considérer le canot du *Je le veux* comme une simple barque. Dès que José a plongé les avirons, Jack Blackjack est sorti du Chaos de pierres pour leur intimer de le rejoindre. Nathalie refuse de lui prêter attention et n'en informe même pas José.

La dernière fois qu'elle a navigué sur un lac, c'était cet été, en Égypte, alors qu'elle participait au déchiffrage du *Manuscrit*. Près de l'île Éléphantine, la légende situe un conglomérat rocheux en forme de tortue, unique témoignage de l'ambitieux dessein, ou de la pure folie, de l'ancêtre anonyme du premier pharaon. Les touristes qui s'y promènent en felouque ne le remarquent pas. Elle, elle l'a retrouvé. Mais là encore, comme on dit, il faut vouloir y croire pour le voir. Ça, une tortue ? Quelques pierres érodées suggèrent l'animal, sous un certain angle. Elle n'a pas réussi à en rapporter de photos probantes. Pour autant, personne n'a jamais établi que les signes doivent être explicitement formés…

Elle renverse la tête en arrière et fixe le dôme. Caverne ou île ? Blanche ou noire ; à la frontière des Noirs et des Blancs ; le jour et la nuit ; ours blancs, phoques noirs, pingouins blanc et noir… « L'Île blanche », murmure-t-elle si bas que son compagnon ne l'entend pas. Elle aime bien ce nom, contrepoint de l'Île noire où le Molosse signalait avoir été guéri et nourri par l'eau que lui apportaient dix jeunes enfants. Eux étaient apparus sans attendre, mais aucun ne parlait de langue connue.

José accoste trop tôt. Cette semi-somnolence était agréable, bien que rêvasser selon le principe des convergences la ramenât imperceptiblement devant le frigo, mains tendues vers les listes engourdies…

« Alors, demande l'aventurier, qu'avez-vous appris ? Cela fait des heures que vous êtes là-bas.

— Des heures, tu exagères, réfute l'Albatros.

— Presque une demi-journée, lui rétorque l'Ours en lui désignant sa montre.

— Sur les enfants, rien de nouveau, répond-elle succinctement, sinon que les seules pauses qu'ils s'accordent entre deux jeux, ils les passent à nager, à courir et à chanter.

— C'est tout ?

— Non. Quand ils chantent, ils ne chantent jamais la même chose, mais tous en même temps.

— Merci pour cette information capitale… Et le galion ? »

En quelques mots, Nathalie lui brosse un inventaire des richesses du Palais, que Jack Blackjack accueille par diverses sortes de grognements. Ce qui l'inquiète, affirme-t-il, ce sont les dégâts occasionnés à la structure du navire. La jeune historienne n'a rien observé de neuf à ce propos et ne signale que les béances arrachées aux cloisons intérieures et le sabord au niveau du Champ de bataille…

« Nous avons découvert la corne d'abondance, intervient José.

— Qu'ils ont brisée, ergote Blackjack.

— Et ils ont bien fait… Dans un monde clos, n'est-ce pas la première mesure à prendre ?

— Un monde clos…

— Une citrouille, si tu préfères. Nous sommes dans une grosse citrouille, surenchérit le pilote. Évidée, bien sûr, comme à Halloween. Avec sa bougie vacillante… Les enfants se griment, chantent et harcèlent les adultes jusqu'à obtenir satisfaction.

— Nous ne sommes pas là, José, pour récupérer les heures gâchées de ton enfance, mais pour faire un point sur nos observations.

— Pourtant, ici, j'ai l'impression de me retrouver

dans une animalerie, le nez collé contre la vitre d'un aquarium monumental, avec des cailloux peints, un scaphandrier à la Jules Verne, une épave grossière en plastique mauve, des plantes artificielles et deux poissons rouges… C'est hideux, mais les poissons y semblent aussi heureux qu'ailleurs, et les gosses du monde entier rêvent ici d'océan, de pirates et de monstres marins… »

Ces enfantillages ont le don d'exaspérer Jack Blackjack, José s'en délecte et elle, elle ne les comprend pas. Les deux hommes semblent parfois littéralement sur le point de s'entre-tuer, mais ils peuvent discuter ensemble comme s'ils combattaient dans le même camp.

« Vous savez, reprend-elle, j'ai beaucoup observé ces enfants, et j'ai parlé avec eux.

— Et ? s'impatiente Blackjack.

— Tous les jeux qu'ils inventent, comme les comportements étranges qu'ils ont développés, attestent qu'ils vivent ensemble, et exclusivement ensemble, depuis des années…

— C'est absurde.

— Oui… Un trauma peut justifier une certaine amnésie, la perte des souvenirs qui évoqueraient trop explicitement combien leurs parents leur manquent, notamment. Mais la notion du temps ? J'ai tenté d'expliquer à certains notre rythme journalier. Depuis plus de dix jours qu'ils nous observent, ils n'ont même pas remarqué sa régularité. Et ils ne savent pas de quoi il s'agit, absolument pas. Ils vous entendent, vous voient agiter le bras. Montre, heures, repas, repos : tout cela ne les concerne pas… C'est absurde, j'en conviens.

— Mais intéressant…, la surprend l'aventurier.

— Vraiment ?

— Une classe sans maître a vite fait d'oublier les consignes les plus élémentaires. Une éducation laxiste explique l'impact de leur perturbation, et donc l'ampleur du chahut. Quoi d'autre ?

— Quoi d'autre… J'ignore combien de mois ou d'années d'isolement sont nécessaires pour qu'une communauté d'enfants invente une gestuelle expressive si étrangère à leurs racines… Vous l'avez vu, lorsqu'ils ont peur, ils se tapent les fesses. Et quand ils sont étonnés, ils inclinent la tête sur leurs épaules, l'une après l'autre…

— Ils ont fait ça pour nous distraire, l'interrompt Blackjack.

— Vous pensez sérieusement des enfants de sept à dix ans capables de préméditer et d'orchestrer une telle mise en scène ?

— Et encore moins des garnements rebelles à toute discipline…, abonde José.

— Le plus étrange, c'est cette expression qu'ils ont employée plusieurs fois : ils évoquent des "visiteurs", comme si d'autres naufragés étaient parvenus jusque-là, à plusieurs reprises, puis avaient disparu.

— Tu y crois ? se moque Blackjack.

— Non, bien sûr que non. Je me demande seulement s'il ne faut pas relier cette expression à leur "bientôt mort"… Ils pourraient désigner et canaliser ainsi l'émergence incontrôlée du souvenir de leurs proches », précise-t-elle en se rendant compte qu'elle parle décidément comme sa thérapeute, du moins quand celle-ci se trouve en présence d'une caméra.

« Où veux-tu en venir ? la relance l'aventurier.

— Peut-être qu'il leur est si difficile d'admettre qu'ils sont à jamais séparés de leurs familles qu'ils travestissent leurs souvenirs, qu'ils les changent inconsciemment. Dans ce monde étroit, c'est devenu un phénomène collectif. Quelque chose comme leur plus grande réalité acceptable commune… D'un point de vue symbolique, ce glacier définit un monde intérieur, et pour eux intemporel…

— Ce qui expliquerait leur notion du temps ? demande José.

— Ce qui signifie surtout que nous représentons

un danger pour eux. Notre réalité menace leur fiction. C'est une perspective insoutenable.

— Pour qui ? soupire Blackjack.

— Pour eux, évidemment !

— Pas la peine de t'offusquer, petite. J'apprécie ton analyse, mais comme toujours les conclusions les plus évidentes échappent à ceux qui rédigent les rapports. C'est une question de recul, il faut un regard extérieur. À trop considérer les risques, on stagne et on s'enlise. Voilà ce que je pense, moi. Tu voudrais les placer sous couveuse et les psychanalyser un à un pour leur faire accepter la seule réalité qui vaille, sachant qu'une vie n'y suffira pas. Nous avons mieux à faire. Et pour nous, et pour eux.

— Que proposez-vous ?

— Outre ses dons de pilote, la seule qualité que j'apprécie chez l'Albatros, il le sait, c'est qu'il ne prend jamais une décision à la hâte. J'agis de même. Attendons d'en savoir plus pour décider ce qu'il convient de faire. »

Ragn sort du lac, immédiatement suivie de Bly. Tous deux restent sur le rivage, comme s'ils n'osaient pas les déranger. Nathalie leur adresse un petit signe.

« Alors, es-tu en mesure de nous éclairer sur ça, relance le pilote en désignant le Vaisseau ardent.

— Comment saurais-je ? soupire Blackjack. Le déclin de l'incendie me conduit à une nouvelle hypothèse.

— Une de plus, rétorque le pilote.

— C'est ainsi que l'on progresse, un pas après l'autre ! Un débris de ton avion aura enflammé une poche de gaz, en se fichant dans une épave échouée sur un autre banc de sable. Probablement une structure métallique, pour résister aussi longtemps, bien qu'assez sérieusement endommagée pour figurer un navire ancien. Je ne prétends pas avoir entièrement résolu cette énigme, mais enfin, je ne dois pas en être bien loin, non ?

— Les enfants affirment que c'est un vaisseau pirate, se contente-t-elle de lui signaler.

— Tu l'as dit, ils puisent dans leur fantaisie. Un navire pirate… Et puis quoi encore ?

— Ils ont également parlé d'un monstre, suggère José. En fait, non. C'est toi qui en as parlé le premier. »

Jack Blackjack néglige l'allusion et, après avoir grogné un « Mettons-le à l'abri », il s'affaire à éloigner le canot du lac. Un instant, il considère l'idée de le hisser à l'intérieur de la carlingue et manœuvre la porte voilée avant d'abandonner.

« Que voulez-vous ? s'exclame-t-il soudain en pivotant vers Tœ qui vient de rejoindre ses deux amis.

— Nous sommes venus vous dire que nous allons nous donner le Bonsoir, déclare Ragn.

— Voilà un point positif, dont je commençais à douter. Nos biorythmes ne sont donc pas si différents. Alors, bonsoir ! Et puissiez-vous dormir longtemps !

— Oh, mais nous n'allons pas dormir tout de suite », le reprend Bly qui s'avance péniblement vers lui, son armure grinçant à chaque mouvement. « Zach doit d'abord nous dire une histoire.

— Une histoire… Les enfants suivent tous les mêmes schémas. Voilà un autre point que j'apprécie, pour une fois. Qu'il fasse vite et qu'il ne parle pas trop fort.

— Le Maître des Grandes Aventures n'est pas responsable de la durée des histoires, relève Tœ.

— Surtout que c'est l'histoire du Pavillon blanc, précise Ragn. Nath, tu veux l'entendre ?

— Celle de Mortimer, demande-t-elle ?

— De Mortimer, le terrible pirate », rectifie la fillette.

Alors que José et Nathalie accompagnent les trois enfants, Plo, Tom, Limn, Kum et Buld s'installent en demi-cercle sur la plage qui borde le Chaos de pierres, auquel ils font face. L'aventurier demeure sur le banc de sable, le dos calé contre le canot, et cherche du regard les deux garçons qui manquent.

Tandis que Zach et Sim se font attendre, Bly et Ragn entourent la jeune femme, qui tourne la tête vers l'eau. La belle vision du Vaisseau ardent n'existe plus que dans son souvenir. Pour un peu, elle se croirait à Percé, dans sa chemise de nuit diaphane brodée de fil rouge, le nez collé contre la fenêtre froide, quand la brume se dispersait avec lenteur pour ne laisser apparaître qu'un rocher à la vague apparence nautique. Elle ferme les yeux en regrettant de ne l'avoir jamais vu bouger…

12

« Une nuit sans pluie s'annonçait enfin… Dans une déchirure d'horizon, un bref instant, le soleil à l'agonie se révéla, faisant rutiler les pavés du port. Luisaient-ils gorgés de six semaines d'averses et de crachins, de bruines et de grains, ou bien gavés du sang d'une journée d'émeute ? Les rats, qui disputaient aux chiens des quignons détrempés, défiaient la foule – qui les piétinait dans sa furie ! À l'aube, cerné par cent têtes privées de leur regard, le corps d'un vieux boutiquier avait été retrouvé, la gorge béante dans un lit de sang. Sans attendre, les gardes municipaux avaient donné la chasse au jeune commis qu'il avait accueilli quelques mois plus tôt. Avant midi, ils étaient mille à la poursuite de l'odieux criminel, leurs rangs s'étant peu à peu gonflés de tout ce que cette ville comptait comme aubergistes et mendiants, putains et maraudeurs, crocheteurs et mathurins. Comment cet adolescent abominable, hideusement affublé d'un pied bot, sourd et muet de naissance, borgne de surcroît, à la mâchoire tordue, un bras tourné et le dos voûté, comment pouvait-il échapper si longtemps à ses dix mille poursuivants ? La nuit ne s'annonçait pas encore que son nom, qu'il ne pouvait entendre, résonnait sauvagement dans toute la ville en folie : “Moustique ! Moustique ! Moustique !”

— Ah, ils sont dix mille maintenant... », commente l'Ours, qui est finalement venu se joindre à eux, après qu'il a aperçu Sim écouter son ami dans l'ombre des rochers. Assis de biais parmi le public, il garde un œil sur le canot.

« Chut... Si tu crois qu'il avait le temps de se retourner pour les dénombrer adéquatement ! Continue Zach, tu es le Maître des Grandes Aventures, l'encourage Tœ.

— "Moustique" ? Quel drôle de nom..., pouffe José à voix basse.

— Et quel drôle d'emploi ! rebondit Zach. Imaginez ! »

Zach saute du rocher dont il a fait son estrade. Dès qu'il touche le sable, mimant l'infirme il demeure figé dans cette posture intermédiaire. Portant sa main en visière oblique, ramenant l'index à l'intérieur du pouce pour figurer un monocle, fronçant l'autre paupière jusqu'à s'en déformer le visage, il scrute d'abord parmi les ruelles que trace le Chaos de pierres, puis le long des quais formés par le rivage, quand enfin, après maintes oscillations du chef et du bassin, son regard s'arrête sur ce point d'horizon flamboyant que représente le Vaisseau ardent.

« Tandis que le ciel s'apprêtait à clore sa paupière cyclopéenne et que flamboyait son iris rougeoyant, le jeune assassin s'arrêta, stupéfié. Son terrible forfait accompli, il ne s'imaginait aucune destinée. Il avait décidé de mourir après s'être bien vengé, et se trouvait enfin dans ce recoin du port où la mort, jadis, l'avait déjà conduit et délivré...

— Ce n'est vraiment qu'un préambule ? insiste José.

— Nous avons tout notre temps, lui souffle Tœ.

— Or, dans l'embrasement fulgurant de l'horizon qui s'enténébrait, voilà que se profila la gueule monstrueuse. "Dragon !" s'écria le jeune assassin. Et ce fut pour lui une illumination. Partir, il devait partir – et non point mourir...

— Un dragon ? Je croyais que c'était l'histoire d'un pirate, s'agite Blackjack. Quel cirque !

— Laissez-moi vous conter la grande histoire de "Mortimer, le terrible pirate" ! Car c'est ainsi que l'enfant, dont jamais la colère ne s'est consumée, devient le pirate sans légende qui a retrouvé son nom, déclame Zach. Écoutez-moi, car ici débute la grande histoire. Elle parle d'une colère, mais quelle colère ? Et ce vieillard, pourquoi le tuer ? Pour bien saisir l'ampleur du drame qui se trame, permettez-moi de vous narrer, en quelques mots et sans effets, l'épisode premier : "La Vengeance du Moustique" ! »

Le garçon s'engouffre sous les roches ventrues pour réapparaître sur son piédestal après avoir endossé une robe de bure grisâtre.

« "La Vengeance du Moustique". Imaginez, imaginez ! Représentez-vous la scène ! De jour, cet honnête marchand d'épices se montre aimable autant qu'affable. Derrière son comptoir, c'est un boutiquier au sourire bonhomme. Il ferme son échoppe au crépuscule, avant dîner, et l'ouvre dès l'aube, tout propret… Mais la nuit ? Que fait-il de sa nuit ? »

Zach laisse choir la blouse brune, tournoyant sur lui-même avant de soudainement l'accompagner dans sa chute pour se redresser aussitôt, revêtu d'une pelisse grenat.

« La nuit, le boutiquier… Eh bien, la nuit, le boutiquier reçoit ! Il s'affaire auprès des dames, qu'il embrasse, mais des hommes d'affaires également, car des affaires, il en brasse ! Armateurs, officiers, notables, brigands et contrebandiers, tous viennent jusqu'à son lit ! Car le bougre se grime – tel un agonisant, toujours, se présentant ! Imaginez ! Imaginez ! Représentez-vous la scène… Sa chambre est son office. Contre le sommier, ses dossiers. Dans son armoire, ses grimoires. À son chevet, ses carnets. Dans le matelas, son coutelas. Et dans ses draps ? Ma foi, que de bras !

— Zach ! s'indigne Nathalie en le voyant singer la scène.

— Quoi ? Le vieillard négocie tabacs et esclaves ! En commerçant honnête et scrupuleux, il tâte ce qu'il traite et planche sur les Blanches. En digne contrebandier, seul le cigare au soir l'égare, tout cela le fait bien b…

— Zach…

— Soit ! Imaginez, représentez-vous la pièce. Il est puissant, fabuleusement riche et encore plus influent, mais il est seul, âgé et vieillissant… Quelle aubaine pour tel ennemi, tel concurrent, intrigant ou obligé, quelle veine pour ses sergents ! "Le vieillard est couché, facile à dépouiller. Ses forces ont décliné… que ne puis-je ruser ! Dans ce sombre boudoir, par la grâce d'un poignard, son or et ses secrets, tout est à ma portée. Je saurai le voler, et s'il résiste, le tuer !" Mais au clair de la lune, le boutiquier calcule : "Avec l'âge, je le sais, si mes appétits durent, ma vigueur m'a quitté, mes réflexes sont moins sûrs… Il me faut, pour mon bien – pour point que je ne meure –, m'attacher un gardien, fidèle et à demeure. Près de moi, discrètement, ce maître assassin veillera, loyalement, du soir jusqu'au matin. Tout entier à ma cause, il devra se dévouer, et se tenir prêt à tuer, ou à être tué… C'est un chien qu'il me faut ! – ne vivant que pour moi. Une ombre discrète, qui ne me survivra pas… Bien sûr, il ne doit savoir ni lire ni compter… l'idéal serait qu'il ne puisse même pas parler… Mais comment trouver un pantin aussi servile, cette âme sans ambition, cette lame preste et habile ?"

« La solution, comme si souvent, vint à lui fort inopinément. Il aimait à contempler sa gloire, à se délecter de ses victoires, et s'accordait ainsi de saluer, chaque dimanche après déjeuner, haie d'honneur de grande valeur, les crânes de ses rivaux ambitieux, de ses lieutenants présomptueux, des autorités incorruptibles, des maîtres chanteurs volubiles, des catins défraîchies et des escrocs irréfléchis… Or donc, lors d'une de ces promenades dominicales, il rencontra l'enfant, bien qu'il crût d'abord croiser un animal. »

Zach mime le flâneur béat qui, de loin, adresse un signe amical à quelques coutumiers des excursions digestives, puis, soudain, écarte les bras, s'exclame, la main en bâillon des sons, puis guette qu'on ne l'espionne pas, derrière, à gauche, à droite, et se penche rapidement vers la pièce de dix sous que par miracle il vient d'apercevoir.

« À son habitude, ses pas l'avaient donc conduit dans les tréfonds ignobles des bas quartiers obscurs. Tandis qu'il déambulait le long du fossé où la vermine se repaissait des têtes aux orbites évidées, à la périphérie de son regard, parmi les rats méfiants qui épiaient l'importun osant les déranger en plein festin, il surprit, dans un recoin sombre, sous un amas putride, l'un d'eux disparaître, happé par les ténèbres, si vite que ses frères n'en remarquèrent rien. Ce fut l'odeur du sang qui, ensuite, les alerta, semant dans leurs rangs une terrible panique, une fois que la carcasse décapitée d'un coup leur fut restituée.

« Ai-je précisé qu'il ne sortait qu'escorté ?

— Non, Zach. Pas encore, lui répond Limn.

— Tiens… Dois-je recommencer ?

— Non Zach, une Grande Aventure ne se vit qu'une fois !

— Mais ai-je précisé de quel nom il se faisait appeler ?

— Non, ça, t'as oublié.

— Ne vaudrait-il mieux pas…

— Si tu veux, le coupe Sim, je peux raconter la suite !

— "Une âme de grande valeur dans ce charnier se terre", reprend aussitôt le narrateur. "Quel fameux prédateur ! Quel est donc ce mystère ? Il est vif et adroit, et se contente de peu. Il sera donc à moi. Je l'aurai, je le veux !" Discrètement, le vieil homme se rapprocha, allumant son cigare, tirant fort quelques ardentes bouffées, puis, désormais à proximité du prompt rapace, il le jeta là où les crocs avaient décollé la bête. Le cigare n'eut pas le temps de toucher le sol que deux doigts l'avaient mouché. "Vite ! Des doigts, là !" vociféra-t-il en désignant l'emplacement. "Quoi ? Où ? Que devons-nous chercher ?" demandèrent ses gardes – car Geisvatter ne s'aventurait jamais hors de sa chambre sans être dûment escorté : comme ça, maintenant, tout le monde le sait…

« Obéissant sans comprendre, les cerbères éventrèrent les immondices, bousculèrent les déchets, éparpillèrent la fange. Puis, ayant tout retourné sans rien dénicher, ils regardèrent humblement leur maître qui leur ordonna d'insister : "Quelque chose, là ! Ne le laissez pas s'échapper !" Se remettant vaillamment à l'ouvrage, le premier malandrin écarta des deux mains quelques déblais et leva ses yeux balourds vers son maître avant de s'effondrer sans un cri. Le deuxième se tourna vers son ami et n'eut pas le temps de se pencher qu'il porta ses mains à sa gorge – la vie lui pissait à travers les doigts, il s'écroula. Le troisième ignora ses frères d'armes et piqua du couteau à même le sol. En relevant son surin, qui se révéla taché de sang, il dévoila une bâche qui se confondait à la terre. Insultant l'invisible, défiant l'invincible, au second coup, assené de toute sa rage, son bras fut englouti. Puis l'épaule y passa. La tête et la moitié du dos furent aussitôt absorbées par les abîmes. En disparaissant, l'infortuné cerbère mit au jour une sape grossièrement étayée d'où partaient différents terriers – une traînée rouge désignait une galerie que son cadavre, désormais, masquait.

« Allumant un autre cigare, Geisvatter s'approcha du souterrain et, se faisant un siège de son escorte, dont il se réjouissait d'économiser les gages, il s'adressa à l'ombre : "Je vois du sang… Es-tu blessé, encore en vie ? Je suis inquiet… Puis-je t'aider, mon cher petit ?" Puis, s'installant, prenant son temps, il devisa, ayant déjà un plan. "Je l'ai compris : tu tiens beaucoup à ce repaire. Depuis longtemps, je l'apprécie, à ma manière. C'est un endroit tranquille, où j'aime me promener, discret, à l'écart du bruit de notre cité. Il y fait froid, l'air est mauvais et, Dieu ! ça pue... Mais, loin des regards, on y est seul : belle vertu ! Quand on doit se cacher, il faut tout accepter... Puissent ces qualités rares encore longtemps durer, qu'aucun projet de chantier ne vienne tout détruire, car la ville s'agrandit et ne cesse de construire."

« Se levant, regardant tout autour de lui comme un voyageur au terme d'une étape profite une dernière fois du panorama que jamais il ne reverra, le vieil homme, parlant bas pour forcer l'attention, acheva son discours : "Mon ami, je le confesse, tes talents m'inspirent, et sans conteste, tu mérites meilleur avenir ! Mais il est tard, et c'est pour moi l'heure de rentrer. Ta compagnie m'enchante, tu es calme et discret. Si tu l'acceptes, je passerai à l'occasion, car il faudra, sérieusement, que nous causions... Je connais quelque cachette idéale pour toi, où manger et dormir en paix comme un bourgeois... Quelle contrepartie donner pour un tel confort ? Aucune, c'est dit – du moins, si nous lions nos sorts... Mais pourquoi se hâter, parler de tout quitter... Cet endroit est parfait. Puisse-t-il le demeurer ! À bientôt, je m'en vais. Je reviendrai, promis. D'ici là, soit en paix, profite du paradis..."

« En six semaines, peu à peu, tout fut autre. La fosse fut déplacée, les fossés curés et débroussaillés, les champs avoisinants labourés, des baraques édifiées – les terriers, quant à eux, furent progressivement noyés. Des gens allaient et venaient, de jour, de nuit, sans trêve et sans répit. Braconniers, putains, gendarmes et cantonniers. Du bruit, toujours ; à manger, plus rien. Le vieil homme au cigare tint sa promesse, rendant visite à la chose chaque dimanche, une fois la nuit tombée, dînant là. Durant cette heure, où il parlait avec douceur et ne bougeait qu'avec lenteur, il semblait que tout retrouvait sa place, que les choses étaient comme avant, que ce recoin tranquille était à l'abri de toute menace. À son départ, il abandonna d'abord quelques miettes, puis des os charnus, parfois de l'eau claire ou brouillée de lait. Bientôt, il jeta vers le bourbier du pain en abondance, puis de belles bouchées de viande. Mais une fois parti, hélas, le vacarme et l'agitation reprenaient… Après quelque temps, un enfant sauvage se mit à s'approcher ; plus tard il le suivit… »

Zach se fait plus petit, s'accroupit, se tasse sur lui-même et, ramenant les bras en protection, hagard, il essuie une pluie de coups. Puis il se dresse, serre une main en opinant du chef, et se promène radieusement entre les rochers jusqu'à s'extasier benoîtement devant une niche qu'entre eux ils ont formée.

« L'apprivoisement touchait à sa fin. Le plus important restait à faire. La créature devait faire sienne la chambre à surveiller, et pour cela se l'approprier, confondre ses intérêts à son intégrité. Aussitôt entré, son protégé dédaigna cependant la couche qui lui était destinée, fuyant dans un recoin discret, après avoir attrapé une carpette, une vieille redingote et l'oreiller de son maître. Ce fut tout, le pacte était scellé. Ils avaient partie liée, s'étaient compris et chacun savait sa place.

« Au réveil, le maître s'habillait et l'enfant sauvage attendait qu'il fût sorti pour utiliser le pot. Le soir, le boutiquier rentrait et ils dînaient ensemble, l'un assis, l'autre à ses pieds. Geisvatter lui offrait ses os à ronger, ses assiettes à lécher, car son nouveau cerbère ne voulait rien d'autre ! Puis venait le moment de recevoir. Le jeune assassin s'étant montré sensible aux couleurs, comme un indigène qui découvre la plainte lancinante et pure d'un violon, Geisvatter assortissait son éternelle et ample robe de chambre rouge d'un foulard dont la teinte informait son garde de la conduite à tenir. Dès lors, invisible mais indéniablement présent, discret mais terriblement menaçant, Moustique se tenait prêt à frapper. »

Zach sort de ses manches une guirlande de fleurs multicolores, et en croque deux ou trois après les avoir exhibées à chacune de ses ombres.

13

« Une légende ancienne rapporte que, aux Temps premiers, une terrible créature hantait les ténèbres et cherchait ses proies, avide du sang des innocents dont elle se repaissait, vampire démoniaque, vorace et tenace, et dont la présence était trahie par un sinistre vrombissement hurleur – à lui seul, il réduisait la victime au délire. Mais jamais la bête ne se tenait là où elle s'annonçait ; impossible à tuer, patiente et insatiable, soudain elle fonçait et son dard cruel elle enfonçait... Voilà pourquoi, en sa funeste mémoire, l'enfant sans nom, ce maître assassin, fut désigné sous le sobriquet de Moustique, confie Sim à l'adresse du pilote.

— Vous ne savez vraiment pas à quoi ressemble un moustique, s'étonne celui-ci, ou bien Zach...

— J'espère en ramener un spécimen lors d'une Excursion exotique ! l'interrompt Kum.

— Ben, moi, je préfère pas. Un Monstre, ça suffit.

— Moi, j'en ai tué un ! exulte Plo.

— C'était un coucou, le corrige Tœ.

— À la hache !

— Insaisissable, Moustique veillait dans l'obscurité, enchaîne Zach, rapide à vriller sa lame dans la gorge, le geste sûr, efficace et silencieux : en quelques bulles, l'infortuné étouffait dans son propre sang. Certes, au début, il la ficha un peu trop souvent, mais qu'importe ! Son maître n'aurait pas toléré la moindre négligence, il lui pardonna ses excès. Et puis, des femmes, des hommes, il en venait tant... Pourtant, quelques-uns, bien sûr, s'obstinèrent encore – des femmes, persuadées que leurs charmes éveilleraient du moins la curiosité de ce fidèle gardien, des hommes, qui le crurent aussi lent que laid –, le ménage fut bientôt fait : Geisvatter pouvait dormir en paix – et enfin jouir d'un sommeil de boutiquier ! »

Zach s'est allongé, les mains croisées sous sa nuque, et ferme les yeux.

« Dormir en paix... Quelle étrange et plaisante expérience... Geisvatter connut, grâce à son commis protecteur, ses premières nuits d'oubli. Ce fut un bonheur vrai, simple et bientôt familier... »

Longtemps, Zach demeure silencieux. Puis, il lève son bras, regarde à son poignet, se tape le front et s'assoit en s'ébouriffant les cheveux.

« Hélas, ici-bas, rien ne dure... Si Geisvatter ne craignait plus d'être assassiné, d'autres tracas, cependant, le tinrent bientôt éveillé. Ses affaires, en effet, depuis quelques semaines, souffraient de quelque sournoise manière. Rien de grave, au début ; du désagrément, tout au plus. Des erreurs insignes – un prix mal calculé, un inventaire erroné, quelques noms malencontreusement orthographiés. Mais en quelques jours, le mal s'était installé. Un chargement était livré à un mauvais destinataire, ou à une tout autre heure. Un navire aux cales vides rentrait à peine parti ; un autre, plein à craquer de denrées périssables, se détournait pour un long périple au moment d'accoster. Des commissions pharamineuses se trouvaient versées à des intermédiaires douteux, des salaires mérités étaient plusieurs fois omis... Des mécontents inconscients périrent dans la chambre où ils prétendirent se plaindre, ils ne furent pas remplacés par ceux que Geisvatter avait désignés. Pire encore : des missives parfaitement contrefaites offraient des alliances à ses ennemis, avec pour gage de sincérité bien plus que des cassettes d'or, mais des noms et des adresses jusque-là tenus dans le plus grand secret ; ou proposaient à d'honnêtes juges de convoler en joyeuses noces collectives avec leurs trois filles, deux sœurs, treize nièces et deux douzaines de lointaines cousines, toutes à la fois !

« Comment dormir ? En qui garder confiance ? Faisait-il face à une invraisemblable conspiration, ou devait-il douter de lui-même ? Car, depuis toujours, toutes ses affaires se traitaient dans cette chambre. Rien n'y entrait, rien n'en sortait, dont il ne se soit dûment assuré. Certes, tout était consigné, c'était une nécessité. Mais pas la plus insigne note ne l'était en langage clair, tout se trouvait crypté selon de savantes clés (un calcul compliqué, un système personnel, fondé sur la date de la veille et le quartier de lune à venir, corrigés par la somme numérique des lettres composant, en dialecte frison, l'année en cours diminuée de celle de sa naissance écrite en français les années paires, et augmentée, les années impaires, par sa version allemande… Le plus chanceux, car en l'occurrence l'habileté ne saurait seule compter, serait dupé par l'année de référence, dont il entretenait plusieurs déductions, Geisvatter n'étant qu'un surnom…) Bientôt, le boutiquier tomba malade, pris d'un mal dont les conséquences faisaient trembler la ville entière. Son emprise sur les affaires occultes de toute la région se révélait peu à peu par l'ampleur du chaos qui l'ébranlait… Les autorités, qui ne pouvaient l'avouer, en venaient à espérer le rétablissement du crime institué…

« Une nuit, n'en pouvant plus, le maître se confia à sa créature. “Quel malheur, quelle injustice s'acharne sur nos têtes ! Je n'ai confiance qu'en toi, la vie est ainsi faite… Sais-tu combien de fois tu m'as sauvé la vie ? Comprends-tu ce qui se passe ici chaque nuit ? Nous sommes pareils, nous nous ressemblons follement. Nous défendons notre territoire, farouchement. Le mien est vaste, il tient tout entier dans ma main ; le tien est une niche, que craignent de lointains fortins… À quoi servent la ruse, le pouvoir, la richesse, si mon empire vacille à la moindre faiblesse ? Ô mon ami, tu mérites d'être mon héritier, car tu es le dernier qui m'aide, en vérité… Voilà que je te parle comme à la dernière heure, craindrais-je que, cette nuit, en ta présence, je ne meure ? — Mourir en ta demeure ? — Je te croyais muet… — Quoi ! Cela te fait peur ? — Pourquoi me menacer ?" Le vieil homme ne cessait de reculer devant la lame recourbée, parfaitement aiguisée, qui, elle, avançait. "Qu'ai-je fait ! Qui es-tu ? — Mon nom ? Comment savoir… — Mais enfin, que veux-tu ? — J'aimerais la revoir…", poursuivait Moustique qui d'un geste recouvra son second œil. "N'a-t-elle jamais prononcé mon nom ? Je l'ignore. Mère m'appelait : 'Trésor, ô mon joli Trésor…' Tu me l'as prise, si jeune, elle est partie sans un mot. Quant à mon père, cette ombre, c'était un matelot", ajouta le maître assassin en redressant sa jambe et en délivrant son pied. "Comment la saluait-on ? Cela, je ne le sais… Un trop petit garçon n'écoute jamais assez. Puisque tel est mon sort, appelle-moi comme tu veux : je puis être ton Trésor, et même le plus précieux." L'adolescent aux traits charmants posa la pointe de l'antique serpette dont il faisait un criminel usage sur la pomme d'Adam de Geisvatter. "Quant à cet héritage, il n'en reste plus assez. Je n'ai pas été sage et… j'ai tout dépensé. — Tu es un fou. Pourquoi mes biens, toute cette haine ? — Elle était tout, je n'étais rien. Voilà ma peine. Tu me l'as prise, tu as gâché mon existence. Ta vie, ton œuvre : je prends tout ! Voilà ma sentence !" La lame crissa sur la barbe renaissante. "Une émeute te vengera, j'en prendrai la tête. Elle emportera tout, tes réseaux, tes cachettes. Demain matin, tes meilleurs hommes tous crèveront. Avant la nuit, tes ennemis triompheront. — Pauvre fou ! Crois-tu pouvoir en sortir vivant ?" Le vieillard tenait dans une main une clochette et dans l'autre une arquebuse de dimension plutôt moyenne. "Vivant ? Comment ? Je suis mort depuis si longtemps..." Moustique accorda à ses lèvres un rictus désabusé. "Encore une chose : demain, c'est mon anniversaire. Le rouge me plaît, et le rouge te flatte, Geisvatter. Avant de partir, je t'en fais cadeau. À toi, cette belle cravate, elle te faisait défaut..." »

« Ce qu'il dit, Moustique le fit. Tôt le lendemain, sous les traits d'un jeune coursier, il prévint les autorités. À son exemple et sous ses ordres – mais le savaient-ils ? –, des bandes d'enfants répandirent la nouvelle. Bientôt, toute la ville fut en émoi. Ici, une jeune femme rassembla les prostituées – c'était lui. Là, un clochard difforme appela ses frères miraculés – c'était lui. Un jeune homme de bonne famille alerta ses pairs endimanchés – c'était lui. Un docker estropié réclama réparation – c'était lui. Un beau capitaine, fraîchement débarqué, prit la tête d'un nouveau détachement armé – c'était lui, encore lui, toujours lui ! Lui qui, le premier, se précipitait chez les lieutenants, les complices de toujours, les conseillers et les intermédiaires de Geisvatter, et qui, l'instant d'après, déplorait leurs cadavres, saignés à l'identique. Les victimes ne méritaient certes pas d'être pleurées, mais leur crime aussi nécessitait d'être vengé.

« Ainsi, messieurs, mesdames, public vénéré et adultes provisoires, le drame est joué. La véritable histoire ne fait que commencer. "La Vengeance du Moustique", ici, maintenant, s'achève ; "La Naissance du pirate", à présent, prend la relève... »

Les enfants échangent des regards, Nathalie les devine fascinés et excités. L'Albatros s'étire discrètement et s'installe plus à son aise. L'Ours, à son habitude, renifle et grogne, puis il bougonne :

« C'est idiot. Il a appris par cœur quelque mauvais drame en vers et brode autour comme un ivrogne qui ressasse toujours la même histoire... Se grimer en infirme, tenir dix rôles, égorger aux aurores tant de canailles ! Moi, je vous le dis, nous avons tort de les écouter davantage. Nous perdons notre temps et, en les encourageant de la sorte, nous ne leur rendons certainement pas service…

— Certes, des petits, les sots… », commence à marmonner Zach, qui a parfaitement entendu Jack Blackjack le critiquer, et parle à la manière d'un ventriloque amateur dont le public snobe le talent.

« Nous aussi, on se déguise, répond Buld à l'aventurier.

— … disent qu'ils sont des idiots…, poursuit imperturbablement Zach.

— Ben, aussi, ses amis les sept nains l'ont aidé, révèle Tom.

— … et que parler en vers…

— Les nains, c'est connu, sont des géants du travestissement, explique Buld.

— … n'est pas dans leurs manières…

— Surtout les nains d'hiver…, précise Tœ.

— … Ils croient tous les marmots…

— Quel fameux numéro que le leur, s'enthousiasme Kum.

— … incapables d'un bon mot…

— La grande pyramide naine ! se réjouit Bly. Tout le monde, toujours, a cru qu'ils étaient sept !

— … Ils savent donc tout, c'est clair !

— Alors qu'ils n'étaient que cinq, précise Limn. C'est peu dire de leur agilité, de leur célérité, de leur duplicité…

— … Excepté de se taire !

— Sept salaires d'empochés, ils étaient mérités ! déclame Sim.

— Voici donc l'orphelin au terme de son destin, reprend Zach avec aplomb. La mort appelée converge vers les quais du port où l'enfant sans nom est venu s'acculer. Il la regarde approcher, sans ciller ni tricher. Il est nu, de tous ses déguisements délivré. La pluie, qui depuis six semaines gâche tout horizon, s'arrête soudain. Cette eau, qui passe sur son visage, des larmes ? Et ce chant, lointain, la voix des vagues ? L'enfant se détourne pour chasser le souvenir des rires et trouve, devant lui, la mer qui emporta sa mère… Ici, tant d'autres, pour lui, déjà ont péri… Le moment est venu, pour lui, de mourir.

« Face à sa lame, le vieil homme alité s'est inquiété de le nommer ; jamais, auparavant, il ne l'avait demandé… Il l'appelait, jadis, "petit", "ami" ; il l'a appelé "mon héritier"… L'enfant va-t-il mourir sans connaître son nom… Moustique n'y songeait plus, voilà qu'il s'interroge. Quoi ? À cet instant précieux, où rien d'autre ne compte, entre vie et mort, quand on sait l'heure arrivée, qu'on la regarde sans crainte ni entrain, loin des regrets et des espoirs, lorsqu'il ne reste qu'à dire au revoir, son nom perdu retiendrait son geste ? Or voici que le soleil à l'agonie rutile comme lors d'un précédent anniversaire, sept années plus tôt, une moitié de vie. Devant lui, pour lui, le ciel s'irise et lui désigne un nouvel horizon en sculptant dans sa pupille pour la seconde fois la gueule de Dragon…

— Comme le Monstre ? l'interrompt Tom.

— Plus vaste ! Il comble l'horizon…

— Ben, ça, on sait pas.

— À l'astre qui embrasait les cieux et les eaux, reflet de la ville qu'il venait d'enflammer, l'enfant sans nom confia ses ultimes pensées : "Qu'importe de le savoir ? Pourquoi encore y croire ?" Puis, s'approchant du rebord fatidique, il défia l'illusion du navire maudit à la recherche duquel il avait consacré tant d'années : "Il ne reste nul espoir." Encore un pas et son corps bascula. "Je meurs… — Non, pas ce soir", répondit à son dernier souffle la bête monstrueuse que les vents dispersaient déjà…

« Tandis qu'il tombait, la lumière déclina d'un coup et la pluie alors revint. Au moment où il touchait l'eau, il l'entendit crier : "Mon Trésor, mon Trésor…"

Sa mère, sa mère pleurait. “À mort ! À mort ! À mort !” criait la foule qui arrivait.

« Alors, pour lui, tout changea. Son nom, il l'entendit. Sur le ton du reproche. Il rentre tard, elle est inquiète. Il promet de ne plus oublier. Elle dit qu'il va encore oublier. Quel nom a-t-elle dit ? Quel nom ? Les eaux glaciales l'agrippent et le retiennent de leurs tentacules sans âme. Il se débat. Elle l'a dit, mais qu'a-t-elle dit ? Il doit l'entendre à nouveau. La foule hurle et il ne sait plus rien… Trop tard… L'eau a emporté la voix, si loin. Que disait-elle ? Son nom ? Quoi ? Était-ce vraiment son nom ?

« Sa mort, l'enfant sans nom l'a décidé, sa mort ne doit appartenir qu'à lui. Telle fut à nouveau sa pensée tandis que son corps se noyait. Mourir, il le devait. Il s'abandonna, donc. Son corps ne résista plus. Rien ne le retenait plus. L'eau, alors, l'eau put s'emparer de cette armure habile et l'en libérer. Elle s'engouffra, elle devint son corps ; elle fut lui et il fut elle – et la voix, si loin, si loin, la voix, enfin, la voix revint…

« “Tu portes bien le nom de ton père, jeune Mortimer… — J'ai oublié, pardon… — Encore ? Tu exagères… — J'ai joué, sans m'arrêter. J'ai fini, c'est promis ! — Comme ton père, tout craché. Promesses à l'infini… À chacune, nous mettrons de côté rien qu'un sou. Bientôt, nous serons riches. Et nous irons partout ! — Nous aurons beaucoup d'or ? — Toujours plus, mon Trésor ! — Nous quitterons ce port ? — Et ce pays, encore ! Au-delà des Sept mers, un monde nouveau attend des enfants dignes et fiers, marins et conquérants ! — J'ai mon navire, partons ! La proue est un dragon. L'or, nous en trouverons. Pourquoi attendre ? Allons ! — Mortimer, c'est un jouet. Un cadeau qu'il t'a fait… Ton père nous a aimés, la mer l'a appelé. Es-tu comme lui, Trésor ? Toujours à voyager ? — Cherchons-le ! T'es d'accord ? Sans jamais se quitter…”

« Ce dialogue, quand l'avait-il eu ? Huit ans plus

tôt. Qui l'avait interrompu ? Geisvatter, du moins l'un de ses sbires. À la porte, quelqu'un avait cogné, un monstre qui puait…

« Ce souvenir le gifla, ses bras s'agitèrent, ses jambes se rebellèrent. L'enfant sans nom recracha l'eau qui s'emparait de ses poumons – et Mortimer fut sauvé… Entre la foule qui le poursuivait et la mer qui l'appelait, il se mit à nager. Dorénavant, il savait quoi faire et, sans hésiter, il se dirigea vers un navire en partance – il connaissait son cap, sa main ayant contrefait ses ordres. »

Zach se fige soudain et place ses mains en porte-voix : « "Mortimer, le terrible pirate". Acte IV. Changement de décor. Imaginez ! Représentez-vous la scène… "La Naissance du pirate" est au départ, la marée n'attend pas, chacun présente son billet ! »

14

La mutinerie couve depuis quelque temps. Ici et là, on peut surprendre des regards, des mouvements d'épaule qui annoncent la rébellion. Quelques anciens comptent sur l'impertinence propre à la jeunesse pour inciter la plus fraîche recrue à déclencher l'émeute. Incapable de résister plus longuement à ce grossier stratagème, celle-ci ne tarde guère à se propulser en avant-garde des trublions : « Palabres ! » s'époumone Plo en bondissant sur un rocher plus haut que celui de Zach. Le Signal à peine donné, Tœ, Buld, Tom et Kum se ruent à l'abordage des pierres voisines.

« À moi ! revendique Plo. Alors... c'est à moi de raconter. Alors... je sais ! Il a rencontré le vieux monsieur, celui qui fabriquait des marionnettes vivantes !

— Des automates italiens, rectifie Sim en les rejoignant.

— Mais avant cela, tente de les contenir Zach, et afin que tout le monde comprenne...

— Il usinait aussi des serrures ! le coupe Tom. Et même des anneaux, qu'il accrochait dedans !

— Des clés, le corrige Limn en se levant à son tour. Cela s'appelle des clés.

— Des coffres ! Il confectionnait des coffres, précise Tœ.

— Les coffres, c'était juste pour transporter les automates, réussit à placer Buld…

— … et Mortimer est devenu son apprenti, intervient Kum.

— … parce qu'il avait vu le garçon grimper sur le bateau, tout nu et tout mouillé, reprend Tœ. S'il ne l'avait pas caché dans un de ses coffres, à la place d'une marionnette…

— Clandestin à bord : à la baille ! hurle Plo.

— À la baille…, reprennent-ils en chœur.

— Savez même pas raconter ! J'ai la charge des Grandes Aventures, d'abord, leur rappelle Zach, et les Grandes Aventures, ça s'vit pas n'importe comment !

— Et moi, dit calmement Ragn, j'ai la charge des Bonsoirs, et si cette Grande Aventure dure trop longtemps, ce sera la pagaille…

— Pagaille…, répondent-ils tous ensemble.

— … et nous n'aurons bientôt plus envie de rêver, précise Bly.

— Ah ! triomphe Zach.

— Oui, mais… », relance Tœ.

« Palabres »… Nathalie ferme les yeux.

Dix… Elle a déjà observé les dix se lancer à ce signal dans une joute oratoire dont l'enjeu lui échappe encore : avoir le dernier mot ? interrompre l'autre ? dénicher la meilleure saillie ? striduler ?

Neuf… Qui parle ? Peu importe. Où veulent-ils en venir ? Quelle importance, vraiment. Ce n'est qu'un jeu. Sans fin et sans objet – une variante du tourniquet. Un jeu *pour rien* – l'essence même du jeu ?

Huit… Pourtant, si elle l'envisage à la mode universitaire, s'impose le concept classique d'apprentissage, catégorie ludique – comme au jardin (espace clos, enclos) d'enfants (dénominateur commun), lors (prétexte) des fêtes (rituels) d'anniversaire (un piège, un piège, pauvre ingénue), quand il faut (sous peine d'injustice/punition) compter (sur cinq doigts par deux mains – base 10) les invités (plus un) pour couper (diviser/fractionner/réduire) le gâteau (unité, ensemble) en combien (résultat/sacrifice) de parts (égales, ce qu'elles ne sont jamais) ?

Sept… Se préparent-ils ainsi à débattre ? Ou simplement à penser – ce démêlé incertain, à jamais privé, muet et tellement solitaire…

Six… Ils ne dormiront donc jamais ? Comment font-ils pour tenir si longtemps ? Et jouer, jouer tout le temps ! Non : pas tout le temps. Parfois, ils chantent. Fort. Et tous en même temps. Mais jamais, au grand jamais, ils ne chantent (braillent, beuglent, gémissent, geignent) la même chose…

Cinq… Ni dans la même langue – pour la plupart, des dialectes aux consonances méconnaissables, voire inédites…

Quatre… Tom prétend que c'est pour dissuader le Monstre de se montrer…

Trois… Au moins, Bly et Ragn ne se joignent pas aux autres, sinon pour calmer le jeu. Assurément, il leur en coûte de demeurer ainsi à ses côtés (Bly s'est déplacé de sorte à se tenir entre l'aventurier et elle ; il lui donne l'effet d'une garde rapprochée).

Deux… Selon Bly, le récit complet du pirate sans légende compte vingt-six actes – « pour l'instant », car le Maître des Grandes Aventures est également titulaire de la charge de La Ronde Des Rêves, laquelle est manifestement apparentée à l'Aventure Sans Fin.

Un… Cette manie l'aide-t-elle vraiment ? À l'origine, toute petite, elle décomptait à partir de dix jusqu'à dix fois de suite ; à la fin, il ne restait qu'une question en lice, et souvent elle ne se révélait plus si nécessaire. Mais parfois, ce faux refuge revient à plonger à pieds joints dans le vivier des questions à éviter. Pour s'y noyer…

Nathalie rouvre les yeux – aussitôt, elle est assaillie par les stridences concomitantes de huit sopranos hystériques. Elle se tourne vers le pilote, qui se réjouit de cette cacophonie, quand Ragn se penche pour intercepter son regard. La jeune femme s'incline vers son autre compagnon de voyage, que ce spectacle désole à l'évidence, mais Bly à son tour s'interpose. Le garçon détourne immédiatement la tête et, lui touchant maladroitement le bras, il bredouille son intention de lui résumer le récit dont les enfants se disputent la moindre anecdote.

« Plo a pertinemment situé l'épisode de "L'Automate italien", commence Bly en parlant bas malgré le vacarme. À peine à bord, le mécanicien de marionnettes lui a dit : "Par ici, approche mon garçon, dépêche-toi. Car, s'ils te trouvent, c'est pendu que tu finiras..." Mortimer l'a suivi sans poser de question. Le vieil homme a jeté un bel automate à la mer pour l'installer dans un coffre, ce qui n'était pas très confortable. Mais bientôt un jeune matelot est mort, Mortimer s'est déguisé et ils ont échangé leur place – l'équipage surveillait les passagers de trop près pour l'envoyer à la baille.

— À la baille..., répètent mécaniquement les autres.

— Personne n'a remarqué la substitution, reprend Bly après avoir marqué une pause, et Mortimer revenait voir le vieux mécanicien chaque soir, pour qu'il lui apprenne son métier.

— Pour faire des marionnettes ? ne peut-elle s'empêcher de demander.

— Oui, et pour savoir tirer les ficelles. En hommage aux nains, pour leur numéro de cirque en règle. Ce qu'ils ont fait, d'ailleurs, mais Zach n'a pas encore trouvé cette aventure...

— Comment ça ? réagit-elle. Enfin, on reviendra sur ce point plus tard. Je t'écoute, Bly...

— Il ne disposait que de quelques minutes chaque jour, volées sur son sommeil. L'Italien lui enseignait son art, guidait sa main... Il évoquait également ses déboires avec les banquiers – je ne sais pas ce que c'est et je ne pourrais pas te l'expliquer –, qui ne voulaient pas entendre parler de ses automates, mais qui exigeaient des coffres aux serrures compliquées – il semble que ce sont des gens qui ont beaucoup de choses à cacher. Mortimer était un élève doué, qui avait ses propres idées. Ainsi, la nuit où il acheva sa première serrure, une mécanique inviolable, le vieil homme l'a giflé.

— L'apprenti s'était montré prétentieux ? Le maître jaloux ?

— Non, pas du tout… Mortimer s'était méfié d'un vieux qui l'enfermait pour prendre la place d'une marionnette automatique, alors il lui avait fait croire qu'il était muet. Mais ça, c'est Zach qui le dit. Moi, je pense qu'il n'aimait pas trop parler, déjà.

— Zach ne dirait donc pas toujours la vérité ?

— Il est le Maître des Grandes Aventures ! précise Ragn sans élever la voix. Pardon, Bly, de t'avoir interrompu.

— Ce n'est rien.

— Le vieil homme devait être triste de voir que son protégé lui avait menti, le relance Nathalie en se félicitant de son influence sur les deux enfants.

— Pas du tout. Il mentait lui-même volontiers : tu sais, les marionnettes automatiques ne sont pas vivantes Pour De Bon. Mais, fier de son travail, Mortimer lui avait soumis son idée : perfectionner ce modèle de coffre d'un second dispositif secret pour le déverrouiller. Son plan était simple : vendre ces serrures à de nombreux banquiers, et ensuite tous les voler la même nuit !

— Qu'en a dit le vieil homme ?

— Rien. Il l'a giflé… Mortimer, en retour, ne l'a pas tué.

— Cela prouve au moins qu'il avait une conscience, ce jeune pirate.

— Il a manqué de temps : pile avec la gifle, leur navire a été abordé par des marchands d'esclaves !

— Au même instant ?

— Et en silence, et sans opposer la moindre résistance. En fait, l'équipage était coutumier du fait, leur capitaine aimait bien vendre sa marchandise à des Anglais, qui allaient ensuite faire des courses en Afrique pour une question de couleurs à ne pas mélanger… Simple matelot, Mortimer ne pouvait rien faire, sinon regarder le vieux marionnettiste partir à jamais, avec ses serrures et ses automates. Ensuite, il a empoché sa part, comme de dû. Mais il se retrouvait à nouveau seul, avec son nom et son coffre. Tu sais, celui avec le mort qui était resté dedans.

— Oui, je m'en souviens, s'efforce-t-elle de suivre. Mais tu as l'air de dire que se souvenir de son nom ne l'aidait pas. Il me semble qu'au contraire…

— Avant, c'était plus simple : il allait mourir, intervient Ragn. Mais maintenant qu'il avait un nom, que devait-il en faire ? Oh, pardon, Bly…

— Dès la première escale, il a changé de bateau, reprend Bly en roulant des gros yeux à la fillette. Passer pour muet l'a autorisé à rejoindre un petit équipage de contrebandiers portugais. Pendant deux ans, il a partagé leur dur labeur et gagné la confiance de son capitaine. Et puis, des corsaires français les ont arraisonnés, sans autre motif que refaire leurs réserves de vivres. Les Portugais ont tenté de résister, ils étaient moins nombreux. Mortimer a vu ses compagnons passés par le fil de l'épée, et, quand son tour est venu, il s'est jeté à genoux et a supplié les corsaires. Sachant qu'il ne bénéficierait jamais de leur pitié, il leur a juste dit : "Aidez-moi…" »

— Mais je l'ai déjà dit tout ça ! s'emporte Sim qui vient de les surprendre.

— Et c'était pas ton tour ! le fustige Zach. Faut tout reprendre, depuis le début, sinon on comprend rien.

— Assez ! »

Probablement surpris d'avoir parlé si fort, l'aventurier balaie d'un geste la stupéfaction qui se lit sur le visage de la jeune femme.

« Ça s'éternise, leur histoire, insiste-t-il. S'ils continuent comme ça, ça va prendre des heures avant qu'ils aillent dormir !

— "La Vengeance du Moustique" ! Imaginez ! Imaginez ! Représentez-vous la scène ! poursuit imperturbablement Zach. Une nuit sans pluie s'annonçait…

— Ah non ! Tu ne vas pas tout recommencer ! Abrège, bonhomme, abrège…

— Oh, si c'est ainsi que vous entendez rêver, continue Zach sur son rocher, je peux aussi faire dans le net, clair, simple, précis, concis. Et même chronologique, si vous y tenez ! Démonstration : coffre, mort, typhus, épidémie. Tout le monde y passe. Pas de quartier ! Mortimer : "D'un coffre très bien fermé, la mort n'est point sortie. Si elle n'y entre pas, dedans, je reste en vie !" Change de coffre, pas fou. Serrure…

— Zach ! Tu oublies des fioritures importantes, le morigène Limn.

— J'sais, faut faire court, maint'nant ! Les Grand's'Av…'sez rap'de ?

— Juste une scène, celle avec le corsaire, par pitié ! insiste Limn. Acte XII. "La Belle Malouine".

— À ma manière ? »

En se tournant ostensiblement vers le Maître des Grandes Aventures, Nathalie a pu apercevoir Jack Blackjack hausser les épaules et se rasseoir.

15

En un tour de cape, Zach se retrouve juché sur un nouveau piédestal et arbore un tricorne qu'il y avait dissimulé. « Imaginez ! Imaginez ! Représentez-vous la scène… Voici : “La Belle Malouine”, dit aussi “L'Infortuné Corsaire”. »

Il rentre sa main gauche dans sa manche, secoue celle-ci pour en ressortir un crochet dont la base se trouve ornée de quatre pierres précieuses – rubis, agate, diamant, améthyste… – qu'il tend en direction du lac.

« Le brigantin français voguait à la poursuite du soleil couchant, vaine prétention. Dans les voilures, les hommes chantaient. Point de comptine ou de douce romance, mais des hymnes paillards bien tournés en hommage aux sirènes oniriques aux seins magnifiques et qui ne se font point prier. Le capitaine se tenait pompeusement sur le château avant et tirait sur sa bouffarde en rêvant. La coiffe de la figure de proue s'auréolait des crachats mordorés du jus qu'il tirait chaque soir de sa pipe en écume sculptée. Le fourneau représentait un vieil homme, au visage ravagé. “Voici l'un des miens, je te présente mon grand-oncle…”, dit-il à l'adresse du jeune serrurier qui venait de se joindre à l'équipage. Puis, d'un coup de tête, il lui désigna l'effigie qui ornait son étrave : “Quant à elle, de toute ma famille, c'est le furoncle!” L’étonnement du jeune marin lui arracha un rictus dédaigneux – il s’attendait à cet effet. “Cette gracieuse demoiselle au visage avenant, aux tétons monstrueusement prépondérants, n’est autre que ma grand-tante, jadis la Belle Malouine, qui fut tout pour lui: sa vie, sa folie, sa ruine!” Sur ces mots, il orna son ondoyante chevelure d’une nouvelle tache brune. “Jamais un Malouin ne la salue autrement. Du moins, les marins, parce que les autres, tu comprends… Qu’est-ce qu’un Malouin, hors de l’eau? Je te le demande…” Soupçonnant une question rhétorique, le jeune matelot se contenta de plisser légèrement les yeux et d’à peine redresser la tête. “Des hommes de loi, des usuriers, toute cette bande… Sale engeance! Gibier de potence! Notaires, banquiers… Ah, les méchants hommes, les fourbes, que des gratte-papiers!” Prenant la pose, en beau parleur, comme si l’apprenti en réclamait encore, le capitaine enchaîna: “Veux-tu entendre son histoire? Car dans ce métier, les corsaires honnêtes plient devant les héritiers!” »

Zach marque une pause, prenant le temps de considérer le panorama dans son ensemble. Son regard se perd sur le Vaisseau ardent, dont le flamboiement irise les gemmes de son crochet – peut-être tente-t-il un effet scénique.

« “C’était une femme comme ça, sachant ce qu’elle voulait, ne voulant rien comme les autres, bien décidée… Dernière héritière d’une longue lignée d’armateurs, elle réclamait, pour elle, un navire! Quel malheur… ‘Je l’exige, je veux, je veux son commandement! — Oui, oui, bon…’, lui dit son père à bout d’arguments…” Le corsaire pointa son bras à la mécanique rigide et, sur le ton de la confidence, il avoua un plus noir secret. “Il faut dire qu’elle n’était pas facile, la drôlesse; qu’avec plus d’un marin, elle fut une pécheresse… Plus d’un pourrait jurer-cracher qu’aucune tempête, pas une seule fois, ne lui a fait perdre la tête. Ni lâcher la barre… Vois-tu ce que je veux dire ? — Je vois, monsieur. — Bien sûr… Tu es de mon navire. Quel âge as-tu, jeune matelot ? Quatorze, quinze ans ? — Bientôt seize ans, dans quelques jours, mon commandant. — Quand tu auras fait tanguer ta première sirène, bientôt seize, tu comprendras ce que sont ces reines : elles épuisent les hommes. Chasse-écume, la nommait-on ! Plus d'un y a puisé une longue chanson. Mais pas à bord, jamais, non, tu ne l'entendras. Sa figure est notre crachoir. Bon débarras."

— Zach…, le supplie Nathalie.

— Les marins, loin des terres, seuls, pleurent sur leur misère…, le secourt Sim.

— Et puis, reprend Zach, c'est le corsaire qui parle ! Honte à lui. Le messager est innocent… Droit d'asile, ambassade, pourparlers !

— Pourparlers, reprennent les autres.

— D'accord, d'accord, continue.

— "Ainsi donc son père accepte, mais en bon marchand, il troque ce brigantin contre un mariage plaisant. Mon grand-oncle, bel homme, bien fortuné, capitaine, est un marin, et de pure souche… Celui-là même !" précisa-t-il en lui désignant son brûle-gueule. "Plus beau, plus jeune. L'artiste s'est fourvoyé, ou bien… il était des leurs, il nous a trahis, vaurien !" De rage, le corsaire eût fracassé la pipe de son aïeul, mais il l'épargna et visa l'oreille, que, de peu, il rata… "*La Belle Malouine* n'a pas encore connu les flots", reprit-il, "qu'elle s'amourache d'un terrien ! Et un du pire lot. Un clerc de notaire ! Oui, tu as bien entendu. Sais-tu au moins ce qu'est un notaire ? Le sais-tu ?" Là, le capitaine frappa sa poitrine de son poing et de son crochet menaça l'océan. "Des secrets, des papiers, des serments, des trésors : le notaire garde tout, c'est le banquier des morts. Il peut tout magouiller, agir par intérêt. Fausser, tricher, falsifier ou contresigner… Sa parole fait la loi, et ce qu'il signe en atteste. Même si mille notables, de bonne foi, le contestent !" Puis, se tournant vers ses hommes, il s'époumona : "Marins ! Hé, oh ! Marins ! Notaire en vue ! Feu, feu !" Ses braves stoppèrent immédiatement leur tâche – ils ouvraient le coffre où avait séjourné le mort – et crachèrent tous de dégoût. L'évocation les toucha à ce point qu'aucun ne chanta ni ne rêva plus de toute sa vie… – laquelle devait être écourtée, en raison du typhus qu'ils venaient de libérer. Les voyant faire, sans rien dire, Mortimer décida de hâter les confidences, car le corsaire bafouillait encore : "Je suis plus honnête que le plus loyal d'entre eux… — Mais quel mal vous ont-ils fait, monsieur ? Quelle affaire… — Ils m'ont réduit à être ce que je suis : misère…" »

Zach change d'estrade, fait voler sa cape, puis se retrouve un genou au sol, son coude en appui dessus, son menton dans sa main. Après un soupir, il reprend son récit :

« "Son père, une fois de plus, allait-il lui céder ? Ce navire elle voulait ? À lui, elle fut confiée. Elle y fut mariée, dans sa cale épousée. Des fers aux pieds, vite engrossée, elle navigua. Quatre fils devaient naître pour qu'on la libérât ! Telle fut la réponse paternelle à son caprice… À son retour, elle se plaint, elle, du préjudice ! Soit. Que cette effigie fouette l'écume à sa place. Quant à la mère de mes oncles, dans un noir palace, propriété de famille en bocage lointain, elle méditerait, à charge de quelque cousin. Pour épargner à ses enfants son influence, mauvaise, elle fut privée de leur tendre présence. Ainsi, en toute équité, l'affaire fut réglée… Va comprendre ! Elle fit le projet de se venger…" Sur ce, le Malouin moucha derechef la Malouine. »

S'avançant vers son public, le conteur s'appuie contre un rocher et lève une main, qu'il ouvre de sorte à y soutenir l'ombre de sa tête : « "Mon grand-oncle est mort jeune. Hélas ! Sais-tu de quoi ? — Un duel ? Il est mort bravement, oui, au combat ! — Le chagrin ! — Par amour ? Pour elle et leurs enfants… — Mais non ! Ruiné ! Perdu, défait, honteusement…" »

À genoux maintenant, implorant les cieux, bras en croix, dépoitraillé, Zach larmoie ostensiblement : « "Tandis que ma famille affrontait les Sept mers, faisant de bons profits dans un commerce prospère, transportant du tabac, du Nègre et des épices, le clerc attendait son heure pour entrer en lice. Dans un curieux verbiage, et pompeux et pompant, un acte antédiluvien, sorte de testament, accordait d'une bicoque délabrée la jouissance à quelque voisin à titre de reconnaissance, laquelle abritait, de plus, deux sacs de semences, accord dont les parties ignoraient l'existence. Les descendants exigeaient une réparation, là-dessus le clerc fondait sa machination. Le blé, bien planté, eût pu fournir à foison ; la cabane, entretenue, vendue pour maison ; le tout, bien placé, réinvesti avec soin... Calcule ! Les générations multiplient les gains. Car si le capital n'est rien à rembourser, il n'en va pas de même avec les intérêts. Sais-tu, mon pauvre ami, quelle est l'arme des banquiers ? Ce sont, terme occulte, les intérêts composés ! Château, manoir, maisons, toutes nos propriétés, en compensation, furent donc réquisitionnées. Nous fîmes procès, ils nous coûtèrent nos beaux navires. Ma grand-tante, sur notre sort, loin de s'attendrir, se dépêcha, sitôt veuve, d'épouser le clerc, et de lui offrir, en ville, l'étude d'un notaire..." Le capitaine soupira, toisa sa jeune recrue...

— C'est moi ? demande Plo.

— Chut, lui intime Kum.

— ... et lui fit cette leçon, que je pourrais vous narrer si le public, et je pense plus particulièrement au plus petit de mon aimable assistance, me fait la faveur de ses bonnes grâces : "Nous étions riches, respectés et même redoutés ; je suis endetté, forban par nécessité. *La Belle Malouine* hypothéquée, j'ai pris la mer. Au nom du roi et tout pour moi, je suis corsaire ! Déshonneur et malheur se tiennent à terre, fiston. Là, de menus services rendent de tristes moissons : banquiers et notaires s'y entendent, ils sont puissants ! Ils volent, aux marins épris de gloire, les talents. Un mot ? Et ils les menacent de gendarmerie ; avec les hommes de loi, ils forment une confrérie… Épouse une de leurs filles si tu rêves de richesse ; si l'aventure te chante, venge-moi de cette drôlesse ! Prends la fille et prends la mer ! Adieu, les terriens… Noie-la, vends-la ou bien épouse-la en marin ! Mais par-dessus tout, méfie-toi des héritiers… Mais, j'oubliais : tu aideras le cuisinier… — Je suis serrurier, commandant. Puis-je demander… — Parle. Que veux-tu ? — Je vous ai bien écouté, et…"

« En quelques mots, Mortimer lui rappela sa condition d'apprenti et justifia son "Aidez-moi" en se présentant comme le prisonnier de contrebandiers qui escomptaient, par d'horribles tortures, lui arracher une démonstration de son art. Son maître, prétendit-il, était renommé en qualité d'expert auprès de bien des banquiers, car ses coffres aux mécanismes inviolables étaient tenus en grande réputation dans le monde entier… L'artisan s'était retiré, après avoir vendu cher ses talents ; l'élève seul pouvait l'égaler. "Sans pensée scélérate… Un coffre ne pense pas !" lui assura le garçon, qui se proposa de lui faire bénéficier de son savoir secret, par admiration pour la noblesse de cœur du corsaire et par haine des notaires après tous ses déboires contés… Ce coffre, cadenassé au navire de sorte que nul ne puisse tenter de l'ouvrir sans qu'il lui en coûtât la vie, serait doté d'une batterie de dispositifs devant occire qui se targuerait de s'en emparer. La serrure exigerait une clé, un code et une manière, impossibles à imiter. Le Malouin accepta en songeant qu'il y placerait son or et ses papiers, mais il lui demanda d'agir en secret de ses hommes, et sous prétexte de réparer quelque pied de son secrétaire. Mortimer accepta, bien qu'il s'agît là d'une corvée de charpentier – lequel, pour l'instant, officiait à regret aux cuisines, un regret partagé. Le Malouin insista, le gratifiant d'un compliment et d'un délai : "Ton maître avait raison… En deux jours, convaincs-moi !"

« Deux jours, c'était tout ce que Mortimer désirait ! Car le coffre où le vieil Italien avait enfermé la dépouille du matelot, dont son jeune protégé hollandais avait pris la place au sein de l'équipage anglais, abritait un mal invisible. Déjà par une fois, il avait failli y perdre la vie : ce mal avait décimé toute une frégate espagnole avec laquelle les contrebandiers portugais marchandaient… Loin de s'en défaire, Mortimer l'avait gardé, jalousement. Aujourd'hui, sur le pont français, le piège fonctionnait à bon escient, mais beaucoup plus vite qu'il ne s'y attendait. D'où l'urgence de s'isoler, d'où le choix de la cabine du capitaine, où il entendait confectionner un abri hermétique à la mort, où s'établir le temps que le typhus achevât son ouvrage. "D'un coffre très bien fermé, la mort n'est point sortie. Si elle n'y entre pas, dedans, je reste en vie !" avait-il déduit. Des parois épaisses, une serrure adroite, des vivres, quoi d'autre ? L'apprenti pouvait travailler sans discrétion et jurer volontiers, les bruits de sa menuiserie couvrant ceux de sa seconde besogne – il inspectait les tiroirs et parcourait le livre de bord, trouvait les cartes et s'emparait de tous les secrets que l'infortuné corsaire cachait…

« Voilà, rideau ! Fin. Bravos. À demain, si vous le voulez bien, pour de nouvelles Grandes Aventures… »

Zach descend de son rocher et tend vers les spectateurs son tricorne.

« Ben, c'est tout ? se lamente Tom après avoir attendu la suite du récit.

— Juste une scène. On ne m'a autorisé que, je cite : juste une scène !

— Mais, le crochet…, insiste Tœ.

— Je peux l'expliquer aussi, intervient Sim.

— Pas la peine, tranche Zach. Puisque résumer suffit…

— Je veux rêver, moi ! se désole Plo.

— Et moi, j'en ai assez entendu ! s'énerve Jack Blackjack qui fait mine de se lever.

— Oh, mais je peux résumer le résumé ! Crochet. Tchac ! Fortune… Fini l'histoire de "Mortimer, le terrible pirate"…

— À un détail près, souligne Ragn.

— Exact. Ça ! » exulte le Maître des Grandes Aventures. D'un large geste qui déploie sa cape, il désigne de son crochet le Vaisseau ardent.

L'aventurier soupire et s'adosse à un rocher, après avoir adressé un regard dépité à ses deux compagnons.

La jeune femme se détourne pour ne pas avoir à lui répondre, et fixe l'incendie. Au fil du récit de Zach, le brasier a recouvré sa vigueur originelle. Entre flammes et nuées, Nathalie devine le navire, qui parfois se rapproche de l'arche, parfois du cogue, sans jamais le demeurer assez longuement pour lever le doute – les autres en parlent toujours comme de la caravelle ou du clipper. Certes, leur certitude est un peu le jouet de la mémoire, de cette mémoire qui s'adapte et qui incite à négliger dans le miroir matinal les minuscules victoires de l'âge, mais incontestablement ce brouillard capricieux qui emprisonne la lumière est l'arche, le cogue, la caravelle et le clipper – et combien d'autres, non encore révélés. Elle s'attarde pour vaincre le phénomène et, fugacement, aperçoit en son sein flotter le Pavillon blanc, qu'épargnent le feu et les fumées.

Elle ferme les yeux. Les enfants chahutent. Que doit-elle voir ?

16

Palabres… Encore.

Nathalie s'efforce de se rappeler que ce sont des enfants qui « donnent un spectacle » et qu'elle doit accepter ces digressions confuses et longuettes, mais cet interlude qui s'étire l'amène à se confronter à ses visions – la tentation devient forte de dresser une nouvelle liste qui jonglerait avec le mot « symbiose ».

Elle se penche vers Bly, qui peine à rester assis et se tient très droit, et elle s'apprête à le soulager de son effort, sachant qu'il essaie de paraître plus grand qu'il n'est, lorsqu'elle sent le regard de Blackjack qui s'attarde sur elle.

« À moi ! Voici, m'sieurs, dames, "Le Crochet du capitaine" ! Épisode 421, Acte VIII, scène 7, fascicule bidule, alinéa IV…, s'époumone Plo qui s'est juché sur le rocher de Zach.

— Tu parles d'un trophée ! Sa main… Ce capitaine était infirme de naissance, s'indigne Sim. Ah, s'il l'avait gagné en mer… »

Un Ours, assurément. Sa large tête broussailleuse tombe légèrement sur le devant, prête à dodeliner comme ensorcelée par quelque songe.

« Tu veux dire : s'il l'avait perdue ? objecte Limn.

— À main perdue, crochet gagné ! » déclame Tœ.

Mais si elle observe l'aventurier à la dérobée, la jeune femme devine le frémissement de ses paupières qu'il maintient discrètement entrouvertes. Pour l'épier ? Difficile d'en être absolument certaine... Difficile, également, d'en douter.

« "Un crochet, c'est pour tricoter ! Qu'est-ce qu'un pirate sans son épée !" tente de s'imposer Zach. Voilà ce que se dit Mortimer quand...

— ... et un tire-bouchon... J'veux dire, sans tire-bouchon, que devient le moindre pirate ?

— Et pourquoi pas une pince à décrocher les monstres, pendant que tu y es ! » rétorque le conteur.

Lorsqu'il est de garde, Blackjack la regarde dormir, ses yeux la parcourent ; il ne se couche ni se lève sans d'abord lui jeter un œil.

« Le problème exposé, intervient Limn, il faut le solutionner, l'éclater, le pièces-détacher, bien mélanger, restituer ! Ce crochet sera une arme automatique : entre l'épée et le tire-bouchon se cachera un poing bien articulé... »

De jour aussi, et parfois ouvertement, sans insistance bien que précisément. Il ne va pas au-delà – certes, il ne se fiche pas devant elle pour planter son regard droit dans les yeux et la menacer de quelconque manière, mais son visage n'est pas son principal souci.

« ... des griffes, des ongles...

— ... un doigt à récurer... »

Il n'essaie ni de la séduire ni de lui complaire. Non, il la détaille et... il attend. Persuadé qu'elle viendra d'elle-même à sa rencontre ?

José, de son côté, ne fait rien. Il ne tente pas de la défendre – bien que, à cette heure : de quoi ? Il ne tente rien...

« Une matraque à coulisse !

— Une arquebuse naine : qui s'en douterait ?

— Pourquoi pas une trousse à outils ?

— Une ? Non : toute une armurerie... »

Imperceptiblement, Bly s'est déplacé. Sa minuscule silhouette ne parvient pas, un tant soit peu, à lui masquer l'aventurier – elle le constate à regret, comme si elle s'attendait à ce que ce petit garçon ait deviné le jeu de l'Ours…

« … avec une hache ! » clame Plo.

Nathalie réalise que si Bly ne lui cache pas Jack Blackjack, il ne laisse plus voir à l'aventurier que sa tête…

« À Zach, encore une scène ! déclare Limn.

— Et "Le Crochet du capitaine" ? regrette Plo.

— Ne préférez-vous pas entendre la suite des Grandes Aventures de "Mortimer, le terrible pirate" ? » rétorque Zach en retrouvant son estrade rocheuse.

Aussitôt, le public regagne sa place et fait silence.

Nathalie pose sa main sur l'épaule de Bly. Il respire plus fort et se redresse encore. Sa fierté le grandit d'au moins deux centimètres. Ragn les observe et, accrochée à son autre bras, s'appuie contre elle, le visage grave.

« Deux jours, deux longues journées, Mortimer resta enfermé dans son coffre, à méditer… Une fois dedans, nul ne pouvait le déranger. Le capitaine au crochet mal équipé hurla, cogna, essaya… Rien n'y fit… Ses coups faiblirent, peu à peu, et il toussotait… Puis ses coups et sa toux se firent attendre… Deux jours, deux longues journées pendant lesquelles Mortimer n'eut bientôt plus à écouter que le langage du bois, bois qui grince, bois qui tangue… Car, des Français, il n'y avait plus rien à entendre…

— Tous morts ! crie Sim. Avant la fin du deuxième jour… Souvenez-vous du mal ignominieux que dans son coffre Mortimer trimbalait, ne négligez point les détails !

— "Le Fabuleux Voyage du coffre accompagné" ! reprend Zach. Imaginez ! Imaginez ! Représentez-vous la scène ! Dans la nuit, silencieusement, quelque chose est advenu…

— Le typhus a tout ravagé ? demande Sim.

— Faux ! Sur le pont de *La Belle Malouine*, des marins crachaient encore. Et dans la cabine, ils juraient. Mais en anglais…

— Ah ! terrible nuit, sauvage abordage, misérable précarité que le destin des corsaires déjà éprouvés par tant de plaies… »

À l'étroit sur une même pierre, Zach et Sim se donnent la réplique, échangeant des regards complices, mais grimaçant aussi pour distraire l'autre.

« Nouveaux maîtres à bord, les gentilshommes de fortune fêtaient leur victoire et leur audace, lorsqu'ils constatèrent l'état de leurs adversaires. Là, ils s'interrogèrent et grognèrent. "Terrible cadeau empoisonné ! Merci bien, messieurs les Français !" Que faire, sinon couler le navire, son équipage, ses marchandises… Cela, aussitôt, aurait été décrété et exécuté, s'il n'y avait eu ce coffre rétif, là-bas, dans la cabine, si gros, si solidement amarré, à la serrure parfaite…

— Quoi ? Que se passe-t-il ? Un coffre qui résiste ?

— Hélas, impossible de l'ouvrir !

— Hélas, impossible de l'emporter !

— Déjà, deux marins sont tombés d'avoir tenté de l'arracher !

— Et trois d'avoir défoncé le plancher !

— Plus un de s'en être moqué !

— N'est-ce point dangereux ? Doit-il continuer à se cacher ?

— Gare ! Regarde ! Le chef des gueux n'est guère facétieux !

— Que va-t-il faire ?

— Que faut-il craindre ?

— Car dans sa colère, le capitaine anglais pourrait bien…

— … tout faire exploser…

— … le brigantin, le coffre et l'apprenti marionnettiste !

— Vite ! Mortimer, vite ! » crient tous les enfants qui se lèvent, se penchent et se fouettent les fesses, une main après l'autre.

« Désamorce le piège…, reprend Zach.

— … sort le premier, réclame pitié…

— … oui mais, ils vont se venger…
— … le tuer, l'assassiner, le trucider…
— … seul contre tous, il ne peut lutter !
— Oh… », s'inquiètent les spectateurs, qui se fessent à présent des deux mains en même temps.
« Vite, Mortimer, vite ! Une idée ! reprend Zach.
— Attention ! Attention ! crient-ils tous ensemble.
— Chut…
— Chut…, reprend l'auditoire en s'asseyant.
— Le montreur de marionnettes entre en scène ! annonce Zach.
— Bataille… Bataille… », répètent-ils sourdement.
Nathalie caresse la chevelure neigeuse de la fillette. Elle ne s'est pas levée, mais elle accompagne les autres d'un inaudible « Bataille » qui agite ses lèvres. Les manières de Ragn l'attendrissent à un point tel que, désormais, elle ne peut le nier. Ragn le lui a dit : « Je veux être comme toi… » – quelle improbable assertion, chaque fois qu'on l'entend… La petite l'épie et la copie, l'observe à tout instant et fond, littéralement, quand Nathalie lui retourne son attention. La jeune femme passe ses doigts dans ses cheveux et peigne inlassablement ses mèches.

Difficile de voir si, pour réussir à paraître plus grand, Bly a glissé une main sous ses fesses, mais ses « Bataille ! » résonnent durement. Son corps suit le spectacle, y réagit comme par écho, avec une mécanique mollesse, un léger retard ; il garde la tête baissée, ne fixe rien de particulier, mais ne s'en laisse pas détourner.

Sim s'incline, salue, tire sa révérence, désigne Zach à leur public – les pouces calés sous les aisselles, comme s'ils portaient un gilet, les enfants tapotent leurs côtes du bout des doigts, toujours en remontant.

« Que faites-vous ? demande-t-elle.
— Nous l'applaudissons », lui répond Bly en accélérant le mouvement.

Tandis que le Maître des Grandes Aventures

s'écarte et s'apprête à mettre fin au suspens, le Maître des Planches hurle : « Clac ! Clic-clac ! » et s'effondre.

« Le coffre tomba, tout seul, reprend Zach. De la cabine, d'un clac, clic : il se détacha… Soit ! Le coffre, aussitôt, passa par-dessus bord.

— Oh…

— Telle est la loi entre hors-la-loi ! La sensibilité de l'auditoire ne saurait changer, de son fait, l'Histoire !

— Ah…

— Silence ! Mortimer, silence… Ne respire pas, ne fais pas de bruit, ne trahis point ton secret ! Car les mains zélées de dix marins anglais s'emparent de ta cachette et la transvasent d'un pont à l'autre, la glissant de la cabine d'un officier français à celle, plus vaste, beaucoup plus riche et parfaitement ordonnée, de l'anglais… »

Les enfants redoublent d'applaudissements, tandis que, dans un large geste, pompeusement Zach désigne son compère, toujours affalé. Quand Sim agite ses fesses, les doigts tambourinent bruyamment.

« Un coffre si sûr méritait l'exception : le capitaine anglais le considéra avec circonspection. À coups de mousquet, un peu de poudre ou quelques boulets, voire une hache ! il eût pu son secret découvrir, mais au risque de tout détruire… L'énigme l'intriguait, peut-être s'en est-il amusé… Imaginez, imaginez ! Représentez-vous la scène ! »

Zach se tient très droit, les bras plaqués le long du corps, le menton rentré ; Sim se retrouve assis, une bouteille à la main, un tableau représentant une rose dans l'autre.

« “Que recèles-tu de si précieux, ô mon beau coffre mystérieux ?” débite Zach sans ouvrir la bouche, parlant du nez et ne remuant que latéralement la mâchoire. “Quel merveilleux et rare trésor a su justifier tant d'efforts ? Faut-il attendre, te mériter ? Longuement je puis patienter. Aie confiance, je sais ta valeur, en expert et fin connaisseur. Je saurai trouver ta faiblesse, et l'exploiter avec noblesse, pour délicatement t'ouvrir, comme une fleur t'épanouir... Tu seras mien, j'en fais serment ! Que la mort m'emporte, si je mens !"

— Ah, de quelle force de caractère, précise Sim, dut faire preuve, alors, Mortimer ! Ne point exaucer un tel vœu ! Et se débarrasser du gueux... Mais... la patience, on le sait, du moins parfois, à l'improviste, pas si souvent, mais quand même, la patience paie davantage que les intérêts composés...

— "Je connais un endroit discret, que nul autre homme ne peut trouver", enchaîne Zach. "Tout : or, argent, bijoux, diamants... J'y cache tout, et depuis dix ans... Tu seras en bonne compagnie, au sein des trophées de ma vie...", roucoula-t-il avant de s'adresser à son équipage : "Marins, hissez haut mon pavois ! Grands-voiles, et cap sur l'île sans loi ! Demain, ce coffre me cédera. Je le dis : il sera à moi !" Et il en fut ainsi. Ou presque... Car des côtes du Vieux Monde à celles du Nouveau, quelle traversée... Longue, monotone, et... désespérément ennuyeuse. Que faire, face à ce coffre rebelle et invulnérable ?

— "Buvons, mes frères, ensemble buvons ! Allons, toujours ensemble, allons..."

— Et dormons, dormons. Demain, un autre jour, et ensuite, une nuit encore, et encore... Boire, il faut boire pour aider le temps à passer ! Et il en fut ainsi, en tout point. Mais, alors que bien tire-bouchonné, le capitaine s'endormait...

— Ben, je savais bien...

— ... Mortimer manœuvrait le mécanisme qui le délivrait...

— ... et chipait quelques fruits, quelques denrées...

— ... quelques gorgées aussi, encore que peu, pour ne point trop pisser...

— ... et, tout à son aise, Mortimer étudiait...

— ... le journal de bord, les cartes, les lettres et tous les secrets de l'Anglais !

— Ainsi s'achève, débute, se poursuit, s'allonge d'autant de nuits de traversée "Le Fabuleux Voyage du coffre accompagné”. Aller simple offert. Tout le monde embarque. La compagnie vous remercie bien. Afrique-Antilles Express top départ ! »

Les deux garçons saluent, se renvoyant le tricorne.

« Encore », réclame Plo.

17

« Encore, encore ! reprennent les spectateurs.

— Soit ! » les exauce Zach sans attendre, de peur que Plo ne raconte à sa place. Le narrateur en titre se redresse, se détourne, jette son tricorne et pose sa main sur sa bouche, gonfle ses joues à les faire exploser avant de s'éloigner de cinq pas en direction du Chaos de pierres. Puis, s'accompagnant d'un large mouvement de manche, il libère l'air emprisonné et revient à grandes enjambées vers son public en mimant un enchanteur pressé, qui avance en s'aidant d'un bourdon bien trop haut pour lui.

« Imaginez ! Imaginez ! Représentez-vous la scène…, enchaîne-t-il. Voici "La Caverne au trésor", acte essentiel, scène dramatique. »

Sim a disparu. Zach affiche un sourire barbare. Sa cape désormais à ses pieds, torse nu, il porte une large culotte et s'est défait d'une botte dans sa pirouette.

« La longue, longue, longue traversée enfin s'achève. Bientôt, les marins festoient dans de sombres auberges des îles pirates, se détroussant en d'éphémères orgies du butin gagné au péril de leur vie. Mais tandis que d'opulentes serveuses versent du rhum sans compter, déjà le capitaine a rejoint son navire. Telle est son habitude, sa réputation aussi. On le dit honnête pirate, bon capitaine et redoutable bretailleur ; mais également plutôt mauvais buveur et peu enclin à prolonger la nuit en compagnie des dames. La vérité est autre. Dans le secret de sa cabine, dégustant un alcool fin, le forban se félicite d'avoir si bien floué ses hommes. Sous sa férule, le partage n'est point équitable. Volontiers il concède tout ce qui brille, les broutilles qui flattent les appétits vulgaires. Si besoin, sur sa cassette, avec une théâtrale générosité il ajoute une large poignée d'or, pour faire bonne mesure et belle figure. Quant à sa part, qui semble modeste, elle se révèle toujours judicieusement triée. Ainsi, chaque fois, tient-elle tout entière dans un coffre, un seul ; deux hommes suffisent pour le porter. Et tandis que son équipage s'enivre d'un mauvais alcool et courtise des putains voraces, dans une chaloupe discrète le capitaine et deux de ses acolytes contournent l'île pour aborder une crique défendue par des récifs aiguisés. En bon capitaine, il les guide avec assurance, connaissant bien le chemin et ses multiples pièges. »

Zach accompagne son récit en allant d'un rocher à l'autre, tel un pieux pèlerin qui ne se laisse point distraire. Il s'aventure maintenant sur la plage et se rapproche du banc de sable où repose l'avion.

« Une fois à terre, les deux marins transportent le coffre vers l'ouverture d'une grotte que dissimule un abondant roncier. La galerie sinue longtemps dans les profondeurs ; il faut grimper et descendre, virer à gauche, puis à droite ; enfin, ils pénètrent dans une salle où débouchent plusieurs galeries semblables, il s'agit de choisir la bonne. Ce couloir enténébré se prolonge par un étroit sentier, qui emprunte un pont naturel pour surplomber une succession de puits si profonds que les graviers qui y chutent ne produisent nul écho, et aboutit à un nouveau carrefour. Chaque tunnel semble donner sur d'insondables oubliettes – le bon n'est pas le plus engageant, puisque la torche ne révèle qu'une impasse rocheuse, mais la pierre assez lourde qui l'occulte masque un nouveau passage, le dernier. Car, cette porte à peine dégagée, la salle au trésor s'illumine ; la lumière du flambeau, qui suffisait à peine pour les guider jusque-là, s'amplifie d'une infinité de reflets… Émerveillés et bonnes âmes, les deux marins posent le coffre, subjugués par cet incroyable spectacle… »

Zach a franchi la langue de sable qui conduit au fuselage, après de savants détours, et se tient devant la porte.

« Leur capitaine les gratifie alors de ce noble discours : "À vous mes braves, mes préférés. À vous, tout ce que vous voudrez ! Prenez, puisez, emportez tout ! À pleines brassées, oui, servez-vous ! Bracelets, colliers, aux bras, aux pieds ! Des écus, plein les poches, allez… N'hésitez pas, ne craignez rien ; c'est un marché entre vauriens. J'achète ainsi votre silence ; vous me servez, et j'ai confiance. Tout ce que vous voulez, je l'offre ! Si, du moins, vous m'ouvrez… ce coffre !" Ô, cruel dilemme… Affronter la chausse-trape maudite ou repartir avec l'or en seul souvenir ? Imaginez ! Représentez-vous la scène ! Le plus audacieux sourit, méchamment ; et son visage, aussitôt, se détache, emporté par la grêle hurlante d'un mousquet ! Quant au second… Il hésite. À ses pieds, le cadavre hideux de son compagnon ; mais partout, à gauche, à droite, tout en haut, tout en bas, que d'or, que d'or, impossible de tout voir sans se décrocher la tête !

« "Vrai, cap'tain' ? J'prends tout c'que j'veux ? — Je récompense les valeureux. — J'vous crois, mais… les dés, ils n'm'aiment pas… — Patience… Il suffit d'une fois…" Sur cet encouragement, le marin sort son coutelas et en insère la large lame dans l'interstice du bois, près du cadenas. Le capitaine ferme les yeux : ce marin est un imbécile, songe-t-il. Comment un coffre aussi récalcitrant céderait, soudain, si aisément ? Mais, sans autre formalité, le couvercle obtempère et s'entrouvre subitement… »

Zach a ouvert la porte de l'avion et déverse des pièces et des gemmes en grandes brassées – la pile de Ragn y a été déménagée en secret.

« Ébahi – il est riche, désormais ! –, le marin recule d'un pas et vers son capitaine se retourne en souriant de toutes ses dents, soit près d'une bonne douzaine diversement réparties. Ses yeux s'écarquillent et brillent, un instant, puis se ternissent tandis que son sourire se fige et que ses mains, qui se dirigeaient vers le sabre qui s'enfonce, retombent. Le sang gicle de son ventre, le capitaine ouvrage prestement. »

Examinant le scion dont Tœ s'est servi pour désarmer Blackjack, Zach contemple les quelques fleurs qui s'y rattachent encore – toutes sont rouges, désormais.

« "Encore une fois, marin stupide, tu perds et meurs d'être cupide. La chance n'est pas pour les pirates ; j'en suis le pire, et je m'en flatte ! Grands capitaines, marchands, bedeaux ; tous veulent y croire, et tombent de haut. Un peu d'or et la raison choit ; c'est la même chose chaque fois. La loterie est leur seul credo. Ainsi soit-il, je dis bravo…"

« Puis, poussant du pied les corps, le capitaine s'approche du coffre, se penche et, retardant le moment de jouir de son contenu comme si cette attente nouvelle en accroissait la félicité, il murmure, délicatement : "Livre-moi tes secrètes richesses, accroît le fruit de mes prouesses !" Puis, glorieux, arrogant – impudent imprudent : "J'ai gagné, je suis le plus fort. Trésor, ô mon joli trésor…" À ces mots, tel un dieu furieux, surgissant du coffre, Mortimer, d'un coup de serpette bien aiguisée, égorge le profanateur ! »

Zach jette la brochette, s'appuie sur sa béquille. Chacun découvre alors qu'il a replié sa jambe dans la manche du pantalon.

« Était-ce là son plan ? interroge la voix théâtralement caverneuse de Sim du fond du Chaos de pierres.

— Non, vraiment, tel n'était pas son plan… Depuis plus de un mois, dans son isolement Mortimer ourdissait son projet. Qu'avait-il d'autre à faire, après tout, sinon penser, imaginer, organiser et répéter ?

Son idée ? Devenir pirate – un beau métier, souvent mal exercé par des fuyards écervelés et des brutes exilées, simples braconniers en mer, croisant selon les vents, abordant au hasard des rencontres ; il y avait mieux à faire, beaucoup mieux. Ses victimes ? Qu'importe, pourvu qu'il amassât le plus fabuleux trésor – et, en la matière, pourquoi ne pas écumer les inconséquents gueux des mers, gentilshommes de fortune, corsaires et flibustiers, forbans et vauriens, autres pirates. Voler les voleurs, Moustique a été à bonne école ! Il lui faudrait agir sur terre aussi bien qu'en mer, se renseigner, tout savamment manigancer… Le risque ? Eh bien, la fureur du chasseur blessé par son gibier… Plaisant défi, certes, mais inutile folie ! S'il se précipite ainsi, se ravise-t-il, il ne survivra pas longtemps : sa proie est sanguinaire, farouche et entêtée. Mortimer ne doit pas se comporter comme ces pirates ordinaires. Si séduisant que soit ce plan, il doit l'affiner, réfléchir encore – il en a tout le temps.

« Pendant ce long mois d'immobilité, Mortimer a beaucoup écouté. Le capitaine anglais se vantait auprès de ses hommes de bien connaître le gratin de la flibuste, ne ménageant point sa modestie pour exposer dans le détail comment untel avait dupé tel autre, leurs aventures licencieuses, leurs accords trahis ou, plus rares, honorés… Puis, dans ses monologues d'ivresse, se croyant seul, ensuite il revisitait ses confidences. Il s'adressait aux doubles et aux fantômes des plus fameux capitaines, réglait ses comptes, dénonçait leurs faiblesses, leur révélait crânement les secrets qu'il leur avait volés, les insultait, les plaignait, les méprisait. C'était beaucoup, il y eut davantage…

« Ce capitaine, prétentieux et coléreux, cruel et solitaire, ce terrible traître, cette engeance abjecte aux effroyables forfaits, certains soirs ce redoutable pirate sanglotait… Sa voix se faisait ténue, un peu frêle ; cette loque puante pleurnichait, et ce qu'elle disait... Ah, ce qu'elle disait prêtait à rire – à gorge bien entaillée ! "Maman, ma chère Maman, Maman...", répétait-il, geignard, "... je pleure, je n'aurai point d'enfant..." Ah, qu'il était difficile de ne pas le délivrer de son tourment et, d'une taillade, par pure humanité, d'abréger ses répugnantes souffrances ! Mais... n'y avait-il pas mieux à faire ?

— Était-ce là son plan ?

— Cet aveu avait réveillé quelques souvenirs. Le vieux marionnettiste l'avait accueilli et caché, il en avait fait son apprenti, il lui avait confié ses secrets ; sur la fin, Geisvatter parlait de lui comme de son héritier... Cette faiblesse n'était donc point le fait d'un seul homme... Quel biais pour escroquer les pirates – du moins les plus anciens ; moins impétueux qu'en leur jeunesse, et assez riches pour accorder à la nostalgie d'infiltrer dans leur cervelle vieillissante l'inexpugnable parasite : le sens de la famille. La belle idée, en vérité : ne leur manquait qu'un légataire !

— Était-ce là son plan ?

— Comment ? Si ces forbans ont rompu avec leur passé, ils ne se sont point privés d'engendrer – et, dans le lot, ils ont certainement semé assez de mâles pour fonder un équipage entier ! Comment retrouver ceux-là ? Comment désigner, parmi cette foule de prétendants, le bon ? Difficile, entre neveux et bâtards, sans compter les imbéciles présentés pour tels, de choisir celui à qui offrir... mais offrir quoi ? La question s'avère pertinente : qu'est-ce qu'un pirate peut offrir à l'enfant qu'il reconnaît ? Car, lorsque l'on évoque son or, pour si peu civilisé qu'il soit, le vaurien partage avec le banquier cette essentielle qualité : il ne donne rien. Inutile d'insister, d'implorer, de menacer. L'idée d'ouvrir son coffre ne libère que des trésors de colère ! Aussi, Mortimer devait-il trouver une autre approche, quelque faiblesse intime, commune aux hommes, une faille infime qui ne se révèle que dans le miroir de son propre sang...

« Ce qu'il trouva lui paraissait assez banal et simple pour être universel : celui qui ne craint pas pour sa vie redoute toujours quelque chose qui éclaire son existence et rende sa fin acceptable. Et Mortimer avait deviné que les mortels redoutent tous la même chose : l'oubli. Si l'existence n'est rien sans la postérité, le legs qu'il devait promettre à ses victimes ne viserait rien de matériel, mais le spirituel... Rien à donner, juste une mémoire à honorer : qui y résisterait ? Tout forban entretient quelque secret superstitieux et ne se lance à l'abordage qu'en vénérant un prénom ou une maxime ! Tout gueux chérit qui un journal de bord, qui une enseigne, qui le dessin d'un tatouage, qui de jolis mots de sa mère... À Mortimer de leur démontrer que ces trésors véritables – fade histoire, mythe personnel, tic pitoyable – perdront toute valeur s'ils disparaissent avec eux. En donnant un sens à leur vie, il leur imposera de trouver quelqu'un à qui le transmettre !

— Était-ce là son plan ?

— Pirate des pirates ? Mieux : notaire des pirates – alliance diabolique du pire de la terre et de la mer ! Oui, tel était son plan... Le voici, dans son ensemble. D'abord, cet Anglais, Mortimer l'a soigneusement étudié. Il maîtrise sa voix et ses manières, et une fois sa cachette découverte, il le tuera et jouera son personnage ; rôle qu'il répétera en premier avec l'équipage – qui, parmi ses hommes, doutera, périra... Ensuite, il reviendra à *Tortuga*, et, sous ses traits, il fréquentera ses proies. Ce capitaine lui en a appris sur chacun bien assez pour passer pour l'un des leurs et savoir les toucher là, droit au cœur. À bon escient, et discrètement, il se contentera d'évoquer sa rencontre avec un vieil homme de son invention, qui devrait bientôt débarquer. Un clerc de notaire défroqué, expert en généalogie, qui a commis le crime d'être volage, ce qui lui aura valu d'être banni pour avoir trop aimé les garces de hautes lignées ! L'homme est discret, habile et détesté ; il n'a nulle part où aller, il est facile de se l'attacher. Ses origines sont humbles, son père était serrurier ; il vit, en ce moment, de ce métier, réalisant de petits coffres aux mécaniques infernales, aisés à transporter, impossibles à ouvrir ; l'endroit idéal pour sceller quelques secrets… Lesquels ? Le strict nécessaire pour remonter et honorer les filiations : pas d'or, quelques bouts de papier, des cartes et des codes, le tout crypté et bien protégé – pour tout autre, des broutilles dépourvues de la moindre valeur, ostensiblement sans intérêt… Lui-même en a fait l'expérience, il en atteste : le clerc n'est-il pas actuellement sur la trace de ce fils qu'il échouait à retrouver, et à qui cet honnête libertin passera, en son temps, quelque souvenir qui lui parlera de lui ?

« Le personnage, dépositaire des secrets de la fleur des pirates, devra être parfait… Et si ce stratagème ne suffisait pas, Mortimer aux cent visages a également prévu de se grimer afin d'endosser, simultanément, toute une panoplie de mousse, de charpentier, de receleur, d'armateur, d'officier, de déserteur, de marchand ou de marchande, et… d'héritiers !

— Était-ce là son plan ?

— Un plan parfait ! Sa fortune sera bientôt faite ! Enfermé dans le noir, Mortimer n'avait qu'à attendre son heure. Ainsi, après le long voyage qui les mena jusqu'à *Tortuga*, le capitaine anglais revint de la taverne, convoqua deux hommes, monta dans la chaloupe, les guida sous terre jusqu'à la caverne au trésor, et assassina le dernier une fois le coffre ouvert. Mortimer se tenait prêt pour agir vite – la serrure libérée, il devait bondir et le maîtriser proprement pour récupérer ses vêtements. Ne point le tuer tout de suite… pour, à loisir, l'interroger, en apprendre davantage.

« Las ! Ces mots, ces mots que sa mère, exclusivement, avait le droit de prononcer, “Trésor, ô mon joli Trésor…”, ces mots précipitèrent son geste. Le sang gicla. Certes, seul le foulard fut taché – malgré sa fougue, il avait tourné sa victime pour épargner chemise et gilet. Mais ce qu'il découvrit... L'endroit regorgeait d'une fortune fabuleuse – il était riche, désormais, au point qu'il pouvait abandonner tous ses anciens projets... Ce qu'il découvrit alors... il aurait pu le négliger, infléchir légèrement ses plans, prendre un autre navire, dérober une nouvelle identité, partir... Ce qu'il découvrit... ce qu'il découvrit l'accusait : jamais, depuis l'âge de ses six ans, il ne s'était autant égaré. Ne valait-il pas mieux que n'importe quel autre homme ? La colère réveillée l'habitait encore et l'emporta soudain – il saisit le sabre anglais et d'un coup, tchac !, il se trancha la jambe !

— Était-ce là son plan ?

— Non, vraiment, tel n'était pas son plan..., insiste Zach en pointant du doigt la manche bouffante qui pendouille sous son genou. Pendant un mois, chaque nuit, Mortimer était sorti de son coffre pour observer l'ivrogne anglais. Le capitaine avait le sommeil léger, il le savait et agissait donc avec prudence. Il avait étudié son visage et pouvait le composer sans difficulté. Il avait essayé sa garde-robe et tout était parfait... Seul un détail lui avait échappé... D'épais tapis recouvraient le plancher de la cabine... L'équipage abondait d'unijambistes, qui boitaient, sautillaient, clopinaient à longueur de journée... L'officier, frileux, dormait à l'abri d'une lourde couverture qui le couvrait de la tête au pied, et Mortimer s'abîmait parfois dans le spectacle de la gorge dévoilée, toison abondante qui retenait les puanteurs de la bière et du tabac pas frais, omettant – l'imprudent ! – de découvrir le pan de la courtepointe qui masquait l'absence d'un pied ! Le capitaine était unijambiste, le pilon était botté, la semelle d'un feutre garnie...

« Mortimer ne s'accorda aucune excuse. Sa suffisance l'avait enclin à la négligence, sa fureur l'avait poussé à agir précipitamment : sa jambe tranchée, il jura de ne jamais bouder cette amère leçon. Mortimer décida d'exposer en permanence sous ses yeux un savant rébus, selon la tradition des pirates, qui était bien davantage qu'un simple aide-mémoire expiatoire, mais une déclaration de guerre à tous ses frères. Le Pavillon blanc, puisque ainsi il le nomma, affichait sa détermination enragée : un linceul orné d'une jambe de bois plantée dans l'œil. »

18

Comment y croire ? Comment ne pas y croire ?

Virginia avait rédigé une description succincte du Pavillon blanc, dont l'excentricité avait frappé Nathalie. Son dessin constituait l'unique signature des Mémoires d'un pirate, dont le manuscrit incomplet avait – opportunément ? – brûlé lors d'une rixe entre joueurs de poker. Son vendeur avait cependant conduit Virginia dans l'Île noire, où elle rencontrerait le Sauvage, nu et ivre, qui l'accompagnerait jusqu'à son dernier voyage en Yougoslavie, là où grandissait le jeune Ant…

Certes, se reprend Nathalie, cette oriflamme, elle la distingue parmi les incandescences et les vapeurs du Vaisseau ardent – si dans son cas la probabilité de l'autosuggestion demeure confondante, qu'en est-il pour les enfants ? Rien ne les a préparés, eux, ni au drapeau extravagant ni à l'énigmatique navire. Encore moins à la rencontre d'un pirate dénommé Mortimer…

Jack Blackjack a cependant déduit des rimes dont raffole Zach que le Maître des Grandes Aventures s'inspire d'une épopée versifiée, qu'il interprète à sa guise. Cette hypothèse, qu'elle pourrait considérer, signifierait que les Mémoires disparus de l'Île noire n'auraient été, finalement, que le brouillon d'une comédie pittoresque. Comment souscrire à cette idée : jamais Virginia ou le Sauvage n'en auraient été dupes !

Qu'ils n'aient pas eu tort implique-t-il qu'ils ont raison ?

Quoi ? Est-ce là sa résolution de laisser ses listes dans le frigo ? Voilà que Nathalie se surprend, chiffon à la main, à vérifier les dates de péremption, à dresser l'inventaire en fonction de ses recettes coutumières, à élaborer le menu des prochaines courses... Stop. Quitter la cuisine ; vite, au salon ! Télé, pizza, canapé. Prendre toute la place. Zapper jusqu'à dénicher la rediffusion d'une série repose-tête – *Palabres* – et savourer cette soirée sans assiette et sans diplôme... Elle remet le son.

« Se trancher la jambe... d'un coup de sabre... n'importe quoi ! s'esclaffe l'aventurier.

— Le coup n'est pas aisé à porter, contre soi et en une seule passe, explique Kum en mimant le mouvement. Mais il l'a fait !

— Facile ! commence Plo. Moi, avec une hache...

— Peu importe comment, relève Limn. Tout s'est trouvé changé, il n'était plus le même.

— Une jambe en moins, approuve Buld, et, dans sa tête, ça ne marchait plus comme avant...

— Il s'est mis à penser en automate, précise Limn.

— D'où l'idée de s'en faire un..., commence Tœ.

— Tu veux dire qu'il s'ampute d'une jambe, s'étonne le pilote, et se bricole aussitôt une prothèse ?

— Oui ! Ses astuces pour crochet se retrouvent à ses pieds ! déclame Sim.

— Non ! Bien sûr que non..., le rassure Tom. Pas aussitôt. Mortimer avait d'autres soucis, plus immédiats, comme survivre.

— Merci les cadavres, mâchonne Zach. Dommage... si vous mourûtes en braves, vous ne mourûtes pas en vain...

— Pour la mécanique, reprend Buld, il y avait fort à faire : il devait perfectionner le modèle standard de la jambe de bois. Enchaîner le pli du genou et de la cheville, entraîner avec naturel le mouvement de la semelle – talon, pointe, talon, pointe, tournez, embrassez votre cavalière ! »

D'un geste éloquent, l'aventurier rejette toutes ces élucubrations. Il se lève, la regarde une dernière fois et s'en va vers le canot. De dos, il dresse son poignet et tapote sa montre. Le soulagement que lui procure son éloignement étonne Nathalie, qui se tourne vers le pilote. Lui, du moins, ne se laisse pas gâcher le plaisir par la mauvaise humeur de Blackjack ni la fantaisie de cette histoire : au cinéma, il doit se précipiter au premier rang pour ne rien rater… Au cinéma, il échangerait avec elle les mêmes clins d'œil complices, sans second degré. Un mangeur de pop-corn, prisonnier de l'action, de ceux qui n'étirent pas leur bras le long du dossier de leur voisine. Elle songe, toutefois, que les rides qui apparaissent quand il sourit renforcent l'éclat de ses yeux, et s'indigne de lui trouver quelque intérêt – elle n'est pas là pour ça.

« *Quel est mon rôle ?* » ressasse-t-elle. C'en est trop. La familiarité de ce tracas l'agace prodigieusement. Peut-être a-t-elle tort, finalement, de rester assise, de se contenter de regarder, d'absorber/emmagasiner jusqu'à la nausée observations/digressions…

Elle se relève mécaniquement. Debout, elle n'entend plus rien. Est-ce elle qui a mis fin aux Palabres ? Les dix la regardent, elle est devenue l'épicentre de leur spectacle… Soit.

« Je suis historienne et je connais bien cette période. Je suis même une spécialiste dans le domaine des pirates. Au pire moment du déclin des Frères de la côte, les flibustiers ne se combattaient pas entre eux, en tout cas pas plus qu'auparavant. Au contraire, ils s'unissaient pour mener des raids… Alors, cette "déclaration de guerre à tous ses frères", je n'y crois pas. J'en aurais trouvé la trace, non ? Le nom de Mortimer apparaîtrait dans quelques annales, non ? Le Pavillon blanc figurerait en haut lieu dans les planches qui illustrent les exploits des flibustiers, non ? Pourtant, j'accède aux sources les plus confidentielles, et je suis ouverte à toutes les théories. Vraiment. J'y suis même plutôt habituée, depuis le temps… Mais là, non. Sans preuve, ou au moins une explication solide, votre Mortimer… je… Non, je n'y crois pas. »

Le silence qui accueille sa déclaration n'a rien de commun avec celui qui suit un exposé brillant dans un amphithéâtre. Après avoir un instant incliné la tête sur leurs épaules, gauche-droite, à trois reprises, les enfants se lèvent pour se rapprocher d'elle ; les enfants l'applaudissent vivement du bout des doigts, de plus en plus vite.

« Pourquoi m'applaudir ?

— Ils… nous sommes contents », lui répond Ragn, qui vient d'arrêter. « Tu nous as écoutés. C'est la première fois.

— La première ? Tu veux dire que plusieurs…

— Pas seulement, s'empresse Bly. Tu es celle que Zach attendait, tu es une spécialiste !

— Il devrait plutôt en être fâché, se désole-t-elle. Je viens de dire que jamais, au grand jamais, personne n'a entendu parler de ce Mortimer. Ni d'aucun pirate qui aurait commis le quart de ses exploits !

— C'est bien, opine Limn. Mortimer va être content !

— Parce que je conteste jusqu'à son existence ?

— Ben oui. C'est le pirate sans légende. C'est comme le Monstre, tu comprends ? J'veux dire, si t'es pas invisible, ben t'attrapes rien !

— Voilà pourquoi il convient de narrer une histoire dans son intégralité, précise Zach. “Mortimer, le terrible pirate”, actes suivants, nous enseigne que, privé de sa jambe, Mortimer change de plan.

— Oh, ce revirement tombe à pic ! relève Blackjack que cet attroupement a ramené. Unijambiste, il se veut moins ambitieux. Un peu facile…

— Au contraire ! s'emballe Zach. Il ne renonce pas à escroquer les pirates, il en veut plus.

— Il veut les combattre, piaffe Sim. Tout entier s'y consacre.

— Mais puisqu'on vient de vous dire..., tente Blackjack.

— Il les attaque, tous ! hurle Plo. Et il les réunit, tous !

— Voilà qui est encore moins vraisemblable, souligne Nathalie.

— C'est ça le plan, approuve Tom.

— Ainsi, le temps est-il venu que je conte comment Mortimer, le terrible pirate, a ligué tous les flibustiers contre lui, encore que ceux-là ignoraient contre quel ennemi ils allaient combattre !

— Oh non, ça ne va pas recommencer..., gémit l'Ours.

— Bla a raison, déclare Ragn. Sans vouloir moi-même me montrer impatiente, j'aimerais donner les Bonsoirs et je crains qu'il ne faille de nombreux épisodes pour que le Maître des Grandes Aventures justifie ses dires... Et, ajoute-t-elle en s'inclinant vers Zach, il serait dommage de résumer... »

Zach réfléchit et acquiesce. Tout en plissant les yeux, il se gratte le sommet du crâne et gonfle ses joues. Quand il libère l'air, d'un claquement sonore, il dresse sa main bien au-dessus de sa tête, ferme son poing et ne dégage son index qu'après un effort qui lui fait rosir le visage. Puis, il oriente sa main comme s'il cherchait la direction du vent.

Tom profite du silence revenu pour s'avancer cérémonieusement vers les trois adultes.

« À propos du Monstre, tente-t-il. Je suis Tom. Il est Temps de Parler...

— Plus tard, lui assène Tœ.

— Ben...

— Zach a trouvé ! » les coupe Limn.

Le doigt levé, le Maître des Grandes Aventures se sauve, entraînant la plupart des enfants avec lui.

« Il vient d'avoir une idée, explique Bly.

— Je crois que Zach va nous narrer l'ultime

épisode de la vie de Mortimer, le terrible pirate, leur confie Sim qui est resté avec Ragn et Bly.

— L'ultime épisode ? répète-t-elle. Celui-là, j'aurais plaisir à l'entendre. La description du Pavillon blanc me donne envie d'en savoir plus sur votre Mortimer. Où et comment il est mort, voilà qui peut m'intéresser.

— Pour sa mort, c'est compliqué, lui répond Ragn.

— Oui, confirme Bly. Mortimer n'en a jamais parlé à Limn.

— Ah… Voilà un autre point à éclaircir, se résigne-t-elle.

— Moi, ça ne me dérange pas de résumer, propose Sim. Si tu veux, je t'explique ce qu'il a fait sans sa jambe. »

Sim les invite à l'accompagner sur le rivage. Tandis que Blackjack décline son invitation et s'en retourne vers le canot, José scrute les Dunes rases en direction desquelles les enfants se sont éparpillés. Pour avoir fouillé le secteur dans l'espoir d'y dénicher des pièces utiles pour son avion, il mesure la difficulté d'y cacher quoi que ce soit, mais les sept enfants viennent d'y disparaître. Finalement, à la manière d'un touriste qui flâne sans trop perdre de vue son guide, il décide de suivre Nathalie, qui tient Ragn et Bly par la main.

Sim expose brièvement plusieurs épisodes de la grande histoire de Mortimer, le terrible pirate. La colère qui s'est saisie du jeune infirme dans la caverne aux trésors ne s'est pas apaisée avec l'atroce sentence qu'il vient de s'affliger. Ses plans s'en trouvent cependant moins compromis que retardés. D'un côté, il estime qu'un notaire à jambe de bois sera finalement plus à même d'inspirer confiance à un forban ; de l'autre, son handicap décuple la fureur qui l'habite et lui suggère un défi insensé. L'adolescent prononce un serment dont le trésor anglais reste le seul témoin : parce qu'il s'est amputé, il se veut plus fort, plus féroce. Cette promesse aberrante ne lui suffit pas, il l'agrémente d'une règle à sa mesure : désormais, plus sensible au sang qu'à l'or, non seulement il bravera tous les dangers, mais il ne cessera de se mesurer à ses pairs. Les voler ne le contente plus, il veut se battre.

Riche de la science du marionnettiste italien, il confectionne plusieurs jambes mécaniques, selon les personnages qu'il prévoit d'interpréter. Avant la fin du deuxième mois, il se fait recruter dans l'équipage du capitaine qu'il vient d'occire, afin d'éliminer ceux qui douteraient ou ceux qui pourraient trop parler. Le mois suivant, il reprend la place de l'Anglais et mène ses meilleurs hommes au combat.

Le jour de ses dix-sept ans, poursuit le Maître des Planches, il assume déjà une dizaine de rôles, outre ceux du notaire et du capitaine. Il compte à son actif dix-huit abordages et deux mutineries – toutes deux conduites à son initiative et en vue de tester ses hommes. Pour fêter son anniversaire, il pilonne un brigantin battant pavillon noir, concurrent malheureux qui prétend au butin qu'il ambitionne – c'est du moins ce que croit son équipage, qui approuve la manœuvre. Cela se reproduira si souvent qu'aucune excuse ne sera bientôt plus nécessaire à ses hommes.

Ainsi, il arraisonne de plus en plus de navires au drapeau noir. Il ne coule plus les meilleurs vaisseaux, mais confie leur commandement à l'un de ses seconds ; et en secret y place des hommes de confiance ; et d'autres aussi fidèles pour suivre ses espions ; et d'autres encore pour surveiller ceux-là.

Sa vingtième année, il l'aborde avec une flotte riche de sept autres bâtiments, dont trois sous les mêmes couleurs. La plupart de ses lieutenants lui ressemblent et bataillent en anglais, les autres affichent des différences tantôt franches, tantôt subtiles – de la sorte, il devient impossible d'affirmer s'il était là ou s'il n'y était pas. Cette confusion, il l'amplifie en engageant le combat contre les siens, comme il disparaît parfois si longtemps que ses sosies le croient mort – bien qu'ils redoutent davantage qu'il ne se cache parmi eux… Mais il revient toujours, plus sanguinaire, plus déterminé, pressé d'en découdre.

Il relève tous les défis, rien ne lui fait peur, se passionne Sim. Il attaque, il attaque, il attaque… Espagnols, Français, Anglais ; en groupe ou isolés ; marchands ou négriers ; armés ou désarmés ; fuyards ou belliqueux ; pirates, corsaires ou flibustiers : il lui faut tous les défaire. Dix galions ne suffiraient pas à transporter son butin disséminé dans des dizaines d'îles et d'îlots. Peu lui importe, il amasse sans compter. Tuer, ruser, piéger, telle est sa vie, Mortimer n'en veut pas d'autre. Ni pardon ni prisonnier… Pareil carnage ne saurait durer et le destin exploite sa rage pour lui tendre son piège. Il n'a guère que vingt ans quand il le prend dans ses filets.

19

Sim s'arrête au milieu de la plage. La jeune femme tente de deviner où les enfants se cachent, assez convaincue qu'ils attendent le moment où son attention se relâchera pour jaillir en hurlant. Le garçon s'assoit en les invitant d'un geste à prendre place de part et d'autre, comme pour former un barrage au travers du rivage. Elle se demande si cette disposition participe à un jeu. Sur sa gauche, les premiers fourrés succèdent à la pierraille lunaire, tandis que la berge commence à se rétrécir ; elle se tient près de l'eau et n'aurait qu'à tourner légèrement sa tête pour apercevoir le galion qu'ils viennent de dépasser. Le pilote hésite un instant, puis se déplace pour s'installer de bonne grâce au plus près de la végétation. Nathalie accompagne le mouvement de Ragn et Bly, qui se laissent choir sans lui lâcher la main. Seule la fillette la sépare du lac – les autres vont-ils surgir de l'eau ?

« On doit attendre longtemps ? finit par s'inquiéter José.

— Ils arrivent, le rassure Sim.

— Ils en mettent du temps…

— Ce n'est pas pour eux une décision facile à prendre. »

Manège fascinant, danse lancinante, le Vaisseau ardent exerce la patiente hypnose du jeu des flammes que l'on ne craint pas, feux de camp provisoires, âtre d'une solide cheminée. Le feu l'invite à se laisser gagner par une amicale torpeur, mais Nathalie redoute que la nef légendaire ne surgisse de cette écharpe de brume – le terrible pirate accroché à sa roue ! Pourtant, si elle l'observe attentivement, l'incendie à nouveau décline. Les belles flammes qui ont accompagné le récit de Zach faiblissent graduellement. Tout à l'heure, elle commençait à les croire liés, comme orchestre et soliste, mais les deux partitions à présent divergent. Elle n'est pas certaine d'en être rassurée.

« Zach donne l'impression qu'il répète ses histoires depuis des années, se reprend-elle en se penchant vers Sim. De telles péripéties ne s'improvisent pas, son récit est trop bien rodé. Même toi, Sim, tu les maîtrises assez pour lui donner la réplique.

— Zach nous raconte les Grandes Aventures de Mortimer, le terrible pirate, depuis si longtemps que nous les connaissons toutes par cœur, lui répond Bly.

— Ce n'est jamais tout à fait les mêmes Grandes Aventures, remarque Ragn.

— Plus il les raconte, intervient Sim, et plus c'est précis. Les autres Grandes Aventures ne sont pas comme ça, précises.

— Il y en a beaucoup d'autres ? s'inquiète José.

— Autant qu'on veut, acquiesce Ragn.

— Avant, reprend Sim, il inventait beaucoup, et c'était déjà bien pour nos rêves.

— Avant quoi ?

— Avant que Mortimer raconte sa terrible légende à Limn. »

Nathalie renonce à ses questions. Elle devine plus que ne voit les trois enfants autour d'elle qui commencent à s'agiter – Ragn corrige plusieurs fois sa position ; Bly se redresse et gonfle son torse ; Sim respire profondément et sourit discrètement. Elle cherche, du côté du lac, du côté de la grève, puis découvre Buld, Kum et Tom debout au milieu des fourrés. Ils avancent à grands pas, fort élégamment habillés, tels de glorieux capitaines. Les autres enfants les suivent, aussi somptueusement revêtus, pirates chatoyants et chamarrés. Elle n'a pas réussi à distinguer d'où ils sont sortis.

Ils ne lui laissent pas le temps d'approfondir ce mystère secondaire ; quatre s'assoient en face d'eux, en respectant leur alignement ; deux autres complètent le vaste rectangle qu'ils forment à présent, comme s'ils s'installaient en bout de table. Il ne manque que Buld, qui passe derrière eux, les bras chargés de vêtements. D'un geste, il recouvre la tunique romaine de Bly d'un poncho où sont agrafées écharpe, fourragères, médailles et têtes de mort. Puis, il pare les épaules de Ragn d'une veste à épaulettes tandis que Sim récupère un plastron en cuir noir clouté, orné d'une dizaine de colliers de perles et d'autant de médaillons brisés. Le Maître des Travestissements regagne alors sa place, laissée vacante, juste en vis-à-vis de la jeune femme à qui il sourit aussitôt.

Nathalie lui rend son sourire, puis incline la tête à gauche et à droite afin de saisir le sens de cette mise en scène. Les dix, maintenant, chahutent avec retenue, discutent entre voisins, se saluent en diagonale. Chacun parle dans sa propre langue, au besoin ils communiquent par signes. Elle baisse ses paupières, décompte depuis dix, les ouvre brièvement et tente de cerner l'image qui s'impose à elle – ce ne sont pas des enfants qu'elle voit, elle assiste à une réunion secrète, un sommet entre vauriens de fière allure, un colloque d'importance : elle participe au conseil des pirates que Sim a annoncé. Quand elle rouvre les yeux, Zach se redresse et tape du poing contre le sable.

« Sommes-nous tombés si bas, que tous nous soyons là ? Et que, tels des enfants, nous geignions à présent ? » déclame le Maître des Grandes Aventures. Il se lève ensuite, ôte un chapeau imaginaire de sa tête et trotte autour de la table tout aussi imaginaire en mimant le tenir à bout de bras. En passant derrière Ragn, il l'en coiffe secrètement.

« Les vents nous sont contraires. Plus dures vont nos affaires. Les galions en convoi nous imposent leur loi », se fâche la fillette en battant du bras. Elle se lève à son tour, enlève son couvre-chef et contourne l'assemblée en courant, ne s'arrêtant pas pour le poser sur la tête de Kum.

« Qu'ils voyagent par centaines ! Je sais fleurer l'aubaine… Mais un autre danger vient tous nous menacer ! » s'emporte l'autre fille.

« Tu parles des légataires, il n'y a rien à faire ! Préserver l'héritage fait craindre l'abordage », rumine Buld une fois la tête couverte. Lui aussi quitte son siège, mais avec lenteur et noblesse. Il tourne longtemps autour de la table, toisant l'assistance, et abandonne fort habilement le faux chapeau sur Limn, qui lance sa réplique sur un ton agacé : « Il parle d'un autre outrage, qui le rend fou de rage. L'un des nôtres nous attaque, sans pitié il nous traque. »

Le Maître du Registre ne quitte pas sa place, mais il jette le chapeau invisible sur la tête de son vis-à-vis.

« Ce péril nous décime, attendre serait un crime. C'est lui notre ennemi, la cause de nos ennuis », enchérit Sim après s'être levé pour mieux se faire entendre. Il salue l'auditoire et s'empresse de placer le chapeau sur son voisin.

« Comment le démasquer ? Il nous a tous roulés… floués, volés, bernés… sinon coulés ou tués ! » se lamente Bly. Le garçon expédie le chapeau de l'autre côté de la table.

« Peut-être est-il ici ? De tous, je me méfie… Ben, il pourrait surgir, à l'improviste, j'veux dire. »

Tom s'extirpe de son siège avec maladresse, bousculant ses congénères, et ne dépose son chapeau qu'au second tour de table.

« Moi, je ne le crains pas ! Mort, mort au renégat ! En duel, moi, je t'invite ! Viens signer ta faillite ! »

s'exclame Plo, rayonnant. Puis le garçonnet court autour des autres en riant, sans jamais lâcher son trophée, si bien que Tœ doit s'en emparer de force.

« Certes, l'idée est plaisante, mais une autre se présente. Son audace le perdra. Par elle, il périra ! » rumine Tœ en suivant d'un œil la dernière recrue qui ne s'arrête pas de tourner pour si peu. Après quelques hésitations, le garçon aux traits asiatiques pose les mains de part et d'autre de la tête du pilote.

« C'est toi qui parles ainsi ? » lui lance José. Mais avant qu'il ne puisse ajouter un mot, Nathalie le coupe : « J'ai un plan, le voici. Offrons-lui une belle proie… » La jeune femme est debout, haletante. José se lève à son tour et, gravement, déclare : « Une sorte d'appât ? Il mord, nous surgissons. » Aussi surpris qu'elle de sa repartie, il lui tend le chapeau qui n'existe pas. Elle hésite un instant, en lutte contre cette étrange colère qui la déborde. « À cent, nous l'achevons… », lui échappe de la bouche.

Elle se rassoit, ne distingue plus rien. Sa poitrine se disloque. Une migraine fore ses tempes. Ragn et Bly lui touchent les mains. Elle redresse la tête et enlève le tricorne de cuir usé dont, petite, elle rêvait voir les flibustiers orner leur chef. Bien sûr, elle sait que ce tricorne pitoyable n'a de réalité que dans son imagination, mais elle le voit aussi vrai qu'elle siège parmi la ligue des pirates, gueux des mers et gentilshommes de fortune qui, pour la première fois, tiennent conseil.

« C'est donc ainsi que cela s'est passé… », pense-t-elle murmurer, quand Limn croise son regard et acquiesce.

Elle se détourne vivement.

« Heureusement que tu m'as aidé, lui dit le pilote, je ne trouvais pas quoi dire.

— Mais je n'ai pas… »

José sourit ouvertement, mais il se frotte le front des deux mains. Pense-t-il vraiment avoir participé à une simple comédie ?

« C'est venu tout seul », ajoute-t-elle.

N'est-ce pas ce qui s'est effectivement produit ?

Dans un grand chahut de cour de récréation, au centre de l'espace qui figurait la table, ceux qui ne sont que des enfants se débarrassent de leurs panoplies de flibustiers. Sim se détache de la mêlée sonore et vient lui confier :

« Celui qui avait le tricorne, c'était lui, Mortimer.

— Tu l'as vu ?

— Pas Mortimer, voyons ! Mais le tricorne, oui. »

Nathalie se retient de répliquer que c'est elle qui l'a ôté à l'instant – elle fige sa pensée en se répétant que c'est José qui a raison : tout cela ne peut être qu'une farce.

« Moi aussi, je l'ai vu ! claironne Plo.

— Ben, on l'a tous porté, le tricorne.

— Mortimer était partout, confirme Sim. Ce plan, c'était son idée.

— Le piège, c'était lui ! » s'écrie Kum qui s'éloigne aussitôt.

« Et ensuite ? »

Voilà tout ce que Nathalie, diplômée avec la mention la plus haute, experte en histoire de la piraterie, parvient à conclure de cet échange !

« *Les réponses qui ne nous surprennent pas ne nous apprennent rien* », songe-t-elle. Qui a professé ce truisme : son père ou sa thérapeute ? Ou bien, elle vient de l'inventer à l'instant. Le conseil semble toutefois avisé, toute autre question relèverait de ses certitudes et de ses doutes.

Zach émerge tout nu de l'effervescence vestimentaire, puis il replonge dans la mêlée pour s'en extirper quelques instants plus tard encapuchonné d'un drapeau noir à tête de mort.

« C'est alors que la chasse a vraiment commencé…, clame-t-il en embrassant le lac d'un large geste du bras et du crochet fleuri qui désormais lui tient lieu de main. Voici venir : “La Légion pirate, acte inachevé, scènes infernales !”

— Moi ! Moi ! hurle et gesticule Plo.

— Soit, lui concède aussitôt le Maître des Grandes Aventures, puisqu'il me faut un apprenti, tu m'aideras.

— C'est vrai ?

— Pour De Bon. »

Plo se hisse sur les vêtements abandonnés et entonne sans attendre :

« Alors, voilà… Pour De Bon. C'est à moi ! Quel cirque : au fond d'une crique, un gros galion bien gras sert d'appât. Un sloop tout propre l'asticote. Fumées et mousquets, l'abordage fait rage. Mortimer, qui passait par là, n'attend pas l'issue du combat. Tout à trac, il attaque marchands et forbans. Mais : patatras ! Proie et prédateur s'unissent et le canonnent de bon cœur. Ruse sans âge, l'abordage était un leurre. La triste racaille s'apprête à le prendre en tenailles. Mortimer n'a pas peur et contre eux dirige sa fureur. Mais soudain, mille pavillons noirs…

— Mille ? s'étonne Zach. Il me semble, jeune apprenti, que tu exagères un peu…

— Dix, alors ? D'accord. Puis, dix autres pirates surgissent à l'horizon et sur lui fondent à l'unisson. En canons, tous chantent du boulet pour le chambouler et le tournebouler. Mortimer le savait, lui qui a tout manigancé. Dans l'espoir que la légion noire s'étire, il donne l'impression de tous les fuir. C'est en duel qu'il compte se battre et tous les abattre. Ainsi, a-t-il prévu d'anéantir ses pairs, il a tout conçu et n'a commis aucun impair.

— Hélas, geint Tom en répons.

— Hélas, lui succède Buld. En ce jour sombre, sa flamme lui nuit !

— Bataille ! braille Plo.

— Bataille… Bataille…, murmurent les dix.

— Prends garde, Mortimer ! reprend-il. Prends garde à l'avant-garde de l'armada qui encadre les convois sur la *vuelta* ! Dix frégates – encore dix ? – qui croisent dans les parages font barrage à l'épique poursuite. Tout de suite, Mortimer manœuvre pour jeter les gueux des mers à la gueule des mercenaires. Mais au lieu de s'affronter, eux, les ennemis jurés, les voilà qu'en meute ils font front et foncent sur l'unique gibier.

— Hélas, soupire Kum.

— Hélas, poursuit Tœ. Pour les négriers qui paient leur épée, le blanc importe davantage que le noir !

— Mortimer n'hésite ni ne transige : il joue aux dés qui aborder en premier. Mais tandis que le dixième duel s'achève, les nuages s'emmêlent et tourmentent les combattants. En quelques ouragans bien menés, la nature disloque les navires qui le pourchassent, les isole et les fracasse... Quant à Mortimer, elle se le garde, les vents le poussant toujours plus loin devant, un courant l'emportant hardiment... Puis, près d'une île invisible, la tempête l'arrête et le mauvais temps sur lui seul déverse sa colère...

— Hélas, se lamente Sim.

— Hélas, répète Bly. Son vaisseau ploie et ses hommes se noient...

— Fin de l'épisode ! intervient soudainement Zach. Merci de nous avoir écoutés. Congratulations. Tournée générale.

— C'est tout ? proteste José. Hé ! qu'est-ce qui lui arrive, ensuite ? Je commençais à bien l'aimer, votre Mortimer...

— Mortimer n'a rien dit de la suite..., s'excuse Zach. Il faudrait demander à Limn.

— Moi, j'ai tout dit ! se défend Plo.

— Et toi, Nathalie ? la prend à partie le pilote. Tu ne veux pas entendre la suite ? »

La jeune femme se contente d'un éphémère rictus. La suite, elle la connaît, et plutôt bien. Elle pourrait la leur raconter, elle l'a déjà fait, pour Anton, car la confession du Molosse pourrait commencer ici. *Pourrait*, se répète-t-elle pour envisager toutes les implications du conditionnel.

Ragn, qui l'observe toujours, surprend le malaise qui se lit sur son visage.

« Je crois que le moment est venu, dit-elle en guettant son approbation, de penser à se préparer pour le Bonsoir.

— Tu as raison, Ragn, s'empresse de l'aider la jeune femme. Une autre fois, Limn nous contera la suite de cette aventure. J'aimerais beaucoup l'entendre. Plus tard. Oui, plus tard… Il est temps de dormir. »

Avant de suivre les enfants qui se rassemblent autour de Limn, elle se détourne une nouvelle fois vers le Vaisseau ardent. Ballotté par un vent qui ne sévit nulle part ailleurs, mais qui s'acharne sur ce point précisément, sous ses yeux en quelques remous le Pavillon blanc se disperse en de pâles lambeaux brumeux. Les flammes luttent encore avec vaillance, pourrait-elle dire, mais les nuées sombres qui s'en détachent les cernent et menacent de les étouffer. Nathalie ne saurait justifier ses impressions, mais elle se sent tout à la fois assaillie et épuisée.

Elle cligne des yeux pour contrer ses larmes. Sans les dix qui l'attendent, elle se recroquevillerait à même le sable pour la trêve d'une longue nuit sans rêve.

20

L'appel de Ragn a été entendu, les dix se rassemblent sur la plage et marchent sans hâte vers le Palais. Lorsqu'ils le rejoignent, Limn annonce : « La Nuit Qui Vient est arrivée… » La jeune femme se retourne vers eux et se décide à les rejoindre.

Tœ s'éloigne alors du pilote, fait quelques pas vers le Chaos de pierres, scrute l'horizon, observe ses pieds, ferme les yeux et prend une longue inspiration ; puis il déclare : « J'ai bien tout regardé, j'ai bien tout écouté. C'est une belle journée, elle mérite d'être rêvée. Limn peut la consigner pour n'en rien oublier. Histoire Qui Finit Bien, viens jouer avec nous, viens… »

Elle observe José, de loin, adresser un clin d'œil au garçon aux traits asiatiques. Tœ s'empresse de retrouver sa place à ses côtés, sans dissimuler son plaisir.

Le Maître des Grandes Aventures sort des rangs, visiblement songeur. Perdu dans ses pensées, l'enfant erre un moment sur la plage, puis s'arrête. Les autres forment alors un cercle tout autour de lui. Ils le contemplent, lui sourient, suspendent leur respiration et semblent attendre un mot, un signe. Zach ne se presse pas. Il leur rend leur regard aimable, sourit à son tour. « Enfin, clame-t-il soudain, la Ronde des Rêves commence… Que chacun se joigne à la danse… Prenez et chérissez vos rêves, jouissez-en sans la moindre trêve. Rassemblez vos songes, bercez-les… Embrassez-les, emportez-les… Allez jusqu'à l'épuisement, puis jusqu'à l'émerveillement… Laissez-vous gagner par la transe ! Enfin, la Ronde des Rêves commence… »

Sim jaillit de l'assistance pour le bousculer et s'arroger sa place : « La Sieste est Annoncée. Dormir ? Mais où et quand ? » Le Maître des Planches examine négligemment les environs, puis il s'exclame : « J'ai trouvé, oui : je sais. Ici et Maintenant. » Son doigt pointe vers l'extrémité de la plage, près du banc de sable où l'aventurier se tient en sentinelle, la tête redressée, le dos appuyé contre le canot. Sim file droit dessus. L'Ours se lève.

Tous opinent et se lancent à sa suite, en file indienne. Mais le jeune Mongol s'ingénie à leur imposer de longs détours, il multiplie les boucles tant et si bien qu'il finit par rattraper Plo, le tout dernier de leur parade. Le Maître de la Quarantaine prend alors la tête du défilé, se dirige précautionneusement vers l'avion puis, en posant la pointe du pied sur le banc de sable clair, il ordonne : « Oyez, Oyez… Bulles ? Non, pas de Bulles, pas de chute. Rien de là-haut ne va tomber ! Mais alors : "Chut ?"

— Chut ! lui intime Tom. Je suis le Maître du Secret, et pour le Secret préserver, le Silence nous devons garder. Le Monstre nous ne devons alerter, ben, j'veux dire, faut pas trop parler…

— Chut… », répondent les enfants avant de se remettre en marche en gesticulant comme au retour de chasse.

L'Ours s'est rassis, dans le canot cette fois, et ne les quitte pas des yeux.

Ragn et Bly, malgré leur impatience manifeste à se joindre aux autres, escortent Nathalie, qui progresse lentement. Elle hésite à les interroger sur ce rituel, se limite à noter qu'ils y participent tous, qu'ils prennent la parole à tour de rôle, *a priori* selon leur « charge ». Elle pourrait le vérifier avec eux. Une autre fois, se promet-elle. Ce soir, elle ne se sent plus le courage, ou plus l'humeur, d'analyser ; elle se contente d'être là.

« Entamons des costumes la ritournelle, proclame Buld à son tour. Volent, volent ! Gagnons l'État Originel ! » Sur ces mots, l'élégant Maître des Travestissements se défait de tous ses atours, tournoie sur lui-même et s'affaisse. Aussitôt, de partout les habits giclent et voltigent, et alors qu'ils retombent les uns sur les autres, les enfants nus s'agglutinent autour de Buld. Les huit enfants se blottissent tous ensemble ; certains s'enlacent, s'embrassent ; tous se touchent. Leurs corps enfantins forment une grappe multicolore.

À quel âge a-t-elle dormi sans pyjama ? Nathalie récuse aussitôt la question, car elle se rappelle l'avoir ôté à plusieurs reprises après le bonsoir de la nurse, lumière éteinte… Ou avoir songé à le faire ? Est-ce la raison pour laquelle elle a commencé à rechigner contre toute intrusion dans le périmètre privé de sa chambre ? Combien de temps cette envie a-t-elle germé avant de poindre ? Nathalie chasse à nouveau cette préoccupation insolite : adolescente, elle s'en souvient, elle a toujours été frileuse ; et, maintenant, devenue femme, elle se couvre encore parfois d'un pyjama – seuls les vieux en flanelle, distendus, délavés, ceux qu'il est impossible de montrer, seuls ceux-là lui conviennent.

« Je dois…, commence Ragn. Enfin, tu comprends… »

Nathalie hésite à lui répondre – l'idée de la « libérer » la met aussi mal à l'aise que le fait que la fillette sollicite sa permission. Mais, simultanément, la jeune femme ne peut nier qu'elle apprécie son influence grandissante, son emprise, même si en cet instant il lui répugne à lui dicter sa conduite. L'impudeur, même comme ici dans sa plus innocente manifestation, l'a toujours gênée – sa thérapeute n'a jamais manqué de le lui faire remarquer, comme si ne pas crier lui avait échappé…

Elle devine que Bly partage la réserve de son amie et attend sa réponse.

« Bien sûr, leur concède-t-elle finalement. La nuit suit d'autres règles que le jour. »

Sans plus attendre, tout en marchant vers les autres, Bly ôte le poncho et retrousse sa tunique romaine.

« Encore heureux que tu ne portes plus ton armure, essaie de plaisanter Nathalie, parce que tu ne pourrais pas te déshabiller aussi vite.

— Je ne peux plus la mettre, lui répond Bly sans se retourner. Tu avais raison, je n'aurais pas dû la laver. Elle a rétréci.

— Le métal ne rétrécit pas dans l'eau, voyons !

— Faut croire que si… C'est à moi de parler », s'excuse-t-il en envoyant son vêtement rejoindre le tas, plaquant aussitôt ses mains sur ses fesses.

« Je suis, ici, le Maître de la Lumière et j'ai aussi la charge des Yeux Fermés…, entonne-t-il doucement avant d'aboyer : à mon commandement, cligner… paupière ! Gauche ! Droite ! Dégagez, tenez… rabattez ! Gardez la pression, et pas de manières ! Maintenez position… Prêts ? Go ! Rê-vez !

— À mon tour maintenant, je suis la dernière à parler, chuchote Ragn qui ne s'est pas encore déshabillée.

— Et Kum, lui demande Nathalie, elle ne dit rien ?

— Oh si, mais plus tard. Sa charge est essentielle, elle nous donnera le signal du Doux Réveil. »

La fillette se rapproche du tas de vêtements et y abandonne lentement sa veste et sa salopette. Accroupie, elle croise ses bras et ramène ses mains sur les épaules avant de se faufiler entre les enfants, les enjamber et se glisser parmi eux jusqu'à pouvoir susurrer à l'oreille de Kum : « Je suis Ragn, c'est le soir… Donne, reçois le Bonsoir… » Les yeux fermés, le Maître de Chasse se tourne alors vers elle pour lui tendre ses lèvres, sur lesquelles la belle enfant pâle dépose un long baiser. Kum s'endort. Ragn souhaite ainsi le Bonsoir à Limn, puis à chacun, selon l'ordre de son intervention dans le rituel d'endormissement. Après avoir embrassé Bly, Ragn jette un ultime regard vers Nathalie, semble hésiter un moment, puis s'étend aux côtés de son ami, un peu à l'écart des autres, qu'ils ne touchent l'un comme l'autre que du bout du pied. Quant à eux, Ragn couchée en chien de fusil et Bly sur le ventre, ils ont croisé leurs mains.

« Quel spectacle affligeant », la surprend Jack Blackjack.

L'aventurier a quitté le canot. Elle cherche le pilote, mais ne l'aperçoit pas.

« Si jeunes… Ça finit par être indécent », ajoute-t-il à son oreille.

Elle aimerait lui rétorquer que non, que l'innocence de leurs baisers explique et justifie qu'ils se touchent, mais les mots lui manquent, et elle s'en veut d'être aussi consciente qu'ils lui manquent parce qu'elle ne les trouve pas pour elle-même.

« Mais enfin, si leurs nuits durent autant que leurs journées, ils devraient nous laisser tranquilles un bon moment. Un peu de tranquillité, c'est toujours ça, ajoute-t-il d'une voix plus suave.

— Pourquoi sommes-nous ici ? s'interroge-t-elle.

— Hein ? Pourquoi chercher encore une raison ? bougonne-t-il.

— Je ne crois plus aux convergences.

— Ah. Je suppose que je devrais t'en féliciter ?

— Non, je n'y crois plus », répète-t-elle indifférente à l'aventurier.

Les enfants dorment profondément.

Ses yeux s'égarent sur le canot et elle imagine l'effigie familiale.

Elle revoit les deux sirènes, sur le bureau d'Anton, tandis qu'elle l'attendait.

« Tu viens te coucher ? »

L'Ours laisse son regard peser sur elle, et savoure impunément l'effet du double sens de sa question.

Nathalie se sent nue.

IV

Ombres et lueurs

1

« Ils dorment encore ? »

Elle sursaute. L'Ours la domine. Nathalie s'interdit de se recroqueviller davantage.

« Jack...

— La dernière fois, ils ont dormi à peine six heures. Ça fait cinq. »

Le regard de l'aventurier demeure tourné vers le galion près duquel les dix se sont regroupés pour un nouveau rituel nocturne. Entre-deux, ils ont nagé, joué, couru pendant trois journées entières, sans la moindre pause.

« Tu t'attends à moins ? reprend-elle en s'asseyant plus confortablement.

— Avec les enfants, c'est toujours la même chose, soupire-t-il d'un air entendu, on ne sait jamais de combien de temps on dispose. »

Quelle erreur elle a commise en l'appelant par son prénom ! Redire « Blackjack », ensuite, est brusquement devenu impossible. Nathalie n'avait pas imaginé d'autres implications à cette familiarité très ordinaire. Elle désirait arranger les choses, arrondir les angles, sûre et certaine que continuer à répondre à un « petite » par un « Blackjack » bien appuyé, pour enchaîner sur un « José » presque intime, c'était de la provocation, mesquine et dommageable. « *On peut être une battante sans être une guerrière* », s'était-elle dit. S'est-elle trompée ?

Sans la proximité de *Jack*, elle s'étirerait, se cambrerait, étendrait ses jambes. Elle rêve d'une douche plus que d'un lit – après la veillée, elle s'est assoupie dans le canot, qui n'a rien de douillet. Malgré la discipline horaire qu'elle tente de suivre encore, son corps renâcle à l'absence de cycle diurne. La luminosité, absolue dans sa constance, l'affecte ; d'ailleurs, l'insomnie chronique les guette tous les trois, avec son calvaire destructeur (tension, épuisement – démence ?). Elle s'est installée pour « sa » nuit en se demandant si le rythme des enfants ne constitue pas une réponse adéquate aux effets de l'eau et de la lumière. Remarque pernicieuse, qui a directement enchaîné sur cette question : combien de temps leur a-t-il fallu pour trouver, adopter et se conformer à une cadence si peu naturelle – à dix ?

Comment se détendre avec de telles énigmes en tête ?

Vieux réflexe, elle a esquivé le cortège des questions insolubles en focalisant sa pensée sur un nouveau thème. Encore que le titre du sujet trahisse un tourment trop familier : « Syndrome/fantasme de l'ascenseur ». Énoncé : « Enfermés ensemble (deux hommes, une femme) pour le reste de votre vie dans un ascenseur (en panne, les secours arriveront trop tard, vous n'espérez plus pouvoir sortir) : que faites-vous ? »

Du coup, malgré ses paupières closes, elle se sentait comme une sentinelle en faute. Si elle a dormi, elle ne s'est pas reposée.

L'ankylose l'emporte sur la migraine, elle ne l'estompe pas. Elle sort du canot en veillant à ne pas lui présenter son dos. L'Ours ne s'écarte pas. Elle réprime de justesse cet aveu de faiblesse : « Tu as vu José ? » et s'oblige au silence, ce qui n'a rien d'une victoire, ce qui n'offre qu'un maigre répit.

« Cet amas de chair a quelque chose de… »

Il n'achève pas sa remarque, il grimace cette fois encore à la vue des enfants endormis.

« Quelque chose de répugnant ? » poursuit-elle, prête à mordre.

Elle contemple le chatoiement des reflets du dôme qui modèlent sur leurs corps une sculpture d'ombres et de lumière. À New York, tout le monde penserait à une performance en faveur du métissage. Jack incline la tête et renifle.

« Ces gosses ont besoin de nous, lui répond-il.

— De nous ? Je m'étonne que tu te soucies d'eux... Tu passes tout ton temps à les éviter !

— Pour leur enseigner les vertus de la mesure ! Dont le respect... Vois où les conduisent leurs délires...

— Cette histoire d'un autre monstre ? L'imagination est naturelle chez l'enfant, et c'est probablement pour eux une excellente réponse à leur situation...

— Je ne parle pas de ça : j'ai les psys et les contes de fées en horreur. Je te parle d'éducation, du sens nécessaire de la mesure. Regarde comment ils... s'agglutinent, se rapprochent en dormant ! Tout est là. Toujours nus... Pas de repères, aucune limite. L'Albatros me contredirait – et je m'étonne qu'il ne surgisse pas pour le faire, grimé en diablotin. Mais, pense à cela : que diraient d'eux ceux qui les ont connus avant, sinon qu'ils deviennent semblables à des bêtes... Penses-y. Ah, si je croyais qu'ils n'ont aucune chance de quitter ce glacier, je serais le premier à les encourager, évidemment ! Je les laisserais agir comme bon leur semble, ah oui ! Et même, puisque condamnés à grandir et mourir ensemble et loin des autres, je serais d'accord pour qu'ils couchent entre eux, dès qu'ils le pourront... Pourquoi pas ? Grand bien leur fasse, si ça leur plaît ! Mais une fois dehors, Nathalie, après avoir été si longtemps livrés à eux-mêmes, as-tu pensé à ce qui leur arrivera, une fois rentrés chez eux, parmi les leurs ?

— Je ne soupçonnais pas chez toi une telle attention à leur égard...

— Pourquoi ? Parce qu'ils m'ont pris pour cible de leur insolence ? Cela m'agace et je n'ai pas vocation à la patience ou à la pondération. Et alors ! Je ne perds pas la réalité de vue parce qu'elle m'est hostile. »

Elle se tourne vers le Vaisseau ardent pour masquer qu'il vient de la toucher et qu'elle ignore en quoi. Elle avance d'un pas et le fixe jusqu'à ce que ses yeux la piquent. Depuis le récit de Zach, du navire polymorphe, de cet incendie sans consomption, ne demeurent que de maigres fumerolles aux figurations éphémères – un peu de brume, quelques feux follets, des résidus d'influences…

Une instabilité emblématique de sa précarité émotionnelle ?

« *Tout est-il indéfiniment lié ?* »

Elle s'était promis de s'approcher du brasier mystérieux, elle n'en a jamais « trouvé le temps ». L'excuse est pitoyable, mais elle a eu tellement à faire avec les enfants. Pas seulement Ragn et Bly, qui la sollicitent sans arrêt, qui ne la lâchent pas, ni les huit autres en fait, mais ce sont ces questions qu'elle se pose à leur propos qui l'épuisent. Sans compter cette idée, obsédante et déroutante, qu'elle oublie ou néglige quelque chose…

L'Albatros, lui, ne s'encombre pas de questions. Il boude la radio comme les épaves, pour lui la découverte du canot n'a rien changé. Il se mêle aux dix et s'amuse à les connaître. Il traîne avec eux comme un badaud à la fête foraine. Quel enfant n'apprécierait pas ces moments privilégiés où un adulte omet son incrédulité coutumière ? Il leur parle autant qu'il les écoute – de toute évidence, José ferait un père attentionné. Le pense-t-elle parce que, malgré tout, elle lui fait confiance ? Elle le soupçonne cependant, et cela, depuis qu'elle est entrée dans son hangar, d'être ce que les filles désignaient à l'école comme un « gentil garçon ».

Jack, à l'opposé, est un guerrier, assurément. Elle se souvient avoir plusieurs fois envié son pragmatisme – pour lui, tout est simple. Mais la façon dont il la regarde en fait un mercenaire qui, faute d'argent, convoite d'autres privilèges. Elle obtempère à son autorité, sans zèle, pour maintenir une distance acceptable – « Dans une pièce fermée, tout conflit dégénère. Si tu n'es pas prête au combat, ménage à ton ennemi une issue honorable. Et ne le regarde pas ! » lui a rabâché son père. Elle suit son conseil : les « mauvais garçons » ne l'ont jamais attirée, pas l'inverse.

Après avoir arpenté les moindres recoins des rivages, depuis trois jours, après avoir réquisitionné le canot, l'aventurier navigue entre les épaves. Il relève le plan du glacier, inlassablement. Le canot est sa propriété, sa carte son grand œuvre.

« Quelle réalité ne perds-tu pas de vue ? reprend-elle pour rompre le silence.

— Je ne suis pas comme l'Albatros, se contente-t-il de répondre en la rejoignant.

— José ?

— Il s'isole… Je le connais, et depuis longtemps. Ça ne fait que commencer.

— C'est dans sa nature.

— Sa nature ? Tu es drôle…

— Qu'est-ce qui est drôle ?

— Tu le sauras bien assez tôt. Puis-je te donner un conseil ?

— Tu me le demandes, sérieusement ?

— Ne te fais aucune illusion à son sujet. Aucune ! »

Il s'est penché si près de son oreille qu'elle a senti son souffle relever ses cheveux, et jusque contre sa nuque. Elle s'écarte sous prétexte d'effectuer une série de contorsions pour détendre ses cervicales.

« Tiens-toi à l'essentiel.

— Et qu'est-ce qui devrait être essentiel à mes yeux ? » se croit-elle obligée de demander.

Jack Blackjack observe la voûte glacée et respire profondément avant de lui répondre, toujours sans la regarder.

« Tu tiens vraiment à le savoir ? Soit. Tu te lies à ces gamins, c'est dans ta nature de femme. Mais tu ne les aides pas. En réalité, Nathalie, tu t'installes... Ce n'est pas la même chose. Tu capitules, tu abdiques... Tu ne seras pas la première, mais l'Albatros ne te précède que de peu.

— Absolument pas !

— Je peux comprendre ta réaction, je suis humain, mais ce n'est ni le lieu ni le moment. En fait, tu pactises avec la fatalité, tu cherches le meilleur moyen pour survivre... »

Elle virevolte et, cette fois, elle fait front.

« Et alors ! Je ne vois aucune issue possible, pas la moindre sortie. Et toi, tu en vois une, peut-être ? Depuis le temps...

— Pas encore... Pas encore, mais je n'abandonne pas pour autant... De même que je n'ai pas vu le modèle de leur monstre... Mais s'il existe, je le trouverai ! »

Nathalie laisse éclore un rictus : le monstre, son frère et sa réplique ! Il faut être un enfant pour y croire. Ou un homme... Parce que, hier, Tom les a bien tous embobinés !

Mais l'aventurier poursuit, indifférent à sa grimace.

« Vois-tu, je vais te dire une chose : Jack Blackjack ne renonce jamais. Jamais, l'entends-tu ? La fatalité, je ne m'en arrange pas, je lui crache à la gueule. Baisser les bras ? Très peu pour moi, merci ! Pendant que José cherche un sens à sa vie et que toi tu te forges une figure maternelle, moi je regarde les choses en face, je ne pense qu'à ça : partir.

— C'est un credo, mais tu ne sais absolument pas comment sortir d'ici.

— Je vais trouver. Parole de Jack Blackjack. Je vais trouver. Et à ce moment-là, il sera un peu tard pour répondre à ma question.

— Quelle question ?

— Es-tu avec moi, Nathalie ? »

Elle hausse les épaules comme si ce n'était rien.

Une vraie battante ne songerait qu'au moyen de sortir d'ici. Mais elle ? Elle, elle est comme ce jardinier qui chérit une fleur qu'il n'a pas plantée et qui promet de dépasser toutes celles qu'il cultive : elle contemple cette réalité impensable, la brèche maternelle. Secondaire, certes ; minuscule, encore ; discrète, oui, mais... incontestable.

Jack n'a donc pas tout à fait tort : elle s'installe.

« Hiiiiiiiaaaaaaaaaaaaaaouuuuuuurk ! »

Kum assume sa charge, le Doux Réveil, en imitant son dernier totem, tout droit issu du répertoire que Tom refuse d'interpréter.

« Ce sera donc chaque fois pareil ? s'énerve Jack.

— Hier – enfin, *leur* hier –, c'était plus aigu », se contente-t-elle de répondre, consciente de son calme, consciente par ce calme de lui démontrer que, bien que faible, bien que faillible, elle le domine sur un point : les enfants sont avec elle, et elle avec eux. Et puis, se souvient-elle, aujourd'hui, Jack Blackjack va chasser le monstre...

2

Voici quelques heures à peine, tous les trois discutaient de la nécessité de continuer à se réunir pour les veillées et de maintenir des tours de garde, auxquels l'Albatros ne participe plus guère, lorsque Tom s'est présenté à eux – botté et coiffé, sans plus.

« Bla…, a-t-il commencé.

— Quoi ?

— Ben, et le Monstre ? Si tu veux, on…

— Ah non ! s'est emporté l'Ours. Je vais te dire ce qu'il en est, moi. Ce monstre n'existe pas, c'est une blague que te font tes copains. J'ai peut-être fait semblant d'y croire, mais ça suffit… Ça suffit, oui. C'est comme ça. Allez, en bon entendeur, bonsoir ! »

Tom s'est gratté le nombril, s'interrogeant sur le sens de ces propos. Apparaissant dans son ombre, le Maître du Registre lui a adressé un hochement de tête.

« Quoi ?

— Tom…, a soupiré Limn après lui avoir renouvelé son signe.

— Ben…

— Maintenant.

— Maintenant : Il est Temps et tout ?

— Et tout. »

Tandis que les autres enfants surgissaient les uns après les autres, du Chaos de pierres et du lac, Tom a reculé de deux pas, puis s'est redressé pour avancer les mains en cornet autour de la bouche: « Je suis Tom et il est Temps de Parler!

— Il l'a bien dit, a apprécié Tœ.

— Ça manque un peu de spontanéité, non? a relevé Sim.

— Mais il sait son texte, l'a défendu Zach.

— On ne s'en lasse pas, a approuvé Buld.

— Il est Temps de Parler, a répété Tom, et... ça sert à rien! Ils le savent déjà, j'ai tout dit. Ils ont vu mes empreintes. J'ai expliqué qu'il nous est tombé dessus, j'vois pas...

— L'autre..., l'a encouragé Limn.

— Le nôtre?

— C'est à toi de décider. Tu es le Maître du Secret.

— Ah oui, le Secret... Mortimer nous a expliqué comment faire, Bla. Tu sais, tout ça, les mâts, les voiles, les ornementations... Alors, nous, on y travaille. Depuis qu'il est arrivé. C'est son plan! Mais nous, on n'est que des enfants. Déjà, poser les mâts... Et puis, il nous les a fait déplacer... Pas bête, il a dit à Limn: "Surtout, le Monstre doit se tenir prêt à bondir!", qu'il lui a dit, Mortimer. Et nous, on a répondu: "D'accord. Et la gueule ouverte pour tout engloutir." Quand ça sera fini... parce que, c'est pas fini...

— Tom, je ne comprends rien! » a-t-elle dû l'interrompre.

Ragn est alors intervenue, en leur désignant leur Grand Chantier: « Les mâts forment l'ossature d'un monstre, les voiles qui pendent sur les côtés la recouvriront comme une peau. Les ornementations imitent les yeux, les crocs, les griffes, les plumes, les chairs, les cornes, le bec et les écailles.

— Il reste beaucoup à ornementer, a approuvé Sim.

— Mais quand ça sera fini, a précisé Buld en désignant le sommet de la voûte glacée, si un visiteur veut entrer par tout là-haut en douce, sans faire de bulles, il verra le Monstre et il aura peur!

— Vous dites que vous construisez une sorte de mannequin de carnaval de la taille de ce galion ? a demandé José. C'est bien cela ?

— Ben oui, c'est ce que j'ai dit ! Prêt à bondir, le Monstre.

— Aucun monstre n'a jamais ressemblé à ça, s'est sincèrement désolé le pilote. Que vous y croyiez réellement ou que vous inventiez tout, ce ne pourra jamais être qu'une parodie ! Pas de quoi faire peur, même à Plo !

— Je suis un pirate, et j'ai ma hache !

— Ben si.

— Mais non, personne ne peut…

— Ben si : un monstre ressemble à ça. On fait attention à tout, les proportions, les couleurs, j'veux dire. Avec les reflets sur les ailes et tous les yeux, c'est pas facile.

— Vraiment ! s'est agacé Jack. Le jour où tu m'en montreras un de cette taille, avec des ailes et…

— Demain, Bla ? lui a demandé Tom.

— Oui, plutôt demain, a acquiescé Limn. Pour le moment, dépêchons-nous de raconter nos rêves.

— Quoi ? Attends ! Qu'allez-vous me montrer demain ? a réclamé Blackjack.

— Le Frère du Monstre, lui a expliqué Tom. Le modèle. Celui qui est dans la glace.

— Le frère du… Encore une plaisanterie ! Aucun animal, même d'un autre âge pris dans la glace, n'a jamais atteint cette taille ! Ça n'existe…

— Ben, plus petit, c'était plus difficile… Alors, on le fait pareil.

— Tu te moques de moi, mais ça ne prend pas ! J'ai déjà fait dix fois le tour de…

— Dix fois… et sans rien voir…, lui a répliqué Tœ.

— Tu n'as même pas vu mon oliphant rose, a ajouté Kum, et pourtant nous te l'avons montré !

— Un oliphant rose ! Ce n'est qu'un calembour stupide. Vous avez de sérieux progrès à faire, si vous voulez devenir crédibles !

— Pas vu, pas cru ! a répliqué Bly en défiant ouvertement l'aventurier.

— Quoi ! »

Nathalie s'était surprise debout, la poitrine haletante, prête à s'interposer. Le ton de l'Ours avait beau se vouloir froid et distant, elle avait entraperçu quelque chose dans son regard qui lui avait fait craindre le pire. Cette lueur mauvaise n'avait duré qu'une fraction de seconde, mais elle ne laissait aucune place au doute : si Bly avait été d'âge de se battre...

C'est la fillette toute pâle et menue qui est intervenue pour détourner l'attention. Ragn a annoncé qu'elle donnerait bientôt le Bonsoir et s'est rapprochée du lac sans attendre. Aussitôt, tous les enfants l'ont suivie, Bly en dernier. Jack lui tournait le dos.

« Tœ m'a dit qu'ils ont beaucoup de rêves et de jeux à se raconter, a signalé le pilote.

— Pas pour moi ! a cru nécessaire de préciser l'aventurier.

— Oui, Zach a répété toute la journée, a-t-elle confirmé. Enfin, toute une de leur journée...

— Je vais avec eux, a décidé José, et je prends le canot. Pas de panique, il faudra bien que je revienne... »

Jack Blackjack a soupiré, mais il ne s'y est pas opposé : l'aviateur ne regagnerait certainement pas le rivage à la nage.

« Il y a mieux à faire, a repris l'aventurier à l'adresse de la jeune femme. Moi, je vais inspecter la paroi qui longe la forêt, je ne vois pas d'autre endroit où leur fameux monstre pourrait se cacher. Ces bois sont étranges et je peine à en dresser la carte.

— Le monstre... Tu y crois donc un peu ? »

Non seulement l'Ours avait l'air sérieux, mais il semblait avoir déjà oublié l'altercation avec Bly.

« J'ai ma théorie, a-t-il finalement répondu.

— Déjà ?

— C'est la moins invraisemblable de leurs assertions. Encore qu'il faille relativiser les choses : comment aurais-je pu rater une créature de cette taille ? Si elle m'a échappé, c'est qu'elle est loin, bien loin d'atteindre ces dimensions ! Aussi grande qu'un galion… Si elle existe, vois-tu, je vois une explication simple à nombre de leurs fantasmes : les glaces auront piégé quelques bêtes ensemble, agglutinées de sorte à constituer cette abomination qui les a effrayés.

— Et pour leur mannequin ?

— Tu penses sérieusement que c'est l'œuvre d'une dizaine d'enfants à peine sortis de la maternelle ? Des muscles et des treuils sont nécessaires pour un tel chantier ; eux seraient en mal de construire une cabane dans les vergues !

— Alors qui ?

— Observe attentivement l'espace entre la Grande Falaise et le Chaos de pierres. C'est le seul endroit où le lac vient battre contre la paroi. La glace est moins rosée, moins nervurée que partout ailleurs… Je ne suis pas un spécialiste, c'est vrai, mais je pense que ce glacier communiquait par là avec l'océan. Pour des raisons que j'ignore, il s'est refermé. C'était une porte, Nathalie.

— Les Portes de l'enfer ? José les nomme ainsi…

— José…

— C'est le nom que tu as crié dans l'avion.

— Moi ! Crier ? Tu n'étais pas en état d'observer quoi que ce soit, souviens-toi ! Allons, concentrons-nous sur l'essentiel, veux-tu ? À cet endroit, la glace semble d'une nature différente, plus fragile peut-être, mais selon toute évidence elle est plus récente qu'ailleurs… Des navires sont entrés par ce passage. Des hommes ont survécu. Ne pouvant ressortir, ils ont dépouillé les bateaux échoués pour transformer le galion.

— En adoptant une telle disposition pour les mâts ?

— Je n'ai jamais prétendu qu'ils espéraient pouvoir encore reprendre la mer… Que pouvaient entreprendre ces naufragés sans espoir de retour ? Créer une cité à la mesure du gouffre dont ils étaient devenus captifs, et cela, avec les matériaux dont ils disposaient. Voilà ce que j'aurais fait, moi. Des mâts, des voiles : il y a de quoi construire un chapiteau, effectivement, pour se préserver du froid.

— José pense comme toi, mais il ne fait pas froid.

— Les choses changent. Les flammes ne sont plus aussi virulentes qu'à notre arrivée, mais le feu ne s'éteint pas. Du moins, pas encore. Aucune source de combustible n'est éternelle, celle-ci aura une fin. Comme toute chose. Elle a bien eu un début…

— Je commençais à avoir envie de voir les toiles former leur monstre…

— Tu es si jeune, petite. »

Jack ne l'a pas attendue, il a tourné les talons, avançant d'une allure décidée le long de la plage, sans regarder une fois en arrière.

3

« Alors ?

— Tu as une tête de petit garçon.

— Je savais que j'aurais dû mettre un bandeau sur l'œil ! Mais je ne suis pas un petit garçon, je suis un terrible pirate… Je t'enlève ?

— Avec ma permission ?

— Pirate, mais courtois », lui a répondu le pilote qui venait de rapporter le canot.

Elle a saisi la main qu'il lui tendait pour se relever, mais il l'a lâchée aussitôt debout. Elle a frissonné à ce moment, ni de froid ni de fatigue. José a posé alors sa main dans le bas de son dos et l'a poussée légèrement. Elle a résisté, mollement, puis s'est laissée emporter, avançant en aveugle. Comme au jardin d'enfants, ou dans le lit de ses amants, jouant à être le jouet – et peu importe qu'il fût un petit garçon ou non, du moment qu'elle baissait les paupières…

« Je ne veux pas traverser », s'est-elle reprise brusquement.

Elle n'aurait pas dû rouvrir les yeux, encore moins les poser sur le canot.

« Ce n'est pas une obligation », lui a-t-il répondu en lâchant un à un ses doigts de contre ses reins.

Nathalie l'a regardé ensuite, lui ne regardait que le galion.

« Qui n'a jamais rêvé de jouer aux pirates ? Eux

possèdent un navire, qu'ils aménagent sous les ordres d'un vrai forban… Et quel pirate !

— C'est ce que les enfants disent… Est-ce vraiment ce qu'ils croient ?

— Cette subtilité n'est pas de leur âge. Ils jouent, "pour de bon". Et rien d'autre n'entre en ligne de compte.

— Tu commences à parler comme eux…

— Non… Pour eux, c'est vraiment comme ça. Moi, tout au plus je pourrais faire semblant… Ce qui ne serait déjà pas si mal », a-t-il repris après un moment en secouant la tête.

Nathalie a fait quelques pas et ne s'est arrêtée que lorsqu'elle a constaté qu'elle se rapprochait des deux sirènes. Elle s'est retournée vers l'Albatros, qui la regardait à peine.

« Jack trouve que nous nous installons ici, que l'envie de retourner chez nous nous abandonne…

— Oh, Jack…

— Ce n'est pas vrai ?

— J'ai perdu mes ailes…

— Je sais. »

D'un mouvement de tête, José l'a invitée à se tourner vers les restes de l'avion. Le fuselage jaune enfoncé dans le banc de sable clair n'évoque vraiment plus le bimoteur qu'elle a découvert dans le hangar – l'appareil semblait alors si vulnérable à côté du jet paternel, une promotion de boîte de céréales égarée dans un garage de province. Désormais, il ne figure qu'un tube.

« Mortimer, a-t-il soudainement demandé, qu'aurait-il fait ?

— L'histoire de Zach n'est qu'une fiction… », a-t-elle rétorqué.

Avec la défaillance de l'incendie, l'emprise du récit de Zach s'est nettement estompée. Lorsqu'il contait les exploits du terrible pirate, elle avait été intimement convaincue que le Vaisseau ardent réagissait aux épisodes évoqués, de la même manière qu'elle s'était sentie plusieurs fois étrangement liée à lui. Mais avec son déclin, elle ne s'est pas vu d'autre choix que d'enfermer sa crédulité avec ses listes, dans le frigo.

« Même si la fable dont il s'inspire emprunte à la réalité, a-t-elle repris, même si le personnage se fonde sur quelques anecdotes avérées…

— Est-ce important ? l'a-t-il coupée. Tu es historienne, tu réclames des faits et des preuves… L'élan lyrique de Zach, bien sûr que c'est du théâtre. Et quant à moi, je suis un pilote, sensible à l'envol.

— Tu joues sur les mots.

— Ils servent à ça, non ? Le tout, vois-tu, c'est de me demander pourquoi je vole… Quel mal je soigne… La folie suicidaire de Mortimer me touche. Le passage de la jambe, le "tchac !", c'est prodigieux… Quelle détermination, quel refus viscéral d'échouer… Il s'automutile ! La démesure du geste me plaît, mais je sais qu'il a tort. Qu'il s'enfonce dans sa démence, qu'il s'éloigne de sa vraie nature puisqu'il ne fait que se focaliser sur le symptôme qui l'empoisonne. Car sa volonté se nourrit de sa colère, et la nourrit ; ce n'est qu'une variante de son besoin de vengeance… Il souffre et l'escalade l'apaise ; elle ne l'aide pas, elle l'enferme ; elle ne le grandit pas, elle le corrompt… Pas un instant il ne s'accorde la lucidité du recul. Le "tchac !", c'est moi. Sans mes ailes, qu'est-ce que je deviens ? La folie est un artifice des légendes, mais dépasser les nuages… »

Elle s'est retenue de lui assener un « Tu le comprends bien », pour réaliser, l'instant suivant, qu'au siècle des Frères de la côte l'Albatros aurait été des leurs. Son père, elle le verrait indéniablement en armateur – en négrier, peut-être… L'exil a certainement épargné à sa famille de se confronter à une telle alternative. Jack Blackjack : pirate ou mercenaire, les deux parfois. Et elle ? L'influence cinématographique la représentait spontanément dans de belles robes froufroutantes, maquillage indifférent aux embruns tropicaux – une aristo, une midinette, un destin brisé… Sa complaisance romantique l'a écœurée.

« Derrière leurs inventions, ces enfants me surprennent, a-t-il poursuivi. Ils écoutent. Et ils posent des questions. Des questions étranges.

— Tu as parlé d'eux comme d'"enfants libres".

— Justement… On me traite volontiers d'anarchiste, ce que je trouve plutôt flatteur ; bien que ceux que j'aime ne le conçoivent guère comme un compliment… Ni que je n'aie jamais su, ou essayé de savoir, ce qu'il en était réellement. J'ai une sainte horreur des étiquettes. Je ne me sens pas l'âme d'un terroriste, il m'arrive d'accepter des ordres, tout le temps en fait, de me plier à des disciplines imbéciles, d'ignorer la loi et les règlements, de prôner parfois une certaine morale, par bien des aspects aussi rigide que celle des autres, mais j'ai toujours revendiqué ma liberté. Pas pour l'esthétique du beau principe, par disposition naturelle. J'étouffe, sinon. Ce n'est pas plus compliqué que cela… J'étouffe. De même que mon existence entière s'est confondue à la possibilité de voler.

« C'est ce que j'ai tenté de faire comprendre à Tœ, qui me trouvait triste et ne saisissait pas pourquoi. Je lui ai patiemment expliqué que j'avais tout perdu, et il m'a félicité. Tu te rends compte ? Cet enfant, pas plus haut que ça, tout content qu'il ne me reste enfin plus rien ! Si tu avais vu son sourire, il illuminait son visage. Je lui ai demandé ce qui le réjouissait dans mon drame, il m'a parlé de délivrance… et de Mortimer. Selon lui, quand Mortimer a rejoint leur monde, il s'est délivré de son passé et ne s'est pas cherché un avenir. Eux ne vivent que dans l'instant, et l'instant est sans fin. Du moins, c'est ce que je crois comprendre. Tœ ne dit pas les choses, il écoute et pose des questions.

« Je lui ai donc expliqué que ce que j'ai toujours voulu, c'est avoir encore le choix. Poursuivre dans ma bêtise ou changer mes plans, revenir sur ce que j'ai mûrement décidé ou m'accorder un coup de tête. Voilà ce que j'aime, comment je suis... Comment j'ai pensé vivre jusqu'ici. Et puis, peu à peu, tout en lui parlant, j'ai commencé à réaliser que je ne me suis attaché qu'à un seul vœu, que toute mon existence s'est pliée à cette résolution si évidente, si omniprésente, que je l'ai confondue avec le sens de ma vie. Voler... Voler a toujours tout représenté pour moi, tout... Tout, sauf un choix. »

José avait l'air si grave... La jeune femme a pensé lui prendre la main, mais elle était trop loin pour ne pas charger ses quelques pas d'un autre sens.

« Je ne pense pas qu'il ait jamais saisi pourquoi je suis affecté par l'état de ma machine, mais il m'a parlé des rêves. Enfin, des miens... Oui, lui ai-je répondu, je rêve que je vole chaque nuit. Suis-je heureux, alors ? Et comment ! Au moment du réveil, ce rêve m'habite-t-il toujours ? Oui, mais autrement. Cet autrement ressemble-t-il à un souvenir lointain ou incomplet ? C'est exactement ça... Je ne l'ai pas laissé poursuivre. Je lui ai expliqué que, très vite, à peine réveillé, je classe le rêve parmi les illusions, pas avec la réalité. Tœ a grimacé. De dix manières, j'ai tenté alors de lui faire saisir la différence qu'il existe entre croire voler et voler effectivement...

— Je parie qu'il n'a pas davantage compris.

— Absolument rien...

— "Ce n'est qu'un rêve", s'est rappelé Nathalie. Combien de fois m'a-t-on répété cette évidence en pleine nuit, parce qu'un cauchemar m'effrayait... Ou au petit déjeuner, pour les songes féeriques. Et, contrairement à eux, je ne vivais pas coupée du monde... Alors, si personne ne le leur apprend... »

Elle n'a pas tenté d'achever sa phrase, refoulant l'influence de Jack, maudissant son éducation de l'avoir si bien préparée à l'accepter.

« Chaque fois, a repris José, Tœ me demandait si c'était important. À la fin, je ne savais plus quoi lui opposer, la formule qui m'a si souvent blessé dans mon enfance : "C'est comme ça, un point c'est tout." Heureusement, je n'ai pas réussi à la dire... Il s'en est rendu compte.

— C'est un garçon sensible. Il est mignon.

— Plo nous a rejoints à ce moment-là pour demander : "On joue ?" Les autres fois, Tœ n'y résiste pas. Mais là encore, il m'a surpris. "Attends, Jos va nous raconter une histoire." Je l'ai regardé, étonné, et j'ai su qu'il avait raison. J'avais une histoire à raconter, mon histoire oubliée... Tu... Nathalie, tu veux l'entendre ? Elle n'a rien d'extraordinaire, ce n'est qu'une histoire de petit garçon... et de son rêve.

— Une histoire de quand tu étais petit garçon ? Raconte.

— Oui ? C'est une chose que je n'ai jamais confiée à personne, jusqu'à aujourd'hui... Eh bien, comme tous ceux de mon âge, je croyais au Père Noël. Pourtant, j'ai toujours eu un côté... disons... réaliste, pragmatique, d'où je tiens un certain don pour la mécanique. Il me semblait évident qu'avec autant d'enfants à travers le monde, et même en tenant compte du décalage horaire, un seul homme, fût-ce le Père Noël, ne pouvait pas livrer tous les cadeaux lui-même en une seule nuit. C'était impossible, tout bonnement impossible. Alors, forcément, il avait des aides. Et pour moi, ses aides volaient, naturellement : ça va plus vite et les cheminées sont en hauteur. Mais qui étaient-ils ? L'intervention des lutins me semblait peu vraisemblable, une fantaisie disneyenne, de la fioriture à bon compte. Des anges, ou quelque chose dans ce genre ? J'aurais pu me contenter de cette explication, mais ça n'a pas été le cas, c'était trop religieux... Non, j'étais persuadé qu'il s'agissait d'enfants, d'enfants que le Père Noël avait choisis parce qu'ils avaient deviné son secret... Alors, moi aussi, puisque je l'avais deviné, je pouvais poser ma candidature ! Quand j'en ai parlé à mes grands frères et à mes parents, tout le monde m'a encouragé. Mon père m'a demandé de bien réfléchir : si j'aidais le Père

Noël cette nuit-là, je ne serais jamais rentré à temps pour ouvrir mes cadeaux en famille. Je n'ai pas eu besoin de temps pour faire mon choix : deviner ce secret, c'était en accepter toutes les conséquences. J'étais assez grand pour comprendre ça, j'avais un hamster que je nourrissais et dont je devais également vider les crottes et nettoyer la cage deux fois par semaine. J'apprenais à peine à écrire et je me suis fait aider, plusieurs fois, pour postuler... Chaque nuit, je regardais le ciel en attendant un signe – je ne l'imaginais pas s'adresser autrement à moi : il viendrait me parler à la fenêtre, m'expliquer comment faire, peut-être m'emmener visiter sa fabrique ou m'apprendre à voler... La réponse n'est pas venue et j'ai grandi. J'ai compris que les cadeaux que je recevais à Noël venaient de mes parents, mais cela ne signifiait pas que le Père Noël n'existait pas. Il y avait tant d'enfants malheureux, dont les parents ne pouvaient pas s'occuper comme ils le désiraient, ou comme ils le méritaient, qu'il était logique que le Père Noël délègue sa tâche aux parents mieux lotis. Les miens répétaient assez que nous coûtions cher, rien qu'à voir tout le pain que nous ingurgitions à quatre heures, et sans compter les études. Alors, qui payait les cadeaux ? Le Père Noël devait leur avancer l'argent, un arrangement de ce genre... Oh, bien sûr, tout au fond de moi, je me doutais que cette explication devenait de plus en plus bancale, que c'était un peu trop compliqué pour bien fonctionner, que les pièces de ma construction s'emboîtaient mal, mais j'y croyais quand même... Je tenais à y croire. Et puis, on m'a dit... Mes frères, après mes camarades de classe, mes parents ensuite. Eux qui m'avaient initié et convaincu de cette fable, qui m'avaient encouragé à lui écrire... J'avais envie de pleurer, je me suis réfugié dans ma chambre et j'ai fermé les volets. Je n'ai pas versé de larmes, puisqu'on venait de me sortir de l'enfance pour me donner l'âge de savoir que jamais je ne volerais...

— Mais tu l'as fait…

— À la rentrée des classes suivante, la maîtresse nous a tous demandé quel métier nous voulions faire plus tard. J'ai répondu crânement : aviateur ! Et depuis ce jour-là, je n'ai plus pensé qu'à ça…

— C'est une jolie histoire. Triste, mais jolie…

— Peut-être… Tœ m'a posé une dernière question et puis il est allé jouer avec Plo. Ça devenait urgent.

— Laquelle ?

— Si j'avais pleuré depuis… Je lui ai dit que non. J'ai ajouté que j'avais certainement pleuré quelques fois, mais si peu que ça ne comptait pas. Alors, tout en s'élançant à la poursuite de Plo, il m'a jeté : "Pourtant, tu es devenu pilote ! Voler, ce n'est pas tout ce que tu voulais ?" Au début, je ne comprenais pas, et puis… Est-ce que les gens en paix retiennent leurs larmes, Nathalie ? »

Le pilote s'est finalement assis sur le sable, jambes croisées, face à la forêt. S'il inclinait légèrement la tête sur la droite, il pouvait voir la carcasse de son avion, sur la gauche le Palais après le Vaisseau ardent.

« L'histoire de Mortimer est un peu la mienne », a-t-il repris une fois qu'elle s'est installée à ses côtés, aussi proche que dans un cinéma. « Nous avons consacré notre vie à soigner les symptômes de notre blessure, parce que ça fait mal, vraiment mal. Oui, je suis devenu pilote. Un pilote sans amis, refusant avec dédain toute offre de compagnies régulières, préférant sacrifier… préférant sacrifier jusqu'à son honneur pour garder son indépendance ! L'honneur, je m'en fous, remarque, mais le respect de soi… Fichue indépendance, crois-moi ! Je dors dans mon hangar, j'accepte n'importe quelle mission pour voler encore. J'ai fait des choses dont j'ai honte pour payer mes factures ; pas une fois, des dizaines de fois… Je ne vaux pas mieux qu'un pirate, je ne vaux pas mieux que lui. Je devrais peut-être me couper la jambe pour épuiser mon destin et savoir enfin où tout cela me mène !

— Ce n'est pas déjà fait ?
— Pardon ?
— Tu t'es souvenu de ton "histoire oubliée", et plus encore, tu l'as racontée… Deux fois.
— Je n'y vois pas plus clair.
— La solitude, José… Tu parles de voler, mais pas d'elle. Et si elle n'était qu'un autre symptôme ?
— Je ne…
— En fait, tu t'es déjà coupé la jambe, quand tu étais un petit garçon. Tu t'es amputé de cette chose qui nous relie aux autres, la confiance. Tu t'es senti trahi par les tiens, même si tu savais déjà que ce n'était qu'une fable. Mais tu voulais y croire, et croire en eux, et c'est toi que tu as puni.
— Se défier des autres, tout le monde fait ça.
— Il s'agit de toi, José. De la confiance que tu avais en toi, dans ta capacité à t'y ouvrir… Quand Tœ parlait de délivrance, tu as aussitôt pensé que c'était une manière de dire que voler en rêve constitue une expérience suffisante. C'est devenu un réflexe protecteur, car en réalité tu étais déjà en train d'accorder ta confiance, tu t'ouvrais. Et tu ne t'es pas arrêté… Nous ne sommes pas des proches de longue date, ni des étrangers qu'on croise dans un bar et à qui on se confie en sachant qu'on ne se reverra jamais ! Tu nous as offert ta confiance, José. À lui et à moi…
— Je n'ai jamais eu d'amis. »
« Amis »… D'autres mots tournent en cet instant dans sa tête, mais Nathalie s'obstine à regarder ses talons creuser le sable. Elle n'aurait qu'à se balancer accidentellement pour le toucher ; lui qu'à étendre le bras… Ah, cette envie de fermer les yeux. De tout relâcher. Cette envie d'un soupir profond, de cette vague d'abandon qui s'achèverait sur : « J'ai très envie de t'embrasser. »

4

Parfois, il faut s'en remettre aux autres. Se prêter au jeu, les laisser mener, accepter entre leurs mains leurs règles. Difficile de rester une battante vingt-quatre heures sur vingt-quatre. Parfois, enlisée dans la mélancolie, figée sous le poids des incertitudes, ballottée par les déceptions, bousculée, jamais en paix, il faut tout lâcher. Pas dormir mais se blottir, du répit sans repli, enrouler son corps dans la vague qui fuit la plage. Prisonnière de l'autre pour être délivrée de tout.

José le savait, il n'a rien fait.

« Voilà Jack », a-t-il finalement relevé, d'une voix si neutre...

Jack Blackjack se tenait en lisière du bois que les enfants nomment la Forêt profonde, futaie qui s'enfonce sur à peine plus d'une centaine de mètres avant de buter contre la paroi de glace. L'aventurier, une carte dans une main, la nuque dans l'autre, est ressorti côté rivage. Il pestait du pied, la défiait du poing et s'y engouffrait à nouveau. L'Ours ne peut traverser la forêt, chaque fois les arbres le refoulent.

« Trop longtemps enfermé dans une pièce, il attaquera les murs avec ses ongles. Jack a besoin d'agir pour exister. Il ne peut pas comprendre ce qui se passe ici... Il peut être dangereux.

— Pour qui ? »

Les enfants, évidemment.

« Tu exagères, s'est-elle énervée. Je sais qu'il les a menacés, mais ce n'était que de l'intimidation.

— Intimider des enfants… avec un revolver… qu'il nous avait caché…

— Il a été surpris et il pensait qu'il y avait des adultes… C'était un réflexe. D'accord, il a perdu la maîtrise de…

— Non.

— Quoi non ?

— Une fois qu'il a pointé son arme vers eux, je l'ai vu dégager le cran de sûreté, très lentement.

— J'ai du mal à te croire, José. Jack est lunatique, limite caractériel, et… et tout ce que tu veux, mais s'en prendre sérieusement à…

— Il a libéré le cran de sûreté, Nathalie… Je sais de quoi il est capable, et ne me demande pas comment, car je n'en suis pas fier non plus. »

Qu'ont-ils fait ensemble qu'il en parle ainsi ? Associés à l'arme, ces mots les décrivent comme deux mercenaires – et, avec eux, inscrite sur leurs mains, la folie soldatesque qui s'acharne à détruire l'inlassable travail des mères.

« Tu as déjà parlé de ça, s'est-elle souvenue, après que Tœ l'a désarmé. Tu le dévisageais et il a cherché à se justifier, comme quoi il savait parfaitement se contrôler. C'est là que tu as évoqué les jumelles et que tu as fait mouche, il s'est fâché. Tu parlais de celles de l'auberge ?

— Tu les connais ? C'est une histoire dont il s'était vanté auprès de Petrack, qui me l'a racontée dans des circonstances similaires à aujourd'hui. C'était il y a pas mal d'années, elles n'étaient probablement pas encore majeures. Elles jouaient volontiers de leurs charmes pour attirer la clientèle et se laissaient pincer les fesses… Blackjack était déjà le seigneur de son bayou et il prétendait les avoir dépucelées, l'une à l'insu de l'autre, mais la même nuit… Les deux sœurs ne l'ont découvert qu'après coup et elles ont décidé de lui jouer leur tour favori, celui de tous les jumeaux, en se faisant passer l'une pour l'autre. Par curiosité, par vengeance, par jeu : peu importe. Seulement, il n'a pas été dupe et il les a giflées, assez violemment pour qu'elles en portent la trace encore le lendemain. L'une sur la joue gauche, l'autre sur la droite…

— D'accord, c'est un salaud, une mauvaise brute. Et alors, tu veux me mettre en garde contre quoi ?

— Contre les apparences, Nathalie. Jack n'a rien d'un impulsif. Je ne connais personne qui sache mieux garder la maîtrise de soi… La seconde gifle, il l'a donnée plusieurs heures après la première, et il ne s'est pas trompé de côté. »

Nathalie a secoué la tête, mais l'image – la réalité, brutale, excessivement masculine – des joues marquées au rouge ne s'est pas estompée.

Autant boire la tasse à l'instant où le reflux tant attendu s'empare enfin du corps.

« Ils dorment », s'est-elle bornée à dire avant de se laisser tomber sur le dos, les bras en croix.

José a opiné.

« Combien de temps encore ?

— Dix minutes, dix heures, dix jours ? » a-t-elle répondu en étendant ses jambes, puis en creusant sa silhouette d'ange tout en songeant qu'au moins une chose les rapprochait, ils se préoccupent des enfants.

D'un clignement d'yeux, elle a effacé ses pensées et entrepris de forer le sable en tournant sa nuque dans tous les sens. Les paupières en rempart du monde, elle pourrait tout oublier… La simple promesse d'un abandon nocturne commençait à agir comme une caresse, quand le pilote a repris :

« Si *Utopia* existait…

— *Utopia* ! »

À croire qu'il le faisait exprès. Il parlait au lieu d'agir. Ne la regardait pas au lieu de fléchir. Ravivait le souvenir de Portland au lieu de l'étreindre.

« Quelle serait la première chose à faire ?

— Ce n'est pas…

— … la bonne question, c'est vrai, l'a-t-il encore coupée en se tournant enfin vers elle. Alors, je la reformule : quelle serait la première chose que nous ferions, Nathalie ?

— L'étudier ? Nous aurions tellement de choses à en apprendre…, a-t-elle hasardé.

— Non. La refuser, la menacer. Si des hommes découvraient *Utopia*, aussitôt ils la détruiraient.

— Quelle idée… »

Elle s'est légèrement redressée, en appui sur ses coudes, mais la tête renversée et les paupières encore closes.

« Avec des remords, autant que tu veux, mais surtout le sentiment que c'était absolument nécessaire », a-t-il cru bon d'insister.

L'étau des mots, avec cette sempiternelle logique guerrière…

« Selon le credo des colons, détruire pour construire », a-t-il précisé, implacable et lointain.

Impossible, dans ces conditions, d'y échapper – des listes, malgré elle, s'élaboraient, selon le credo des armées : éliminer l'étranger. Ou celui des hommes d'affaires, à propos des concurrents. Ou des chasseurs, à qui tout appartient. Ou des professeurs d'université, vis-à-vis des théories différentes. Ou des écoliers, avec la petite nouvelle. Ou des copines, parce que ton père…

« Ce n'est pas *Utopia* », a-t-elle affirmé, bien assise et les yeux ouverts.

« Qu'en sais-tu ? lui a-t-il rétorqué. Tout est étrange, nous ne comprenons rien… En fait, nous ne sommes pas très différents de Jack : ça nous dérange, alors nous tentons de tout ramener à ce que nous savons, à ce que nous maîtrisons. C'est naturel, mais ça ne veut pas dire que nous avons raison… Quand je discutais avec Tœ, tu sais ce que j'ai eu le plus de mal à lui faire comprendre ? Que je volais, réellement. Il ne sait pas ce qu'est un avion. Ni le mot ni le concept…

— C'est une réaction post-traumatique.

— Tu vois ! Tu ramènes tout dans le filet de ta théorie, tu n'explores même pas la possibilité qu'il l'ignore effectivement !

— Il n'y a pas d'autre explication, voyons !

— D'accord, alors éclaire-moi. Quand je lui ai expliqué ce que je voyais au-dessus des nuages, Tœ a ouvert des yeux grands comme ça. Il ne savait pas que c'était possible, pas autrement qu'en rêve. Pour me faire comprendre, j'ai décrit le moutonnement des nuages en le comparant à une nappe recouverte de crème Chantilly. Il ne sait pas non plus ce que c'est… Ce gosse n'a jamais vu une vitrine de pâtisserie de sa vie !

— Il refoule tous les souvenirs qui sont associés au…

— J'ai tenté une autre image : un camion qui a déversé toute sa cargaison de peluches sur un parking. Je lui ai dit que, au début, on ne voit rien, et puis, peu à peu, il y a la tête d'un nounours qui se détache, ensuite d'un petit bout de cochon, un nez ou un bras d'un lapin duveteux qui s'impose au regard… Camion, peluche, parking : ces notions aussi il les refoule ? Même le nounours ? Pourtant, ça ne lui disait rien non plus…

— Tu te rends compte de ce que tu insinues ?

— Tu te rends compte de ce que tu dénies ?

— Mais…

— D'accord. Oublie-les ! Oublie tout ce que Zach a raconté, comme si cela n'avait aucun rapport avec la vie au-delà de… "l'Île blanche". Justement… Regarde autour de toi. Où sommes-nous, Nathalie ? Ce bateau qui brûle depuis notre arrivée, pour le moins, l'aménagement du galion, ces arbres, ce climat…

— Mais qu'est-ce que tu veux, José, à la fin ? Que je te dise que je n'en sais rien ? Que je ne comprends pas, que ça me dépasse ? Voilà, ça y est, tu es content ? Je l'ai dit… Cette théorie du voyage scolaire est absurde. Celle de l'accident ne tient pas la route plus longtemps. Ils disent qu'ils ont plusieurs siècles. Ça aussi, c'est aberrant. Que nous reste-t-il ? L'hallucination collective. Cette eau que nous buvons… Tu n'as pas mangé depuis combien de jours ? Comment va ta jambe ? Tu te souviens de mes blessures ? Cette eau est empoisonnée, José. Et elle est partout ! Nous sommes dans un écrin de glace. L'air est saturé d'eau ! Nous délirons. Nous rêvons. Nous allons finir comme eux, dans une folie mythologique…

— Mythologique ?

— Ce n'est pas ce que tu voulais me faire dire ? Mythologique ! Parce que, s'ils sont immortels, c'est que nous baignons dans la fontaine de Jouvence. Il n'y a pas d'autre conclusion possible. D'ailleurs, je vois l'arche de Noé, le Fléau des mers et l'archétype des vaisseaux fantômes aux voiles rouges… Sans compter, maintenant, le Pavillon blanc du pirate de l'Île noire… Toutes les promesses de la bibliothèque de Virginia… Je vois… je vois exactement ce que je voulais voir. Et j'ai la trouille de ma vie, José… J'ai peur… Tellement seule… Prends-moi. »

Elle a tendu la main, paume ouverte et il l'a regardée.

Il ne l'a pas prise.

Il a dit : « Attends. »

Envie de disparaître, de se plier pour ne former qu'une boule, de régresser jusqu'à ne pas penser. Il a dit : « Attends. »

« J'étais un enfant différent. »

Elle a soupiré sans retenue, qu'il sache qu'elle n'a pas envie de l'entendre raconter sa vie. Pas maintenant.

« À onze ans, je suis tombé amoureux. De mon professeur d'anglais. Ça n'a rien d'original, j'en étais obsédé. Ses yeux, ses lèvres fines, ses longs doigts effilés, sa façon de marcher… Tout me fascinait… Bien sûr, il ne s'est rien passé, ma passion est restée mon secret. C'était une personne non seulement terriblement plus vieille que moi, mais pieuse, de haute naissance et d'une autre couleur de peau… Tout nous distinguait, à un détail près… Pour un garçon de onze ans, être amoureux n'est pas seulement platonique. J'amorçais la puberté et mon corps s'éveillait à…

— Épargne-moi les détails, je t'en prie !

— S'il te plaît, Nathalie, écoute-moi. J'en rêvais toutes les nuits. Je connaissais mes premières… mes premiers émois matinaux et c'était à lui que je pensais.

— À *lui* ?

— C'est un sentiment que je n'ai jamais éprouvé pour l'autre sexe.

— Tu es gay ?

— Je suis *moi*.

— Et tu n'as jamais…

— … essayé ? Ce n'est pas la peine. Tu sais, mon vœu le plus cher serait de voler, mais je n'ai jamais envisagé de me jeter du haut d'une falaise pour voir si ça marcherait… Je sais que je ne suis pas fait pour ça… Je… Désolé. »

5

En réponse au Doux Réveil, chacun des enfants bondit afin de pousser son propre cri, comme s'ils attendaient ce signal pour enfin épuiser l'énergie retenue depuis si longtemps.

« Peut-être que dormir n'est pour eux qu'une autre forme de jeu… », suggère-t-elle à l'Ours qui hausse les épaules.

Quand la cacophonie atteint les plus hautes notes audibles, le silence se restaure tout à coup. Ensuite, telle une volée de moineaux, les dix se ruent en tous sens sur le pont, puis passent par-dessus bord, plongent et disparaissent dans le lac.

« Tu te trompes de priorité, ne peut s'empêcher de relever Jack. Il faut les civiliser, le jeu n'est qu'un outil.

— Où vas-tu ?

— Je retourne vers la Grande Falaise.

— Tu as trouvé quelque chose ?

— Je ne suis pas sans ressource. Pense à ma question… »

Elle le regarde s'éloigner sur la plage et le suit jusqu'à ce que le galion le cache. Pour un peu, elle pourrait prendre le canot et ne pas le rendre. Qui braverait le lac pour le récupérer ?

Nathalie sursaute quand, un à un, comme propulsés, les dix jaillissent de l'eau, près du banc de sable, en s'égosillant à l'instar de Kum. Puis, s'éclaboussant, se chatouillant, se coursant, ils racontent aux autres les rêves de leur nuit, tous en même temps, dans ces langues si anciennes. En peu de temps, chacun parlant à son tour, lâchant quelques mots mais jamais une phrase entière, leurs récits semblent s'accorder et s'entrecroiser à la manière d'un jeu surréaliste, version accélérée, tandis qu'ils forment une ronde bouillonnante. De ce tourbillon d'écume, elle ne comprend que des cris, des exclamations, des rires de jardin d'enfants.

Elle leur sourit

« Et le Monstre ? » stridule Kum. « Sus au Monstre ! » vocifèrent les autres, à l'exception de Tom qui s'inquiète d'un peu convaincant : « Ben non, faut pas... » que Limn interrompt d'un machiavélique rappel : « Pour faire parler Bla ! » qui déchaîne une litanie de : « Bla-bla, Bla, Bla-bla-bla... »

En un instant, le ballet nautique se disloque et l'immense cavité de glace résonne de la réitération monosyllabique.

Nathalie ne s'étonne pas que Buld file en tête pour rejoindre le monticule de vêtements qu'ils ont abandonnés quelques heures plus tôt, mais Bly, qui a nagé sous l'eau, le devance à la toute dernière seconde. Jambes fléchies et le torse penché en avant, comme si se tenir droit allait le ralentir, le jeune Amérindien se précipite pour atteindre le premier leurs habits. Sans perdre de temps, il extirpe sa tunique et commence à l'enfiler, mais elle ne passe pas au niveau de ses épaules. Le garçon enrage et s'accroupit pour fouiller le tas. Nathalie se demande lequel de ses amis lui a fait la farce de substituer à sa tenue un modèle identique mais plus petit, et surtout à quel moment. Les habits à sa taille ne manquent pas, mais il met à profit son avance pour choisir un pantalon rayé, court et large, que Tom maintenait difficilement à l'aide de nœuds sur les côtés, et la veste de grosse toile de Limn, qui semble le serrer à la poitrine. Quand il se redresse, il a tout l'air d'un jeune bagnard.

Les autres arrivent et bataillent avec les affaires, se les disputent, se les arrachent…

Seule Ragn s'attarde dans le lac, allongée près de la berge ; elle n'a guère que la tête, les omoplates, le bout des fesses et les talons hors de l'eau. Tandis qu'elle attend, la plupart des enfants ont échangé leurs tenues, mais peu s'en contentent. Ils explorent les nombreuses piles formées sur le rivage ou dans les tréfonds du Chaos de pierres, inspectent les accoutrements éparpillés, en essaient quelques-uns, jettent les autres au loin ; certains finissent par se déshabiller du peu qu'ils portent pour rejoindre le Palais qui regorge de costumes.

À sa première visite du Palais, Nathalie a proposé d'initier Ragn et Bly au Travestissement ornemental, formulation requise pour leur apprendre à coordonner leurs habits. En parcourant la plage du regard, elle cherche comment les inciter à « classifier » une première garde-robe, étape indispensable pour leur permettre d'harmoniser leurs parures. Elle se souvient leur avoir expliqué que les règles de ce jeu stimulent la créativité, et quand elle y repense, à présent, elle ne peut qu'admettre que Jack n'aurait pas mieux dit.

Elle aperçoit Ragn qui s'ébat parmi les vêtements, elle n'en distingue que la fine chevelure neigeuse. La première fois que la fillette l'a observée se peigner, elle a tenté de l'imiter de loin. Nathalie l'a invitée à s'asseoir à ses côtés et à glisser ses doigts dans ses cheveux. Avec une maladresse prévisible, Bly en a profité pour caresser une de ses mèches, mais Ragn l'a rabroué pour demander d'être coiffée elle aussi. Avant de passer un démêloir dans sa tignasse vierge, Nathalie a dû s'escrimer contre les multitudes de nœuds, s'aidant d'une longue épingle à cheveux, en ivoire sculpté, terminée par une incrustation en nacre d'un buste de femme, que Ragn conserve fichée dans sa crinière enfin domptée. Depuis, l'enfant est déjà revenue trois fois pour se refaire brosser les cheveux. Elle apprécie alors que la jeune femme raconte son enfance, ce que Nathalie peine à réaliser : elle ne trouve pas ses souvenirs particulièrement fascinants, surtout en comparaison de ce que les dix vivent et imaginent dans l'Île blanche.

Se frottant le haut des bras, Ragn hésite, n'ayant enfilé qu'une fine combinaison de soie grise qui ne convient pas à son teint laiteux, et cherche fébrilement quelque autre habit. Comment peut-elle avoir froid ? Ragn exhume un châle en grosse fourrure qu'elle referme immédiatement sur sa poitrine, mais elle fouille toujours, ravaudant dans les affaires délaissées. Enfin, elle déniche le corsaire rouge et blanc que Buld arborait hier pour tout vêtement. La culotte descend à peine plus bas que la combinaison ourlée de dentelle, mettant en valeur le galbe naissant de sa jambe.

Buld, lui, parade aujourd'hui dans la salopette que Ragn a gardée depuis leur dernière nuit. La fillette lance au beau garçon noir un regard agacé.

« Tu as attrapé froid ? lui demande Nathalie de loin.

— Non, je n'ai jamais froid, lui répond Ragn.

— Regarde comment tu es habillée ! Tu vas étouffer de chaleur…

— C'est pour la Parade, intervient Bly.

— Quelle parade ?

— Pour le Frère du Monstre. Nous allons le voir, tous ensemble. »

Ragn dévisage son compagnon avant d'acquiescer d'un mouvement de tête.

« Et toi, tu te déguises en bagnard ? »

Le garçon hausse les épaules, l'une après l'autre, comme chaque fois qu'il prend le temps de formuler sa réponse.

« Ça te va bien… Enfin, t'es drôle, ajoute Nathalie.

— Ce n'est pas pour ça… Dans votre monde, je sais que ce sont des habits de gens condamnés.

— Tiens, tu es bien sérieux ce matin… Je croyais que tout n'était que jeu pour vous…

— Je ne suis pas comme Plo », réplique-t-il avant de fuir son regard.

Jamais, jusque-là, elle ne l'a vu, ni lui ni aucun enfant, adopter une telle mine boudeuse.

« Plo s'habille n'importe comment, explique Ragn. C'est parce qu'il change de totem après chaque conversation avec Kum. Et tu connais Kum, elle a beaucoup d'imagination ! »

Nathalie approuve d'un hochement de tête – est-ce Ragn qui s'exprime ainsi ? Ces mots pourraient être les siens, le ton assurément. Être pris pour modèle la déconcerte encore, l'ennuie parfois quand elle reconnaît moins sa pensée que son éducation.

Bly grogne son approbation en levant les yeux vers le galion. Plo, Sim et Tom défilent sur le pont, respectivement coiffés d'un casque de hussard avec plumet agrémenté de perles et d'écrous, d'un haut-de-forme percé d'une flèche dont la pointe est fichée dans une carte et l'empennage déséquilibré par un drapeau de pirate, d'une perruque de juge anglais hérissée de plumes jaunes, vertes et rouges, et orné de boucles d'oreilles et de bracelets étincelants.

« Comment vont-ils rejoindre le rivage ? s'inquiète la jeune femme. À la nage, ils vont gâcher leur déguise… »

Avant qu'elle n'achève sa phrase, les trois garçons enjambent le bastingage. Ils n'arborent rien d'autre que leur couvre-chef.

« Tu comprends… », marmonne Bly.

Les trois se mettent à barboter comme des chiens pour regagner le rivage, heureux d'être le point de mire des autres, faisant d'autant plus de bruit, tout en maintenant fort habilement leur minois et leur coiffe hors de l'eau.

Nathalie part à leur rencontre, lorsque, du Chaos

de pierres, Limn, Kum et Buld ressortent en file indienne. Nu-tête, ils ne portent que culotte et étoles, rien de plus. Buld laisse pendre le haut de sa salopette à la manière d'un pagne, Kum arbore une culotte bouffante de conquistador, bicolore ; Limn un fuseau blanc qui épouse les formes anguleuses de ses jambes grêles. Leurs étoles, teintes en rose, bleu ciel et vert vif, assemblent chacune les fourrures d'une douzaine d'hermines et de visons dont les corps se terminent par des têtes de poupées ou de marionnettes, certaines ressemblant étrangement à des réductions jivaros, trois ou quatre relevant d'une taxidermie océane ou reptilienne.

Tœ et Zach émergent des Dunes basses pour rejoindre le défilé qui se met en place. Tœ a glissé un bras dans chacune de ses deux vestes, boutonnées devant et grossièrement nouées derrière, ses jambes dans deux pantalons dont les manches libres ceignent laborieusement ses hanches. Il a chaussé une botte et un escarpin, s'est coiffé d'un képi imbriqué pour moitié dans un tricorne. Seule concession à l'harmonie, son côté gauche est uniformément blanc, le droit exclusivement noir, caractéristique partagée par le coupe-coupe qu'il porte en travers de son dos. Zach a opté pour la simplicité et le dépouillement, affichant un visage pondéré et bienveillant : hormis sa chevelure en broussaille et ses taches de rousseur, il aurait pu passer pour un moine novice tibétain.

Tom salue ses amis d'une révérence à laquelle tous répondent par une ola de leurs manières, chacun se redressant en se claquant les côtés, de la pointe des pieds au sommet du crâne, pour s'achever par un applaudissement frénétique les bras tendus le plus haut possible. Comblé, Tom se redresse et les sept enfants viennent se placer en file indienne derrière lui pour la Parade.

« Allez-y… Je pourrais marcher à vos… »

Ragn et Bly n'attendent pas la fin de la phrase de Nathalie pour rejoindre leur place.

« … côtés, achève-t-elle pour elle-même. Il ne manque plus que Jack…

— Bla-bla, Bla, Bla-bla-bla… », crient aussitôt les dix enfants.

Tom serpente parmi les rochers, la rocaille, le sable, les fourrés, sans jamais trop se rapprocher de la paroi de glace ni regagner le lac, les neuf autres derrière lui, à la queue leu leu ; tous grommellent leur sourde antienne, « Bla-bla, Bla, Bla-bla-bla… » à chaque enjambée, après avoir tapé du pied et claqué des mains.

6

« Tu as vu notre DJ ? la surprend José.

— Non… Mais vu l'allure de la procession, il a tout son temps…

— Je l'ai aperçu s'aventurer sous les arbres, mais, une fois de plus, pas en ressortir… Jack Blackjack perdu dans les bois… »

José scrute la Forêt profonde, de l'autre côté du lac. Il a deux fois son âge, il est à peine plus grand qu'elle et a des mains trop courtes, mais elle lui trouve décidément un joli regard.

« On s'en rapproche ?

— Ils ne vont pas disparaître comme ça, lui répond-il toujours sans se tourner vers elle.

— Jack pourrait sortir du bois… »

Nathalie pose une main contre son dos et avance en la laissant glisser. José se laisse faire et la suit, comme si c'était un vieux geste entre eux.

Ce qui n'est pas désagréable.

Après s'être scrupuleusement conformé, parmi les fourrés, à tout un entrelacs de sentiers afin de contourner la moindre végétation, Tom a conduit sa troupe jusqu'aux bosquets qui précèdent la Forêt profonde. À nouveau, il l'entraîne à faire le tour de chaque arbuste d'un pas lent et lourd, sans cesser une seconde leur psalmodie, aussi basse qu'entêtante.

Par jeu, Nathalie et José se sont intégrés au cortège

pendant une minute ou deux, puis ils sont retournés s'asseoir sur la plage, à hauteur de la nef nébuleuse.

Finalement, elle ne regrette rien. C'est au sein du canot qu'elle s'est assoupie, la tête couchée contre les deux sirènes. Elle doit avancer, se détacher. Progresser par étapes, malgré tout ce qui bouleverse ses acquis comme ses promesses.

« Tu as soif ? lui demande-t-il en montrant le quart qu'il a apporté.

— Bonne idée. »

Elle a moins soif qu'elle ne désire passer à autre chose. Elle lui sourit. Elle parvient, tout en le regardant, à penser moins douloureusement à Anton.

« Ce matin, poursuit-il, j'ai failli oublier de me servir de ça… Tu sais, cette attraction bizarre qu'on ressent dès qu'on touche l'eau.

— C'est la même chose quand on la boit.

— Pas en l'avalant d'une traite. Ça me fait plutôt l'effet de la première bouffée d'une cigarette longtemps attendue, du temps où je fumais. Ou d'un simple verre d'eau bien mérité un jour d'été. Tout de suite, je me sens invincible.

— Pareil. Mais si je bois délicatement, comme on a peiné à me l'enseigner, en humectant mes lèvres et par gorgées délicates, mes pensées ne m'appartiennent plus. Je… je n'ai pas encore sept ans et je suis toute seule dans la cuisine, les mains et le visage barbouillés de beurre de cacahuètes, essayant de lécher le fond du pot… Il n'y en a plus, mais je ne peux pas m'arrêter.

— Et moi, je vole… Évidemment… Enfin, j'échappe aux lois de la pesanteur. Je vole sans ailes, sans même écarter les bras ni rien faire de spécial. Par magie : mes souhaits me dirigent, tout m'obéit. C'est une sensation enivrante, jouissive même…

— Enivrante…

— Un plaisir absolu, sans limites… »

N'est-ce pas le message délivré par le lac : exulter ? Et pourquoi pas : crier (enfin)…

« Je me demande ce que peut éprouver Jack…, l'interrompt le pilote.

— Qu'il est un dieu ? DJ : le Dieu Jack… »

L'Albatros grimace un rictus approbateur.

Un dieu mauvais, pense-t-elle.

Tom couine. La litanie s'interrompt – les dix figés sur place, jambes en l'air, bras tendus, bouches ouvertes. Tom éructe et part en trombe. Les autres éructent et le talonnent. Ils courent tout droit, s'enfoncent dans la Forêt profonde en silence, sans ralentir ni dévier leur trajectoire, comme si leur seule volonté frayait leur route dans la végétation.

À tel point que, le temps de se lever, Nathalie et José les ont perdus de vue. Ils s'élancent à leur tour, incertains de les retrouver. En lisière, le souffle court, José ordonne un « Tout droit ! » qu'il s'évertue de suivre, entreprise hasardeuse en l'absence de tout repère : il n'existe aucun chemin et le passage des enfants n'a pas laissé d'empreinte. Les dix doivent également se taire – ils n'entendent ni cri ni chant. Pas un son ne trahit leur progression fulgurante. Nathalie ânonne bientôt un « Attends », en proie à un point de côté. José tarde à freiner sa foulée, puis il s'arrête sans se retourner, probablement pour ne pas se tromper de cap en repartant.

Elle ne s'est jamais aventurée si en avant dans ce bois, qui mérite enfin son nom. Ce n'est, du rivage, qu'un massif arboré de parc urbain, quelques hectares à peine, dépourvus de grande allée et sans entretien régulier, une futaie sombre de vieux arbres aux racines tortueuses. À peine engagée à l'intérieur, elle n'aperçoit pas la moindre parcelle de jour – non : la moindre parcelle du glacier, se reprend-elle –, ni en pointant son regard vers les cimes, ni en scrutant l'horizon vert et brun. Pourtant, la luminosité, bien que faible et diffuse, autorise à voir aussi loin que possible – dix, quinze mètres tout au plus. Les troncs qui l'environnent accusent une ancienneté peu ordinaire, tels des ifs ou des séquoias plus que millénaires. Leurs branches, qui atteignent souvent la taille d'un chêne séculaire, grimpent en spirales serrées, s'enchâssent, se nouent, se mêlent en tresses sauvages et compliquées. Recouvert d'une moelleuse concurrence de mousse et de lierre, le sol n'est qu'un parterre piégé où lianes et racines lacent d'innombrables collets.

« À croire que la forêt s'ouvre et se referme derrière eux. »

Les mots de José lui font prendre conscience du silence. Les arbres n'étouffent pas seulement l'avancée des dix, ils absorbent tous les sons. Bien sûr, le sifflement de leur respiration lui parvient et, si elle claquait des doigts, ses oreilles ne l'ignoreraient pas. Mais elle n'entend rien. Elle se souvient que dans les recoins les plus sauvages, les plus éloignés de toute trace de civilisation qu'elle a fréquentés, peu en fait, elle finissait toujours par surprendre quelques bruits. Un chant d'oiseau, une fuite minuscule dans les feuilles mortes, une source discrète. Et, au-delà, en y prêtant toute son attention, la rythmique d'un moteur agricole ou l'écho du tintement d'une église ; voire le vrombissement assourdi d'un long-courrier. Ici, non, rien, elle n'entend rien.

La jeune femme pose sa main sur l'épaule du pilote.

« Pas la peine de courir, lui dit-il en forant le sol de ses orteils.

— En tout cas, pas pieds nus.

— Ils sont trop loin maintenant. »

Sur cette remarque, José se retourne pour l'encourager d'un sourire, auquel elle répond volontiers. Il se concentre ensuite sur la direction à suivre, se décale à pas comptés, puis lève sa main. Nathalie le rejoint et découvre une voie royale là où l'instant d'avant elle ne voyait qu'une profusion d'arbres. Le pilote ouvre la marche, ne s'aventurant qu'à pas prudents, cherchant avant tout où et comment poser ses pieds. Après dix mètres, il s'arrête de nouveau, soupire et redresse son visage. Après s'être frotté les mains à hauteur des yeux, il commence à marcher normalement, gardant la tête droite, fixant la fin de cette route inattendue, sans dévier son regard ; puis il accélère un peu, part bientôt en petite foulée… et se met littéralement à courir… Nathalie veut crier pour l'avertir du risque auquel il s'expose, mais elle réalise simultanément non seulement qu'il n'en ignore rien, mais surtout qu'il ne tombe pas.

Elle ne peut pas se laisser distancer. Elle ne peut pas non plus se précipiter le nez braqué sur ses pieds.

Nathalie presse l'allure, relève quand même un peu la tête à son tour, crispe ses lèvres en une moue volontaire, plie ses bras devant elle en prévision d'une chute. Et de fait, elle trébuche assez rapidement. « José… », trépigne-t-elle. Il ne se retourne pas, ne ralentit pas. Il s'éloigne.

Si, jusque-là, elle est demeurée volontiers sur le rivage, et plus volontiers encore sur la plage qui va du galion à l'avion, c'est bien parce qu'elle ne connaît des grands espaces que les safaris en voiture climatisée. Et cela lui a toujours suffi. Après tout, les chaînes spécialisées existent pour des gens comme elle. José, lui, file devant, sans la moindre difficulté. Pas elle. Mais elle veut essayer, elle doit y arriver. Forte de cette résolution désespérée, enfin, elle se force à l'imiter : les bras ballants, à peine repliés, elle tente vraiment de courir – parfois, lors de son jogging bihebdomadaire, elle s'accordait de parcourir quatre ou cinq mètres en aveugle, mais toujours sur des allées sans embûche et déjà cent fois reconnues ; elle devine qu'elle doit faire pareil, bien qu'en terrain inconnu et convaincue que les embûches pullulent. Comment son corps pourrait-il accepter la décontraction que sa logique lui ordonne ? Son dos se bande tous les trois pas, contre sa volonté ses yeux inspectent le sol, ses mains anticipent une réception précipitée.

Trop tôt, tandis qu'elle se force une nouvelle fois à redresser la tête, le pilote a disparu. Elle accélère.

Elle n'a plus le choix. La peur donne des ailes, dit-on; et, effectivement, elle ne tombe pas. Rien de neuf ni de surprenant en cela: l'assurance, la démence et le détachement transforment la perception de la réalité, favorisent des exploits et remplissent urgences et morgues. Gloire aux chanceux, haro sur les inconscients!

Après elle ne sait combien de pas, les arbres se resserrent, l'allée se rétrécit. À bout de souffle, Nathalie ne peut plus que marcher, se réjouissant de ne s'être pas blessée: à la loterie de l'Audace, se dit-elle, elle a tiré la carte de la Chance – aucune cheville foulée, pas même une écharde…

La futaie s'achève soudain, lui succèdent quelques bosquets et buissons, sans la moindre piste. Un peu plus loin devant elle, elle découvre l'escarpement dénudé de la Grande Falaise. Elle n'a effectué qu'une fois l'ascension du pic rocheux, mais en venant par la plage et en empruntant un sentier en lacet. Elle ne connaît pas la perspective qu'elle aperçoit à présent. Plus près, devant elle, la broussaille tente de conquérir les hauteurs d'un amas pierreux. Des rochers s'empilent en un gigantesque cairn, qui évoque les amoncellements pyramidaux du Chaos de pierres, à cela près qu'il se compose d'éclats démesurés de rocs brisés. Pas de rondeurs ici, mais des saillies, des arêtes et des becs.

Elle inspecte attentivement les alentours: aucune trace, aucune sente. La jeune femme s'interdit d'appeler à l'aide. Elle observe l'obstacle dont le boqueteau épouse la forme et qu'il renonce à envahir. En longeant la lisière sur une trentaine de mètres, en direction de la paroi de glace, elle devrait pouvoir le contourner. Une peur irraisonnée de se perdre l'en dissuade.

Nathalie fait demi-tour, instinctivement, mais ne distingue plus la route qu'elle vient d'emprunter. Alors, elle se retourne et fonce droit devant, décidée à affronter l'enchevêtrement minéral qui conduit à l'éminence rocheuse. Elle calcule son itinéraire, grimpera peu, suivra son périmètre jusqu'à découvrir un accès à la plage. Après seulement dix mètres, lorsqu'elle relève la tête, les difficultés s'évanouissent : la butte forme un croissant qui chapeaute et masque un renfoncement hospitalier.

Dans cet abri, en compagnie des dix, le pilote mâchonne des fleurs embrochées.

Tom l'invite à les rejoindre en lui montrant vaguement par où descendre. Quand elle s'approche du rebord qui les domine, elle découvre un sentier en arc qui la conduit jusqu'à eux.

« Nous attendons Bla, l'informe Tom sans s'arrêter de mâchouiller.

— Il doit vous rejoindre ici ?

— Non, on l'attend, c'est tout.

— Vous êtes sûrs qu'il va venir ?

— Ben, c'est obligé. C'est la Croisée des chemins, ici. Tout le monde y passe, j'veux dire.

— Je ne vois pas de chemins…

— Faudrait pas que le Monstre nous trouve. »

José glousse en entendant la réponse de Tom, qui s'est confectionné une robe de feuillage en traversant les bois. Le pilote tient entre ses mains une fleur à trois corolles, qu'il pince ici et là, tantôt la rapprochant de son visage, tantôt l'éloignant à bout de bras tout en l'agitant.

« Au goût, elle est abominable, précise-t-il. Étonnamment… Mais quels parfums ! Rien de capiteux ou d'épicé, ou d'alimentaire ou de floral. Je n'en reconnais aucun. C'est une fleur très rare.

— Tu aurais pu m'attendre…

— C'était tout droit ! Tu ne pouvais pas te tromper. »

Elle se demande si elle ne préfère pas les défis aux jeux, un homme tourmenté à un gentil père de famille, et devine qu'elle aurait pu tomber amoureuse d'un anarchiste épris de solitude aérienne. Elle hausse les épaules et va s'asseoir entre Ragn et Bly qui lui ménagent une place.

« Où avez-vous trouvé ces fleurs ? Je n'en ai vu aucune.

— Un peu partout. Tiens, je l'ai composée pour toi », lui répond Ragn en lui tendant une brochette de pétales huileux, peu colorés et pas véritablement appétissants.

Nathalie la gratifie d'une mimique de nurse souriant à la fille de son employeur avant de mordre dans ce modeste présent.

Lait mielleux. Muscade. Fruits rouges. Beurre de cacahuètes rehaussé de pépites de chocolat fondant. Miettes de biscotte et feuilles de menthe émincées nimbées de cacao. Semoule au sucre roux. Pomme et orange.

7

« Ah, vous voilà ! Ça fait des heures que je vous cherche, clame Jack Blackjack en arrivant de par la plage. J'ai trouvé leur parodie de monstre. Une sacrée bête, il est vrai. Et croyez-moi, je sais de quoi je parle. »

Tout en commentant sa trouvaille, l'aventurier inspecte les lieux, tique comme s'il découvrait la Croisée des chemins. Avant de sonder à nouveau l'excavation, ses yeux examinent chaque enfant, puis reviennent sur Ragn et Bly.

« Ce que j'ai vu a de quoi inspirer de beaux délires, poursuit-il, c'est une vision cauchemardesque propre à frapper l'imagination d'une bande de gamins… Et même d'adultes ; enfin, de certains… Dans un premier temps, j'ai pensé à un charnier de bêtes immondes, certaines régurgitées, d'autres à moitié dévorées, en tout cas depuis longtemps en putréfaction avant d'être emprisonnées par le gel. L'animal, je ne saurais pas dire s'il est mammifère ou cétacé, peut-être ambitionnait-il même de voler un jour, atteint la taille d'un mammouth, pour le moins. Bref, une pure invention des studios hollywoodiens. Sauf que je l'ai vue, figée dans la glace. S'il est vrai que les paléontologues n'ont pas achevé de dresser l'inventaire de l'ère des dinosaures, cette créature ignoble, cet avatar hideux des temps les plus anciens aurait pu tous les enfanter, qu'ils volent, qu'ils nagent ou qu'ils marchent…

— Appétissant… Il ressemble à quoi ? demande José en reposant ses fleurs.

— Couvert de poils assez clairs, voire délavés, et d'écailles multicolores. Pas seulement, hélas. La chair nue apparaît de manière régulière. J'ai pensé à des plaies ouvertes, mais à bien y regarder, et il faut avoir le cœur solide pour cela, croyez-moi, ces pelades cernent des protubérances osseuses, parfois des pustules oscillant du kaki au carmin. Certaines m'ont fait songer à des lambeaux d'ailes, en tout cas à des moignons d'une métamorphose inachevée.

« Votre monstre, ou son frère, comme vous voulez, éructe-t-il face à l'indifférence des enfants, je l'ai trouvé ! C'est une bête horrible, je vous l'accorde, de belle taille mais pas gigantesque. Ou bien vous avez essayé de vous moquer de moi ou bien vous êtes victimes des mauvais rêves que vous inspire cette macabre créature. Mais vous aviez tort. Et j'avais raison. Aucun monstre de cette taille n'existe ! Et, pour tout dire, quoi que vous y fassiez, le galion, malgré vos toiles et vos mâts, ne lui ressemblera jamais… Et c'est heureux !

— Où loge cette aimable curiosité ? demande José.

— Là-haut, précise-t-il en désignant la Grande Falaise. Il faut s'approcher de la paroi, en dessus de l'ancienne porte. En se couchant, en collant presque son visage contre la glace, on l'aperçoit. La créature repose à une dizaine de mètres, probablement juchée sur un éperon rocheux. Ou dans son nid, va savoir !

— Ben, moi je sais. On le voit mieux par les grottes, ici.

— Des grottes ! Quelles grottes ? Il n'y a pas de grotte.

— Pas toutes. Aucune n'a de nom. Ben si.

— Comment ces grottes m'auraient échappé ? Depuis le temps que…

— Je veux bien les voir, intervient José.

— Ben, justement, c'est là qu'on va. Tu veux voir le Frère du Monstre, Bla ?

— Pourquoi revoir cette monstruosité ? La bête gît sur le côté, je n'ai pas dû manquer grand-chose.

— Ben si. Tu verrais le reste.

— Le reste ! Quel reste ?

— T'as vu juste la tête. »

Nathalie répugne à se lever pour les suivre. Les enfants et les deux hommes se sont dirigés sans hésiter vers la caverne qui s'enfonce dans le monticule, formant un de ces abris-sous-roche où les documentaires montrent volontiers de belles images de campeurs et de trappeurs se réchauffant autour d'un feu de camp. Le plafond rocheux, qui accuse une pente sévère, semble rejoindre le sol, mais à mieux l'observer Nathalie corrige cette impression au profit d'un simple affaissement. Tom s'est engagé dans le renfoncement dissimulé par la pénombre, s'est allongé pour ramper, a roulé sur le côté et hurlé au moment où il disparaissait. Peur, plaisir, excitation ? Les autres enfants l'imitent tout à tour, braillant bientôt avant même de chuter ; José précède Jack, qui les laisse passer en examinant quelque chose à terre qui éclaire faiblement l'anfractuosité.

La jeune femme se rapproche du passage et n'ose aller plus loin. Des boyaux de lave serpentent sur le sol, comme un réseau de racines partiellement mis à nu par l'érosion. Lisses et froides au toucher, les scories dégagent un halo pâle, probablement en raison d'une forte densité en silice imparfaitement transformée en pâte de verre. Le phénomène l'intrigue, ou lui offre un prétexte pour leur laisser gagner une avance irrécupérable et justifier ses réticences à s'y engouffrer.

« On va se salir, rechigne Ragn.

— Ça glisse et ça tourne, explique Bly avec un enthousiasme de garçon… Mais si on va plus sur la droite, se rattrape-t-il, on peut se relever aussitôt et marcher sans se salir.

— Il faut se salir d'abord, insiste Ragn.

— Juste un petit peu, lui réplique-t-il.

— Marcher sous terre sans rien y voir, je ne crois pas que je pourrai, l'avertit Nathalie.

— Il y fait jour ! À peu près… Et si tu n'y vois pas assez, lui montre Bly, tu caresses la roche et la lumière revient !

— Tu veux venir voir où j'ai trouvé mes fleurs ? » le contre Ragn.

Bly riposte en se lançant dans un véritable plaidoyer en faveur de l'exploration souterraine, évoquant les grottes si nombreuses qu'elles forment un labyrinthe, avec boucles, culs-de-sac, cheminées, fosses, toboggans, baignades… Il signale que des cordes ont été installées pour faciliter le passage entre les niveaux, car les galeries forent la falaise dans toutes les directions. Après une moue critique de Ragn, il précise qu'il y a aussi de fausses pistes et de fausses cordes. Autant que de vraies. Peut-être davantage. Des cordes qui ne tiennent pas, d'autres qui se déroulent toutes seules, des oubliettes, des trompe-l'œil… En désespoir de cause, Bly décrit les salles illuminées et raconte leurs tentatives de graver dans la roche magmatique les rêves prodigieux.

« Sauf que ça n'a jamais marché ! lui rétorque Ragn.

— Eh oui, c'est trop dur. Mais dans la glace, ça ne tient pas non plus ! »

Nathalie ne voit pas comment réagir : c'est la première querelle entre les dix à laquelle elle assiste, et Ragn et Bly lui semblaient les moins enclins à se chamailler. Elle a beau savoir, d'expérience, que des enfants qui désirent plaire à des adultes peuvent longtemps se montrer sages pour soudainement baisser les masques à la faveur des prétextes les plus futiles, de leur part cette rivalité lui paraît déplacée.

« Une autre fois, Bly, transige-t-elle. Tous les trois, si tu veux. Et puis, ils ont trop d'avance et…

— On peut prendre un raccourci…

— Non, Bly. Vraiment… J'aimerais beaucoup voir ces si jolies fleurs autrement qu'embrochées… »

Le garçon n'insiste plus, la mine renfrognée, et se contente de les suivre en traînant des pieds.

« Il ne pense qu'à s'amuser. Il y a tant d'autres choses à faire…, ajoute Ragn en espérant lui plaire.

— Les grottes ne vont pas disparaître, tempère-t-elle, nous irons une autre fois. Promis. »

Ragn ouvre la marche, trouve un chemin parmi les pierres qui évite de contourner l'escarpement, puis s'arrête après quelques pas seulement. Nathalie jurerait qu'elle a débouché de la Forêt profonde à cet endroit précis. Certes, tous ces arbres se ressemblent et, en l'absence de sentier bien net ou de rocher signalé de quelques traits de peinture réglementaires, elle est incapable de se situer avec certitude. Mais, selon toute logique, elle est arrivée par là, tout concorde – à l'exception des fleurs qui abondent et de ces buissons dégarnis aux branches effilées.

Bly y prélève un scion et, battant l'air comme s'il maniait une rapière, il porte son attaque sur les massifs floraux. En trois coups d'estoc, il complète sa broche. Ragn ne procède pas autrement, et si ses mouvements manquent quelque peu de grâce, elle fait mouche chaque fois, épiant toujours la moindre réaction de Nathalie. La jeune femme se remémore quelques postures des tournois d'escrime zappés lors des jeux Olympiques, et s'y essaie, mais sans autre résultat que de déchirer ou chiffonner quelques fleurs. Bly s'apprête à corriger ses gestes quand Ragn le devance pour lui tendre sa cueillette. Le garçon se précipite à son tour pour lui proposer la sienne.

« Allons les manger à la Croisée des chemins », décide la jeune femme pour couper court à cette nouvelle joute.

Le temps qu'elle détermine dans quelle direction rejoindre la lisière, les deux enfants l'encadrent, leurs provisions de fleurs refaites. Elle les prend par la main et se souvient de l'intérêt manifesté par Ragn pour son enfance. Elle propose de leur en raconter un nouvel épisode. Cette perspective balaie aussitôt leur dispute.

Depuis le jour de ses six ans, leur explique-t-elle une fois installés, son occupation favorite a consisté à jouer à la marchande. Encore qu'elle devait s'y adonner presque toujours toute seule, parfois avec quelques amies, pas si souvent avec une nurse. Les deux enfants se sont assis à ses pieds et lui réclament surtout des précisions sur les préparatifs du jeu, la classification de tous les objets piochés aussi bien dans sa chambre que dans la cuisine, et recouvrent leur complicité pour la harceler sur un aspect qui leur semble totalement étranger : l'échange. Ils n'accordent aux monnaies qu'ils collectionnent qu'une valeur ornementale et peinent à en envisager une autre. La notion de symbole leur échappe, celle du troc achève de les convaincre que Nathalie leur fait une farce. Tandis que la jeune femme marque une pause, décontenancée de se trouver si abruptement à court d'arguments, ils s'approprient le jeu, dénaturent ses règles, brûlent d'impatience d'y entraîner les autres : le but du Client consistera à perturber la classification choisie par la Marchande, et, pour celle-ci, à déjouer ses feintes ou, mieux encore, à adopter à son insu un nouveau système... Nathalie leur concède ce détournement, ravic de les voir à nouveau si bien s'entendre.

Jack Blackjack débouche alors de l'anfractuosité, couvert de glaise, visiblement d'humeur chagrine, dédaignant leur adresser la parole mais les déshabillant tous les trois de la tête aux pieds, avant de s'éloigner. Un premier groupe d'enfants le suit de peu, hilares, le houspillant de leur « Bla-bla, Bla, Bla-bla-bla... ». Quelques minutes après, à peine moins crotté, José en émerge à son tour, accompagné de Tœ, Plo et Tom, en grande conversation. Il retourne s'asseoir à son ancienne place et prélève des reliquats floraux qu'il se met à grignoter.

« Même si toutes ces galeries sont naturelles, ce dont je doute, poursuit-il à l'adresse de Tœ, il y a des aménagements qui ne le sont pas. Sans compter les cordes… Je ne sais pas combien j'en ai vu ! De quoi gréer trois frégates ? Et cette mise en scène du monstre…

— Alors, c'est vrai ? demande-t-elle.

— Tout est possible, répond une nouvelle fois Tœ.

— Jack l'a admis…, précise le pilote. D'un simple grognement, mais il l'a admis…

— C'est tout dire, convient-elle.

— Et encore, il n'a pas tout vu, regrette Tom.

— Il est parti bien avant nous, confirme José.

— Pourtant, il vient tout juste de sortir…, leur fait-elle remarquer.

— Parce qu'il s'est égaré et qu'il est… tombé dans une oubliette. Nous lui avons lancé deux cordes. Hélas, ajoute José en échangeant un sourire complice avec ses trois acolytes, la première a lâché à mi-montée…

— Ah. Et cette mise en scène du monstre ? lui rappelle-t-elle.

— On se serait cru dans un musée océanographique, section maternelle. Les tunnels aboutissent à la muraille de glace, comme si elle n'était que la vitre d'un aquarium pour phénomènes de foire. Genre créature accidentellement pêchée des abysses et présentée dans une bouteille de formol. Une grande bouteille, une très grande bouteille… Mais on ne peut pas la voir tout entière. On l'aperçoit à travers des hublots, certains minuscules, à se demander si ça valait le détour, d'autres dépassent en hauteur deux étages d'un immeuble et tu ne distingues rien que du pelage… Et pour aller de l'un à l'autre, quelles complications… J'ai compté sept niveaux, que l'on ne rejoint pas directement. Jamais… Pour accéder au palier suivant, il faut monter, descendre, tourner sans cesse, revenir sur ses pas… Impossible de raccorder les morceaux… Sauf, peut-être, ajoute-t-il d'un ton espiègle, pour un pilote exercé à la voltige. Caractéristique propre à l'Albatros…

« Ce puzzle inachevé a bien l'envergure de leur mannequin. Pour les écailles, reptiliennes, je n'ai aucun doute. Je ne saurais affirmer la nature exacte de ce que je nommerais son pelage. Sous certains aspects, ça semble végétal, des algues ou des lichens filandreux… Pourquoi pas une forme de corail, ou toute autre expérience de dame Nature… Les pieds sont invisibles, donc impossible de les dire griffus ou palmés, mais je pense avoir discerné des nageoires ou des ailes étrangement placées en hélice… L'animal possède une queue, fort longue, qui se termine en double spatule. Un détail m'intrigue, et je refuse d'accroire mes jeunes amis dont les explications, entre deux fous rires, divergent comme une girouette prise dans un tourbillon ! La direction prise par cette queue, confirmée par ce qui me semble être les genoux de la bête, situe la tête du côté de la forêt, donc à l'opposé du passage où notre DJ a déniché sa monstruosité… À moins que l'animal ne soit doté d'un long cou et qu'une envie pressante de surveiller ses arrières l'ait surpris en pleine glaciation, phénomène qui pour être rapide n'est pas instantané, je peine à déduire que ce que Jack Blackjack a vu pourrait appartenir à ce que, moi, j'ai vu… Mais eux l'affirment…

— Et qu'est-ce qu'il en a dit, lui ?

— Rien… Il est tombé bien bas, si je peux dire. Lors de sa remontée, je pensais lui exposer mon point de vue, à savoir que nous avons affaire à une bonne dizaine de bestioles, mais une nouvelle chute malencontreuse l'a distrait et, quand il a fini par empoigner la bonne corde, il ne semblait plus disposé à m'accorder la moindre attention…

— Ça t'amuse ?

— Oui ! Et non… Tu sais, j'ai beau ressentir intimement que voler relève quelque part de la magie, je ne me serais jamais embarqué dans une cabine de pilotage sans de solides notions d'aéronautique. Certains ne veulent pas savoir comment les choses fonctionnent ; moi, les descriptions techniques m'aident à savourer ces moments… Alors, ici… As-tu remarqué que, quelle que soit notre approche, aux uns ou aux autres, nos logiques ne nous servent que de faux espoirs ?

— C'est à moi que tu dis ça !

— On croit que ça marche, mais ça ne marche jamais longtemps. Il y a toujours quelque chose qui cloche… Jack s'échine à tout réduire à ses schémas, j'aurais tendance à suggérer les miens, mais… Pas cette fois. Peut-être est-il temps d'essayer autre chose.

— Quoi ? »

José hausse les épaules, lui désigne une fleur et la mange.

8

Certains panoramas méritent d'être oubliés. Du galion, par la trouée du Champ de bataille, elle se perd volontiers dans la contemplation de la Forêt profonde et de la Grande Falaise ; la perspective inverse ne lui sied guère. Mais, tandis que l'Albatros s'en est allé avec Tœ explorer la falaise, probablement curieux de la créature trouvée par l'aventurier, mais, tandis que l'Ours a disparu depuis longtemps déjà – elle s'y est accoutumée –, la jeune femme s'est retrouvée seule, malgré le couple d'inséparables qui l'accompagne. En lisière des bois, elle s'est arrêtée sur la plage étroite et silencieuse. Depuis, son regard balaie un horizon clair.

Du Palais à l'avion, les Dunes rases singent un désordre rocailleux, vaine prétention contre l'uniformité des reflets éblouissants de la forteresse qui les enferme. Un désert de pierres et son écran géant pour mirages démesurés ? Près du fuselage abîmé dans le banc de sable, la témérité ventripotente du bourgeonnement du Chaos de pierres confine au ridicule. Quant aux Portes de l'enfer, elles relèvent du fantasme hollywoodien, du décor en papier mâché, du prodige de pacotille.

L'Île blanche. L'Île blanche parsemée d'épaves, que n'habite aucune créature vivante mais que peuplent dix enfants sans âge et trois adultes plus solitaires que solidaires. Moins une île, se reprend-elle, qu'une fosse boréale. Jusqu'où Anton n'est même pas venu. Une oubliette glaciaire où il a abandonné son canot marqué comme on lâche une bouteille à la mer – pour délivrer quel message ?

Certes, le canot du *Je le veux*, estampillé du *Nathalie*, le canot du commandant Petrack, ce canot n'est qu'un rêve, une concession à l'Autre monde, à Dehors, au Grand extérieur, au Là-bas, à l'Outre muraille, aussi accessible que le pays imaginaire, aussi présent qu'un songe, un jouet de la réalité à jamais perdue. Mais ce canot est aussi celui des deux sirènes, au bois précieux et dur, au sein duquel elle a dormi. Ce n'est, de ce point de vue, qu'une barque inconfortable, pas assez longue pour s'y étendre, pas assez profonde pour s'y adosser, juste suffisante pour s'y asseoir en tailleur – une simple barque et rien d'autre. *Son* canot.

Aucun des deux hommes ne le surveille ou ne l'accapare, ni ne menace de revenir sur ses pas. Si elle pouvait nager, elle l'atteindrait en quelques minutes. Mais elle doit contourner le lac, trois quarts d'heure de marche bon train pour l'atteindre. Qu'a-t-elle à perdre ? Une fois en sa possession, elle gardera le canot.

Nathalie se met en route sans un mot. Son escorte lui emboîte le pas sans une question.

Il leur faut près de quinze minutes pour parvenir à proximité du Vaisseau ardent. Pendant un quart d'heure, elle le contemple pleinement de face, sans dévier son regard – comme dans la chambre de Percé, enfant, elle s'approchait de la fenêtre dont elle avait soulevé le rideau, en songeant parfois sérieusement être le double de Virginia. Dans le brouillard tourmenté qui masque les flammes menaçant de mourir, de nouveau elle voit l'arche, et elle revoit aussi le cogue, quelques fois encore les deux. Son pas ne varie pas, sa gorge ne laisse s'échapper nul hoquet, son corps ne tressaille pas. Mais, en arrivant à sa hauteur, sa vision s'efface, elle ne distingue plus que la brume captive, presque inanimée – « *inanimée* », se répète-t-elle, en admettant qu'il constitue le seul adjectif convenable, mais l'adverbe a fléchi sa foulée.

Elle a l'excuse du sable, sa démarche peut être maladroite.

Nathalie trottine, la tête baissée. Ses yeux rivés sur la plage ne se sont affranchis de sa volonté qu'une fraction de seconde, et leur incartade s'est interrompue avant terme. L'empreinte rétinienne de sa vision n'en est pas moins formelle : devant elle – pour elle ? –, un instant le Pavillon blanc s'est déployé, immense, prodigieusement précis dans les volutes soudainement rougeoyantes. Elle ne se retourne pas et elle ne se retournera pas.

Elle pense à Jack Blackjack qu'elle aimerait braver d'un retentissant : « Je ne m'installe pas, j'attends. » Car son père la recherche. Telle est l'unique certitude acceptable.

À quoi bon, alors, perdre son temps à questionner Ragn et Bly au sujet d'un monstre invisible et de ses frères ? Bientôt, les secours seront là, autant les attendre calmement. Le canot l'autorisera à rejoindre le galion, forteresse dévastée, refuge inexpugnable. *Son* île.

Au moment de dépasser le Palais, elle jette un œil à l'architecture carnavalesque qu'annoncent les mâts et ne devine décidément aucune forme en chantier.

Nathalie se hâte. Elle imagine Jack fureter dans l'ombre du Chaos de pierres, à la recherche d'un de ces innombrables souterrains dont il ne trouve pas la trace. S'il la surprend avancer de si bon train vers le banc de sable, il en déduira son intention et surgira pour protéger à nouveau le canot. Elle doit ruser. La rive qui la conduit à l'avion est parsemée des collections de Ragn ; elle peut offrir l'illusion de les inspecter en compagnie de la fillette. La supercherie l'autorise même à se montrer pressée de passer de l'un à l'autre…

La classification des monticules de monnaies, de gemmes et de médailles évoque soudainement les perles multicolores avec lesquelles elle s'était résolue à ne plus jouer. À l'école, ses camarades composaient des colliers pour la fête des Mères ; elle s'efforçait de faire comme les autres, même si les institutrices n'étaient pas dupes ; rentrée chez elle, elle avait tout cassé, éparpillant les perles à travers sa chambre ; puis elle les avait ramassées, comptées et remises dans leur coffret en plastique, composé de trois compartiments transparents dotés chacun d'une abondance de cases, différenciant les rondes de celles à facettes, les petites des grandes, puis elle cachait la boîte vite refermée au Royaume Disparu, sous son lit.

Cette résurgence nostalgique ne doit pas l'emporter. Pour ne pas sombrer, elle doit encore accélérer. Elle adopte ce parti sans réfléchir à son bien-fondé : elle court. Les deux enfants accusent un retard, le temps d'admettre qu'elle ne joue pas avec eux à quelque tour inédit. Ils la suivent et peinent à la rattraper.

Jack ne s'est pas montré. Pas encore. Elle enchaîne les gestes sans plus surveiller alentour. Elle tire sur le canot, maladroite et résolue. Ragn et Bly l'aident comme ils peuvent. Elle contourne l'embarcation pour la mettre à l'eau, grimpe par-derrière, saisit les avirons et les glisse dans les dames de nage. Mais alors qu'elle les plonge pour ramer, elle s'aperçoit qu'elle s'est installée à l'envers, que pour avancer elle devra tourner le dos à sa destination. Changer de côté lui coûte. Elle y répugne, s'y résigne parce qu'il le faut. Elle darde son regard sur l'avion cassé et les portes obstruées. Avec une rage expiatoire, elle frappe l'eau qu'elle ne peut toucher à main nue. Un sourire sauvage déforme alors ses lèvres. Ses yeux pers brillent.

Exulter. Doit-elle cette puissante exaltation à la proximité de l'eau ? Ou à sa propre résolution ?

Qu'importe ! Elle manœuvre ses avirons sans faiblir. Elle est une battante et cette révélation devient une illumination : tout est simple. Elle ne le découvre pas maintenant, mais le réalise pour la première fois pleinement : l'introspection se révèle un puits sans fond, dont on ne s'évade qu'en combattant la lumière. Et c'est un combat qui se livre à mains nues. Obstinément. Elle doit faire preuve d'une obsession irraisonnée, car jamais aucun être pensant ne disposera de suffisamment de force pour vaincre une ascension sans espoir. Elle triomphe enfin de ses freins parce qu'elle n'envisage plus de s'arrêter. Tel est le secret de la réussite. Pas une recette, une expérience personnelle ; c'est un aboutissement. Tous ne s'en sortent pas. Certains retombent. Pas elle. Elle pourrait crier.

Peu importe de naviguer les yeux rivés sur un passé briseur d'avenir, sa force, démesurée, sa force est là, dans ses bras, comme dans son souffle qui impose la cadence aux quatre temps – plonger, ramener, remonter, placer –, et dans son corps tout entier voué à cette unique mission : avancer.

Elle approche. Elle sait où elle va. Elle avance.

Car l'heure de la confrontation est venue. Nathalie rame vers le Vaisseau ardent – qu'il soit nef céleste ou mirage, elle ira jusqu'à lui.

9

Les deux enfants ne fixent pas le Vaisseau ardent. Le sourire de Nathalie désormais sur leurs lèvres, ils ont longuement observé la jeune femme, mais ils ont fini par dériver si profondément dans leurs propres pensées que Nathalie se surprend à peiner les reconnaître, un peu comme si elle venait saluer quelques petits cousins dans un camp de vacances l'été suivant.

Depuis combien de temps rame-t-elle ? À en juger par le fuselage immobilisé, qui ne diminue plus aussi vite maintenant, traverser le lac en diagonale va lui prendre une demi-heure.

Elle se retourne, juste pour voir.

L'éloignement du Vaisseau ardent la décourage moins que son allure, obstinément modeste. Ne survit dans son souvenir immédiat qu'une hésitante mouvance d'ombres et de lueurs. Elle s'en doutait, ou le redoutait, avant même de l'apercevoir, aussi sûrement que la fraîche annonce la nuit.

Cela ne l'arrête pas. Elle reste une battante – c'est de famille. À l'enthousiasme dévorant de la jeunesse se substitue la patience consciencieuse de l'étudiante en histoire. Elle entame la phase strictement répétitive de la nage, une tâche qu'elle accomplit sans état d'âme, comme lorsqu'il s'agit de recopier *in extenso* un texte ancien, fautes et absurdités comprises. Si l'esprit menace de s'échapper, l'application suffit bien souvent à le piéger. Ainsi, l'opiniâtre poursuite du travail épuise les prétentions digressives.

En prendre aussi pleinement conscience ne l'aide pas, sa résolution s'estompe d'un coup. Elle résiste, s'obstine, mais la stratégie n'est pas infaillible : dans cet instant de faiblesse, vacharde, sa psy sape le sentiment d'accomplissement qui la pousse. Ainsi, lors d'un gargarisme télévisuel, elle avait publiquement fustigé sa vision du monde : « Tout n'est que perception, tout n'est qu'émotion. »

Nathalie se retourne à nouveau sous prétexte de ne pas l'entendre poursuivre. Mais que voit-elle ? Que voit-elle réellement ? Et plus encore : que s'attendait-elle donc à voir ? Un pirate écarter les nuées et lui adresser un signe ? Elle laisse un aviron en l'air et l'autre dans l'eau. L'inertie la tourne vers le Palais. Après tout, elle songeait à s'y abriter…

« Et si la réalité n'était qu'un écran où chacun projette son propre film ? De la même manière dont un chœur spontané finit par s'accorder, nous nous persuadons peut-être que nous assistons tous à la même séance. Comment le savoir ? Nous pouvons en discuter entre nous, nous trouverons des points d'accord, des preuves partagées. Nous négligerons nos interprétations personnelles pour ne considérer que cette base consensuelle, objective par élection, au point de considérer qu'elle existe en dehors de nous. — La vie ne serait qu'une hallucination collective ? l'avait aimablement relancée l'animateur. — La question est de savoir jusqu'à quel point elle ne l'est pas… Ce qui est un fait, c'est que nous ne pouvons pas certifier où la réalité objective commence et où elle finit : nous interprétons tout, et nous nous référons à l'autre. — Vous parlez donc de "réalité subjective" ? »

Nathalie se rappelle encore cet étudiant qui, lors de l'un de ses tout premiers cours de philo, avait interpellé le professeur pour l'aider à retrouver l'auteur d'une citation qui lui trottait dans la tête : « Le doute est la porte du divin. » Elle a oublié la réponse et a fini par penser que cette proposition, dûment méditée ou juste improvisée, avait pour seule motivation de déstabiliser leur professeur ; par la suite, l'étudiant s'était montré coutumier du fait. Cependant, ce jour-là, elle s'en souvient parfaitement, il arborait un tee-shirt qui se trouvait probablement à l'origine de son inspiration, une réédition d'un modèle remis au goût du jour par la diffusion d'une série télévisée populaire sur le paranormal et les extraterrestres, où il était écrit sur un fond de soucoupe volante assez judicieusement floue : « I WANT TO BELIEVE ».

« Vous savez, je ne suis pas philosophe, mais analyste, avait repris sa thérapeute dans cette émission enregistrée et au montage soigné. Ce que l'on appelle réalité recouvre trop souvent ce qui mériterait d'être nommé nécessité ; l'œuvre de la raison et de la morale, ou d'une raison et d'une morale, devrais-je dire, qui ont partie liée, quelles qu'elles soient. Mes patients, comme tout le monde, sans exception, bataillent entre élans et retenues. Pour se construire, ils se détruisent. — Alors, selon vous, les "psys" supplantent les "philos" ? — Peu importe, puisque du plus grand des philosophes au dernier des imbéciles, en passant par le bon père de famille et la crapule finie, une chose demeure : nos convictions les plus profondes, nos systèmes de pensée les plus sophistiqués visent et ne visent qu'à justifier notre nature. Laquelle nous échappe… Comment affirmer quoi que ce soit, quand on ne peut être sûr de rien ? Les philosophes pensent, mais que savent-ils ? Vous savez, avait-elle repris après une pause étudiée et un sourire angélique aux lèvres qui ne l'était pas moins, un analyste n'exerce que s'il demeure lui-même en thérapie. Mais ça ne vous dérange pas qu'on lâche comme ça des philosophes dans la nature ? Et je ne parle pas de nos juges ou de nos gouvernants… »

Elle a laissé le canot pivoter et le bloque, dos au galion, face au phénomène. La fatigue la submerge, mais le sommeil dissimule trop souvent une appréhension pour qu'elle en soit dupe – c'est l'heure des listes. Elle peut contempler de loin le Vaisseau ardent, en relever un inventaire, en dresser une description, mais elle demeure incapable de se concentrer sur son essence. Le lien qu'elle ressent, obscurément, l'obsède tout en la tenant à distance.

Oh, qu'elle aimerait s'abandonner à la fascination des flammes, céder à l'engourdissement tiède de tous les oublis – les envisager à la manière des eaux d'un fleuve, inlassablement en mouvement, jamais le même, reproduisant invariablement la définition naturelle, immuable et non écrite, du feu.

Mais il ne reste du Vaisseau ardent que ce qu'il reste de l'Ennemi charmant, un mirage, un souvenir, un fantôme.

Les deux enfants la regardent, et ne regardent qu'elle. Elle tente de se ressaisir, elle détend son dos, étire ses bras, conforte son assise – tandis qu'elle se revoit, enfant, juchée sur le tabouret de la cuisine en train de gratter un mot à la pointe d'un ciseau tout en haut sur la porte du frigo.

Quel mot ?

L'a-t-elle jamais gravé, ou juste imaginé ?

« Je crois que je pourrais dormir l'équivalent d'une de vos journées…

— Il te reste tant de rêves à faire ? s'étonne sincèrement Ragn.

— J'aspire plutôt à une nuit entière sans le moindre rêve !

— Je garderai le canot pour toi, se propose Bly.

— Et moi, j'écarterai les petits ! » enchérit la fillette.

Elle se penche en leur souriant – ils ont raison. Elle le professait à l'instant : tout est simple.

« Vous voyez le Pavillon blanc ? se décide-t-elle enfin à leur demander.

— Pas tout le temps, affirme Ragn sans regarder.

— Mortimer ne le hisse pas sans raison, la reprend Bly.

— Mais là, maintenant ? Tout à l'heure, j'aurais juré que... Et puis, non. Laissez tomber. Je ne sais pas ce que je veux savoir... Ça sonne comme un sujet de philosophie de première année, ce que je viens de dire, non ? Je me sens si lasse que je ne saurais plus comment développer. Ça aussi, laissez tomber, mon univers est décidément trop compliqué... Vous croyez que je pourrais me reposer dans la cabine ? Enfin : le Champ de bataille ? »

Sans attendre leur approbation, Nathalie replonge ses avirons et se rapproche du galion. Elle n'a pas osé leur poser la vraie question, la seule qui changerait une fois pour toutes sa vision du monde – et aussi, peut-être, sa connaissance : l'un d'eux s'est-il déjà rendu jusque là-bas, dans cette nappe de brouillard qui figure parfois une nef fabuleuse ?

Il est probable que nul n'ait jamais tenté l'expérience dans la crainte – ne devrait-elle pas davantage penser : dans l'espoir ? – qu'en l'atteignant, il se réveille d'un étrange rêve... Car si c'en est un, pourquoi le quitter ? Mais à l'inverse, si elle touchait la coque de bois ou de glace, si elle s'approchait vraiment des voiles de flammes et de nuées, que devrait-elle alors faire ? Aucun mot ne pourrait renfermer cette impossible réalité.

Sinon celui dont le frigo de son imaginaire complaisant conserve la trace secrète, bien que poncé et repeint, bien qu'occulté par des dizaines et des dizaines de dessins et de listes : ACCEPTE.

10

Tandis que Bly entasse tout un matelas de pelisses et de courtepointes au plus près du sabord, que Ragn dispose et arrange avec plus de soin, la jeune femme savoure ce spectacle infiniment apaisant : des enfants qui s'empressent à lui complaire. Elle mesure son influence sur ces deux-là et en tire une satisfaction inédite. La fillette l'informe pour la troisième fois que les « petits » ne devraient pas revenir jouer dans cette salle pendant son sommeil, Bly lui rappelle aussitôt qu'il a amarré le canot bien en aplomb de son lit afin de lui permettre, en se penchant, très légèrement, d'apercevoir les sirènes enlacées… Elle les complimente, ils ne s'en lassent pas.

Sa volonté de lui ressembler rend Ragn docile, alors que la fougue du garçon l'empêche de profiter de ses conseils. Il se montre plus brutal que délicat, tellement impulsif – et cette manie de se toucher ! Depuis sa précédente nuit, la moindre remarque le conduit à se murer et il devient presque impossible de le sortir de son recoin boudeur. Son visage se pare alors d'un masque qu'il peine à quitter.

La fillette s'attarde aux côtés de Nathalie et lui réclame d'être maquillée. Nathalie lui promet de le faire dès son réveil, heureuse de lui enseigner par ce biais une hygiène élémentaire, dont l'exemple, elle en est certaine, ne tardera pas à s'étendre aux autres.

Mais Ragn continue à la regarder. Incapable de se détendre en sa présence, la jeune femme se redresse pour l'inviter ou à dormir ou à aller jouer, quand elle le remarque.

« Tu as un bouton, là ! Sur le front. »

Ragn tourne la tête, rabat une mèche de ses cheveux d'albinos au bon endroit et croise ses mains sur ses épaules.

« Ça ne se voit pas beaucoup », tente-t-elle de la rassurer, gênée d'avoir dramatisé. « Un peu de poudre et dans une minute ce vilain bouton aura disparu. »

Nathalie se lève et s'occupe à réunir le nécessaire. Il n'y a pas urgence, mais elle n'a pas supporté le regard que Ragn vient de lui lancer. Elle connaît cette expression, c'était la sienne. Exactement la sienne, il n'y a pas tant d'années que cela. Sa façon à elle de détester les adultes et leur prétentieux savoir, leur façon à eux d'avoir tout vécu et de reléguer à l'anecdote désopilante une poussée d'acné un lundi.

« Il n'y a rien de plus injuste qu'un bouton, la console-t-elle en s'efforçant d'éviter toute condescendance. Si on m'avait donné une médaille à chacun des miens, ils auraient été obligés d'aller en chercher partout dans la ville, dans l'État, et même jusqu'ici ! Mais je suis une vraie championne pour les masquer, et pour ça pas de médaille… »

Ragn s'est recroquevillée et plisse les lèvres en un sourire complice. Nathalie retrouve instantanément la petite fille qui est venue se planter à ses côtés voici… oui, quelques jours seulement. Elle relève sa mèche et lui caresse le front.

« C'est étrange, reprend-elle en écrasant de la craie pour l'en poudrer, vous êtes si souvent dans l'eau… Celle-ci devrait au contraire éviter ce genre d'éruption cutanée…

— Je n'ai pas beaucoup nagé ces derniers temps.

— Je croyais que tu aimais ça.

— Ça dépend. Moins, maintenant.

— Ça y est, il ne se voit plus. Tu veux regarder dans une glace ?

— Il n'y en a plus.

— Vous n'avez pas de miroirs ? C'est bien vrai ? Oh, il doit bien en exister quelque part, même un tout petit, que vous m'aurez caché pour jouer...

— Il y en a eu quelques-uns. Et des grands. Mais le coucou s'était caché derrière plusieurs d'entre eux. Plo a passé des jours et des jours à trouver le bon. Avec sa hache.

— Je n'y crois pas..., sourit Nathalie.

— C'était un jeu ! On en fait de beaux rêves encore...

— Eh bien, crois-moi : si Plo ne les avait pas détruits, tu te trouverais très belle, et le bouton, lui, tu ne le trouverais pas du tout... »

Ragn baisse à nouveau les yeux et copie sa moue – est-ce bien Ragn ou une sœur qu'elle lui aurait cachée ?

La jeune femme n'ajoute rien et se tourne vers la baie. Les situations où les mots ne se révèlent d'aucun recours l'ont toujours mise mal à l'aise. Elle s'allonge bientôt, un bras en barrage des yeux pour échapper au manège de la brume opalescente en perpétuel mouvement. Ses volutes se dispersent parfois, mais si fugitivement qu'elle n'est sûre de rien. Que voit-elle, alors ?

Lorsqu'elle entend Ragn s'éloigner, elle ferme les paupières et pense au *Manuscrit de l'île Éléphantine*. Est-ce ce même navire en feu que l'ancêtre du tout premier pharaon a vu dans son rêve d'enfant ? Plus tard, contre l'avis des prêtres, il a interprété lui-même sa prémonition. Peut-elle se risquer à le décrypter, à présent qu'elle partage sa vision ? Sa thérapeute lui a enseigné à étudier ses rêves, en insistant beaucoup sur le fait qu'il n'existe pas de clés des songes universelles et qu'il est vain de prétendre saisir la portée du rêve d'un autre. Mais en historienne, elle peut envisager sous quelles influences il l'a déchiffré. Et, en historienne zélée, s'il était sincère et lucide, ou bien surtout pressé d'étendre son règne…

Comme emportées par une bourrasque de bord de mer, ses pensées s'envolent et lui dévoilent le commandant Petrack qui prend la pause devant les photographes – elle l'entend qui lui demande comment, dans dix ou cinquante siècles, on pourra déceler en quoi il ment…

Le vent retombé, elle ose lui parler.

« *Oh Anton, pourquoi ?* »

Elle reconnaît alors qu'elle n'est pas une vraie historienne, ni en rien une battante. Enfant, elle a épousé la cause de Virginia au nom de la Grande Absente, aujourd'hui elle pense à son amant silencieux.

« Pourquoi m'avoir conduite jusque-là ? » murmure-t-elle.

Elle rebaisse ses paupières et le revoit se lever, se rapprocher, la contourner, attendre, attendre, et puis la lever pour la coucher.

« *Qu'attends-tu de moi ?* » n'ose-t-elle demander tandis qu'elle lutte en vain pour entr'apercevoir une dernière fois le Vaisseau ardent. Mais ses paupières capitulent.

S'incruste alors sur la fine pellicule de chair un halo brumeux aux arabesques flamboyantes, qui se dispersent comme une fin de feu d'artifice, pluies d'étoiles filantes, myriades de gouttes claires qui retombent sur le lac, pâle brouillard que pourfend soudain la proue jaillissante d'un navire de feu et de glace…

« Je suis Nathalie, du *Nathalie*… », dit une voix lointaine, féminine, un râle peut-être.

Elle est une femme Derenoy. Elle accoste le continent promis que les flots révèlent enfin après une longue traversée. Son arche libère les élus des Sept mers. Ses dix enfants se précipitent en hurlant pour jouer sans perdre de temps. La Dame rouge les regarde s'ébattre. Satisfaite. De leurs amours joyeuses naîtra la nouvelle humanité, meilleure.

Mais en tentant de les rejoindre, comme il se doit : elle se noie.

Ainsi, dilué dans chacune des particules de la fontaine Océan, son fantôme protecteur veillera sur eux pour l'éternité. *Gloire et prospérité*.

Rouge. Un pont a été construit dans le sang, l'île du Chaos noir détruite dans les flammes. Rouge, rouge. Une fureur dévastatrice contracte son estomac en une violente nausée. Rouge, pas rouge. Elle rouvre les yeux, croise ses bras contre son ventre, recouvre sa respiration, pliée en deux.

« Tu es : "Tu peux faire mieux !" du *Je le veux* », lui crie-t-on.

Elle se retourne, ne voit personne.

Derrière elle, la même voix masculine insiste :

« Et la question est : as-tu fait ce qu'il fallait ? »

Non, non, non. Toujours en faute, jamais parfaite. Des mots, des mots en tapisserie, des mots en barricades, des mots pour se cacher. Car elle s'y est mal prise, car elle a trop tardé, car elle a oublié ce qu'elle ne devait pas oublier – et à présent, par sa faute, oui : *SA* faute, tout va être détruit. Car tout advient trop tôt, bien trop tôt. Ils ne sont plus assez nombreux... Trop de garçons pour pas assez de filles. Les hommes se battront entre eux, les femmes n'auront pas le temps d'assumer assez de couches. Sans compter la consanguinité – les dix enfanteront une humanité monstrueuse !

« Et ta réponse est : elle n'a pas fait ce qu'il fallait. »

Nathalie se réveille en sursaut.

Se redresse.

Elle est seule.

Elle chasse les reliquats de ses cauchemars en forme de liste – « une nouvelle humanité », avec une flèche vers « meilleure » et une autre vers « monstrueuse » – et se recouche, le dos au lac, face au désordre du Champ de bataille.

Elle se rendort bientôt en songeant qu'elle n'a pas rangé sa chambre. Pas grave. Elle le fera demain matin.

11

Un courant d'air lui chatouille le nez. Des ombres dansent devant la fenêtre. Pas de couette à ramener sur le visage. Nathalie s'étire en se contorsionnant, un membre après l'autre, sans forcer mais en bandant chaque muscle afin de prolonger cette langueur béate où « tout est possible ». À la marge des rêves, sa main se rabat sur ses paupières.

Un bref instant, dans une agréable confusion, des lambeaux oniriques encombrent sa perception de la réalité. Elle sait – hélas, car en avoir conscience signifie que le processus de réveil s'achève – qu'elle tentera bientôt de disséquer ses rêves, et le regrette. Les songes, à cet instant précis, méritent mieux que cela ; ils la lient à *autre chose, autrement*, et cela semble moins évident, moins simple et moins limpide. Tout se gâche déjà. Elle se précipite à récapituler ses visions, à tout graver dans sa mémoire, fronce les sourcils, grimace. L'arche de la renaissance. Les *Voiles rouges*. Mortimer. *Feu et Glace*. Les dix. Un radeau abandonné sur les flots… Trop tard. Ses yeux sont ouverts. Une main ramenée sur son visage. Ses pieds s'agitent. Elle est consciente.

Plus terrible encore, elle ne le regrette plus.

« Zut ! » chuchote-t-on à son oreille.

En dégageant légèrement ses doigts, la jeune femme découvre deux têtes exagérément penchées sur son nez, qui ne se révèlent pas être celles des deux enfants qui ne la quittent plus.

La voix cristalline reprend : « Ça venait du nez. — Pas si fort… — Mais elle est réveillée. — Je sais. Elle ne peut pas chanter si fort du nez, c'est ça que je dis. — Ça ne s'appelle pas chanter, ça s'appelle ronfler. — Tu crois qu'elle m'apprendra ? »

Nathalie soupire et se redresse, elle n'arrivera pas à grappiller quelques instants de repos supplémentaires. « Je ne ronfle pas. Les femmes ne… Et zut… »

Buld approuve d'un hochement de tête. Limn affiche un rictus qui s'adresse tant à la jeune femme qu'à son ami.

Peut-être ronfle-t-elle après tout, peut-être seulement depuis l'accident, puisque José s'en est moqué. Aucun de ses amants… de toute manière, aucun ne s'en plaindrait dès les premières nuits, soit par intérêt/avidité, soit par cet accès de crédulité, si passager, qui rend charmante la moindre verrue. Et comme elle n'en a guère connu au-delà de ce compte…

« Ça ne s'apprend pas, c'est un don, affirme-t-elle en se mettant sur le côté.

— Tout est possible, lui rappelle Buld.

— On verra… »

Malgré le matelas confectionné par Bly et Ragn, Nathalie, vingt-trois ans, n'est qu'arthrose et ankylose, elle s'extirpe péniblement de sa couche…

« Nous sommes venus t'inviter à nous rejoindre pour dormir, lui annonce Limn.

— Je vous signale que je me réveille tout juste, alors retourner dormir…

— Ah, mais ce n'est pas pour tout de suite ! Nous devons encore jouer, lui répond Buld.

— Vous n'arrêtez donc jamais ? Pourtant, en profite-t-elle, je connais des jeux dont vous ignorez absolument tout.

— Tu nous apprendras ? réclame aussitôt Buld.

— Si vous y tenez…

— Et à ronfler aussi ? »

Elle soupire à la remarque de Limn, mais les deux garçons se jettent au sol avant qu'elle réagisse et décampent à quatre pattes en direction du lac – ils sautent par la trouée en criant : « Pas les petits ! Pas les petits ! »

La jeune femme se retourne et salue Ragn qui vient de rentrer.

« Je croyais les avoir chassés, se fâche-t-elle en tapant du pied.

— Pourquoi toutes ces médailles ? »

Pendant qu'elle se reposait, la fillette au visage de nacre en a cousu ou attaché ou accroché une quantité impensable sur une capeline en fourrure, qui pèse tellement sur ses épaules qu'elle reste voûtée.

« Tu n'as pas trop chaud, couverte comme ça ? »

Ragn pince ses lèvres, les arrondit, tarde à grogner quelque onomatopée et se perd dans l'examen des bibelots qui gisent en épaves dans le tonneau du Champ de bataille.

« Où est Bly ? demande Nathalie en renonçant à une réponse.

— Je veille au canot ! crie celui-ci du lac tandis que Ragn hausse les épaules.

— Tu n'es pas obligé d'y rester tout le temps, lui retourne-t-elle.

— Bla voulait te voir. Il te cherche. »

Inutile de dire au garçon que Jack ne tentera jamais de récupérer le canot à la nage, la mission qu'il s'est donnée lui tient trop à cœur pour l'en priver. Cette pensée lui suggère de rendre visite à l'Ours sans plus attendre, afin de le narguer en exigeant de lui parler sans trop s'approcher du rivage. À la limite, elle pourrait même finir par condescendre à l'y rejoindre, sûre que Bly sortirait alors de l'eau pour éloigner le canot… La puérilité du projet ne lui échappe pas un instant, elle visualise une fois de plus.

« Je préférerais voir José. Vous savez où il se trouve en ce moment ? »

Ragn lui désigne vaguement la Croisée des chemins.

« Vous m'accompagnez ?

— Oui, répond immédiatement Bly.

— Et le maquillage ? s'inquiète Ragn.

— Mais, ma chère, lui retourne Nathalie, nous avons tout notre temps... »

La fillette sourit de la repartie et s'efforce de l'accompagner comme si elle ne participait pas à un nouveau jeu.

« Tu m'apprends à ramer ? réclame Bly. Tu te souviens, tu as dit que tu n'aimais pas ramer à contresens, que ça te donnait l'impression de reculer.

— Tu veux ramer pour moi ?

— Oh oui ! Je suis assez fort pour ça.

— Alors, regarde-moi faire. Quand nous aurons rejoint José, tu pourras t'entraîner tout seul. Ça sera plus facile.

— Mais je t'ai bien regardé faire... »

12

Assis sur la plage que surplombe la Grande Falaise, où ils les attendent depuis qu'ils les ont aperçus sortir du Palais, José et son jeune compagnon poursuivent leur échange.

« De quoi parlez-vous ? demande Ragn qui les rejoint sans attendre d'accoster.

— Jos me raconte sa grande aventure », lui répond Tœ.

La jeune femme patiente pour sauter du canot sans risquer de se mouiller.

« Tu as dormi ? demande Nathalie.

— Pas encore », lui répond José.

Ils observent un instant Bly prendre sa place dans le canot pour s'exercer à ramer.

« Je lui explique que je n'ai jamais envisagé leur “Tout est possible”, du moins sérieusement, que dans une seule circonstance », leur déclare le pilote. Puis, s'adressant à Tœ et s'aidant des mains pour évoquer l'immensité du ciel, il reprend : « Le plus étrange, quand tu te trouves au-dessus des nuages, c'est l'extrême luminosité de ce bleu… Et sa pureté azur, puisque plus aucun nuage ne lui dispute l'horizon. Dessous, tu croirais de l'écume figée, que la lumière sculpte autant que les vents. Ou du sable blanc, après que vous êtes passé cent fois dessus en tapant du pied… Mais au-dessus, Tœ, au loin, partout ailleurs, le ciel est sans limites... Je le ressens comme une sorte d'appel, à en perdre la raison... Tout est possible, alors. Oui, je le pense : alors, tout est possible...

« Le soir, poursuit l'Albatros en faisant une place à Ragn, l'horizon se présente d'abord comme une simple ligne courbe, entre le bleu du ciel et le blanc cotonneux des nuages ; puis une frange rouge s'étend, étroite, délivrant tout un camaïeu de nuances et de dégradés. Lorsque le soleil touche l'horizon, il irradie le ciel tandis que les nuages s'assombrissent graduellement. Avec de la chance, quelques-uns se détachent de la masse, s'étirent comme des coups de crayon au loin ; quand on a encore plus de chance, ces nuages fins s'arrachent des autres et tirent avec eux des filets de pêche en fondus légers de rouge. Tout devient rouge, sans excès, juste une teinte diluée, omniprésente... Un peu comme ici, en plus fort...

— Et quand il n'y a pas de nuages ? le relance Tœ.

— La nuit est émouvante. Tu dois savoir que chaque maison est illuminée par plusieurs feux, qui ne les brûlent pas.

— Je comprends.

— Oui, bien sûr... Tu acceptes mieux que nous ce que tu ne connais pas ! Ah, toutes ces lumières... C'est une constellation d'étoiles, où chaque astre n'est qu'une maison ; dont tu ne profites qu'en penchant la tête vers le bas et en te déplaçant sans t'arrêter... Voler change tout. Tu deviens un étranger pour quelques heures, tu n'appartiens plus au même monde.

— J'ai souvent volé, intervient Nathalie, mais je n'ai jamais regardé que quelques instants par le hublot.

— Oui, les passagers ne maîtrisent rien, alors ils ne voient rien. Pour eux, c'est de la télé, beaucoup baissent le store pour s'abîmer dans un film ou une série. Je sais pourquoi, mais je peine à les comprendre ! Peut-être parce qu'un pilote ne cesse de se poser des questions, de prendre des décisions ; tu dois faire corps avec l'espace... À moins que ce soit l'espace qui t'absorbe et te refaçonne...

— Parle encore de tes aventures, reprend Tœ. Les plus… grandes !

— Quand on survole des montagnes, de jour, parfois les sommets neigeux se confondent aux nuages… Il n'y a plus de différence, et c'est toi qui te demandes qui tu es…

— Et de nuit ?

— J'ai plusieurs fois survolé le désert dans la nuit noire. Il arrive qu'un feu de berger soit la seule marque de vie. Ah ! cette envie de se pencher, de tendre la main, de toucher, de caresser les bergers pour les saluer ! »

Tœ ferme les yeux et sa tête dodeline. Puis il échange un long regard avec Ragn et le sourire qu'il lui adresse alors se révèle si intense qu'elle se lève pour s'en rapprocher.

« Quand j'avais votre âge, je rêvais d'exploits qui me vaudraient une gloire éternelle, poursuit José. Je me voyais un peu comme Bly l'autre fois, quand vous expliquiez que vous êtes arrivés à dos de dragon, protégé par une belle armure et maniant le sabre… Petit, j'ai envisagé toutes sortes de moyens pour voler, mais je n'ai jamais imaginé "chevaucher" un dragon ! Grimper sur de grands aigles, oui… M'accrocher aux feuilles de tilleul en automne, aussi, mais seulement si j'avais la chance de trouver une potion pour me faire plus petit que je n'étais ! Voire me suspendre aux nuages grâce à un lacis astucieux de filins aussi souples et légers que des fils d'araignée, à condition, cette fois, de ne plus en avoir si peur pour solliciter leur aide…

— C'étaient de grandes aventures, approuve Ragn.

— Il connaît de beaux rêves, lui répond Tœ.

— Des rêves, des souvenirs…

— J'essaie de voir ce dôme comme un ciel qui serait interdit aux autres, déclare Nathalie qui s'est allongée sur le sable et qui plisse les yeux, mais je n'y arrive pas. »

La voûte blanche aux nervures rosâtres ne correspond pas à ses souvenirs d'avion, ni à l'embrasement crépusculaire qu'a décrit José. Elle se tourne sur le côté, le visage vers le lac.

« Voler une dernière fois…, ajoute José sur un ton ouvertement mélancolique.

— Encore une fois ou une dernière fois ? demande Tœ.

— Cette précision n'aura un sens que si tout est possible…

— Alors, réponds…

— Tu ne doutes de rien.

— Et toi ? »

José prend une longue inspiration, reste en apnée quelques secondes, puis secoue la tête.

« Tu as raison. Oui, Tœ, tu as raison… »

L'Albatros scrute nerveusement le lac. Il se tourne vers la jeune femme, puis lance un regard au Vaisseau ardent, un autre aux restes de son avion, se mord la lèvre en fixant Bly qui manœuvre difficilement son embarcation.

« Tu vas le garder, c'est ça ?

— Quitte à être seule, autant en être sûre ! »

Il acquiesce sans s'offusquer de la rudesse du ton de la réponse.

« Ce n'est pas ce que je voulais dire », se reprend-elle en songeant qu'elle devrait préciser qu'il n'y a que là-bas qu'elle se sent vraiment en sécurité.

Cet aveu ne serait pas tout à fait sincère. Si elle tient au canot, c'est aussi parce qu'elle veut les deux sirènes. Non qu'elle voue au *Nathalie* un culte nostalgique, mais cette nuit elle s'est souvenue de Portland : après leur dernière dispute, elle fixait obstinément le cendrier de bronze ; et quand elle a fermé les yeux, alors que le médaillon s'incrustait dans sa gorge, elle était l'une, puis l'autre, puis l'une… puis elles.

« Pourquoi cette envie soudaine ? se contente-t-elle d'ajouter pour justifier son refus.

— Il y a des trucs à récupérer…

— Ce n'est pas nouveau.

— Peut-être…
— Si tu as une idée…
— Pas encore…
— C'est agaçant, tu ne… tu ne donnes rien.
— Parce que je ne sais pas.
— Tu ne sais pas donner ?
— Je ne sais pas ce que je veux. »

Elle se trouve injuste, à force d'agacements, mais José ne lui en tient visiblement pas rigueur. Il contemple le lac et son visage s'éclaire.

« En fait, jusqu'à présent, je me suis juste focalisé sur les moyens d'atteindre mon but, et j'ai raté l'essentiel, lui dit-il soudain. Tu peux garder le canot…

— Je ne te refuse pas le canot, mais…

— Je peux m'en passer. Et même plus que ça : je dois le faire ! Merci Nathalie, tu viens de lever le dernier obstacle.

— Mais… Pourquoi tu m'embrasses ?

— Parce que je ne dois plus me comporter en étranger, je dois plonger. Littéralement… »

L'Albatros se lève et traverse la plage d'un pas si décidé qu'elle pense qu'il va entrer dans l'eau, mais il s'arrête juste avant de se mouiller les pieds. Il se retourne vers eux pour leur sourire.

« José… Qu'est-ce qui t'arrive ? Tu es fou ?

— Bientôt plus ! »

Le pilote se frotte les mains à hauteur du visage, puis se penche en avant pour prendre appui sur ses genoux. Après plusieurs respirations profondes, il se redresse et entreprend de se dévêtir.

« José ! Tu ne dois pas… »

Ses affaires pliées, sans l'entendre il se glisse nu dans l'eau.

Aussitôt, Tom et Plo bondissent des bosquets où ils se cachaient et font la course pour voler la culotte du pilote. Sim en sort à son tour et se lance à leur poursuite.

13

José nage avec aisance, disparaît de la surface quelques secondes, réapparaît ensuite beaucoup plus loin. L'eau lui délivre la puissante illusion de voler, lui a-t-il confié, et peut-être est-ce ce qu'il ressent en ce moment. Tœ l'accompagne, un peu en retrait, mais il sourit. Nathalie voudrait sourire avec lui, se réjouir pour le pilote, mais elle le regarde qui s'éloigne une fois encore. Et aussi, elle l'envie. Elle aimerait plonger sans redouter ni sa libido ni ses visions.

Tom et Plo se sont lancés à sa suite, agrippés chacun à une jambe de sa culotte, mais Sim la leur a chipée et ils le coursent maintenant jusqu'au Palais. José contourne le galion et se dirige enfin vers les épaves – à quoi bon, à présent ?

Elle parcourt le glacier du regard et découvre les autres enfants un peu partout, curieux de l'Albatros. Zach et Kum se détachent des ombres du Chaos de pierres, Buld sort de la Croisée des chemins ; elle distingue la silhouette de Limn au pinacle de la Grande Falaise.

« Et mon maquillage ? réclame Ragn. Tu me l'as promis.

— Je n'ai pas oublié… Quand nous retournerons au Palais.

— On y va ?

— Bientôt. »

L'impatience de la fillette l'étonne et elle se prend à espérer que les autres enfants fassent preuve d'un empressement similaire. Ainsi, elle pourrait réellement les préparer à rejoindre le vrai monde.

« Où en êtes-vous de la garde-robe ? »

La jeune femme a chargé Ragn et Bly de réunir une garde-robe qui servira de préalable au jeu du Travestissement ornemental, compromis dont elle compte faire l'introduction à son projet de jeu de la Marchande.

« J'ai demandé conseil à Sim et Buld, experts en classification et ornementation, se défend Ragn, mais ils n'étaient pas d'accord. Pour m'aider, Kum s'est déshabillée sur place pour nous laisser son pagne avant de partir en Excursion exotique. Alors, Bly a voulu s'en occuper. Tu parles, il a confié le jeu aux petits !

— Tom et Plo ?

— Oui.

— Mais pourquoi eux ?

— Comme ça, les autres ne vont pas piller leur tas.

— Sauf s'ils en font à leur tour un jeu.

— C'est ce que j'ai dit ! Mais Bly ne m'a pas écoutée.

— D'où les culottes ?

— Moi, je leur ai dit de les réunir au Palais. Sur le pont, comme tu l'avais demandé… »

Nathalie approuve d'un signe de tête et lève la main pour appeler Bly. Le garçon fait ce qu'il peut pour se hâter de les rejoindre, et il en fait trop ; confondant force et cadence, il vire plus qu'il n'avance. Ragn soupire, comme si elle s'agaçait de le voir se faire remarquer. Une fois qu'elles sont toutes deux montées à bord, il refuse de lâcher les avirons. Même s'il parvient à ramer, encore que lentement en raison de la surcharge, il se retourne si souvent pour regarder où il va qu'il zigzague sans arrêt.

« Quand j'avais votre âge, évoque la jeune femme pour aider Ragn à patienter, c'était à moi de m'occuper de ranger mes vêtements. Je ne comprenais pas pourquoi : il y avait une foule de domestiques à la maison, mon père employait un valet de pied qui se consacrait exclusivement à ses affaires... Pour moi, c'était une vraie corvée : ça ne m'amusait pas du tout ! Mais un jour, tout a changé. Une de mes nurses, une véritable fée du logis, a accepté de partager ses secrets avec moi. En un tour de main, elle m'a enseigné comment tout classifier. Après, j'aimais beaucoup faire ça, j'en étais très fière... C'est à des petites choses comme ça qu'on voit que l'on grandit... Sauf pour les chaussettes, bien sûr. Aujourd'hui encore, elles disparaissent comme par enchantement. Quoi que j'y fasse !

— Je pense qu'elle t'a menti, la reprend Ragn, parce que les fées, les sortilèges, les enchantements, tout ça, tu sais, ça n'existe pas. Par contre, je veux bien m'occuper de tes chaussettes. Aucune ne songera à s'évader, qu'elle soit seule ou accouplée.

— Depuis que je suis ici, je vis pieds nus, se contente-t-elle de répondre. Tu es adorable... Quoi ? reprend-elle en découvrant la moue de la fillette. Mais qu'est-ce qu'il y a Ragn ?

— Eh bien, c'est au sujet du jeu.

— Le Travestissement ornemental ? Tu es pressée de commencer ? Ne t'inquiète pas, le plus important c'est que les autres comprennent qu'il faut préparer tout un choix de vêtement. À part Tœ, personne n'enfile plusieurs culottes à la fois. Je vais leur expliquer que...

— Je voudrais juste regarder, la coupe Ragn dans un souffle. Au moins la première fois...

— Mais, c'est surtout pour toi que j'ai...

— Je sais, mais... Je vais être ridicule ! Ils vont ramener de ces trucs... Et puis, comment je peux voir si les habits vont bien ensemble ? Si Plo n'avait pas cassé tous les miroirs...

— Tu peux me faire confiance, je te décrirai tout.

Bien sûr, ça ne vaut pas un coup d'œil dans une glace, mais…

— J'ai pensé à Buld, reprend-elle sur le ton d'une dame de patronage, tu sais, pour l'Isoloir des alliages. Ça lui plaît.

— La cabine d'essayage… Vous n'avez pas tout à fait le même teint de peau… Et puis c'est un garçon, lui fait remarquer la jeune femme.

— J'ai demandé à Kum, qui est une fille, mais elle est toujours en pleine Excursion exotique et on ne sait jamais quand elle revient. Ni avec quoi.

— Elle n'est pas comme toi non plus.

— Non, elle est beaucoup plus petite.

— Et Buld un peu plus grand, et tous les deux sont noirs.

— Pas tellement plus grand.

— Si tu insistes… Alors, tu seras mon assistante. »

Ces mots changent quelque chose en elle, subrepticement – une étincelle dans le regard, peut-être ? Nathalie contemple Ragn qui se recompose un visage de jeune fille responsable, au moment où le canot cogne contre le galion et les bouscule tous les trois. Nathalie retient un juron, mais se joint avec délice à leur rire enfantin.

Sur le pont, Tom et Plo ont effectivement déployé toutes les culottes qu'ils ont trouvées dans le Palais, et probablement au sein du glacier tout entier, y compris les leurs. Ils hurlent ensemble un « On est prêt ! » et grimpent sans attendre vers le nid-de-pie, en réclamant que la jeune femme consacre lequel est le plus rapide, le plus gracieux, le plus agile… Les deux lascars ajoutent beaucoup d'autres choses, mais leur voix ne porte plus et Nathalie n'a pas très envie d'entendre…

« J'ai essayé de les en dissuader, soupire Bly, mais ils sont persuadés que d'en haut le choix sera plus facile… En fait, c'est un prétexte pour faire la course, à celui qui te rapportera la bonne culotte le premier… Tu sais comment sont les petits…

— Tu dis les "petits", toi aussi, maintenant…
— C'est ce qu'ils sont, non ? »
Elle se retient de lui retourner un « Et toi ? », qu'elle ravale de justesse, bien qu'il n'y ait pas là de quoi le blesser.

Nathalie s'accoude sur le bastingage et s'accorde une pause avant d'entrer dans leur jeu. Elle aperçoit José qui regagne la plage la plus proche de la Croisée des chemins. Plus loin, Limn longe la Forêt profonde. Devant lui, quelques arabesques vaporeuses signalent l'emplacement du fantastique brasier, comme les dernières prétentions d'un incendie de broussailles après la pluie. Ses priorités sont dorénavant établies, et la jeune femme renonce à prendre le canot pour aller discuter avec le Maître du Registre, celui qui parle avec Mortimer. Ou bien, elle retarde le moment où elle acceptera d'en finir avec ce mystère.

Sur le pont, c'est la folie. Pendant des heures, elle contemple, impuissante, de cinq à sept enfants s'y poursuivre ou s'y succéder, courant, sautant, grimpant ; ils s'emparent des culottes et revisitent leur emploi – étendards, foulards, gilets, oreillers, élingues, chapeaux, cordes à sauter ou à nœuds, traînes et traîneaux, oliphants roses, noirs, rayés et multicolores… Très vite, inventions et détournements s'entassent, s'agrègent et sculptent le monstre que Bla ne domptera jamais ; l'œuvre n'est pas achevée que, tonitruants, ils concourent en acrobaties aériennes dans les gréements ; après Kum, tous entonnent de concert leur chant totémique, puis hurlent « Chut… », le miment à l'unisson et laissent tomber en même temps toutes les voiles du Palais. Le chapiteau chapeaute le bateau.

Ils s'assoient autour du monstre, et attendent, plutôt silencieux, se poussant du coude, le nez en l'air. Après un long moment, Plo se lève, salue, se déshabille, annonce le défilé, sautille et plonge dans le mannequin. Tous bondissent tout nus à sa suite. La créature de culottes s'effondre, s'éparpille – ce n'est plus qu'un tas de culottes inanimé, et Nathalie n'a pas vu un seul enfant quitter le pont.

« Il y a des écoutilles secrètes partout », lui confie Ragn qui se penche par-dessus le bastingage et les cherche sous l'eau…

« Là-bas, dit-elle en en désignant quelques-uns, et là… Là aussi… »

Nathalie les regarde, mais elle aperçoit l'aventurier qui s'éloigne sur la plage opposée, une corde enroulée en travers du dos, la torche électrique en bandoulière, la besace où il range sa carte et ses crayons à l'épaule. Peut-être pourrait-elle se faire aider par les enfants pour deviner ce qu'il vise avec son obsession de géomètre – il n'a guère insisté pour récupérer le canot. Kum surgit et l'interrompt dans sa pensée pour s'engager très solennellement à lui rapporter des chaussettes, dès qu'elle en aura capturé une paire entière. Son serment à peine prononcé, la fillette saute à l'eau.

En écho, du haut d'un mât, Plo hurle quelque chose au sujet des chaussettes percées et de sa hache.

14

Après plusieurs heures de vaines négociations, Nathalie a délégué à Bly et à Ragn l'impossible mission de réunir les dix ; mais alors que de guerre lasse elle se prépare à rejoindre le Champ de bataille pour entamer une nouvelle nuit, les voilà qui jaillissent sur le pont, à l'abordage des culottes. À l'exception de ses fidèles acolytes, les enfants s'en emparent avant qu'elle puisse réagir et les hissent aux mâts pour en décorer les vergues.

Les dix s'attroupent ensuite autour d'elle et la jeune femme capitule : elle les félicite pour leur créativité en même temps qu'elle renonce à leur imposer des jeux issus du vrai monde – peut-être sera-t-elle plus écoutée en partant de leurs propres jeux...

Selon la formule désormais rituelle, Limn s'apprête à annoncer que « la Nuit Qui Vient est arrivée », mais elle lui fait signe et le prend à l'écart. Depuis trop longtemps, elle recule le moment où elle doit le consulter. Le garçon l'accompagne et attend sereinement sa question. Cependant, probablement parce que le geste de José l'a impressionnée au-delà de ce qu'elle pense, elle lui demande quel est le pouvoir de l'eau.

« L'eau des Temps premiers ? » se contente-t-il de répondre.

Cette expression, sans lui être familière, ni sans

qu'elle puisse la raccorder non plus à aucune liste savante, cette expression l'émeut.

« Si tu veux, Zach va te raconter sa Grande Aventure ! » s'exclame Buld.

Elle n'a pas le temps de le retenir qu'il se précipite vers l'entrée des cabines. Elle laisse faire, se contente de fermer les yeux – et elle revoit le beau sourire de l'enfant à la peau noire, elle se rappelle ses visions aquatiques, son envie de rejoindre les abysses.

« Avant, n'était que le Feu, déclame aussitôt Zach du haut du château d'arrière qui lui sert de proscenium. Le magma pétrissait la Terre, masse purulente, mouvement inlassable. Volcans et déserts, montagnes naissantes, montagnes mourantes, tel était le Monde : fission, fusion, roches et laves, l'œuvre du Feu. Des abysses se creusaient, des chaînes saillaient, des plaques se percutaient, s'enfonçaient et s'enfouissaient… Feu, Feu, Feu !

« Puis vinrent les météorites, miettes d'astres, qui avaient longtemps traversé l'espace. Quelques-uns renfermaient une glace qui vous semblerait brasier, si vous l'aviez touchée. Cette eau, dans son état le plus pur, tardait à fondre. Mais elle fondait. Prisonnière des laves farouches, elle s'évaporait en un instant ; mais tombée dans un repli de laves épuisées, elle stagnait, parfois longuement. Ainsi, leurre patient, fut l'œuvre de la Glace, qui accepte la défaite, qui connaît la retraite, mais qui laisse sa marque.

« Entrent en scène les nuages, en grande parade ! La Glace se serait à jamais dissipée si quelques lacs ne s'étaient que lentement résorbés. Rouges, ces lacs se révélaient rouges, gorgés du fer arraché des entrailles tumultueuses de la Terre. Le Feu, aussitôt, de s'esclaffer : “Du rouge ? Du rouge feu, donc, de bon augure… Que les nuages restent ! Quoi ! Qu'en ai-je cure ! J'exhibe toutes ces misérables cicatrices, stigmates d'une prétention dominatrice…” Ainsi, les nuages s'attardèrent… et la Terre se refroidit. Un peu, à peine. Mais elle se refroidit. Qui saura dire si cette brume nouvelle descendait du vide du Ciel, ou bien si elle montait des lacs asséchés ? Feu et Glace ! La partie n'est pas encore jouée, mais la Terre a changé.

« Le Ciel, alors, enchaîne-t-il, ne retient plus ses astéroïdes, qui se déversent, durant quarante jours et quarante nuits. La Glace qu'ils apportent à nouveau triomphe sous toutes ses formes et menace de noyer le foyer originel. La Terre disparaît, le Monde, désormais, se nomme : Océan… Imaginez une mer sans fin, avide de combats, déferlantes et ouragans, qui se croit invulnérable, mais qui n'est qu'une autre étape, entre glace et nuage, un transit impérieux au règne très provisoire. Car, déjà, elle s'évanouit en brumes et en brouillards, et ainsi elle nourrit les nuées qui à leur tour tempèrent l'ambition renaissante du Feu, volcans et failles. Ainsi, le Monde fait la part du Feu et de la Glace, et recouvre son nom ancien, la Terre ; tandis que de la mer omnipuissante ne reste qu'un fleuve, le fleuve Océan. »

À l'exception notable du langage, Zach lui évoque un énième documentaire cosmologique d'une chaîne généraliste, tel qu'elle en a suivi trop souvent les dernières semaines avant son envol pour la banquise, lorsque, recluse dans sa chambre, elle n'attendait plus l'appel de l'Ennemi charmant.

« Dans leur rivalité, poursuit le Maître des Grandes Aventures, leurs débats et leurs grands tournois, ni le Feu, sans expérience, ni la Glace, novice, n'ont remarqué que le Ciel façonne les prétentions du Monde à son plaisir et impose la trêve nécessaire à son dessein. L'eau profite de cet armistice ; elle peuple le sol, drape l'écorce d'atmosphère, combine les atomes, élabore des outils. Il ne manque qu'une pièce essentielle pour que ce don se transforme et se révèle, la Vie. Une cellule suffit, une seule, qui se divisera pour se multiplier. Or, victime du Feu qui la consume, esclave de la Glace qui l'emprisonne, cette cellule est là, depuis longtemps, qui attend. Elle est l'Origine, elle remonte au premier météore, car c'était elle, la Source de Vie… Depuis l'impact initial, la cellule endormie, ni flamme ni vapeur, insaisissable et volatile, guette ce métissage improbable, cette mutation réciproque, cet état instable où le Feu n'est plus seulement le Feu, où la Glace est autre que la Glace. Alors, elle entreprend son œuvre et peuple le Monde. »

Du Déluge au Fléau des mers, en passant par les croyances du temps de *Manuscrit de l'île Éléphantine*, la jeune étudiante retrouve certains des thèmes que brassent ses recherches, et se demande, à regret, si Jack Blackjack n'a décidément pas raison : Zach s'inspire de livres trouvés, bandes dessinées ou encyclopédies scolaires, qu'il accommode à sa prose brillante.

« Tel est le théâtre, voici le drame. Imaginez, représentez-vous la scène ! Les Anciens prétendent s'en souvenir et la figurent comme une alliance mêlant à jamais le Feu et la Glace, déployant dans son sillage les trois règnes, de l'Eau, de la Terre et du Ciel, qui l'honorent, l'accompagnent et la protègent. Elle est la Vie, disent-ils, eux qui craignent tant leur propre mort, tel un terme définitif et implacable, d'égale valeur à la Fin De Tout. Elle est la Vie, répètent les Anciens, nous en venons et elle nous revient, professent-ils. Alors, ils la convoitent, ils veulent la Source de Vie. Certains se croient assez forts pour l'asservir, d'autres assez rusés pour la retenir, d'autres encore assez humbles pour en dépendre – tous la désirent pour compagne éternelle, et ne regardent pas au-delà. »

« Vous parlez de la fontaine de Jouvence ? » s'apprête-t-elle à demander, mais elle s'arrête. Limn, qui la regarde, lui murmure : « Je ne sais pas ce que tu nommes ainsi, bien que j'aie déjà entendu ce mot. Pour nous, c'est juste l'eau des Origines. »

« Profaner la Source rompt l'équilibre, continue imperturbablement Zach. Entre fontes et assèchements, Feu et Glace à nouveau se disputent. Parmi ces incidents organiques, qui s'autoproclament les Anciens, c'est la débandade… Les hommes se divisent à leur tour en deux camps. Ceux qui partent en exode et s'interdisent de s'arrêter ; le désert devient leur royaume, les dernières oasis, des étapes qu'ils doivent partager. Et ceux qui choisissent d'affronter les flots ; ils construisent des coques en ébène, noires et dures comme la lave, qu'ils complètent de voiles, blanches et légères comme les nuages. La pierre stérile du désert décime les plus humbles, l'eau nourricière de la mer laisse prospérer les plus fous. Quand les Terriens, trop nombreux, survivent, les Marins, trop rares, vivent bien. Ainsi, la Vie tend à l'équilibre. Mais les hommes toujours convoitent la Source de Vie. Qu'un seul la possède, et tout sera détruit », conclut abruptement Zach.

Bien sûr, elle pourrait sauter sur l'occasion et faire comme la Virginia des *Voiles rouges*, ce serait simple, si facile. Mais depuis qu'elle sait que le secret qu'elles partagent toutes deux, c'est le vertige qu'inspire le vide glacial de l'Absente, elle ne veut pas sombrer, se noyer à son tour dans le lyrisme séduisant d'une ode physicienne. Ce qu'elle veut, c'est retourner dans le vrai monde, qu'on se dépêche de la sauver, que les enfants l'accompagnent, qu'ils s'en sortent, qu'ils guérissent une bonne fois pour toutes de cette confusion aux implications délirantes.

« À moi de vous raconter une histoire, les surprend-elle. Une histoire aussi étrange et déroutante que les vôtres, mais une histoire qui s'est réellement déroulée, bien qu'elle ressemble à une légende, à s'y tromper.

— Personne ne nous a jamais raconté d'histoire… », susurre Ragn.

Les dix l'applaudissent et l'entourent aussitôt. La jeune femme se sent à sa place, c'est un sentiment qui se révèle d'une puissance extraordinaire, qui efface à l'instant toutes ses autres pensées.

« C'est ce genre de récit que j'apprécie le plus, finalement, réalise-t-elle à voix haute. La part du rêve ne provient pas d'une quelconque invention, elle demeure intimement liée à la réalité. En fait, l'imaginaire peut être considéré ici comme une autre facette d'un événement, une façon différente d'appréhender le monde… Tout aussi valable et instructive, et peut-être plus universelle qu'une description objective.

— C'est ce que fait Zach, relève Bly.

— Je suis le Maître des Grandes Aventures.

— Une Grande Aventure à jamais figée ne donnerait pas à rêver, précise Sim.

— Vous avez raison, opine-t-elle. Et je connais des théories qui recoupent son récit, d'une certaine manière, mais j'ignore ce qui relève de la pure spéculation et ce qui n'en relève pas.

— Peu importe, du moment qu'on rêve bien, affirme Tœ.

— Tu racontes ton histoire ? » s'impatiente Tom.

Nathalie lui sourit et s'installe plus confortablement. Ragn et Bly s'appuient contre elle, chacun d'un côté – elle sent leur fierté et comprend leur envie de se réclamer de son affection. Elle réunit ses souvenirs, car l'épisode est contemporain de la Seconde Guerre mondiale, qui n'est pas sa période de prédilection ; en fait, tout ce qu'elle en sait provient justement d'une émission télévisée, qu'elle a regardée le matin où la disparition du commandant Petrack a été révélée.

« Cette histoire se déroule dans un pays très froid, et en plein hiver. Un peu comme ici, mais il y avait la guerre. Toute une armée, des milliers de cavaliers avec leurs chevaux, s'est retrouvée prisonnière d'une forêt. D'un côté, leurs ennemis tiraient sur eux sans relâche, de l'autre un immense incendie progressait vers eux. Ils furent bientôt cernés par les flammes et par les armes… Les soldats sont restés à leur poste, pour la plupart, mais près de mille chevaux ont réussi à s'échapper… Effrayés, ils se sont mis à courir, se précipitant n'importe où, se heurtant aux tirs et au brasier ; enfin, ils ont trouvé une voie vers un grand lac, le lac Ladoga. Ils l'ont atteint à la nuit tombante, tandis qu'un vent du Nord se levait. Les chevaux fous étaient en sueur pour avoir tant couru, l'eau était froide et plus froid encore était le vent… Personne n'a assisté à ce qui s'est passé, mais beaucoup ont entendu un bruit singulier, comme si des centaines de miroirs s'étaient brisés en même temps… Non, Plo. Sans bruit de hache, sans autre bruit que le cristal qui éclate… Le lendemain, le lac était entièrement gelé, sa surface hérissée pour tout un hiver de plusieurs centaines de têtes de chevaux hennissants, à jamais emprisonnés… La glace s'était formée et renfermée sur eux en quelques instants seulement quand ils avaient pénétré dans l'eau… En raison du choc thermique, je crois… Vous voyez, le feu et la glace se jouent encore des hommes de nos jours pour perpétuer leur guerre. Zach m'y a fait penser et… et j'ai appris cette histoire un jour bien particulier, sans lequel je ne serais certainement pas avec vous aujourd'hui… Voilà. »

15

Deux jours, deux étranges journées. Depuis qu'elle a inscrit ACCEPTE, aucun mot n'a généré aucune liste, et celles enfermées dans le frigo y sont restées. Nathalie vit en cuisinière, elle mitonne son plat en suivant une recette familière. En suspension d'introspection et d'analyse, la théorie et la folie de José se cantonnent à une mélasse, une gelée dont elle surveille la cuisson. La tâche relève de la routine bienfaisante : touiller, de temps à autre, pour ne pas laisser attacher. Bien sûr, la pensée participe d'un processus réflexe impossible à stopper, mais, une fois confite, elle se trouve endiguée. Deux journées de réflexion gélatineuse, molles et sans saveur, qu'interrompent les gestes de son office. Une fois le couvercle reposé, elle dispose de quelques minutes pour régler d'autres affaires. Son rôle domestique – elle s'inquiète de la meilleure façon d'occuper les enfants – lui révèle un monde simple, apaisant, qui flirte avec l'ennui, la douce mélancolie qui s'empare des petits riens, une monotonie infinie dont l'harmonieuse certitude n'est perturbée que par un bobo qu'on gratte. Il est temps de baisser le feu. Ça n'a pas pris au fond. Remuer, lentement, deux fois. C'est suffisant. Davantage pourrait tout gâcher.

L'idée du retour relève du condiment miracle, un secret de cuisine. Inutile d'en mettre trop, ou d'en parler. Les secours viendront, se répète-t-elle de temps à autre, il suffit d'attendre. D'ici là, elle pense aux enfants – les hommes, dans ces cas-là, négligent toujours les enfants.

Par la fenêtre, elle les regarde de loin courir, nager, chanter… Qualité charmante propre à leur âge, leur indiscipline l'amuse ; elle en a pris son parti. Elle veillera à ce qu'ils grandissent sans accroc.

Est-ce tout ? Vraiment tout ?

Elle oublie quelque chose. Peut-être l'a-t-elle noté quelque part. Rien d'essentiel, vraisemblablement, puisqu'elle a suivi la recette, ligne après ligne, et qu'il ne manque rien… Elle ne va pas déverrouiller la porte pour vérifier – que les listes hibernent.

Elle oublie quelque chose. Une de ces choses qui ne s'oublient pas, qui se remarquent, qui arrivent malgré tout. Le sentiment n'est pas nouveau, et dès qu'elle tente de remonter à son apparition pour l'identifier, elle y échoue. Le mystère se dérobe et lui renvoie qu'elle doit retourner à ses fourneaux et… l'accepter. Cela lui semble une attitude terriblement adolescente, finalement, qui lui serine par ailleurs qu'elle n'a que vingt-trois ans – mais elle soupçonne tous les adultes d'en faire tout autant et de n'en rien dire.

Certes, rien n'est résolu, mais tout est en bonne voie. Nathalie jette un coup d'œil circulaire sur le plus vaste désastre archéologique qu'il lui ait été donné de voir et laisse naître un sourire de satisfaction. Elle ne tente plus de ranger après les petits et ne se fâche plus pour ce désordre iconoclaste : ce ne sont que des enfants, ils apprendront. Pour le moment, elle ne peut rien faire de plus. En tout cas, pas ici.

Ses deux compagnons d'infortune l'ignorent depuis trop longtemps. Ils la laissent seule. Mais ce qu'eux ignorent, c'est qu'elle n'est pas sans ressource, et que sa jeunesse, comme son statut de ménagère volontaire, échappe aux clichés : en femme, elle possède un don d'improvisation. Dont elle a usé avec les enfants, juste après leur avoir conté une histoire. Elle a inventé deux jeux, dignes des romans d'espionnage pour la jeunesse, et les dix y participent avec jubilation : ils n'en ont pas dormi – contrairement à elle, qui a connu sa première nuit paisible depuis Portland, bercée par les sirènes.

Le Grand N'Importe Quoi et le Géomètre Disloqué – les titres se sont imposés d'eux-mêmes ; ils ont fait mouche – expriment fidèlement son ressentiment à l'égard des deux hommes.

Le Géomètre Disloqué consiste à surveiller Bla, alias Jack, alias Jack Blackjack, et accessoirement alias DJ, lors de ses déambulations souterraines, équipé de ses outils d'arpenteur. Kum a pris la tête du commando, composé de Sim, Buld et Zach, dont la mission officielle se limite à écouter l'aventurier vociférer – le sous-sol du glacier n'est pas parcouru que par un unique réseau serré de tunnels aux axes et embranchements fluctuants, mais doublé par un second, composé de fines galeries serpentines qui portent les sons, comme les veines volcaniques portent la lumière, lui ont-ils expliqué.

Pour pimenter le jeu, Kum a émis l'idée de mal se cacher. Ainsi, en permanence convaincu de la tenir à l'œil, Jack révèle ses déplacements et mésaventures aux trois autres, qui eux ne se font pas remarquer. Cependant, Bly qui supervise l'opération de loin doute de l'efficacité du stratagème : les tunnels d'écoute fonctionnent dans les deux sens et portent leurs rires comme ils rapportent les mésaventures de Bla.

Mais le Maître de Chasse a trouvé mieux : dorénavant, la partie du jeu la plus amusante, et de beaucoup, consiste à l'enrichissement de leur vocabulaire, dont ils étayent leur Rapport – le Rapport est leur dernier jeu dans le jeu, très apprécié, dont il a fallu négocier les règles avec Zach qui n'entendait pas être supplanté. « Bla, tombé cinq fois, perdu deux fois.

Recommencé vingt-sept tracés, trompé encore vingt-deux fois. Dix-huit mots nouveaux. » S'ensuit la liste d'une cinquantaine de jurons, pour la plupart inspirés par l'aventurier. Pour augmenter leurs chances d'apprendre de nouveaux termes, Nathalie imagine qu'ils se livrent à une surenchère de chausse-trapes, d'oubliettes dissimulées, de fausse galerie, d'échelle de corde trop courte, d'occlusion provisoire de grotte… L'escalade n'est jamais unilatérale, mais elle doit en savoir plus avant de les freiner.

Pour José, elle ne pouvait ni ne désirait tricher. Après avoir inspecté toutes les épaves flottantes, le pilote s'est isolé un long moment sur la Grande Falaise, le nez allant du lac au sommet de la voûte. Puis, tandis qu'elle tentait vainement de maîtriser sur le pont les jeux du vrai monde dont les enfants s'emparaient, elle a pu suivre son incessant manège : il nage d'une épave ou l'autre à la plage, et rapporte toutes sortes d'accessoires. Au début, il s'agissait de simples bibelots, qui tenaient dans une main ; à présent, il utilise un radeau qu'il a construit grâce à un harnais que Tœ lui a trouvé. Il y charge son encombrante brocante et la tracte jusqu'à la lisière de la Forêt profonde. Il l'abandonnerait sur la berge, elle pourrait deviner ce qu'il mijote. Mais il achemine sa marchandise en d'innombrables allées et venues entre le rivage et la Croisée des chemins, où il disparaît longuement. Il en ressort toujours aussi résolument motivé par sa quête impérieuse de chiffonnier.

Quand la jeune femme a suggéré qu'il serait amusant de deviner la nature et l'objectif de sa classification, Tœ a naturellement pris la tête du Grand N'Importe Quoi, assisté tout aussi évidemment de Plo et Tom – le jeu ne réclame aucune discrétion. D'ailleurs, ils ont directement interrogé l'intéressé, qui a parlé de son grand chantier. Le pilote n'a rien ajouté, excepté pour répondre à Tœ qui s'étonnait qu'il ne prélevât rien dans le Palais, qui regorge pourtant de toutes sortes de choses. José lui a simplement opposé un: « Mais, c'est à vous ! » qui n'a pas davantage éclairé le garçon que Nathalie. Les enfants lui ont alors proposé leur aide, ce que l'Albatros a refusé. Tom et Plo ne l'ont pas écouté.

Les deux compères participent à son entreprise, sondant, explorant, fouillant à son exemple les épaves, chacun allant de son côté, sans échanger un rire, très affairés à examiner un morceau de voile, à éprouver une planche cassée non classifiée, à renifler une bonbonne d'eau-de-vie fêlée, à soupeser une hache démanchée, à tirer sur des bouts de corde, à mirer des pans d'osier, mais ils les replongent dans le lac alors que José emporte avec lui une cargaison tout aussi hétéroclite.

Infatigable – il n'a pas réellement dormi depuis qu'il a plongé dans le lac –, l'Albatros ne cesse d'entreposer sa récolte dans un antre situé juste en dessous de l'à-pic de la Grande Falaise, qu'il rejoint en suivant une succession de tunnels à partir de la Croisée des chemins. Tœ, que le Grand N'Importe Quoi touche différemment, a tenté de l'accompagner jusque-là, mais José a refusé. L'enfant ne s'est cependant pas facilement laissé dissuader et le pilote lui a concédé: « Mais nous pouvons nous retrouver juste au-dessus. J'ai besoin de faire une pause. »

Tœ a rapporté leur conversation, initiée par l'allure que le galion a prise une fois ses voiles déployées. « Votre monstre est plutôt réussi, a admis José, mais guère menaçant: il ne regarde pas du bon côté... Il tourne le dos à ceux qui arrivent. — À ceux qui tombent. — N'empêche: votre monstre est à l'envers. — Pour le moment. — Mais ce navire ne peut plus manœuvrer ! Comment veux-tu... — Tout est possible, Jos. » Tœ aurait aimé ajouter quelque chose, s'expliquer davantage, mais il a avoué à la jeune femme qu'il n'en sait pas plus et qu'il a dû se taire. José a fini par reprendre la parole: « Je ne dors presque plus. Quelques minutes à peine en tout et pour tout ! Ce n'est pas désagréable. Mon Grand

N'Importe Quoi avance plus vite comme ça… Mais je rêve ! Et quels rêves… Avant, je rêvais toujours que je volais dans mon avion. Et j'y croyais. Je veux dire, j'y croyais vraiment : le lendemain matin, j'allais parfois vérifier si le réservoir n'était pas à sec ! Évidemment, c'était un rêve de là-bas, de l'autre monde… », a-t-il raconté en désignant du regard la tache sombre du boyau par lequel ils sont tombés. « Mon dernier rêve était formidable, mais mon avion n'y était pas… — À quoi as-tu rêvé ? — À une poulie, qu'il fallait graisser sans attendre. — Pour quoi faire, la poulie ? — Ce ne serait pas du jeu, a-t-il répété en souriant. Et puis, ce n'est pas la question. Quand je me suis réveillé, je suis allé voir. Le travail était fait. — Tu avais graissé la poulie ? — Tout est possible, Tœ… Tout est possible. »

Le pilote n'a pas dévié son regard. Son visage s'est plissé à force de concentration et Tœ s'est interrogé sur ce que signifiait l'absence d'avion dans ce rêve. La respiration de l'adulte s'est faite plus saccadée, plus accentuée, sonore ; il n'a pas entendu le garçon lui renouveler sa demande pour visiter « en dessous ». Tœ s'est éloigné à reculons, attendant toujours un signe, qui ne s'est pas produit.

16

Plutôt que d'attendre le prochain Rapport de Kum, Nathalie a décidé de ne plus remettre à plus tard la rencontre avec Limn. Ragn et Bly ont accepté de l'accompagner et de lui laisser les avirons. Ils la dirigent droit sur l'emplacement du Vaisseau ardent et Nathalie s'en inquiète pour la troisième fois quand ils l'avertissent de virer bâbord toute. À peine accostés en lisière des Fourrés, ils s'assoient tous les deux autour de l'empreinte du Monstre que l'aventurier avait découverte dès leur arrivée.

« Limn devrait bientôt passer, affirme Bly.

— Oui, acquiesce Ragn sur le ton d'un usager qui attend le prochain bus.

— Vous m'avez déjà fait le coup avec la Croisée des chemins ! riposte la jeune femme.

— Il vaut mieux attendre ici : nous sommes tout près de la Fontaine rouge, énonce Bly, comme si cette information devait la rassurer.

— Laissez-nous, vous deux », la surprend Jack.

Elle se détourne vers Jack, qui toise ses jeunes compagnons. Bly a les poings serrés, Ragn baisse la tête, mais pas son regard. Elle devine qu'ils avaient remarqué la présence de l'aventurier, d'où probablement leur imprécision.

« Allez ! » répète-t-il.

Nathalie les libère d'un geste de la main. Ils ne

lui obéissent pas. Elle insiste. Ragn entraîne alors le garçon, qui frôle intentionnellement l'Ours avec une telle assurance qu'il semble avoir grandi, physiquement.

« Que veux-tu ? » lui demande-t-elle.

Il plante ses yeux sur elle. Pas seulement pour la déshabiller, pour l'immobiliser.

« Tu connais la chanson, *L'Albatros*. Sans ses ailes…

— Il s'agit d'un poème, ne peut-elle s'empêcher de le corriger.

— Si tu veux. Sans avion, je te l'ai déjà dit, José n'est plus rien. »

Elle aimerait le contrer, mais la repartie ne vient pas – un subit et profond sentiment d'abandon la déborde.

« Je le connais depuis plus longtemps que toi, reprend-il. Je sais ce dont il est capable et je ne serai pas le jouet de sa mélancolie. Je le respecte, parce que c'est un bon pilote, le meilleur. Le meilleur… La chute en est d'autant plus terrible… Il entre dans leur jeu, il pourrait devenir dangereux…

— Mais en quoi ? riposte-t-elle d'une voix trop stridente.

— La question devrait être envers qui… Je n'ai pas envie d'attendre que les choses dégénèrent davantage, je veux aller de l'avant. Et je n'y arriverai pas seul. Es-tu avec moi ? »

Elle se détourne comme pour s'éloigner, mais elle ne bouge pas.

Jack incline la tête sur le côté et relâche la pression de son regard.

« Si je savais ce que cela implique…, finit-elle par répondre en se demandant ce qu'il a insinué avant de lui reposer cette question.

— Demande-toi ce que tu as à attendre de lui ! La réponse est simple : rien. Et sur aucun plan… Je vois que tu es au courant… Déjà… »

L'arrogance de son rictus la renvoie à la salle de petit déjeuner – pas à la manière d'un travelling arrière accéléré, mais d'un uppercut –, quand la confiture dégoulinait sur sa robe de chambre et que son père soupirait brièvement sans sortir le nez de son journal.

« Ce mioche, là..., reprend-il comme s'il n'avait rien remarqué.

— Bly ?

— Oui. Il commence à me plaire, tu sais ? Les autres ne sont qu'une bande de garnements effrontés et insolents, de vrais gosses quoi ! Mais lui, il va bientôt réagir...

— J'espère que non.

— Voilà un point de vue très féminin. Continue à développer l'autre dans ce sens et laisse ce garçon assumer sa nature.

— Ce ne sont que des enfants ! Tu en parles comme si...

— Les enfants se battent, l'interrompt-il, mais eux ne font que chahuter, défiler, hurler... Me défier ne peut faire que du bien à celui-là. À moins, bien sûr, que tu ne préfères le voir prendre José pour modèle... Ou qu'il devienne sa petite chose, lui aussi...

— Sa petite chose ? Tu es odieux...

— Et pourquoi pas : réaliste. Ou simplement : prévoyant... Inquiet, qui sait ? L'avenir de ces enfants ne m'est pas totalement indifférent, même s'ils m'exaspèrent... En dessous de seize ans, je les trouve encombrants, tous.

— Seize ans ?

— Plus jeunes, ce ne sont que des problèmes. Voilà pourquoi il est préférable que tu t'en occupes, toi. Et ni lui ni moi... Moi, parce que je n'ai aucune tendresse.

— Et pour lui ? »

Jack Blackjack parcourt le lac du regard. Nathalie ne peut s'empêcher de l'imiter.

« Avec qui passe-t-il le plus clair de son temps, maintenant qu'il a réussi à gagner leur confiance ?

— Tu es immonde, car...

— Dans un monde parfait, la prudence serait une perversité de l'esprit.

— José est…

— … discret et patient. Des vertus de prédateur.

— Jamais il ne…

— Eh bien, soit, la coupe-t-il pour la troisième fois, tu as raison… Je ne suis qu'un puritain de plus sur cette petite Terre, je vois le mal là où règne l'inespérée vertu. Bien ! Bon. N'y pense plus… Moi, même si je les trouve impertinents et impudiques, naïfs et provocateurs, je tâcherai de garder un œil sur lui… Mais ce n'est pas seulement de cela que je souhaitais t'entretenir. »

Nathalie regarde José se hisser sur une épave, nu. Il a délaissé les coques en bois, plus proches, et le lac ne l'a entraîné dans aucun délire apparent. Juché sur le métal du plus récent navire démembré, il scrute le sommet du dôme. Plus loin, sur la plage, Tœ accompagne son regard.

« Ensuite…

— Oui ? se surprend-elle à l'inciter à poursuivre.

— J'ai un sale caractère, voilà. Je n'avance correctement que seul. Je ne supporte personne dans mes pattes, ni derrière mon dos… Or ils m'épient sans cesse, en douce la plupart du temps. J'ai un don pour sentir ces choses-là… Dès que je m'éloigne, quoi qu'ils fassent, il y en a toujours un qui regarde de mon côté. Quitte à se cacher pour le faire…

— Ce n'est pas un drame non plus.

— Crois-tu que nous ayons du temps à perdre ? Nos chances existent, mais elles sont minces. Je reste, de nous trois, de nous tous, le seul capable de trouver une solution : alors aide-moi à avancer en paix ! Veux-tu gâcher notre dernier espoir parce que tu me juges un tantinet parano ?

— Et tu veux faire quoi, exactement ?

— Je veux explorer ces grottes, sans qu'ils me tendent de nouveaux pièges ni ne me houspillent. Je souhaite remonter les rivières souterraines jusqu'à leurs sources, sonder la paroi de glace que ronge ce cadavre providentiel jusqu'à trouver un endroit enfin fragile. Je cherche la faille… et je l'étudierai pour m'y attaquer, par tous les moyens. »

Jack Blackjack embrasse du regard la vaste caverne, pivote sur lui-même en arborant exactement la mimique avec laquelle, le sourire en moins, il l'a accueillie dans le bureau de Portland.

« Je ne te demande finalement pas grand-chose, reprend-il en hochant la tête. Materne-les, cela te réussit bien. Et occupe-les, loin de moi… Surveille l'Albatros, si tu me crois, même à peine. Et puis, si tu en as l'occasion, trouve-moi des outils. Pioches, piolets, grattoirs… Une lampe à huile aussi, avec une réserve de combustible… Bref, tout ce que tu dénicheras qui peut aider à vaincre la glace. Ça te semble possible ?

— En gros…

— Dans le détail, petite, rassure-toi : tu ne trahis personne, tu te montres juste prudente. Si j'ai exagéré les risques, tant mieux ! Ainsi, de mon côté, outre ton sauvetage, mademoiselle Derenoy, je t'assure de mon respect… quoi qu'il m'en coûte…

— Ton respect… »

Cette fois, son regard la dévore sans ambiguïté. Elle ne bronche pas. Dès qu'il s'éloigne, elle croise les bras sur ses seins et se frictionne les épaules.

Elle se souvient alors que, après son accueil triomphant à Portland, Jack Blackjack avait impunément pris place dans le fauteuil du commandant Petrack – pour, l'instant d'après, retirer sa main hérissée des punaises éparpillées dans le tiroir de son bureau…

« Plus je te connais et moins je comprends qu'il ait fait de toi son associé », lui lance-t-elle de loin.

Il ne s'arrête pas aussitôt, mais il s'arrête. Jack tergiverse, puis revient sur ses pas – et cette fois, il ne regarde que ses yeux.

« Jamais nos affaires n'ont été autant prospères, voilà ce qui devrait suffire à tout expliquer. Quitte, évidemment, à te faire reconsidérer l'icône du commandant… Mais il y avait autre chose et je ne peux croire que tu le négliges, encore moins que tu l'ignores. »

L'aventurier avance de deux pas vers le lac, l'obligeant à le suivre – une tactique pour confirmer son ascendant, elle le remarque trop tard.

« Petrack se croyait très malin, reprend-il en parlant intentionnellement plus bas, et il s'est donné beaucoup de mal pour me convaincre que notre rencontre était le fruit du hasard… Une fois encore, ma méfiance m'a servi. Mais lui, il ne l'a jamais su…

— Que voulait-il ?

— À part tenir ma belle gueule à ses côtés ? Mon héritage.

— Qu'a-t-il de si particulier ?

— Décidément… Tu n'en sais vraiment rien ?

— Ton nom n'a pas été prononcé une seule fois.

— Je ne parle pas de ma famille, mais une fois encore de la tienne. Plus exactement, de ta mère.

— Ma mère ?

— Elle a effectué exactement les mêmes recherches que Petrack, elle a remonté *ma* généalogie… Tous les deux visaient quelque chose de précis, car ils se sont arrêtés à la deuxième génération. Or ces deux enquêtes ont été menées avant ta naissance, et donc ton père n'avait encore aucune raison de s'intéresser à l'escroc qui lui a pris sa Nathalie…

— Son *Nathalie*, le corrige-t-elle.

— Les deux, répond-il satisfait de l'avoir touchée.

— Deux générations, seulement ? Il fallait que cette enquête soit d'un ennui sinistre…

— Si ta mère n'a pas officié en qualité d'épouse, elle l'a fait en tant qu'élève. Que cherchait la douce dingue ? Ta grand-mère s'est intéressée à mon grand-père, et Petrack aussi… Le pavillon qu'il a volé sur son bateau n'est donc pas la seule chose qu'ils ont en commun… »

Convergence ?

« Ton bel amant ne t'en a vraiment rien dit ?

— Nous étions trop occupés à tout autre chose…, le défie-t-elle. Lequel des deux a enquêté le premier ?

— Ta mère, pourquoi ?

— Alors, ce n'est pas une coïncidence. Anton » – l'appeler Anton, maintenant, c'est renvoyer Black-jack dans ses bayous – « désirait racheter la goélette depuis toujours, selon tes dires. Échouant dans la manière directe, il aura cherché un biais. Ce n'est pas le genre d'homme à négliger la moindre piste pour arriver à ses fins, non ? Si sa fascination date de son enfance, elle le ramène donc à Virginia et à ses recherches. Il l'aura imitée, il aura exploré les mêmes pistes qu'elle, systématiquement, voilà tout. Cela faisait d'ailleurs partie de son travail, ça n'a rien de surprenant… La seule question qui vaille, c'est pourquoi elle, elle s'intéressait à ton grand-père. Et, de toute ta famille, juste à lui…

— Mon grand-père n'était qu'un escroc à la petite semaine, répond-il sans manières. Un joueur, aussi, qui misait gros et qui perdait souvent… Il magouillait sans cesse des affaires plus ou moins ambitieuses, souvent minables, pour se renflouer. Mort couvert de dettes, sans même un seul objet à léguer. Fin de la biographie ! Le centre d'intérêt se déplace donc vers ses partenaires de poker et surtout ses victimes. Des touristes d'une autre époque… Je pense qu'il a refourgué plus de fausses cartes au trésor que les tropiques n'ont connu de pirate à jambe de bois. Bref, mon grand-père ne valait rien, du vent. Bien que, à la réflexion, je doive lui tirer mon chapeau : des dizaines d'années après sa mort, des crétins mordent encore à ses hameçons ! Et pas n'importe lesquels, s'il vous plaît ! Respect… En fait, j'imagine qu'il a essayé de monnayer un faux avec ton aïeule et qu'elle a déjoué ses plans en vérifiant ses références…

— Ça n'a donc aucun rapport avec son petit-fils… Ça t'amuse ?

— Et comment ! J'en suis arrivé exactement à la même conclusion, tu me connais, mais j'ai laissé ce brave commandant convaincu du contraire… Qu'il perde son temps à enquêter, à fouiller, à s'interroger – le mien, seul, est précieux. »

17

Dès qu'elle se retrouve seule, Nathalie ferme les yeux. *Cinq*. Elle desserre à peine ses paupières et revoit Bly et Ragn éloigner le canot du rivage. *Quatre*. Sa poitrine se gonfle jusqu'à l'ulcération et sa gorge se bloque. *Trois*. Front de glace, poumons en feu. Son corps tout entier évacue un spasme qui l'ébranle. Vertige. Noyade. *Deux*. Non. Elle dit : non. Ses mains contre son ventre, elle redresse ses épaules. Ses paupières se décollent légèrement. Jack ne l'aura pas. *Un*. Nathalie rouvre les yeux. Ragn et Bly se chamaillent et le canot balance.

« Tu viens ? lui demande Limn en sortant du lac.

— Voici enfin le Maître du Registre, se ressaisit-elle. N'ai-je pas trop attendu ? »

Ce n'est pas vraiment une question et le garçon hésite avant de se décider à répondre.

« Nous avons tout notre temps.

— Oui, bien sûr… Peux-tu me dire en quoi consiste le Registre ?

— À la Consignation expresse et raisonnée des Grandes Choses de ce monde.

— Les grandes choses… J'ai visité le Palais de fond en comble, et vous l'avez retourné plusieurs fois sous mes yeux, je n'ai pas aperçu le moindre accessoire pour écrire. C'est d'ailleurs un peu surprenant…

— Le Registre me donne une priorité dans la

classification de tout ce qui nous tombe dessus. Tout le nécessaire est près de la Fontaine rouge. J'y vais toujours par l'eau.

— Pas pour moi, Limn.

— Oui, bien sûr… Nous irons à pied, par les bosquets, dès que Bla et Jos ne nous verront pas.

— Pourquoi cette précaution ?

— Nos hôtes représentent toujours un danger.

— Tous ? Même moi…

— Bien sûr. Le pire est en route, mais le meilleur reste à venir. »

Nathalie acquiesce de la tête, sans être certaine de mesurer la portée de sa réplique, sans être certaine non plus que celle-ci possède une réelle portée, et le suit sans ajouter un mot. Limn s'engage parmi les buissons, qu'il peine à enjamber du fait de sa petite taille. La jeune femme s'est promenée deux ou trois fois dans cette végétation touffue qui sépare les dunes et les bois, cet entre-deux où la première empreinte situait le monstre, et n'a vu ni fontaine, ni mare, ni flaque…

À l'approche de la paroi blanche le fond de l'air ne varie quasiment pas ; il faut parvenir à portée de bras pour ressentir la fraîcheur. Le sol est dur, compact, impossible à creuser sans outil. Limn s'arrête soudain et lui tend la main, puis il se dirige droit dans un fourré de plantes larges et grasses qui s'ouvrent péniblement en de lourdes couronnes.

« Ça descend », précise-t-il juste à l'instant où son pied s'enfonce jusqu'à mi-jambe dans l'ombre.

Le raidillon fore le terrain à la manière d'une vis sans fin, les marches s'entortillent autour d'un axe lisse et faiblement luminescent, une sorte de néon fossilisé. « C'est plus calme, ici… », lui confie-t-il pendant la descente. Elle déteste descendre comme grimper, elle hait le silence des cryptes. Les marches sont profondes, irrégulières ; chaque pas produit un choc, qui se répercute de ses orteils à ses tempes. Elle en compte quarante. Elle s'incline et serpente dans un sas obscur. « L'autre passage, par le lac, est plus rapide... », s'excuse Limn en resserrant ses doigts minuscules autour de sa main. « *C'est encore loin ?* » s'apprête-t-elle à lui répondre quand ils débouchent dans une caverne.

La grotte se compose de deux hautes salles que sépare une petite source qui baigne dans l'ombre. Un puits de lumière éclaire la plus proche, tombant à la verticale d'un lutrin majestueux. En bois exotique délicatement sculpté de motifs végétaux, le pupitre épouse la forme d'une fleur épanouie, dont un pétale s'enroule sur lui-même, formant un siège à l'assise confortable. De chaque côté, deux autres se déploient sans obsession de symétrie pour recevoir plumes et encres, tandis que l'androcée soutient un grand livre ouvert sur une page vierge. Chaque étamine s'achève par une pierre précieuse unique – diamant, jade, rubis, émeraude, améthyste, topaze, opale, saphir... – dont les innombrables reflets scintillent sur les parois magmatiques, installant le scribe au cœur d'une Voie lactée multicolore.

« Pourquoi ne suis-je pas venue plus tôt ? » se demande-t-elle.

Cette première salle, ovoïde, s'étire vers la pénombre de la fontaine au discret murmure, plus basse, et bée sur la seconde alcôve. Tout un rempart de coffres et d'armoires entreposés en demi-cercle en tapisse le fond, violemment éclairé par le sol. Le contre-jour s'avère si aveuglant qu'elle détourne son regard et revient au chevalet fleuri.

« Encore une farce... », soupire le garçon.

D'un coup de pied libérateur, Limn envoie valdinguer le somptueux pupitre, dégageant ainsi un tonnelet de poudre, tenant lieu de tabouret, et une caisse de planches retournée, faisant office de table. En son milieu trône le dessin inachevé et laborieux d'un monstre tricéphale – ours, phoque, pingouin – constellé de taches d'encre.

« Le rêve de Tom, se contente-t-il de commenter.

— Mais ce lutrin…
— Très inconfortable. »
Aussitôt, l'enfant s'installe devant son dessin et, tout en mâchouillant ses lèvres, la tête couchée sur sa main, il s'applique à le maculer consciencieusement.
« Mon premier maître travaillait assis à même le sol, c'est Mortimer qui m'a expliqué comment bien m'installer pour me servir de papier et d'encre… C'est mieux.
— Sais-tu écrire, Limn ?
— J'ai su… Je préfère dessiner, c'est plus juste.
— Plus juste ?
— Plus fidèle… Pour le Registre.
— Le Registre est donc une sorte de recueil de dessins ?
— J'ai déjà consigné beaucoup des Grandes Choses de ce monde, lui répond-il en contemplant le bric-à-brac qui lui fait face.
— Tous ces meubles ?
— Pas les meubles ! À l'intérieur.
— Ils sont remplis de dessins ? De tes dessins ?
— Tous. Tu peux consulter le Registre, si tu veux.
— Volontiers… Qu'est-ce que tu appelles les grandes choses ?
— Nos rêves…
— Quoi ! Juste des rêves ? »
Nathalie se dirige vers le Registre mais s'arrête au niveau de la fontaine. De fines bulles viennent crever sa surface aux reflets rougeâtres. Elle se penche légèrement au-dessus, l'effleure de la main en prenant garde de ne pas la toucher ; elle songe à une source chaude.
« C'est par là que je passe, d'habitude, lui explique-t-il.
— La fontaine communique avec le lac ?
— Oui. Nous sommes au-dessous de Dragon.
— Dragon ? Attends : tu veux dire, le Vaisseau ardent ?
— C'est Mortimer qui l'appelle ainsi.

— Quand vous disiez que vous êtes arrivés à dos de Dragon…

— … nous aurions pu tout aussi bien dire que nous sommes arrivés en nous tenant à la proue de ce que tu nommes le Vaisseau ardent… Tu vois, je préfère dessiner. »

Limn se replonge dans son exercice, sans perdre de temps. Elle le regarde, sonde la fontaine.

« Je parie que tu ne l'as jamais rencontré, le relance-t-elle.

— Mortimer ?

— Oui, "Mortimer, le terrible pirate"…

— Je lui parle chaque fois que je viens ou que je pars. Ou juste en plongeant mes mains dans la fontaine.

— Ce n'est pas qu'une façon de parler ?

— Je partage ses rêves en zigzag.

— Comment ça ?

— Ça va très vite, beaucoup d'images, de bruits, le cœur qui s'emballe, des remontées de bile, des senteurs épicées… Quand c'est trop confus, je consigne tout et je regarde pour bien comprendre. Tu veux que je te montre ? »

Sans attendre sa réponse, Limn saute de son tonnelet et la rejoint en courant. Aussitôt, il plonge sa main et la secoue vivement dans l'eau en regardant en l'air.

« Voilà ! Il me parle…

— Il te "parle" ? Là, déjà ?

— Oui.

— Et qu'est-ce qu'il dit ? lui retourne-t-elle, mi-intriguée, mi-amusée.

— C'est assez clair. Il est content que tu sois là. Il ne t'attendait pas… Tu es une dame… La Dame rouge… Ça l'étonne que tu sois une femme. Il a rencontré des femmes pirates, parfois des jolies, pas souvent… Mais toutes cachaient leurs seins. Il aimait bien batailler pour libérer leurs seins… Il est triste, aussi. Si triste… Sa serpette lui manque, il l'a perdue dans la tempête. Elle s'est décrochée… Il voudrait se battre à temps… Ça, je ne sais pas ce que ça veut dire, et ce n'est pas facile non plus à consigner. C'est comme s'il faisait plusieurs rêves à la fois… Ça lui arrive. Maintenant, il se calme et il dessine son monstre. Pour toi. Un Gardien, lui aussi. Avec de drôles de têtes… Un peu comme le rêve de Tom, mais avec un crabe, une orque et un cormoran. D'après lui, tu peux comprendre.

— Je ne comprends pas…

— Mais tu le peux. Enfin, il insiste… »

18

« Je dois terminer de consigner le rêve de Tom, décrète Limn en se redressant.

— Je voulais justement t'en parler... Je sais que Tom dessine des empreintes pour tromper le monstre, mais vous aussi... et à son insu. J'ai vu Tœ et Kum l'éloigner pour vous laisser le temps de le faire, et puis, sans cesser de jouer, comme par hasard, le reconduire vers ces traces... Ensuite, vous avez cherché ce monstre tous les dix, jusque dans les fourrés que nous venons de traverser... Tom protestait que c'était inutile, qu'un si grand monstre ne pourrait pas se cacher derrière de si petites touffes... Et alors, qu'as-tu répondu, ô Maître du Registre ?

— Que chaque fois que Tom sous-estime le Monstre, le Monstre se dissimule plus facilement. Et c'est pour ça qu'il ne l'a jamais vu... Je l'ai bien embrouillé...

— Voilà... »

Limn ne masque pas son sourire espiègle. Se hissant sur le tonnelet, il trace minutieusement de nouvelles taches, la joue déformée par les contorsions de sa langue.

« Pourquoi te croirais-je, alors ? lui lance-t-elle. Vous dites tant de choses, et pour vous tout n'est que jeu...

— Mortimer pense que tu peux comprendre, dit-il sans relever la tête.

— Mortimer…

— Plonge ta main !

— Dans cette eau ? Plus tard… Pour le moment, je préfère consulter le Registre. »

Accrochée à ses pieds, son ombre, gigantesque, se démultiplie sur les parois de la seconde salle et se projette, déformée, divisée, sur son plafond en épousant les contours capricieux de la roche. Elle devine le plus infime mouvement en modifier l'aspect, suggérant là des déplacements autonomes, là l'introduction psychédélique d'un spectacle d'ombres chinoises baroques. Le sol, lui, n'est qu'un entrelacs de coulées de lave luminescentes d'une vigueur inédite pour elle. Aucun enfant n'a mentionné que le labyrinthe de grottes qui sillonne les fondations de la Grande Falaise et de la Forêt profonde en accueille de si puissantes. Impossible de savoir où elle pose son pied, ce qui s'avère cependant nécessaire : la Fontaine rouge passée, la pièce s'incline en une pente aussi éblouissante que rapide, et sans palier. Elle préfère ne pas envisager la complication du retour. Les mains repliées sous son nez, elle observe cette salle qui la subjugue. Plus elle avance, plus ses dimensions se révèlent. Du pupitre, elle n'a distingué qu'une partie du mobilier, la couche supérieure. Maintenant, elle contemple l'empilement de trois à quatre étages de coffres, armoires, buffets, commodes et étagères, imbriqués de sorte à ménager un passage pour l'escalader – « Le Sentier du savoir », lui précise Limn. Ensuite, son regard se perd dans les hauteurs où se dissipe son ombre. « Je veux avoir assez de place pour tout mettre », ajoute l'enfant.

Assise en tailleur au pied de l'échafaudage, refusant de se laisser distraire par les difficultés matérielles que représente le déménagement des meubles par la fontaine ou l'escalier aux quarante marches en colimaçon, elle se sent soudainement émue. C'est idiot, une sensation ni justifiée ni maîtrisable, une pure émotion/perception. Elle refoule une larme à naître et s'efforce de puiser dans d'autres souvenirs. Cette caverne n'évoque en rien la solennité des bibliothèques universitaires à l'anglaise, ni l'empreinte monacale de celles de certains auteurs, en leur tour, ni les médiathèques modernes des grandes métropoles. Ce qu'elle voit, là, juste devant elle, ne s'apparente qu'à un entrepôt d'un brocanteur de province, dont on lui a donné l'adresse en lui recommandant bien de ne pas vendre la mèche : le propriétaire ignore la valeur du contenu du mobilier qu'il brade... D'une certaine manière, cela relève donc du vol ; d'une autre, ça reste quand même une bonne affaire. Elle imagine s'en sortir, au moment de partir, en le gratifiant d'un merci appuyé d'un joli sourire. À vingt-trois ans !

Non, elle a sept ans. Elle n'envisage pas que les choses aient été arrangées. Elle a sept ans et elle se réveille en ayant oublié qu'elle ne s'est pas endormie dans son lit adossé aux murs d'un angle de sa chambre. Pourtant, elle n'a pas peur, pas un seul instant. Peut-être rêve-t-elle ? Comment être sûre qu'on ne rêve pas quand tout se révèle différent et que l'on est allongée, les yeux à moitié fermés et la bouche prête à bâiller ! La Bibliothèque interdite... Ce qu'elle découvre ne ressemble pas à l'aperçu que trahit sa porte rarement entrouverte. Elle est couchée sur le divan où Virginia et sa mère venaient lire et où, parfois, elles s'assoupissaient, elles aussi. La pièce est presque circulaire, les immenses meubles qui grimpent sur deux étages de la maison possèdent des étagères plus profondes que son bureau d'écolier. Elle se trouve à l'intérieur d'une perle à facettes, à la fois ronde et carrée. La lampe allumée à côté d'elle délimite un halo pâle de ses genoux à son menton. Peu à peu, le jour a envahi les livres. Beaucoup dépassent, ils ne sont pas du tout rangés comme il faut ; certains sont carrément sortis pour afficher leur couverture, quitte à en masquer d'autres. Pire : il y en a jusque par terre... D'autres ouverts, écornés... Et même : griffonnés !

Avant de s'endormir, deux d'entre eux ont retenu son attention, à portée de main, près du divan, comme s'ils attendaient le retour de leur dernière lectrice – Maman, Virginia ? D'abord, un grand format, avec plusieurs planches terrifiantes : l'*Histoire mondiale de la piraterie*. Elle a adoré – à l'époque, elle peine encore à écrire son prénom sans se tromper, le *h* et le *e* final lui posent beaucoup de problèmes, mais elle sait lire à voix haute en découpant les mots, tout en battant la mesure. Le second s'avère un tout petit livre dont, hélas, seule la couverture est illustrée. Son titre annonce des aventures moyenâgeuses, des tournois épiques, mais elle ne le lira que bien plus tard, lorsqu'elle ira sur ses neuf ans, et ce gros effort, car elle le lira en entier malgré tout, ne sera pas récompensé. Pas un combat, pas la moindre armure, aucune princesse à sauver. Elle ne retiendra alors de ce qui se veut un manuel d'instruction de tir à l'arc, incroyablement proposé comme un art chevaleresque d'origine asiatique, que les Japonais ferment les yeux (c'est là le secret : il faut fermer les yeux pour ne plus penser à rien du tout – elle essaiera, s'agaçant de n'arriver qu'à penser ne pas penser) pour atteindre leur cible (et quand elle jettera son chausson, elle ratera le divan, pas le lampadaire)... *Stupide !* Pour ne pas dire : impossible !

« Tout est possible », répètent les dix. « *Je ne suis plus une enfant !* » s'apprête-t-elle à protester en se tournant vers Limn, lorsque celui-ci bondit de son écritoire et clame fièrement un retentissant : « Fini ! » En deux secondes, il se retrouve à ses côtés et exhibe son dessin. Elle s'oblige à prendre son temps avant de le complimenter, autant pour recouvrer ses sens que par souci de formuler un commentaire qui ne trahisse aucun automatisme.

« C'est le monstre ? Plutôt effrayant…, hasarde-t-elle finalement.

— Plutôt gentil… Dans son rêve, lui explique-t-il, ils jouent à cache-cache tous les deux. La preuve, on ne voit pas Tom.

— C'est exact… Tom rêve donc qu'il est adroit, se reprend-elle, qu'il se comporte comme un vrai héros qui sait dompter un si terrible monstre…

— Pas du tout ! Dans son rêve, le Monstre fait celui qui ne le voit pas. Tu ne le remarques pas ? Il ne regarde jamais dans notre direction, malgré tous ses yeux ! Ainsi, tout en jouant avec Tom, il surveille partout ailleurs ; c'est lui le héros. Dans son rêve, le Monstre se prend pour un Gardien.

— Tom rêve du monstre qui rêve de Tom… Et toutes ces taches ?

— L'explosion qui n'est pas arrivée.

— Quelle explosion ?

— Elle n'est pas arrivée. »

Nathalie se masse la nuque. Elle aimerait se référer à son ACCEPTE – et s'y tenir !

Combien elle était plus sûre d'elle-même lorsqu'elle avait pénétré pour la première fois dans le sanctuaire familial ! Elle croyait en détenir l'unique clé, et la considérait comme un dû, un legs évident, tout excitée qu'elle était par la vastitude de l'héritage auquel elle accédait enfin, à sept ans, le savoir secret du monde des femmes Derenoy.

Elle tord son cou dans tous les sens, bouge ses épaules, s'étire.

« Les chemins de la connaissance ? demande-t-elle en désignant l'empilement d'un coup sec de menton.

— Le Sentier du savoir, la corrige-t-il. C'est solide, tu peux grimper où tu veux. Moi, je retourne consigner ! Je dois m'occuper d'un autre rêve maintenant, et c'est la première fois que je dois représenter des nuages. Ils tiennent dans des galettes et débordent d'écume, dans le rêve de Tœ. Il les regarde par en dessus avec gourmandise : ils sont rangés côte à côte et il doit en choisir un… Mais ils lui font tous envie, il y passe beaucoup de temps. Quand la nuit arrive, il n'y a plus de lumière, sauf sur ceux nappés de rose. Il hésite à en prendre un, il préfère peut-être les regarder. Il ne voudrait jamais que cela finisse. »

Nathalie se retient de révéler les sources de ce rêve, impatiente de l'interprétation de Limn. L'intrusion du garçon ayant interrompu sa régression, maintenant elle se sent curieuse – étudiante : il y a tant de meubles… Elle se décide à ouvrir une première porte. Puis une autre. Puis encore une autre.

La quantité de dessins lui donne le vertige, d'abord en raison du temps que leur exécution a exigé et des conclusions qui en découlent directement sur les habitants de l'Île blanche ; ensuite par leur unité formelle. Le trait s'avère affirmé, expressif, clairement figuratif, sans fioritures gratuites, le style souvent inspiré du rébus, bien qu'il conserve indéniablement une empreinte enfantine, naïve, ou faussement naïve… À l'évidence, Limn en est l'unique auteur – à moins de considérer que des dizaines et des dizaines d'enfants se sont succédé dans cette grotte, se copiant les uns les autres…

Des milliers de rêves qu'elle vient de brasser, loin d'avoir tout regardé, elle rapporte à Limn l'image d'un avion sans ailes en train de tomber, planant comme une feuille en automne au-dessus d'un lac couvert de bulles, trois têtes totémiques visibles à travers les vitres – un grizzly et un albatros, mais aussi une… tortue.

« C'est un rêve de Plo, lui dit-il. Il l'a fait longtemps avant votre arrivée.

— Vous faites des rêves prémonitoires ?

— Quand le rêve se réalise, on parade. Tu aurais vu Plo !

— Malgré la quarantaine ?

— C'est encore plus drôle de défiler sans être vu. »

Nathalie repose le dessin où Plo a rêvé d'elle en tortue et vient se pencher au-dessus de Limn.

« Tu n'as pas commencé ?

— Je dois beaucoup réfléchir sur les Grandes Choses de ce monde avant de les consigner.

— Les nuages, c'est difficile à représenter.

— Je n'ai pas assez de support pour faire du N'Importe Quoi, même en petit…

— Tu as fait beaucoup de dessins. Tous ?

— Je suis le Maître du Registre.

— Il y en a des milliers. Des dizaines de milliers… Tu as un vrai talent, Limn… C'est beau, je suis impressionnée… Quand as-tu fait tout ça ? »

Le garçon la regarde en souriant.

« Au début, je n'avais qu'un stylet, reprend Limn. J'ai consigné des Grandes Choses de ce monde sur la glace, parce que dans aucune grotte je ne parvenais à rayer la roche… Quand on a été plusieurs, mes dessins commençaient à disparaître. Je pouvais repasser par-dessus, mais ce n'était plus du jeu.

— Plusieurs ? C'est donc vrai, vous n'avez pas toujours été tous ensemble ?

— Moi, je suis le premier venu, mais nous sommes dix depuis longtemps… Et nous devons le rester. Avant Mortimer, beaucoup de rêves ont été perdus. Je ne savais utiliser qu'un stylet…

— J'ai des crayons et quelques carnets dans l'avion de José, si tu veux…

— Avec du papier ? Je n'ai jamais réussi à en fabriquer, et je dois respecter les Grandes Choses de l'autre monde.

— Tu as dessiné au dos de cartes extrêmement anciennes et rares, dans les marges d'incunables enluminés, entre les lignes de livres de bord…

— Toujours dans les blancs, je ne dépasse pas !

— C'est vrai. Même dans tes propres dessins, tu trouves la place à d'autres… Dans mon monde, on respecte le document, comme toi tu respectes chaque histoire. Il me semble que nous avons raison tous les deux.

— C'est gentil, pour les carnets.

— Ils sont tout petits…

— Quand je consignais dans la glace, je faisais de grands dessins…

— Tu as essayé sur du tissu ?

— Dans les coffres, tout en haut. »

Elle suit son regard, puis l'observe et pose sa main contre son visage.

« Tu m'as dit que tu savais écrire.

— Oui. Au début, c'était comme dessiner. Mortimer m'a montré un autre système, comme dans les livres. Tiens, regarde. »

Limn dessine avec son doigt sur la roche. Nathalie s'attend à ce que la paroi révèle la trace de ses mouvements, comme une encre sympathique, puis réalise qu'elle doit mémoriser le trajet du doigt pour deviner chaque lettre. L'enfant vient d'écrire son prénom, avec une majuscule compliquée, d'un bel effet graphique.

« Avant, j'écrivais comme ça », poursuit-il en changeant de style.

Nathalie lui demande de recommencer. Ce n'est plus une écriture cunéiforme, mais une étape entre les runes et les hiéroglyphes, des idéogrammes qu'elle connaît bien pour les avoir étudiés pendant deux ans à l'université, lorsqu'ils travaillaient au déchiffrage du *Manuscrit de l'île Éléphantine*.

« Qui t'a appris ces caractères ?

— Un homme auprès duquel je passais beaucoup de temps, et qui une fois m'a appelé son fils. Il s'en était excusé, comme s'il s'agissait d'une faute. J'aurais bien aimé être son fils. Je ne me souviens plus de ses traits, je crois que c'était un nomade.

— Il était scribe ?

— Oui, ce qui était étonnant. Les nomades ne consignaient que dans le vent, comme ça », répond-il en déplaçant son doigt contre la pierre.

19

« Limn, il faut que tu voies ça ! crie Tœ en jaillissant de la Fontaine rouge. Bla nous a réunis, pour nous parler du temps... Pour jouer !

— Bla vous parle ? s'exclame Nathalie en tiquant sur le sobriquet qu'elle a employé sans réfléchir. Et il veut jouer avec vous !

— Plo est même parti chercher sa hache, lui répond Tœ.

— Sa hache ! C'est sérieux, opine Limn.

— Oui », acquiesce Tœ, qui ajoute à l'adresse de la jeune femme : « Bla possède un instrument qui découpe le temps en tranches fines et régulières.

— Plo aussi. Je dois arriver avant lui, annonce Limn tout en plongeant dans la fontaine.

— Je ne comprends rien à ce que vous racontez, une fois de plus, mais je veux voir ça. Allons les rejoindre. Par les escaliers...

— Tu n'as jamais vu sa montre ? » s'étonne sincèrement Tœ.

Elle soupire et emboîte son pas dans la foulée du garçon qui détale sans attendre sa réponse.

« Où sont Ragn et Bly ? s'inquiète-t-elle arrivée au rivage.

— Avec les autres, un peu en retrait. Tu sais comment ils sont maintenant. »

La jeune femme n'est pas sûre de saisir cette nouvelle nuance, mais chasse ce souci secondaire de ses pensées dès qu'elle constate que le canot est amarré au Palais. Plus loin, entre le Chaos de pierres et le banc de sable, les enfants entourent Jack.

« Et José ? » s'efforce-t-elle de lui demander, réalisant soudain sa déconcertante perméabilité aux allégations de l'aventurier. Mais ce qui la choque, et qui l'écœure, c'est sa résistance à les éradiquer de ses préoccupations. Nathalie ne s'imaginait pas comme ça, si influençable à un simple ragot lâché par un homme dont elle se défie.

« Son Grand N'Importe Quoi a beaucoup avancé, commence Tœ. Depuis que tu es avec Limn…

— Comment ça, "a beaucoup avancé depuis que je suis avec Limn" ? l'interrompt-elle.

— Bla a dormi deux fois. Pour lui, nous sommes au milieu de la journée. Du moins, à quelques milliardièmes de tranche près. Jos a fait un rêve, mais il ne m'en a pas dit plus.

— Tu me fais une farce, je ne suis pas restée aussi longtemps avec Limn !

— Avec le Registre, c'est toujours comme ça. »

Nathalie ne le croit qu'à moitié, parfaitement consciente de s'être tellement immergée dans l'examen des dessins que la notion du temps lui a échappé – cela lui arrivait si souvent dans la Bibliothèque interdite. Mais de là à sauter deux nuits sans s'en douter… Tœ n'insiste pas, il préfère lui rapporter ses dernières observations sur ses découvertes dans l'antre de Jos, qu'il a visité à plusieurs reprises à son insu. Or, de toute évidence, l'évolution qu'il lui décrit ne peut pas s'être produite en quelques heures seulement.

Si José a opté pour se compliquer le travail, le garçon estime qu'il a judicieusement choisi son emplacement. D'un accès tortueux, serpentant sur un dénivelé important et parsemé d'embûches, la cavité n'a pour elle que d'être spacieuse, bien qu'enténébrée. Les grottes qui atteignent le sommet de la falaise s'avèrent les plus sombres, non seulement parce que les veines luminescentes se raréfient sur les hauteurs, mais aussi, a-t-il remarqué, parce que leur clarté semble décliner au fur et à mesure qu'elles s'élèvent.

Dans ce demi-jour, en souhaitant se rapprocher de la béance ouverte en direction du Vaisseau ardent, il a trébuché sur une caisse déjà renversée, laquelle gisait parmi mille accessoires – armes, meubles, ustensiles et bibelots. Un instant, Tœ s'est demandé s'il convenait de garder un nom de jeu aussi descriptif… En forçant ses yeux à s'adapter à la pénombre, il a relevé que ces objets, de toutes dimensions, formes et qualités, et pour beaucoup en fort piteux état, se composaient essentiellement de cordes, de toiles et d'osier. Les nombreuses traces conservées par le sol piétiné, mais surtout une poulie parfaitement graissée, lui ont confirmé que cet apparent désordre répond à une intention bien déterminée, et ne résulte pas d'une simple lubie. Selon lui, tout ce que le pilote a emmagasiné possède non seulement sa raison de s'y retrouver, mais il s'occupe ici de les manipuler, de les travailler, de les arranger… Ce sentiment s'est vite confirmé. En découvrant dans un renfoncement qu'une seconde grotte communiquait avec celle-ci, à peine plus lumineuse mais encore plus vaste, Tœ a réalisé qu'il venait de traverser un entrepôt et que José avait installé là un atelier d'assemblage. Une fois ses yeux accoutumés à l'obscurité, progressant à tâtons, le garçon a remarqué qu'une toile recouvrait presque toute la surface du sol.

C'est lors de sa deuxième visite qu'il a identifié qu'elle était constituée de morceaux de voile, finement cousus ensemble, en double épaisseur. Ils forment ainsi non pas une grande voile, mais une sorte d'enveloppe très allongée et ovoïde, laquelle se referme à une extrémité en arc de cercle, tandis qu'à l'autre, qui est droite, ses morceaux ne sont pas reliés.

Quelques heures plus tard, Tœ y est retourné : José avait attaché tout du long de la partie laissée ouverte de nombreuses cordelettes, longues d'un mètre cinquante et régulièrement espacées les unes des autres d'environ quarante centimètres. Par ailleurs, à force de réunir des dizaines et des dizaines de fragments de paniers et de corbeilles en osier, Jos a fabriqué plusieurs panneaux, quatre identiques et rectangulaires, et un autre, carré, dont les côtés correspondent à la longueur des premiers.

« Son Grand N'importe Quoi progresse de plus en plus vite, mais je ne sais pas à quoi ça va servir.

— Je n'en ai pas la moindre idée, lui confesse-t-elle. Ce qui m'inquiète, c'est de m'être absentée si longtemps. Jack a vraiment dormi deux fois ?

— Oui. Kum pense que Jos fabrique une cage, mais je n'ai pas vu de couvercle. Pour Tom, c'est un piège, assez léger et maniable pour être transporté sans l'aide de personne. Mais, à part capturer Plo, qui n'est pas un Monstre… Plo, lui, croit que Jos fait une bulle, mais Zach nous a parlé des tentes utilisées pour les Grands Tournois, tu sais celles tout en hauteur à cause du plumet ornemental du heaume des Grands Chevaliers huchés sur leur monture. Mais, d'après Sim, Jos confectionne un chapiteau de répétitions secrètes, pour le fameux numéro de cirque en règle, la pyramide des sept nains, tour qui se doit d'être parfait, puisque à cinq seulement. Mais nous n'avons pas de nains. Enfin, pas pour le moment.

— À propos de Plo… »

Alors qu'ils contournent le galion, Nathalie désigne, devant eux, la plus jeune recrue qui avance avec vaillance et jubilation en traînant dans le sable une hache de bûcheron dont le poids ralentit considérablement son allure. Parvenu à hauteur du Chaos de pierres, il décline toute aide, montrant brièvement son merlin tout en chantant : « Le temps joue avec moi ! Le temps se joue de Bla ! »

De loin, elle voit l'aventurier qui, dos au lac, exhibe son bras en désignant sa montre aux enfants éparpillés sur les sommets des premiers rochers ventrus. Ils pressent le pas et doublent Plo sans peine.

20

« Pourquoi ma montre suisse ne compte pas en siècles ? répète l'Ours.

— Si sa plus fine tranche mesure un peu moins d'un trente milliardième de siècle d'épaisseur, lui redemande Sim, compter en siècles permettrait d'aller encore plus vite, non ?

— Multiplier, diviser, tout ça ce n'est qu'une question de bon sens, dit Limn.

— Je ne sais pas, intervient Buld. La montre n'est pas très grosse, où garderait-elle les siècles à venir, les siècles passés, les siècles en cours ? Même très fins…

— L'important n'est pas là, les interrompt Jack sans élever la voix. Le dixième de seconde n'était qu'un exemple… Et, pour répondre à Sim, oui : un dixième de seconde ça sert à mettre dix tranches très fines dans la tranche déjà fine d'une épaisseur de seconde… L'important n'est pas à quoi ça sert, l'important, mais vous le savez, c'est de jouer : Compter le temps…

— … est un jeu dans le jeu ! achève Buld.

— Et parfois, plus encore ! reprend un Jack Blackjack méconnaissable de patience et de pédagogie. Compter devient le jeu du jeu. C'est : l'enjeu ! »

Le flegme dont l'Ours fait preuve, la souplesse de son vocabulaire et de ses arguments, qu'il pioche à la volée dans les réactions de son auditoire, ses manières de vieil instituteur rodé aux pitreries et âneries des pires classes, intriguent la jeune femme. Mais ce qui l'étonne encore davantage, c'est l'intérêt sincère que témoignent les dix à sa leçon. Ont-ils oublié à quel point cet homme peut se révéler dangereux – il les a menacés, il a libéré le cran de sûreté !

« Prenons un exemple, poursuit-il inlassablement. Vous aimez nager ? Bien. Quand vous nagez d'un point à un autre, vous...

— Quel point à un autre ? le coupe Tœ.

— Entre deux rochers, si tu veux. Toujours les mêmes, bien sûr... Si vous êtes plusieurs à commencer à nager en même temps, vous savez qui arrive le premier. Pour cela, vous n'avez pas besoin de montre. Mais quand vous nagez tout seuls, comment savoir si vous allez plus vite ou moins vite que les autres fois ?

— Et ça sert à quoi ? insiste Sim.

— À s'améliorer. À devenir plus rapide, plus fort. Meilleur ! Si tu t'entraînes, tu peux mettre de moins en moins de temps d'un rocher à l'autre. Tu progresses ! Si tu persévères, tu iras de plus en plus vite. Et alors, tu deviendras un champion. Tu seras un champion, le champion !

— C'est quoi un champion ? l'interrompt Buld.

— Comme je l'ai déjà dit, au moins trois fois, c'est celui qui va le plus vite, qui met le moins de temps à faire une chose. La nage entre deux rochers n'est qu'un exemple. Vous pouvez tout mesurer, absolument tout. Compter combien de temps vous mettez pour faire n'importe quelle chose. Et cela, avec une précision extrême, à une tranche d'un dixième de seconde !

— Si je comprends bien, récapitule Kum, des fois on nage plus vite, mais en moins de tranches, des fois on nage moins vite, mais en plus de tranches, alors que les rochers, eux, n'ont pas bougé. Qu'ils soient fins ou non.

— Exact ! Je ne l'aurais pas mieux formulé.

— Et quand on nage plus vite, on s'améliore, poursuit-elle. Moins vite, c'est tout le contraire. Et les rochers, eux, ils n'ont pas bougé.

— Tu as tout compris.

— Et à quoi ça sert ? insiste-t-elle.

— À devenir champion, lui souffle Ragn.

— Les Véritables Champions, objecte Zach, accomplissent des exploits lors de Grands Tournois. Ils tuent des dragons, escaladent des tours, épousent des vierges. Entre deux tournois, ils s'entraînent. Le font-ils à la manière de Plo ? En découpant le temps en tranches ? »

L'aventurier ferme un instant les yeux, se pince les lèvres et hausse les épaules, puis, après une longue respiration, il s'apprête à recommencer à tout expliquer quand il voit Plo arriver. L'enfant s'installe juste à ses côtés, le visage radieux, peine à soulever le manche de sa hache, guette l'approbation de son public.

« J'insiste sur ce point, continue de son côté Zach. Un Véritable Champion doit être le plus fort, comme tu l'as dit, Bla. Le plus rapide, également. Et le plus précis : chaque coup doit porter, si fine que soit la tranche. Et ta montre suisse est très fine. Son coucou doit l'être aussi.

— À la hache ! s'enthousiasme Plo. Je l'ai eu du premier coup de hache, le coucou suisse.

— Vingt-sept coups, le corrige Tœ.

— Vingt-six de ratés, mais le vingt-septième était le premier de bon.

— Sans compter les miroirs, précise Tœ.

— Comptent pas ! C'était pour m'entraîner à l'avoir du premier coup.

— Ni les autres horloges.

— Je cherchais la technique !

— Et le bateau qui les transportait ?

— Coulé !

— Et que sont devenues ces horloges ? s'inquiète Blackjack.

— Je les ai sauvées », le rassure Bly qui a fait deux pas en avant pour livrer son information, mais retourne sans attendre dans l'ombre des rochers. « Pas toutes, car Plo est sans pitié. Mais la plupart.

— Alors, que Plo s'entraîne sur ces vieilleries ! Moi, je vous parle d'une montre exceptionnelle, continue l'aventurier, absolument fiable, solide et résistante, une mécanique suisse dans un boîtier américain.

— D'autant plus ! Force, rapidité, précision : Plo doit s'entraîner avec ta montre, s'enthousiasme Zach, pour devenir un Véritable Champion !

— Je *suis* un champion ! J'ai arrêté le temps... »

Jack Blackjack se penche pour se mettre à la hauteur du champion.

« Vingt-six coups d'essai, un seul premier de bon... Plo est un exemple pour nous tous, il mesure sa force, sa rapidité, sa précision... Il est un champion, et il en a la preuve ! C'est incontestable... Bravo, champion ! Mais je vous propose d'aller plus loin. Écoutez-moi, écoutez-moi bien, dit-il en se redressant pour avancer dans les premiers rochers. L'enjeu ! N'oubliez pas le jeu dans le jeu... Jouer à nager, mais aussi jouer à nager plus vite, de plus en plus vite... L'enjeu, c'est un défi. Et le défi, c'est l'occasion d'un tournoi... Que gagne le champion ? Un titre. Et à quoi ça sert, un titre de champion ? Le champion gagne un droit, un droit absolu ! Mais lequel ? Jouer, bien sûr ! Le champion du jeu passé décide du jeu à venir. Et il remet son titre en jeu... Tel est l'enjeu !

— Alors, découper le temps en tranches fines ne sert à rien, conclut Buld. Nous avons Palabres pour ça.

— L'enjeu est un leurre, surenchérit Zach, que tu agites pour épargner ta montre. La hache de Plo te fait trembler dans tes braies, manant ! Livre-nous ta créature diabolique, sinon...

— ... Sinon, quoi ? finit par rugir Blackjack.

— Je sais ! »

Limn descend de son rocher pour rejoindre l'aventurier, dont il soulève le bras pour porter la montre à son oreille.

« Le coucou ne chante même pas... Pas digne de Plo. Il peut s'entraîner avec la ferraille et les cailloux classifiés sur la plage. Qu'il les découpe en tranches fines d'un dixième de seconde d'épaisseur... Quant à décider du jeu à venir, Nath a déjà essayé et ça ne marche pas : le jeu n'est rien, jouer est tout.

— Vous n'avez pas vraiment essayé, intervient Bly.

— Toi, tu as vraiment essayé », lui réplique Limn.

Nathalie tique à cet échange, non qu'elle le prenne pour elle, mais quelque chose a changé dans la manière dont les enfants se parlent – du moins, entre ses deux protégés et les huit autres. Elle n'a pas le temps de cerner la question que Limn reprend son argumentaire, qui l'intrigue encore davantage.

« La montre de Bla mérite un autre usage... Notre temps nous appartient, le temps de nos hôtes est tout différent. Leurs tranches sont fines et régulières, si fines que leurs montres ne peuvent même pas contenir un siècle ! Leurs jeux réclament une finesse d'un trente milliardième de siècle, alors que le Grand Chantier dure depuis des dizaines de milliers de nuits... Ce n'est pas qu'une question de multiplication ou de division, puisque nous jouons sans compter, mais c'est une question d'épaisseur ! Leur temps exige des instruments d'épaisseur constante. Un jour, une heure, une seconde : toutes ces épaisseurs freinent le temps, le stabilisent, le régularisent. L'insistance de Bla montre leur peur du moindre risque de dérèglement... Plo, lui, sait accélérer le temps des sabliers, comme il sait arrêter le temps des horloges. La montre n'est pas pour lui, même pas pour s'entraîner. Bla a raison, il n'en a pas besoin, il est trop fort pour elle... Mais elle est pour moi, ajoute-t-il en regardant la jeune femme. Pour aider nos hôtes, quand ils le désirent, quand ils cherchent à nous croire et qu'ils se disent “Comment ?” et qu'ils ne peuvent pas nous croire sans aide... Si je peux dire que je suis arrivé ici depuis tant de trente milliardièmes de siècles, que une de nos journées dure deux ou trois millions de trente milliardièmes de siècles, peut-être que ce serait plus facile pour eux de jouer avec nous… Je pourrais dater mes consignations…

— Ce serait un début, approuve Jack Blackjack qui n'a pas pu saisir tous les sous-entendus du Maître du Registre. Un excellent début ! »

Nathalie observe l'aventurier écarter les bras pour témoigner de son enthousiasme et se souvient qu'il lui réclamait son aide pour détourner l'attention des enfants de ses travaux – « Es-tu avec moi ? » s'est-il plu à lui répéter.

« Ma montre *sert* aussi à synchroniser… pardon, à faire les choses exactement en même temps », enchaîne-t-il. Sa gestuelle lui est trop familière pour que la jeune femme ne le soupçonne pas d'écarter l'usage revendiqué par Limn de crainte de perdre le contrôle de sa démonstration. « Tous ensemble ! poursuit-il. Nous pourrions tous manger à la même heure – là, *À la même heure*, c'est un nom, comme pour vos jeux –, tous nous retrouver pour dormir et…

— Non. Ta montre n'est pas un champion, elle ne décide de rien, objecte Limn. Nous jouons quand nous jouons, nous dormons quand nous dormons, nous sommes ensemble quand nous sommes ensemble… Ta montre peut nous aider, vous et nous, à mesurer l'épaisseur de nos temps différents. Mais à condition que ce soit un outil, juste un outil, mais un bon outil. Ta montre est-elle un bon outil, Bla ?

— La mécanique est suisse. Le boîtier est américain.

— Comment puis-je être sûr que ta montre donne vraiment le temps de ton monde ? Que je ne vais pas me tromper et induire en erreur nos prochains visiteurs ? J'ai besoin d'une preuve ! C'est bien là un jeu de ton monde, non ? Attester et certifier…

— Vos horloges pourraient peut-être nous aider,

finit par répondre Jack, quoique je doute qu'elles soient aussi justes et précises…

— Elles sont justes et précises : c'est Bly qui les répare. As-tu fini, Bly ? demande Limn.

— Non. Elles trempent encore…

— Alors, ta montre ne mesure que l'épaisseur de son propre temps. »

Sans plus attendre, les enfants descendent de leurs rochers pour entourer Plo et le féliciter : il demeure le champion invaincu.

« L'Albatros va nous aider ! annonce Jack Blackjack. Les avions ont toujours une montre sur le tableau de bord… Mais il est vrai que la nôtre s'est arrêtée quand nous sommes arrivés. Vous voyez, je ne vous cache rien : toutes les montres de notre monde ne sont pas aussi résistantes que la mienne. Le cockpit a souffert et la réparer n'était pas notre priorité. Qu'à cela ne tienne, nous allons la relancer ! Et la synchroniser avec la mienne. Ce ne sera pas la première fois, rassurez-vous. José le confirmera : ma montre, qu'il connaît bien, depuis longtemps, est d'une précision sans faille, il lui fait confiance. Et une fois nos montres réglées, elles mesureront un temps de même épaisseur, pendant des mois et des mois…

— Si Jos confirme ton récit, et le prouve à votre manière, on pourra utiliser ta montre, décide Limn. Plo nous donnera le départ avec sa hache dans le sable. Plo : quand ta hache découpera le sable en fines tranches, les aiguilles des deux montres afficheront la même position. Nous reviendrons vérifier la position des aiguilles, tous ensemble, quand le moment sera venu.

— Et ça veut dire dans combien de temps ?

— Nous le saurons, Bla. Nous le saurons à temps. »

Jack hésite un instant, puis accepte d'un large signe de la tête. Tandis que Tœ plonge dans le lac qu'il traverse d'une traite, sans remonter à la surface, après avoir lancé : « Je vais chercher Jos ! », l'aventurier dévisage Nathalie. Son expression reste neutre, puis il fouille les ombres du Chaos de pierres, plisse les yeux et un sourire éclôt sur ses lèvres. Nathalie suit son regard et découvre Ragn qui se voûte. À ses côtés, Bly au contraire se redresse ; le rictus de Jack Blackjack devient méprisant. Son inspection n'a duré qu'une seconde, aucun autre enfant ne l'a remarquée.

La jeune femme aimerait aller les rejoindre, apprendre tout ce qui s'est passé pendant son absence, s'excuser aussi, peut-être, de s'être laissé absorber par le Registre.

Limn se met à expliquer à Plo comment tenir sa hache pour découper le sable d'un seul coup. Les autres miment le geste, soulevant un merlin imaginaire enraciné derrière eux, le dressant largement au-dessus de leur tête comme gonflé à l'hélium, le laissant s'abattre vigoureusement, à creuser une faille tectonique, s'enorgueillissant de leur exploit en se congratulant les uns les autres. Plo ne parvient pas à décoller sa hache du sable, perd son temps à rire de ses chutes, qu'il répète pour se donner en spectacle.

Que chantait ce tout petit garçon tout à l'heure, se demande-t-elle ? « Le temps joue avec moi ! Le temps se joue de Bla ! »

21

« Bien ! Les choses se mettent en place, l'intercepte Jack tandis qu'elle s'apprête à se diriger vers le Chaos de pierres. Sans toi. Puisque tes jeux échouent, je les occupe à ma manière. Tu vois, ce n'est pas si difficile.

— Tu fais tout ça uniquement pour avoir la paix ?

— Pas uniquement, l'as-tu oublié ? Je pense à leur retour, à leurs difficultés d'adaptation, à leur réinsertion…

— Au risque de leur confier ta montre ! Je ne te crois plus.

— Comment vivre en société sans horaire ? Quelle meilleure émulation personnelle que l'esprit de compétition ? Être le meilleur, c'est se dépasser…

— Mon père adore ce genre de truismes.

— L'as-tu réellement écouté ?

— Oui, et peut-être même un peu trop… »

Alors que Plo continue de se ridiculiser avec un enthousiasme sans faille, Jack s'est suffisamment approché d'elle pour se contenter de murmurer. Elle l'écoute, de profil, sans rien regarder, après avoir fait signe à Bly et à Ragn de ne pas les rejoindre.

« Contrairement à toi, j'ai procédé avec méthode et j'ai obtenu un résultat, se flatte-t-il. Deux, en fait. Tu vois, moi, je progresse… Ma carte du glacier me permet de délimiter mes dernières recherches à deux ou trois secteurs.

— Pour quoi faire ? »

L'aventurier la contourne, par-derrière, et s'adresse à son autre oreille.

« J'ai sondé la paroi à différents endroits, espérant que le réchauffement climatique aurait fragilisé la couche de glace. Sans compter sur les traces de minerai de fer qui sont visibles, et qui doivent relayer les perturbations magnétiques du magma volcanique sur lequel ce glacier est assis... Mais, hélas, autant que je puisse l'évaluer, il n'y a rien à attendre de ce côté-là. C'était ma première idée et je l'ai abandonnée à regret, crois-moi. Figure-toi que ce sont les gosses qui m'ont mis sur la piste des galeries souterraines. Et là, je vaincrai bientôt, pourvu qu'on me laisse travailler en paix... Comprends-tu ? Plusieurs tunnels communiquent avec l'extérieur, j'en suis certain... Bien sûr, je ne pense pas qu'un homme puisse franchir pareille distance à l'aveugle. Je dois encore mener des essais... Vois-tu le plan ? »

Sans attendre sa réponse, il vient se placer face à elle, la frôlant au passage. Elle ne peut garder son regard rivé sur lui, elle tourne légèrement la tête, le moins possible, obligée de se redresser pour franchir le barrage de ses épaules. Dès qu'il reprend la parole, elle sent son souffle lui caresser le front.

« Le voici : je vais fixer la balise au canot, comme l'a fait Petrack. L'ensemble est arrivé ici sans encombre, et en émettant avec succès, c'est donc cet ensemble qui a le plus de chance d'en ressortir en état de marche. Voilà à quoi je travaille, petite, à aller quérir de l'aide. Tant que ton père n'aura pas retrouvé ta trace, il ne permettra pas l'abandon des recherches. Les débris de l'avion se sont révélés insuffisants jusqu'alors, parce qu'il leur faut balayer une trop vaste région. Dans la journée qui suivra la sortie de la balise, ils nous localiseront, trouveront les ailes et l'accès à cette caverne. Mon plan va fonctionner.

— Tant que mon père...

— J'aurai besoin du canot, ajoute-t-il sans élever

la voix, le moment venu… Je dois d'abord vérifier les galeries. Mais quand je te le dirai, si tu tiens à sauver ta peau, si tu acceptes de considérer que ces enfants seraient mieux auprès de leurs familles, alors, Nathalie, je t'en prie, à ce moment-là confie-moi le canot. Et nous serons sauvés !

— Sauvés ?

— D'ici là, fais en sorte qu'on ne me fasse pas perdre mon temps. Joue avec eux, prends ma montre si tu veux, puisqu'elle les amuse. Mais écarte-les de mon chemin. Ne le fais pas pour moi, fais-le pour eux. »

L'aventurier la toise néanmoins, poitrine, hanches, lèvres, et se détache enfin à grands pas pour se diriger vers le camp de base dont il ne reste que la carlingue sans ailes et les cendres de leurs derniers feux. Malgré elle, Nathalie se frictionne les épaules. Ragn et Bly sont déjà à ses côtés.

« Allez chercher le canot », les renvoie-t-elle trop brusquement.

Ils obtempèrent sans attendre, mais si Bly plonge aussitôt, Ragn s'arrête au bord du lac, hésite un instant, puis revient vers la jeune femme, l'air décidé. Encore une expression que Nathalie reconnaît, quand elle était enfin prête à dire le fond de sa pensée au petit déjeuner. Mais la fille au teint pâle et aux cheveux si clairs freine son allure, ses yeux inspectent les alentours, son dos se voûte. Nathalie connaît également cette expression d'insoutenable défaite.

« Tu voulais me dire quelque chose ? l'encourage-t-elle.

— Tu as été partie longtemps.

— Pas selon vos critères », plaisante-t-elle.

Ragn tourne des yeux, comme si elle se plaignait ou lui désignait les autres, qui rient des pitreries du Maître des Bulles.

« Mais je suis là, à présent. Tu dois avoir des tas

de choses à me raconter et je vais prendre tout mon temps pour t'écouter. »

C'est une offre sincère et généreuse, qui lui a été refusée, petite, adolescente ou même adulte. Nathalie l'a formulée comme si elle s'adressait à une petite sœur qui accepte enfin de croire que la vie est finalement quelque chose de plus sérieux, mais cette complicité ne produit pas l'effet escompté. La jeune enfant s'écarte, longeant la plage, à distance du lac.

Nathalie la suit du regard, puis elle revient sur Tœ qui gravit le sentier qui mène sur les hauteurs de la Grande Falaise. José l'y attend. Tout en se jugeant odieuse d'avoir toléré les assertions de Jack, elle les contemple, tous les deux sur le rebord du rocher le plus élevé, où ils aiment passer du temps, demeurant presque toujours silencieux. Et elle s'interroge sur les motivations de l'Ours.

Elle sait que José observe volontiers les allées et venues des divers groupes d'enfants, leur sourit, qu'ils le voient ou non, et que ce sourire perdure même quand son attention s'en détourne. Tœ lui a expliqué qu'il a renoncé à lui commenter les jeux de ses amis, comme à lui poser des questions sur le Grand N'Importe Quoi, ou encore à lui raconter ses rêves. Le plus souvent, leurs regards convergent vers le même horizon, qu'ils savourent en silence, chacun libre d'y percevoir ses propres paysages. Ils se quittent ensuite, l'un ou l'autre se levant, comme deux vieux compagnons de route, aussi heureux d'être arrivés que d'avoir marché ensemble, sûrs de se retrouver un jour.

Nathalie imagine aisément qu'en ce moment Tœ expose par le détail la leçon et le projet de Jack Blackjack. Le pilote ne se montre guère pressé de les rejoindre ; il prend son temps. Quand il se lève, c'est pour emprunter le sentier sinueux qui descend de la falaise. Et, au lieu de traverser le lac au plus court, puisque tous deux nagent parfois de concert, l'Albatros opte pour le contourner par la plage.

De son côté, l'Ours s'impatiente. Il les a attendus dans le cockpit ; puis, de guerre lasse, il s'est installé sur le banc de sable.

Tout au long du chemin, marchant sur un pas de promenade, José a réclamé des nouvelles de chacun et des précisions sur les jeux qu'il a observés de son antre, vient confier Tœ à Nathalie. Le pilote, qui ne s'est pas arrêté pour lui parler, adresse un signe à chacun des enfants, hoche la tête en voyant Bly accoster près de Ragn, sourit à tous. Il se dirige enfin vers Plo qui lui montre sa hache d'un air entendu. José la soupèse et le félicite avant de regagner la carlingue immobilisée.

Après avoir repris place sur le siège du copilote, Jack Blackjack ne manque pas de lâcher un chapelet de remarques acerbes à l'Albatros, qui ne l'écoute visiblement pas. José pose ses mains sur le manche à balai, caresse les différents instruments de bord. Jack lui tend sa montre, le pilote lève enfin les yeux vers Plo pour lui signifier de se tenir prêt. Sim et Zach se sont discrètement glissés derrière le garçonnet et, au signal, ils l'aident à soulever le merlin jusqu'au-dessus de sa tête. Plo exulte : le moment venu, c'est si facile… Mais, dès qu'ils la lâchent, la masse dégringole en l'emportant sur le côté. Fou rire général.

Au quatrième essai, ses assistants accompagnant pour une fois son geste jusqu'à ce que la hache amorce correctement sa descente, Plo plante son arme dans le sable. L'Albatros met en marche l'horloge de bord, parfaitement synchronisée avec la montre de Jack Blackjack. Plo demande à recommencer, ce que José lui accorde en mimant de régler la boussole, l'altimètre, le débitmètre carburant, l'anémomètre, le variomètre, le radiocompas… Évidemment, Jack ne participe plus à cette pitrerie, il a repris son équipement et rejoint déjà la Croisée des chemins. En passant à sa hauteur, il n'a pas esquissé un regard en direction de Nathalie.

« J'ignore ce qu'il combine, la surprend José, mais je reconnais bien là sa patte. Jack est un joueur. Pas un joueur de poker, il préfère les dés… Je côtoie cette crapule depuis longtemps, c'est davantage un opportuniste qu'un fin stratège. Ce qui n'interdit pas calculs et ruses, tout au contraire. Il sait que ses chances croissent avec le chaos – dans un monde parfait, il le créerait pour exister. Il cultive la confusion, c'est sa manière : il sème à tous les vents, n'importe quoi, tout ce qu'il trouve. Ensuite, il attend la moisson, curieux d'exploiter ce que ça donnera… Toute sa force réside dans sa capacité à rebondir. Et il est incroyablement vif… »

La jeune femme ne répond rien, elle se sent comme une gamine qui découvre à vingt-trois ans que décidément non, le Père Noël n'existe pas. Comment a-t-elle pu simplement écouter Blackjack et ne pas se douter qu'il divisait pour régner…

« Tu portes une montre, toi ? la surprend-il encore.

— Ça m'arrive.

— Moi, jamais. Pour la même raison que j'ai refusé toutes les offres des compagnies régulières. Ce petit bracelet est la pièce d'un uniforme, celui des gens qui ne voient rien comme moi – ma famille par exemple. J'ai toujours pensé que si je me mettais à vivre un tout petit peu comme eux, j'étais fichu… Partir à l'heure, c'est se lever à l'heure pour être sûr de revenir à l'heure afin de manger à la même heure que tous les autres, et la même chose, avec les mêmes couverts, le même programme télé…

— C'est l'anarchiste qui parle ?

— Je connais précisément l'heure de ma naissance, tu sais pourquoi ? Au moment où je me suis montré, la sage-femme s'est détournée pour mémoriser la position des aiguilles sur la pendule de la maternité. Mes parents s'en souviennent également très bien. J'aurais préféré qu'on me décrive mes premiers instants dans le monde aérien, qu'on me dise si j'ai crié en bon rebelle… Sans rire… Tu sais, là-haut, dans le ciel, si loin des autres, une fois la radio coupée… Passé les nuages, le temps n'importe plus ; la jauge et les vents comptent tout autrement que l'horloge… Et ils ne comptent que si tu désires réussir ton atterrissage… Plusieurs fois, j'ai rêvé d'un planeur qui filerait plein ouest pour toujours ricocher sur les flux ascensionnels… accompagnant une bande d'albatros fous, en migration perpétuelle, hors du temps ! »

Ce n'est pas ce qu'elle veut ou a besoin d'entendre. Elle ne veut plus être seule, ni retourner à la cuisine pour s'occuper du goûter des petits. José ne lui offre pas l'appui qu'elle réclame, il laisse toutes ses pensées être aspirées par son rêve unique – il drape la réalité de nuées.

« Ma première journée d'école, reprend-il comme si elle l'écoutait religieusement, le maître nous a observés gambader dans tous les sens dans la cour… Il a mis fin à toute cette pagaille hurlante et nous a fait nous aligner avant de nous demander de courir tous ensemble. À de rares exceptions près, les plus grands sont arrivés les premiers. Il nous a alors promis de recommencer cette course chaque semaine, tout en prédisant que ce résultat avait peu de chances de changer. Par contre, si nous courions un à un, il pourrait nous chronométrer et noter, chaque semaine également, nos temps dans son petit carnet vert. Ainsi, tous les lundis, nous avons d'abord couru ensemble, puis séparément… J'étais si jeune que je ne pouvais guère espérer battre que ceux de mon âge, mais chaque fois je faisais de mon mieux pour aller plus vite… Avant un mois, il n'en restait pas un qui ne s'entraînât pas à chaque récréation. Bientôt, cet esprit de compétition et de défi personnel, nous l'avons reproduit en classe… Ça marchait, son truc. Et plutôt bien… Nous étions tous devenus plus studieux, disciplinés. Nous l'admirions pour cela, nous l'aimions et le redoutions à la fois, lui, notre juge ; nous l'écoutions désormais comme si le mérite de nos efforts lui revenait… Pendant des années, son chronomètre n'a pas été seulement le compteur de nos progrès, il en a été le moteur.

— Et tu vois du mal au fait de stimuler les autres ?

— Avant d'aller à l'école, je courais par plaisir, exclusivement par plaisir... Eux aussi, non ? Tu veux que Blackjack change tout ça pour en faire des enfants sages, malléables et poliment reconnaissants ? »

Elle hausse les épaules : elle ne voit dans ces nuances que des niches à susceptibilité. « Je veux faire mieux », décrétait-elle voici quelques semaines, en écho volontaire au « Tu peux faire mieux » paternel. Nathalie-la-battante ne se souvient pas avoir eu le loisir d'autre alternative.

« Mais si un jour... commence-t-elle. Enfin, *quand* nous rentrerons. Puisque nous allons rentrer. José, nous avons des devoirs envers eux...

— Bien sûr, nous avons des devoirs... Mais lesquels ? Gommer ce qui les rend si... si joyeusement différents ? Pas pour moi. Non. Vraiment...

— Alors, aide-moi...

— Tu crois pouvoir comprendre ce qui se passe ici sans te mouiller ?

— Oh, pas de jeux de mots entre nous, je t'en prie.

— Ce n'en est pas un... Dans le ciel, les réflexes de l'autre monde peuvent se révéler dangereux.

— Tu veux dire que j'ai tort ?

— Et moi ? »

José regarde Plo, qui traîne sa hache vers l'avion, encouragé par Zach et Sim qui lui apprennent à caracoler. Derrière eux, Tom efface consciencieusement leurs traces dans le sable, suivi de Buld qui en invente d'autres.

« Ça ne peut pas durer..., ajoute-t-elle. Tu le sais.

— Qu'est-ce qu'on en sait ? »

Bly vient de rapporter le canot du Palais et Ragn le rejoint. José les regarde un instant, puis se tourne vers le banc de sable.

« Qu'est-ce qu'on en sait ? répète-t-il... Ah, je crois

que je ferais mieux de les empêcher d'entrer dans le cockpit.

— Tu as peur qu'ils l'abîment ?

— Non. Mais DJ m'a demandé de surveiller l'horloge de bord.

— Je ne te comprends pas : tu coopères, malgré tout ?

— Il faut croire que je suis resté à l'école trop longtemps : une éducation d'enfant sage, ça ne s'oublie pas... Voilà une leçon à méditer, non ? En outre, Jack a insisté sur les conditions rigoureuses de cette démonstration scientifique. Il a raison : son résultat doit être incontestable.

— Si Jack a raison... Tu... tu n'oses pas l'affronter, c'est ça ? »

Il ne la regarde pas, se concentre sur la silhouette de l'aventurier qui atteint l'emplacement de la première empreinte.

« Désolée, se reprend-elle en tournant la tête, mais je me sens seule et tu ne m'aides pas, là. »

José redresse son visage, le caresse, le prend dans ses deux mains et la regarde intensément.

« J'ai fait de sales compromis pour voler, selon le pire des raisonnements, dit-il d'un ton emprunt de sérénité. Tu sais combien cet avion a compté : il était tout pour moi... Tout... Maintenant qu'il est cassé, je réalise ce qui est important. Tout a changé autour de moi, mais pas moi. Pas encore... Alors, je vais continuer à faire ce que j'ai toujours fait de mieux, Nathalie, laisse-t-il en suspens avec un sourire espiègle.

— Quoi ?

— Quoi... Mais, voyons, je ne vais en faire qu'à ma tête ! »

22

« Tu crois que je dois aller chercher les horloges ? lui demande Bly.

— Celles que tu répares ? Enfin, tu veux dire celles qui trempent…

— Oui.

— Je ne suis pas sûre qu'elles soient très utiles.

— J'y vais ! »

Le garçon plonge immédiatement pour ne réapparaître qu'en rapportant une belle poignée de rouages et de ressorts, un balancier sous un bras, des chaînes et des poids autour du cou et des épaules. Tom vient l'aider à tout éparpiller sur la plage.

Bly replonge. Dix fois, il ne s'arrête pas. À chaque retour, son visage ne cesse de se durcir, et il en porte de plus en plus, bientôt à pleines brassées.

Puisque l'Ours est convenu de rejoindre l'Albatros pour comparer leurs montres dans à peu près quatre millionièmes de siècles, la jeune femme calcule qu'elle dispose d'une douzaine d'heures pour regagner le galion et y prendre un peu de repos.

Elle se retourne vers Ragn pour l'inviter à l'accompagner et se demande si elle ne préfère pas profiter d'une « nuit » de sommeil sans partage. La petite fille observe Tom ensabler les engrenages avec méticulosité. Elle tient négligemment une main sur son ventre. Nathalie découvre qu'elle fait de même.

Ce mimétisme l'agace, elle ne souhaite pas savoir pourquoi.

« Ragn, décide-t-elle, peux-tu aller voir Kum et lui dire que le jeu ne consiste plus à savoir où est Bla, mais ce qu'il fait ? Sinon, c'est trop facile… L'écouter ne suffit plus, tu comprends, il faut savoir très exactement ce qu'il fait…

— D'accord. Ça va lui plaire de changer un peu le jeu.

— Attends. On va faire mieux. La prochaine évolution du jeu doit être préparée. Il s'agira de le faire tomber, de le perdre. Mais, attention, cette phase ne doit pas commencer avant que je le dise, et Bla ne doit se douter de rien…

— D'accord. »

Ragn part aussitôt, heureuse de la mission à accomplir. La jeune femme la contemple courir le long de la plage, serrant au plus près ses monticules ornementaux sans jamais déraper, se jouant des larges habits dont elle s'accoutre. Traverser le lac aurait été plus rapide, mais Nathalie approuve le choix de la fillette qui donne tort à Jack : aller plus vite n'est pas le seul jeu possible. À moins, se reprend-elle, que Ragn n'ait pas voulu tremper les fourrures dont elle s'enveloppe dorénavant presque de la tête aux pieds…

Nathalie regagne le canot, caresse les deux sirènes et se décide à rejoindre le galion. Une fois confortablement installée dans la cabine éventrée, le sommeil renâcle à l'emporter. La jeune femme ressasse les événements de cette journée, mais outre les souvenirs du Registre et du jeu de la montre, elle se reproche de s'être irritée avec José plutôt que de lui exposer ce que Jack lui a révélé de son plan. Si tel est bien son plan… « Que faites-vous, père ? » soupire-t-elle, yeux clos, fascinée par l'image de barrages s'effondrant et s'effondrant, comme une vidéo en boucle sur une chaîne d'actualités. La bande des sous-titres qui défile en bas de l'écran est constituée d'idéogrammes explicites : l'aventurier, dans sa grande œuvre cartographique, a découvert une rivière souterraine qui rejoint l'océan. Soumise depuis des millénaires à la pression exercée sur sa périphérie par les mouvements de la calotte glacière, lents mais incessants, si puissants, la paroi se pulvérise au moment où il s'acharne à faire passer le canot. Un deuxième communiqué précise qu'il ne s'agit pas d'une rivière, mais d'un bras de mer qui pénètre dans le glacier. Un troisième annule les deux premiers : le géomètre (représenté par un ours brun traînant une cordelette, ou bien une laisse sans plus rien au bout ?) a détecté une faiblesse latente dans la muraille. Impossible de décrypter si la glace est viciée par des bulles de gaz ou un banal rétrécissement provoqué par le réchauffement de la banquise, mais il suffit d'un choc pour tout casser – comme un éclat oublié sur un pare-brise, signale une publicité qui met en scène une jeune femme dans son coupé sous la pluie et sans cigarette. Un quatrième le montre allumant un tonnelet de poudre avec un cigare qu'il avait caché, mais il ne possède plus de l'ours qu'une fourrure imparfaite. Dans un cinquième, il sort de son sac magique une petite cuiller d'argent familière et attaque le mur – cette fois, cependant, le mur est sombre, et ce n'est plus un ours, mais un bagnard, et ce n'est même plus la même chaîne, mais un florilège d'évasions célèbres au cinéma.

Elle éteint la télé. C'est l'heure de se lever. Elle a du retard.

« C'est sur le champ de bataille qu'on mesure la valeur d'un officier, pas au mess ! » l'accueille son père juché sur la table du petit déjeuner, martelant ses poncifs en tapant d'un pied à en renverser théière et cafetière qui ne répandent que du lait sur la nappe blanche – d'ailleurs, il déclame tout de blanc vêtu, tel un Grand Chevalier, mais trop vieux, à l'étroit dans son armure de petites cuillers étincelantes, les cheveux et les sourcils blancs, si loin… « L'impondérable décime les faibles, les forts lui tiennent tête ! » vocifère-t-il. « Parfois, il faut tout miser ; parfois, tout épargner. L'enjeu ne doit pas décider. *Tu* décides. Toi et toi seul(e) », postillonne-t-il rageusement parce qu'elle, toute petite, si petite, elle ose lui tenir tête de l'autre côté de l'immense table, sans même un mot, juste avec ses yeux perdus, trop grands, qui l'accusent distinctement : « Papa ! Papa ! Viens… »

« Tu criais, s'excuse Tœ qui secoue doucement son épaule.

— J'ai crié ? répète Nathalie en émergeant difficilement du sommeil.

— Oui, tu disais : "Maman, Maman…", précise Limn.

— "Maman" ? Je ne m'en souviens pas… C'est, c'est encore vous ? »

Un instant, toujours un pied dans ses rêves, la jeune femme observe les deux petits, tout petits garçons, comme si elle les rencontrait pour la première fois – traversée par l'image d'une paléontologue qui reconstruit mentalement l'apparence que devait présenter un Ancien dont elle exhume le fossile, et qui découvre le visage de son propre enfant.

« Ragn et Bly sont partis pour t'approvisionner en fleurs, lui annonce Limn.

— Avec le canot, ajoute Tœ.

— Sage précaution, déclare-t-elle en s'asseyant. La dernière fois, elles étaient trempées et je n'en ai pas goûté une seule.

— Oui, reprend Limn. Il faut faire attention avec l'eau. »

Nathalie renonce à relever la remarque de Limn. D'ailleurs, le Maître du Registre précise aussitôt : « Plo et Tom les ont escortés pour effectuer chacun un Demi-tour de garde devant l'embarcation face à l'ennemi aux aguets… Enfin, Bla. Mais rassure-toi, Sim et Zach veillent sur les sentinelles.

— Et que font Bla et Jos ?

— Bla dessine toutes les façons de se perdre et de

tomber. Kum les compte. Jos nous a demandé de rester auprès de toi. Il attend dans l'avion », lui répond Tœ.

Combien de temps a-t-elle dormi ? Assez, lui apprennent les garçons, pour transformer le banc de sable immaculé en casse horlogère. À l'exception des volontaires du Géomètre Disloqué, tous les enfants ont aidé Bly à l'Ornementation spatio-temporelle de l'avion. Sous la conduite de Sim, Tom a classifié les mécaniques de précision selon leur volume, critère le plus proche de l'épaisseur des tranches chronométriques, tandis que les autres ont réparti sur les autres rivages le reste de l'approvisionnement pour le faire sécher.

« Si ton Registre illustre vos rêves, il a inspiré les miens et m'a valu une bien courte nuit. En fait, je crois me souvenir qu'ils ressemblaient à celui de Tom, mais le monstre était un ours et il n'avait rien de sympathique, plutôt d'obstinément machiavélique… J'ai rêvé de certains détails qui… »

Elle s'interrompt, plisse les yeux et reprend : « Tu as dit que Plo avait rêvé de notre arrivée, mais vous, vous avez vu notre avion tomber ?

— Oui, Plo nous avait prévenus, lui répond Limn.

— Qu'est-ce qui s'est passé ensuite ? Juste après la chute.

— Kum, Tœ et moi, nous nous sommes avancés pour voir si vous aviez besoin d'eau, mais Bla est sorti en faisant du bruit. Heureusement, sinon il nous aurait vus.

— Vous l'avez donc vu sortir. Qu'a-t-il fait ensuite ? Je veux dire, aussitôt.

— Il a bu au lac, mais juste un peu. Il s'est reculé immédiatement, après avoir recraché, et il est retourné dans l'avion.

— Tu en es sûr ?

— Oui. Il n'y est pas resté longtemps. Il s'est dirigé dans le Chaos de pierres. Kum l'a suivi et Tœ est allé vous apporter de l'eau. Jos saignait beaucoup, mais il s'est immédiatement réveillé quand il lui en a versé sur sa tête. Tœ a dû partir, sinon il t'en aurait donné davantage.

— Je ne savais pas que vous nous aviez donné de l'eau… Mais, Bla, qu'a-t-il fait pendant ce temps-là ?

— Il s'est promené un peu partout. Il a laissé un sac dans une cachette, et puis il est allé jusqu'à la Forêt profonde.

— Un sac ?

— Un gros sac qu'il a changé plusieurs fois de place, par la suite. Une fois qu'il a été vide, il l'a déchiré.

— Vous en êtes sûrs ? »

Limn et Tœ opinent de la tête.

Elle se souvient parfaitement que, juste après l'accident, Jack s'est inquiété de son sac, qui contenait une arme… Cet empressement, qui passait pour maladroit dans de pareilles circonstances, avait entériné sa version : pour elle et le pilote, ce sac était resté à l'extérieur du glacier, tout comme les ailes. Cette arme, pourtant, l'Ours l'avait ensuite dirigée contre les enfants.

Si, en réaction à sa convoitise de plus en plus explicite, Nathalie se reprochait encore de diaboliser le personnage dans ses rêves, ces informations confortent son sentiment : elle peut – elle *doit* – abandonner les scrupules qui l'empêchent d'affronter pleinement la réalité.

« Il faut dire à Kum de lancer l'autre phase du jeu, décide-t-elle.

— J'y vais ! » lance Tœ qui recule sans la quitter des yeux, même pas au moment où il franchit l'ouverture dans la coque, tombant à la renverse dans un grand cri.

« Plus la peine ! crie-t-il quand il refait surface, Bla arrive ! »

Aussitôt, Limn plonge à reculons.

Du pont, Nathalie observe l'Ours qui se fraie un chemin sur le banc de sable encombré de ferraille, s'efforçant de sourire de cette bonne blague qui meurtrit ses pieds, lâchant quelques jurons, que Kum et ses suivants s'empressent de répéter. De son fauteuil, José lui jette un œil avant de se laisser distraire par les enfants qui se retrouvent tous à proximité de l'appareil. Plo sautille jusqu'à hauteur de l'aventurier et désigne une tête de coucou qu'il sort de sa poche.

« Du premier coup ! hurle le petit garçon.

— Oui, oui. Très bien, champion. Limn, où est Limn ? Il doit être témoin… Limn ! Ah, te voilà… »

Limn s'exécute, jaillissant du lac pour bondir sur les pièces d'horlogerie avec une légèreté déconcertante. Le pilote lui cède sa place, laissant l'aventurier se réinstaller dans le fauteuil du copilote.

Ensuite, Jack Blackjack crie : « Mais, elle marchait hier ! »

Sans un mot, José quitte l'avion. En passant la porte, il s'arrête pour solliciter la cantonade : « Hier ? Comment être sûr que c'était hier ? » Puis, il abandonne ses vêtements sur le rivage et nage jusqu'au pied de la falaise, qu'il escalade sans tenter de rejoindre le sentier – tandis que Jack Blackjack fracasse le poste de commande avec une clé à molette.

Pendant ce temps, Limn est sorti de l'appareil en jetant l'horloge de bord parmi les engrenages et les balanciers ; Plo la récupère à temps pour l'envoyer à Bly, qui plonge la nettoyer.

23

José est une nouvelle fois parti trop vite pour que la jeune femme lui parle. Cet entêtement à l'isolement lui demeure incompréhensible. Elle ne saisit pas davantage pourquoi il a saboté les vestiges de son avion, ni comment il a pu laisser l'Ours saccager la dernière place où il appréciait cultiver sa nostalgie aérienne. Elle l'observe encore un instant, alors qu'il escalade la Grande Falaise pour regagner son antre, et décide de quitter le pont du galion, puisqu'il n'y a plus rien à voir. Mais au moment de descendre vers le Champ de bataille, elle l'aperçoit qui nage en sa direction. Une seconde, elle hésite entre l'attendre ou l'obliger à la rejoindre, puis elle réalise qu'il ne peut pas être présent à deux endroits simultanément. Elle se retourne vers le nageur et se demande comment elle a pu se tromper, confondre la silhouette d'un homme avec celle de Bly…

Sa bévue chasse la pointe de jalousie qui la tutoie – serait-elle capable d'une telle abnégation ? Mais, se ressaisit-elle, ce sacrifice était-il opportun, ou seulement judicieux ? Pour contrer l'influence néfaste de Jack, José disposait de tout un attirail de ripostes, qu'il aurait mieux fait d'employer avant d'en arriver à cette extrémité. Car en agissant ainsi, José n'a pas mis en cause l'autorité de l'aventurier. Demain, l'Ours tentera autre chose et les dix pourraient ne retenir que ses efforts pour leur proposer un jeu... Nathalie pénètre dans la cabine en songeant que l'anarchiste se réfugie derrière de beaux discours mais évite les vraies confrontations, mais des pleurs étouffés l'arrêtent.

Sous le monticule de vêtements qui recouvrent son lit, Nathalie devine Ragn qui sanglote par à-coups, petite boule de misère. Elle s'approche sans bruit.

Pourquoi elle ? Jamais la jeune femme n'a vu ou deviné aucun des dix en larmes – pourquoi faut-il précisément que la première soit Ragn ? Son ventre se tend, puis se tord, emprisonnant dans ses entrailles une pierre d'angoisse.

« Ragn... qu'est-ce qu'il y a ? »

Nathalie enrage de son inexpérience. La fillette se terre. Doit-elle la toucher ou la laisser ? Faut-il attendre ou bien parler ?

« Ragn... »

Elle soulève la pointe d'une fourrure et révèle un pied. Une main émerge tout à côté. Nathalie la caresse délicatement et le corps enroulé s'apaise progressivement.

« Ragn, Ragn, ma petite Ragn... », dit-elle inlassablement jusqu'à la fin des tremblements, se demandant si le baume de cette répétition agit sur la fillette autant que sur elle.

Bientôt, elle ose dégager les étoles qui recouvrent la tête. Ragn se renfonce, pas assez pour cacher ses cheveux si clairs, Nathalie se penche un peu pour embrasser son front.

« Là. Voilà. Ragn, ma petite. Que se passe-t-il ? Ragn. Jolie et douce Ragn. Là. Tu peux tout me...

— Je n'ai jamais menti ! Jamais, jamais ! »

Ragn se pelotonne en chien de fusil. La jeune femme tend sa main vers la bosse que forment ses épaules sous la couche de fourrures, mais Ragn se recroqueville encore davantage.

« Jamais ! geint-elle dans un spasme

— Ah... Ai-je laissé entendre que...

— J'ai menti, l'autre fois. Et depuis…
— Tu as menti ?
— C'est ce que je dis. Je t'ai menti.
— À moi ? Oh, je pense que tu devais avoir une bonne raison, alors. En tout cas, une raison qui te semblait très bonne…
— Pour le jeu… »

Un instant, Nathalie fouille dans ses souvenirs de quel mensonge mineur Ragn a bien pu se rendre coupable à l'occasion des préparatifs ou Rapports du Grand N'Importe Quoi ou du Géomètre Disloqué, puis elle se rappelle les réticences de la fillette pour participer aux premiers essayages du Travestissement ornemental.

« Quand tu as dit que tu préférais regarder ?
— Ce n'était pas vrai.
— Je n'ai pas l'impression qu'il s'agisse d'un gros mensonge. Tu veux me l'expliquer ?
— C'est parce que je ne veux pas me déshabiller devant les autres.
— Pourtant tu es souvent toute nue !
— Non.
— Non ? Mais tu l'étais encore, il y a quoi…
— Longtemps.
— Longtemps ? Non, tout au plus… Ah, je ne sais plus, mais ce n'est pas le problème. Pourquoi ? Quelle différence ?
— J'ai des poils, maintenant. Là, entre les jambes.
— Des poils ? Il ne doit pas y en avoir beaucoup, en si peu de temps…
— Si. Je grandis.
— Quoi, tu grandis ?
— Chut ! Ils ne doivent pas savoir. »

Si elle s'écoutait, la jeune femme tirerait sur la couette pour trancher entre méprise et dramatisation, mais ce n'est pas de Ragn dont elle doute. C'est elle-même qu'elle incrimine. Depuis le récit de Zach, elle suspecte quelque chose, quelque chose qui lui échappe sans cesse et qui se développe en un tourment coupable et obsédant, en un reproche lancinant. Plusieurs fois, elle a peiné à reconnaître Ragn, mais au lieu de chercher à approfondir ses réticences, elle s'est dépêchée de conclure à de simples confusions – comme si ce glacier l'empêchait de penser correctement, d'affronter les choses, d'être lucide.

Comment a-t-elle pu ne rien voir…

Des poils, déjà ?

Nathalie ne trouve pas les mots qu'il faut pour consoler la fillette qu'elle a négligé de regarder…

« Je saigne.

— Tu t'es blessée ? Où ça ? Quand ? Mais tu devrais te baigner, l'eau va te…

— Je saigne *aussi*.

— Oh… Tu saignes…

— Chaque fois que je nage.

— Je n'ai rien vu.

— C'est ce que je te dis : je saigne dans l'eau. Pas dehors.

— Ce n'est pas un flux régulier, alors c'est peut-être…

— J'ai mes règles chaque fois. Je grandis, très vite. Mes seins se développent, je t'arrive à l'épaule maintenant…

— Je n'ai rien vu… »

Ragn se déplie et s'assoit. Elle ne ment pas, elle ne se trompe pas. Bien qu'encapuchonnée dans ses sempiternelles fourrures qui estompent sa poitrine, Ragn ne se voûte plus et Nathalie imagine ses seins engoncés sous plusieurs épaisseurs. Ragn ramène aussitôt ses jambes pour poser sa tête sur ses genoux, laissant voir le galbe affirmé de ses mollets. Ni fillette ni petite fille – Nathalie se souvient de cet été où son corps s'était métamorphosé ; tout avait changé, tout.

« Bly aussi, ajoute Ragn en regardant dehors. Il ne voulait pas que je t'en parle, mais je ne veux plus mentir.

— Et les autres ?

— Les autres n'ont pas le temps.

— Comment ça ?

— Ils jouent. Tu sais bien comment ils sont : ils ne pensent qu'à jouer. Où trouveraient-ils le temps ?

— Mais pourquoi vous, alors ? Pourquoi seulement vous ?

— Parce que nous le voulons. Nous… nous prenons le temps de grandir.

— Vous prenez le temps… Ce n'est pas concevable. C'est pourtant vrai que vous avez changé tous les deux, mais… Et les autres, donc…

— Ils ne doivent pas savoir ! la supplie Ragn.

— Pourquoi ne veux-tu pas qu'ils le sachent ?

— Pas tout de suite… Bientôt, nous serons des adultes.

— Bientôt ? Cela peut prendre encore…

— Et les adultes… »

Ragn n'achève pas sa phrase, mais Nathalie se souvient de ses premières paroles lors de leur rencontre.

« Bientôt » est un mot que Nathalie récuse. Dorénavant, il ne figurera plus sur aucune liste. Et, s'il le faut, il n'y aura plus de liste pour ne pas risquer de le voir réapparaître accidentellement.

« Je commençais à croire que vous étiez immortels…, ne peut-elle se résoudre à taire.

— Tant qu'on joue.

— Mais… »

La jeune femme renonce à demander pourquoi. Ragn, encore fillette, le lui a déjà dit, plusieurs fois, et elle n'a rien compris : « Je veux être comme toi. »

Nathalie se trouve pitoyable – est-elle incapable de compassion véritable ? La voilà prête à s'accabler, incapable de ne pas penser d'abord à sa propre peine.

« Ragn, je ne sais pas quoi dire ou faire…, finit-elle par avouer.

— Ce n'est plus la peine de m'appeler Ragn. Les noms courts, c'est bon pour les petits.

— Et comment dois-je t'appeler ?

— Ragnhild. C'est mon vrai prénom.

— Tu t'en souviens ?

— Bien sûr…

— Tu te souviens de beaucoup d'autres choses ?

— De nos rêves, de nos jeux, des grandes aventures…

— Mais des souvenirs d'avant ? »

Ragn hausse les épaules – les deux ensemble, exactement comme Nathalie l'aurait fait, adolescente.

Et puis, Nathalie réalise tout ce que cela signifie. Elle le réalise vraiment. Vertige, nausée. Peu importe pourquoi et comment, l'Île blanche est maudite.

Bly apparaît alors à la trouée du galion, le visage et les biceps si terriblement adolescents.

« Venez vite ! Il se passe quelque chose. »

24

Bly n'a pas achevé de se hisser par la béance de la coque qu'il pointe un bras vers la Grande Falaise.

« Quoi ?

— Le pilote.

— Quoi, le pilote ? »

La jeune femme se rapproche de la baie et découvre que José se tient sur le seuil de son antre. Elle aimerait prendre le temps de les regarder tous les deux, Ragn qui se tient à genoux, Bly qui achève de s'asseoir, mais tous deux semblent tellement bouleversés qu'elle veut savoir pourquoi.

« Je suis trop loin, je ne vois rien de particulier, se désole-t-elle après avoir placé ses mains en visière.

— Prends ça ! » lui répond Tœ en lui plaçant dans la main une longue-vue.

À sa suite, Limn, Plo et Tom débouchent dans le Champ de bataille. La jeune femme ne leur accorde qu'un instant, mais maintenant qu'elle le sait – qu'elle l'accepte –, elle ne voit plus que l'écart qui s'est creusé entre Ragn et Bly et les autres. Après un battement de paupières, elle se retourne pour braquer la lunette sur José.

« Il ne se passe rien d'extraordinaire, déclare-t-elle en rendant à Tœ la longue-vue. Il remplit des petits sacs avec du sable… Qu'est-ce qui vous intrigue tant ?

— Regarde bien. »

Elle observe à nouveau le pilote qui s'affaire à fermer soigneusement une vingtaine de sacs, attachant à chacun une ficelle d'environ un mètre, après s'être assuré qu'ils présentent plus ou moins le même volume.

« Qu'est-ce que je ne vois pas ?

— Jusqu'à présent, pour le Grand N'Importe Quoi, Jos nous a tout caché. Tout ce qu'il a fait, il l'a fait dans la grotte.

— Et là, comprend-elle, il se montre…

— Il est prêt, affirme Tœ.

— Prêt pour quoi ?

— Je ne sais pas. Mais il est prêt. »

Le garçon tourne alors le dos à la scène. Nathalie hésite à le prendre dans ses bras – il fait si petit… Elle s'en rapproche et regarde pour lui, en tentant de deviner ce qu'il redoute.

Le pilote contemple ses sacs, en déplace deux ou trois de quelques centimètres, peut-être afin de les répartir plus régulièrement. Tous sont disposés à l'entrée de l'antre, du côté de la Forêt profonde. Cet accès débouche sur une sorte de balcon en croissant, à flanc de falaise, abrité par le rocher qui surplombe le lac à son sommet. Jamais l'Albatros ne s'est attardé sur cette corniche, préférant rejoindre le pinacle, bien que cela nécessite de redescendre jusqu'à la Croisée des chemins par la galerie souterraine accidentée, puis de remonter par l'un des innombrables sentiers.

José s'engouffre dans la grotte où il entasse tout ce qu'il a ramassé et en rapporte, non sans mal, les cinq pans d'osier qui ont motivé tant de spéculations parmi les enfants. Il les a réunis de sorte à former un immense panier, plus encombrant que lourd, l'ouverture sur le dessus, ce qui exclut tout usage en tant que piège ou cage. Il le dispose exactement au centre des sacs.

Tom, Plo et Limn prennent place de part et d'autre de Tœ, lequel tourne toujours le dos à la fenêtre. Bly ne bouge pas, un peu à l'écart. Ragn demeure également en retrait. La jeune femme aimerait s'isoler avec eux, mais Tœ a tout autant besoin d'elle et il ne peut attendre. Et puis, admet-elle, cette soudaine croissance la dépasse autant qu'elle la désole – « *Je n'ai rien vu...* »

José disparaît de nouveau, mais ne reste pas longtemps hors de vue. Le voilà qui sort en se tenant accroupi, il recule pour tirer précautionneusement la grande toile ovoïde qu'il a assemblée. Constamment, il s'arrête, corrige un pli, surveille sa symétrie, progresse d'un pas, s'arrête et recommence... Une fois déployée à l'air libre, son ouverture vers les sacs et la corbeille, il la contourne en prenant soin de ne pas poser un pied dessus, l'ajuste peu à peu jusqu'à l'étendre uniformément.

« C'est un Aérien », rappelle Tœ sans s'être détourné.

Satisfait de son ouvrage, José incline le panier, en sorte de présenter sa partie découverte en direction de l'ouverture de l'enveloppe de tissu. Une dizaine de cordelettes sont attachées à cette extrémité, il entreprend de les relier à la bordure supérieure de ce qui ressemble désormais à une nacelle.

« J'ai vu une illustration représentant l'invention des frères Montgolfier, déclare Limn. Je croyais que c'était une légende... J'ai consigné le rêve de Tœ, mais je ne pensais pas que le règne des Aériens adviendrait...

— Tout est possible », marmonne machinalement Tœ.

De fait, l'aérostat prend forme. Le pilote bascule la nacelle lentement, surveillant l'enveloppe qui s'étire, puis il noue les ficelles des sacs de lest répartis sur le périmètre de sa base.

« Sans gonfler son ballon, ça sert à rien ! » commente Bly. Sa voix n'a pas mué aussi rapidement que son corps s'est développé, mais sa remarque est empreinte du pragmatisme des adultes. Nathalie se demande si un tel point de vue est encore approprié vis-à-vis de l'Albatros.

« Voler est tout pour lui, déclare Tœ, et il a perdu les ailes de sa machine. Il n'a pas eu le choix.

— Bly n'a pas tort, admet Limn. Il faut souffler beaucoup d'air chaud dans la bulle, et il n'a rien. C'est peut-être un totem-machine… Il sait que rêver est suffisant, non ?

— Il le sait, lui répond Tœ. Il le sait, mais pour lui ce n'est pas suffisant. Tout ce qu'il a découvert et appris, c'est par accident. Il veut autre chose, il veut l'accepter. Pas le subir. Il est comme ça.

— Mais comment va-t-il faire ? lui rétorque Bly en maîtrisant mieux son timbre.

— Comment a-t-il fait, jusqu'à présent ? Il va suivre son idée jusqu'au bout…

— Mais quelle idée ? » demande Plo.

Le pilote semble alors changer d'occupation. Maintenant, à l'aide de grosses pierres, il s'évertue à caler en débord de la falaise une énorme planche, longue et épaisse, de sorte à constituer un promontoire. Il s'y aventure ensuite comme s'il s'apprêtait à plonger, mais, ayant éprouvé sa stabilité et sa solidité, il contemple un instant le rocher qui le surplombe d'une vingtaine de mètres. Il retourne dans l'antre pour en ressortir une corde enroulée autour de ses épaules. À sa ceinture est solidement accrochée la poulie graissée, de manière à ne pas entraver sa marche. Parvenu à l'extrême bord du précipice, avec beaucoup d'agilité il entreprend d'escalader le flanc de la Grande Falaise. Une fois à son sommet, José installe la poulie sur la pointe du rocher, qu'il glisse dessous grâce à un jeu de filins, puis y engage une corde dont les deux extrémités descendent jusqu'à toucher sa planche.

Pendant quelques minutes, José observe la voûte glaciaire, suspendu à ce piton, puis il regagne la montgolfière en rappel.

Kum et ses trois compagnons se tiennent sur la plage la plus proche de la Croisée des chemins. Ils s'enfoncent dans le lac et, nageant à reculons pour ne rien rater du spectacle, ils rejoignent le Palais. Jack Blackjack sort à son tour, probablement alerté par le départ de ses sentinelles – Nathalie se demande comment elles ont su, elles, qu'il se passait quelque chose dehors…

« Nous verrions mieux ce qu'il fait si nous étions sur le château arrière, décrète Bly.

— Oui, acquiesce Limm, nous pouvons facilement relever les voiles. »

Tandis que le pilote relie l'extrémité supérieure de ses toiles à l'un des bouts de la corde qui pend, Plo et Tom se précipitent vers l'entrepont. Tœ se lève à son tour et suit docilement Limn. Nathalie cherche Bly, mais le garçon escalade déjà la coque.

Debout, Ragn soupire. Elle a conservé sa beauté lunaire, l'éclat de son regard pastel capte toute l'attention. Il émane d'elle un charme réel, au sens d'un envoûtement. Fillette, elle avait des allures de petite princesse, mais « bientôt » ?

« Nous ferions mieux de les suivre. Viens », l'invite la jeune femme en posant sa main sur son épaule, si haute.

À l'exception de Tœ qui s'est rassis le dos contre le bastingage, tous observent le pilote qui, jambes écartées et mains sur les hanches, hisse le ballon. Toujours flasque, ce dernier ne prend guère forme. José contemple son œuvre inachevée. Il inspecte minutieusement son installation et étudie longuement l'enveloppe vide qui pendouille au-dessus de lui, puis il entreprend de se déshabiller. Débarrassé de sa tunique, qu'un épais ceinturon serrait à sa taille, et du fuseau qui s'arrête au genou, il court vers la planche, bondit sur son rebord et effectue plusieurs figures acrobatiques avant d'atteindre le lac.

« Il a volé ! s'exclame Plo.

— Non, ce n'est pas suffisant. Jos est un Aérien », lui répond Tœ qui ne regarde toujours pas de ce côté.

L'eau se referme sur le corps du pilote. Le saut n'a rien d'anodin, plus de trente mètres, et José n'a jamais rien tenté de tel auparavant. L'onde initiée par l'impact se dissipe lentement. Il ne réapparaît pas. Nathalie ne s'inquiète pas trop, Bly le cherche plus avidement, mais Tom le retrouve le premier: « Là ! » exulte-t-il en désignant le Vaisseau ardent.

25

Le Vaisseau ardent a recouvré de l'ampleur, mais bien peu. Ses fumerolles exhalées des abysses évoquent un écran de nuées irradié par le mirage d'un soleil couchant incendiaire, mais si Nathalie observe attentivement ses languissantes convulsions, parmi les volutes enténébrées, elle distingue des silhouettes éphémères de bateaux, coque d'ébène et voiles rutilantes.

Jos l'Aérien ne partage pas cette vision. Dans la première des trois consignations dans lesquelles Limn le représentera plus tard, Jos apparaîtra comme un petit garçon en pyjama, sautant du bout de son lit pour attraper la maquette d'un long trois-mâts qui se balance près d'une fenêtre ouverte sur un ciel d'hiver, ouverture par laquelle son ombre, infiniment étendue, s'élance, s'agrippe d'une main à un croissant de Lune et, de l'autre, rattrape la nef céleste qui vient de s'échapper d'un chariot tiré par des rennes.

La jeune femme, elle, a aperçu José disparaître dans la brume, et celle-ci flamboyer brièvement – mais si brièvement qu'elle ne sait ce qu'elle a vu, voulu ou cru voir. Les volutes ont forgé une forme oblongue, nimbée d'un faible halo rubescent, que le pilote a touchée de ses mains. Le brouillard s'est alors dissipé, comme absorbé par un vortex invisible concentré au-dessus du nageur.

Puis, alors que la brume se régénère, noir et rouge, Nathalie découvre José qui revient en poussant devant lui une planche qui flambe malgré les vaguelettes qui la recouvrent à chaque brasse.

À ce moment, Tœ se tourne pour se pencher pardessus le bastingage et tendre ses bras vers son ami.

Du rivage, Jack Blackjack crie : « Tu as réussi ! Le feu ne te brûle pas… Viens par là ! »

José l'ignore, il atteint la plage au pied de la Grande Falaise, remonte par le sentier qui conduit à son sommet, le visage illuminé par le feu que libère la planche qu'il porte dans ses mains nues.

« Les flammes l'épargnent ! exulte Sim qui a rejoint le galion avec ses amis.

— Aucun de nos hôtes n'a jamais réussi à s'approcher de Dragon, relève Limn.

— Elles battent son visage, continue Zach, mais elles ne lui font pas de mal… »

Le pilote monte dans la nacelle et dresse la planche au-dessus de lui. L'enveloppe prend forme, se gonfle à une vitesse incroyable, beaucoup plus rapidement qu'il ne l'a envisagé. La montgolfière menace déjà de décoller – les vingt sacs de lest qu'il a prévus ne pèsent pas assez pour la maintenir en place sur le promontoire.

« Attends-moi ! » rugit l'Ours qui débouche de l'antre, sabre au clair. Sans attendre de réponse, il entreprend de grimper à bord, écartant l'Albatros tout en brandissant son arme. Un retour de flamme lui lèche le bras jusqu'à l'épaule, embrasant instantanément sa chemise et roussissant ses sourcils. Hurlant de douleur, Blackjack chute à la renverse et, dans une dernière tentative pour se raccrocher à la nacelle, il éventre un sac de sable. L'aérostat s'envole aussitôt.

Les premières minutes, trois ou quatre tout au plus, le pilote s'assure des réactions et de la manœuvrabilité de la montgolfière. L'enveloppe qui forme le ballon n'est composée que de voiles, cousues et non pas collées, elles n'emprisonnent donc qu'imparfaitement le gaz indispensable. Quelles que soient ses précautions pour prévoir et prévenir les fuites, celles-ci existent. Il retouche plusieurs fois la disposition de la planche en feu pour maintenir l'énorme volume d'air chaud qui lui permet de voler à nouveau. Une fois l'aérostat bien en main, José se dirige résolument vers le sommet du dôme, marqué par cette tache ténue par où son avion s'est engouffré dans le glacier.

« Il pourrait partir…, déclare Bly d'une voix volontairement basse.

— Tout est possible, se contente de répéter Tœ.

— Ça ne veut rien dire, lui rétorque Bly d'un ton agacé où pointe étrangement sa voix d'enfant.

— Pour lui, si. »

Mais, alors que la montgolfière confine aux hauteurs du glacier, le ballon se met à stationner, il ne monte plus. Tant que la planche brûle et tend ses toiles, José n'a rien à redouter. Il se concentre sur la manœuvre, lâche deux des trois derniers sacs de sable, tire sur des cordes, dépose la planche au centre de la nacelle en osier – qui ne s'enflamme pas. Il grimpe encore ; un peu, à peine. Constatant que sa source de chaleur décline, José s'empare de la planche et la hisse le plus haut possible ; les flammes se réduisent d'autant.

Nathalie songe que si le Vaisseau ardent résulte de l'alliance du feu et de la glace originels, selon la cosmogonie de Zach, alors l'un ne subsiste qu'intimement associé à l'autre. Les conditions du maintien de cette conjonction sauvage ne lui apparaissent réunies que dans le périmètre circonscrit de la forteresse blanche. Or, la cheminée qui perce la voûte bée sur l'autre monde… Ces pensées l'étonnent, mais pas davantage que le souvenir de ses visions ; surtout, il lui semble que José a pu suivre ce raisonnement et bâtir dessus une stratégie pour gagner l'extérieur. Cependant, une question reste pour elle sans réponse : le chemin que l'avion a suivi sans trop de heurts pendant sa chute, une montgolfière peut-elle l'emprunter à contresens avec une réelle chance de réussite ? Toutes les cheminées de toutes les maisons ne tirent pas de manière exemplaire, a-t-elle pu constater dans les meilleures demeures, et piloter dans ce conduit lui paraît impossible – mais José est un excellent pilote, « le meilleur », c'est l'Albatros...

La réserve de gaz chaud s'épuise. Le choix, dont Tœ a parlé, se pose donc maintenant. José libère la nacelle de ses tout derniers lests – un sac et ses propres vêtements. La montgolfière s'élève de nouveau de quelques mètres. José n'est manifestement pas satisfait, il s'agite, observe ses toiles qui tremblent et menacent de former un pli fatal, quand une odeur de brûlé l'alerte. Le bois enflammé qu'il a prélevé du Vaisseau ardent n'est plus qu'un amas de cendres – et ses ultimes flammèches s'attaquent à l'osier de la nacelle... L'aérostat ballotte. José s'active, le ballon recouvre finalement sa position, mais beaucoup de gaz s'est encore échappé.

Dans son deuxième dessin, Limn le représentera le visage torturé, les mains gelées agrippées aux cordes, raides comme des filins prêts à se briser, tandis que les flammes commencent à consumer la planche qu'il a reposée. Mais le Maître du Registre fera également figurer, solidement attaché à la nacelle, un instrument invisible depuis le galion, mais que Nathalie identifiera, la balise trouvée dans le canot.

José se penche pour la première fois vers la jeune femme et les dix enfants. Il leur adresse un signe. Pour le moment, le feu n'a pas occasionné de dégâts sérieux, il reste assez d'air pour amorcer une descente prudente. Jos l'Aérien ausculte le dôme et le lac, il regarde le Palais, oriente la montgolfière dans l'axe de la cheminée, puis il offre à son œuvre sa toute dernière chance de regagner l'autre monde afin de signaler leur présence, en la délivrant de son ultime lest : il saute.

Dans son troisième dessin, Limn reproduira Jos l'Aérien simultanément dans dix positions de vol, pirouettant, prenant de l'altitude, fondant vers l'eau, rasant les flots, se jouant des vents supérieurs…

Nathalie pousse un cri. Ce qu'elle voit ne se peut pas. José ne peut pas voler. Certes, il ne vole pas à la manière d'un albatros – il n'a pas d'ailes et n'agite pas les bras –, mais d'un dauphin évoluant dans l'océan. Comme dans ses rêves de l'Île blanche. Cela ne se peut pas. Elle murmure : « Ce n'est pas possible » – tandis qu'à cet instant précis la montgolfière tombe, ses toiles torsadées, sa nacelle en feu. Un débris s'en détache et vient frapper Jos l'Aérien, qui s'abat et s'abîme dans un bruit à jamais ignoble contre le fuselage de son avion.

V

Les Gardiens

1

Devant elle, du Vaisseau ardent ne subsiste plus qu'une brume laiteuse aux ombres précaires, des fumerolles torsadées que tourmente une main venteuse, obstinée et maladroite, qui tente de s'en emparer pour les arracher du lac, qui recommence perpétuellement le même geste – elle rabat les fumées, les tord à leur base pour les déraciner, les laisse s'échapper, revient un peu plus tard… Ni Feu ni Glace…

« *Ô, Anton… "Es-tu sûr que cette légende soit vraie ?" Avais-tu finalement raison contre Baudelaire ?* »

En cours de littérature française, elle avait présenté ce poème, *Les Fenêtres*, comme une apologie du monde intérieur, suspectant même à mots couverts une allusion aux hallucinogènes. Son professeur l'avait mal notée : elle n'était pas allée assez loin. Et de lui citer André Gide – « La croyance que je considère comme vraie… est celle qui me permet de faire le meilleur usage de ma force, me donne les meilleurs moyens de transformer mes vertus en action » – et de lui assener, parallèlement, sa fameuse boutade axiomatique : « J'entends, je vois, je sens, je touche, je goûte et… j'imagine ! »

Elle n'avait pas compris. Il n'y avait rien à comprendre. Elle n'avait pas voulu comprendre.

À moins que l'omission d'Anton ne contienne la

réponse : il faut fermer les fenêtres des sens pour percevoir la dimension cachée du monde ?

Un pas vers la folie ? Une lucidité rebelle ?

Jos est mort – lui aussi. Ragn et Bly grandissent, à son exemple. Que va devenir Tœ ?

Le petit garçon ne s'est pas précipité avec les autres vers l'avion. Nathalie est restée à ses côtés. Il n'a pas pleuré, le dos à la Grande Falaise et au banc de sable, ses jambes maigres étendues, ses paumes en appui sur le pont.

« C'était beau, n'est-ce pas ? » l'a-t-il surprise. Elle s'en est rapprochée et a laissé pendre sa main jusqu'à lui, mais l'enfant est trop petit.

« Jos est allé jusqu'au bout de son rêve, a-t-il poursuivi.

— Il aurait pu partir…

— Oui… Ce n'était pas un jeu, pas pour lui. C'était un choix.

— Si cette chose ne l'avait pas… Pourtant, le choc ne semble pas avoir été si violent.

— Il a été surpris, comme lorsqu'on t'arrache à un songe.

— Ah… Tu sais, à ce moment-là, je pensais que…, laisse-t-elle en suspens après un soupir.

— Il le pensait aussi, à cet instant précis, complète Tœ. Il l'a toujours pensé… Sauf le temps d'un rêve ; et là, tout a été possible… »

Nathalie n'a pas su quoi dire ou faire, et vraisemblablement n'y avait-il pas grand-chose d'autre à dire ou à faire non plus. Elle s'est penchée vers lui, a effleuré ses cheveux, puis elle s'est agenouillée pour le prendre dans ses bras et l'embrasser. Tœ ne lui a opposé aucune inertie, mais elle a réalisé que les autres emportaient le mort ; aussi, s'est-elle redressée afin de regarder pour lui.

Buld tirait le corps presque entièrement immergé en direction de la Grande Falaise, suivi des huit enfants. Il a obliqué vers le Vaisseau ardent, ou ce qui désormais en tient lieu, puis, une fois encore, Buld a dévié sa course et nagé résolument dans sa direction – ou celle de Tœ, qui s'est mis à trembler. Nathalie a hésité à commenter ce qu'elle voyait et y a renoncé. Parvenu approximativement au centre du lac, Buld a disparu avec le corps. Et les huit autres ont cessé de l'accompagner pour se tourner vers l'ancien galion. Tœ a alors posé sa tête contre sa jambe. Nathalie a fermé les yeux – il n'y avait plus rien à voir.

Mais elle a vu. La jeune femme a vu la surface du lac se brouiller d'une constellation de taches colorées et brillantes, dont les ombres immergées s'étiraient en fondant goulûment vers les abysses. Ces filaments sinueux s'effilochaient et se reconstituaient sans cesse – myriades d'insectes, ou de poissons, ou de larves, ou de formes microscopiques, de particules ou de cellules qui zigzaguaient, se percutaient, s'aggloméraient, se rejetaient, se recherchaient, s'unissaient et se divisaient jusqu'à envahir tout l'espace et s'emparer de ses pensées, de son cerveau, de toute sa tête, de son corps pour le secouer, s'insinuer dans son ventre pour imploser. Nathalie a sursauté, hoquetant, en proie à une nausée violente.

Tœ avait disparu.

À l'aide de la longue-vue, elle a inspecté le banc de sable. Un sentier s'y est tracé parmi les restes d'horloges, déjà à moitié enfouis. Des traînées de sang marquaient le fuselage, apparemment des deux côtés ; elle n'en a pas distingué ailleurs. Si des gouttes sont tombées pendant le transport du corps jusqu'à l'eau, le sable et la rouille les ont résorbées.

Elle a ensuite regardé vers l'antre de Jos, où Jack s'était d'abord attardé, allant et venant, sondant les reliefs de son chantier. Elle a observé longuement le sommet de la falaise, en vain. Assurément, ni Tœ ni l'aventurier ne s'y trouvaient.

Au pied de l'escarpement, dessinant sur la petite plage un vague point d'interrogation tourné vers les Portes de l'enfer, les voiles de la montgolfière désignaient un angle de la nacelle, qui pointait comme un tas de sable, ou, aurait apprécié Virginia, une pyramide miniature, rongée par l'incendie qui s'y était déclaré. Elle y a retrouvé l'Ours qui s'y activait, presque à quatre pattes, retournant de la pointe de son sabre quelques vestiges, examinant les alentours.

Nathalie aurait aimé savoir, à l'opposé, le galion coiffé de son chapiteau défier la voûte du glacier de sa gueule étincelante de monstre fabuleux. « *Cette farce lui aurait plu.* »

Elle repose la lunette : les dix ont disparu, à l'exception de Ragn qui nage, nue, pour regagner le Palais. Elle s'abîme dans la vision de ce corps adolescent que sculpte le lac, brasse après brasse. Pour contrer la douleur qui s'insinue à nouveau dans son ventre, Nathalie récapitule ses cours d'histoire, section mythologie, classeur fontaine de Jouvence. Au nom d'une quelconque morale perpétuée jusqu'à nos jours, le pouvoir de cette eau, sédative, curative et hallucinogène, lui a toujours semblé lié à sa pureté : à moins de s'en abreuver chaque jour et de demeurer à proximité, ses effets se dissipent. Tel est son prix. Mais si cette légende est vraie et que ce glacier la renferme bel et bien, comment le lac peut-il affecter de manière discrétionnaire la croissance de certains tout en maintenant les autres dans une éternelle jeunesse ? Selon Ragn, c'est la volonté de grandir qui provoque la métamorphose accélérée, à laquelle s'oppose, pour les autres, le simple fait de jouer…

Ragn la sort de ses pensées. Son beau visage resplendit, mais s'il attirait toute l'attention jusque-là, le regard ne s'y attarde plus aussi longuement. En terme de taille, sa poitrine rivalise sans conteste avec la sienne, mais elle la surclasse visiblement en fermeté : deux obus, haut perchés, impossibles à masquer – Ragn, qui ne veut plus mentir, a renoncé à les cacher. En traversant l'entrepont, elle s'est habillée d'une redingote noire qu'elle n'a pas entièrement boutonnée et d'un fuseau blanc qui s'enfonce dans deux hautes bottes également noires.

« Ragnhild », l'accueille Nathalie, qui réalise en le prononçant pour la première fois que ce prénom lui est vaguement familier. Elle ne se souvient pas l'avoir jamais vu écrit, mais sa sonorité rude se rattache à sa période universitaire. Une voisine d'amphithéâtre, lui semble-t-il, norvégienne en tout cas… Ingrid. Oui. Une fille plutôt fière de ses origines, un pays rude et magnifique qui doit sa fortune récente à ses ressources pétrolières, détail familial qui les avait rapprochées par le jeu d'une compétition spontanée. L'usage des diminutifs ne leur est pas usuel, avait-elle expliqué à Nathalie pour justifier le sien, du moins pas dans le sens d'une contraction du nom. Sa rivale se flattait, en effet, de relever d'une des rares exceptions, encore qu'il ne reprenait pas le début de son prénom à la mode américaine, mais déclinait sa terminaison. En fait, plusieurs prénoms norvégiens se partagent ce même diminutif, « Hilde », à la prononciation plus accentuée que la dernière syllabe de Ragnhild…

Selon le principe d'un *Autant de temps gagné pour jouer*, les enfants ont donc baptisé Ragnhild à partir de son premier phonème.

« Hilde, Hilde ! Je te sauverai ! » criait le roi Thørgen dans la pièce du Sauvage, après que sa fille fut emportée par le Fléau des mers.

« Comment dois-je appeler Bly ? lui demande-t-elle pour ne pas l'interroger sur son passé.

— Bly ? Bly.

— Tu crois qu'il ne tient pas à ce que je l'appelle par tout son prénom ?

— Mais, c'est son prénom tout entier ! »

Cette réplique, Ragn, la fillette diaphane, aurait pu en être l'auteur facétieux.

« Tu sais où est Tœ ? s'inquiète-t-elle.

— Il joue avec les autres, maintenant. Dans la Forêt profonde. Tu ne les entends pas ? »

Non, Nathalie ne les entend pas, mais cela n'a aucune espèce d'importance. Ce qui l'étonne, c'est l'insouciance du garçon – mais aussitôt, elle découvre qu'elle l'envie, que c'est dans sa nature de passer à autre chose et que cette nature singulière lui évitera peut-être de désirer grandir pour devenir « comme Jos ».

Elle se souvient également que, lorsque Ragn a décidé de changer, l'emprise des jeux ne s'est pas évanouie immédiatement…

« J'ai sommeil, déclare l'adolescente. Je peux dormir en bas ? Avec toi…

— Je viens dans un instant », acquiesce-t-elle mollement.

La jeune femme a trop peu et si mal dormi, tant d'événements l'ont bouleversée depuis sa dernière nuit, qu'elle balance entre céder à la fatigue et ajourner ses rêves. Elle se laisse absorber par la surface du lac qui reflète le glacier : en s'inversant, le paysage s'étend – le dôme l'éblouit comme un ciel d'hiver, la Grande Falaise cisèle l'horizon en forme de chaîne rocheuse, la Forêt profonde annonce un continent inexploré, le Vaisseau ardent une tempête froide…

C'est l'onde d'un nageur qui la libère de sa contemplation hypnotique – le lac devient l'écho du glacier. Allant et venant entre la Grande Falaise et le Chaos de pierres, Bly progresse tout en force, comme s'il faisait des longueurs…

L'eau se montre-t-elle ingrate avec lui ? Ce que Ragn a gagné en grâce et modelé, le garçon en a hérité en une musculature indomptée. Nathalie s'extrait de ces pensées qui tentent de la piéger sous une litanie de questions – Jos, Tœ, le lac, les adolescents, et puis la persistance de la sensation d'un oubli, d'une négligence invraisemblable – et se trouve happée par le souvenir de cet après-midi où, selon l'expression, elle s'est retrouvée femme.

Guère plus âgé que Bly, finalement, son premier amant venait de remporter le championnat des cent dix mètres haies pour le compte de leur université. De cette bousculade invasive, elle ne retient qu'un visage subitement épuisé, dont les grimaces satisfaites signifiaient que, lui délivré, c'était fini. « C'était génial. » Elle avait tardé à réaliser qu'il ne parlait peut-être pas de lui et s'était tournée de son côté. Il contemplait son trophée. Elle allait lui suggérer de tenter sa chance au marathon, ou au moins aux miles, quand il avait ajouté : « Je suis fait pour ça. »

Elle s'était tue, elle se taisait toujours – elle s'était tue la dernière fois, une fois de trop.

À son entrée dans la salle du Champ de bataille, d'un geste gracieux mais étudié, Ragn, qui a dû tout préparer de longue date, lui présente la coupe de fleurs et le verre d'eau, tous deux en cristal finement ciselé de motifs harmonieux, qu'elle a disposés pour elle, à portée de main. Pas une brochette, pas son gobelet. Nathalie se contente de lui sourire – a-t-elle souri à ce jeune athlète diplômé dont elle a oublié les traits et le nom, mais pas les grognements ?

Tout va-t-il toujours trop vite, jamais sur sa mesure ?

2

« Au Rapport ! »

Elle se réveille en sursaut devant Kum, toute droite, fière de son effet.

« Tombé deux fois, perdu quatre. Rectifié deux erreurs, pas de nouvelle. Dix mots nouveaux. Tu veux la liste ?

— Non, plus de listes… Dix mots seulement ? C'est la preuve qu'il fait des progrès. Bla ne s'occupe que de la carte ?

— Il gratte aussi la paroi, de temps à autre.

— Bravo, Kum. Est-ce qu'il a remarqué quelque chose ?

— Je peux l'entendre de loin, mais pas le voir. Alors, je lui ai proposé mon aide, pour la carte. Tombé, perdu, c'était quand il se méfiait encore de moi.

— Tu as bien fait.

— Vous faites du bruit… », se plaint Ragn.

Kum et Nathalie se taisent pour la regarder. Ragn, qui s'est lovée contre la jeune femme, tend ses membres l'un après l'autre – Nathalie, qui s'étire exactement ainsi, la considère un instant comme un miroir temporel. Kum, elle, ne se prive pas pour dévisager ouvertement l'endormie, elle la parcourt tout entière d'un œil curieux et amusé ; son sourire moqueur trahit l'intense activité cérébrale concentrée sur la blague ou le jeu à en déduire. Une fillette et sa grande sœur, les regarde Nathalie, énergie ludique et volupté lente.

« Vous n'oubliez pas de préparer le Grand Jeu..., lui rappelle-t-elle.

— Oh non ! On peut commencer maintenant, si tu veux, réclame Kum. On a plein d'idées !

— Ça, je n'en doute pas... Relâchez plutôt la surveillance, donnez-lui l'illusion que vous jouez à autre chose désormais, mais tenez-vous prêts. Et il faudra attendre mon signal.

— C'est Plo qui donne le Signal.

— Je crois que je l'accompagnerai, je ne voudrais pas qu'il soit victime d'une mauvaise farce... Rêvez-y...

— Hum... », lui répond-elle avec une moue gourmande.

Nathalie se tourne vers Ragn pour partager ce moment où les trois filles de l'île sont réunies, mais l'adolescente tout en courbes a ramené son bras sur son visage. Elle dort moins qu'elle ne traîne, en pure ado. Kum en profite pour s'en rapprocher et se pencher vers elle, les mains en avant, quand Ragn l'attrape par la cheville et la fait tomber. Toutes deux partent d'un même rire enfantin, Kum roule sur elle-même et passe par-dessus bord dans un grand éclat de rire.

La jeune femme sourit pour elle-même à l'idée que les choses ne vont peut-être pas si vite, après tout, ou ne progressent pas de manière linéaire. Si Ragn pouvait continuer d'éviter l'eau, se prend-elle à espérer, peut-être que ses effets...

L'adolescente cède à un soupir, qui emporte son sourire. Elle se rallonge et rabat sur elle une cape de brocart bordeaux et or. Nathalie se lève et observe la couverture trahir sa respiration. Elle se surprend à l'envier, en raison des rêves douillets, souvent d'un réalisme clément, qu'elle faisait lors de grasses matinées interminables.

« Alors, tu sais, la surprend Bly quand elle rejoint le château arrière.

— Je sais, pour vous deux... Et je ne sais pas davantage quoi te dire qu'à Ragn.

— Ragnhild, la corrige-t-il.

— Oui, Ragnhild. Je l'accepte, mais j'ai encore du mal à m'y faire. Tu vas bien ? »

Bly hausse les épaules, les deux en même temps – elle revoit son adorable frimousse lors de leur première rencontre ; son visage s'est peu à peu durci par la suite. Ses renfrognements, si prompts à se déclencher, auraient dû l'avertir. Elle le croyait vaguement jaloux de Ragn, se flattait de son influence...

« Ce n'est plus pareil, bougonne-t-il.

— Qu'est-ce qui n'est plus pareil ?

— Dans l'eau... Ce n'est plus comme avant.

— C'était comment, avant ?

— De Grandes Aventures. Tu sais, un rêve et puis un rêve et puis un rêve... Un jeu sans fin... Là, j'en ai vraiment envie.

— De jouer ?

— Non, pas de jouer... Zach a parlé de moi, tu sais, avant le vol de Jos, quand il parlait des Véritables Champions. Les combats avec l'écharpe d'une princesse, ses yeux qui m'admirent... »

Bly a tourné la tête en prononçant ces derniers mots. Nathalie suit son mouvement, mais il ne regarde personne. Il détourne juste la tête, et ce geste l'agace autant qu'il la désole.

« Tes rêves ne te plaisent plus, c'est ça ?

— Oh, ils me plaisent... Ils me plaisent toujours, mais j'en veux plus.

— Davantage de rêves ?

— Non. Pas davantage de rêves. Plus de... de réalité. Chaque fois que je nage, mes rêves reviennent et me disent : "Vas-y, bats-toi !" Et je suis d'accord. Mon corps était d'accord avant moi. Mais maintenant, je suis entièrement d'accord...

— L'envie de te battre ? Décidément, tu es bien un garçon.

— L'envie d'être un champion.

— C'est ça qui t'a fait grandir ?

— Ragnhild aussi. Nous ne voulons plus jouer, rêver n'est pas suffisant. Nous voulons vivre. Comme vous… Nous le voulons si fort, tu sais, nous sommes prêts depuis si longtemps…

— Je ne sais pas quoi te dire, Bly… Pourquoi vous deux ?

— Tœ aurait pu devenir comme José, mais José n'a pas dit que nous sommes des enfants libres pour rien. Ce que fait Tœ, en ce moment, c'est ce que je devrais faire. Sauf… sauf que je veux me battre, Nathalie, je veux… je veux tellement…

— Être comme lui ?

— Non, pas comme José… Je voudrais être un guerrier, comme Blackjack.

— Quoi ! Jack… Jack n'a rien d'un champion, c'est juste une brute, plutôt rusée. En quoi est-ce un exemple ?

— Il est fort. Il aime se battre. Il aime vaincre. Et, il faut le craindre… N'est-ce pas le rôle d'un Véritable Champion que d'abattre une brute qui pourrait tous nous nuire ?

— Tu as du courage, la fougue, l'idéal de ta jeunesse… C'est un vieil homme, plein d'expérience, qui ne respecte aucune règle, qui te poussera à croire en l'honneur pour te trahir et…

— Je sais. Je suis téméraire et il est fourbe. Est-ce une raison ?

— Aucune raison ne devrait conduire à ça.

— Mais c'est la réalité, Nathalie ! Blackjack est moins un exemple qu'un danger. Et tu le sais bien, non ?

— Ce n'est pas à toi de… Enfin, Bly, tu es trop jeune !

— C'est pour ça que je grandis. C'est pour ça que

je suis allé chercher les horloges. Toutes les horloges. La différence s'est bien atténuée.

— Non… Tu ressembles toujours à… »

Nathalie s'arrête et le regarde. Bly n'atteint pas encore la taille d'un homme, mais il dépasse Ragn… En fait, il est aussi grand qu'elle. Oui, si elle ne le connaissait pas, elle pourrait le prendre pour un étudiant de première année. Elle se déteste d'être demeurée si longtemps absente dans la caverne de Limn – à défaut de l'empêcher, elle aurait au moins remarqué la métamorphose et aurait pu les accompagner.

Bly fait quelques pas vers la poupe, puis revient en regardant ses pieds gigantesques.

« Buld pense que tu ferais bien de venir dans la forêt. »

Elle chasse le souvenir de la procession funèbre et de sa vision.

« Je n'ai aucune envie de jouer.

— Moi non plus, se hâte-t-il de répondre.

— Et je ne me sens à l'aise dans aucune forêt. Et surtout pas celle-ci.

— C'est une belle forêt.

— Tous les arbres se ressemblent, il n'y a pas d'allée et puis… trop de silence.

— Buld voudrait te montrer les Chemins d'en haut. Et te faire écouter.

— Les chemins d'en haut ?

— Pour courir sur les arbres sans être vue.

— Je n'ai pas trop le cœur à jouer. C'est trop tôt pour moi.

— Tu devrais le lui dire, insiste Bly.

— Pourquoi ?

— Pourquoi pas ? »

Nathalie cède à l'insistance du garçon, moins pour le sourire espiègle qu'il vient de lui adresser – et pourtant, comme elle apprécie cette rareté ! – que parce qu'il lui tarde de revoir les enfants, de savoir comment Tœ… évolue.

« On passe prendre Ragnhild ?
— Si tu veux, lui concède-t-elle.
— Sinon, elle va jamais sortir du lit », s'impatiente Bly qui part en tête pour les attendre au canot.

Incapable de se concentrer dix secondes sur la synchronisation de ses gestes, tout à la jouissance démonstrative de sa musculature en plein essor, Bly rame à grand bruit. À genoux derrière lui, Ragn le guide, cambrée, une joie sauvage illuminant son visage. Elle ne porte plus sa redingote au col évasé, mais une étole d'hermine, qui n'atténue que modérément ses formes affirmées. Elle refuse de s'agripper à la coque et, bringuebalée par les changements de cap incessants de la nage saccadée, la fourrure a légèrement glissé, dégageant son cou et une partie de ses épaules – indéniablement, sa figure conquérante et son buste altier évoquent une proue guerrière issue d'un monde spectral. Un peu plus de seins, et des soldats se battraient afin de mourir pour son effigie…

3

Quand ils abordent le rivage, à la hauteur de la Croisée des chemins, Limn et Buld discutent dans le lac, indifférents au spectacle de Kum qui pourchasse à tue-tête Plo sur la plage de la Grande Falaise, tandis que Zach et Sim tendent une embuscade à la fillette, ignorant eux-mêmes que Tœ et Tom s'apprêtent à fondre sur eux… Mais c'est Jack Blackjack qui débouche de la lisière pour les saluer.

Nathalie reconnaît instantanément ce regard qu'elle exècre depuis sa puberté et dont l'aventurier gratifie l'adolescente. Bly également l'a remarqué, il bombe aussitôt son torse et redresse son menton de sorte à capter son attention. L'Ours le dévisage impunément, ses lèvres frémissent un rictus arrogant. D'un geste, il invite la jeune femme à parler à l'écart, mais s'arrange pour frôler les deux enfants et, une fois dépassée Ragn, il caricature la mimique d'un homme qui cherche à retenir le parfum d'une femme.

« Beau travail, la complimente-t-il.

— Tu es sordide.

— Réaliste, seulement réaliste.

— Et en quoi ton réalisme peut-il nous servir, ici ?

— À partir, l'as-tu oublié ?

— Partir ! Mais tu as bien failli me laisser seule, quand tu as essayé de t'en aller avec Jos !

— José, veux-tu dire.
— Tu voulais prendre sa place ou juste t'imposer à coups de sabre ?
— Je n'ai jamais eu peur de l'Albatros !
— Tu m'abandonnais ! Qu'il t'accepte ou que tu le débarques, tu voulais partir en me laissant ici !
— Je t'ai demandé si tu étais avec moi. Plusieurs fois. M'as-tu répondu ? Non, jamais. Il est bon que tu saches que je ne plaisante pas. »
Elle s'en veut aussitôt d'avoir pointé son attention sur cet aveu de faiblesse : « Tu m'abandonnais ! » Du coup, Jack a retrouvé sa superbe. Pire, il la menace sans faux-fuyant… Et puis, elle a peut-être raté quelque chose – mais quoi ?
« Tu ne comprends donc rien ? se reprend-elle. Tes analyses ne tiennent plus avec leur soudaine croissance. Ils sont la preuve qu'il se passe quelque chose qui nous…
— Cette croissance m'incite à les soumettre à un avis médical. Et au plus vite. Comment les aider, sinon ?
— Tes yeux ne plaident pas en faveur de la sincérité de tes nobles intentions, Blacky.
— Peu importe que tu me croies, du moment que tu réalises qu'il y a urgence à partir. Souhaites-tu lui laisser le loisir de désirer être femme, ou vas-tu me débarrasser de cette garde ? »
Elle se retient de le mordre, elle ne joue pas au jardin d'enfants.
« Une fois dehors, tu auras des comptes à rendre ! » lui rétorque-t-elle, se reprochant aussitôt cette pitoyable menace.
« À qui ? À Papa Derenoy ? »
Le chaos, disait Jos, Jack sème le chaos pour tirer profit de la moindre occasion. Il se sait le plus fort, du moins tant qu'ils resteront prisonniers du glacier, et ce n'est pas une concession qu'elle peut se permettre.
« Que cherchais-tu en fouillant les cendres de la

nacelle avec ton sabre ? Le secret des feux éternels ? À moins que tu n'aies tenté de récupérer la balise…

— Il t'avait donc mise au courant de sa tentative désespérée, se méprend-il, mais tu ne m'en as rien dit. »

Elle s'oblige à ne pas répondre et à le regarder bien en face pour la première fois. Sa réaction lui confirme qu'il a récupéré le mouchard.

« Il n'avait aucune chance, poursuit-il, et il a bien failli gâcher toutes les nôtres.

— As-tu retrouvé ton sac, Jack ? lui réplique-t-elle pour ne pas l'entendre critiquer l'Albatros.

— Mon sac ? De quoi parles-tu ? »

Sans le quitter des yeux, elle parvient à esquisser un sourire narquois et se détourne au moment où ses lèvres s'apprêtent à la trahir. À Jack Blackjack d'imaginer ce qu'il voudra, du moment qu'il soupçonne qu'elle dispose de ressources qu'il ignore.

« J'ai à faire, lui lance-t-il en s'éloignant.

— Comme ça tombe bien… Gratte, gratte… »

Un jour, son audace lui méritera le sort des jumelles. Mais ces victoires mineures, pour téméraires et stupides qu'elles se révèlent, sapent la peur sur laquelle son sentiment d'abandon se campe. Du moins, pendant quelques secondes… mais, parfois, c'est amplement suffisant.

Une fois l'aventurier éloigné, la satisfaction de lui avoir tenu tête s'évanouit. Il a dit : « Je n'ai jamais eu peur de l'Albatros ! » Nathalie ne l'a jamais imaginé non plus, ni même suggéré… Pourtant, l'aventurier l'a déclaré alors qu'elle venait d'insister sur le sabre – Jack a-t-il pensé qu'elle sous-entendait qu'il n'aurait pas osé s'en prendre à mains nues au pilote désarmé ?

Ainsi, l'Ours redoutait l'Albatros…

Et Anton le savait. Il n'a pas adressé son mail crypté à l'aviateur émérite, ni au complice qui ne posait pas de questions, mais à l'homme susceptible de contrer son ancien associé – et pour quelle raison, sinon pour la protéger, elle…

« *Un bon choix, Anton, sauf que tu ne les avais pas prévus, eux... Jos était le meilleur adulte dont les dix avaient besoin, mais il est devenu comme eux... trop tôt, beaucoup trop tôt. Et c'est moi qui reste. Me crois-tu capable de les protéger, moi qui ai tant besoin de l'être... Est-ce là mon rôle, Anton ? Anton...* »

Elle ne doit se préoccuper que de cela : désormais elle est seule avec/contre l'Ours, dont la menace pèse sur elle autant que sur les dix.

« Jack..., commence-t-elle en s'adressant à Ragn.

— Je n'aime pas comment il nous regarde.

— Nous ? »

Ainsi, Ragn s'en est rendu compte. Pas aujourd'hui, puisque Nathalie ne l'a surpris afficher sa concupiscence qu'une fois l'adolescente contournée ; elle se souvient de toutes les fois où il les a dévisagés, constatant bien avant elle que les deux enfants grandissaient. Que s'est-il réellement passé durant son absence ?

« Ce regard signifie... qu'il ne nous aime pas, qu'il nous veut du mal, mais qu'il saura se montrer aimable et gentil pour nous le faire oublier.

— Il nous croit si bêtes ?

— Oui.

— Alors, c'est lui qui est très bête.

— Il est obstiné et arrogant, mais certainement pas bête... Certains hommes possèdent ce don qui nous ensorcelle, et je le soupçonne tout à fait capable de se montrer particulièrement doué. Au moins par moments...

— Moi, je ne me laisserai pas prendre. »

La certitude de Ragn l'émeut et l'afflige.

« Ce qui serait tout le contraire d'être bête, pour nous deux, reprend Nathalie, c'est de rester toujours ensemble.

— Pas la peine. Je n'oublierai pas. Et toi ?

— Moi ? Je m'apprêtais à proposer qu'on soit trois... Garde Kum toujours avec toi.

— Oh non !

— Alors, ne reste jamais seule… Promis ? Sinon, j'en fais un jeu !

— Promis ! »

La jeune femme sourit puis se détourne, cette fois pleinement convaincue qu'elle n'est pas de taille à les protéger. Les dix, ou les huit et deux ? Les huit seront un peu plus prudents maintenant que Black-jack a menacé Jos, mais ils se montrent tellement versatiles, si prompts à tout laisser tomber pour aller jouer… Quant aux deux, eh bien, leurs grandes résolutions n'attendent qu'une brise pour s'envoler…

Elle adresse un regard au Vaisseau ardent et se souvient de l'incendie qui illuminait le glacier, de sa vision confuse de l'arche ou du cogue, souvent des deux, du Pavillon blanc qui l'avait surprise alors que le feu avait tant décliné, de ses capricieuses convulsions lorsque Zach racontait l'histoire de « Mortimer, le terrible pirate », de son bref regain lorsque Jos a osé le toucher… Elle ferme les yeux et se tourne vers le canot d'Anton. Elle l'a refusé à Jos, qui s'en est passé, et Jack le lui a réclamé. Elle sait que, même éperdu de désir après si longtemps d'abstinence, l'aventurier hésitera à se risquer dans le lac simplement pour la rejoindre, ou pour atteindre Ragn. Le canot, réalise-t-elle, est devenu leur sauf-conduit.

« Je vais voir Buld. Dites à Kum que le signal ne saurait tarder… Ragnhild, n'oublie pas ta promesse… Tu ne risques rien si tu restes dans le canot et que tu n'entres plus dans l'eau. »

Nathalie s'arrête là, elle pourrait redire ses consignes à l'infini, mais cela servirait à quoi ?

Plus loin, Buld l'observe et se glisse malicieusement dans l'eau quand elle lève ses yeux sur lui.

4

Buld l'épie toujours à travers l'eau. Nathalie ne sait pas décidément résister à cette expression radieuse, à ces grands yeux rieurs. Elle fait un pas vers lui et l'enfant noir s'éloigne en longeant la plage, toujours sur le dos ; elle court et regarde s'il parvient à la suivre sans sortir la tête de l'eau, mais c'est elle qui trébuche après cent mètres. Elle se laisse tomber sur les fesses et Buld la rejoint en riant de sa maladresse.

Nathalie s'étend sur le ventre, au plus près du Vaisseau ardent. Les flammes du foyer qu'elle espérait éternelles ne brasillent plus, le vaste dôme qui les chapeaute ne se constelle plus de ses éclats rutilants. Au lieu de redresser sa tête en fichant ses coudes dans le sable, la jeune femme creuse la rive du menton jusqu'à se trouver au niveau du lac. Sa surface se confond à l'horizon, ramené à une simple ligne – rouge. Elle tourne sur elle-même, lentement, embrassant du regard la paroi sur laquelle s'épaule le Chaos de pierres, puis la voûte, et contemple enfin l'autre versant contre lequel s'appuient les bois. À force de réverbération, le glacier s'illumine d'une clarté diffuse, parfaitement blanche – plus aucune trace rose, rouge, ni le moindre magenta dans les arbres, sur le sable, contre la coque du galion ou parmi les rochers. Sauf dans l'eau – sous toutes ses formes : vapeur, liquide, solide –, où le rouge veille, en particules infimes, isolées ou agglomérées, en taches éparses ou nervures effilées…

« Dragon ne crache plus de feu, dit-elle à Buld qui regarde ce qu'elle regarde.

— Il réserve ses flammes pour saluer l'arrivée de nouveaux hôtes…

— Avant que Jos ne prélève cette planche, même quand le Vaisseau ardent ne ressemblait plus à grand-chose, je devinais toujours la présence du feu. Je ne la sens plus.

— C'est la première fois qu'un hôte le touche. Enfin, sans fondre.

— Sans fondre ?

— Ou exploser.

— Exploser…

— Bla a eu beaucoup de chance quand il a voulu monter de force dans la nacelle. Dans sa riposte, Dragon s'est retenu pour épargner Jos. Maintenant, Dragon se repose. Il est vieux et épuisé. Depuis qu'il est là, il n'a pas bougé une seule fois… Et il ronfle, si tu écoutes bien. Comme toi.

— Je ne ronfle que dans vos rêves, où tout et n'importe quoi est possible.

— Quand tu dors, Kum est obligée de chanter plus fort. »

Nathalie lui balance une poignée de sable, Buld menace de l'asperger. Ils se lèvent en même temps et se tournent vers la Forêt profonde.

« Ragn et Bly ne nous accompagnent pas, se désole-t-elle.

— Ils ont peur de se perdre. »

Un instant, elle croit à une farce, mais Buld ne plaisante pas.

« Pourquoi ?

— Tu n'en as pas peur, toi ?

— Oui, mais…

— Pour le moment, ils s'éloignent. Quand ils voudront revenir, ils se souviendront des chemins et ils

sauront nous retrouver. D'ici là, nous ne pouvons plus rien pour eux…
— Vous le savez depuis le début… et vous ne leur avez rien dit ? Vous auriez pu faire quelque chose, non ? »

José l'anarchiste aimait à les appeler des « enfants libres », se souvient-elle – dès lors, ces questions lui paraissent inutiles et, Buld se taisant, elle n'insiste pas.

« Tout ça pour devenir comme moi… Mais qu'est-ce que je suis pour qu'une enfant veuille devenir comme moi… »

Son interrogation ne s'adresse qu'à elle-même, Buld le sait, mais il lui répond : « L'as-tu oublié ? »

Nathalie le regarde, sincèrement étonnée, mais également étrangement émue.

« Nous sommes dix, reprend-il comme s'il énonçait un dogme salvateur, nous l'avons toujours été et, d'une certaine manière, nous le serons toujours. »

La jeune femme ferme les yeux et quand elle revoit la petite Ragn déclarer avec gravité : « Je veux être comme toi », ces paroles l'entraînent dans sa propre adolescence. D'abord, elle songe à cette quête éperdue de modèles, révélés, déifiés, éphémères, puis se fixe sur cette réponse publique de sa thérapeute qui, en séance privée, lui retournait la moindre de ses interrogations : « Quand sortons-nous de l'enfance ? Jamais ! Toute autre réponse ne serait que pure hypocrisie… Le jour où nous cessons de nous comparer à nos parents, nous pouvons considérer que nous venons de faire un grand pas. C'est hélas encore bien insuffisant. C'est déjà mieux quand nous comparons nos parents à nous-mêmes… Et puis, le jour où enfin nos enfants cessent de nous contingenter dans le rôle des parents modèles, quelle délivrance ! Ne pensez-vous pas que le but de toute éducation devrait consister à rendre l'autre effectivement autonome ? En faire des enfants libres… Mes définitions ne sont pas parfaites, considérons-les comme des jeux de mots, mais s'approcher de ces étapes peut être considéré déjà comme un bel exploit. »

L'avertissement télévisé est longtemps resté une énigme absconse, survenu alors qu'elle s'évertuait déjà à se représenter la Grande Absente en battante.

« Tu me montres tes chemins ? » réclame-t-elle en se relevant vivement.

Buld la guide, bien qu'il ne tente pas de rejoindre les bois par le chemin le plus court. Il marche à ses côtés ; il trottine, plutôt, pour se maintenir à sa hauteur ; il gambade par moments, à la manière dont Plo court en permanence, ne cessant d'aller de gauche et de droite ; il adore également presser l'allure sur trois ou quatre enjambées et se retourner afin de la regarder et lui sourire jusqu'à ce qu'elle le dépasse...

Si la perspective d'entrer dans les bois l'oppresse toujours, le souvenir du pilote avec qui elle s'y était aventurée l'encourage à avancer d'un pas déterminé vers les taillis qui précèdent la futaie. Les bosquets serrés débouchent sur un espace ordonné et lumineux, qui lui évoque chaque fois les plantations entretenues des parcs urbains aux allées balisées de bordures cimentées, avec parfois des policiers à cheval. Mais, après moins de dix enjambées, la Forêt profonde oppose ses troncs larges et ses frondaisons emmêlées, comme une frontière fermée, un mur végétal qui ne se franchit pas sans danger, dans un sens ou dans l'autre. Réminiscence enfantine ? Peur innée du grand méchant loup au pantalon rouge ?

« Je te suis. »

Pour Buld, tout relève du jeu. Il se faufile parmi les fûts avec la souplesse et l'aisance d'un jeune daim avide du moindre prétexte pour simuler une fuite éperdue. Le voilà même qui fonce, tête baissée, contre un arbre ! Elle devrait crier pour l'alerter. Elle devrait se précipiter pour le soigner. Elle devrait... Mais comment s'inquiéter pour un enfant qui respire sous l'eau ? Ignorant ostensiblement le tour qu'il lui joue, Nathalie se concentre tout entière sur où poser ses pieds sans glisser sur la mousse ni se tordre une cheville à cause d'une racine, bien qu'elle sache qu'elle peut presser l'allure sans risque. Quand elle relève la tête, Buld a disparu.

Il peut s'être caché derrière n'importe lequel de ces troncs, ou vautré à même le sol, dissimulé sous une couche de lichen. La jeune femme en profite pour effectuer un demi-tour exact, afin d'évaluer le chemin à suivre pour retourner vers la plage. Peine perdue. Elle se retrouve au centre d'une minuscule clairière, parfaitement circulaire, encerclée par des arbres trapus aux lourdes branches entrecroisées. Si elle croyait en la magie, elle admettrait volontiers que le pouvoir qui émane de ces arbres l'oppresse, et elle nommerait ces bois la « Forêt enchantée », car quoi qu'elle fasse elle s'égare, même quand elle ne bouge pas, comme si elle avait pénétré dans un monde instable.

« Est-ce le cas ? » demande-t-elle.

Sa voix ne porte pas plus loin que la buée qu'elle exhale en plein hiver. Sourde, sa poitrine haletante, mobilisant sa volonté sur trois mots en barrage de liste – « *Ne pas paniquer* » –, elle peine à caler son souffle sur un rythme lent et régulier.

« Alors, tu viens ? » hurle-t-on parmi les feuilles.

Elle cherche l'origine de l'invitation et découvre le visage de Buld qui pend dans la verdure. Bien qu'inversé, le sourire atteste de sa malice. Il se laisse choir comme une pierre, au risque de se briser le cou. Elle crie. Il pirouette *in extremis* pour effectuer un roulé-boulé sans grâce. À peine stabilisé, de nouveau debout, il repart en courant, riant ou hurlant ou chantant – comment savoir ? –, tête en avant, droit contre un autre arbre.

Cette fois, Nathalie l'observe attentivement. L'arbre ne lui oppose aucune résistance, il s'ouvre et absorbe le garçon. Sans perdre de temps, mais sans se précipiter non plus, elle s'en rapproche et, mains tendues, se met à le tâter. L'écorce cède aisément, le lichen brun et vert qui tapisse le tronc s'écarte comme un rideau de perle, mais sans provoquer le moindre bruissement. Un arbre creux. Aménagé en cabane d'enfants.

5

Nathalie a déjà vu des photos d'un séquoia traversé par une route, ou d'un if converti en chapelle votive ; cet arbre, dont elle ne peut définir l'essence, est vraiment différent. Son ouverture ne doit rien à la nature, elle a été pratiquée à dessein en épousant la forme approximativement nécessaire au passage d'un enfant se courbant légèrement – elle a dû entrer accroupie, et se contorsionner en raison de ses hanches. Assurément, le tronc n'a pas été évidé à la main, son entrée garde quelques traces des éclats de la hache qui l'a percée.

Toute la base baigne dans l'obscurité et forme un cercle où ils pourraient tenir tous les dix. La seule clarté provient des quelques ouvertures situées assez haut dans le tronc, fenêtres en triangle inversé qui l'éblouissent si elle lève la tête. Buld a dû s'échapper par l'une de ces ouvertures, en empruntant la liane, solide et noueuse, qui gîte furieusement au milieu de l'arbre.

Nathalie décide de prendre son temps. À tâtons, elle palpe le périmètre, incapable d'attribuer aux rainures que ses doigts inventorient une origine certaine : dessins de l'écorce ou gravures au couteau ?

Une fois immobilisée, la liane se révèle aussi rêche et raide que la corde d'un portique trop longtemps abandonnée aux intempéries. Dès la première traction, la jeune femme se souvient d'une épreuve de gymnastique à laquelle elle a participé lors d'une journée portes ouvertes d'un camp de vacances : elle a détesté et l'a assez nettement manifesté pour ne jamais y revenir. Ce n'est ni plus agréable ni plus facile aujourd'hui, la perspective de la chute la tracasse tout autant. Ou peut-être davantage. Elle n'omet pas non plus l'éventualité de pièges, tels ceux qu'elle a elle-même préconisés à l'intention de l'aventurier.

Ses mains la brûlent et ces fenêtres sont toutes trop petites, sauf la première, celle en ogive, taillée pour le passage d'un tout petit corps. À l'évidence, Buld s'est servi de la liane comme d'un balancier ; une fois l'élan suffisant, il a sauté. Elle n'est pas aussi souple, ni folle. Le retour, pense-t-elle tout en frétillant pour mettre la liane en mouvement, sera pire – comment retrouver la liane ? En se jetant dans le noir ? Elle prend son élan…

À califourchon sur la branche, fière et inquiète de son exploit, elle comptait être parvenue à la canopée, ou presque. Le spectacle qu'elle découvre n'y ressemble pas. Sa première impression est de déboucher d'un ascenseur sur un vaste parking à l'étage Vert ; les troncs figurant les piliers et les baies de lumière les néons, le plafond paraissant anormalement bas du fait de la perspective. Ou bien, elle a grimpé dans un parc d'attractions en forme de sandwich avec trop de salade. De fait, elle ne peut pas se tenir droite, alors que Buld court sur un plancher de ramures tressées.

La jeune femme ferme les yeux pour les rouvrir aussitôt. Elle se situe juste au-delà des premières branches maîtresses. Deux strates de frondaisons, espacées d'une hauteur d'enfant les bras tendus au-dessus de soi, ont été soigneusement entretenues. Les branches rayonnent et se mêlent étroitement à celles des autres arbres de même niveau. Mais elles sont entrelacées, jusqu'à former une natte. Au fur et à mesure de leur croissance, leurs extrémités sont ployées et croisées de sorte à créer un palier au sol artificiellement consolidé. Les jeunes pousses sont traitées de manière similaire, renforçant la densité de la trame, mais visant surtout à combler les lacunes. Le temps parachève naturellement l'ouvrage engagé de main d'homme, les rameaux s'épaississant en s'interpénétrant. Si le plancher constitue un treillis élastique et solide, le plafond ne semble pas bénéficier de soins identiques, laissant filtrer la lumière. Peut-être n'est-il destiné qu'à masquer les enfants de qui se trouve sur le faîte de la Grande Falaise ? Entre ces deux étages, les troncs gardent des traces de nœuds et des moignons, patiemment lissés ou sculptés en marches, qui prouvent que chaque arbre a été régulièrement émondé. Tous, absolument tous, profitent d'une ouverture et mènent à une liane.

« C'est ici qu'on se cache pendant les Quarantaines, l'avertit Buld en virevoltant à toute allure. Certaines ne tiennent guère, et tous les planchers ne sont pas aussi résistants qu'ils le paraissent. En tout cas pas pour le poids d'un adulte…

— Pourquoi tu me montres tout ça ? Buld… Buld ! »

Sa voix ne porte pas, elle est obligée de crier alors que le garçon s'est à peine éloigné, et qu'à une telle distance, partout ailleurs, il l'entendrait susurrer.

« Kum s'entraîne ici, pour les chants des chasseurs, répond-il sans sembler élever la voix.

— Oh… Je trouve ce silence particulièrement oppressant, l'imite-t-elle en se rapprochant, mais ce que tu viens de m'apprendre me le rend un peu plus supportable.

— Quel silence ?

— Ce que je sais des vraies forêts, c'est qu'elles ne sont jamais aussi parfaitement silencieuses. Il y a des oiseaux, partout, qui chantent ou qui marchent dans les feuilles mortes. Des mammifères aussi, daims ou mulots, qui se déplacent, qui crient de peur ou de rage. Le vent qui fait bouger les feuillages. Au loin, des voitures, des avions… Et les insectes, il y a toujours des insectes. Des grenouilles aussi, parfois… »

Nathalie a pleinement conscience de n'être jamais allée dans une « vraie » forêt, de ne partager cette expérience sonore que par l'intermédiaire du cinéma et des chaînes géographiques ou animalières. Pourtant, elle associe à chacune de ses évocations des souvenirs personnels, moins nets et probablement en décalage (course effrénée de martinets dans le crépuscule estival d'un horizon de gratte-ciel, grillons dans une galerie de métro en Europe, des « Poc poc » dans une mare au fond du jardin d'une amie lors de sa fête d'anniversaire), à cela près qu'ils constituent son monde, son « vrai » monde. Elle ignorait la nostalgie de ces petits riens, choses auxquelles elle n'a jamais eu de « vrai » attachement, et qui évoquent davantage le pilote, l'idée qu'elle aimait se faire de l'assistant du Père Noël. Un enfant libre, oui, révolté autant que solitaire, joyeux compagnon d'un univers féerique peuplé d'écureuils volants, de clippers ailés et de sacs en papier gonflés comme des ballons, et cependant attentif et protecteur… Un grand frère.

« Dans ton monde, tu écoutes ?

— Comment ça ?

— T'arrêtes de marcher, tu t'allonges par terre, tu croises tes mains sous ta tête, comme ça, mais couché.

— Non. Oui… Ça dépend. Parfois, je n'y fais pas attention et les bruits s'imposent d'eux-mêmes. En fait, je m'arrête rarement pour écouter. On entend, c'est tout. C'est ça que je veux dire, il n'y a pas besoin de faire attention, les sons viennent jusqu'à toi…

— Nous, on se couche pour ne pas écouter.

— *Ne pas* écouter ?

— Essaie ! Je t'accompagne, si tu veux. »

Buld s'allonge sur l'entrelacement feuillu ; avec plus de précautions, elle l'imite. Sa masse répartie, les ramures forment un matelas de verdure à la fois ferme et doux, plutôt confortable. Une fois bien étendue, détendue, la jeune femme réalise qu'en quelques secondes son corps a modelé un nid parfait ; elle n'éprouve plus aucune envie de bouger. Nul soleil ne darde sur ses paupières, elle se retrouve dans sa chambre, fenêtres grandes ouvertes sur un dehors muet… Désespérément aphone. Elle n'entend rien, ce lourd silence s'insinue en elle et pèse sur toutes ses pensées, comme la conscience d'une perte.

La douleur afflue au point de soulever sa poitrine, qui retombe si lourdement que son corps frissonne. *Seule…*

Soupirs et sanglots : voilà tout ce qu'elle entend. Ses propres sons. Des sons choisis, pas ceux de son corps se nichant, ceux de sa pitoyable faiblesse.

Buld ne doit pas savoir. Buld ni aucun autre ne doivent soupçonner que leur situation la submerge, qu'elle feint de trouver sa place parmi eux, qu'elle a peur, si terriblement peur de la suite, qu'elle ignore quoi faire et…

Cinq, quatre, trois… Décompter pour accorder sa respiration sur ce métronome virtuel, *deux, un…*

Ralentir pour assourdir/amortir…

Toute à l'apaisement des mouvements de son corps, Nathalie laisse ses pensées se diluer – elle sent son souffle glisser à l'intérieur de sa gorge, caresse ininterrompue, chaleureuse, légère… unique réalité du monde… communion fœtale… être…

Marée lointaine, allant et venant, vague d'échos, galets roulant sur la grève, calée sur le rythme de ses poumons…

Nathalie rouvre les yeux. Rien, elle n'entend plus rien. Elle a somnolé, voilà tout, et ce friselis n'était qu'une amorce de rêve – la fonction du rêve n'est-elle pas de combler nos désirs pour nous permettre le repos ?

Cinq, quatre…

En les refermant, juste à cet instant de délivrance où ses paupières se rejoignent, elle se représente comme un papillon aux grandes, grandes ailes déployées, rebondissant sans fin sur un trampoline… Non, c'est elle, bien elle avec ce petit short rose à pois blancs – affreux, ridicule, mais elle l'adorait –, qui frappait ses mains sur ses cuisses, les yeux fermés fort, pour *entendre* la vibration la chatouiller partout… Les branches tissent une toile tendue comme la membrane d'une enceinte acoustique, le plus infime bruissement se répand – elle entend, oui, maintenant, elle entend : juste sous elle, feuilles et tiges plient à chaque respiration, leurs tensions se reportent sur les feuilles et les tiges suivantes, qui les répercutent, moindres, éloignées… À l'inverse, la toile lui ramène d'autres ondes, affaiblies à force de chemin, mais présentes, réelles. Buld remue des pieds. Peut-être chante-t-il dans sa tête, car son corps bat la mesure… Un peu plus loin : des feuilles, très lisses, se chevauchent ; là, d'autres se frottent comme des élytres ; plus loin encore, le balancier ralenti des branches enchâssées comme une chorégraphie lente… Et puis, le clapotis du lac. Discret et cristallin. Le ruissellement le long des parois de glace. Confus et rapide. Le sable, sur les rivages. Des frétillements dans les abysses. Des geysers au tréfonds du volcan endormi… Dehors, les vagues qui meurent en heurtant le glacier… Plus près, les épaves, le bois des coques, les mâts qui travaillent… Quelque part, ce grattement infime et dérisoire, obstiné contre la glace. Avec des griffes ? Jack ? En écho, le crissement du glacier, ses torsions, ses tensions… Mais, surtout, maintenant, eux… Kum répète, Plo et Tom tracent des empreintes, Ragn se coiffe, Bly fend l'air avec un sabre, Limn consigne…

Le dôme ne réfléchit pas que la lumière, à la manière d'une parabole il renvoie les vibrations sonores, que la forêt domestiquée collecte et amplifie, à condition de se brancher sur la bonne fréquence, la fréquence *zéro*… Ils *n*'écoutent *pas* : en communion avec leur univers, ils se contentent d'entendre…

Qui lui a dit, enfant : « À force de regarder, on devient aveugle. » Pas sa thérapeute, pas son père. Une nurse ? « N'use pas tes yeux ! » Cet ordre était complété d'un : « Si tu fixes la lampe qui éclaire ta chambre, tu ne trouveras plus tes jouets, tu ne pourras plus lire. » Non, cette maxime, elle l'a lue. Peut-être récemment, même si elle semble le savoir depuis toujours.

Une note dans *Voiles rouges* de Virginia ?

6

Avant de sortir de l'arbre que Buld lui a indiqué, Nathalie se retourne pour observer l'intérieur de son tronc qui s'apparente à un mur d'escalade. Elle s'arrête de nouveau sur son seuil, cette fois afin de contempler le parterre fleuri. Après une hésitation, elle goûte quelques fleurs délicieuses. Pas trop. Si l'eau satisfait ses besoins vitaux, son grignotage gourmand insinue quelques rondeurs discrètes à son ventre jusque-là admirablement plat. Quand elle regarde les alentours, pour la première fois elle reconnaît l'endroit, la Croisée des chemins ne se trouve qu'à quelques pas.

De l'expérience des Chemins d'en haut, ce qu'elle retient et qui la trouble encore, c'est qu'avant d'entrer en communion avec le monde du glacier, toutes ses pensées se sont entendues pour se concentrer sur la ventilation produite par son propre souffle, se répercutant dans le moindre de ses organes, directement ou par son sang, sur cet afflux de molécules qui la nourrit, qui la fait vivre… Mais tandis qu'elle pensait suivre une méthode de méditation pour faire le vide dans son cerveau, c'est le corps de Jos qu'elle a ressenti – comme si elle n'était qu'eau… Comme si elle avait participé à la cérémonie aquatique, quand Buld a confié sa dépouille aux abysses, pour une métamorphose qui ne procède pas d'une renaissance, ni même d'une transmutation, mais d'un échange…

Jos ne croyait pas à une vie après la mort, se souvient-elle, il aurait détesté être réduit au rang de relique, ou temporairement épargné par un quelconque cercueil ; dorénavant, son corps se décompose pour être assimilé – il se dilue…

Nathalie joue avec l'idée d'aller jusqu'au lac caresser sa surface afin de le saluer, elle visualise le contact, elle s'en satisfait.

Quand elle était allongée sur les arbres, elle a également entendu gratter. Elle décide de rejoindre le rivage, pressée de retrouver Kum pour lui transmettre son signal. Incapable de déduire ce que prépare réellement Jack Blackjack, avec ses cartes, le mouchard et ses rivières souterraines, elle a décidé de le piéger à son propre jeu : à défaut de chaos véritable, avec les enfants elle va le soumettre à l'impondérable.

Ce projet devra cependant être retardé. Avant même de l'apercevoir, elle entend Kum qui ferraille. Revêtue de l'armure que portait Bly, elle se bat avec l'adolescent qui la dépasse de la tête et des épaules. Le temps de les rejoindre et la fillette s'est débarrassée de sa protection, laquelle gît sur le sable, toute cabossée. Jambes écartées et mains sur les hanches, stridulant son chant de victoire, le Maître de Chasse tient négligemment une machette en bois en guise de sabre d'entraînement. Bly fouille parmi les touffes d'herbe en marmonnant des injures sur l'équité et les règles de combat. Il boitille et retourne plonger sa cheville dans le lac. Visiblement, son gros orteil a pris un mauvais coup. Nathalie examine la fillette, indemne et sèche, triomphante. Tous les autres enfants, à l'exception de Limn et Tœ, délimitent l'arène de la rencontre, au-delà de laquelle l'arme de Bly ne cesse de sauter. Nathalie a vu trop de ces jeux dégénérer pour ne pas intervenir maintenant, mais Ragn sort de l'eau à cet instant. Non pas en jaillissant, non pas en pirouettant : elle marche lentement et se dirige droit vers elle, telle une ondine, majestueuse et irréelle. Ses doigts écartés effleurent la surface du lac. Elle progresse sans la quitter des yeux, sublime et provocante, fière de sa jeunesse resplendissante, si blanche. Nathalie répond à son sourire radieux par un sourire enchanté. La soie trempée de sa combinaison moule les formes que sèche elle aurait à peine masquées, et l'innocente arrogance de l'adolescente magnifie sa sensualité.

« Que tu es belle… »

Ragn redresse la tête, puis la penche sur le côté, plaque ses mains sur ses seins et pivote légèrement, soudainement voûtée et gauche, prête à se réfugier dans l'eau.

Nathalie se retourne. Jack Blackjack les regarde, l'une et l'autre maintenant. Il se tient dans la pénombre des arbres, proche de la Croisée des chemins. Il lui adresse un signe, impossible à interpréter de si loin sans discerner l'expression de son visage, puis il s'en va.

« Tu peux venir maintenant, Ragn. Fais vite. »

La fillette au corps de géante trottine vers elle, incapable de se cacher de ses seules mains.

« Ne reste jamais seule ! Ne l'oublie plus, je t'en prie…

— Je ne risque rien près du lac, il n'a jamais osé se tremper, se justifie-t-elle.

— Jamais ?

— Même pas quand il est sorti de l'avion. Mais il vous a regardés aller dans l'eau.

— Il nous a observés ?

— Surtout toi. »

Bien sûr, il sait. Le lac peut sauver Ragn, pas elle…

« Merci à lui de ne plus m'approcher, dit-elle pour dédramatiser. Pas un bain depuis notre arrivée : quelle odeur épouvantable il doit dégager !

— Il sent très mauvais, opine Ragn.

— Si fort que ça ? Mais, comment le sais-tu ?

— Une fois, il m'a presque attrapée. Mais j'ai plongé et il ne m'a pas suivie.

— Quand a-t-il osé ? Avant que Jos…

— Non, après que José a volé.

— Qu'est-ce qu'il a fait, qu'est-ce qu'il voulait ?

— Que je le suive…

— Ne fais pas ça, ne le fais jamais ! Sous aucun prétexte. Ce salaud… Il a réussi à me faire douter de Jos avec ses histoires, et c'est lui qui… Il est malin, tu sais, redoutablement. Ne l'oublie pas. Plus malin que moi, beaucoup plus… »

Nathalie étreint l'adolescente, répétant ses derniers mots d'une voix si sourde que Ragn ne l'entend peut-être pas.

« La prochaine fois, prends le canot pour traverser, lui rappelle-t-elle en lui caressant le visage. Pourquoi es-tu retournée nager ? Tu sais ce que ça te fait…

— Le lac m'appelle. Et je voudrais comprendre.

— Comprendre quoi ?

— Ce qui m'arrive, ce que je ressens, ce vide qui me remplit…

— Et qu'as-tu compris ?

— Je veux être comme toi quand je t'ai vue dans l'eau.

— Comme moi, dans l'eau ? »

Nathalie secoue la tête, cherchant des mots qui n'ont jamais figuré sur aucune de ses listes.

« Reste avec Bly. »

Voilà un conseil qui lui semblera particulièrement inopportun tout prochainement, mais la jeune femme ne voit vraiment pas quoi d'autre lui dire. Quand la libido de Ragn éclatera à chaque bain, Jack Blackjack n'aura pas à tendre la main, mais à ouvrir les bras. Mieux vaut Bly…

« Tu pourrais aussi tenir compagnie à Tœ, se ravise-t-elle. Après la mort de Jos…

— Tœ va bien, il dessine. Limn est avec lui.

— Limn lui laisse utiliser son…

— … pas *son* papier ! la coupe l'adolescente en

mimant fugacement la Colère du scribe. Il dessine sur les murs.

— Je croyais que c'était impossible.

— "Tout est possible..." Enfin, il fait semblant, si tu veux. Il dessine dans l'air avec ses doigts.

— Alors, on ne peut rien voir.

— Non... Quand j'étais petite, je faisais pareil. J'aimais bien ça, à l'époque. »

« À l'époque » ? Nathalie se souvient d'avoir pensé ainsi au moment de la puberté. Pour ses proches, les signes de sa croissance se sont probablement étendus sur des mois, voire des années, pas pour elle. Un matin, la toute nouvelle adolescente a encombré tout un grenier de ses anciens jouets et débarrassé sa garde-robe de ses atours de princesse. La petite Nathalie n'existait plus que dans les albums photo.

« Trouve-toi d'autres habits, moins... révélateurs.

— Pourquoi, je suis bien dedans...

— J'y vais ! » s'exclame Plo en jaillissant de derrière un buisson où il se dissimulait avec Tom.

Aussitôt, le garçonnet se précipite vers le Palais. Tom se lance sans plus attendre à sa suite.

« Ils vont me ramener n'importe quoi ! » se lamente la jeune fille.

Impossible de s'en réjouir sans s'en faire détester.

7

D'un doigt, Tœ trace sur la roche nue des arabesques qu'elle échoue à interpréter, tandis que Limn, une joue gonflée, une jambe repliée sous les fesses, représente Jos en train d'exécuter une série d'acrobaties aériennes dont elle n'a aucun souvenir net. Elle songe à Neverland, le pays imaginaire de Peter Pan, à Jos qui se tenait dans la position de Kum sur le rebord de son antre, avant de voler sans ailes… Elle pense également au syndrome éponyme, qui l'affecte peut-être elle-même, au moins quelque peu… Dans la semaine qui a suivi la nuit où elle s'était endormie pour la première fois dans la Bibliothèque interdite, son père avait fait changer le lit de sa chambre – dorénavant, la « petite Nathalie » relevait du passé. Nathalie, sept ans, avait grandi et dormait sans barreaux.

« Que va-t-il arriver à Ragn et Bly ? »

Tœ s'interrompt le temps de lui retourner un regard chargé d'évidence, puis il reprend son œuvre invisible. Si elle se laisse aller, l'affliction va la submerger – sa résistance se transforme immédiatement en colère.

« "Bientôt morts", ose-t-elle énoncer. C'est ça ?

— L'avenir ne connaît pas d'autre certitude, relève Limn.

— Et vous !

— Nous ne renonçons pas à jouer parce que d'autres ne vivent plus que dans notre mémoire, nos rêves et nos jeux…

— Ça a l'air facile, dit comme ça…

— Je dessine les exploits de Jos, affirme Tœ.

— Je ne vois rien !

— Tu regardes mon doigt… Ferme les yeux ! »

Elle soupire et affiche qu'elle garde ses paupières grandes ouvertes. S'en prendre à eux est certainement la dernière chose à faire, mais qui d'autre, dorénavant, dans ce glacier sans issue, pourrait comprendre sa rage ? Et puis, elle exècre leur fatalisme – tout fatalisme, fût-il agrémenté d'orientalisme de belle facture…

Pourtant, se souvient-elle, bien des fois, pliant sous l'autorité ou taisant ses petits chagrins, elle a fait le dos rond, en se répétant que ce n'était là qu'un mauvais moment à passer. Mais, selon la doctrine paternelle – il gère un empire sans jamais éprouver le besoin de s'épancher auprès de qui que ce soit de ses grands doutes et de ses minuscules misères –, le stoïcisme n'est qu'une qualité provisoire, une étape du genre « Reculer pour mieux sauter », une économie judicieuse des ressources et de l'énergie, une astuce, une ruse ; pas une philosophie acceptable. Elle ne se sent pas taillée pour affronter seule et tout à la fois l'aventurier, les dix, les mystères du glacier et ses propres réflexions.

Elle découvre qu'elle a fermé les yeux. Elle les rouvre et voit Limn revenir de sa bibliothèque avec quelques feuilles à la main.

« Encore des dessins ! s'agace-t-elle.

— J'ai consigné l'arrivée de ces quatre-là bien avant celle de Tœ, cette autre un peu après.

— Qui est-ce ? Je n'en reconnais aucun…

— Avant que d'autres ne prennent leur place, j'aurai à les consigner aussi.

— Ragn et Bly ? »

D'autres enfants, cinq autres… Trois filles et deux garçons, nus, impubères et souriants.

Nathalie s'assoit, Limn l'imite et Tœ s'interrompt.

L'idée que cette galerie s'enrichira de deux nouveaux portraits – quand importe peu, puisqu'il en sera ainsi – n'est pas davantage acceptable. Elle le refuse. S'il doit exister un autre monde que celui des Adultes, de la Raison et de la Mort, alors ce monde est joyeux, féerique et immortel ! Voilà ce qui est recevable.

Neverland.

« C'est ma faute, murmure-t-elle.

— Pour eux, tu es une chance. »

La remarque de Limn ne produit aucun soulagement d'aucune sorte. *Une chance*… Combien d'existences s'animent en raison d'un rêve entraperçu que la réalité immuable reflue sans ménagement jusqu'à ce que les ravages de la désillusion vous laissent épuisé et incapable de survivre ? Combien d'histoires d'amour suivent ce schéma d'un assourdissant ordinaire ?

« J'ai bousculé leur univers.

— Il pouvait donc l'être, lui répond Limn.

— Mais je suis responsable !

— C'est une chimère de l'autre monde, ça n'existe pas.

— Dans mon monde, elle occupe une place prédominante.

— Que dirais-tu de ton monde ? »

Question stupide. Une remarque aux habits de sagesse qui se révèle creuse et vide, insensée. Voilà tout. Lui expliquer la responsabilité de chacun nécessiterait de le sensibiliser au préalable à d'autres notions réputées impropres à la compréhension spontanée des enfants – l'éducation prépare à la raison, elle ne l'invente pas.

Mais Limn n'est pas stupide. Et sa vraie question n'appelle pas de démonstration.

Si Nathalie se reconnaît responsable de la métamorphose des deux adolescents, en adulte elle doit également envisager la réciprocité du processus, et donc aboutir à cette nouvelle question : les dix peuvent-ils la changer, elle ?

« En dessinant les exploits de Jos, semble lui répondre Tœ, je cherche à devenir un Aérien. Depuis que Limn est là, nous avons exploré l'univers en Terriens et en Marins, parce que marcher et nager sont des jeux faciles... Nous devons voler ! ajoute-t-il en affichant une confiance gourmande.

— Il vous faudrait de la poudre de fée, consent-elle en abdiquant.

— Les fées n'existent pas, voyons, la corrige Limn.

— Dans *mon* monde, il y a un conte qui parle d'un pays qui ressemble beaucoup au vôtre. Sauf qu'il se situe au-delà des nuages.

— Jos m'a beaucoup parlé de ce qu'il y a au-delà des nuages, relève Tœ.

— Parce que ce pays imaginaire n'existe que pour exaucer le vœu d'un garçon, Peter Pan. Il s'habille en lutin et il est capable de voler sans ailes. Or, ce sont des lutins qui aident le Père Noël... Avec Peter Pan vivent d'autres enfants qui ne grandissent pas. Ce n'est pas la première fois que vous me faites penser à eux... On les appelle les Garçons perdus...

— Nous serions plutôt des Enfants trouvés », objecte Limn malicieusement.

Nathalie imagine le Fléau des mers plonger dans le glacier pour y déposer chaque nouvel enfant – et repartir en chercher un autre, et encore un autre... Mais si elle peut commencer à envisager la possibilité d'une telle chose, ne doit-elle pas accepter que d'autres lois, sur le deuil ou la culpabilité, notamment, s'appliquent à ce délire-monde ? Est-ce l'*Utopia* dont parlait Jos ? Simple projection des désirs des hommes ? Reflet des lacunes, des limites et des contradictions d'une civilisation donnée à un instant donné ? *Neverland* lui semble, résolument, autre chose.

« Vous êtes, effectivement, très différents… Peter Pan est d'ailleurs un tyran, à sa manière… Ce qu'il devient réellement après s'être débarrassé de son rival, le Capitaine Crochet, un pirate qui avait peur du temps… *Son* pirate, sans lequel il n'existe pas ; une fois qu'il est mort, il doit prendre sa place afin que survive son rêve… C'est une belle et bien étrange histoire. Mais dans *mon* monde, celui des adultes, certains se veulent à l'image de Peter Pan, insouciants et égoïstes. Qu'importe le mal qu'ils occasionnent, pourvu qu'ils s'amusent ! Leur "Tout est possible" n'est pas une ouverture sur l'imaginaire, mais une négation des autres. Et leur magie, leur poudre de fée, n'est qu'une façon de fermer les yeux, de refuser la responsabilité de leurs actes.

— Jos n'était pas comme ça. Il a volé.

— Je m'en souviens, Tœ. Jos a volé, un peu…

— Quelle Grande Aventure vit Peter Pan quand il devient son propre pirate ? » lui demande Limn.

Elle l'ignore, connaissant mieux le syndrome que le conte, du fait de sa thérapeute qui lui a consacré un ennuyeux article, dont elle lui a néanmoins dédicacé un exemplaire. Par déduction, elle répondrait volontiers : Crochet + Peter Pan = le pire des pirates… Mais, en fait, elle se souvient davantage du sort de la pauvre Wendy, qui a vieilli à force d'attendre à sa fenêtre…

Comme Virginia qui guettait le rocher résolument immobile de Percé ?

Si elle était née garçon, remarque-t-elle pour la première fois, Nathalie se serait prénommée Peter…

Comme son père.

8

« Tu n'es pas un ours, Bly ! Ce n'est qu'une petite fille !

— Justement ! Elle cogne de toutes ses forces, elle. Elle ne s'en prive pas. Et elle vise partout, mais vraiment partout. Elle ne se bat pas selon les règles !

— Si tu n'es pas en mesure de pondérer tes assauts, change de partenaire ! Ou prends quelqu'un qui puisse te battre.

— Je peux le battre ! » se récrie Kum tout en aspergeant son épaule et son bras d'épée – la blessure se résorbe comme si l'eau chassait du sable sur sa peau. « Tout est possible, Kum, lui répond la jeune femme. Surtout si tu restes dans l'eau. Et toi, Bly…

— … Je lui ai proposé de continuer avec des bâtons, mais c'est elle qui a dit que dans les Grands Tournois…

— Assez ! Tu viens d'en donner la démonstration : les tournois, ce n'est pas un jeu. Tu ne te contrôles plus, le combat te change…

— … Les règles du Tournoi, l'interrompt-il, sont immuables et universelles, et…

— Qu'en sais-tu ?

— Zach dit que…

— Zach raconte de Grandes Aventures, et les Grandes Aventures sont nobles et héroïques. Je te parle de toi, Bly. De toi avec un sabre. De toi contre

Kum. Tu ne te battais plus comme un chevalier, mais comme une brute, je t'ai vu… »

Nathalie amorce un pas pour le rejoindre, mais elle s'inquiète pour Kum et hésite à gagner le rivage alors que la fillette replonge son bras dans le lac.

« Tes intentions sont pures, ça, je le sais, reprend-elle un ton plus bas, mais la réalité du combat est tout autre… Dans l'action, tu oublies qui tu es, Bly. Et ce que tu fais… Où était le jeu ? Où était le Bly que nous aimons ?

— Mais…

— Reste le Bly que tu aimes. »

L'adolescent fiche son sabre dans le sable et marche jusqu'au lac afin de leur tourner le dos à tous.

« C'est ça aussi, grandir, murmure-t-elle. Faire *comme si* ne dure plus aussi longtemps qu'avant… »

Limn et Tœ l'ont accompagnée pour assister à l'entraînement. Ils ne disent rien, ne réagissent pas, se contentent d'observer. A-t-elle exagéré ou trop tardé ? Sermonner Bly à propos de cette notion de responsabilité, lui exposer les conséquences de ses actes, l'avertir des raisons de cette vigueur impérieuse : que peut-elle faire d'autre ? Aucun des enfants n'est intervenu, après tout, et Kum n'a pas fui le combat… Pourtant, ils ne sont ni stupides ni aveugles… Et ils ne tentent pas, non plus, de lui renvoyer son propre discours, car elle est également responsable vis-à-vis de Bly et Ragn…

Non, réalise-t-elle, c'est pire : les huit se comportent désormais avec les deux adolescents comme avec leurs hôtes.

Tom et Plo lui offrent une diversion opportune. Ils rentrent de leur exploration vestimentaire, l'un tirant une cuissarde, l'autre les deux bras engagés dans une botte de couleur proche. L'adolescente leur sourit, pivote sur elle-même pour lever les yeux au ciel lorsqu'elle leur tourne le dos, puis va vers eux et les félicite d'avoir veillé à ne pas les prendre du même pied. Tom accueille le compliment d'une mimique gênée tandis que Plo lui fait signe d'attendre. Le garçonnet se contorsionne pour plonger sa main au plus profond de la cuissarde et en ressort un diadème tordu. En trois gestes, Ragn se façonne un habile chignon, y fiche sa longue épingle à cheveux, dont l'ivoire et la nacre se fondent à sa chevelure, se coiffe de la couronne royale et pivote gracieusement sur elle-même, pour se faire admirer. Les deux garçons tapotent leurs côtes et Nathalie se joint à eux, saluant la bonne grâce avec laquelle Ragn vient de réagir. Elle s'arrête la première et l'observe plus attentivement. La jeune fille n'a nul besoin d'une nuisette de soie moulante, d'un bijou écorné de dix diamants, d'une cuissarde qui monte à mi-cuisse, d'une botte au-dessus du genou et d'un short trop large pour irradier de volupté. Depuis son dernier bain, son corps s'est encore épanoui ; il ne reste de l'adolescente timide et étonnée que ce regard bienveillant pour ses deux petits frères.

« Venez avec moi, leur dit Ragn, nous allons trouver d'autres travestissements.

— Pour nous aussi ? demande Plo.

— Bien sûr. Pour tous les trois. »

Ragn lui adresse un regard complice qui ne guette plus son approbation, et part à la recherche d'autres parures, un garçon à chaque main.

« Je viens avec vous, décrète Kum.

— Moi aussi », ajoute Buld.

Nathalie acquiesce de la tête : à cinq, Jack ne s'y risquera pas…

« Bly, tu m'accompagnes jusqu'au Palais ? J'ai une idée pour toi, lui propose-t-elle en lui tendant la main.

— Encore un jeu ? lui répondit-il la mine boudeuse.

— Mais non… Mieux. Ça va te plaire. »

D'un geste, Bly invite la jeune femme à prendre place dans le canot et s'empare des avirons.

« Je n'ai jamais été une grande sportive, mais

j'ai observé des champions et je sais comment ils s'entraînent. »

Il hoche la tête, se concentre sur la progression de l'embarcation, qui garde son cap, qui avance régulièrement.

« Tu peux remplir des sacs de sable et les frapper, aussi violemment que tu le souhaites. Habille-les, si ça t'aide. Ou suggère-le aux autres, ça m'étonnerait qu'ils n'en fassent pas un jeu… J'imagine les mannequins, pendus par le cou ou par les pieds… En faisant comme ça, tu peux gagner en précision, apprendre à maîtriser ton souffle… Je sais, ça ne ressemble pas à un tournoi, mais c'est ainsi que les véritables champions procèdent. Ça m'énervait d'ailleurs assez, tout ce temps gâché à faire des choses sans rapport avec la compétition… Et puis, avec toutes les voiles baissées pour le chapiteau, ça restera plus discret que sur la plage… »

L'absence de réaction de Bly l'agace, bien qu'elle devine qu'il l'écoute. Son silence se justifie par la coordination de ses efforts, maîtriser cette force qui lui échappe sans cesse exige toute son attention. À moins qu'il se taise pour garder la tête baissée, et éviter ainsi de croiser son regard.

« Mais tu n'y es pas obligé non plus… Tu as trop d'énergie en toi, c'est tout… C'est… c'est juste ça… Tu es sous la coupe d'un besoin urgent de te dépenser, mais… Ce que je veux te dire, Bly, c'est… Tape sur les sacs jusqu'à en pleurer si tu veux, mais ne te laisse pas conduire sur une pente où tu ne contrôles plus rien… Jack t'a mis des choses en tête, mais ce n'est pas une aventure pour toi. C'est juste une histoire qui le faisait rêver, lui, quand il avait ton âge. Or, tu n'es pas comme lui… »

Ils arrivent au galion, il n'a pas relevé les yeux. Nathalie se penche alors et lui caresse la joue.

« Tu es mieux, Bly, tellement mieux… »

Elle réalise que Jos a tenu son visage entre ses mains, de manière assez semblable et se voit, comme le pilote qui avait deux fois son âge la voyait: plus une enfant, mais si jeune encore...

Bly se laisse toucher, ses lèvres chiffonnées, les sourcils contractés. « Je m'occupe des sacs », bougonne-t-il enfin en s'adressant à ses pieds.

« Nous aussi ! »

Zach et Sim jaillissent de l'eau, après les avoir accompagnés sans se montrer. Ils grimpent à la coque, rameutent les autres et rivalisent déjà de projets pour l'Accoutrement héraldique des grandes joutes classiques. Limn et Tœ se proposent d'armer les sacs, et discutent automates escrimeurs et marionnettes explosives.

Grotesquement vêtus, les explorateurs ne tardent guère à se joindre à eux. Vaillamment, Plo ne cesse de rapporter des tonnelets de boulons, d'écrous, de vis et de clous, mais aussi de monnaies, de médailles et de gemmes, dont Ragn lui a confié la garde, pressé de voir ses sacs éclater au premier choc. Tom les grime à grand renfort de perruques et de joyaux. Buld encombre le plancher de bancs cassés, de tonneaux instables et de fourrures glissantes. Kum entonne un hymne totémique au Courage du Vaillant Chevalier contre l'Ours de Pacotille, tandis que Bly rattache les voiles du château arrière.

La jeune femme les observe transformer le pont de l'antique navire en salle de combat, quelque chose entre un club de boxe reconstitué pour un tournage et l'arrière-boutique d'un magasin de farces et attrapes un lendemain de carnaval. Dans cette effervescence, Bly ne se distingue des autres que par sa taille et sa stature – les garçons ont ça pour eux, songe-t-elle, ils grandissent par à-coups et conservent leurs rires au-delà de l'adolescence. Quand son corps et ses manières l'ont changée, Nathalie savait qu'elle n'était pas prête, qu'elle restait cette toute petite fille incapable de passer devant une vitrine de poupées sans en vouloir une nouvelle, tout de suite. Cependant, chaque jour son miroir partageait son secret, elle s'arrangeait pour paraître une autre.

Neuf. Elle n'en compte que neuf sur le pont ; Ragn ne se trouve pas parmi eux. Nathalie la cherche sur la berge qui longe le Chaos de pierres, d'où elle pourrait déménager les ornementations dont elle s'occupait avec une telle ferveur à leur arrivée. Elle ausculte la surface du lac, se précipite vers la cabine du Champ de bataille... La jeune fille ne répond pas à ses appels, mais Buld, qui dévalise le plafond de tous les angelots qui y pendouillent, lui apprend qu'elle est restée sur le rivage, prétextant que Nath venait de lui interdire de se baigner et assurant que si Bla s'approchait trop, elle se sauverait à la nage. « Elle a dit "Nath" et "Bla" ? » s'étonne la jeune femme. Le bel enfant noir le confirme. Cette attention pour les plus petits l'inquiète, Ragn a définitivement quitté l'enfance.

Débarrassée de son escorte, où est-elle passée ?

Nathalie descend à l'échelle de corde qui flanque la coque et prend place dans le canot aux deux sirènes. Elle a songé à appeler Bly, mais il n'est pas prêt. Elle souque droit devant, vers ce tas de vêtements abandonnés sur le sable, là où les quatre compagnons de travestissement de Ragn se sont déshabillés pour rejoindre le Palais, au pied du Chaos de pierres.

L'adolescente sort de derrière la carlingue au moment où Nathalie saute du canot pour courir sur la plage. La jeune fille a troqué sa couronne pour des fleurs azurées. Elle en déguste d'autres, arrachant pétale après pétale, du bout des dents. Nathalie lui fait signe et elle lui répond avec grâce. Elle a gardé la cuissarde et la botte, noué sa nuisette au-dessus du nombril et arbore un pendentif ovoïde qui laisse osciller un rubis entre ses seins que dévoile son décolleté.

Jack Blackjack émerge alors de la porte de l'appareil, des fleurs embrochées sur un scion dans une main, lui adressant de l'autre un salut que Ragn ne peut voir. Il s'approche de la jeune fille, glisse quelques mots à son oreille, des mots qui la font rire et s'incliner vers lui.

Quand Nathalie arrive à leur hauteur, Blackjack enroule une mèche de cheveux blonds autour d'un doigt, le referme et le tire par petites saccades mauvaises. Ne quittant pas la jeune femme des yeux, il savoure les plaintes contenues de la jeune fille.

« Laisse-la !

— Nous parlons, c'est tout.

— Non !

— Nous nous amusons, quel mal y a-t-il à cela ? Pourquoi réagis-tu ainsi ? Elle n'a pas le droit de s'amuser ?

— Jack...

— Est-ce à toi de décider avec qui Ragnhild peut discuter ? De décréter qu'elle ne doit pas parler à qui elle veut ?

— Salaud.

— Tu m'insultes, maintenant ? Me décrire comme un individu ignoble ne te suffit pas, tu dois m'insulter devant elle... Pourquoi ? De quoi as-tu peur, petite ? Qu'elle t'échappe, que tu ne sois pas tout, absolument tout pour elle ? Mais non, suis-je bête... Tu as peur qu'elle te surclasse...

— Ragn, viens avec moi.

— Elle s'appelle Ragnhild. Arrête de la diminuer, de la traiter comme n'importe quelle petite fille... »

Son doigt libère la torsade et caresse brièvement le haut de sa joue, qui frémit.

« Regarde-la ! J'admire cette rare beauté... Certaines fleurs s'épanouissent après être longtemps demeurées discrètes. C'est un phénomène extraordinaire, dont je ne me lasse pas. J'accepte, très humblement, tout de cette oasis blanche, pour le bonheur de contempler pareille magnificence...

— Il fait le poète...

— Pense aux peintres japonais, qui étudient pendant des semaines les formes harmonieuses d'une fleur, et se l'approprient d'un seul geste... Tout est, tu le sais, dans le choix du pinceau... Mais tu grimaces... Bien sûr, tout ça tu l'as déjà compris. Tu as deviné à quel point elle peut te faire ombrage, tu aurais tant voulu qu'elle demeure une petite fille comme les autres... Tu as échoué, Ragnhild a suivi son propre destin, elle a déjoué tes ruses. Désolé pour toi, tu as toujours été traitée comme l'unique princesse dans le royaume apprêté de ta famille et tu croyais que ce serait éternel, mais voici Ragnhild, qui possède la splendeur éblouissante d'une reine !

— Arrête ton charabia à l'eau de rose. Que veux-tu, Jack ?

— Jouir de son éclat.

— Jouir ? »

Ainsi donc, ce moment est arrivé. La scène se déroule maintenant, ce n'est plus ni une peur ni un cauchemar, mais la simple réalité. La partition se révèle même si évidente que, d'une certaine manière, elle se trouve déjà jouée. Ses mots ne possèdent plus aucun pouvoir sur l'adolescente, qui les écoute sans entendre, captive de cette main qui se mêle à ses cheveux, la cajole et l'agace, à laquelle elle abandonne toute son attention. D'expérience, Nathalie en déduit que quoi qu'elle fasse ou dise dorénavant, Ragn ne le lui pardonnera pas. Ce savoir ne l'aide pas : elle ne peut laisser Jack Blackjack mener la danse.

« Tu veux dire baiser ? »

Autant foncer, le démasquer, le pousser à l'outrance... Peut-être que Ragn, alors...

« Baiser ? De tendres baisers, pour jouer délicieusement des frissons du corps, de tout son corps... »

Jack Blackjack ne se laisse pas piéger, il pioche dans un répertoire si souvent répété qu'il improvise pour pimenter la partie... Jos l'avait avertie.

« Pourquoi lui interdire de découvrir ces jeux infinis ? poursuit-il. Ragnhild a atteint l'âge où d'autres jeux sont possibles, non ? Où tous les jeux sont possibles... Tu le sais, n'est-ce pas, tu les connais bien...

— Belles répliques, enjôleuses à souhait. Ça ne m'étonne pas de toi, tu as l'expérience. Tu joues le rôle du séducteur à la perfection, mais ça reste une comédie, un mensonge. Que veux-tu, au bout du compte ? »

Nathalie craint la réponse – tandis que Ragn risque de se laisser charmer par ses propres arguments, ne relevant que des mots choisis : expérience, séducteur…

« Ce que je… désire ? Combien de fois te l'ai-je demandé ? Es-tu avec moi, Nathalie…

— Avec toi… Et tu ne la toucheras pas ?

— Joue ton rôle à la perfection, petite, car je suis un public exigeant… Soyons joueurs, que la partie soit fine et exaltante ! Après tout, aux cartes, une seule dame comble les exigences du roi et du valet, et je ne te crois pas sans atouts. »

Ragn se détache de lui à ces mots, mais c'est Nathalie qu'elle regarde.

9

Le silence. Petite mort ou aperçu d'éternité? Le silence n'est, peut-être, qu'un purgatoire terrestre, une suspension de la réalité, un sommeil sans rêve. Elle aimerait se convaincre d'une trêve des pensées, d'une amnistie de la mémoire. La Forêt profonde serait un écrin bienveillant, tapis ferme, murs sereins, plafond aux multiples promesses. Sa vertu Délivrance lui épargnerait les tracas du monde et la plongerait, elle, dans l'état de grâce Soulagement: *Ce qui devait être fait est fait, je m'en sors bien*. Ce n'est pas le cas.

Le froid. Le froid n'est qu'une illusion, qu'un souvenir de brise plaqué sur ce coin de nudité. Un recoin de solitude absolue. De vide.

Le dégoût. Elle ne perçoit rien de son propre souffle. Ni bruit, ni mouvement, ni flux. Son corps aveugle survole son corps exposé, dont il délimite le périmètre par l'autre souffle, implacable, caverneux, distant.

Et maintenant. Brisée, elle se sent brisée. Sa vie devenue inutile. Ou plutôt, elle ne lui appartient plus. Elle est une enfant qui, par jeu – non: par défi –, vient d'ouvrir le livre interdit, le Grand Ouvrage du Destin, et qui a parcouru le chapitre portant son nom: sa longue vie annoncée ne lui appartient plus, tout est prévu, immuable et désormais connu.

Silence et froid. Bleu pâle. Les beaux yeux bleu pâle de Ragn, glacés par la stupeur. Qu'ont-ils vu ? Qu'ont-ils cru voir ? Modèle, sœur, rivale, traîtresse.

Dégoût. Inerte. Son corps, figé, incapable de ramener ses vêtements chiffonnés, juste repoussés, son corps subit encore l'outrage. À peine sur elle, Blackjack s'est agité, grande masse pesante, grognant et haletant pour prendre sa place, pour mener ses assauts compulsifs comme un forcené minuté, comme une machine emballée, jusqu'au râle hurlant ; à peine sur elle Blackjack s'est retiré, grande masse puante, informe, gélatineuse, qui respire encore, ignominieuse.

Maintenant. La bête doit crever. Elle doit tuer l'Ours. Ses pensées affluent par listes entières et elle n'éprouve nul besoin d'en prendre connaissance – *elle sait*. Les mots, mais plus tard, les mots viendront témoigner pour elle, expliquer et justifier cet assassinat. Un meurtre nécessaire, elle doit le faire.

Destin ? En quelques gestes, quelques mots, quelques minutes, Blackjack a perverti ce monde. Elle s'est offerte, persuadée de monnayer la tranquillité des dix, mais elle a consacré sa victoire. Désormais, le piège les tient tous. Voilà, et de loin, sa pensée la plus affligeante : cela n'a servi à rien, c'était un piège.

Quel silence ? Le silence a disparu, emportant dans sa fuite illusions et désillusions, la laissant seule, et malgré tout vivante, consciente qu'elle doit entreprendre quelque chose.

Quoi ? Tuer !

Nathalie pose ses mains à plat sur le sol moussu. Fin de l'apnée. Sa poitrine, enfin, se soulève. Ses sanglots ne franchissent pas sa gorge. Ses jambes se plient, son bassin oscille.

« Que fais-tu ?

— J'ai froid.

— Ici ?

— J'ai toujours froid, après. »

C'est faux. Qu'il ignore au moins cela d'elle.

Son pantalon presque en place, elle se penche pour lui tourner le dos et afin que le pan de sa chemise vienne battre contre son ventre. Elle n'est plus aussi nue. Elle n'en est pas plus forte.

Cela s'est-il vraiment passé ?

A-t-elle eu le choix ?

« Ne te rhabille pas trop vite. »

Tout est là. Blackjack vient de circonscrire l'avenir. Elle lui appartient, désormais, sous l'habile et morbide contrainte du dévouement. Il n'a qu'à entretenir la menace sur Ragn pour qu'elle plie à ses désirs. Ce dont il ne se privera pas, non seulement en envahissant son corps à sa guise, mais en poursuivant Ragn. Laquelle cédera, un jour ou l'autre, parce que tentée, parce que jalouse, parce que se sacrifiant à son tour… Et alors, ce monde sera tout à la main de Jack, ses ruses et ses précautions inutiles. Elles lui appartiendront, toutes les deux, et sans ménagement. Elle, elle lui complaira jusqu'à l'épuiser pour qu'il délaisse Ragn ; quant à Ragn, la séduction et les prévenances ne seront plus de mise, il se montrera brutal avec elle, en usant comme d'un jouet dénué de volonté, et d'autant plus qu'ainsi il saura assujettir l'autre femme… L'arrogance du « Ne te rhabille pas trop vite » annonce un règne primitif, le chef tribal castrant les jeunes mâles et copulant avec ses filles. Est-ce cela, l'avenir de l'humanité ?

Le tuer avant d'en arriver là ? Le tuer *maintenant* ?

L'avenir de l'humanité. Elle ne doute plus que ce lac s'avère l'eau de Jouvence, le Vaisseau ardent l'arche qui sauvera l'humanité du prochain Déluge – un Déluge qui ne constituera en aucun cas un châtiment divin, mais juste une inconséquence de l'Homme au faîte du Savoir et de la Raison, de sa Toute-Puissance, de l'Homme en qui sommeille un Jos, rêveur et irresponsable, un Blacky, concupiscent et irresponsable, une Nathalie, dévouée et irresponsable.

Nathalie n'a plus la force de se maudire ; en brouillant l'horizon des arbres, ses larmes emportent reproches et spéculations, restituant à son corps couvert la mémoire des sentiments d'autrefois – cette force dans le bureau de Portland, espoir et don, complicité et confiance. Anton lui manque, étonnamment, en ce moment comme jamais.

Fuir. Elle désire fuir, se lancer à corps perdu dans une course qui annihilerait ce souvenir, ce manque, ce vide effroyable.

Savoir. Elle n'est plus une petite fille, elle a joué et elle n'a pas encore perdu. Anton a laissé une carte derrière lui, contre le miroir de sa cuisine, une carte retournée qu'elle regardait tandis qu'il la retournait sur son bureau, la dame de carreau. Pourquoi ? La question est hors propos, elle se la pose néanmoins. Blackjack a eu droit à un roi travesti en pirate, cloîtré dans un coffre, qu'il a découvert des traces de punaises au bout des doigts... Et si le Sherlock Holmes des mers n'entendait pas résoudre une énigme, mais construire une intrigue ? Que doit-elle comprendre ?

Le plan. « Ne te rhabille pas trop vite » implique également que Blackjack ne poursuit plus le plan annoncé. Le nom des Derenoy ne l'a pas protégée, contrairement à la simple présence de Jos. S'il compte encore contacter l'autre monde, l'aventurier ne redoute plus les foudres de son père. Et s'il devait échouer à faire passer la balise, il se ménage au sein du glacier l'existence la plus confortable possible... Elle doit savoir, il ne dira rien. À moins qu'en le provoquant...

« En fait, elle ne t'intéresse pas. Et moi non plus. Enfin... Tu voulais juste ce que Petrack a eu, la Nathalie du *Nathalie*... Je me suis trompée, à ton sujet. J'ai cru que tu avais un plan, une vision structurée des choses, une stratégie, des objectifs, que tu étais comme lui. Il n'en est rien... Tu n'es pas très différent de Bly, brusque et jaloux. Tes calculs se heurtent à l'ombre du commandant. Qu'étais-tu pour lui, je me le demande… Oh, ne renifle pas comme un ours impétueux, je ne sous-estime ni ta force physique ni ta détermination. Je parle de jugeote.

— La belle affaire ! Je t'ai eue, sans user de ma force.

— Ou bien l'inverse. Et sans user d'aucun de mes charmes.

— Petrack est mort, en quoi…

— Son ombre, Jack Blackjack, justement… Son ombre subsiste. »

La somnolence postcoïtale de l'Ours amortit sa susceptibilité, mais très provisoirement. Elle doit savoir, et pour cela ne pas céder à la vengeance. Doser la provocation n'est pas son fort.

« Prouve-moi le contraire, reprend-elle.

— Là, maintenant ?

— Non, pour ça j'irai me laver d'abord.

— J'adore quand tu te baignes.

— Je m'en doute. Mais il faudra te laver aussi. Je veux dire : récurer…

— Tu ne t'en es pas plainte…

— … je n'en ai pas eu le temps ! »

Elle va trop loin. Feindre l'assurance désinvolte l'incite à l'escalade ; mais pas cette fois, cette fois elle ne doit pas céder. Elle se redresse pour s'asseoir – changer de position, reprendre l'initiative, ne pas tourner le dos à l'adversaire.

« Ton beau discours à Ragn en dit plus sur toi que tu ne le penses. Des mots, du vent, des rouages bien huilés, rien de sincère… Rien de ce que tu dis ne compte, ce que tu penses se niche dans ce que tu caches… Ton sac, par exemple… Bien sûr, ton sac. »

Nathalie se tait. Elle découvre avec stupéfaction qu'elle possède depuis longtemps tous les éléments de la réponse et que son esprit ne les a jamais rapprochés. Au moment de partir, Jack Blackjack a sacrifié une boîte de cigares pour quelques explosifs… Si peu… Cela lui était apparu tellement grotesque…

« Tu vas tout faire sauter, n'est-ce pas ? Et si je dois tenir les enfants à l'écart, c'est que l'emplacement où tu poseras la charge est accessible… Non : tout est prêt, tout est déjà prêt. Le canot, ce n'est pas pour la balise, c'est pour toi, pour partir en profitant du ressac. Salaud ! Tu vas tous nous tuer !

— Tu peux encore les sauver, mais tu n'as pas beaucoup de temps.

— Comment ça ?

— Quand l'océan va s'engouffrer, le galion devrait pouvoir flotter. C'est votre seule chance… À condition de boucher la coque et de briser les chaînes des "ancres ornementales" ! Tu vois, il y a du boulot et je n'ai qu'une raison d'attendre.

— Laquelle ?

— Tu n'as même pas geint, recommençons… Qu'ils t'entendent ! »

Blackjack lance ses mains à l'assaut de ses épaules, elle décide de le devancer en se glissant dans ses bras. Elle se laisse embrasser, offre son visage. Lorsqu'il se réjouit d'un « Tu aimes les salauds… », elle se frotte contre lui.

« Et tu m'emmèneras ? » minaude-t-elle comme une fillette.

Il savoure sa victoire, se redresse. Elle le repousse sèchement, le déséquilibre et se précipite dans la forêt.

« Mais où es-tu ! Hé ! Nom de Dieu… Où est-elle ? »

Dans l'arbre, elle n'entend plus que son souffle. Inhumain. Plus sauvage que bestial. Non… Non, ce n'est pas un souffle qu'elle entend, pas même une forge, ni seulement le vent. Cela ne vient pas de l'Ours. C'est plus fort, plus impérieux. Des voiles. Oui : elle entend des voiles tendues par la tempête et… un drapeau qui bat. Le Vaisseau ardent. Mortimer. C'est Mortimer qui l'appelle.

Nathalie grimpe à la liane, court sur les branches. À l'orée de la Forêt profonde, elle hésite.

Le Vaisseau ardent brûle comme une torchère, Voiles rouges et Pavillon blanc.

Les enfants chantent à tue-tête dans le Palais, à l'abri des toiles rabattues.

Le canot n'est plus sur le rivage, probablement ramené par Ragn, côté ancres.

Apprêter le galion demandera une journée entière, si elle convainc les dix de s'y mettre, encore qu'il conviendra de surveiller Blackjack. Qui ? Comment ? Et pour quoi faire ?

Blackjack n'attendra pas.

Elle n'a pas la force de le tuer.

Aucun des dix ne doit l'approcher.

Les prévenir : voilà tout ce que Blackjack attend d'elle. C'est donc autre chose qu'elle doit faire. Mais quoi ? Piégée, une nouvelle fois elle se retrouve piégée.

Doit-elle croire Limn ?

Mortimer, c'est une légende. Elle ne doit pas se laisser duper par ses propres espoirs.

Elle n'a pas la force d'éliminer l'Ours, juste celle de se laisser violer.

Elle se précipite vers la Fontaine rouge.

Se purifier. Elle arrache ses vêtements à peine entrée. Elle glisse dans la Fontaine rouge sans se poser de questions. Et disparaît dans l'eau, entièrement.

Ce qui reste de moi vit en Dragon, et Dragon se meurt.

Contre cela, je ne puis rien.

Mais toi, la Dame rouge, ton temps approche.

Tout ce que tu as vécu, tout ce que tu as possédé, tout ce que tu as perdu n'est rien.

Eux sont tout.

Nous jouerons notre rôle, le moment venu. Pour la dernière fois, peut-être, Dragon et moi.

Peu de chose, mais quelque chose. Qui nous épuisera.

Es-tu prête ?

Je ne puis gaspiller mes forces, je vais te montrer.

Comprends !

Tu peux comprendre.

10

Ce n'est pas encore le matin. Elle nage dans la soie rouge de ses draps. Elle ne s'est pas démaquillée, son visage la tire comme si elle s'était assoupie dans son bain couverte d'un masque d'argile.

La fenêtre est restée ouverte, des bourrasques s'acharnent contre elle ; impossible d'ouvrir les yeux.

Elle prend conscience qu'elle n'est pas couchée, mais à genoux. Les bras en croix. Un bandeau lui couvre tout le visage. Son corps fatigué oscille, lutte pour maintenir son équilibre. *Son* corps ? Elle ne le reconnaît pas. Elle se souvient parfaitement de ses crises de croissance, quand il restait manifestement trop exigu pour la contenir tout entière ; ce n'est pas ça. Ce corps est cassé, comme après l'accident. L'accident ?

Pas question de se réveiller pour revivre tout ça. Elle jure comme un matelot.

Cette bouche n'est pas sa bouche !

Cette barbe hirsute n'est pas son duvet !

Elle peine étrangement à demeurer simplement à genoux et réalise pourquoi : il lui manque une jambe.

En conséquence, elle tombe.

Elle vrille sur elle-même. Le bandeau se détache de son visage, le vent l'emporte. *Il ne faut pas perdre la carte !* Son bras obéit – elle ignore qui vient de le lui ordonner. Ce bras agile et étonnement vif rattrape le plan précieux. Tandis qu'elle repousse les questions qui l'assaillent – qui commande à son/ce corps ? pourquoi une carte ? laquelle ? – elle découvre qu'elle se tient sur l'extrême bord d'une immense falaise. Et elle tombe. Lentement. Si lentement qu'elle a le temps de fermer les yeux et de détailler l'image rémanente du mouvement de ce/son buste – des muscles, aucune poitrine ! – qui dessine une ellipse propulsée sur un écran de brume laiteuse.

S'arrachant à son omoplate, son autre bras l'entraîne en arrière et plante profondément dans la terre un pieu qu'elle ne savait pas à sa ceinture, s'y raccroche comme un navire solidement amarré que malmène une tempête – *Han !*

Sauvé. Ce/son corps n'a pas basculé, sinon sur l'herbe. Ses paupières conservent la trace animée d'un Saint-Elme moribond, plus bas, au loin, sur l'horizon gris…

Son corps – *ce* corps – roule sur lui-même et ramène le portulan à hauteur de ses yeux. Trois gros points y sont grossièrement dessinés en triangle. Rien d'autre. *C'est amplement suffisant.* Ça ne peut l'être. *Ce l'est.*

Sa main libre touche son visage inconnu, explore la chemise qu'elle porte, tâte sa culotte curieusement encombrée, rencontre le moignon à mi-cuisse…

La stupeur lui arrache une plainte qu'elle interdit : elle ne veut pas sombrer. Elle doit jaillir de la Fontaine rouge, sortir de ce cauchemar abominable qui emprisonne son corps et lui conteste ses pensées – elle sent son pied coincé entre deux rochers. Mais non, elle n'a plus de jambe… Elle doit se ressaisir, ne pas paniquer. C'est le tissu qui s'est pris – mais elle est nue…

Elle n'est pas *elle*.

Qui est-elle ? Est-*il* ?

Ne pas succomber au réflexe du noyé, se calmer, s'apaiser, comprendre ce qui se passe et… oui, comprendre ce qui se… oui : comprendre. Elle est là pour *comprendre*.

Elle accepte d'être il.

Suis-moi.

Il ou elle rampe. Sans bâton, avec une seule jambe, comment marcher ? Il ou elle retrouve sans peine la trappe dont le plus ancien lui a parlé. *Pas parlé ! Nous ne parlions pas les mêmes langues. Ne cherche pas à comprendre, comprends !* Elle essaie. *Non, ne fais rien*, lui intime-t-il. *Comment ?* lui demande-t-elle. *Sois moi…* Elle s'abandonne. Son/ce corps lui obéit, elle se laisse faire. Et elle ressent ce qu'il ressent, est *il* tout en restant *elle* et en l'observant *lui*… Ce n'est absolument pas comme lors d'une étreinte… *Arrête ! Ne pense pas. Sois moi !*

Le Monstre surgit et la surprend. *La première fois, j'ai cru qu'il était vivant*, la rassure-t-il. *Pourtant, moi, je savais… Regarde.* L'illusion du mouvement provient de quelques mobiles cristallins, au niveau des yeux et des crocs, qu'actionne l'ouverture de la trappe. Mais si il/elle se penche un peu sur le côté, le mannequin se révèle, tout de bric et de broc. *J'aurais dû m'en douter*, lui répond-elle, comme si cette ruse enfantine les autorisait à s'unir. *Ici, ils ont fabriqué le même, en beaucoup plus grand. Mais sur un bateau.* — *Il sera terrifiant…* Il/elle sourit.

Sourire, c'est abaisser ses défenses : de même qu'il l'entend penser, maintenant elle devine qu'il fuit quelque chose. Et qu'il ne peut pas le lui cacher. Elle voit ce qu'il tait.

Aussitôt, elle vomit.

Pourquoi ? lui demande-t-elle. *Il en va toujours ainsi*, lui répond-il. *Les hommes sont les hommes. Ils avaient des sabres,* Eux *n'en avaient pas. Je n'ai rien pu faire… J'ai crié, je leur ai dit que c'était inutile, je les ai menacés, les mercenaires se sont moqués de moi. Je ne pouvais rien faire. Mais pour* Eux, *ici, il est encore temps. Viens, comprends*, insiste-t-il. — *Ô, Mortimer…*

Mortimer traverse la réserve des jouets des dix enfants morts et se dirige vers le tunnel dont le premier venu lui a dessiné le plan sur le sable. Il/elle le revoit. Le plus ancien de tous était une toute petite fille, tout juste six ans, de type oriental, la peau assez sombre, avec de grandes dents blanches, toute nue. Elle souriait toujours et s'évertuait à verser de l'eau sur sa blessure, même quand il hurlait qu'il avait soif ! Et ça la faisait rire… Petite, l'appelle-t-il.

Nathalie secoue la tête. Blackjack l'appelle souvent « petite », un mot parfois gentil, mais qui, dans sa bouche, la rabaisse. Est-ce donc bien Mortimer qui parle ? Est-elle victime d'une nouvelle hallucination, d'un genre différent ?

Ne pense pas ! Comprends.

La galerie débouche sur une salle où sont exposés des dessins, et si le trait se révèle moins habile que pour ceux de Limn, tracés sur les parois, imbriqués les uns aux autres, ils représentent dix enfants qui vivent de Grandes Aventures – mais elle n'en reconnaît aucun. Pourtant, ils se ressemblent tellement… Les mêmes jeux, les mêmes rêves… Nus, si petits, de toutes les races ou métis… *C'est l'eau, n'est-ce pas, c'est l'eau qui me piège et mélange ce que je vois et ce que je crois ? — Et ça ?*

Il/elle pénètre dans une salle grande comme la Croisée des chemins, qu'illuminent des nervures opalescentes. D'autres peintures rupestres, monumentales, montrent le Vaisseau ardent, qui traverse la brume blanche, qui approche de l'Île noire, qu'accompagnent dix navires, dont certains si anciens qu'elle ne saurait en situer l'origine. *L'Île noire ? Les enfants… Capitaine,* dit-elle. *— Viens avec moi, tu dois comprendre.*

Elle redoute de le suivre – elle ressent à nouveau toute la souffrance qui l'habite et désire y échapper. Mais ce/son corps ne lui obéit pas, il ne lui appartient plus. Il l'entraîne et il ou elle glisse sur un toboggan où coule un rapide. Elle ou il tombe dans un cri de colère, de douleur. Le lac l'aveugle, la ou le prend. Convulsions. Abysses. Noyade. Stupeur.

L'eau se souvient.

L'eau se souvient. Et plus rien d'autre n'importe.

Le massacre. Des trois frégates orientées par le Molosse – *Traître ! Lâche ! Lâche ! Que le Diable t'emporte !* – descendent des mercenaires enragés. Depuis des semaines, ils poursuivent en vain le Libérateur, malmenés par un océan qui le protège, éperonnés par un ouragan qui les a isolés. Privés de combats, affamés, ils narguent l'estropié prisonnier dans sa crique. Ils guettent les femmes que ces enfants annoncent, ne les trouvent pas et se vengent sur les dix qui leur apportent l'eau. *L'eau commune aux hommes…*

J'ai enterré leurs dix petits corps éparpillés. Des crabes veillaient leurs dépouilles. Des cormorans les survolaient. Des orques fouettaient l'écume. Ils me guidaient, mais je ne pouvais pas nager.

Tout est fini. Elle pleure. Les enfants sont morts. L'eau est souillée. Elle/il a échoué.

Non… Regarde… Comprends !

Tout est fini. Elle… Non: il. Ce n'est pas elle qui pleure. C'est Mortimer. Mortimer pleure. Les enfants sont morts. L'eau est souillée. Il a échoué. Sa rage explose, ses cris s'inscrivent en rouge dans la mémoire de l'eau. Pas en rouge sang. En rouge feu – *Dragon*.

Mais si tout est fini, nous pourrions demeurer ici… Éternellement. Regarde notre jambe, dans l'eau notre jambe est revenue… Nous sommes un, nous n'avons plus de besoin, le temps se contente d'être… Il y a tout ce qu'il faut, ici. De quoi jouer sans fin. Nous *sommes… Nous devons rester près du lac. Jouons ! C'est notre destin ! Notre mission ! Vivre éternellement. — Ne devrions-nous pas… — Qu'importe ! Nous savons, nous nous souvenons. Nous nous souvenons de notre première rencontre avec Dragon. Un fier navire, nous avions juste sept ans. Chacun dans l'auberge soupçonnait son jeune capitaine d'avoir vendu son âme au diable en échange de l'immortalité… Nous l'avons revu, le jour où nous voulions nous* noyer… *Ce n'était plus un bateau, mais une tache de lumière, écarlate, qui nous a sauvé ! Nous sommes* parti… *Et le revoilà, dans cette île, qui nous a guidé jusqu'ici ! Ce lac, c'est la fontaine de Jouvence. Nous le savons, nous le savons depuis toujours ! Nous sommes immortel ! Tout est fini, achevé. Le Destin l'a voulu, acceptons-le. Il n'y a rien à comprendre. — Et Eux ? Eux sont tout, disions-nous… — Nous le disions, nous le disions pour honorer leur mémoire. — Mais… Petite ?*

Il/elle geint. Il/elle sort du lac, contemple la cataracte. *Petite…* Franchir la furie des eaux signifie mourir.

Nous pourrions oublier… — Le pouvons-nous ? — Oui, nous le pouvons. Mais… — Le désirons-nous ? — De toutes nos forces ! Vivre éternellement ou juste mourir : comment hésiter ? — Alors, nous n'avons pas à choisir. Il n'y a plus de choix… — Nous sommes libre. — Pourquoi pleurons-nous ? — Pourquoi pleurons-nous enfin… *Regarde…*

Qui est-ce ? — Je croyais que c'était un garçon : Petit. Mais c'était une si petite fille. Elle savait vomir sur ordre, mais pas pisser dans un trou… À côté, c'est Moyen. Moyen gardait les secrets, tous les secrets. — Et lui ? — Grand. Leur grand frère. Pour eux deux, il a tout sacrifié. — En grand frère. J'aurais aimé en avoir un. — Tu ne comprends pas. Tu les vois qui marchent, mais que tiennent-ils dans leurs mains ? — Pas grand-chose, l'un tient une serpette. — Oui, c'est la mienne. Ils vont se battre. Eux vont mourir. Grand le sait. Moyen ne dit rien, il ne dit jamais rien. Il sait tout. Petite, probablement, le sait aussi. — Tu ne fais rien ? — Mourir leur coûte, ils n'hésitent pas. — Pourquoi vont-ils se battre ? — Pour moi. Je les ai trahis. Je leur ai menti. Je n'ai pas bougé. — Oui, maintenant, je te vois aussi. Tu ne te caches pas, tu ne fais rien. Tu attends, tu fais semblant d'être mort… Mais… mais tu n'étais qu'un enfant ! — Tu me vois ? Alors, regarde-moi bien. Il n'en est rien, je n'étais pas un enfant. Contrairement à Eux, *j'ai grandi, je suis un homme depuis le jour où l'on m'a arraché ma mère. Je n'ai plus jamais été un enfant. Plus jamais… Je les ai regardés mourir,* Eux, *en mémoire de moi. Et je n'ai pas bougé. — Parce qu'ils t'auraient vu… — Tais-toi ! Tu ne sais pas, tu ne sais rien ! — Je* suis *toi ! Autant que je te vois… Alors, je sais. — Tais-toi. Se souvenir ne nous vaut rien. — Attends… Ton corps est mon corps ; tu as su nous entraîner dans ce lac, je sais nous retenir et nous faire souvenir… Nous… Tu…* Je *suis un enfant. Et je n'ai jamais plus grandi. Regarde-moi, Mortimer. Je suis Mortimer, je suis un enfant, je ne suis qu'un enfant ; et je n'ai plus accepté de grandir… Je regarde le monde avec mes yeux d'enfant qu'ils m'ont arrachés, je me suis figé dans le Temps… Je n'ai pas pu bouger pour* la *retenir… Le Temps m'a emporté, mais moi je n'ai pas bougé… Manger, dormir, se cacher, fuir, voler, tuer. Il n'y a que moi. Moi et le monde. Seul en guerre contre le monde entier ! Pour* elle… *Je deviens un pirate. Je parcours les Sept mers, je poursuis le dragon-jouet. Je me tranche la jambe, tchac !, plutôt que de changer. Je suis un monstre, égoïste et capricieux, je joue dans un corps aux mille formes, je triche, je ruse, je mens, je suis toujours seul. Toujours seul… Je les ai laissés mourir parce que j'avais peur. Peur de grandir. Oui. Peur de comprendre. Peur d'être à nouveau seul, d'être sans* elle… *Je suis un enfant qui voit des jouets en toute chose. Même Eux… Petite, Moyen, Grand : ce ne sont pas des noms, mais des marionnettes… Je suis Mortimer et… j'ai peur… Oui, j'ai peur d'aimer. — Sotte ! Tu ne sais rien. J'ai aimé, tellement… —* Elle, *seulement* elle… *— Tais-toi !* — Elle *qui nous nommait* Trésor, ô mon joli Trésor… *Ils nous l'ont prise. Nous nous sommes fermés. Nous n'avons plus grandi. — Tais-toi. — Tais-moi…*

Il et elle comprennent, ou le croient, et avancent vers la cataracte.

L'immortalité ? Un rêve de gosse ! — Nous ne jouons plus... Nous savons ce qui nous attend... — Nous allons reperdre notre jambe. Nous aurons de nouveau faim. Nos poumons recracheront l'eau. — Nous aurons mal. Et nous allons mourir. — Oui.

11

Mais alors qu'il et elle franchissent la chute d'eau tonitruante, Nathalie est arrachée du corps qui bascule sur les rochers. *Non !* Mortimer ignore sa plainte, lui épargne la douleur fulgurante de sa jambe recouvrée et reprise, se traîne seul sur la couronne de corail. *Regarde, comprends.*

Elle ne voit que son corps rampant, meurtri et mutilé ; puis elle voit par ses yeux.

Les traces de l'explosion sont perceptibles jusqu'ici. Des os et de la chair ont giclé partout. Le pirate dédaigne ce spectacle, mais la jeune femme ne peut fermer ou détourner les yeux. Mortimer hisse son visage pour scruter l'horizon et s'attarde sur les fumerolles de ce qu'il nomme la Source, puis il avance l'autre coude, se redresse et ne devine plus dans ces émanations aucune silhouette de coque ou de voile. Quand il s'affaisse, il fixe la barrière corallienne qui s'effrite. *Dans dix ans, dans dix siècles, elle cédera.* Nathalie peine à ne plus penser aux cadavres qui l'entourent, puis accorde sa pensée à la sienne : l'océan polluera l'eau rutilante. *Contre cela, nous ne pouvons rien,* insiste-t-il. — *Ni toi ni moi*, tente-t-elle de lui faire entendre. Mortimer ne se laisse plus dominer, il repousse le *nous*.

Regarde, comprends, répète-t-il.

Aux corps déchiquetés des mercenaires se mêlent

des pinces, des becs et des dents. Avant la déflagration, les bêtes ont attaqué les hommes. *Non...*, la corrige-t-il. *Pas une attaque, une défense. Pas les bêtes, les Gardiens...*

Les Gardiens ? aimerait-elle lui demander, mais il souffre tant... Pourquoi ? Rien n'oblige le jeune pirate à s'imposer de revivre ce cheminement, d'éprouver cette torture une nouvelle fois ; hélas, les souffrances qu'endure son corps ne représentent rien en comparaison de ses pensées, tout entières occupées par Eux, Dragon, l'Eau, les Gardiens... et *elle*... Elle, à qui il montre son histoire pour partager sa révélation.

Les Gardiens, répète-t-il. Nathalie lui transmet ses observations et déductions. Quand la tempête chahutait l'avion qu'elle allait briser, les précipitant dans le glacier, elle a vu des ours qui leur adressaient comme des signes, des pingouins qui se jetaient dans la faille, des phoques qui entouraient cette masse luminescente... Elle lui raconte également la découverte du *Manuscrit de l'île Éléphantine*, le rôle des crocodiles, des milans et des scorpions, qui défiaient les hommes venus par milliers assaillir l'île du Chaos noir, et que la légende désignait sous ce terme, déjà, les Gardiens... *Je sais tout cela*, lui confie-t-il en reprenant son souffle, *Dragon me l'a montré... Mais j'ignorais qu'il s'agissait de l'Égypte. Les Gardiens ont pris le Relais*, précise-t-il, *mais ils ne peuvent plus lutter. Ils ont failli. Les hommes... trop nombreux, trop puissants... tellement avides et sans conscience... si peu nomades...*

Elle écoute, tourne ces mots dans sa tête, mais elle ne comprend pas. Le terme vers lequel convergent les listes que forment toutes ces interrogations, sans exception, se confond à ce mot qu'il vient de prononcer et dont le sens caché tend à l'emporter, elle, et qui l'effraie, et qui la subjugue : *Relais*. Elle y associe un souvenir de son grand-père qui citait le Sauvage : « Chacun vient en son temps et tient son rôle, à sa manière… » Ces paroles ne l'aident pas, elle ne comprend pas davantage. *Silence… Comprends, mais n'essaie pas. — C'est impossible. — Tout est possible. Fais le vide, et ce qui s'oppose ne s'opposera plus.*

Mortimer la repousse, ne lui donne plus rien à voir, il s'isole et l'abandonne à l'obscurité. Aussitôt, Nathalie se sent accablée par le secret qui n'est pas encore dévoilé, plus que par la rudesse des manières de l'homme. C'est un pirate, après tout, d'une autre époque ; elle n'est, pour lui, qu'une femme. Et puis, elle l'entend qui fredonne, comme s'il l'avait oubliée. Le corail racle sur sa peau en cadence, un râle ponctue le refrain répété à l'infini. Ce n'est que son souffle, songe-t-elle d'abord, le souffle d'un homme qui refuse de penser à ses blessures, d'un homme qui ne veut pas céder à la colère. Ou l'écho de son propre souffle, déformé par quelques onomatopées en antienne. L'air se révèle très simple, les sons présentent des variantes régulières, une phase de silence s'intercale en troisième position du refrain qui s'ordonne en quatrain. Nathalie réalise que c'est une comptine, telle qu'un tout petit garçon perdu dans une ville beaucoup trop grande peut en inventer pour se donner courage, et qu'il ânonne dans une langue gutturale, germanique, ancienne, qu'elle ne connaît pas – bien qu'elle sache ce qu'il chante…

Se peut-il qu'un navire pense ?
Se peut-il qu'un navire parle ?
…
Se peut-il qu'un navire meure ?

L'enfant qui ne connaît pas son nom cache ses larmes dans l'éblouissement de la vision de Dragon, son plus beau rêve d'anniversaire. Nathalie désire le consoler, elle fredonne le vers oublié qui complète la strophe : *Se peut-il qu'un navire aime ?* A-t-elle jamais entendu ce chant ? D'où sait-elle ce vers ? D'où vient cette compréhension ?

À ces mots, Mortimer s'arrête. *Merci, Dame rouge… Tu m'as rendu ma chanson… C'était évident, mais cela ne pouvait venir que d'une femme. — Pourquoi* Dame rouge*? — Tu t'es nommée de la sorte, au moment de ton sacrifice. Et tu es si pâle dans la Fontaine rouge. Ainsi, je peux contempler les deux sirènes… Le Relais, c'est donc toi… — Je ne comprends rien. — Ça, tu le comprendras bientôt, et sans mon aide !*

Mortimer rit alors, d'un joli rire, franc et familier. Elle l'observe davantage et se dit qu'il n'atteint pas son âge, qu'il a peut-être deux, voire trois années de moins… Pourtant, elle lui en donnait dix de plus, dix de dans son siècle, et se demande pourquoi. La mer, les combats ? Elle se déteste soudain d'être si peu disposée à accepter les choses sans les maîtriser, car les souffrances qu'il s'impose en ce moment, il accepte de les revivre juste pour l'aider à comprendre. *Ne sois pas trop sévère avec toi… Je n'ai pas franchi la cataracte dès la première occasion, il a d'abord fallu que je m'explique toutes ces choses… Je peux t'aider, regarde, belle Dame rouge…*

Alors qu'elle s'apprête à lui rendre son sourire, peut-être à tendre sa main vers son visage pour essayer de le soulager, elle se retrouve à nouveau lui, Mortimer. Les yeux bandés par la carte aveugle. À genoux au bord extrême de la falaise à laquelle il tourne le dos. Puis, aussitôt après, sans la moindre transition, Mortimer découvrant les grottes peintes. Puis Mortimer surpris par le faux monstre derrière la trappe. Puis, encore, Mortimer entendant Dragon venger les enfants qu'il n'a pas pu sauver… Puis, enfin, Mortimer qui hurle : *Pourquoi moi ?* et elle demeure ainsi…

« Pourquoi moi ? » se rapporte au massacre, dont il/elle s'avère l'unique rescapé. Sa vie de naufragé estropié sur un îlot désert ne possède aucun sens. C'est une question banale, mécanique, pitoyablement ordinaire. L'enfant qui domine en lui/elle bataille entre deux stéréotypes : il n'y a pas de raison, il jouit (et avec quelle arrogance !) d'être toujours en vie ; il y a une raison, il soupçonne (et avec quelle arrogance !) d'être l'élu. Mais les jours passent, survivre devient moins étonnant, et il y a tellement à faire. Son royaume est rapidement délimité (le plateau, la crique où il a échoué), son confort assuré (la réserve constitue un bel abri, avec différentes caches) ; un treuil serait vite aménagé pour descendre dans l'autre crique (pour construire une nouvelle embarcation, pour faire face à l'arrivée de naufragés) ; des armes enfouies, des pièges préparés, ici et là, et encore là et là. Toutes choses qu'il/elle sait accomplir, eh bien, depuis toujours. La solitude lui pèse cependant moins que le sentiment d'inutilité qui s'insinue et ne cesse de progresser – mais à quoi rapporter cette idée, à son organisation si parfaitement rodée ou à sa survie ? Incapable de trancher, il/elle découvre dans la réserve des enfants de quoi écrire, de l'encre, une plume, un livre de bord vierge, et il/elle sait quoi écrire.

Plusieurs journées s'écoulent néanmoins avant qu'il/elle ne trace un mot. Depuis que la perspective de rédiger ses Mémoires s'est imposée, ce projet le/la possède et l'effraie. Au moment de former la première lettre, il/elle réalise qu'il ne s'agit ni de glorifier ses exploits ni de confesser ses bassesses, que l'honnêteté exigée n'est ni pittoresque ni absolutoire, qu'écrire se révèle la voie d'une rupture, que Mortimer va mourir, que Mortimer va naître…

Au *Pourquoi moi ?* n'existe qu'une réponse qui vaille : *Pourquoi pas.*

J'ai su, de la manière la plus claire et la plus évidente, que j'étais libre, alors, pour la première fois. Les événements ne décideraient plus à ma place, je ne tenterais pas non plus de les dominer. Ce que j'allais choisir serait mon fait, rien d'autre !

Nathalie s'étonne alors d'être libre à son tour, non seulement vis-à-vis du jeune pirate, mais au-delà. Elle revoit par les yeux de Mortimer, alors que la main de celui-ci achève son récit par une évocation sibylline des dix enfants ; la rupture est consommée.

Mais il écrit encore : *L'or n'est rien. Eux sont tout.*

Pour conjurer sa crainte d'être le jouet d'un dessein, ou retarder l'échéance de la révélation, Mortimer s'applique ensuite à dessiner l'île à leur arrivée, puis il signe ses Mémoires du Pavillon blanc, que les mercenaires poursuivaient. Enfin, il représente sa vision de Dragon, à la fois triomphant et agonisant, entre rêves et réalité. *Suis-je réellement libre pour autant ?* lui demande-t-il après trois siècles.

C'est un homme qui s'adresse à une femme, mais c'est un petit garçon qu'elle entend.

Or rime avec Trésor..., lui suggère-t-elle en redevenant lui. *Nous voilà entier, nous pouvons choisir.*

Il sourit, se détache et la détaille, cela ne la gêne pas.

Dragon, tel est mon choix, Dame rouge. — Et pour moi ? — Tu es le Relais. — Qui est vraiment Dragon ? Peux-tu me le dire ?

Celui que je nomme Dragon, celui que tu nommes le Vaisseau ardent, le Fléau des mers et, même, l'arche ! – l'arche est un mythe que Dragon a propagé en leurre, lui confie-t-il comme s'il lui soufflait la solution d'un rébus ; *les vaisseaux fantômes aussi –, Dragon, donc, se meurt. Son agonie s'étire sur tant de vies d'hommes qu'elle remonte à bien avant l'homme... D'où les Gardiens, les représentants des Trois Règnes... Quand les premiers hommes sont venus, intelligents et crédules, les légendes sont nées. Elles préservaient l'*eau commune aux hommes*, et Dragon, si faible déjà, s'est reposé... Et puis, les nomades ont été vaincus, les légendes ont été changées, les hommes ont brisé l'équilibre... Dragon a fui l'arrogance dévastatrice des conquérants, il s'est réfugié ici. Le Fléau des mers, puisque tu te le représentes mieux ainsi, a ramené les dix, un à un. Puis il m'a appelé, moi, le pirate.*

Pourquoi moi ? Au pire des hommes de combattre le pire de l'homme...

Puis le jeune pirate fourre ses Mémoires dans un grand coffre qu'il laisse en évidence sur le plateau de l'Île noire. Il se rend sur l'extrême bord de la falaise, la carte aveugle dans sa main. Comment la maintenir sur son visage avec les bras en croix ? Il la contemple longuement sans chercher à interpréter ce que les trois points figurent. Soudain, en de violentes bourrasques venues du Nord, le vent lui apporte la réponse – et il sait : les points désignent les trois états de l'eau, sous forme d'oasis, d'île et de glacier ; et lui donnent son cap. *D'autres enfants existent... Dragon a prévu que les hommes, après l'avoir chassé en Terriens, le débusqueraient en Marins. Il doit regagner son dernier refuge, entre Feu et Glace, celui que seuls des Aériens sauront atteindre. Eux l'attendent déjà, là-bas, si loin de tout, dans un sanctuaire d'aucun attrait pour l'espèce humaine... Que représente un simple iceberg coiffant un volcan éteint, à l'écart de tout or ?*

Mortimer rédige un dernier message, qu'il inscrit dans la face cachée dans un petit coffre à double paroi, qu'il balance dans la crique des naufragés. Puis, tandis qu'il descend dans la réserve, il dissimule la carte aveugle dans la gueule du monstre. Il gagne une jambe en traversant le lac, la perd en repassant la chute d'eau. Alors que le souvenir de la déflagration imprégnée dans le corail brûle sa chair, le pirate arbore un sourire à faire vaciller une armée.

Dragon a besoin d'un Capitaine, il a besoin de moi ! Il est si faible et aller là-bas, dans le Grand Nord, n'est pas facile.

Mais tu vas mourir ! — Mais je vais naître !

Il et elle s'éloignent l'un de l'autre.

Lui rompt les amarres, son corps atrophié se précipite vers les lambeaux de brume qui s'agitent, tournoient, s'élèvent.

Elle recule à la manière d'un travelling arrière, emportée dans les airs, aspirée par un vortex de fiction – son regard se débat pour rester fixé sur l'îlot.

Les Gardiens s'approchent, accompagnent le

pirate unijambiste qui serpente comme une sirène échouée, tous fondent vers la Source.

Nathalie tend ses mains vers Mortimer.

Dragon rugit dans une débauche de flammes et de fumées et libère le Vaisseau ardent qui se dresse, happe son Capitaine, l'engloutit et se sépare du lagon.

Au moment de la transmigration, l'écho de sa voix l'a apaisée : *Ne me retiens pas. Tu peux comprendre.*

12

La jeune femme jaillit de la fontaine. Abasourdie et effrayée, elle aspire tout l'air qu'elle peut, s'apprête à tousser, à recracher l'eau qui encombre ses poumons et sa gorge, mais elle découvre que ce n'est pas nécessaire. Elle avait encore la bouche fermée, sa poitrine est toujours gonflée, comme si elle n'était restée immergée que quelques secondes.

Choquée, haletante, elle éclate en sanglots. Une jambe dans l'eau, elle regarde la caverne de Limn – le somptueux lutrin renversé, la caisse qui lui sert de table, l'escalier aux quarante marches. Elle pivote sur elle-même et affronte la lumière qui éblouit la barricade de meubles aux milliers de dessins.

Elle entend la voix de son père qui la tance : « Nathalie ! » – de : « Nathalie, tout cela n'est qu'une hallucination, un rêve que tu fais, un délire dans lequel tu te complais depuis trop longtemps ! » Alors, Nathalie s'enfonce de nouveau dans la fontaine.

Elle espérait l'aide de Mortimer, mais l'eau rouge la refoule.

Pourquoi me repousses-tu ?

Pas de réponse.

Nue et misérable, la jeune femme s'assoit sur le rebord, embrasse ses genoux ramenés contre ses seins.

« *Je n'ai pas compris : qu'est-ce que je dois faire ?* insiste-t-elle. *Quel est mon rôle ?* »

Pas de réponse.

Le silence de la caverne accuse sa solitude.

Le jeune pirate lui a dit qu'elle peut comprendre. Avant de s'offrir au vaisseau fantôme, il lui a également dit : *Nous voilà entier, nous pouvons choisir.* Nathalie rouvre les yeux et revoit Mortimer entamer sa transmutation en Dragon. Celle-ci s'est produite une fois libéré de son rôle d'enfant-pirate, qui lui a été assigné par la disparition de sa mère, et après qu'il a consumé son désir de vengeance à l'encontre de Geisvatter, sobriquet germanique qui peut se traduire par « père fantôme ». Sa respiration retrouve aussitôt son rythme d'étudiante. Si elle retranche Dragon de Geisvatter, il reste de Mortimer le non-dit de ses Mémoires, le père qu'il n'a jamais nommé.

« *Et pour moi ?* » se demande-t-elle en inclinant la tête.

Nathalie se souvient des paroles de la comptine qu'elle a complétée pour lui, mais elle ne retrouve plus l'air qu'il fredonnait. Contrairement à la mère perdue de l'enfant sans nom, la Grande Absente ne lui a laissé aucune chanson.

Que dois-je faire ?

Pas de réponse.

Enfin, pas vraiment. Car elle se souvient maintenant qu'il a évoqué le concept de « Relais ». Cet indice était relié aux deux sirènes du *Nathalie* – à moins qu'il ne désignât celles du canot de l'Ennemi charmant. Nathalie se redresse de nouveau, essuie son visage, frotte son front machinalement. Mortimer lui suggère-t-il que la solution est dans le canot ? Jack Blackjack lui a avoué fonder son évasion sur sa disponibilité ; pour l'en empêcher doit-elle détruire son tout dernier lien avec Anton ?

D'un côté, c'est l'évidence : l'Ours veut sauver sa peau. Mais de l'autre, elle redoute les conséquences d'une telle décision, car si l'Ours réalise qu'il ne peut plus sortir, en fauve habile, il arrangera sa cage à sa convenance.

Ou bien elle craint encore davantage que, privée d'embarcation, condamnée à nager, elle ne tarde pas à réveiller elle-même sa libido…

Pourtant, la Fontaine rouge n'a pas provoqué le moindre effet de ce genre, bien qu'elle se fût entièrement dévêtue. En fait, en déduit-elle, l'eau n'a exacerbé sa sensualité que vêtue ; nue, la notion de pudeur lui est même demeurée étrangère. Comme pour les dix… Elle pense à Jos, à l'anarchiste qui opposerait vice et vertu en rappelant que la nature ignore tout de ces concepts, mais aussi à l'Aérien qui s'est libéré de son enfance en l'acceptant.

Doit-elle faire cela, se libérer de cette enfance qu'elle croyait derrière elle ?

Et même, accepter de comprendre comme Buld lui a appris à entendre ?

Cette perspective soudaine l'amuse presque, car elle entre en harmonie avec la formule de son professeur de littérature, lorsqu'il reliait l'imagination aux sens. Nathalie se laisse donc aller, résolue à ne retenir ni canaliser aucune pensée – et elle se rappelle le regard du jeune pirate qui parcourait son corps et lui souriait en prononçant ces mots : « les deux sirènes ».

Mais cette image est gâchée par le souvenir de Jack Blackjack qui, dans sa hâte de se satisfaire, s'est vautré sur elle avant qu'elle soit déshabillée. Non qu'elle eût tenu à graver son expression dans sa mémoire, mais pour mieux le haïr. Il a gardé les yeux fermés le peu de temps qu'il s'est appesanti pour mener ses assauts balourds ; elle aurait pu être – elle n'était certainement que – n'importe quelle autre.

Nathalie abandonne l'exploration désinvolte de ses pensées. Elle renverse sa tête, desserre ses bras et relâche ses jambes, qui ne parviennent pas à s'étendre.

« Tu joues à : Je suis toute nue dans la cabine d'essayage mais où est passée la cabine d'essayage ? la surprend Tœ.

— Et si tu me trouvais plutôt quelque chose à me mettre…

— C'est plus confortable pour jouer.
— J'en conviens, Plo. Rien n'est plus confortable pour jouer, mais j'aimerais enfiler un vêtement.
— N'importe lequel ?
— Oui, Tom. Enfin, non… Vous êtes tous là…
— Presque, lui répond Kum en sortant à son tour de la fontaine. Tu veux une blouse, comme Ragn ?
— Par exemple.
— Si petite ?
— Ragn est presque aussi grande que moi, maintenant, Zach. Et cette blouse n'est pas si courte…
— Ça lui va bien.
— Sim, s'il te plaît, ne t'y mets pas toi aussi.
— Pas aussi bien que sa couronne.
— Un diadème n'est pas vraiment un vêtement, Buld. C'est une parure.
— Bla lui a dit qu'elle est une grande princesse.
— Bla dit des choses qu'il ne pense pas, Limn.
— C'est possible ? »

Aussi nus qu'elle, les huit l'étudient, agglutinés en demi-cercle.

« Nous devons retourner au Palais, se ressaisit-elle. Tous. » Aucun ne bouge. « Et nous devons y aller maintenant. » Les huit regards accompagnent le moindre de ses gestes. « Il faut procéder à des améliorations pour le mannequin du monstre, insiste-t-elle. Décrocher les ancres, reboucher la salle du Champ de bataille… » La jeune femme soupire, se lève et s'expose le temps de les convaincre qu'elle ne se cache pas.

« Bien. Je suis comme ça.
— Ben oui. Comme Ragn.
— Comme Ragn maintenant, précise Limn.
— C'est joli, mais… ça fait bizarre, ajoute Kum.
— Ainsi s'explique la remarque que Bla a adressée à Ragn, relève Zach, constatant que de juvéniles promesses, elle affirme désormais l'éclat d'une reine…
— Elle est si vieille ! s'exclame Sim

— Ça n'a aucun rapport avec le temps, Bla ne regardait pas sa montre, ironise Tœ.

— Et il ne pense plus à gratter la glace, continue Buld.

— On joue ? demande Plo.

— On joue, lui répond-elle. Et on y va maintenant : allons, tous ensemble au Palais ! »

Voilà, finalement c'est simple : elle doit agir, ne plus tergiverser. D'abord, les abriter sur le galion, puis les y occuper pendant que le chapiteau leur masque ce qui se déroule dans le reste du glacier. Elle peut, si besoin, leur parler au nom de Mortimer, le terrible pirate, et justifier ainsi ses instructions. Ensuite, elle doit convaincre Ragn et Bly de les encadrer. S'ils rechignent, elle jouera sur l'autorité : ils ont maintenant l'âge d'y croire. Cette perspective l'amuse et l'ennuie. Son père est-il toujours aussi sûr qu'il en donne l'air ? Et qu'elle l'a cru ? Elle se reprend et se concentre sur son plan. Le canot constitue sa monnaie d'échange avec Blackjack. Tant qu'elle menace de le détruire, il tentera de le récupérer. À ce petit jeu, elle n'est pas certaine de triompher, mais si elle compte juste gagner du temps, ce sera suffisant. Ce temps, elle le mettra à profit pour subtiliser l'explosif – pendant que les dix achèveront de préparer le Palais… Elle regarde les huit. Leur présence la stimule, comme si son rôle s'imposait désormais de lui-même.

« Allez, on y va ! Pour De Bon ! »

Les huit se précipitent vers la fontaine…

« Non, je ne passe pas par là… Et je ne sors pas toute nue non plus. Venez avec moi par l'escalier. Qui joue à me ramener des vêtements des buissons ? »

Tom et Plo se précipitent. Buld remarque sa consternation et file les rejoindre.

« Il faudrait aussi me rapporter le canot.

— Facile : c'est déjà fait, se réjouit Kum.

— Comment ça, le canot est déjà là ? Mais qui le garde ?

— Nous ne l'avons pas échoué, il faut nager pour l'attraper, tente de la rassurer Sim.

— Mais où sont Ragn et Bly ? s'avise-t-elle.

— Ils se sont disputés. »

Nathalie repense à l'expression blessée de Ragn, quand Blackjack l'a soudainement délaissée pour s'intéresser si ostensiblement à elle, comme elle revoit Bly s'astreindre avec une surprenante docilité à s'exercer au sabre contre des sacs grimés.

« Pourquoi ? Ils devaient rester au Palais, et ne retourner dans le lac sous aucun prétexte !

— Je ne sais pas trop, admet Limn. Ils ne voulaient pas que nous les entendions.

— Ils nous trouvent trop petits…, ajoute Tœ.

— Que savez-vous ? insiste-t-elle.

— À un moment, Ragn a dit quelque chose à Bly, en parlant de toi. C'est ensuite qu'ils se sont séparés.

— Et qu'ont-ils dit ?

— Ragn a dit : “Ce qu'elle a fait, je peux le faire”, précise Limn.

— Elle a dit aussi, mais après : “Ce qu'elle n'a pas fait, je dois le faire”, complète Tœ.

— De quoi parlait-elle ?

— Je ne sais pas, soupire Limn.

— Qu'est-ce que j'étais censée faire ? se demande-t-elle à voix haute.

— Qu'as-tu fait qu'elle peut faire, et qui fâche autant Bly ? lui retourne Tœ.

— Emmenez les autres au Palais, occupez-vous du monstre ! C'est important. Les ancres à décrocher, le trou à boucher… Faites ça… Vite. S'il vous plaît… »

Tom et Plo reviennent avec tout ce qu'ils ont trouvé : trois chaussures, un manteau de fourrure tailladé, deux chemisiers noués ensemble, une culotte bouffante, deux ceintures et une robe de bure. Buld les suit, les bras chargés d'un tricorne et de plumes multicolores.

« Plo, où est ta hache ? lui demande-t-elle en entreprenant de séparer les chemisiers.

— T'as vu un coucou ! Où ça ?
— J'en ai juste besoin.
— Pour découper le temps en tranches ?
— Tu l'as laissée là-bas, près de l'avion ?
— Oui ! Trop longue à ramener.
— Trop lourde, tu veux dire.
— Non, elle est toute légère, mais elle résiste, têtue et tout, elle s'enfonce dans le sable, pour découper chaque grain dix fois de suite…
— Tous au Palais ! coupe-t-elle court aux mimes dans lesquels se lance Plo.
— Tu joues avec nous ? lui rétorque-t-il.
— Dès que possible, Plo. Dès que possible.
— Tout est possible, lui rappelle Tœ.
— Et nous avons tout notre temps, surenchérit Plo.
— Pas pour tarder à aller jouer. Filez ! »
Buld attend qu'elle ait fini de s'habiller pour lui tendre le couvre-chef.
« Ragn porte sa couronne, tu dois arborer ton chapeau de pirate.
— Moi ! Tu me vois en pirate ?
— Nous en sommes un équipage. Et puis, Zach voulait que je te trouve un heaume…
— Idéal pour aller avec une hache… Mais le chapeau suffira. Allez, Buld. Dépêche-toi. Allez, allez, tout le monde ! »
Nathalie considère le tricorne des rêveries de son enfance, et prend alors pleinement conscience de sa forme en trigone.

13

« Viens te battre ! Ce duel, tu me le dois ! »

La jeune femme lève ses avirons pour incliner la tête vers la Grande Falaise d'où provient ce cri. Elle n'est partie à la recherche des deux adolescents qu'une fois assurée que les huit s'activent à ses jeux dans leur Palais. Au seuil de l'antre du pilote, dans une parodie d'uniforme, pantalon noir moulant et tunique écarlate bâillant sur sa poitrine glabre, inutilement ceint d'une lavallière blanche immaculée, un catogan noir maintenant ses cheveux en arrière, Bly brandit un kopis, une épée grecque ancienne, en direction de la Forêt profonde. Le garçon – lui peut grandir et se donner l'apparence d'un fier soldat, à ses yeux il restera à jamais un garçon – vocifère et s'époumone en défis et insultes. Parfois, sa voix s'égare tragiquement dans les aigus, glapissant quelques onomatopées capricieuses. Aucune réponse ne lui parvient.

« Maudite soit la testostérone ! » rumine-t-elle en se tordant davantage pour chercher l'Ours.

Blackjack se tient non loin de la Croisée des chemins, comme elle s'y attendait, et tourne résolument le dos à l'adolescent, dédaignant ses provocations. Tant qu'il entend son adversaire, il sait qu'il n'a pas à s'en préoccuper ; Bly serait mieux avisé de se taire.

Nathalie s'apprête à replonger ses avirons, fulminant de devoir se distraire de la scène et d'avancer si lentement – mais il lui faut la hache pour attirer l'attention de l'aventurier sur l'enjeu de la seule embarcation en état de naviguer. Elle ne peut s'empêcher d'observer une dernière fois l'Ours qui scrute l'orée des arbres. Elle le devine sourire, d'un sourire qu'elle n'aime pas. Elle doit savoir pourquoi.

Nymphe opalescente délaissant le royaume sylvestre, la jeune fille sort du bois et se montre. Elle marche avec une grâce infinie et une sublime lenteur.

Bly hurle : « Ragn, non ! »

Tout en manœuvrant pour mieux suivre la scène, elle cherche Bly et réalise qu'il n'a pas prononcé le prénom entier de son amie, alors qu'ils l'exigent l'un et l'autre. Elle revoit simultanément la petite fille fluette des premiers Bonsoirs et sa dernière apparition, si délibérément sensuelle. Blackjack ouvre légèrement les bras pour accueillir la belle adolescente qui se dirige résolument vers lui.

Si, au lieu de provoquer l'aventurier, Bly s'était précipité, quel que fût le chemin qu'il eût emprunté, il serait parvenu trop tard pour s'interposer, enrage-t-elle. Ou bien elle se fâche contre elle-même, car elle ne peut gagner la plage à temps. Elle s'est arrêtée à mi-distance entre le galion et l'avion, plus proche de la rive du Chaos de pierres que de la Forêt profonde.

« Ragn ! » crie-t-elle à son tour.

La jeune fille l'entend, le marque à peine – un instant, son visage s'est penché en faveur du lac, puis, très vite, elle s'est ressaisie.

Nathalie ressent, à son port, à ses allures, à sa démarche, le sourire, sans timidité et sans réserve, d'une femme qui rejoint son premier amant. Aucun cri ne peut plus l'atteindre…

Nathalie se reproche de ne pas avoir suffisamment saisi la chance qui s'offrait à elles tout à l'heure pour lui parler de Jack Blackjack…

« Ragn ! » crie-t-elle à nouveau.

L'aventurier répond à son appel. Un bref regard,

lourd de sens. Il savoure son triomphe et jouit, déjà, de cette facile victoire, son plaisir redoublé par la torture du spectacle qu'il impose aux proches de sa victime ; puis il dévore des yeux la vierge qui se rend à sa rencontre.

Que peut-elle faire ? Nathalie balaie le glacier du regard. Le Vaisseau ardent témoigne d'une activité devenue inhabituelle, un magma de fumées rougeoyantes – bien loin encore, cependant, de la vision de Dragon que Mortimer a partagée avec elle... Le tapage qui résonne dans l'enceinte du chapiteau atteste que les huit exécutent joyeusement les tâches qu'elle leur a assignées. Ou s'affairent à d'autres, de leur cru, qui les maintiennent du moins sous les voiles. Elle en est soulagée, les petits doivent demeurer à l'abri de l'incursion barbare qui se trame.

Près de la Croisée des chemins, l'enfant-femme ne se trouve plus qu'à un bras de l'Ours.

Bly rugit de plus belle – à quoi bon ? Nathalie l'accuse de gesticuler et de brailler, de ne rien tenter ; puis sa pensée l'effraie. Comment peut-elle souhaiter que Bly aille se battre ? Blessée par la détermination affichée de Ragn, elle ne peut feindre d'ignorer l'inévitable issue d'un duel inique. C'est à elle d'agir. À elle seule.

Nathalie plonge rageusement ses avirons dans l'eau pour les rejoindre – elle s'imagine débarquer et courir, puis réalise que Ragn ne l'acceptera pas, pas cette fois. Cette fois, Ragn refusera de se laisser évincer ; toutes deux se disputeront, toutes deux sourdes aux arguments de l'autre ; Blackjack s'en amusera, leur querelle le divertira, ou bien il en profitera pour s'éclipser et s'emparer du canot.

Le canot, se répète-t-elle, le canot constitue l'enjeu – le jeu dans le jeu de l'Ours.

Au milieu du lac, que peut-elle faire d'autre ?

Impossible de s'éloigner, de ne pas regarder.

Blackjack ouvre ses mains pour l'accueillir. Ragn tend les siennes vers lui et, au moment de les y déposer, elle a ce petit mouvement de coquetterie de la tête qu'elle a adopté depuis qu'elle prend plaisir à être peignée. Elle ne porte plus le diadème que Plo et Tom lui ont rapporté, mais juste le long bijou d'ivoire sculpté et de nacre ciselé, dont la beauté achève de conférer à sa figure lunaire l'élégance d'une princesse elfe. Ses mains viennent libérer ses cheveux clairs que son épingle dressait en chignon. Sa chevelure tombe comme une mousseline et elle incline joliment la tête sur le côté.

Nathalie hurle de concert avec Bly.

Blackjack relève sa main à hauteur des yeux de la jeune fille. Ses doigts se perdent dans sa coiffure et la séparent en mèches en effleurant sa joue. Ragn baisse son visage, ses lèvres frémissantes, regarde Nathalie un instant, puis s'étire en signe d'abandon radieux, levant les bras au ciel, sa poitrine gonflée, ses jambes tendues.

« Ragn ! Ragn ! Non... »

Son cri meurt avec l'indifférence altière de la jeune fille. Elle redoute même que ses protestations l'incitent à mettre en scène son offrande.

Blackjack pose ses mains sur ses hanches, accompagne son mouvement quand elle renverse la tête en arrière, l'empêchant de tomber, et la laisse recouvrer son équilibre en glissant contre lui. Ragn s'agrippe à son poignet droit et rabat son poing brutalement à la base de sa gorge, le pique de son peigne en saillie, comme une lame.

« Pour Nath », susurre-t-elle en l'enfonçant fermement.

Nathalie le lit sur ses lèvres plus qu'elle ne l'entend, ou bien l'eau en a propagé l'écho jusqu'à elle.

Bly lui-même s'est tu, abasourdi par le geste de son amie – à moins qu'ayant compris ses intentions il n'ait cherché à la mettre en garde. D'ailleurs, cette fois, Nathalie le devine disparaître dans l'antre, assurément pour regagner la Croisée des chemins par les galeries souterraines.

Impossible de le retenir, d'arriver là-bas à temps, d'empêcher cette autre folie.

L'aventurier fléchit, sa silhouette s'immobilise avant de poser un genou au sol. La jeune fille relève son arme aussitôt – le pique est effilé et le coup assené puissant, mais le sang n'a pas giclé et elle le retire sans effort. Nathalie se dresse dans le canot, au risque de chavirer.

« Pas de duel ! » Ragn frappe à nouveau, sa voix retentit dans tout le glacier.

D'un mouvement ample du bras, l'Ours dévie la course de la lame. Il se redresse en basculant sa proie, la couche à terre, plie un genou sur son bras armé, bloque de sa poigne son autre main.

Nathalie souque ferme vers la Croisée des chemins, des larmes plein les yeux. Elle se retourne encore une fois. Blackjack porte la jeune fille plaquée contre sa hanche, la tête ballante en arrière.

Que lui a-t-il fait ? Où l'emmène-t-il ? Que va-t-il faire ?

Si Bly arrive trop tard, elle ignorera où Blackjack conduit sa victime – l'adolescent est le seul à pouvoir la guider dans ce dédale souterrain avant l'irréparable. Si Bly arrive trop tôt, l'aventurier relèvera son invitation au combat – comptant autant sur l'inexpérience de son trop jeune adversaire que sur sa fureur, exacerbée par le sacrifice de son amie…

Nathalie s'évertue à manœuvrer ses avirons sans céder à la peur panique qui l'envahit.

« Ce qu'elle a fait, je peux le faire. Ce qu'elle n'a pas fait, je dois le faire. »

Elle se souvient de l'avertissement du pilote à propos des deux jumelles, du cran de sûreté, et elle ne comprend pas qu'un homme puisse s'autoriser tant de violence.

« Pourquoi ? Pourquoi ? » Le mot accompagne la cadence, la soutient, la renforce.

La réponse s'impose, simple évidence : ce glacier renferme le plus fabuleux des trésors – pas seulement l'or éparpillé sur la plage ou les richesses accumulées dans le Palais, mais aussi l'énigme scientifique du feu sans combustion et le secret de l'immortalité. *Gloire et prospérité* attendent celui qui s'en emparera – celui qui s'évadera à l'aide de l'unique canot…

Le véritable plan de Jack Blackjack lui apparaît alors, implacable. L'Ours ne partagera pas ce providentiel butin, il détruira le glacier pour s'en approprier les ruines, ne laissant derrière lui aucun témoin – à la manière de Mortimer : aucun survivant. Se présentant ensuite comme le seul rescapé, il participera activement aux secours qui exploreront le site à la recherche de quelques indices… Probablement ne tardera-t-il pas à en prendre la tête, puisque le mieux placé pour cela, justifiant ainsi sa présence et ses fouilles – financées par les dollars Derenoy ? Maître des découvertes qui seront faites, il exhumera progressivement les preuves qu'il ne reste aucun espoir, quitte à les inventer… Dans le beau rôle de celui qui refuse de baisser les bras, il s'installera, jusqu'à l'oubli médiatique, jusqu'au deuil familial. Alors, il pourra mettre en scène sa bonne fortune soudaine…

Mais pour cela, il doit d'abord sortir. Et sans perdre de temps. De l'autre côté de la paroi, son père s'active et les débris de l'avion finiront bien par être découverts. C'est, du moins, ce que l'aventurier doit le plus redouter. Ce qui le presse de partir. L'urgence qui l'incite à tous les excès.

Nathalie est écœurée, autant par l'abjection du plan que par ce qu'il implique.

Il faut l'abattre. Il n'existe pas d'alternative. Détenir le canot ne sera pas suffisant – il pourra le voler, ou bien en fabriquer un autre… Elle ne peut pas attendre, elle doit l'abattre.

Tourner le dos à la Croisée des chemins se révèle intolérable, mais souquer en direction de la Grande Falaise lui montre le réveil du Vaisseau ardent.

Dragon reprend forme. Entre incendie et tempête, vortex de brume enténébrée coiffé de torchères virulentes, il semble une nef, figuration balbutiante de coque et de voiles, tentative instable pétrie dans une tornade flamboyante. Les Voiles rouges de l'Île noire, entre le rêve issu de la description de Virginia et la vision délivrée par Mortimer ?

Nathalie éprouve un haut-le-cœur : le souvenir de l'impuissance du jeune Mortimer à sauver les trois Petits la submerge… pour lui suggérer qu'elle ne s'en tire pas mieux… Les Voiles rouges ne présagent aucun miracle pour elle ni pour les deux adolescents : Dragon n'existe que pour les huit, ceux qui sont demeurés des enfants, depuis la naissance de l'humanité et en prévision de sa renaissance. *Eux sont tout.*

Contre l'Ours, elle doit agir seule.

Il lui faut une arme.

Elle n'a pas encore atteint la plage que, quelque part dans son dos, sans un cri pour annoncer l'affrontement, deux lames s'entrechoquent. Le duel a commencé, parmi les roches ou les arbres, ou bien dans l'ombre de l'entrée de la Croisée des chemins.

Le glacier rutile quand le canot aborde le rivage. Nathalie se rue vers les bruits des lames, un aviron trop long plaqué en travers de la poitrine.

14

La jeune femme ne tarde pas à découvrir Bly gisant à l'embouchure du monde souterrain qui mine la Grande Falaise et la Forêt profonde. De son nez s'écoule un filet de sang, une ecchymose assombrit le pourtour de son œil. Le garçon s'est replié sur le côté, les mains ramenées entre les jambes.

« Il a pris mon épée », lui avoue-t-il d'emblée, sans la regarder.

Non loin, entre les reliefs des derniers repas de fleurs et les vêtements abandonnés, l'épingle à cheveux maculée de sang attire l'attention de la jeune femme.

« Et Ragn ? demande-t-elle en se promettant d'aller lui chercher de l'eau aussitôt après.

— Il ne l'a même pas lâchée… Je ne pouvais pas me battre en risquant de la blesser, tu comprends… J'ai essayé de la lui reprendre, à mains nues, mais…

— C'est un ours. À peine plus gros que nous, mais tellement plus fort… Et puis, il doit compter davantage de vraies bagarres que tu n'as rêvé de duels.

— Je n'ai jamais rêvé de duels. Je rêve de Grands Tournois.

— Et c'est pour ça que tu te déguises ! »

Nathalie se retient de l'accabler de la liste qui pourrait servir d'étendard à ce piteux chevalier : chimères, illusions, enfantillages, garçon, garçon…

« Sois toi-même, Bly, ne peut-elle s'empêcher d'ajouter. Le menacer avec un kopis… Nous sommes dans la réalité, se battre n'a rien d'un jeu et…

— … les rêves m'ont toujours suffi, la coupe-t-il en entrouvrant sa paupière valide. Mais là, il fallait que je fasse quelque chose. Pour elle.

— Tu es généreux, Bly, et courageux aussi. Seulement, ce n'est pas aussi simple.

— Tout a été si vite… »

Elle opine de la tête en songeant à la brutalité de l'affrontement, satisfaite d'avoir dit « courageux » et non « téméraire », « stupide », « perdu d'avance » ou encore « si prévisible », mais en regrettant surtout de n'avoir pas été à même d'empêcher ça…

« Et elle ? balbutie-t-elle. Comment elle allait ?

— Elle ne semblait pas consciente. Elle n'a pas réagi quand je l'ai appelée… Il la portait comme une marionnette cassée. C'était horrible…

— Elle saignait ?

— Non. Juste comme une marionnette cassée… Mais lui avait une traînée de sang à la gorge, pas beaucoup.

— Tu sais où il l'a emmenée ?

— Quand je suis tombé, il m'a tapé avec les pieds. Ça fait vraiment mal… Je suis désolé, je n'ai pas pu me relever. Ils sont en dessous, mais où ? C'est si vaste… »

La jeune femme sonde l'entrée enténébrée du complexe souterrain. Sans guide, elle se perdra ou glissera dans une oubliette. Le temps d'aller chercher de l'eau pour aider Bly à se remettre, et l'avance de Blackjack sera trop importante. Elle se souvient des tunnels d'écoute dont les joueurs du Géomètre Disloqué se servaient pour l'espionner, mais ignore trop leur usage pour en profiter.

« Nous ne pouvons pas rester sans rien faire, maugrée-t-elle en se levant pour se rendre au lac.

— En s'éloignant, reprend Bly, il parlait tout seul, comme ça lui arrive souvent. Il a dit qu'il n'avait plus de temps à perdre. Non, pas exactement… Voilà : il a dit qu'il n'avait plus de raison de perdre son temps. »

Nathalie revient vers lui, s'éloigne, fait encore demi-tour et menace l'horizon de son aviron.

« Je sais ce qu'il va faire, Bly. On peut encore éviter le pire, mais tu dois m'aider. Je ne voulais pas te mêler à ça, mais nous n'avons plus le choix. Blackjack a un plan, qui dépend essentiellement du canot. Dans le sac, celui qu'il a caché à notre arrivée, il y avait des explosifs. Il va s'en servir pour tout détruire. Oui, tout le glacier, uniquement pour se frayer une issue vers l'océan… Tu comprends, il ne peut pas le faire avant d'avoir récupéré le canot. C'est la clé de son plan, il en a absolument besoin pour s'échapper. C'est notre chance, car en ce moment, il pense moins à faire du mal à Ragn qu'à nous éloigner du rivage. Comme ça, il pourra l'atteindre sans encombre et me voler le canot… C'est pourquoi je dois aller le détruire maintenant. Il n'y a pas une seconde à perdre. Tu comprends ? Reste là, fais le mort… Il va revenir, bientôt, après avoir caché Ragn, mais surtout ne fais rien pour le retenir ou le provoquer. Laisse-le passer, mets-toi à l'abri et préviens-moi en criant le plus fort possible… Dès que j'ai terminé, je te rapporte de l'eau pour te soigner.

— Attends…

— N'aie crainte, Bly, j'ai accumulé assez de colère en moi pour y arriver… Et tu m'aideras ensuite, pour trouver les explosifs…

— Nath ! l'interrompt-il. Dans l'antre de Jos, il y a quelque chose qui ressemble à ton canot.

— Non, déjà ? Il s'est fait un radeau… Tout ce cirque, ce n'était donc qu'une diversion… Tu en es sûr ? Le canot est quand même plus sûr que de simples planches assemblées et…

— Il l'a depuis longtemps ! Il l'a sorti de l'avion avec son sac. Au début, c'était tout mou, ça ne ressemblait à rien. On croyait à un manteau-luge. Mais maintenant, c'est plus gros et ça a pris la forme du canot. Quand on le touche, ça se déforme et puis, quand on le lâche, ça se reforme aussitôt. J'ai peur que ce soit impossible à casser.

— Le canot pneumatique ? Je l'avais oublié… Ce canot n'est pas en bois, mais il est fait d'une toile qui renferme de l'air. Il faut la crever, je veux dire faire plein de trous dedans pour l'empêcher de flotter. Le plus possible… Il me faut un couteau, n'importe quoi de très pointu…

— Je n'ai plus mon épée…

— En détruisant le canot, j'aurais des éclats de bois, réfléchit-elle à haute voix. Ils devront faire l'affaire… Mais avec quoi je vais le briser, mon canot ? La hache est de l'autre côté… Peu importe. Je trouverai.

— Une grosse pierre ?

— Je reviens, Bly, avec de l'eau. N'oublie pas de le laisser passer, sans rien faire. Et s'il grimpe là-haut, préviens-moi. »

Tout en accélérant sa foulée, la jeune femme s'imagine mal venir à bout d'une structure en bois à coups de pierre… Ce qui importe, se répète-t-elle, c'est de retarder la mise à feu… Cet exposé minimaliste l'arrête aussitôt : elle s'est trompée – décidément, ses choix dans l'urgence se révèlent mauvais, elle n'excelle qu'à dresser des listes pour les laisser reposer avant de se décider… Car l'essentiel, du moins dans un premier temps, ne consiste pas à détruire les deux canots, mais à les rendre inaccessibles.

Voilà ce qu'elle doit faire. Rapporter à Bly tout un quart d'eau pour le remettre sur pied. L'envoyer ensuite au canot d'Anton, pour qu'il rejoigne l'autre rive. Là, armé de la hache, il menacera de le pulvériser ; quitte à cogner dessus pour de bon, afin de témoigner de sa résolution. Quant à elle, elle doit se précipiter dans l'antre. Inutile de crever le pneumatique, le dégonfler suffira pour le jeter dans le lac, si possible lourdement lesté afin qu'il sombre dans ses abysses… Et si Blackjack veut en découdre avec elle, le plongeon de Jos, elle peut le tenter.

Nathalie reprend immédiatement sa course.

Une fois le quart du pilote rempli, elle retourne à la Croisée des chemins, étrangement soulagée de ne pas avoir à détruire le canot de l'Ennemi charmant, anxieuse de l'abandonner pour secourir l'adolescent…

Bly n'a pas crié, mais il ne l'a pas attendue. Elle peste d'avoir pensé à haute voix devant lui, ne réussissant qu'à le convaincre de l'urgence de saboter le pneumatique. Mais avec quoi ? Il n'aurait pas évoqué son épée si Jos avait conservé des outils tranchants dans son atelier. Nathalie tourne la tête vers l'épingle d'ivoire et de nacre souillée de sang. Elle a disparu.

Elle ignore comment rejoindre l'antre. Elle refuse de laisser le canot à la disposition de Blackjack. Inutile, dorénavant, de tergiverser : s'occuper du canot d'Anton, finalement, lui incombe.

C'est la tâche la moins risquée, la plus sacrilège.

Tandis qu'elle souque avec une régularité de métronome vers la hache de Plo, elle scrute l'antre de la Grande Falaise, dans l'espoir d'apercevoir Bly, dans la crainte d'y découvrir Blackjack.

Elle hisse le canot sur le banc de sable qui entoure l'avion. La hache pèse des tonnes. Jamais l'enfant n'a pu la manier seul, et s'il a réduit un coucou avec un merlin, ce n'était certainement pas avec celui-là. Avant de frapper le premier coup, elle crie le nom de Blackjack, insiste sur la première syllabe pour masquer la seconde – l'idée de prononcer son nom en entier, ou son prénom, a convoqué le souvenir de ses grognements, quand il se pressait sur son corps, tout à l'heure, tout à l'heure seulement…

« Bla ! » hurle-t-elle…

Elle guette sa réponse et son regard parcourt le glacier, ce paysage silencieux à l'équilibre paisible, qu'elle envisage pour la première fois comme une de ces estampes intemporelles, paysage montagneux noyé dans de vastes brumes immuables et pâles, au couchant. Au-delà du banc de sable qui s'échappe du Chaos de pierres, la berge échoue contre les Portes de l'enfer. Offrant une sensation de bout du monde étonnamment plus convaincante, la plage étroite que flanque l'escarpement aride lui est peu familière. Elle ne se souvient pas l'avoir empruntée jusqu'à son extrémité et se surprend à le regretter. Elle ausculte à nouveau le côté de la falaise, y cherche Bly en vie ou en duel, ne le trouve pas. Elle fronce les sourcils en rejoignant son sommet, la paroi éblouissante réverbère les rouges tourments du Vaisseau ardent qui a encore gagné en virulence. Elle s'en détache difficilement pour dévaler les rochers affalés en strates saillantes, lesquels conduisent à la bande herbeuse et aux bosquets qui marquent l'emplacement de la Croisée des chemins, invisible de loin. Son regard plonge alors dans la Forêt profonde et elle rêve de s'étendre sur les frondaisons de l'étage sylvestre pour entendre le glacier chanter... Elle n'ose poursuivre jusqu'aux taillis, évitant Dragon, et accompagne la muraille blanche aux nervures de rouille, explore le faîte du dôme, s'attarde à la petite tache sombre par où tout a commencé... Blackjack criait dans l'avion – « À moi, les Portes de l'enfer ! »

Puis elle se penche pour caresser le dessin des deux sirènes. « Anton », dit-elle tendrement. Nathalie soulève la lourde hache et assène un premier coup sur la coque. L'embarcation se déplace sur le sable. La jeune femme repose son arme et retourne le canot afin de le caler solidement tout en présentant son arête centrale.

Le merlin s'abat violemment et lui échappe des mains en les meurtrissant. Elle observe l'impact – elle n'a détaché qu'un éclat de la poutre, si ridicule qu'elle renonce à l'attaquer ainsi. Elle ramasse la hache, hurle le sobriquet haï et porte un nouveau coup, visant la jointure de deux planches, vers l'avant, là où la courbure semble plus fragile. Cette fois, le tranchant s'enfonce tellement qu'elle ne récupère sa cognée qu'en la faisant jouer dans son axe à plusieurs reprises.

Elle frappe de nouveau, presque au même emplacement, mais selon un angle plus incliné. Le bois vole, mais la hache n'a toujours pas défoncé la coque. Ses mains la brûlent. Nathalie redresse la tête et contemple la Grande Falaise – triangle sombre sur horizon blanc. Elle respire profondément, soulève encore son arme et entend la première explosion.

15

Le bruit provient du sommet de la falaise. S'il l'a surprise, ce n'est certainement pas en raison de son intensité. Elle s'attendait à davantage de vacarme, à quelque chose de plus… cinématographique. Quelques fumerolles lèchent la paroi blanche, c'est tout. Certes, elle se trouve trop en contrebas pour discerner l'emplacement exact de l'explosion. Selon toute vraisemblance, Blackjack a placé la charge à proximité immédiate de la tête du Frère du monstre, là où la glace lui paraissait la plus fragile. Elle s'interroge sur ses motivations : elle imaginait que l'explosif aurait été plus efficace à la base de la muraille que sur ses hauteurs. À moins que, à force de sondages, le cartographe n'ait déduit que le glacier se trouve très encaissé par rapport à l'océan. Qu'en sait-elle ? Le dôme est immense, la montgolfière n'a pas atteint sa limite et la paroi demeure obstinément opaque… Nathalie s'étonne de disposer d'autant de répit pour approfondir ces questions, car nulle autre manifestation ne se produit. Ne s'agit-il donc que d'un test, ou bien d'une démonstration, peut-être tout simplement d'un accident ? Les fumées se dispersent en de paresseuses volutes grisées. Aucun craquement du glacier n'a fait écho à la déflagration. S'est-elle trompée ? A-t-il échoué ? Est-ce déjà fini ?

Nathalie tourne la tête vers le Palais. Les huit n'ont

pas encore détaché une seule ancre du galion. Ont-ils muré la béance percée dans la coque ou se sont-ils regroupés dans la cabine du Champ de bataille pour contempler le spectacle du Vaisseau ardent renaissant ? Ont-ils entendu l'explosion, compris son danger véritable ?

Sans la moindre réponse, elle s'acharne à nouveau contre le canot. Le bois cède enfin. À l'image du galion, le trou n'est pas énorme et probablement situé un peu trop en dessus de la ligne de flottaison. Sur le lac, cette avarie ne posera aucun problème, mais pas une fois dehors, confrontée à la houle incessante de l'océan. La jeune femme renonce à l'éventrer davantage. Elle examine la coque et se demande cependant où il lui faudrait taper pour administrer à l'Ours la démonstration de sa résolution. Quelques coups un peu plus loin, sur un bordage mitoyen et vers l'étrave, devraient suffire pour élargir le sillon de la jointure.

N'est-ce pas ce que Blackjack est en train de réaliser ? Si elle voit juste, la seconde explosion interviendra donc au pied du monstre, vraisemblablement dans une galerie souterraine, et sera autrement plus violente ; la faille reliera la base et le sommet fragilisé ; l'océan s'engouffrera pour inonder les souterrains et dévaster les rivages ; mais quand le niveau des eaux se stabilisera assez pour autoriser le canot à s'échapper, l'aventurier empruntera cette brèche – d'où le choix de l'antre du pilote pour entreposer le pneumatique ?

Ragn n'y survivra pas. Les huit non plus, quel que soit l'état du galion.

La silhouette de l'Ours se détache enfin sur le faîte de la Grande Falaise. Il recule avec lenteur, le kopis pendant à sa main, et contemple son œuvre, qui demeure hélas invisible à la jeune femme. Sans se presser, il descend le sentier plaqué au flanc de l'escarpement, ignorant le reste de la caverne de glace. Nathalie ne le quitte pas des yeux, la cognée calée contre la coque cassée. Muette, paralysée. Elle n'aperçoit pas le garçon.

Cette route évite l'antre, mais à moins de rallier la plage pour accéder à la Croisée des chemins et, de là, passer par le tunnel que Jos a parcouru des centaines de fois, il faut crapahuter à même la roche pour le rejoindre. Le parcours, quinze mètres tout au plus, ne présente pas de difficulté particulière, les saillies où s'appuyer et s'accrocher ne manquent pas ; par contre, leur étroitesse et l'irrégularité de leur espacement interdisent toute progression rapide. Blackjack s'y engage sans hésiter, après avoir glissé l'épée à sa ceinture. Elle ne l'a jamais vu s'adonner à l'escalade, il s'y montre à son aise. Cette maîtrise l'effraie, son calme et son assurance confirment ses craintes : Jos avait pleinement raison, dans le chaos Jack Blackjack évolue sans état d'âme.

Bly apparaît à ce moment, tout au-dessus de l'homme qui ne l'aperçoit pas. Il boitille – après un affrontement sur le sommet de la Grande Falaise ? L'adolescent se dirige du plus vite qu'il peut vers la pointe rocheuse qui domine la caverne de Jos, où la poulie et les cordages sont demeurés en place. Habilement, il descend en rappel, habitué qu'il est de jouer dans les vergues du Palais.

« Blackjack ! » Elle vient de crier en prenant soin d'articuler chaque syllabe, afin d'attirer son attention sur elle. Sans attendre qu'il se retourne, elle cogne de toutes ses forces sur le canot de l'Ennemi charmant.

L'Ours incline sa tête un instant vers le lac, puis renifle l'air et darde son regard sur son adversaire qui n'a pas bénéficié d'assez de temps pour le surprendre.

« Bla ! crie férocement l'adolescent.

— Bly ! » lui rétorque l'aventurier exactement sur le même ton.

Nathalie est troublée par l'homonymie, tout accidentelle, des deux noms – que Jack Blackjack savoure, goulûment. Depuis quand préméditait-il de prononcer ainsi cette réplique ? De fait, l'adolescent n'y résiste pas, il se presse pour réfuter tout fondement à cette confusion sonore, comme si sa rage devait démontrer qu'il ne l'a jamais considéré comme un modèle. Il saute du rocher et tombe pitoyablement sur le sol. L'Ours reprend l'avantage.

C'est alors un spectacle ahurissant, et si peu crédible, que de voir Jack Blackjack, cet homme qui s'affichait à la télévision comme un sauveteur providentiel, cette brute qui l'a possédée par chantage, menacer le garçon qui tente de lui échapper en effectuant une cabriole maladroite – sauf que Bly se relève armé d'un long bâton qu'il entendait ainsi ramasser.

Blackjack frappe. Bly riposte. Nathalie s'effondre – l'adolescent, qu'elle pensait fourbir quelque ruse, combat comme s'il maniait un sabre ; autant dire qu'il est perdu. Entre ses mains, le bois éclate, se brise en deux si rapidement. Blackjack profite de son avantage pour porter un coup d'estoc, que le garçon dévie en plaquant un bout de son bâton contre son avant-bras, le tenant à la force du poignet à la manière d'un bouclier. L'autre bout, plus long, qu'il récupère après un roulé-boulé surprenant, présente une pointe ciselée par le kopis, et trace, en se relevant, un filet de sang sur le bras droit de l'aventurier.

Le duel s'équilibre peu à peu. L'adolescent se défend, use de sa souplesse. L'adulte attaque tout en force, impose son rythme. La jeune femme se redresse : cette lutte lui donne la nausée, mais elle doit à Bly de le regarder. Un instant, elle lui trouve fière allure, le port et les gestes des héros des salles obscures. Son accoutrement de beau chevalier est évidemment intentionnel, peut-être moins parce qu'il joue au Grand Tournoi que pour en insinuer l'image – puérilité que Blackjack pourrait interpréter comme un signe de faiblesse.

L'épée mouline, le bâton pare. Ils tournent dans un sens et dans l'autre, avancent, reviennent sur leurs pas. Les deux assaillants se déplacent sans cesse, et elle tarde à identifier que l'enjeu de cette joute vise moins à blesser ou à désarmer, du moins pour l'instant, qu'à se placer vers l'entrée de l'antre ou à pousser l'autre vers le rebord du précipice. La résistance de l'adolescent agace l'homme, qui frappe plus fort, moins souvent. Bly endure les coups, mais il se recroqueville de plus en plus pour les accuser. Nathalie redoute cette posture, qui signe l'usure, qui restreint les parades. Ses propres muscles se contractent à chaque assaut. Ne pouvant l'aider, elle se joint alors aux efforts du garçon, hurle sauvagement, cogne sur le canot, achève sa besogne.

Blackjack ne lui accorde pas un regard, il tape, en écho, avec un acharnement brutal, une résolution meurtrière. Le preux chevalier a perdu de sa superbe, l'adolescent aux allures flamboyantes se retrouve accroupi. Ses bâtons amortissent et dévient les coups de rapière, ils n'en assènent aucun. Mais Bly, à croupetons, rampe peu à peu vers l'entrée de la grotte, puis il lâche son arme pour enfouir sa main dans sa tunique et, relevant l'épingle à cheveux comme une dague, il s'engouffre dans les ténèbres.

Deux ou trois fines entailles suffisent pour neutraliser temporairement un pneumatique. Nathalie écarquille tant ses yeux que des larmes les brouillent. Blackjack se précipite à la poursuite de son adversaire, brandit son kopis dans le sillage du garçon, le fiche violemment dans le sol... Il ne s'arrête pas, il disparaît dans l'antre – c'est que Bly n'a pas été touché.

Non. L'Ours ressort, tirant l'enfant par un pied, et d'un geste le jette loin sur le promontoire.

Bly se redresse péniblement, vacille, retombe. Blackjack avance jusqu'à se planter juste au-dessus du vaincu et lève son épée à bout de bras – d'un coup de pied, il pourrait culbuter cette loque dans le lac. Se hissant péniblement, Bly s'agenouille, les bras en offrande et se renverse tellement en arrière qu'il risque de chuter tout seul: il demande grâce. Jack Blackjack hennit son mépris et déguste le spectacle de ce pitoyable guerrier implorant sa clémence. Bly lui offre de quoi pavoiser, répétant sans cesse les mêmes gémissements misérables que Nathalie devine de la berge opposée – « S'il vous plaît... S'il vous plaît... S'il vous plaît... » L'Ours la regarde alors et lui adresse un signe du menton, puis il abat méchamment son arme.

Le kopis frappe le vide. Bly a roulé entre ses jambes, récupérant le peigne pour le ficher aussitôt dans le pied nu de l'homme qui croyait sa proie rendue inoffensive. Le garçon s'est redressé et, quand Blackjack fait volte-face, il lui expédie une poignée de terre poudreuse dans les yeux. Sans attendre, l'adolescent se retourne et fonce à nouveau dans l'antre – Nathalie reprend espoir, Bly se bat enfin comme un enfant. Mais l'aventurier se jette en avant, il plonge littéralement pour écraser sa proie, ou l'attraper par un mollet...

Elle ne distingue plus rien... Ils luttent, puisque aucun ne réapparaît... Ils sont encore en vie, puisqu'elle les entend grogner...

Bly resurgit le premier, reculant en tirant victorieusement le pneumatique – hélas intact, toujours gonflé. Blackjack ne tarde pas, arrimé à l'autre extrémité. Mais il ne freine pas l'avancée de l'adolescent, il l'accompagne et accélère son mouvement, il lui interdit toute initiative. Bly trébuche. L'Ours le presse et l'étouffe, il lui ménage une brève pause pour qu'il se relève et, avant que Bly ne reprenne son équilibre, il le pousse violemment... Quand Bly dérape au bord de la falaise, Jack Blackjack s'agenouille et vrille le canot. Privé de toute prise, l'enfant tombe dans le vide. Son corps ricoche sur la roche.

Blackjack se penche, contemple la dépouille qui gît sur la plage en contrebas. Puis la bête gueule sa victoire.

Pour arracher son regard du pied de la Grande

Falaise, la jeune femme empoigne le manche de sa hache. Elle la fixe en se répétant qu'elle n'a rien empêché. Que, pour Bly, pour Ragn, elle n'a rien pu faire. Mortimer lui a prédit qu'elle comprendrait, mais elle ne comprend pas.

Pourquoi le pirate néglige-t-il ses enfants héroïques ? Sous prétexte qu'ils se sont distingués des autres, qu'ils ont renoncé à cette jeunesse conditionnelle ?

Ses flammes ont beau briller, le Vaisseau ardent n'a pas bougé…

Blackjack hisse triomphalement une dernière fois l'épée dérobée, puis il regagne l'antre.

De rage, de désespoir, Nathalie enfonce le merlin dans les débris du canot. Un pan s'en détache, vole et vient de poser à ses pieds : les deux sirènes gravées à l'intérieur de la coque ne sont pas séparées. La jeune femme se penche pour les ramasser et les serrer contre elle. Elle se sent moins seule – Virginia, Anton… Pour la dernière fois, peut-être, elle contemple les jumelles enlacées, et remarque une minuscule signature sous les figures emblématiques, à côté de l'épigraphe ancienne, *Le Nathalie*. Une autre main a tracé à la lame d'un mauvais couteau une deuxième inscription : « Pourquoi pas ». Elle caresse les deux mots en relief, découvre encore une seconde mention récente, beaucoup plus petite. Elle peine à les déchiffrer les yeux humides, se trouve stupide de leur accorder de l'importance à un tel moment, s'aide de ses doigts – « Eux sont tout. »

Alors, elle le sait. Ces mots, Mortimer les lui a montrés, lorsqu'il achevait devant elle ses Mémoires. Mais, bien qu'elle n'ait jamais qu'entraperçu son écriture dans son carnet d'adresses, ouvert au A d'Albatros, elle comprend que c'est la main du commandant Petrack qui les a tracés. La dernière lettre d'Anton. Pour elle… Il savait.

Elle se tourne vers le galion, pense au « Pourquoi pas » accolé au *Nathalie*, sourit et considère l'absence de point d'interrogation comme un assentiment ; plus de questions, juste l'évidence. Tel est son rôle, évident : les enfants.

Au moment où elle s'apprête à rejoindre le Palais, serrant les deux sirènes contre sa poitrine, Jack Blackjack s'avance sur le promontoire et exhibe la radio. Comme ses ondes ne franchissent pas le périmètre de glace, Nathalie devine qu'elle commande le second dispositif. « Il est trop tard », dit-elle en se concentrant sur le galion transformé en chapiteau…

L'aventurier décompose son geste pour actionner l'émetteur.

Elle plonge.

16

L'onde de choc la fauche dans son élan. La falaise a bougé. Un vacarme assourdissant se propage sous terre et une onde violente ébranle le lac.

Sans lâcher la planche aux deux sirènes, la jeune femme roule sous l'eau. Un courant l'éloigne. Elle se débat, autant pour ressortir la tête que pour échapper au vortex qui se forme. Après des mouvements au-delà de tout compte, maîtrisant sa panique et contrant les flots, elle parvient à la surface, mais une vague la submerge. Une vague salée. Grâce à la planche issue du canot, elle parvient à surnager. Les remous masquent son champ de vision, où qu'elle se tourne. Puis elle voit.

Des fissures lézardent les Portes de l'enfer. Des rochers commencent à se détacher de la Grande Falaise. L'océan gronde et rugit en envahissant le labyrinthe de galeries souterraines ; il régurgite des boues au pied de l'escarpement. Le monticule qui signalait si discrètement la Croisée des chemins n'existe plus. Les arbres s'affaissent, fauchés les uns après les autres par des éboulements sourds. Le lac tumultueux recouvre les berges les plus basses, elle ne distingue plus de plage. Elle n'aperçoit pas non plus le Vaisseau ardent. Nathalie résiste au courant de plus en plus bourbeux et tente de se rapprocher du rivage. Ballottée comme un fétu de paille, elle réussit à entrevoir le Palais, qui tangue et roule dangereusement ; des vagues sombres tutoient son bastingage.

La fin du monde ?

Elle redouble d'effort. Elle va mourir. La force tourbillonnaire s'accentue, elle ne doit se préoccuper que de cela : survivre. *Non !* Le Chaos de pierres offre un refuge sûr, les rochers de cette montagne déjà éboulée s'encastrant mutuellement ; elle y grimpera au fur et à mesure de l'élévation du niveau des eaux. *Et Eux ? — Eux sont tout.* Les huit enfants sont seuls sur le galion, comment peut-elle songer les abandonner ? Mais que pourrait-elle leur apporter de plus que sa présence…

L'orpheline réagit violemment en contractant son ventre, ou bien la Grande Absente se manifeste. Pourquoi penser à elle ?

Nathalie se laisse dériver, évite le fuselage de l'avion dont le faîte métallique émerge encore, et nage résolument vers le navire en longeant l'ancien rivage, adresse un regard à l'antre de Jos, méconnaissable.

L'Ours attache une corde autour de la planche du promontoire, le canot pneumatique à moitié sur son dos, bien que la Grande Falaise tremble. Les larges pierres plates qui s'y chevauchent glissent, percutant des arbres en lisière ou dégringolant dans le lac. La faille qui part de sa base à l'assaut des Portes de l'enfer s'ouvre sous la poussée de l'océan. Le Frère du monstre se brise en blocs énormes et occulte la brèche un instant. Pas davantage. La mer se déverse dans le lac par la cataracte que l'aventurier a permise. La partie est perdue.

Jack Blackjack a-t-il calculé que le glacier se trouvait aussi profondément enfoncé ? Dans quelques secondes, ils seront tous noyés.

Le Palais gîte par bâbord, plombé par ses ancres ; l'eau ne s'engouffre pas par la béance de la coque. Pas encore…

Allongée sur les deux sirènes, la jeune femme

s'oriente du mieux qu'elle peut, ce qui n'est pas grand-chose. Les vagues ne lui accordent aucune chance et elle rate d'une vingtaine de mètres le vieux galion aux dix mâts et s'échoue à la frontière des Dunes basses et du Chaos de pierres, contre la paroi de glace, pas si loin de l'endroit où Jos et elle ont trouvé le canot d'Anton. Hébétée, épuisée, consciente qu'elle ne rejoindra pas les enfants, elle se hisse de rocher en rocher pour au moins se montrer aux huit. Elle espère les soutenir avec de simples gestes, mais, parvenue dans leur perspective, elle constate que les voiles du chapiteau les isolent toujours de l'apocalypse.

Elle hurle. Elle crie de tout son corps dressé.

Le Vaisseau ardent n'a pas résisté à l'attraction du maelström, il tournoie dans son œil et consume ses dernières forces pour se maintenir à flot. Il ne reste de la Nef des Origines qu'une turbulence d'écume, de vapeur et de lueurs déclinantes. Mortimer disait Dragon moribond, elle pensait qu'il se trompait, ou bien qu'il exagérait, que ses Feux demeureraient immortels – elle a eu tort.

La fracture dans la muraille de glace s'échancre en un triangle étroit et pointu, qui ne tardera guère à s'étendre jusqu'à la voûte, laquelle s'écrasera alors. Au gré du désordre qui oppose les deux mondes, l'eau précieuse du lac se déverse désormais à l'extérieur autant que les vagues salines pénètrent à l'intérieur. La Grande Falaise se disloque en formant peu à peu une crique dérisoire, de part et d'autre de son ancienne plage, dressant un barrage éphémère en direction de l'ouverture océane.

Blackjack achève de descendre en rappel, le pneumatique pendu à sa ceinture, vers cette digue providentielle… Elle l'imagine surfant sur une vague, emporté par le courant jusqu'à la brèche qu'il a ouverte, et sortir du glacier en vainqueur dès que le niveau des deux eaux sera mieux stabilisé, peu avant l'effondrement final.

Un soubresaut la secoue et la plie en deux – elle refuse les événements et n'y peut rien. Elle vomit.

À genoux, un bras enroulé autour de sa tête, une main ramenée sur son ventre, Nathalie sanglote. Elle déplie son bras pour rapprocher la relique du canot d'Anton et caresse du bout des doigts les mots récemment gravés, quand son regard est attiré par le pneumatique qui s'écarte du pied de l'ancienne falaise à grands coups de pagaies. *Tout est fini*, pense-t-elle. *Eux vont mourir, lui va survire... Il condamne l'avenir de l'humanité pour de l'or. L'eau de Jouvence est souillée, l'arche détruite... Aucun Gardien n'est intervenu... Mortimer, je...*

L'idée de sa propre fin l'effleure et s'éloigne aussitôt ; elle ne lui semble pas si importante ni si regrettable.

Cette indifférence l'incite à fermer les yeux et c'est la voix de son père qui retentit dans sa mémoire – voici longtemps, par un matin d'été, sur la terrasse de la maison de Percé, alors qu'il commentait l'un des quotidiens qui meublaient leurs conversations, bien qu'elle n'eût guère que sept ans, et qu'il parlait de quelqu'un qu'il connaissait et qui venait de décéder « paisiblement », il avait ajouté, avec cette pointe d'envie inoubliable : « Mourir dans son sommeil... partir comme ça... » ; et Nathalie sait qu'il n'évoquait pas une connaissance vague et lointaine, mais la Grande Absente, assassinée dans d'horribles souffrances tandis que son petit être s'en détachait.

Nathalie dépose la planche aux deux sirènes devant elle et s'y couche, les paupières closes, le corps trempé arrondi dans un repli intime.

« Aucun Gardien... », geint-elle. Puis, elle se tait, elle attend. Et, prostrée, elle entend.

Dans cette symphonie de fin de monde, grondement des flots et fracas du glacier éventré se fondent en basses minimalistes, auxquelles s'accorde un brasillement qui pulse comme le souffle d'un être – bête ou homme, qu'importe ! – qui se prépare au combat.

Un hoquet surprenant la sort de sa torpeur, une convulsion barbare : elle est une battante. Elle crie.

La femme s'érige alors en guerrière, les deux sirènes en bouclier contre son ventre, un bras brandi comme une épée. Sa colère tire puissamment dans cette musique essentielle, qui ne partage rien avec l'esthétique héroïque, qui participe d'une libération animale, d'un déni soldatesque de civilisation.

« *Je suis la Dame rouge !* »

Elle braille, et la sauvagerie de son hurlement est prolongée d'une déflagration qui appelle un tsunami. *Nous voilà entier, nous pouvons choisir.* Mortimer unit les forces de leur rage commune.

Elle crie ses listes et son silence, elle crie ses rêves et ses vertiges, elle crie l'absurdité du monde, les sentences du petit déjeuner, ses frayeurs, ses doutes et ses peurs.

Une vague se soulève alors, comme poussée par la branche d'une hélice invisible, et reflue les flots impurs hors du glacier. Jack Blackjack ne perd pas une seconde à savoir pourquoi ou comment, il enfourche la houle et s'évade.

Elle crie Anton, elle crie les dix, elle crie la Grande Absente…

Nathalie doute qu'aucun son ne soit sorti de sa gorge, mais elle refoule toute idée de parodie : elle demeure figée dans cette position étonnante, indigne et nécessaire, elle s'obstine et contemple le déchaînement du Vaisseau ardent.

Elle hurle, elle s'époumone, elle gueule, elle s'arrache les entrailles par la gorge…

Dragon flamboie, inondant le glacier tout entier d'une lumière d'un rouge aveuglant. Ses torchères fouettent le sommet de la voûte. Ses brumes en tornade ébrouent les pierres qui jonchent sur les berges. Son souffle contre un océan. Mais il ne bouge pas et Jack Blackjack, sur son ridicule esquif, s'apprête à franchir la paroi qu'il a vaincue… L'aventurier se fraie un chemin à travers les débris du monstre tombés en barrage. L'Ours rentre chez lui, étranger au séisme qu'il a causé…

Elle crie.

Lumières et ténèbres s'accordent et rugissent avec elle.

La Dame rouge s'entend enfin crier et le Vaisseau ardent enfin s'ébranle.

La nef de feu et de glace vire de cap et pointe sa proue vers les Portes de l'enfer; d'un bond, Dragon jaillit jusqu'à la brèche et flanque son bord contre la trouée dans un déferlement de flammes. La muraille se reforme, fermant la crevasse – comme dans la légende de chevaux du lac Ladoga, le choc thermique vient de reconstituer la paroi de glace.

Le glacier n'a pas succombé…

Nathalie lâche son bouclier et baisse son bras pour se tourner vers Eux. Le galion n'a pas coulé, mais il a changé de position. Il s'est retourné, faisant désormais face aux Portes de l'enfer, le château arrière enfoncé dans la berge – la gueule du faux monstre se dresse pour menacer la tache sombre par où leur avion est tombé.

«*Jos serait content.*»

Rien ne subsiste du paysage qu'elle a fini par tant aimer. Elle pleure, ne sachant où porter les yeux. Le lac a retrouvé son ancien niveau et les rivages ressemblent aux images de désolation d'après les ouragans des Caraïbes. Les plages s'encombrent d'épaves mutilées, de branches arrachées, de rochers éclatés – elle n'aperçoit plus aucune pièce d'or. Seules quelques poignées d'arbres marquent l'emplacement de la Forêt profonde. La Grande Falaise ne dépasse plus en hauteur le Chaos de pierres, dont elle figure désormais l'écho fidèle, opposant cependant encore un univers de saillies au règne de la rondeur. Les Portes de l'enfer brasillent. À ses pieds, le Frère du monstre contemple son mannequin. Prisonnière de la muraille de glace, la créature ignominieusement recomposée, les antérieures au lieu des postérieures, la tête retournée, s'est dotée d'une étrange crête, le canot pneumatique… Nathalie devine en saillir le bras tendu de Jack Blackjack, figé dans un geste définitif d'impuissance.

Le Vaisseau ardent regagne lentement sa place, son effort l'a visiblement épuisé ; lui qui a été si vaillamment lumière et ténèbres, n'est plus que gaz et feux follets. Mortimer n'a pas menti. Le pirate sans légende qui n'a pas abandonné son nom à l'histoire des hommes a habilement manœuvré dans le secret du glacier, en bon capitaine, menant ses forces au combat ni trop tôt ni trop tard, assurant à son camp une victoire incontestable, sauvant l'avenir de l'humanité. Les huit…

La jeune femme songe à retourner à la Fontaine rouge où elle s'est baignée nue, pour s'inquiéter de Dragon, mais elle imagine les meubles basculés, le Registre éparpillé et dévasté. Son regard revient au Palais et elle sourit : les enfants nagent à sa rencontre…

17

Nathalie saute de rocher en rocher, s'enivrant des trois mots exaltants : « Ils sont vivants. » Elle arrive sur la plage bourbeuse en même temps qu'eux et lâche son écu pour les étreindre tous. Ils rient, nus, vivants. Les huit l'entourent, chacun la touche, lui sourit, ne regarde qu'elle.

Sa gorge s'encombre de phrases qui ne s'en échappent pas : « Vous êtes là », « J'ai eu si peur pour vous » ; elle presse une épaule, caresse une joue, fouille des cheveux, baise un front. Et puis, peu à peu, l'étau de sa poitrine se desserre, elle délivre des paroles si longtemps contenues qu'elle en ignorait totalement l'existence : « Mes petits », « Mes enfants ».

Les huit s'agglutinent, s'enroulent autour d'elle, mais aucun ne demeure immobile. Les enfants bougent sans cesse, changent de place, de position, se lovent tour à tour contre elle, effleurent son ventre en égrenant une litanie de « Bonjour », l'embrassent, l'apaisent, la cajolent. Elle imagine la boule de chair qu'ils forment lorsqu'ils dorment tous ensemble. Leur étreinte s'affirme mais leur emprise la terrasse et, spasme et vertige, elle s'abandonne, libère ses muscles, détend ses membres, oublie ses pensées et s'écroule en sanglots.

Des regrets la débordent. « Je suis désolée. Je n'ai rien pu faire. » « Tout est détruit, tout est perdu. »

Des consolations fusent de cette union sensorielle. « Nous sommes en vie. » « Rien n'est perdu, tout a changé. » « Tout a encore changé. » « On joue ? »

Dans un frisson, elle songe aussi à ceux qui ont combattu Jack Blackjack, au petit garçon à la peau rouge, à la fillette diaphane, qui ont osé ce qu'elle a fui. « Je n'ai rien fait, ils sont morts. J'aurais dû me battre. — Tu n'avais pas à te battre. — Tu les as accompagnés. — Sans moi, ils n'auraient jamais grandi ! — Grâce à toi, ils ont grandi. — Vois comme ils ont grandi. »

« On joue ? insiste Plo.

— Ben, avant, faudrait voir à s'occuper du Monstre. Parce qu'avec rien plus comme avant, quand il va ressortir, il va pas être content. Ça non. Sans compter les autres, maintenant, j'veux dire. Son Frère et le nôtre, ils vont l'effrayer. Et un Monstre qu'a peur, ça, je préfère pas.

— Il est peut-être déjà sorti.

— Il y a eu de drôles de bruits, tout à l'heure.

— Et des Bulles suspectes, pas ordinaires…

— Il faut organiser une Excursion exotique !

— J'ai cru voir des traces, toutes fraîches…

— Pour De Bon ? »

Tous se détachent, mais ils ne s'éparpillent pas. Ceux qui s'éloignent quelque peu reviennent vite lui reprendre la main. Nathalie se lève à son tour, une grappe d'enfants au bout de chaque bras, autour de sa taille, à ses jambes. Dans toute cette désolation, la jeune femme se sent étonnamment entière, bien que fragile. Si tel s'avère son rôle, ne devrait-elle pas éprouver une sensation de sérénité – peut-être pas une certitude d'invulnérabilité absolue, mais au moins un peu plus d'assurance, de confiance en soi, l'idée qu'elle ne s'en sortira pas trop mal ?

« Je vais m'occuper de vous, leur assure-t-elle. J'ai beaucoup appris, et si Mortimer a conservé quelque force, il me conseillera. Je vais veiller sur vous.

— Veiller sur nous ? Pourquoi ?

— Vous êtes précieux, Kum. Et toi, tout particulièrement. Tu es la dernière. Si tu savais… Tant d'espoirs reposent sur toi.

— Je suis la dernière quoi ?

— La dernière fille.

— Pour le moment…

— Je doute que le Vaisseau ardent soit en état de retourner dans l'autre monde pour ramener de nouveaux enfants.

— Bien sûr que non, réplique le Maître de Chasse. Mais nous devons être dix. C'est pour ça qu'il lui fallait un autre moyen.

— Un Relais », opine Limn.

Dans la Fontaine rouge, Mortimer lui a transmis ce mot, l'assurant qu'elle pouvait comprendre, mais elle bute toujours autant sur cette énigme.

Quand elle redresse son visage et contemple la démonstration que Jack Blackjack vient de leur administrer de l'incroyable précarité de l'âme humaine – « Après moi, le déluge ! » –, elle se surprend à redouter le souci de son père pour la retrouver. Conjugués au réchauffement climatique, ses efforts risquent de saper leur refuge précaire au sein de la banquise déjà tellement fragilisée.

Mais pire encore : une fois les secrets de l'Île blanche découverts, Peter Derenoy saurait-il accepter que l'or n'est rien et qu'Eux sont tout ?

Depuis l'enfance, réalise-t-elle alors, elle a raison : le destin de Nathalie Derenoy est lié à la renaissance de l'humanité, mais hélas seulement pour la compromettre.

« J'ai rêvé, s'entend-elle reprendre, que tu avais des enfants, Kum. Plein d'enfants… De ton ventre naissait une nouvelle humanité…

— … de mon ventre ? Une humanité tout entière ? Ça fait beaucoup. Et les garçons seraient tous les pères ? J'aimerais bien. »

La jeune femme contemple le visage de la fillette – elle ne doit pas en dire davantage, sinon, à l'exemple de Ragn et de Bly, les huit pourraient s'empresser de grandir.

« Ce n'était qu'un rêve, inspiré par une vieille légende de mon monde, poursuit-elle. Dans cette histoire, d'ailleurs, il y a plus de filles qu'ici, au moins autant que de garçons.

— C'est normal de rêver à ça, lui répond Kum.

— Tu crois ? Tu sais au moins comment se font les enfants ?

— Il faut s'unir pour se diviser, et on joue avec ça !

— D'habitude, tu tires dessus pour nous attraper, et c'est pas du jeu ! objecte Buld.

— C'est plus facile ! pouffe Kum. Et vous, vous pouvez pas !

— Mais Kum ne sera pas seule longtemps, intervient Limn. Bientôt, les deux sirènes la rejoindront.

— Zig et Zag ! crie Plo.

— Quoi ? Quelles sirènes ? De quoi parlez-vous ?

— Tu es la Vie, lui répond Buld.

— Ben, c'est toi, le Relais du Vaisseau ardent, complète Tom.

— Je suis…

— As-tu oublié qui tu es ? »

« *As-tu oublié ?* »

« *Qui je suis ?* »

Depuis des semaines, Nathalie cherche à résoudre cette énigme agaçante : quelque chose lui échappe, quelque chose probablement à côté de quoi rien n'est important, quelque chose d'intime qui se dérobe à ses pensées ; mais à chaque tentative elle échoue, ses investigations et ses introspections se dispersent et se diluent, la laissent sans réponse et comme incomplète.

« Les deux sirènes ! » insiste Buld.

Nathalie se penche et relève la planche arrachée au canot de l'Ennemi charmant. Anton…

« Ça ? C'est… l'histoire de toute ma famille, mais aussi le dernier message et le seul cadeau de l'homme qui m'a conduite jusqu'à vous.

— Les autres ! insiste Buld en fixant son ventre.
— Quelles autres ?
— Celles qui nagent !
— Quoi ? Tu veux dire que je suis…
— Tu ne le savais pas ? s'étonne Zach. Pourtant tu t'es jointe à Dragon en montrant ton effigie ! Comme les chevaliers des Grands Tournois…
— … je suis enceinte ?
— À ton arrivée, Plo les a appelées Zig et Zag. Mais tu peux choisir d'autres noms en attendant qu'elles se nomment elles-mêmes, lui assure Kum.
— À mon arrivée ? Zig et Zag… C'est pour ça que vous regardiez toujours mon ventre ?
— Tu as deux jolies sirènes qui nagent dans ton ventre, lui confirme Buld.
— Des jumelles… Je suis enceinte de jumelles…
— Vous êtes très belles, déclare Sim. C'est un joli cadeau. »
Nathalie pose machinalement ses mains sur son ventre, un geste dont la familiarité l'étonne ; les enfants l'observent en souriant, adressent aux jumelles des petits signes – « Bonjour », redisent-ils…
Enceinte d'Anton… Elle, maman… Anton, le père de ses filles…
Quelle étrange association de mots, quelle belle liste sans fin…
Elle s'est donc trompée ? Les Derenoy participent à la souche de la renaissance ?
« Tu es le Relais », confirme Limn.
Elle les regarde, tous les huit, qui seront bientôt dix.
« Je vais avoir deux petites filles… Ici… Que va-t-il leur arriver ?
— Elles vont jouer avec nous !
— Je n'en doute pas, Plo. Et elles joueront si bien qu'elles n'auront pas le temps de grandir… »
Mais après ?
Elle repense au *Manuscrit de l'île Éléphantine*, au destin de l'ancêtre des pharaons, transmuté en

quelques petits rochers disposés en forme de tortue. Tel un dieu bienveillant… Et elle ? Accepter de se voir en tortue dans l'eau du lac ne l'aide pas à mieux définir son rôle. Comment protégera-t-elle ses enfants, tous ses enfants ?

« Je n'arrive pas à oublier Ragn et Bly, leur confie-t-elle enfin.

— Pourquoi les oublier ? Bly et Ragn ont fait ce qu'ils devaient faire, lui répond Tœ. Ils sont à l'image de notre espèce, longue à grandir et rapide à disparaître…

— Bientôt, je narrerai les exploits de la Belle Princesse et du Vaillant Chevalier contre l'Ours de Pacotille, déclare Zach.

— Et toi, nous conteras-tu toutes tes histoires ? lui réclame Sim. Tu nous diras comment tu es venue jusqu'à nous, comment tu as fait revivre Dragon !

— Peut-être pourras-tu m'apprendre à écrire ? J'aimerais bien réessayer, réclame Limn.

— Tout est possible », opine Tœ.

Nathalie leur sourit, puis elle embrasse tout l'horizon. Et son sourire s'efface, car elle ne voit que des ruines. La vulnérabilité du glacier la stupéfie, il devrait constituer un sanctuaire inviolable. Du Vaisseau ardent ne demeure plus qu'un peu de brume, plus ou moins pâle, plus ou moins sombre, où s'insinuent paresseusement quelques reflets rougeâtres… Dans ses pensées, elle sourit tristement au jeune pirate et lui demande : *Qui protégera les dix ?*

« Vous êtes… vous êtes tellement importants. Pour moi, mais aussi… Tant d'espoirs reposent sur vous… Je serai votre Gardien.

— Notre Gardien ? s'étonne Tœ. Mais nous n'en avons pas besoin !

— Vous ne le savez peut-être pas, leur précise-t-elle, mais vous en avez toujours eu. Des animaux des trois règnes… Terrien, marin et aérien. Et maintenant que Dragon est si faible…

— Les Gardiens ne sont pas pour nous ! Et tu

parles des anciens Gardiens, lui explique Limn. Ils aidaient Dragon. Les nouveaux Gardiens, c'est nous.

— Vous ? »

Nathalie incline la tête vers le petit garçon, fils adultère du scribe de l'ancêtre des premiers pharaons.

« Les bêtes ont failli, parce que l'homme détient un plus grand pouvoir, poursuit le Maître du Registre.

— Les Gardiens passent, seule la Vie compte, affirme Zach.

— Seule la vie compte ? Mais votre destin est de sauver l'humanité, se résout-elle à leur révéler.

— L'humanité n'est pas la Vie, la corrige Sim.

— Et le destin, ben c'est juste une façon de parler, remarque Tom. Nous, on dit que notre destin est de jouer. Comme ça, tranquilles, qu'on est.

— Nous veillons sur l'Eau des Origines, précise Buld. Nous sommes les Gardiens de la Vie. »

Nathalie peine à réaliser ce qu'ils disent – ils en savent tellement plus qu'elle.

Tu peux comprendre.

« Bla nous a montré la faiblesse de notre monde, lui fait remarquer Kum.

— Comme Jos nous a montré que nous devions penser autrement, dit Tœ. Qui aurait songé à voler grâce au Feu dans la Glace ? Nous raisonnions en Terriens et en Marins, nous allons continuer en Aériens…

— Nous sommes l'espèce qui a conquis les trois règnes ! » déclame Zach.

« *L'espèce qui a conquis les trois règnes* », se répète-t-elle, prenant à peine conscience de la portée de leurs révélations précédentes : « L'humanité n'est pas la Vie. »

« Mais le lac est menacé ! proteste-t-elle. Le glacier ne pourra pas toujours résister à tout ce qui… tout ce qui se prépare, dehors, de l'autre côté, dans mon monde… Mon ancien monde. Si vous saviez…

— Qui a dit que nous devions y rester ? lui retourne Tœ.

— Le lac ne contient que l'eau rouge des abysses, l'eau commune aux hommes, lui révèle Limn. L'Eau des Origines, qui renferme la Vie, se trouve en Dragon… Nous sommes les Gardiens de la Vie, nous veillons sur le Vaisseau ardent.

— Feu et Glace…, dit Buld.

— Feu et Glace, reprennent les autres tous ensemble.

— Les Gardiens de la Vie… Mais… Oh… J'ai vraiment cru que vous alliez donner naissance à une nouvelle humanité…

— Pas besoin : c'est nous les nouveaux hommes ! » exulte Plo qui ne tient plus en place.

Nathalie lui sourit et contemple le Vaisseau ardent – navire des temps premiers, Nef des Origines, arche de Vie.

« On joue ? »

ÉPILOGUES

Nathalie, Nathalie ! Je te sauverai !

La limousine aux vitres teintées stoppe dans un crissement de pneus. La portière arrière s'ouvre la première. L'homme en costume clair qui en descend observe un instant la façade de l'immeuble et cherche une plaque en cuivre. Son chauffeur sort enfin et trottine pour rattraper son retard. Comme son employeur s'est arrêté, il l'imite une fois à sa hauteur, avant de se pencher légèrement vers l'entrée.

« Inutile. J'y vais seul. »

Aussitôt, l'homme pousse la porte, qui résiste puis qui cède et va battre violemment contre la cloison. La jeune standardiste hispano émet un hoquet de surprise, puis sourit gauchement à l'intrus, aux allures d'un homme d'affaires aussi élégant que respectable.

« Qui a envoyé ça ? »

Il ne prend pas la peine de se présenter ni d'expliquer de quoi il retourne. Le cabinet ne doit pas compter plus de trois avocats, des stagiaires en attente de diplôme s'occupent des tâches subalternes, tout le monde est nécessairement au courant – elle trouvera. Ces détails le fatiguent, il préfère se taire.

L'étudiante chargée de l'accueil et du standard examine l'enveloppe et déchiffre le nom. La lettre du commandant Petrack à la fille de Peter Derenoy, le magnat du pétrole. Alors que jamais auparavant il ne leur avait confié la moindre affaire, l'explorateur les a contactés la veille de son départ pour son dernier voyage, voici trois mois. Plus précisément, il y a treize semaines et un jour, le cabinet recevait une enveloppe en contenant deux autres – c'est à elle qu'a été confiée la tâche de passer la seconde à la déchiqueteuse, hier, selon la volonté expresse de leur nouveau client.

Entre eux, mais les avocats ont dû en faire autant, les stagiaires ont parié sur le contenu de ces missives aux apparences et poids identiques : clichés indélicats, révélations fumeuses, repentir en forme de confession ou de dispositions testamentaires ? Pour l'une, peut-être ; mais pour l'autre ? L'expression du richissime Texan ne laisse aucun doute, celle qu'il tord dans son poing l'a mis en colère.

Peter Derenoy attend une réponse.

Sa prestance, son nom, son rang et son air chagrin, tout en cet homme effraie l'étudiante. Incapable de bredouiller la moindre explication – les avocats se trouvent tous en audience au tribunal –, elle se demande si elle ne devrait pas l'inviter à s'asseoir, devine qu'elle devrait le conduire immédiatement à la salle de réunion, mais se surprend à acquiescer d'un tremblement de menton et, finalement, elle se sauve. Le temps de traverser le hall, d'emprunter le couloir, d'atteindre la porte de la secrétaire générale, quatre mètres tout au plus, l'Hispano maudit sa timidité, persuadée qu'elle ne réussira jamais à la surmonter, en tout cas pas face à un homme de cette trempe. Sa mère le lui répète depuis toujours, elle finira comme son père. Bien qu'avocat, le soir il travaille comme serveur dans un restaurant français, parce que, dans la journée, il défend ses compatriotes mexicains. Lui parle d'un choix, sa femme fustige son humilité.

Sa chef est aussi, surtout, avant tout, la sœur tyrannique du principal associé, qui est pire. L'étudiante frappe et n'attend pas la réponse ; la femme d'une quarantaine d'années au tailleur sévère mais coûteux relève lentement son regard vers elle, ôte ses lunettes aux larges montures dorées, se pince le nez pour s'apprêter à la remettre à sa place d'une remarque implacable ; l'étudiante murmure alors le nom de leur hôte ; sa chef rechausse ses lunettes, sa bouche et son menton s'agitent, ses joues se déforment à trois reprises avant d'émettre un « Bien », sec et nerveux ; elle se lève, trop vite : elle n'éloigne pas assez son fauteuil en cuir noir, qui doit lui brûler les cuisses, et se cogne une première fois contre son bureau. Elle le heurte encore en se redressant et ravale un juron – elle devra cacher un sacré bleu sous sa jupe, toujours un peu courte, pense l'étudiante avec un plaisir sadique d'écolière...

« C'est une plaisanterie. »

Il n'a pas vraiment élevé le ton, bien que chacun de ses mots pèse comme une sentence, et qu'en les prononçant il l'ait détaillée entièrement, de ses escarpins, peut-être plus assez neufs, à ses cheveux, qu'elle n'a pas pris le temps de contrôler dans une glace.

« Notre client... », commence-t-elle après une hésitation – comme si un Peter Derenoy allait commenter son allure...

« Vous savez que ma fille a disparu, la coupe-t-il, et ce matin vous m'adressez une lettre à son nom ! Une lettre vierge... Ou presque : un mot et un prénom sur une page, trois autres vides. Vous me devez une explication.

— Monsieur Derenoy, notre client...

— Votre client est mort. Quant à ma fille, après six semaines... S'il y a la moindre chance... si cette manœuvre cache le plus petit indice... Ne vous mettez pas en travers de mon chemin.

— Mais... c'est confidentiel, et...

— Vous me connaissez.

— Oui, bien sûr... Croyez bien que...

— Vous savez combien je pèse ?

— Oui…

— Donc, vous savez ce que je peux faire pour vous… Avez-vous idée de ce que je peux tout aussi bien faire contre vous ? Si vous n'êtes pas qualifiée pour répondre à ma question, tout de suite, je veux dire : immédiatement, appelez qui de droit. Sinon…

— Je suis la seule…

— Alors, décidez. Je vous écoute…

— Entrez. »

Elle le précède dans la salle de réunion, consciente qu'elle marche imperceptiblement de travers, la tête inclinée, les mains fermées pour dissimuler ses tics, et referme soigneusement la porte.

Comme il reste debout, elle l'imite.

« Le commandant Petrack nous a transmis une consigne stricte, murmure-t-elle en ne parvenant pas à quitter des yeux les mocassins neufs du Texan. Nous devions vous remettre, à condition qu'il soit considéré comme mort, l'une de ces enveloppes aujourd'hui seulement. Nous ne…

— L'*une* de ces enveloppes ! Il y en a d'autres ?

— Je ne devrais pas vous dire cela, ajoute-t-elle en reprenant confiance. Si vous pouviez attendre…

— Non, le temps est une ressource qui m'est comptée. Combien d'enveloppes ?

— Deux, parfaitement identiques, au gramme près. Nous ne les avons pas ouvertes, vous comprenez…

— Deux. Je veux l'autre.

— C'est impossible.

— Déontologie ? Tenez, c'est une avance…

— Nous ne pouvons pas accepter…

— Ce n'est pas pour le cabinet, c'est pour vous. »

Elle contemple la main manucurée qui a sorti un rouleau de billets. La sienne semble minuscule, et la poignée de dollars si grosse qu'elle parviendrait tout juste à refermer ses doigts autour…

« Je ne sais pas…

— Personne d'autre ne le sait. Ni ne le saura…

Dans tous les cabinets qui travaillent pour moi, j'ai quelqu'un qui veille sur mes affaires, quelqu'un de fiable et de discret, à qui je ne demande qu'une information : suis-je bien traité ? Parfois, j'en ai plusieurs. Vous avez surtout des stagiaires, ici, qui financent difficilement leurs études…

— Voilà, dit-elle en prenant les billets qui sont aussi bien dans sa main que dans une autre. Nous devions tirer au sort laquelle des deux enveloppes nous vous transmettrions. C'est ce que nous avons fait, chaque avocat, et moi-même, en sommes témoins. L'autre enveloppe a été détruite.

— Autre chose ?

— Non… En dehors de ces consignes aussi lapidaires qu'inhabituelles, seulement le chèque pour nos émoluments. Plutôt généreux.

— Et l'autre enveloppe ?

— Détruite, comme je vous l'ai dit.

— *Vous* l'avez détruite ? Ou bien vous avez assisté à sa destruction, personnellement ?

— Non, mais…

— Bien. Qu'attendez-vous ? Allez voir ce qu'il en est ! Si vous me la rapportez, même sous forme d'une poignée de bandelettes, croyez-moi, je saurai me montrer autrement plus généreux que lui. »

Affichant soudainement l'indifférence d'un représentant de commerce dans l'antichambre de son prochain client, il dégage un fauteuil et s'installe. Elle se retourne aussitôt, démontre son zèle. Non seulement elle se révèle « quelqu'un de fiable et de discret », mais elle sait être efficace : elle est tout à fait la correspondante qu'il lui faut. Oui, elle est riche, désormais, pour peu qu'elle retrouve les restes de cette missive. Elle calcule que l'Hispano ne devra se douter de rien, ni maintenant ni plus tard. Quelle chance qu'elles soient seules toutes les deux. Garder au cabinet le témoin de cette rencontre constituerait une erreur ; elle devra la congédier, bientôt mais pas trop vite, dans quelques jours, sous un motif très éloigné. Elle trouvera, oh oui, elle trouvera…

L'étudiante baisse le nez en lui répétant son histoire : mais certainement, bien sûr, elle a scrupuleusement effectué cette tâche comme elle exécute parfaitement toutes les autres, comme toujours, dix heures par jour et…

« Je veux juste m'en assurer, lui réplique-t-elle. Es-tu une employée honnête, ou non ? C'est avant tout un père touché par la disparition de son enfant qui m'a parlé, mais c'est aussi un homme important. Une lettre du commandant Petrack à sa fille réveillerait les appétits d'une certaine presse, des journaux paieraient cher pour cette information… Et plus encore pour publier cette lettre, même sous forme de bandelettes. Pour rassurer ce père, je veux tenir dans mes mains tout ce qu'il en reste, absolument tout. Allez ! »

L'étudiante s'effondre.

« Es-tu honnête ?

— Oui, bien sûr, vous le savez bien, mais…

— Quoi ! Mais quoi ?

— Il y a eu cette panne d'électricité hier…

— Et alors ?

— L'imprimante ne repartait pas, sanglote-t-elle, votre frère attendait et… la déchiqueteuse est aussi tombée en panne.

— En panne ?

— J'ai voulu tout faire en même temps, j'ai oublié d'enlever les trombones de son dossier, je suis allée trop vite, mais votre frère était si pressé… Je me suis dit que j'allais le faire plus tard… Ça ne semblait pas si urgent, après trois mois !

— Tu ne l'as pas fait !

— Je *voulais* le faire, mais…

— Tu as parié sur son contenu, c'est ça ! Tu l'as gardée pour empocher…

— Non ! Je l'ai jetée. Avec les autres documents.

— Je ne te crois pas !

— Si, je vous l'assure. Je l'ai jetée…

— Dans ta poubelle ? Pousse-toi ! »

L'étudiante, recroquevillée sur sa chaise dactylo en tissu aux grosses mailles grisâtres n'ose rien ajouter. Contempler sa chef fouiller sa poubelle ne représente même pas une revanche.

« Rien ! Tu m'as menti !

— Je vide ma poubelle tous les jours.

— Hein ?

— Vous m'avez demandé de faire mon ménage chaque soir, alors je le fais.

— Où est ta poubelle d'hier ?

— Dans la benne… »

Elle s'étonne que sa chef ne réagisse pas et s'apprête à répéter, puis elle se reprend : la sœur du principal associé n'est jamais passée par la petite porte…

« Dehors ! Dans la rue de derrière… »

La femme en tailleur sort telle une furie montée sur talons. L'étudiante la regarde se déhancher et l'imagine à moitié couchée dans la benne, sa culotte de cheval exposée à la concupiscence des deux clochards qui squattent l'arrière-cour voisine. Et puis, elle se demande si elle ne sera jamais avocate, si elle a eu raison de suivre son rêve de petite fille, ou si elle deviendra – également ou seulement – serveuse dans un restaurant minable aux poubelles convoitées par des moins chanceux qu'elle.

La jeune Hispano savoure trois minutes plus tard dix secondes de victoire vulgaire : jupe fripée et chemisier taché au ventre – sa chef s'est vraiment beaucoup penchée…

« Bravo ! Tu es virée. L'enveloppe n'y est pas, évidemment. À moins que tu ne l'aies jamais jetée. Bien sûr… Si jamais la presse… Trouve-toi un bon avocat ! Pas ton père, un vrai. »

Peter Derenoy lève des yeux las vers cette femme au visage de sergent, mal habillée dans sa tenue de reine dactylo. Les mains vides, ses vêtements sales comme si elle venait de se battre, elle exulte d'un sourire guindé. Elle se contorsionne et soulève le dos de sa veste, en extirpe théâtralement l'enveloppe, qu'elle lui tend – enfin. L'obséquiosité l'ennuie.

Froissée, mais pas déchirée. Intacte, donc…

« Tenez. Ça n'a pas été facile, se croit-elle obligée d'insister.

— Quelle importance ? Vous êtes riche, lui répond-il. Mon chauffeur passera vous déposer une enveloppe demain, à la première heure. Bien… »

Il attend qu'elle comprenne à quel point elle l'importune, et la laisse refermer soigneusement la porte en rêvant de l'épaisseur de l'enveloppe promise. Au moins, elle n'a pas osé lui demander s'il voulait boire quelque chose.

Peter s'essuie le visage et déchire l'enveloppe. Trois pages manuscrites recto verso et, pliée autrement, une autre feuille qu'il écarte pour l'instant.

Nathalie,

Puisque cette lettre te parvient, j'ai échoué.

Les mots me manquent. J'envisageais de justifier en quelques lignes mon périple à venir, mais mon esprit est encombré par ton départ : je n'aurais pas dû te laisser t'en aller. Tu as appelé Anton, tu l'as convoqué pour qu'il me regarde ; son retour m'a bouleversé. Cela s'avérait donc nécessaire… L'ampleur du trouble de ce qui s'est mis en marche m'a débordé – quel tumulte !

Anton savoure ces moments passés ensemble, en réclame d'autres, exige de confirmer le sentiment qui l'a délivré, se montre incapable de douter de demain… Le commandant Petrack, pourtant averti, a plié devant ton intuition, mais à sa manière rustre il s'est immédiatement réfugié dans un mutisme de façade – un repli réflexe, qui risque, cette fois, de se révéler fatal. Reste Petrack, usé par le costume du Sherlock Holmes des mers, bien trop étroit ; Petrack qui, pour exister, doit partir.

Tu dois savoir deux choses de moi, afin que le souvenir de cette nuit ne demeure pas dans l'ombre d'un rôle que j'ai joué pendant cinquante années pour découvrir que je ne l'aimais pas.

Je fuis, depuis l'âge de mes onze ans, un songe étrange qui s'empare de moi très régulièrement : un homme se trouve emporté sur un radeau vers un halo pâle au sein d'une tempête ; c'est la nuit, il a froid et il dérive sans contrôle ; cet homme, c'est moi. Chaque fois, je m'approche un peu plus de cette lueur, essentiellement blanche, mais avec les années je perçois le brasillement ténu d'une pointe de rouge en son cœur ; aujourd'hui, je soupçonne un incendie. Or, ce rêve récurrent est survenu à la suite d'une rencontre qui a changé ma vie, et dont je dois te parler, car elle nous concerne, toi et moi.

Je suis l'auteur du vol qui a chassé le Sauvage du *Nathalie*. Malgré cela, car il le savait, il m'a pris en affection, me confiant les secrets qu'il n'avait pas su partager avec Virginia. Je l'ai écouté à un âge où tout est possible, mais pendant une moitié de siècle j'ai cru qu'il entendait me former à devenir l'homme qu'il n'avait pas réussi à être : à bien des égards, le commandant Petrack s'avère son pendant, à la manière du revers du bon docteur de Stevenson. Tous ces secrets sont rassemblés à Portland, dans le coffre à bijoux de Virginia, au milieu des étagères. J'y ai également placé les documents que tu m'as remis.

Dans ce coffre, Mortimer, l'auteur des Mémoires qui ont conduit le Sauvage et Virginia dans l'Île noire, y a caché un message que je viens de découvrir. Il m'appelle, m'invite à rejoindre le Grand Nord, afin de sauver des enfants… Je n'en sais pas davantage, tu comprendras peut-être…

En relisant ces lignes, je crains de passer pour un fou ! Devant Virginia, dans des circonstances semblables, le Sauvage s'est tu – pour lui, pour toi, je ne l'imiterai pas. Car ce qu'il n'a pas réussi à avouer à la jeune femme qui l'éblouissait, je te le donne, avec mes propres secrets. Tout est là, à toi.

Crois-tu au Destin, celui qui s'écrit avec une majuscule ? Moi, non. Le concept de convergence me plaît davantage, finalement, il me semble plus naturel, plus logique – du reste, comment savoir ? Mais notre rencontre, nous les héritiers de Virginia et du Sauvage, et le message de ce pirate établissent une convergence avec mon rêve : c'est vers le Groenland que mon radeau me dirige, vers le Vaisseau ardent, qui flamboie encore, bien que faiblement…

Certes, le voyage que j'entreprends répond à une intuition, qui relève peut-être de l'autosuggestion : « Et si tout était vrai… » Si je le pensais sans risque, je ne te laisserais pas quitter Portland sans t'inviter à m'accompagner. Je ne puis hésiter davantage, sinon le commandant Petrack reviendra pour empêcher Anton d'achever sa métamorphose en simple Petrack. Le Sauvage aimait répéter : « Chacun vient en son temps et tient son rôle, à sa manière… » Je dois aller au bout des choses... Tel est mon rôle. Du moins, je le suppose.

Je te lègue tout. Décide quoi en faire. Je ne puis t'aider davantage, sinon en t'adjurant d'apprendre de mon erreur… Ne tente pas de me retrouver, tu seras plus proche de moi en épousant mon rêve, le rêve de Virginia et du Sauvage, le nôtre si tu le souhaites – et en jouant *ton* rôle, mais à *ta* manière…

Nathalie…

Nathalie, j'aurais voulu trouver la force de prononcer les mots qui t'auraient retenue. Je ne voulais pas que cela finisse…

Ô Nathalie.

Petrack

Post-scriptum

Je crains que si tu lis cette lettre trop tôt tu ne te précipites. Je la retarde donc à dessein. Pardon de te laisser sans nouvelles d'ici là… Si ton père ouvre cette enveloppe, c'est que tu es partie malgré tout sur mes traces et que tu n'as pas encore réussi à échapper à ce à quoi je risque de succomber. Je lui destine une seconde missive, afin de l'aider à te retrouver.

Peter déplie la seconde lettre nerveusement.

Peter,

Vous avez toutes les raisons de me haïr, mais, je vous en prie, écoutez-moi.

Vous êtes père et moi non. Retrouver votre fille est une priorité ; seulement, je ne sais pas si vous devez le tenter... Entendez-moi : je veux que vous la sauviez, mais je redoute qu'en le faisant vous ne détruisiez ce qu'elle construit... Je vous laisse devant un choix impossible, auquel aucun parent ne devrait être confronté.

Qu'est-ce qui est important ?

Pouvez-vous évaluer l'enjeu que représentent pour elle les risques qu'elle a acceptés ? Si cela s'avérait nécessaire, vous donneriez votre vie pour votre fille unique – mais si, pour épargner votre vie, quelqu'un alors vous empêchait de la sauver, estimeriez-vous son secours juste et fondé ?

Dans le coffre, j'ai glissé toutes les informations dont je dispose pour me localiser au mieux ; elles vous permettront de gagner un temps précieux. À votre attention, j'ai ajouté quelques commentaires à ces travaux et découvertes. Prenez-en connaissance, par vous-même. Car vous ne pourrez pas sauver Nathalie sans la comprendre. Commencez par le *Manuscrit de l'île Éléphantine,* qu'elle m'a apporté. Lisez-le attentivement, plusieurs fois. Il évoque un monarque qui, certain de son fait, sûr de sa cause, a contraint le Vaisseau ardent à une migration au-delà de ses forces. Or, vous êtes un homme puissant, vous bénéficiez de moyens sans comparaison avec ceux des plus anciens rois...

S'il est vrai que tout trésor se cache dans un coffre, en ouvrant celui-ci vous ne trouverez que sa carte – songez à un puzzle qu'il vous faut reconstituer ; à plusieurs, en fait ; ensemble, ils composent un rébus, qui donne une énigme, question sans réponse mais dotée d'une clé, que je vous lègue, vraisemblablement, avec le Vaisseau ardent...

Est-ce possible ? N'est-ce qu'un mythe ? Qu'est-ce qui est important ?

A. P.

Peter Derenoy replie les deux lettres, les glisse dans son enveloppe, place celle-ci dans la poche intérieure de son veston. Il se lève, repousse le fauteuil, se retourne vivement et quitte au plus vite ce cabinet pitoyable. Il note, mentalement, de ne pas oublier sa promesse, ne voit pas l'étudiante pleurer en rangeant ses affaires à l'accueil, se heurte à cette porte typiquement mal huilée.

Dehors, à peine, le visage tendu, son téléphone à l'oreille, il débite ses ordres.

En prenant place dans la voiture, il marmonne ce que son chauffeur peine à comprendre – « Nathalie, Nathalie ! Je te sauverai ! »

Je suis Anton Petrack

Voici dix ans, tout au plus, le *Je le veux* n'aurait pas sombré – parce qu'il n'aurait jamais avancé aussi profondément dans la banquise, parce que la saison serait encore propice à la navigation polaire. En m'engageant dans cet estuaire, le manège des icebergs instables a fini par le couler. Je n'ai sauvé que ces feuilles, un crayon à papier, la bouteille de rhum qu'il me faudra vider pour les y abriter, et le canot de l'Ivrogne, auquel j'avais fixé le mouchard. C'est plus que dans mon rêve du radeau, un vrai luxe, et cependant bien peu pour survivre au-delà d'une journée… Si je compte bien – il fait si froid, je n'ai pas de montre –, Blackjack ne me localisera pas avant demain. Trop tard…

Que ne puis-je brûler ces feuilles pour me réchauffer ! Je n'ai pas d'allumettes, mais du rhum… Santé.

Une tempête boréale, au loin, droit devant. Par les caprices des blocs de glace qui se renversent les uns après les autres, le canot remonte à contre-courant ! Je n'ai pas d'aviron, pas de moteur, pas de voile. Plusieurs phoques m'escortent. C'est absurde. Hallucinations ? Délire éthylique ? Après seulement deux gorgées… Je vérifie.

L'Ivrogne avait quarante jours devant lui, je n'ai pas quarante heures… Mais, contrairement à lui, je m'en doutais, sinon elle m'aurait accompagné.

Que dois-je écrire ? Tentation de dessiner une carte au trésor – trois points ?

Je libère de la place à petites gorgées consciencieuses.

J'ai perdu le bouchon. À vis, de toute façon il n'aurait pas suffi à fermer hermétiquement la flasque. Je dispose juste d'assez de feuilles pour s'y substituer, en les comprimant avant de les mouiller pour faire prendre la glace… Je dois donc me dépêcher de boire ! Et me suffire d'une feuille… Voilà qui délimite le champ de mes confidences ultimes. Je retrouve ma petite écriture d'enfant. Celle des messages à l'école… Jak me manque.

Les hommes sont fous, ai-je dit à un ours que j'ai croisé, prisonnier d'un bloc de glace qui dérivait également, mais dans l'autre sens. Je lui ai confié que mon ami n'est pas mort d'un tir de sniper, bien que bosniaque, mais d'impatience ! Les hommes sont fous, m'a-t-il répondu, et ça ne s'arrange pas. Il me regardait de ses yeux tristes. Nous sommes tous condamnés, tu sais, a-t-il ajouté. Tu crois ? lui ai-je demandé comme il s'éloignait. Il a dit autre chose, mais je n'ai pas bien entendu. Salut, ai-je crié.

Mon couteau ! J'ai mon couteau. Le cadeau de mes onze ans… Et comme un gamin, je grave son nom sous les sirènes… Son nom secret… Le bois est trop dur, il fait trop froid, j'écris mal. Ça m'occupe.

La plus jeune lui ressemble, l'autre sirène me rappelle Virginia. Je les caresse toutes les deux, mais je n'embrasse qu'elle. Enfin, un baiser soufflé, car le bois se double d'une pellicule de glace…

Bientôt plus de rhum. Maudites soient les flasques, si mesquines ! Je rêve du tord-boyaux de la Grotte aux trésors, c'est dire…

Je contre un fleuve qui charrie des miettes de banquise et des ours causeurs. Je me rapproche de la tempête, je distingue de mieux en mieux la lueur. Les phoques sont toujours à mes côtés, mais ils se taisent. D'autres ours blancs courent au loin, peu nombreux et silencieux. Je suis heureux d'être là. Je vais savoir la fin... Qui d'autre rêve depuis l'enfance de sa mort, et la vit avec la certitude joyeuse de la regarder enfin en face !

J'ai le sentiment de participer à quelque chose. J'ignore à quoi et en quoi. Mais ma mort va servir, et ça, c'est incroyable comme c'est grand.

Est-ce cela, le trésor, le vrai trésor ?

Sans regret, finalement. Je la revois sans cesse, son portrait juste devant moi. Elle ne va pas mourir. Alors, tout est bien...

« Eux sont tout. » Il faut que je me réchauffe les mains pour l'inscrire dans la coque !

L'humanité n'est qu'une forme de vie, une voie de la nature. Ingénieuse, imparfaite. Sa renaissance, j'aimerais y croire – avec elle.

Pourquoi suis-je dans ce fleuve de glace, de boue et d'espoir ? Sinon parce que tout s'épuise... Le feu, la banquise, l'humanité... Jak a survécu à une guerre, pas à sa voiture...

Nouvelle gorgée, nouvelle pensée. J'aimerais m'endormir en la contemplant. Me noyer en elle, m'y sentir renaître... Son corps intime assaille mon esprit, et ses odeurs – que cela demeure, éternellement !

Est-ce cela, mourir ? Nourrir d'une pensée l'éternité... Pour la graver au-delà des nuages ? L'Albatros apprécierait...

Je suis Anton Petrack (je le précise pour ne pas commettre l'erreur du Pirate Sans Nom ou de l'Ivrogne).

Pas d'autre pensée (qu'elle). Un tout : l'idée, yeux pers et lèvres fines, son corps, tout. Tout.

Plus de rhum. En face de moi, à quelques kilomètres à peine, une heure peut-être, tornade, ouragan, un cyclone boréal éblouissant s'acharne sur un iceberg lumineux. Désormais, des pingouins m'assistent. Ils sautent et nagent avec les phoques, de plus en plus nombreux, et des ours polaires qui courent. Je me balance d'arrière en avant pour accélérer le mouvement, je doute d'être très efficace. Ils m'encouragent cependant. Je dois faire vite.

Avec quoi je vais attacher la bouteille au canot ?

J'ai croisé un très vieil ours polaire, aux larmes d'Ivrogne ; il m'a vraiment regardé, mais il n'a rien dit… Envie de quitter le navire, d'aller lui tenir compagnie, enfin…

C'est un glacier, immobile. Il rutile. Il est là… Je serai mort avant

Écrire devient difficile Tant de choses

dois enrouler papier bouchon

Nathalie

Nathalie je vais partir

« T'y comprends quelque chose ?
— C'est le nom qui me dit quelque chose.
— On ramène de tout dans nos filets.
— Des fois, les marins perdus écrivent en pensant à leur femme, ou à leur fils. Et puis, ils confient leur message à la mer.
— C'est con. Les poissons font pas le facteur.
— Oui, c'est con. Mais ça fait du bien.
— À qui ? Allez, t'emmerde pas avec ça, fous-la à la baille ! Aux sirènes de s'en charger…
— Tais-toi. T'as personne à qui t'aimerais causer une dernière fois ?
— Ça changerait quoi, je te demande ? T'es mort, t'es mort. Non ?

— Petrack… C'est le nom qui me dit quelque chose. Mais d'où ?

— Si ça se trouve, ton gars il est connu. Tiens, on va la garder, ta lettre… Hé, t'imagines qu'on se fasse du fric avec !

— Ça nous changerait du poisson. »

POST-ÉPILOGUE

Quant à Elles…

« Arrête de bouger !
— Je ne bouge pas ! Ça bouge.
— Ah… Elle bouge… »

« Elle nage ?
— Ben, nous aussi.
— Ça nage tout le temps, maintenant… Je crois que c'est très grand, son dehors/monde.
— Ici, c'est tout petit. De plus en plus.
— De plus en plus tout petit…
— Tu crois qu'il nous faudra partir ? »

« Tu as entendu les noms qu'ils nous donnent.
— Ils se trompent.
— Ils ne disent pas Toi et Moi !
— Toi et Moi !
— Comment vivre hors du vrai monde ? »

« Nous allons nous noyer…
— Nous allons naître…
— Ben, c'est ce qu'ils disent. Comment les croire ?
— Ils chantent tous ensemble…
— Pas la même chose…
— Mais ça chante…
— Ont-ils raison ?
— Tout est possible. »

« Tu crois que les Aériens existent vraiment, j'veux dire : Pour De Bon ?

— Jamais aucune n'est revenue de chez les Aériens. Comment savoir ?

— J'ai peur. J'aimerais y croire, mais je ne suis pas sûre…

— Je suis si bien, ici. Juste Toi et Moi.

— Toi et Moi.

— Toi et Moi.

— On se fait toutes petites/minuscules ?

— Nous devrions nous rendre invisibles.

— Je ne voudrais jamais que cela finisse… »

« Ah… Ça y est, elle ne bouge plus.

— Écoute… Ça dort.

— Oui, elle va ronfler.

— C'est joli/mignon/tout chaud.

— C'est chez nous.

— Tant mieux. Deux, un… Elle ronfle. Nous pouvons rester.

— Pousse-toi un peu.

— Hé, c'est mon pied !

— On joue ? »

Remerciements

Tout au long de l'écriture de ce livre, j'ai souvent pensé à Jean-Marie Bénard ; au fils du pâtissier, aux jumeaux de l'école primaire, à ce camarade de lycée, à ce camarade d'armée, dans leur éternelle jeunesse…

Je tiens à remercier Juliette Blanchot, pour ses encouragements et ses remarques ; Georges Marguerite, pour ses suggestions et l'enthousiasme du frère aîné. Un merci tout particulier à Fanchon, aux premières heures ; à Maurizio et à Sara pour m'avoir incité à m'y remettre ; à Paule et Christine, mais aussi à Kristi et Angelo, et à mes parents pour leurs avis et leur soutien. Merci à Sonia, pour sa fiche de lecture chez Denoël, et à Gilles Dumay, enfin, qui non seulement a cru en ce livre avant sa fin, mais m'a offert des pistes pour mieux en raconter l'histoire.

Je mentionne dans l'introduction de l'*Histoire mondiale de la piraterie* un philosophe français dont une phrase devait être citée en exergue : « Le pirate meurt comme il a vécu, sans rédemption. » Je me suis (librement) inspiré de Gilles Lapouge, alors que j'avais déjà choisi le titre du second livre. Cette *Histoire* est censée être parue avant qu'il ait l'âge de savoir écrire, seul un souci de vraisemblance chronologique m'a empêché de le nommer en bonne et due forme…

LIVRE PREMIER : LE PIRATE SANS NOM

LIVRE SECOND : LA RÉDEMPTION DU PIRATE

DU MÊME AUTEUR

Aux Éditions Denoël

LE VAISSEAU ARDENT (Folio Sience-Fiction n° 453)

Retrouvez l'auteur sur
le-vaisseau-ardent.com

Composition Ütibi.
Impression Grafica Veneta
à Trebaseleghe, le 6 novembre 2013
Dépôt légal : novembre 2013
1er dépôt légal dans la collection: avril 2013

ISBN : 978-2-07-044721-3./Imprimé en Italie

263160